U0726707

魔戒

护戒使者

全3册

[英]J.R.R. 托尔金　著

龙飞　译

江西高校出版社

目　录

英国第二版前言

本故事随着讲述而不断发展，最后化为一部魔戒大战的历史，从中又能窥探到更为古老的历史的一鳞半爪。故事开始于1937年，彼时《霍比特人》刚写完，正等着出版；但我没有继续这个系列，我希望先完成并整理上古时期的神话传说，因为它们颇具形状有些年头了。做这事的动力源于自我满足，我不太指望其他人能有多喜爱这部作品，何况它的灵感主要出自语言学，起因也只是给精灵语提供必要的“历史”背景罢了。

我寻求到的建议和意见，把不太指望变成了毫无指望：读者更想看霍比特人和他们的冒险。受此鼓舞，我又重拾了续集。然而，故事不可抗拒地滑向了更为古老的世界；可以说，故事的起承尚在嘴边，它的转合就已经定下。如此过程出现在了《霍比特人》的写作中，里边提到了不少旧事：埃尔隆德、刚多林、高等精灵、奥克等，另外还蜻蜓点水般提到了一些不期而至，本质更为高深、阴暗的事物：都林、墨瑞亚、甘道夫、死灵法师，还有至尊之戒。对这些事物本身，对它们与古老历史关系的挖掘，让第三纪元及其高潮的魔戒大战呼之欲出。

求霍比特人者终偿所愿，不过苦等了许久的时间：《魔戒》的创作从1936年断断续续持续到了1949年，期间我身负多职，需妥善处理，又沉浸在学习及授课的诸多乐趣中而无法自拔。1939年爆发的大战无疑也耽搁了进度，直到年底，我仍未写完第一卷故事。后来的五年虽荆棘满目，但时至今日，这故事已叫我难割难舍，只好咬牙继续，多数时候只能在夜里写作，就这么一直写到了墨瑞亚的巴林墓前。此后我停笔了许久。差不多一年后，我才重拾笔杆，于 1941 年下半年写到了洛丝罗瑞恩与大河。次年我写出了如今为第三卷的第一批草稿，另外还给第五卷的第一、三章开了头；阿诺瑞恩狼烟四起，祠边谷行来希奥顿之后，我又感到难以下笔：灵感已尽，又无暇思考。

1944 年期间，故事中那场龙蟠虬结、疑云密布的战争，我本该加以导演或者至少转述才对，结果却丢在一边，转头逼着自己写佛罗多前往魔多的旅程。写完后来被集结为第四卷的这些章节，我陆续寄给了彼时正以皇家空军身份在南非服役的儿子克里斯托弗。然而，又是五年过去，故事才终于到了现在的结局处；那阵子我换了房子，换了椅子，还换了大学；黑暗日渐消散，但日子仍旧煎熬。好不容易抵达了“终点”，整本书却都得进行修改，基本上就是倒着大规模改写。改稿需要打字录入，然后再打字录入——由我来打字；我实在是雇不起手艺娴熟的专业打字员。

《魔戒》自最终付梓以来，已蒙许多读者朋友赏阅；我收到或读过不少读者对故事动机和意义的意见与猜测，此处且容本人聊表一二。讲故事的人想讲个超长的故事来吸引读者，试着带给他们消遣和愉悦，也许还有激动或者感触。这就是本书的主要动机。怎样的内容才能吸引、打动读者，本人仅能以自身感受为准，但这一感受却并非普适。部分读过或是大致扫过本书的人认为，这本书略显无聊、荒诞，甚至还有点儿粗俗。我无从抱怨，毕竟我对他们的作品或者他们明显偏爱的作品也持同样的态度。不过，哪怕以那些喜欢本书的人来看，故事里也仍有不少抱憾之处。连篇累牍的故事或许不能从各方面取悦读者，但也不会有哪处令所有人都不满。从读者来信中我发现，同样的章节和段落，一些人觉得是瑕疵败笔，其他人却大加赞赏。而那位最挑剔的读者——也就是我自己，如今还发现了其中大大小小的各种毛病。好在我既没义务对它说三道四，也没义务再写一遍，索性闷声任其继续存在。不过，诸多毛病中，有一点早已叫人道破：这书太短了。

至于任何内在意义或者“信息”，作者并无意传递。本书不讲寓言，不谈时事。故事随着发展扎下根（伸向了过去），长出叫人意想不到的枝叶，但它的主题最初便已明确:《魔戒》与《霍比特人》定将通过至尊魔戒来衔接。作为关键性的一章，“旧日翳影”属于故事最早的部分之一，早在 1939 年的阴云变成逃不开的灾祸之前便已然写成。但即便没有这场祸事，故事仍旧会走上同样的道路。它的许多源头要么早就种进了我的脑海，要么早就已经写完；1939 年的那场战争及其后续几乎没有给故事带来任何改变。

无论过程还是结局，现实中的那场战争与书中的传奇战争没有丝毫相似之处。若要说传奇战争的发展受到它的启发或者指引，那至尊魔戒肯定会被夺取，被用来对抗索伦。索伦和巴拉督尔不会被消灭和摧毁，反而会被奴役及占领。抢不到至尊魔戒的萨茹曼会在混乱跟背信弃义之际，在魔多发现自己研究的魔戒学识所缺少的环节，并在不久后打造属于自己的主魔戒，挑战那位自诩的中洲之主。而在这样的情况下，无论哪方都会憎恨、菲薄霍比特人。就算为奴，可能他们也多活不了几日。

我本可迎合那些喜欢寓言或时事者的口味和观点。不过，自从成长到一定年岁，能够敏锐分辨其存在之后，我一直非常厌烦任何形式的寓言。我更爱历史，因为无论真实还是虚构的历史，怀揣不同想法和经历的读者均能加以演绎。我觉得很多人把“演绎”和“寓言”给弄混了，前者能让读者的思绪自由飞翔，后者却只会被作者的想法牵着鼻子走。

作者不可能完全不被自己的经历影响，但故事的嫩芽如何去运用经历这片土壤，方式却十分复杂。要想定义它，顶多以既不充分亦非明确的证据猜来猜去。光靠作者和评论家生活的时代重叠，就断定这两者共同经历过的思想运动和时代事件必然有着最深远的影响，如此看法自然很有吸引力，可惜同样也不正确。确实，人只有亲历了战争的阴影，才会真的体会到它那沉重的压迫感。然而，随着时光流逝，人们似乎总是会忘记一件事：在 1914 年这样可怕的年岁度过自己的青年时期，其苦难程度不亚于 1939 年以及之后的几年。我的密友们接连辞世，到 1918 年时只剩下了一位。再举个不那么沉重的例子吧：有人认为，“平定夏尔”是我在几近完稿时，对当时英格兰现状的反映。并非如此。它是剧情的关键部分，最初的设定便是如此。尽管随着故事的发展，萨茹曼这一角色导致剧情并未遵循这一轨迹，但我需要说，它也不含任何寓意或者政治影射。确实在一定基础上借鉴了现实经历，不过程度只能算是分寸之末（因为经济形势已然完全不同了），借鉴的也是许久之前的东西。我小时候生活的国家，在我十岁之前一直遭受着卑劣的破坏，那时候汽车还是种稀罕玩意儿（我一辆都没看到过），市郊铁路也尚在修建当中。最近，我在报纸上看到了一张照片，是座曾经热闹非凡、很早以前让我觉得无比重要的磨坊，如今只剩下了池塘边上的一片残垣断壁。我一直不怎么喜欢那位年轻磨坊主的长相，不过倒是不讨厌年轻磨坊主的父亲——也就是老磨坊主，他长着一把黑胡子，不过不叫山迪曼。

借《魔戒》此次新版发行的东风，故事再度进行了修订。文本中依旧存在的一系列错误和不一致得到了更正，针对一些细心读者提出的若干疑问，也尝试着给出了信息。我左右思量了他们给出的所有评论和问询，若其中有跳过之处，或可归咎于本人未能有序整理注释之故。此外，许多问询只能在额外的附录解答，当然最好还是另出一卷，收录最初版本中未能囊括的材料，特别是放入更为详细的语言信息。本版本同时收录了此前言，以资对楔子稍加补充；另外，还收录了一些注释以及人名、地名索引。鉴于有必要缩减篇幅，故该索引旨在提供完整的条目而非参考页。本人借用 N. 史密斯夫人所备材料编写的完整索引，更应收入附加卷中。

楔　子

一　霍比特人

本书主要讲述霍比特人的故事，读者可以从字里行间了解到他们的诸多性格和历史。更多相关信息，可以在已经面世的名为《霍比特人》的《西界红皮书》节选中了解。这个故事取自“红皮书”的前期章节，其编撰者正是让名号传遍中洲的那头一位霍比特人——也就是比尔博本人。因为讲述了他前往东方，又从东方归来的旅途，所以比尔博给书取名为《去而复返》：一场后来将所有霍比特人卷入当纪元种种重大事件的冒险，在此扯上了关系。

很多人或许希望从头了解这个了不得的民族，但无从找到之前的那一卷书。为方便这些读者，此处摘选奉上霍比特人传说的若干要点，附带简要提一提比尔博的初次探险。

霍比特是个行事低调却历史悠久的民族，过去的人口比现在多一些。他们热爱安宁祥和，热爱精耕细作的土地，最爱出没于秩序井然、精心打理的乡野。尽管霍比特人善于使用工具，可他们一直以来都搞不明白，也不喜欢任何比锻炉风箱、水磨坊或者手织机更复杂的机械。即便在许久许久以前，他们就有意识地在被称为“大种人”的我们面前躲躲藏藏，现在对我们更是避之唯恐不及，愈发难以遇见。霍比特人耳聪目明，虽然大多胖乎乎，平时总是不慌不忙，可他们其实灵活又敏捷。有哪个不想见的大种人笨拙地经过时，他们便会使出天生的消失技巧，这种迅速又安静的技巧被他们发挥到了极致，在人类看来就好像魔法似的。然而，霍比特人实际上从未研习过任何魔法，单纯是靠遗传及苦练，外加与大地的亲密关系让他们拥有了如此的消失能力。

他们体型不大，甚至还赶不上矮人：没有那么矮壮敦实，虽说他们比矮人也短不了多少。霍比特人身高不一，介于人类度量衡的两呎[1]至四呎之间。如今，他们少有长到三呎以上的；据说是身高退化了，以前他们还要再高一些。据"红皮书"记载，艾萨姆布拉斯的第三个儿子班多布拉斯·图克（吼牛）长到了甚至能骑马的四呎五吋高。他的身高后无来者，往前也只逊于两位古代著名人物；不过，这桩逸闻请容本书稍后再叙。

至于故事中提到的夏尔霍比特人，在和睦富足的日子里，他们是一个快活的种族。他们身着亮色衣装，尤其偏爱黄色跟绿色；不过不怎么穿鞋，这是因为他们脚底长着一层坚硬的厚皮，脚面也盖着一层浓密的卷毛，跟他们的头发很相似，通常也是棕色。正因此，制鞋手艺在他们那里罕有人问津；不过霍比特人有着长且灵巧的手指，能制作许多有用又漂亮的其他东西。他们的相貌大多称不上美丽，倒是比较温厚，圆润、红扑扑的脸庞，明亮的眼睛，还有一张钟爱大笑和吃喝的嘴巴。他们也的确三天两头地尽情欢笑、吃喝，总是爱讲些简单的俏皮话，一天还要吃六顿饭（如果有得吃的话）。热情好客的他们喜欢聚会，热爱礼物：送礼送得慷慨，收礼收得也热情。

抛开后来的隔阂不提，霍比特人毫无疑问跟我们是近亲：比精灵甚

1 为了保留小说的奇幻色彩，本书中使用的长度单位为英制单位，英里、英寸等词改用哩、吋来表达。1 哩约合 1.609 千米。下文中 1 吋约合 2.54 厘米，1 呎约合 0.3048 米，1 里格约合 5557 米，1 弗隆约合 201 米，1 码约等于 0.9144 米，1 噚约合 1.8288 米。——译注

至矮人更亲一些。旧时他们会照自己的习惯讲人类语言，自身喜恶也跟人类差不多。但我们之间缘起何处，如今已无法考证。霍比特人起源于如今已失散遗忘的远古时期。只有精灵还保存着那个逝去时代的记录，而他们的历史基本上全部都是关于他们自己的，人类很少出现其中，霍比特人则根本就没提到。不过，毫无疑问的是，早在其他种族意识到霍比特人存在之前，他们已经悄无声息地在中洲生活了许多年。毕竟这个世界有着无以计数的其他奇怪生物，这些小家伙似乎有些微不足道。不过，到了比尔博和继子佛罗多的时代，这个种族突然身不由己地变得无比重要又家喻户晓，让智者和领袖们伤透了脑筋。

那段日子正处于中洲的第三纪元，如今早已远去，整个世界也已不复当初的面貌。不过霍比特人当初居住的地方无疑正是他们如今逗留之处：大海东边，旧世界的西北部。与比尔博同时代的霍比特人并没有留下任何跟最初的家园有关的知识。他们中的大部分人不怎么热爱学习（宗谱家史除外），不过历史更悠久的那些家族倒是有少数人在研究自己的典籍，甚至还从精灵、矮人和人类那里收集了旧时代和异国他乡的报告。他们自己的记录仅从定居夏尔开始，最为古老的传说也顶多追溯到他们的流浪时代。尽管如此，较为明确的是，从这些传说以及从他们独特的语言、风俗所提供的证据来看，类似于其他种族，霍比特人也是在遥远的过去向西进行了迁移。他们最早的传说故事似乎能略微窥见这一时期：那时候他们居住在安都因大河上游，介于大绿林边缘和迷雾山脉之间。后来，他们历经千难穿越迷雾山脉前往埃利阿多，但缘由已不可考。按他们自己的说法是，越来越多的人类出现挤占了空间。另外，森林还被一片阴影笼罩，变得越来越阴暗，于是有了“黑森林”这个新名字。

尚在穿越山岭之前，霍比特人便已分作略有不同的三个分支：毛脚族、斯图尔族和白肤族。毛脚族的肤色更深、更矮小，不长胡子也不穿鞋子；他们的手脚小巧而敏捷，偏爱高地和山坡。斯图尔族的体型更为宽厚，手脚也更大；他们喜欢居住在平地跟河边。白肤族的肤色跟发色介于两者之间，但更高、更瘦；他们热爱树木和林地。

古时候，毛脚族跟矮人有着莫大的关系，长期居住在群山的山脚。他们挺早就迁去西边，游荡在埃利阿多，最远去到了风云顶；别的族群那时候依然在大荒野。他们是最常见、最具代表性，也是人数最多的霍比特人。他们最倾向于固定在一处地方栖息，也最为秉持居住在隧道和洞穴里的古老习俗。

斯图尔族长期徘徊于安都因大河的河岸，相较之下，没有那么害怕人类。继毛脚族之后，他们也开始西行，又沿着响水河南下。其中许多人在沙巴德与黑蛮地边界之间居住了许久，然后才继续北上。

人数最少的白肤族是来自北方的分支。他们对精灵的态度比其他霍比特人更友善。相较于手工艺，他们更擅长语言和歌唱，自古以来崇尚打猎而非耕作。他们越过幽谷以北的山脉，顺着苍泉河一路往下。他们很快便和先到埃利阿多的两个分支混居在一块儿。由于白肤族更为大胆、更有冒险精神，他们常常在毛脚族或斯图尔族的部族中担任领袖或族长一职。即使在比尔博时代，诸如图克家族和诸位雄鹿地统领等望族，仍可见到明显的白肤族血统。

在埃利阿多的西界，也就是迷雾山脉和蓝色山脉之间的地方，霍比特人遇见了人类和精灵。从西方之地渡海而来的、被称作人中王者的杜内丹人，其实仍留有部分人居于此处。不过，他们的人数正在急剧减少，其北方王国的领土亦大片化为废墟。此地对于后来者而言颇为宽敞，于是，没过多久，一批批的霍比特人便在这里井然有序地扎了根。到了比尔博时代，他们早期的定居点大多早已消失，被遗忘在了历史长河中。不过最早成为重要地区的其中某个定居点倒是延续了下来，虽然规模相较起初有所缩减。它就位于布理及周围的切特森林中，夏尔以东约四十哩的地方。

毫无疑问，正是在这些早期的日子里，霍比特人学会了自己的字母，开始遵循杜内丹人的文法书写，而后者又是许久之前跟精灵学的。同样也是在这个时期，霍比特人遗忘了自己曾使用的语言，就此讲起通用语——也就是所谓的西部语，其使用范围遍及阿尔诺和刚铎诸王治下的领土，外加从贝尔法拉斯到路恩河的所有海滨地区。不过，霍比特人保留了若干母语词汇，外加他们的历法和一大堆祖上继承下来的名字。

约莫就在这个时期，霍比特人间流传的传说头一回按年份被整理成了历史。第三纪元的 1601 年，白肤族的马尔科和布兰科两兄弟出走布理，在获得佛诺斯特至高王[1]的许可后，他们领着众多霍比特人越过了棕河巴兰都因。他们通过北方王国强盛时期修建的白兰地桥，占据了从河岸到远岗之间所有的土地。他们唯一的义务在于，维护好这座大桥乃至所有的桥梁道路，方便国王的信使往来，另外就是承认国王的统治。

就这样，夏尔纪年以跨过白兰地河（霍比特人改了名字）那一年为元年，此后的时间均以此为基础计算。霍比特人立刻爱上了他们的新家园并留在了那里，很快再度消失在人类和精灵的历史之外。国王尚在的时候，他们名义上属于国王的臣民，但实际上由自己的族长统治，压根儿不会插手外面世界的事情。与安格玛巫王在佛诺斯特的最后一次战争中，他们派遣了弓箭手协助国王——反正他们是这么说的，但人类这边并没有相关的故事记录。而这场战争终结了北方王国。霍比特人便把这块地方据为己有，又从族长中选了一位作为长官来掌控已故国王的权力。后来的一千年，他们很少跟战争扯上关系。在大瘟疫（夏尔纪年 37 年）之后，他们繁荣昌盛，繁衍生息，然后遭遇了漫长的冬季和随后的

1 据刚铎相关记载，此时为阿盖勒布二世，即北方一脉第二十代国王统治时期。三百年后，随着阿维杜伊死去，这一脉断绝。——译注

饥荒。成千上万的霍比特人因此死去，不过在本故事所处的时代，贫乏时期早已过去了许久，霍比特人也早已再度习惯衣食无忧的生活。土地又一次变得肥沃、宜人，虽然霍比特人来的时候这片土地早已荒废，但它此前曾被精细耕作过，此地的国王建了许多农场、玉米地、葡萄园和树林。

这片土地覆盖了远岗至白兰地桥四十里格，以及北荒原至南边的沼泽五十里格范围。作为他们长官管辖之区域，霍比特人将这里命名为夏尔，是一片井然有序的地方。在世界的这个愉快的角落里，他们过着秩序井然的生活，对黑暗事物横行的外界愈发淡漠起来，直到他们意识到和平与富足既是中土大陆的规则，也是所有种族的权利。对守护者及他们任劳任怨护得夏尔长久安宁所付出的努力，他们的认知一向淡薄，却总是忘记或忽略这一点。他们其实一直被庇护着，然而却不曾记住。

霍比特人素来不喜欢争斗，自己人也从未打过架。当然，过往的岁月里，他们不得不靠战斗在艰难的世道里求生，不过从比尔博时代来看已经是陈年老皇历了。本故事开始前的最后一场战争、同时也是在夏尔境内发生的唯一一场战争，如今已无人记得：夏尔纪年 1147 年的绿野之战。此役中，班多布拉斯·图克击溃了奥克的入侵。甚至天气也变得温和起来，曾经随着严酷的白色冬天从北方狂奔而来的狼群，如今也仅剩老一辈嘴里的故事了。于是乎，尽管夏尔还有着不少武器储备，但大多被当作纪念品挂在壁炉或者墙上，要不就放进了大洞镇的博物馆里。那里被称为马松屋——霍比特人管那些用不上、又不愿扔掉的东西叫作马松。他们的住所总是一不注意就被各种马松搞得拥挤不堪，马松也常被当作礼物在霍比特人之间送来送去。

尽管享受着安宁和平的日子，这个种族仍旧奇怪地充满韧劲。真到了关键时候，他们很难被吓倒或杀死。他们如此不厌其烦地喜欢好东西，或许正是因为迫于无奈的时候。他们不靠这些也能在悲痛、敌人或者天气肆虐中活下去，让那些不怎么了解他们、只看得见他们圆滚滚的肚子和脸蛋的人大吃一惊。虽然他们不擅争吵、不以杀生为乐，到了生死关头却个顶个的勇猛，武器也能用得虎虎生风。他们眼神锐利、准头上佳，擅使弓箭。不仅如此，所有擅闯领地的野兽都知道，倘若见到霍比特人开始弯腰捡石头了，可得赶快找地方躲起来。

霍比特人最初以地洞为住所——至少他们自己这么认为，如今也依旧觉得待在地洞里最为自在。可随着时间的推移，他们不得不选择其他居住方式。事实上，到了比尔博时代，通常只有最为有钱与最为贫穷的霍比特人才会遵循这一旧俗。最穷的人继续居住在最简陋的地洞里——那真就只是个洞，带一扇窗户或者没有窗户；富人也仍旧兴建比旧式陋洞更为豪华的洞府。然而，并非哪里都适宜建造这些庞大又密集的隧道群（他们称为斯密奥），随着族群的不断繁衍，平坦和低洼地区的霍比特人开始在地面上修起了房屋。实际上，哪怕是在丘陵地区以及更古老一些的村庄，比如霍比屯、塔克领，乃至夏尔的首府，也就是白岗的大洞镇，这些地方都能见到以木头、砖头或者石头砌成的房屋。它们多受磨坊主、铁匠、绳匠、车匠这类从业者的青睐。即便有地洞可让霍比特人居住，他们也早已习惯了搭建工棚和作坊。

建造农舍和谷仓的习惯，据说始于白兰地河下游的泽地居民。那个地方——也就是东区——的霍比特人个头儿更大、腿更粗，会在泥泞天气里穿矮人靴子。众所周知，他们的血脉主要源自斯图尔族，这一点从他们许多人下巴上长的绒毛就能看出——毛脚族和白肤族都不长胡子。事实上，泽地居民绝大部分都是后来才从远南迁移到了夏尔（他们后来还占据了小河东边的雄鹿地）；他们依旧保留着许多在夏尔别无他处可寻的独特名字和奇怪词汇。

建筑工艺很有可能跟其他工艺一样，是从杜内丹人那里习得的。不过，霍比特人也可能是直接拜师精灵：在人类尚处于青春年代时，精灵是人类的老师。高等精灵仍未放弃中土世界，彼时依旧住在灰港西边及夏尔境内的其他地方。三座远古时期的精灵塔依然矗立在西部边境外的塔丘上，遥遥地在月光下熠熠生辉。最高的那座塔位置也最为遥远，它孤零零地矗立在一座绿色土堆上。据西区的霍比特人称，站在这座塔的顶上能看见大海，不过未曾听闻哪位霍比特人有去攀爬的。事实上，只有少数霍比特人见过大海，航过海船，而回来讲述经历的更是少之又少。大多数霍比特人甚至对河流跟小船都抱着深深的疑虑，他们的水性也普遍不行。随着在夏尔待得越来越久，霍比特人跟精灵的交流变得越来越少，也越来越害怕精灵——不信任那些跟精灵打交道的人。"海洋"在霍比特人中成了恐惧的代名词，是死亡的象征，从此他们再也不关注西边的丘陵。

建筑工艺许是习自精灵或者人类，霍比特人却在其中融入了自己的风格。对塔楼没什么感情的他们，房子通常建得长且矮，住起来舒适无比。最老式的房屋实际上就是在模仿斯密奥，盖之以干草或稻草，要不就用草皮做屋顶，也有略凸起的墙壁。不过那个阶段算是夏尔的早期时期；得益于从矮人那儿学来或是自行发现的手艺，霍比特建筑早已改头换面。对圆窗乃至圆门的偏爱，算是霍比特建筑尚存的主要特点。

夏尔霍比特人的房屋与洞府通常很大，一大家子人都会住在里边。（比尔博和佛罗多·巴金斯都是单身汉，这点着实少见，不过他们还有其他极不寻常的方面，比如与精灵做朋友。）有的时候，比如像大斯密奥的图克家族或者白兰地厅的白兰地鹿家族，同时会有好几代人和平地（相对来说）居住在隧道众多的祖传大宅中。总之，霍比特人很看重宗族关系，对待亲戚也是非常小心谨慎的。他们会制作冗长、精细的族谱，其中分支无数。跟霍比特人打交道，务必要搞明白对方是谁人的亲戚，关系有多亲近之类的事。要列出故事所处时代较为重要的家族中较为重要的成员之族谱，本书深感无能为力。《西界红皮书》末尾的家谱树就足以算作一本小书，只有霍比特人才会看得津津有味。只要其内容无误，霍比特人就乐意去捣鼓：他们喜欢在书里塞满自己已经知道的内容，还要写得合情合理、毫无矛盾。

二　关于烟斗草

旧时的霍比特人还有一件不得不提的奇事，一种叫人惊讶的爱好：他们会通过黏土或者木头烟管抽取或吸食某种草药叶子燃烧产生的烟雾。他们管这种植物叫烟斗草或者烟叶，许是烟草属的一种。这种独特的习俗，或者按霍比特人喜欢的说法称为“艺术”，其起源为层层迷雾所包围。梅里阿道克·白兰地鹿（后来的雄鹿地领主）整合了所有能找到的关于这种习俗的古代信息；鉴于他跟南区产的烟草在之后的历史中扮演了相当的角色，他在自己所著《夏尔药草学》导言中写的评论可在此借用一二。

他写道：“我们可以很肯定地称这门艺术是我们发明的。霍比特人开始抽烟斗草的具体时间未知，所有的传说及家史都认为这是件天经地义的事。好几百年里，夏尔地界的人抽着各种药草，其中一些很难闻，一些比较香甜。所有的说法都认为，在艾森格里姆二世时期，大概是夏尔纪年 1070 年左右，南区长谷的托博德·吹号第一个在自家花园种起了真正的烟斗草。最棒的私家烟斗草如今依然出自该地区，比如现今所称的‘长谷叶’‘老托比’和‘南区之星’等几种。

“老托比是如何发现这种植物的，并没有任何记录记载——他生前一直守口如瓶。他虽然不算什么旅者，但很懂草药。据说他年轻时常去布理，不过那儿毋庸置疑是他唯一去过的夏尔之外的地方。因此，他很有可能是在布理发现这种植物的——无论如何，它如今茂盛地生长在山丘的南坡上。布理的霍比特人自称是第一批正儿八经抽烟斗草的人。当然了，他们声称，他们做的每件事都要快夏尔霍比特人（他们称之为殖民者）一步。在烟斗草这件事上，我认为他们宣称的极有可能是真的。吸食正宗烟草的艺术，确实是最近几百年才从布理流传到矮人和依旧来往于那条古老道路的各式人等那里——比如游侠、巫师、流浪者之类。这门艺术的发源地以及中心，由此可追溯到布理的那家老旅店，也就是跃马客栈。这家客栈在有史记载之前，便一直是黄油菊家在打理。

“同样地，多次南行的观察让我确信，烟斗草并非我们这地方的本土植物，而是从安都因河下游传到北方来的。我怀疑，它一开始应该是由西方之地的人类跨海带过来的。此等植物在刚铎生长茂盛，较北方植株更大，味道也更浓厚；北方不曾见过野生烟斗草，且只在长谷之类遮风避雨的温暖地方生长。刚铎人称烟斗草为甜嘉兰那斯，只爱它的花朵香味。它一定是在埃兰迪尔出现至我们如今的时代之间那数百年间，沿着绿大道一路传过来的。不过，即便刚铎的杜内丹人也承认我们的荣誉：是霍比特人开创的先河，将烟斗草放进了烟斗里。就连巫师也没能先我们一步想到这主意。不过，我倒是认识某位巫师，他许久之前就掌握了这门艺术，又如他投入精力所做的其他事一样，也把它给做得无比熟练。”

三　夏尔的秩序

夏尔分为四部分，即之前提到的东、南、西、北四区。各区又分成若干民有地，依旧以过往大家族的姓氏命名，尽管到了比尔博时期，这些名字已不再仅限于原本的民有地了。姓图克的大多依然住在图克地，但其他许多家族，比如巴金斯家或者博芬家，则并非如此。四区之外另有东、西泽地：雄鹿地（《护戒使者》第一卷第五章）以及于夏尔纪年1452年纳入夏尔的西界。

这一时期的夏尔几乎处于无政府状态，各家族大多自扫门前雪。生产食物和享用食物占据了他们大部分时间。其他方面他们通常慷慨大方，非但不贪婪，反而易于满足且有节制，于是那些家宅、农场、作坊和小生意代代相传，几乎毫无变化。

自然，这里还留存着与佛诺斯特至高王相关的传统——佛诺斯特在夏尔往北的地方，又被他们称作北堡。不过，这片土地已经近千年没有国王了，即便是诸王的北堡，其废墟也早已荒草丛生。然而霍比特人仍觉得野人和奇怪的生物（比如食人妖）根本不知道什么是国王——霍比特人都遵循过往国王所有重要的律法。通常，他们是自愿遵守：按他们的说法，这些都是古老又公正的规矩。

诚然，图克家族素来声名显赫。长官这一要职几个世纪前从老雄鹿那里传到了他们头上，此后便一直由图克族的族长担任。长官乃夏尔议会议长，亦为夏尔兵队及霍比特武装之首领。一般只在紧急情况下才会召集议会及兵队，由于这样的紧急情况不复存在，长官一职更多成了彰显荣耀的空名头。图克家族依旧受到特别的尊重，这是因为他们家丁兴旺、十分富有，且每一代都可能出现喜好独特乃至热爱冒险的有名人物。后一种特质与其说普遍让人接受，不如说是被人忍受（介于有钱人家庭）。把家族族长称为大图克的传统依旧延续着，若有必要的话，会在名字后面再加上数字，比如艾森格里姆二世之类。

这一时期，夏尔唯一真正的官员是大洞镇（或者夏尔）市长，每七年于莱斯日（仲夏时分）的自由市集选举而来。市长的职责差不多只是在夏尔繁多的节日里主持宴会。不过，邮局局长及夏警长官的职位与市长职务挂钩，故市长也需要管理邮政及警备这两项夏尔仅有的公共服务。其中邮差人数是最多的，业务也更为繁忙。虽说并非所有霍比特人都识文断字，那些会写字的倒是常给住在饭后遛弯到不了之处的朋友（以及部分亲戚）写信。

霍比特人用夏警来称呼他们的警察（或者最接近该职能的职业）。自然，他们没有制服（从未听闻过），只在帽子上别一根羽毛。从实操上而言，他们管牲口的时候要多过管人的时候。全夏尔只有十二名夏警，四个区各有三名，负责“内部工作”，另外还雇了数量更多的一批人来“守卫边界”，确保各类大大小小的外来者不会滋生事端。

本故事开始的时候，所谓的“边界守卫”数量已经大大增加。大量的报告和抱怨称，有陌生人和没见过的生物在边界徘徊甚至越境：此乃最初的迹象，表明许久以前故事和传说中的那种井然有序的日子，如今似乎已变了模样。罕有人注意到这一迹象，即便比尔博也没弄明白它究竟预示着什么。自他踏上那场记忆犹新的旅途以来，已过去了六十年，而他也到了以霍比特人标准——他们大多能活到一百岁——来看，都称得上老的年纪。不过，显而易见，他带回的财宝仍旧余下了不少。具体数量有多少，他谁都没透露，哪怕对他喜爱的“侄子”也是守口如瓶。他始终密藏着找到的那枚戒指。

四　发现魔戒

正如《霍比特人》中所述，伟大的巫师灰袍甘道夫某天来到比尔博的家门口，身后跟着十三位矮人：别无他人，正是诸王的后代——流亡的梭林·橡木盾，还有他的十二位同伴。夏尔纪年 1341 年 4 月的某个早上，他竟与他们一道踏上了旅途（他自己颇为诧异），去寻找巨大的宝藏。这宝藏乃历代矮人的山下之王所留，位于远东地区河谷镇的埃瑞博山之下。这次寻宝非常成功，他们还消灭了看守宝藏的恶龙。不过，五军之战在他们凯旋之前打响，梭林不幸罹难，另外还发生了许多著名的事件。此外，若非中途遇见的某个“插曲”，他们这场冒险本不会影响到后来的历史，在第三纪元悠长的编年史中也顶多只会以一条注释带过：在前往大荒野，路过迷雾山脉的一道高山隘口时，队伍遭遇奥克袭击，结果比尔博在山下黑咕隆咚的奥克矿井里走丢了。正是在这里，就在比尔博黑灯瞎火地四处摸索时，他的手摸到了躺在隧道地上的一枚戒指。他把戒指塞进了兜里。当时来看，他似乎是瞎猫碰上了死耗子。

打算寻找出路的比尔博一直往下，最后来到无路可走的山根处。隧道底有一潭远离光亮的冷水湖，湖中的一处岩礁上住着咕噜。他是个叫人憎恶的小生物：他用他那双扁平的大脚当桨划着小船，拿苍白发光的眼睛窥视着水里，用长长的手指捕捉湖里的盲鱼来生吃。他生吃任何东西，只要不费什么手脚就能抓到和扼死，连奥克他也不会放过。他拥有一个秘宝，是很多年前得到的，彼时他还生活在光明中：那是一枚金戒指，能让佩戴者隐形。这枚戒指是他的至爱，他的"宝贝"，他会跟它喋喋不休，哪怕戒指不在他身边——除非捕猎或是刺探矿井里的奥克，平时他会把它藏在岛上一处安全的小洞里。

倘若两人相遇时咕噜带了戒指，他当场就会袭击比尔博，然而戒指并不在身上，霍比特人还提着把精灵匕首充作短剑。于是，为了争取时间，咕噜向比尔博发起猜谜挑战，如果比尔博猜不出谜语，他会杀了比尔博吃掉；若比尔博出的谜语他猜不到，那么他就会遂了比尔博的愿，领着比尔博找到离开隧道的路。

鉴于比尔博迷失在黑暗中，希望全无、进退两难，于是便接受了挑战：两人互相出了一堆谜语。比尔博笑到了最后，虽说主要靠的是运气（表面上）而非智慧：就在他最后绞尽脑汁也再想不出谜题的时候，他的手摸到了那枚被他捡到又忘个干净的戒指，于是他大喊道："我的兜里装着什么？"尽管咕噜要到了三次作答机会，结果还是没能猜到答案。

严格从游戏规则来看，最后这一题究竟属于纯粹的提问还是猜谜，确实让权威人士们各执一词。不过大家都认同的是，一旦认可提问并尝试猜出答案，咕噜就被承诺束缚住了。比尔博也推着他履行承诺，尽管这类承诺十分神圣，旧时只有最邪恶的生物才敢言而无信，可他依旧觉得这假惺惺的生物可能会食言。然而，在暗无天日的地方生活了许多年岁的咕噜，心也跟着变黑，还学会了背信弃义。于是他溜回了位于幽暗的水里不远处的岛上，而比尔博对此一无所知。咕噜以为自己的戒指仍旧躺在那里呢。他现在非常饿，非常气愤，只要拿到他的“宝贝”，他就无惧任何武器。

然而戒指不在岛上，他找不着戒指——它不见了。他的尖叫声让比尔博的后背直打战，而比尔博那会儿完全没弄明白情况。虽然咕噜最后总算猜到，然而已经太迟了。“它的兜里装着什么？”他大叫大嚷。他眼中精光大作，好似绿色的火焰；他飞快地跑回去，想杀掉霍比特人，夺回自己的“宝贝”。比尔博及时察觉到危险，慌不择路地跑向远离湖水的通道，又再度走了狗屎运：他在跑的时候把手伸进兜里，戒指悄无声息地套上了手指。正因如此，没能发现他的咕噜匆匆跑开，咕噜要守着去路，免得贼人逃走。比尔博战战兢兢地尾随着，听他边跑边骂，还自言自语地讲起他的“宝贝”。一番话听完，即便是比尔博也猜到了真相，感觉在这无边的黑暗中又有了希望：他自个儿找到了这枚神奇的戒指，有了从奥克和咕噜手上逃走的机会。

最后他们停在了一处隐蔽的洞口前面，这里通往山脉东面矿井下层的大门。咕噜不知所措地蹲在原地，一边嗅闻一边倾听；比尔博很想一剑了结他，不过怜悯之情拉住了他。而且，尽管他留下了戒指——他的希望全在它上面——他并不愿意利用这枚戒指来杀掉那个处于不利情势中的悲惨生物。最后，比尔博鼓起勇气，摸黑跃过咕噜的头顶，顺着通道逃走，只留下了敌人痛恨和绝望的哭喊：“小偷，小偷！巴金斯！我们永远恨它！”

有趣之处在于，比尔博一开始可不是这么跟同伴讲的。他们听到的说法是，咕噜许诺比尔博，如果他赢了猜谜，就送他个礼物；而咕噜回岛上去拿的时候，发现财宝不见了——那是枚魔法戒指，是他许久以前的生日礼物。比尔博认为他找到的正是那枚戒指，反正他赢了猜谜，这东西也理当归他所有。鉴于当时情况紧急，他没有提这件事，只是让咕噜给他指路，作为礼物替代奖励。比尔博把这个说法写在了回忆录里，似乎未曾有过任何更改，即便在埃尔隆德会议之后也半句没改。显然，它依旧出现于最初的“红皮书”当中，在一些誊稿和摘要中也能见到。不过，还有许多誊稿记载了实情（作为说法之一），这无疑来自佛罗多或者山姆怀斯所作记录，知道真相的这两位似乎均不愿删去那位老霍比特人所写的任何内容。

甘道夫却不怎么相信比尔博最初的说辞。刚听闻此事，他就对戒指产生了极大的好奇。多番质询下，他终于从比尔博嘴里掏出了真实的故事，这一度让两人的关系变得紧张，然而巫师似乎认为探寻真相更为重要。尽管他没有告诉比尔博，发现这位善良的霍比特人一开始竟然没有讲真话——这相当不像比尔博的性格——这一情况既让他重视，又颇觉得不宁。而且，“礼物”这个概念也并非什么霍比特人独创的点子。比尔博承认，这是他无意中从咕噜的嘴里听见的；咕噜的确几次三番地管戒指叫他的“生日礼物”，这给了比尔博灵感。甘道夫同样认为这一点比较奇怪，令人怀疑；本书后面会提到，他此后好些年依旧没弄明白这一点的真相。

比尔博之后的冒险，此处便不再赘述。有了戒指的帮助，他躲过大门处的奥克守卫，跟伙伴们重聚。这场冒险中，他又多次使用了戒指，主要是用来帮助伙伴；不过他尽可能地对他们保守了这个秘密。等回了家，除甘道夫和佛罗多之外，他没跟第三人提过；夏尔也再没任何人知道戒指的存在——至少他是这么认为的。他只给佛罗多看过他写的旅行日记。

他把自己的刺叮剑挂在了壁炉上，矮人送他的那件从恶龙秘藏中获得的神奇锁甲则借给了博物馆——其实就是大洞镇的马松屋。不过，旅途中穿的那件旧兜帽斗篷倒是被他收在袋底洞的抽屉里。他用一条精细的链子穿上了那枚戒指，放在兜里保管。

他回到袋底洞是五十二岁那年的六月二十二日（夏尔纪年 1342 年）。夏尔之后再没发生过什么值得大书特书的事情，直到巴金斯先生开始准备庆祝自己的一百一十一岁生日（夏尔纪年 1401 年）。而本书将要讲到的历史就此开始。

对夏尔档案的说明

第三纪元末，一系列重大事件使得夏尔重返再度统一的王国怀抱，而霍比特人在其中所扮演的角色，让他们兴起了一股研究自己历史的热潮。很多当时尚属口口相传的传统，被他们收集和记录下来。大家族也同样和整个王国的事件扯上了关系，于是许多家族成员开始研究王国的古代历史和传说。到了第四纪元头一个世纪末的时候，夏尔已经建起了好几座图书馆，其中收藏了许多历史书和档案。

藏书规模最大的或许还是塔底居、大斯密奥和白兰地厅三个地方。本书中对第三纪元末的叙述，主要取自《西界红皮书》。这本书乃是“魔戒大战”最为重要的资料，之所以得此名字，是因为它长期藏于塔底居，而那里正是担任“西界守护”的美裔家族[1]的家园。它起初是比尔博带去幽谷的私人日记，佛罗多将它跟许多页松散的笔记一道带回了夏尔。夏尔纪年 1420—1421 年间，佛罗多用自己对魔戒大战的记叙，几乎填满了整本日记。不过，还有三卷以红皮装订的、比尔博作为饯别

1 见附录二《大事年表》中夏尔纪年的 1451、1462、1482 三个年份，以及附录三末尾注释处。

礼赠送的厚书也附在了日记后面，或许保存在一个红色箱子里。西界又给这四卷书加上了第五卷，内容包括评论、家谱，还有与护戒使者中霍比特成员相关的各种内容。

原本的红皮书未能保存下来，不过倒是留有不少誊稿，第一卷的尤其多，供山姆怀斯大人子女的后代使用。最重要的那份誊本却有些不同寻常：它虽被保存于大斯密奥，却是在刚铎誊就（大约是应佩里格林的曾孙要求誊写），完成于夏尔纪年 1592 年（第四纪元 172 年）。南方的书吏附了如此一段注释："芬德吉尔，国王之书吏，第四纪元 172 年完成誊抄。"这本正是与米那斯提力斯《长官之书》一模一样的抄本。那本《长官之书》是奉埃莱萨王之命抄写《佩瑞安族红皮书》而作，而这本红皮书则是第四纪元 64 年退休的佩里格林长官前往刚铎时带给国王的。

因此，《长官之书》是《红皮书》的第一份誊本，包含了许多后来遗漏、丢失的内容。它在米那斯提力斯被增加了大量注释，做了许多修订，尤其是精灵语的名称、用词及引文方面，另外还缩略补充了"阿拉贡与阿尔玟的故事"中那些未涉及魔戒大战的部分。据传，完整的故事是由宰相法拉米尔之孙巴拉希尔所撰，大抵完成于国王与世长辞后的某个时日。不过，芬德吉尔之誊本最重要的地方在于，只有这一本包含了比尔博《精灵语译文集》的全文。这三卷乃技艺精湛、学识渊博的作品，是比尔博穷尽幽谷能咨询的一切居民与能找到的书卷资源，于 1403—1418 年间所著。不过，鉴于它们几乎全部只与上古时日有关，佛罗多基本没能用上，此处便不再多提。

鉴于梅里阿道克及佩里格林成为各自家族之首，同时又与洛汗和刚铎多有联络，雄鹿镇跟塔克领的藏书库中因而收藏了许多《红皮书》中不曾出现的资料。白兰地厅里也有诸多著作探讨埃利阿多，以及洛汗的历史。其中部分作品由梅里阿道克本人编纂或起头，但夏尔方面耳熟能详的主要还是他的《夏尔药草学》，以及于其中探讨夏尔、布理的历法同幽谷、刚铎、洛汗历法之关系的《年代计法》。他还写了篇短论文，名为《夏尔古词与名称》，着重研究了如“马松”或地名中的古元素之类的“夏尔用词”跟洛希尔人语言之间的亲属关系。

大斯密奥里边的著作尽管不怎么吸引夏尔居民，但在更为广阔的历史领域更具重要性。这些著作均非佩里格林所撰，但他与诸位继任者却收集了刚铎一众书记官书写的许多手稿：主要是埃兰迪尔及其后裔相关历史或传说的抄本及概要。夏尔只有此地才能大量寻到关于努门诺尔历史及索伦崛起的资料。《大事年表》[1] 兴许便是于大斯密奥做的汇总，而梅里阿道克收集的材料亦多有襄助。其中给出的日期值得多加关注，尽管这些日期，尤其涉及第二纪元的，常为推测而定。梅里阿道克多次造访幽谷，或许于彼处受到协助，获取了信息。尽管埃尔隆德已离开彼处，他的两个儿子却久久驻留，相伴的还有部分高等精灵族人。据说，加拉德瑞尔离去后，凯勒博恩去了幽谷居住，但没有记录表明他最终何时前往灰港，而中洲最后一丝上古时日的鲜活记忆，也与他一同离去。

1 附录二相关便是大幅缩写后的版本，时间记录至第三纪元末。

第一卷

The Lord of the Rings The Fellowship of the Ring

The Lord of the Rings The Fellowship of the Ring

·第一章·

翘盼的欢宴

袋底洞的比尔博·巴金斯先生宣布，不久后他将用一场盛大的宴会来庆祝自己一百又十一岁生日。霍比屯的人对此议论纷纷，一个个激动不已。

比尔博很有钱，也很古怪。自从他离奇失踪又意外归来，六十年来夏尔人一直视他为传奇。他这番旅行带回来的财宝成了当地的传说之一，任凭老家伙说破了嘴，大家仍旧言之凿凿地认为，袋底洞的山丘下全是地道，塞满了宝藏。如果这还不足以让他扬名的话，还能再称道称道他那经久不衰的活力：荏苒的时光罕有在巴金斯先生身上留下什么痕迹，直到九十岁了，他看着还跟五十岁差不多。九十九岁那会儿，人们管他叫常青树；不过吧，“青春不老”这词儿可能更接近事实。有些人摇着脑袋，觉得这事好过了头：一个人既有不老的青春（显然），又有取之不尽的财富（据说），这毫无疑问失了天理。

“迟早要还的！”他们说，“一点儿都不正常，肯定要出事！”

然而，到现在也没出过什么事；由于巴金斯先生在金钱方面慷慨大方，大多数人也不再老揪着他的古怪和好运气不放。他经常跟亲戚们走动（当然，除了萨克维尔－巴金斯夫妇），不少穷困潦倒的霍比特人都是他忠实的崇拜者。不过，直到几位子侄开始成长之前，他一个亲密朋友都没有。

佛罗多·巴金斯在这些子侄里最年长，也最受比尔博喜爱。九十九岁那年，比尔博收佛罗多做继承人，带他回了袋底洞；萨克维尔－巴金斯夫妇的美梦终究落了空。说来也巧，比尔博和佛罗多都是九月二十二日出生的。“佛罗多，我的好孩子，你最好上我这儿来住，”比尔博某天说，“我们可以一起舒舒服服地庆祝生日。”那会儿的佛罗多刚过完童年，却又不到成年的三十三岁，正处在霍比特人所称的莽莽撞撞的二十来岁。

十二年转瞬即逝。两位巴金斯先生每年都会在袋底洞举办热闹非凡的联合生日宴，不过现在大家都知道，这个秋天他们计划着要搞什么大动作。比尔博马上一百一十一岁，“111”是个非常有意思的数字，对于霍比特人而言也是个相当值得敬畏的年纪（老图克自己也只活到了一百三十岁）。佛罗多即将三十三岁，而“33”也是个重要的数字——正是他“成年”的日子。

谈论声响彻霍比屯和傍水镇，传言飘遍了全夏尔。比尔博·巴金斯先生的过去和现在，又一次变成了大家话题的焦点。那些老头儿老太太们对过往的念叨话，也忽然变得受欢迎起来。不过，大家听得最认真的，还是俗称“老爷子”的老汉姆·甘姆吉讲的那些。他就在傍水路的常春藤小旅馆里边大摆着龙门阵，讲的内容也挺像回事儿，因为他在袋底洞负责打理花园，干了整整四十年，之前还帮老霍尔曼干过同样的活儿。现在他老了，手脚不利索了，这活儿就落到了他的小儿子，也就是山姆·甘姆吉身上。父子俩跟比尔博和佛罗多的关系都处得不错。他们就住在小丘，也就是袋底洞下面的袋下路 3 号。

“一直以来我都说，比尔博先生是一位待人以善、谈吐优雅的霍比特绅士。”老爷子宣布。事实也确实如此：比尔博对他一直客客气气，管他叫“汉姆法斯特师傅”，总是跟他请教蔬菜种植的问题——与“根”有关的、特别是土豆方面的事，老爷子是街坊们（包括他自个儿）公认的权威。

“那跟他住一块儿的佛罗多怎么样？”傍水镇的老诺克斯问，“虽然姓巴金斯，可别人说他更像白兰地鹿家的人。真是不明白，为啥霍比屯的巴金斯家会有人去雄鹿地这么个满是怪胎的地方讨老婆！”

“也难怪他们古里古怪的，”双脚老爹（老爷子的隔壁邻居）接话道，“谁让他们住在白兰地河不对头的那边，还正对着老林子呢。哪怕传说只有一半是真的，那地方也算得上是又黑又糟。”

“说得没错，老爹！”老爷子回道，“倒不是说雄鹿地的白兰地鹿家住在老林子里，不过他们的确怪得很。他们乘着船在那条大河上瞎胡闹——这可算不上正常。要我说，惹上麻烦一点儿都不叫人意外。不过，不管怎么说，佛罗多先生是你乐意碰上的那种和善的霍比特年轻人。长相也好，别的也罢，都跟比尔博先生非常像。毕竟，他父亲也是巴金斯家的。卓果·巴金斯先生为人正派、受人尊敬，直到溺水丢了性命，他从来没惹过半点儿是非。”

“溺水？”有话声从下面传来。大家显然听过这事儿，也许还听过其他更为离奇的传闻。不过霍比特人历来热衷家族历史，他们已经准备好再次聆听了。“咳，据说是这样，”老爷子道，“你瞧，卓果先生讨了倒霉的普莉缪拉·白兰地鹿小姐当妻子。她是我们比尔博先生的表妹（她妈妈是老图克的幺女），而卓果先生是他的远房堂弟。所以，佛罗多先生既算他外甥，也算他侄儿，就像老话说的，怎么着都沾着点儿亲戚关系，明白了吧。卓果先生呢，那会儿跟他的岳父老戈巴道克大人一块住在白兰地厅，结婚之后他经常这么干（他嘴馋好吃，老戈巴道克的餐桌上又总是美食不断），然后他跑去白兰地湖上荡舟。后来，他跟他老婆一块儿淹死了，只留下可怜的佛罗多先生这么一个孩子。”

“我听说他们是饭后趁着月光跑去湖上，”老诺克斯说，“结果卓果太胖，弄沉了船。”

霍比屯磨坊的老板山迪曼说：“我听说是她把他推下水，他又把她给拽了下去。”

“山迪曼，你可别听风就是雨。”老爷子呛道，他不怎么喜欢这位磨坊主，“哪来什么推推拉拉的。你好好坐着不乱来，船这玩意儿也能给你整点儿事情出来。反正，这位佛罗多先生没了爹妈，又困在一堆可以说是怪胎的雄鹿地人中间，就这么在白兰地厅长大了。大家都说，那地方活像个养兔场，老戈巴道克大人有好几百名亲戚也住在里头。比尔博先生把那孩子带回来跟正经人过活，可真是行了大善事喽！

“不过，我猜这事儿对萨克维尔－巴金斯夫妇算得上是晴天霹雳。那会儿比尔博先生失踪，大家都以为他死掉了，他们就觉着袋底洞是自己的囊中之物。结果他又回来了，还让他们搬出了袋底洞；然后他就这么活了一年又一年，永远都是那副年轻样儿，老天保佑！再后来，他突然又整出个继承人来，还把所有的文件都给备齐了。这下萨克维尔－巴金斯夫妇可再也见不着袋底洞里头的光景了，或者说，人家本来就不想再让他们见着。”

“我听别人说，有老大一笔钱藏在里头哪。”从西区的大洞镇过来做生意的一位陌生人开了腔，“说是你们这小丘顶上到处都是地道，里头装了一箱又一箱的金银珠宝。”

“这我可就不知道了，”老爷子回道，“我可不知道什么珠宝。比尔博先生花钱很大方，看着并不缺钱。可我知道，挖地道什么的纯粹是瞎扯！比尔博先生回来我是亲眼见着了的，就是六十年前，当时我还是个小孩儿。那会儿我刚去老霍尔曼（他是我爹的堂亲）那里当学徒没多久，他领着我去了袋底洞，帮他一块儿在拍卖的时候拦着那些来客，以防他们在整个院子里乱踩。刚拍卖到一半的时候，比尔博先生牵着马儿，带了几个大包和两个箱子出现在小丘上。我一点儿也不怀疑其中大部分都装着财宝，是他从外面搞来的——听说那里的金子跟山一样高；可这点儿东西哪需要用地道装。不过，我的娃儿山姆知道得多一点儿，他是进过袋底洞的。这孩子特别爱听过去的事儿，比尔博先生讲的故事他可一个都没漏。他还教了这孩子念字儿——不是坏事儿，我跟你讲，也希望一直都别有什么坏处。

“我跟他说，甭扯什么精灵和恶龙！卷心菜和土豆才是我们的本分。别去搅和大人物的事情，有你吃不了兜着走的时候。换作别人我也会这么讲。”他又睨了一眼陌生人和磨坊主。

不过听众没被老爷子说服，年轻一代的霍比特人对比尔博的财宝传说早已深信不疑。

“噢，但他起初的财产也可能一直在增加啊，”磨坊主辩道，讲出了大家的心声，“他老离家外出。而且，看看那些上他家拜访的人，一个个儿奇奇怪怪的：半夜三更上门的矮人，还有四处浪荡的那个变戏法老头儿甘道夫，诸如此类的。老爷子，随便你怎么说，可袋底洞就是个住着怪人的怪地方。”

“也随便你怎么说，山迪曼先生，反正你对这些事的了解不比荡舟多多少。”老爷子驳斥道，更加讨厌磨坊主了，“如果这都能算怪，那我们还有更怪的事儿呢。这周围有些人呢，哪怕是住进了金窝里，也舍不得请朋友喝一杯啤酒；而袋底洞的人，做起事来可是面面俱到。山姆娃子说，宴会请了所有的人，到时候还有礼物奉送。听好了啊，每个人都有礼物——就在这个月。”

而这个月正是九月，天气也美得叫人别无所求。一两天后，某个小道消息（始作俑者大约是山姆这个消息通）传遍了大街小巷，说到时候会放烟花——自从老图克作古之后，夏尔已经快一个世纪没放过烟花了。

日升又日落，日子一天一天地近了。某天晚上，一辆古怪的货运马车满载着古怪的货物进了霍比屯，又摇来晃去地上了小丘，去了袋底洞。被惊动的霍比特人，一个个目瞪口呆地在点着灯火的门里窥视着。驾车的人唱着奇奇怪怪的歌，模样也古里古怪的：是一群长着大胡子、戴着大兜帽的矮人。他们中有几个人留在了袋底洞。九月的第二个周末，正是大白青天的时候，从白兰地桥的方向，沿着傍水路来了一辆马车。驾车的是一位老人，头戴又高又尖的蓝帽子，身着长长的灰斗篷，还围着条银色披巾。老人蓄着长白胡子，眉毛浓密得帽檐都遮不下。霍比特小孩子们追在马车后面，一路从霍比屯跟上了小丘。跟他们猜想的一样，一整车装的全是烟花。老人在比尔博家大门口卸了货：许多许多捆烟花，各种类型、各种形状的都有，每一个上面都标记着大大的红色字母 G“[illegible]”和精灵如尼文“[illegible]”。

那自然是甘道夫的标志——老人正是靠操控火焰、烟雾和光亮的手艺而享誉夏尔的巫师甘道夫本人。霍比特人可不知道，他的正业远比这些还要艰难和危险得多。在霍比特人看来，他只是这场宴会的“卖点”之一。霍比特小孩子们因此兴高采烈，大喊着：“G 代表棒极了！”老人被逗得一脸笑容。甘道夫只是偶尔来霍比屯逗留片刻，但他们记得他的样子。除了年纪最大的那一批之外，其他的霍比特小孩和他们的家人都没看过甘道夫的烟花表演——那已经是久远的传说了。

比尔博搭着几个矮人帮老人卸完了货，又撒出去几个小钱，可他们一个鞭炮或者烟花也没放，让围观群众失望不已。

“都散了吧，到时候让你们看个够！”甘道夫说，然后跟比尔博进了屋子，关上了门。小霍比特们又巴巴地瞅了一阵子大门，心想着宴会那天要是能早些到来就好了，这才恋恋不舍地走开了。

袋底洞里头，比尔博和甘道夫坐在小房间敞开的窗边，看着西面的花园。时近傍晚，正是一片夺目又祥和的景象：那红的、金的，是朵朵盛开的金鱼草和向日葵；旱金莲爬满了草皮墙，连那小圆窗也没放过。

甘道夫说："可真是座漂亮花园！"

"可不是嘛！"比尔博回道，"我是真的爱这花园，也爱这老夏尔的一切，但我觉得我需要去度个假。"

"你是说，你要继续自己的计划是吧？"

"就是这意思。几个月前我就拿定了主意，到现在也没变过。"

"好吧。那我也不多说什么了。恪守你的计划——整个计划，还有你拿定的主意——希望最后能让你，也让我们所有人都心满意足。"

"希望如此。无论如何，星期四那天我得好好乐一乐，享受一下我的小玩笑。"

"希望能有人笑得出来吧。"甘道夫摇着头，说道。

"走着瞧吧。"比尔博说。

第二天，一辆辆货车络绎不绝地轱辘进了小丘。起初还有人嘀咕"不照顾本地生意"之类的话，结果那一整个星期，袋底洞泼水似的撒出订单，把霍比屯、傍水镇乃至周边地区能买到的所有食品、用品和奢侈品全给包圆儿了。大家伙儿开始激动起来，在日历上一天天划着日子，翘首期盼着邮递员快来给自己送请柬。

没过多久，蜂拥而出的请柬把霍比屯邮局给堵了个结实，傍水镇邮局也像是遭了雪崩，只得请上邮差志愿者来帮忙。他们频繁往返小丘，带去了好几百封用各种措辞表示"谢谢，肯定来"意思的客套回函。

袋底洞的大门上有张告示：仅限宴会相关人员入内。可甭管真相关也好，假相关也罢，就没几个人能进得去。比尔博非常忙：撰写请柬、确认回函、挑选礼物，还得私底下给自己做些准备。自从甘道夫来了之后，再没人看见过比尔博。

某天早上，一觉醒来的霍比特人发现，比尔博家正门下面的那一大块田野上，铺满了搭帐篷及凉棚用的绳子和杆子。边坡上专门开了个连着大路的出口，建了宽宽的台阶跟一扇巨大的白色大门。袋下路紧挨着田野那儿住的三户霍比特人对这场面生出了浓厚的兴趣，也收获了他人满满的妒意。连假装打理花园的老爷子甘姆吉都停下来不装了。

帐篷开始一个个地支起来。其中有个特别巨大的凉棚，大到把田野的那棵树都给围上了——这棵树自豪地杵在凉棚一角，树下是主桌的一头，树上挂满了灯笼。除了这些，还有别的叫霍比特人心动的东西：田野北角搭了一座大大的露天厨房。所有旅店和餐馆的厨师都被请来给矮人以及其他待在袋底洞的怪人们当帮手。

人们的激动之情到达了顶点。

宴会头一天，就是星期三的时候，乌云遮天蔽日，人们的焦虑之情骤然而生。到了九月二十二号星期四，天空却又晴朗起来。东升的太阳照散了乌云，彩旗迎风招展，欢乐开始了。

比尔博管这叫宴会，实际上却是混在一块儿的各种娱乐活动。住在附近的人基本上都受到了邀请，有那么极少的几位无意中给漏掉，不过他们依旧赴了宴，倒也无关紧要。很多住在夏尔其他地方的人也被邀请前来，甚至还来了几位异邦人。比尔博亲自在新建的白色大门那儿迎接来宾（以及非请自来的人），给每位客人及闲人派送礼物——闲人指的是那些出后门绕一圈又从大门进来的家伙。霍比特人会在自己生日的时候给人送礼物，通常不会很昂贵，也没有这次那么奢侈，不过这习惯倒不算坏。实际上，霍比屯跟傍水镇每一天都有人过生日，所以住那儿的每个霍比特人差不多一星期能收到至少一次礼物，却从来不觉得腻味。

这一回的礼物好得异乎寻常。霍比屯的孩子们高兴坏了，半晌没想起来吃东西。好些礼物是他们从来没见过的玩具，全都很精美，其中一些一看就知道附着魔法。这些礼物实际上有不少是一年前就下好订单，从孤山和河谷城一路运过来的，全是正宗的矮人手艺。

等到宾客全进了大门之后，歌舞、音乐、游戏，当然还有美酒佳肴，全都动了起来。正餐统共有三顿：午餐、下午茶、主餐（或称为晚餐）。不过，能分清午餐和下午茶的主要原因在于，这两个时段是全体宾客一块儿大吃大喝，而其他时段则只是大部分宾客在吃——从上午十一点一直吃到了傍晚六点半放烟花。

烟花就是甘道夫的那些：不管是他带来的，还是由他设计制作的，那些特效焰火、组合焰火、冲天箭都由他来点放。除了这些，还有诸如蹿天猴、鞭炮、烟花棒、亮烛、矮人蜡烛、精灵喷泉、半兽人吼炮以及霹雳火之类的精品。随着年岁渐增，甘道夫的手艺也愈发精湛了。

有些冲天箭就像是闪耀的群鸟，发出甜美的鸣叫声。还有像绿树的：浓烟是树干，树叶猛然绽开，仿佛把整个春天浓缩在了一瞬间；亮闪闪的树枝朝震惊的霍比特人撒下朵朵闪烁的花儿，又在落上他们呆若木鸡的脸庞之前消失无踪，留下芳香阵阵。有蝴蝶如泉涌般出现，一闪一闪地栖上烟花树；彩色火焰一柱柱升起，旋即变为雄鹰、航船和结阵飞行的天鹅；雷雨般的红色出现，再接一阵细雨似的黄色；一声好似鏖战中的军队发出的喊声传来，林立的银枪骤然闪亮天空，又再度落了下来，如百千条电蛇一样嘶嘶着坠入小河。致敬比尔博的压轴烟花同样是个惊喜，也正如甘道夫所料的那样惊呆了所有霍比特人。光亮熄灭，浓烟升起，形状恍若远处的山峰；山顶亮了起来，喷出绿色与猩红色的火焰。一条红金色龙从中飞出——没有真龙那么大，不过逼真得可怕：它口喷烈焰，眼神如炬，咆哮着三次擦着人群的头顶掠过。人们纷纷埋头躲闪，好些人摔了个狗啃泥。火龙如特快列车般驰过，又翻了个筋斗，在傍水镇上空炸了开来，声音震耳欲聋。

“主餐开始了！”比尔博说。疼痛和惊慌登时不见踪影，倒了满地的霍比特人也一股脑儿全蹦了起来。每个人都分到一份绝赞的餐食，是的，每个人，除了那一小撮受邀参加特别家宴的。特别家宴的地点在包着树的那座大凉棚里，人数限定在十二打（霍比特人也管这数字叫“一罗”，不过这个字眼儿用在人身上不太合适）。赴宴的客人都选自跟比尔博和佛罗多沾着亲戚的家族，附带几位并非亲戚的特殊朋友（比如甘道夫）。还有许多年轻霍比特人也在受邀之列，得到家长首肯后也来了。霍比特人本就不怎么管孩子晚睡的事情，眼下抓住机会蹭不要钱的饭才是本分。想把霍比特孩子养大，少不得要吃掉许多粮呢。

赴宴的有好些个姓巴金斯和博芬的，还有不少来自图克和白兰地鹿家族；有几个挖伯家的（比尔博·巴金斯祖母的亲戚），还有几个胖伯家的（比尔博祖父老图克的亲戚）；另外还从掘洞家、博尔杰家、绷腰带家、獾屋家、强身家、吹号家和傲足家选了点儿人。其中一些人跟比尔博只能算挂钩亲戚，有些人住在夏尔的犄角旮旯，甚至从没来过霍比屯。萨克维尔－巴金斯一家没被忘在脑后，奥索和太太洛比莉亚都到场了。他们不喜欢比尔博，也憎恨佛罗多，不过金色墨水写就的邀请函实在是太过精美，让他们没法拒绝。除此之外，他们的比尔博堂兄多年来精于美食之道，在吃上面可从来没辜负过任何人的期待。

所有这一百四十四位客人都候着一顿美妙的筵席，可又颇为害怕主人的餐后致辞（少不了的项目）。他很有可能吟上几句他所谓的“诗歌”，倘若再来上一两杯酒的话，还会拐弯抹角地讲两段他那场神秘之旅中的荒唐冒险。客人们果然没有失望——确实是顿美妙的筵席，甚至该算作是场叫人沉醉的娱乐：精挑细选、分量十足、花样繁多、层出不穷。之后好几个星期，整个这片地方几乎没人再买吃食；不过，鉴于比尔博为了这一顿清空了方圆几里大部分商店、酒窖和仓库的存货，倒也没什么关系。

盛筵（多多少少）告一段落后，致辞来了。大多数人此时正处在他们称为“填点儿边边角角”的愉悦阶段，自然要宽容一些了。他们呷着合意的饮品，品着喜欢的糕点，之前的担忧早抛到了九霄云外。他们已经准备好听他讲任何内容，还要在他每讲完一段话之后就喝一次彩。

“亲爱的父老乡亲们，”比尔博站了起来。“快听！快听！快听！”他们异口同声地嚷嚷着，一遍又一遍，似乎连自己的建议也并不乐意听。比尔博离开座位，踩上了张着灯笼的那棵树下面放着的椅子。灯光打在他喜气洋洋的脸上，刺绣丝绸马甲上的金纽扣熠熠生辉。大家都能看见他站在那儿，一只手揣在裤兜里，另一只手在空中挥来舞去。

“亲爱的巴金斯家和博芬家，”他继续说，“亲爱的图克家和白兰地鹿家，还有挖伯家、胖伯家、掘洞家、吹号家，亲爱的博尔杰家、绷腰带家、强身家、獾屋家和傲足家。”“是傲‘跓’家！”凉棚后面有个霍比特老头儿喊道。不消说，他就是姓傲足的，而且名副其实：他有双大脚板，毛非常厚，此刻就翘在桌上呢。

“傲足家，”比尔博重申道，“以及我的好亲戚萨克维尔－巴金斯家，欢迎你们最后还是来了袋底洞。今天是我的第一百一十一个生日：我百十一岁啦！”“万岁！万岁！万寿无疆！”他们欢呼着，兴高采烈地擂着桌子。比尔博讲得很棒。这才是他们想听的致辞：言简意赅。

“希望各位今晚过得跟我一样尽兴。”下面传来震耳欲聋的欢呼声，“有”（和“没有”）的喊声。号角、管笛，还有其他乐器响成一片。毕竟正如之前所述，场下有一堆霍比特年轻人，他们拉响了好几百个音乐拉炮。大部分拉炮上面印着“河谷城”字样，这个词对大多数霍比特人来说没什么意义，但这不妨碍他们觉得拉炮很棒。拉炮里边装着各种乐器，虽然个头儿不大，但个个制作精良、音色纯正。某个角落的一群图克和白兰地鹿家的年轻人以为比尔博叔叔已经讲完话（因为该讲的他都讲了），于是攒了个即兴乐队，奏起了欢快的乐曲。埃佛拉德·图克先生和梅莉洛特·白兰地鹿小姐拿着铃铛上了桌，跳起了跃圈舞——美妙的舞蹈，就是激烈了一点儿。

结果比尔博还没讲完。他从旁边的年轻人手上抓过一把号角，猛吹了三声。喧哗声戛然而止。“耽搁不了大家多久！”他喊道。喝彩声齐齐响起。“这回邀请大家来，我有个目的。”他讲话的腔调引起了众人的注意。场上可算是落针可闻，一两个图克家的人甚至竖起了耳朵。

“实际上是三个目的！首先，我想告诉大家，我很喜欢你们所有人，能跟你们这样杰出又讨喜的霍比特人一块儿生活，百十一年真是太短了。”赞同声雷鸣般响起，“你们当中有一半的人，我了解的程度只到该有的一半；你们当中的一小半人，我喜欢的程度也只到应有的一半。”这话来得猝不及防，还有点儿让人费解。稀稀拉拉的掌声响起，大多数人则是绞尽脑汁，想品明白这话究竟是个什么意味。

“第二个目的，是庆祝我的生日。”再度欢呼，“我应该说：我们的生日。因为，这同样也是我的继承人及侄子佛罗多的生日。他今天正式成年，可以继承他的家产了。”老一辈敷衍地拍了拍手，年轻一辈倒是卖力地喊着“佛罗多！佛罗多！老佛罗多真妙”，萨克维尔－巴金斯夫妇阴着脸，寻思着“可以继承他的家产”是个什么意思。

“我们加起来有一百四十四岁。你们的人数就是按这个绝妙的数字选出来的——请容我在此使用这个词儿，也就是‘一罗’。”这次无人喝彩。这也太荒唐了吧。许多宾客，尤其是萨克维尔－巴金斯夫妇都觉得被羞辱了，感觉自己就跟填包裹的货物一样，是被拉来凑这个数字的。“一罗，好家伙！粗鄙不堪！”

“同时，请容我旧事重提，这也是我骑着酒桶抵达埃斯加洛斯的长湖的周年纪念日，尽管当时的情况让我忘了那天是我的生日。彼时我才五十一岁，生日没那么重要。那顿晚宴真是美妙非凡，可我害了重感冒，只能跟人说‘分常咖谢’。现在，容我更清晰地重复一遍：非常感谢参加我的小小宴会。”令人不安的沉默。他们全都在担心，下面是不是要唱歌或者念诗了，而且大家开始感到无聊了。他为什么不能就此打住，让他们祝他身体健康然后干杯？不过，比尔博既没有唱歌，也没有念诗。他停顿了片刻。

“第三，也是最后，”他说，“我想跟大家宣布，”他重重地讲出最后那个词，惊得还醒着的人猛然直起了腰。“尽管我之前说过，跟你们一块儿生活，百十一年真是远远不够——但我很遗憾地宣布，曲终人散了。我要离开了。现在就走。后会无期！”

他步下椅子，消失不见了。一团刺眼的闪光亮起，晃得宾客们把眼睛全闭上了。等他们再次睁开眼，比尔博已没了踪影。一百四十四个瞠目结舌的霍比特人倒回椅子，一句话也讲不出来。老奥多·傲足放下翘在桌上的脚，又跺了两下。周围一片死寂，数次深呼吸后，巴金斯家、博芬家、图克家、白兰地鹿家、挖伯家、胖伯家、掘洞家、博尔杰家、绷腰带家、獾屋家、强身家、吹号家、傲足家，突然全都闹嚷起来。

大家都认为，这个玩笑开得实在是毫无品位，需要再来些食物和酒水来抚慰自己刚刚遭受的惊吓和冒犯。“我一直都在说，他有毛病”大概是出现次数最多的评论。哪怕是图克家（有那么几个例外的）也觉得比尔博的行为有点儿过火。一时间，大部分人都理所当然地认为，比尔博的消失就是个荒唐的恶作剧而已。

不过，老罗里·白兰地鹿却有不同的看法。老态龙钟或者一顿美餐可没法让他糊涂，他告诉儿媳埃斯梅拉达说：“这事儿肯定有鬼，亲爱的！我猜，那疯癫癫的巴金斯绝对又跑掉了。真是个老傻蛋。不过，有啥好纠结的，他又没把这些吃的喝的东西带走。”他大声唤着佛罗多，要他再送一轮酒过来。

佛罗多是全场唯一一个没说话的。好一会儿，他坐在比尔博那张空椅子上沉默不语，对别人的评论和质疑一概不理。他很欣赏这个玩笑，虽说自己事先就知道是怎么回事。面对客人的愤慨，他实在有点儿憋不住笑。可与此同时，他又深感困扰：他突然发现，这位亲爱的老霍比特人委实叫自己难以割舍。大部分客人继续吃吃喝喝，顺带大加评论比尔博·巴金斯昔时今日干的各种古怪事儿；而萨克维尔－巴金斯夫妇早就气得离席而去。佛罗多也没了继续宴会的心思。他吩咐再上些酒，又默默干了杯中酒祝比尔博健康，然后溜出了凉棚。

至于比尔博·巴金斯，还在致辞那会儿，他就在兜里摆弄着那枚金戒指——那枚他保密了许多年的魔法戒指。走下椅子的同时，他把戒指套在了手上，从此霍比屯再也没有哪个霍比特人见到过他。

他脚步轻松地走回袋底洞，面带微笑地站着听了会儿凉棚的喧闹声，还有田野其他场地传来的欢快声响，然后进了屋子。他脱下宴会穿的刺绣丝绸马甲，用绵纸包好放在一旁，又迅速换上一身皱巴巴的衣服，往腰上系了条旧皮带，在皮带上套了一把插在破烂黑皮剑鞘里的短剑。在上了锁、弥漫着一股樟脑丸的抽屉里，他取出一件配着兜帽的斗篷。这两件东西仿佛稀世珍宝一般被锁在抽屉里，但实际上满是补丁，又饱经风吹日晒，都快看不出原本的颜色——许是墨绿色的吧；比尔博穿着显得有点儿大过了头。他接着去了书房，从一口结实的大箱子里掏出一捆拿旧布裹着的物什——一本皮封面的手稿；另外还有一个胀鼓鼓的大信封。他把书和那捆东西塞进了立在一旁、几近填满的背包面上，把他的金戒指跟相配的精致链子倒进了信封，封好封口，又写上“给佛罗多”。他把信封放在了壁炉架上，不一会儿又拿下来塞进了兜里。大门突然打开，甘道夫快步走了进来。

“哈喽！”比尔博说，“我还在想你会不会来呢。”

“很高兴看见你没有隐身。”巫师回道，一边在椅子上坐定，“我想趁你走之前，最后跟你说上几句。我猜，你肯定觉得诸事都按计划进行得美妙无比吧？”

“是这么觉得的。”比尔博说，“那阵闪光倒是叫我意外：我都被吓得不轻，更别说其他人了。我猜，这又是你附带的小把戏，对吧？”

“正是如此。这些年来，你一直明智地保守住了戒指的秘密，在我看来，有必要给你的客人留点儿别的什么来解释你的突然消失。”

“顺带搞砸我的玩笑么，你这爱管闲事的好事老头儿！”比尔博笑着说，“不过，我觉得你一向是心里有数的。”

“确实如此——前提是我得知道情况。可对你的这整个事情，我并不是非常确定。现在已经是最后关头：玩笑也开了，你也吓唬或者得罪了绝大部分亲戚，给整个夏尔带来了能聊上九天，甚至很可能是九十九天的话题。你确定还要继续吗？”

“是的。就像之前跟你说的，我觉得自己需要休个假，休个长长的假期。也许是永久的假期：我没指望再回到这里。事实上，我也不想再回来了，我把一切都安排好了。

“我老了，甘道夫。我看着不老，可内心深处能感觉到。什么常青树！”他嗤鼻道，“嗨，我感觉自己变单薄了，就像被拉长了似的，你懂我的意思吧？就像给一大块面包抹匀一丁点儿黄油那样。这样不对头，我需要让自己换一换什么的。”

甘道夫好奇地凑近他看。“是的，看着是不太对头。”他若有所思地说，“是的。毕竟，我认为你的计划大概是最合适的。”

“啊，反正我已经决定了。我想再去山里看看，甘道夫——大山；然后找个能休养的地方。找个安宁祥和的地方，没有一帮子亲戚问东问西，也没有一大堆访客把门铃摁个不停。我或许会找个地方把书给写完。我已经想了个不错的结局：从此，他快乐地过完了剩下的日子。”

甘道夫哈哈一笑，说：“希望他会吧。可无论结局如何，没人读得到这本书。”

“噢，他们也许能读到，再过几年吧。佛罗多已经读了一些，我写的部分他都读完了。你会盯着点儿佛罗多的，对吧？”

“是的，我会的——会拿两只眼睛都盯着，只要我得闲。”

“他自然也会跟我走，只要我问他的话。其实他已经跟我讲过一次了，就是宴会之前的事儿。可他那会儿并不是真的打算走。在死之前，我还想再看一次野岭和大山；可他仍旧对夏尔心有不舍，流连这里的树林、田野和小河流。这里会让他待得舒服点儿。我会把所有东西都留给他，当然会去掉一些细碎玩意儿。希望等他适应了一个人生活之后，能过得开心点儿。他已经到了自己拿主意的年龄啦。”

“所有东西？”甘道夫问，“也包括那枚戒指吗？记住，你可是答应了的。”

“噢，呃，是的，我猜是的。”比尔博支支吾吾地说。

“它在哪儿？”

“在信封里，如果你非得知道的话。”比尔博有点儿不耐烦，“就在壁炉架上。噢，没有！它在我兜里呢！”他迟疑了一下，“好像有点儿怪？”他轻声自言自语道，“可是，说到底，怎么就不行了？它怎么就不能在那儿？”

甘道夫再度紧盯着比尔博，眼里闪过一道亮光。“我想，比尔博，”他静静地说，“你应该把它给留下。你不觉得吗？”

“噢，是的——或者不是。提到这枚戒指，要我说，我现在倒一点儿都不想跟它分开。我也真没看出来为啥非得跟它分开不可。你为什么要我这么做？”比尔博问，声音突然有些怪异，变得尖利起来，话里满是猜忌和恼怒，“你老对我的戒指纠缠不休；我从旅途中带回来的其他东西你却从来没有过半点儿关注。”

“是的，可是我必须得纠缠。”甘道夫说，“我想要的是真相。这无比重要。魔法戒指非常——唔，魔法；它们罕见、奇异。可以说，从专业方面而言，我对你的戒指感兴趣；这兴趣现在依然有。如果你要再度出去游荡的话，我想知道它在哪里。而且，我觉得你拿着它的时间已经太久了。比尔博，除非我错得离谱，否则它对你而言已经没什么用了。”

比尔博涨红了脸，眼中闪着怒火，和善的面孔也拉了下来。“怎么会没用！”他嚷道，“我怎么摆弄我自己的东西，到底关你什么事？它是我的东西。是我发现的它。是它找上的我。”

“是的，是的。”甘道夫回道，“没必要发火。”

“那也是你惹我发了火，”比尔博说，“它是我的，我告诉你。我一个人的。我的宝贝。是的，我的宝贝。”

巫师的脸庞依旧严肃、专注，只有深邃的眼睛里闪过一丝光亮，显示出他的惊愕，甚至是警惕。“有人以前也这么称呼过它，”他说，“但不是你。”

“可我现在这么叫了，为什么不行？就算咕噜也这么叫过一次，可戒指现在又不是他的，它是我的了。我说，我要留着它。”

甘道夫站了起来，厉声道：“只有蠢货才会这么干，比尔博。你说的每一个字都更加印证了这句话。它在你手上待得太久了，放手吧！之后你就能自由自在地离开了。”

比尔博说：“我想怎么做就怎么做，我爱怎么办就怎么办！”他仍有些不甘心。

“好了，好了，我亲爱的霍比特人。”甘道夫说，“你活了这么久，我们一直都是朋友，而且你还欠我情呢。来吧！兑现你的承诺，放弃它！”

“你要是这么想要我的戒指，就直说！”比尔博叫道，“可你拿不到的。我告诉你，我才不会把我的宝贝拱手让人。”他的手无意识地摸上了短剑的剑柄。

甘道夫的眼睛有光芒在闪耀。“很快就轮到我生气了！”他说，“你要再这么说的话，我真要发火了。然后你就会见识到灰袍甘道夫的真面目！”他朝霍比特人踏了一步，似乎变得越来越高，气势也越来越吓人——他的影子把整个小房间都盖住了。

比尔博大口喘着气退到墙边，手紧紧攥着口袋。两人僵持着，房里的空气开始颤动。甘道夫的眼睛依旧紧紧盯着霍比特人。比尔博慢慢放开手，开始颤抖起来。

“我不知道你这是怎么了，甘道夫。”他说，“你以前从来没有这样过。究竟是怎么回事？这是我的戒指，不是吗？是我找到的它，要是我没留着，咕噜早就把我杀掉了。不管咕噜怎么说，我不是小偷。”

“我从未说过你是，”甘道夫回道，“我也并非小偷。我不是在抢你的戒指，我是在帮你。我希望你能一如既往地信任我。”他转过脸，影子也逐渐淡去。他似乎又缩回了原本那位鬓发斑白、驼腰愁眉的甘道夫。

比尔博抬手捂住了眼睛。“抱歉，我就是觉得有点儿怪怪的。不过，能不再受它搅扰，倒也是种解脱。最近它在我脑子里出现得越来越频繁。有时候，我觉得它就像只眼睛，一直盯着我。不怕告诉你，我总想着把它给戴上，然后就此消失；要不就老担心弄丢它，总想掏出来确认一下。我试过把戒指给锁起来，可它不在我兜里的话，我发现自己根本睡不着觉。不知是怎么了，我好像没办法打定主意。”

“那就听我的，”甘道夫说，“我已经为你定好了——离开，把戒指留下来。别再拿着它了。留给佛罗多，我会照看好他的。”

比尔博面色紧张，犹豫地站了一会儿，叹气说：“好吧。”他吃力地讲完，然后耸耸肩，又苦笑了一下。“毕竟这场宴会的目的，可不就是这个吗：送出去一大堆生日礼物的同时，把交出戒指这事儿顺带变得更轻松一些。到头来，这件事也没那么轻松；不过就这么让我的精心准备付诸东流，那多可惜，这会把我的整个玩笑都给搞砸的。”

“确实会被糟蹋掉，毕竟这场宴会我也就只见着了这么一个亮点。”甘道夫说。

“很好，”比尔博说，“它会跟剩下的东西一道留给佛罗多。”他深吸了一口气，“现在我真得出发了，要不就要被人给逮住喽！道别这种事情，我可没法从头再来一遍。”他拎上包，走向大门。

“戒指可还在你兜里呢。”巫师说。

“可不是嘛！”比尔博嚷道，“还有我的遗嘱和别的文件呢。你拿去吧，再帮我转交了。那可就最安全了。”

“别，别把戒指给我。”甘道夫说，“放在壁炉架上。佛罗多来之前，它放在那里足够安全。我会等着他的。”

比尔博掏出信封，正准备搁在时钟旁边，手却猛地往回一抽，信封掉在了地上。还没等他捡起来，巫师便探身抓住信封，把它放回了该在的地方。愤怒的痉挛再度掠过霍比特人的脸庞，旋即又化为解脱和哈哈大笑。

“哈，就这么着吧，”比尔博说，“该走啦！”

他们走到大厅里。比尔博从架子上挑了最中意的棍子，然后吹起了口哨。三位正忙着的矮人从不同的房间里跑了出来。

“准备得怎么样啦？”比尔博问，“都包好、标记上了吗？”

“全弄好了。”他们答道。

“噢，那我们出发吧！”他走出了大门。

外面一片风恬月朗、墨夜缀银浦的景象。他抬起头，嗅了嗅空气。“多有意思！能再次出发，跟矮人们一块儿上路真是太棒了！这才是我真正想要的，等了许多年啦！再见！”他说，又看向自己的老房子，冲着大门鞠了一躬，“甘道夫，再见！”

“再见，后会有期，比尔博！多保重！你已经够老啦，没准儿也够聪明了。”

“多保重！我才不保重呢。你可不用担心我！我快活得跟以前一样，这可说明了不少东西。不过，时候到了。最后我还是激动得神魂颠倒。”他补充道，又像是自言自语般，在黑暗中轻声低唱起来：

涂道悠悠，家门伊始。
前路漫漫，心愿相随，
快步匆匆，魂梦萦萦，
大道条条，歧路万千。
何从何去？我意难决。

他顿了顿，沉默了片刻。再无半句言语，他转身离开了田野和帐篷的灯光与话声，带着三位同伴绕进他的花园，小跑着下了斜坡。他跳过坡底树篱的低矮处，穿过低草地，如吹得草丛沙沙作响的风儿一样渗进了夜色。

甘道夫原地又站了会儿，看着他消失在夜色中。“再见，我亲爱的比尔博，下次再会！”他轻声说，然后回到屋里。

没多久，佛罗多来了，发现甘道夫正坐在暗处独自沉思。“他已经走了吗？”佛罗多问。

“是的，”甘道夫回答，“他终于还是走了。”

“我希望……我的意思是，直到今晚上之前，我都还盼着那只是在开玩笑。”佛罗多说，“可我打心底知道，他是真的打算走。他总是用玩笑话讲一些严肃的事情。我真希望自己能早点儿回来，还能为他送送行。”

“我是真觉得，他最后是打算悄无声息地离开。”甘道夫说，“别太担心，他不会有事的——暂时。他给你留了个包裹，就在那里！”

佛罗多从壁炉架上取下信封，看了一眼，不过并没有立即打开。

“我猜，你能在里边找着他的遗嘱和别的文件。”巫师说，“袋底洞现在归你了。另外，我觉得你还能在里边找到枚金戒指。”

“戒指！”佛罗多惊叹道，“他留给我了？我想知道为什么。不过，也许会有用的。”

“也许会，也许不会，”甘道夫说，“如果我是你的话，我就不会用它。不过，把它收起来藏好！现在我要睡觉去了。”

作为袋底洞的主人，送别来宾这种叫人痛苦不堪的事情，佛罗多认为自己有责任承担。各种奇闻怪谈已经传遍了整个场地，不过佛罗多只是说，所有事情无疑会在第二天早上得到澄清。送重要人士的马车大约在午夜的时候抵达，又一辆接一辆地离开，车上坐满了吃得很撑却又很不满意的霍比特人。园丁们照着安排前来，用独轮手推车把那些无意中遗漏的人也给推走了。

夜晚悄悄过去，太阳爬上了天空。霍比特人依然还没起。早晨渐渐过去。来了一帮人（请来的）开始清理凉棚、桌椅、餐具、杯碟，还有灯笼、箱栽花木、残渣碎屑、拉炮包装纸，忘拿的提包、手套、手绢，以及原封未动的食物（都是些小零碎）；然后又来了一帮人（非请自来的）：巴金斯家、博芬家、博尔杰家、图克家，还有其他住在附近或者借宿附近的客人。到了中午，头天晚上快把自己吃到撑死的那群人也出来活动了；于是乎，计划之外、意料之中地，袋底洞门前又闹哄哄地聚了一堆人。

佛罗多正等在楼梯口，笑容掩不住脸上深深的疲倦和愁闷。他欢迎了所有到访者，不过依旧没怎么多说话。对所有的问询，他的回答千篇一律："比尔博·巴金斯先生已经走了；就我所知是不会回来了。"他把其中一些访客请进了屋，因为比尔博给他们留了点儿"消息"。

大厅里，大包小包、轻巧的家具都给裹上了包装堆放着，每一件物品上面都贴了签条。其中部分条子是这么写的：

"给**阿德拉德·图克**，赠给他本人，比尔博敬上。"这是贴在伞上的。阿德拉德曾经顺走过不少雨伞。

"给**朵拉·巴金斯**，纪念**长久**的书信往来，爱你的比尔博赠。"这是贴在一个大号废纸篓上的。朵拉是卓果的姐姐，也是比尔博和佛罗多还在世的女性亲戚里年纪最大的。她有九十九岁，在半个多世纪的时间里写下了无数金玉良言。

"给**米罗·掘洞**，希望能帮上忙，比·巴献上。"这是贴在一套金色的钢笔和墨水瓶上的。米罗从来不回人信。

"给**安杰莉卡**，比尔博叔叔赠。"这是贴在一面圆形凸面镜上的。她是巴金斯家的年轻一代，总觉得自己长得貌美如花。

"给**雨果·绷腰带**收藏用，某位捐赠者献上。"这是贴在一个（空）书架上的。雨果十分乐于找人借书，却罕有奉还的时候。

"给**洛比莉亚·萨克维尔－巴金斯**，谨作**礼物**。"这是贴在一套银汤匙上的。比尔博确信，趁着他上一回外出的时候，她从袋底洞顺走了老大一堆汤匙。洛比莉亚对此心知肚明。这天她来得比较迟，不过第一时间就弄明白了他的意思，但依然拿走了汤匙。

这些只是一大堆礼物里的一小部分而已。在漫长的一生里，比尔博搜集了各种东西，把家里堆了个乱七八糟。霍比特人洞府变得乱七八糟算是一种趋势，而互赠许多礼物的这种风俗要在其中负上主要责任。所以，并非所有的生日礼物都是全新的；有一两件不知其用途的古老珍藏可能已经在整个地区都传过一圈了。不过比尔博通常给的都是新礼物，然后把收到的礼物全都收起来。古旧的袋底洞如今可算是见着了点儿条理。

这些五花八门的道别礼每一个都带着签条，全是比尔博亲手写的；其中一些带有特别的含义，要么就包含着玩笑。不过，绝大部分礼物自然是送得皆大欢喜的。比较穷困的霍比特人，特别是住袋下路的那些人，最是喜出望外。老爷子甘姆吉拿到了两麻袋土豆、一把崭新的铁锹、一件羊绒背心，还有一罐治疗老风湿的药膏。老罗里·白兰地鹿素来热情好客，因而得了十二瓶老窖陈酿作为回报：这是产自南区的一种烈性红葡萄酒，是当初比尔博的父亲收藏的，如今正是醇馥幽郁的时候。老罗里登时对比尔博没了怨言，一瓶酒落肚之后，更是直夸他是少有的好人。

基本上所有的东西都留给了佛罗多。所有重要的宝贝，连同那些书籍、图画，还有那些多到用不上的家具，全给了他。不过，无论明示暗示，礼物里不含任何金钱珠宝，哪怕是半毛钱或者一颗玻璃珠都没送出去过。

那个下午，佛罗多过得十分艰难。有一条如山火般迅猛蔓延的假消息说，整个袋底洞的东西可以随便拿，不要钱；没过多久，袋底洞里就塞满了跟礼物没干系、又撵不走的人。签条被扯了下来，混在一块，人群四处争抢。大厅里有些人当场就开始和别人交易或者交换；还有人试图偷走那些并非送给自己的礼物，甚至连那些看起来没人要、没人注意的礼物都不想放过。连着大门的那条路被独轮车和手推车给堵得水泄不通。

一片骚乱中，萨克维尔－巴金斯夫妇出现了。佛罗多已经撤退休整去了，留下了他的朋友梅里·白兰地鹿帮忙看着东西。奥索嚷嚷着要见佛罗多的时候，梅里朝他客气地鞠了一躬。

“他不太舒服，正在休息。”梅里说。

“意思就是躲起来了。”洛比莉亚说，“无论如何，我们要见他，非得见到不可。赶紧去告诉他！”

梅里把他俩晾在客厅好半天，让他们抓住机会找到了那套当作告别礼的汤匙。然而，这并没有削减他们的怒火。最后，他们被请进了书房。佛罗多正坐在桌边，面前放了一堆文件。他看上去脸色不好——至少看见萨克维尔－巴金斯夫妇的时候会这样；他起身，手在兜里摆弄着什么东西。不过，他的语气倒是挺客气的。

萨克维尔－巴金斯夫妇更为光火，对着各种价值不菲且没贴签条的东西就开始出价，给的价格还极其低廉（像是熟人间做买卖一样）。等到佛罗多告诉他们说，比尔博特别指明的那些东西才会送出去，他们又开始觉得这件事从头到尾都有问题。

“我只知道一件事情，”奥索说，“就是好处肯定都被你占完了。我强烈要求看看遗嘱。”

奥索本来能当上比尔博的继承人，结果后者收养了佛罗多。他仔仔细细地读完了遗嘱，鼻子里哼了一声。不幸的是，这份遗嘱写得清晰明了，毫无歧义（遵循了霍比特人的法律惯例，除其他要求外，还附有七位见证者以红墨水签的名）。

“又没戏唱了！”他对妻子说，“等了整整六十年，汤匙？简直荒谬！”他在佛罗多鼻子底下打了个响指，跺着脚走了。不过洛比莉亚可没这么好打发。佛罗多隔了一会儿走出书房，发现她还在屋里转悠，窥探着每一个偏僻的角落，到处敲着地板。他要回了若干不知怎么掉进她伞里的小（但很值钱）物件，然后坚决地把她给护送出了大门。她的脸看着像是在酝酿什么离别前要讲的狠话，结果她在台阶上回过身，嘴里讲出来的却是：“你迟早会后悔的，小子！你怎么不跟着走掉？这里不属于你。你根本不是巴金斯家的——你——你是个白兰地鹿！”

“听到了吗，梅里？可真是羞辱人呢，要是你愿意这么想的话。”佛罗多当着她的面关上了门。

“我觉得是在表扬。”梅里·白兰地鹿说，“所以喽，当然也就算不得数。”

然后他们在屋里绕了一圈，撵走了三个正在某处地窖的墙上打洞的年轻霍比特人（两个博芬家的和一个博尔杰家的）。佛罗多还跟小桑乔·傲足（老奥多·傲足的孙子）搏斗了一番，因为这家伙觉得大的食物储藏室里边有回声，竟然在那儿挖起了洞。关于比尔博藏了金子的传说激起了人们的好奇心和欲望；而对于传说中的金子（哪怕不算是不义之财，那也是来源不详）。众所周知，谁能找到当然就是谁的——除非“淘金”活动被人给打断了。

等他制服了桑乔，把他扫地出门之后，佛罗多像散了架似的倒在大厅的椅子里。“该收摊了，梅里。”他说，“把门给锁上，今天谁来都不开了，他们拿攻城槌来撞也不开。”然后他喝上一杯迟来的下午茶，让自己缓缓神。

佛罗多的屁股刚沾上椅子，前门又有人在轻声敲门。“多半又是洛比莉亚，”他想，“她肯定是想出了什么恶毒话，想跑回来说。这个不用着急。”

他继续喝茶。敲门声变得剧烈起来，不过他就当没听见。突然，巫师的脑袋出现在了窗前。

“要是你不放我进来，佛罗多，我就把你家的门给炸飞进屋子，再从山的另一边穿出去。”他说。

“亲爱的甘道夫，马上就来！”佛罗多喊道，然后从房间一路跑去大门，“快请进！快请进！我还以为是洛比莉亚呢。”

“那我就原谅你了。不过，不久前我看到她驾着辆双轮小马车去了傍水镇，脸上那表情简直能用来发酵酸奶。”

“她先前差点儿把我给发酵了。老实说，我都快用上比尔博的戒指了。我是真想就此消失不见。”

“别这么干！”甘道夫坐下说，“要小心那枚戒指，佛罗多！实际上，我之所以回来最后再交代几句，部分就是因为这枚戒指。”

“噢，戒指怎么啦？”

“哪些是你知道的？”

“我只知道比尔博告诉我的事。我听过他的故事：他是怎么找着的戒指，又是怎么用的——在他冒险那会儿，我是说。”

“我有点儿好奇他说的是哪个故事。”甘道夫说。

“噢，不是他告诉矮人和写进书里的故事。”佛罗多说，“我刚搬过来没多久，他就跟我讲了实际的故事。他说你一直纠缠着让他告诉你，所以干脆让我也听一听。‘我俩之间不藏秘密，佛罗多。’他跟我说，‘但不要外传。它怎么样都是我的。’”

“有意思，”甘道夫说，“那么，你怎么看这整个事情？”

“如果你是指为了个‘礼物’而杜撰全部内容，那我觉得实际版本的故事更像是真的，我也压根儿看不出有什么必要拿这故事来骗人。反正比尔博决不像是做这种事的人。而且，我觉得有点儿怪怪的。”

“我也觉得。不过，拥有这类宝物，有时候就是会碰到奇怪的事情——如果宝物被使用的话。把这事儿当作是给你提个醒，谨慎对待它。除了让你如愿消失之外，这枚戒指或许还有别的力量。”

“我不太明白。”佛罗多说。

“我也不明白。”巫师回道，“昨晚的经历尤其让我怀疑起了这枚戒指。不用担心。倘若你听我的话，那就尽量少用这枚戒指，或者干脆别用。最不济也请你在用的时候，别惹人注意或者让人怀疑。重申一遍：妥善保管，绝口不提！”

“可真是神神秘秘！你在担心什么呢？”

“我不太确定，所以不便多说。我下回过来也许能告诉你点儿什么。我得马上走了，所以眼下先告辞了。”他站起了身。

“马上！”佛罗多叫道，“怎么回事，我以为你至少会在这里待上一星期。我还盼着你能给我搭把手呢。”

“本来是这么打算的——可我不得不改主意了。我可能得离开好些时日；不过，只要有机会，我就会回来探望你。下回我来的时候你可别觉得意外！我会悄悄溜过来，不再频繁、公然地来往夏尔，因为我发现自己更加不招人待见了。他们说我是个麻烦精，说我搅扰了安宁。有些人怪我把比尔博给拐走了，还有讲得更难听的。如果你想知道的话，他们说你我合伙儿想侵占他的财产。”

“有些人！”佛罗多大声说，“你是指奥索和洛比莉亚吧。真恶心！我要是能找回比尔博，让他带我四处漫游，我宁愿把袋底洞和别的东西全给他们。我喜欢夏尔。可不知为何，我开始希望自己也跟着比尔博一块儿走掉，也不知道还能不能再见到他。”

“我也不知道，”甘道夫说，“还有别的许多事情也同样不清不楚。先走啦，多保重！等着我再来吧，特别是在你想不到的时刻！再会！”

佛罗多送他到了门口。甘道夫最后挥了挥手，大步流星地走掉了；佛罗多感觉老巫师的腰看起来比往常还要弯，像是背负了极大的重量。夜晚将至，甘道夫披着斗篷的身影迅速消失在夜幕中。日子过去了许久，佛罗多依旧没能再见到他。

· 第二章 ·

旧日翳影

别说九天，关于比尔博离开的议论甚至到了第九十九天也没停过。在霍比屯乃至全夏尔，比尔博·巴金斯的再度失踪被人们谈论了整整一年零一天，又叫人给记了更长的时间。它成了年轻一代霍比特人的炉边故事，最终演变成了在一声巨响、一道闪光中消失不见，又拎着成袋金银珠宝出现的疯狂巴金斯。在所有真相都消散后，这一脍炙人口的传说形象仍留在人们心中，长久难以忘却。

与此同时，邻里乡亲们都觉得，神神道道的比尔博这回终于疯了个透彻，所以才一头跑了个无影无踪。毫无疑问，他掉进了池塘或者河里，落了个悲惨但不能说不合时宜的结局。这主要怪甘道夫。

“那个讨人厌的巫师但凡放过小佛罗多，兴许他就能扎下根来，养出点儿霍比特人的思维。”他们说。表面上看来，巫师确实放过了佛罗多，他也的确安定了下来，可并没有增长多少霍比特人的思维。实际上，他迅速继承了比尔博的怪名声。他拒绝服丧；第二年又为比尔博办了一百一十二岁的生日宴，还管它叫“百磅宴”[1]。然而这场宴会有点儿名不副实，只邀请了二十位宾客；不过，按霍比特人的说法，期间几顿宴席提供的美酒佳肴像是雨雪般倾泻而出。

一些人对此颇为惊讶，可年复一年，佛罗多继续办着比尔博的生日宴，直到最后大家全都习以为常。他说，他不相信比尔博死了。如果有人问：“那他在哪儿呢？”他只会耸耸肩。

跟比尔博一样，他也喜欢独居；不过他有许多朋友，以年轻一代的霍比特人居多，其中有不少人打小就喜欢比尔博，经常进出袋底洞。福尔科·博芬和弗雷德加·博尔杰就是其中的两员；但和他关系最好的还是佩里格林·图克（通常叫他皮平）和梅里·白兰地鹿（正经名字叫梅里阿道克，可没啥人记得）。佛罗多跟他们一同走遍了夏尔；不过，多数时候他还是独来独往。不时有人看见他跑到离家老远的地方，顶着漫天的星光在山林里散步，直叫那些有头有脑的人啧啧称奇。梅里跟皮平怀疑，他也跟比尔博一样，偶尔拜访精灵去了。

随着时间的推移，人们发现佛罗多似乎也表现出了“好保养”的迹象：他的外表仍旧是那副刚过郎当岁数，精气神十足的样子。“有些人，好事儿都占全了。”他们说。等到了通常更显稳重的五十岁时，佛罗多依旧还是这副样子，他们便觉得这事儿有古怪。

在经历了最初的震惊之后，佛罗多本人也发现，自己当家做主以及成为袋底洞的巴金斯先生，滋味还是挺美妙的。好几年的时间里，他都快快乐乐的，很少操心自己的将来。然而，不知不觉中，后悔没跟比尔博同行的念头却在不停地增长。时不时地——特别是秋天——他会想念荒野，还会有从未见过的群山异景出现在他的梦里。他开始对自己说：

---

1 一百磅（hundred-weight）在英式单位里等于一百一十二磅，故佛罗多用百磅来指代。——译注

“也许哪天我也该跨过白兰地河。”可另一半的头脑却总是说：“再等等。”

日子继续前进，佛罗多四十多岁的日子走到了头，五十岁生日即将到来：冥冥中，他认为五十是个重要的（或者不祥的）数字；无论如何，比尔博就是在这样的年纪上演了一场突如其来的冒险。佛罗多感到不安，觉得自己已经把所有的老路都走烂了。他看向地图的边界，好奇那之外的地方都有些什么：在夏尔所制的地图上，边界外的地区大多以空白显示。他开始去更远的地方徘徊，多数时候只身一人，梅里和其他朋友只能忧心忡忡地看着他。也就是从这个时期开始，夏尔出现了不少陌生的旅人，经常有人看见佛罗多跟他们一块儿漫步和交流。

有传言称，夏尔之外的世界怪事频出。那阵子甘道夫没有出现，也好几年没递过只言片语，佛罗多只好尽力收集所有他能找到的新闻。很少涉足夏尔的精灵如今会在傍晚穿过树林西行，就此一去不返；但他们是离开中土，不再与此地有任何瓜葛。一路上矮人的数量也多到非同寻常。古老的东—西大道途经夏尔，最终抵达灰港，矮人常走这条路去蓝色山脉的矿山。他们是霍比特人打听远方新闻的主要渠道——假如他们想打听点儿什么事的话——矮人通常少言寡语，霍比特人也不会多问。现如今，佛罗多经常遇见遥远国度来的陌生矮人，跑到西边来寻求庇护。他们一个个儿心事重重，有的还会低声谈论什么大敌和魔多之地的事情。

霍比特人只在讲述黑暗过去的传说中听过魔多这个名字，它就像是映衬在他们记忆深处的影子，充满不祥，让人感到不安。被白道会驱逐的黑森林邪恶力量，似乎又以更为强大的姿态出现在魔多古旧的要塞。据说，邪黑塔被重新建造了起来，那股力量就此向着远方四处扩散，甚至影响到了遥远的东边和南边，引发了连绵的战火，恐慌日渐增长。奥克再度于群山中繁衍，食人妖也蜂拥而出——曾经蠢笨愚钝的它们如今狡诈无比，还配备着可怕的武器。有传言还说，一些比这类怪物还要可怕的、不知名的东西也出现了。

诚然，这些信息很少能飘进寻常霍比特人的耳朵里。不过，即便最为两耳不闻窗外事的家里蹲，也听到了许多怪异的传说，那些去边界出公差的人更是目睹了各种怪事。尽管大部分霍比特人都当作笑话来听，然而这些传闻却已经流传到了夏尔那与世无争的腹地：且看佛罗多五十岁那年春天的某个傍晚，在傍水镇的绿龙酒馆里展开的一场对话。

壁炉的边角坐着山姆·甘姆吉，对面是磨坊主之子泰德·山迪曼；周围各式各样围着一堆乡下来的霍比特人。

“这阵子，你肯定没少听闻奇怪的事情吧？”山姆问。

“噢，但凡有耳朵的人都听到了。可炉边故事和童话什么的，我在家里就能听。”

“话是这么说。”山姆反驳道，“可我敢说，有些故事的真实性比你想得要高。这些故事，比如说龙吧，究竟是谁编出来的？”

“拉倒吧，”泰德回道，“我可不信。我年轻时候听过龙的故事，可现在已经过了相信它们的岁数了。傍水镇这儿只有一条龙，还是绿色的。”众人哄笑起来。

“好吧。”山姆说，也跟着笑起来，“那么，那些树人——或许你会管它们叫巨人，你怎么看？他们说了，北荒原那儿不久前就见着一个，比树还要高。”

“‘他们’是指谁？”

“我堂兄哈尔算一个。他在过山村给博芬先生干活儿，上北区打猎的时候看到的。”

“也许是他说他看见了吧。你的哈尔堂兄老爱说他看见了什么什么，可能他只是在瞎编。”

“可是这个东西足足有榆树那么高，还会走路——一步迈了绝对有七码的距离。”

“那我打赌绝对没有。他十有八九只是看到了一棵榆树。”

“可这棵树会动，我跟你讲；而且北荒原根本就没有榆树。”

“那哈尔就不可能见过那棵树。”泰德回道。周围响起了些许笑声和掌声——听众们觉得泰德赢了一局。

“都一样，”山姆说，“除了我们的哈尔法斯特，还有别的人看到过怪人横穿夏尔，这你可没法抵赖——注意，是横穿：还有更多的在边界被挡了回去。边界的守卫从来没忙成过这样。

“我还听说，精灵们在朝西边走。他们确实有说要去海港，就是古塔还要朝外的地方。”山姆漫不经心地挥了挥手。越过夏尔西部边境上的古塔之后，离海边还剩下多少距离，他们谁都不知道。但老一套的说法是：过了古塔之后矗立着灰港，不时会有精灵船只从那里启航，一去不返。

“他们开着船走啊，走啊，要渡过大海，航向西边，把我们全扔下。”山姆半开玩笑地说，一边又是伤感又是肃穆地摇着头。泰德笑了起来，“好吧，你要是相信那些老掉牙的传说，那这确实不算什么新鲜事儿。然而我也没看出来这跟你我有什么关系。让他们走呗！不过我打包票，你肯定没亲眼见过他们航行；随便夏尔哪个地方的人都没见过。”

“那可说不好。”山姆若有所思地说。他相信自己曾经在树林里见到过精灵，也希望哪天能再得机会见见。在年幼时听到的所有传奇故事里，与霍比特人所认识的精灵相关的那些传说片段和依稀记得的故事，总是让他感触最深。“我们这儿就有人认识这个美丽的种族，还了解他们的信息，”他说，“比如现在雇我干活儿的巴金斯先生。他跟我提过他们的远航，他也知道点儿精灵的东西。当然老比尔博先生知道得更多：大部分是我还小的时候跟他聊天听来的。”

“噢，他俩都疯了，”泰德说，“老比尔博肯定早已经疯了，而佛罗多疯了一半。你要真是从他们那里听来的消息，那你自然也是疯话连篇。好了，朋友们，我该回家了。祝大家身体好！”他喝干杯中的酒，闹哄哄地走掉了。

山姆沉默地坐着，没再说话。他还有好多事儿要思考。比如袋底洞花园还有一堆事情等着他，只要不变天，明天肯定忙得不行。草长得太快了。不过，除了园艺，他脑子里还惦记着别的东西。过了一会儿，他叹着气，起身离开了。

此时正是四月初，暴雨初歇，霁月光风。太阳落了山，夜色无声无息地浸染着凉爽、暗淡的傍晚。在几颗迫不及待蹦上天空的星星的照耀之下，他若有所思地轻声吹着口哨，一路从霍比屯走上小丘。

正是在这个时节，许久没有音讯的甘道夫再度出现。自从那次宴会过后，他离开已经有三年了。他去袋底洞叨扰了片刻，仔细端详了佛罗多一番，又再度离开。那之后的一两年，他出现得非常频繁，总是在黄昏后不期而至，又在日出前悄然离去。他只字不提自己的事情和旅行，似乎只对佛罗多是否健康、做了些什么事之类的小消息感兴趣。

突然间，他的造访戛然而止。佛罗多已经有九年没有看到或者听说过他，这让佛罗多开始觉得巫师对霍比特人失去了所有兴趣，再也不会来了。可到了山姆走路回家那天晚上，暮色渐浓的时候，书房的窗户上又传来了似曾相识的敲击声。

佛罗多又惊又喜地欢迎这位老朋友，彼此上上下下地仔细打量了一番。

“都还好吧？”甘道夫问，“你还是老样子，佛罗多！”

“你也是老样子。”佛罗多回道。不过，他暗自觉得甘道夫比以前更显老态、更憔悴了。他抓着甘道夫询问近况和外面世界的消息，很快又长聊起来，夜深时分方才停下。

第二天，吃过不算早的早餐后，巫师和佛罗多在书房敞开的窗户边坐定。壁炉里虽炉火明亮，外面的阳光倒也温暖，伴着阵阵南风。四下里一片新意，田野中、树梢间，全是初春的绿。

甘道夫想起约莫八十年前的那个春天，比尔博跑出了袋底洞，连手帕都没揣。相比那会儿，现在的甘道夫头发似乎更白，眉毛和胡子兴许也更长了，忧虑和智慧更是在脸上刻下了道道痕迹；可眼睛依旧明亮如昔，也一如既往地热衷于抽烟和吐烟圈。

他默不作声地抽起了烟。佛罗多定定地坐着，脑海里思绪万千。早晨的阳光照在身上，却驱散不了甘道夫带来的信息里藏着的阴霾。最后，佛罗多出声打破了沉默。

“昨晚上你讲起我这枚戒指的种种诡异之处，甘道夫，”他说，“然后半路停了话头，因为你说这些事最好放在白天来讲。你不觉得现在正适合把话讲完吗？你说这枚戒指很危险，比我猜测的要危险得多。究竟哪方面危险？”

“许多方面。”巫师回道，“它所拥有的力量，比我起初斗胆猜测的要强大得多，强大到最后会彻底压倒任何将它据为己有的凡人。它会占据持有者本身。

“许久之前，精灵工匠在埃瑞吉安打造了许多枚精灵戒指，也就是你称呼的魔法戒指。毋庸置疑，它们有着许多种类，魔力有强有弱。魔力较弱的那些戒指，只算得上是这门手艺登峰造极之前的试作，对精灵工匠而言实乃雕虫小技——可在我看来，它们对凡人而言，依旧意味着危险。而那些主戒，也就是力量之戒，则是凶险异常。

“佛罗多，持有主戒的凡人不会死，但也无法成长或获得更多的生命力，他只是延续着，最后生命中的每分每秒都变得疲惫不堪。如若频繁用戒指隐身，使用者会逐渐退隐：最后永远隐身，行走于昏暗之中，被统御众戒指的黑暗魔君所注视。是的，迟早——如果这人足够坚强，或是一开始用意善良，会推迟这一过程，可无论坚强或善心都撑不了多久——黑暗魔君迟早会将持有者吞噬殆尽。”

“可怕极了！”佛罗多惊呼道。长时间的沉默。花园里传来山姆·甘姆吉修剪草坪的动静。

“这事儿你知道多久了？”佛罗多最后开口问道，“比尔博知道多少？”

“比尔博告诉你的就是他知道的，我很确定。”甘道夫说，“就算我答应他会照看好你，可他要是认为什么东西很危险，也决计不会留给你。他就是觉得戒指非常好看，能解燃眉之急；要说有什么东西出了错或者不对劲，那也是他自己。他说那戒指‘越来越占据心神’，他总对它朝思暮想；不过，他从没怀疑过戒指本身是不是有问题。尽管他发现这东西需要被看住：它的大小和重量似乎总是变个不停。它会诡异地缩小或放大，说不定还会从原本卡得紧紧的手指上突然滑脱。”

“是的，他在最后那封信里警告过我，”佛罗多说，“所以我一直都给挂在链子上。”

“明智之举。”甘道夫说，“比尔博从没把他的长寿跟戒指放在一块儿想过。他把功劳全归到自己头上，还非常自豪。然而他的焦虑和不安却是与日俱增。他说过，感觉自己变单薄、被拉长了。这正是戒指逐渐掌控他的表现。”

“你了解所有这些事有多久了？”佛罗多再次问。

“了解？”甘道夫说，“佛罗多，我了解许多只有智者才知道的事情。可你要是说‘了解这枚戒指’，那我只能说依旧一知半解。还有最后一个试验要做。不过我对自己的猜测已经是坚信不疑了。

“我是什么时候开始猜测的？”他思索着，在记忆里翻找着，“让我瞧瞧——就在白道会驱走黑森林的邪恶力量那一年，也就是五军之战之前，比尔博找到了这枚戒指。我的心里就此蒙上了一层阴影，可我不知道自己究竟在畏惧什么。我经常想，咕噜到底是怎么得到这枚主戒的，它显然是枚主戒——这一点一开始就很清楚。然后我听闻了比尔博如何“赢得”戒指的奇怪故事，感到难以置信。待我终于从他那里撬到真相，我立刻意识到，他一直想方设法宣告自己对戒指的所有权，就跟咕噜说这是他的“生日物礼”差不多。这些谎言相似得让我感到不适。很显然，这枚戒指蕴含着有害的力量，对持有者立刻会产生作用。我头一回感受到的实际警告就是这个，一切都不太对劲。我时常叮嘱比尔博，这种戒指最好放着别碰；可他非常反感，很快就会恼怒起来。别的我也无计可施。我没法在不造成更大危害的情况下，从他那里拿走戒指；我也没资格这么做，只能等着看。我本可以去征求白袍萨茹曼的建议，可不知为何却不曾付诸实践。”

“他是哪位？”佛罗多问，“我从没听过这个名字。”

“可能没听过。”甘道夫回道，“霍比特人不在，或者说过去不在他的关注之列。而他是智者中的智者。他既乃我族之首，亦为白道会的领袖。他学识渊博，傲气也不遑多让，容不得任何人对他指手画脚。与精灵魔戒有关的学识，无论大小，都是他擅长的领域。他对这类学识研究已久，一直在挖掘早已遗失的制作精灵魔戒的秘方。然而，当白道会探讨戒指事宜的时候，他向我们展示的所有戒指相关的知识，无一不在驳斥我的担忧。于是我暂且放下心里的石头——可依然绷着根弦。我继续观察和等待着。

“比尔博似乎一切正常。许多年过去了，是的，日子就这么过去了，对他似乎没有影响。他毫无变老的迹象。阴影再度笼罩了下来。然而我对自己说：‘毕竟他母亲那一脉历来长寿。时候还没到呢，再等等！’

“于是我等了。一直等到他出行那天晚上。他的所言所行让我再度恐惧不已，这是萨茹曼的任何话语也无法消除的。我终于明白过来，某些黑暗、致命的东西已经起了作用。之后的时间里，我基本上一直在寻找真相。”

“不会造成什么永久性的伤害吧？”佛罗多焦虑地问，“时间会让他正常过来的，对吧？我的意思是，能让他寿终正寝什么的。”

“他当时就感觉好多了。”甘道夫回道，“这世间能了解诸枚戒指和它们效用的，只有一种力量；据我所知，这世间却没有任何力量是完全了解霍比特人的。我是诸多智者中唯一一个研习霍比特传说的：这是个晦涩的知识分支，不过也充满了惊喜。霍比特人可以像黄油一样柔软，有时却又如老树根一般坚硬。我相信，或许某些霍比特人能长时间地抵御戒指的力量，久到让大部分智者都难以想象。我觉得你没必要替比尔博揪心。

“当然了，他捏着戒指这么多年，又还使用过它，可能需要更长的时间才能减少它的影响——比方说，减轻到他再度看见戒指也能安然无事的程度。另一方面，他也许还能快快乐乐地再活上一些年月：只要摆脱他刚放弃戒指时的状态就行。他最后是自愿放弃戒指的：这一点很重要。不，一旦他对戒指放了手，我就再也不担心他了。我是觉得应该对你负责。

“自打比尔博走了之后，我一直深深担忧的就是你，还有所有这些迷人、荒谬、无助的霍比特人。倘若黑暗魔君征服了夏尔，倘若你们这群善良、快活、蠢乎乎的霍比特人——博尔杰、吹号、博芬、绷腰带们，还有其他霍比特人，更别提荒唐的巴金斯们——就此被奴役的话，对整个世界而言会是一次沉重的打击。”

佛罗多打了个寒战。“为什么我们会被奴役？”他问，“另外，为什么他需要我们这样的奴隶？”

甘道夫回道：“老实说，我认为迄今为止——记住，是迄今为止——他完全忽略了霍比特人的存在。你们应该感到庆幸。然而这样安全无忧的日子已经过完了。他确实不需要你们——他还有其他更有用的仆从——可他不会再把你们抛在脑后。相较于快乐自在的霍比特人，你们被悲惨地奴役更能让他高兴。恶意和报复，仅此而已。”

“报复？”佛罗多说，“报复什么？我还是不太明白，这一切跟我和比尔博，还有我们的戒指究竟有什么联系？”

“莫大的联系，”甘道夫说，“你尚不知道真正的危险是什么；但你会知道的。上次过来的时候，我对它还不是十分确定，现在可以讲个明白了。戒指暂且借我一用。”

佛罗多从马裤兜里掏出戒指，那东西正挂在他腰间系着的链子上。他解下戒指，慢慢地递给了巫师。他感觉它突然变得很重，仿佛无论戒指还是他自己，都不愿让甘道夫触摸到。

甘道夫拿过戒指。它看着像是用实打实的纯金铸造而成的。“你在上面能看见什么标记吗？”他问。

“看不见，”佛罗多说，“什么都没有。戒指没有任何花纹，也从来见不着刮痕和磨痕。”

“那你瞧好了！”颇让佛罗多震惊和苦恼的是，巫师突然把戒指扔进了明亮燃烧的炉火一角当中。佛罗多惊呼了一声，伸手便要去抓火钳，却被甘道夫拉住了。

“等着！”他用不容置喙的口气说道，浓眉下的眼睛迅速看了佛罗多一眼。

戒指的外观没有发生丝毫变化。过了一会儿，甘道夫起身关上了玻璃窗外的百叶窗，又合上了窗帘。房间变得又黑又静，不过花园那里还是会隐约传来山姆使剪子的声音——离着窗户又近了一些。好一会儿，巫师一直立在那儿盯着炉火；然后他弯下腰，用火钳夹出戒指，又立即用手拿住。佛罗多抽了一口冷气。

“一点儿都不烫，”甘道夫说，“拿着！”佛罗多缩着手接了过来——感觉那戒指比之前更加厚重了。

“举起来！”甘道夫说，“仔细再看！”

佛罗多拿眼一瞧，但见精细的线条——程度胜过最为精细的笔触——遍布整枚戒指的内外侧：火焰般的线条，似乎形成了一段流动的铭文字母。它们闪烁着刺眼却又显得遥远的光亮，仿佛来自极深处。

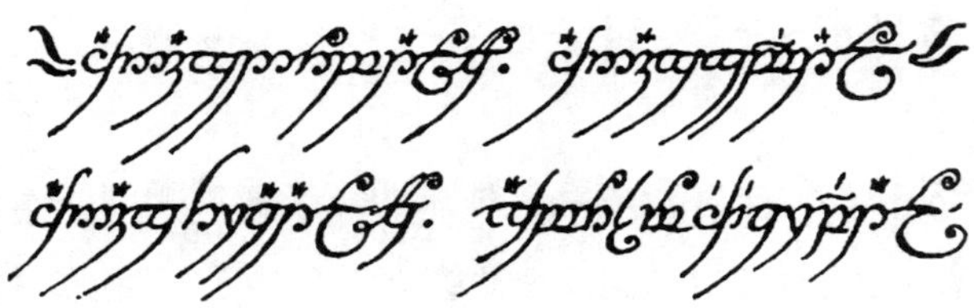

“我看不懂这些火焰文字。”佛罗多的声音在颤抖。

“你是看不懂的，”甘道夫说，“不过我能看懂。这些是某种古体的精灵文字，而语言却是魔多语，我不会在此处念出来。它们在通用语里的意思大致为：

至尊者御众，至尊者觅众，
至尊者聚众，秽黯邪力缚众。

这只是精灵传说中广为人知的一首诗的其中两句：

苍穹下，精灵王者持其三，
石殿中，矮人诸侯持其七，
凡尘间，命犯煞星者持其九，
邪影魔多之地，晦暝王座之上，

黑暗魔君掌其至尊。
至尊者御众，
至尊者觅众，
至尊者聚众，
邪影魔多之地，
秽黯邪力缚众。

他顿了顿，低沉着声音慢慢说："这枚正是'至尊者御众'的主宰戒。许多年前他失去了这枚至尊戒，力量被极大地削弱。他渴求着这枚戒指——切莫让他得手。"

佛罗多呆坐着，一言不发。恐惧似乎伸出了巨爪，仿佛自东边升起的阴云般森然逼近，想要吞掉他。"这枚戒指！"他结结巴巴地说，"到……到底是怎么到我手上的？"

"噢！"甘道夫说，"这可是个长长的故事。开端得追溯到黑暗年代，如今只剩一些博闻广记之人才记得。我若是跟你把故事讲完，只怕春去冬来了我们还坐在这儿呢。

"不过，昨晚上我跟你提到了黑暗魔君，也就是强大的索伦。你听到的传闻所言非虚：他确实再度崛起，离开了盘踞的黑森林，重返他那座位于魔多邪黑塔的古老要塞。就连你们霍比特人也听过'魔多'这名字，它就像是古老故事尾巴上的一团阴影。这团阴影每次战败之后，总能蛰伏起来，改头换面一番，然后再度卷土重来。"

"我希望不要出现在我的时代。"佛罗多说。

"我也这么希望，"甘道夫说，"所有活着见证过那个年代的人都这么希望。可这由不得我们来决定。我们能决定的，只有如何运用手头上的时间。还有，佛罗多，黑暗已经在我们的时代初现端倪。大敌正在飞速变得无比强大。我认为，他的计划还远远称不上成熟，却在日臻成熟。我们的境况将会十分险峻。即便没有如此可怕的机遇，我们也会陷入极大的危难当中。

“要想摧垮所有的抵抗，冲破最后的防御，让黑暗再度覆盖所有土地，大敌唯独还缺少给予他力量和知识的那一样事物：至尊戒。

“众戒中最美好的那三枚，精灵王将它们匿之于众，从未让他有机会染指。另有七枚由矮人诸侯持有，可他已夺回其中三枚，剩下的则毁于恶龙。还有九戒，他给了骄傲又强大的凡人，让他们就此落入陷阱。许久以前，受制于至尊戒的九戒持有者们变成了戒灵，成为他强大魔影下的邪影，是他最为可怖的仆从。不过那是许久以前的事了。戒灵已多年不曾现身。可是，谁知道呢？魔影再度壮大，他们也可能会再度出现。不过，行了！在如此美好的夏尔晨日，我们不该说这些东西。

“这是个可怕的机会，佛罗多。他以为至尊戒已经没了，以为精灵应该毁掉了它。可现在他知道戒指并没有销毁，还被人找到了。所以，他开始搜索它，寻找它，把全部精力都放在了这件事上面。这枚戒指既是他莫大的希望，也是我们莫大的恐惧。”

“为什么啊，为什么没有毁掉？”佛罗多嚷道，“还有，大敌既然这么强大，又那么宝贝这枚戒指，他怎么会弄丢它呢？”他攥紧了戒指，好像已经看见有黑暗的手指伸出来想攫取它。

“戒指是被夺走的。”甘道夫说，“很久以前，精灵的抵抗力量要强大得多；人类也没有完全跟他们疏远。西方之地的人类前来提供了援手。这属于古老历史中值得回忆的一章；尽管其中充满悲伤，又有黑暗聚集，但同样也充满了勇气和并非全然虚妄的伟大功绩。总有一天，我或许能跟你讲述全部的故事，又或者是由其他知之甚详的人来告诉你。

“不过，眼下你只需要知道戒指是怎么来的，光是传说便足够了，其他的我也就不再多提。精灵王吉尔－加拉德和西方之地的埃兰迪尔推翻了索伦，尽管这一壮举害得他们殒命；埃兰迪尔之子伊熙尔杜自索伦手上砍下戒指并据为己有。索伦败亡，灵魂远遁，又蛰伏了许多年，最后再度现身黑森林。

“可至尊戒没了下落。它掉进了安都因大河，就此消失。伊熙尔杜沿着安都因大河北进，在金鸢尾泽地附近遭遇山中的奥克埋伏，几近全军覆没。他遁入河中逃生，至尊戒却在游动之时滑脱手指；他也因此被奥克发现，惨遭箭矢射杀。”

“落入金鸢尾泽地的晦暗水潭之后，”甘道夫停了片刻，继续说，“各类知识和传说中也逐渐没了至尊戒的内容；即便这些许的历史也只有寥寥数人知道，智者的白道会再寻不到其他信息。不过，我猜，至少我能把故事给续下去了。

“那之后许久——依旧距今很久之前，在大荒野的边上，沿大河的河岸居住着一群手脚敏捷、来去无声的小种人。我猜他们是霍比特族类，和斯图尔族一脉相承。他们都热爱安都因河，常在其中游水，还用芦苇造小船。他们中有一家族，不但人丁兴旺，家财与名望也胜过其他家族。这个家族中管事的是祖母，为人严厉、精于他们族群的古老学识。这个家族里，生性最为好奇，最爱刨根问底之人叫作斯密戈。他爱好打探各类根基和源头，会潜入深深的水塘里，在树木和生长的植物下面钻来钻去，还会在绿色土丘里挖隧道；他不再仰望山顶，也不再注意树上的叶子或者四处绽放的花朵：他总是低着头，眼睛看着地上。

“斯密戈有位志趣相投的朋友叫狄戈，他眼神很好使，但身手不算灵活，力气也不大。有这么一回，他俩乘船去了金鸢尾泽地——那里长满了一片片鸢尾花和盛开的芦苇。斯密戈去了岸边四处打望，而狄戈则在船上钓起了鱼。一条大鱼猛然咬钩，狄戈还没来得及反应就被拉下水，一路给拖到了水底。他好像看见河床上有什么东西在闪闪发亮，于是扔开鱼线，屏住呼吸抓住了那东西。

“他脑袋上顶着水草，手里满把抓着淤泥，扑腾着浮上水面，游去了岸上。瞧！冲走淤泥之后，他手里躺着一枚漂亮的金戒指！这枚戒指在阳光下闪闪发亮，看得他心里直欢喜。一直在树背后窥视的斯密戈，趁狄戈目不转睛地盯着戒指时，悄无声息地摸到了他背后。

“‘把这个给我们吧，亲爱的狄戈。’背后的斯密戈说。

“‘为什么？’狄戈回道。

“‘因为我生日到了，亲爱的，而且我想要它。’斯密戈说。

“‘我才不管，’狄戈说，‘我已经送过你生日礼物了，害我掏空了家底。这是我找到的，我要留着它。’

“‘噢，这样吗，亲爱的！’斯密戈说。然后，他一把掐住狄戈的喉咙，扼死了他，全因为那枚金戒指实在是太耀眼、太美了。然后，他戴上了戒指。

“永远没人知道狄戈的遭遇；他在离家很远的地方被谋害，尸首还被狡猾地藏了起来。斯密戈独自一人回了家，发现家族里竟没人能看见戴着戒指的自己。他对自己的发现非常满意，便谁也没告诉；他用戒指来打探秘密，一门心思全放到了歪门邪道上。对于各种勾当，他总是耳聪目明、敏感异常——这是戒指按他的状态所赋予的力量。毫无疑问，他成了最不受欢迎、叫亲戚们唯恐避之不及的（没有隐身的时候）那个人。他变得狠戾，喜好偷窃，还会四处晃悠着自言自语，喉咙里咕噜作响。于是他们叫他‘咕噜’，还咒骂他，要他滚远一点儿；他那希冀安宁的祖母将他清出族谱，撵出了洞府。

“他孤单地徘徊着，对这世间的冷酷暗自垂泪。他沿着上游前行，一直走到一条山中流出的小溪边，又顺着走了过去。他用隐形的手指在深潭里捕鱼，然后生啖鱼肉。某个炎热的日子，正当他在水潭边弯腰的时候，后脑勺突然一阵灼热，水面映出耀眼的光芒，刺得他眼睛生疼。

他感到很奇怪，因为他几乎已经忘记了太阳的存在。于是他冲着太阳挥舞着拳头，而这是他最后一次抬起脑袋。

“可当垂下眼时，他却看见了迷雾山脉的山顶，小溪正是从那里流淌出来的。他突然想：‘那些山下面应该会非常阴凉，太阳也照不到我。这些山的根必定是真正的根基，里面肯定埋有原初起便无人知晓的绝大秘密。’

“于是，他星夜兼程前往高地，在那儿找到个涌出昏暗溪流的小洞穴；他像只蛆虫一样蠕动着爬进了山脉中心，就此失去了所有音讯。戒指跟他一块儿遁入了阴影中，哪怕它的铸造者力量再度复苏了，也还是没能找出它的下落。”

“咕噜！”佛罗多惊道，“咕噜？你说他就是比尔博遇见的那个叫咕噜的东西？真让人作呕！”

“我觉得这故事叫人难过。”巫师说，“它还可能会发生在别人身上，甚至发生在我认识的哪个霍比特人身上。”

“我不相信咕噜竟然跟霍比特人扯上了亲戚，甭管这血脉隔得有多远。”佛罗多愤愤道，“这说法太恶心人了！”

“可它确实是真的，”甘道夫回应道，“就比如他们的起源，从各种意义上来说，我了解的都比你们霍比特人自己还要多。哪怕比尔博的故事本身也暗示了这种亲缘关系。比尔博和咕噜之间，无论是思想还是记忆方面的背景，都有着极大的相似之处。他们相互理解起来十分轻松，远比霍比特人去理解矮人、奥克乃至精灵之类的还要容易。比方说，他俩都认识那些谜语。”

“话虽如此，”佛罗多说，“除了霍比特人，其他种族也会讲谜语啊，而且内容都大同小异。况且霍比特人从不作弊，咕噜从始至终都在耍诈，他只是想让可怜的比尔博放松警惕。我敢说，发起这么个或许最后能让他轻松捕获受害者的游戏，肯定让他心里的罪恶感得到了极大满足，就算他输了游戏，也不会有什么大碍。”

“恐怕正是如此。”甘道夫说，“但我觉得，这里边还夹杂着一些你还没看出来的东西。即便像咕噜这样，他也没有完全被腐蚀。或许作为霍比特人，他比智者猜想的还要顽强。他的内心里仍有一个属于自己的小角落，那里有光亮透出，仿佛自黑暗的裂隙透出的丝丝微光——这是过往所带来的光亮。能再度听见友善的话语声，让他回想起和风，阳光和草地，还有许许多多被遗忘的东西，我认为他其实很开心。

“可是，这自然会让他心里那股邪恶的力量更加恼怒——除非他能克服它，治愈它。”甘道夫叹着气，“唉！就他的情况来说，希望渺茫，但也并非毫无希望——并非如此，虽说他拥有戒指那么长时间，长到他都快记不得有多久了。这得归因于他很久没戴过的关系：黑暗之中不太需要隐身。当然，他也从来没有‘消散’。他很单薄，但顽强依旧。可这玩意儿显然一直在吞噬他的意志，折磨得他快受不了了。

“所有那些山根里的‘绝大秘密’，到头来只是空虚的黑夜：什么都找不到，什么都不值得，只剩下偷摸着吞吃恶心的食物，还有愤恨不已地回忆过往。他就是个可怜虫。他厌恶黑暗，可更痛恨光明；他憎恨一切，尤其是那枚至尊戒。”

“什么意思？”佛罗多问，“至尊戒当然是他的宝贝，是他唯一在乎的东西，对吧？他如果憎恨它，为什么不扔掉它或者留下它远走高飞？”

“听完所有这些之后，你应该明白，佛罗多，”甘道夫说，“他对戒指是爱恨交加，就好像他对自己也是又爱又恨一样。他没法摆脱它。这事儿已经由不得他了。

“力量之戒会照看好自身，佛罗多。它可能会当个叛徒滑脱手指，但它的持有者却永远无法舍弃它。他顶多只能抱点儿把戒指交给他人照看的念头——这也只限于早期阶段，仅限于戒指刚开始腐化持有者的时候。据我所知，比尔博是历史上唯一一个不但动了念头，还能付诸实践的人。他仍旧也需要我鼎力相助。即便如此，他也没法就这么把它给舍弃掉或者抛之不顾。佛罗多，做决定的不是咕噜，而是至尊戒本身。是那枚戒指抛弃了咕噜。”

“就只是为了适时碰上比尔博？”佛罗多问，“找个奥克不是更适合它吗？”

“这可不是什么好笑的事，”甘道夫说，“至少对你来说不是。这算是这枚戒指身世中最为怪异的一幕：比尔博恰逢其会地抵达了那里，然后在伸手不见五指的漆黑中，他的手恰好摸到了那枚戒指。

“有不止一股力量在起作用，佛罗多。至尊戒企图回到主人手里。它从伊熙尔杜手上滑脱，背叛了他；之后又趁机找上了可怜的狄戈，导致他被害；再之后就是咕噜，它吞噬了他。它没法进一步利用他：咕噜实在是太弱小、太卑微了；只要戒指还在他手上，他就永远不会再离开那口幽暗的水潭。于是，等到它的主人再度复活，从黑森林传出黑暗思想，它便抛弃了咕噜。结果，它被最意想不到的人给捡到了——来自夏尔的比尔博！

“除此之外，还有一股力量在起作用，它凌驾于铸戒者的所有盘算。我只能这么告诉你，比尔博注定会找到至尊戒，而这并非出于其铸造者的谋划。如此一来，你也注定会持有它。这或许是种叫人鼓舞的观点。”

“我不觉得，”佛罗多说，“虽然我没太懂你的意思。不过，你又是怎么了解到所有这些关于至尊戒和咕噜的事情的？你是真的全都知道，又或者依旧只是在猜测？”

甘道夫看着佛罗多，眼神闪亮。“我知道很多，也了解了很多，”他答道，“但我不准备全告诉你一遍。埃兰迪尔、伊熙尔杜和至尊戒的历史，所有智者都知道。不提别的证据，单火焰文字这一项便说明你那戒指正是至尊戒。”

“那你是什么时候发现的？”佛罗多插嘴问道。

“自然是刚才，就在这间屋子里。”巫师说，“不过我期盼这一点得到证实。我历经了黑暗的旅途和漫长的搜寻，就为了做这最后的测试。它便是那最后的证据，现在一切已经明晰。要弄明白咕噜的故事，再把这一段填入历史的空白处，我花了不少心思。如果说一开始我对咕噜还抱着揣测的态度，后来就不是猜测了。我找到了他，弄明白了。”

“你见过咕噜？”佛罗多惊呼道。

“是的。这种事儿显然我能做就会去做。我很早以前就在尝试，最后总算是成功了。”

“那比尔博逃走之后，又发生了什么事呢？你知道吗？”

“不是很清楚。我告诉你的内容，都是咕噜愿意透露的——当然，原话不是这样。咕噜是个骗子，他说的话得过滤一下。比如他坚持称至尊戒为他的‘生日礼物’，说是祖母送给他的，她有好多这种漂亮物什。荒唐的故事。我毫不怀疑斯密戈的祖母是族长，是一位杰出、独特的人物，但要说她拿着许多精灵戒指就有点儿荒谬了，至于把它们送人什么的，纯粹就是谎话。不过，这个谎话里却有一些真的东西。

“谋害狄戈这件事一直烦扰着咕噜，于是他编出辩护之词，在黑暗中啃骨头的时候对着他的‘宝贝’一遍又一遍地重复，到最后他自己都差不多相信了。那天是他的生日，狄戈该把戒指送给他。显然这枚戒指是作为礼物出现的。它是他的生日礼物，诸如此类的。

“我尽可能地忍受他，可真相如何又事关重大，最后我终于还是没了耐心。我用火吓唬他，把真实情况从他嘴里一点点地挤了出来，顺带挤出来许多啜泣和谩骂。他觉得他被人误解，遭人利用了。可等他讲了他的历史，一直讲到猜谜和比尔博逃跑那个部分之后，除了些晦暗的含糊话，他一句也不肯再说。有什么比我还叫他害怕的恐惧笼罩着他。他咕哝着说‘要去把自己的东西弄回来，要让大家看看咕噜能不能受得了被人踢打、被撵进洞、还被人抢’‘咕噜现在有好朋友了，很要好、很强大的朋友，他们会帮他，巴金斯会付出代价’之类的话。他满脑子全是这些念头。他痛恨比尔博，咒骂他的名字。更重要的是，他知道他是从哪儿来的。”

“他怎么会知道？”佛罗多问。

“嗯，要说名字的话，那是比尔博自个儿蠢透了告诉他的；知道了名字，自然就不难搞清楚他来自何方，只要咕噜肯出去。噢，是的，他出去了。他对至尊戒的渴望，到底胜过了对奥克，甚至对光亮的恐惧。一两年后，他走出了群山。你瞧，尽管他仍旧被欲望束缚着，可至尊戒已不再吞噬他；他有那么一点儿复原了。他觉得自己变老了，老得可怕，可也变得没那么胆小，而且还饿得要命。

“他还是畏惧、痛恨太阳和月亮的光芒，我猜他是改不了了。不过，他很是狡猾。他发现可以躲开日光和月光，他那苍白而冰冷的眼睛可以让自己在死寂的夜里轻巧快速地赶路，还能捕捉被吓到或警惕性不够的小生物。有了新的食物和新鲜的空气，他变得更加强壮和大胆。不出所料，他找到了黑森林。”

“你就是在那里找到他的吗？”佛罗多问。

“我在那里看见了他。”甘道夫说，“而在此之前，他循着比尔博的踪迹游荡了很久。我很难从他嘴里得知什么确切的信息，他总是讲到一半就开始咒骂和威胁。‘它的口袋里有什么东西？’咕噜说，‘它不肯说，没有宝贝。小骗子。问题不公平。它先骗人的，它先的。犯规了。我们该掐死它，是的宝贝。我们会的，宝贝！’

“他说话就是这副样子，我觉得你应该已经听够了吧。我被折磨了好些日子，不过他的谩骂倒是让我收获了不少信息：他蹑手蹑脚地终于到了长湖镇，甚至还在河谷镇的大街小巷四处偷听窥探。比尔博搞出的大新闻传遍了大荒野，好多人听闻了他的名字和居所，我们从西边打道回府的旅程变得路人皆知。咕噜的尖耳朵很快就会听见他想得知的内容。”

“他怎么没继续跟着比尔博？”佛罗多问，“他为什么没来夏尔呢？”

“噢，我们正要说到这里。”甘道夫说，“我认为咕噜肯定试过。他朝西出发，往回走了一段路，一直走到了大河。可之后他却去了别的方向。他并非因为遥远的路程而打了退堂鼓，我很肯定，应该是有别的什么拦住了他的去路。那些帮我搜索他的朋友们也是这么想的。

“一开始追捕他的是森林精灵，这对他们来说易如反掌，因为他的踪迹那会儿还非常新鲜。他们循着踪迹穿过黑森林，后面又折返了回来，还是没抓到他。整座黑森林里全是他的传言，甚至飞鸟走兽都讲着可怕的传说。林中居民说出现了没见过的可怕东西，是种吸血的鬼魂。它会攀爬树木寻找鸟窝，会钻进洞里寻找幼兽，还会溜进窗户寻找婴儿。

“然而，到了黑森林的西部边缘，脚印却拐了方向。它游荡去南边，躲过了森林精灵的视线，然后消失不见了。这之后，我犯了个大错。是的，佛罗多，这不是我头一次犯错；但我担心这会是最糟糕的一次。我放过了这件事。我放任他走掉了，因为那会儿有许多事情亟待思考，我也依旧还对萨茹曼的学识坚信不疑。

“噢，那是几年前的事了。之后我付出了代价，度过了许多黑暗又危险的日子。等到比尔博离开这里，我再度踏上寻找的路途时，那些踪迹早已变得难以分辨。我的寻找差点儿落了空，幸得一位朋友相助：阿拉贡，当今世上最杰出的旅行家和猎手。我们一同踏遍了大荒野寻找咕噜，结果毫无希望，也一无所获。当我放弃追寻，准备去做别的事情时，咕噜被找到了。我的朋友冒着巨大的风险，把这可悲的家伙给带了回来。

“他不肯说他都做了些什么。他只是抽抽搭搭的，直骂我们残忍，喉咙里还有许多咕噜声；一等我们逼问起来，他又会哀号瑟缩，一边揉搓着他那双长手，一边舔着手指头，好像指头让他很痛苦，好像让他回忆起了之前遭受的什么折磨。但证据恐怕已确凿无疑：他虽然步履缓慢、行踪鬼祟，最后还是一步接一步、一哩又一哩地向南走去了魔多之地。”

死寂笼罩了房间。佛罗多能听见自己的心跳声。四周万籁俱寂，连山姆的大剪子声都听不见了。

“是的，去了魔多。”甘道夫叹道，“唉！所有诡异的东西都会被吸引到魔多，黑暗魔君倾注了全部心力，要把它们全都集中起来。大敌那枚戒指也会留下印记，让咕噜对大敌的召唤毫无抵抗之力。那会儿所有种族都在低语着南边出现了新的阴影，以及它对西边的憎恶。那里有他新认识的好朋友，他们会帮他报仇的！

“真是愚不可及！他在那地方会得到教训的，多到他吃不消。他在边界上埋伏刺探，迟早会叫人发现，然后被抓去审问。我担心状况正是如此。他被我们发现时已经在那里待了很久，身负某种作恶的使命正准备离开。他最大的祸行已经完成了。

“是的，唉！通过他，大敌得知至尊戒已经再度现世。他知道伊熙尔杜命丧何地，也知道咕噜在哪里找到了他的戒指。他知道那是枚主戒，因为它让人长生不老。他知道那枚戒指不属于精灵三戒——它们从未遗失，也无法与邪恶共存。他也知道它不属于七戒或者九戒之一，这些戒指下落何处都已明晰。他知道那就是至尊戒。我猜，他最后还知道了霍比特人和夏尔。

“夏尔——他也许已经在找寻了，如果他还不知道夏尔在哪里的话。事实上，佛罗多，我担心他也许把巴金斯这个长久未注意的名字记在心上了。”

“可这也太骇人了！”佛罗多嚷道，“比你的暗示和警告让我想到的最糟糕的情况还要糟糕。噢，甘道夫，我最要好的朋友，我该怎么办？

我现在是真的怕了。怎么办才好？可惜比尔博当初得了机会，却没扎死那邪恶的怪物！”

“可惜？正因为这个‘可惜’才让他停住了手。这是怜悯，还有仁慈——非必要不杀生。他也因此得到了极好的回报，佛罗多。要明白，恶力对他的伤害是如此之小，他最后能成功脱险，正因为他是以怜悯为开端持有的魔戒。”

“对不起，”佛罗多抱歉地说，“可我吓坏了。我对咕噜没有任何怜悯之情。”

“你又没有见过他。”甘道夫打断了他。

“是没有，我也不想见到他。”佛罗多说，“我没闹明白。你的意思是，在闯下这一大堆可怕的祸事之后，你，还有那些精灵，依然放任他活着？从任何角度讲，他都跟奥克一样坏，已经是敌人了。他不该活着。”

“不该活着！我敢说他确实不该。许多活着的人都不该活着，而一些死去的也不该死去。你能改变吗？既然不能，那就别忙着定夺别人的生死。毕竟，再睿智的智者也看不到所有的结局。对咕噜在死之前能不能治好自己这事，我抱的希望不大，但总归还是有那么点儿机会。而他跟至尊戒的命运已绑在了一块儿。我的心告诉我，尘埃落定之前，还有需要他出场的机会，无论他行善还是使坏；真到了那时候，比尔博的一念之慈或许会左右许多人的命运——尤其是你的命运。总而言之，我们没有杀他：他已行将就木，悲惨至极。树精灵把他关了起来，不过倒也发自他们那智慧心灵尽量地善待着他。”

“就算是这样，”佛罗多说，“即便比尔博对咕噜下不去手，我也希望他从没拿到过这枚戒指。我希望他从没找到它，我也就不会得到它了！你为什么要我留着？你为什么不让我扔掉，或者……或者毁掉它？”

“要你？让你？”巫师说，“我刚才的话你是左耳进右耳出了吗？说话前先动动脑子。你说扔掉它可就大错特错了。这些戒指有能力让人找到它们。落入歹人之手，可能会造成莫大的恶果。万一落入大敌之手，那才是糟糕透顶呢。事实上，它一定会的；这可是至尊戒，他穷尽了全部力量就是为了找到它，或者把它引向自己。”

“当然，我亲爱的佛罗多，这会给你带来危险；这一点深深地困扰着我。可事关重大，我不得不冒些风险——就算我身处远方，夏尔也时时刻刻被我那警惕的目光守护着。只要你没有用过它，我不认为这枚戒指会对你产生什么持续性的作用，不会产生什么邪恶影响，至少很长一段时间内不会。你得明白，九年前我最后一次见你那会儿，我也没多少事情是拿得准的。”

“那么，为什么不毁掉它？就像你说的，早该毁掉一样？”佛罗多又嚷嚷道，“你要是警告我，甚至只需要给我传个信，我肯定早就去料理它了。”

“你会吗？要怎么毁？你试过了吗？”

“没有。但我猜，我能找人锤扁它，或者熔了它。”

“那你试试！”甘道夫说，“现在就试！”

佛罗多再度从兜里掏出戒指，琢磨了起来。戒指现在又是一副朴素光滑的样子，见不着一点儿铭文或者花纹。那金看起来绝伦的美好、纯粹，色泽是如此的饱满而美丽，轮廓也圆得如此完美。多么美妙的东西，可真是个宝贝。掏出戒指之前，他还想着要把它扔进壁炉里最炽热的火焰中，现在却发现自己再怎么下决心也做不到。他用手掂量着戒指的质量，犹豫再三，又逼自己回想甘道夫讲的话；他用了极大的意志采取了动作，像是要扔掉的样子——然后他把戒指揣回了口袋。

甘道夫笑着说：“你瞧，佛罗多，你也颇感难以舍弃这枚戒指了，遑论毁掉它。我也不能‘要你’这么做——除非强迫你，但这会害了你的神智。至于毁坏戒指，强迫是没有什么用的。就算你拿着重锤去敲，戒指连一丝凹陷都不会有。它无法通过你我之手被摧毁。

“当然，你的这堆小火连普通金子都熔不了。这枚戒指刚才在火里毫发无损，甚至连温度都没有丁点儿增加。夏尔也压根儿没有能熔了它的铁匠炉。哪怕是矮人的铁砧和熔炉也不行。听说龙炎能熔化销毁力量之戒，可现如今这世上也没有哪条龙还能喷出过往那足够炽热的火焰了，就算是黑龙安卡拉刚也伤不了它，毕竟这主宰戒可是索伦亲手打造的。

“方法只有一个：在火焰之山欧洛朱因深处找到末日裂罅，将戒指扔下去——倘若你果真想要摧毁它，让大敌永远求之不得的话。”

“我果真想要毁掉它！”佛罗多嚷嚷道，“又或者，那个……希望它被毁掉。我不是冒险的料。真希望我从没见过这枚戒指！它为什么要到我手上？为什么选上了我？”

“这些问题我给不了答案，”甘道夫说，“或许你能确定的是，戒指选上你并非你具备什么别人没有的特质：并非因为你的力量或者智慧，完全不是。可既然你已经被选上，那你就用好自己的这身力量、意志和智慧吧。”

“可这几样我都不占优势啊！你非常睿智，也很强大。你不想拿走戒指吗？”

“不要！”甘道夫喊道，轰然起身，“戒指会叫我的力量过于强大和恐怖。而我也会让戒指攫取到更加强大和致命的力量。”他的眼睛里有光芒闪过，脸庞像是被内心的火焰点亮，“不要诱惑我！我不想成为下一个黑暗魔君。透过我的怜悯——对弱者的怜悯，以及渴求得到行善的力量，这枚戒指便会潜入我的心里。不要诱惑我！我不敢拿它，更不敢护它安全，不加使用。我的力量远远无法压制我想使用它的欲望。千难万险横在面前，迟早会让我用上戒指。”

他去到窗边，拉开窗帘和百叶窗，阳光落回了房间。山姆吹着口哨走过外边的小路。“现在，”巫师转头对佛罗多说，“决定权在你手上。

而我会一如既往地帮你。”他伸手搭在佛罗多肩上，“只要你愿意扛起这个责任，我就会跟你一起扛。不过，很快我们就得做点儿什么了。大敌正在行动。”

长长的沉默。甘道夫又坐回椅子上抽起烟斗，似乎陷入沉思。他仿佛合上了眼，却从眼底细细打量着佛罗多。佛罗多目不转睛地盯着壁炉里的红色余烬，看得眼睛里全是这画面，就像是在俯视着无边无际的火焰之井。他想到了传说中的末日裂罅，还有火焰之山的恐怖。

“那么，”终于，甘道夫开口道，“你怎么想？决定好了吗？”

“还没！”佛罗多说。他从黑暗中回过神来，惊讶地发现周围并不昏暗，窗外的花园依旧阳光明媚。“又或者说，我大概是决定好了。如果没理解错的话，我猜无论这枚戒指对我可能产生什么影响，我都得留着它，看好它——至少目前如此。”

“如果你抱准了这样的念头，那无论它会对你产生什么影响，都会被放慢，恶力也会被放慢。”甘道夫说。

“希望如此。”佛罗多说，“可我希望你能尽快找到更称职的保管人。同时，似乎我变成了危险人物，会危害到所有生活在我周围的人。我不能待在这里拿着戒指。我得离开袋底洞，离开夏尔，远远地离开这所有的一切。”他叹着气说。

“如果能办到的话，我想要拯救夏尔——尽管我不时觉得这里的居民蠢乎乎的、不善言辞，还认为来场地震或者恶龙袭击也许对他们有好处。可我现在不这么想了。我觉得，只要夏尔能安全，能不受打搅，我就愿意忍受流浪之苦：我会知道，哪怕我再无法踏足，但总有这么一个地方能让我安身立命。

“当然了，我有时也想过离开。但我心想的是某种度假，就像比尔博那样的，甚至更精彩一些的连番冒险，最后平安结束。眼前这个却是流亡，意味着要奔波于危险之间，吸引危险追随。而且，我猜，要想如此拯救夏尔的话，我得一个人上路。可我感觉自己非常渺小，像极了无根的浮萍，非常——绝望。大敌是那么强大可怕。”

他没有跟甘道夫提过，可随着他的讲述，追寻比尔博的渴望如火焰般在心里升腾起来——追寻他，也许还能再找到他。这念头是如此强烈，竟盖过了他的恐惧：他几乎可以径直跑出门，跑下大路，连帽子都不戴——恰似许久前比尔博在类似早上的行为。

“我亲爱的佛罗多啊！”甘道夫惊呼道，“我就说过，霍比特人真是叫人惊奇的生物。只消一个月，你就能完全了解他们的行事之道，可哪怕你再花一百年时间去了解，他们仍旧能在紧要关头让你大吃一惊。即便是你，我也没指望能得到这样的答复。比尔博真是没选错继承人，虽然他大概是没想过这选择能有多么重要。很遗憾，你的看法没错。至尊戒在夏尔藏不了多久了；为你、也为周围人着想，你得抛下‘巴金斯’这名字，然后离开。这名字在夏尔之外或者在大荒原里都不安全。让我给你起一个旅行用的名字。等你上路之后，你就称自己为山下先生吧。

“不过，我觉得你没必要孤身上路，只要你有人值得信赖，能伴你左右——而且你愿意与之共克时艰。但是，你打算找旅伴的话，可得挑仔细了！慎言，哪怕对方是你最要好的朋友！敌人耳目众多，精于刺探。”

他突然停下话头，像是在听着什么。佛罗多也发现屋里屋外似乎都变安静了。甘道夫轻手轻脚地走到窗户旁，又猛地踏上窗台，探手便往窗下一抓。只听得一声尖叫，满头卷发的山姆·甘姆吉被拧着耳朵提溜了起来。

“不错，不错，赞美我的胡子！”甘道夫说，“这位是山姆·甘姆吉吧？你在这儿干什么呢？”

“老天保佑您，甘道夫先生，老爷！”山姆说，“啥也没干！我刚才就是在窗下头修剪草坪，你懂我的意思吧。”他举起大剪子当证据，展示给他们。

“我不懂。”甘道夫冷脸说，“我已经好一会儿没听见你的剪子声了。你听了多久墙角了？”

“听墙角，老爷？求您原谅，我不知道您在说啥。袋底洞可没有墙角，老天爷做证。”

“别装傻！你都听到了什么，为什么要偷听？”甘道夫双眼光射寒星，眉毛根根竖立。

“佛罗多先生，少爷！”山姆叫道，吓得直哆嗦，“别让他打我，少爷！别让他把我变成什么怪东西！我老爹会受不了的。我发誓，我没有恶意，少爷！”

“他不会打你的。”佛罗多忍不住笑了起来，虽然他自己也吓了一跳，挺纳闷儿的，“他跟我一样，知道你没有恶意。不过，你快站起来，好好回他的话！”

“那个，老爷，”山姆吞吞吐吐地说，“我听到一些话，可又不太懂，啥敌人啊，戒指啊，还有佛罗多先生，老爷。然后就是恶龙，火焰之山，还有……还有精灵，老爷。我就是忍不住想听听，你懂我的意思吧。老天保佑，老爷，可我是真喜欢这类故事。不管泰德怎么说，我对它们是深信不疑的。精灵，老爷！我可想看看他们了。老爷，你们上路的时候，能不能捎上我，让我去看看精灵？”

甘道夫突然笑起来。“进来吧！”他大声说，伸出双手把震惊的山姆、大剪子、草屑什么的全从窗外拎了进来，然后让山姆站在地上。“带你去看精灵，嗯？”他说着，凑近了盯着山姆看，不过脸上却带着笑，“所以，你听见佛罗多先生要走的事了？”

“听见了，老爷。所以，我才忍不住哭了，估计被你们听到了。我不想的，老爷，可就是忍不住：我实在是伤心啊！”

“没办法，山姆。”佛罗多悲伤地说。他突然意识到，出走夏尔的别离之苦，远远不止告别袋底洞那熟悉、舒适的环境。“我必须要走。不过——”他严厉地看着山姆，“——假如你真关心我的话，就要严守秘密，明白吗？要是你做不到，吐露出在这里听到的哪怕半个字，我希望甘道夫把你变成癞蛤蟆，再往花园里放满草蛇。”

山姆一屁股坐在地上瑟瑟发抖。“起来，山姆！”甘道夫说，“我想到了更好的主意，不但能堵住你的嘴，也适合当作你偷听的惩罚：你就跟佛罗多先生一块儿走吧！”

“我，老爷！”山姆叫道，蹦得像条准备出门遛弯的狗。“我要出门看精灵，见世面啦！万岁！”他欢呼着，眼泪突然就下来了。

·第三章·

三人行

“悄悄上路，赶快出发。”甘道夫说。然而时间已经过去了两三个星期，佛罗多依旧一点儿要出发的迹象都没有。

“我知道，可要同时做到这两件事不容易。”他反驳道，“要是我跟比尔博一样消失不见，整个夏尔立马就会传闻满天飞。”

“你当然不能消失！”甘道夫说，“那根本没用！我是让你赶快，不是让你马上。要是你能想到什么溜出夏尔也不会闹得大众皆知的法子，耽搁几天也值得。但你可不能耽搁太久。”

“秋天怎么样，就在我们生日那天或者之后？”佛罗多问，“我觉得到时候也许能安排安排。”

说实话，眼下他反而非常不愿意出发了：比起以往的日子，袋底洞似乎越住越舒服，他也想好好品味一下在夏尔的最后一个夏天。他知道，等到秋天来了，他就会跟往年一样，心底至少有那么一部分对旅行产生更多的好感。他确实暗自下了决心，要在五十岁生日当天启程——

那天也是比尔博的一百二十八岁生日。不知为何，那天似乎挺适合他出发追寻比尔博。他满脑子都是追随比尔博的念头，堪堪让别离没那么难受了。他尽可能不去思考至尊戒，不去思考它最终会将他带往何方。不过，他没把自己的思绪全告诉甘道夫，至于巫师猜到了多少，依旧是讲不明白的。

他看着佛罗多，笑了起来，“好吧，我觉得可行——但不可再推迟。我已经非常焦虑了。与此同时，一定要小心，你的行程一点儿都不能透露！还有，让山姆·甘姆吉别大嘴巴。他要是说漏了嘴，我可真要把他变成蛤蟆。”

“我要去哪里这件事，”佛罗多说，“倒是挺难走漏风声的，毕竟我自个儿都没拿定主意呢，目前而言。”

“别犯傻！”甘道夫说，“我可不是在警告你别在邮局留地址之类的事！你可是要离开夏尔——在你走远之前，这事儿不能让人知道。你必须得离开，至少也得启程才行，东南西北随你选——选了哪个方向也别让人晓得。”

佛罗多说：“我一直在想离开袋底洞和告别的事情，要走哪个方向反而完全没想过。我该去哪里？我要靠什么来指点方向呢？我的任务是什么？比尔博走了一趟有去有回的寻宝之旅；可我是去‘丢宝’的，就我所见，还是趟单程旅行。”

“可你见不了太远的事情，”甘道夫说，“我也不行。也许你的使命是找到末日裂罅；不过，这任务也可能会由别人承担，我不知道。无论从哪个角度讲，你都没做好踏上这么漫长道路的准备。”

“当然没有！”佛罗多说，“可是，我又该去哪儿呢？”

“去危险的地方；但别这么冒冒失失、直愣愣地去。”巫师回道，“倘若你想听建议的话，那就朝幽谷去。你跑这趟路应该不会太危险，虽说大路比以前要难走，可拖到年底会更糟。”

“幽谷！”佛罗多说，“非常好。那我就朝东走，去幽谷。我会带着山姆去拜访精灵，他会高兴的。”他心里突然产生了冲动，想要去看半精灵埃尔隆德之家，想呼吸一下幽谷中的空气——那个美丽的种族依然有许多人在那儿安宁地生活着。

某个夏夜，一条惊天消息传到常春藤客栈和绿龙酒馆，叫人们把巨人和夏尔边界上的坏征兆之类的事儿全给抛在了脑后：佛罗多先生要卖掉袋底洞——实际上他已经卖了——给萨克维尔－巴金斯家！

“还卖了个好价钱。”有人说。“卖了个跳水价才对，”又有人说，“毕竟买主是洛比莉亚夫人。”（奥索前些年去世了，享年一百零二岁，虽是高寿但算不上长寿。）

佛罗多先生为何要卖掉那漂亮洞府，比它卖了多少钱更让大家争个没完。一小撮人的理论是——巴金斯先生本人以点头和暗示表达了支持——佛罗多快把钱花完了：他打算离开霍比屯，搬去雄鹿地的白兰地鹿亲戚那儿，用卖洞府的钱过平静日子。“离萨克维尔－巴金斯家越远越好。”不知是谁补充了一句。然而，“袋底洞的巴金斯家富可敌国”的印象堪称牢不可破，以至于大部分人都不同意这理论，他们更愿意相信自己想象出来的各种合理不合理的看法：大部分人认为，这是个由甘道夫一手策划的阴暗、尚未浮出水面的阴谋。虽然他行事低调，白天也不出门转悠，可大家都知道他“藏在了袋底洞”。无论搬家这事儿怎么跟他的巫术阴谋搅和，某件事倒是确凿无疑：佛罗多·巴金斯要回雄鹿地去了。

“是的，秋天我就搬走。”他说，“梅里·白兰地鹿正在帮我找地方呢；漂亮的小洞府，或者小屋也行。”

其实，在梅里帮忙之下，他已经在雄鹿镇乡郊的克里克洼选购了一栋小屋。除了山姆，他对所有人都谎称自己会长久在那儿定居。这个灵感来自他朝东走的决定：雄鹿镇就在夏尔的东部边界，鉴于他小时候住过那里，落叶归根这个理由至少不会显得那么可疑。

甘道夫在夏尔待了两月有余。六月末的某天晚上，就在佛罗多终于安排完毕后不久，甘道夫突然宣布，他第二天就要再度离开。“去不了多久，我希望。”他说，“我要到南部边界外面去，看看能不能打听打听消息。我闲散得有些过头了。”

他话声不重，可佛罗多却觉得他忧心忡忡的。“出了什么事吗？”佛罗多问。

“出事倒是没有，不过我听到点儿让人焦虑的东西，得去探查一番。如果我认为你得赶紧离开的话，我会立即赶回来，或者至少跟你递个消息。与此同时，你继续按计划进行，不过要更加谨慎，特别要小心这枚戒指。我再跟你强调一遍：别用戒指！”

黎明时分，他离开了。“指不定哪天我就会回来，”他说，“最晚也不会超过告别宴的时候。我猜，大路上你或许需要我搭个伴儿。”

佛罗多起初颇为烦恼，常猜想甘道夫究竟听闻了什么消息；不过他的不安日渐消退，好天气也能让他把所有烦恼暂时都给抛下。夏尔很少能见着如此美好的夏天，还有如此硕果累累的秋天：苹果挂满树枝，蜂蜜满到溢出蜂巢，玉米棒子也生得又长又粗。

佛罗多再度担心甘道夫的时候，已经是秋天了。九月一天天过去，甘道夫却一点儿消息都没有。眼瞧着快到搬家日和生日了，他的人，或者他的口信依然是半点儿没见着。袋底洞变得繁忙起来。佛罗多的几个朋友住了进来，协助他打包家当：有弗雷德加·博尔杰、福尔科·博芬，当然也少不了他的死党皮平·图克跟梅里·白兰地鹿。他们一道把整个袋底洞翻了个底朝天。

九月二十日那天，两辆装得满满当当的有篷马车经过了白兰地桥，把佛罗多没有卖掉的家具物什拉去了他在雄鹿地的新家。第二天，佛罗多变得分外焦虑，不停地往外看，寻找甘道夫的身影。到了星期四，也就是他生日那天，清晨时分的景象一如许久前比尔博的那次欢宴一般，也是晴朗又美丽。甘道夫还是不见踪影。到了晚间，佛罗多呈上了他的告别宴：规模很小，只有他跟四位帮手的晚饭；而他心烦意乱，没什么心情吃东西。很快就得跟小伙伴们告别的思绪，沉甸甸地压在他心上。他不知道要怎么跟他们告别。

四个霍比特年轻人却是兴高采烈，尽管甘道夫缺席，宴会依旧迅速热闹起来。饭厅里没什么家具，只有一张桌子、一把椅子，吃食倒是美味，还配上了美酒：佛罗多的窖藏酒可不在卖给萨克维尔－巴金斯家的物品清单里。

“不管萨克维尔－巴金斯家染指后怎么对待我其他的家当，至少我给它们找了个好家！”佛罗多喝干了杯里的酒——那是最后一滴老窖陈酿了。

他们唱了好半天歌，聊了许多一同做过的事，为比尔博的生日干杯庆祝，还按佛罗多的习惯，一同举杯祝愿比尔博和佛罗多身体健康。之后，他们又出了门，在新鲜空气和闪耀的群星下徜徉了一回，这才到屋里歇下。佛罗多的宴会宣告结束，甘道夫依然没有出现。

第二天早上，他们忙活着把剩下的行李打包，盘上另一驾马车。梅里负责此事，与小胖（也就是弗雷德加·博尔杰）一道驾车离开。“你去新家之前，总得有人帮你暖暖房子。”梅里说，“好了，晚点儿见——后天见，如果你没在半道上睡着的话！”

午饭过后，福尔科回了家，皮平待着没走。佛罗多急得像热锅上的蚂蚁，徒然候着甘道夫出现的动静。他准备等到天黑。那之后甘道夫若急着找他，应该会直接去克里克洼，兴许还会头一个到那儿：佛罗多是走路过去的，他的计划——寻个乐子，再看看夏尔最后一眼，以及其他理由——就是优哉游哉地从霍比屯步行去雄鹿镇渡口。

“我也得让自己练一练。”他说着，透过灰扑扑的镜子看着自己，还有空了半拉的大厅。他已经很久没有高强度徒步走了，镜子里的自己看着松松垮垮的。

午饭后，萨克维尔-巴金斯一家（洛比莉亚和她那沙色头发的儿子洛索）上门了，让佛罗多大为恼火。“终究是到手了！”洛比莉亚说着，迈步进了屋。这话十分没礼貌，严格说来也不怎么对：过了午夜，袋底洞才算是正式易主。不过，洛比莉亚的做派倒也情有可原：比起一开始的盘算，她被迫多等了七十七年才得到袋底洞，现如今她已经一百岁了。总而言之，她是来确保自己掏过钱的东西不会被搬走；另外，她是来拿钥匙的。她带了一份完整的清单，并从头到尾清点了一遍，花了老长时间才总算是满意了。她最终离开的时候，带上了洛索、备用钥匙，以及另一把钥匙会留在袋下路甘姆吉家的承诺。她鼻子一哼，直言不讳地表示甘姆吉家没准儿会趁着夜黑风高洗劫袋底洞。佛罗多半杯茶都没给她倒。

他在厨房里跟皮平和山姆·甘姆吉喝茶。对外的说法是，山姆会去雄鹿地“给佛罗多先生跑腿”；老爷子表示同意，虽说跟洛比莉亚做邻居的前景让他一点儿都欣慰不起来。

“我们在袋底洞的最后一顿！”佛罗多说着，推开椅子。他们把洗碗的事情留给了洛比莉亚。皮平跟山姆把他们的三个背包绑上，堆在了门廊上。皮平去花园散最后一次步，山姆不知所踪。

太阳逐渐落了山。袋底洞一副悲伤、阴沉、凌乱的景象。佛罗多在一个个熟悉的房间里晃悠，眼看着落日余晖渐次从墙上消失，阴影慢慢爬出角落。屋子里慢慢黑了下来。他出了洞府，走下小径，到了尽头的大门，抄近路走下小丘路，半是期待地想看见甘道夫在暮色中大步走上山的身影。

清朗的天空中，群星越来越亮。“不错的夜晚，”他大声说，“不错的开头。我想走了，一刻也不愿停留。我要出发了，甘道夫得追上我。”他掉头想回去，可又停住了：他听见了讲话声，是从袋下路尽头的拐角那边传来的。其中一个显然是老爷子的声音，另一个听着耳生，不知怎的还让人不舒服。他听不清对方说了什么，倒是听见了老爷子的回答，那腔调尖刻得很。老爷子似乎很冒火。

“不，巴金斯先生已经走了。今天早上就走了，我儿子山姆跟他一块儿走的；反正他的家当都搬走了。是的，卖光走人了，我告诉你。为什么？这理由跟我无关，跟你也没关系。去哪儿了？这又不是什么秘密。他搬去雄鹿什么镇去了，就那边，挺远的。是的，没错——道儿挺好走的。我自己没去过那么远；雄鹿地都是些怪胎。不，我没法儿帮忙带信。歇着吧您！”

脚步声朝着小丘下方去了。佛罗多心不在焉地想着，他们没走上小丘这事儿，为何竟然让他松了一大口气。“许是我已经烦透了别人对我做事问来问去、心痒好奇了吧。”他想，“这些人怎么都这么爱打听！”他半起了心思，想去问问老爷子是谁在打听；不过想想又觉得没必要（或者不合适），于是扭头快步走回了袋底洞。

皮平就坐在门廊他的背包上面。山姆不在那里。佛罗多迈过黑乎乎的屋门。“山姆！”他叫道，“山姆，到时间啦！”

“这就来，少爷！”答应声从屋子深处飘来，山姆也擦着嘴巴走了出来：他一直在地窖跟啤酒桶告别呢。

“都准备好了吧，山姆？”佛罗多问。

“对的，少爷。够我撑一阵儿了，少爷。”

佛罗多关了圆门，上了锁，把钥匙递给山姆。“跑起来，山姆，把这个送你家去！”他说，“然后走袋下路的小路，尽快跟我们在草地那头的小路大门处会合。我们今晚上不走村里头。太多不安分的眼睛和耳朵了。”山姆全力冲了出去。

“好，可算是要出发啦！”佛罗多说。他们背上包，提上棍子，走过拐角来到袋底洞的西侧。“再见！”佛罗多看着黑咕隆咚、空落落的窗户说。他挥挥手，转过身（效仿比尔博，倘若他知道的话），紧跟着皮平走下了花园小径。他们跳过坡底树篱的低矮处，穿过低草地，如吹得草丛沙沙作响的风儿一样渗进了夜色。

他们来到小丘西侧脚下一条狭窄小路的大门口。几人停下脚，调整背包的带子。不多时，气喘吁吁的山姆小跑着出现了，他肩头耸立着沉重的背包，脑袋上高高地顶着一个不成形状的、被他称为“帽子”的毛毡包。暮色中，他简直就像个矮人。

“你们肯定让我背了最重的东西。”佛罗多说，“我真是同情蜗牛，以及所有把家给放在背上的生物。”

“我还能再背点儿，少爷。我的包挺轻的。”山姆倔强地说。

“不，你可别背，山姆！”皮平说，“这样对他挺好的。他包里就只有他让我们装的东西。他最近太懒散了，等走到自己清减一些，他就不会觉得那么重了。”

“可怜可怜我这霍比特老头儿吧！”佛罗多大笑着说，“我敢打包票，还没等走到雄鹿地，我就瘦得跟柳条差不多了。我也就是随口这么一说。山姆，我怀疑你肯定多背了我的那份，下回打包的时候我可要好好检查一下。”他把棍子又拾了起来。“既然我们都喜欢摸黑走路，”他说，“那就在睡觉前先走个几哩吧。”

一段捷径之后，他们顺着小路向西，之后又左拐，悄悄走进了田野。他们排成一列，顺着树篱和灌木丛边缘行进，头顶的夜色渐渐深沉了；身上的深色斗篷让他们都像戴了魔戒似的叫人看不见。他们全是霍比特人，个个儿还蹑手蹑脚，弄出的动静哪怕霍比特人也听不到，就连田野和森林里的野物也没察觉到他们经过。

一段路程后，他们走狭窄的木板桥跨过了小河。这溪流就像是条蜿蜒的黑带子，沿岸是倾斜的赤杨树。再往南一两哩后，他们匆匆穿过了白兰地大桥的大路；他们如今在图克地，又转向东南朝绿丘乡野走。爬第一道坡的时候，他们回头打望，只见远处霍比屯的万家灯火星点般闪烁在小河那平缓的河谷里。没过多久，起伏的昏沉土地遮住了霍比屯，灰色水塘边的傍水镇也紧随其后，消失不见了。待到最后一座农场的最后一丝灯光也已远去，只在树林间时隐时现，佛罗多转身挥手，后会有期。

“也不知道还有没有机会再俯瞰这河谷。”他轻轻说道。

行了约莫三个钟头，他们开始休息。夜色澄澈、清爽，有繁星点点，还有轻烟似的袅袅薄雾，自小溪和深草甸里慢慢飘上山坡。微风吹得他们头顶稀稀疏疏的白桦树招展不定，像在浅色的天空中织了一张黑色的网。一顿十分节俭（对霍比特人而言）的晚饭过后，他们再度踏上旅途。没多久他们便遇上了一条狭窄的道路，它上下起伏着，渐渐融入前方的黑暗：这道路通往林木厅、斯托克和雄鹿镇渡口。它从小河河谷的大路分出来，一路蜿蜒向上，越过绿丘陵的裙边，一直通到林尾地这个东区荒野的偏远角落。

过了一阵子，他们改道而行，一头扎入了深陷在林木中的小径。小径两旁树木耸立，树上的枯叶在夜色中沙沙作响。天色很暗。他们一开始还聊聊天，要不就一块儿轻哼小调——现在已经没有爱打听的耳朵在附近了。后来大家赶路也不作声了，皮平还掉了队；等到他们攀爬一座陡坡的时候，他到底还是呵欠连连地停下脚步。

“我困得不行了，”他说，“下一秒就能睡倒在路上。你们是打算走一路睡一路吗？都快到午夜了。”

“我还以为你喜欢走夜路呢。”佛罗多说，“不过，倒是没什么好赶的。梅里预计我们大概后天才会到，所以我们还有将近两天的时间呢。寻到合适的地方我们就歇息吧。”

“这会儿刮的是西风，”山姆说，“如果翻过这座山丘，我们应该能在那一头找个能挡风雨还暖和的地方，少爷。如果我没记错的话，前面有没打湿的冷杉木。”山姆对霍比屯方圆二十哩以内的地方算得上是了如指掌，不过他的地理知识最多也就到这儿了。

刚越过小丘顶，迎面便来了一片冷杉林。他们离开道路，进入松香味浓郁的黑暗树林，收集枯枝和松果生火。很快，快活地噼啪作响的小火堆就在一棵巨大的冷杉树脚下燃了起来。他们围坐在火堆边，没过一会儿便打起瞌睡来，于是各自在树根夹缝里寻了个角落，蜷缩在斗篷毯子下面，很快睡熟了。他们没有安排人守夜；毕竟他们依旧还在夏尔的腹地，就算是佛罗多也没什么好怕的。火堆熄灭后，有几只小生物溜达过来看他们。一只觅食的狐狸路过冷杉树，停下来嗅了几分钟。

“霍比特人！”它想，“好吧，下回又是什么？我听说过这片土地不少的怪事，可我很少听闻哪个霍比特人不待在家里，反而跑到外边的树底下睡觉。整整三个霍比特人！这背后肯定有古怪。”它猜得倒是非常对，不过也没再发现点儿什么。

暗淡、湿冷的早晨来临。佛罗多头一个醒来，发现树根在他背上戳了个洞，脖子也睡僵了。“走路找个什么乐子！我怎么就不坐马车呢？”他跟以往开始探险的时候一样想到，“我所有的漂亮羽毛床全卖给了萨克维尔－巴金斯家！这些树根才更适合他们。”他伸了个懒腰。“该起床了，霍比特们！”他嚷道，“多么美妙的早晨。”

“哪里美妙了？”皮平一只眼睛在毯子缝里张望着，“山姆，九点半之前弄好早餐！你烧洗澡水了吗？”

山姆一脸蒙地跳了起来，“没有，少爷，没烧水，少爷！”

佛罗多掀了皮平的毯子，又把他给翻了个面，然后去了林子边缘。远处的东边，一轮红日从笼罩着世界的厚厚浓雾中冉冉升起。在金红色阳光的照耀下，这秋天的树林像是漂泊航行在迷雾海洋中。在他左边稍微往下的地方，道路陡峭地延伸到一座山谷里边消失不见。

他回去的时候，山姆和皮平已经生好了火。“水呢？”皮平喊道，“水在哪儿？”

“我兜里可没装水。”佛罗多说。

“我们以为你去找水了呢，”皮平说，一边忙着摆出食物和杯子，“你这会儿赶紧去。”

“你也来吧，”佛罗多说，“带上所有的水壶。”山丘脚下有一条小溪，他们寻了一处从几呎高的灰色岩床上倾泻下来的小瀑布，在那里灌满了所有的水壶和烧水壶。水冷得扎手；洗漱的时候，他们被冻得直喘气儿，忙不迭地甩着手、脸上的水。

等吃完早饭、拾掇好包裹，时间已经过了十点，天气变得晴朗、炎热起来。他们走下坡，从小溪潜入路下面的地方过了河，又爬上了下一座山坡，再翻过另一座山肩；斗篷、毯子、水壶、食物和其他装备，现在似乎成了沉重的负担。

白天赶路意味着既暖和又累人。不过，走了几哩之后，道路不再上上下下：它变成了叫人乏味的“之”字形，一路升到一处陡峭河岸的顶部，准备形成最后一段下坡。他们看见前面的低地里点缀着丛丛小灌木，一直延伸到远处，融入一片雾蒙蒙的褐色林地当中。他们的视线越过林尾地，望向了白兰地河。道路如细线一般从面前蜿蜒而去。

“道路可以一直延伸，”皮平说，“可我再不休息就走不下去了。该吃午饭了。”他坐在河岸靠路边这一侧，瞭望着东边的迷雾。再过去就是白兰地河，也是他待了一辈子的夏尔的尽头。山姆站在他旁边，眼睛睁得大大的——因为他正看着自己未曾见过的土地，还有未曾见过的新的地平线。

“这些林子里有精灵吗？”他问。

“据我所知，没有。”皮平说，而佛罗多一言不发。他也正沿着路看向东边，仿佛自己从未见过一般。他突然开了腔，声音很大，却又像是在对自己说话。他悠悠地说：

涂道悠悠，家门伊始。
前路漫漫，心愿相随，
快步匆匆，魂梦萦萦，
大道条条，歧路万千。
何从何去？我意难决。

“听着有点儿像老比尔博的诗，”皮平说，“还是说，这又是你模仿而作？听起来可不怎么让人振奋。”

“我不知道，”佛罗多说，“它就这么冒了出来，像是我想出来的；兴许我很久以前听过。它确确实实让我想起比尔博辞行之前那几年。他经常说，道路只有一条。他说这路就像条大河：它从各家的门阶起源，每一条分岔都是它的支流。‘走出自家大门，佛罗多，可是桩危险买卖，’他经常这么说，‘你踏上大路，倘若不站稳当了，天知道会被冲到哪里去。你有没有意识到，就是这条路会穿过黑森林，你要是放任它引导，指不定会把你给带到孤山，或者带去更为危险的地方？’他经常在袋底洞正门外面那条小路上讲这话，尤爱在走了远路之后说。”

“好吧，至少接下来一个钟头，大道不会把我给冲到哪儿去。”皮平说，一边解下他的背包。其他人也有样学样，卸下背包抵在岸边，把腿伸到路上。稍做休息后，他们美美地享用了一顿午饭，又好好地休息了一阵。

他们走下山丘那会儿，太阳已经过了最高点，午后阳光照射着大地。到现在为止，他们一路上还没有碰见过人影。这条路相当不适合马车通行，也少有人步行，往来林尾地的交通更是难得有繁忙的时候。他们继续优哉游哉地走了一个来钟头，山姆突然停下脚步，作聆听状。他们此刻正走在平地上，先前九曲十八弯的道路这会儿倒笔挺起来，穿过了零星大树散落的草地：林地外围就在不远处。

山姆说："我听见后面有匹不知是小马大马的，沿着路过来了。"

他们回头打望着，却叫道路拐角挡住了视线。"也不知道是不是甘道夫追上来了。"佛罗多说。话虽这么说，他却总觉着后面来的并非甘道夫，心里突然产生了躲开后方来客视线的念头。

"虽说没什么打紧的，"他满怀歉意地说，"但我不太想让人瞧见我们在这条路上——谁都别瞧见。我受够做事被人围观议论了。而且，如果来的是甘道夫，"他又补充道，"我们可以小小地吓他一下，谁让他迟到这么久。先躲起来！"

其他两人飞快地往左跑，躲进路边不远处的一个小凹陷，躺平了身子。佛罗多犹豫了一小会儿：好奇心一类的感受与他想藏起来的念头在心里斗了起来。马蹄声渐渐近了。路边有棵荫蔽道路的树，树背后高高地长着一丛草，他及时扑了进去，又抬起头，拿眼睛小心翼翼地在粗壮的根系间窥视。

拐角处驰来一匹黑马，并非霍比特人的小马，而是那种寻常尺寸的大马；上面有个体型高大的人，似乎猫着腰坐在马鞍上，浑身上下让一件连帽黑斗篷裹住，只露出踩在高高的脚蹬上的靴子；他的脸藏在阴影中，叫人看不清。

行到树前跟佛罗多齐平的位置，那马突然停住了。骑手低着头，一动不动地坐在那里，像是在倾听。他的兜帽里传来类似抽鼻息的声音，仿佛在嗅探着什么难以琢磨的气味；脑袋朝路两边转动。

霎时间，害怕被发现的恐惧毫无理由地攫住佛罗多，让他想起自己的戒指。他不敢呼吸，可想把戒指从兜里掏出来的欲望却又如此强烈，他开始慢慢移动着自己的手。他感觉，只有戴上戒指才会变得安全。甘道夫的建议似乎荒谬得很：比尔博就已经用过戒指了。“我连夏尔还没出呢。”他想，手摸上了挂戒指的链子。就在这时，骑手坐直了身子，甩动缰绳。马儿踏步向前，先是慢慢地踱，接着便快步跑走了。

佛罗多爬到路边，目送骑手渐行渐远，最后消失不见。他拿得不是太准——他似乎看见马儿在跑出视线之前，突然转弯进了右边的树林。

“嗯，我觉得这很古怪，确实叫人心里不安。”佛罗多自言自语道，走向了他的同伴。皮平和山姆依旧平躺在草里，什么也没看见；于是，佛罗多便讲了那骑手和他怪异的行为。

“虽然我讲不出什么所以然来，但我很确定他在找寻或者说嗅探的是我；我也很确定，我不想被他发现。我在夏尔可从没见过或者感受过这样的事儿。”

“可是，这么个大种人找我们到底有什么事？”皮平问，“他上这个地方来干吗？”

“这附近有人类居住，”佛罗多说，“我相信南区那边的人跟大种人有过纠纷。可是我从没听过像那骑手一样的人。我很好奇他是从哪里来的。”

“不好意思，”山姆突然插嘴道，“我知道他打哪儿来。除非黑骑手不止一个，否则他就是从霍比屯过来的。我也知道他要上哪儿去。”

“怎么回事？”佛罗多厉声问道，一脸震惊地看着他，“你之前怎么不说？”

“我刚刚才想起来，少爷。大概是这么回事：昨晚我拿着钥匙回自家的时候，我老爹跟我说，‘啊呀，山姆！我还以为你早上就跟着佛罗多先生走掉了呢。开头有位怪兮兮的主顾来打听袋底洞的巴金斯先生，这才刚走没多久。我让他上雄鹿镇找去了。我不喜欢他说话那腔调。我说巴金斯先生已经永远离开旧居的时候，他好像非常不高兴，冲我发出嘶嘶的声音。真叫我浑身打战。’‘这人长什么样？’我问老爷子。‘我不知道，’他说，‘不是霍比特人。那人个头儿不矮，黑乎乎的，跟我说话俯着身子。我估摸着应该是外头来的大种人，讲话很奇怪。’

“你还在等我，少爷，所以我没再接着听下去；而且我自己也没怎么把这事放在心上。老爷子年纪大了，眼神也越来越不好使。那人上小丘碰见老爹在袋下路尽头透气那会儿，天色多半已经擦黑了。希望我和他没坏什么事儿，少爷。”

“怪不了老爷子，”佛罗多说，“我其实听到了他跟陌生人的对话，似乎是在打听我，我差点儿就上去问老爷子是谁在问了。真希望我当时去了，也希望你早点儿把这事告诉我，我在路上就会更加小心一点儿。”

“兴许那骑手跟老爷子碰见的陌生人之间没什么联系，”皮平说，“我们离开霍比屯的动静够小了，我不知道他怎么跟踪的我们。”

“那这个嗅探是怎么回事呢，少爷？”山姆说，“老爷子还说他黑乎乎的。”

“我真该继续等甘道夫的。”佛罗多喃喃道，“不过，这会让情况变得更糟也说不定。”

听见佛罗多自言自语，皮平问道：“这么说，关于这骑手，你是知道或者猜到了点儿什么喽？”

“不知道，我也懒得瞎猜。”佛罗多说。

“行吧，佛罗多表哥！想玩神秘的话，那你就暂时保密好了。我们接下来怎么办？我倒是想吃点儿东西喝点儿水，但我觉得最好还是先离开这里。你提到的这个用隐形鼻子闻来闻去的骑手让我不安得很。”

“没错，我觉得我们得继续赶路，”佛罗多说，“不过不走大路——免得那骑手杀个回马枪或者有别的什么人跟踪过来。我们今天得多走几步才行，离雄鹿地还差着好几哩路呢。”

再度出发的时候，草地上的树影已经变得又长又薄。他们选了离道路左边一箭之遥的位置前进，尽量避免出现在从道路上能看见的地方。这路他们走得碍手碍脚的：浓密的野草层层叠叠，地面又崎岖不平，就连树也渐渐聚成了灌木丛。

残阳在背后的山丘上洒下余晖，夜晚慢慢降临，他们这才在老长一片平地的尽头重返道路。这条道路之前沿着平地笔直地行了好几哩，此时向左拐去了耶鲁低地，通向斯托克；不过还有条小道折向右边，蜿蜒着穿过一片古老的橡树林，通向林木厅。“我们就走这条道。”佛罗多说。

岔路口过去不远，他们碰见一棵巨树：它依旧活着，在倒下已久的残枝断桩上钻出的树枝还生有树叶；不过树干已经空了，可以从远离道路一侧的巨大裂缝中钻进去。三个霍比特人爬了进去，坐在落叶与朽木形成的地板上。他们休息并吃了顿简餐，轻声聊着天，不时听着四周的动静。

等他们爬出来重返小路，周围已是薄暮冥冥的景象。树梢间西风呜咽，树叶儿低语。没过多一会儿，道路缓慢而坚决地沉入暮色当中。向前望去，一颗星星出现在东边的树林顶上。他们肩并肩齐步向前，好让自己振作精神。行了一段时间之后，星河渐显，星光渐亮，萦绕他们的那股不安感消退了，他们也不再倾听马蹄的动静。他们开始轻声哼起歌来，就像霍比特人习惯在散步时，特别是晚上快到家时哼歌一样。大多数霍比特人这个时间会哼晚餐曲或者入眠曲，不过这几个霍比特人哼了首散步歌（当然，并非没有提到晚餐和床）。歌的历史跟周围的山丘一般悠久，歌词是比尔博·巴金斯填的；他在漫步小河谷，闲聊冒险经历的时候，教会了佛罗多怎么唱。

炉中小火红艳艳，
屋底床铺待人眠；
匆匆步履不觉倦，
转角何景待相见；
绿树立石那头藏，
此景唯独我们赏。
绿树红花草与叶，
且让行！且让行！
青空之下山与水，
莫停步！莫停步！

又遇转角相逢处，
新途秘道会有时；
今朝虽与擦肩过，
明日或又复返来，
密径取道直向前，
径往日月九重天。
苹果、荆棘、坚果、李，
快些走！快些走！
沙石，水塘与山谷，
再见啦！再见啦！

身后家园，身前世界，
道路万千任君选，
阴影散尽夜初现，
银浦星河辉尽耀。

身后世界，身前家园，
一路漫游，再回家园。
浓雾薄暮，稠云重影，
终将散！终将散！
炉火烛灯，厚肉面包，
该歇啦！该歇啦！

这首歌到此结束。“该歇啦！该歇啦！”皮平又高声唱道。

“嘘——”佛罗多说，“我好像又听见了马蹄声。”

他们陡然停了下来，像树影一样悄无声息地听着声音。小路后面远远地传来马蹄声，在风中显得缓慢又清晰。他们迅速无声地溜出了小路，跑向橡树下的深影处。

“别走太远！”佛罗多说，“我不希望被人看见，不过我也想看看来的会不会又是黑骑手。”

“好吧！”皮平说，“可别被闻到气味了！”

马蹄声更近了。没时间让他们再去找比这树下阴暗处更好的躲藏地了；山姆和皮平蹲在一截大树桩后面，佛罗多则朝小路回爬了一小段。苍白、暗淡的小道如一道渐次浅淡的光线穿过林子，上方昏暗的天空中群星密布，不过没有看见月亮。

马蹄声停住了。佛罗多看见，就在两棵树之间稍微明亮点儿的位置，有什么黑色的东西一闪而过，又停了下来。看起来有些像是一匹黑马，似乎被一个小一些的黑影领着。黑影站在他们离开小路的位置附近，左右晃动着。佛罗多感觉自己听见了嗅闻的声音。黑影弯下腰，朝他爬了过去。

想把戒指戴上的念头再度浮现；而这一次更加强烈，甚至在他还没意识到的时候，他的手就已经摸进了口袋里。千钧一发之际，一阵像是混杂歌声和笑声的声音传了过来。这声音无比清晰，在星光灿烂的天空下忽高忽低。黑影直起身，又退了开去。它爬上那匹影影绰绰的马，似乎消失在小道另一边的黑暗中。佛罗多这才开始了呼吸。

“精灵！”山姆用嘶哑的声音小声嚷道，“是精灵，少爷！”要不是他们拉住，山姆肯定会冲出树林，直奔声音源头。

“没错，是精灵。”佛罗多说，“在林尾地不时就能遇上。他们不住在夏尔，但春秋季的时候会从塔丘那边的精灵领地游荡到夏尔来。真是很感激他们这么做了！你们没看见，那黑骑手开头就停在了这里，还朝我们爬了过来。他一听见那声音就逃走了。”

“那精灵呢？”山姆问，他兴奋过了头，对骑手不管不顾，“我们能去看看他们吗？”

“你听，他们朝这里来了，”佛罗多说，“我们等着就行。”

歌声越来越近。其中一个清晰的声音要高过其他人，用完美的精灵语歌唱着，佛罗多能听懂那么一些，其余两人却是一窍不通。这声音与旋律糅在一块儿，好像在他们脑海中形成了一知半解的话语。佛罗多听到的歌声如下：

白雪无瑕！冰晶剔透！
噢，明净的女士！
噢，西海彼岸之女王！
噢，于此纠葛之林
照亮我们前行！

吉尔松涅尔[1]！噢，埃尔贝瑞丝！

1 辛达语，意为“点亮星辰者”。——译注双眼澄澈，气息灿烂！
冰晶剔透！白雪无瑕！
我们歌颂汝于大海此岸之深陆。

噢，在那无日之年，
满天繁星她亲手撒下，
和风旷野，璀璨夺目，
您的银色繁花绽开光华！

噢，埃尔贝瑞丝！吉尔松涅尔！
虽浪迹远方，身歇林中，
于此我们仍犹记，
西方汪洋之上的星芒。

歌唱完了。“这些是高等精灵！他们念诵了埃尔贝瑞丝的名号！”佛罗多惊讶地说，“夏尔很难见到这个美丽至极的种族。他们如今也没剩多少人还留在隔离之海东边的中土大陆。真是机缘巧合！”

霍比特人坐在路边的阴影中。没过多久，精灵沿着小路走下来，朝幽谷方向去了。他们慢慢地路过，几个霍比特人可以看见星光在他们的头发上和眼睛里闪烁。他们没有点灯，随着他们的前行，有微光映照在他们的脚下，仿佛月亮爬上天空前投在山丘边缘的光芒。他们这会儿保持着沉默；随着最后一个精灵走过，他转过头来，看着霍比特人笑了起来。

“你好啊，佛罗多！”他喊道，“这么晚怎么还在外边，莫非你迷路了？”他大声呼唤着同伴们，于是大家都停下脚，围了过来。

“真是棒极了！”他们说，“三个霍比特人，大晚上出现在林子里！

自从比尔博离开，我们就再没见过这番光景。这是怎么回事呢？”

“美丽的种族啊，”佛罗多说，“这事儿简而言之就是，我们似乎要跟你们走同一条道。我喜欢在星空下行走，不过我很乐意与你们做伴。”

“我们可不需要其他人做伴，而且霍比特人无聊透了。”他们大笑着说，“你又如何知道我们走的是同一条道？你都不知道我们要去哪里。”

“你怎么知道我的名字的？”佛罗多反问道。

“我们知道的事情还有很多。”他们说，“我们以前经常看见你跟比尔博在一块儿，不过你可能没看见我们。”

“你们是谁，你们的主人又是谁？”佛罗多问。

“我是吉尔多，”他们的领袖回道，正是先跟佛罗多打招呼的那个精灵，“芬罗德家族的吉尔多·英格罗瑞安。我们是流亡者，我们大部分的族人许久前就已离开；我们也只是暂时逗留此地，准备返回大海那边。不过，我们还有族人安稳地居住在幽谷。来吧，佛罗多，跟我们讲讲，你在做什么呢？我们看见你身上萦绕着恐惧的阴影。”

“噢，睿智如你们！”皮平迫不及待地打断了精灵的话，“快跟我们讲讲黑骑手吧！”

“黑骑手？”他们低声说，“怎么问起了黑骑手？”

“我们今天遭到两个黑骑手的追赶，也可能是被一个黑骑手追了两次。”皮平说，“就刚才不久，他看见你们靠近才溜走了。”

精灵们没有立即回话，反而凑在一块儿用精灵语低声嘀咕起来。最后，吉尔多对着霍比特人说：“此地不便谈论这件事情。我们认为你们最好跟我们一块儿走。一般我们不会这么做，不过这回可以带上你们。如果乐意的话，今晚你们也可以跟我们一同宿营。”

“美丽的种族啊！这可真是出乎意料的好运气。”皮平说。山姆更是话都讲不出来了。“真心感谢你，吉尔多·英格罗瑞安。”佛罗多鞠了一躬，又用高等精灵语补充道：“Elen síla lúmenn’ omentielvo！星辰照耀我们的相会。”

“多加小心，朋友们！”吉尔多哈哈大笑，“秘密不可言说！这里竟然有位古代精灵语学者。比尔博可真是位好老师。你好啊，精灵之友！”他说着，向佛罗多鞠了一躬，“来吧，带上你的朋友加入我们吧！你最好走在中间，免得被落下。在我们停下之前，你们可得受点儿累了。”

“怎么着，你们这是要去哪里呢？”佛罗多问。

“今晚我们要前往林木厅上方山丘里的树林。有好几哩路要走，不过你们可以到地方就休息，明天的旅途也能缩短一些。”

他们再度一言不发地赶起路来，像是影子或者微弱的灯光：只要愿意，精灵能毫无声息、不留脚印地移动（甚至比霍比特人还厉害）。皮平很快就打起瞌睡，有一两次差点儿摔跤，不过每一回都让他旁边那位高个儿精灵给拉住胳膊救了回来。山姆跟在佛罗多身边，表情一半惊恐一半惊喜，跟做梦似的。

两旁的树林越来越稠密，树龄渐减，枝叶也更加茂盛；小路慢慢下行通向山坳处，两旁缓缓上升的山坡一丛丛地长满了浓密的榛树。最终，精灵拐弯离开了小路。一条几乎看不出来的绿色马道钻进了右边的灌木丛；他们顺着这条道折返回林中的山坡，爬到了矗立在下方河谷低地上的一处山肩。突然间，他们钻出了树林的遮罩，眼前出现一大片在夜色中显得灰暗的草地。树林从三个方向包围着草地，东边的地面却陡然下陷，那些长在斜坡底部的树，树顶还不到他们脚面。再往前，低矮的大地在星光下显得暗淡又平坦。近一些的地方闪烁着些许灯光，那是林木厅的村子所在。

精灵在草地上坐下，相互悄声交谈起来；他们似乎没怎么在意几个霍比特人。佛罗多和伙伴们拿斗篷和毯子裹住自己，昏昏欲睡。夜渐深沉，峡谷中的灯光次第熄灭。皮平枕着绿色的小土坡睡着了。

东边遥远的天空中出现了“群星之网”瑞弥拉斯，红色的玻吉尔也在迷雾中慢慢升起，光芒好似火焰宝石。阵风吹过，雾气仿佛面纱一般被抽走，“天之剑客”美尼尔瓦戈佩戴着闪亮的腰带，爬上了世界的边缘。精灵们齐声唱起了歌。树下突然红红地燃起了火堆。

“来呀！”精灵们呼唤着几个霍比特人，“来呀，欢声笑语的时刻到了！”

皮平站起身，揉了揉眼睛。他打了个寒战。站在他前面的精灵说：“大厅里有火堆，还有给饿肚子的客人准备的食物。”

草地南边的尽头处有个洞口。绿色的地面从那里一直延伸到了森林中，形成了好似大厅一样的巨大空间，树木的枝丫作了屋顶，硕大的树干如支柱一样分立两侧。篝火在大厅中间熊熊燃烧，树木支柱上静静地点着金银两色的火炬。精灵们围着火堆坐在草地或者老树桩上。一些精灵来来回回，拿杯子斟着饮料；其他人端出了满盘满碗的食物。

“招待不周，”他们告诉霍比特人，“毕竟我们住在离家很远的绿林里。如果有机会来我们家乡做客，我们肯定会好好招待你们。”

“对我来说，这已经是挺不错的生日宴了。”佛罗多说。

后来，皮平基本上想不起自己究竟吃了什么喝了什么，满脑子全是精灵脸庞上的光芒和各种各样美妙的声音，让他觉得自己仿佛做了个清醒的梦。他只记得有面包，那味道比饥肠辘辘时吃到的白面包还要香；还有水果，那味道比野莓还要甜，种类比果园还要多；他喝了一杯馥郁芬芳的水，凉如清泉，色泽如夏日午后一般金黄。

那晚上山姆究竟感受到了什么，思考了什么，他完全没法付诸言语，脑子里也是一团糨糊。不过这一晚成了他记忆里这辈子最重要的庆典之一。他唯一能讲出来的一句是：“那个，少爷，要是能种出这样的苹果，我就能管自己叫园丁了。不过，让我印象最深刻的还是那歌声，你懂我的意思吧。”

佛罗多坐下吃吃喝喝，愉快地交谈；他的精神大部分集中在交谈的内容上。他对精灵的语言略知一二，于是求知若渴地听人说话。他不时使用精灵语跟那些为他提供服务的人交流，又向他们表示感谢。他们对他报以微笑，话声中带着笑意地说："真是霍比特人中的珍宝！"

过了一会儿，飞快睡着的皮平被人抬到树下的一个凉棚里，在松软的床上睡了一整夜。山姆拒绝离开他家少爷。皮平被抬走后，他过来蜷缩在佛罗多脚边，最后打着瞌睡合上了眼。佛罗多依旧清醒无比，跟吉尔多聊着天。

他们交流了或新或旧的许多信息，佛罗多也向吉尔多询问了许多夏尔之外的广阔世界里发生的事情，大多悲伤且不祥：黑暗聚集、人类战争、精灵逃亡，诸如此类。最后，佛罗多问出了心底最想知道的那个问题："吉尔多，跟我讲讲，比尔博离开我们之后，你见过他吗？"

吉尔多面带笑容。"见过，"他回道，"两次。他就是在这里跟我们道别的。不过我又在离这里很远的地方再度见到了他。"关于比尔博的下落他不愿再多言，佛罗多则陷入了沉默。

"关于你自己的事情，你问得不多，讲得也很少，佛罗多。"吉尔多说，"不过，我已经知道了一些。我还能从你的脸上以及你的问题背后读到更多的信息。你正在离开夏尔，然而你担心找不到自己要寻求的东西，没法完成任务，也担心自己究竟还能不能再回来。是这样吧？"

"是的。"佛罗多说，"我还以为我离开这事属于甘道夫和我忠心的山姆才知道的秘密呢。"他低头看着轻轻打着呼噜的山姆。

"我们不会让大敌得知这个秘密。"吉尔多说。

"大敌？"佛罗多说，"这么说，你知道我离开夏尔的原因喽？"

"我不知道大敌究竟为何追捕你，"吉尔多回道，"但我发觉他已经在追捕了——尽管在我看来这非常奇怪。我要警告你，你如今四面八方都是危险。”

“你是说那些黑骑手吗？我担心他们是大敌的爪牙。黑骑手究竟是什么？”

“甘道夫什么都没告诉你吗？”

“完全没提过这东西。”

“那我觉得，这事不该由我来说——免得恐惧让你彷徨不前。在我看来，你确实出发得很及时，不过也仅仅是及时而已。你需要加快速度，别停留，也别回头；夏尔已不再是你的庇护之所。”

“我想象不出还有什么信息能比你的这些暗示和警告更骇人。”佛罗多感叹道，“我当然知道，前方危险横亘，但我没料到会在夏尔境内就碰上。难道霍比特人从小河去白兰地河都得提心吊胆了吗？”

“可这并非你一个人的夏尔。”吉尔多说，“霍比特人来之前，就有许多人在这里生活过；等霍比特人都没了，还会有别的什么人继续来这里生活。广阔世界就在你们身边：你们可以把自己锁在夏尔里边，可你们没法永远把世界挡在外边。”

“我明白——可夏尔总是这么安全，如此熟悉。我该如何是好？我计划着悄悄离开夏尔前往幽谷，可我还没到雄鹿地，就已经叫人盯上了。”

“我认为你还是得按计划行事。”吉尔多说，“以你的胆量，我不觉得这条路会有多难。我不知道你离开的原因，所以我也不知道追踪者会如何袭击你，甘道夫肯定知道。离开夏尔之前，你应该能见到他吧？”

“希望如此。这又是一件让我揪心的事：我等了甘道夫许多天。他本应该在两天前抵达霍比屯，却一直都没出现。我只想知道究竟出了什么状况。我应该等他吗？”

吉尔多沉默了片刻。“我不太喜欢这个消息。”他最后说，“那位甘道夫竟然迟到，这可不是个好兆头。不过，老话说得好：勿要插手巫师的事，他们可是阴晴不定又易怒的。你应该自己决定究竟是走还是留。”

“老话还说了，”佛罗多回道，“勿与精灵商量，他们会既说行又说不行。”

“真是这样吗？”吉尔多大笑着说，“精灵很少给出直言不讳的建议。建议是种危险的礼物，即便智者对智者建言，也可能会导致问题。那你又如何呢？你并没有告诉我关于你的一切，我又如何能给你更好的建议？不过，如果你需要建议的话，我可以看在友谊的份儿上提点你一二。我认为你应该立刻动身，切莫耽搁；若甘道夫在你出发之前没能出现，我的建议也是一样：不要孤身上路，带上那些可靠、甘愿同行的朋友。你应该感谢我，毕竟我并不乐意给出如此建议。精灵有着自己的难处和悲伤，我们不怎么在意霍比特人甚至世界其他生物的行事之道。无论有意无意，我们的道路与他们罕有交汇的时候。这次的相会，或许并非偶然；不过，我不太清楚其目的何在，我也害怕过多谈及。”

“深表感谢。”佛罗多说，“但我希望你能直白地告诉我，黑骑手究竟是什么。要是遵循了你的建议，那我可能很长一阵子都见不到甘道夫，我理应了解追逐我的危险是何面目。”

“知道他们是大敌的爪牙，难道还不够吗？”吉尔多回道，“逃离他们！一个字也别跟他们说！他们危险无比。不要再问了！可我有预感，一切完结之前，你，卓果之子佛罗多，将会比吉尔多·英格罗瑞安更为了解这些堕落的事物。愿埃尔贝瑞丝庇佑你！”

“那我要如何寻找勇气？”佛罗多问，“我现在最需要的就是这个。”

“勇气总是出现在最不可能出现的地方。”吉尔多说，“要心怀希望！快睡吧，明早我们就会离开；不过，我们会把消息传遍各地。那些漫游之人会知道你的旅行，而那些有能力行善事的人也会就此留意。我会称你为精灵之友，愿星辰在旅途尽头照耀着你！我们难得能与陌生人相谈甚欢，从世上其他漫游之人口中听到这古老的语言，也着实是桩乐事。”

吉尔多刚说完，佛罗多便感到倦意袭来。“我得去睡了。”他说。精灵将他安排在皮平旁边的床上，他倒头便昏睡过去，一夜无梦。

· 第四章 ·

蘑菇捷径

早上醒来，佛罗多感到精神焕发。他躺在一棵活树做成的凉棚里，树枝被编到一块儿，垂到了地上；他的床由羊齿蕨和青草铺成，又松又软，还带着股奇异的芬芳。阳光透过树枝照耀下来，枝头飘荡的树叶依旧青翠如常。他蹦起来，出了棚子。

山姆正坐在树林边的草地上。皮平站在一旁琢磨着天空和天气。精灵们消失得无影无踪。

“精灵给我们留了点儿水果、饮料还有面包。”皮平说，“快来吃早饭吧。面包吃起来跟昨晚上的一样美味。我一点儿都不想给你留，可山姆不干。”

佛罗多挨着山姆坐下，开始吃起来。皮平问道：“今天怎么安排？”

“尽快赶去雄鹿镇。”佛罗多回了一句，又把注意力集中到食物上。

“你觉得我们会再碰到那些骑手吗？”皮平欢快地问。如此晨光沐浴之下，哪怕看见一整支黑骑手部队，似乎也不会让他觉得有多么可怕。

“是的，也许。”佛罗多不太乐意提这事，“不过，我希望过河的时候不被他们发现。”

“你从吉尔多那里有没有打听到他们的情报？”

“不多——只听到点儿暗示和谜语。”佛罗多含糊地说。

“你有没有问嗅闻的事？”

“我们没聊这个。”佛罗多嘴巴里塞满了吃的。

“你们应该聊聊的。我很肯定这个很重要。”

“那我敢肯定，吉尔多会拒绝解释。”佛罗多话声尖锐，“你能不能消停一会儿，我不想在吃东西的时候回答一堆问题。我想要思考！”

“老天爷！”皮平说，“吃早饭的时候思考？”他走去了草地边缘。

以佛罗多之见，这明亮的早晨——明亮得诡异，他觉得——并没有消去被追逐的恐惧；他咀嚼着吉尔多的话。皮平欢快的声音传了过来：他在草皮上跑来跑去，还唱起了歌。

“不行，我做不到！”他对自己说，“带着我年轻的朋友们在夏尔漫步，就算走得又饿又累，可我们有美妙的食物和舒适的床铺，这是一回事。可带他们去流亡，也许会永远饥肠辘辘、疲惫不堪——哪怕他们心甘情愿，这可就是另一回事了。是我一个人继承的这桩事情。我觉得甚至都不该带上山姆。”他看向山姆·甘姆吉，发现后者也在盯着他。

“噢，山姆！”他说，“怎么啦？我准备尽快离开夏尔——事实上，我现在决定，要是能有所裨益的话，我都不打算在克里克洼那儿等上一天了。”

“好极了，少爷！”

“你还是打算跟我走吗？”

“没错。”

“山姆，以后的日子会变得非常危险的。如今已经够危险了。我们很有可能全都回不来。”

“少爷，如果你不回来，那我也不会回来，这毫无疑问。”山姆说，“‘不要离开他！’他们跟我说。‘离开他？’我说，‘我永远不会离开他。他去爬月亮我都会跟着；这些黑骑手要是敢阻拦他，得先迈过我山姆·甘姆吉这一关。’我跟他们说。他们哈哈大笑。”

“他们是谁？你们在聊什么呢？”

“那些精灵，少爷。我们昨晚上聊过几句；他们好像知道你打算离开，所以我也没法儿否认。精灵真是个了不起的种族，少爷。了不起！”

“他们确实了不起，”佛罗多说，“近距离打交道之后，你还喜欢他们吗？”

“要说的话，他们好像有点儿超出了我的喜欢和不喜欢。”山姆慢悠悠地说，“我怎么看他们，好像无关紧要。他们跟我想的大不相同——可以说是既老迈又年轻，既快乐又悲伤。”

佛罗多相当意外地看着山姆，半心半意地期待看见点儿说明他出现了奇怪变化的外在迹象。这可不太像他自以为了解的那位山姆·甘姆吉会讲的话。不过，除了一副若有所思的表情之外，坐在这里的似乎确实是这位山姆·甘姆吉。

“你觉得现在还有必要离开夏尔吗？——毕竟你已经看到精灵，得偿所愿了。”他问。

“有必要的，少爷。我不知道要怎么说，可经历了昨晚之后，我有了不同的感受。我好像从某方面看到了未来的方向。我知道我们要走很长的路，它一路通往黑暗；我也知道，我不能回头。我现在想要的，不是去看精灵、巨龙、群山——我也不知道我想要啥：一切结束前，我有需要去做的事，它不在夏尔，而是在前方。我得坚持到底，少爷，你懂我的意思吧。”

“我不是非常明白。不过我知道，甘道夫为我选了个好伙伴。我心满意足。那我们就一同上路吧。”

佛罗多沉默着吃完了早饭。他站起身，看着前方的大地，呼唤着皮平。

“都准备好出发了吗？”皮平跑过来时他问，“我们得立刻出发。我们睡过了头，前面还有好几哩路要赶。”

“应该说是你睡过了头，”皮平说，“我老早就起来了。我们一直在等你吃完早饭和想完事情呢。”

“都搞好了。我计划加快速度前往雄鹿镇渡口。我不准备走远路回昨晚上我们离开的那条道，我打算从这儿直接穿乡下过去。”

“那你就得飞起来才行。”皮平说，“这片乡郊地区，你别想抄近路去任何地方。”

“反正怎么都比走那条小路近，”佛罗多回道，“渡口在林木厅的东边；那条正道会绕到它的左边——你可以看见那路在北边折了个弯。它绕过了泽地北端，以便穿过斯托克的白兰地桥旁的堤道。而这就多了几哩路要走。我们如果从这里走直线去渡口，能少走四分之一的路。”

“欲速则不达，”皮平反驳道，“这边的乡路很崎岖，泽地那边有好多泥塘和其他乱七八糟的麻烦——我知道那地方什么样。如果你是担心黑骑手的话，比起在树林或者田野碰见他们，我还真不知道在道路上碰见能糟糕到哪里去。”

“在林地或者田野里找人要更难一些。”佛罗多回答，“假如你本该走大路，那别人就有可能在大路上而非大路之外的地方找你。”

“好吧！”皮平说，“我会跟着你蹚遍所有泥塘和水沟的。可这真是不容易！我还指望着天黑之前路过斯托克的金鲈酒馆呢。那儿的啤酒可是东区最好的，或者说曾经是最好的：我已经很久没有喝过了。”

“这不就结了！”佛罗多说，“欲速则不达，欲‘酒’就更别想‘达’了。我们无论如何都得让你远离金鲈酒馆。今晚之前，我们得赶到雄鹿镇。山姆，你怎么看？”

“我跟着你走，佛罗多先生。”山姆说（尽管他私底下有所顾虑，还对喝不到东区最好的啤酒感到十分痛心）。

“反正都要在泥塘和石楠丛里边艰苦跋涉了，那我们这就走吧！”皮平说。

天气已经跟头一天差不多热了，不过西边有云朵开始飘过来，似乎是要下雨的样子。几个霍比特人爬下陡峭的绿色山坡，跳进下面茂密的树林里。他们选择从林木厅左边走，斜着从山丘东侧的树林一直走到平地上。这之后他们就可以从只有少许水沟栅栏碍事的开阔地带前往渡口了。佛罗多估算了一下，直线距离大概还有十八哩的样子。

他很快发现，灌木丛比之前看上去的挨得还要近，也更为纠结。灌木丛里压根儿没有下脚的地方，他们走得一点儿也不快。等他们总算挣扎到了陡坡底部的时候，发现背后山丘里流出来的一条小溪，河床挖得极深，两岸又十分陡峭、湿滑，还长满了荆棘丛。最为棘手的是，这条小溪正好拦腰切过他们选择的路线。他们跳也跳不过去，横渡的话，就得把自己搞成浑身刮伤和泥浆的落汤鸡。他们止步不前，研究着该怎么办。“一号拦路虎！”皮平冷笑道。

山姆·甘姆吉回头看向林子间的开阔处，瞥见了刚爬下来的绿色陡坡顶部。

“快看！”他一把拽住佛罗多的胳膊。大家回过头看去，发现就在脑袋顶上的山坡边，毫无遮掩地站着一匹马，旁边有个弯着腰的黑色身影。

他们立马断了往回走的念头。佛罗多一马当先窜进了小溪旁边密密匝匝的灌木丛。“呼！”他对皮平说，“我们都没弄错，欲速确实会‘不达’；不过，我们也刚刚好及时隐藏了行踪。山姆，你耳朵灵光，有没有听见谁靠近的声音？”

他们静静地站着听动静，就差把呼吸也给屏住了，不过没有听到尾随的声音。“我觉得他不会尝试牵马下那处陡坡，”山姆说，“不过我猜他知道我们走下来了。我们最好赶紧离开。”

继续前进可不是那么容易的事。他们后有沉重背包压身，前有灌木荆棘阻拦，身后的山脊又挡住了风，让空气死寂而闷热。等他们终于钻出灌木，来到稍微开阔点儿的地方时，一个个儿的真是又热又累，叫树枝蹭了个满身伤，也基本上不知道自己在朝哪个方向前进了。到了平地之后，小溪的两岸向下沉陷，溪道也变宽、变浅，向着泽地与白兰地河蜿蜒而去。

“嗨，到斯托克溪了！”皮平说，“要想走回原本的方向，我们只有跨过这条河往右走才行。”

他们蹚过小溪，快步穿过了对岸一处荒草丛生、不见树木的开阔地。再之后他们遇到了一片排成带状的树林：大部分是橡树，间或点缀着几棵榆树和梣树。这里的地势相当平整，没什么树丛；可树林长得太紧密，他们难以看清前方。突如其来的大风刮得树叶上下翻飞，豆大的雨点从乌云密布的天空砸落下来。风渐渐停歇了，雨势开始变大。他们用了最快的速度穿越成片的草堆和厚厚堆积的落叶；雨水在他们四周涓流而下。他们没有说话，只是时不时地回头左右扫视一下。

走了半个钟头，皮平说：“希望我们没有太偏向南边，也希望我们没有顺着林子一条直线走！这片林子没有多宽——应该说，最宽的地方也不超过一哩——我们这会儿应该已经穿出来了才对。”

“我们一开始走‘之’字形也没用，”佛罗多说，“于事无补。保持这样继续前进！我不确定现在走到毫无遮挡的地方合不合适。”

他们继续向前走了大概几哩路后，太阳再度从破絮般的云层中照耀出来，雨势也慢慢变弱。时间已过正午，他们觉得该是时候吃午饭了，于是在一棵橡树下面停下脚步：树叶虽然大片变黄，不过枝叶依旧茂密，树下的土壤也相当干燥，淋不到雨。做饭的时候他们发现，精灵早已为他们的水瓶里装满了淡金色的清亮饮料：它有一股采自许多花的蜂蜜的味道，闻着十分清爽。他们很快便大笑起来，冲着雨水和黑骑手打起响指。他们感觉，最后几哩路应该能够飞快走完。

佛罗多背靠着树干闭上眼睛。挨在一块儿坐着的山姆和皮平哼起了调子，然后轻声唱了起来：

吼！吼！吼！美酒也！
愈我心，溺敌军。
风吹雨淋无所惧，
千山万水莫等闲；
前有树荫且乘凉，
卧看云起云飞扬。

“吼！吼！吼！”他们再度大声地唱起来。歌声突然停住，佛罗多猛然站起了身。风中传来一阵长长的哀号声，像是某种邪恶又孤独的生物发出的哭声。声音起起落落，最后以高亢、刺耳的一声终结。他们仿佛被冻住似的站着、坐着一动不动，突然又传来一声回应似的喊声，更微弱、更遥远，不过依旧叫人胆寒。四下一片寂静，只有风吹动树叶的声音。

“你觉得那是什么？”皮平终于开了口，他试图轻声说话，声音中带着丝丝颤抖，“那要是鸟叫的话，也是我在夏尔从没听过的叫声。”

“不是鸟或者野兽，”佛罗多说，“那是种呼唤或者信号——喊叫声里能分辨出词语，虽然我没听清。霍比特人可发不出这种声音。”

此事就此打住。他们都想到了黑骑手，不过谁都没讲出口。究竟是走是留，他们现在左右为难；但他们迟早也得穿过开阔地前往渡口，所以最好趁着白天赶紧出发。过了一会儿，他们背上背包，再度启程。

林子的尽头没过多久便出现在了眼前，外面连着一片宽阔的草甸。这时才发现，他们其实还是朝南偏过了头。透过草甸，他们能瞥见白兰地河那一头雄鹿镇的矮丘，但现在它位于他们左边。他们小心翼翼地爬出林子边缘，开始尽可能快地穿越空旷地。

刚离开树林遮蔽那会儿，他们总感觉提心吊胆。背后远远的地方就是他们吃早饭的那块高地。佛罗多都准备好看见骑手细小的身影出现在那里了，结果天空下的山脊上毫无任何东西出现的迹象。太阳从破碎的云层中逃了出来，一边落向他们之前待过的山丘，一边再度照得四下里一片明亮。尽管他们仍旧焦虑不安，不过恐惧感消退了。土地逐渐有了开垦的痕迹，也变得井然有序起来。很快，他们来到了精心打理的田地和牧场：有围栏、栅栏门和引水渠。一切都是如此安静祥和，与夏尔的其他角落别无二致。每走一步，他们的精神便好上一分。白兰地河渐渐近了；黑骑手就像是森林里的幻象，早已被远远地抛在了后面。

他们沿着一大块萝卜田的边缘前进，来到了一扇坚固的大门前。门外有一条满是车辙痕迹的小路，在两旁低矮、整齐的树篱的陪伴下，一路延伸到远处的一丛树林里。皮平停了下来。

“我认识这些田地和这扇门！”他说，“这里是豆园庄，是老农夫马戈特的地方。那边树林里就是他的农场。”

“麻烦事一桩接一桩！”佛罗多说，一边警惕地观察着，那神情就好像皮平刚才宣称这条小路通往龙穴似的。其他人惊讶地看着他。

“老马戈特怎么了？”皮平问，“他不是所有白兰地鹿人的好朋友吗？确实，他对闯入者很不客气，养的狗还挺凶——可话又说回来了，这里本来就是边界地方，住在这儿的人是得小心为上。”

“我知道。”佛罗多说，“但是没什么区别。”他尴尬地笑了笑，“我怕他和他的狗。我刻意躲开他的农场已经许多年了。小时候住白兰地厅那会儿，我跑来偷蘑菇被他抓到过好几次。最后那回被他揍了，他还把我带到他的狗面前。‘伙计们，瞧好了！’他说，‘这小害虫下回再敢把脚踏上我的土地，你们就吃了他。现在，送他滚蛋！’它们一路把我撵到了渡口。我一直没缓过劲儿来——虽说我知道这些野兽懂分寸，并不会真把我给怎么样。”

皮平大笑起来。“好吧，现在是时候弥补了，何况你现在要回雄鹿地生活。老马戈特为人挺豪迈的——只要你别碰他的蘑菇地。我们走小道吧，这就不算擅闯。若是碰见他的话，我来跟他谈。他是梅里的朋友，有阵子我跟梅里可是这儿的常客。”

于是他们沿着小道往前走，最后看见树林顶上冒出来一栋大房子和农舍的茅草屋顶。马戈特家和斯托克的泥足家是泽地的主要居民，喜欢住在房子里；这片农庄就是拿砖头结结实实给砌起来的，还围了一圈高墙，墙上有一扇大木门对着小道。

正当他们靠近的时候，可怕的吠叫声突然响起，同时还有个声音高喊道:“利爪！尖牙！大狼！来吧，伙计们！”

佛罗多和山姆猛然停下，皮平反而又继续朝前走了几步。大门打开，三条大狗蹿上小道，冲着旅者们狂吠不止。它们完全无视皮平，山姆吓得靠墙缩成了一团。两条狼似的大狗疑惑地嗅着他，一看见他动弹就吼个不停。最大、最凶猛的那条停在了佛罗多面前，气势汹汹地咆哮着。

门那头出现了一位圆脸带红、身材敦实的霍比特人。“你好啊！你好啊！几位是谁，上这儿来想干啥？”他问。

“马戈特先生，下午好！”皮平说。

农夫凑近看了他一眼。“噢，这不是皮平先生吗——应该叫佩里格林·图克先生才对！”他嚷道，皱起的眉头舒展开来，“有阵子没见你过来了。你运气不错，我认识你。我正准备带着我的狗去逮不速之客呢。今天闹了不少怪事。当然了，我们这地方确实总有怪人晃荡。还是挨着白兰地河太近啦，”他摇着头，“不过那位算是我见过的最怪异的人士了。只要我拦得到，下次他可甭想走出我的地方。”

“你在说谁？”皮平问。

“你们没见着？”农夫问，“不久前他才沿着小路朝堤坝去了。滑稽的主顾，问了些滑稽的问题。这么着，请各位进来，我们安逸地坐着聊聊。我这里储了点不错的麦酒，要是你跟你的朋友们乐意做客的话，图克先生。”

很明显，倘若按农夫的节奏和方式来的话，他乐意再跟他们透露点儿消息，于是他们接受了邀请。“那些狗呢？”佛罗多焦虑地问。

农夫大笑着说：“他们不会咬你的——除非我让他们咬。过来，尖牙！利爪，嘘！”他喊道，“嘘，大狼！”三条狗走到一边，放过了佛罗多和山姆，总算让他俩魂归原体。

皮平把两位朋友介绍给了农夫。“佛罗多·巴金斯先生，”他说，“也许你不记得他了，不过他以前也住林木厅。”巴金斯这名字让农夫惊了一下，迅速看了佛罗多一眼。有那么一会儿，佛罗多以为农夫想起了他偷蘑菇的事，准备叫狗儿们送他滚蛋。结果，农夫马戈特把他的胳膊给拉住了。

“噢，可真是怪到不行啦。”他叹道，“巴金斯先生是吧？请进！我们得好好聊聊。”

他们进了农夫家的厨房，在宽敞的火堆旁坐定。马戈特夫人端来一大壶啤酒，倒满了四个大杯子。啤酒味道很好，与金鲈酒馆失之交臂的皮平大感欣慰。山姆怀疑地抿了一口啤酒：他天生就不信任夏尔其他地方的居民；他也不愿意仅凭一面之缘，就把揍过他家少爷的人当朋友，就算这事儿是陈年旧事也不行。

闲扯了几句天气和收成（今年也坏不到哪儿去）之后，农夫马戈特放下酒杯，把他们三个挨着看了一遍。

“言归正传，佩里格林先生，”他说，“你这是打哪儿来，又准备上哪儿去啊？你是来探望我的吗？是的话，怎么我没看到你走过我家大门？”

“噢，不是的。”皮平答道，“老实说，你猜得没错，我们是从另一头上面的小道过来的：我们横穿了你家的田，不过我们不是故意的。我们本来打算走捷径去渡口来着，结果在林木厅附近的树林里迷了路。”

“要是时间比较紧，走大路更顺畅一点儿。”农夫说，“我担心的倒不是这个。佩里格林先生，要是有这想法的话，你们可以从我的地里边走。而你，巴金斯先生——我敢说，你肯定还是喜欢蘑菇的。”他哈哈大笑，“噢，是的，我记起这名字了。年轻的佛罗多·巴金斯当时可是雄鹿地最淘气的捣蛋鬼之一。不过我倒是没想蘑菇的事情。就在你们出现之前，我刚听过巴金斯这个名字。你们猜，那滑稽的主顾问了我些什么问题？”

他们焦急地等待着他的下文。“好吧，”农夫慢条斯理地继续着他的话，“他骑着匹黑色大马从恰好开着的大门进来，一直走到了我的屋门口。他也是一身黑色，裹着斗篷、戴着兜帽，似乎不乐意让人知道身份。——他在夏尔是想干啥呢？我这么问自己。边界这头可不常看见大种人；总之，我从没听说过这样一身黑的人。

“‘你好啊！’我走出去跟他打招呼，‘这条小道到头了，甭管你想上哪儿去，最快的路就是回去走大路。’我不喜欢他那身打扮；尖牙出来的时候闻了一下，然后像是被蜇了似的尖叫了一声。它夹着尾巴就这么号叫着跑掉了。那黑衣人骑在马上一动都没动。

“‘我从那边来。’他有点儿僵硬地指向了西边——也就是我的田那边，你们敢信吗？‘你看到过巴金斯吗？’他用古怪的腔调发问，朝我俯下身子。我看不到他的脸，因为那兜帽落了老长一截下来。我感觉我的背有点儿发抖。不过，我还是没闹明白，他哪里来的胆子敢骑马闯进我的地里头。

“‘快走开！’我说，‘这里没有叫巴金斯的。你在夏尔走错地方了。你最好回西边去霍比屯——这回请走大道。’

“‘巴金斯离开了，’他低声回答我，‘他过来了，离这里不远。我想找到他。如果他路过这里，不妨告诉我。我会带着金子再来的。’

“‘不，你不会来的。’我说，‘麻溜地回你的地盘待着去！给你一分钟时间，不然我就把狗全给叫过来。’

“他发出了某种嘶嘶声，也许是笑声，也许不是。然后他骑着那匹大马直直地朝我冲过来，千钧一发之际我跳开了。我喊来了狗，结果他转身就跑，骑着马穿过大门，跟闪电似的从小道跑去了堤坝的方向。这事你们怎么看？”

佛罗多盯着火堆看了一阵，脑子里想的却是究竟要怎么去渡口。“我没什么看法。”他最后说。

“那我就说说我的看法。”马戈特说，“你不该再跟霍比屯的人混在一块儿，佛罗多先生。那里的人都是怪胎。”山姆在椅子上晃了一下，用不友好的眼神瞪着农夫。“可你一直是个鲁莽的小伙子。听说你离开雄鹿地去投奔那位比尔博老先生的时候，我曾说你这是在给自己找麻烦。记住我的话，这些全都是比尔博先生那些奇怪的行径惹出来的。别人说，他的钱都是通过奇怪的方式从外面世界弄回来的。我还听说，有人在打听他埋在霍比屯小丘下头那些金银珠宝的下落。”

佛罗多什么都没说：农夫精明的猜测让人感到相当不安。

“佛罗多先生，”马戈特继续说，“很高兴你还能想到回雄鹿地。我的建议是：就在雄鹿地待着，别跟这些外人搅和。你在这里会认识朋友的。这些黑漆漆的家伙要是再来找你的话，我来负责解决。我就跟他们说，你已经死了或者离开了夏尔，或者其他一些你觉得没问题的话。这样差不多就够了；他们想打探的，十有八九还是老比尔博先生的事。”

“也许你是对的。”佛罗多避开了农夫的注视，眼睛转去盯着炉火。

马戈特若有所思地看着他。“好吧，看来你有自己的主意，”他说，“这事儿跟我的鼻子一样是明摆着的：你跟那骑手出现在同一个下午，这绝非意外；或许我的信息在你们看来，不值得一提。我不是让你们告诉我你们的秘密，我是觉得你们遇上麻烦了。你们是不是觉得，要想在不被发现的情况下前往渡口不太容易？”

“是这么想的。”佛罗多说，“但我们总得去那里，怎么都得试试；而且，光是坐着瞎想可没什么用。所以，我想我们得上路了。十分感谢你的好意！马戈特先生，虽说你听了或许会哈哈大笑，但你跟你的狗让我害怕了三十多年。没能早点儿认识你这位好朋友，真是遗憾。很抱歉走得这么急，但我改日会再来，也许——如果有机会的话。”

“欢迎你再来。”马戈特说，“不过我有个想法：太阳就快落山，我们也该吃晚饭了；我们大多在日落后不久就会睡觉。你跟佩里格林先生等要是愿意留下来共进晚餐，我们会很开心的！”

“不胜荣幸！”佛罗多说，“可我们得立刻上路，抱歉。就算这会儿出发，到渡口也该天黑了。”

“噢，别忙嘛，我还没说完。吃过晚饭后，我用小马车把你们送到渡口去。这样既能让你们少走点儿路，又能避开其他的麻烦。”

于是，佛罗多开心地接受了邀请，叫皮平和山姆松了口气。日落西山，天光渐暗。马戈特的两儿三女回了屋，大桌上也摆满了丰盛的晚餐。厨房里点了蜡烛，炉火也给添了柴。马戈特夫人进进出出，忙里忙外。又有两个农舍那边的霍比特人也来了。没过多久，十四号人坐在大桌边开始用餐。晚饭有许许多多的啤酒，满盘满盘的蘑菇和培根，以及其他丰盛的农家菜。狗儿们趴在炉火旁啃着肉皮和骨头。

酒足饭饱之后，农夫和他的两个儿子提着灯笼去准备马车。客人们出来的时候，院子里已是一片漆黑。他们把背包扔上车架，爬进马车里。农夫坐在驾驶座上，用鞭子招呼着两匹健壮的小马，他的妻子站在屋门口的亮处看着。

“马戈特，你注意着点儿！”她唤道，“别跟外来人吵架，早去早回！”

“我会的！”他驾车出了大门。这会儿风已经停歇；夜色静谧，空气中弥漫着丝丝寒意。他们摸着黑，慢悠悠地出发了；一路跨过了一道深堤，沿矮坡爬上了一座高堤，差不多走了一两哩之后，他们来到了小路的尽头处。

马戈特下了车，朝着南北两边都打量了一番。黑暗里什么都看不见，寂静的空气里也没有一丝声音。几缕河雾薄薄地挂在堤坝上，飘荡在田野里。

“天色会越来越暗，”马戈特说，“朝回走之前我都不会点灯。今晚这状况，隔着老远的动静我们都能听着。”

从马戈特家的小路到渡口至少还有五哩路程。几个霍比特人把自己裹得严严实实，耳朵却仔细听着车轮的咯吱声和马蹄悠悠的咔嗒声之外的动静。佛罗多觉得，马车走得比蜗牛还要慢；身边的皮平打着瞌睡，快要睡死过去了，山姆倒是一直瞪着前方渐渐升起的雾气。

最终，他们抵达了前往渡口小路的入口。两根高大的白色柱子突然出现在他们右边，提示着入口的位置。农夫马戈特勒紧了缰绳，马车咯吱着停住了。正当他们爬出车厢的时候，一阵让他们所有人都担心不已的声音突然出现：前方道路传来了马蹄声，声音渐渐朝他们靠近了。

马戈特跳下马车，扶住马头，眼睛盯着前方的阴暗处。踢踏，踢踏，骑手越靠越近。马蹄落地的动静响彻了寂静、雾蒙蒙的空气。

“佛罗多先生，你最好躲起来。”山姆焦急地说，“你用毯子盖着躺在车厢里，我们去把骑手引开！”他爬出车厢，去了农夫的近旁。这样，黑骑手就得先跨过他才能靠近马车了。

踢踏，踢踏，骑手已近在咫尺。

“你好呀！”农夫马戈特喊道。前进的马蹄声很快停下了。他们觉得自己可以从前方一两码距离的夜雾中，隐约地辨认出有个深色的斗篷。

“喂！”农夫把缰绳扔给山姆，大步迈向前，“你再敢靠近一步试试！你想干啥，你要去哪儿？”

“我找巴金斯先生。你见过他吗？”一个低沉的声音说——这声音却是梅里·白兰地鹿的嗓音。遮住的灯笼揭开了，光亮落到了农夫惊讶的脸上。

“梅里先生！”他喊。

“当然是我了！你以为还能是谁呢？”梅里说着，走上前来。随着他走出迷雾，他们的恐惧也消退了，眼中的梅里也缩小到了普通霍比特人的大小。他骑着匹小马，从脖子到下巴都裹着条围巾，以遮挡雾气。

佛罗多跳出马车，跟他打招呼。“你们终于来了！”梅里说，“我都开始怀疑你们今天是不会出现了，正打算回去吃晚饭呢。起雾之后，我过了河朝斯托克走，想看看你们是不是掉沟里了，可谁知道你们会走哪条路过来。马戈特先生，你是在哪里找到他们的？你家的鸭池里吗？”

“没有，我逮到他们擅闯农田，”农夫说，“差点儿放狗去咬了；不过，我担保他们会跟你把故事讲明白的。现在，梅里先生、佛罗多先生以及另外两位，如果你们不介意的话，我得赶回家去了。天越来越黑，我夫人该担心了。”

他把马车倒回小路然后掉头。“那么，诸位晚安！”他说，“今天可真是古怪的一天。不过结尾不错，所以一切也都挺不错的；虽说，在我们各自回屋之前，不好讲这话。我可不会否认，等我到家了会很高兴的。”他点亮灯笼挂了起来，又突然从座位下掏出大大的一个篮子。“我差点儿给忘了，”他说，“马戈特夫人放上来的，给巴金斯先生，聊表问候。”他把篮子递下来，在一片道谢和晚安声中悄然离开。

他们目送着灯笼周围的光圈渐渐消失在雾蒙蒙的夜色中。突然，佛罗多大笑起来：从他提着的带盖儿篮子里，飘来了蘑菇的香味。

·第五章·

共谋现端倪

“我们也赶紧回家，”梅里说，“看来发生了不少趣事呢；不过，等我们到家了你再说。”

他们转上了渡口小路，这是条保养良好的直道，边缘嵌着大块的水洗白色石头。走了大约一百来码，他们来到河岸一处宽阔的木栈桥，旁边泊了艘硕大的平板渡船。高高的柱子上亮着两盏灯，照得水边的系船柱闪闪发亮。在他们身后，平坦的原野里飘荡的薄雾已经漫上了树篱；面前的河水却黑咕隆咚，只在岸边的芦苇丛中能看见几缕水雾。远处的雾气似乎还要淡一些。

梅里使唤小马走跳板上了渡船，另外两人紧随其后。他用长杆慢慢地将船推开了岸。眼前的白兰地河，河面是极宽的，却又水波不兴。另一侧河岸陡峭，一条小径蜿蜒着伸向远处灯火闪耀的栈桥，栈桥背后矗立着雄鹿山；零星的雾气遮不住山那头许多透着橘、红光芒的圆窗。这些窗户的所在正是白兰地鹿家族的古老家园：白兰地厅。

很久以前，戈亨达德·老雄鹿（老雄鹿家族的族长，也是泽地乃至全夏尔最长寿者之一）跨过了白兰地河——彼时的白兰地河尚是这片土地最初的东部边界。他建造（以及挖掘）了白兰地厅，把自己的名字改为白兰地鹿，又定居此处，姑且算是这独立小王国事实上的领主。家族不断繁衍生息，在他离世后也没停下，最终白兰地厅占据了整座矮山丘，拥有三道巨大的正门和许多侧门，还有一百扇窗户。白兰地鹿家族及其众多的眷属又开始朝四面八方掘洞及建造。这就是雄鹿地的起源，它算是介于白兰地河与老林子之间一片人口稠密的狭长聚居带，类似于夏尔的某种殖民地。它的主要村落是雄鹿镇，集中在白兰地厅后面的河岸与山坡上。

泽地与雄鹿地之间关系友善，斯托克及灯芯草岛的农夫们依旧承认白兰地厅统领（白兰地家族族长的称谓）的权威。不过，绝大多数老夏尔居民都觉得雄鹿地的人是怪胎，是半个外邦人。尽管，实际上而言，他们跟四大区的其他霍比特人并没有什么太大不同，只除了一点：他们尤为钟爱小船，其中一些人还会游泳。

他们的土地东边最初毫无防备，不过他们在那一侧立了一道树篱：高篱。因常有人打理之故，许多代人以前种下的高篱如今长得又高又密，从白兰地桥一直延伸到篱尾（柳条河就是从这里流出老林子进入白兰地河的），形成了一个长度超过二十哩的大环。当然了，高篱并非完整的保护。老林子从好几处地方靠近着树篱。雄鹿地人入夜后会锁上家门，这在夏尔属于不常有的情况。

渡船悠悠然地漂在水面上。雄鹿地水岸慢慢靠近了。山姆是几人中唯一从未越过白兰地河的那个。潺潺溪流缓缓流过时，他产生了一种怪异的感觉：身后的迷雾留住了过往的日子，等在面前的却是黑暗的冒险。他挠挠头，有那么一时半刻突然希望佛罗多先生能继续安然地生活在袋底洞。

四个霍比特人步下渡船。梅里绑着缆绳，皮平已经勒马上道，山姆（之前一直回头张望，似是在同夏尔道别）突然嘶哑着低声说：“佛罗多先生，回头！你能看见啥东西吗？”

在远远的灯光照耀下，他们在另一头的栈桥上依稀辨认出一团轮廓，像是被抛下的一捆深黑色包裹。正当他们看着的时候，这团轮廓似乎摇摆不定地移动了起来，好像是在搜索地面。然后它开始爬动，或者说蹲了下去，消失在灯光外的黑暗中。

“那究竟是什么鬼东西？”梅里惊呼。

“跟随我们的什么东西，”佛罗多说，“先别问了，我们赶紧离开！”他们匆匆从小道上了河岸顶处，等他们回头看时，对面的河滨萦绕着雾气，什么都看不见。

“谢天谢地，你没在西岸留下什么渡船！”佛罗多说，“马儿能渡河吗？”

“可以走十哩去北边的白兰地桥——游泳也可以，”梅里答道，“我倒是没听过有哪匹马游过白兰地河的。不过，这跟马有什么关系？”

“晚点儿再跟你讲。我们先回屋再说。”

“好的！你跟皮平知道路，我先走一步，去跟小胖博尔杰讲你们来了。我俩先合计一下晚餐之类的事情。”

“我们跟农夫马戈特吃过晚饭了，”佛罗多说，“不过再来一顿也不在话下。”

“那就等着吃吧！篮子给我！”梅里骑着马跑进了黑暗中。

从白兰地河到佛罗多在克里克洼的新家还有段距离。他们从右边路过雄鹿山跟白兰地厅，又在雄鹿镇边郊上了从白兰地桥向南走的雄鹿地的主路。向北行了半哩，右侧出现了一条小路。他们沿着这条通往乡野的小路高高低低地又走了几哩。

最后，他们来到浓密树篱下的一道窄门前。黑暗中的屋子叫人瞧不清楚：它背对着小路，矗立在一圈宽阔的草坪中间，草坪和树篱之间又围着一圈低矮的灌木。佛罗多之所以选中这里，是因为它处在这片乡野的偏僻角落，周围也没有人居住，可以在无人注意的情况下进进出出。白兰地鹿家族许久前建了这座房子，用来留宿宾客或是想从白兰地厅的拥挤生活逃离一段时间的家族成员。这是栋老式的农居，尽量造得类似霍比特洞府：它又长又矮，没有第二层；有草皮搭的屋顶，圆窗户以及一扇大圆门。

他们走上了绿色的小径，周围一丝光亮都没有；窗户紧关，里边一片漆黑。佛罗多敲敲门，小胖博尔杰打开门，一丝和煦的光亮照了出来。他们迅速钻进去，把自己和光亮一道关进了屋子。他们站在宽阔的大厅里，前后两侧都有门；面前有一条走廊，通往屋子的中间。

“你觉得怎么样？”梅里从走廊过来问，“我们尽全力在短时间内让它有了家的感觉。毕竟，我和小胖昨天才跟着最后一批行李过来。”

佛罗多环视了一圈，这里看着确实挺温馨的。许多他喜欢的东西——或者比尔博喜欢的东西（他们新出现的位置让他更为清晰地想起了比尔博）——跟在袋底洞时一样，被放在了尽量靠近的位置。这里让人感觉愉悦、舒适和温馨；他发现自己竟产生了来这里安享退休生活的意愿。让他的朋友们惹上这么多麻烦似乎很不公平；他又开始思索，究竟要怎么向朋友们宣布，他很快——其实是立刻——就要离开他们。而这事儿今晚就得做，在大家都就寝之前。

“真叫人身心愉悦！”他努力说道，“我简直感觉不到我搬过家。”

旅者们挂上了斗篷，脱下背包堆在地板上。梅里领着他们进了走廊，推开了尽头处的一扇门。火光和蒸汽扑面而来。

“洗澡水！”皮平喊道，“噢，梅里阿道克，赞美你！”

“谁先洗，谁后洗？”佛罗多问，“是年纪大的先，还是跑得快的先？反正怎么着你都是最后一个，佩里格林少爷。”

“可得对我安排事情的能力有点儿信心！”梅里说，“我们可不能拿洗澡的顺序吵上一架来开始克里克洼的生活。房间里有三个浴盆，还有一铜盆开水。毛巾、垫子、肥皂都有。快进去，赶紧洗！”

梅里和小胖去了走廊另一边的厨房，忙着为夜宵做最后的准备。洗澡间传来几段互不相让的歌声，混杂着泼水和拍水的动静。皮平的声音突然拔高，唱起了比尔博最爱的几首洗澡歌之一。

唱吧！唱那日暮时的沐浴
洗去身上的疲惫和邋遢！
不唱歌的人就是条泥鳅：
噢！壮哉这热烘烘的水呀！

噢！美妙之如那落雨滴答，
还有那山丘奔向平原的溪水；
可那热气腾腾的热水
更胜落雨和溪水涟漪。

噢！清凉之水需时取
灌进肚子心欢喜；
奈何渴时有啤酒，
还有热水浇我背。

噢，美丽如水，

泉涓细涌，跃然天空；

却胜不过脚下

那飞溅的热水！

响亮的泼溅声，还有佛罗多“哇”的叫喊声。听动静，似乎皮平的澡盆变成喷泉，高高射出了水花。

梅里走进门，唤道：“来点儿晚餐和啤酒怎么样？”佛罗多出了浴室，开始弄干头发。

“房间里全是水蒸气，我得去厨房才能弄干头发了。”他说。

“哎呀！”梅里朝浴室里看。石头地板都能当泳池了。“不把地上的水都拖干净，佩里格林，你可别想吃上饭！”他说，“快点儿，要不我们就不等你了。”

他们在厨房炉火边的餐桌上吃了晚餐。“我猜，你们三位应该不想再来点儿蘑菇了吧？”弗雷德加不抱希望地问。

“我们当然还要吃！”皮平喊道。

“它们是我的！”佛罗多说，“这可是农妇之女王、马戈特夫人给我的。快把你们贪婪的爪子拿开，让我来分一分。”

霍比特人对蘑菇的钟爱，甚至比大种人留恋最喜爱的食物更甚。这一事实部分解释了年轻时的佛罗多为何会长期考察泽地负有盛名的蘑菇田，以及遭受损失的马戈特何以如此愤怒。而这一回，即便是按霍比特标准来算，蘑菇分给这几位食客都算是绰绰有余。当然，再加上还有别的食物，等大家都吃完之后，即使小胖博尔杰也满足地叹了口气。他们挪开了桌子，把椅子推到炉火跟前。

“我们之后再来清理，”梅里说，“现在，快说！我猜，你们经历了一番冒险，这对我来说可不算公平。我想听你们全盘道来；更关键的是，我想知道老马戈特是怎么回事，他为什么要跟我说那番话。他说话的声音听着像是被吓到了，如果他真会被吓到的话。”

“我们都被吓到了。”见佛罗多只是盯着火不开腔，皮平顿了顿，说，“要是你也被黑骑手追了两天的话，你也会吓到的。”

“他们是谁？”

“骑着黑马的黑色人形，”皮平回答，“倘若佛罗多不打算说话，那我就从头讲讲这个事情。”于是他从离开霍比屯开始，将整段旅行和盘托出。山姆不停点着头，表达赞同或感叹。佛罗多继续保持着沉默。

“要不是看见栈桥上的黑色轮廓，还从马戈特的话里听出古怪，”梅里说，“我就该觉得你们是在胡编乱造。佛罗多，这些事你怎么看？”

“佛罗多表哥一直什么也不说，”皮平说，“但现在是他开口的时候了。到现在为止，除了农夫马戈特觉得这事儿跟老比尔博的财宝有关之外，我们一无所知。”

“只是猜测而已，”佛罗多匆忙说道，“马戈特并不了解所有东西。”

“老马戈特是个精明人，”梅里说，“他嘴上说得少，那张圆脸后面想的却不少。我曾经听说，他有段时间常去老林子，大家也都知道他懂很多奇怪的事物。可是，佛罗多，你至少该告诉我们，你认为他的猜测究竟是对还是错呀。”

“我认为，”佛罗多慢慢回答着，“就目前而言，他猜得没错。这事儿确实跟比尔博过往的冒险有关系，那些骑手在找的，或许应该说搜索的，不是他就是我。我也担心，如果你们想知道的话，这事情绝非开玩笑；我在这里或者其他任何地方，都不安全。”他环视着窗户和墙壁，似乎害怕它们会突然崩掉。其他人沉默地看着他，彼此交换着富有意味的眼神。

“快要讲出来了。”皮平悄悄跟梅里说。梅里点点头。

“好吧！”佛罗多最后说，一边坐起身来，伸直了腰杆，好像他做出了什么决定似的，“我没法再继续藏着了。我有话要跟你们所有人讲，可我不太知道从何说起。”

“我应该能帮你一把，”梅里轻声说，“我可以先跟你讲讲我自己的看法。”

“你在说什么？”佛罗多焦虑地看着他。

“就是这个，我亲爱的老佛罗多：你很苦闷，因为你不知道要怎么跟我们道别。你显然是打算离开夏尔。可危险却比你料想的来得更快，现在你下定决心要立即离开。可你又不想这么做。我们为你感到非常难过。”

佛罗多张了张嘴，又闭上了。他那惊讶的表情滑稽得让大家哈哈大笑。“亲爱的老佛罗多！”皮平说，“你真以为，你能迷了我们所有人的眼吗？在这件事情上，你还不够谨慎，也没那么机智！从今年四月开始，你显然就盘算着要离开，要跟所有你魂牵梦萦的地方道别。我们一直听见你嘀咕‘也不知道还有没有机会再度俯瞰那峡谷’，还有其他类似的话。还有，你假装用光了钱，真把心爱的袋底洞卖给萨克维尔－巴金斯家！还有那些跟甘道夫的密谈。”

“老天爷！”佛罗多说，“我还以为自己足够谨慎机灵了呢。我不知道甘道夫对此会说些什么。那岂不是全夏尔的人都在谈论我的离开喽？”

“啊，没有！”梅里说，“不用担心这个！纸总是包不住火的，毫无疑问。不过目前而言，我猜只有我们这几个同谋知道。总而言之，你得明白，我们很了解你，也老跟你混在一块儿。我们一般都能猜到你在想什么。我还了解比尔博。说老实话，自从他辞行之后，我一直都在密切观察你。我觉得你迟早会踏上追寻他的道路：实际上，我反而期待你早点儿出发。最近，我们都非常焦虑。我们都很担心你也许会跟他一样，跟我们不告而别，一个人突然离开。从今年春天开始，我们就一直睁大眼睛，做了大量计划。你别想这么轻松就溜掉！”

“可我必须得走，”佛罗多说，“别人没法帮我，亲爱的朋友们。虽然这会让大家都很难过，但是你们想留住我是没用的。既然你们都猜到了这么多，那就请大家给予我助力而非阻力！”

“你不明白！”皮平说，“你必须要走——因此我们也必须要走。我和梅里会跟你一道。山姆是个棒小伙，愿意跳进恶龙的喉咙来救你，如果他没被自己的脚绊倒的话；这趟危险的冒险，你需要的可不止一位伙伴。”

“我亲爱的、挚爱的霍比特们！”佛罗多颇受感动，“可我没法答应你们。这也是我许久前就做下的决定。你们嘴上说着危险，其实心里并不明白。这不是寻宝，不是那种去了再回的旅程。我这是要从龙潭飞到虎穴。”

“我们当然明白，”梅里坚定地说，“所以我们才决定要去。我们知道魔戒不是什么玩笑东西，而我们会尽全力帮助你对抗大敌。”

“魔戒！”佛罗多这下彻底震惊了。

“是的，魔戒。”梅里说，“我亲爱的老霍比特，你可没考虑到朋友的好奇心吧。我好些年前就知道魔戒的存在——事实上，那会儿比尔博都还没离开；不过，既然他打算秘而不宣，我也就一直只记在脑海里，最后形成了我们的共谋。我对比尔博的了解自然没有对你的了解深；那会儿我还太小，他同样也非常小心——尽管还不够小心。如果你想知道我当初是怎么发现的，我这就告诉你。”

“你说吧！”佛罗多有气无力地说。

“正如你所料，是萨克维尔－巴金斯夫妇让他露了馅儿。那场生日宴一年后的某一天，我正在路上走，发现比尔博就在我前头。萨－巴夫妇隔着老远突然出现，朝着这边走了过来。比尔博放慢了速度，然后‘咻’的一下就消失了。我惊得呆若木鸡，都忘记该怎么正常藏起来了；

还好我及时穿过树篱，进了里边的田野。等到萨－巴夫妇走过，我正好又看见比尔博突然出现了。他在放什么东西回裤兜的时候，我看见了一丝金光。

“那之后我就一直放亮了眼睛。老实说，我承认我在偷看。但你得承认，那东西非常诱人，而我那时又只是个小年轻。我肯定是全夏尔除了你佛罗多之外，唯一一个见过老家伙秘密书籍的人。”

“你竟然读过他的书！”佛罗多嚷嚷道，“老天在上！还有什么是安全的吗？”

“没什么是安全的，我得说。”梅里说，“我也只是匆匆瞥了一眼，很难看清楚里面写了什么东西。他从来不会把书到处乱放。我好奇那本书后来怎么样了，真想再看一眼。佛罗多，你拿到那本书了吗？”

“没有，它不在袋底洞。他肯定一并带走了。”

“好吧，正如我所说的，”梅里继续说，“我把这事儿埋在了心底，直到今年春天，事情变得严重起来了。之后我们便谋划了一番；我们也严肃地当作是正经事情对待，所以一直都遮遮掩掩的。你可不是颗轻易能敲出缝的胡桃，甘道夫更是难搞定。想知道谁是首席调查员吗，我可以向你介绍。”

“他在哪儿呢？”佛罗多看了一圈，像是期待着什么戴面具的阴险身影从柜子里跑出来。

“向前一步走，山姆！”梅里说。山姆站了起来，脸红到了耳根。“这位就是我们的信息收集者！我可以跟你说，在最终被逮到之前，他可是收集了相当多信息呢。而那之后，他似乎把自己当成了假释犯，再也没提供信息了。”

“山姆！”佛罗多喊道，感觉震惊之情已突破天际，完全不知道自己究竟该感到生气、震惊、松一口气，还是单纯觉得蠢透了。

“是，少爷！”山姆说，“请原谅，少爷！我没有对不起你的意思，也不是想对不起甘道夫先生。你要知道，他很有决断的。当你说独自上路的时候，他说：‘不！带上你信任的人。’”

“可现在看起来，似乎我谁都不能信了。”佛罗多说。

山姆闷闷不乐地看着他。“这取决于你想要什么，”梅里接着说，“你可以相信我们会跟你同甘共苦——直到痛苦结束。你也可以相信我们会保守你的秘密——保守得比你还要严密。但你别指望着相信我们会让你独自面对困境，让你一言不发地离开。我们是朋友，佛罗多。无论如何，事已至此。我们了解甘道夫告诉你的绝大部分事情。我们知道许多魔戒的情况。我们害怕得紧——但我们要跟你走，或者像猎犬一样缀在你后头。”

“不管咋样，少爷，”山姆补充道，“你也该听取精灵的建议。吉尔多说过，你该带上愿意去的人一块儿走，这你可不能否认。”

“我不会否认。”佛罗多看着山姆，后者正咧着嘴笑，“我不会否认，而我再也不信你睡着之类的了，甭管你有没有在打呼噜。我要狠狠踢你一脚来确定真假。”

“你们真是群骗人的恶棍！”他转向其他人，“不过保佑你们！”他大笑着说，站起来挥舞着双手，“我投降。我听从吉尔多的建议。要不是危险如此晦暗，我简直要快活得跳起舞了。就算如此，我也忍不住觉得很开心：比我许久以来都要开心。我一度揪心着如此的夜晚。”

“好样的，就这么定了！为佛罗多队长跟他的伙伴们欢呼三声！”他们喊着，又绕着他跳起了舞。梅里跟皮平唱起一首显然是为此时此刻而准备的歌。

它是按照很久以前激发比尔博冒险的那首矮人之歌改编而来的，调子也是一样的：

向壁炉和大厅道声：“别了！”

哪怕它风吹雨也淋。
天亮之前就要离开，
越过那深林和高山。

去向幽谷，精灵居住之处
缥缈瀑布之下的小径。
快马匆匆，越过荒野废墟，
去向何处未可知。

可怕的敌人前后拦，
以天为被，以地为床，
终得拨云见雾时，
旅程告终，大志得酬。

快离开！快离开！
趁着月落日未升！

“非常好！”佛罗多说，“既然这样，在睡觉前——至少像今晚这样睡在屋檐下——我们还有很多事要做呢。”

“噢，那只是诗句！”皮平说，“你还真打算在天亮前出发？”

“我不知道，”佛罗多说，“我害怕那些黑骑手，我也很确定在一处地方待久了不安全，更别提大家都知道我要去的地方。而且，吉尔多还建议我不要等待。可我真的十分想见到甘道夫。听见甘道夫还未现身，我都能看出来吉尔多的困惑。这事儿确实取决于两种情况：黑骑手多快会赶到雄鹿镇？我们多快能出发？做准备可得花不少时间。”

“第二个问题的答案吧，”梅里说，“就是一个钟头内就能出发。我基本上把一切都准备妥当了。田野那头的马厩里备着五匹小马；除了几件衣服和放不住的食物，所有的补给和工具全都装好啦。”

“这共谋，瞧着效率挺高啊。”佛罗多说，“那黑骑手呢？花一天时间等甘道夫，会不会有危险？”

“如果黑骑手发现你在这里，你觉得他们会怎么做？一切都取决于这一点。”梅里答道，“当然，他们有可能已经到这里了，如果没被挡在北大门那里的话，就是被拦在白兰地河这侧的树篱延伸到河岸的地方。大门守卫夜里不会让他们通行的，虽说他们可能会硬闯。就算是白天，我猜守卫也会想方设法拦住他们，最少要等到通知了白兰地厅的长官——他们肯定不会喜欢黑骑手的形貌，绝对会被吓到。不过，当然了，真要坚决进攻，雄鹿地撑不了多久。而且，到了早上，跑来询问巴金斯先生的黑骑手没准儿也会被放行。众所周知，你现在搬到克里克洼来生活了。”

佛罗多沉思了一会儿。“我决定了。”他终于说道，“我明天出发，天一亮就走，不过不走大路：等在这里比走大路更安全。等到我穿过北大门，我的行踪立马就会传遍雄鹿地，而原本它还能给藏上几天的。还有，不管有没有骑手进入雄鹿地，白兰地河跟靠近边界的东大路肯定会被监视。我们不知道黑骑手有多少个，但至少有两人，可能还不止。我们唯一能做的就是走没人烟、叫人意想不到的地方。”

“这就意味着要走老林子呗！”弗雷德加惊恐地说，“你不会想这么做吧？老林子的危险程度可跟黑骑手差不多。”

“倒也不是，”梅里说，“听起来好像很无望，不过我认为佛罗多说得没错。要想远走高飞又不立刻被人尾随，这是唯一的方法了。再来点儿运气的话，我们就能有个不错的开始。”

“老林子里可没什么运气可言，”弗雷德加反驳道，“从没有人在里边走过什么运。你会迷失方向。人们都不进去的。”

“不，有人要进去的！”梅里说，“白兰地鹿们就会进去——偶尔会在适当的时候进去。我们有个秘密入口。佛罗多老早之前去过一次。我也去过好几次：当然，通常是在白天，那时候树木昏昏欲睡，比较安静。”

“按你们认为最合适的做吧！”弗雷德加说，“老林子比我知道的所有东西还让我害怕：和它相关的故事全跟梦魇一样。不过我说的不作数，毕竟我不参与这次旅行。不过，我很高兴能有人留在后方，等甘道夫出现的时候告诉他你们的行踪。我相信他很快就会出现的。”

虽然很喜欢佛罗多，不过小胖博尔杰并不希望离开夏尔，也不想去见见外面的世界。他家来自东区——确切来说是来自大桥场的博杰津，不过他从没越过白兰地桥。根据几位同谋一开始的计划，他的任务是待在后方对付好奇的耳朵们，外加把巴金斯先生依旧生活在克里克洼的假象尽可能延续下去。他甚至还带了几身佛罗多的旧衣服，让自己能演得更像。他们基本没考虑过这一环节会不会有危险。

“好极了！”弄明白计划后，佛罗多赞了一句，“我们也只能用这种方式给甘道夫留信了。虽说我不知道黑骑手识不识字，但我还是不敢犯险留字条，免得碰上他们闯进屋搜索。不过，若是小胖愿意守在这里，那我就能确保甘道夫一定会知道我们的去向，这就坚定了我的想法：明天第一件事就是进老林子。”

“好吧，就这么办。”皮平说，“总之，比起小胖等黑骑手的任务，我还是更愿意做我这份活儿。”

“而你则是等着进老林子，”弗雷德加回道，“明天这时候你就该希望当初跟我一块儿留下了。”

“都别吵吵了。”梅里说，“睡觉之前还得收拾碗碟，行李也还没打包完呢。天亮之前，我会把你们都叫起来的。”

终于躺下了，佛罗多却好半天都睡不着。他开始腿疼。他庆幸明天早上是骑马上路。最后，他迷迷糊糊地做了个梦，梦见自己好像从高高的窗户朝外看，结果看见了一片黑漆漆的纠结的树海，树根处传来生物爬行和嗅闻的声音。他觉得，他们迟早会闻上门来的。

然后，他听见远处的喧闹声。一开始他以为是大风吹过树叶的呼啸，接着就意识到那不是树叶声，而是远处大海的声音；那是种他在日常生活中从没听过，却在梦里常碰见的声音。突然间，他发现自己来到了旷野，周围一棵树也没有。他站在一片黑暗的荒原里，空气中有股怪异的咸味。他抬头看去，面前有一座高大的白塔，孤零零地矗立在高高的山脊上。一阵强烈的冲动让他想爬到塔上去看看大海。他开始努力攀爬塔下的山脊：就在这时，天地间突然电闪雷鸣。

· 第六章 ·

老林子

佛罗多猛地醒了过来。房里依旧一片漆黑。梅里一手拿着蜡烛，一手敲着房门。“别敲了！怎么啦？”佛罗多问，依然感觉惊惶不定，浑浑噩噩的。

“怎么啦！”梅里嚷道，“该起床了！四点半了，外面雾大得很。赶紧的！山姆已经弄好早餐，连皮平都起来了。我去给小马上鞍，再把驮行李的马牵过来。快叫醒那懒鬼小胖！他怎么也得起来送送我们。”

六点刚过，五个霍比特人便已整装待发。小胖博尔杰还在不停打着呵欠。一行人悄声出了屋，梅里打头牵着驮满行李的小马，沿小径穿过屋子背后的小树丛，又走过了几片田野。雨水在树叶上闪闪发亮，又从树枝上滴滴答答落下，冰冷的露水染得草地灰蒙蒙的。万籁俱寂，远方的声音也变得近了，清晰了：院子里咕咕的鸡叫声，还有远处房屋的关门声。

他们在棚子里看见了小马：是霍比特人中意的那种结实的小兽，速度虽不快，但干一整天活不在话下。他们骑着马，没多久就进到雾里边，而这雾不情不愿地在他们面前打开，又迫于无奈地在他们身后关上。几个人慢腾腾、一言不发地走了差不多一个钟头之后，高大、结满银色蛛网的树篱突然出现在近前。

弗雷德加问:“你要怎么通过这里?”

“跟我来!”梅里说，“然后你就知道了。”他沿着树篱左转，很快便来到一处内弯，通往凹地的边缘。离树篱一段距离的地方开了个口子，斜斜地通到地下。通道两侧砌有砖墙，先是小角度向上，又陡然拱起，形成隧道，深深地潜入树篱下面，又从凹地另一侧通了出去。

小胖博尔杰停下步子。“佛罗多，再会！希望你别去老林子。希望你别在天黑之前就落到需要拯救的地步。不过，祝你好运——今天以及每一天!”

“只要没有比老林子还要糟糕的东西等在前面，那我就不会太倒霉。”佛罗多说，“让甘道夫早点走上东大路：我们也会尽快返回道上的。”

“再会!”他们喊道，然后骑马下了斜坡，进了隧道，消失在弗雷德加眼前。

通道里又黑又潮湿。另一侧出口有一扇镶着厚厚铁条的大门，此刻紧闭着。梅里下马打开大门，待众人通过又把门关上。大门“咔嗒”一声关闭，门锁也“咔嚓”一声锁上了。这声音听着有种不祥感。

“好了!”梅里说，“你们已经离开夏尔，来到夏尔外头的老林子边缘了。”

“老林子的故事是真的吗?”皮平问。

“我不知道你在说哪个故事，”梅里回道，“如果你指的是小胖的护士以前给他讲的那些老掉牙的妖怪故事，什么半兽人啊，狼之类的玩意儿，那我只能说是假的。我一点儿都不相信。不过老林子的确挺古怪的。里边的所有东西都更有生命力，更能察觉周遭的情况，要说的话，比夏尔的生物更厉害。那儿的树不喜欢陌生人。老林子里的树会观察你。一般来说，光是观察你就能让它们心满意足，因此它们不会做别的事情——不过这是白天的情况。偶尔的时候，树里边最不友好的那一类可能会朝你扔树枝，拿树根绊人，或者用长长的树枝抓你。可到了晚上，情况可能就会变得吓人得不得了，反正我是这么听说的。天黑之后，我只来过这边一两次，不过也只是去靠近边缘的位置。我猜，那些树可能会窃窃私语，用我们听不明白的语言交换信息和阴谋；树枝会摇晃、摸索，无风自动。确实有人说过这些树会动，会包围陌生人，把他们困在里边。事实上，许久以前它们攻打过树篱：它们移动过来扎根在树篱旁边，然后抵在树篱上。不过霍比特人砍了几百棵树，又在森林里点了巨大的火堆，把树篱东边一长条的地方都给烧掉了。自此之后，它们虽然放弃了进攻，却变得十分不友好。当初点燃大火堆的地方就在进林了不远处，如今依旧是一大片光秃秃的空地。”

“危险的只有树吗？”皮平问。

“老林子深处乃至另外那头有许多古怪的东西，”梅里回道，“至少我是这么听说的；可我一次都没见着过。不过，有什么东西在开路。无论你什么时候进老林子，总是能找到显眼的小道；可它们似乎时不时就会以古怪的形式变换位置。有这么一条、或者说曾经相当长一段时间里有这么一条颇为宽敞的道路，就起始于隧道不远的地方，它通往焚林地，差不多就是我们这个方向偏东及略微偏北的方向。我准备去找找这条路。”

几个霍比特人出了隧道大门，朝宽阔的洼地走了过去。远处隐约有一条小路通向老林子里边，隔着树篱约有一百码的样子；一旦进了林子，道路便迅速消失无踪。回头望去，从四周已然密集起来的枝干中间，他们能看见树篱形成的黑色线条，往前看只能看见大小不一、形状各异的树干：或直或弯，扭来扭去，还有斜倚的、矮胖的、细长的、光滑的或者虬结的。所有的枝干不是绿色便是灰色，长满了苔藓和黏稠、蓬松的东西。

只有梅里看起来无比快乐。“你赶紧带头，找到那条路。”佛罗多告诉他，“别把谁给搞丢了，也别忘记树篱在哪边！”

他们在林子里选了个方向前进，小马一步一踱地小心躲避四周扭曲交错的树根。灌木丛是一点儿也见不着了。地势平缓抬起，随着他们的行进，树木也变得愈发高大、阴暗和茂密起来。除了偶尔有水珠滴落静止的树叶，四下里一片寂静。树枝间这会儿也没有窃窃低语或者移来动去的情况；不过他们都有种不舒服的感觉，像是有什么正用非难乃至厌恶和敌视的眼神注视着他们。这种感觉越来越强烈，他们开始快速抬头往上或者别过头往后看，好像在戒备着突然而来的袭击。

前方依旧没有任何道路的痕迹出现，树木似乎也开始不断挡住他们的去路。皮平一下子受不了了，毫无征兆地大喊出口。“喂！喂！”他喊道，“我啥都不会做。放我过去，行不行！”

其他人愕然止步，那喊声像是被厚厚的幕布遮住了。没有回音也没有答话，不过树林似乎变得比刚才更加拥挤和警惕。“换成我就不会叫喊，”梅里说，“弊大于利。”

佛罗多开始怀疑还能不能找到通路，也开始质疑自己带着其他人进入这片令人憎恶的森林到底该不该。梅里左右看着，似乎已经不知道要怎么走，被皮平察觉了。“要不了多久你就该弄丢我们了。”他说。梅里这时却松了一口气，直直指着前方。

“好吧，好吧！”他说，“这些树确实在动。焚林地就在我们前面（我希望如此），可过去的路好像挪走了！”

越往前走，光亮就越清晰。突然间，他们走出了林子，来到一片宽阔的环形空地。头顶上便是那清亮、湛蓝的天空，直叫众人啧啧称奇——林深叶茂的老林子让他们看不见清晨的到来和雾气的消散。不过，日头也只是照着树顶，还没有高到能直射空地。焚林地边缘的树叶更厚、更绿，简直像堵厚实的墙壁围了一圈。空地里一棵树都没有，只漫无章法地长着野草和许多长长的植物：长茎、焉答答的毒芹和峨参，从蓬松的灰烬中萌芽的柳兰，还有肆虐的荨麻和蓟草。这地方乏味无比，可经历了那封闭的老林子，这里简直就是座迷人、讨喜的花园。

几个霍比特人倍受鼓舞，满怀希望地抬头看着天上日光渐宽。空地另一头的树墙间有处缺口，连着一条通畅的小道。他们能看见这条小道一直延伸进树林，路面不时会变得宽敞、透亮，不过偶尔会有树木凑近，用阴暗的树枝遮挡住它。他们骑着马走在这条小道上，仍旧是缓缓地爬着坡，不过如今的速度已经快多了，心情也平复了不少。在他们看来，这是老林子放了他们一马，到底还是会让他们畅通无阻地过去。

然而，没过多久，空气变得闷热起来。两旁的树再度围了过来，远一点的地方也看不见了。他们再度感受到了树林的恶意迫近，而且前所未有的强烈。四下里一片死寂，小马踩上枯叶的声音，还有偶尔绊上隐蔽树根的声音，听在他们耳朵里都跟惊雷似的。佛罗多想唱首歌来激励大家，声音却低得仿佛在耳语。

噢！阴影之地的流浪者
莫要绝望！身处黑暗处，
林深终有行尽时，
但见日头天上过：
日升日落，天黑天明。
莫管它东西南北，
林深终有退让时……

退让——他唱出这个词的时候，歌声也退让给了沉寂。空气沉重到好像说话都吃力得紧。老树上落下一根巨大的树枝砸在小道上。树林似乎在封锁他们的去路。

“它们不喜欢那些结束和退让之类的词。”梅里说，“这会儿先别唱了。等我们真走到林子尽头，再转头给它们来个激情大合唱！”

他的语气很欢快，就算再怎么焦虑，他也没表现出来。其他人并没有回答，他们的情绪十分低落。佛罗多的心头着实压上了沉重的负担，每走一步都在后悔自己为啥要想着来挑战这些树的恶意。他本来差不多要打退堂鼓了（倘若还能够的话），情况却突然有了转机。阴暗的树林向两侧分开，前方的道路看着几乎成了笔直的一线。在他们前面稍远的地方，一座不长树的绿色山顶，如光头一般从四周的树林中冒了起来。这条小道似乎直通那里。

他们此刻再度加快脚步，开心地想要爬到高出树冠的地方待一会儿。小道向下行了一阵，又再度往上爬升，最后带着他们来到陡峭的山坡脚下。小道在那里远离了树木，又渐渐在草地里没了踪影。围绕着山丘的树林像茂密的头发，在一圈剃光的树冠处戛然而止。

几个霍比特人牵着小马绕了一圈又一圈，终于爬到山顶，站在那里四处张望。阳光在空气中闪烁发亮，又显得雾蒙蒙的，再远一些的地方完全看不清。手边位置的雾气倒是几乎散光了，只零零星星在森林的凹处还留着一点；而他们南边的位置，就在一处正好切过森林的深沟里，浓雾仍旧像蒸汽或者缕缕白烟一般往外冒着。

“那边，”梅里用手指着，“那里是柳条河沿线，那条河从古冢岗流出来，又朝西南方向流过老林子中间，在篱尾下面汇入白兰地河。可别走那个方向！他们说，整个老林子最古怪的地方就是柳条河谷——可以说，所有的古怪玩意儿都是从那儿来的。”

其他人纷纷看向梅里指的方向，可能看清的只有潮湿深谷上的迷雾；山谷再过去的地方是老林子的南部，却是完全看不着。

山顶这会儿渐渐热了起来，时间多半已经是中午十一点左右；秋雾仍然碍着他们，看不太分明其他方向的东西。他们看不见西边树篱的边界，更看不到再远一些的白兰地河河谷。他们又满怀希望地望向北边，却连要去的东大路的半点景象都见不着。他们仿佛身处树海中的孤岛，地平线一片云遮雾绕。

东南侧的地面陡然下降，仿佛山丘的斜坡在树林之下继续向前延伸了很远，就像真有山脉从深海中升起，而斜坡就是两侧的岛岸。他们坐在边缘的绿地上，一边眺望着下方的树林，一边吃起了午饭。随着日头越来越高，时间也过了午后，他们看到远处东边的古冢岗那灰绿色的线条横在老林子那头。这景象让大家倍受鼓舞；毕竟，总算能看见除了树林边缘之外的东西，虽说有选择的话，他们并不打算走那个方向：在霍比特人的传说中，古冢岗的邪门程度可是跟老林子不相上下。

最后，他们终于鼓起劲来继续走。一路领着他们上山的那条小道又在北边出现；不过，没过多久，他们发现那条小道缓缓拐去了右边，于是便不再跟着它走。小道很快迅速下行，他们猜这路其实多半是朝柳条河谷那边去的：完全不是他们要走的方向。一番讨论过后，他们决定离开这条误导人的小道，朝北边前进；虽然没能在山顶上看见，但东大路肯定在那边，相差不会太远。同样是北边，小道左侧的土地似乎更干燥、开阔，沿上坡路往上的树林也更稀疏，松树、冷杉取代了稠密树林里生长的橡树、梣树和其他怪异又叫不出名字的树。

一开始，他们的选择似乎是对的：行路的速度倒是挺快，不过每回他们在开阔地抬头看太阳，总感觉自己莫名其妙地偏向了东边。过了一阵子，就在远处看着似乎更稀疏、没那么纠结的地方，树木再度围拢过来。接下来，一条条深沟——如巨型车轮碾出的车辙，又如废弃已久的宽阔护城河和下陷的道路，荆棘丛生——也开始跟他们不期而遇。这些沟壑通常直直地横在他们前进的路上，必须爬下爬上才走得过去，实在是麻烦得紧，再加上还得牵着小马，更是平添许多困难。每次他们爬下沟底，里边总是密密麻麻地长满灌木和牵牵扯扯的矮树丛。也不知为何，往左永远走不通，非得向右才能开出道来；每回都得在沟底走上老长一段路才能找到地方爬上对面。每次他们爬上了沟，树木总会变得更深沉、阴暗一些；每次左拐开路也最为艰难，他们被逼迫着向右、向下前进。

一两个钟头后，他们是彻彻底底地找不着北了，只知道自己前进的方向早已不是北方。他们一直遭遇各种阻拦，只得顺着为他们选好的路前进——向东然后向南，深入而非走出老林子的中心。

等他们磕磕绊绊地爬下一道比之前那些还要宽、还要深的沟时，整个下午都要过完了。沟壁十分陡峭，又是喇叭形，无论向前还是向后，想要牵着马、带着行李爬上去几乎不可能，只能沿着沟往下走。地面越来越软，有些地方则成了泥潭；两侧的沟壁有泉水流淌出来。很快，他们发现自己循上一条杂草丛生、流水潺潺的小溪。地势开始迅速下降，水势也愈发汹涌、嘈杂，扑腾着朝山下奔涌。他们身处的溪谷变得昏暗，头顶被高处的树木全给遮住了。

几人跌跌撞撞地沿着溪流走了一段，突然出了那片阴暗，仿佛穿过一扇大门似的，又回到阳光下。来到开阔处后他们才发现，走出来的地方是一条裂缝，开在一道陡峭得近似悬崖的坡上。坡脚处有一片满是青草和芦苇的开阔地；远处能瞥见另一道陡峭异常的坡。傍晚的金色阳光照耀着这片隐秘之地，晒得人暖暖的，乏劲儿都上来了。这片开阔地的正中央懒洋洋地蜿蜒着一条棕色的暗河，古老的柳树画边界似的长在岸边，弯弯的柳枝拱住天空，又有倒下的柳树拦在河里，水面荡着无数枯萎的柳叶。空中也全是柳叶，在枝条上飘着斑驳的黄；一阵温暖的和风拂过山谷，吹得芦苇沙沙作声，柳条也吱咯响个不停。

“好吧，至少我现在知道我们在哪里了！”梅里说，“我们跟计划要走的方向差不多完全反了。这里是柳条河！我要去探索一下。”

他走到阳光下，消失在了长草丛里。没过一会儿，他回来汇报说悬崖脚下到小河之间的地面很结实，某些地方还有坚实的草地一路长到河边。“另外，”他说，“沿着小河这一侧好像有一条似乎是小径的歪扭小路。如果我们左拐顺着它走，最后应该能从老林子的东边穿出去。”

“我信你！”皮平说，“前提是这路真走得了那么远，也不会把我们给领进哪滩沼泽，进而陷在里边。你觉得这路是谁踩出来的，又是为了什么呢？我担保肯定不是为了我们好。这座森林，还有所有这森林里的东西，我真是越来越怀疑，我开始相信跟老林子相关的所有故事了。我们究竟还要朝东走多久，你真的知道吗？”

梅里说：“我不知道。我完全不知道我们到底是到了柳条河的哪一段，也不知道究竟是谁经常跑到这儿来，还踩出了一条路。可是，不管我怎么看，怎么想，这是唯一的法子了。”

几人无计可施，只得鱼贯而行，由梅里领着去了他找到的那条小路。茂密的芦苇和青草随处可见，有几处甚至高到没过他们的头顶；不过，一旦走上了小路，路径就变得好找起来：这条路弯来拐去，总是选着沼泽和水潭间的坚实地面向前延伸。它穿过几条小河沟——是从高处的林地沟壑里出来的，流向柳条河——每到路与河沟的交叉点时，河沟上都会仔细地架着树干或者成捆的灌木。

霍比特人感觉到了炎热。各式飞虫一群群在他们耳边嗡嗡作响，傍晚的阳光也在背后炙烤着他们。最后，他们突然碰上了一片薄薄的树荫，是小路上方横过的巨大灰色树枝投下来的。他们的步子越走越艰难，睡意仿佛从地里爬出来、从天上落下来似的，爬上了他们的腿，飘入他们的脑袋和眼睛里。

佛罗多感觉自己的下巴越垂越低，脑袋也点起了地。前面的皮平直接跪在了地上。佛罗多停了下来。“不行，”他听见梅里说，“不休息一步都走不动了。得打个盹儿。柳树下面凉快，飞虫少！”

佛罗多不怎么喜欢这话。“加把劲儿！”他喊道，“还不到打盹儿的时候。我们得先离开老林子。”可其他人已经困到完全不在乎了。站在他旁边的山姆打着呵欠，恍惚地眨着眼睛。

佛罗多也突然感到睡意席卷而来，脑子里一片混乱。空气里这会儿似乎一点儿声音都没有。飞虫的嗡嗡声停下了，耳旁依稀传来一种轻柔的声音、一种细微的震颤，仿佛是悄声吟唱的歌曲，仿佛来自头顶上的大树枝。他抬起沉重的眼皮，看见一株老态龙钟的巨大柳树朝他弯下了腰。这棵柳树硕大无比，横生的枝干像是前伸的手臂，连着许多手指细长的手掌。它那扭曲虬结的树干裂开了许多宽缝，随着枝干的动作发出细微的吱嘎声。那迎风招展的叶子晃得他眼花缭乱，他头晕目眩地栽倒在了草地上。

梅里和皮平拖着身子走近柳树，背靠树干躺下。树干摇动、吱嘎响着，树上的巨大裂缝也越开越大，把他俩吞了进去。他们看着灰黄的柳叶在阳光下轻柔地晃动，还唱起了歌。倘若闭上眼睛，似乎真能听见歌词：凉爽的词句，唱着关于河水和睡眠的歌。他们顺从了咒语，在巨大的灰色柳树脚下熟睡过去。

佛罗多在地上躺了一阵，抵抗着企图压倒他的睡意；他费了一番工夫，总算站起身，又开始强烈地渴求着清爽的河水。“山姆，等我一下，”他口齿不清地说，“必须泡一会儿脚。”

他游魂般走向柳树靠河的一侧，那里有巨大的树根蜿蜒伸进水中，好像许多疙疙瘩瘩的幼龙在喝水。他跨坐上其中一节树根，在凉快的棕色河水中荡着发烫的脚，然后就这么突然背靠着树睡了过去。

山姆挠着脑袋席地而坐，老大一个哈欠打得嘴巴都张成了山洞。他忧心忡忡：都快到傍晚了，这突如其来的困意让他感觉很离奇。“可能不光是阳光和暖风的缘故，”他咕哝着自言自语道，“我不喜欢这棵大树。我不信任它。听听它这会儿唱的睡觉歌！这怎么能行！”

他强自站起身，踉踉跄跄地前去查看小马的情况。他发现有两匹小马沿着小路已经走了老远；他刚逮住它们带回来，跟其他小马牵在一块儿的时候，突然听见两声动静：一声很响亮，另一声比较轻柔，但清晰依旧；响亮的是重物落水溅起水花的声音，而轻柔的则像是门悄悄关上时落锁的咔嗒声。

他赶快跑回河岸。佛罗多在靠近岸边的水里，一条巨大的树根似乎想把他压进水下，可他一点儿都没有挣扎。山姆抓着外套把他从树根下面拖了出来，又艰难地拽上了岸。他几乎立刻就醒了过来，又呛又喷地吐着水。

“山姆，你知道吗，”他终于讲出了话，“这棵可恶的树把我丢进了水里！我感觉到了。大树根就这么卷着把我丢了下去！”

“我猜你是做梦了，佛罗多先生。”山姆说，“你困的时候就不该找这种地方坐。”

“其他人呢？”佛罗多问，“我好奇他们又做了什么样的梦。”

他们绕树走了一圈，山姆突然明白他听见的咔嗒声是从哪里来的：皮平不见了。他靠着的那道裂缝合拢了，一丝缝隙都见不着。梅里则是被夹住了：另一道裂缝在他的腰上合拢，他的腿伸在外面，上半身却陷进边缘如钳子一样钳住他的漆黑洞口。

佛罗多和山姆先敲打着皮平之前躺过的位置那树干，又疯了一般想拉开钳住可怜的梅里的那道缝隙，然而几乎没什么用。

“这都是些什么邪门事！”佛罗多失控地叫道，“我们为什么要进来这可怕的森林？真希望我们都回克里克洼待着！”他也不管会不会伤到脚，使出全身的力气踢着树。一阵几乎难以察觉的抖动从树干传到了树枝；树叶哗哗作响，开始窃窃私语——听着倒像是种微弱又遥远的笑声。

“我猜，我们的行李里面没有斧子吧，佛罗多先生？”山姆问。

“我带了把劈柴火用的小短斧，”佛罗多说，“估计帮不上忙。”

“等下！”山姆嚷嚷着，叫柴火这个词激发出了灵感，“我们或许可以用火烧！”

“或许吧，”佛罗多不置可否，“我们或许还能把里边的皮平给活活烤熟了。”

“我们或许可以先试试弄疼或吓唬这棵树。”山姆恶狠狠地说，“它要是不放了他们，我就放倒它，哪怕得用嘴去啃。”他跑向小马，又带着两匣火柴跟一把小短斧飞快返回。

他们迅速收集了一些干草、枯叶和树皮碎片，又把断枝丫跟砍碎的树枝放成一堆，堆在远离两个“俘虏”的那侧树干。山姆在引火物上划着火柴，干草下一刻就燃了起来，火焰和烟雾随之出现。细枝丫噼啪作响。小小的火焰手指掠过古树，烤焦了干燥的树皮。整棵柳树颤抖起来，头顶的树叶好像发出了痛苦和愤怒的嘶嘶声。梅里尖叫出声，柳树深处也传来皮平沉闷的叫喊。

“扑灭！快扑灭！”梅里喊道，“它说不把火扑灭，就要把我挤成两半！”

“谁？什么？”佛罗多喊着，一边绕着冲到树的另一边。

“灭火！灭火！”梅里哀求道。柳树的树枝开始疯狂摇摆，有风声般的声音出现，又扩散到周围其他所有树的树枝间，仿佛他们朝安详沉睡的河谷里扔了一块石头，激起了愤怒的涟漪，这涟漪又扩散至整片老林子。山姆踢散小火堆，踩灭了余火。而佛罗多呢，就连他自己也想不明白，也不知道自己期待什么样的反应，却依旧顺着小径奔跑起来，一边大喊着："救命！救命！救命！"他似乎完全听不见自己尖声的呼喊：他的喊声刚一出口，就被柳树的风刮走，淹没在柳叶的喧嚣声里。他感到绝望，感到走投无路、无计可施。

突然间，他停住了。他听到、或者说他觉得自己听到了回应；可是，这回应声好像是从背后传来的，远在老林子里，在小径的来处那边。他转身倾听，很快就确信无疑：有什么人在唱歌，是个低沉、高兴的声音在漫不经心地快乐歌唱，可歌词却是胡话连篇：

嘿咚咚！快乐咚！敲钟当当咚！
敲起钟！跳跳蹦！柳树倒了咚！
汤姆邦，开心邦，邦巴迪尔邦！

佛罗多和山姆此时定在原地，又是期待，又是担心来者不善。突然间，一长串胡言乱语（在他们看来）的歌词后，那声音突然拔高，响亮又清晰地迸出了这么一首歌：

嘿！快乐来呀咚！得里咚！亲爱咚！
风儿轻轻起，八哥儿羽毛飞。
顺着山儿坠，阳光里闪晶晶，
门阶苦苦等，等那星星辉，
是那河婆女，我的心上人，
细比柳条枝，清胜河中水。
老汤姆·邦巴迪尔带着那睡莲

蹦蹦跳跳回家来。他的歌声可曾闻？
嘿！快乐来呀咚！得里咚！快活噢，
金莓呀金莓，快活的黄莓噢！
可怜的柳树老头儿，收起那绊人根！
汤姆可得赶路啦。夜晚就快来啦。
汤姆可得快回家，再带着睡莲呀。
嘿！快乐来呀咚！我的歌声可曾闻？

佛罗多跟山姆像中了咒似的原地站着。风呼呼地刮，树叶再度沉寂下来，挂在僵硬的树枝上。又是一阵歌声陡然而起。沿着小径旁的芦苇丛，蹦蹦跳跳地突然出现一顶破帽子，那帽顶高高的，帽带上插着一根长长的蓝羽毛。又是一下蹦蹦跳，一个男人（似乎是）出现在视线里。无论怎么看，他都太大、太重，不像霍比特人，可又没大种人那么高，嗓门倒是跟他们差不多。他的粗腿踏着双巨大的黄靴子，在青草和灌木里横冲直撞，活像头赶着喝水的奶牛。他穿着一件蓝色外套，一脸长长的棕色胡须；眼睛又蓝又亮，脸颊红得像熟透的苹果，却让笑容惹得满脸皱纹。他手上的一大把叶子像是个托盘，上面托着一小堆睡莲。

"救命！"佛罗多和山姆一边叫喊，一边挥着手朝他跑了过去。

"喔哦！喔哦！停下！"老人抬起一只手唤道。他们猛然停住，像被一拳给揍僵在原地。"那么，小朋友们，你们喘得跟风箱一样，这是要上哪里去哇？发生什么事啦？你们可知道我是谁？我是汤姆·邦巴迪尔。告诉我你们有什么麻烦！汤姆正在赶时间。可别压坏了我的睡莲！"

佛罗多上气不接下气地说："我的朋友被柳树抓走了！"

"梅里少爷被夹在树缝里了！"山姆喊道。

"啥？"汤姆·邦巴迪尔叫道，跳了起来。"是柳树老头儿？糟透了吧？马上就能解决。我知道那家伙唱的哪门子戏。这柳树老灰头儿！再不放规矩点儿，看我不冻僵它的树芯。我要唱得它树根都断掉，唱得刮起风来，把它的枝叶全吹走。这柳树老头儿！”

他小心翼翼地把睡莲放在草地上，朝柳树老头儿跑了过去，看见梅里的脚还支棱在外面，其他部分都已经被吸进了树里。汤姆凑上裂口，对着里边用低沉的声音唱起歌来。他们听不懂歌词，但梅里显然被唤醒，蹬起了腿。汤姆蹦到一旁折了根吊着的树枝，抽打柳树的侧面。“快放他们出来，柳树老头儿！”他说，“你在想些什么东西？你不该醒过来的。吃点儿土！深扎根！喝点儿水！快睡觉！听邦巴迪尔的！”然后，他抓着梅里的脚，把他从突然洞开的裂口中拖了出来。

一声撕裂般的咔嚓声传来，另一处裂缝也张了口子，皮平像是被蹬了一脚似的从里边蹿出来。一声巨响过后，两道裂缝紧紧地闭上了。一阵颤抖从树根传到了梢尖，然后彻底安静下来。

霍比特人一个接一个地说：“感谢您！”

汤姆·邦巴迪尔大笑出声。“好了，我的小朋友们！”他说着，弯下腰来注视着他们的脸，“你们应该跟我一块儿去我家！餐桌上可是摆满了黄奶油、蜂蜜、白面包和黄油。金莓在等着呢。晚饭桌上的时间足够问问题了。跟在我后面，能走多快就走多快！”说完，他拾起睡莲，招了招手，沿着小径朝东边蹦蹦跳跳而去，仍旧大着声胡乱唱起了歌。

吃惊过头又放心过头的霍比特人一时间讲不出话，只得用最快的速度跟在他后面，然而还是走得不够快。汤姆很快在他们前面消失，歌声也变得越来越低，越来越远。突然间，他的声音伴着一声嘹亮的“哈喽！”又飘回他们耳边。

蹦啊跳，我的小朋友，顺着柳条河！
汤姆走前头，要把那蜡烛点。
太阳已西沉：马上就要摸黑啦。

等那夜幕降，自有那家门开，

窗前烛光闪，去往那窗外照。

莫怕那黑桤树，莫愁这灰柳木！

更别怕这枝与根！汤姆就在前头走。

嘿嘿！快乐咚！家中静候各位来！

之后霍比特人再没听见声音。太阳几乎立刻沉入他们背后的树林。他们想到了傍晚斜倚着照在白兰地河上的夕阳，想到了雄鹿镇窗前渐渐亮起的千百盏灯。巨大的阴影落在他们前面，树干和树枝在小径上制造着黑暗和威胁。腾起的白雾在河面盘旋，在河边的树根间弥漫。就在他们脚下的地面，一股模糊的蒸汽升起，融入迅速降临的暮色中。

分辨小径变得困难起来；他们也早已疲惫不堪，腿跟灌了铅一样。两旁的灌木和芦苇丛传来种种鬼鬼祟祟的声音；倘若抬头看向暗淡的天空，他们会看见许多扭曲、多节的怪异面孔，在暮色的映照下显得阴沉沉的，从树林边缘的高岸上不怀好意地看着他们。他们开始觉得这片乡野一点儿都不真实，他们像是在不祥的梦境里跌跌撞撞，却怎么都醒不过来。

就在感觉脚挪不开步子的时候，他们注意到地面开始缓缓向上，河水也变得淙淙有声。黑暗中有白色的水泡泛着微光，那是河水流过的一处小小瀑布。树林霎地到了头，雾气也一块儿停下了。他们走出森林，发现面前是一大片宽阔的草地。变得狭窄而湍急的河水欢快地跳下来迎接他们，在已然繁星点点的天空下四处闪烁着星光。

他们脚下的草又短又齐，像是被修剪过。背后森林的树冠被修葺得如树篱一般平整。眼前的小径十分笔直，路况良好，还铺上了石子。它蜿蜒着通往一座草丘的顶上，被星光照成了灰色；再远处的地方有另一个斜坡，斜坡高处有一栋灯火闪烁的屋子。小径再度下行，然后攀着一座草皮齐整的山坡继续往上，朝着灯光挺进。屋门忽然打开，一片明亮的橘黄色光线从门里倾泻出来。上坡，下坡，走到山脚，汤姆·邦巴迪尔的屋子就在面前了。一座灰扑扑、光秃秃的陡峭山肩矗立在屋子后面。山肩那一头，隐入东边黑夜里的暗沉影子，正是古冢岗。

只见几个霍比特人带着小马，脚步匆匆地往前赶。疲惫不见了一半，恐惧全给丢在了脑后。嘿！快乐来呀咚！歌声召唤着他们。

嘿！快来得里咚！跳跳蹦，我的朋友啊！
霍比特！小马驹！齐齐聚，欢乐满堂呀！
乐事正开场，大家一起来，共把欢歌唱！

另一道像春天一样年轻和古老的清亮声音，好似山间从明媚清晨欢快淌至黑夜的一曲流水之歌，如落银般响起，迎接着他们：

乐事正开场，大家一起来，共把欢歌唱
唱那日与星，月和雾，落雨跟阴云，
阳光新芽落，露珠羽毛挂，
风吹山头阔，石楠铃铛花，
芦苇凉池伴，睡莲水面横：
汤姆·邦巴迪尔跟河婆之女！

一曲唱毕，几个霍比特人也正好来到门口，笼罩在了金黄色的灯光之中。

·第七章·

汤姆·邦巴迪尔之家

迈过厚厚的石头门槛，四个霍比特人眨巴着眼睛停下脚步。他们正身处一间又长又矮的房间，屋梁上的灯晃动着洒下光线；黄色的长蜡烛一根根立在抛光的深色木桌上，一片明亮。

房间尽头正对门的椅子上坐着一位女士。她满头金发如波浪般散在肩上，身着一件绿得仿佛嫩芦苇的袍子，上面点缀着银色的露珠，腰间系一条金腰带，形似一串鸢尾花，饰着眼睛般的淡蓝色的勿忘我。她脚边摆着一个个绿棕相间的大瓷盆，盆里漂着朵朵睡莲，让她好像端坐在了水中央。

“贵客到了，快请进！”她说。几个霍比特人也立即反应过来，原来那清亮歌声的主人正是她。他们怯生生地挪了几步，埋头便鞠起躬来；这场景，仿佛他们到一处小屋讨水喝，结果应门的竟是位鲜花为裳的年轻精灵女王，让他们感觉既怪异又尴尬。四人还没来得及说话，只见她身姿轻盈地一跃而起，一脸带笑地越过睡莲盆跑向他们；她的袍子轻柔摩挲着，好似河岸边风中摇曳的花朵在沙沙作响。

“来吧，亲爱的朋友！”她拉住佛罗多的手说，“笑起来，乐起来！我是金莓，河流之女。”她轻快地穿过他们关上大门，转过身来张开白皙的双臂。“让我们把黑夜关在外面！”她说，“也许你们还在怕那迷雾、树影、深水和那些野性未驯的东西。没什么好怕的！今晚你们住的可是汤姆·邦巴迪尔之家！”

四个霍比特人惊讶地看着她；她也微笑着挨个儿看回去。“美丽的金莓女士！”佛罗多最先开了腔，感觉自己的心叫一种无法理解的喜悦触动。他呆立着，像回到了以前为美妙的精灵之声而沉浸的那些时日；可此时施在他身上的却又是另一番咒语：这喜悦中少了些热切和崇高，却更深入和贴近平凡人的心灵；它令人惊叹，却又不显突兀。“美丽的金莓女士！”他又讲了一遍，“藏在那歌声里的快活，这下可让我瞧了个明白。”

细如柳条枝，澄如清泉水！
芦苇傍活泉，美丽河之女！
四季往复去，春去春又来！
风吹鸣泉落，叶动笑声起！

他突然打住，又磕巴起来，震惊于自己竟然能讲出如此话语。可金莓却大笑出声。

“欢迎光临！”她说，“真没看出来，夏尔人的嘴这么甜。我认出你是位精灵之友，你眼中的光彩和话里的回音告诉了我。真是场快乐的相会！快请坐，等着主人来！他正在照料你们那些疲惫的小马儿，耽搁不了多久的。”

霍比特人快活地坐在低矮的灯芯草垫椅子上，金莓则忙着张罗餐桌；他们的眼睛跟着她动来动去，因她动作里的纤细优雅感到平静和喜乐。他们不时就能听见屋子后面某个地方传来歌声，唱着许多“得里咚”“快乐咚”“敲钟叮叮咚”，还有这样的句子：

老汤姆·邦巴迪尔是个快活人；
外衣亮又蓝，靴子染作黄。

“美丽的女士！”过了一会儿，佛罗多问道，“恕我鲁钝，可否告诉我汤姆·邦巴迪尔究竟是什么人？”

“他呀！”金莓停下了动作，微笑起来。

佛罗多一脸疑惑地看着她。“正如你们所见，”她注视着前者的眼神回答，“他是树林、河流和山丘之主。”

“所以，这块奇异的土地都属于他喽？”

“并非如此！”她回道，笑容渐隐。“那可就成负担了。”她补了一句，仿佛在对自己说，“在这片土地上生长和存在的那些树木、青草和所有东西，都属于它们自己。汤姆·邦巴迪尔是主人。老汤姆不分日夜地在森林行走，在河流跋涉，在山顶跳跃，却没人能抓到他。他无所畏惧。汤姆·邦巴迪尔是主人。”

汤姆·邦巴迪尔打开房门走了进来。他这会儿没戴帽子，一头浓密的棕发上顶满了秋叶。他哈哈笑着走向金莓，握住了她的手。

“瞧瞧我可爱的女士！”他说着，朝霍比特人鞠了个躬，“瞧瞧我的金莓这满身的银绿，瞧瞧她腰带上的花儿！餐桌可摆好了？我瞧见了黄奶油、蜂蜜、白面包和黄油，牛奶、奶酪，还有采来的野菜和熟莓果。这些够吃了吗？晚饭已备妥了吗？”

“晚餐备好了，”金莓说，“不过客人们或许还得再准备准备？”

汤姆拍着手嚷道：“汤姆，汤姆！客人们可是疲倦不已，你却差点儿忘光了！快来，亲爱的朋友们，让汤姆帮你们精神起来！快去洗一洗你们灰尘扑扑的手和倦意满满的脸；脱下那沾满泥的斗篷，梳一梳打结的头发！”

他打开屋门，带他们走了一小段路，转了个急弯，来到一处斜屋顶的矮房间（像是小棚屋，建在房子的北角）：墙壁是由干净的石头砌成的，不过大多遮上了绿毯黄帘；地面铺着石板，又覆上了新鲜的灯芯草。房间一侧排着四张带着白毯子的厚床垫。对面的墙边有一张长椅，上面摆着好些大陶盆子，边上立着几尊装水的棕色罐子，冷水和热气腾腾的热水都有。每一张床旁边都摆着双软绵的绿色拖鞋。

霍比特人迅速洗漱完毕，两两成对上了桌，金莓和主人则分坐餐桌两头。这顿饭快快乐乐地吃了许久。尽管霍比特人如饿狼般胡吃海塞，吃食仍旧是够的。他们杯里的饮品看似清如水，喝到嘴里却像酒一般，让话匣子全打开了。客人们这才发现，自己已经快活地唱了起来，比说话似乎来得还要轻松自然。

最后，汤姆和金莓起身迅速收拾了餐桌。客人们则被下令老实坐着别动，还给安排坐在了带歇脚凳的椅子上。他们面前宽大的壁炉里生着火，火里散发着一种香甜的气味，有点儿类似苹果木的味道。等到一切收拾妥当，房间里的光亮也全熄灭了，只留了一盏灯和烟囱架两头分别点着的一对蜡烛。金莓手持一支蜡烛走到他们面前，挨个儿祝福他们晚安好眠。

她说：“那么，祝大家一觉睡到天亮，不用担心夜间的动静！除了月光、星辉和山顶吹来的风之外，没有任何东西会经过门外。晚安！”伴着丝丝光亮和沙沙的声响，她走出了房间。静夜时分，溪水轻轻淌过清凉的石块流下山去的动静，便是她的脚步声。

汤姆无言地在他们旁边坐了一会儿，几个霍比特人都在努力鼓起勇气，想询问本该在晚餐时间的许多问题。睡意让眼皮渐渐沉重了起来，最后还是佛罗多出了声：“主人，您是听见了我的呼喊，还是说您那会儿只是正巧出现？”

汤姆身子一颤，像是美梦让人叫醒了似的。“啊，怎么了？”他问，“我是不是听见你呼喊了？没有，我没听见：我一直在唱歌呢。倘若你管它叫正巧的话，那我确实是正巧到了那儿。虽然我没有这么计划过，不过倒确实是在等你。我们听闻了你的事，知道你在漫游。我们猜，你应该要不了多久就会来到河边：所有的路都通向那里，下到柳条河。柳树灰老头儿可是个强大的歌手，平常人很难逃出他狡猾的迷宫。不过，汤姆在那里有要事要办，他可不敢阻拦。”汤姆脑袋微点，仿佛又陷入了梦里。不过，他用低柔的声音继续唱道：

彼处我将差事办：采那水中睡莲花，
撷此绿叶白莲花，献予我这心上人，
要赶年末冬来前，护莲避那风雪寒，
莲花盛开玉足边，静候雪融春复来。
岁岁年年夏末时，愿为伊人寻花去，
深潭宽泉活水上，柳条河畔顺流下；
花开先筹春刚至，花落却是夏末迟。
初识河女此泉边，相去已是经年时，
名唤金莓容颜浅，端坐灯草美如画。
歌喉婉转甜如蜜，心声鼓擂响如鸣！

他睁开眼看着他们，眼神中忽有蓝光闪过：

对你们而言还算真不赖——我就此不再

年末深入林水畔，年初路过老柳地，
且候春花灿烂时，河流之女姗姗来，
柳径翩翩池前舞，玉体纤纤泉中浴。

他再度沉默下来。佛罗多忍不住又问了一个问题—— 一个他再想知道不过的问题。“请跟我们讲讲，主人，”他说，“讲讲柳树灰老头儿的事情。他究竟是谁？我以前从没听闻过。”

“不，不要！”梅里和皮平异口同声地说，猛地坐直了身子，“现在别讲！早上再问！”

“理当如此！”老人家说，“现在是休息的时候。世界处于阴影之际，有些事情讲起来可不太好。快躺在枕头上，睡到天光亮！莫管夜里的动静！莫怕灰柳树！”语毕，他取下灯吹熄，两手各举着支蜡烛，领着他们出了房间。

床垫和枕头软得仿佛羽绒，毯子则是雪白的羊毛织就。他们刚躺上厚厚的床，拉着轻薄的毯子胡乱一盖，就这么昏睡了过去。

在这无声的夜里，佛罗多做了个不见光亮的梦。他看见一轮新月爬上天空；稀薄的月光下，面前隐约矗立着一堵石墙，墙上有深色的拱顶，像是一道巨大的门。他感觉自己被拖升着穿过去，发现那石墙原来是一圈山丘，正中间有一片平原，而平原中间矗立着一峰岩石尖顶，神似一座并非人力建造的巨塔，塔顶站着一道人影。渐渐升高的月亮似乎在他头顶悬停了片刻，被风吹动的白发被照得闪闪发亮。下方黑暗的平原传来凶狠的吼叫声和狼群的嚎叫声。突然间，一道仿佛带着巨翼的影子飞过月亮。那道人影举起了手臂，手中所持的手杖发出闪光。一只巨鹰冲下来将他带走。吼叫声变成了哀号，狼群也开始长嚎。似有风声大作，裹挟着咔嗒、咔嗒、咔嗒的马蹄声从东边而来。“黑骑手！”佛罗多惊醒过来，马蹄声依旧在脑海里咔嗒作响。他不知道自己是否还有勇气离开这石墙之间的安全地。他一动不动地躺着，耳朵依旧聆听，不过四下里却再没有任何动静。最后，他翻了个身，总算再度睡着，或许又做了个想不起来的梦。

旁边的皮平正美美地做着梦；可梦却忽地变了模样，让他翻来覆去，呻吟出声。他突然醒来——或者说认为自己醒了过来，可依旧能听见黑暗中传来惊扰他做梦的声音：嗒嗒的敲击声，还有吱嘎声：像是树枝让风吹动的声音，又像是手指般的树枝刮动墙壁和窗户的声音——咯吱，咯吱，咯吱。他想知道屋子附近是不是种了柳树；霎时间，他惊恐地觉得自己压根儿没待在寻常的屋子里，反而是被关在了柳树里边，听着那可怕又干巴巴的咯吱声再度嘲笑他。他坐起身，感觉到柔软的枕头将他的手越陷越深，于是又放心地躺了回去。他仿佛听见那话音在耳边回荡："祝大家一觉睡到天亮，不用担心夜间的动静！"于是，他又睡着了。

落入梅里那恬适的梦境里的却是水声：缓缓流动的水，突然扩散开来——无可阻挡地扩散开来，将屋子包围在漫无边际的黑水塘里。汩汩水流在墙角涌动，缓慢却又坚定地上升着。"我会被淹死的，"他想，"水会找着地方钻进来，然后我就淹死了。"他感觉自己正躺在软黏的泥塘里，于是猛然站起身，一脚踩上了冰冷而坚硬的石板地，这才想起自己身处何处，又倒回床上。他似乎听见、或者说记得自己听到的是："除了月光、星辉和山顶吹来的风之外，没有任何东西会经过门外。"一缕香风拂过窗帘。他呼吸沉重起来，又睡着了。

山姆只依稀记得，自己一整晚都睡得充实无比——倘若木头也知道什么叫作充实的话。

晨光中，四人一道醒了过来。汤姆在屋里来回晃悠，口哨吹得像只八哥鸟。听见他们的动静，他拍着手喊道：“嘿！快乐快来咚！得里咚！亲爱咚！”他拉开了黄色的窗帘，霍比特人这才发现后面还藏着窗户，各自位于房间两头，分别对着东、西方向。

他们一跃而起，精神焕发。佛罗多跑去了东窗，看见一片让露珠染灰的菜园。他本还半怀期待地想看见踏满马蹄痕、直抵墙边的草地，视线却被一排高高爬在杆上的豆蔓给挡住了；再往远处看，在朝阳的照耀下，隐约能看见山丘灰色的山顶。这个早晨显得有些苍茫：就在东边，有仿佛边缘沾了红泥的羊毛似的长条云朵，深处微微透着点儿黄色。这天色看着似乎要下雨了，不过天空迅速亮堂了起来，豆蔓上的红花也让湿答答的绿叶衬得娇嫩欲滴。

皮平从西窗看去，看见了下方的一潭迷雾。整座森林全给藏在了雾里边。这景象就像是从上方俯瞰着一片倾斜的云屋顶。远处有深沟或者沟渠一类的东西，把雾气断作许多羽流和雾浪：那里正是柳条河谷的位置。左侧山里有溪水流出，又消失在了白雾中。近在眼前的是花园和修剪齐整、挂着银蛛网的树篱，另一头则是剪得平平整整、露珠儿四散的灰色草坪。放眼望去，一棵柳树都见不着。

“亲爱的朋友们，早上好！”汤姆喊道，又把东窗开得大大的。凉爽的空气夹杂着雨的气息飘了进来。“我猜，太阳今天不怎么乐意露脸。天蒙蒙亮的时候我就已经四处走了一遭，在山巅跳跃，闻闻风儿和天气，湿漉漉的青草在我脚下，润润的天空在我头顶。我在窗下唱歌叫醒了金莓；可怎么都没法在清晨叫醒霍比特人。小朋友们晚上在黑暗里醒来，又在天亮后睡去！敲钟叮叮咚！快醒醒，我亲爱的朋友们！忘掉晚间的动静！敲钟叮当咚！得里咚，亲爱咚！快些来，早餐就在桌上，来晚了就只剩青草和雨水啦！”

毋庸置疑，几个霍比特人飞快赶来——虽说也不是汤姆说的那些威胁的话奏效了——直到餐桌基本被清扫一空才下了桌。汤姆和金莓都不在场。屋子里能听到汤姆上下楼梯、在厨房吵吵嚷嚷、在屋外四处歌唱的声音。从房间西面打开的窗户，能看到外面云遮雾绕的山谷。雨水顺着茅草屋檐滴落窗前。早餐还没吃完，乌云就像屋顶一样连成了密密的一片，连绵的灰色雨点儿轻柔地直落而下，老林子让厚厚的雨幕彻底遮住，不见了影踪。

就在他们眺望窗外之时，仿佛伴着雨水从天而降似的，金莓清亮的歌声从上方飘了过来。歌词听不太仔细，显然是一首雨之歌：它如干涸山丘逢上阵雨一般甜美，唱着源自高地山泉的河水奔流向远方大海的故事。几个霍比特人欣喜地听了起来；佛罗多暗自高兴，心里感谢着慷慨的天气，让他们的离别推迟了。从他醒过来那一刻开始，离愁便沉甸甸地压在他心上；不过，他估计这一天应该是行不了什么路了。

高空中的风吹向西边，更为浓密、乌黑的云层翻滚着，将满蓄的雨水淋在了古冢岗光秃秃的脑袋上。屋子周围除了落雨什么都看不见。佛罗多站在开着的大门旁边，看着粉白的小径变成了一条牛奶小河，泛着泡沫流下山谷。汤姆·邦巴迪尔小跑着拐过墙角进了屋，一路还像驱赶雨水般挥舞着手臂——事实上，跨进门槛的他除了靴子被打湿了，周身都很干爽。他脱下靴子放在烟囱一角，在最大的那把椅子上坐定，又把霍比特人叫来跟前围着。

“今天是金莓的洗濯日，也是她做秋天打扫的日子。对霍比特人而言有点儿太潮湿了——那就让他们趁着机会歇歇吧！这日子适合讲长故事和你问我答，所以汤姆准备开始讲啦。”

他讲了许多精彩无比的故事，时而有点儿像是讲给自己听，时而又拿深邃的眉毛下那双亮蓝色的眼睛看着他们。他的话声最后总会变成歌声，他也会离开椅子跳来舞去。他跟他们讲着蜜蜂和花朵的故事，讲着树木的习性，又讲了森林里的生物，讲它们的正与邪、友好跟敌视、友善和残酷，还讲了隐藏在荆棘之下的秘密。

他们听着故事，渐渐理解了老林子里的各种生命，又抛开自身思想，切实感受到那里是它们的家园，而他们则是外来者。汤姆话里话外讲到柳树灰老头儿，让佛罗多听了个心满意足，甚至超过了心满意足的程度——因为那并非什么让人感到舒服的信息。汤姆用言语透彻地讲解了那些树木的内心和思想：通常黑暗又怪异，还充斥着对世上所有自由活动的生物的憎恨，认为这些会啃咬、破坏、砍伐、焚烧的都是毁灭者和掠夺者。这座森林得名“老林子”是有缘由的：它确实非常古老，是被人遗忘的浩瀚森林的残余，其中生长着与山丘同岁的万树之祖，它们未曾遗忘过当初作威作福的日子。无尽的年岁给了它们傲气和根深蒂固的智慧，却也让它们充满怨念。不过，最危险的唯属那株大柳树：它的心早已腐化，力量却仍旧长青；它狡诈无比，精于使唤风；它的歌声和思想传遍柳条河两侧的树林。它那阴暗、饥渴的灵魂从土里榨取着力量，又如地里细密的根须、如空气中无形的细嫩手指般向周围扩散，最后统治了从树篱到古冢岗之间几乎全部的树木。

汤姆话锋一转，话题突然从树林跳到初流的小溪，水沫飞溅的瀑布，鹅卵石与风蚀水凿的岩石，密密的草丛和潮湿的夹缝中盛开的小花，最后天马行空地转到了古冢岗。他们听闻了大古冢、青坟茔，还有山岗之上、山洼之中那些石环的故事。羊群叫得乱哄哄的。绿墙和白墙拔地而起，要塞耸立高处。小国君主彼此征战不休，初升的太阳若火焰般照在他们沾满鲜血、新铸的贪婪宝剑上。他们胜了，他们败了；高塔崩塌，要塞浴火，烈焰焚天。王与后的棺材上堆满黄金，又叫土冢覆盖，石造墓门紧闭；渐渐的，全埋没在绿草之下。羊群悠悠然嚼着那绿草，山丘旋又变得空无一物。有身形自远处黑暗现身，坟茔中枯骨躁动不已。古冢尸妖横行于山洼之中，寒指上戒指叮当作响，金链随风摆动。圈圈墓石袒露大地之上，仿佛月光下的烂牙。

几个霍比特人听得瑟瑟发抖。老林子那头的古冢岗中的古冢尸妖，其名头甚至传到了夏尔。不过，哪怕是坐在远离古冢岗的温暖火堆旁，也没有哪个霍比特人愿意听这种故事。四个霍比特人此时突然想起这栋屋子用欢乐从他们脑海里驱散了什么：汤姆·邦巴迪尔之家坐落之处，正好就位于那些恐怖山岗的下方。他们突然没了听他讲故事的心思，只是不安地动来动去，彼此打望着。

等再度听起他的话时，他们发现他的故事已经散布到出乎他们记忆和清醒思绪之外的陌生地域，那时的世界更为广阔，海洋也直接冲刷着西方的海岸；汤姆又继续回溯着时光，吟唱着只有精灵的祖先存在时的古老星光。然后他突然停下，点着脑袋仿佛睡着了。众人呆坐在他面前，依旧陶醉其中；他的话语似乎施了咒——它停下了风，拧干了云，退走了白天，黑暗也从东西两边出现，整片天空都闪烁着星光。

究竟只过了一天一夜，还是已然好几日过去，佛罗多分辨不清楚。他既没感到饥饿，也不觉得疲倦，身体里有的全是好奇。星光透过窗子照了进来，天穹之上的寂静似乎正围绕着他。出于好奇，出于对这种寂静的恐惧，他最后还是开了口。

“主人，您究竟是谁？”他问。

“呃，什么？”汤姆坐直了身子，眼睛在昏暗中闪闪发亮，“你不是知道我的名字吗？这就是唯一的答案。告诉我，抛开身份、舍掉姓名的话，你又是谁？可你还年轻，而我已经老了。最古老者，那就是我。记好了，我的朋友：有河、有树之前，汤姆就已经在这儿了；汤姆记得第一滴落雨和第一枚橡果。他在大种人之前开辟道路，也见证了小种人的到来。他在这里的时候，还没有国王，没有坟墓，也没有古冢尸妖。汤姆早在精灵西行、海洋弯折之前就在这里。他认识星空之下尚不被惧怕的黑暗——黑暗魔君那会儿都还没自外界出现呢。”

似乎有影子路过了窗口，几个霍比特人赶忙看向窗台。待他们再回过头来，金莓已经站在背后的门前，让光芒照出了身影。她举着一支蜡烛，又用手护住烛火；烛光穿过她指缝的光景，恍如阳光透出白色贝壳。

“雨停啦。”她说，“星光照耀，山上有新的水流涌下来。让我们欢笑与快乐吧！”

“还要吃吃喝喝！”汤姆喊道，“故事讲久了会口渴，故事听久了会肚饿，从早上、中午，一直到晚上！”他跳下椅子，蹦到烟囱架前取了支蜡烛，又就着金莓手上的烛火点亮；然后他绕着桌子跳起了舞，又突然蹿出了屋子，没了踪影。

片刻后，他端着一个装得满满的大托盘去而复返。汤姆和金莓开始张罗饭菜；几个霍比特人则半是惊讶、半是捧腹地坐着：金莓的动作美丽又优雅，跳来蹦去的汤姆则是欢乐又古怪。然而，他俩进出房间，在桌旁转来转去，却一点儿都没有妨碍到对方，他们的动作似乎通过某种方式织成了一曲双人舞；食物、餐具和灯光顷刻间准备就绪。烛光或白或黄，点亮了整个餐桌。汤姆冲着客人鞠了个躬。“晚餐准备好啦。”金莓说。霍比特人这才注意到，她此刻一身银装，腰间束了条白色腰带，鞋子如鱼鳞般闪耀。汤姆则一身净蓝衣裳，蓝得好似雨后的勿忘我，脚上穿着绿色的长袜。

这回的晚餐叫人比以往还要满足。霍比特人中了汤姆讲故事的魔法，兴许漏掉了一顿或者几顿饭没吃，可等到食物摆到面前的时候，他们却个个儿跟饿了至少一星期似的。有好一阵，他们既不说话也不唱歌，只是专心吃饭。一会儿之后，等心绪和精神再度振奋起来，他们又开始了欢声笑语。

待霍比特人都吃完之后，金莓为他们唱了好些歌，这些歌欢快地从山丘开始，再舒缓地下降，最后归于沉寂；沉寂之中，他们在脑海中能看见从未见过的宽广泉水与水域，朝里边望去，能看见倒映的天空，还有天空深处宝玉似的星辰。她再一次跟四个霍比特人分别道了晚安，离开了众人所在的房间。不过汤姆这会儿倒是清醒得很，向他们问了一堆问题。

他显然对几个霍比特人乃至他们的家族知之甚详，实际也非常了解夏尔的所有历史和活动，就连早到整个霍比特人种族自己都不太记得的那些时光也没漏下。他们倒是一点儿不意外；他也坦诚地告诉他们，他新近了解的东西大部分来自农夫马戈特，而他认为马戈特这人比他们想象的还要重要。“他的老腿踩着大地，指间沾着泥土，骨子里满是智慧，双眼能洞悉事物。”汤姆说。汤姆很明显跟精灵也打过交道，他似乎通过某种方式从吉尔多那里得知了佛罗多出逃的消息。

汤姆知道如此之多的东西，再加上他的提问也十分巧妙，佛罗多发现自己跟他讲了比尔博，讲了自己的念想和恐惧，比告诉甘道夫的内容还要多。汤姆不时点头，听见黑骑士的事情时，眼中闪过亮光。

“给我看看那宝贝戒指！”故事讲到半截，汤姆突然说。而佛罗多立马就从口袋里掏出链子，把戒指解下来递给了汤姆，连他自己都颇感意外。

戒指在汤姆棕色的大手上躺了片刻，似乎变大了。突然间，他把戒指放在眼前哈哈大笑。几个霍比特人一瞬间看见了滑稽又惊恐的一幕：汤姆的蓝眼睛在一圈金黄中闪闪发光。汤姆随后把戒指戴上了小指的末端，又举起来对着烛火。众人一时半会儿还没感觉到不对劲，然后突然齐齐惊呼了起来：汤姆完全没有隐身的迹象！

汤姆又哈哈大笑了起来，随即把戒指弹到了空中—— 一道闪光过后，戒指消失了。佛罗多惊叫出声——汤姆前倾身子，微笑着伸手奉还了戒指。

佛罗多细细地打量着戒指，满腹狐疑（活像那种被变戏法的讨要过小首饰的人）。戒指还是那枚戒指，至少看起来和掂量起来没什么两样：反正佛罗多总是觉得这枚魔戒掂着莫名地重。不过，有什么督促着让他再确认一下。他许是有些恼：在甘道夫看来无比危险又重要的这个东西，汤姆的态度却似乎有些不以为然。佛罗多暗自等待着机会——等谈话再度开始，汤姆讲起某个关于獾和它们古怪行径的荒谬故事时，他悄悄戴上了戒指。

正转过脑袋想跟他说话的梅里吓了一跳，惊叫出声。佛罗多颇为受用（某方面而言）：这正儿八经就是他的那枚魔戒，因为梅里正一脸茫然地瞪着他的椅子，显然是看不见他了。他站起身，踮着脚尖从火炉边走向门外。

“哈喽！”汤姆嚷道，那双闪亮的眼睛也扫向他，明显把他看了个透彻。“嘿！佛罗多，回来！你要上哪儿去？老汤姆的眼神儿可没这么不好使。把你的金戒指取下来！你的手戴着它可不好看。快回来！收了你的把戏，好好坐在我边上！我们得再聊一会儿，想想明天早上的事情。汤姆可得把正路给指明白，免得你们瞎转悠。”

佛罗多大笑着（努力感到高兴）脱下戒指，走回来重新坐下。汤姆又告诉他们说，他预计明天应该会放晴，应该会有个讨喜的早晨，启程出发应该很有希望。不过他们最好尽早动身；即便是他汤姆，也没法十成十地猜准这片乡野的天气，何况有时候这天气还说变就变，比他换外套的时间还要快。“我可不是天气的主人，”他说，“随便哪个使两条腿走路的都不是。”

在他建议之下，他们决定朝正北方向进发，越过古冢岗西面的矮坡：他们指望着用一天的时间抵达东大路，顺带避开那些古冢。他要他们不用害怕——但也别去管闲事。

“顺着草地一直走。可别去搅扰古旧的墓碑或者冰冷的尸妖，也别去窥探它们的居所，除非你们意志坚强胆还大！”他三番两次叮嘱着，又建议他们称，倘若不小心走岔道碰上古冢，最好从西侧绕过去。他又教了他们一首押韵诗，第二天万一不走运遇到什么危难险阻，就让他们唱诵出来。

嗬！汤姆·邦巴迪尔，汤姆·邦巴迪尔！
以流水、森林和山丘，以芦苇和柳树之名，
以火焰、日月之名，倾听我们的呼唤！
快来，汤姆·邦巴迪尔！我们恳求您！

等他们也跟着一同唱起来，汤姆哈哈大笑着挨个儿拍了拍他们的肩膀，举起蜡烛把他们领回了睡房。

·第八章·

雾闯古家岗

当晚再无扰人声。不知究竟来自梦境还是现实，佛罗多在脑海中听见了甜美的歌声：这歌仿佛灰色雨幕后一束淡淡的光，它变得越来越亮，照得雨幕全带上玻璃与白银的色彩；最后雨幕卷起，遥远的一片绿色乡野伴着骤然升起的太阳，展现在了他面前。

幻象化作了清醒；汤姆口哨吹得仿佛有满树鸟鸣；已然日上三竿的阳光斜斜地照着山丘，也照进了打开的窗户。外面一片绿意盎然，又泛着淡淡的金色。

几个霍比特人独自吃完了早餐，准备向主人辞行。他们的心情本该十分沉重，奈何碰上了如此的早晨：秋高气爽、阳光明媚，雨后的天空一片净蓝。西北方向清风徐来，让本来安静的小马儿喷着鼻子兴奋不已，一个劲儿地动来动去。汤姆走出屋子，一边挥着帽子在门阶上跳着舞，一边催着几个霍比特人上马出发，并祝他们一路顺风。

他们沿着房子背后宛转的小径前进，斜斜地爬上了遮着小径的山脊北端。佛罗多牵着马刚准备爬过最后一道陡坡，突然停了下来。

“金莓！”他大声喊道，“那位一身银绿的美丽女士！我们压根儿还没跟她道别，昨晚过后连面都没见过！”他苦恼无比，转身就要折返；就在这时，一声清亮的呼唤自山头而来。屹立在那山脊上的正是金莓，她朝他们挥着手，一头金发在空中飞舞，让阳光映得闪闪发亮。她翩翩起舞，脚上辉光连连，恍若露珠在草地里闪烁的水光。

他们连忙爬上最后一道坡，气喘吁吁地站到她跟前。几人弯下身子，而她则轻摆着手臂，要他们放眼周围景象；他们从山顶望去，打量着晨曦时分的大地。当初他们在老林子那座土丘上只看见云遮雾绕，此刻视野却是清晰又辽阔；那座土丘也是清晰可辨，正矗立在西边黑暗的树林之上，浅浅地带着些绿色。那个方向的大地在树林遍布的山脊上渐渐隆起，阳光下呈现绿、黄、褐三色，再往前则是隐于视线之外的白兰地河谷。往南看去，越过了柳条河一线，远远泛着浅色琉璃光芒的正是白兰地河，它在那儿的低地绕了一个大圈，流向了霍比特人不认识的地方。再看向北边，地势渐次下降，最后平整又时而起伏地延展开来，带着或灰、或绿、或浅褐的色彩，渐渐在远方淡作模糊与暗淡。东边屹立着古冢岗，山脊层层叠叠地探入晨光，最后消失在视线之外，化作浮想：一片蓝与一片遥远的白光融入天底，可这遐思却牵引着他们，让他们联想到记忆和古老传说中高耸又遥不可及的群山。

他们深深吸了一口气，感觉只要纵身一跳，再加上大踏步走上几步，到任何地方都没问题。他们应该学着汤姆那样，拿这片山丘当垫脚石，精力充沛地直蹦向大山；沿着丘陵起伏的边缘慢吞吞走向大路或其他什么地方，实属再怯懦不过了。

金莓的话声重又唤回了他们的视线和思绪。“快些走吧，亲爱的客人！”她说，“谨记你们的目标！一路向北，风儿往左眼吹。祝你们旅途平安！趁着太阳照耀大地，快马加鞭！”她又对佛罗多说：“再见，精灵之友，与你相会真是美妙！”

佛罗多却找不着答话。他深深地鞠过一躬，随即便上了马，领着几位朋友慢慢走下山丘背后的缓坡。汤姆·邦巴迪尔之家、山谷、老林子就此出了视线。两道绿墙般的小山坡之间的空气变得温暖起来，充斥其中的青草味也更加浓烈、香甜。他们下到了绿洼地底部，回身望去，金莓的身影此时已变得细小婀娜，恰似蓝天下沐浴着阳光的一朵花儿：她静静立在原地望着他们，双手向他们伸着。见他们回头，她一声轻唤，又抬起了一只手，随后便转到山丘后面，没了踪影。

前方的蟠道经过了山洼底，绕着一座陡丘茵绿的山脚伸向另一处更加低矮、宽阔的山谷，又爬上更远处山丘的肩膀，溜下它们长长的山坡，从平缓一侧再度攀上去，接着爬上一座又一座山顶，下到一条又一条山谷。一路上没有树，也没看见水源：这里是青草和生机盎然的短草皮的王国，四下里一片安静，只听得见风儿吹过土地边缘的微弱声响，还有高处奇奇怪怪的鸟儿孤单的鸣叫。他们一路走着，太阳越升越高，也越来越热。每爬上一座山脊，微风似乎都会弱上几分。当他们瞥见西边的乡野时，远处的老林子似乎正在冒烟，仿佛那些落在树叶、树根还有树藓上的雨水又全给蒸发掉了。视野边缘处此刻覆盖着一团阴影、一片昏暗的阴霾，让上方的天空看着仿佛像是一顶又热又重的蓝帽子。

时近中午，他们来到一处宽阔平整的山头，边缘包着一圈草绿土墩，像是一枚浅碟。里边的空气没有一丝流动，天空似乎也近在咫尺。他们骑着马儿越过山头，又朝北看去，登时心悬了起来：他们好像已经走过了预计的距离。当然，距离如今只是个模糊不清且靠不住的玩意儿，不过古冢岗倒是毫无疑问快要走到尽头了。长长的一条山谷从他们下方蜿蜒去向北方，最后连上两道山肩中的开阔处。再往前似乎见不到山峦了。正北方向隐约有一条长长的黑色线条。“那里有一排树，”梅里说，“肯定是大路的标记。白兰地桥东边沿着好些里格都有树，据说古时候就种在那儿了。”

“妙极啦！”佛罗多说，“今天下午要是跟上午一样顺顺利利的话，日落之前我们就能离开古冢岗，再优哉游哉地寻找露营地。”他嘴上虽这么说，眼睛还是瞥向了东面，那边的山岗居高临下地看着他们；这些山岭遍布着一座座青坟，有的还立着直指天空的墓碑，倒像是绿色牙床上的满口利齿。

这景象叫人有几分不安；于是他们转回了视线，往前走向了浅碟山头的凹处。那儿的中心位置有一块孤零零的石头，高高地矗立在太阳正下方，此时被照得一点儿影子都没有。它没有什么特定的形状，但意义重大：它像是一座地标或一根警戒的手指，更像是一种警告。可他们这会儿饿得不行，太阳当空的正午也没什么好怕的；他们便背靠在了石头的东面。这块石头很凉爽，就好像这阳光没办法晒热它一样；不过此时此刻倒是叫人挺享受的。他们掏出吃食和水，在这开阔的天空下美美地吃了顿能把人馋哭的午饭——因为这食物可是“山下来的”。汤姆给他们备上了足够吃一整天的食物。他们卸下行李，放小马儿在草地上溜达。

他们骑了半天山路，吃了一顿饱餐，有暖阳和草香做伴，又在地上多躺了一会儿，伸伸胳膊腿，欣赏欣赏鼻子上面的天空：这些大概能解释发生了什么。但实际情况是：他们突然从计划外的睡眠中惊醒，感觉浑身不对劲。那块立着的石头冰凉无比，还朝东面投下一道浅淡的影子，一直延伸到他们身上。太阳已经走到他们躺着的凹处西沿正上方，此时变成了苍白、稀薄的黄色，在雾气中闪闪发亮；北、南、东三面全都笼罩着浓密、冰冷、苍白的雾。空气让人感觉死寂、沉重又冰冷。几匹小马儿全埋着脑袋挤到了一块儿。

几个霍比特人惊恐地跳了起来，直奔凹陷的西侧。他们发现脚下这片地方变成了雾中孤岛。他们惊愕地看着夕阳就这么沉入白色的海洋，背后的东面则涌现出一团冷灰色的阴影。雾气滚滚而来，越过了山头的土墩，升到他们上方，又在他们头顶拐了个弯，如房顶一般合上：他们被关在了雾气造就的大厅里，中心支柱正是那块石头。他们感觉周围仿佛被布下了陷阱，不过倒是还没被吓到失魂落魄。他们依旧记得之前看见的那幕充满希望的景象——东大路沿线就在前方，他们也没忘记它具体在哪个方位。无论如何，他们现在对那块石头周围的凹陷深恶痛绝，再不愿停下半秒。他们使着冻僵的手指尽快收拾起了行李。

没过多久，他们便一路纵队牵着小马儿跨过边上的土墩，顺坡从山丘北面下到了雾海。越往下，雾气也越冰冷潮湿，他们的头发全耷拉下来，沿着额头滴答着露水。走到山底的时候，他们已经冷得需要停下来穿戴上斗篷和兜帽了，可这些也很快就沾满了灰色的露水。他们随后骑上小马再度慢慢向前挺进，凭借地面的起伏摸索着方向。他们一边控制着小马儿，一边尽力猜着方向，朝早上看见的那道大门一样的开口，也就是北面远处尽头的长峡谷前行。一旦穿过了那道缺口，剩下的就是继续直线前进，最后就能抵达那条大路。他们脑子里想的只有这个，此外顶多就是隐约希望古冢岗之外的地方没起雾。

他们如同在蜗行。几个人排着纵队行进，免得大家走散或者各自乱走。佛罗多打头儿，山姆紧随其后，后面跟着皮平，最后是梅里。山谷长得仿佛没有尽头。突然，佛罗多看见了充满希望的迹象：前方两侧的山谷隐约有黑色在迷雾中显现。他猜想，这下可算是快到山丘的那道缺口了，也就是古冢岗的北大门了。只要穿过去，他们就自由了。

“加把劲儿！跟上！”他扭头喊道，加快了前进速度。可这希望转瞬间就变成了迷惑和惊恐：那黑色愈发阴暗，还缩小了。就在此时，他看见面前耸立着两块充满不祥的巨大石块，仿佛两根没有门楣的门柱，朝彼此略略倾斜。他早上从山顶往下看的时候，可不记得在山谷里看到过这玩意儿。他刚注意到，整个人就已经穿了过去：就算他穿过去了，黑暗似乎依旧笼罩了下来。他的小马儿喷着鼻息，人立而起，把他摔下了地。他回头一看，发现自己竟然孤身一人：其他人没跟上来。

“山姆！”他唤道，“皮平！梅里！快过来！怎么停下了？”

没人回答。恐惧攫住了他，他飞奔着退到巨石外，拼命叫喊：“山姆！山姆！梅里！皮平！”小马儿冲进了雾气，消失不见了。他听见，或者说他觉得自己听见某处远远传来呼喊：“嗬！佛罗多！嗬！”那声音在他左边，在东边很远处。他站在两块巨石下方，紧张地盯着那边的昏暗。他冲着喊声传来的方向跑过去，发现自己跑上了陡峭的山坡。

他一边勉力攀爬，一边又叫喊起来，一声比一声狂乱；回声停了一阵子，似乎又有微弱、遥远的声音从头顶高处传来：“佛罗多！嗬！”微弱的声音从迷雾里传来，接着便是仿佛在喊“救命！救命！”的尖叫声不停重复着，最后一句“救命！”拖成了一声长长的哀号，又戛然而止。他用尽全力、跌跌撞撞地朝着喊声奔去，可四下里已没了光亮，如影随形的黑夜紧紧包裹着他——他完全分不清东南西北。他似乎一直在朝上爬。

全靠着脚下地面的角度变化，他这才发现自己已经爬到了一道山脊或者山丘的顶上。他满身是汗，又累又冻。天已经全黑下来了。

“你在哪儿？”他惨叫道。

没有回应。他站在原地倾听。他突然意识到，气温变得奇冷无比，还开始吹起冷风。天气开始变化，雾气支离破碎地从他身边被吹走。他吐气如雾，四周的黑暗稍微退却了一些，也没有那么浓厚了。他抬起头，惊讶地发现匆匆流走的云雾之间竟然有稀薄的星星出现。草地上渐渐有风声开始嘶吼。

他觉得自己突然听到一声沉闷的叫喊，便循着声音走了过去；前进路上的雾气翻滚着退到两旁，露出了满天的星光。他匆匆一瞥，明白自己正朝南站在圆圆的一处山顶上，刚才他应该是从北面爬上来的。刺骨的寒风从东边吹了过来。在西边星空的映衬下，他的右边隐约能看见一个影影绰绰的黑色形状——那是一座巨大的古冢。

“你在哪里呢？”他再度喊道，又气又怕。

“这里！”一个低沉、冰冷的声音说，像是从地底下传来的，“我在等你！”

“不！”佛罗多说，但是并没有跑开。他膝盖一软，跌倒在了地上。什么都没发生，也没有任何声音。他颤抖着抬起头，正好看见星光下出现一团阴影似的高大黑色身形，朝他斜了过来。他觉得自己看见了两只冰冷异常、闪烁着苍白光芒的眼睛，像是来自极远的地方。随后，比铁还要坚硬、冰凉的手捉住了他。这寒冰般的触感冻得他骨头都僵了，随后他失去了意识。

等再度还了魂，有那么一瞬间，除了恐惧他什么都想不起来。他突然意识到自己遭到囚禁，被无望地掳进了古冢。他被一只古冢尸妖捉走，很有可能已经中了传说中提到的那些低声讲述的尸妖咒语。他一动也不敢动，保持着醒来时的姿势：平躺在一块冰冷的石头上，双手放在胸前。

尽管他的恐惧强烈到快要化为裹挟着他的黑暗的一部分，但他发现自己躺在那儿，开始回想比尔博·巴金斯以及他讲过的那些故事，还有他俩一边在夏尔的条条小路上漫步，一边谈论道路和冒险的时光。无论再胖或者再瘦小的霍比特人，心中都藏着一枚勇气之种（不过大多确实藏得很深），等待着某种最后的、生死攸关的危险来让它萌芽。佛罗多既不算非常胖，也不算特别瘦小；其实，尽管他自己不知道，比尔博（还有甘道夫）都曾认为他是夏尔最棒的霍比特人。他以为自己的冒险已经宣告终结，还是那种可怕的终结，而这想法让他坚强了起来。他发现自己身子绷紧了，仿佛准备着拼死一搏；他不再像无助的猎物一般软弱无力。

他躺在那里思考着，逐渐振作了起来，猛地发现有微弱的绿光渐渐取代了周围的黑暗。光亮一开始还照不清他所在的地方，这光似乎是从他身上和身下的地面出现的，还没飘散到天花板或者墙边。他转过头，在冰冷暗淡的光芒中看见旁边仰面躺着山姆、皮平和梅里，他们脸上毫无血色，身上裹着白衣。他们周围散落着不少财宝，或许是金子，可在光芒的照耀下显得冰冷又可憎。他们戴着头环，腰系金链，手指戴满了戒指；身侧放着宝剑，脚边躺着盾牌。一把出鞘的长剑横在三人的颈项上。

飘忽不定、恍若冷语低吟的一首歌猝然响起。歌声似乎在很远处，听着阴沉无比，时而微弱得像是飘到了天上，时而又如低沉的呻吟，仿佛来自地下。在这悲伤又恐怖的无形音流中，不时涌现出一句句歌词，字字阴森、僵硬、冰冷，无情又凄惨。夜晚痛斥着被夺走的清晨，冰冷诅咒着所渴求的温暖。佛罗多感到骨髓都僵了。不一会儿，声音清晰了起来，他满心恐惧地意识到，歌声已变成了诅咒：

心手渐冷，寒气入骨，
长睡墓中，再无热气：
石床永眠无醒时，
日衰月败终归暝。
黑风渐起群星灭，
金银加身心仍眠，

直待死海荒原侧，
魔君抬手把号令。

他听见脑后传来嘎吱声和刷蹭声，便一只手撑着身子看过去。在昏暗的光线中，他发现他们此刻正躺在某条走道里，背后是走道的拐角。一条长长的手臂从拐角伸出，正摸索着用手指爬向躺得最近的山姆，爬向横在他脖子上的长剑剑柄。

一开始，佛罗多还以为自己真被咒语变成了石头。随后，他脑子里出现了逃跑的疯狂念头。他琢磨着，要是戴上魔戒，古冢尸妖会不会把他给漏掉，他也许就能找到什么路逃出去。他想象着自己在草地上自由奔跑，虽然为梅里、山姆和皮平痛心不已，可他却自由了，活下来了。他无能为力、无计可施，甘道夫会认可的。

可他那被唤醒的勇气此时占了上风：可不能就这样轻易放弃朋友。他犹豫再三，手也在兜里摸来摸去，又跟自己天人交战；那条手臂爬得更近了。他猛地下定了决心，便抓起身边的短剑，跪着起身，弓腰探过伙伴的身子，使尽全力朝那条爬行手臂的腕部砍过去；那只手应声而断，可短剑的剑身也全碎了。一声惨叫响起，光亮全无。黑暗中传来阵阵咆哮。

佛罗多扑倒在梅里身上，感觉梅里的脸冷冰冰的。山下的那栋小屋、汤姆的歌唱，浓雾刚起时便消失不见的这些记忆，一下子全都涌现在他的脑海里。他记起了汤姆教他们的押韵诗，用细微又绝望的声音唱诵起来："嗬！汤姆·邦巴迪尔！"唱出这名字后，他的声音仿佛响亮了起来，变得饱满、生动，回荡在黑暗的墓穴里如鼓角齐鸣。

嗬！汤姆·邦巴迪尔，汤姆·邦巴迪尔！
以流水、森林和山丘，以芦苇和柳树之名，

以火焰、日月之名，倾听我们的呼唤！

快来，汤姆·邦巴迪尔！我们恳求您！

一阵深沉的寂静突然降临，佛罗多甚至听见了自己的心跳。长若永恒的一瞬过去，他听见了清晰又遥远，像是穿过地面、透过墙壁传来的回应声，它唱道：

老汤姆·邦巴迪尔是个快活人，

外衣亮又蓝，靴子染作黄。

无人能将汤姆捕，他的天下他做主：

他的歌声响若雷，他的脚步迅如疾。

轰隆隆，许多石块滚落般的声音响起，光亮霎时间照了进来——真正的光亮，属于白昼的光亮。佛罗多脚前的墓室尽头出现了一道矮门似的开口；叫旭日红光给映出一道边的，正是汤姆的脑袋（帽子、那根羽毛还有别的）。光亮洒落地面，也洒在佛罗多身边躺着的三个霍比特人脸上。他们没有反应，但那种病态的颜色消退了，这会儿看着就只像是在昏睡。

汤姆弯下腰，摘了帽子走进昏暗的墓室，又唱道：

滚出去，你这陈年老尸妖，

消失在阳光下！

退缩如寒雾，哭号如凄风，

离开古冢地，远遁群山外！

归来再无期！且留墓冢枯！

匿形又藏踪，隐于冥暗底！

千门永锁闭，再世亦无归！

歌声过后，一声哭号传来，墓穴内侧尽头的一部分轰然垮塌。一声拖得很长的尖叫续又响起，渐渐消失在遥不可测的远方，之后是一片寂静。

“来吧，佛罗多，我的朋友！”汤姆说，“让我们到外面的干净草地去！你可得帮我背一下他们。”

他们一同把梅里、皮平和山姆弄了出去。最后一次走出古冢的时候，佛罗多感觉自己看见了一只断手，它仿佛受伤的蜘蛛一样在塌落的泥土中不停蠕动。汤姆又走回墓穴，只听里边传来阵阵敲打、踩踏声。他再出来的时候，手上抱着一大堆财宝，全是各种金、银、铜、青铜器物，还有许多珠环、链子和镶着珠宝的首饰。他爬到坟茔顶上，把这些财宝全晒在阳光下。

他兀自屹立，帽子拿在手上，头发飘在风中，低头看着三个霍比特人，他们依旧仰面躺在坟茔西侧的草地上。他举起右手，语带命令且清晰地说道：

醒来吧，我快活的小伙子们！
快醒来，倾听我的呼唤！
心手渐热，百骸回暖！
冰冷墓已塌，晦暗门洞开，死魂手亦断。
夜之夜已飞逝，心门已敞开！

三个霍比特人纷纷动弹了起来，伸展手臂揉着眼睛，又一骨碌蹦了起来，让佛罗多喜出望外。他们一脸惊讶地四处张望着，先是看了看佛罗多，又看向正站在古冢顶上、突然出现的汤姆；最后又看向彼此穿在身上单薄的破白布，还有头上戴的和腰间系的黯淡金饰和一些叮当作响的小配饰。

“究竟是怎么回事？”梅里开了腔，一边摸着滑落遮住一只眼睛的金头环。他停了下来，脸上闪过一丝阴霾，又闭上了眼。“原来如此，我想起来了！”他说，“卡恩督姆的人夜袭了我们，我们遭遇惨败。噢！我胸口被矛刺穿了！”他紧紧握住心口。“不！不！”他睁开了眼，“我在说什么呢？我一直在做梦。佛罗多，你上哪里去了？”

“我以为我走散了，”佛罗多说，“不过，这事不提也罢。还是想想这会儿该干什么！我们继续前进吧！”

“穿成这样上路吗，少爷？”山姆问，“我的衣服哪里去了？”他把头环、腰带和一堆戒指扔在草地上，又无助地四处张望，似乎期待看到他的斗篷、外套、马裤，希望其他霍比特人的服饰就躺在附近哪个地方。

“你们的衣服是找不回来喽。”汤姆哈哈笑着从坟丘上跳下来，在日光下绕着他们跳起了舞，仿佛之前没发生过任何危险或可怖的事情。事实上，当他们看着他，看到他透着快乐的眼神时，心里的后怕也渐渐消弭了。

“什么意思？”皮平看着他问道，既迷糊又震惊，“为什么找不到了？”

可汤姆却摇着头说：“你们已经从旋涡里找回了自我，能捡回一条小命，损失区区几件衣服不算什么。开心点儿，我快活的朋友们，让温暖的阳光捂热你们的心口和手脚！把这些冷冰冰的破布脱了吧！汤姆要去打打猎，你们先光溜溜地在草地上跑一跑吧！”

他蹦蹦跳跳地朝山下走，一边还吹着口哨叫来嚷去。佛罗多从背后看见他一路沿着跟前两座山之间的绿色洼地往南跑去，口哨声和喊声也依然没停下：

嘿呀，快回来嗬！溜达上哪儿去啦？

是上还是下，是近还是远，是这儿还是那远处？
尖耳朵，灵鼻子，刷子尾，小土佬儿，
我的白蹄小伙计，还有老胖墩儿！

他唱着歌，一边飞奔，一边抛接着帽子，最后起伏的地形遮住了他的身影：不过，好一阵儿他那“嘿呀！嗬呀！”的歌声仍旧顺着风飘过来，直到风儿也掉转头吹去了南边。

空气再度变得十分温暖。霍比特人按汤姆的吩咐在草地上来回跑了一会儿，然后躺下晒着太阳，快乐得仿佛那种突然从严冬被带到恬适气候的人，又像久卧病榻的人醒来发现自己突然痊愈一样，整个日子再度充满了希望。

等汤姆返回的时候，他们感到身体又强壮了（也饿了）。他再度现身，依旧是帽子先越过山头，身后乖乖地跟着六匹小马儿：他们那五匹跟一头额外的。额外的那匹自然是老胖墩儿：比他们的小马儿更大、更壮也更胖（更老）。那五匹小马儿是梅里的，他从没给起过什么名字，而汤姆给的新名字，它们一个个儿地欣然接受了一辈子。汤姆挨个儿唤着小马儿的名字，它们爬上坡顶，站成一排。汤姆冲着霍比特人鞠了一躬。

“现在奉上你们的小马儿！”他说，“它们的感觉可比你们这些四处晃悠的霍比特人灵光（某些方面）——鼻子还更好使。它们在你们前进的方向上嗅到了危险；若是为了拯救自己而逃跑，那它们可算跑对了路。你们得原谅它们；它们的意志忠贞无比，可它们并不是为直面古冢尸妖的恐怖而生的。瞧见了没，它们又回来了，还带着所有的行李！”

梅里、山姆和皮平穿上了背包里的备用衣物；很快他们就热得不行，毕竟这些衣服又厚又保暖，是为之后的冬天准备的。

“那匹老马胖墩儿是哪里来的呢？”佛罗多问。

“它是我的马，”汤姆说，“我的四腿好朋友；不过我很少骑它，它经常在远处溜达，去山边徜徉。你们的马在我那儿待着的时候认识了我的胖墩儿；那晚上它们闻到了气味，就跑去见它。我猜它照顾了它们，又用它的智慧之言去除了它们的恐惧。不过，现在，我快活的胖墩儿，老汤姆准备骑一骑你。嘿！老汤姆会跟你们一块儿走，把你们送到路上；所以，他需要骑骑马。你可没法光靠腿跟在骑马的霍比特人旁边跑，一边还跟他们轻松地聊天。”

这话听得几个霍比特人乐开了怀，感谢了汤姆好几回；可他却哈哈笑着说，他们太擅长把自己搞丢了，如果不把他们完好无损地送出他的地界，他可没法快乐起来。“我有许多事要做，”他说，“造东西、唱歌、讲话、散步，还要查看我的乡野。汤姆可没法时刻在附近帮忙打开大门和柳树洞。汤姆要顾家，金莓还等着哪。”

从太阳高度来看，这会儿时日尚早，还是九十点钟的样子，于是霍比特人转头关注起了食物。他们上一顿还是头一天在矗立的石头那里吃的午饭。他们这会儿的早饭是汤姆之前准备的，本打算当头天的晚餐；另外还有汤姆带来的一点儿东西。这顿饭算不上大餐（鉴于他们是霍比特人，再考虑到目前的情形），不过倒是让他们觉得舒服多了。趁着他们吃吃喝喝，汤姆爬上了坟顶，在财宝里边挑来选去。其中大部分都被他分作一堆，在草地上闪闪发光。他把这些留在了原处，“让发现者随意取走，无论发现者是飞禽走兽，精灵或者人类，又或者是任何友善的生物”；如此一来，古冢的咒语应该就能解除，尸妖也再不会回来。他从那一堆里边选了一枚镶着许多蓝宝石的胸针，它色泽丰富多彩，像是朵亚麻花，又仿佛蓝蝴蝶的翅膀。他久久地看着它，似乎被这东西勾起了什么回忆。最后，他摇摇头说：“这个漂亮玩具就留给汤姆和他的夫人吧！很久以前，一位丽人把这东西别在了肩上。如今就把它让给金莓戴，而我们也不会忘记她！”

他为霍比特人各挑选了一把匕首：长而锋利的叶刃，做工精湛，带有红、金色蛇纹。出鞘的匕首闪闪发光，黑色刀鞘像是用某种陌生的金属制成，轻且结实，还嵌着许多火红的宝石。不知是因为刀鞘的保护还是古冢里的咒语所致，刀刃丝毫没有受到岁月的侵蚀，依旧崭新、锋利，在阳光下闪动着寒芒。

“对霍比特人来说，以前的匕首长得可以当剑使。”他说，“夏尔人要是想朝东、朝南或者远方的黑暗和危险走，可得带把利刃才行。”他又告诉他们，这些武器是西方之地的人在很久很久以前打造的；他们是黑暗魔君的敌人，不过被来自安格玛之地卡恩督姆的邪恶之王打败了。

“记得他们的人不多了。”汤姆喃喃道，“不过，还是有不少被遗忘的诸王子嗣孤孤单单地浪迹天涯，守护那些粗心大意的人不受邪物侵害。”

几个霍比特人没听懂他的话。不过，随着他的话语，他们看见了一幅幻象，仿佛是许多年前的光景：广阔又阴暗的平原上有像是人类的身形在迈步，高大、严肃，手执铮亮的宝剑，最后出现的那位眉间有一颗星。幻象随即消散，他们又回到了阳光下的世界。

该启程了。他们把行李收拾妥当，放小马儿身上驮着，做好了准备。他们把新得的武器挂在了外套下皮带上，感觉十分不方便，还怀疑这东西到底会不会派上用场。他们之前可没人能想到，这次逃离引出的冒险竟然还可能会让他们跟打斗扯上关系。

总算出发了。他们牵着小马儿下了山，又骑上马迅速穿过山谷。回头看去，就在山上那座古冢的顶上，阳光照得那些金子的光芒如黄色火焰一样直升而上。等他们转过了古冢岗的山肩，那幕景象也消失在了视线之外。

佛罗多前后左右看了个遍，却压根儿没看见什么类似大门的巨大石块。不久后，他们便迅速穿过了北面的豁口，面前的大地开始往下行去。汤姆·邦巴迪尔骑着胖墩儿欢乐地陪在身旁或者前面，让旅途欢乐无比。胖墩儿看着腰肥体壮，跑起来却是身轻如燕。汤姆多数时候在唱歌，可内容大部分要么是胡言乱语，要么就是霍比特人听不懂的某种陌生、古代的语言，词语主要表达着惊奇和快乐的意思。

他们匀速前进着，不过很快便发现，大路比他们想象的要远。哪怕没遭遇浓雾这桩事，大中午睡的那一觉所带来的精力也不足以让他们在天黑之前赶到地方。他们之前看见的那条黑线其实并非树，那是沿着深渠边缘生长的一排灌木丛，深渠的对岸则是一道陡峭的墙。汤姆说，那儿曾经是某个王国的边界，不过已经是很久很久以前的事了。他似乎又被勾起了什么忧伤的回忆，也就不再多说了。

他们爬过沟渠，又从一道裂口穿过墙，汤姆转向了正北，因为他们走的方向有点儿偏西了。大地此刻一片开阔，平坦无比，于是他们加快了速度，可真等他们看见前头出现一列高高的树木时，太阳已然落得非常低了。他们明白，历经这许多意料之外的冒险，终于还是回到了大路上。他们快马加鞭跑过了最后一段路，在长长的树影里停了下来。他们此刻站在一道斜岸的顶上，大路在他们下方蜿蜒而去，在渐浓的夜色中变得模糊起来。大路差不多是从西南折向了东北，又在他们右边陡然下至一处宽阔的洼地。大路上满是车辙印，又让近来的大雨留下了许多痕迹，被雨灌满的水凼跟洼坑随处可见。

他们下了斜岸，又上下打量起来，什么也没看见。“那么，我们总算还是到了！”佛罗多说，“我猜，被我那条穿越森林的捷径耽搁的时间应该没超过两天！不过，耽搁一下或许也有好处呢——说不定他们就这么把我们追丢了。”

其他人都看着他。对黑骑手的恐惧如阴影一般突然再度袭上心头。自打进了老林子，他们把心思都放在了重返大路上；等真走上了大路，他们才想起这紧追其后的危险，很可能就在这大路上守株待兔。他们焦虑地回头看着渐落的太阳，可大路却是空旷的一片棕色。

“你觉得，”皮平踌躇着说，“你觉得我们今晚会被追击吗？”

“不，我希望今晚不会。”汤姆·邦巴迪尔回道，“希望明天也不会。不过，别相信我的猜测，我没法确认。我的知识在外面的东边没什么用。离汤姆的土地千山万水外的黑暗之地的骑手，汤姆可不是他们的主人。”

几个霍比特人都希望汤姆能一道同行。他们觉得，真要有人知道怎么对付黑骑手，那多半就是汤姆。他们很快就要进入对他们而言完全陌生的土地，这些地方只在最含糊其词、最古旧的夏尔传说里提到过。随着暮色渐浓，他们也渴望着回家。深深的孤独和失落感涌上心头。他们无言地矗立着，不愿道上那最后的珍重，好一会儿才意识到汤姆正在跟他们道别，告诉他们要保持心情愉快，天黑之前别停下脚步。

“让汤姆给你们一点儿好建议，仅限今天（之后就得靠你们的运气陪伴和指引喽）：沿着大路走上四哩，你们能在布理山下碰见屋门都朝西开的一个叫布理的村子。村里边有一家旧客栈，名叫跃马客栈，它的老板麦曼·黄油菊是个挺不错的人。你们在那里住一晚上，第二天一早赶路能走得更快。胆子大点儿，心也得细！让心情保持快乐，让小马儿载着你们与命运相会！”

他们央求着，让他至少一同去客栈，大家再共饮一回；可他哈哈笑着拒绝了，唱道：

汤姆的王国到这儿就是头啦：他不会跨出边界。

汤姆还有家要顾，金莓还在等着哪！

他转过身，抛了抛帽子，跳上胖墩儿的背，唱着歌儿越过了斜岸，融入了暮色中。

几个霍比特人爬上斜岸，目送他出了视线。

“与邦巴迪尔主人分别让我觉得难受，”山姆说，“他真是个谨慎的人。我猜，就算走得再远，我们也看不见比他更好、更怪的人了。不过，我得承认，我挺想看看他说的那间跃马客栈的。希望它跟家乡的绿龙酒馆一样！布理都有些什么样的人？”

“布理有霍比特人，”梅里说，“也有大种人。我敢说，那地方肯定够温馨的。跃马客栈是公认的好地方。时不时就有我认识的人骑马去那儿。”

“它也许就是我们想要的，”佛罗多说，“不过那里也是夏尔之外的地界。所以别太自在了！千万记住——你们所有人——巴金斯这名字切莫再提。非要讲的话，就叫我山下先生。”

他们骑着小马，沉默地走在暮色中。天色暗得很快，他们沉重又缓慢地下山上山，最后终于看见前方不远处有灯火闪烁。

缥缈的星空下，黝黑而巨大的布理山挡在他们面前；一座巨大的村落依偎在它的西侧。几个霍比特人快马匆匆，只想在那里找到一处炉火，一扇隔开他们和黑夜的门户。

·第九章·

跃马客栈

作为布理地区主要村庄的布理村是一片不大的聚居区，就像是一座岛屿，被空荡荡的大地包围着。除布理之外，布理山另一侧还有个叫斯台多的村子，再往东一点儿的深谷里是库姆村，阿切特村则位于切特森林的边缘。散布在布理山及这些村落周围的，是由田野和打整过的林地组成的一片几哩大小的乡野。

布理人发色棕黄，身材又矮又宽，性格开朗且独立，不归任何人管辖；与大种人曾经（或者说眼下）的态度不同，他们更熟悉霍比特人、矮人和精灵，对他们也更友善。从他们自己的说法来看，他们一开始便居住在这里，是最早游荡到中部世界西边的那批人的后代。从上古时期的动乱中活下来的人不多；不过，诸王跨过大海重返之后，发现布理人还在这里，而等到荒草隐去了关于诸王的记忆，布理人依旧在这里。

在那些日子里，并没有其他人类在如此偏西的地方以及夏尔一百里格范围内定居。而布理之外的荒原中存在着神秘的游荡者。布理人管他们叫游侠，对他们的来历一无所知。他们更高、更黑，据说有着视力和听力方面的神通，能理解飞禽走兽的语言。他们随心所欲地游荡在南部和东部，乃至远到迷雾山脉的地方；不过他们的人数日渐稀少，也越来越难见到。每回他们出现，都会带着从远方而来的消息，还会讲述备受人们追捧的奇异且无人知晓的传说；不过，布理人并未跟他们成为朋友。

布理地区同样住着不少霍比特家庭；他们声称自己是最早在这世界居住的霍比特人，甚至要早于跨过白兰地河、殖民夏尔的那批人。他们主要生活在斯台多村，不过也有一些住在布理村，尤爱住在人类房屋之上的山丘高坡处。大种人和小种人（双方相互的称呼）关系友好，虽各行其是、自扫门前雪，但都正确意识到对方是布理人不可或缺的一部分。如此绝伦（但美妙）的安排，这世上再无别处可寻。

布理人无论大小都不太爱旅行，他们大多只在意四村之间的事务。布理霍比特人偶尔会出个远门，前往雄鹿地或者东区；不过他们那块弹丸之地，就算骑马往东，去夏尔霍比特人如今难得拜访一回的白兰地桥，顶多也就花上一天的时间。间或会有雄鹿地的人或者图克家哪位富有冒险精神的人上跃马客栈住上一两晚，可这样的情况如今也愈发少见了。这些布理人，以及所有生活在夏尔界外的人，都被夏尔霍比特人统一称为外地人，基本不怎么搭理，觉得他们既沉闷无聊又粗鄙无礼。或许，那些日子里散落在世界西边的外地人比夏尔人想象的要多。毫无疑问，其中的一些外地人比流浪汉好不上几分，在随便哪条坡岸上就地挖个洞，然后就这么住到不想住为止。不过，无论如何，布理地区的霍比特人素来都正派又体面，可不比那些夏尔“内地”亲戚来得土气。大家还没忘记，布理和夏尔之间还是有过往来频繁的日子。众所周知，白兰地鹿家就有布理血统。

布理村建有一百来栋大种人住的石屋，大部分坐东朝西，位于大道上方的山腰处。山坡这一面有一条环山绕了半圈的深渠，内侧是浓密的树篱。深渠那头有一条堤道穿过大道，一扇大门锁住了它穿过树篱的位置，而大道从南角穿出村子的地方还有另一道大门。这两扇大门会在晚上关闭，不过大门内侧设有供守门人使用的小房间。

就在大道向右拐绕过山脚的地方，有一家大客栈。它落成于许久之前，那时候的往来交通要频繁得多。布理位于一处古老的道路交汇处；紧挨着村子西缘沟渠的，便是另一条古道与东大道的交会处，过往常有大种人及其他各色种族从这里经过。东区仍有“怪如布理传新闻”的说法，这种说法来自过往，那时在客栈还能听到来自南、北、东部的消息，夏尔的霍比特人在此地逗留也比如今更为频繁。不过，北边的土地早已荒芜，北大道如今罕有人走，上面荒草丛生，被布理人称为绿大道。

不过，布理的客栈依旧存在，客栈老板是位重要人物。他的这栋屋子是四村大大小小的居民中无所事事、健谈和好奇之人的聚集之地，也是游侠和其他游荡者以及依旧走东大道往返群山的旅者（主要是矮人）的度假胜地。

就在夜已深沉、群星闪耀时，佛罗多和伙伴们到达绿道的十字路口，村庄近在咫尺。他们来到西大门处，却发现大门关上了，不过里侧的守门小屋门口倒是坐着一个人。他跳起了身，抓过灯笼，隔着大门一脸惊讶地看着他们。

“你们打哪儿来的，想要干什么？”他粗声问道。

“上这里投宿客栈的，”佛罗多回答，“我们要去东边，可今晚没法再走了。”

“霍比特人！四个！听口音还是夏尔来的。”守门人仿佛自言自语一般低声说。他阴沉地盯着他们看了一阵，打开大门让他们进来。

“很少见得到夏尔霍比特人大晚上骑着马出现在大道上。”当他们在他的小屋门口驻步片刻时，他继续说，“请原谅我的好奇心，什么风把诸位吹来了东边的布理？敢问贵姓？”

“我们姓甚名谁，有何贵干都与你无关，也不适合放在这地方讨论。”佛罗多说，有点儿不喜这人的长相和口吻。

“不消说，你们要干吗跟我无关，”那人回道，“可入夜后问话就跟我有关了。”

“我们是雄鹿地来的霍比特人，喜欢四处旅行，想住这里的客栈。”梅里补了一句，“我是白兰地鹿先生。这些够了吗？以前布理人对旅者说话可是客客气气的，反正我是这么听说的。”

“行吧，行吧！”那人说，“我无意冒犯。不过，你们也许会发现，会问你们问题的人可不止看大门的老哈里我一个。这里边有不少怪人。你们如果是去跃马客栈，会发现那边的客人可不止你们几位。”

他祝他们晚安，他们并未回话；佛罗多能看见，透过灯笼的光芒，那人依旧一脸好奇地盯着他们。他们骑马往前，而大门在背后“哐当”一声关上，让佛罗多的心情快乐了起来。他想知道这人为何如此多疑，想知道会不会有人来问过跟一帮霍比特人有关的事情。是甘道夫吗？在他们被老林子和古冢岗绊住脚的时候，他会不会已经到了？然而，那看门人的表情和声音里有什么让他感觉心神不宁的东西。

守门人从背后又盯了霍比特人一会儿，才走回了小屋。就在他转身的一刹那，一道黑色身影迅速爬过大门，融进了村庄街道的阴影里。

霍比特人骑上缓坡，又经过几座独立的屋子，抵达了客栈门外。那些屋子在他们看来显得既巨大又怪异。山姆瞪着客栈的三层楼和一大堆窗户，感到心里一沉。他想象过会在旅途中碰见比树还要高的巨人或者更加可怕的怪物；可这会儿他发现，光是看见这些大种人和他们高大的房屋，就已经让他感觉足够了——疲惫了一整天，夜晚又已如此深沉，他甚至有些吃不消了。他想象着几匹套着鞍的黑马立在客栈院子的阴影中，而黑骑手从上方漆黑的窗户里窥探的场景。

“我们应该不会在这里过夜的，对吧，少爷？”他惊叫道，“既然这里有霍比特人的地盘，我们为什么不去找找愿意接纳我们的地方呢？肯定会让我们更自在的。”

“客栈怎么了？”佛罗多问，“这可是汤姆·邦巴迪尔推荐的。我想里边肯定会让我们觉得很亲切的。”

在老主顾的眼里，这间客栈就连外形都让人觉得愉快。它的前门开在大道跟前，后面有两座厢房，位于山坡下部被掏出来的土地上，所以二楼的窗户正好挨着地面。两侧厢房之间有一道宽宽的拱门通向院子，拱门左下角有一个大门洞，连着几级宽台阶。拱门这会儿正开着，里边有光线投射而出。拱门上方有一盏灯，灯下面晃动着一块巨大的招牌：一匹人立着的胖白马。门上涂着白色的字：麦曼·黄油菊的跃马客栈。有光亮透过厚厚的窗帘，从许多下层的窗户中照出。

他们在门外的夜色中踟蹰，听见里边有人唱起一首欢快的歌，又有许多愉快的声音大声合唱了起来。他们听了一会儿这让人鼓舞的声音，终于下了马。一曲唱毕，欢笑声和鼓掌声轰然响起。

他们牵马走过拱门，又把马儿留在院子里，爬上了台阶。走在前面的佛罗多差点儿跟一个光头、红脸的矮胖男人撞了个满怀。后者系着条白围裙，手上托着一盘子灌得满满当当的啤酒杯，匆匆忙忙地出了一扇门，正准备进另一扇门。

“我们能——”佛罗多开了腔。

“稍等半分钟！”男人扭头喊道，消失在一片嘈杂的声音和烟雾中。转眼他又出现了，手在围裙上来回蹭着。

“晚上好哇，小少爷！”他鞠了一躬，“您要来点儿什么？”

“可以的话，请给我们安排四人、五马的住处。您是黄油菊先生吗？”

“没错！黄油菊正是在下。麦曼·黄油菊为您效劳！你们从夏尔来的吧？”他说，突然一巴掌拍在脑门儿上，仿佛想回忆起点儿什么。“霍比特人！”他大声说，“这让我想起什么来着？我能问问诸位少爷贵姓吗？”

“图克先生及白兰地鹿先生，”佛罗多说，“这位是山姆·甘姆吉。我名为山下。”

“快想起来了！”黄油菊先生说，打了一记响指，“又忘了！不过它会再回来的，等我有空了好好想想。我忙得腿都快断了；不过，我会看看有什么能帮你们做的。最近可没什么成群结队从夏尔来的主顾，要是没招待好你们，我可是会觉得很抱歉哪。不过，今晚客栈里已经人满为患，很久没这么吵闹过了。我们布理人会说，不雨则已，一雨倾盆哪。”

“嗨，诺伯！”他喊道，“上哪儿去了，你这蠢手蠢脚的笨蛋？诺伯！”

“来了，先生！来了！”一位长相欢乐的霍比特人从一扇门里蹦了出来，看到旅者后又猛地刹住脚，充满兴趣地盯着他们。

“鲍伯在哪里？”店主问，“你不知道？行吧，去找他！麻溜儿的！我可没长六条腿，也没长六只眼睛！跟鲍伯说，有五匹小马要入厩。他怎么都得挪点儿地儿出来。”诺伯咧嘴一笑，眨了眨眼，一路小跑着走了。

“好啦，我想说什么来着？”黄油菊先生拍了拍脑门儿，“要我说，可真就事赶事的。我今晚真是忙晕了头。昨晚上从绿大道南边来了一帮人——这还只是怪事刚开始。紧接着，今晚上又来了一堆要去西边的矮人。现在又是你们。我真怀疑，如果你们不是霍比特人的话，这屋子能不能容下你们。还好我们在北厢有一两间专门给霍比特人用的屋子，是本客栈建造之初建的，就在他们偏爱的地面层；还有圆窗户以及其他诸如此类的东西。希望能让几位宾至如归。我非常相信几位肯定希望先吃顿饭，也许还要尽快。这边请！”

他领着他们在走廊走了几步路，然后打开了一扇门。“这间包厢又小又舒服！”他说，“希望合几位的胃口。请容我先行告退。我太忙了，完全没时间聊天。我必须得跑起来。我的两条腿明明都快累断了，怎么就一点儿都没瘦呢。我稍后再来招待各位。有什么需要的话，请摇手铃叫诺伯。他要是没动静，就一边摇一边喊！”

最后他可算是离开了，留下他们几个大眼瞪小眼——似乎无论有多忙，店主都有本事滔滔不绝地聊天。他们注意到自己站在一间不大但安逸的房间里。壁炉里燃着明亮的小火，前面摆了几张舒适的矮椅。包厢里还有一张铺了白布的圆桌，上面放了一个巨大的手摇铃。不过，还没等他们有摇铃的想法，霍比特人仆从诺伯便已出现，给他们带来了蜡烛和一托盘碟子。

“想喝点儿什么吗，几位少爷？”他问道，“趁晚饭还没上来，需要我领几位去住处看看吗？”

黄油菊先生和诺伯再来的时候，几人已经洗漱完毕，正捧着大杯啤酒喝到一半。眨眼间，餐桌便摆设完毕：有热汤、冷肉、黑莓馅饼、现烤面包、几大块黄油跟半熟的奶酪——都是些土菜，跟夏尔的食物一样美味，又家常到让山姆放下了心里最后的戒备（香醇的啤酒已经让他倍感放松）。

客栈老板又晃悠片刻，便准备告辞了。“等用完了晚膳，不知道几位有没有兴趣跟其他客人一块儿乐和乐和？”他站在门边问道，“兴许诸位更乐意去床上躺着。不过，如果几位有这意思，大家伙儿还是挺欢迎你们的。我得说，外地人——夏尔来的旅者，请见谅——不怎么见得到；我们都想听点儿新鲜事儿，或者听点儿几位脑袋里能想起来的故事和歌之类的东西。不过，请随意！缺什么就摇铃！”

一顿晚饭过后（吃了差不多三刻钟，席间毫无废话），几人感觉焕然一新、精神振奋，于是佛罗多、皮平、山姆决定去加入其他客人的活动。梅里表示那边可能太闷了，“我打算安安静静烤烤火，然后大概再出去透透气。注意谨言慎行，别忘了我们的计划是秘密逃离，现在我们还在大道上，离夏尔也不远呢！”

“好啦！”皮平说，“你也多加小心！别走丢了，也别忘记待在屋里更安全！”

大伙儿都待在客栈的大休息厅里。等佛罗多的眼睛适应了这里的光线，他看见这里的客人数量众多，什么样的都有。休息厅里的光线主要来自熊熊燃烧的炉火，悬在梁上的三盏油灯反倒灯光昏暗，半掩在袅袅烟雾里。麦曼·黄油菊正站在炉火边上跟两个矮人和一两位怪模怪样的人聊着天。长凳上坐着各式各样的人：布理大种人，一群本地霍比特人（正围坐着侃大山），几个矮人，还有一些坐在阴影中、角落边，难以辨认形貌的模糊人影。

几个夏尔霍比特人进了屋，布理人登时纷纷欢迎了起来。那些陌生人——尤其是从绿大道来的陌生人，都好奇地盯着他们看。店老板跟布理群众介绍了几位新来者，可那速度快得众人虽听见了名字，却不知道究竟谁是谁。布理人似乎全起了些跟植物沾边的名字（在夏尔人看来十分奇怪），比如灯芯草、山羊叶、石楠趾、苹果树、蓟羊毛、蕨尼（甭提还有黄油菊）。有些霍比特人有着类似的名字，比如不少人就姓艾蒿。不过绝大多数人的名字还是源自大自然，比如山坡、獾屋、长洞、挑沙、隧道，其中有许多在夏尔也使用过。斯台多村就过来了好几位姓山下的——鉴于想象不到山下这个姓还会有外人使用，他们打心底把佛罗多给当成了失散多年的表兄。

布理霍比特人其实是群友善的好奇宝宝，没多久佛罗多就发现，自己不得不交代来这里的目的。他便搪塞过去，说自己对历史和地理充满兴趣（虽说布理方言鲜少使用这两个词，还是有不少人煞有介事地点着脑袋）。他说他打算写一本书（听众被镇得鸦雀无声），于是他跟朋友想搜集生活在夏尔之外，尤其是东部土地上霍比特人的资料。

一听这话，听众们七嘴八舌地纷纷讲了起来。倘若佛罗多真要写书，倘若他耳朵听得过来的话，这区区几分钟便能让他搜集到够写好几章的内容。假如这还不够的话，他还得了一整张以“此处的老麦曼”起头的姓名清单，从这些人那儿他还能打听到更详细的信息。可过了好一会儿，佛罗多依旧没有当场开始写书的迹象，霍比特人又纷纷转回来问起了夏尔的日常。事实证明，佛罗多并不算能言善道，所以没多久他就发现自己孤零零地坐在角落里，一边倾听，一边东盯西瞧。

人类和矮人大多谈论着远方的事情，聊那些耳朵都听出了茧的信息：远远的南边出了麻烦事，走绿大道来的人类正浪迹着寻找栖身之地。布理人倒是挺有同情心的，但没准备好在自己的小小土地上接纳如此多的陌生人。其中一名斜眼睛、一脸蛮肉的旅者预言说，不久之后还会有越来越多的人往北方走。“不给他们准备住处的话，他们会自己找地方住。他们跟其他人一样有活下来的权利。”这人大着嗓门儿说。当地居民对如此前景显然不是很高兴。

眼下似乎跟自己没什么关系，几个霍比特人的注意力便没怎么放在这上面。大种人很难会求宿到霍比特人的洞府里。他们对山姆和皮平更感兴趣——两人这会儿跟到了家似的，正快活地聊着夏尔的各种事情。皮平讲的大洞镇市政洞屋顶垮塌事件逗得大家哄堂大笑：镇长威尔·白足，同时也是西区最胖的霍比特人，整个被白垩粉给埋住了，等挖出来的时候活像个沾满面粉的团子。不过，听众们问的些许问题让佛罗多有些不安：比如有一位似乎已经去过夏尔好几回的布理人，想知道山下先生仙居何处，有哪些亲戚。

突然间，就在靠近墙的阴影处，佛罗多注意到一个长相奇怪、饱经风霜的男人正在专心听着霍比特人聊天。他面前摆着一大杯啤酒，嘴里抽着一根雕得奇形怪状的长柄烟斗。他的两条腿伸在前面，露出一双十分合脚的柔皮靴子，不过已经磨损了不少地方，上面沾满泥土。他身上紧紧裹着一件风尘仆仆、深绿色布料的斗篷。尽管室内温暖无比，他依旧用兜帽遮住了脸；但他看着几个霍比特人的时候，眼里的光亮依旧透了出来。

“那人是谁？”佛罗多逮住机会低声问黄油菊先生，“你好像没跟我介绍过。”

“他吗？”老板也低声回答，脑袋动也没动，只用眼角余光瞟了一眼，“我也不是很熟。他是游民的一员——我们管他们叫游侠。他话很少，不过心情好的时候倒是会讲点儿很少听闻的故事。他时常整月、整年地消失，然后又突然再度出现。去年春天的时候，他来来往往的倒是挺频繁，不过最近这阵子我没见过他。我从没听过他的真名，不过这周边的人都管他叫大步佬。他那两条长腿大步流星地四处走，却从不告诉别人他在忙些什么。用布理话讲就是，‘东西无事’——恕我冒昧，指的就是东边的游侠跟西边的夏尔人。你竟然问起了他，倒是挺有意思的。”可惜黄油菊先生这时突然被叫去上啤酒了，他最后那句话也就此没了说明。

佛罗多发现大步佬这会儿正盯着他看，仿佛大步佬听见或者猜到了之前的对话。他此刻点了点头，招着手邀请佛罗多去他那里坐坐。佛罗多走了过去，大步佬也拉下兜帽，露出夹杂着灰色的蓬松黑发，以及苍白、坚毅的脸上那双敏锐的灰色眼睛。

“我被称作‘大步佬’，”他低着嗓子说，“很高兴认识你，少爷——山下少爷，如果老黄油菊没搞错你名字的话。”

“正确无误。”佛罗多僵硬地回道。被这双敏锐的眼睛盯着，他感觉浑身不自在。

“好的，山下少爷。”大步佬说，“假如我是你，那我就会拦着你那堆朋友，让他们少说点儿话。好酒、炉火跟不期而遇已经足够让人快活了，不过，嗯——这里可不是夏尔。这里的怪人可不少。你或许会觉得我该照照镜子看看，”看见佛罗多投来的视线，他又揶揄地笑了笑，“最近还有更古怪的旅者经过了布理。”他继续说，一边观察着佛罗多的脸。

佛罗多迎上他的目光，但是一言未发；大步佬也没了进一步动静，注意力似乎突然被皮平给吸引了。受他这个动作的影响，佛罗多也警惕地注意到了那位荒唐的图克小年轻——受大洞镇胖镇长那番故事的鼓舞，他此刻竟然绘声绘色地讲起了比尔博的告别晚宴。他已经拿腔拿调地讲过了演讲，就快要说到令人震惊的消失那段了。

佛罗多恼怒得不行。毫无疑问，当地的霍比特人只觉得这是个碍不着什么事儿的小故事，只是大河对岸那边的滑稽人物干的逗乐事儿；可知道点儿内情的人（比方说老黄油菊），说不定早就听说过比尔博消失的事情。这会让他们再度想起巴金斯这个姓，特别是布理这地界正好有人打听过这名字。

佛罗多坐立不安，不知如何是好。皮平显然非常享受众人的关注，已经把几人的危险处境忘了个干干净净。佛罗多突然担心，以他眼下的精神状态，没准儿顺口就会提到魔戒，那可就把篓子捅大了。

大步佬附耳道：“你最好赶紧做点儿什么！”

佛罗多便跳上桌子开始发言。皮平的听众顿时分散了注意力。部分霍比特人看了过来，哈哈笑着给佛罗多鼓掌，觉得山下先生这会儿应该是啤酒喝到了位。

佛罗多突然觉得蠢透了，又发现自己正摩挲着兜里的东西（他准备演讲时的老习惯）。他感受着链子上的魔戒，莫名地想戴上它，从眼前的情境中消失。不知为何，他感觉这股念头来自他以外的地方——来自这屋里的某人或某物。他坚定地抵抗着这种欲望，把魔戒牢牢握在掌心，仿佛想以此来预防它逃走或者做恶作剧。无论如何，魔戒一丝灵感也没带给他。他照着夏尔人常做的那样，讲了几句“冠冕堂皇的话”：“我们都十分感谢你们的友好接待，我斗胆期盼，此次短暂之旅能帮助大家重拾夏尔与布理的古老友谊。”之后他踌躇着，咳嗽了两声。

屋子里的人全望向他。“来首歌！”一个霍比特人喊道。“来首歌！来首歌！”其他人也跟着喊道。“来吧，小少爷，给我们唱首没听过的歌！”

佛罗多原地愣了好一会儿。绝望中，他唱起了比尔博挺喜欢的（也特别自豪，因为歌词全是他填的）一首荒唐歌。这歌讲的是某间客栈，或许这正是此时它涌上脑海的原因。以下是歌词全文。不过到了如今，被人记住的基本上已经不剩几个字了。

在那古老的灰山下，
有家欢乐的老客栈，
那里的啤酒棕如许，
引得月仙夜下凡，
要把这酒尝一尝。

马夫养了只醉酒猫，
拉着一把五弦的琴；
上上下下运弓如飞，
高音叽叽，低音嘎嘎，
时而又往中音锯。

店主养了只小小狗，
尤对笑话有独钟；

一有客人开怀饮，
他便竖着耳朵听，
笑得气也喘不赢。

客栈养了头带角牛，
傲气好比王之后；
音乐让她如酒醉，
听得牛尾摇又甩，
绿地径直翩翩舞。

噢，一排排银盘，
那一把把银勺！
周六下午齐齐理，
洗洗净，擦擦亮，
以备周日殊宴来。

月仙饮酒入佳境，
醉猫也来大声号；
桌上碗勺齐齐舞，
园里牛儿脚踢腾，
小狗汪汪追尾巴。

月仙再饮一大杯，
酒醉不支桌下滑；
梦中再有美酒来，
饮到闪闪星不再，

饮到黎明挂上天。

醉猫听那马夫讲:
“白马打那月上来,
扑哧不断银嚼咬;
主人仍旧梦中游,
日头却要上山喽!”

醉猫忙把琴弦拉
吉格一曲唤醉鬼:
吱吱嘎嘎，曲调纷飞,
店主直把月仙摇:
“丑时已过啦!”

晃晃悠悠山上抬,
月仙塞进月亮里;
白马疾蹄身后追,
牛儿也来欢脱蹦,
银碟赶着银勺跑。

醉猫快琴更纷飞;
小狗放嗓呜呜号,
白马奶牛拿大顶;
宾客纷纷蹦下床,
踢踢踏踏舞相随。

嘎嘣一声琴弦断！
奶牛蹦到月上面，
小狗一见笑汪汪，
周六银碟排队跑，
周日银勺奔在前。

圆月一轮山下落，
太阳女神天上走。
火眼虽见却难信：
莫非白日已过完，
为何都往床上躺！

雷鸣般的掌声经久不息。佛罗多的声音很美，歌也深合听众的胃口。“老麦在哪儿呢？”他们喊道，“他真该听听这歌。鲍伯该教他的猫也拉拉琴，然后我们就能跳舞啦！”听众们又叫了一轮酒，接着便喊起来：“少爷，再唱一遍吧！来吧！再唱一遍！”

他们请佛罗多又喝了一回，让他也再唱了一回，许多人也加入合唱——曲调耳熟能详，大家也迅速记住了歌词。这下佛罗多自己也快活起来了。他在桌上跳来跳去，等到第二回唱到“奶牛蹦到月上面”的时候，他也跳到了半空中——跳得猛了点儿，他“砰”的一声落到满托盘的酒杯上滑倒，然后“乒乒乓乓”地滚下了桌子，“乓”的一声落在地上。听众们一个个儿本来张嘴便要大笑，声音却戛然而止：歌手不见了——就这么消失得无影无踪，仿佛直接落到了地板之下，却又连洞都没砸出来！

本地霍比特人瞠目结舌，又猛地站起身，纷纷呼唤着麦曼。人群纷纷远离了皮平和山姆，两人发现自己被孤零零地留在角落里，远远受着他人阴暗、质疑的眼神。显然，许多人已经把他们当作是拥有神秘力量和企图的旅行魔术师的同伙儿了。不过，还有位皮肤黝黑的布理人杵在原地，拿一种心知肚明、半是嘲讽的眼神盯着，看得两人浑身难受。这人此刻溜出了屋子，那个斜眼睛的南方旅人也跟在了后面：这两人今晚上凑在一块儿嘀咕了很久。

佛罗多感觉自己是个蠢货。他不知道还能怎么办，便从桌下爬去了大步佬坐着的角落——后者依旧纹丝不动地坐着，脸上一丝表情也没有。佛罗多背靠着墙，取下了魔戒。他不知道这东西怎么戴到了手上，只能猜是他在唱歌的时候摆弄着魔戒，结果摔倒的时候想用手撑住，却一不小心套上了手指。有那么一会儿，他怀疑这是不是魔戒搞的恶作剧；许是它在回应来自屋里的那个愿望或者命令，于是便试图展示自己。他不太喜欢走出屋子的那两人的表情。

“好吧，”等他现形之后，大步佬问道，“你干吗要这么做？真是比你朋友说的任何话还要糟糕！这下你可真就是泥足深陷了！或者我该说，泥‘指’深陷？”

“我不懂你在说什么。”佛罗多愠怒又警惕地回道。

“不，不，你懂的。”大步佬回道，“不过，我们还是等骚动平息后再说吧。之后，要是你愿意，巴金斯先生，我想安静地跟你谈一谈。”

“谈什么？”佛罗多问，没注意到对方突然叫了他的真名。

“一些重要的事情——对我们双方而言。”大步佬直视佛罗多的眼睛，“你也许会听到点儿对你有帮助的消息。”

“很好，”佛罗多努力装出不甚在意的样子，“之后我会跟你谈的。”

与此同时，炉火旁也吵起来了。黄油菊先生小跑着进了屋子，这会儿正试图同时听取刚才之事的好几个互相矛盾的版本。

“我看见他了，黄油菊先生，”一个霍比特人说，“或者说我至少看见他没了，如果你懂我的意思。可以说，他就这么消失在无色的空气里了。”

“艾蒿先生，你说真的？”老板一脸疑惑地问。

“我当然是说真的！”艾蒿回道，“句句属实，不掺假。”

“肯定是哪儿出了差错，”黄油菊摇着头说，“不管山下先生是消失在无色的空气里，还是消失在有色的空气里——更像这屋里的情况——这话都太夸张了。”

“好吧，那他现在在哪儿？”好些声音大喊道。

“我怎么知道？他要去哪里是他自己的事，只要他早上会付账就行。图克先生不就在这里么，他可没有消失。”

“哈，我看见了我看见的，我也看见了我没看见的。”艾蒿固执地说。

“我都说肯定是出了差错。”黄油菊先生一边重复道，一边拾起托盘，收拾起破烂的餐具。

“当然是出了差错！”佛罗多说，“我可没有消失。我不就在这儿嘛！我只是去角落里跟大步佬说了几句话而已。”

他径直走到了火光之下，可人群却纷纷往后退，比之前还要不安。他说他摔下去之后就从桌下面赶紧爬走了，可大家压根儿不买账。大部分霍比特人和布理人当场气冲冲地走掉了，晚上找乐子的心情也散了个一干二净。有一两个人恶狠狠地看了佛罗多一眼，嘴里嘀嘀咕咕地也走掉了。还留在屋里的矮人和两三个陌生人也起身跟老板道了晚安，却没有跟佛罗多和他的朋友说一句话。没过多久，屋子里的人走了个精光，只剩下没人注意到的大步佬依旧还站在墙边。

黄油菊先生似乎没怎么泄气。他估计，等今晚的神秘被彻底讨论明白之前，他的客栈很有可能还会客满好几个晚上。“你都干了什么啊，山下先生？”他问道，“你耍的那套杂技可把我的客人全吓坏了，还把我的东西都给打烂了！”

“非常抱歉，给你惹了一堆事。”佛罗多说，“我跟你保证，我真的并非有意的。这只是场非常不幸的意外。”

“好了，山下先生！如果你还打算再翻几个筋斗或者变个戏法之类的话，最好先跟大家伙儿提前打个招呼——也跟我打个招呼。我们这儿的人对不正常的事情——诡异的事情，如果你明白我的意思——都有点儿神经过敏；我们可没法一下子就接受。”

“黄油菊先生，我跟你保证，我不会再干这种事情了。我这会儿就想回去睡觉。我们明天一大早就会出发。你明早八点能帮我们备好马吗？”

“非常好！不过，山下先生，在你离开之前，我想私下跟你讲几句话。我突然想起一点儿事，必须要告诉你。还请你不要见怪。等我先打点一两件事，然后我就去房间找你，如果你愿意的话。”

“没问题！”佛罗多说，可他心里却猛地一沉。他很好奇，在自己睡觉之前，到底会经历几回私下谈话，谈话内容又会透露些什么。这些人莫非要联合起来对付他？他甚至开始怀疑，黄油菊那张胖脸下面是不是也隐藏着什么阴暗的盘算。

·第十章·

大步佬

佛罗多、皮平和山姆打道回了小包厢，里边黑漆漆的。梅里不在，壁炉里只剩下一点儿余火。等把火拨旺，又扔进去了几根柴火，他们这才发现大步佬也一块儿来了，就静静地坐在门边的椅子上！

“哈喽！”皮平说，“你是谁，想干吗？”

“别人叫我大步佬，”他回道，“你朋友或许忘了，先前他答应要跟我安静地聊聊。”

“我认为你说的是，我能听到点儿有帮助的消息。”佛罗多说，“你想说什么？”

“几件事，”大步佬回道，“不过，当然了，我也有所求。”

“你什么意思？”佛罗多厉声问。

“别紧张，我的意思是，我会告诉你们我知道的，再给你们提点儿有用的建议——但我希望能有所回报。”

“那么，你想要什么回报？”佛罗多问。他怀疑自己被无赖给缠上了，又不太舒服地想到，自己身上没带几个钱，肯定满足不了这流氓，而且他的钱也不能花在这上面。

“不是什么你负担不了的东西，”大步佬回答，脸上慢慢绽开笑容，就仿佛他猜到了佛罗多的想法，“我只不过想要一直跟着你们，直到我想离开为止。”

“噢，是这事！”佛罗多回道，有点儿惊讶，但没怎么感到放心，“就算我想再多找个伙伴，也不能就这样接受你，至少我得更了解你的其人其事。”

“好极了！”大步佬叹道，架着腿舒服地往后一靠，“你的理智似乎又回来了，这样挺好的。目前你的一言一行都非常谨慎，很好！我会告诉你我知道的东西，把奖励留给你。等你听我说完，大概就会很乐意获得它了。”

“愿闻其详！”佛罗多说，“你都知道些什么？”

“很多很多，许多阴暗的事情。”大步佬面无表情地说，“至于你们的事——”他起身走到门前，快速打开看了看，又悄悄关上门坐下，“我的耳朵很好使。”他压低声音继续说，“虽说我没法隐身，但我已经狩猎过许多狂莽又谨慎的东西，只要我愿意，没人能发现我。今晚上，四个霍比特人从丘陵里出来的时候，我就在布理西边大道的树篱后面。我没必要重复他们跟老邦巴迪尔或者彼此说了什么话；不过某件事吸引了我。‘千万记住，’他们中的某位说，‘巴金斯这名字切莫再提。非要讲的话，就叫我山下先生。’我对此非常感兴趣，于是跟着他们到了这儿。我就跟在他们后面溜进了大门。巴金斯先生舍弃自己的姓名也许有着什么正当理由；即便如此，我也该建议他跟他的朋友们再谨慎一些。”

“我觉得布理应该没有人会对我的名字感兴趣，”佛罗多愤愤道，“但我依旧想知道你为什么会感兴趣。大步佬先生这么刺探和偷听也许有着什么正当理由；即便如此，我也该建议他解释解释。”

“答得很好！”大步佬哈哈笑道，“解释起来很简单：我在找一个叫佛罗多·巴金斯的霍比特人。我想赶紧找到他。我听闻他带着什么离开了夏尔，嗯，带着一个秘密，跟我和我的朋友有关。”

“先别忙着误会我！”见佛罗多站起了身，山姆也一脸怒容地跳了起来，大步佬喊道，“我比你们更小心这个秘密。小心是有必要的！”他前倾着身子看向他们。“注意每一处阴影！”他压低声音，“黑骑手已经路过了布理。据他们说，星期一的时候从绿大道下来了一个黑骑手；之后又出现了一个，从南边上了绿大道。”

屋里一片安静。最后，佛罗多对皮平和山姆说：“从守门人招呼我们的态度上，我就该猜到的。”他说，“店主似乎也听闻了什么。他为什么要推着我们去凑热闹？我们到底为什么要表现得这么蠢？我们应该安静地待在这里才对。”

“本不该这样的，”大步佬说，“要是能办到，我本该拦着不让你们去会客厅；可客栈老板不让我见你们，也不帮我给你们递消息。”

“你觉得他——”佛罗多开了腔。

“不，我觉得老黄油菊应该没什么坏心眼儿。他只是不怎么喜欢我这种神神秘秘的流浪者罢了。”佛罗多一脸懵地看着他。“哦，我看着很像个无赖，不是吗？”大步佬说，嘴角翘起，眼中闪着古怪的光亮，“而我希望我们能更加了解彼此。到时候，我希望你能跟我解释解释你那首歌的结尾是什么。因为那个小恶作剧——”

“那纯粹是个意外！”佛罗多打断了他。

“意外？”大步佬说，“我挺怀疑的。行吧。意外让你们身处险境。”

“还能危险到哪儿去？”佛罗多说，“我知道这些骑手在追我；可再怎么看，他们现在也已经追丢了，已经跑远了。”

“你怎么能指望这个！”大步佬尖锐地指出，“他们会回来的，还会来更多的人。还有别的黑骑手，我知道他们有多少人，我了解这些骑手。”他停下声，眼神冰冷、坚硬。“布理的某些人也不值得信任，”他继续说，“比如比尔·蕨尼。他在布理地区声名狼藉，还有怪人去他家里。你肯定在宾客里看到过他：一个黑不溜秋、脸上挂着冷笑的家伙。他跟南部的某个陌生人关系密切，就在你的‘意外’之后，他们便一起溜了。不是所有的南方人都心怀好意；至于蕨尼，他什么都愿意出卖，还会为了消遣搞恶作剧。”

“蕨尼会出卖什么东西，还有我的意外怎么跟他又扯上了关系？”佛罗多问，执意不去理会大步佬的暗示。

“废话，当然是关于你的消息。”大步佬回答，“描述你今晚的所作所为会让某些人十分感兴趣。这之后他们也不需要再了解你的真名。在我看来，他们绝对会在今晚结束之前就听到，够清楚了吧？至于我的回报，你们爱怎么办都行：带上我当护卫或者不带，都可以。但我想说的是，从夏尔到迷雾山脉之间的每一寸土地我都了如指掌，因为我已经在这些地方浪迹了许多年。我的年纪比看上去要大。也许我能证明自己的用处。今晚过后，你们得离开空旷的道路，因为黑骑手会日夜监视那里。等日出之后，你们也许能逃出布理，向前行进；但你们走不了多远。他们会在荒野、在某些求助无门的阴暗地方找上你们。你希望他们找到你吗？他们可是恐怖得很！”

霍比特人盯着他，震惊地发现他的脸抽搐着，似乎非常痛苦，手也紧紧抓着椅子扶手。屋子里鸦雀无声，光线似乎也变得暗淡起来。好一阵子，他坐在那里，眼睛一动不动，仿佛正跋涉在遥远的记忆里，或者倾听着遥远的夜里的声音。

“好了！”过了一会儿，他喊道，拨开了眉头上的头发，“或许我比你们更了解这些追捕者。你们害怕他们，可还不够害怕。可以的话，你们明天就逃离。大步佬可以带你们走很少有人走过的小道。你们要接纳他吗？”

一片死寂。佛罗多没有答话，他的思绪被疑虑和恐惧给搅乱了。山姆皱着眉头看着他的主人，最后打破了沉寂：“佛罗多先生，如果让我说，我拒绝这个提议！这个大步佬警告我们，要我们留神；我觉得没错，就从他开始好了。他是从荒郊野岭来的，我从没在这种人身上听到过什么好事。他知道一些事情，这很明显，比我想到的还要多；可我们不能单凭这一点，就让他领着我们前往孤立无援的、他话里所说的一些阴暗地方。”

皮平焦躁不安，一脸的不快。大步佬对山姆的话毫无反应，只是把殷切的眼神投向佛罗多。佛罗多捕捉到了他的眼神，把眼睛转向了一边。“不，”他慢慢说，“我不同意带你。我认为……我觉得，你伪装了自己的形象。先前你跟我说话的时候，表现得像个布理人，可现在你的声音却变了。在这点上，山姆的看法没错：我看不出来你为什么要警告我们留神，然后又让我们相信你。你为什么要乔装打扮？你是谁？你对我的事情究竟知道多少？你是怎么知道的？”

“谨慎这一课看来你学得很好，”大步佬一脸狰狞地笑着说，“可谨慎是一回事，摇摆不定又是另一回事。光靠自己的力量，你们现在不可能走到幽谷，你们唯一的选择就是相信我，你们得做出决定。倘若能帮你们下定决心，我愿意回答你们一些问题。不过，既然你们都不相信我，又为什么要相信我的故事？这依旧是——”

敲门声突然传来。是带着蜡烛的黄油菊先生，诺伯端着开水罐跟在后面。大步佬退进了昏暗的角落里。

“我是来跟各位道晚安的。”店主说，一边把蜡烛摆到餐桌上，“诺伯！把水端进房间！”他走进来，关上了门。

“是这样的，”他起了个头，又犹豫着，一脸的不安，“若是我坏了什么事，我非常抱歉。正如人们常说的那样，事情接二连三地发生，我又是个大忙人。这个星期事情一件接一件地来，我的脑子全被塞满了；希望不会太迟。你瞧，有人让我留意几个夏尔来的霍比特人，特别是一个叫巴金斯的。”

“可这跟我有什么关系？”佛罗多问。

“噢！你心里最清楚了。”店主心照不宣地说，“我不会出卖你的；不过，我被告知，这个巴金斯会拿山下这名字打掩护，我还被告知了这人的形象，请恕我直言，跟你一模一样。”

“好吧！让我们听听看！”佛罗多急不可耐地打断了他的话。

“一个脸色红润的壮实小伙子，”黄油菊先生板着脸说，皮平窃笑起来，山姆一脸的不快，“‘这个描述对你帮助不大，大部分霍比特人都长这样，麦子，’他告诉我，”黄油菊先生继续说，又瞄了一眼皮平，“‘不过这人要高一些，还比大多数霍比特人要白，下巴上有道疤口：是个活泼的家伙，眼睛很明亮。’请原谅，这话是他说的，不是我。”

“他说的？他是谁？”佛罗多急切地问。

“噢！甘道夫说的，如果你认识我说的这人。他们说他是位巫师，不管是不是，他都是我的好朋友。可我现在真不知道下回再见面的时候，他会对我说些什么了：是把我的淡啤酒全变酸还是把我变成一块木头，我都不会觉得奇怪。他有点儿暴脾气。不过，这事已经覆水难收喽。”

“好吧，那你都干了什么？”佛罗多问，对黄油菊慢条斯理的思路开始感到有些不耐烦。

“我说到哪儿了？”店主顿了顿，打了个响指，“噢，对！老甘道夫。三个月之前，他直接走进了我的房间，门都没敲。‘麦子，’他说，‘我明天早上就得走，你愿意帮我做件事吗？’‘悉听尊便，’我说。‘时间紧迫，’他说，‘我想朝夏尔递一条消息，但我没时间去。你能找个靠得住的人送一下吗？’‘能找着，’我说，‘明天或者后天。’‘明天就送。’他说，然后给了我一封信。

“地址写得很清楚。”黄油菊先生说着，从口袋里掏出一封信，缓慢又自豪地（他很看重自己那“识文断字”的名声）念出地址：

“佛罗多·巴金斯先生，袋底洞，夏尔的霍比特人。”

“是甘道夫写的信！”佛罗多嚷道。

“噢！”黄油菊先生说，“那么你的真名就是巴金斯喽？”

“是我，”佛罗多说，“你最好赶紧把信给我，再解释一下你为什么没把信送出去。我猜，你找我就是想说这个，尽管你花了好半天才讲到正题。”

可怜的黄油菊先生满脸的局促不安。“你说得没错，少爷，”他说，“请原谅。万一误了什么事，我真不敢想象甘道夫会怎么说。但我绝不是故意扣着信的。我把它放在保险柜里，结果不管第二天也好，还是再之后的一天也罢，我就是找不到愿意送信的人，我店里的伙计也没空去；紧接着事情一件赶一件来，我就忘了。我是个大忙人。我愿意做任何事来弥补这个过错，如果有什么我能做的，请尽管说。

“抛开信不谈，我答应甘道夫的事情还不少。‘麦子，’他跟我说，‘我这位夏尔的朋友大概要不了多久就会朝这边来，他跟另一个朋友。他会自称山下。记住！不过你用不着问什么问题。假如我不在他身边，他可能会遇上麻烦，大概需要帮助。请尽可能帮助他，我会非常感激的。’然后你们就出现了，看来麻烦似乎就在不远处。”

“此话怎讲？”佛罗多问。

“有几个黑衣人，”店主压低嗓音说，“他们在找巴金斯。而且，他们要是怀着好意的话，那我就是个霍比特人。那是周一的事，当时所有的狗都在叫唤，鹅也在叫。我觉得十分费解。诺伯跑过来告诉我说，有两个黑衣人在大门口询问一个叫巴金斯的霍比特人。诺伯满脑袋的头发都竖了起来。我叫那两个黑衣人走开，又当着他们的面摔上了门；我听见他们一直在问同样的问题，一路打听到了阿切特村。至于那位游侠大步佬，他也问过这些事情。就在你们吃上喝上之前，他还想上这儿来找你们。”

“确实如此！”大步佬突然走到了光亮处，“麦曼，你要是让他进来的话，能省掉很多麻烦。”

店主惊得一下子蹦了起来。“你！”他喊道，“你老是突然出现。你这会儿又想干啥？”

“他想跟我们一道离开，”佛罗多说，“他是来提供帮助的。”

“好吧，你清楚自己在做什么就行，”黄油菊先生说，一脸怀疑地看着大步佬，“要是换成我的话，可不会带上一个游侠。”

“那你想带上谁？”大步佬问，“一个肥胖的客栈老板，能记住的东西只有自己的名字，还得人们整天都冲着他喊才行？他们不可能一直待在跃马客栈，他们也没法回家。前方还有漫长的道路等着他们。你愿意跟他们同行，帮他们挡下那些黑衣人吗？”

“我，离开布理？！给我再多的钱都不干！”黄油菊先生说，满脸写着害怕，“可是，山下先生，你为什么不能在这儿安静地待上一阵呢？这些怪事是怎么一回事？我想知道，这些黑衣人在追什么，他们又是从哪里来的呢？”

“抱歉，我没法跟你解释太多。”佛罗多回答，“而且我很累，还担心得要命，这故事又实在太长了。不过，你要真打算帮我的话，我得提醒你，只要我还待在这间客栈，你就会一直处在危险中。这些黑骑手，我不太确定，可我认为，他们恐怕来自——”

“他们是从魔多来的，”大步佬低声说，“来自魔多，麦曼，如果你明白这意思的话。”

“救救我们！”黄油菊先生尖叫道，一脸惨白，他显然听过这地方，“这是我这辈子听过的最糟糕的消息了。”

“没错，”佛罗多说，“你还愿意帮助我吗？”

“我愿意，”黄油菊先生瑟缩着说，“比任何时候都愿意。虽然我不知道要怎么做才能对抗，对抗——”

“对抗东边的魔影。”大步佬悄声说，“没什么可做的，麦曼，但积跬步致千里。你可以让‘山下先生’今晚以这个身份住在这里；在他走远之前，你可以彻底忘记巴金斯这个名字。”

“我会照办的。”黄油菊说，“可是，我担心就算我不说出去，他们迟早也会发现他在这里。别的不说，单是巴金斯先生今晚吸引了那么多人的注意，就很糟了。今晚之前，布理这边就听过比尔博先生离开的故事。就连我店里那迟钝的诺伯都猜测过，更别说布理其他那些反应比诺伯快的人了。”

“好吧，我们只能寄希望于那些骑手不会掉头回来了。”佛罗多说。

“我也这么希望。”黄油菊说，“管他们来不来，反正甭想这么轻易闯进跃马客栈。明早之前，你们都不用担心。诺伯一个字儿都不会说出去的。只要我还能站着，黑衣人一个都别想迈进我的门槛。今晚我和我的伙计们会守夜，如果你们能睡着的话，最好睡一会儿。”

“无论如何，请在清晨叫醒我们。”佛罗多说，“我们得尽早出发。请在六点半准备好早餐。”

“行！我会安排妥当。”店主说，“晚安，巴金斯——我是说，山下先生！晚安——现在，我的天，你们的白兰地鹿先生哪去了？”

“我不知道。”佛罗多突然感到焦虑起来。他们全都把梅里忘在了脑后，而这会儿已经很晚了。“我估计他出去了，他说过要出门透透气。”

“好吧，你们确实需要照看，毫无疑问：你带的这帮人简直是在度假！”黄油菊说，“我得赶紧去把门堵上，但看见你朋友的话我会放他进来的。我想，最好还是让诺伯去找找他。祝大家晚安！”黄油菊先生终于走了，临走前一脸怀疑地又盯着大步佬看了一眼，还摇了摇头。他的脚步声沿着走廊远去了。

“那么，”大步佬说，“你们准备几时才打开信？”

拆开信之前，佛罗多仔细地看了看信上的封印，确实是甘道夫的。里边是甘道夫硬朗又优雅的字迹，内容如下：

跃马客栈，布理。年中日，夏尔纪年1418年。

亲爱的佛罗多：

我收到了坏消息，需即刻动身。你最好尽快离开袋底洞，离开夏尔，最迟不超过七月底。我会尽快赶回来；若你已经出发，我会赶上你。如经过布理，请于此处给我留言。店主（黄油菊）值得信任。路上你或许会碰上我一位朋友：一个大种人，瘦、黑、高，有人叫他大步佬。他知道我们的事情，会给予你帮助。请往幽谷去。希望我们能在那里碰头。若我没有出现，埃尔隆德会指导于你。

甘道夫匆留 ᚷ

又及：不要用它，任何情况下都不行！不要在夜间赶路！ᚷ

又又及：务必确保你碰到的是大步佬本人，路上有很多陌生的大种人。他的真名叫阿拉贡。ᚷ

真金未必真闪亮，

浪子亦非皆迷途；

老而弥坚不见萎，

根深蒂固霜不触。

灰烬兀自现火焰，

阴影必有光明闪；

断剑重将锋刃铸，

无冕之人复为王。

又又又及：希望黄油菊能及时送走这封信。他是位忠义之人，就是脑子跟杂物间似的：该记起来的事情总被埋在了最下面。如果他忘了，我就烤了他。

后会有期！

佛罗多看完信，又把信递给了皮平和山姆。“老黄油菊可真是搞了堆烂摊子出来！”他说，“他真该被烤了。我要是能及时收到这封信，也许早就安全地到达幽谷了。不过，甘道夫究竟出了什么事情？他这信写得好像要去赴险。”

“他这样已经许多年了。”大步佬说。

佛罗多转过头来，若有所思地看着他，一边想着甘道夫的第二段附言。“你当时怎么不直接说你是甘道夫的朋友？”他问，“会省去很多麻烦。”

“会吗？在此之前，你们有任何人相信过我吗？”大步佬说，“我对这封信一无所知。我只知道，要想帮助你们，我就得在毫无证据的情况下说服你们。不管怎样，我都没打算一上来就跟你们讲明白我的情况。我得先研究你，确定你是你。大敌以前给我下过套。一旦我下定决心，就准备好回答你问的任何问题。不过，我得承认，”他古怪地笑了笑，“我其实希望你能因为我这个人而接受我。一个被追捕的人，有时会厌倦猜疑，渴望友谊。不过，我猜我这副外表拖了后腿。”

“确实——反正第一眼看上去是这样。”皮平哈哈一笑，甘道夫的信让他突然松了口气，“按我们夏尔的说法，做事漂亮才是真漂亮；我敢说，等我们在树篱和沟渠里睡个几天，大家看着都一个样。”

“要想在荒野里像个游侠一样流浪，花个几天、几周甚至几年的时间可不止。”他回道，“等不到那时候你可能已经一命呜呼了，除非你的内在比外表更坚韧。”

皮平不开腔了；可山姆却没有被唬到，依旧拿怀疑的眼神瞅着大步佬。“我们怎么知道你就是甘道夫说的那个大步佬？”他问道，“看到这封信之前，你一个字也没提过他。就我看来，你像是个奸细，演着戏让我们跟你走。你可能解决了真正的大步佬，穿走了他的衣服。这你又怎么说呢？”

“要我说，你胆子倒不小，”大步佬回道，“而我的回答就一个，山姆·甘姆吉：如果我杀了真正的大步佬，那我也能杀了你。我早就能把你们全都干掉，又何必费这么多口舌。我要真是循着魔戒来的，现在我就能拿到！”

他站起身，似乎突然变得更高大，眼中闪着锋锐逼人的光芒。他将斗篷往后一撩，把手放到藏挂于腰间的佩剑柄上。其他人一动也不敢动。山姆张大了嘴巴，目瞪口呆地看着他。

“不过我正是大步佬本人，算你们走运！”他说着，表情柔和下来，低头看着几人，突然微笑起来，“我是阿拉松之子阿拉贡。我将不计生死，护你们周全。”

长长的寂静。最后，佛罗多犹豫着说：“我相信，没有这封信，你也会成为朋友，至少我希望如此。今晚上你吓坏了我好几回，却没有哪一回是以大敌爪牙的行事吓到我，至少没有以我想象的那种方式。我觉着他的探子就会——外表更纯善但内心更险恶，如果你明白我意思的话。”

“我明白，”大步佬大笑着说，“我是外表险恶内心纯善，是这意思吧？‘真金未必真闪亮，浪子亦非皆迷途。’”

“这诗句能跟你对上号吗？”佛罗多问，“我闹不明白它们是什么意思。可是，如果你从没看过信，又是怎么知道甘道夫信里有这几句诗的？”

“我不知道啊，”他回道，“但我是阿拉贡，而跟这个名字相配的就是那些诗句。”他抽出佩剑，剑身果真在剑柄往上一吋的位置断了。“没啥用处，对吧，山姆？”大步佬说，“不过重铸它的时候就要到了。”

山姆一句话也没说。

“好吧，”大步佬说，“有了山姆的默许，我们就当这事儿定了。大步佬现在就是各位的护卫了。眼下我认为，你们是时候躺上床尽量睡一会儿了。明天的路可不轻松。就算我们能顺利离开布理，也别指望不会被人注意到。不过，我会尽量让我们早点儿消失的。我知道一两条大道之外的离开布理地区的路。一旦我们摆脱了追踪，就朝风云顶走。”

“风云顶？”山姆问，“那是哪儿？”

“是大道北边的一座山，差不多就在从这儿到幽谷的半路上。那地方能环顾四周，视野开阔；到了那里，我们可以好好地看看周围的情况。甘道夫要是跟着我们，他也会去那儿的。过了风云顶，我们的旅程会变得更艰难，得在众多危机中做出选择。”

“你最后一次见甘道夫是什么时候？”佛罗多问，“你知道他在哪儿，在做什么吗？”

大步佬一脸的凝重。“我不知道，”他说，“春天那阵我跟他来了西边。头几年的时候，如果他到别的地方忙去了，我会时常守着夏尔的边界。他很少会放任那边界门户大开。我们最后一回碰头是在五月一日，就在白兰地河下面的萨恩渡口。他告诉我，他跟你的事情进展得挺顺利，你会在九月最后一周启程前往幽谷。我知道他会陪着你，便上路做我自己的事去了。事实证明，我错了，显然他收到了什么消息，而我却不在近旁，帮不了他。

“这是跟他认识以来，我第一次感到不安。就算他本人没法过来，我们也应该收到消息才对。结果，等我前几天回来的时候，听到了坏消息。这信息广为流传，说甘道夫失踪了，还说黑骑手现了踪迹。这些是精灵族的吉尔多告诉我的，后来他们又说你离开了家，可没有你离开雄鹿地的消息。我便一直忧心忡忡地盯着东大道。”

“你觉得，黑骑手会不会跟这个有关——我是说，跟甘道夫的失踪有关？”佛罗多问。

“除了大敌，我不知道还有什么人能绊住他。”大步佬说，“不过，别泄气！甘道夫可比你们夏尔人知道的伟大得多——你们一般只见识过他的笑话和戏法。而我们如今在做的事情，会成为他最伟大的任务。”

皮平打了个呵欠。“抱歉，”他说，“我都困死了。再怎么危险和担心，我都得上床睡了，不然我坐着就能睡着。那个蠢蛋梅里上哪儿去了？要是还得摸着黑出去找他，那我可真就受不了了。”

就在此时，他们听见了关门声，然后是沿着走廊跑来的脚步声。梅里急匆匆地跑了进来，后面跟着诺伯。他飞快地关上门，又上气不接下气地背靠在上面。他们紧张兮兮地盯着他，他好一会儿才缓过气来，说：“佛罗多，我看见他们了！我看见他们了！黑骑手！”

“黑骑手！”佛罗多叫道，“在哪儿？”

“就在这儿，在村子里。我在屋里待了一个钟头，见你们一直没回来，我就出去透气了。后来我又回来了，站在灯光照不到的地方看星星。猛然间，我打了个寒战，感觉有什么可怕的东西悄然逼近——街对面有某种比阴影还要阴暗的影子，就在灯光的边缘之外。那影子悄无声息地溜进了暗处。我没看到有马。”

“它去了哪边？”大步佬猛然厉声问道。

梅里吓了一跳，这才注意到了这个陌生人。“快说呀！”佛罗多说，

“这位是甘道夫的朋友，我以后再跟你解释。”

“它似乎顺着大道往东去了。”梅里继续说，“我试过跟在它后头。当然，它几乎立刻就消失不见了；不过我拐过角落，继续追到了大道旁最后一栋屋子那里。”

大步佬惊奇地看着梅里。“你的胆子可真够大的，”他说，“然而做法很蠢。”

“谁知道呢。”梅里说，“我觉得不是大胆，也不是蠢。我就是控制不住自己，似乎被吸引着就去了。总之，我跟了过去，然后突然听见树篱边有说话声。

“有个声音在嘀嘀咕咕，另一个声音要么在窃窃私语，要么就是嘶嘶地发出声音。我一个字都听不清。我没再靠近，因为我浑身都在发抖。我觉得后怕，就转过身准备开溜，然后有什么东西从我背后扑过来，我……我摔倒了。”

“是我找到了他，少爷。”诺伯插嘴道，“黄油菊先生让我提着灯笼出去。我往下走到了西大门，又回头朝上往南大门走。快到比尔·蕨尼家的时候，我觉得我看见大道上有什么东西。我没法打包票，我觉得看着像是两个人俯着身子在抬什么东西。我唤了一声，可等我走近的时候却连那两人的影子都没看着，只看见白兰地鹿先生躺在路边。他好像睡着了。我摇醒他之后，他跟我说，‘我以为自己掉进深水里了’。他可真怪，我刚叫醒他，他就起身跟兔子似的拔腿窜回了这里。”

“恐怕这是真的，”梅里说，“不过我不记得自己说了什么。我做了个糟心的梦，但想不起来了。我六神无主，不知道是怎么了。”

“我知道是怎么回事，”大步佬说，“是黑息。黑骑手肯定是把马留在了外边，然后从南大门悄悄潜了回来。这下他们知晓了所有信息，因为他们肯定去找过比尔·蕨尼；那个南方旅人很可能是个奸细。不等我们离开布理，今晚可能就要出事。”

“会出什么事？”梅里问，“他们会硬闯客栈吗？”

“不，我觉得不会。”大步佬说，“他们人没到齐。说到底，这也不是他们的行事风格。他们在黑暗中、在人迹罕至处才是最强大的；他们不会正面袭击满是光亮和人群的房屋——除非别无他法，而埃利阿多地区还有长长的道路摆在我们面前，所以他们有的是机会。不过，他们的力量存在于恐惧当中，而布理已经有人被攥在了他们的掌心里。他们会驱赶这些可怜虫做坏事，比如蕨尼，还有一些陌生人，或许还有大门守卫。周一那天，他们跟西大门的哈里讲过话。那时我就盯上他们了。他们离开之后，他一脸惨白，浑身都在发抖。”

“看起来，我们被敌人团团包围了，”佛罗多说，“要怎么办？”

“待在这里，别回房间，他们肯定知道你们住在哪间房。霍比特人住的房间窗户都朝北，离地面又很近。我们待在一起，把门窗都钉上。不过，我和诺伯得先去拿你们的行李。”

大步佬离开期间，佛罗多三言两语向梅里讲述了晚饭之后的事情。大步佬和诺伯回来的时候，梅里依旧看着甘道夫的信，做思考状。“好了，少爷们，”诺伯说，“我把床单都给弄皱了，还在每张床中间塞了个长枕头。我还用棕色的羊毛毡做了个你的假脑袋，巴——山下先生。”他笑着补充道。

皮平哈哈一笑。“简直跟真的一样！”他说，“不过，如果他们戳破了伪装会怎么样？”

“走一步瞧一步吧，”大步佬说，“希望我们能坚守到天亮。”

“祝大家晚安！”诺伯前去看守大门了。

他们把背包和装备都堆在客厅的地板上，用矮椅子抵住门，又关上了窗户。佛罗多瞥了一眼，外面的夜色明朗依旧，镰刀星座[1]正闪耀在

1 霍比特人对北斗七星或者大熊星座的称呼。——译注

布理山的山肩之上。他关上内层厚重的百叶窗，把窗帘也给拉上了。大步佬生起炉火，吹熄了所有的蜡烛。

霍比特人脚对着壁炉躺在毯子上，而大步佬则坐进了抵着门的椅子里。梅里还有好些问题想问，于是他们又闲聊了片刻。

“蹦到月上面！”梅里拿毯子裹住自己，咯咯笑着说，“佛罗多，你可真够荒唐的！我真希望自己当时能在场。这事儿起码要被布理这些大人物们谈论个一百年。”

“希望如此。”大步佬说。后来，大家都陷入沉默，几个霍比特人也一个接一个地睡着了。

·第十一章·

黑夜白刃

他们在布理的客栈中准备睡下的时候，黑暗也笼罩了雄鹿地；迷雾在山谷里与河岸边徘徊。克里克洼的那栋屋子里一片安静。小胖博尔杰警惕地打开屋门，朝外面窥探。恐惧感终日在他心里蔓延，他根本没法休息，也无法入眠：这叫人窒息的夜色之中，藏着令人不安的威胁。正当他注视着外面的黑暗，树林中一道黑色阴影移动了起来；院门似乎自动打开，又悄无声息地关上了。恐慌紧紧攫住了他。他往后缩着身子，站在大厅里抖了好一会儿。然后，他关了门，上了锁。

夜色愈发深沉。小径那头传来谁悄悄牵马走近的轻微响动。声音在院门外停下，三道黑色身影进了院门，恍若黑夜中的阴影爬过地面。其中一个身影跨过屋门，其余两个走去了两边的屋角。暗夜中，它们如石影般静立在那里，任由夜的脚步缓缓前进。屋子和屋外安静的树林仿佛在屏息等待。

树叶微微颤动，远处传来公鸡打鸣声。黎明前的冰冷即将结束。门前的人影动了。仿佛寒光出鞘一般，剑刃闪亮在毫无月亮和星星的黑暗中。一声轻柔又沉重的撞击传来，屋门震动起来。

“以魔多之名，开门！”一个尖细、凶恶的声音喊道。

又是一击，屋门凹陷着倒下，门板碎裂，门锁也应声而破。黑影一拥而入。

正在这紧要关头，邻近的树林里传来了号角声，像山顶燃起的火焰一般撕裂了黑夜。

醒来！恐惧！烈焰！敌人！醒来！

小胖博尔杰并没有闲着。一看见那些阴影爬过花园，他就知道得赶紧躲开，要不小命不保。于是他从后门穿过花园和田野逃走了。等跑到最近的屋子——大概在一哩开外的地方——他瘫倒在门阶上。“不，不，不！”他哭泣着，“不，不是我！那东西不在我手上！”过了好一会儿，终于有人弄明白他究竟在嘟哝什么。最后他们了解到，雄鹿地出现了敌人，是从老林子来的怪异入侵，刻不容缓。

恐惧！烈焰！敌人！

白兰地鹿人吹响了雄鹿地的召集号角——自从白兰地河被冻住，白狼伴随着严冬出现之后，这个号角声已经有一百年没有出现过了。

醒来！醒来！

远处传来了回应的号角声。警报正在四处扩散。

黑影逃出了屋子，其中一道黑影在逃跑的时候，在台阶上扔下一件霍比特人的斗篷。凌乱的马蹄声在小径响起，旋即又汇聚到一处，渐渐向黑暗飞驰而去。号角声响彻整个克里克洼，又夹杂着叫喊声和跑动声。然而，黑骑手却如旋风一般，直往北大门而去。让这些小种人吹吧，索伦会收拾他们的。他们同时还有另一项任务：如今他们知道这屋子人去楼空，魔戒早已不在。他们驰过大门，越过守卫，就此在夏尔消失。

佛罗多大半夜突然从沉睡中醒过来，像是被什么声音或者某种存在给惊醒了。他看见大步佬警醒地坐在椅子上，双眼映着炉火的光芒——炉火里添了柴，火焰熊熊燃烧；不过他丝毫没有动。

佛罗多很快又睡着了，可风声和疾驰的马蹄声又惊扰着他的梦。这风似乎转悠着在摇动屋子；他还听见远处劲响的号角声。他睁开眼皮，听见客栈院子里的公鸡扯着嗓子啼叫。大步佬撩开窗帘，“哐”一声推开百叶窗。清晨的第一缕阳光照进房间，冷风也顺着打开的窗户钻了进来。

大步佬把大家叫醒，领头去了他们的卧室。卧室的景象让他们庆幸自己听了他的建议：被蛮力撬开的窗户在风中来回摆动，窗帘上下翻飞；床铺被翻得乱七八糟，长枕头被砍得稀烂，扔在地上；棕色毡子被撕成了碎片。

大步佬赶紧去找了店主。可怜的黄油菊先生看上去又困又怕。他一整夜都没怎么合眼（据他说），可一点儿声响都没听到。“我这辈子都没碰见过这种事！”他惨叫道，恐惧地举着双手，“客人没法在床上安睡，上好的长枕头也全给糟蹋了！我们这是碰上了什么世道？”

“黑暗时代，”大步佬说，“不过，等你摆脱了我们，大概暂时还能安定下来。我们会立即离开。不用怎么管早饭，我们站着吃喝两口就行。我们几分钟就能收拾妥当。”

黄油菊先生赶忙去给他们备小马儿，还要给他们拿上“两口”吃的。可他很快便一脸惊愕地回来了。小马儿不见了！马厩的门在夜里被打开，马儿都不见了：不光是梅里的那些马，里边所有的马儿和动物都不见了。

佛罗多被这消息整蒙了。后有骑着马的敌人追赶，他们怎么能指望靠一双脚抵达幽谷呢？恐怕攀月的难度也不过如此。大步佬半晌没说话，只看着几个霍比特人，仿佛在掂量他们的力气和勇气。

“要逃离骑手，小马儿起不了作用。”他终于心思沉沉地开了腔，像是在猜佛罗多脑子里的想法，“只要走我之前说的那些路，徒步也慢不了多少。我本来也打算徒步过去的。唯一麻烦的是食物和行李。除了自己带的食物，别指望去幽谷的路上能找着吃的；我们得带上一大堆干粮，因为路上可能会被耽搁或者被迫绕远。你们准备背多少东西？”

“需要多少就背多少。”皮平心情沉重，但仍旧努力想表现得比看起来（或者感觉起来）更强悍。

“我能背两人份的。”山姆说。

“能想点儿办法吗，黄油菊先生？”佛罗多问道，“能不能从村里借几匹小马儿，哪怕一匹也行，帮我们驮行李？如果借不到，我们买两匹也行。”他又补充道，不过心里却怀疑自己买不买得起。

“我觉得不大可行，”店主愁云惨雾般说，“布理有的那两三匹骑乘小马儿都在我院子的马厩里，如今也都跑了。至于其他的牲畜、拉车的大马儿或者小马儿之类的，布理这儿没有多少，也不会拿出来卖。但我会尽我所能找一找。我把鲍伯叫起来，让他赶紧去周围转转看。”

“好，”大步佬勉为其难地说，“最好就这么办。恐怕我们最少也得弄到一匹小马儿才行。什么早点儿出发、悄悄溜走，这下全落空了！我们干脆吹号角宣布离开得了。他们毫无疑问盘算到了这一点。”

“至少还有一点值得安慰，”梅里说，“希望不止一点：我们可以在等的时候吃个早饭——还可以坐着吃。我们找诺伯去！”

这一耽搁，就是三个多钟头。鲍伯回来报告说，附近没人愿意无偿或者有偿转让马儿——除了比尔·蕨尼：他有一匹马儿可能愿意卖掉。“一匹饿焉儿的可怜家伙，”鲍伯说，“可我知道比尔·蕨尼什么尿性，他一定会趁火打劫，用三倍的价格卖给你们。”

“比尔·蕨尼？”佛罗多问，“不会有诈吧？马儿会不会驮着我们的家当跑回他那儿，或者帮忙追踪我们之类的？”

“谁知道呢，”大步佬说，“但我也没法想象有哪个牲口得了机会离开他，还肯跑回去的。我觉得在‘好心’的蕨尼先生看来，这笔买卖大概就是可有可无的：无非就是从这事里再捞上一笔。我们最大的危险还是在于，那头可怜的牲口没准已经快咽气儿了。可我们别无选择。他开价多少？”

比尔·蕨尼开价十二银币，确实比这匹马的实价贵了至少三倍。事实证明，那就是匹瘦骨嶙峋、吃不饱饭、精神萎靡的马；不过，它一时半会儿应该死不了。黄油菊先生掏钱买下它，又付给梅里十八银币当作跑掉马儿的补偿。他是个老实人，按布理的标准，也是个有钱人；不过三十银币也着实让他肉痛，被比尔·蕨尼敲诈更是让他受不了。

不过，塞翁失马，焉知非福。后来大家才发现，其实只有一匹马被偷走。其他的马要么被赶开了，要么被吓跑，晃悠到了布理地区的各犄角旮旯。梅里的小马儿组队逃走，最后（非常机智地）在寻找胖墩儿的路上去了古家岗。它们让汤姆·邦巴迪尔给照料了一阵，个个儿长得膘肥体壮。当布理发生的事情传到汤姆的耳朵里，他便送马儿们去了黄油菊先生那儿，后者也因此用十分低廉的价格得了五匹好马。在布理，这些马儿干的活虽然多，但鲍伯对它们很好。所以，总归来说，它们挺走运的，免去了一场阴暗又危险的旅行。不过，它们也永远没去成幽谷。

当然，此时的黄油菊先生只知道自己的钱好赖是回不来喽，而且他还有别的麻烦：别的客人起了床，听说客栈遭了袭击，当即便闹了起来。丢了好几匹大马的南方旅者吵吵嚷嚷地责怪店主，直到大家发现他们当中的一员也在夜里不见了——此人正是比尔·蕨尼那位斜眼同伴。疑窦立刻就传到了他那里。

“你们带着偷马贼上路，竟然还带到我屋里来了！”黄油菊恼火地说，“你们的损失就该自己担着，别冲我大喊大叫。去问问蕨尼，你们那位帅哥朋友在哪里吧！”结果那人似乎谁的朋友都不是，也没人记得他究竟是什么时候加入的。

早饭过后，霍比特人只得再次收拾行囊，为计划中变长的旅行准备更多的物资。等他们终于能出发，时间已经接近上午十点钟——整个布理此时都淹没在闲言碎语中：佛罗多消失的把戏、黑骑手的出现、马厩劫案，还有游侠大步佬加入神秘霍比特人队伍，这一连串的精彩故事，足以在当地流传多年。大多数布理和斯台多的居民，甚至还有许多来自库姆跟阿切特的村民，全挤在路上目送几位旅者出发。客栈的其他客人也一样，要么跟门口站着，要么打窗户里往外瞅。

大步佬改变了主意，决定走主路离开布理。任何启程后立即遁走乡野的盘算都会让情况变得更糟：有一半的居民跟着他们，一方面是想看看他们要干啥，另一方面则是拦着不让他们擅入田地。

他们跟诺伯和鲍伯道了别，又千恩万谢地向黄油菊先生辞别。“等诸事重归美好，希望哪天能得再见。”佛罗多说，“要是能在你这里再安静地住上一阵，真是再美好不过了。”

在众目睽睽之下，他们焦虑又沮丧地出发了。人群中，并非每张脸都带着善意，喊声里也并非每一句都是好话。不过，大多数布理人似乎都敬畏着大步佬：他眼睛一瞪，被瞪的人就飞快地闭嘴溜走了。他跟佛罗多走在前头，中间是梅里和皮平，山姆在后头牵着小马儿，小马儿身上驮着些行李——并非全部，他们于心不忍——不过它看起来已经没那么垂头丧气了，仿佛这命运的改变让它颇为赞许。山姆嚼着苹果，一副若有所思的样子。他装了满满一口袋苹果，都是诺伯和鲍伯送的饯别礼。“苹果走着吃，烟斗坐着抽。”他说，“我感觉要不了多久，我就开始想念他俩了。”

对路过时从门里伸出来的，或者蹦跳着从墙和栅栏上探出来的那些脑袋，几个霍比特人毫不在意。不过，等靠近远处那道大门时，佛罗多瞥见厚厚的树篱后面有一栋黑漆漆、破破烂烂的房子——是村子里最靠边的房子。在其中一扇窗户背后，他瞥见一张脸色蜡黄、眼睛歪斜、眼神狡诈的面孔；不过，那张脸转眼便不见了。

“原来这南方佬藏在那儿！”他想，“他看着倒更像半兽人。”

树篱那头也有个人在大胆地盯着他们。此人眉毛又黑又浓，深色的眼睛透着不屑，一张大嘴弯成了冷笑。他抽着一杆黑色的短烟斗，几人走近的时候，他把烟斗抽出嘴巴，朝地上啐了一口。

“早啊，长脚佬！”他说，“这么早就上路？终于找着朋友了？”大步佬点了点头，没有回话。

“早啊，小朋友们！”他又对着其他人说，“我猜，你们知道带上路的这位是谁吧？一事无成的大步佬，说的正是这位！当然，我还听过更难听的名字。今晚可得小心点儿喽！还有你，小山姆，对我那匹可怜的老马好一点儿！呸！”他又啐了一口。

山姆迅速转过身。“至于你，蕨尼，”他说，“带着你那张丑脸滚远点儿，小心挨揍！”他快如闪电地突然扔出手上的苹果，正好打到了比尔的鼻子。后者来不及躲闪，只能隔着树篱痛骂不止。“浪费我一个好苹果。”山姆不无遗憾地说，迈着大步走开了。

村子总算被他们抛在了身后。一路尾随的那些小孩和闲汉也都乏了，一个个儿在南大门那儿掉头往回走。穿过大门后，他们沿着大道继续走了几哩。大道先是向左拐去，在绕过布理山脚后又转回朝东，之后又迅速下行，通向满是树林的乡野。在他们左边能看见斯台多村的一些房屋和霍比特人的洞府，就在布理山东南面那不算太陡的坡上；大道北面的深洼里飘荡着几缕烟雾，那里正是库姆村的位置；阿切特村则藏在更远处的树林里。

他们沿着大路走了一截，将高大、棕褐色的布理山抛在背后，来到一处通往北边的狭窄小道。“我们就从这儿离开大道，转上有掩护的小路。”大步佬说。

“希望别是啥‘捷径’，”皮平说，“我们上回走的‘捷径’，差点儿要了我们的命。”

“哦，那是因为你们先前没带上我。”大步佬哈哈一笑，“我的捷径，无论长短可都不会出问题。”他前后扫视了一眼大道，视线里一个人都没有。他领着头，快速朝下方的林木山谷走去。

在不怎么熟悉这片乡野的他们看来，他的计划大概是先朝阿切特村方向走，后面再右拐，从东边经过它，最后再尽量笔直向前，取道荒野前往风云顶。若一切顺利的话，他们能节省出走大道绕一大圈路的时间。为了避开蚊水泽，大道朝南边折了段距离，因此远了一程。不过，当然了，这样一来，他们就不得不走一趟蚊水泽，而大步佬对那里的描述可叫人一点儿都欣慰不起来。

与此同时，他们倒也没觉得步行有多难受。其实，要不是头一晚闹出事来，今天本该是场令人惬意无比的旅行。日头高照着，阳光明媚却又不怎么晒人。山谷里依旧林深叶茂、色彩缤纷，一派宁静宜人的样子。大步佬带着他们在阡陌纵横的小径间游刃有余地行走，要是放他们自己走的话，没一会儿准会迷路。他走的是一条千折百回的蜿蜒路线，目的是要摆脱追赶者。

“比尔·蕨尼肯定会追查我们离开大道时的地方，”他说，“不过我觉得他不会亲自上。他对这一带很熟悉，不过到了林子里，他很清楚自己不是我的对手。我担心的是，他会把情况告诉其他人。我觉得他们就在附近。他们要是以为我们会去阿切特的话，那就再好不过了。”

不知是大步佬的高超本领，还是别的什么原因，他们一整天都没看到或听到周围出现任何生物：既没见着鸟儿之外的两条腿生物，也没见着四条腿的，除了一只狐狸和几只松鼠。第二天，他们朝东走上一条直路，四周依然一片安静祥和。从布理出发的第三天，他们走出了切特森林。自从下了大道，地势就一直在往下降。这会儿他们来到一处宽广的乡野，路却比先前还要难走。他们早已走出了布理的边界，深入毫无道路的荒野，离蚊水泽也越来越近了。

地面已是一片潮湿，四处都是沼泽和水塘；成片的芦苇和灯芯草丛里，有小鸟的鸣叫声传来。他们仔细选着下脚的地方：既不能湿了鞋，前进的方向也不能走偏了。一开始走得还挺顺，可他们的行进速度渐渐慢了下来，四周也变得险象环生。泽地总是诡谲多变，哪怕游侠也没法在这多变的环境里找到固定的路径。蚊虫开始对他们动手动脚，空中到处都是蠓形成的云团，不停爬上他们的衣裤，钻进他们的头发里。

“我要被活吞了！”皮平嚷道，“什么蚊水泽！这儿的蚊子可比水多多了！”

“祸害不到霍比特人的时候，它们要靠啥吃食来过活？”山姆挠着脖子问。

几个人就这么在这片孤寂又烦人的地方花掉了一天的时间。宿营的地方又湿又冷，一点儿也不舒服；虫子叮得他们根本没法儿睡觉。还有些可恶的生物在芦苇和高草丛里出没，声音听着像是蟋蟀的远亲，不过要邪恶好多倍。它们的数量仿佛有好几千只，四下里嚯嚯啾啾地叫了一整夜，霍比特人都快给逼疯了。

第二天——也就是从布理出发后的第四天，情况略有好转，但夜里依旧苦不堪言。尽管那些“嚯嚯虫”（山姆的叫法）已经被抛在身后，可蠓群依旧对他们不离不弃。

佛罗多躺下身子，徒劳地想合眼睡觉，却似乎看见东方的天际有一道光亮：它时隐时现，重复了好几遍。那应该不是黎明的曙光，此刻离天亮还隔着好几个钟头呢。

“那光亮是什么东西？”他问大步佬，后者刚站起身，正凝视着前方的夜色。

“我不知道。”大步佬答道，“隔得太远，看不真切。像是从山顶上炸起的闪电。”

佛罗多再度躺倒，好长一阵子仍旧能看见那闪光。大步佬沉默、戒备地站立着，高大的黑色轮廓被闪光映了出来。最后，虽然算不上安稳，但佛罗多总算睡着了。

第五天没走多久，他们便把最后那点儿零星的水塘和芦苇丛都给抛在了身后。前方的大地再度开始缓缓抬升。远远望去，东边的山脉排成一线，最高的那座位于峰线的右边，跟其他山略有隔开。这座山有着圆锥形的山顶，峰顶处稍微有些平坦。

“那就是风云顶。”大步佬说，“我们早先离开的那条古大道在右边，通往风云顶南侧，从山脚下不远处路过。如果直走去那里，明天中午我们就能抵达。而我们最好就这么办。”

“你的意思是？”佛罗多问。

“我的意思是，等我们真到了那儿，不知会遇上什么。它离大道有点儿近。”

“不过，我们极有可能在那里碰上甘道夫，对吧？”

“话虽这么说，但希望不大。如果他真走了这条路，那可能不会经过布理，也就不会知道我们的动向。总之，除非我们交了好运，和他差不多同时到达，否则我们多半会彼此错过；不管对他还是对我们，在那里逗留太长时间，都不安全。倘若那些骑手没能在野外找到我们，他们很有可能会去风云顶，那里视野开阔，对周遭的一切都能一览无余。老实说，眼下我们立身的这片荒野就有许多飞禽走兽能从那山顶看见我们。不是所有的飞禽都值得信任，何况还有比它们更邪恶的奸细存在。”

几个霍比特人焦心地望向远处的山顶。山姆抬头看着惨淡的天空，担心会看见飞隼或老鹰盘旋在头顶，拿敏锐又敌视的眼神盯着他们。“大步佬，你这话说得我浑身不自在，感觉无依无靠的！”他说。

“你有什么打算？”佛罗多问。

“我建议，”大步佬斟酌道，似乎连他自己也不太有把握，“我建议尽量朝东直走，往群山里走，而非直奔风云顶。等到了那里，我们可以走一条我认识的小径，这条小径绕道群山，会从北边较为隐蔽的地方带我们上到风云顶。这条小径能较为隐蔽地从北边带我们上到风云顶，然后我们就能有什么看什么了。”

他们一整天都在跋涉，直到寒潮来袭，傍晚临近。大地变得更加干燥和贫瘠，不过雾气和沼气倒是被抛在了泽地里。几只忧郁的鸟儿尖声鸣叫着，直到红红的圆日缓缓沉入西天的阴影；然后，空洞的沉寂降临了。几个霍比特人怀念起远方的袋底洞，怀念起透过可爱的窗户眺望落日柔光的场景。

这天傍晚，他们来到了一条小溪前。这条小溪自山间流出，又消失在死气沉沉的泽地里。他们沿着溪岸在余晖中向上前进。等他们最终停下脚步，在溪边矮小的桤木树丛下扎营时，天色已经入夜。昏暗的天空下，前方隐隐出现了凄凉、一棵树都没有的山丘背影。他们安排了守夜，可大步佬似乎一整夜都没睡。夜幕渐深，月亮慢慢升起，冰冷、苍白的光亮照在大地上。

第二天一早，太阳刚出来，他们便启程了。空气中弥漫着霜寒，天空中透着浅淡、透亮的蓝色。几个霍比特人就跟睡了一整夜好觉似的，只觉得神清气爽。他们已经习惯在吃不饱的情况下赶路——若按夏尔的标准来看的话，这吃不饱已经达到让他们没力气站稳的程度了。皮平宣称，如今的佛罗多看起来比先前大了一倍。

“才怪呢！”佛罗多说着，勒了勒裤腰带，“再说了，我已经瘦了这么多，真希望这瘦身过程可别没完没了地持续下去，要不我都快变成幽灵了。”

“不要提这种东西！”大步佬疾声说，语气严肃得叫人惊讶。

山岭越来越近，它们连成一串起伏的山脊，常常升到一千呎高，又不时再度下降，变成低矮的裂口或者通道，连接着东边的土地。顺着山脊裂口，霍比特人能看见长满绿草的断壁残堤，而那些裂口中如今依然矗立着古老的石砌建筑遗迹。晚间他们抵达山岭西面的坡脚，便就地扎营。时值十月第五天的夜晚，也是他们离开布理的第六天。

自从走出切特森林，这天早晨他们还是第一次看见一条清晰可辨的小径。他们向右转，顺着小径朝南走去。这条小径的路线十分别致，尽可能隐蔽地走了无论从山岭顶上还是西边的平地都不怎么看得到的地方。它潜入小山谷，又紧贴着陡峭的斜岸；当小径经过更为平坦、开阔的地区时，两侧又有一排排的巨石和劈凿开的石块，仿佛树篱一样遮蔽住旅者们。

“我很好奇究竟是谁开发出这条路，又是为了什么。”梅里说，他们正沿着其中一条路前进，旁边矗立的石块不仅大得出奇，且彼此靠得非常紧密。“我有点儿拿不准对这些玩意儿的态度：它们有点儿——嗯，古冢尸妖的感觉。风云顶上有古坟吗？”

“没有。风云顶上没有，这周围的山上也没有。”大步佬答道，“西方人类并未住在这周围；不过，后来他们倒是保卫过山岭，跟安格玛的邪恶力量抗争。这条路就是为建城墙上的堡垒用的。不过，早在北方王国成立之初，他们就在被他们称为阿蒙苏尔的风云顶上建了一座巨大的瞭望塔。那座塔后来被焚毁殆尽，只剩一圈残圮，像是给古老山岗戴了一顶粗劣的王冠。那座塔曾经十分高大壮丽，据说在‘最后联盟’时期，埃兰迪尔曾经站在塔上，等候吉尔－加拉德从西方前来。”

霍比特人都盯着大步佬。他似乎不但熟知野外的道路，还通晓古老的学识。“吉尔－加拉德是谁？”梅里问道，不过大步佬没有回答，似乎还沉湎在思绪里。这时，一道低沉的嗓音突然喃喃道：

吉尔－加拉德者，精灵之王。
竖琴手为他悲伤地吟唱：
最后的王哟，那山海之间
您的国土如此壮美自在。

其剑也锐，其矛也利，
银盔夺目，光耀千里；
银盾闪亮，辉映群星。

王已御马远去，
奔向何处，无人知晓；
黑暗之中，王星已坠，
落入魔多瓮影之地。

大家一脸惊讶，因为这诗竟然是山姆念的。

梅里说：“继续啊！”

“我就记得这几句，”山姆红着脸，结结巴巴地说，“还是小时候我从比尔博先生那里学来的。他知道我爱听跟精灵有关的故事，经常跟我讲。比尔博先生还教我识字。亲爱的老比尔博先生真是学识渊博。他还会写诗，刚才我念的这首就是他写的。”

“这首诗不是他写的，”大步佬说，“这是《吉尔－加拉德之陨落》的片段，是一首用古语写的叙事诗。比尔博肯定翻译过它，我先前竟然不知道。”

“还有很多呢，”山姆说，“全跟魔多有关。我没学那部分，它让我心里发毛。我从没想过有一天我会去那地方！”

“去魔多？！”皮平嚷道，“我可不希望事情变成那样！”

“不要大声说出这个名字！”大步佬说。

他们靠近小径南边尽头的时候，已是正午。十月的太阳投下浅亮的光亮，灰绿的斜岸如桥一般倚向山丘的北坡。他们决定趁着天色尚亮，一口气爬上坡顶。隐蔽是没指望了，他们只希望没有敌人或者奸细在暗处窥伺。山上不见任何动静，就算甘道夫在这周围，也未露出一丝踪迹。

在风云顶西侧，他们发现一处有遮挡的洼地，其底部有一块碗状的凹地，两侧长满杂草。他们将山姆、皮平，还有小马儿跟背包行李留在这里，其余三人继续向上。又跋涉了半个钟头后，大步佬爬到山顶的王冠处；佛罗多和梅里紧随其后，两人疲惫不堪、气喘吁吁。最后一道坡太陡了，还不好下脚。

正如大步佬所言，他们在山顶看到很大一圈石头建筑遗迹，如今一片颓垣败壁，被经年的野草覆盖。不过，圆圈的中心位置有一个用碎石块垒起的石堆。那些石块已经发黑，像是被火烧过似的；周围的草皮被连根烧毁，圆圈内的草全都焦黑枯萎，仿佛有烈焰横扫了山顶。然而目力所及，看不到任何活物。

他们站在这圈废墟边缘四下观望，下方的广阔景象尽收眼底：大部分土地空旷又单调，只有南边远处有几片林地，再过去则有水光在更远处闪动。南侧这边的山脚下是带子一样的古大道，它从西边延伸过来，不断起伏着，渐渐消失在东边黑暗土地的山脊背后。大道上一点儿动静都没有。他们沿着大道极目东眺，能看见群山：近处的山麓色棕且阴沉，其后矗立着更高大的灰色轮廓，再过去则是微光闪烁、白云环绕的白色峰顶。

“啊，可算是到了！”梅里说，“看着可真是了无生趣啊！没有水，没有掩蔽，也没有甘道夫的踪迹。不过，我不怪他没等我们——假如他真来过的话。”

“我怀疑，”大步佬环顾四周，若有所思地说，“就算比我们晚一两天到布理，他也能比我们先到这里。如果情况紧急，他能骑马飞奔。”突然，他弯下腰去看石堆顶部那块石头：它比别的石头平一些，也白一些，像是躲过了火焰的灼烧。他拿起石头翻来翻去，细细检查。“这石头是最近才放上去的，”他说，“你们怎么看这些标记？”

佛罗多在石头平整的背面看见了些许刮痕：ᛁ·III。“这里像是一竖、一点，然后又是三竖。”

“左边带着两条斜杠的这一竖，或许是如尼文的‘G’，”大步佬说，“这也许是甘道夫留下的记号，不过谁也说不准。这些刮痕非常精细，明显是新近才刻上去的。不过，这些符号也可能表示完全不同的意思，跟我们毫无关系。游侠也会用如尼文，他们有时也会来这儿。”

“假设这就是甘道夫留的，它们又是什么意思呢？”梅里问。

“要我说，”大步佬答道，“它们代表‘G3’，是‘甘道夫于十月三日到达这里’的意思，也就是三天前。这也表明他很匆忙，身边可能有危险，所以没时间或者不敢写更多、更直白的内容。若果真如此，我们就得小心了。”

“真希望我们能确认这就是他留下的标记，无论它们代表什么意思。”佛罗多说，“知道他在路上，不管是走在前面还是跟在后面，都会让人安心不少。”

“也许吧。”大步佬说，“我认为他来过这里，还遭遇了危险。这里有烈火灼烧的痕迹，这让我想起三天前那个晚上，我们在东方天际看见的光亮。我猜测，他在山顶遭遇了袭击，但后来如何我不好判断。他已经离开了，我们必须自食其力，尽我们所能前往幽谷。”

“幽谷还有多远？”梅里问道，疲惫地四下环顾——从风云顶上看过去，世界显得荒凉又宽广。

“离布理东边一天路程的地方有座‘遗忘客栈’，我不知道那边再过去的土地可曾有人用哩来丈量过。”大步佬回答，“有人说有，也有人说没有。那条路很古怪，人们只要走到旅程终点就会高兴，似乎不太在意用时长短。如果天气晴好、没遇到岔子的话，我知道自己走过去得多久：我需要花十二天时间从这儿走到布茹伊能渡口，那是大道与从幽谷流出来的响水河交叉的地方。鉴于我们不能走大路，所以至少还有两星期的路程。”

“两星期！”佛罗多说，“这期间能发生很多事情。”

“也许吧。”大步佬说。

他们沉默着在山顶南部边缘的地方站了一会儿。身处这片孤寂之地，佛罗多头一次切身体会到那种无家可归与深陷危险的感觉。他悲愤交加，多么希望命运能留他待在心爱的恬适的夏尔。他低头盯着那条可恨的大道，它往回通往西边——通往他的家乡。突然，他发觉大道上有两个黑色的斑点正慢慢朝西移动；再仔细一看，他发现另外三个点正在向东，与前面两个点会合。他叫了一声，紧紧抓住大步佬的胳膊。

“快看！”他指向下方。

大步佬当即扑向废墟的背面，又把佛罗多拉倒在身旁。梅里也扑了过来。

“什么东西？”他悄声问。

“不知道，但我的预感很不好。”大步佬说。他们慢慢爬回废墟边缘，透过两块参差不齐的石头中间的裂缝窥探起来。天光暗下来，晴朗的早晨已经过去，从东边爬过来的云层遮蔽了渐渐西沉的太阳。他们都看见了那几个黑色斑点，可佛罗多和梅里却分辨不出它们究竟是什么形状；但冥冥中他们知道，远在那下方的，在山脚的大道上会合的，正是黑骑手。

“错不了，”大步佬斩钉截铁地说，他的眼神一向很敏锐，“敌人来了！”

他们匆忙离开，顺着山丘北坡往下，跑向另外两个伙伴。

山姆与佩里格林也没闲着。他们把这片小山谷以及周围的山坡都摸索了一遍，在不远处的山腰上发现了一口清泉，还在那附近发现了脚印，应该是一两天前才留下的。在小山谷中，他们发现有人新近生过火，还发现了匆忙扎营留下的痕迹。小山谷最靠近山丘的边缘处有一些落石，山姆在落石后面发现了一小堆码放整齐的柴火。

“我怀疑老甘道夫来过这里。”他告诉皮平，“不管这柴火是谁放的，看来那人还打算再回来。”

大步佬对这些发现颇感兴趣。“真希望刚才我能留下来，亲自探索这片地方。”他说着，快步前往泉水处查看脚印。

“跟我担心的一样，”他回来之后说，“山姆和皮平踩踏了那片柔软的地面，那些痕迹不是给破坏掉，就是和他们的脚印混到了一块儿。最近有游侠来过这里，柴火是他们放的。不过，这里也有一些痕迹并非游侠留下的。有一对脚印是沉重的靴子踩下的，就在一两天之前，至少一对。我一时还不能确定，但我猜这儿应该来过好些穿靴子的人。”他止住话头，站在原地愁眉不展。

每一个霍比特人的脑海里都浮现出那些身披斗篷、脚踏长靴的黑骑手的形象。倘若黑骑手已经发现了这个小山谷，那大步佬越早带他们离开去往别处越好。得知敌人就在大道上，和这里仅有几哩路之隔，山姆满脸厌恶地打探着这处洼地。

“大步佬先生，我们是不是应该赶紧开溜了？”他不耐烦地说，“天色越来越晚，我不喜欢这处山洞：不知道为啥，它让我觉得心里堵得慌。”

“没错，我们是得赶紧决定下一步怎么办。”大步佬回答，抬头观察着天色和天气，仿佛在斟酌。“这么说吧，山姆，”他最后说，“我也不喜欢这个地方，可天黑前就能赶到的地方，我想不出更好的了。眼下我们的行踪还未暴露，要是贸然动身，很可能会被奸细发现。我们唯一能做的就是尽全力朝北走，返回山岭这一侧，那边的地形跟这里差不了多少。大道被监视起来了，而要想借南边的灌木丛藏身，我们就得穿过大道。山岭那头的大道北边，有好几哩都是光秃秃的平地。”

“那些骑士看得见吗？”梅里问，“我是说，他们用鼻子似乎多过用眼睛。如果‘嗅探’这个说法还算准确的话，他们一直在嗅探我们，至少白天是这样的。可刚才在下面看见他们之后，你让我们趴下；现在你又说，如果我们动身，会被看见。”

“在山顶的时候是我太大意了，”大步佬回答，“我一心只想找到甘道夫的踪迹，却没想到我们三人都上去，还在那里站了那么久，实在是大错特错。那些黑马能看见，而骑手能驱使人类和其他生物充当奸细，就跟我们在布理发现的一样。他们不像我们能看到光亮的世界，但我们的身形能在他们脑海里留下阴影，只有正午的阳光能消除。但在黑暗中，他们能感知我们察觉不到的各种痕迹与形状：他们这时才是最可怕的。无论何时，他们都能嗅到活物的血味，对那味道既渴求又憎恶。除了视觉和嗅觉，他们还有其他知觉。我们能感觉到他们的出现——我们一到这里，还没看见他们，就能感觉到心烦意乱；他们则会更加强烈地感觉到我们。而且，”他补充道，话音低得如同耳语，“魔戒会吸引他们。”

佛罗多狂乱地四处张望，不安地说：“那岂不是无路可逃？我只要一动，就会被发觉和追捕；可如果不动，又会把他们吸引过来！”

大步佬把手放在他肩上。“还有希望，”他说，“你并非孤身一人。且让我们把备来生火的这堆木柴当作预示吧。虽然这里一没遮蔽二没防御，但火可以弥补这两种缺陷。索伦能把火用在邪恶之途上，万物他都能用于邪道——可这些骑手厌恶火，也害怕用火的人。火是我们在野外的盟友。”

“大概吧。”山姆嘟哝道，“要我说，除了用大喊大叫来表达‘我们在这儿’，就属这个方法好呢。”

他们下到小山谷最低处、最隐蔽的角落里，在那儿生了一堆火，预备做晚饭。斜阳垂暮，气温渐渐下降。一阵突如其来的饥饿感袭来，原来早饭过后他们就没吃过东西；可他们只敢简单地张罗出一餐饭。除了飞鸟和走兽，面前的土地空空如也，这里是一片被所有生灵都厌弃的地方。

时不时地，游侠会翻越这里的山岭，但他们人数不多，也从不停留。其他游民更为罕见，也并非良善之辈：食人妖有时会从迷雾山脉北边的山谷里游荡下来。旅者们只会出现在大道上，多为匆忙赶路的矮人，他们只对自己的事情感兴趣，对陌生人既不多言，也不会提供帮助。

“仅靠这些食物，不知道我们要如何坚持下去。”佛罗多说，“之前那几天我们都很节俭，眼前这顿也不算什么大餐；可如果还要走两个星期或者更长时间的话，我们的消耗还是超了量。”

“野外有食物，”大步佬说，“莓果、树根、野菜都能吃，必要时我也能打猎。冬天到来之前你们都不用担心会挨饿。不过，采集果实和捕捉猎物是个劳力伤神的活，而我们得赶时间。所以，请勒紧你们的裤腰带，把希望放在埃尔隆德之家的餐桌上吧！”

天色愈发暗淡，气温也更低了。从小山谷边缘探去，他们只能看见昏沉的土地飞快地被黑暗吞没。头顶的天空再度清澈起来，渐渐闪动着一颗颗星星。佛罗多与伙伴们蜷缩在火堆边，身上裹着全部的衣服和毯子；大步佬只披着一件斗篷，隔一小段距离坐着，若有所思地抽着烟斗。

夜色越来越浓，篝火的光芒变得明亮起来。大步佬讲起了故事，想用故事把恐惧赶出他们的脑海。他知道许多古早的历史和传说，都是关于精灵和人类，还有上古时期那些或正或邪的事情。他们好奇他的岁数，好奇他究竟上哪儿学到的这些知识。

“跟我们讲讲吉尔－加拉德吧。”大步佬刚结束一个关于精灵诸国的故事，梅里突然讲道，“你还知道你说的那首古老诗歌的其他片段吗？”

“我确实知道，”大步佬回答，“佛罗多也知道，毕竟它跟我们有很大的关系。”梅里跟皮平看向佛罗多，后者正盯着篝火。

“我只知道甘道夫告诉我的那一点点，”佛罗多慢悠悠地说，“吉尔－加拉德是中洲伟大精灵诸王的最后一位。‘吉尔－加拉德’在他们的语言中是‘星光’的意思。他与精灵之友埃兰迪尔曾前往魔——”

“慢！”大步佬打断了他，“大敌的爪牙就在近旁，我觉得现在讲这个故事不合时宜。你们可以等到了埃尔隆德之家，再完完整整地听这个故事。”

“那就跟我们讲讲过往的其他故事吧，”山姆央求道，“讲个隐没时期之前的精灵故事。我真的很想听听精灵的故事，周围的黑暗压得人快喘不过气来了。”

“那我就跟你们简单讲讲缇努维尔的故事吧。”大步佬说，“原本的故事很长，结局也没人知道；如今除了埃尔隆德，已经没人记得这故事以前的模样了。这个故事很美好，虽然也跟中洲其他的故事一样充满悲伤，不过倒是能提振一下大家的心情。”他沉默了片刻，然后并未讲述，而是轻轻吟唱起来：

叶长青草绿，
野芹蓼亭亭，
夜暗星辉明，
熠熠林地间。
缇努维尔翩翩舞
山野声传袅袅笛，
星光耀发髻，
衣裳共闪亮。

冷山贝伦来，
树下遇迷途，
精灵河畔水滔滔
形单影只神哀伤。
野芹叶中探，
忽见金花舞，
袖口襟边衬，
发丝如飞影。

天定穿山越岭命，
却遇沉醉愈倦足；
轻步疾向前，

徒捉月光皎。
纠葛林外精灵屋，
轻舞婀娜伊人远，
贝伦独徘徊，
寂林徒寻声。

时闻步音疾，
如叶风中舞，
又闻密窟乐袅袅，
靡靡之音地下传。
野芹今已枯，
连株凋零声若叹。
山毛榉亦萎，
叶落簌簌散冬林。

苦觅伊人行路远，
踏迹经年腐叶地，
银浦衬月辉，
霜天抖星芒。
遥立山巅峰高远，
伊人轻衫映皓月，
素影舞山尖，
银雾绕盈足。

冬去伊人归，
浅唱引春来，

歌似飞鸟雨滴答，
曲若融雪泉咕咚。
但见精灵花，
盛开玉趾边，
愿伴佳人自在歌，
芳草茵茵联袂舞。

伊人再去，贝伦紧随。
缇努维尔！缇努维尔！
精灵之名声声唤，
伊人驻足倾耳听。
但觉话声如魔咒，
缇努维尔不忍离，
姻缘相会正此时，
莹泪闪动贝伦怀。

隐隐发丝间，
盈盈秋水现，
明眸自流转，
九霄星光闪。
精灵佳人，缇努维尔，
少女永恒，睿智无边，
青丝披郎肩，
玉臂灿银华。

鸳鸯命定行千里，

攀遍寒崖灰岩山，
踏尽铁厅黑暗门，
再历净暗无日林。
隔离之海虽分离，
鸳鸯再得重聚时，
凡尘二人早去远，
林中一曲无忧歌。

大步佬叹了口气，又顿了一顿，这才重新开口说：“那是精灵们用称为安－森纳斯体裁写就的诗歌，很难用我们的通用语来表达，我唱的顶多算是一种粗糙的模仿。它讲述了巴拉希尔之子贝伦与露西恩·缇努维尔相遇的故事。贝伦乃一介凡人，而露西恩却是世界早期时候，中洲的精灵王辛葛之女。露西恩也是这世上所有孩子里最美的一位。她美如北地迷雾之上的群星，脸庞熠熠生辉。那时候，先代大敌盘踞在北方的安格班，魔多的索伦彼时不过是他的仆从；西方的精灵返回中洲，向先代大敌发起战争，誓要夺回被他窃走的精灵宝钻，而人类先祖则与精灵并肩奋战。然而，大敌获胜，巴拉希尔殒命，而贝伦则躲过了一劫：他冒着极大的危险翻越恐怖山脉，进了尼尔多瑞斯森林中辛葛的隐秘王国。在魔力之河埃斯加尔都因河畔，他遇见了在林间空地唱歌起舞的露西恩；他称她为缇努维尔，是古语‘夜莺’的意思。两人后来饱经悲苦，又长久分离。缇努维尔从索伦的魔窟中拯救了贝伦，两人一道经历了重重磨难，甚至将先代大敌也撵下宝座，又从他的铁王冠上取下三枚精灵宝钻中的一枚——此乃世间最为璀璨的宝石。他将这枚宝石作为迎娶露西恩的聘礼，献给了她的父王辛葛。然而，贝伦最后被从安格班大门来的巨狼所害，死在了缇努维尔怀里。而后者选择褪去不朽，成为凡人，将来会与这个世界辞别，好追随贝伦。据诗歌所唱，他们在隔离之海的彼岸再度相逢，之后在绿色森林中短暂地复活了一段时间，又在许久之前携手离开了此世的边界。因此，精灵一族中唯有露西恩·缇努维尔是真正逝去，离开了这个世界，精灵们痛失了最为钟爱之人。不过，古精灵诸王的血脉也经由她传给了人类。露西恩的血脉相传至今，据说也永不会断绝。幽谷的埃尔隆德便是承自这一脉。贝伦与露西恩生下了辛葛的继承人迪奥，而迪奥之女‘白羽’埃尔汶则嫁给了埃雅仁迪尔，后者额佩精灵宝钻，驾船冲过世界的迷雾，去到了苍穹之海。努门诺尔，也就是西方之地，那里的诸王便是埃雅仁迪尔的子嗣。”

大步佬讲述时，他们都注视着他：那张异常热切的脸被火红的篝火微微照亮，眼中闪烁着神采，声音雄浑又低沉，他头顶是星光璀璨的墨色天空。在他背后，风云顶的王冠位置突然出现一道暗淡的光芒：上弦月慢慢爬上夜幕，笼罩着他们所在的山丘。山顶的星星渐渐暗去。

故事讲完了。几个霍比特人动动身子，伸了伸腿。“瞧！”梅里说，“月亮升起来了，时间肯定很晚了。”

其余人抬头看过去。在月光的映衬下，他们看见山顶有什么细小又昏暗的东西。那可能只是被暗淡的月光照亮的大石头或者凸起的岩石。

山姆和梅里起身离开了火堆，佛罗多跟皮平依旧一言不发地坐着。大步佬专注地盯着山上的月光。一切似乎都很平静安宁，佛罗多却感觉到一阵冰冷的恐怖爬上他的心头，而大步佬这会儿也沉默不语。他缩着身子靠近火堆，山姆这时从小山谷边缘跑了回来。

“不知怎么回事，”他说，“我突然觉得很慌。给再多的钱我也不敢走出这小山谷，我觉得有什么东西在蠕动着爬上坡来。”

“你是看见什么了吗？”佛罗多一屁股蹦了起来。

“没有，少爷。我啥也没看见，不过我没有停下来仔细看。”

“我看见了，”梅里说，“或者说我觉得我看见了——那东西就在西边远处，山影前被月亮照着的平地里，我觉得好像有两三道黑影。它们好像在朝这边移动。”

“靠近火堆，面朝外边！”大步佬大喊，“手上提根长棍子！”

有好一阵子，他们一言不发、风声鹤唳，大气也不敢出地背朝篝火坐着，各自盯着环绕他们的阴影。什么也没发生。夜色中没有任何动静。佛罗多动了一下，觉得自己需要打断这种沉默：他很想大喊出声。

“嘘——”大步佬悄声说。“那是什么？”皮平倒抽一口冷气，几乎是和大步佬同时说话。

就在小山谷的入口、远离山丘的那一侧，他们感觉（而非看到）有一道影子升起，或许不止一道。他们睁大眼睛，影子似乎越来越多。很快，这种感觉就变成了真实情况：有三四道高大的黑色身影站在那里的斜坡上，俯瞰着他们。那些身影暗得仿佛背后深色阴影上的黑色窟窿。佛罗多感觉自己听见一阵如毒蛇吐芯般的嘶嘶声，又感觉到一股微弱却刺骨的寒意。那些身形朝前移动着。

恐惧笼罩着皮平和梅里，两人一下子扑倒在地。山姆缩在佛罗多身旁。佛罗多的惊恐不亚于他的同伴们；他仿佛冷极了一般浑身打战，但这种恐惧被一股突如其来的诱惑吞没了——他想戴上魔戒。这个欲望攫住他，让他完全顾不上别的任何东西。他没有忘记古冢岗，也没忘记甘道夫的交代；可似乎有什么东西强行让他无视所有这些警告，而他渴望屈服。并非指望逃离，或者伺机做点儿什么——无论好坏：他单纯感觉必须要掏出魔戒戴在手上。他讲不出话来。他感觉山姆正看着他，似乎明白他的少爷碰上了大麻烦，可他没法转头去看山姆。他闭上眼挣扎了一会儿，可这种挣扎让他愈发难耐。最后，他慢慢掏出链子，把魔戒套在了左手的食指上。

霎时间，尽管别的一切都跟之前一样昏暗阴沉，那几道身影却变得异常清晰。他能看透他们黑色斗篷之下的东西。这些高大的人形总共有五个：两个站在小山谷的谷口，三个正在朝前行进。他们苍白的脸上，敏锐而漠然的眼睛正燃烧着光芒；他们的斗篷下是长长的灰色袍子；灰色的头发上戴着银头盔；枯槁的手中握着钢剑。他们朝他冲了过来，目光落到他身上，将他看了个通透。他绝望地抽出短剑——这剑在他眼里闪烁着红芒，像是一支火把。其中两个人影停下了脚步，第三个人影比其余两者要高大：他的头发长且闪亮，头盔上还戴着一顶王冠。他一手握着把长剑，一手捉着把短刀；那刀以及握着它的手都闪烁着惨白的光亮。他向前朝佛罗多扑了过来。

就在此时，佛罗多向前扑倒在地，他听见自己大喊着："噢，埃尔贝瑞丝！吉尔松涅尔！"同时一剑砍向敌人的脚。尖利的叫声响彻夜空；他感到左肩一阵剧痛，像是被带毒的冰镖刺透了。恍若从盘旋的迷雾中钻出一般，他瞥见大步佬从黑暗中跳了出来，双手各拿着一根熊熊燃烧的木棍。佛罗多挣扎着扔掉短剑，右手紧紧握住裉下的魔戒，整个人晕了过去。

· 第十二章 ·

渡口逃亡

佛罗多醒转过来，发现自己仍旧死命攥着魔戒。他躺在木柴高架、熊熊燃烧的火堆旁，三位伙伴俯身看着他。

“出了什么事？那个苍白的国王去哪儿了？”他狂乱地问道。

听见他说话，几人大喜过望，半晌没顾得上回话，也没听懂他的问题。最后，他从山姆那里得知，他们只看见了模糊的阴影朝他们袭来。山姆突然惊恐地发现，他的少爷消失了；就在那时，一道黑影冲到他身边，让他摔了个跟头。他听见佛罗多的说话声——像是隔着极远的距离，又像是从地底下传来的——叫嚷着奇怪的话。他们再也没见到其他东西，直到被佛罗多的身子绊了一跤：他像死了似的，脸朝下躺在草地上，剑压在身下。大步佬指挥着他们把佛罗多抬到火堆旁，然后就没影了。这已经是好一会儿之前的事情了。

山姆显然又开始怀疑大步佬；不过，就在他们说话之际，大步佬突然从阴影之中再度现身。他们盯着他，山姆还抽出短剑挡在佛罗多面前，可大步佬迅速跪在了山姆旁边。

“我不是黑骑手，山姆，”他柔声说，“跟他们不是一伙儿的。我本想摸清楚他们的动向，却一无所获。我猜不透他们为什么就此离开，没有再度进攻。不过，这周围已经没有他们的气息了。”

听完佛罗多的讲述，大步佬变得忧心忡忡，还摇头叹起了气。他让皮平和梅里用小水壶尽量多烧些水，用来清洗佛罗多的伤口。“把火看好了，给佛罗多保暖！”说完，他起身离开，又把山姆叫到面前。“我觉得，情况已经摸清了。”他低声说，“这里的敌人好像只有五个。我不清楚他们为什么没有全部出现；我猜，他们没料到会遭遇抵抗。眼下他们是撤退了，但恐怕还没走远。如果我们不设法逃走的话，入夜后他们还会再来。他们只是在等待，因为他们认为自己的任务已接近完成，这枚魔戒插翅难飞。山姆，恐怕他们觉得你的主人带着致命伤，将会屈服在他们的意志之下。我们走着瞧吧！”

山姆哭得直抽抽。“不要绝望！”大步佬说，“你必须信任我。虽说甘道夫曾跟我暗示过，但我也确实见识到了，你的佛罗多少爷比我预想的还要坚韧。他没死，他能抵御伤口上的邪恶力量，我猜，时间也会比敌人预料的要久。我会尽我所能来帮助和救治他。我离开时，保护好他！”他匆匆离去，又一次消失在黑暗中。

尽管伤口越来越疼，那股致命的寒意也从肩膀逐渐扩散到手臂和身侧，佛罗多还是打起了盹儿。朋友们看护着他，为他保暖，清洗伤口。这一夜过得十分缓慢，叫人疲惫不堪。等大步佬终于回来，天空中已经晨曦渐显，暗淡的光芒渐渐照进了小山谷。

“看！”他弯下腰，从地上提起一件先前被夜色遮蔽的黑色斗篷，斗篷下摆往上一呎的位置有一道割痕。“这是佛罗多那一剑给划的，”他说，“恐怕那一剑的威力也就这么大，因为剑身没有丝毫损坏；所有能刺到那可怕国王的锋刃都会崩坏。对他来说，反而是埃尔贝瑞丝这个名字更为致命。”

“而对佛罗多来说，要命的却是这个！”他弯腰拿起一把又长又薄、寒意四射的小刀。大步佬举起刀，他们看见刀刃上缺了口，刀尖也断了。随着晨光越来越亮，他们震惊地发现，刀身似乎在融化，如烟雾一般渐渐消散在空气中，最后只剩大步佬手中的刀柄。“唉！”他叹道，“就是这把邪恶的刀造成了那个伤口。如今已没几个人有本事治疗这种邪恶武器造成的伤害了。不过，我会尽全力的。”

他席地而坐，把刀柄抵在膝盖上，用一种怪异的语言对着它唱了一首舒缓的歌。他把刀柄放在一旁，柔声对着佛罗多说了几句其他几人听不清楚的话。他从腰间的袋子里抽出一株叶片修长的植物。

“这几片叶子，”他说，“我走了很远才找到；植被稀少的山上不长这种植物。不过我靠着它的叶子散发的香味，在大道南边远处的灌木丛阴影里找到了它。”他用手指搓碎一片叶子，汁液散发出一股甜美又辛辣的气味，“找到它实属运气，这是西方人类带到中洲的一种草药。他们管它叫阿塞拉斯，如今只稀稀拉拉地长在旧时他们居住或逗留的区域；除了一些在荒原游荡的人，北方没什么人认得它。它药效很强，但对这种伤口可能起不了太大作用。”

他把叶片扔进沸水里，又用这水清洗了佛罗多的肩膀。水汽中弥漫的香味让人神清气爽，没受伤的几人也感觉心境平和，心情也舒畅起来。这草药对佛罗多的伤口有一定的疗效，因为佛罗多觉得疼痛和那种刺骨的寒意都有所减弱；可他的手臂还是毫无知觉，既抬不起来，也动弹不得。他对自己的愚蠢十分后悔，也对自己薄弱的意志自责不已。这时他已经意识到，彼时戴上魔戒并非出自意愿，而是遵从了敌人的命令。他怀疑自己会不会就这么残废下去，也不知道该如何继续旅途。他虚弱极了，都站不起来。

其他人也在讨论这个问题。他们很快便决定，尽快离开风云顶。“我认为，”大步佬说，“如今敌人已经监视了这地方好几天。就算甘道夫来过这里，肯定也已经被迫离开，不会再回来。无论何种情形，既然昨晚已经遭遇袭击，如果我们还留在这里，天黑之后会有极大的危险。不管我们去哪里，都比留在这里要安全。”

等到天色大亮，几人赶紧吃饭，收拾行李。佛罗多根本走不了路，他的大部分行李只能分给其余四人来背，由小马儿驮着他走。这匹可怜的小马儿头几天恢复得很好，肉眼可见地变胖、变壮实了，也开始喜欢它的新主人，尤其喜欢山姆。连野外跋涉都能让它颇感幸福，足可见跟着比尔·蕨尼的日子有多惨。

他们开始往南前进，虽然这意味着要穿过大道，却是前往有更多树木遮蔽的乡野最快的方法。他们也需要柴火，因为大步佬说佛罗多得保暖——特别是晚上，而且火能在一定程度上保护他们所有人。他还出了个主意，准备抄近路横穿大道所绕的大圈以缩短行程：大道在风云顶的右侧拐了方向，绕了个大弯折向北面。

他们放慢脚步，警觉地绕着西南面的坡下山，没多久就抵达了大道边缘。没有黑骑手的身影。然而，就在匆忙穿越大道的时候，他们听见远处传来两声大喊：一声呼唤以及一声回应，两声都十分冰冷。他们听得浑身打战，连忙往前赶，一头冲进了对面的灌木丛里。面前的大地倾斜着通向南面，十分荒蛮，没有可供通行的道路；灌木丛和矮树丛四处扎着堆，中间隔着宽阔的荒地。粗糙的野草长得稀稀落落、灰蒙蒙的，矮树丛的叶子一片片枯萎掉落了。这地方阴郁乏味，他们脚下的步子也缓慢又消沉，一路行来大家基本没怎么说话。看着同伴们埋头走在身边，身上还背着沉重的负担，就连大步佬似乎也疲惫不堪、心情沉重，佛罗多心里十分难过。

第一天的跋涉还没结束，佛罗多的伤口就疼得更厉害了，不过他绝口不提，硬是挺了很长时间。四天过去，脚下的地面与四周的环境依旧没什么变化，除了身后的风云顶越变越矮，而前面的远山变得稍微近了点儿。不过，自从那两声叫喊之后，他们再没看见或听见敌人注意到他们或是跟踪他们的迹象。黑夜让他们提心吊胆，于是他们两两成对守夜，随时准备会一会那些在云遮雾绕的月光下匍匐前行的黑色身影。然而，除了枯草和黄叶的叹息声，他们什么都没听见，也没有当初在小山谷遇袭前那种邪气临身的感觉。指望那些骑手再度追丢他们不太现实，也许他们正埋伏在某个狭窄的地方。

第五天傍晚，地势终于再次缓慢抬升，出了之前所在的那座又宽又浅的峡谷。大步佬又把路线转向东北方，在第六天抵达一处又长又缓的斜坡顶端，前方有一片林深叶茂的山丘。他们能看见下方的大道从山丘脚下绕过；右侧有一条灰河在稀薄的阳光下闪着暗淡的光亮。他们还瞥见了第二条河，就在远处雾气半遮半掩的石头山谷里。

"恐怕我们得重回大道走一截，"大步佬说，"我们现在到了苍泉河，就是精灵所说的米斯艾塞尔河。它发源自埃藤荒原，也就是幽谷北边的食人妖荒原，又往南边汇入响水河。有人管那之后的河段叫灰水河，在流入大海之前就已经是一条浩浩荡荡的大河。除非走跟大道交会的那座'最后大桥'，否则源头以外的任何地方都没法过去。"

"远处的那条河又是什么河？"梅里问。

"那就是幽谷称为布茹伊能河的响水河。"大步佬答道，"从大道上那座最后大桥到布茹伊能渡口之间，有好几哩路都要沿着山岭边上走。不过，我还没想好要怎么跨过那条河。一次只考虑一条河！倘若最后大桥没人看守，我们就该感到庆幸了。"

第二天一大早，他们再度下到大道边缘。山姆跟大步佬走在前面，一丝旅者或者骑手的踪迹都没看见。山岭脚下的阴影处之前下过雨，大步佬判断是两天前下的，雨水把所有的脚印都冲掉了。就目前的情况而言，下过雨之后没有骑手经过。

他们以最快的速度赶路，一两哩之后看见了最后大桥，它就横在一道虽不高却颇为陡峭的斜坡底部。他们担心有黑色人影在那儿等着，还好一个都没看到。大步佬让其余几人在大道一侧用灌木丛遮挡身影，而他只身去前方探路。

没多久他便匆忙赶了回来。“我没发现敌人的踪影，”他说，“我十分好奇这情况意味着什么。不过，我倒是发现了一样奇怪的东西。”

他伸出手，亮出一颗淡绿色的宝石。“我在桥中间的泥土里找到了这个，”他说，“这是一颗绿柱石，又叫精灵宝石。我说不清它是被故意留下的，还是无意中掉落的；总之，它让我看到了希望。我想把它当作我们能穿过大桥的标志，但过了桥之后，除非有更为清晰的迹象，否则我不敢贸然再走大道。”

他们再度启程，安全地通过大桥，除了河水在大桥的三个桥拱里打旋儿的声音，再没有其他响动。往前走一哩之后，他们来到一处狭窄的溪谷，这条溪谷沿着大道左边陡峭的地面一直延伸到北边。大步佬在这里拐了个方向，众人很快便消失在长满阴暗树木的晦暗乡野中，脚下是阴沉而蜿蜒的小路。

告别了身后那片乏味的土地和危险的大道，几个霍比特人高兴起来；可新进入的这片乡野似乎也充满威胁，十分不友好。随着他们前进，四周的山岭变得越来越高。他们不时会在高处或者山脊上窥见古老的石墙和塔楼的废墟，给人一种不祥的感觉。佛罗多不用走路，所以有空打量前方，还能思考。他回想起比尔博讲过的旅程，其中就提到了大道北部山丘上那些充满威胁感的塔楼，它们就在靠近食人妖森林的乡野中，而那片乡野正是他开启第一次探险的地方。佛罗多猜测，他们现在应该到了同一片区域，好奇能否有机会路过那附近。

“谁住在这里呢？”他问道，“又是谁建了这些高塔？这里是食人妖的地盘吗？”

“不是！”大步佬回答，“食人妖不善建造。这地方没人住。几百年前曾经有人类在这里生活，但如今早已人去楼空。他们成了邪恶之徒，据传说所述，拜服在了安格玛的阴影之下。不过，终结北方王国的那场战争摧毁了一切。而这已经是很久以前的事，山岭早已将他们遗忘，虽然阴影依旧横亘在这片土地上。”

“如果所有的土地都空空如也、被人遗忘的话，你又是从哪儿听到这些故事的？”佩里格林问，“飞鸟走兽可不会讲这样的故事。”

“埃兰迪尔的后裔并没有把过去的事情全忘掉，”大步佬说，“我知道的许多事情，在幽谷也依旧被人铭记。”

“你经常去幽谷吗？”佛罗多问。

“是的，”大步佬答道，“我曾经在那儿生活，现在一有机会也依然会回去。我心心念念着那里；可我生性安定不下来，就连美丽的埃尔隆德之家也留不住我。”

山岭此时已将他们包围起来，身后的大道继续朝布茹伊能河延伸，不过如今已看不见了。几位旅者来到一处长长的狭谷，这里地势深陷，阴暗又寂静。悬崖上有根须古老又虬结的树木，一排排地顺着斜坡生长，形成了一片松林。

几个霍比特人觉得筋疲力尽，因为要从没有路的地方找路，又屡屡被倒下的树木和滚落的岩石挡住去路，行进速度奇慢无比。他们尽量避免攀爬，一方面是为了照顾佛罗多，另一方面也是因为他们很难找到地方爬出这片狭窄的山谷。天气变潮湿之时，他们已经在这片山野里待了两天。风带着远方大海的水汽从西边渐渐吹来，化作靡靡细雨，洒落山岭阴沉的山头。到了晚上，几人全给淋得透湿，又因为生不起火，就连宿营时也阴冷不已。第二天，面前的山岭变得更为高大、陡峭，几人只好离开原路，掉头往北走。大步佬似乎越来越焦虑：他们离开风云顶已有十天，食物储备快要不够了，而雨仍然下个没完。

当晚，他们在一块岩盘上扎了营。营地背靠一堵岩壁，中间有一处浅洞，算是山崖上的一处凹陷。佛罗多焦躁不安，寒冷和潮湿令他的伤口比先前更加疼痛难忍，而疼痛和刺骨的冰冷让他睡意全无。他辗转反侧，胆战心惊地听着夜里若隐若现的各种响动：风吹岩隙的声音、滴水声、石片崩裂声、松动的石块突然滑落的咔嗒声。他觉得有黑色身影正在朝他迫近，可等他坐起身，却只看见大步佬缩着身子，坐在那里抽烟斗和守夜的背影。他再度躺下，做了个不安的梦：梦中，他在夏尔自家花园的草地上漫步，可这场景看起来既模糊又暗淡，相比之下，站在树篱那一侧看过来的高大黑影却清晰得多。

早上醒来的时候，他发现雨停了。浓密的云层正在散开，东一块西一块的缝隙中露出了丝丝蓝天，风向又变了。众人并未一早就出发。一顿冷冰冰又不舒服的早餐过后，大步佬独自离开，让其他人在山崖下的隐蔽处等他回来。他打算爬到高处，看看这里的地形，如果可能的话。

他回来之后，脸色依旧凝重。“我们偏北偏得有些厉害，”他说，“得想办法掉头，往南退一些。再这么走下去，就要到幽谷北边很远的埃藤山谷了。那里是食人妖的地盘，我对那儿也不熟。我们也许可以找条路穿过去，再从北边绕回幽谷；可这样用的时间会更长，因为我不熟悉路，我们的食物也坚持不了那么久。所以，我们得想办法找到布茹伊能渡口。”

那天余下的时间，他们一直在岩石地上艰难跋涉。他们找到两座山丘之间的一条通道，这条通道连着往东南去的一座山谷，正好是他们想走的方向；可走到天快黑的时候，又有一座高坡的山脊拦住了去路。在天空的映衬下，山脊昏暗的边缘零零碎碎的，像一把钝锯的锯齿。是原路返回还是直接爬过去，成了摆在他们面前的难题。

他们决定先爬一段试试，结果发现难于登天。没走多远，佛罗多就不得不下马，挣扎着徒步前进。即便如此，把小马儿往上拽，或背着这么重的行李在脚下找路，都常常让他们感到绝望不已。等终于爬到山脊顶端，天光几近消失，众人全都精疲力竭。这里是一处位于两个高点之间的狭窄鞍部地带，再往前一点儿，地面便直直地往下落。佛罗多一屁股躺倒在地，浑身颤抖。他的左臂一点儿知觉都没有了，半边身子连带着肩膀像被冰冷的爪子攫住了。在他看来，周围的树木和岩石看着朦胧又暗淡。

“不能再走了，”梅里告诉大步佬，“我怕佛罗多受不了。我为他揪心得不行。该怎么办？假设我们真能走到幽谷，那儿的人能治好他吗？”

“走一步看一步，”大步佬答道，“在荒野里，我能做的只有这么多。正是因为他有伤在身，我才急着想赶路。不过，我同意你的看法，今晚不能再走了。”

“我家少爷到底怎么了？”山姆小声问，用哀求的眼神看着大步佬，“他的伤口这么小，而且已经愈合了。他肩上只有一道冰冷的白色疤痕，看不出有什么问题啊。”

“佛罗多被大敌的武器伤到，”大步佬说，“中了某种毒或者诅咒，凭我的本事驱除不了。但是，山姆，不要放弃希望！”

山脊高处的夜很冷。他们在一棵老松树的虬根下生了堆小火。这棵老树悬在一处浅坑上方，似乎是以前采石留下的坑洞。他们瑟缩着挤坐在一起，风席卷着寒意从通道刮来，他们听见树梢被吹弯了腰，发出呻吟和叹息声。佛罗多半梦半醒，想象着数不清的阴暗翅膀从他头上扫过，带着搜捕他的那些追踪者飞遍山岭的每一处洼地。

第二天清晨，阳光明媚宜人，空气沁人心脾，雨后的天空被浅淡、透亮的阳光照亮。大家倍感鼓舞，但也翘盼着暖阳，好晒热冻僵的四肢。天刚放亮，大步佬便带着梅里去往通道东边的高处，查探附近的情况。等他带着较为欣慰的消息返回时，太阳已高高爬上天空，光芒万丈。他们如今走的方向基本正确，若继续前行，顺着山脊远端往下走，那么迷雾山脉就会在他们的左边。

大步佬瞥见响水河再度在前方一段距离开外出现。虽然眼前的视野被遮住了，但他明白，通向渡口的大道就在响水河不远处，而且就在离他们最近的这一侧。

“我们得再朝大道走，”他说，“别指望找通道来穿越这些山岭。不管大道上藏着什么样的危险，那里终究是我们去往渡口的唯一途径。”

他们吃完早餐便立刻上路了。几人沿着山脊南边慢慢往下爬，却发现路比想象的好走，因为这侧的坡要平缓得多，没走多远，佛罗多又可以骑着马走了。比尔·蕨尼这匹可怜的老马如今已经练就了叫人难以置信的本领，既善于择路，还能减少骑者的颠簸。一行人的精神再度昂扬起来。晨光甚好，连佛罗多也感觉好多了，只是时不时地似乎有雾气遮住他的视线，让他抬手在眼前挥舞几下。

皮平隔着一小段距离走在队伍前面，突然转过身喊道：“这儿有条小路！”

其他人跟了过来，发现果真如此：小径的起点十分明显，一头从下方的树林歪歪扭扭地爬出来，另一头则消失在背后的山顶上。小径的一部分如今变得模糊不清，或长满野草，或被落石和倒塌的树木阻挡；不过，有段时期这条路似乎频频有人使用。这是条由强壮的手臂与沉重的脚步开出来的小径，路边不时会见到砍倒或折断的老树，还有被劈开或挪走的巨石。

因为走这条小径下山最为省力，于是他们警觉地沿着它走了一阵。进入阴暗的树林，他们变得有些焦虑，小径倒是平坦、宽阔了起来。突然间，它从一列冷杉中间钻出树林，沿着斜坡斗转急下，又在碎岩遍地的山肩拐角处猛地转去了左边。他们走到拐角处四下观察，只见小径继续向前，穿过了一处长满树木的矮崖下面狭长的平地。矮崖的石壁上半开着一扇略微歪斜的门，挂在一根巨大的铰链上。

他们纷纷在门外停下。门后面是一个洞穴，或者说岩室，不过里边十分阴暗，什么也看不见。大步佬、山姆和梅里使出浑身力气才把门给推开了一点儿，然后大步佬跟梅里走了进去。他们没走多深，因为地上散落着许多枯骨，大门附近除了一些巨大的空缸和陶罐，什么也没有发现。

“如果真有食人妖的洞，这里肯定就是！”皮平说，“你俩快出来，我们该走了。这下可知道这条路是谁开的了——我们最好赶紧离开。”

“我猜没这个必要，”大步佬走了出来，“这肯定是食人妖的洞，不过好像已经废弃了许久。我觉得不用太担心，小心点儿探索一下看看吧。”

小径从门边继续向前延伸，又再度从平坦的空间右转，顺着浓密树林间的斜坡陡然下行。皮平不想在大步佬面前示弱，壮着胆子跟梅里走在前头。山姆和大步佬则跟在后面，一左一右把佛罗多的小马儿夹在中间，小径此时已经宽到能让四五个霍比特人并肩而行。然而，还没走多远，皮平就冲了回来，后面跟着梅里，两人满脸都是惊恐。

“有食人妖！”皮平喘着粗气说，“就在下方没多远的林间空地上。我们从树干间的缝隙里看到了，块头可不小！”

“我们去看一眼。”大步佬说着，拾起一根棍子。佛罗多一言不发，而山姆则满脸都写着害怕。

日头正高，阳光透过秃了半拉的树梢照下来，在林间空地上映出一团团斑驳的光点。他们在树林边缘猛地停下，在树干间屏息窥探：三只巨大的食人妖立在那里，第一只弯着腰，另外两只正盯着第一只。

大步佬漫不经心地走上前去。“快起来，你这块老石头！”他说着，朝弯腰的那只食人妖抽去，棍子应声而断。

什么事都没有。几个霍比特人惊得倒抽一口冷气，紧接着，就连佛罗多也笑出了声。“哎呀！”他说，“怎么把家史给忘了！他们肯定就是争论如何正确烹饪十三个矮人和一个霍比特人，结果被甘道夫给逮到的那几只食人妖。”

“我还真不知道，我们竟然走到这个地方了！”皮平说。比尔博和佛罗多经常提到这个故事，所以他也知之甚详；不过，他其实一直都不怎么相信。即便现在，他依旧拿怀疑的眼神盯着这些石化的食人妖，好奇会不会有什么神奇的魔法能突然让他们复活。

“你们忘掉的可不只是家史，还有对食人妖的所有了解。”大步佬说，“这会儿可是青天白日、艳阳高照，结果你们却跑回来吓唬我说，这块林间空地上有活的食人妖在等着我们！不管怎么说，你们也应该注意到，当中一只食人妖的耳朵后面有个旧鸟巢。哪个活的食人妖身上能有这样别出心裁的装饰？”

众人全都哈哈大笑起来。佛罗多感觉自己的精神又恢复了：比尔博初次冒险的成功，让他感觉精神振奋。阳光温暖舒适，连眼前蒙着的雾似乎都消散了些许。他们在空地上歇了一会儿，又躲在食人妖硕大双腿的影子里用了午饭。

“趁着太阳高照，谁来给咱们唱首歌？”吃过午饭，梅里提议道，“我们好些天没唱歌、没讲故事了。”

“自从登上风云顶就没听过了。”佛罗多说。其余几人都看向他。“别担心！”他补充道，“我感觉好多了，不过还唱不了歌。山姆没准儿能从他的回忆里鼓捣点儿什么出来。”

“来吧，山姆！”梅里说，“屯在你脑子里的可不止你讲过的那么点儿东西。”

“这可不好说。”山姆回答，“不过，听听这个合不合适？我觉得它算不得什么正经诗歌，如果你懂我的意思，就是几句上不了台面的话。这三座老石像勾起了我的回忆。”山姆站起身，像在学校里似的双手背在身后，用老调子唱了起来：

食人妖，孤零零，且坐石头上，
大口吞，大口咬，嚼着旧骨棒；
日复日，年复年，骨头快啃尽，
肉味哪得几回闻。
嚼完啦！啃光啦！
山中有处洞，洞住食人妖，
世间活人多，无人此处过。

打外头来了大靴子汤姆。
他问食人妖：“敢问那是啥？
瞅着似我舅提姆的小腿骨，
可他早已入了土。
入了洞！平了土！
提姆辞世许多年，
孰料你去墓中将他扰。”

“好小伙，是我窃了这根骨。
白骨埋土有何用，予我也无妨！
你舅早已命凉透，
我这才觅了他的腿骨头。
冷骨头！干骨头！
可怜我这老食人妖，只跟他讨了这点儿好，
讨了他用不着的小腿骨。”

汤姆把话讲：“好叫你听明白，
何时何人可曾你问过准，
岂敢擅取我父弟棒子骨；
快把那老骨头交回来！
递过来！交回来！
哪怕他命已凉透，却也是他身上肉；
快把那老骨头交回来！”

食人妖笑哈哈，“我且花个半分力，
食你身上肉，吮你膝下骨。
鲜肉落肚，岂不快活！
让我拿你先试试牙。
快站住！瞧好了！
我可早就啃够了这老骨干皮；
很想尝尝你啥味道。”

这饭餐他觉得尽在掌握，
手里他发现却捉了个空。

趁他不注意，汤姆身后去
一脚要踢他个教训。
警告他！气死他！
靴子往屁股上来记狠的，汤姆想，
定能让他好好长记性。

殊不知，比石头更硬的
是那久坐山中的食人妖皮肉。
活似一靴子踢在了山脚上，
那食人妖却纹丝不动。
浑不觉！全不动！
汤姆嗷嗷叫，老妖哈哈笑，
晓得他脚指头遭了殃。

汤姆瘸了腿，悻悻把家回，
脚趾肿老高，鞋都穿不了；
食人妖可不在乎，
依旧啃着那小腿骨。
死人骨！精光骨！
食人妖照旧山里坐，
旧骨棒依然嘴里啃！

“哈哈，这可给我们好好敲了记警钟！”梅里大笑着说，“还好大步佬你敲过去的是棍子，不是自己的手！”

皮平也问道：“山姆，这些你是打哪儿听来的？我以前可从没听过这些。”

山姆低声嘀咕了几句。“当然是他自己想出来的，”佛罗多说，“山姆·甘姆吉这一路可真是让我刮目相看。一开始，他是个‘叛徒’，现在又成了‘宠臣’；看来，他最后会变成巫师，也可能是战士！”

“还是别了，”山姆说，“哪个我都不想当！”

下午他们继续朝树林挺进。他们脚下这条路，很可能就是甘道夫、比尔博还有十三个矮人多年前便走过的那条路。数哩之后，他们出了林子，来到大道上方的一处高坡。大道从这里狭窄的山谷向左，远离了苍泉河，又紧贴着山丘脚下，沿着树林和帚石楠密布的山坡前进，蜿蜒起伏着通向布茹伊能渡口和迷雾山脉。在高坡下方不远处，大步佬指着草丛里的一块石头，那石头虽雕刻得有些粗糙，且被风侵蚀得厉害，但依旧能看见上面刻着的矮人如尼文和隐秘标记。

“就是它！”梅里说，“它肯定就是那块标记着食人妖藏金处的石头。佛罗多，我挺好奇的，比尔博的那份还剩下多少呢？”

佛罗多看着那石头，真心希望比尔博当初没有带回来这么危险又难以舍弃的财宝。“一分不剩，”他说，“比尔博全送出去了。他跟我说，从抢劫者手里得来的财宝，让他觉得不怎么属于自己。”

临近傍晚，被拖得长长的影子洒在寂静的大道上，未见其他旅者的身影。既然没有别的路可走，他们只好爬下堤岸，然后左拐，尽快离开大道。没过多久，迅速西落的太阳便被山肩挡住光亮，前方的大山也朝他们吹来冷风。

他们正在找地方离开大道、扎营过夜的时候，背后突然传来马蹄声，众人的心登时吊到了嗓子眼儿。他们转身往回看，却被大道蜿蜒又起伏的地势遮挡，看不见远处的情况。他们全速跑下大道，一头扎进坡上浓密的帚石楠和越橘丛，最后跑到了一小片枝叶茂密的榛树下。从灌木丛里能看见大道，就在下方三十呎左右的地方，渐渐暗淡的光线让它变得灰蒙蒙的。马蹄声越来越近了。伴随着轻快的“嘀嗒、嘀嗒”声，来者速度飞快。随后，他们隐约听到小铃铛的轻微碰撞声，那声音仿佛被风吹远了。

“听着不像是黑骑手的马！”佛罗多全神贯注地倾听着说。其余霍比特人满怀希望地赞同着，可心里的戒备却丝毫都不敢放下。被黑骑手穷追不舍了这么久，任何从背后传来的声音都能让他们觉得不祥又带有敌意。大步佬此刻身子前倾、弯腰贴近地面，一只手圈在耳朵边上听着，脸上露出欣喜的表情。

天光近暗，树叶儿簌簌作响。铃铛声变得越来越清晰，轻快的马蹄“嘀嗒”声也越来越近。突然，在暮色中闪亮的一匹白马，飞奔着出现在下方的视野里。白马的笼头闪烁着辉光，像是嵌着繁星的宝石。骑手的斗篷猎猎飞舞，兜帽也被吹掀了起来；他的满头金发随风飘散，熠熠生辉。在佛罗多看来，有团白光仿佛穿透薄纱似的，自骑手的周身和装束上散发出来。

大步佬起身便从藏身处冲向大道，一边飞跃灌木丛，一边大喊。然而，不等他动身和呼唤，骑手早已勒马停了下来，眼神穿过灌木丛看向他们的位置。一看见大步佬，他也下马跑了过来，一边还喊着：“Ai na vedui Dúnadan! Mae govannen!”[1] 他那话语还有清脆的话声，让他们心中的疑虑一扫而空：骑手是位精灵族人。在这辽阔的世界里，可再没人能讲出如此美妙的声音了。然而，他的呼唤声略显急促和恐惧，几人看见他跟大步佬迅速又迫切地讲起话来。

大步佬很快便打出信号，霍比特人离开灌木丛，匆匆来到大道上。“这位是住在埃尔隆德之家的格罗芬德尔。”大步佬介绍道。

1 辛达语，意思是：“终于碰面了，西方之人！真高兴见到你！”——译注

“贵安，久仰！”精灵领主对佛罗多说，“幽谷令我寻你。我们担心你在路上遭遇危险。”

“甘道夫已经到幽谷了吗？”佛罗多兴奋地嚷道。

“没有。我离开时还没到，不过这已经是九天前的事了。”格罗芬德尔说，“埃尔隆德得到消息，为此十分忧心。我们的同胞在你们的领地巴兰都因河[1]旅行时，得知情况有变，于是尽快捎来了消息。他们说，九骑手已现身，还说因为甘道夫未能返回，你身负巨大重担，却缺乏指引。能公开对抗九骑手的人，即便在幽谷也找不出几位；而埃尔隆德已将这样的人分别派往了北、西、南方向，以防你为了躲避追捕而绕远路，结果迷失在大荒原。

“我负责大道方向，于七天前曾在苍泉河大桥上留下一枚信物。当时有三个索伦的爪牙守在桥上，不过被我撵去了西边。路上我还遇见了两个，他们转头去了南边。这之后，我一直在搜寻你的踪迹。两天前我查探到了踪迹，便顺着线索跨越了响水河大桥；今天我又再度找到了你们从山岭出来的踪迹。不过，好了，时间紧迫。既然你在这里，那我们就冒险走大道吧。我们身后仍有五名骑手，等他们搜索到你在大道上的踪迹，会像风一般追上来。而且，他们可不止五个，说不准其他地方还有四个。我担心他们已经守在渡口，只等我们自投罗网。”

格罗芬德尔说话间，夜色更加深沉了。佛罗多感到一股强烈的倦意袭来。太阳一落山，他眼前的雾气就在变浓，他感觉朋友们的脸上像是蒙了一层阴影。疼痛再次袭来，他浑身发冷，身体不由得晃了一下，于是紧紧攥着山姆的胳膊。

“我家少爷又病又伤的，”山姆愠怒道，“天黑之后他得休息，没办法骑马上路。”

---

1 即霍比特人所称的白兰地河。——译注

格罗芬德尔抓住差点儿歪倒在地的佛罗多，轻轻把他抱在怀里，表情沉重又焦虑地看着他的脸。

大步佬简明扼要地提了一下他们在风云顶过夜时遇袭，以及那把致命小刀的事情。他掏出一直带在身上的那把刀柄，递给了精灵。格罗芬德尔接过刀柄，打了个寒战，专注地查看起来。

“这刀柄上镌有恶邪之物，”他说，“不过以诸位之眼或难辨明。阿拉贡，在到达埃尔隆德之家前要妥善保管它！不过，你要多加小心，尽量不要触碰它！只可惜，以鄙人之力，难以化解此器所创之伤。不过，我定当竭尽所能——奈何仍要敦促各位赶紧上路，不可休息。”

他以手指摸索着佛罗多肩上的伤口，神情愈发沉重，似乎察觉到什么不安的情况。佛罗多倒是感觉身侧和手臂的寒意有所减弱，一丝暖意从肩膀处爬向手掌，疼痛也纾解了不少。他觉得如乌云散开一般，缠绕在周围的傍晚的暮气似乎淡了些，又能看清朋友们的脸了；他似乎又生出了新的希望和力气。

“你骑我的马，”格罗芬德尔说，“我把马镫缩短到马鞍下摆处，你夹紧坐稳。不用怕，只要我命令它驮你，它必不会摔你下来。它脚步轻盈敏捷，如果危险迫在眉睫，它能驼着你跑得飞快，即使敌人的黑马也望尘莫及。”

“不，我不骑！”佛罗多说，“我不能骑你的马。你这是让我在危难中抛下伙伴，一个人被带去幽谷或者别的什么地方。”

格罗芬德尔微笑着说：“我倒是觉得，你的朋友们不会因为你不在而陷入危险！我认为，敌人会随你而去，我们跟在后面反而更安全。正是因为你，佛罗多，还有你所携之物，让我们其他人陷于危险当中。”

佛罗多无言以对，只能听凭安排，骑上了格罗芬德尔的白马。那匹小马儿这会儿还驮上了绝大部分行李，好让其他人能轻装上阵，加快赶路的速度。结果，霍比特人发现，他们很难跟上精灵那敏捷又不知疲倦的脚步。他带领他们迈入暗夜的大嘴，又在乌云密布的夜晚继续行进。星星和月亮都躲了起来。一直走到破晓时分，他才让大家停下。皮平、梅里和山姆已经困得快要站着睡着了，就连大步佬也垮着肩膀，一副疲惫样。佛罗多骑在马背上，正做着阴暗的梦。

他们在离路边几码远的寻石楠丛里躺倒，立时就睡着了。他们觉得好像还没来得及合眼，便被独自放哨的格罗芬德尔再度叫醒。此时太阳已爬得老高，夜晚的云雾早已消散。

“请饮一口！”格罗芬德尔从他镶银的皮水壶里挨个儿给几人倒了些喝的。这液体清如泉水，没有味道，触感温热，但喝下之后，一股气力和活力便涌向身体各处。这之后再吃那些陈面包和干水果（他们如今只剩这些），似乎比在夏尔时吃了几顿早餐还要让他们满足。

他们只休息了不到五个钟头便再度走上大道。格罗芬德尔依旧催着众人前进，一整天只让大家短暂地休息了两回。正因如此，他们在天黑前走了将近二十哩地，来到一处地方：大道原本右拐下行至山谷底部，如今又从这里直线通向布茹伊能河。到目前为止，几个霍比特人还没看见或者听见追踪者的迹象和动静，可格罗芬德尔却不时会驻足聆听，众人若是落在了他后面，他便一脸焦急。有那么一两次，他用精灵语跟大步佬说了些什么。

然而，不管这两位向导有多么焦急，这一晚，几个霍比特人实在是走不动了。他们累得东歪西倒、头晕目眩，除了腿脚，什么都顾不了了。佛罗多的疼痛再度加剧，白天时他周围的事物再度蒙上了幽魂一样的灰色阴影。他几乎渴求着夜晚的到来，因为夜晚的世界不会显得那么苍白和空虚。

隔天一大早出发时，几个霍比特人依旧疲惫不堪。他们蹒跚着脚步，尽可能快地赶路，朝离着还有好些哩路的渡口前进。

“越是靠近河边，我们的情况就越危险，”格罗芬德尔说，“我有预感，追踪者正从后面迅速赶来，而渡口处可能也有危险在等着我们。”

大道依旧往山下延伸，不过两侧多了许多青草，霍比特人一得机会便走在上面，好让双脚能舒服一点儿。临近傍晚，大道突然穿进一片高大、阴暗的松树林，又一头陷入深深的路堑，被陡峭又潮湿的红色岩壁夹在中间。他们匆匆向前，脚步声不停回荡，仿佛有众多踏步的动静跟在了他们后面。突然之间，像穿过一道天光之门，大道出了隧道尽头，再度来到开阔的地方。这里位于一处斜坡，底部的道路一片平坦，向前延伸至数哩外的幽谷渡口，再过去的地方层峦叠嶂，直至苍穹。

背后的隧道里仍有脚步声回荡；那声音十分急促，仿佛有狂风渐起，旋动了松树的枝干。格罗芬德尔转头聆听片刻，大喊着往前冲去。

“跑！”他喊道，“快跑！敌人追上来了！”白马一跃向前，霍比特人也顺着坡往下跑。格罗芬德尔和大步佬殿后。他们在平地上刚跑了一半的路，突然传来飞驰的马蹄声：之前刚离开的那道大门外的树林里，出现了一个黑骑手。他勒马停下，在马鞍上一晃。他之后，第二个黑骑手出现，然后又出现一个，接着又来了两个。

“骑马快走！走！”格罗芬德尔冲佛罗多大喊道。

一种怪异的厌恶感攫住了佛罗多，让他并未立即御马逃走。他控马徐行，一边转身往回看。黑骑手们坐在巨马的背上，活像山丘上那些凶恶的雕像，显得阴暗又坚固。他们周围的树木和土地渐渐退隐，像是融入了迷雾。他猛地意识到，他们正在无声地命令他停下来。恐惧和厌恨登时涌上心头，他放开缰绳，手握剑柄，短剑伴着一道红芒出了鞘。

“骑马快走！骑马快走！”格罗芬德尔喊道，又用精灵语大声而清晰地对着白马说："noro lim，noro lim，Asfaloth！"[1]

白马立即飞奔起来，如疾风一般顺着大道最后一段冲了出去。与此同时，黑骑手们御马跃下山丘，追了起来。黑骑手口中发出了恐怖的尖啸，正如佛罗多当初在夏尔东区的林子里听见的恐怖声响。尖啸声得到回应：又有四个黑骑手从左边远处的树林和岩石间飞奔而出，让佛罗多和伙伴们大惊失色。其中两人朝佛罗多冲了过来，剩余两人则疯狂地冲向渡口，要切断他的去路。他们逐渐与佛罗多的路线会合，在佛罗多看来，他们似乎如风一般在飞速靠近，身形也迅速变得越来越大、越来越阴暗。

佛罗多转头从肩上回望，却看不见朋友们的身影。身后的黑骑手在渐渐远去，哪怕他们那些高头大马，也跑不过格罗芬德尔的精灵马。他重又看向前方，却渐渐没了希望：要在设伏的黑骑手拦住他之前冲到渡口，几乎不可能。他现在能清楚地看见他们：他们甩掉了兜帽和黑斗篷，头戴头盔，身穿白灰相间的袍子，苍白的手上握着出鞘的剑。他们双目寒光四射，嘴里发出低沉的号令。

恐惧彻底占据了佛罗多的脑海。他半点儿也想不起他的短剑，声音也全给堵在了嗓子眼儿，只能闭上眼睛，紧紧抓住马鬃毛。风从他耳旁呼啸而过，马具上的铃铛发出狂乱又尖锐的声响。一股致命的寒气如长矛般刺入他的身体，而如白色炽焰般的精灵马仿佛展开了双翼，猛力一蹬，便越过了前方拦截它的黑骑手。

佛罗多听见水花四溅的声音，感觉到浪花涌上脚边。从水里爬上碎石小路时，他还能短暂感觉到河水的涌动和白马奋力起身。他爬上陡峭的河岸，过了渡口。

可追逐者仍紧咬着他不放。白马在陡岸顶上停下，转身激烈地嘶鸣

1 辛达语，意为："快跑，快跑，阿斯法洛斯！"——译注

起来。下方的河边，九骑手齐齐抬头看了过来，佛罗多立时就泄了气。他知道，什么都阻挡不了他们如他一样轻松地渡过河来，一旦黑骑手过了河，想从渡口到幽谷之间这段又长又不熟悉的路上逃脱，基本不可能。无论如何，他又感觉到自己被急切地要求停下。憎恶再次在胸中燃烧起来，可他已经没了抗拒的力气。

最前面那个黑骑手突然策马向前。大马在河边驻步，人立而起。佛罗多拼命坐直，挥舞着短剑。

“滚回去！”他喊道，“滚回魔多之地，别再跟着我！”这声音在他听来，显得单薄又尖细。黑骑手们停下了，可并非因为佛罗多突然有了邦巴迪尔的魔力。敌人们都在嘲笑他，发出刺耳又恐怖的大笑声。“回来！回来！”他们唤道，“我们带你回魔多去！”

“滚回去！”他喃喃道。

“魔戒！魔戒！”他们用死亡之声高喊道。他们的领队当即催马下河，后面紧跟着另外两个黑骑手。

“凭埃尔贝瑞丝及美丽的露西恩之名，”佛罗多举起剑，鼓足最后的勇气说，“魔戒和我，你们一个都别想得到！”

黑骑手的领队已越过渡口一半，他气势汹汹地站在马镫上，高举着一只手。佛罗多只觉舌头在嘴里裂成两半，心都快蹦出胸口了。他的短剑断裂了，从颤抖的手上摔落下去。精灵马嘶鸣着打着响鼻。最前面的那个黑骑手已经马上要上岸了。

说时迟那时快，澎湃的河水仿佛裹挟着许多石块一般，有咆哮和激荡的声响传来。佛罗多隐约看见下方的河水开始上涨，河浪如身佩羽饰的骑兵顺着河道驰骋而来。佛罗多感觉浪尖闪耀着白色火焰，他有些浮想联翩，幻想着河浪里有白色骑士，正骑着鬃毛飞扬的白色骏马。还在河中央的三个黑骑手被愤怒的泡沫埋没，登时消失不见了。后面的黑骑手惊慌失措地退了回去。

靠着衰竭至极的那点儿精神，佛罗多听到了大喊声，在河边彷徨的那些黑骑手背后，似乎有一道白光辉映的人影；人影身后还有一些挥舞着火把的小小身影，在渐渐笼罩世界的灰色迷雾中闪耀着红光。

黑色大马集体发了狂，惊恐地驮着黑骑手撞进汹涌的洪水，与他们尖利的叫喊一同被咆哮的河水淹没、卷走。佛罗多感觉自己在往下坠，咆哮和混乱似乎在不断增长，将他与敌人一道吞噬。他什么都听不到、看不见了。

第二卷

The Lord of the Rings The Fellowship of the Ring

The Lord of the Rings The Fellowship of the Ring

·第一章·

喜相逢

佛罗多苏醒过来，发现自己躺在床上。一开始，他以为自己做了个依稀记得、漫长又不愉快的梦，所以睡过了头。又或者自己生了病？可这天花板看着很眼生，平平的，深色的房梁上刻着繁杂的图案。他又躺了一阵，看着落在墙上的斑驳的阳光，倾听瀑布的水声。

“我在哪儿？现在是什么时候？”他对着天花板大声说。

“你在埃尔隆德之家，现在是上午十点钟。”有声音说，“如果你想知道的话，今天是十月第二十四天的早上。”

“甘道夫！”佛罗多大叫着坐起身。正是老巫师本人，坐在窗边的椅子上。

“是的，”他说，“我来了。你离家后做了那么多荒唐事，还能成功抵达这里，实属运气。”

佛罗多又躺了回去。他感到一阵舒畅、安宁，懒得跟甘道夫争辩，觉得就算回嘴多半也讨不了什么好。他彻底清醒过来，一路上的经历也重回脑海：横穿老林子的“劫径”，跃马客栈的“事故”，还有他在风云顶下面的小山谷失心疯般戴上魔戒。他一边重温着记忆，一边徒劳地回忆起自己抵达幽谷的场景。房间里一时间安静下来，只听得见甘道夫朝窗外喷白色烟圈时，烟斗发出的轻微的“噗噗”声。

“山姆在哪儿？”佛罗多总算出了声，“其他人还好吗？”

“都好，全都安然无恙。”甘道夫回答，“山姆一直在此处，不过半个钟头前被我赶去补觉了。”

“渡口那边发生了什么？”佛罗多又问，“不知怎么回事，我眼睛那会儿看什么都很模糊，现在也是一样。”

“没错，是会这样。你已经开始消隐了，”甘道夫答道，“那道伤终究还是要击溃你了。再晚几个钟头，连我们都救不了你。但是，我亲爱的霍比特人，你心怀力量！就跟你在古冢岗所展示的力量别无二致，那真是千钧一发——没准也是最为危险的一刻。真希望你在风云顶时也能坚持下来。”

“看来你已经知道不少了啊，”佛罗多说，“我没跟别人提过古冢岗的事。一开始是因为那件事太过恐怖，后来我有其他事情要操心。你是如何知道的？”

“你在睡梦中说了不少，佛罗多。”甘道夫柔声说，“对我来说，要读明白你的想法和记忆并非难事。不用担心！虽然刚才我说了‘荒唐’，但并不是真的责备你。我觉得你很了不起，其他人也是。踏上这么远的旅途，历经如此危难，依然能护得魔戒周全，这可不是轻而易举之事。”

“得亏大步佬相助，”佛罗多说，“可我们需要你。你不在，我不知道该如何是好。”

“我被拖住了，”甘道夫说，“差点儿让一切毁于一旦。不过，我也不确定，也许这样更好也说不定。”

“真希望你能告诉我发生了什么事！”

“等时间合适吧！埃尔隆德嘱咐过，今天不能让你谈论或者操心任何事。”

“可是，谈话能避免我胡思乱想，想这想那其实也挺累人的。”佛罗多说，“我已经很清醒了，记起了许多事情，想得到解答。你为什么被拖住了？至少这点你应该告诉我吧。”

“你想知道的，很快就能知道，”甘道夫说，“等你恢复得差不多了，我们很快就会举行会议。眼下我只能说，我被抓住了。”

“你？！”佛罗多大叫。

“是的，我，灰袍甘道夫。”巫师严肃地说，“这世界上有许多或善或恶的力量。其中一些比我的要强大，另外一些我还没较量过。不过，我的机会来了。魔古尔之主和他的黑骑手现了身。战争一触即发！”

“你已经知道黑骑手了——在我遇见他们之前？”

“是的，我知道他们。事实上，我曾经跟你提过；这些黑骑手就是戒灵，魔戒之主的九个爪牙。但我并不知道他们已经再度现世，要不我立刻就会带你逃走。六月离开你之后，我才听闻他们的消息；不过，这故事可以先放一放。眼下的情况是，阿拉贡从灾难里拯救了我们。”

“没错，”佛罗多说，“大步佬拯救了我们。可我一开始还挺怕他的。我觉得，在我们遇上格罗芬德尔之前，山姆一直都不信任他。”

甘道夫微笑着说：“山姆全都告诉我了，他的疑虑如今已烟消云散。”

佛罗多说：“我挺高兴的，因为我现在很喜欢大步佬这人。好吧，‘喜欢’这个词儿不太准确。我是说，我比较亲近他了；虽说他这人有时挺怪，挺严肃。老实说，他经常让我想到你。我从没见过哪个大种人能像他这样。我以为，嗯，大种人都个子高、脑子蠢，跟黄油菊一样心好人傻；要不就是跟比尔·蕨尼一样又蠢又奸诈。不过，兴许除了布理人，以前我们不太了解夏尔的大种人。”

“你要是觉得老麦曼很蠢，那你就连布理人也不怎么了解。”甘道夫说，“他对自己的地盘可是了如指掌。他虽然说得多，想得少，反应也有些慢，但是他能及时看穿一堵墙（布理人的说法）。不过，阿拉松之子阿拉贡这样的人，中洲已经没几个了。大海彼岸的诸王一脉已近断绝。或许这场‘魔戒大战’将是他们最后的一场冒险。”

“你确定大步佬真是古代诸王的一员？”佛罗多疑惑地说，“我以为他们早就消失了，我以为他只是位游侠。”

“只是位游侠！”甘道夫叫道，“我亲爱的佛罗多，我来告诉你什么是游侠：他们是北方伟大民族的遗民，是西方人类。他们以前帮过我；在未来的日子里，我依然需要他们的帮助；虽然我们到了幽谷，可魔戒还未得安息。”

“我猜也没有，”佛罗多说，“可目前我的想法就是抵达这里；我希望自己不用再往下走了，能就此休息是再好不过了。我已经流亡和冒险了一整个月，心里十分满足了。”

他再度沉默，闭上了眼睛。隔了一会儿，他又开口说：“我算了算日子，可怎么加都加不到十月二十四日，应该是二十一日才对。我们肯定是在二十日那天抵达渡口的。”

“你讲了太多话，算了太多东西，这不利于恢复。”甘道夫说，“你的肩膀和侧边感觉如何？”

“我也说不好，”佛罗多回道，“毫无知觉，算是小有改善吧。不过——”他尝试了一番，“——我的胳膊稍微能动动了。是的，它又恢复了知觉，不再是冷冰冰的了。”他用右手摸了摸左手。

“这很好！”甘道夫说，“伤口愈合得很快。要不了多久，你就又能活蹦乱跳了。是埃尔隆德治好了你，从你被带过来开始，他照料了你好几天。”

“好几天？”佛罗多问。

“是的，确切而言，是三天四夜。二十日当晚，也就是你失去意识之后，精灵将你从渡口带了出来。我们都揪心不已，山姆日夜守在你身边，除了送口信之外寸步不离。埃尔隆德虽是疗伤大师，可大敌的武器却是致命的。不瞒你说，我当时觉得救活你的希望十分渺茫，因为我怀疑结痂的伤口里还残留着刀刃碎片，却一直未找到。直到昨天晚上，埃尔隆德总算找到了碎片，并把它取了出来。它埋得很深，且一直在往里渗透。”

佛罗多打了个冷战，想起消散在大步佬手里的那把凶残的小刀，上面的确崩了个小口。“别紧张！”甘道夫说，“它已经被取走、融掉了。看起来，霍比特人似乎退隐得特别慢。就我所知，有大种人的勇士，迅速就被这种碎片给降服了，而你却顽强地抵抗了整整十七天。”

“他们究竟对我做了什么？”佛罗多问，“那些黑骑手到底想干吗？”

“他们打算用那把魔古尔小刀捅进你的心脏，让刀留在伤口中。倘若他们得逞，你就会变得跟他们一样，只是会弱小一些，还会听命于他们。你会变成黑暗魔君统治下的一个幽魂，只能眼睁睁看着他抢走魔戒并戴在手上，你还会因曾试图保有魔戒而备受折磨。”

“感谢上苍，我真没想到，这危险竟然如此可怕！”佛罗多有气无力地说，“我那时就怕得要命，可要是了解得再多一些的话，恐怕会吓得动也不敢动。我能逃离可真是个奇迹！”

“是的，助你一臂之力的是你的运气，或者说是命运，”甘道夫说，“当然还有勇气。你看，你的心脏毫发无损，敌人只是刺中了你的肩膀，这都要归功于你抵抗到了最后。不过，要我说，当时的情况真是千钧一发。你戴上魔戒的刹那，正是你最危险的时刻，因为你让自己的半只脚踏进了幽魂世界，可能会被直接抓走。你能看见他们，他们也能看见你。”

“我明白，”佛罗多说，“他们的形貌十分可怕！可是，为什么我们都能看见他们的马？”

“因为那些是真马，就像那些黑袍是真的袍子一样。他们跟活人打交道时会穿上它，让虚无的身体显现出来。”

“可那些黑马又是怎么忍受黑骑手的？别的动物，哪怕是格罗芬德尔的精灵马，在他们靠近之时也会害怕。狗见了他们会狂吠，鹅见了会嘎嘎乱叫。”

“因为那些马就是为了服侍魔多的黑暗魔君而生的。他的爪牙和奴仆并非全是幽魂！他手下还有奥克、食人妖、座狼、妖狼。当然，过去有、现在也依旧有许多人类的王侯将相，他们虽活在青天白日之下，却依旧受他掌控。而且，这些人的数量还在与日俱增。”

“那幽谷和精灵又是什么情况？幽谷安全吗？”

“在其他地方全部沦陷之前，这里暂时还是安全的。精灵或许会惧怕黑暗魔君，会从他面前逃走，可他们永远不会听信于他，效力于他。幽谷这里仍旧生活着他的一些劲敌，也就是精灵智者，是从极远之海彼岸而来的埃尔达领主。他们并不惧怕戒灵，因为曾在蒙福之地居住过，同时生活在两个世界当中，他们有着对付可见与不可见之敌的强大力量。”

“我好像看见了一个闪着光的白色人形，它并没有像其他人一样变得暗淡。那就是格罗芬德尔吗？”

“是的，你一度看见了他在另一个世界里的身影——强大的首生子女[1]的身影。他是王室家族的精灵领主。实际上，幽谷拥有一种能短暂抵挡魔多之力的力量，而其他地方也存在着另外的力量。夏尔也存在着某种力量。然而，倘若事情照现在这样发展，这些地方都将变成被围困的孤岛。黑暗魔君正在全力以赴。

“当然了，”他突然站起身，扬起下巴，胡须如铁线般根根直立，

1 独一之神伊露维塔创造了被称为“伊露维塔的儿女”的两支种族，即精灵和人类。因精灵先人类一步苏醒，因此又被称为“首生子女”。——译注

“我们必须要鼓足勇气。你很快就能好起来，只要你没被我的念叨烦死。眼下你身处幽谷，什么事情都不用担心。”

“我已经鼓不起来什么勇气了，”佛罗多说，“不过眼下我没什么可担心的。只要跟我讲讲朋友们的消息，再把渡口事件的尾声告诉我，我暂时就会心满意足，不会追着你一直问了。听完后，我会再睡一觉。不过你不把故事讲完，我可没办法安心睡。”

甘道夫把椅子挪到佛罗多身边，仔细打量了他一番。佛罗多脸上已有了血色，双眼有神，意识清醒，倦意全无，而且他还面带微笑，似乎没什么大碍了。可在巫师眼里，佛罗多身上却出现了一丝微小的变化：他周身似乎变得有些透明，特别是他摊在被子上的左手。

“依旧在意料之中，”甘道夫暗想，“他这才经历了一小半而已，就连埃尔隆德也无法预料最终的结果。我猜，应该不会坠入魔道。他兴许会变得像只玻璃杯，里边填满能者可见的光亮。”

“你的气色很好，”他大声说，“那我就不去征求埃尔隆德的意见，冒险给你讲个小故事吧。这故事很短，我得提醒你，听完后你就该睡一会儿了。就我搜集到的信息来看，之后发生的事情是这样的：你逃走后，黑骑手径直冲向了你。他们不再需要黑马的引领，因为你已经一只脚跨进了他们的世界，他们能看见你。当然，魔戒也吸引着他们。你的朋友们全都跳到路边，要不就会被马给撞翻。他们知道，如果连白马都救不了你，那就真没希望了。黑骑手无论是在速度上还是数量上都让他们难以匹敌。下马的话，即便格罗芬德尔与阿拉贡联手，也没法同时拦下九只戒灵。

“戒灵冲过去之后，你的朋友也跟在后面。在靠近渡口的地方有一小片被零星矮树遮住的洼地，他们在那里飞快地生了一堆火；格罗芬德尔知道，如果黑骑手企图过河的话，会有洪水冲下来，所以他需要对付留在河岸这一侧的敌人。他在洪水出现那一刻冲了过去，后面跟着阿拉贡及拿着火把的其他人。被火焰与洪水堵在中间，又看见了怒火冲天的精灵领主，那些骑手吓得六神无主，他们的马也被惊得发了狂。其中三个黑骑手被第一波洪水卷走，剩下的则被马驮进水里淹没了。”

“那黑骑手就这样完蛋了吗？”佛罗多问。

“没有。”甘道夫说，“他们的马肯定是没命了，而没了马，他们就像是断了一臂。可戒灵本身并没有那么容易毁灭。不过，现在你大可不必担心他们。洪水退去后，你的朋友们过了河，发现你脸朝上躺在河岸顶上，身下压着一把断裂的剑，白马在身旁守护着你。当时你脸色苍白、浑身冰凉，他们都害怕你已经死了，或者落到了比死还要糟的境地。埃尔隆德的族人遇见他们，便把你慢慢抬回了幽谷。”

“洪水是怎么来的？”佛罗多问。

“埃尔隆德召唤的，”甘道夫回答，“他有统御山谷里河水的力量，若他需要封锁渡口，河水就会暴涨。一旦戒灵的首领踏进河里，他便释放洪水。我得说，我也在里边加了点儿花样：你可能没注意到，有些浪涛变成了骑着白马的巨型闪亮白骑士；水里还夹杂了许多翻滚撞击的岩石。我一度担心，我们释放的怒涛太过凶猛，洪水会超出掌控，把你们全给冲走。这河水源自迷雾山脉的积雪，蕴藏着无匹的力量。”

“对，我现在全记起来了，”佛罗多说，“那咆哮声简直震耳欲聋。我以为我会跟着朋友们和敌人以及其他所有一起淹死呢。还好我们安全了！”

甘道夫迅速扫了一眼佛罗多，可他眼睛是闭着的。“是的，你们现在都安全了。不久他们会举办热闹的欢宴，以庆祝布茹伊能渡口的胜利，届时你们都将坐上荣誉座席。”

“妙极啦！”佛罗多说，“埃尔隆德、格罗芬德尔，还有其他大领主，别忘了还有大步佬，他们不胜其烦地帮我，还向我表现了这么大的善意，真是太好啦！”

“嗯，他们这么做有很多缘由，”甘道夫微笑着说，“我就是个很好的理由。另一个重要原因则是魔戒——你是持戒人。你还是寻得魔戒之人比尔博的继子。”

“亲爱的比尔博！”佛罗多睡眼惺忪地说，“我想知道他在哪儿。真希望他就在这儿，能听到这一切。他肯定会哈哈大笑的。‘奶牛蹦到月上面！’还有可怜的老食人妖！”话音刚落，他便睡着了。

佛罗多如今安全地待在大海东边的“最后家园”里。这栋宅邸，据比尔博老早之前的描述，“无论你是吃喝、睡觉、听故事、唱歌，还是就想静坐着思考，或者全都想做一遍，它都能满足你”。单单只是待在这里，就能治愈疲惫，消除恐惧，抚平哀伤。

傍晚渐近，佛罗多醒了，感觉自己已经睡饱歇足，只想吃点儿喝点儿什么。兴许吃饱喝足之后，他还能唱唱歌，讲讲故事。他下了床，发现胳膊差不多跟从前一样灵活了。他身旁放有十分合衬、整洁一新的绿色装束。他照了镜子，震惊地发现自己比记忆中瘦了很多：仿佛又变回那个常跟比尔博叔叔行走夏尔的年轻小伙子；不过，镜中那双盯着自己的眼睛却显得若有所思。

“没错，自打上次偷偷从镜子里窥探以来，你已经见识到一些世面啦。”他对着镜子说，“现在是欢聚时刻！”他舒展着身子，吹起了口哨。

说话间，山姆随着敲门声进了屋。他快步跑向佛罗多，尴尬又羞涩地拉起佛罗多的左手，轻轻地抚摸着，旋即涨红了脸，匆忙松手，转过身去。

“你好呀，山姆！”佛罗多说。

“很暖和！”山姆说，“我是说你的手，佛罗多少爷。先前那些长夜里，它很冰凉。这下可太好啦！”他嚷嚷道，又一个转身回了头，眼睛发亮，手舞足蹈起来。“少爷，看到你能下床，还恢复到从前的样子，我太高兴了！甘道夫让我来瞧瞧你有没有准备好，我还以为他在开玩笑呢。”

“我准备好啦，”佛罗多说，“出发，我们找其他人去！”

“少爷，我带你去，”山姆说，“这宅子老大了，而且十分奇特。你总能发现没见过的东西，也压根儿猜不透转个角能看见什么。还有精灵，少爷！到处都是精灵！有些叫人又敬又怕，很像国王，有些又快乐得像孩子。还有音乐和歌谣——虽说到这儿之后，我都没时间也没什么心思听来着。不过，我倒是把这地方多多少少给摸清了一些。”

“我知道你都做了什么，山姆，”佛罗多挽住他的胳膊说，“但是今晚你只管开心快乐，只管听个心满意足。走吧，领着我去转那些拐角去！”

山姆领着他穿过许多条走廊，迈下许多级台阶，来到河岸峭壁之上一处高高的室外花园。他看见朋友们都坐在房子朝东那边的一条门廊里。阴影罩着下方的山谷，不过远处山峰的正面依然有余晖照耀。空气很温暖。奔流直下的河水发出嘈杂的响声，这傍晚透着一股淡淡的花草树木之香，让埃尔隆德的花园仿佛夏日再临。

“万岁！”皮平大喊着，一屁股跳了起来，“我们尊贵的表亲来啦！快给指环王佛罗多让路！”

“嘘！”甘道夫在门廊后的阴影里开了腔，“邪恶之物虽进不来，但我们也不该提它们。指环王可不是佛罗多，魔多邪黑塔之主才是，他的力量已经伸向了世界。我们只是身处要塞之中，但外面已经变得越来越黑暗了。”

“甘道夫一直在讲这样好玩的事儿，”皮平说，“他觉得我该守守规矩。可是，不知怎么的，这里让人根本感觉不到沮丧和失落。要是我知道有什么曲子适合现在唱，我早唱了。”

“我倒想自己唱一首，”佛罗多大笑着说，“不过这会儿我更想大吃大喝。”

“马上治好你！”皮平说，“狡猾如你，总是刚刚好在餐席时间起床。”

“何止餐席！这可是盛宴！”梅里说，“甘道夫刚说你恢复了，他们就开始准备啦。”话音未落，钟声便四处响起，召唤他们前往大厅。

埃尔隆德之家的大厅里人头攒动：主要是精灵，不过也有少许其他种族的宾客。高台上，埃尔隆德一如既往地坐在长桌那端的大椅子里，在他两边落座的分别是格罗芬德尔和甘道夫。

佛罗多好奇地打量着他们：此前他从未见过这位流传在诸多故事里的埃尔隆德；坐在右侧的格罗芬德尔，乃至左边他以为自己早已熟知的甘道夫，此刻也如王者一般，尽显庄严与威仪。

甘道夫的身材要比其余两人矮上些许，但他霜发千丈，银须飘飘，宽肩阔膀，活像古代传说里的贤王。他的脸饱经风霜，怒放的庞眉之下，黑色双眼恍若随时会燃烧的乌炭。

格罗芬德尔生得高大笔挺；他的头发闪亮如金，面容俊俏年轻，满脸的无畏与欢喜；他的双眼明亮、锐利，话声悦耳；眉间睿智常驻，手中力量尽显。

埃尔隆德的脸上没有岁月的痕迹，既不苍老也不年轻，不过却镌刻着许多或喜或忧的回忆。他的黑发如黄昏下的阴影，头佩一顶银箍；他的灰色眼睛仿佛清朗的傍晚，闪烁着繁星般的光芒。他令人肃然起敬，既像饱经霜雪的王者，又如斗志昂扬的沙场勇士。他是幽谷之主，在精灵和人类中也威望颇高。

餐桌中段，正对墙上织锦的位置立有一顶华盖，下方的座椅上坐着一位绝美的女士，身形容貌酷似女版的埃尔隆德。佛罗多不禁猜测，她也许是埃尔隆德的近亲。她看似年轻，却又不显稚嫩。霜雪半点儿不曾沾染她的黑色发辫，雪白的手臂和清秀的脸庞光滑无瑕，明亮的灰色双眼好似澄澈的夜空，眼神闪亮如星；她又像是女王，眉眼中透着睿思与学识，仿佛久历岁月沧桑；一顶银丝牵玉的软帽倚在额前，闪闪发亮；一身柔软的灰色长袍却是朴素无华，只腰间系着一条银叶腰带。

就这样，佛罗多见到了鲜有凡人得幸拜见的埃尔隆德之女阿尔玟。据说，她的容貌恍如露西恩再世；她被称为乌多弥尔，因为她是子民的暮星。她在母族的土地上生活了许久，就在迷雾山脉另一侧的罗瑞恩，近期才回到幽谷的父亲家里。她的两位哥哥埃尔拉丹与埃洛希尔倒是在外行侠仗义，常跟北方的游民一道御马天边，从未忘记他们的母亲在奥克的巢穴遭受的折磨和苦痛。

佛罗多从未见过，甚至从未想过有人竟能生得如此让人爱怜；等到他发现埃尔隆德的餐座上竟有自己的一席之地时，大感惊讶和羞愧，因为其他人都比他高大、俊美得多。虽然他的座椅大小合适，上面还垫了几个垫子，但他依旧感觉自己十分渺小，浑身不自在。不过，这感觉转瞬即逝：这是场快乐无比的筵席，食物也是尽善尽美。好久之后，他才终于得空四下端详，甚至还转头打量起了邻座的宾客。

他先找起了朋友们。山姆曾恳求去伺候自己的少爷，却被告知这回只能当一位贵宾。佛罗多瞧见了他，他跟皮平、梅里一块儿坐在靠近高台的次桌主位上。佛罗多没找着大步佬的身影。

紧挨着佛罗多右边坐的是一位衣着华丽、看着身份显赫的矮人。他那把分叉的大胡子白得快跟身上那件雪白袍子成一个颜色了。他腰系银带，脖子上挂着一条银镶钻的链子，看得佛罗多连饭也不吃了。

“欢迎，幸会！”矮人转过身来对他说，然后竟然站起身鞠了一躬，“格罗因静候差遣。”说完，他的身子弯得更低了。

“佛罗多·巴金斯，愿为您及家人效劳。”佛罗多惊讶地站起身，垫子都给碰散了，不过倒是没回错话，“若我没猜错的话，想必您就是伟大的索林·橡木盾十二同伴之一的那位格罗因？”

“正是鄙人。”矮人回道，又拾起垫子，礼貌地扶着佛罗多坐回椅子上。“请恕我并未请教你的大名，因为我已被告知，你就是我们尊敬的朋友比尔博的亲属，也是他的继子。请容我为你重返健康表示祝贺。”

“非常感谢。”佛罗多说。

“我听说，你经历了几场无比怪异的历险。”格罗因说，“我十分好奇，究竟是什么原因让四个霍比特人踏上了如此漫长的旅途。自从比尔博随我们旅行了一趟，就再没听过类似的事情。或许我不该多问，我自觉埃尔隆德与甘道夫似乎不太愿意谈论此事。”

“我认为，此刻谈论这个还不是时候。”佛罗多礼貌地回道。他猜测，哪怕是在埃尔隆德之家，魔戒的事情也不能当成寻常谈资；无论如何，他想要把烦心事暂时给抛到脑后。“不过，我也很好奇，”他又补充道，“究竟是什么风，远远地把身份如此贵重的矮人从孤山给吹到这儿来了？”

格罗因看着他，“若是你尚未听说，我想此刻谈论这个同样不是时候。我相信，埃尔隆德大人很快便会召唤我们，之后我们能听到许多事情。不过，我们现在可以先聊聊别的。”

接下来的时间，他们一直在交谈，不过佛罗多听得多说得少；毕竟，抛开魔戒不提，夏尔的消息委实显得琐碎、遥远又微不足道，而格罗因却有一大堆大荒原北部地区的大事可谈。佛罗多得知，贝奥恩之子老格里姆·贝奥恩如今统领着诸多强悍的人类，从迷雾山脉到黑森林之间的土地便是他们的领地，没有任何奥克和座狼胆敢进犯。

“说实话，”格罗因说，“要不是贝奥恩一族，河谷镇到幽谷的通路早就没法走了。他们英勇非凡，设法保持高隘口[1]和卡尔岩渡口通畅无

1 即伊姆拉缀斯隘口。——译注

阻。不过，他们的过路费是真贵，”他摇着头补充道，“他们跟老贝奥恩一样，也不太喜欢矮人。当然了，他们十分可靠，这一点如今弥足珍贵。对我们最为友善的还是河谷镇的人类，都是些巴德一族的好人。弓箭手巴德的孙子、也就是他的儿子巴因之子布兰德，如今统治着他们。他是位强势的君主，将领土扩张到了埃斯加洛斯的东边及远南区域。”

“能讲讲你的族人吗？”佛罗多问。

“那要讲的可就太多了，好坏都有，”格罗因说，“不过大部分都是好的：虽说我们也难逃当下的暗影涌动，但目前为止运气还不错。你要真有兴趣听的话，我很乐意跟你多讲讲。不过，你若是觉得乏了，敬请打断我！别人说，矮人一讲起自己的手艺，向来是口若悬河。”

格罗因当即长篇大论起来，讲述了矮人王国的往事。他很高兴能碰上这么一位文雅的听众：佛罗多丝毫未显疲态，也从不试图改变话题，虽说他其实老早就被各种从未听闻的陌生人名、地名给弄得满脑子糨糊。不过，听闻戴因仍旧是山下之王，如今老态龙钟（已经两百五十岁了）、备受爱戴、家产万贯，他顿时又来了兴趣。在“五军之战”中活下来的十位同伴里，依然伴他身边的有七位：杜瓦林、格罗因、多瑞、诺瑞、比弗、波弗、邦伯。邦伯如今胖得吓人，无法起身走到餐桌旁，得六个年轻矮人才能把他从睡榻给抬到餐椅上。

“那巴林、欧瑞和欧因呢？”佛罗多问。

格罗因的脸上倏然蒙了一层阴霾。“我们不知道，”他答道，“我此行主要就是为了巴林，才前来征询幽谷居民的建议。不过，今晚我们还是谈点儿高兴的事吧！”

格罗因转而聊起自己族人的成就，跟佛罗多介绍他们在河谷镇和孤山下的辛勤劳作。“我们做得不错，”他说，“可说到金工方面，我们比不了父辈那代，许多秘传都遗失了。我们打造了坚甲利剑，但没法再打造出恶龙袭击之前的那些锁甲和宝剑。唯独在采矿和建造方面，我们的技艺胜过了往昔。佛罗多，你真该来看看河谷镇的水道，还有那些喷泉和水池！来看看五彩缤纷的碎石路！我们有建在地下、拱门雕得像树一样的大厅和洞穴一般的街道，还有搭在孤山上的梯台和高塔！你看了就会知道，我们可半点儿没闲着。”

“只要有机会，我一定去拜访，”佛罗多说，“要是能看见史矛革荒地的种种变化，比尔博不知道得有多惊讶！”

格罗因微笑着看向佛罗多。“你真的很喜欢比尔博，是吗？”他问。

“是啊。”佛罗多回答，“比起观看世界上那些高塔宝殿，我更愿意见到他。”

宴会终于结束了。埃尔隆德和阿尔玟起身走下大厅，其余人各自按顺序跟在后面。一扇扇门猛然打开，他们穿过宽阔的走廊，跨过一道又一道的门，来到远处的一间大厅。大厅里没有餐桌，两侧雕花柱间的大炉子里燃烧着明亮的火焰。

佛罗多与甘道夫同行。“这里是火焰大厅，”巫师说，“你能在这里听到许多歌谣和故事——只要你没睡着。不过，重要日子之外的时间，这里通常空旷又安静，想要寻求安静和思绪的人才会上这儿来。此处的火焰终年不熄，不过除此，基本没有其他光亮。”

埃尔隆德步入大厅，走向为他所设的座椅，精灵吟游诗人开始演奏甜美的音乐。宾客们渐渐围满了大厅，佛罗多愉快地看着许多张美丽的脸庞聚在一起；金色的火光在他们脸上舞动，照得他们的头发闪闪发亮。他突然注意到，就在炉火对面不远处，有一道小小的黑色身影正背靠柱子坐在一张凳子上，旁边的地上放着一个酒杯和一些面包。佛罗多好奇这人是不是生病了（倘若幽谷的人也会生病），没法参加筵席。这人似乎睡着了，脑袋垂到胸前，脸也被黑斗篷遮住了。

埃尔隆德停在了那道沉默的身影旁。“快醒醒，小个子先生！”他微笑着说。然后，他转过身来，朝佛罗多招了招手。“佛罗多，你期盼的时刻终究到来了，”他说，“快来见见你朝思暮想的朋友。”

黑色身影抬起头，露出了脸庞。佛罗多一下子认出他来。“比尔博！”他尖叫着冲了过去。

“你好哇，佛罗多，我的好孩子！”比尔博招呼道，“你终于还是来了。我是希望你能做到的。好，好！我听说，这次盛宴就是为你而设的，玩得可还愉快？”

“你怎么没去？”佛罗多嚷道，“他们先前为什么没让我见你？”

“因为你在睡觉。我已经见了你好多回啦，每天都跟山姆坐在你边上。至于宴会嘛，我如今不怎么爱凑热闹，而且我还有别的事情要做。”

“你都在忙些什么呢？”

“唔，静坐和思考。我如今常这样，照规矩，这地方就适合做这些。快醒醒，哈！”说着，他用一只眼睛瞅向埃尔隆德。他的眼睛神采奕奕，佛罗多看不见里边有任何疲倦的迹象。“快醒醒！我可没睡着，埃尔隆德大人。真要说的话，你们的宴会结束得太早，打搅到我了——我的歌词刚构思到一半。写到其中一两句时我卡住了，正在苦思冥想。这下可好，我怕是再也想不出来了。待会儿你们的歌声一起，我脑袋里的灵感就全都没了。我得让我的杜内丹朋友帮帮忙。他在哪儿呢？”

埃尔隆德大笑着说：“你会找到他的，然后你们两人可以找个角落写完歌词。在欢庆会结束前，我们会品评一下你们的作品。”他派出信使去寻找比尔博的朋友，不过没人知道他在哪儿，也没人知道他为何没有出席宴会。

与此同时，佛罗多和比尔博并肩坐在一块儿，山姆也迅速走过来坐在他们旁边。他们小声聊着天，对大厅里的欢笑和音乐充耳不闻。比尔博倒是没多少情况可讲：离开霍比屯之后，他在大道和乡野间漫无目的地四处游荡；然而不知何故，他始终在朝幽谷的方向走。

“我没费什么力气就到了这里。”他说，“休息一阵之后，我又跟着矮人去了河谷镇，那是我最后一次旅行，我不会再上路了。老巴林已经不在了。后来我又回到幽谷，一直待着。我做了各种各样的事，给我的书添了一部分内容。我还写了几首歌。他们偶尔会唱上一唱，我猜是为了哄我开心，因为这些歌在幽谷算不得什么佳作。我还做了许多倾听和思考。在这里，时间仿佛不会流逝，永远都是这副样子。真是个了不起的地方。

“我听到了许多传闻，有关于迷雾山脉那头的，有南边以外的，却很少耳闻夏尔的消息。当然，我也听闻了魔戒的事情。甘道夫先前经常来这儿。他倒是没跟我讲多少事，近几年他比以前更能保守秘密了。告诉我这些的是杜内丹。真没想到，我那枚戒指竟然会引发这么大的骚动！可惜甘道夫没有早点儿发现更多的隐情，要不然许多年前我就能亲自把戒指带过来，还能省掉不少麻烦。因为这枚戒指，有好几次我都想回霍比屯去；可我年纪大喽，他们也不让我去——我是指甘道夫和埃尔隆德。他们好像认为大敌正在四处寻找我，倘若我在荒野里蹒跚游荡时被抓到，那些人肯定会把我剁成肉酱。

“甘道夫还说，‘魔戒已经传承下去了，比尔博。再插手进去，对你、对其他人都没好处。’这话听起来挺古怪，倒像是甘道夫会说的话。不过，他说他会关照你，我也就放心喽。见你平安无事，我高兴坏了。”他停下话头，疑惑地看着佛罗多。

“你现在带着它吗？”他悄声问，“你懂的，听了这么多事情，我实在是好奇，很想再瞅它一眼。”

“是的，我带着。”佛罗多回答，有种怪异的抗拒感，“它看着跟以往没什么区别。”

“嗯，让我再看一下。”比尔博说。

先前换衣服的时候佛罗多就发现，在他睡着期间，有人为魔戒换了条轻巧又结实的新链子，挂在他的脖子上。此时他慢慢地拽出戒指。比尔博伸出手，可佛罗多迅速又把戒指塞了回去。让他痛苦和惊讶的是，他发现自己看到的竟然不再是比尔博，两人之间像是落下了一层阴影。透过这层阴影，他觉得自己看见的是一只长满皱纹、满脸饥渴的小怪物，正用瘦骨嶙峋的双手四处摸索。他有股强烈的冲动，想要殴打那小怪物。

萦绕在周围的演奏声和歌唱声仿佛在消散，寂静降临了。比尔博飞快地看了一眼佛罗多，用手遮住了眼睛。“现在我明白了，”他说，“快把它拿开！我很抱歉……抱歉让你背负这样的重担来到此地；我对所有这一切都很抱歉。冒险难道就没个尽头吗？我觉得是没有的。总得有人把故事讲下去。哎，没法儿避免。我怀疑还有没有必要把我的书给写完。不过，这事儿可以先放一边——让我们来点儿真正的新闻！快给我讲讲夏尔发生的事情，全部的事情！”

佛罗多把戒指收起来，那层阴影也消散了，几乎没留下一丝痕迹。幽谷的光亮和音乐声重回身畔。比尔博时而微笑，时而哈哈大笑，快乐极了。佛罗多讲的关于夏尔的每一条消息——山姆不时在旁边帮嘴和更正——哪怕倒了一棵小树或者霍比屯最小的孩子做了什么恶作剧，都让他兴趣盎然。几人沉湎于夏尔四区的各种故事，完全没注意到一位穿着深绿色衣服的人正在靠近。这人面带笑容，低头看了他们好一会儿。

比尔博突然抬起头。“啊，杜内丹人，你终于出现了！”他喊道。

“大步佬！”佛罗多说，“你的名字可真不少！”

“啊，我先前倒是没听过大步佬这名字，”比尔博说，“你为什么这样称呼他？”

大步佬哈哈一笑，说：“都是布理人叫出来的名字，他们就这么跟他介绍我。”

"那你又为什么要叫他杜内丹人？"佛罗多问。

"是那个杜内丹人，"比尔博说，"这儿的人都这么称呼他。不过，你不是懂点儿精灵语吗，应该知道'顿-阿丹'是什么意思，它指'西方之地的人类'，也就是努门诺尔人。好了，现在可不是上课的时候！"他转向大步佬，"我的朋友，你上哪儿去啦？怎么没参加筵席？阿尔玟女士可是到场了。"

大步佬一脸严肃地俯视着比尔博。"我知道，"他说，"可许多时候我都得把消遣放在一边。埃尔拉丹和埃洛希尔意外地从大荒野返回了，他们带来一些消息，我想立马知道。"

"好吧，我的好伙计，"比尔博说，"既然你已经听过了，可否匀点儿空给我？我有点儿急事需要你帮忙。埃尔隆德要我今晚散场前把这首歌写完，可我却卡住了。我们找个角落，好好打磨一番！"

大步佬笑了。"走吧！"他说，"先让我听听！"

山姆睡着了，于是佛罗多独自安静了一会儿。尽管幽谷的人都在周围，他却感到孤独，倍觉冷清。他附近的人都一言不发，专注于聆听器乐和歌唱，对其他事物毫不注意。于是，佛罗多也聆听起来。

美妙的旋律交织着精灵语的唱词，即便佛罗多对这两者都知之甚少，可一旦开始聆听，便如中了咒语般沉浸其中。歌词恍若幻化成形，将他从未想象过的远方景象和光明事物展现在了眼前；而火光熊熊的大厅则好像一片金色的薄雾，飘荡在那于世界边缘叹息的惊涛骇浪之上。神游之境渐渐变得梦幻起来，最后他感到身上流淌着一条金银涌动，形态千变万化、扑朔迷离的无尽之河；这条河融入四周震颤的空气，将他浸透、淹没；闪耀的重量飞快地压着他，落入沉睡之境。

在那里，他久久地漫步在音乐的梦境里，音乐化作流水，刹那间又变成了话语声——仿佛是比尔博吟唱诗篇的声音。起初，这声音遥远而缥缈，但渐渐地又随着诗句清晰起来。

水手埃雅仁迪尔
驻足阿维尼恩；
宁布瑞希尔的桦木
伐作前行的木船；
船帆，白银编织而成，
船灯，白银铸造而就，
船头，似洁白的天鹅，
旗帜，光芒照耀其上。

他链环成甲，披挂佩戴，
盛装如古代之君王，
如尼文刻上闪亮的盾牌
抵御敌人的刀光剑影；
龙角做基，雕琢为弓，
乌木为杆，切削作箭，
无袖锁甲白银闪亮，
玉髓宝石打磨为鞘；
精钢宝剑，英勇无畏，
凌云高盔，金刚炼就，
鹰翎一枝，盔顶招展，
萤绿宝石，胸口正悬。

皎皎白月，点点繁星，
他远离北方海岸，

茫然航于迷咒航道，
不知人间凡几日。
狭窄冰峡犬牙交错，
山脉冰封，暗影纵横，
地火冥冥，荒土尽焚；
快帆匆匆，掉头转向
无光海面，再度游荡，
终抵虚无之夜土地，
却失之交臂，未见海岸闪亮，
亦不曾见欲寻之明光。

怒风嚎啸，逐他离远，
狂浪黑沫，不辨南北
从西到东，无路可寻，
意外地飞速朝家赶。
埃尔汶化鸟觅着他，
黑暗就此燃起火光；
那火光来自她胸口项圈，
耀眼夺目，钻石难争辉。
埃尔汶将精灵宝钻佩在他额头，
鲜活的光芒予他冠冕，
辉光耀眉间，无畏无惧。
他掉转船头往前行；黑夜不息
前往隔离之海尽头的彼岸世界。
雷鸣电闪，狂风巨浪，
塔美尼尔暴风起；

小舟取道凡间地，
号风萧萧如死神之息，
吹动木船灰海飞驰；
飞渡上古失落遗弃之海；
自东向西破浪而去。

风疾疾，穿越永暮之地，
他重返惊涛黑浪。
海下沿途绵延无数哩的，
是那光明不再的上古海岸。
最终他抵达世界尽头之地，
歌声响彻珍珠长滩，
见巨浪飞沫翻涌不息，
金银珠宝流淌无尽。
他又见神山肃穆矗立，
见暮色笼罩山腰，
微光浅映维林诺，
埃尔达玛遥居海侧。
长夜中的流浪终告结束，
他抵达白色港湾，
绿树长荫、目酣神醉的精灵家园。
此地空气清新，
位于伊尔马林山下，
提力安灯塔净如琉璃，
一线光芒闪耀山谷，
倒影轻摇微影塘。

使命暂放，他此地逗留，
精灵授他以歌谣，
年长贤者讲述传奇故事，
又以黄金竖琴相赠。
精灵素衣穿上身，
七盏明灯身前引，
他穿越卡拉奇尔雅，
孤身前往隐秘之地。
他来到永恒殿堂，
此地岁月周转，光芒长存，
至高之山峰顶处，伊尔玛林宫，
大君王统治永驻；
未闻之话语响起，
传述人类及精灵族裔
以及世界之外的景象，
凡俗之人不得亲见。

他们为水手造了新船一艘，
秘银、精琉为材，
船头银光熠熠；没有削平的桨，
银船桅上也没有一张帆；
精灵宝钻便是那灯光，
闪亮于明艳旗帜上的鲜活之炎。
埃尔贝瑞丝亲至安放，
又赐予他不朽之翼，

赋予他永恒生命，
让他航行于无岸的天空，
会一会日之华，月之辉。

自永暮之地的巍峨高峰，
自那银泉涓流直下处，
他那流光一般的翅膀，
飞跃绝伟的佩罗瑞山墙。
他于世界尽头掉转船头，
心怀渴望，行入迷影，
要重回远方家园。
迷雾中他孤身穿行，
恍若璀璨孤星，
如日升前的遥远炽焰，
如滔滔北境灰海上
黎明苏醒前的奇景。

他扬帆跨中洲而过，
于远古时代，久远往昔，
他终究听到
人类妇女及精灵少女的辛酸泪。
然而他身负决然命运，
直至明月渐隐，
化星消散，尘世海岸
再不得逗留之时；
埃雅仁迪尔永为使者，

脚步永不停歇，

西方之地的光焰，

要将闪亮之钻带去远方。

吟诵声停下了。佛罗多睁开眼，看见比尔博坐在凳子上，一圈听众把他围在正中央，个个面带微笑，鼓起掌来。“再来一遍吧。”一位精灵说。

比尔博起身鞠了一躬。“荣幸之至，林迪尔，”他说，“但全都重复一遍太累人啦。”

“哪里会累到你，”精灵们应道，哈哈大笑起来，“你明知道唱起自己的诗句时，从来不会觉得累。况且，只听一遍我们可真没法回答你的问题！”

“怎么会！”比尔博嚷道，“你们居然听不出来哪些是我写的，哪些是杜内丹写的？”

“分辨两个凡人之间的差异，对我们而言有些困难。”那位精灵说。

“瞎说，林迪尔，”比尔博哼了一声，“你要是分不清大种人和霍比特人，那你的判断力可比我料想的要糟。这两者的区别大得就好比豌豆和苹果。”

“也许吧。对羊而言，别的羊毫无疑问都是不同的。”林迪尔大笑，“或许，牧羊人眼中的羊也是如此。然而，我们没有研究过凡人，我们有别的事情要忙。”

“我不跟你争，”比尔博说，“听了这么多音乐和歌曲，我困极了。就留给你去猜吧，如果你愿意。”

他站起身走向佛罗多。“嗯，都结束了，”他低声说，“比我料想的要好。要求再诵一次什么的，这种情况可不常见。你觉得我的诗歌怎么样？”

“我可不打算去猜上一猜。”佛罗多微笑着说。

“你也不需要猜，”比尔博说，“事实上，这首诗全都是我写的。不过阿拉贡非要我加上绿宝石那句不可。他好像觉得这非常重要，我也不知道为什么。除此之外，他显然觉得我压根儿没搞清楚状况，还说我要打算觍着脸在埃尔隆德之家写埃雅仁迪尔的事情，那我就自个儿写去。我觉得他是对的。”

“我不知道，”佛罗多说，“不知怎的，我倒是觉得挺合适的，虽说我没法解释清楚。你开始念的时候我正好半梦半醒，这内容就像是我梦境中的延续。快到结尾时，我才意识到念诵者是你。”

“身在这里，的确很难保持清醒，不过习惯就好了。”比尔博说，“霍比特人可不像精灵，对音乐、诗歌和故事那么着迷。精灵对它们的兴趣似乎比食物还要大。他们还要好半天才能结束，我们溜出去安静地聊聊天，你觉得如何？”

“可以吗？”佛罗多问。

“当然了。这是在欢庆，又不是在谈正事。只要不吵到别人，来去都随你的便。”

他们站起身，安静地走入暗处，前往大门。山姆被他们留在原地憨睡，脸上还挂着笑。虽说有比尔博陪伴，佛罗多觉得很开心，不过等他们出了火焰大厅，他还是感到一阵失落。哪怕他们都跨过门槛了，依旧能听见一道嘹亮的声音随着歌谣响起：

A Elbereth Gilthoniel,
silivren penna míriel
o menel aglar elenath!
Na-chaered palan-díriel
o galadhremmin ennorath,

Fanuilos，le linnathon

nef aear，sí nef aearon![1]

佛罗多驻足回望了片刻。埃尔隆德正坐在座椅上，火光映着他的脸庞，如同夏日的阳光照在树林里。阿尔玟女士坐在他身旁。佛罗多惊讶地发现，阿拉贡竟然站在她身旁；他的深色斗篷被甩到背后，身上似乎穿了一件精灵的锁甲，胸口有颗星星在闪耀。他们正谈论着什么，而佛罗多却觉得阿尔玟突然转向他，眼神远远地投来，刺中了他的心。

他入迷般地停留在原地，那首精灵歌谣甜美的音节像是糅合了文字与旋律的清亮宝石，纷纷落在他身上。“这是歌颂埃尔贝瑞丝的，”比尔博说，“今夜他们还会吟唱好几遍，外加其他一些关于蒙福之地的歌。走吧！”

他领着佛罗多去了自己的小房间。房间通向花园，正对着南面的布茹伊能河谷。他们坐了一阵，一边透过窗户看着笔直的树林上方那明亮的星河，一边柔声交谈。他们不再提及远方夏尔的消息，也不再谈论笼罩着他们的黑暗阴影和重重危险，只聊一同见过的各种美好事物，比如精灵、繁星、树木，还有光明岁月里森林中的爽朗秋天。

敲门声终于传来。“请原谅，”山姆探进脑袋，“我就是想问问你们需不需要什么东西。”

“也请你原谅，山姆·甘姆吉，”比尔博回答，“我猜你是想说，你的少爷该上床歇息了。”

---

1 这首精灵诗歌的意思是：
“噢，埃尔贝瑞丝，吉尔松涅尔！
冰晶剔透，珠光闪烁
自苍穹洒落，繁星之荣光！
自林深叶茂的中洲之地遥相凝望，
法努伊洛丝，我们称颂您
于大洋之畔，于隔离之海彼岸！”——译注

“哦，老爷，我听说明天一早有场会议，而他今天才终于能起床了。”

“对极了，山姆，”比尔博笑着说，“你可以小跑着去告诉甘道夫，说他已经上床了。佛罗多，晚安！老天，能再见到你，真是叫我高兴！老实说，只有霍比特人才知道什么叫好好聊聊天。我已经很老了，都开始怀疑还能不能活着见到我们的书里出现关于你的故事。晚安！我要去散散步，在花园里看一看埃尔贝瑞丝的群星。睡个好觉！”

·第二章·

埃尔隆德会议

第二天，佛罗多起了个大早，感觉精神振奋，身体康健。他沿着奔流的布茹伊能河之上的梯台漫步，一边欣赏远山上升起的一轮浅淡、清爽的红日，光线斜斜地照着下方稀薄的银雾；黄叶上露珠儿晶晶亮，每一处灌木丛里的蛛网都闪烁着光芒。山姆走在他身旁，他沉默不语，只是嗅着空气，不时好奇地看看东边的雪顶雄峰。

在小径的某个转角，他们碰见一处用岩石凿刻出的座椅，甘道夫和比尔博正坐在那儿长聊。“你好呀，早安！”比尔博说，“准备好参加大会了吗？”

“我已经准备好去做任何事了，”佛罗多回答，“不过，我今天最想做的还是四处走走，探索一下这个山谷。我想进那边的松林里去看看。”他指着幽谷这一侧北边的远处。

“以后会有机会的，”甘道夫说，“不过我们暂时还不能安排这些。今天要讨论和决定的事情会很多。”

说话间，一声清亮的钟声突然响起。“通知召开埃尔隆德会议的钟声响了，”甘道夫大声说，“走吧！你跟比尔博都要参加。”

佛罗多和比尔博跟着巫师，沿着曲折的小径，快步返回小屋。山姆小跑着跟在后面，因为没有受到邀请，这会儿已经被遗忘了。

甘道夫带领他们来到佛罗多头天晚上寻着朋友的那处门廊。明媚的秋日晨光此刻照耀着山谷，吐着泡沫的河床传来汩汩的流水声。四下里百鸟争鸣，一派祥和的景象。对佛罗多而言，他那危机四伏的逃亡以及外界黑暗不断滋生的传闻，似乎已成了一场噩梦中的经历；可转头迎接他们到来的一张张面孔却无比严肃。

埃尔隆德在场，另有几人沉默着围坐在周围。佛罗多看见了格罗芬德尔和格罗因；角落里坐着大步佬，他又穿回那身破衣裳。埃尔隆德把佛罗多叫到身旁就座，又向其余人介绍道：“朋友们，这位是卓果之子，霍比特人佛罗多。很少有人像他一样，历经如此危难或是身负如此紧急的任务前来此处。”

他又向佛罗多介绍了那些他先前不曾碰面的人：格罗因身旁那位年轻的矮人，是他的儿子吉姆利。格罗芬德尔旁边坐着几位埃尔隆德家的谋士，其中以埃瑞斯托为首；他身边的则是精灵加尔多，受造船者奇尔丹差遣自灰港而来。还有一位绿、棕装束的陌生精灵莱戈拉斯，他的父亲，亦即北黑森林精灵王瑟兰杜伊，遣他来做使者。隔着他一点儿距离坐的是一位面容尊贵俊俏的高大人类，黑发灰眼，目光骄傲又坚定。

这人身披斗篷，脚蹬靴子，像是为骑马旅行而装扮；虽说他装束华贵，斗篷还带着毛边，它们倒是吃饱了长途旅行的风尘。他的衣领镶银，饰以一颗白宝石，头发修至齐肩长；一条胸绶上挂着只银尾的大号角，此刻正躺在膝盖上。他突然惊讶地看着佛罗多和比尔博。

埃尔隆德转向甘道夫，“这位是南方来的人类波洛米尔。他于拂晓抵达，前来寻求建议。我让他一同列席，他的问题于此处能得到回应。”

会上的种种讲演和辩论无须一一赘言，大多是关于外面世界，尤其是南部和迷雾山脉东部地区的各种事件。佛罗多已经听过这些事情的许多传闻；不过，格罗因讲的故事他倒是头回听说，于是专心地听矮人讲了起来。尽管用双手打造了诸多宏伟杰作，孤山的矮人内心里却似乎困惑不安。

“从许多年以前开始，”格罗因讲道，“不安的阴影就落到了我们族人的身上。起初，我们并不知道它是怎么出现的。人们开始悄悄地谈论，说我们被困在狭小的空间里，而更多的财富、更大的辉煌都在外面的广阔世界里。还有人提到了墨瑞亚——我们的先辈所创造的伟大作品，我们本族的语言称为卡扎督姆；他们宣称，我们如今终于有了足够的力量和人手，可以重返那里。”

格罗因叹了口气，“墨瑞亚！墨瑞亚！北方世界里的奇迹！我们在那里挖得实在太深，唤醒了无名的恐惧。自从都林的子嗣逃离后，那里的宽宅大邸便遭了空弃。如今我们又心怀渴望和恐惧地谈起它；这么多代国王统治之下，没有一个矮人敢迈过卡扎督姆的门槛——除了瑟罗尔，而他已经遇害了。最终，巴林听信了这些私语，决定前往那里；但铁足戴因不愿参与，于是带着欧瑞、欧因和许多族人去了南边。

“这是快三十年前的事了。一段时间里，我们收到了消息，情况似乎还不错：信使报称，已进入墨瑞亚，开始了大型工程。但之后便一片沉寂，墨瑞亚再无只言片语传来。

“大概一年之前，戴因接待了一位信使——并非来自墨瑞亚，而是来自魔多：夜里上门的骑手，敲响了戴因的大门。骑手声称，索伦大帝希望获得我们的友谊。他会如过往一样，以魔戒相赐。这人又急切地问起了霍比特人的事，比如他们长什么样、住什么地方。‘索伦大帝知晓，’他说，‘你们曾认识其中的一员。’

“这话让我们深感忧虑，于是我们并未作答。他又放低凶狠的声音，试图讲得甜美一些。‘作为你们表达友谊的小小象征，’他说，‘索伦要求你们找到这个小偷，无论自愿与否，要他交出一枚小戒指——诸戒中最微不足道的一枚，被他偷走了。那东西只是索伦喜欢的一个小玩意儿，不过也是你们善意的诚挚表达。找到那枚戒指，那么矮人先王以前曾持有的三枚戒指将归还给你们，墨瑞亚也将永远属于你们。探听那名小偷的信息，探听他是否活着、在什么地方，你们就将获得丰厚的报酬，还有大帝的长久友谊。胆敢拒绝的话，事情可就没这么好商量了。你们要拒绝吗？’

“然后，他的呼吸听着就像是蛇吐芯的嘶嘶声，吓得附近的人瑟瑟发抖，而戴因则说：‘我暂时还不能表明态度。我得考量一下其中的利害，看看你这漂亮斗篷下的花言巧语究竟藏着什么居心。’

“‘好好考虑吧，但别考虑得太久。’他说。

“‘我想考虑多久是我自己的事。’戴因回道。

“‘目前罢了。’那人说完，骑马消失在了黑暗中。

“那晚过后，族长们的心里便压上了一块大石头。无须那信使口气凶狠地警告，我们也知道他的话里满是欺骗跟恐吓；因为我们早已明白，自从古时背叛了我们，重返魔多的那股力量本性从未改变过。信使后面又来过两次，一直未能得到回复。他放话说，年底之前他会再来第三次，也是最后一次。

“于是戴因派我来提醒比尔博，大敌正在搜寻他；如果有可能的话，再搞明白为何大敌渴望这枚最为‘微不足道’的戒指。我们同样也渴求着埃尔隆德的建议，阴影正在不断扩大、逼近。我们还发现，信使也去找了河谷镇的布兰德王，而他非常害怕。我们担心他或许会屈服。他的东部边境已经有了战争的征兆。若我们不给出答复，大敌或许会调遣他统治下的人类攻击布兰德王乃至戴因。”

“你来这里是对的，”埃尔隆德说，“今天你会听到一切所需要的信息，帮助你理解大敌目的何在。除了心怀希望或绝望地反抗，你们无计可施。不过，你们并非孤立无援。你会了解到，尔等所遭遇的困境不过是整个西方之地所面临麻烦的一部分。那枚魔戒！我们要怎么处理那枚魔戒，诸戒中最‘微不足道’的那一枚，那个索伦喜欢的小玩意儿？这才是吾辈须考虑的命运。

“这也是召集诸位的目的。我说的是召集，可远道而来的陌生人，我并未召集你们。你们前来此地，又于如此紧要关头抵达，似乎是出于偶然，然而并非如此。我宁愿相信此乃上天注定，非由他人，而是由在座诸位来寻找办法，拯救世界于水火之中。

“正因此，之前那些瞒于大众的事情，请今日公之于众。另外，为了让诸位理解危机何在，应先行从头至今讲述魔戒之事。故事由我开头，结尾则交给其他人。”

于是众人便听埃尔隆德以清亮的声音讲述索伦与“力量之戒”，以及许久以前的第二纪元打造魔戒之事。一些人听过故事的部分内容，不过没人听过完整的故事。许多双眼睛害怕、震惊地盯着埃尔隆德，听他讲述埃瑞吉安的精灵工匠：他们与墨瑞亚的友谊，还有他们对知识的渴望——也正因此，他们落入了索伦的圈套。彼时的索伦尚未表露出邪恶的一面，于是他们接受了他的助力，将锻造手艺臻至化境。而索伦也学到了他们所有的秘籍，并背叛他们，在末日山悄悄铸造了至尊魔戒，想要奴役他们。然而，凯勒布林博发觉了此事，便藏起自己所铸的三戒；战火四起，埃瑞吉安沦为废墟，墨瑞亚的大门也就此紧闭。

接着，埃尔隆德历数了魔戒在那些岁月里的踪迹。不过，由于其他地方也记载过这段历史——正是由埃尔隆德写在了自己的学识书籍当中，此处便不再赘述。魔戒的故事很长，充满了各种伟大又可怕的事迹，虽然埃尔隆德已长话短说，可等他的内容讲完，已经日上三竿，快到中午了。

他讲到了努门诺尔，讲它的荣光与堕落，讲人中王者乘着风暴的羽翼远渡大洋，重返中洲大陆。之后，“长身”埃兰迪尔和他强大的两个儿子伊熙尔杜与阿纳瑞安成了伟大的君主；他们在阿尔诺建立了北境之国，又在安都因河口之上的刚铎建立了南境之国。然而，魔多的索伦发动袭击，他们便组建了精灵与人类的“最后联盟”，吉尔－加拉德与埃兰迪尔的军队在阿尔诺集结。

埃尔隆德顿了顿，叹了口气。“我还清晰地记得他们那旗帜的鲜艳色彩，”他说，“让我想起远古时代的荣光，还有贝烈瑞安德的大军——曾有众多伟大的王侯将相集结在那里。不过，如此数量与阵容，依旧比不过桑戈洛锥姆覆灭时的景象——当时精灵以为邪恶已被彻底终结，可事实却并非如此。”

“您竟然记得？”震惊之下，佛罗多大声讲出了脑子里的想法。埃尔隆德随即转向他，让他不由得结巴起来，“可我以为……我以为吉尔－加拉德的陨落是许多许多年之前的事。”

“确实如此，”埃尔隆德一脸肃穆，“而我的记忆却能追溯到上古时代。吾父埃雅仁迪尔诞于刚多林城陷落之前；吾母乃迪奥之女埃尔汶，而迪奥则是多瑞亚斯的露西恩之子。我亲历了西方世界的三个纪元，见证过许多失败与徒劳无功的胜利。

“当时我任吉尔－加拉德的传令官，与他的大军一同出征。我参加了魔多黑门外的达戈拉德之战，此役我们获得了胜利：因为无人能够抵挡吉尔－加拉德之矛艾格洛斯与埃兰迪尔之剑纳熙尔。我在欧洛朱因山上目睹了最后一战：吉尔－加拉德陨落，埃兰迪尔阵亡，纳熙尔剑在他身下支离破碎；而索伦也被打倒在地，伊熙尔杜趁机用他父亲的断剑斩下他手上的至尊戒，据为己有。”

正在此时，那陌生人波洛米尔突然大声说：“原来这就是魔戒的下落！这故事就算曾在南方流传，也早已被人遗忘了。我确有听闻过他那枚我们不曾具名的‘主魔戒’；不过，我们以为索伦的初代王国化为废墟之后，它也从世界上消失了。原来是被伊熙尔杜给拿走了！真叫人震惊。”

“哎！是的，”埃尔隆德说，“伊熙尔杜取走了魔戒，此事本不该发生。它本应被扔入欧洛朱因的烈焰中熔毁——近在咫尺，正是它的铸造之地。然而，罕有人注意到伊熙尔杜的举动。在最后那场生死之战中，其父身旁唯一站着的便是他；而吉尔-加拉德身边也只有奇尔丹与我。可伊熙尔杜不愿听从我们的劝告。

“‘我要将它视作父亲及兄长战死的补偿。’他说。因此，无论我们意愿何为，他拿走魔戒，将它视作珍宝。不久后，魔戒的背叛让他身死。正因如此，它被北方人称为‘伊熙尔杜的克星’。不过，相较于其他或许会落在他身上的命运，死亡反而是更好的下场。

“只有少许北方之人知晓这些消息。不难理解为何你从未听闻，波洛米尔。伊熙尔杜命丧金鸢尾泽地废墟，唯有三名部下逃得一命。他们流浪多年，最终穿越群山归来。其中一人乃伊熙尔杜的侍从欧赫塔，他携回埃兰迪尔之剑的碎片，又将它们交予伊熙尔杜的继承人维蓝迪尔，后者彼时尚属年幼，一直待在幽谷。不过，纳熙尔剑支离破碎，光芒消散，此后再未重铸。

“我曾说‘最后联盟’的胜利徒劳无功，其实并非完全如此。不过，它也确实未能彻底实现目标。索伦虽已败亡，但并未被消灭。他的至尊戒遗失，但未被摧毁。邪黑塔虽已破败，其基底却仍在原处——它们以魔戒之力建造，魔戒不灭，它们亦将存续。众多精灵、人类强者与盟友都因这场战争而死。阿纳瑞安被害，伊熙尔杜丧命；吉尔-加拉德与埃兰迪尔也已陨落。盖因人类越来越多，首生子女却日渐稀少，两支亲族慢慢疏远，精灵与人类间的如此联盟，再不得见。自那天之后，努门诺尔一族衰落，寿命也开始缩短。

“北方历经大战以及金鸢尾泽地屠杀后，西方之地人类于当地的数量骤减，暮暗湖畔的都城安努米那斯沦为废墟；维蓝迪尔的子嗣迁移至北岗的佛诺斯特，而今却连那里也成了荒无人烟之地。人们称其为‘死人堤’，畏惧前往。阿尔诺的人口减少，土地被敌人蚕食，王权旁落，最后只剩下荒郊野岭的座座青茔。

“南方的刚铎王国长久存续，其国力一度昌盛，几近努门诺尔王国衰落之前的强势。人们建了高塔坚壁，造了可容纳许多船只的海港；人中王者的翼冠受各族人民的敬畏。刚铎的都城乃‘星辰堡垒’欧斯吉利亚斯，安都因河从城中心穿过。他们所建造的‘升月之塔’米那斯伊希尔，正位于迷雾山脉的山肩；他们又于西边白色山脉的山脚处建造了‘落日之塔’米那斯阿诺尔。王庭中有白树一株，是伊熙尔杜从海外带来的那棵树的种子所生，而这棵树又取自埃瑞西亚岛的树种，结下树种的树又源自世界尚属年轻时候的极西之地。

“不过，在转瞬即逝的中洲年月里，阿纳瑞安之子美尼尔迪尔一脉衰亡，那株白树枯萎，努门诺尔的血统也混入了平凡人的血液。对魔多之墙的监视停止了，黑暗之物悄然重返戈埚洛斯平原。恶怪一度长驱直入，占据了米那斯伊希尔，将它变为恐怖之地；这地方如今被称为‘妖术之塔’米那斯魔古尔。米那斯阿诺尔也被重新取名为‘守卫之塔’米那斯提力斯；两座城就此战火不断，夹在中间的欧斯吉利亚斯遭到废弃，其废墟之上暗影横行。

“如此情况持续了人类数个世代。不过，米那斯提力斯的城主奋战不息，与我们的敌人持续抗争，保护了安都因河从阿刚那斯到入海的河段。这个故事由我讲述的部分即将结束。统御之戒在伊熙尔杜的时代便已下落不明，精灵三戒也脱离了它的掌控。如今三戒再度岌岌可危，我们沉痛地发现，至尊戒已被找到。我在其中罕有参与，故由其他人来讲述发现它的始末。”

他停下话语，而波洛米尔立马站了起来，以一副高大又骄傲的样子面对众人。“埃尔隆德大人，请容我来讲述。”他说，“我刚从刚铎之地前来，所以先讲讲刚铎的一些情况，好让各位了解那边究竟经历了哪些事情。我们所行之举，我认为没多少人知道，故而我们最终若是失败了，这世界要面临何等危难，估计也没几个人能猜到。

“别以为刚铎之地的努门诺尔血脉已干涸，努门诺尔人的骄傲和尊严被抛诸脑后。正因我们的英勇，东边的野蛮人依旧被压制着，魔古尔的恐怖也不得寸进；也正因我们，西方壁垒之后的土地才得以保持安宁与自由。若安都因河一线的通道被夺走，会发生什么？

“这样的时刻或许不远了。无名之敌已死灰复燃。浓烟再度从我们称作末日山的欧洛朱因升起，黑暗之地的力量逐渐壮大，令我们难以招架。大敌东山再起，将我们的子民赶出了安都因大河东面的大好领土伊希利恩，但我们在那里还有一处据点及部分兵力。然而，就在今年六月，魔多派兵突袭，将我们击退。魔多竟与东夷及凶残的哈拉德人勾结，我们寡不敌众，但我们并非因双拳难敌四手而落败，而是遭遇了前所未有的力量。

“有人说那股力量肉眼可见，像一名身材魁梧的黑骑手，仿佛月光下矗立的一团黑影。他所到之处，我们的敌人无不变得疯狂，还让我们最勇敢的战士也感到恐惧，人跟马都无法抵挡，落荒而逃。我们的东部军队只残余一小部分逃脱，摧毁了当时仍屹立在欧斯吉利亚斯废墟里的最后一座大桥。

“我当时在守桥部队里，而大桥在我们身后碎成了几截。只有四人靠游泳活了下来：我、我弟弟以及另外两人。可我们继续战斗，守住了安都因大河的西岸。若背后受到我们庇护的那些人倘若听到了我们的名字，会称颂我们——大为称颂，可也只是口头称颂而已。如今只有洛汗会响应我们的召唤，施以援手。

“正是在如此不幸的时期，我身负使命，在重重危难中穿越千山万水，前来面见埃尔隆德——我独自一人走了一百一十天。然而，我并非来寻求战争同盟。据说，埃尔隆德的强大在于智慧而非兵力。我便是来求教的，希望能对一些晦涩之语加以解读。那场突袭的前一天晚上，我弟弟辗转反复，做了个梦；之后他又做了类似的梦，就连我也曾梦到过一次。

“梦中，我感觉东边的天空乌云渐浓，雷声滚滚，可西边的天上却又萦绕着淡淡的光芒，里边有遥远但清晰的声音喊道：

> 找到那把断剑：
> 藏于伊姆拉缀斯；
> 彼处将有会议办，
> 魔古尔咒语也难匹。
> 彼处将有征兆现，
> 末日已经在眼前。
> 伊熙尔杜克星现，
> 半身人挺身而出。

“我们不明白这些话的意思，便告知了我们的父亲德内梭尔，他是米那斯提力斯的宰相，精通刚铎学识。他听闻后，只告诉我们，伊姆拉缀斯是精灵使用的旧称，指的是远北的一处山谷，那里居住着最为博学的半精灵埃尔隆德。正因如此，眼见我们身陷绝境当中，我弟弟急切地想循着梦里的话语，找寻伊姆拉缀斯。然而，因路途充满疑云险阻，我便接过任务，亲自前来。我父亲虽极不情愿，却也同意让我动身。我花了很长时间在废弃已久的道路上游荡，正是为了寻找埃尔隆德之家的位置——许多人听过这名字，却没什么人知道它究竟在何处。”

“埃尔隆德之家能让你搞明白的东西可不止这么点儿，”阿拉贡站了起来，抽出断作两截的剑按在埃尔隆德面前的桌上。“这就是那把‘断剑’！”他说。

“敢问尊下是哪位，跟米那斯提力斯又有何关系？”波洛米尔问道，惊奇地看着游侠消瘦的面庞和身上饱经风霜的斗篷。

“他是阿拉松之子阿拉贡，”埃尔隆德说，“也是米那斯伊希尔之王、埃兰迪尔之子伊熙尔杜的后裔。他是杜内丹人的族长，如今他的族人在北方已经所剩不多。”

“那这魔戒就该属于你，根本不该给我！”佛罗多惊叫着跳起身，仿佛他期待着魔戒会马上被要走。

“它不属于我们任何人，”阿拉贡说，“但似乎命定当由你持有一段时间。”

“佛罗多，取出魔戒！”甘道夫庄重地说，“是时候了。把它举起来，波洛米尔便能明白他那隐语的全部含义。”

现场一片寂静，大家都把眼睛转向了佛罗多。突如其来的羞耻与害怕令他不由得发抖，他感觉自己极度抗拒掏出魔戒，还觉得魔戒的触感让他十分厌恶。他只想远远离开。他颤抖着举起手，魔戒在他手中闪闪发亮，熠熠生辉。

“请看，这便是伊熙尔杜的克星！”埃尔隆德说。

波洛米尔看着那枚金色的东西，眼睛闪烁着神采。“那个半身人！”他喃喃道，“米那斯提力斯的末日终究还是来了吗？那我们寻找断剑又是何故？”

“那些话不是在说米那斯提力斯，”阿拉贡说，“然而厄运与壮举确实近在眼前。这把断剑正是随着埃兰迪尔倒下而压在他身下的那把埃兰迪尔之剑。他的后裔分外珍视这把剑，因为其他的传家宝都已遗失；我们之中还流传着一句古话：魔戒——也就是伊熙尔杜的克星——被找到之时，这把剑将再度重铸。既然你已经见到了苦苦寻觅的断剑，你想要如何？你希望埃兰迪尔家族重返刚铎之地吗？”

“我并非被派来乞求恩惠，我只是来寻求谜语的含意，”波洛米尔骄傲地说，“然而我们焦头烂额之时，埃兰迪尔之剑会成为超乎我们期望的助力——倘若这东西确实能从过往的阴影中复返的话。”他再度看向阿拉贡，眼神里满是怀疑。

佛罗多感觉身边的比尔博不耐烦地动了动，显然是在为朋友的遭遇感到恼怒。他猛然站起身，大声念道：

真金未必真闪亮，
浪子亦非皆迷途；
老而弥坚不见萎，
根深蒂固霜不触。
灰烬兀自火焰现，
阴影必有光明闪；
断剑重将锋刃铸，
无冕之人复为王。

“这诗虽算不得什么佳作，却说到了点子上——如果埃尔隆德的话让你觉得还不够的话。你若是觉得埃尔隆德的话值得你花上一百一十天跋涉求见，那你最好相信他的话。”他冷哼一声坐下了。

“我自个儿编的，”他悄悄告诉佛罗多，“许久以前，杜内丹头回跟我聊起自己的时候，我为他编的。我都开始希望自己的冒险不曾结束喽，待他的时机来临，我就能跟他一块儿出发。”

阿拉贡对着比尔博笑了笑，又转头看向波洛米尔。“就我而言，我明白你的疑虑，”他说，“我与埃兰迪尔和伊熙尔杜的样子天差地别，毕竟他们屹立在德内梭尔的殿堂中，庄重无比。而我只不过是伊熙尔杜的后裔，并非他本人。我的生活艰辛又漫长；从这里到刚铎，不过是我漫长旅途中的一小部分罢了。我曾跨越诸多峻岭，渡过许多河流，踏过许多平原，甚至去过远方之国鲁恩和哈拉德，那里连群星都是陌生的。

“而我的家园，我所拥有的那个家，它在北方。维蓝迪尔的子孙一直居住在那里，世代相传，父子相继，血脉不曾断绝。我们日渐没落，族人凋零；但这把剑却一直有新的继承人保管。波洛米尔，我最后要告诉你的是，我们是孤独的一族，是荒野中的游侠、猎人——狩猎大敌爪牙的猎人；不光在魔多，它们甚至出现在了许多地方。

“波洛米尔，倘若刚铎是一座坚固的塔，那我们所扮演的则一直是另一个角色。有许多邪恶之物是你们的坚壁明刃不曾遭遇过的。你们对领地之外的土地一无所知。你说的安宁与自由，要不是我们，北方哪里能体会到这两样东西，早让恐惧摧毁得一干二净了。当黑暗之物钻出蛮荒的山岭，钻出暗无天日的树林，它们会在我们面前落荒而逃。要是杜内丹人就此撒手不管或全进了坟墓，那人们还有几条路敢走，祥和大地、寻常人家到了晚上又有何安全可言？

“我们获得的赞誉比你们的还要少。旅者对我们嗤之以鼻，乡下人也给我们取了许多蔑称。某个胖子叫我‘大步佬’，可他并不知道，要不是我们日夜守护，住在离他只有一天旅程外的敌人早就吓死了他，或者夷平了他所在的小镇。但我们不会放任此事发生。单纯的人若是能远离忧患与恐惧，那他们就能一直单纯下去。所以，我们必须在暗中守护他们的单纯。任它时光流逝，草长莺飞，我们一族的使命始终不变。

“如今世界再度变化，新的时代来临。伊熙尔杜的克星被找到，战争一触即发。纳熙尔剑将被重铸，而我将赶赴米那斯提力斯。”

“你说找到了伊熙尔杜的克星，”波洛米尔说，“我确实在半身人手上看到了一枚明亮的戒指；可别人说，伊熙尔杜在本纪元之初便已不存于世。智者又如何能确定这就是他那枚戒指？这么多年里，它又是如何流传下来的，最后被一个如此奇怪的信使带来此地？”

“你会知道的。”埃尔隆德说。

“暂时别开始，求您了，大人！”比尔博叫道，“太阳都快到头顶了，我得来点儿什么，补充一下体力。”

“我还没叫到你，”埃尔隆德笑着说，“而我现在就要点你的名了。来吧！告诉我们你的故事。若是你没赶上把它写成诗句，用寻常词句也无妨。讲得越简练、迅速，你就能越早补充体力。”

“妙极啦，”比尔博说，“那就遵照您说的办。而我现在要讲述的是真实版本的故事，倘若有谁以前听过其他版本——”他看着旁边的格罗因，“——请忘掉它，也请原谅我。那段日子，我只想着把那宝物据为己有，并洗刷掉扣在我头上的小偷之名。不过，或许我现在更明白其中的利害啦。总之，事情是这样的……”

比尔博的故事对于这里的某些人而言从未听闻，他们惊奇地就这么听着一个老霍比特人（其实他一点儿也没有不开心）讲完了他跟咕噜的整个冒险过程，甚至连两人之间猜的谜语也一条都没漏。倘若可以的话，他甚至还想讲讲他那场生日宴，以及他从夏尔消失的故事。然而，埃尔隆德抬起了一只手。

“讲得不错，我的朋友。”他说，“不过，这回到这里便已足够，眼下只需知道魔戒已传于你的继子佛罗多。让他来讲吧！”

接下来，虽不如比尔博那么心甘情愿，佛罗多还是讲述了他从保管魔戒那一天起，经历的所有事情。他从霍比屯到布茹伊能渡口所走的每一步路，都有人提问和探究，他能想起的任何与黑骑手有关的事情，都有人细细核验。最后，他终于坐下了。

“还不错，”比尔博告诉他，“要不是他们一直打断，你本来能讲个挺好的故事。我倒是尝试做了些笔记，不过什么时候我们还是得一块儿再过一遍，好让我把这段故事写进书里。你抵达这里之前的经历已经够写上好几章了！”

“是啊，这故事的确挺长的，”佛罗多回应道，“不过我觉得这故事还不够完整。我还有好多想知道的，尤其是关于甘道夫的情况。”

来自灰港的加尔多就坐在近旁，听见了他的话。“你讲出了我的心声。”他叫道，又转向埃尔隆德，“智者或许有充分的理由相信，这位半身人的珍宝就是那枚争议颇多的主魔戒，可其他没这么睿智的人或许不这么认为。难道我们不该听一听证据为何吗？我还想知道，萨茹曼怎么认为？他精通魔戒的学识，却并未出席。他的建议是什么——如果他听闻了我们所听闻的这些内容？”

“加尔多，你的这些问题彼此关联，”埃尔隆德说，“我并未忽略这些，它们也将得到回答。不过，这些应由甘道夫来告知各位；我安排他在最后讲述，既是一份荣耀，也是因为他才是所有这一系列事件的主导者。”

“部分人，加尔多，”甘道夫说，“会觉得格罗因带来的消息、佛罗多受到的追捕，已足够证明这位半身人的珍宝对大敌而言有很大的价值。可这是枚戒指。哪一枚呢？纳兹古尔持有九戒，另有七戒被夺走或被摧毁。”格罗因打了个冷战，但一句话也没说。“三戒的下落我们都知道。那么，他如此渴求的这枚究竟属于哪一枚？

“从安都因河到迷雾山脉，从遗失到寻获，这当中确实耗费了大量时间。不过，智者学识里的那部分欠缺倒是终于被填上了，然而却来得太慢，大敌已紧追在后面，而且比我担心的还要近。好消息在于，直到今年、直到这个夏天，他似乎才终于得知全部真相。

“在座的部分人应该还记得，许多年前我曾斗胆只身跨过多古尔都的死灵法师的大门，悄悄探究他的行径，却发现我们的恐惧业已成真：他不是别人，正是我们旧时的大敌索伦；他终于再度凝聚成形，重获力量。另一些人也还记得，萨茹曼曾劝阻我们不要公开对抗他，于是我们长久以来只是监视他。然而，随着他的阴影愈发增长，萨茹曼终于屈服，白道会全力以赴，将邪恶撵出了黑森林——也正是在那一年，这枚魔戒被找到了：倘若这是巧合的话，那还真是古怪得紧。

“然而，正如埃尔隆德所预见的，我们慢了一步。索伦同样也在监视我们，对我们的行动防备已久。他通过手下九大爪牙驻守的米那斯魔古尔，遥遥统治着魔多，直至万事俱备。然后他假意从我们面前败退，很快又前往邪黑塔，宣告了自己的复活。再后来便是白道会的最后一次聚集，因为当时我们得知，他愈发渴求至尊戒。彼时我们还担心他得知了某些我们尚不知晓的消息，可萨茹曼却否认了这一点，又重申了他先前告诉我们的话：至尊戒永远不会在中洲大陆被寻获。

“‘最糟糕的情况，’他说，‘不过是大敌知道它不在我们手上，知道它依旧遗失在外。他或许会认为，丢失的总能再找回来。不用担心，他的希望会蒙蔽他。莫非我未曾殚精竭虑地研究过此事？那枚主戒落入了大河安都因之中，而在许久之前，就在索伦沉眠期间，它已顺着大河流入了海里。就让它在那里待到世界终结吧。’”

甘道夫陷入沉默，凝视着门廊外东边的迷雾山脉那遥远的峰顶，就在这片雄伟的山峰脚下，长久隐藏着危及整个世界的祸端。他叹了口气。

“我便是在那时犯下了大错，”他说，“我被智者萨茹曼的话语欺骗了。我本该尽早探求真相，如此我们的危险便能减少一分。”

“我们都犯了错，”埃尔隆德说，“若非你警觉，黑暗或许早已落到了我们头上。请继续！”

“起初，我毫无缘由地心生疑虑。”甘道夫说，“我想知道这东西如何到了咕噜手上，在他手上究竟又待了多久。于是我设下监视，猜测他要不了多久就会从那黑漆漆的地方出来，寻找他的宝贝。他确实出来了，却逃之夭夭，没了下落。之后，唉！我听任事情发展，一如过往我们频频所做的，只是监视和等待。

“后来我便一直忙于旁的事，时光匆匆过去，我的疑虑再度苏醒，又突然转变为恐惧。那个霍比特人的戒指究竟从何而来？倘若我恐惧之事成真，该如何处置它？我必须有所决断。可我却将恐惧埋在心底，因为我知道，若是说漏嘴让有心人听了去，会招来极大的灾祸。同邪黑塔的长久战争里，背叛始终是我们最大的敌人。

“那已经是十七年前的事情了。之后不久，我就注意到有各种类型的奸细——甚至包括飞禽走兽——正聚集到夏尔周围，我的恐惧愈发强烈了。我请杜内丹人相帮，他们便加强了监视力度；我又向伊熙尔杜的后裔阿拉贡直言了心中的恐惧。”

“而我建议，”阿拉贡说，“抓捕咕噜，虽说或许已经太迟。鉴于伊熙尔杜所犯之错理应由伊熙尔杜的后裔加以弥补，于是我同甘道夫一同踏上了漫长又希望渺茫的搜寻之旅。”

于是，甘道夫讲述了他们如何寻遍整个大荒野，甚至去了阴影山脉和魔多的屏障。“我们在那里打听到他的传闻，猜测他可能久居在那里的幽暗山岭中。可我们却一直没找到他，最终我十分绝望，再度想到一种测试方法，有了它，也许我们就不用再寻找咕噜了——那枚戒指自身或许就能表明它是否就是至尊戒。我想起了白道会上听到的话——萨茹曼所说的话，虽然当时我并未上心，如今却字字句句清晰起来。

“‘九戒、七戒和三戒，’他说，‘各自嵌有对应的宝石。至尊戒则并非如此。它就是一个圆环，没有任何镶嵌，像是一枚次一级的魔戒。不过，它的铸造者在上面加了记号，内行人或许能看到，还能辨认出来。’

“他并未提及记号的具体内容。有谁了解呢？当然是其铸造者。萨茹曼知道吗？尽管他学识渊博，可学识也得有其对应的来源才行。戒指遗落之前，除了索伦，还有谁戴过它？唯伊熙尔杜矣。

“怀着如此想法，我放弃了追捕，迅速赶往刚铎。过去的日子里，我辈成员备受此地欢迎，其中以萨茹曼尤受礼待，常年是米那斯提力斯各城主的座上宾。可德内梭尔城主这回对我的态度却较过往更加冷淡，只勉强允我查阅他所收藏的经卷和书籍。

“‘若确如你所述，只是查看古时及本城建造之初的记录，尽管看吧！’他说，‘对我来说，既成之事不如未来之事黑暗，而未来之事才是我所关注的。除非你比长久在此处研究的萨茹曼还要娴熟，否则你就会发现，没什么是我不了解的，毕竟我才是精通此城学识的大师。’

“以上便是德内梭尔的话。而他的收藏物中，有许多记录即便学识大师也罕能读懂，其中所用的文字和语言对后世之人而言，已是晦涩难懂。另外，波洛米尔，米那斯提力斯同样还藏有伊熙尔杜亲手所作经卷，自诸王血脉断绝后，除萨茹曼与我，未有第三人读过。伊熙尔杜并未如某些故事中所述，直接从魔多的战场离开。”

“或许北方有这样的传言，”波洛米尔插嘴道，“可刚铎人都知道，他先去了米那斯阿诺尔，与侄子美尼尔迪尔住了一段时日，在将南方王国的统治权交给他之前予以指导。就是在那个时候，他为了纪念弟弟，种下了白树的最后一株幼苗。”

“也是在那时，他写下了这份经卷。”甘道夫说，“在刚铎，似乎无人知晓此事。经卷内容与魔戒有关，伊熙尔杜是这么写的：

主魔戒从此将成为北方王国的传家之宝；但相关记载保留于埃兰迪尔后裔所居之刚铎，以防此等大事之回忆为人淡忘。

“这之后，伊熙尔杜又描述了他发现戒指时的情况。

初入手时极烫，仿佛炽炭般灼伤我手，让我怀疑是否永远摆脱不了这疼痛。就在我撰写经书期间，它冷却下来，似乎也缩小了，其美丽和状貌却未减分毫。戒指上的文字起初如赤炎般清晰，此时也渐渐消散，只能依稀辨认。这文字以埃瑞吉安的精灵语铭就，盖因魔多的文字无法承担如此精细的工作；但我无法辨认它的文法。我认为它是黑暗之地的某种语言，因念起来粗鄙又难听。我不知道它讲述了什么邪恶之事；于此临摹一份，以免它就此隐于无形。魔戒或许仍在怀念索伦之手的热量，他的手漆黑如炭却又炽热如炎，也正是这双手让吉尔－加拉德殒命。再度加热这枚金戒，字迹或许会重新显现。但我个人不会冒任何风险损伤此戒：这是索伦所作之物中唯一称得上美的。于我而言，它是宝物，尽管我为它付出了绝大的痛楚。

“读到这段文字，我的探索便告终结。正如伊熙尔杜所猜，那份临摹文字确为魔多及邪黑塔之爪牙的语言。其内容早已人尽皆知。索伦初次戴上至尊戒时，三戒的铸造者凯勒布林博便注意到他，又遥遥地听见了他所说的话语。正因如此，他的邪恶目的昭然若揭。

“我便即刻向德内梭尔辞行。就在我北行途中，从罗瑞恩传来消息，称阿拉贡路经该地，且抓到了一个叫作咕噜的怪物。因此，我便先行寻他，聆听他那边的情况。我不敢想象，他孤身一人究竟经历了何等的九死一生。”

“没什么可讲的，”阿拉贡说，“若是非得靠近黑门监视之地，或踏过魔古尔山谷的致命之花，危险自然是少不了的。我当初同样也是绝望到了极点，于是踏上返乡的路途。接下来，在好运的庇佑下，我碰上了我想搜索的东西：某处泥塘边有浅浅的脚印。不过，这一回的痕迹非常新，而且急匆匆的，并非去向魔多，反而是远离那里。我沿着死亡沼泽的边缘一路追踪下去，然后找到了他。那会儿天色将黑，咕噜裹着满身的绿色黏液，正埋伏在一潭死水边上，窥探着水里的动静，被我一举抓获。恐怕他不喜欢我——因为他咬我，而我下手有点儿重。除了牙印之外，我从他嘴里什么都没得到。这段归途，我认为是整场旅途中最糟糕的部分：没日没夜地监视他，让他走在我前面；我将他脖子上套着绳，嘴里还得塞上东西，让他因为饥渴而屈服，就这么一路押着他往黑森林走。最终，我总算把他交到了精灵手上，完成了与他们的承诺；能摆脱他，我内心很欢喜，因为他臭烘烘的。就我而言，我再也不想见到他了；结果甘道夫前来，又耐着性子跟他谈了很久。”

“是的，冗长又乏味，”甘道夫说，“不过倒不算无功而返。首先，他所述丢失戒指的故事与比尔博此前公之于众的故事相符；不过这倒是无关紧要的，因为我已经猜到了。而我则头一回得知，咕噜的戒指就来自金鸢尾泽地附近的大河里。我还得知，他已经持有戒指很长时间，长到他这个小种族好几倍的寿命。戒指的力量极大地延长了他的寿命，而这一力量，只有主魔戒才有。

“倘若这还不足为证，加尔多，我刚才还提过一种测试方法。在先前举向诸位的这枚朴素圆戒上，伊熙尔杜曾提到的文字依旧可以看见，只要有人意志坚定，能把金戒指放进火里烤上一会儿。我已经照此法做过，而我看到的内容为：

Ash nazg durbatulûk，ash nazg gimbatul，ash nazg thrakatulûk agh burzum-ishi krimpatul.”

巫师话音一变，众人吃了一惊。他的声音突然变得凶狠、有力，如岩石般粗粝。似乎有道阴影从众人头顶的太阳前掠过，门廊一时间变得阴暗起来。人们瑟瑟发抖，精灵也闭耳不再倾听。

“灰袍甘道夫，从未有人胆敢在伊姆拉缀斯讲这种语言。”等阴影过去，众人终于缓过气之后，埃尔隆德说。

“那就让我们希望，这里再不会有人再度讲起它。”甘道夫回答，“即便如此，埃尔隆德大人，我不会请求您的原谅。倘若不想这种语言响遍西部的每一个角落，那么大家最好还是放下疑虑。这确实就是智者所称的那件大敌的宝物，它周身充满他的恶意；戒指中同样也承载了极大一部分他古时所拥有的力量。埃瑞吉安的工匠当初听见这黑暗年代流传的话语，便知道他们遭遇了背叛：

至尊者御众，至尊者觅众，至尊者聚众，秽黯邪力缚众。

“朋友们，要知道，我从咕噜处还得知了一些内情。他不愿意开口，说的事情也不清不楚，但毫无疑问他去过魔多，他知道的一切也肯定被拷问出来了。现在大敌肯定知道至尊戒已被寻获，长期以来一直就在夏尔；鉴于他的爪牙几近追到了我们的门前，他很快就会得知；或许就在我们说话间，他已经知道了。”

一时间，所有人都陷入沉默。最后，波洛米尔开了口：“听你说，这个咕噜是个小东西？小归小，却是个大祸害。他后来如何了？你们是如何处置他的？”

“他被囚禁起来了，不过也仅此而已。”阿拉贡说，“他先前受了不少罪。毫无疑问，他受过严刑折磨，对索伦的恐惧压倒了他。不过，我非常高兴能够由警觉的黑森林精灵看守他。他的恨意是如此强烈，这情绪给予他的力量，很难让人相信竟出自如此枯槁瘦小之人。倘若他得了自由，依旧会惹出不小的祸事。我毫不怀疑，他之所以能离开魔多，是被安排了任务。”

“唉，唉！”精灵莱戈拉斯嚷道，俊朗的面庞上愁云惨淡，“现在我得说出我被派来传达的消息了。它们虽不是好消息，可到了这里我才意识到，它们对诸位来说究竟有多糟糕。斯密戈，就是你们说的咕噜，他逃走了。”

“逃走了？”阿拉贡惊讶地说，“这可真的是个坏消息。恐怕我们全都得后悔不已。瑟兰杜伊的族人怎么会辜负我们的信任？”

“并非因为疏忽大意，”莱戈拉斯说，“或许是因为太过仁慈。我们还担心，囚犯或许受人协助，对我们的行动了解得比我们以为的还要多。虽说我们十分厌倦这个任务，但还是应甘道夫吩咐，日夜看守着这个家伙。不过，甘道夫曾嘱咐我们，不要放弃拯救他的希望，而我们也不忍将他永远关在不见天日的地牢里，那里只会让他重拾过往的阴暗思绪。”

“当初对待我可没这么客气。”格罗因说，眼中光芒一闪，回想起当初被囚禁在精灵王厅堂深处的日子。

“好了！”甘道夫说，“我的好格罗因，请你别打岔。那是场叫人扼腕的误会，早就纠正啦。倘若精灵与矮人之间的每一桩恩怨都要在这里见分晓，这场会议也就不用再开了。”

格罗因起身鞠了一躬。莱戈拉斯继续说：“天气晴好的日子里，我们会带着咕噜去树林走走。那里有棵树长得很高大，跟别的树也隔得远远的，咕噜很喜欢爬上去。我们常常任他爬到最高枝去感受自在的空气，而我们会在树下看守。有一天，他拒绝从树上下来，而守卫也不想爬上树去抓他——他学会用脚紧紧拽住树枝，就跟用手抓的一样牢的花招；于是他们在树下一直守到了晚上。

“正是在那个无月无星的夏夜，奥克毫无防备地出动了。我们花了些时间将他们撵走，虽然数量众多，十分凶猛，但他们来自山岭另一头，不熟悉森林的情况。战斗结束后，我们发现咕噜不见了，看守他的守卫不是被害就是被俘了。在我们看来，此事十分明了：这场袭击的目的就是为了救走他，而他从一开始就知道。我们猜不到这一切究竟是怎么做到的，不过咕噜十分狡诈，大敌的奸细又数量众多。除掉恶龙那年，那些被赶走的阴暗之物，如今又以更为庞杂的数量再度返回，除我们王国的整片黑森林，再次化作邪恶的巢穴。

“我们没能再抓到咕噜。在奥克留下的众多踪迹里，我们找到了他的脚印，往南一直延伸到了黑森林深处。然而，没走多远，踪迹就此消失不见了，我们不敢再继续追捕；因我们离多古尔都已经不远，那地方如今依旧异常邪恶，我们从不去往那里。”

“好吧，好吧。他跑掉了，”甘道夫说，“我们没时间再去寻他，就随他去吧。不过，他或许会扮演一个他跟索伦都料想不到的角色。

“现在，我可以回答加尔多的另一个问题了。萨茹曼怎么认为？他对此事会有何建议？因为只有埃尔隆德听过简短的版本，所以这件事情我得从头讲起，这件事包含了所有我们需要解决的问题。截止到现在的话，它算是‘魔戒故事’的最后一章。

“六月底时我在夏尔，心头被焦虑笼罩。我骑马去了这片小小土地的南边；我预感到些许危险——暂且看不见，却越来越近的危险。我在那儿听到消息，得知战火燃起，刚铎战败；我还听闻了‘黑魔影症’，心里顿时一片冰凉。然而，除了若干从南方逃来的难民，我一无所获。在我看来，这些难民身上弥漫着一种他们不愿提及的恐惧。于是我沿着绿大道转去东边和北边，在布理附近碰见一位坐在山坡边放马吃草的旅人。此人正是褐袍拉达加斯特，一度住在靠近黑森林边境处的罗斯戈贝尔。他也是我辈之人，但我已多年未曾见他。

"'甘道夫！'他高声招呼道，'我正找你呢，可我不熟悉这一带。我只知道，在某个名字粗俗、叫作"夏尔"的蛮荒地方大概能找到你。'

"'你的消息没错，'我说，'但你已经快到夏尔的边境了，碰见当地居民的时候，可千万别这么说。你找我有何贵干？我猜事情应该挺急，毕竟你素来不爱旅行，除非遇到了火烧眉毛的情况。'

"'我身负紧急任务，'他告诉我，'给你带来了噩讯。'然后他四下环顾了一圈，仿佛担心树篱会长出耳朵一般。'是纳兹古尔，'他低声说道，'九戒灵再度现身了。他们伪装成黑衣骑手，悄悄跨过大河，朝西边来了。'

"那一刻，我便明白那未知的恐惧究竟是什么了。

"'大敌想必是有什么重大的需求或者图谋，'拉达加斯特说，'可究竟是什么让他把注意力投向如此偏远荒凉的地方，我实在是猜不透。'

"'你想说什么？'我问道。

"'我得知，无论这些骑手去什么地方，总会问起一个叫"夏尔"的地方。'

"'这个夏尔。'我告诉他，心里顿时一沉。集结在堕落首领之下的九戒灵，就连智者见了也要退避三舍。其首领古时曾是伟大的君王和术士，如今还掌握了致命的恐惧。'这事是谁告诉你的，又是谁派你出来的？'我问道。

"'白袍萨茹曼，'拉达加斯特回答，'他让我转告你，若你有需要，他可助你；但你须得立即去向他求助，否则就来不及了。'

“这消息让我燃起了希望。白袍萨茹曼乃我辈之佼佼者。拉达加斯特是位称职的巫师，精于易容换貌、草药和走兽飞禽的学识，与飞禽关系尤为亲近。而萨茹曼长期研究大敌的各项技艺，正因如此，我们才能经常占得先机。也正是因萨茹曼的计策，我们才将大敌赶出了多古尔都。他或许找到了什么武器，能将九戒灵赶回老巢。

“‘我会去见萨茹曼。’我告诉他。

“‘那你赶紧出发，’拉达加斯特说，‘为了找到你，我已浪费了不少时日，如今时间紧迫。我受命要在仲夏前找到你，正好就是现在。就算你即刻启程，等你到他那儿时，九戒灵多半也已找到此地。我也得赶紧回去了。’说完这话，他便上了马，当即就想离开。

“‘稍等片刻！’我叫住他，‘我们需要你的一臂之力，任何能帮上忙的事物我们都需要。请向与你关系友善的飞禽走兽传递消息，让他们把所有与此事相关的信息都传给萨茹曼和甘道夫。让他们把消息传到欧尔桑克。’

“‘定当照办。’他说完便扬长而去，活像九戒灵在背后追着他似的。

“我没法立即跟他离开。那天我已经赶了很远的路，人跟马都疲了；我也还得好好考虑一下当时的各种情况。因时间紧迫，我在布理投宿了一晚，并决定不去夏尔了。这真是我生平所犯最大的一个错误！

“不过，我给佛罗多写了张便条，托我的客栈老板朋友代为送往。黎明时我骑马离开，千里跋涉去了萨茹曼的住处，就位于迷雾山脉尽头的艾森加德南边远处，离洛汗豁口不远。波洛米尔会告诉你们说，洛汗豁口是一处异常开阔的山谷，位于迷雾山脉跟他家乡的白色山脉——也就是埃瑞德宁莱斯——最北边的山脚之间。不过艾森加德四面环着陡峭的岩石，如墙一般把山谷围在里边。山谷正中间有一座称为欧尔桑克的塔，它并非萨茹曼建造，而是出自努门诺尔人许久前的手笔。此塔高耸入云，内里有许多隐秘；不过，它看上去却不像人力建造。要前往这座高塔，唯有穿过艾森加德岩环一途；这圈岩环里也只有一道进出的大门。

“我于某日傍晚后抵达大门，这门恍若岩墙上一道巨大的弧形，戒备森严。不过，大门守卫似乎正候着我，告诉我萨茹曼正在等我。我骑马穿过拱门，大门随即在我身后悄无声息地关上了；我突然心生忧虑，但不知起因为何。

“不过，等我到了欧尔桑克塔底，萨茹曼就等在楼梯处；他领着我去了他的高层议事厅。他手上戴着一枚指环。

“‘你终于来了，甘道夫。’他声音肃穆地说。可他眼里却闪着白光，仿佛在心底冷笑。

“‘是的，我来了。’我说，‘我来寻求你的帮助，白袍萨茹曼。’这个头衔似乎激怒了他。

“‘真的吗？灰袍甘道夫！’他讽刺地说，‘求助？如此狡猾、多智，四处浪荡，无论是否与自己相关都要横插一杠的灰袍甘道夫，竟然在寻求帮助，可真是难得的场面。’

“我看向他，感到十分不解。‘除非我被人蒙蔽了，’我说，‘否则以如今事态的发展，难道不正是大家齐心协力之时吗？’

“‘或许如此，’他说，‘可等你想到的时候，已经太迟了。我很好奇，如此重要之事，你瞒着我这个白道会之首，究竟有多久了？又是什么风把你从藏身的夏尔之地给吹到这里来了？’

“‘九戒灵再度现身了，’我答道，‘拉达加斯特告诉我说，他们已经跨过安都因大河了。’

“‘褐袍拉达加斯特！’萨茹曼哈哈大笑，轻蔑之情显露无余，‘驯鸟者拉达加斯特！头脑简单的拉达加斯特！蠢货拉达加斯特！他那点儿智力，也只够演一演我为他安排的角色。你既已来到此处，我让他传口信的目的也就达到了。灰袍甘道夫，待在这里吧，也不用再上路了。因为

我是智者萨茹曼，铸戒者萨茹曼，诸色皆我的萨茹曼！’

“我定睛看向他的长袍，发现它看似白色，其实并非纯白，而是将所有色彩编织为一团。他一动，这色彩便闪动着变幻起来，让人眼花缭乱。

“‘还是白色更合我意。’我说。

“‘白色！’他讥笑道，‘白色不过是开端罢了。白布可染，白页可书，而白光可分而散之。’

“‘如此一来，它也就不是白色了。’我回敬道，‘靠破坏事物来探询其本质，已然背离了智慧之道。’

“‘你大可不必拿跟你那堆蠢货朋友说话的方式对我，’他说，‘我叫你来可不是为了让你教训我，而是要给你一个选择。’

“他于是站起身开始宣布，仿佛在发表练习已久的演讲。‘上古之日早已过去。中古时期渐告完结，新生之日正要开始。精灵的时代结束了，而我们的时代近在眼前——我们须抓紧时间统治人类的世界。但我们需要力量，用力量让诸天万物听令行事，因为只有智者才明了何为正误。

“‘甘道夫，我的旧友与帮手，仔细听！’他靠近了我，柔声续道，‘我说的是我们，若你愿意加入，那便是你我二人。新的力量正在崛起，在它面前，旧日的盟友和手段于我们并无用处。无论精灵还是日渐凋零的努门诺尔都毫无希望。那么，摆在你我面前的只有一个选择：我们可以加入那股势力。甘道夫，此举方为明智，方为希望之所在。胜利已被它握在掌中；鼎力相助者，它自以厚礼相报。这股力量日渐强大，与它为友者便同样壮大；至于你我这样的智者，或可耐心以待，于最后引导其方向，控其以缰绳。你我可韬光养晦，将思绪深埋心中，痛斥过程中所行之恶，但赞同那崇高且终极的目标：知识、规则、秩序；我们那些软弱不堪、一事无成的朋友成事不足败事有余，让我们为如此目标长久

所做的奋斗全都化作乌有。我们的计划不需要也不会改变，需要改变的不过是我们的手段罢了。’

“我回道：‘萨茹曼，我以前听过类似的言论，却是出自魔多派来欺骗无知之人的使者之口。实在想不到，你老远召我前来，竟拿如此陈词滥调塞我耳朵。’

“他斜视着我，停下思索了片刻。‘好吧，看来这条明智之道不合你的胃口，’他说，‘或者暂且不合你胃口？只要还有其他更好的办法，你就不会考虑此道？’

“他行到身前，把长长的手搭在我臂上。‘为什么不呢，甘道夫？’他悄声道，‘为什么？是因为统御之戒？只要我们能御使它，那股力量就能传递到我们身上。我叫你来，便是因此。我手下有不少眼线，我相信你肯定知道那宝物如今的下落，不是吗？否则的话，九戒灵为何要问及夏尔，而你在那里又有何贵干？’话音未毕，我就见他眼中突然闪过一丝贪婪。

“‘萨茹曼，’我说，离他远了些，‘至尊戒一次只能由一人统御，你很清楚这点，就不要再多费口舌，说什么我们了！而我不会把它交给你，不会。既然我已得知你的想法，那我连它的消息都不会透漏给你。你曾是白道会之首，却终究露出了真面目。如今看来，你给的选择似乎是臣服于索伦还是臣服于你。我哪个都不选。你还有什么别的选择奉上吗？’

“他此时变得冷酷又危险。‘有，’他说，‘我本就不指望你能展示什么智慧，哪怕是为了你自己；可我还是给了你自愿协助我的机会，好为你省去许多麻烦和痛苦。第三个选择就是，你留在这里，直至最后。’

“‘什么最后？’

“‘直到你最后吐露在哪里能找到至尊戒。我或许能找到办法说服你。又或者，等到最后没有你也能找到戒指，届时统治之人便能空闲下

来处理一些轻松事：比如说，给横生事端、傲慢无礼的灰袍甘道夫制造点儿恰当的“奖励”。’

“‘我担保，这大概不会是什么轻松事。’我说，而他则朝我大笑不止，因为他知道我这番话实在是空洞得紧。

“他们抓住了我，把我独自关在萨茹曼平常观察繁星的欧尔桑克塔顶。除了步下数千级台阶，我没有任何办法下去，下面的山谷看着遥远异常。我仔细观察下方，发现曾经平坦、绿意盎然的山谷如今竟满是坑洞和锻炉。恶狼和奥克栖息于艾森加德，因为萨茹曼暂时尚未效力于索伦，而为了与之抗衡，他便自己组建了一支强大的力量。一股阴暗的烟雾飘荡在他所有的这些设施上方，包裹着欧尔桑克的四周。我孤身一人站在云中的孤岛上，毫无逃脱的机会，每天都过得艰难无比。塔顶冷雨冰风，我只得一小片空间可稍加踱步，一边揪心黑骑手北上的事情。

“萨茹曼所言或许不实，但我确信九戒灵已然现身。早在我抵达艾森加德之前，沿路上我便听到了确凿的消息。我内心无比担心夏尔的朋友，但我依旧怀着几分希望：希望佛罗多见我急信便当即启程，希望在致命的追捕开始之前，他已抵达幽谷。事实证明，我的希望和恐惧都毫无根据，我把希望寄托在布理的一个胖子身上，而恐惧则建立在索伦的狡猾之上。可那个卖啤酒的胖子要忙的事太多，而索伦的力量也依然没有我担心的那么强大。孤身被困于艾森加德的岩环里，我实难想象那些让人非逃即死的猎手，竟然在遥远的夏尔吃了瘪。”

“我看到过你！”佛罗多大声说，“你来回踱着步，月光照着你的头发。”

甘道夫停下，震惊地看着他。“那只是个梦，”佛罗多说，“但我突然想起来了，本来已经忘得差不多了。我是在好些日子之前梦见的，大概就是我离开夏尔之后。”

“那它来得还是迟了，”甘道夫说，“你后面就会明白。我当时处境十分糟糕。认识我的人肯定会同意，我很少如此无助，也不怎么适应这倒霉的境况。灰袍甘道夫竟像只无头苍蝇，落到了蜘蛛奸诈的网上面！不过，哪怕再狡猾的蜘蛛，也可能会织出一张脆弱的蛛网。

“一开始，我害怕拉达加斯特也如萨茹曼一般堕落了。不过，我们碰面的时候，我并未从他的声音和眼神里察觉到异样，否则我决计不会前往艾森加德，即便要去也会更加警惕。萨茹曼猜到了这一点，便隐瞒了心思，连拉达加斯特也骗了。要想说服忠诚的拉达加斯特一同背叛，无论如何都是白费心机。他心怀善意寻找我，这才说服了我。

“而萨茹曼的阴谋正是败在了这一点上。我请拉达加斯特帮的忙，他没有理由拒绝。他骑马去了黑森林，那边有许多他的老朋友。迷雾山脉的巨鹰飞得又远又高，收集到了很多信息：恶狼聚集，奥克征召；九戒灵各地来去；他们还听闻了咕噜逃脱之事。于是，他们派信使向我传了消息。

“就这样，在夏末的某个月夜，巨鹰中最为迅捷的风王格怀希尔出人意料地来到欧尔桑克，发现我站在塔顶上。我便跟他沟通，他在萨茹曼发现我之前载我离开了。等到恶狼和奥克出大门追捕，我早已远离了艾森加德。

“‘你能载我飞多远？’我问格怀希尔。

“‘许多里格，’他说，‘但去不了大地的尽头。我身负的使命是送信，而非送人。’

“‘那我须得找匹陆上的坐骑，’我说，‘一匹迅捷如风的骏马，因我从未如此赶时间。’

“‘那我便载你去埃多拉斯，洛汗之王的宝殿所在之处。’他说，‘那里不算太远。’我很高兴，因为洛汗，也就是里德马克，住着“驭马者”洛希尔人；再没有什么地方能比迷雾山脉与白色山脉之间的大山谷中育的马更好了。

"'你觉得洛汗的人还值得信任吗？"我问格怀希尔，因为萨茹曼的背叛，我的信任不再坚定。

"'他们要进贡马匹，'他答道，'据说每年要送许多去魔多；不过他们尚未遭受奴役。然而，若萨茹曼真如你所言投了邪恶，那他们的末日也就不远了。'

"他于黎明前将我送至洛汗。我的故事已经讲得太长，后面须得简练才行。在洛汗我发现，邪恶，即萨茹曼的谎言，已经在运作：洛汗的国王不肯听从我的警告，只让我挑匹马赶紧走人；于是我便选了一匹十分合我意，却不怎么合他意的马——我把他王国里最好的马给挑走了。我可真没见过这样好的马。"

"想必是匹上好的骏马，"阿拉贡说，"听见索伦竟然收取这样的贡品，比任何消息都让我难受。我上回去的时候，这王国还不是这副样子。"

"现在也不是，我发誓！"波洛米尔说，"那是大敌撒的谎。我了解洛汗人，他们真诚、勇悍，是我们的盟友，依旧住在我们许久前给他们的土地上。"

"远方盘踞着魔多邪影，"阿拉贡回道，"萨茹曼拜伏其下，洛汗遭遇围困。等你回去了，谁知道等着你的是什么？"

"反正不会是这个，"波洛米尔说，"他们不会用马来当买命钱。他们爱自己的马，仅次于爱自己的家人。这是有原因的：里德马克的马均来自远离邪影的北方原野，它们的品种正如其主人的种族一般，源自古时的自由时代。"

"确实如此！"甘道夫说，"其中有一匹许是在世界之初孕育而生的。与他相比，九戒灵的马黯然失色；他不知疲倦，跑起来迅捷如风。他们唤他为‘捷影’。白天，他的一身皮毛闪亮如银，到了晚上却又如暗影一般，来无影去无踪。他的落蹄也是如此轻灵！他从未让人骑过，而我却抓到他，并驯服了他。捷影如此迅捷，他载着我从洛汗出发时，佛罗多刚从霍比屯出发，而我抵达夏尔时，他才刚到古冢岗。

“我御马飞驰，可恐惧也随之增长。北行的一路上，我听闻了黑骑手的许多消息。尽管我每日勉力追赶，他们却始终跑在我前面。我了解到他们分了兵：一部分留在离绿大道不远的东部边界，一部分从南边侵入夏尔。我到霍比屯时，佛罗多已经离开；但我跟老甘姆吉有过沟通，他讲了许多话，可没几句是有用的，倒是对袋底洞新主人的各种缺点滔滔不绝。

“‘我受不了变化，’他告诉我，‘这辈子是没法改了，何况还是最坏的那种变化。’他重复了好几次‘最坏的变化’。

“‘“最坏”可不是个好词，’我告诉他，‘但愿你这辈子都不必碰上。’不过，我总算从他的话里了解到，佛罗多离开霍比屯是一周内的事，而黑骑手来到小丘也是在同一天晚上。于是我满怀恐惧地上路了。我前往雄鹿地，看见那里仿佛棍子捅炸蚂蚁窝似的，一片混乱。我又去了克里克洼的房子，发现大门破开，屋里空荡荡的；而门槛上躺着一件佛罗多曾经的斗篷。希望一度离我而去，我并未停下来搜集信息，否则我还能得到一点儿宽慰；我径直循着黑骑手的踪迹追了过去。这踪迹追踪起来很困难，因为它们分作几路，让我难以确定。不过，据我观察，其中一两处踪迹去了布理；于是我便朝布理而去，因为我觉得客栈老板兴许能有点儿可交流的信息。

“‘他们叫他黄油菊，’我心想，‘倘若是因他耽搁导致了延误，我非得把他浑身的油都给化出来。我定要将这老傻瓜小火慢烤了。’他也早有预备，一见到我便一个扑腾趴在地上，当场差点儿就化了。”

“你对他做了什么？”佛罗多警觉地嚷道，“他对我们真的很好，为我们倾尽了全力。”

甘道夫笑道：“别怕！我可不会咬他，也没怎么凶他。从他那儿得到的消息让我欣喜若狂，等他终于不发抖了，我便一把抱住那老伙计。我猜不出事情的经过如何，但我知道你们头一晚就在布理，而第二天一早便跟着大步佬离开了。

“‘大步佬！’我高兴地喊出了声。

“‘是的，老爷，恐怕就是这样，老爷。’黄油菊显然误解了我的意思。‘我已经尽了全力，可他还是找到了他们，而他们也跟着他走了。他们几位在这里表现得一直很奇怪——换成您，也许会说成是“顽固”。’

“‘蠢驴！傻子！你这三倍可敬又可爱的麦曼！’我说，‘这可是自仲夏以来我听过的最好的消息，至少也值黄澄澄的一枚金币！愿你的啤酒超凡脱俗，香存七载！这下我终于能好好歇上一晚，我都忘了上一个好觉是什么时候了。’

“于是那晚我投宿客栈，一直想着黑骑手的下落；布理的消息表明，似乎只有两个黑骑手露过面。不过，夜里我们又听到了更多的消息：西边来了至少五个黑骑手，如狂风一般撞开大门呼啸而去；布理的居民到现在都还瑟瑟发抖，以为末日要来了。而我则于黎明时分起身去追赶他们。

“具体情况我无从得知，在我看来事情是这样的：他们的首领秘密潜伏在布理南边，两骑先行去往村子，另四骑侵入夏尔。等他们在布理和克里克洼都遭遇挫败后，便带着信息返回首领处，因而除了他们的奸细之外，大道有一阵子无人把守。之后，首领又派人直接穿过乡野东进，而他自己则怒气冲冲地带领剩下的黑骑手沿大道行进。

“我如怒风一般驰向风云顶，于离开布理后第二天傍晚前抵达——而他们就在我前面。他们觉察到了我的怒火，又不敢在白天时与我抗衡，便避我而去。到了晚间，他们再度围上来，把我困在山顶的阿蒙苏尔古石环里。这着实叫我难受：自从古时的战争烽火之后，风云顶上再未见过这般光与焰。

“日出时我得以逃脱，一路撤向北方。我已别无他计可施：佛罗多，要在这片荒野中找到你委实不太可能，何况九戒灵全追在身后，再想去找你无疑是犯蠢。于是我只得寄希望于阿拉贡。然而我又希望能引开其中一部分黑骑手，再先你一步前往幽谷，请人前去助你。确有四个黑骑手追上了我，可追了一阵他们便掉头转返，似乎去了渡口方向。这多少帮上了一点儿忙，因而你们的营地遇袭时，九戒灵只现身了其五。

“我沿苍泉河往上，穿过埃藤荒野，又从北边往下走，历经千难漫途，终于抵达此地。从风云顶过来，我花了将近十五天时间。由于我无法骑马穿过怪石嶙峋的食人妖荒原，便放走了捷影，让他回去寻找自己的主人。不过，我同他建立起深厚的感情，倘若我有需要，他便会应我的召唤，赶赴我处。也正因此，我只比魔戒早两日到达幽谷，而魔戒历经艰险的消息也已经传到了这里——这些消息来得十分有价值。

“我这部分故事就到此结束了，佛罗多。请埃尔隆德与其他诸位原谅我讲得如此冗长。然而，我——甘道夫，竟然食了言，未能如约前来，这样的事情实属前所未有。我认为，如此怪异之事也有必要向持戒人解释一二。

“好了，眼下故事从头讲到了尾。诸位齐聚此处，魔戒也已呈上。但我们的目标却毫无寸进。我们该拿它如何是好？”

鸦雀无声。埃尔隆德最后再度开口了。

他说：“有关萨茹曼的消息令人痛心，我们对他信赖有加，他十分了解我们的所有计划。无论出发点是好是坏，对大敌的技艺钻得太深都十分危险。不过，如此堕落与背叛，唉，以往却已然出现过。今日所闻种种故事中，唯独佛罗多所述让我倍觉怪异。除了此处的比尔博，我所认识的霍比特人可算寥寥；于我，佛罗多或许并非我曾以为的那样孤单及独特。自我上次踏足西部，世界如今已天翻地覆。

“我们知道有无数称呼的古冢尸妖，关于老林子亦传述着许多故事：它如今的规模不过是旧时残存的北部外缘罢了。彼时，松鼠可沿枝从如今的夏尔行至艾森加德西面的黑蛮地。我曾途经这些地方，对许多荒蛮、怪异之物亦有所耳闻。可我却不曾记得邦巴迪尔，倘若许久前穿行森林山岭的便是这位人物，那他也已然比长者还要古老。如此，那他便不是这名字——我们称他为伊阿瓦因·本－阿达尔，意为‘至古无父之人’。不过，其他种族亦给他取了许多名字：矮人叫他‘费恩’，北方之民唤他作‘欧拉尔德’，诸如此类。他是位奇人，或许我该召唤他前来参加会议。”

“他不会来的。”甘道夫说。

“我们能不能给他递信，请求他的帮助呢？”埃瑞斯托问，“他的力量似乎能压过魔戒。”

“不，我不这么觉得。”甘道夫说，“应该说，魔戒没有能压过他的力量。他是他自己的主人。可他并不能改变魔戒本身，也无法打破魔戒施诸他人的力量。如今他退居于一小片土地，又自己划定了无人能见的边界，半步也不越界，或许是在等待时代的改变。”

“不过，在那边界当中，似乎没什么能困扰到他，”埃瑞斯托说，“能否让他拿走魔戒，妥善保管，让它再无危害？”

“不行，”甘道夫说，“他不会情愿的。倘若全世界的自由民都去恳求他，那么他或许会同意，但他并不明白其意义何在。倘若他得了魔戒，多半很快便会将此事抛在脑后，更有可能直接将它扔到一边。这类东西不会被他放进心里。他可能是最靠不住的守护者，单凭这一点便已足够回答你的问题了。”

“无论如何，”格罗芬德尔说，“把魔戒交给他也只能延缓邪恶之日的到来罢了。他离得太远，我们目前没法既不让人猜到、又不引起奸细注意地将魔戒带去他那里。即便能办到，魔戒之主也迟早会得知它的隐藏之处，然后全力夺取。光靠邦巴迪尔一人能抵抗如此力量吗？我认为很难。我想，到了最后，当其余一切都已被征服，邦巴迪尔也将陨落，他是‘首’，亦将为‘末’；然后，暗夜就会降临。”

“除了伊阿瓦因这名字外，我对他一无所知。”加尔多说，“不过，我认为格罗芬德尔是对的。伊阿瓦因没有对抗大敌的那种力量，除非这种力量源自大地本身。而我们见过索伦有撕裂和摧毁山岭的力量。这样的力量，依旧与我们共存着，就蕴藏在伊姆拉缀斯，亦藏于灰港奇尔丹之处，以及罗瑞恩之中。不过，当索伦征服了其余各地，最终冲我们前来的时候，这三处地方是否有力量，在场的诸位是否有力量抵御大敌？”

“我没有如此力量，”埃尔隆德说，“他们也没有。”

“既然无法以力量来永远阻止他获得魔戒，”格罗芬德尔道，“摆在我们面前的只剩两个选择：送它去大洋彼岸，或者将它摧毁。”

“但甘道夫已向我们揭示，我们所拥有的任何技艺都无法摧毁它。”埃尔隆德说，“居住在大洋彼岸的人们也不会接收它，无论好坏，它只属于中洲，属于生活在这里的我们需要解决的问题。”

格罗芬德尔又说：“那我们将它扔进深海，让萨茹曼的谎言成真。如今清楚明白的是，早在白道会时，他便已行差踏错。他知道魔戒并未永远遗失，却希望我们如此以为，因为他已经产生了贪念。然而真相总是隐藏在谎言当中：魔戒到了海里反而安全了。”

“并非永远安全，”甘道夫说，“深海中有各种东西，而沧海亦可能变作桑田。我们的考量不应仅仅局限于某个时期，子孙两三代人或者单个纪元。我们应当寻找的是一劳永逸地解决此等威胁的方法，即便我们可能无法实现这个方法。”

“在去往大海的路上，是找不到我们要的办法的。”加尔多说，“若回返伊阿瓦因处都算很危险的话，那逃往大海的路就更加凶险了。我有预感，索伦一旦得知内情——要不了多久——他肯定能料到我们要取道向西。九戒灵确实没了马，然而这也只是暂时的，他们很快就能找到更加迅速的坐骑。如今能阻挡大敌沿海岸挥兵北上的，只有兵力日渐衰败的刚铎；倘若他真的前来攻打白塔及灰港，那精灵以后或许再难逃脱日渐笼罩中洲的阴影了。”

“他要领兵出击恐怕还会被拖上很长时间，”波洛米尔说，“你说刚铎衰败了，可刚铎依旧挺立着，即便已是强弩之末，照样无比强大。”

“可刚铎的警戒已经挡不住九戒灵，”加尔多说，“大敌也会找到没有刚铎守卫的其他道路。”

埃瑞斯托说：“那如今便只剩两种方法，正如格罗芬德尔所说：将魔戒永远藏匿或者摧毁。可这两种方法都叫我们力有未逮。有谁能帮我们解开这个难题呢？”

“在场的诸位都无能为力，”埃尔隆德沉痛地说，“至少没人能预言，我们采取这几种方法会有何种后果。不过，在我看来，我们需要走的道路倒是清晰无比的。西行似乎最为轻松，但也定会遭到监视，因此须得避开。精灵太过频繁经此路逃离。值此紧要关头，我们须得反其道而行之，选择一条艰难的路。倘若希望尚存，则希望便在此路之上：那便是步入险境，前往魔多。我们必须将魔戒送往火焰之山。”

沉默再度降临。即便身处如此美丽的楼宇，眼里见的是外面清泉叮咚的明媚山谷，佛罗多依旧感到心里满是死亡般的黑暗。波洛米尔动弹了一下，佛罗多转眼望向他，看见他皱着眉头，抚摸着身上那个巨大的号角，最后开了口。

“我一点儿都没弄明白，”他问道，“萨茹曼是个叛徒，可难道他一点儿智慧都没有吗？为何你们总说藏匿和摧毁？为何不能认为至尊戒在如此关键的时刻出现，就是为了让我们使用它？自由之民的自由领袖肯定能用它击败大敌。我猜，这正是他最为畏惧之处。

“刚铎人生性勇猛，决不屈服；可他们并非所向披靡。勇猛首先需要力量，其次是武器。倘若魔戒真有你们所述的力量，就让它成为武器，拿着它勇往直前，夺取胜利！”

“唉，不可。”埃尔隆德说，“我们不可使用统御之戒。此事早已了然。它由索伦独自打造，仅属他一人，是彻底的邪恶。波洛米尔，其力之强，仅凭凡人意识无法驾驭；身怀伟力者虽可除外，可于他们而言，此中危险却又更加致命。对魔戒的欲望会腐蚀内心，正如萨茹曼。任何智者，倘若用这枚魔戒、用魔多之主自己的技艺推翻索伦，只会让自己坐上他的宝座，成为下一个黑暗魔君。此乃魔戒须得摧毁的另一原因：但凡魔戒存于这世间，即便对智者而言亦是种危险。万物本善，即便萨茹曼起初也并非邪恶之徒。我不敢持握、藏匿此戒，我也不会触碰、利用它。”

“我也不会。”甘道夫说。

波洛米尔困惑地看着他们，最后还是低下了头。“如你所愿，”他说，“那么我们刚铎便只能依靠手头的武器了。至少在智者们守卫这枚魔戒时，我们要继续奋斗。希望那把断剑仍能阻挡潮流——只要握剑之人除了继承那件传家宝，同样也继承了人中王者的脊梁骨。”

“谁说得准呢？”阿拉贡说，“总有一天会得到验证的。”

“希望这一天不会拖得太久，”波洛米尔说，“尽管我此行并非来寻求援助，但我们的确需要援助。得知有人也在用一切手段勉力奋战，会让我们倍感安慰。”

“那么，请感到安慰吧，”埃尔隆德说，“因为这世上还有其他你并不知晓的隐藏力量和疆域。大河安都因流淌过许多海岸，然后才来到阿刚那斯与刚铎的大门前。”

矮人格罗因说：“倘若能联合所有力量，在联盟中发挥各自的作用，对整体而言都有益处。或许还有其他一些没这么危险的魔戒，能在紧要关头为我们所用。我们已经失去了七戒——若是巴林没能找到瑟罗尔那枚戒指，那是最后那枚；自瑟罗尔命丧墨瑞亚，这枚戒指便再无音信。实际上，如今请容我直言不讳，巴林之所以离开，部分原因正是想找到那枚戒指。”

“巴林在墨瑞亚找不着戒指，”甘道夫说，“瑟罗尔把它交给了儿子瑟莱因，可瑟莱因却没有交给索林。瑟莱因在多古尔都的地牢惨遭酷刑，戒指也被夺走。我去得太迟了。”

“嗨！”格罗因嚷道，“我们何时才能复仇？不过，我们还有三戒在手。这精灵三戒如何？据说它们同样是力量强大的魔戒，应该是在精灵诸王手里保管着吧？可它们同样也是黑暗魔君许久前打造的。它们被闲置了吗？我看见有精灵大人列席此处，可否请他们讲讲？”

精灵们没有理会他。“格罗因，你没听见我之前所述吗？”埃尔隆德说，“精灵三戒并非索伦打造，他也不曾触碰过它们。但此三戒之事不可谈。值此忧患之时，我且告知如下：三戒并未闲置，但也并未充作战争或征服之武器——三戒并无如此力量。其铸造者希冀的并非力量、统治或囤积财富，而是理解、制造和疗愈，令万物不受污染。这几样，中洲精灵已在某种程度上获得了，尽管与之相伴的还有悲伤。然而，若索伦重获至尊戒，则三戒的持有者所做之一切努力尽皆化作虚无，其所思所想在索伦处亦将展露无遗。三戒最好从未出现过。反之，则正是他的目的所在。”

格罗因问：“如果统御之戒如你建议那样被摧毁，会有什么后果呢？”

“我们也无法确定。”埃尔隆德沉痛地说，“部分人希望，索伦未曾染指的三戒能就此自由，其使用者便可疗愈他给这世界造成的创伤。不过，没了至尊戒，精灵三戒或许也会失去力量，许多美丽的事物也将消散、失落。我便是如此认为的。”

“然而所有精灵都情愿抓住这个机会，”格罗芬德尔说，“只要能击溃索伦的力量，将万物被他统治的恐惧永远终结。”

“那么，我们再度回到了摧毁魔戒的选项上，”埃瑞斯托说，“可我们并没能更进一步。我们有何种力量，能够找到打造它的火焰之山？那是条充满绝望的道路。假如埃尔隆德的深远智慧亦不反对的话，我还要说这是条愚蠢的道路。”

“究竟是绝望还是愚蠢？”甘道夫问，“想必不是绝望，只有确凿见到结局之人才会绝望。但我们没有。权衡过所有途径之后，认清必要之举乃是智慧，尽管在那些紧抓着虚假希望的人眼里看来，这或许是在犯蠢。好吧，那就让愚蠢充当我们的掩护，成为遮挡大敌视线的面纱吧！因为大敌十分狡猾，他会以自己的恶意作秤，精准衡量万事万物。不过，他唯一所知的度量衡只有欲望——渴求力量的欲望；他便使用欲望来衡量人心。他心里定然料想不到会有人拒绝这力量，料想不到拥有魔戒的我们竟想要摧毁它。倘若我们这么做了，必定能让他措手不及。”

“至少也是暂时的。”埃尔隆德说，“此乃非走不可、亦将艰难异常的路。无论力量或智慧，均不足以支撑我们走出太远。此任务或可由心怀强者般希望的弱者达成。不过，世界之轮的转动，常以如此方式开始：伟人着眼别处，只得由小人物之手来推动。”

“妙极，妙极，埃尔隆德大人！”比尔博突然出声说，“无须多言！您的言下之意已经够清楚了。愚蠢的霍比特人比尔博惹出了这事端，最好由比尔博豁出命来了结这桩事。我在这里待得很舒服，正在写我的书。不怕告诉您，刚好写到了结尾。我原本打算写的是：他从此过完了幸福的一生。这结局其实挺不错，俗是俗套了点儿，不过不影响。可眼下我只好改一改喽，毕竟不太可能实现了。总而言之，显然我还得在后面加上好几章——如果我能活下来写的话。可真是件麻烦事。我该什么时候出发？”

波洛米尔惊讶地看着比尔博，却发现所有人都一脸严肃地对这位老霍比特人致以敬意，赶紧咽下了差点儿脱口而出的笑意。只有格罗因笑了，却是带着旧时回忆的笑容。

“当然了，我亲爱的比尔博，”甘道夫说，“倘若此事真的因你而起，你多半得等着它了结。不过，你很清楚这事大到无人敢说是因自己而起，任何英雄都只属于一场伟业的一小部分而已。你无须低头！你这番话属于真心实意，我们也从未怀疑你是以开玩笑的口吻自告奋勇。然而，比尔博，这一任务已经超出你力所能及的范围。你不能再将此事接回去，它已经传承下去了。假若你还愿意听我的建议，那我会说，除了当个记录者，属于你的部分已经结束。把你的书写完，结尾也不用改了！我们还有希望。不过，等他们归来，你得准备好写个续集。”

比尔博哈哈一笑，说：“我以前怎么就没听你提过这么舒心的建议呢！不过，鉴于你过去讲的那些烦心话还是挺管用的，我猜这回也不会差。反正我也觉得自己没什么力量或者运气对付魔戒了。它的力量在增长，而我却没有。但你得告诉我，‘他们’是指谁？”

“跟魔戒一块上路的信使们。”

“说得好！可他们究竟是谁呢？在我看来，这正是这场会议需要决定、也唯一得定下来的事情。精灵大概光靠听演讲就能活下去，矮人可以忍耐巨大的疲惫，可我只是个想念午饭的老霍比特人。我们就不能立马想几个名字出来吗？还是说，等吃过饭我们再研究？”

没人回应。正午的钟声响起，依旧无人搭腔。佛罗多挨个儿把每个人都看了一遍，可没人转过来看他。与会者们个个低垂着眼帘，仿佛在沉思。巨大的恐惧笼罩了他，仿佛他正等候着宣判某种他早有预感、却徒然盼着永不被诉之于口的命数。期盼安定、期盼在幽谷平静地陪伴在比尔博身边的渴望填满了他整颗心。他费尽力气终于开了口，却诧异于自己所说的内容，活似有旁人拿了他低微的声音在说话似的。

“我会带上魔戒，”他说，“可我不知道要去哪里。”

埃尔隆德扬眉看向他，佛罗多感觉自己被这突如其来的锐利眼神看穿了内心。“倘若我对所听闻之事理解无误，”他说，“我认为这项任务便是指派给你的，佛罗多。倘若你找不到方向，他人更无法找到。如今是属于夏尔之民的时刻——他们自宁静的田园挺身而出，晃动了伟人的高塔与决议。又有哪位智者能料到此事？换言之，或许正因为他们睿智，才无法在如此事情发生之前加以预料。

“然而，这一负担非常沉重，沉重到责无旁贷。我无法强押它至你的肩头。倘若你自愿背负，我会称你做了正确之选；此外，就算旧时所有强大的精灵之友——哈多、胡林、图林，乃至贝伦本人——纵然他们齐聚一堂，你在其中当得一席之地。”

“可是大人，您不会想让他独自上路吧？”山姆再也忍不住，一边大声问，一边从先前安坐的角落里蹦了起来。

“当然不会！”埃尔隆德微笑着转向他，“最不济也得让你与他做伴。要将你和他分开十分困难，哪怕他被召来参加秘密会议，而你没有。”

闹了大红脸的山姆一屁股坐回地上，摇着头说：“佛罗多少爷，我们这是惹上了天大的麻烦呀！”

·第三章·

魔戒南行

那天晚些时候，几个霍比特人又在比尔博的房间里开了个自己人的会。听说山姆偷偷溜进去参加了会议，还被选为佛罗多的旅伴，梅里和皮平愤慨不已。

“太不公平了！”皮平说，“埃尔隆德不但没把他扔出去，拿铁链捆起来，反而还奖励了他这厚脸皮的行径！”

“奖励！”佛罗多说，“我可想象不出还有什么比这更严厉的惩罚了。你说话过过脑子：被宣告踏上如此希望渺茫的旅程，算什么奖励？昨天我还做美梦呢，以为自己的任务已经完成，可以在这里休息一阵子，或者一辈子。”

“这话我相信，”梅里说，“也希望你能休息。但我们嫉妒的是山姆，不是你。如果你必须得去，那我们当中任何人被留下、即便是留在幽谷，对我们来说都是种惩罚。与你一道走了这么长的路，历经了各种艰险，我们希望能继续并肩走下去。”

“我就是这意思！”皮平说，“我们霍比特人就得抱成团，而我们也会抱成团。除非他们把我捆起来，否则我也要去。队伍里怎么也得有个智囊才行。”

“那你肯定选不上的，佩里格林·图克！”甘道夫说，一边从贴近地面的窗户看进来，“不过，你们操之过急，一切都还没定呢。”

“还没定？”皮平嚷道，“那你们都干吗去了？你们可是闭门商量了好几个钟头。”

“交流，”比尔博说，“大量的交流，每个人都眼界大开，就连老甘道夫也一样。虽然他没有表现出来，但我猜，莱戈拉斯关于咕噜的那点儿信息连他也没想到。”

“胡言乱语。”甘道夫说，“你太不专心了。我已经从格怀希尔那里听说了此事。真想知道的话，你所谓‘大开眼界’的人，只有你跟佛罗多，而我才是那个面不改色的。”

“好吧，随便。”比尔博说，“除了选定可怜的佛罗多跟山姆，其余都还没定。我一直担心，如果我被排除在外的话，事情就会变成这样。要我说的话，埃尔隆德肯定会等收集到信息之后，再派一众人出去。甘道夫，他们是不是已经着手行动了？”

巫师说：“是的，已经调遣了一部分斥候，明天还会派出更多人。埃尔隆德派出精灵，他们会与游侠接触，也许还会与黑森林中瑟兰杜伊的族人联系。阿拉贡同埃尔隆德的两个儿子也去了。我们采取下一步行动之前，需要将周围大片地区的情况先摸清楚才行。佛罗多，振作点儿！或许你还得在这里待上好一阵子呢。”

山姆闷闷不乐地说：“噢！再等下去，冬天就要到了。”

“没办法，”比尔博说，“佛罗多，我的小伙子，这事你也有责任：你偏要等到我生日那天。我不禁想，你这个庆祝方式可真够滑稽的——我可不会选这天把袋底洞让给萨-巴家。可是事情已经到了这一步：你没法等到春天再走，而且情报没反馈回来之前你也不能走。

冬日寒初至，
霜夜凿石裂，
池如墨，叶凋零，
荒野现邪恶。

“恐怕这就是你的命运了。”

“恐怕是会如此。”甘道夫说，“在查明黑骑手的动向之前，我们不能出发。”

“难道洪水没消灭掉他们吗？”梅里说。

“这样可消灭不了戒灵，”甘道夫说，“他们体内有主人的力量，与主人同生死。我们只希望没了马、没了伪装，能让他们的危险程度降低一些，但我们得确定这一点才行。与此同时，佛罗多，你应该试着忘掉你的烦恼。我能否帮到你，我还不确定，但我要悄悄告诉你：刚才有人说队伍里需要一位智囊，他说得对，我认为，我会随你同行。”

听见这消息，佛罗多欣喜若狂，甘道夫只好从窗台上站起身，摘下帽子鞠了一躬，“这只是说，我认为我会去。先别指望太多。对于此事，想必埃尔隆德还有不少考量，你的朋友大步佬也是。这倒提醒了我，我要去见埃尔隆德。我得走了。”

甘道夫离开后，佛罗多向比尔博问道：“你觉得，我还要在这儿待多久？”

“噢，这我可不知道。幽谷的时间像停住了似的，”比尔博说，“不过，要我猜的话，时间应该不短。我们能好好聊一聊。你要不要帮我把书写完，再帮我续写一本？你想好结尾了吗？”

“想了，有好些个，全都是非常阴暗、让人难以接受的结局。”佛罗多说。

“噢，那可不行！”比尔博说，“一本书就该有个好结尾。听听这个如何：他们就此安顿下来，过上了幸福快乐的生活。”

“如果最后真是这样的结局，这么写倒是挺不错的。”佛罗多说。

“噢！”山姆开了腔，“那他们住在哪儿呢？我经常会思考这个问题。”

此后好一会儿，几个霍比特人在一起讨论和思索着过往的旅途，以及拦在前方的艰险。不过，幽谷之地便是有这样的好处：一切的恐惧和焦虑都能迅速从脑海中消失。无论吉凶，未来不会被忘却，只是不再对当下产生任何影响。他们的身体日渐康泰，希望也与日俱增。他们对美好的每一天都感到心满意足，每一顿饭，每一句话，每一首歌都让他们快活无比。

日子就这么悄悄溜走，每一天的清晨都明亮而美妙，黄昏则是凉爽又清朗。然而，秋天迅速走到了尽头。金色的阳光渐渐褪成淡银色，树梢残叶纷纷掉落。东边的迷雾山脉开始有寒风吹来。狩猎月[1]转圜夜空之上，把没那么亮的星星全给赶走了。而南边的低处，红红地亮着一颗星。每天晚上，随着月光渐渐变淡，它变得越来越亮。佛罗多从窗户能看见它深藏在苍穹之中，像只警惕的眼睛，闪烁在山谷边缘的树梢之上。

霍比特人在埃尔隆德之家待了近两月。伴着最后一丝秋的气息，十一月就此结束，等斥候返回的时候，十二月也快要过完了。他们一部分人往北越过响水河，深入埃藤荒野；一部分人则在阿拉贡和其他游侠

1 指最靠近秋分的第一个满月，此时的月色比较亮，便于人们晚上狩猎或收割庄稼。——译注

的帮助下，西行至灰水河另一端，最远抵达了沙巴德，古老的北大道从一座废弃的小镇边跨过了河水。还有些斥候去了东边和南边；其中一些人翻越迷雾山脉，进了黑森林，另一些则爬到金鸢尾河源头处的隘口，下到大荒野，穿过金鸢尾泽地，最终抵达了拉达加斯特在罗斯戈贝尔的旧居。但拉达加斯特不在那里。于是，他们又从称为红角门的高隘口返回。埃尔隆德之子埃尔拉丹、埃洛希尔是最后返回的；他们跋涉了非常远的距离，顺着银脉河前往陌生的疆域，但此行的使命为何，除了埃尔隆德，无人知晓。

无论何处，信使都未发现黑骑手或者大敌其他爪牙的半点儿踪迹和消息，就连迷雾山脉的大鹰那里，他们也没打听到什么新鲜的消息。没人见过咕噜，也没听过与他有关的消息。不过，野狼依然在聚集，最远去了大河上游捕猎。洪水过后，渡口附近发现了三匹当场溺毙的黑马。湍急的下游岩石间又发现了五匹马尸，还有一件撕得破破烂烂的黑色长斗篷。到处都没有黑骑手的踪迹，也感觉不到他们的存在。他们似乎已经从北方消失了。

“九个里边至少拿下了八个，”甘道夫说，“要说确凿无疑，未免过于轻率。不过，我认为，我们可以期待的是，戒灵被冲散了，只得在一无所获又没了形体的情况下，尽力回到他们魔多的主人那里。

“倘若如此，他们就得再花上些时间才能再度出动。大敌自然也有其他仆从，可他们也得先长途跋涉到幽谷边界，才能找到我们的踪迹。如果我们再谨慎一点儿，他们便不会轻易发现我们。不过，我们不可再耽搁下去了。”

埃尔隆德把霍比特人召了过去。他一脸严肃地看着佛罗多。“时候到了，若要送出魔戒，须得尽快启程。然行者不可指望借战争或武力完成使命。他们须得深入援手无法触及的大敌统治之地。佛罗多，你是否依旧坚守承诺，担当持戒人？”

“是的。”佛罗多说，“我会与山姆同行。”

“既如此，我亦别无他力可助，遑论建议。”埃尔隆德说，“我难以预见你的前路，亦不知你如何完成任务。魔影如今已蠕行至迷雾山脉之下，几近灰水河边沿；魔影之下，我所见尽皆黑暗。一路敌手众多，或示之以明，或藏之于暗；看似希望渺茫之时，或将恰逢良友。我当竭尽全力，传信此世与我相熟之人；而今世道危险如斯，消息或难送达，抑或滞后于你。

“我将为你挑选同行之人，能伴你多久，单看同行者之意愿，或见命运之决断。人数不可过多，唯速度及隐秘方能见希望。纵有古时精灵的精兵万千，恐惊动魔多势力，助益寥寥。

“护戒队伍为九人；行者九位，对抗九名邪恶骑手。甘道夫将与你及你的忠仆同行；此乃他之重任，或为其苦劳之终点。

“其余随行者应代表此世其他自由民：精灵、矮人、人类。精灵之代表为莱戈拉斯，矮人之代表为格罗因之子吉姆利。此二人愿随行至迷雾山脉隘口乃至更远。人类之代表则为阿拉松之子阿拉贡，盖因伊熙尔杜之克星与其关联深切。”

“大步佬！”佛罗多欢呼道。

“是我。”他笑着说，“容我再次请求与你做伴，佛罗多。”

“我原本就打算求你同行的，”佛罗多说，“只不过，我以为你要跟波洛米尔去米那斯提力斯。”

“我确实要去，”阿拉贡说，“上战场之前，我需要重铸那把断剑。不过，你我在同一条道路上要走上好几百哩。所以，波洛米尔也会加入队伍。他是位悍勇之人。”

“尚余两位人选，”埃尔隆德说，“我将再做考虑，或遣族中适合者前往。”

“可这就没我们的位置了！”皮平沮丧地嚷道，“我们不想被丢下。我们想跟佛罗多一起走。”

“此乃你二人不明了、亦无法想象前方有何险阻横亘之路。”

“佛罗多同样一无所知。”出人意料，甘道夫竟然支持皮平，“我们无人能明鉴。诚然，倘若这些霍比特人理解危险何在，他们便不敢前进。可他们依旧希望前往，或者希望自己敢于前往，会为自己的畏葸不前而感到羞愧、难过。埃尔隆德，以我之见，相较于卓绝的智慧，此事当以几人之友情为重。即便你为我们挑选精灵领主，譬如格罗芬德尔，他亦无法突袭邪黑塔，遑论以一己之力打通赴火焰之山的道路。”

“你语气虽郑重，”埃尔隆德说，“却难消我心中疑虑。我有预感，如今危险依旧笼罩夏尔；此二人我本欲充做信使派回夏尔，尽其所能、循当地之习俗向当地居民示警。无论如何，我认为此二人之年少者——佩里格林·图克，须得留下。我心觉他不应随行。”

“埃尔隆德大人，那你就得把我关进监牢，或者把我塞进麻袋里送回家。”皮平说，“否则我会一直跟着大家。”

“那便如此罢。你将同行，”埃尔隆德叹气道，“如此，九者之数已足。队伍于七日之内启程。”

精灵工匠将埃兰迪尔之剑锻造一新，剑身刻着新月、耀阳，另有七星拱卫两侧，其上刻有许多如尼文；阿拉松之子阿拉贡便要持此剑对阵魔多大军。耀眼夺目，便是此剑重归完整之景。宝剑在阳光下红芒闪烁，月光下则寒光浸人，剑刃刚硬又锋锐。阿拉贡为它起了一个新名字“安督利尔”，意为“西方之焰”。

阿拉贡与甘道夫时而并肩漫步，时而相对而坐，谈论之后的道路与可能的险阻；他们一遍遍琢磨埃尔隆德之家收藏的学识典籍与精细地图。偶尔佛罗多也会参与其中，不过他更想依赖他们的指导，于是便尽量多花时间去陪伴比尔博。

最后那几天晚上，几个霍比特人齐聚一堂，坐在火焰大厅里聆听各种各样的故事，包括贝伦与露西恩的完整故事，他们是如何夺回伟大宝钻的；而白天的时候，在梅里跟皮平外出晃悠期间，佛罗多和山姆会去比尔博的小房间。比尔博会朗诵自己书写的故事（似乎依旧很不完整），或者读上几段他写的诗歌给他们听，要不就是记录佛罗多经历的冒险。

最后那天早上，佛罗多单独陪着比尔博。老霍比特人从床底下抽出一口木箱，又掀开盖子，在里边翻找着。

“你的剑在这里，”他说，“可惜断掉了，你知道的。我拿走它原本是想好好保管起来，却忘了问工匠能不能修好它。眼下是没时间喽！所以，我想啊，或许你愿意拿着这把，你还记得它吗？”

他从箱子里取出一把插在旧皮剑鞘里的小剑。随着他抽剑出鞘，只见剑身光洁如新，剑刃磨砺锋锐，一道冷芒霎然闪亮。“这是‘刺叮’，”他说着，轻轻一抬手，那剑便深深刺进了木柱，“你喜欢的话就拿走吧。我猜，我应该是用不着了。”

佛罗多欣喜地接了过来。

“还有这个！”比尔博又掏出一个看着不大却似乎很沉的包裹。他一层层地解开包裹，从中举出一件小小的锁子甲：它由一枚枚锁环密密织成，软如亚麻，凉如寒冰，硬如精钢。这件甲上闪耀着银月一般的光辉，上面还嵌着白钻。与之相配的，还有一条珍珠与水晶编织的腰带。

“真是件漂亮东西，对吧？”比尔博一边说着，一边把它举到阳光下，“还很好用。这是索林送我的矮人锁环甲。我离开之前，从大洞镇把它取回来装进了行囊。除了魔戒，我把其余所有的旅行纪念品都给带走了。不过，我倒是没想过要穿它，如今我也用不着它，顶多就是偶尔欣赏几眼。穿在身上的时候，你压根儿感觉不到它的重量。”

“我穿着应该——嗯，我觉得我穿着会挺奇怪。”佛罗多说。

“我跟自己也说过同样的话。”比尔博说，“不用太在意外表，你可以在外面套个外衣什么的。来吧！你一定得跟我分享这个秘密！千万别告诉其他人！要是我知道你穿上了它，我会很高兴的。我觉得，它连黑骑手的刀也能挡下来。”他压低嗓门儿讲出最后一句话。

“太好了，那我就收下啦！”佛罗多说。比尔博帮他穿上锁子甲，又把刺叮系在那条亮闪闪的腰带上，然后佛罗多又套上自己那条饱经风霜的旧长裤，穿好上衣和外套。

“看着又是寻常霍比特人的模样啦！”比尔博说，“可你却没有看上去那么简单。祝你好运！”他转过头看着窗外，想要哼个调子。

“比尔博，我真不知道要如何感谢你才好。不光为眼下的事情，还有过去你对我所有的好。”佛罗多说。

“千万别！”老霍比特人说着，转身一巴掌拍在他背上。“嗷！”他叫道，“你真是结实得我都拍不动了！不过你说得没错：霍比特人就得团结一致，尤其是我们巴金斯家。我唯一要求的一点回报就是：尽量照顾好自己，把你一路的见闻、听到的古老歌谣都记下来。我会竭尽全力在你回来之前把书写完。倘若有空闲的话，我还想写第二本。”他止住话头，又转向窗外，轻轻唱了起来。

我坐炉火边，
想着过往事，
怀念那夏天里
绿地青草蝶恋花。

怀念那秋日中
纷飞黄叶牵蛛丝，
晨曦银雾白霭

发梢金阳柔风。

我坐炉火边，
想着凡尘事，
冬去春复来
而我已不在。

世间仍有万千事
我不曾亲见：
百样林木千回春，
各自万般绿。

我坐炉火边，
想着故人事，
未来诚可期，
与我却无缘。

长坐炉火边，
想那旧日事，
静听屋门外
归家人语声。

临近十二月底的这一天，天气十分阴冷。东风吹过光秃秃的树梢，在山上阴暗的松林间怒号，乱蓬蓬的乌云擦着头顶飞掠而过。阴郁的暮色渐渐笼上了准备就绪、即将启程的护戒队伍。他们打算等天色变暗就出发，因为埃尔隆德建议他们在远离幽谷之前，尽量在夜色的掩护下前行。

“尔等须提防索伦爪牙的众多耳目，”他说，“我毫不怀疑，黑骑手重挫之消息已然传入他耳中，他定然暴跳如雷。不消几日，其奸细——无论走地或飞天，便会现身北方大地。即便这天上，列位行进时亦须多加留神。”

护戒队伍并未携带过多兵刃，因为他们的希望在于隐秘，而非战斗。阿拉贡只带了安督利尔这一把兵器，身着荒野游侠似的褐绿色及棕色装束。波洛米尔也佩着一把长剑，造型类似安督利尔，但没那么显赫的历史。此外，他还背了一块盾牌以及他的作战号角。

“在丘谷中吹，它的声音听起来特别响亮、清晰，”他解释道，“能让刚铎的敌人全都闻声丧胆！”他把号角放在嘴边吹了一声，声响在岩石间回荡，幽谷的人听见了，全都跳起了身。

“波洛米尔，下回切勿胡乱吹响此号角，”埃尔隆德说，“除非所立之处乃你族之土地，抑或你正身陷生死攸关之际。”

“或许吧，”波洛米尔说，“不过，我总会在出发之际吹上一声。虽说之后我们大概得在阴影中行走，但我不愿出发时就像个夜贼。”

矮人吉姆利大大咧咧地穿着件短钢环甲，因为矮人都不把负重当回事；他的腰间挂着把宽刃斧。莱戈拉斯身负一张弓、一筒箭，腰悬一柄白色长刀。几个年轻的霍比特人带着从古冢岗得到的短剑；佛罗多只带了刺叮；而他那件锁子甲，正如比尔博所愿，依旧遮在衣服里面。甘道夫握着法杖，系着精灵宝剑格拉姆德凛——此剑为双剑之一，另一把则是奥克锐斯特，如今埋在了孤山下的索林胸前。

埃尔隆德为众人准备了御寒衣物，他们还备上了带内衬的外套和斗篷。额外的食物、衣服、毯子和其余用品都驮在马背上——正是他们从布理带出来的那头倒霉牲口。

待在幽谷的日子让它变化颇大：它容光焕发，又恢复了青春活力。山姆坚持选它，还宣称道，如果比尔（他给取的名字）不跟着走的话，会日渐憔悴。

“那家伙差点儿都要开口讲话了，”他说，“要是它再多待一阵子，肯定能学会。它看我的眼神，就连皮平都感觉出来了——要是不让我跟你们走，山姆，那我就自己跟过来。”于是，比尔便作了驮行李的，不过它也是队伍里唯一一个没觉得沮丧的成员。

他们已在大厅的炉火旁道了别，如今只等着还没从屋里出来的甘道夫。火光照耀在扇扇敞开的大门里，许多窗户中透出丝丝柔光。比尔博紧裹着斗篷，沉默地跟佛罗多站在门阶上。阿拉贡头抵膝盖坐着，只有埃尔隆德全然明白这一刻对他意味着什么。

黑暗中，其他人都变成了一道道灰色的身形。

山姆嘬着牙站在小马旁边，盯着下方咆哮的河水冲刷岩石的阴暗处，一脸愠色；他对冒险的渴望正处在最低点。

“比尔，我的伙计，”他说，“你真不该跟我们上路。你本可以待在这里吃最好的干草，等新一茬的青草长出来。”比尔甩着尾巴，一声也没吭。

山姆理了理肩上的包，在心里焦虑地过了一遍包里的物什，生怕自己忘带了东西：他的头等宝贝——炊具；一小盒从不离身、逮着机会就要补满的盐巴；一大捆烟斗草（我担保这点儿压根儿不够）；火石和火绒；羊毛裤，床单；佛罗多漏掉的、被他收起来，以便在少爷需要时拿出来嘚瑟的各种小物件。他从头到尾回想了一遍。

“绳子！”他喃喃道，“没带绳子！昨晚你还跟自己说，‘山姆，要不要带点儿绳子？等你要用的时候就会想起它的好了。’这下好了，我会用到它的，可现在哪儿还弄得到？”

正在这时，埃尔隆德与甘道夫走了出来，又把护戒队伍叫到面前。“且听最后一言。”他低声说，“持戒人即将出发，使命乃前往末日山。诸多责任唯他一人承担：不可舍弃魔戒，不可交予大敌爪牙；生死之际，护戒队伍及白道会成员可加以使用，此外决不可交由他人。护戒队伍其余人等皆为自愿随同，以作助力。倘若时机到来，列位亦可停留，返回，可改弦易辙、去往他方。前行越远，越难退出；列位无须宣誓，随行至何处各位自行决定，因诸位尚未明了自身内心力量凡几，亦无从预见前方有何遭遇。”

“碰见前路黑暗就散伙的人，不值得信赖。”吉姆利说。

“兴许，”埃尔隆德道，“但勿让不识夜幕之人誓言行走黑暗。”

“可誓言能让动摇的心更加坚定。”吉姆利回道。

“亦可使其碎裂。”埃尔隆德说，“切莫好高骛远！心怀善念，且去！再会，愿精灵、人类、诸多自由民之祝福常伴身畔。愿群星照耀脸庞！”

“平……平安！”比尔博哆哆嗦嗦地喊道，“佛罗多，我的小伙子，我不指望你天天都有机会记日记，但我等你回来跟我讲完整的故事。早去早回！再会！”

阴影中，许多埃尔隆德的族人目送着他们，用轻柔的声音向他们道别。没有笑声、歌声和音乐声。最后，他们转身离去，静静地消失在夜色中。

队伍过了桥，沿着长而陡峭的蜿蜒小径慢慢离开幽谷深邃的裂谷，来到高处的荒原。冷风刮过，帚石楠嘶嘶作响。看了一眼灯火闪耀的“最后家园”，他们骑着马行入黑夜。

他们在布茹伊能渡口下了大道往南，踏上夹在起伏大地间的狭窄小路。他们计划花上几天时间，沿迷雾山脉西侧的道路先走上几十哩。相较于另一侧大荒野中安都因河那绿意盎然的山谷，这边的乡野地形更为起伏、荒凉，让队伍走得较为艰难。但他们希望能通过这样的路线避开那些敌意眼神的注视。这片空空荡荡的地方很少出现索伦的奸细，其间的道路也只有幽谷的人认识。

甘道夫走在最前面，与他并肩的是阿拉贡——夜色也遮不住他对这片土地的熟悉。其他人挨着排在后面，眼神敏锐的莱戈拉斯负责殿后。旅程的第一部分艰辛又沉闷，佛罗多唯一记得的就只有那风声。好些日子都见不着阳光，从东边的迷雾山脉吹来阵阵雪风，什么衣服都挡不住它摸摸索索的手指。整个队伍都裹得很严实，但无论他们是走是停，罕能感觉到温暖。正午时候，他们会寻上一处凹陷的地方，或者藏在到处生长的纠结刺丛下，睡上一觉，但感觉很不舒服。负责放哨的在傍晚叫醒大家，然后众人开始吃当天的正餐——通常冷冰冰的，味同嚼蜡，因为他们很少会冒着风险生火。夜幕降临之后，他们会尽量捡着靠南的路继续前进。

一开始，霍比特人觉得，这么跌跌撞撞地赶路，每天都走到疲惫不堪，进度却依旧慢得跟蜗牛爬似的，哪里也没走到。每一天，周围的景象都跟头一天没什么区别。不过，群山倒是渐渐地越来越近。幽谷往南的地方，山峦一峰高过一峰，又折向了西边；主峰的山脚周围，大地越来越宽阔，上面布满荒丘与水流湍急的深谷。小径越来越少，越来越曲折，常带着队伍去往陡峭的瀑布边，或者下到危机四伏的沼泽里。

在路上走了两星期后，天气开始有了变化。风势猛然变强，风向也转而向南。云朵飞速飘过、升起，又转眼消散；太阳也出来了，明亮却又灰白。一步一跌的漫长夜行过后，他们迎来寒冷又爽朗的黎明。旅人们抵达一处矮山脊，周围环绕着一片古老的冬青树，灰绿色的树干恍若石造，色泽与山上的石头浑然一体。初升的阳光照得深色的叶片闪闪发亮，果实也耀着红光。

远处的南边，佛罗多隐约能看见巍峨的高山，似乎正好拦在队伍要走的道路前方。高山的左侧横陈着三座山峰；最高、最近的那座如尖牙般耸立，顶上盖着积雪；朝北一面巨大且光秃的峭壁依旧被阴影笼罩大半，阳光能照到的地方却是红通通的。

甘道夫站在佛罗多身边，拿手遮在眼睛上方往外看。“进展不错，”他说，“我们已经走到了人类称为‘冬青郡’的地区边缘。旧时的美好日子里曾有许多精灵生活在这儿，那时这里叫埃瑞吉安。按乌鸦飞行的距离来算，我们已走了四十五里格，不过我们的脚比实际走的距离还要远得多。地形和天气会变得好一些，但也可能会变得更危险。”

“危不危险的先不说，正儿八经的日出绝对很受欢迎。”佛罗多说着，扯下兜帽，让早晨的阳光落在脸上。

“可是，有山峰挡在前面，”皮平说，“我们晚上就得朝东拐了。”

“不会，”甘道夫说，“等光线再亮些，你就能看明白。那几座山峰后面，山脉是折向西南的。埃尔隆德之家藏了不少地图，我猜你从来没想过找来看看吧？”

“我看啦，只是偶尔，”皮平说，“可我记不住。对于这些东西，佛罗多的脑袋更好使一点儿。”

“我可不需要看地图。”吉姆利说着，跟莱戈拉斯走了过来。他凝视着远处，深色的眼眸中闪着奇异的光亮。“这里是古时我们的先祖辛劳过的地方。那些山脉被我们刻在了各种金属和石头作品上面，还编写了许多歌谣和故事。它们也高高耸立在我们的梦里：巴拉兹、齐拉克、沙苏尔。

“我只隔着老远见过它们一回，但我认识它们的样子，也知道它们的名字，因为它们下面就是‘矮人挖掘之所’卡扎督姆，如今又叫‘黑坑’，精灵语叫墨瑞亚。矗立在那边的是巴拉辛巴，又名‘红角峰’和‘残酷的卡拉兹拉斯’；它身后是银齿峰和云顶峰——也就是白之凯勒布迪尔和灰之法努伊索尔，我们称它们为齐拉克－齐吉尔和邦都沙苏尔。

“迷雾山脉在这里一分为二，夹在中间、深埋在阴影里的山谷正是我们永远忘不了的阿扎努比扎——也就是黯溪谷，精灵称作南都希瑞安。”

“我们要去的正是黯溪谷，”甘道夫说，“如果爬卡拉兹拉斯另一头下面那个叫红角门的隘口，我们就能从黯溪梯下到矮人的深谷里边。镜影湖就在那里，它那冰凉的泉水正是银脉河的源头。”

“凯雷德－扎拉姆的湖水幽深晦暗，”吉姆利说，“奇比尔－纳拉的泉水冰寒彻骨。一想到快能看到它们，我的心不由得颤抖起来。”

“我的好矮人，愿那景象能让你心生欢喜！”甘道夫说，“不过，不管你想做什么，我们都不能在山谷里长待。我们得顺着银脉河往下，前往隐秘的树林，再前往大河，然后再——”

他停住了声。

“嗯哼，然后去哪里？”梅里问道。

“最后——去旅途的终点，”甘道夫说，“我们不能好高骛远。值得高兴的是，第一阶段已经平安结束。我认为我们可以在此歇息，不光是白天，也可以在这里过一夜。冬青郡周围的空气让人身心康泰。精灵住过的地方，除非有莫大的邪恶降临，否则会一直留有他们的气息。”

“确实如此，”莱戈拉斯说，“但这片地方居住的精灵对我们西尔凡族而言比较陌生，这里的花草树木已经不记得他们了。我只听见还有石头在哀悼他们：他们深掘我们，他们精雕我们，他们高塑我们；而他们已远去。他们已经离去了。很久以前他们便去了灰港。”

那天上午，他们在一丛巨大冬青树遮蔽下的深洼地里生了一堆火，那顿当晚饭吃的早饭，吃得比启程以来任何时候都快活。饭后众人并未忙着休息，因为他们预计有一整晚的时间睡觉，然后等到第二天晚上再出发。只有阿拉贡一人沉默不语，焦躁不安。过了一会儿，他离开队伍，去了山脊处；他站在那儿的树影下，一边注视着南边和西边，一边侧着头，仿佛在聆听。然后，他又回到山谷边缘上，俯视着有说有笑的其他人。

“大步佬，怎么啦？”梅里唤道，“找什么呢，想念东风了吗？”

“那肯定不是，”他答道，“不过我有想念的东西。我曾在冬青郡待过好些不同的季节。这里如今虽无人居住，但无论何时都生活着其他生物，尤其是鸟类。可现在除了你们，这里一片沉寂。我能感觉到，方圆好几哩一丝声音都没有，你们的说话声都能在地上形成回音。我搞不明白是怎么一回事。”

甘道夫抬起头，突然警觉起来。“那你猜原因是什么？”他问道，“除了震惊于在少有人烟的地方看见四个霍比特人、更别提我们其他这些人，还有其他什么缘由吗？”

“我希望只是这个缘由，”阿拉贡回答，“但我有种警惕的感觉，还觉得恐惧，以前我从没在这里感觉到过。”

“那我们还是小心为上，”甘道夫说，“游侠——特别是当游侠阿拉贡伴你左右之时，最好多多留意他的反应。我们不要再大声讲话；安静休息吧，设好岗哨。”

那天轮到山姆守第一轮夜，但阿拉贡也加入进来。其他人都睡着了。寂静感愈发强烈，连山姆都感觉到了。熟睡的人发出的鼻息声清晰可闻，小马“唰唰”甩尾、间或踏蹄的声音也变得异常吵嚷。山姆稍微一动，就能听见自己关节活动时的噼啪声。他周围一片死寂，头上是清亮的蓝天，东方有一轮旭日冉冉升起。南边远处出现了一片渐渐变大的黑斑，如风中飘烟一般朝北边过来。

“大步佬，那是啥东西？看着咋不像是云。”山姆低声问阿拉贡。后者没有回话，只是专注地盯着天空；没过多久，山姆便看清了靠过来的东西：那是成群结队的鸟儿，以极快的速度盘旋、往复，挨着穿过每一片土地，像是在搜索什么；它们渐渐地靠了过来。

“趴下别动！”阿拉贡说，把山姆按进冬青树丛的影子里——一群鸟突然脱离大部队，低低地飞了过来，径直冲向山脊。山姆觉得它们应该是某种大号的乌鸦。这群鸟黑压压地飞过头顶，漆黑的影子随之扫过地面；随后传来刺耳的叫声。

直到它们远远消失在北边和西边，整个天空再度清亮之后，阿拉贡这才直起身子。然后他站起身，走过去叫醒了甘道夫。

“有成群结队的乌鸦在迷雾山脉与灰水河上空徘徊，”他说，“它们刚刚飞过冬青郡。这些鸟不是本地生物，是来自范贡和黑蛮地的克拉班。我不知道它们来此有何目的——可能是南边出了问题，它们被驱赶过来；不过，我猜它们是在刺探大地。我还看见许多巨鹰在高空盘旋。我认为，今晚我们得继续赶路。冬青郡已不再是个有益身心的地方，它被监视了。”

“倘若如此，那红角门肯定也被监视了。”甘道夫说，“我想象不出，我们如何能悄无声息地翻越过去。不过，等遇上时我们再想吧。至于天一黑就出发的事，恐怕你是对的。”

“还好我们生的火没什么烟，而且克拉班来之前差不多燃尽了。”阿拉贡说，“必须把火灭掉，不能再点了。”

“都是什么乱七八糟的倒霉事！”皮平嘟哝道。他傍晚刚醒来便听到不能生火，天黑就得出发的消息，“就因为一群乌鸦！我还盼着今晚能吃顿热乎的饭菜呢。”

“嗯，你可以接着盼下去。”甘道夫说，“未来说不定有许多意料之外的宴会在等着你呢。就我而言，我只想舒舒服服地抽抽烟斗，暖暖我的脚。不过，无论如何有一点可以确定：继续朝南走，天气会暖和起来的。”

“就算热到受不住，我也不会奇怪。”山姆对佛罗多咕哝道，“可我开始觉得，我们差不多应该能看见那座火焰之山，看见大道尽头了吧？起初我还以为这个红角峰还是什么的地方应该就是终点，没想到吉姆利又讲了一堆。矮人语可真是能说得人舌头都打结！”山姆的大脑里就没有“地图”这个概念，这一片片陌生的土地是如此广袤，他压根儿不知道要如何估算距离。

护戒队伍一整天都保持隐蔽状态。黑压压的鸟群不时就会出现；不过，随着西落的太阳渐渐变红，它们也消失在了南边。队伍于黄昏时分启程，略转东，前往远处的卡拉兹拉斯，渐渐消失的太阳投下最后一丝光亮，依旧照得那里微微泛红。日夜轮转间，白亮的星星一颗颗蹦上了苍穹。

阿拉贡领着他们走上一条好走的路。佛罗多感觉，这像是条古道，曾经十分宽阔，且规划良好，从冬青郡一直延伸到山隘。一轮满月自山边升起，投下淡淡的光亮，照得石影一片漆黑。这些石块有许多似乎曾被加工过，如今却四下散落，荒废在这片苍凉的不毛之地。

此时正是黎明前最为寒冷的时候，月亮已然低垂。佛罗多抬头看向天空，突然看见，或者说感觉到，高处的星空有一道影子飞过，仿佛星星突然消隐又再度出现一样。他打了个寒战。

“你看见有什么飞过去了吗？”他小声问走在前头的甘道夫。

“没有，不过无论那是什么，我感觉到了。”他回道，“也可能什么都没有，只是片薄云罢了。”

“那东西移动得飞快，”阿拉贡悄声说，“无风自动。”

那天晚上再无其他状况。第二天的黎明比头天还要明亮。不过空气再度寒冷起来；风向又再度调转，吹向了东边。他们又走了两个晚上，开始不停向上攀爬，由于道路一直朝山上蜿蜒，他们的行进速度比先前还要慢得多；不过高耸的山峦倒是越来越近。第三天早上，雄伟的卡拉兹拉斯山峰矗立在了眼前：它的峰顶覆盖着银华般的积雪，山体陡峻，部分未被植被覆盖的地方呈血染一般的暗红色。

天空黑洞洞的，阳光毫无暖意，风拐着弯吹向东北方去了。甘道夫嗅了嗅空气，转头回望。

“我们背后的地方，冬天越来越深入了。”他悄声对阿拉贡说，“北边的高地比以前更白了，雪已经往下铺到山肩。今晚我们应该就会往上走，爬向红角门。我们很可能会被那条窄道的监视者发现，遭遇邪恶的拦截；可天气或许是更加致命的敌人。阿拉贡，眼下你对这条路线怎么看？”

佛罗多无意间听到这些话，明白甘道夫跟阿拉贡在继续许久前便开始的争论。他焦虑地听了起来。

“甘道夫，你知道的，我认为这条路线自始至终都很凶险，”阿拉贡答道，“我们越是向前，各种明里暗里的危险就越多。但我们必须前进，在山脉这里犹豫不前可没什么好处。再往南走的话，到达洛汗豁口之前不会再有隘口。你这些信息都来自萨茹曼，所以我不敢听信。谁知道驭马者的统帅们如今会站在哪一边。”

“确实没人知道！”甘道夫说，“不过，倒是还有一条路，而且不经过卡拉兹拉斯隘口——就是我们谈过的那条黑暗、隐秘之路。”

“那就不要再提了！暂时先别提。在我们别无他法之前，请你也别告诉其他人。”

“继续深入之前，我们必须决定下来。”甘道夫回答。

“那就先让其他人好好休息，我们在心里权衡一下吧。”阿拉贡说。

傍晚时分，趁其他人吃早饭的时候，甘道夫和阿拉贡走到旁边，并肩而站，看着卡拉兹拉斯。此山的两侧黑暗又阴沉，山峰掩在灰蒙蒙的云里。佛罗多看着两人，好奇他们的争辩会走向何方。返回队伍后，甘道夫开了口，于是他明白最后的决定是去挑战天气和高隘口。他松了一口气。他猜不到另外那条黑暗、隐秘的道路是什么样的，但只要提到它，阿拉贡便会满脸不安，佛罗多很庆幸，他们没选那条路。

“从最近我们察觉到的迹象来看，”甘道夫说，“恐怕红角峰正被人监视。我也很担心接下来的天气，应该快下雪了。我们必须全速赶路。即便如此，我们至少也要行进两次才能抵达隘口顶上。今晚天黑得很快，诸位赶紧收拾，我们尽快出发。”

“请容我补充一句，”波洛米尔说，“我出生于白色山脉的阴影之下，对高处旅行略有了解。在我们翻到山的另一侧之前，我们会遭遇极度的严寒，甚至更糟的情况。如果我们冻死，那保持隐秘还有什么作用。趁眼下这地方还长着点儿树木，我们可以在离开之前，每人都尽量弄一捆木头背上。”

“比尔也能再多背一些，对吧，伙计？”山姆说。小马幽怨地看着他。

“很好，”甘道夫说，“但我们不可随便点燃这些木头，除非必须在生火跟死亡之间做出选择。”

护戒队伍再度启程，速度一开始挺快，可不久后道路就变得陡峭、艰难起来。道路歪歪扭扭地往上延伸，好些时候都看不见痕迹，有些地方还被落石挡住。遮天的云层让夜色漆黑如墨。岩石间盘旋着刺骨的寒风。半夜的时候，他们爬到了巨峰的山腰附近。逶迤的羊肠小道此刻来到左侧一片垂直的悬崖之下，上方正是卡拉兹拉斯阴森的山体。它矗立在黑暗当中，叫人没法看清；右边是一处乌黑的深渊，大地在那里猛然陷入无底深渊。

他们费力地爬上一处急坡，在顶处短暂停留。佛罗多感觉脸被什么轻轻触了一下。他伸长手臂，看见朦胧的白色雪花落在衣袖上。

众人继续前进。雪迅速变大，漫天飞舞，甚至还飘进了佛罗多的眼睛里。甘道夫和阿拉贡弯着腰的黑色身影只在一两步开外，此时却很难看得到。

“我一点儿都不喜欢这感觉，”紧跟在后面的山姆气喘吁吁地说，“雪花跟美妙的早晨挺配的，但下雪的时候我还是喜欢缩在被窝里。我真希望这场雪能下到霍比屯去！大家多半会非常欢迎。”除了北区那些高地荒原，夏尔很少会下大雪。每每遇见大雪，人们都开心得跟过节似的。如今还在世的霍比特人（除了比尔博）都已记不得 1311 年的严酷寒冬，那时白色狼群越过冰封的白兰地河，入侵了夏尔。

甘道夫停下脚步。他的兜帽和肩膀上盖满了雪，而脚下的雪已没过脚踝。

“这正是我担心的。”他说，“阿拉贡，这下你又怎么说？”

“这也是我担心的，”阿拉贡回道，“但我还有更担心的。我了解下雪的风险所在，但除了山巅之上，靠南这么远的地方很少会下如此大的雪。况且，我们并没有爬得很高。我们还在很矮的地方，这里的通道一般整个冬天都畅通无阻。”

“我怀疑这可能是大敌的阴谋，”波洛米尔说，“我听家乡的人说，他能掌控矗立在魔多边界的阴影山脉的暴风雪。他的力量很古怪，还有许多盟友。”

“如果他能从北边把雪引到三百里格外，来给我们添堵，”吉姆利说，“那他的手伸得可真是够长的。”

“他的手确实能伸得这么长。”甘道夫说。

就在他们停下的时候，风渐渐弱了下去，雪也下得愈发稀疏，几近停止。他们便继续前进。可一弗隆还没走完，暴雪裹挟着新一轮的愤怒再度席卷而来。雪虐风饕，漫天的暴雪砸得人难辨东西。很快，就连波洛米尔也难以继续前进。霍比特人跟在高个子后面艰难前进着，腰弯得都快折成两截了。显而易见，倘若这雪再不停，他们就没法继续前行了。佛罗多的腿沉得像灌了铅，皮平拖着腿跟在后面。哪怕是跟其他矮人一样坚若磐石的吉姆利，同样也边走边骂。

大家仿佛用意念达成了共识，队伍突然停下了。他们听见周围的黑暗中传来毛骨悚然的声音——许是风吹过石壁的裂隙与沟壑搞出的把戏，听着却像尖叫和狂笑的声音。从山壁滚落的石块呼啸着飞过他们头顶，要不就在他们旁边的地上摔得四分五裂。他们不时会听见隆隆的声音，那是巨石从看不见的高处滚落的动静。

“今晚没法再走了，”波洛米尔说，“谁乐意管这个叫‘风’，那就随他们的便吧；空中有凶残的声音响起。这些石头是瞄着我们来的。”

“我确实管它叫‘风’，”阿拉贡说，“但这并不代表你说得不对。这世上有许多邪恶、不友好的东西，它们对两条腿走路的生物没什么好感，但它们也不属于索伦那一派，而是打着别的算盘。其中一些，存在于世间的日子比索伦还要长。”

“卡拉兹拉斯以前被称为残酷山，名声很坏。”吉姆利说，“那时索伦的传闻尚未来到这些地方。”

“倘若我们没法击退敌人，攻势来自谁其实无关紧要。”甘道夫说。

“那我们该怎么办？”皮平悲惨地喊道。他靠在梅里和佛罗多身上瑟瑟发着抖。

“我们要么原地停下，要么就往回走，”甘道夫说，“继续走下去毫无益处。如果我没记错的话，再往上一点点的地方，这条小径会离开悬崖，伸向一处长陡坡底部的宽阔浅沟。那里没什么东西能够遮挡风雪、石块——或者别的什么东西。”

“暴雪还在肆虐，现在回头恐怕也不是上策。”阿拉贡说，“我们一路走来，也就眼前这崖壁勉强算是一处庇护所。”

“庇护所！”山姆低声说，“这都算庇护所的话，那没屋顶的一面墙也能算是房子了。”

队伍成员们挤作一团，极尽可能地凑近崖壁。崖壁面朝南边，接近底部的位置略略外倾，他们便希望这多少能防着点儿向北吹的风和滚落的石块。然而，强劲的旋风从四面八方朝他们刮来，每一团厚云都在砸下雪花。

他们背抵着崖壁，蜷缩在一块儿。小马比尔耐心又沮丧地站在霍比特人面前，帮他们遮挡些许的风雪；没过多久，落雪便已积到它的蹄弯处，而且还在不断堆积。幸好队伍里还有身材更高大的同伴，要不几个霍比特人过不了一会儿就会被整个儿埋掉。

昏昏睡意朝佛罗多袭来，他感觉自己飞快地沉入一个温暖又朦胧的梦境：他觉得有炉火在温暖他的脚趾，壁炉另一侧的阴影里传来比尔博说话的声音。“你的日记有点儿没什么意思。”他说，“一月十二日下了暴雪：没必要回来汇报这种事情！”

“可我想休息一下，睡一会儿，比尔博。”佛罗多挣扎着回答。然后，他感觉到自己抖来晃去，于是又痛苦地清醒过来：是波洛米尔把他从雪窝里抱了出来。

“甘道夫，再这样下去，这些半身人会没命的。”波洛米尔说，“我们不能坐等大雪把我们给活埋了。我们必须得自救。”

“把这个给他们，”甘道夫在包里摸索着，掏出一个皮囊，“一人喝上一口——我们所有人都喝。这是伊姆拉缀斯的果饮米茹沃，宝贵异常。我们离开时，埃尔隆德给我的。把它传起来！”

佛罗多刚吞下这温暖又香甜的液体，便感到身心涌出新的力量，昏沉沉的倦意也离开了四肢。其他人也纷纷振作起来，又找回了希望和动力。但风雪一点儿也没有减弱。暴雪在他们身边打着转，越堆越高，风声也越来越狂暴。

“还不生火吗？”波洛米尔突然问，“甘道夫，眼下我们差不多就得在生火和死亡之间做选择了。等大雪把我们全都活埋了，所有敌人的耳目自然也就看不见我们了，然而又有什么用呢？”

“能生火的话就生吧。”甘道夫回答，“倘若有哪个监视者能忍耐如此暴雪，那不管生不生火，他们也能看见我们。”

然而，虽说他们在波洛米尔的建议下带了木头和火种，但要在暴风中引火，或者点燃潮湿的柴火，却是超出了精灵的能力，连矮人也做不到。最后，虽不情愿，但甘道夫也只能亲自上阵。他拿起一根柴火，高举了片刻，然后一声令下：“naur an edraith ammen！”[1] 他把法杖末端捅入柴草中间。顿时，一股巨大的蓝绿色火焰喷涌而出，木头噼啪作响，燃烧起来。

“如果真有人在看，那么我现在已经暴露在他们面前了。”他说，“此举算是把‘甘道夫在此’的标记亮了出来，从幽谷到安都因河口的人都能看见。”

不过，护戒队伍此时已不再考虑监视者或者敌人的耳目了。火焰的光亮让他们心中充满喜悦。木柴欢快地燃烧着，尽管包围着它的雪嘶嘶作响，脚下的融雪也化作了蔓延的泥潭，他们依旧开心地在火堆上烤着手。他们站起身，弓着腰在跳跃喷涌的小火堆前围成一圈。他们疲惫和

---

1 辛达语，意为：“拯救吾辈之焰。”——译注

焦虑的脸庞上闪烁着火红的光，身后的夜色恍若漆黑的墙。

不过，木柴燃烧得飞快，而大雪依旧不曾停歇。

火焰越来越弱，最后一根柴也被添了进去。

“夜晚快要结束，”阿拉贡说，“黎明就快来了。”

“希望曙光能刺穿这云层。”吉姆利说。波洛米尔走到圈外，凝视着黑暗的夜。“雪变小了，”他说，“风也消停了一点儿。”

佛罗多疲惫地望着那些黑暗中依旧飘落的雪花，在奄奄一息的火光照耀下，它们霎时间一片洁白；但在很长一段时间里，他都看不到降雪变弱的迹象。突然间，当睡意又开始笼罩时，他意识到风确实慢下来了，雪花越来越大，也越来越稀疏。慢慢地，一道昏暗的光线开始出现。最后，雪彻底停了。

天光渐亮，照出被寂静笼罩的世界。他们的避难所下方是许多白色的拱包、圆丘以及不成形状的深沟，其下那条他们之前走的路已完全消失，而头顶的高峰藏在了连天的云层中，依旧黑沉沉的，随时可能会再下雪。

吉姆利抬头看着，摇了摇头。“卡拉兹拉斯并未宽恕我们。如果我们继续前进，他还会扔下更多的雪。我们越快掉头下山越好。”

众人纷纷同意。然而，往回撤眼下却是艰难无比，乃至完全做不到。离火堆余烬不过几步远的地方，那雪便已积了好几呎，深到能没过霍比特人的头顶；一些地方的积雪叫风刮到了峭壁边上，堆成巨大的雪堆。

“如果甘道夫能引着炽焰走在我们前面，他也许能给你们融出条道来。”莱戈拉斯说。他没怎么受暴雪搅扰，是队伍里唯一一个仍旧心情舒畅的人。

“如果精灵能飞跃群山，那他们或许可以把太阳带过来拯救我们。”

甘道夫回道，“我必须得有东西可烧才行，烧积雪我可办不到。”

“好吧，”波洛米尔说，“按我们家乡的话说，头脑不顶用的时候，身体就得顶上。我们当中最强壮的需要去开路。看！虽说眼下大雪把什么都盖住了，不过我们爬上来的那条路大概就在那边下面的岩石处转的方向。大雪就是在那个地方开始盖住我们的。如果我们能抵达那里，或许再往后就会好走一些。从这里过去，顶多有一弗隆远，我猜。”

“那么，就你跟我卖命去开条道出来吧！”阿拉贡说。

阿拉贡是队伍里个头儿最高的，而波洛米尔虽矮他那么一些，但身形更敦实。他打头向前，阿拉贡紧随其后。两人慢慢往前拱，没多久便举步维艰。部分地方的雪堆到了胸口高，时不时就让波洛米尔不像在走路，倒像是在用壮硕的胳膊游泳或者打洞。

莱戈拉斯带着笑意看了他们一会儿，又转头看向其他人。“最强壮的人得去找路，你们是这么讲的吧？而我却要说：耕田要靠庄稼汉，游泳找水獭，那么在草上、叶上，甚至雪上飘——还得看精灵的。”

虽说佛罗多早就知道这位精灵穿的不是靴子，而是像往常一样穿着一双轻便的鞋，他依然像是头回才注意到似的——只见精灵轻巧地往前一纵，几乎是踏雪无痕。

“再会！”他对甘道夫说，“我去找太阳了！”他仿佛是踩在旱地上的跑步者一样，箭一般射了出去，片刻便越过了艰苦跋涉的两人。他冲他俩挥挥手，随后奔向远处，消失在岩石转角另一头。

其余人挤在一处等待着，看着波洛米尔和阿拉贡在一片白茫茫中渐渐变成两个黑色斑点，最后也消失在视野中。时间一分一秒过去，云层压了下来，几片雪花又开始飘落。

大约过了一个钟头，但感觉上似乎要更久，莱戈拉斯终于回来了。与此同时，波洛米尔和阿拉贡艰难爬坡的身影也出现在拐弯处，只是离他身后还很远。

“好吧，”莱戈拉斯一边跑一边喊道，“我没把太阳给带回来。她正漫步在南方蓝色的田野之上，红角峰这片小山丘上那丁点儿雪完全没困扰到她。不过，我为那些注定得靠双脚走路的人带回来一丝好运气。转角那头有极其庞大的一堆雪，我们那两位壮汉差点儿给埋在了里头。他们本来都要绝望了，不过我返回之后告诉他们，这雪堆其实比一堵墙厚不了多少。而另一边的雪突然就变得很少，再远处坡下的雪堪堪跟块白毯子差不多，顶多能凉快一下霍比特人的脚指头。”

“噢，就跟我说的一样，”吉姆利吼道，“这根本不是普通的暴雪。它就是卡拉兹拉斯释放的恶意。他讨厌精灵和矮人，那堆雪就是用来切断我们退路的。”

“那可真是叫人高兴，你的卡拉兹拉斯忘记队伍里还有人类存在。”波洛米尔恰好在此时出现，并接了话，“要我说，还是勇猛的人类。不过，要是换成没那么勇猛但手里有把铲子的人类，兴许用处能更大些。当然，我们已经在雪堆里开了一条路，你们这些身手不如精灵敏捷的人可以高兴高兴了。”

“可是，就算你们穿过了雪堆，我们要怎么下去呢？”皮平问出了几个霍比特人心里的话。

“要心怀希望！”波洛米尔说，“我虽然很累，但还有些力气，阿拉贡也一样。我们可以把小个子们给背过去。其他人可以跟在我们后面凑合着走。来吧，佩里格林少爷！先从你开始。”

“抓稳了！我得腾出手来。”他背上霍比特人，大步便往前走，阿拉贡背着梅里跟在后面。他单凭壮硕的胳膊和腿便开出了道路，力气之大，让皮平啧啧称奇。哪怕眼下这般负重，他依旧一路走一路推开积雪，想为后面的人拓宽道路。

终于，他们来到那个巨大的雪堆面前。它仿佛一堵陡峭、突兀的墙横在山路中间，刀削似的尖顶，两个波洛米尔叠起来也够不着。不过，雪堆中间开出了一条道，高高低低的像是一座桥。梅里和皮平被放在了雪堆另一侧，正与莱戈拉斯等着其余人抵达。

过了一会儿，波洛米尔背着山姆再度过来，身后这条狭窄但已踩得结实的小径上跟着甘道夫。他牵着比尔，比尔背上驮着行李，上面又趴着吉姆利。最后走来的是背着佛罗多的阿拉贡。他们穿过小道，佛罗多脚都还没落地，只听见沉闷的隆隆声，一堆山岩滚落下来，飞溅的雪花遮得紧贴峭壁蹲着的众人几乎什么都看不清。等空气终于清朗，他们发现后路已经被堵死。

“够了，够了！”吉姆利嚷道，“我们会尽快离开的！”事实上，这最后一击似乎耗尽了卡拉兹拉斯的所有恶意，仿佛很满意入侵者终于被赶跑，不敢再返回。暴雪危机已解除，云层渐渐破碎，天光愈发宽广了起来。

正如莱戈拉斯所述，随着众人往下行进，他们发现积雪变得越来越浅，连霍比特人也能踏雪而行。没多久，他们再度走到了陡坡尽头的平整岩架上，头天晚上他们就是在这里见到了第一片飘落的雪花。

此时天色已大亮。几人居高而望，回头看着西面的低地。他们启程攀向隘口的那个小山谷，就在远处山脚下起伏的乡野之中。

佛罗多的腿疼得厉害。他感到一股刺骨的寒意和饥饿感；一想到那又长又痛苦的下山路，只觉得头晕目眩。眼前有黑色的斑点游动着，他揉了揉眼睛，可依旧能看见——就在下方的远处、依旧高过矮山麓的空中，有黑色的点在盘旋。

“鸟群又来了！”阿拉贡指着下面说。

“眼下我们无能为力，”甘道夫说，“无论它们是善是恶，跟我们都毫无牵扯，我们得立即下山。不能再等下一次夜晚降临，哪怕在卡拉兹拉斯的山腰下面也不行！”

他们背对着红角门，跌跌撞撞、疲惫至极地走下坡，一阵冷风追着刮了过来。他们败给了卡拉兹拉斯。

·第四章·

黑暗中的旅程

队伍停下准备过夜时，已是傍晚，本就阴暗的光线更是飞快地消失了。众人个个儿都疲惫不堪。遮盖着群山的暮色愈发深沉起来，冷风四起。甘道夫又给每人分了一口幽谷的米茹沃。待大家吃了些许食物后，甘道夫召开了一场会议。

“今晚肯定是没法继续走了，”他说，“红角门的风雪袭击让我们筋疲力尽，我们必须得在这里休息一阵子。”

“那我们后面怎么办？”佛罗多问道。

“前方依然有旅程和使命等着我们。”甘道夫回道，“我们别无选择，只能继续前进；不然就返回幽谷。”

一听见“返回幽谷”几个字，皮平那张脸登时就亮了起来；梅里跟山姆也满脸期盼地抬起头。阿拉贡和波洛米尔面无表情。佛罗多则一脸的苦恼。

“我倒是希望能回去，”他说，“可除了无路可走或者一败涂地，我要怎么才能心无愧疚地回去？”

“说得没错，佛罗多。”甘道夫说，“掉头回去就是承认自己失败了，然后再等着迎接更为惨烈的失败。倘若我们现在回去，魔戒也得跟着回去：而我们不会有再度启程的机会。若如此，幽谷迟早会被围困，接着在短暂又煎熬的一小段时间后被摧毁。九戒灵无比致命，可他们尚且还只是暗影；倘若统御之戒再度落入其主人手上，他们会变得更加强大和恐怖。”

“那么，只要还有路可走，我们就得继续走下去。”佛罗多叹气说。山姆又泄了气。

“倒是有条路可以试试。”甘道夫说，“从最开始思量这趟旅程的时候我就在想，我们应该去试试。不过，走这条路并非易事，而我之前也没跟诸位提起过。在试过走隘口翻山的路之前，阿拉贡反对走那条路。”

“如果那条路比红角门还要糟糕，那想必是十分邪恶的。”梅里说，“可你最好还是先跟我们讲讲，让我们有个心理准备。”

“我说的这条路，通往墨瑞亚矿坑。”甘道夫说。只有吉姆利抬起了头，他眼里有怒火在燃烧。恐惧感随着这名字落在了其余人身上。哪怕对霍比特人而言，这也是一个道不明的恐怖传说。

“这路或许通向墨瑞亚，可谁敢保证它能带我们穿过墨瑞亚呢？”阿拉贡忧郁地说。

“这是个不祥的名字，”波洛米尔说，“我也看不出有何必要非走那里。如果我们翻不了山，那就往南走我来时的路去洛汗豁口，那里的人对我的族人很友好。我们也可以沿艾森河走，再渡河去安法拉斯和莱本宁，从靠海的地方前往刚铎。”

“你北上的这段日子，情况已经变了，波洛米尔。”甘道夫回道，“你没听到我说的关于萨茹曼的事情吗？等诸事完结之前，我或许还要跟他算算旧账。可是，我们要想尽一切办法避免魔戒靠近艾森加德。只要我们还与持戒者同行，那洛汗豁口对我们而言就是关闭的。

“至于绕远路，我们没那么多时间。走这样的路线，我们可能会花上一年时间，路上会经过无数空无人烟、没有遮蔽的地方。然而，这也不代表我们就安全了。这些地方都有萨茹曼和大敌的眼线。波洛米尔，你来北方的时候，在大敌眼里你不过是个从南方来的迷失游民，他把心思都放在追踪魔戒上了，不曾把你放在心上。现如今，你以护戒者的身份返回，只要还跟我们同行，你就身处危险之中。这光天化日之下，我们每朝南前进一里格，危险便会增加一分。

“在我们公然想翻过山隘口之后，恐怕我们的困境愈加让人绝望了。眼下我看不见半点儿希望，除非我们能赶紧就地消失，掩盖住我们的踪迹。正因此，我建议不要走翻山路，也不要绕着山走，而是直接从山底下穿过去。至少，在大敌的预料中，这条路是我们最不可能走的。”

“我们可不知道他能预料到什么，”波洛米尔说，“所有可能走的和不可能走的，或许他都在监视。如果是这样的话，进入墨瑞亚无异于羊入虎口，比直接跑去敲邪黑塔的大门好不了几分。墨瑞亚可是连名字都带着黑色。”

“你把墨瑞亚比作索伦的要塞，足见你是信口开河。”甘道夫回敬道，“在场的人中，只有我曾踏入黑暗魔君的地牢，去的也只是他旧时那个规模还小的多古尔都。那些迈过巴拉督尔大门的人都一去不复返了。然而，若走进墨瑞亚就意味着无法重见天日，我是不会带着各位前往的。如果那里有奥克存在，或许会对我们不利，这是事实。但迷雾山脉绝大多数奥克都在五军之战中或被驱散，或被消灭了。巨鹰报告说，奥克再度集结在了很远的地方，而墨瑞亚此时很有可能还未被占领。

“甚至里边可能还有矮人。在其祖辈的某些深堂里，或许还能找到芬丁之子巴林。无论之后如何，形势比人强，我们只能走那条路了！”

“甘道夫，我愿跟你一同走这条路！”吉姆利说，“无论有什么等在那里，我都要去看看都林的厅堂——只要你能找到那几扇紧锁的门。”

“好样的，吉姆利！”甘道夫说，“你鼓舞了我。我们一同去寻找那隐秘的大门吧。我们会通过的。到了矮人的废墟，矮人的脑袋要比精灵、人类或者霍比特人更灵光。不过，我已不是头一回置身墨瑞亚。瑟罗尔之子瑟莱因失踪后，我曾去那里寻过他。我穿过了墨瑞亚，活着走了出去！”

“我也曾穿过黯溪门，”阿拉贡轻声说，“我也逃出生天了，但那番经历却无比惨痛。我不想再去墨瑞亚。”

“而我一次都不想进去。”皮平说。

“我也不想。”山姆嘟哝道。

“当然不想了！”甘道夫说，“谁会想去那里？问题在于：若我把路领向那里，有谁愿意跟随？”

“我愿意。”吉姆利迫不及待地说。

“我愿意。”阿拉贡沉重地说，“你听从我的领导，结果我们在雪中差点儿全军覆没，而你却一句责备的话都没说。现在换我听从你的领导——倘若这最后的警告也没能动摇你的决心。我此刻担心的不是魔戒，也不是其他诸位，而是甘道夫你。我要告诉你的是：若是穿过了墨瑞亚的大门，要多加小心！”

“我不愿意去，”波洛米尔说，“除非整个队伍都投票反对我。莱戈拉斯和小种人怎么看？我们自然得听一听持戒人的想法吧？”

“我不愿前往墨瑞亚。”莱戈拉斯说。

几个霍比特人一言未发。山姆看向了佛罗多。最后，佛罗多开了腔：“我不愿意去，可我也不愿拒绝甘道夫的建议。我想请求各位，等我们先睡上一觉再来表决。比起眼下冰寒的暮色，晨光中的甘道夫更容易获得支持。这风号得可太大了！”

诸多话语全化作了无声的思绪。他们听见寒风在岩石和树丛间嘶嘶作响，又有号叫和哀鸣声于夜色中自四周的旷野传来。

阿拉贡猛地跳了起来。“这风号得好大声！”他喊道，“里边夹杂着狼嚎。座狼来迷雾山脉西边了！”

“这下我们还用等到早上吗？”甘道夫说，“就像我说的，捕猎已经开始了！就算我们能活到黎明，那么谁愿意顶着野狼的追踪，夜行往南？”

“墨瑞亚还有多远？”波洛米尔问。

“卡拉兹拉斯西南方向有一处大门，大概有乌鸦飞翔十五哩，或座狼奔跑二十哩左右的距离。”甘道夫严肃地说。

“既然如此，可以的话，明天天一亮我们就出发。”波洛米尔说，“真实可见的狼嚎可比空担心奥克要可怕多了。”

“确实！”阿拉贡说，一边将剑稍稍抽出鞘口，“不过，有座狼号叫的地方，通常也有奥克潜伏。”

“真后悔没听取埃尔隆德的建议，”皮平朝山姆嘟哝着，“我一点儿作用都没起。我身上‘吼牛’班多布拉斯的血统看来还不够：这号声听得我血都凉了。我还从来没这么心惊胆战过。”

“皮平少爷，我的心都吓得要沉到脚指头上了。”山姆说，“可我们还没被吃掉呢，而且还有这么多位壮汉和我们同在。我不知道甘道夫会遭遇什么，但我敢打包票不会进了恶狼的肚子。”

为了便于守夜，队伍爬到了躲藏之地上方的山顶。那里有一片古老又盘根错节的树林，周围有一圈破碎的巨岩。既然黑暗和寂静也无法让他们的踪迹不被追猎者发现，他们便在这中间生起了火。

他们围着火堆坐成一圈，不守夜的都打着盹儿，但睡得一点儿也不踏实。倒霉的小马比尔在原地瑟瑟发抖，满身是汗。狼嚎声如今包围着他们，距离时近时远。夜深之时，许多双闪烁的眼睛在山肩处朝这里窥探，凑得最近的已经快要挨到岩环边上。一道巨大的黑色狼影正停在岩环的某个缺口处，注视着他们。它发出一声号叫，仿佛首领在号令队伍进攻。

甘道夫站起身，高举着法杖大步向前。“听好了，索伦的走狗！”他叫道，“甘道夫在此。倘若还爱惜你那肮脏的皮毛，速速离开！若胆敢走进这圈，我便从头到尾烧光了你！”

那狼号叫着，飞纵而来。说时迟，那时快，一道尖锐的声音响起：是莱戈拉斯撒了弦，跃在半空的狼影接着一声骇人的号叫轰然落地——精灵之箭射穿了它的喉咙。霎时间，那一双双监视的眼睛消失了。甘道夫和阿拉贡疾步追去，可山丘上却空无一物，追猎者全都逃走了。周围一片寂静，叹息的风中也不再有叫声传来。

夜色已深，渐渐西沉的残月在破絮般的云层中断续闪亮。突然间，佛罗多从睡梦中惊醒过来。毫无预兆的，凶狠又狂乱的嘶吼声骤然响彻营地周围。一大群座狼悄无声息地聚集一处，如今同时从四面八方朝他们袭来。

“添柴！”甘道夫对霍比特人喊道，“拔剑，背抵背！”

新柴燃了起来，摇摆的光亮让佛罗多看见许多灰影蹿进岩环，数量越来越多。阿拉贡一剑刺穿其中一头巨大头狼的喉咙；波洛米尔也一记横扫，砍掉了另一头狼的脑袋。吉姆利八字迈开粗壮的大腿，矮人斧舞得虎虎生风。莱戈拉斯的弓弦声响成了一首歌。

飘忽的火光映出甘道夫突然变大的身形：他越来越高，那充满压迫力的身影恍若山丘上屹立的古王石像。他如云一般伏下身子，拾起一根燃烧的柴棍，又大步流星迎向狼群。他面前的狼群退缩着。他把燃烧的柴棍抛向空中，那棍子竟如闪电一般，突然爆出白色的光芒，而甘道夫的声音也如雷鸣般响起：

"Naur an edraith ammen! Naur dan i ngaurhoth!" [1]

轰隆，噼啪，他头上那棵树炸为一大片刺眼的烈芒。树顶的烈焰从一棵树接连蹿向另一棵树。整座山丘全都笼罩在耀眼的光亮里，照得防御者的刀剑闪闪发亮。莱戈拉斯射出的最后一支箭在半路上便被点燃，带着火焰扎进一头巨大头狼的心窝。其他狼纷纷逃走了。

烈焰渐渐熄灭，最后化作漫天的灰烬与火花；一股难闻的烟气兀自盘旋在烧尽的树桩上方，又随风黑压压地吹过山丘。朦胧中，天空中现出第一道曙光。他们的敌人溃不成军，再未出现。

"皮平少爷，我怎么说来着？"山姆收剑入鞘，"狼群可逮不住他，着实叫人开了眼界！我的头发差点儿都被烧掉了！"

天光大亮之后，狼群没了踪迹，他们本想找找狼的死尸，却一无所获。除了烧焦的树木和莱戈拉斯的箭矢还留在山顶，再没有其他打斗的痕迹。这些箭矢，只有一支只剩下箭头，其余全都完好无损。

"我担心的正是这个，"甘道夫说，"它们并非在野外觅食的寻常狼。我们赶紧吃了东西上路！"

那日天气又变了，像是受到某种力量的驱使——既然他们此时从隘口撤了下来，下雪没了作用，这力量便希望天色亮堂起来，好让在旷野里移动的东西从远处也能看得见。北风在夜里转成西北风，现在已经停了。云朵集体从南边飘走，天空毫无遮掩，显得深邃又蔚蓝。他们站在山边准备离开的时候，浅淡的阳光已经出现在山顶之上。

---

1 辛达语，意为："火焰啊，拯救我们！抵御群狼之焰！"——译注

“我们得在太阳落山前赶到大门的位置，”甘道夫说，“否则恐怕永远也到不了了。大门离我们不远，不过路可能有些绕，因为阿拉贡在这里指引不了我们；他很少来这片乡野，我也只是在许久之前到过一次墨瑞亚的西墙下。

“它就在那儿。”他指着东南方向，山脉直直地落入他们脚下的阴影处。远处隐约可见一溜光秃秃的悬崖，正中间有一堵高耸的灰墙。“你们当中一些人可能注意到了，离开隘口之后，我领着你们朝南走，但没有回到我们出发的地方。幸好我这么做了，这下我们就能少走几哩路，眼下正需要时间。赶路吧！”

“我不知道该指望什么，”波洛米尔严肃地说，“是指望甘道夫得偿所愿呢，还是指望走到悬崖下的时候，发现大门已经永远消失了。这些选择听起来都很糟，可最有可能出现的情况是，我们被狼群给堵在那道墙面前。带路吧！”

吉姆利如今领头走在巫师身侧，他迫不及待地想前往墨瑞亚。他们一道领着队伍往回，朝山脉的方向走。从西边通往墨瑞亚仅有的那条古道，一路比邻着流到悬崖脚下大门附近的西栏农溪。不过，要么是甘道夫找错了路，要么就是这地方近些年有了变化——他们倒是从起点往南前进了几哩路，却一直没见着他要找的那条小溪。

时间已近正午，队伍依旧在一片红色岩石构成的荒野里来回徘徊，上下攀爬。他们没见着一丝水光的闪动，也没听见半点儿流水的声音。目光所到之处，一切都是这么凄凉、干枯。他们的心直往下沉；周围一只活物都没有，天空中也不见鸟的踪迹。倘若到了晚上还没走出这片失落之地，究竟会遭遇什么，他们都不敢往下想。

突然间，一直赶在前面的吉姆利转头招呼他们。他站在一座山丘上，手指着右边。众人快步赶过来，看见脚下有一条又深又窄的渠道——它空空如也，毫无声息，褐红色石头铺就的河床上只有一丝细流；不过，渠道的这一侧有一条分外破烂、败朽的小径，在古老的石铺大道和残垣断壁间蜿蜒穿行。

“啊，终究还是找到了！”甘道夫说，“那溪流便是从此处经过，西栏农溪过往也被称为门溪。然而，这条曾经迅猛、嘈杂的水流究竟何以至此，我猜不明白。好了！我们有些迟了，得加快速度。”

众人已是疲极，脚也疼得厉害，但依旧咬着牙沿崎岖蜿蜒的小径又走了好几哩路。原本高挂正中的太阳已斜去了西天。他们短暂歇了歇，匆匆吃了点儿东西，再度出发了。眼前的山峰重重叠叠，可小径却溜进了深沟之中。因此，他们只看得见一沿高过一沿的山肩以及东边远处的层层峰顶。

最后，他们来到一处急弯。原本折向南边，夹在水渠边缘与左侧陡降的大地中间的道路，又再度向东扭去。转过角去，他们眼前出现了一道高约五呎的矮崖，顶部破破烂烂、参差不齐，有涓流穿过矮崖上一道宽阔裂口渗落；看得出来，冲刷出这裂口的瀑布曾经是多么汹涌澎湃。

“还真是变了！”甘道夫说，“但地方没错。那阶梯瀑布就只余了这么一点儿。如果我没记错的话，瀑布旁应该有一段在山岩上凿出来的阶梯，不过主路拐向了左边，又兜着圈子爬上了顶部的地面。原本有一处浅谷，就在瀑布往前到墨瑞亚城墙之间的地方，西栏农溪穿其而过，道路就在旁边。我们去看看那里如今成了什么样子吧！”

他们不费吹灰之力便找到了石阶，吉姆利飞快地爬了上去，甘道夫与佛罗多紧随其后。到了顶上之后，他们发现这条路没法再继续往前，而门溪断流的原因也随之揭晓。西落的太阳将他们身后的天空染成亮金色，而眼前则是一潭死寂、墨黑的湖水。无论天空还是太阳，都无法在湖面上映出一丝色彩。西栏农溪如今被水坝拦住了去路，溪水灌满了整座山谷。这不祥的湖水另一头是巨大的山崖，渐渐暗淡的光线照得崖壁冷峻又苍白，让人只觉得到了终点，难以逾越。那起伏不定的山体上，一点儿大门或者入口的迹象都没有，佛罗多也没看见有什么缝隙或者裂口。

“那里就是墨瑞亚的墙，”甘道夫指着湖水另一头说，“上面曾经矗立着一扇大门——精灵之门，位置就在我们从冬青郡走的那条路的终点。不过，这条路被封了。我猜，队伍里应该没人愿意大晚上的在这阴郁的湖水里游泳吧。看样子，这水对身体可不太好。”

“我们得找条路绕过北面，”吉姆利说，“队伍要做的第一件事，是爬上主路，看看它会把我们带到哪儿去。就算没有这湖，我们也没法把驮着行李的小马给弄上台阶。”

“可是，无论如何我们也不能把那匹可怜的马儿带进矿坑里，”甘道夫说，“山下的路阴暗晦涩，许多地方又窄又深，即使我们能走，它也是吃不消的。”

“可怜的老比尔！”佛罗多说，“我都没想过这茬儿。还有可怜的山姆！我都不知道他会说些什么了。”

“很抱歉，”甘道夫说，“可怜的比尔是个很得力的帮手，如今要让它四处流浪，我的心都要碎了。倘若当初依我的想法，我就会轻装上阵，不带牲口，至少不带山姆中意的这头牲口。我一直担心我们会走上这条道。”

天光将尽，落日之上已有冷星闪耀苍穹，护戒队伍全速前进，爬上斜坡，这才赶到了湖边。这汪湖水，最宽处不过两三弗隆，但渐暗的光线让他们看不清湖水朝南蔓延了多远；不过，湖水最北侧离他们所站之处只有不到半哩，在围着山谷和湖水的岩石山脊之间，有一圈开阔地。他们匆匆往前继续赶路，因为此处离甘道夫预定要去的湖岸那一侧，还差一两哩；随后，他还要继续寻找大门的位置。

在湖的最北角，一条狭窄的小溪拦住了他们的去路。溪水泛着绿光，静滞不动，像一条黏稠的手臂伸向被环绕的山丘。吉姆利大无畏地迈步向前，发现水并不深，边缘处将将没过脚背。其余人跟在他身后，排成一列，小心翼翼地往前蹚——布满水草的水下全是滑腻的石头，脚很容易踩滑。佛罗多打了个寒战，脚踩进这黑漆漆的脏水里的触感，让他心里泛起一阵阵恶心。

队尾的山姆牵着比尔走上了远处的干燥地，这时传来一声轻响：先是“唰”的一声，然后又是“咚”的一声，像是有鱼跃出了沉寂的水面。他们飞快地转过头，看见在微弱的光线下，被阴影涂上黑边的丝丝波纹：巨大的圆形水波从湖中很远处往外扩散，越变越宽。一声气泡的杂音响起，之后便是一片寂静。暮色愈发深沉，落日的最后一丝光亮也让云给遮住了。

甘道夫迈着大步匆匆向前，其余人极尽所能地跟在后面。他们抵达了湖和悬崖间一条带状干燥地：这地方很窄，好些地方只有十来码宽，还被大大小小的石块给堵住了。不过，他们还是找到了一条紧贴着悬崖的路，又尽可能地远离那阴暗的湖水。沿着湖岸往南走了一哩之后，他们面前出现了一片冬青树。浅滩上散落着腐烂的树桩和枯枝，似乎是过往生长的灌木丛，要么就是曾在被淹没山谷的道路两旁排成一线的树篱。不过，紧挨着悬崖下方倒是长着两棵又高又壮的树，比佛罗多这辈子见过的或想象的所有冬青树还要巨大。这两棵树硕大的树根从崖壁一直伸到了湖水里。从阶梯瀑布那里远远望过来的时候，在影影绰绰的悬崖遮蔽下，它们看着就像一丛灌木；如今到了近处，却发现它们高高矗立着，挺直、黝黑、沉默，朝树下投着深沉的夜影，倒像是道路尽头的两尊哨塔。

“啊，终于到了！”甘道夫说，“从冬青郡过来的精灵之路在这里便到了尽头。冬青是地域边界的标志，他们在这里种下冬青树，以标记自己疆域的边界；西大门的建设，主要是为了方便他们与墨瑞亚各领主的交通。不过，那是古早的幸福年代的事了，那时候不同种族之间的关系亲密无间，即便矮人与精灵也毫无隔阂。”

“关系变冷淡可不是矮人的过错。”吉姆利说。

“我可没听说精灵有什么过错。”莱戈拉斯回道。

“我两者都听到过。”甘道夫说，“眼下我也不予置评。不过，莱戈拉斯、吉姆利，我请两位至少能交个朋友，予我助力。你们是我的左膀右臂。墨瑞亚的大门紧闭，而且也不知道在何处，我们越快找到它越好。天色已经很晚了！”

他又对其余人说：“在我搜寻的时候，诸位可否做好进入矿坑的准备？恐怕我们得在这里跟驮行李的小马道别了。你们得把我们用来御寒的东西挑出来：矿坑里用不上这些，希望穿过矿坑南下之后我们也用不上。取而代之的，各位都得分担一些小马原本驮着的东西，尤其是食物和水囊。”

“可是，你不能就这么把可怜的老比尔留在这与世隔绝的地方，甘道夫先生！”山姆嘟囔道，又是气愤又是心伤，“我不同意，坚决不同意！它跟我们走了这么远，经历了这么多事！”

“我很抱歉，山姆，”巫师说，“可等到打开大门，我觉得你没办法把你的比尔拽进墨瑞亚那漫长的黑暗当中。你只能在比尔和你的主人之间做出选择。”

“如果我不拦着，哪怕佛罗多先生闯进龙潭，它也会跟着的！”山姆抗议道，“这里到处都是恶狼，放掉它，跟谋杀有什么区别？”

“希望这不是谋杀。”甘道夫说。他把手放在小马的脑袋上，又低声告诉它：“带着守护及指引之话去吧。你是匹聪明的小马，在幽谷也学了不少知识。挑有草的地方走，尽早赶去埃尔隆德之家，或者任何你想去的地方。”

“好了，山姆！它躲开狼群、返回家乡的机会跟我们一样大了。”

山姆一言不发，绷着脸站在小马旁边。比尔似乎对事情的原委一清二楚，便蹭了蹭山姆，用鼻子贴着他的耳朵。山姆泪眼婆娑，拿手摸着绑绳，解下小马身上的包，全扔到地上。其余人检起行李，把用不上的堆作一团，剩余的各自分了。

拾掇好之后，他们看向甘道夫——他似乎什么事也没做，就站在两棵树之间，眼睛盯着光秃秃的崖壁，仿佛要用目光在上面凿出个洞来。吉姆利在周围晃悠，拿斧子这儿一下那儿一下敲着石头。莱戈拉斯把耳朵贴在岩石上，像是在听着什么。

“嗯，我们都准备好了，”梅里说，“大门在哪儿呢？我连个影子都没见着。”

“矮人大门在关上之后本来就看不见。”吉姆利说，“它们会隐形，要是忘记了机关，哪怕制造者也无法找到或者打开。”

“可是，这扇大门不是造来只让矮人知道的密门，”甘道夫突然回过神来，转身说，“除非这里的情况也彻底变了，否则一双知道要找什么的眼睛，应该能发现蛛丝马迹才对。”

他走到崖壁跟前，用手在树影间一片光滑的区域来回摩挲，嘴里还念念有词。然后，他又退了开来。

“瞧！”他说，“现在能看出什么了吗？”

月光此刻正照在灰色的崖壁上，可他们一时间什么都没发现。随着巫师的手拂过崖壁，上面竟慢慢地现出了隐约的线条，像纤细的银色脉络在岩石上浮动开来。起初，那不过是些蛛丝般的暗淡线条，细到只有月光照着的部分才会闪烁光亮；渐渐的，它们越变越宽，越变越清晰，最后整个图案都能分辨一二。

在顶上，高度在甘道夫伸手可及的地方，是一串用精灵文交织而成的拱顶。下方的线条虽部分模糊不清或中断了，不过依旧能看出一具铁砧和一把锤子的轮廓，上方悬有一顶王冠和七颗星星。这些装饰下方还有两棵树，树上挂满了新月。尤为清晰的是大门正中的位置，那里单独有一颗闪烁着璀璨光芒的星辰。

“那是都林的徽记！”吉姆利叫道。

“这树是高等精灵的圣树！”莱戈拉斯说。

“还有费艾诺家族的星辰。”甘道夫说，“它们是用伊希尔丁铸造而成的，只会反射星月之光，除非有人念诵早已于中洲绝迹的词句并触碰它，否则它会一直沉眠。我上一次听见这种语言已经是很久之前了，绞尽了脑汁才回想起来。”

“上面写了什么？”佛罗多问道，想要解读拱门上的铭文，“我以为我懂精灵文字，可这些我还是读不懂。”

“这些是上古时期中洲西部的精灵语，”甘道夫答道，“不过写的内容对我们而言并不重要。上面只说：墨瑞亚领主都林之门。念诵，朋友，便可入内。下面那行隐约的小字写的是：我，纳维，造了此门。冬青郡的凯勒布林博描绘了这些符号。”

“那句‘念诵，朋友，便可入内’是什么意思？”梅里问。

“不是写得很直白嘛，”吉姆利说，“若你是朋友，念出口令便能打开大门，然后就能进去了。”

“没错。”甘道夫说，“大门多半是通过语言来控制的。有些矮人大门只在特定时间或者针对特定的人打开；有一些大门则是在天时、地利、人和都具备之后，还需要用钥匙开锁。而这些门没有钥匙，它们在都林的时代并非隐秘之物，通常会保持敞开的状态，两侧有人守卫；就算关闭了，只要你知道口令，念诵它便能通过。至少书上是这么记载的。吉姆利，我所言可曾有误？”

“确实如此。”矮人回道，“不过，没人还记得口令究竟是什么。纳维和他的手艺，还有他所有的族人，早在这世上没了踪迹。”

“甘道夫，难道你也不知道吗？”波洛米尔突然问。

“不知道。”巫师回答。

其他人一时变得垂头丧气。只有深知甘道夫的阿拉贡依旧保持沉默，一动也不动。

“那你领我们来这个挨千刀的地方有什么用？”波洛米尔叫嚷道，回头瞥了一眼那黑水，打了个寒战，“你跟我们说，你曾经走过这矿坑一次。如果你都不知道要怎么进去，那你怎么可能穿过它？”

“先回答你的第一个问题，波洛米尔。”巫师说，“我不知道口令——暂时还不知道。我用意何在，我们很快就能见分晓。还有，”他眉毛一竖，眼中闪过精光，“请你等我的行事真成了无用功，再来质问它‘有什么用’。至于你的另一个问题——你是在怀疑我所述之事吗，还是你的脑袋被门板夹了？我并未从这里进入，我当初是从东边过来的。

“倘若你真想知道，那我就告诉你，这两扇门都是朝外开的。如果是从里面，你只要用双手一推，门就打开了；若是从外面，除非有口令，否则什么都没法叫它们动弹一下。光靠力气可没法朝里推开这门。”

“那接下来你准备怎么办？”皮平问道，没被巫师竖起的眉毛吓倒。

“用你的脑袋去撞门，佩里格林·图克。”甘道夫说，“倘若这样还撞不开，那就别拿蠢问题烦我，让我安宁片刻，找出开门的口令。

“此类用途的口令，无论是精灵语、人类语还是奥克语，我曾经都知道。我现在随口也能讲出两百个来。不过我想，我只需试上其中几个即可。我也不打算向吉姆利讨教他们的矮人语密文，对此他们从不外传。开门的口令应该跟写在拱门上的文字一样，都是精灵语，这一点似乎可以肯定。”

他再度走向崖壁，用法杖轻抵铁砧图案正下方那颗银色星辰。

Annon edhellen，edro hi ammen![1]

Fennas nogothrim，lasto beth lammen![2]

他用命令的语气念了出来。那些银色的线条隐去了，但空白一片的灰色石头却纹丝不动。他又换着顺序和用词重复几遍，再一条接一条地尝试其他咒语，语气也时而急促、响亮，时而轻柔、缓慢。接着，他又念了好些个精灵语词。依旧毫无反应。峭壁耸立在夜色中，漫天的星辰燃亮，冷风呼呼地吹，大门依旧坚不可破。

1 辛达语，意思是：“精灵之门，为我们开启！”——译注

2 辛达语，意思是：“矮人族之通道，听我之言语！”——译注

甘道夫再次走到墙边，举起手臂，语带号令和愤怒地开了腔。“Edro，edro！”他拿法杖敲击岩石。“打开，打开！”他叫着，又用中洲西部地区曾用过的各种语言发出同样的命令。最后，他摔了法杖，一屁股坐到地上，沉默不语。

正在这时，远处的风夹杂着狼嚎吹进了他们的耳朵。小马比尔害怕地站起身，山姆跑到它身边，轻声安抚起来。

“可别让它跑了！”波洛米尔说，“只要狼群还没找上门，我们就还用得着它。我真是烦死这潭肮脏的水池了！”他弯腰拾起一块大石头，远远地扔进了黑乎乎的水里。

石头伴着一声轻响消失不见了，水里“哗”的一声响，冒出一个泡泡。石头落下的位置再往前，水面上形成巨大的波纹环，缓缓地朝峭壁脚下扩散开来。

“波洛米尔，你干吗呢？”佛罗多问，“我也不喜欢这地方，而且我很害怕。我不知道我怕的是什么：不是狼，也不是门后的黑暗，而是别的东西。我害怕这水池。别去惊动它！”

“真希望我们能离开这里！”梅里说。

“甘道夫为什么不赶紧做点儿什么？”皮平问。

甘道夫没搭理他们。也不知道他是绝望了，还是在绞尽脑汁地思考，反正他埋着脑袋坐着没动。水里的波纹越变越大，越来越近；有几圈波纹已经拍在了岸边。

突然间，巫师猛地站起身，吓了众人一跳。他哈哈大笑起来。“我知道了！”他嚷道，“是了，是了！就仿佛谜语的谜底，真是简单得荒唐。”

他拾起法杖，走到岩石前，声音清亮地说：“Mellon！”[1]

门上那颗星辰短暂地闪了一闪，旋即消失。悄无声息间，之前明明连半条裂缝和接头都没有的地方，此时却有一道巨门显出形状。它慢慢从中间寸寸向外打开，直到两面门扇都靠在了崖壁上。透过敞开的大门，有影影绰绰的阶梯陡直地向上伸去；底部几阶往前之处，黑暗比夜色还要深沉。护戒队伍好奇地打望了起来。

“我到底还是弄错了，”甘道夫说，“吉姆利也是。所有人当中，只有梅里的思路是对的。开门的口令一直都在拱门上写着呢！正确的解释应该是：请说‘朋友’然后‘进入’。我只用精灵语念出了‘朋友’二字，大门就打开了，就是这么简单。放在如今这多疑的年月里，却让学识渊博的大师想破了脑袋。当初的日子可真是幸福多了。好了，我们走吧！”

他大步流星地迈上最低那一级台阶。就在这时，接连发生了好几件事：佛罗多感觉有什么东西抓住了脚踝，叫了一声，摔倒了。小马比尔发出惊恐的嘶鸣，一个掉转马头，沿池畔冲进了黑暗里。山姆跟着冲了出去，听见佛罗多的叫声后，又边哭边骂地冲了回来。其余人猛转过身，发现池水翻腾奔涌，仿佛有一大群蛇正从南边游过来。

一条蜿蜒的长触手从水里爬了出来；它泛着光亮，湿漉漉的淡绿色触手尖端如手指般缠着佛罗多的脚，要把他拖进水里。山姆跪在地上，正拿着刀死命捅它。

那触手放开了佛罗多，山姆一把将他拉开，大声呼救。又有二十条触手从水里伸了出来。黑水仿佛开了锅，空气里弥漫着恶臭。

“进大门！上台阶！快！”甘道夫大喊着纵身返回。除了山姆，其他

1 辛达语，意为“朋友”。——译注

人都被这可怖的一幕吓得仿佛脚下生了根，这一喊让他们如梦方醒，被驱赶着往里走。

众人险险地赶上了。山姆和佛罗多刚爬了几级台阶，甘道夫也才踏上阶梯，那些摸索的触手便扭动着穿过窄池滩，缠上了崖壁和大门。其中一条触手已经蠕动着越过门槛，在星光的照耀下闪闪发光。甘道夫转过身停住，像是在思索从里边关上大门应该用什么口令，不过没这个必要。许多条绕来绕去的触手抓住了两侧的门扇，用可怕的力道转动了它们。一声震耳欲聋的巨响过后，大门被关上，光亮全部消失。沉重的石门外传来碎裂和碰撞的声音。

山姆紧紧拽着佛罗多的胳膊，于一片漆黑中瘫倒在了台阶上。“可怜的老比尔！”他抽噎着说，“可怜的老比尔！又是狼，又是蛇！它可怎么对付得了蛇啊。我实在是没法子，佛罗多先生。我必须得跟着你走。”

他们听见甘道夫踏下台阶，用法杖推了推大门。石门晃了晃，台阶也跟着抖了抖，不过大门没有打开。

“唉，这下好了！”巫师说，“我们身后的通道已经被堵死，这下只有一条出路——就在山的那一头。听声音，恐怕大门被扔了一堆巨石，连根拔起的树木也横在了门口。实在是可惜了，那两棵树无比美丽，又活了如此之久。”

“恐怕从我的脚第一次踩进那水里，就有某种可怕的东西在靠近。”佛罗多说，“那究竟是什么，数量多吗？”

“我不知道。”甘道夫回道，“可那些触手都遵循着一个目的。从山脉底下的晦暗水域里，有什么东西爬了出来，或者说被驱赶了出来。这世界的深处，还有比奥克更加古老、邪恶的东西存在。”他没有说出口的念头是——无论住在湖里的东西是什么，佛罗多都是整个护戒队伍里首当其冲被抓住的那个人。

波洛米尔小声嘟哝着，可石头的反射却让嘟哝声变成了大家都能听见的嘶哑低语：“世界的深处！我们正在往那儿赶呢，这与我的意愿背道而驰。如今身处这致命的黑暗中，看谁还能领路？”

“我能。”甘道夫说，“吉姆利也会跟我一道。跟着我的法杖走！”

巫师领头，高举法杖沿巨大的台阶向上，法杖的顶端闪烁着微弱的光亮。宽阔的台阶十分结实，丝毫没有破损。一路走来，共有两百级台阶，每级都很宽但不高；顶部有一条拱形通道，笔直的地板一路延伸进黑暗中。

“我们就坐在这平台上歇会儿，吃点儿东西吧，反正也找不到一间像样的餐厅！”佛罗多说。他渐渐摆脱了被触手攫住的恐惧，突然感觉到饥肠辘辘。

这个提议得到了一致认同。众人在靠上的几级台阶上就座，昏暗的光线照得他们模模糊糊的。用过餐后，甘道夫第三次让每人都喝了一口幽谷的米茹沃。

“恐怕没剩多少了，”他说，“不过，从大门那场惊吓挺过来后，我认为我们需要喝一口。除非我们运气极佳，否则等我们撑到山的另一边之前，剩下的这点儿全得喝掉！饮水也得多注意！矿坑里有不少小溪和水井，可它们碰不得。下到黯溪谷之前，我们多半没机会给水袋和水瓶灌水了。”

“还需要走多久呢？”佛罗多问。

“不好说，”甘道夫回答，“变数太多了。不过，直走、不出状况或不迷路的话，预计需要走三四天。从西门到东大门，直线距离至少也有四十哩，而这条路有很多迂回和曲折。”

休息片刻，他们继续赶路。众人都渴望尽快结束这段旅途，尽管大家都很疲倦，依旧甘愿再赶上几个钟头的路。甘道夫一如既往地走在前头，他左手拄着那根发光的法杖，光芒将将能照亮脚下的路，右手握着佩剑格拉姆德凛。跟在他身后的吉姆利，目光来回搜寻时，微弱的光亮映得他眼睛闪闪发亮。矮人身后是抽出短剑刺叮的佛罗多。无论是刺叮还是格拉姆德凛，剑身都毫无光芒。这倒也算是种慰藉：作为第一纪元的精灵铁匠造物，倘若周遭有奥克出现，这两把剑便会发出冷光。佛罗多后头跟着山姆，再后面是莱戈拉斯，然后是几个霍比特小年轻以及波洛米尔。阿拉贡满脸严肃，一言不发地走在队伍末尾的黑暗中。

通道拐过几个弯，开始下行。道路不急不缓地朝下延伸了好长一段，这才再度变得平坦起来。空气闷热起来，但没有怪味。时不时地，他们能感到有凉爽的空气吹拂脸庞，或许是从附近墙上的裂罅处吹来的。这样的裂口有很多。在巫师的法杖那浅淡光芒的照射下，佛罗多瞥见了一些楼梯及拱顶，还有或斜斜向上、或猛然下降、或两侧空荡荡，只有一片黑暗的通路和隧道。这地形让人迷惑不已，难以记忆。

除了勇莽，吉姆利给予甘道夫的助力很少。不过，相较于队伍里绝大多数人而言，他并没有被单纯的黑暗本身困扰。巫师在挑选道路遇到困惑时常会询问他的意见，不过最后下决定的往往是甘道夫。就算他是出身于山地种族的矮人，墨瑞亚矿坑的宽广和复杂程度，依旧远超格罗因之子吉姆利的想象。甘道夫很早之前那趟旅途的久远记忆如今也助益不多，但即便身处昏暗，道路曲折，他依旧清楚自己要去哪里，只要前方还有通向目标的路，他便片刻也不会犹豫。

“莫怕！”阿拉贡说。眼下他们停住了，时间比之前要久一些，甘道夫跟吉姆利正凑在一块嘀咕着什么；其他人则凑在背后，揪心地等待着。“莫怕！尽管从没有哪次旅途如这回般黑暗，但我跟他走过许多路，幽谷也流传着关于他的许多事迹，比我亲见的还要伟大。倘若有路可找，他便不会误入歧途。虽然他不顾我们的恐惧，带我们来到这里，但他一定会把我们再带出去，无论他会承受何等代价。在这漆黑的夜里，他比贝如希尔王后的猫[1]更有把握找到回家的路。”

拥有如此一位向导，实乃队伍之幸。他们既没有燃料，也没有做火把的材料；众人拼命抢进大门时，遗失了许多行李。倘若没有光亮，他们很快便会陷入窘境。道路交错纵横需要选择，陷阱、窟窿、回荡着他们脚步声的暗井散落各处。墙壁和地板上遍布裂纹和缺口，脚前的地面不时便会崩出裂缝，最宽的超过七呎；皮平鼓了半天劲儿，才终于有勇气跃过这可怕的缺口。汹涌的水声从下方很远的地方传来，仿佛是某个大磨盘在深处转动着。

“绳子！”山姆嘟哝道，“我就知道，一旦没带，准得用它！”

随着危险出现得越来越频繁，他们前进得也越来越慢。他们似乎一直在不停地前进、前进，要无休止地一直走到大山的根部。他们已是疲累至极，可停步某处的念头并没有带来多少安慰。佛罗多在逃生后，吃过东西又喝了米茹沃，精神有了些许好转；但一种深深的不安渐渐化作恐惧，再次爬上心头。虽然他在幽谷期间治愈了刀伤，但那可怕的伤口却并非全无影响。他的感官变得更加敏锐，也更加能注意到那些看不见的事物。他很快便注意到一种变化，迹象之一在于，他在黑暗中的视力比同伴要好，也许甘道夫除外。而且，他是持戒人：魔戒就挂在他胸前的链子上，不时让他感觉沉甸甸的。他能明确感知到前后方都有邪恶存在，但他什么也没说。他紧紧握住剑柄，坚定地向前走去。

他身后的众人很少说话，就算说也是语速飞快，声音低微。周围飘荡的只有他们的脚步声：吉姆利的矮人靴声音笨拙，波洛米尔脚步沉重，莱戈拉斯步履轻盈，霍比特人的足音则微不可查，阿拉贡在队尾迈

---

1 贝如希尔是刚铎第十二代国王塔栏农·法拉斯图尔的王后。她奴役了九只黑猫与一只白猫，训练它们在夜间执行邪恶任务，监视或恐吓自己的仇敌。——译注

着缓慢却又坚定的大步。他们停下的时候，除了有看不见的涓源声及滴落声，四周毫无半点儿声音。可佛罗多却开始听见，或者说他以为自己听见了别的动静，类似柔软的赤脚轻轻踏在地上。这声音一直不够大，离得也不够近，让他没法准确判断；可这声音一旦响起便再没停过，甚至护戒队伍前进期间也能听见。这声音并非回声，因为众人停步之后，这声音依旧嗒嗒嗒地响了一会儿，这才渐渐停下。

他们进入矿坑时，天色已入夜。他们行了好几个钟头，中间只短暂休息了几次，而甘道夫此时碰上了第一个十分麻烦的问题：他面前出现了一道宽阔、漆黑的拱顶，通往三条道——它们在大方向上一致，都是往东走的；可左边的通道陡然折向下方，右边的通道爬向上方，而中间的通道看似平整、顺畅地向前延伸，却又十分狭窄。

“我对此处毫无印象！”甘道夫站在拱顶下，犹豫地说。他举起法杖，希望能找到一些记号或者铭文来助他选路，却一无所获。“我太过困顿，无法抉择。”他摇着头说，“我估计你们也都差不多，甚至比我还要疲惫。我们最好在这里停留一夜。你们知道我的意思！这里总是漆黑一片，而外面的月亮正在西行，时间已过午夜了。”

“可怜的老比尔！”山姆说，“我想知道它在哪儿。希望那些狼没有抓到它。”众人在巨大的拱顶左边发现了一扇石门：它半掩着，但轻松便能推动。石门内似乎有一间从山岩里凿出来的厅室。

“当心！当心！”甘道夫唤道——终于找到一处比开阔走廊多那么点儿庇护感的休息之地，梅里和皮平开心不已，“噌噌”便往前冲——“稳住！还不知道里面是什么情况。我先进去。”

他小心翼翼地走进去，其他人排着队跟在后面。“看这儿！”他拿法杖指着地板中间。他们在他脚前看见一处井口似的巨大圆洞，锈迹斑斑的破碎铁链横在边缘，另一头伸进了黑乎乎的洞里，四周散落着石头碎块。

“你俩有一个本来可能会掉下去，这会儿还在想不知何时才能落地。”阿拉贡对着梅里说，“既然有向导，就让向导走前面。”

“这里以前可能是守卫室，用来看守那三条通道，”吉姆利说，“这个洞应该是给守卫用的井，井口盖了块石头当板子，然而井盖已经碎掉了，我们在黑暗中必须多加小心。”

那口井引起了皮平的好奇心。趁其他人在尽量远离井口的墙边铺摊子搭床的时候，他蹑手蹑脚地走到井边，朝里头窥探。似乎有一股寒风从看不见的深处升起，袭向他的脸。一股突如其来的冲动，驱使他摸索着戳掉一块松动的石块，让它掉了下去。他感到自己的心跳了好几回，这才有声音传来。仿佛石头落入某处洞穴的深潭一般，从下方很远的地方传来“砰”的一声，这声音隔得十分遥远，却被中空的竖井给放大，还产生了回声。

“什么声音？”甘道夫叫道。皮平交代了所作所为，甘道夫松了口气，随后又无名火起，皮平甚至看见甘道夫眼中有精光闪动。“图克的蠢货！”他吼道，“这是趟严肃的旅行，不是什么霍比特人的散步聚会。下回把你自己扔下去，这样你就不会再惹麻烦了。现在，给我安静！”

接下来好几分钟，再没什么响动传来，可随后深处便传来了微弱的敲击声：咚咚，咚咚。声音停住了，可等回音也消失后，声音再度响起：咚咚，咚咚，咚咚，咚咚。它们听着像是什么信号，让人不安。不过，又过了一阵子，敲击声消失，再没响起。

“这声音要么是锤子发出的，要么就是我没听过的什么东西。”吉姆利说。

“没错。”甘道夫说，“我不喜欢这情形。它或许跟佩里格林扔的那块蠢石头没什么关联，也有可能惊扰到了某些本不该被打扰的东西。切记，勿要再做这种事！希望不会再出现进一步的麻烦，让我们能稍微休息一阵子。作为‘奖励’，你，皮平，去守第一班岗。”他一边低吼着，一边用毯子裹住自己。

皮平惨兮兮地坐在大门边，周围一片漆黑。不过，他依旧四下张望，生怕有什么未知的东西从井里爬出来。他真希望能把洞给盖起来，哪怕用毯子也行，可他不敢移动也不敢靠近，即便甘道夫看着好像是睡着了。

甘道夫其实没睡着，只是躺着不动，也没说话。他沉浸在思绪中，试图回想上一次矿坑之旅的每一丝记忆，又对接下来的道路选择焦虑不已。这个节骨眼儿，选错路或许就是灭顶之灾。一个钟头后，他起身走向皮平。

“找个角落睡一觉吧，小伙子。”他柔声说，“我猜你肯定想睡了。我一点儿困意都没有，所以还是我来守夜吧。”

“我知道自己是怎么回事了。”他一边嘟哝着，一边挨着大门坐下，“我需要抽烟！打从暴风雪前的那个早晨到现在，我就一口都再没抽过。”

睡意汹涌而来，皮平看到的最后一幕，是老巫师蜷缩着身子坐在地板上，粗糙的双手放在膝间，护着一小团光亮。有那么一会儿，明灭的烟斗照亮了他的尖鼻子，以及腾起的烟气。

是甘道夫把众人叫醒的。他独自一人守了将近六个钟头，让其他人都休息了。“守夜的时候，我拿定了主意。”他说，“中间那条路让我感觉不太好。我也不喜欢左边那条路的气味——它下面空气污浊，要是连这一点都判断不出来，我也不用当向导了。我打算选右边的通道。是时候往上爬了。”

抛开两次短暂的休整不算，他们在黑暗中整整行进了八个钟头；一路上没遇到过危险，没听见任何动静；除了巫师法杖上那磷火般扑朔不定的微弱光芒，他们什么都看不见。队伍走的这条通道蜿蜒着缓缓向上抬升。就他们的判断来看，这条路绕着大圈盘旋而上，越往前走，路也变得愈加高耸、宽阔。路的两边目前都没有通向其他回廊或隧道的开口，地面平坦、坚固，没有裂缝或破洞。众人显然踏上了过去的某条要道，前进的速度比之前那段要快上一些。

若按直线距离计算，队伍在这条道上行进了大约十五哩，不过他们实际走的肯定有不下二十哩路。随着道路上行，佛罗多的精神也略微振奋了一些，可他依旧觉得压抑，不时能听见，或者说觉得自己听见某种并非回声的脚步声，那声音随着众人起落的脚步声响起，一直跟在队伍后面。

在几个霍比特人体力耗尽之前，他们尽量往前赶路。所有人都在思考上哪儿能找处休息的地方，这时两侧的墙壁突然都到头了。队伍似乎穿过了某种拱形的门廊，来到一处黑暗又空旷的空间。他们身后汇聚起一股巨大的暖空气，扑面而来的却是冰冷的黑暗。他们停了下来，焦急地挤在一起。

甘道夫似乎颇感得意。“我选对了路，我们终于还是来到可以住人的地方了。我猜，我们现在离东侧已经不远了。不过，若我没弄错的话，我们现在所处的位置比黯溪门高出了很多。从空气的感觉来看，我们肯定身处某个厅堂内。现在，我得冒险弄点儿真正的光亮出来。”

他举起法杖。刹那间，一道强光犹如闪电划过夜空。巨大的暗影涌现又消失无形，瞬间出现在众人眼中的，是高高悬于众人头上、由许多石凿巨柱撑起的宽阔屋顶；一间空荡荡的巨大厅堂自他们眼前向两侧延伸，黑色的墙面被打磨得光洁如镜，闪闪发光。他们还看见另外三个入口，全是漆黑的拱门：正前方那个朝东，两边又各有一个入口。光亮熄灭。

“眼下我只能冒这么大险。”甘道夫说，“山侧过去有许多巨大的窗户，矿坑的上层也有许多通向光明之处的通风井。我认为我们已经抵达这样的地方，不过外面又到了夜晚，只有等早上我们才能知道。倘若我是对的，那明天我们便能真切地看见清晨的曙光。与此同时，我们最好不要继续前进，且让我们尽可能休息一下。我们这一路暂时还算顺利，已经走完了相当一部分黑暗的道路。不过，我们并未彻底穿越，还得往下走很远的距离才能抵达通向外面世界的大门。”

护戒队伍当晚留宿在这巨大的洞窟厅堂内，他们蜷缩着挤在墙角，好躲开似乎是从东边拱廊不间断吹来的寒风。他们躺在地板上，四周是一片空洞且无垠的黑暗，一处处厅堂是那样孤寂、旷阔，还有那无穷无尽的阶梯、通道分岔，让他们倍感压抑。与墨瑞亚实际的恐惧和惊奇相比，霍比特人过去那些因阴霾传言所做的哪怕最为疯狂的想象，仍旧相形见绌。

“这里以前肯定有过一大群矮人，”山姆说，“他们个个比獾还要忙碌，然后再花上五百年时间才能凿出这一切吧？这里大部分可都在坚硬的岩层里头！他们这么做，究竟是为什么呢？他们总不会住在这些黑窟窿里吧？”

“这些可不是窟窿，”吉姆利说，“这里可是伟大的城邦，‘矮人挖凿之所’。古时候它可一点儿都不黑暗，反而尽显光明与辉煌，我们依旧有歌谣传颂着。”

他站起身，在黑暗中以浑厚的声音唱了起来，歌声回荡着飘向远处的屋顶。

世界尚葱青，群山仍墨绿，
月白一如皎，瑕影未曾现，
溪水并石岩，不曾有名姓，
都林自苏醒，默默一人行。

丘谷亦无姓，都林予其名，
井水无人顾，且作头遭尝；
俯身低看镜影湖，但见星影若冠冕，
恍若银丝缀宝玉，暗悬头顶天河中。

万物多俊美，群山也巍峨，
正是上古美好时。
纳国斯隆德与刚多林，
雄城漫道仍在，
伟王未西渡陨落：
诸世尽享都林美好时。

王者都林，身栖雕镌宝座，
位列千柱之厅；
黄金作顶，白银设地，
宝殿大门，强咒符文饰。
日月之华，星辰之芒，
水晶雕镂灯中盛，
乌云暮夜，难掩其光，
灿烂美妙，恒世明长。

砧上铁锤叮当响，錾子雕刀不曾歇；
剑身锤铸，刀柄绑束；
矿工深掘，瓦工建筑。
绿玉、珍珠、猫眼石，
鱼鳞也似精金甲，

圆盾、甲胄，大斧、长剑，
长矛铿亮，堆积如山。

都林子民，不知疲倦；
山岩之下，乐声绵长：
竖琴弹响，乐人唱吟，
殿门吹角，号声齐鸣。

世界渐陈苍，群山亦古旧，
熔炉热焰化冷尘；
琴弦无人拂，铁砧无锤落：
都林之堂，黑暗长栖；
于墨瑞亚，于卡扎督姆
都林之冢，阴影笼罩。

幽水平波镜影湖，
仍见星影水下闪；
王者之冠湖底眠，
静待都林复醒来。

“这歌我喜欢！”山姆说，“我想学。于墨瑞亚，于卡扎督姆！可是，一想到那么多的灯，我就感觉黑暗好像更浓了。那些成堆的珠宝，还埋在这下面吗？”

吉姆利沉默不语。唱完那首歌之后，他便不愿再开口。

“成堆的珠宝？”甘道夫说，“怎么会？奥克频频劫掠墨瑞亚，上层厅堂里已经什么都不剩了。自从矮人逃走之后，再没人敢来搜索深处的通风井和宝库：它们全都被淹没在水里或淹没在恐惧的阴影之中。”

“那矮人为啥还想再回来？”山姆问道。

“为了秘银。”甘道夫答道，“墨瑞亚的财富并非黄金珠宝，那些只是矮人的玩具罢了；也并非精铁，那些只是他们的仆从。他们确实在这里找到了这些东西，还找到了大量铁矿；但他们无须勘探它们——他们想要的东西通过买卖都能拿到。可墨瑞亚银，也有人称它为‘真银’，这世上唯独这里才能找得到。‘米斯利尔’是精灵语对它的称呼，矮人怎么称呼它，从未告诉过外人。它的价值是黄金的十倍，而如今更是有市无价；露头的秘银矿早已所剩无几，就连奥克也没胆量来此处采掘。矿脉一路往北延向卡拉兹拉斯，往下又深入黑暗之中。矮人对此绝口不提；然而，秘银既是他们财富的基石，也是他们灾祸的源头：他们的挖掘毫无节制又过于深入，搅扰到了都林之克星，这才导致他们逃亡。矮人带去外面的秘银差不多全部落入奥克之手，又被当作贡品献给了觊觎此物已久的索伦。

“秘银！所有生灵都渴望得到它！它能如铜一般被延展，又光洁如琉璃；矮人能将它制成比回火钢更轻也更坚固的金属。它如白银一般美丽，却永不会黯淡褪色。精灵尤为钟爱它，想出了许多利用的方法，其中就包括将它铸成‘星月’伊希尔丁，也就是你们在石门上看见的那个。比尔博有一件秘银锁环甲，是索林送给他的。我挺好奇它如今怎么样了。我猜，多半还在大洞镇的马松屋里吃着灰吧。”

“什么？”吉姆利嚷嚷道，终于因震惊而不再沉默，“墨瑞亚银做的锁甲？那可是君王才有的礼物！”

“没错，”甘道夫说，“我从来没告诉过他，整个夏尔以及其中的所有东西加起来都抵不上它的价值。”

佛罗多什么也没说，只是将手伸进短袍，摸了摸那件锁甲上的链环。想到自己竟在外套下面穿着价值整个夏尔的东西，还走了这么远的路，他的震惊简直溢于言表。比尔博知道这事吗？他毫不怀疑，比尔博一定心知肚明。这锁甲的的确确是件君王级的礼物。此刻，他的思绪从黑暗的矿坑飘去了幽谷，飘向了比尔博，又飘到了比尔博还待在袋底洞时的日子。他满心只希望能回到那个地方、那段日子，整日修修草坪、在花丛中漫步，从未听闻墨瑞亚或者秘银，更别说魔戒。

抹不开的沉默降临了。众人一个接一个地睡着了，佛罗多负责值守。仿佛有气息从暗处看不见的门里吹出来似的，恐惧笼罩着他。他的双手冰凉，眉头叫汗给浸湿了。他竖着耳朵倾听，漫长的两个钟头里，他全身心都放在了倾听上；可他什么都没听见，就连那想象中的脚步回荡声也没出现。

就在佛罗多值守的这班岗即将结束，在他猜测是西边拱门的地方，远远的他仿佛看见了两点惨白的光亮，十分像是一双炽亮的眼睛，这让他心神一震。他刚才打起了瞌睡。“守夜的时候我肯定是差点儿睡着了，”他想，“还差点儿做起了梦。”他站起身揉了揉眼睛，便这么一直盯着黑暗，直到莱戈拉斯过来换岗。

他躺下没一会儿便睡着了，之前的梦似乎依旧在延续：他听见了低语声，看见那两点惨白的光亮正在缓缓靠近。他猛地醒了过来，发现其他人正在附近柔声交谈，一道暗淡的光照在他脸上。从东边拱门的高处、接近天花板通风井的位置，一道长长的浅淡光线照了下来；厅堂另一头的北边拱门处也远远的有微弱的光线投射下来。

佛罗多起了身。“早上好！”甘道夫说，“终于再度见到了晨光。你瞧，我是对的。我们正身处墨瑞亚东侧的高处。今晚之前，我们应该就能找到出去的大门，并瞧见黯溪谷镜影湖的湖水出现在我们面前。”

“那我可要开心了。”吉姆利说，“我已经见识了墨瑞亚的雄伟，但它已变得阴森可怕；我们也没找到我亲族的半点儿踪迹。我开始怀疑巴林究竟有没有来过这里。”

早饭过后，甘道夫决定即刻动身。“我们都很疲倦，但更好的休息之所无疑还是在外面。”他说，“我认为，我们当中应该没人还想在墨瑞亚再待上一晚。”

“敬谢不敏！”波洛米尔说，“我们该走哪条道？朝东边拱门那边吗？”

“也许。”甘道夫说，“不过，我并非十分了然我们如今身处何处。我推测我们应该位于大门上方偏北的位置，除非我带岔了路；但要找到正确的路下去可不容易。东边的拱门看来是我们的必经之路；不过，拿定主意之前，我们应该先在周围察看一下。我们朝北门的光亮处走吧，若能找到一扇窗户的话，能省下不少事，但我担心那道光多半是从很深的通风井上照下来的。”

在他的带领之下，护戒队伍穿过北边的拱门，来到一处宽阔的走廊。越往前走，光线也变得越来越亮，他们发现光亮原来是从右边的一道门廊透过来的。门廊很高，顶部平坦，石门依旧连着铰链；半开着的门里边，有四四方方的一间房。房里光线昏暗，但众人在黑暗中待了这么长时间，只觉得这光线亮晃晃的，害得他们进门后不停地眨巴着眼睛。

地板上厚厚的灰尘被他们的脚步带起，那些横躺在门口、起初没被认出形状的东西绊得大家东倒西歪。照亮房间的，是另一头东墙上方的一口宽大的通风井；它歪斜着伸向上方，再往上很远的位置能看见一小片四方的蓝天。光亮透过通风井直直地照着房间正中的一张桌子：那是块高约两呎的长方形石块，上面铺了一块巨大的白色石板。

“看起来有点儿像坟墓。”佛罗多嘟哝道。他带着一种古怪的不祥之感俯身向前，想要仔细看看，甘道夫迅速走到他身旁。石板上深深镌刻着几行如尼文，内容如下：

“此乃戴隆的如尼文，是墨瑞亚古时使用的文字。”甘道夫说，“用人类和矮人的语言翻译出来是：

芬丁之子，巴林

墨瑞亚之王。”

“这么说，他死了。”佛罗多说。

“我就担心会是这样。”吉姆利拉下兜帽，遮住了自己的脸。

· 第五章 ·

卡扎督姆之桥

护戒队伍肃立于巴林之墓旁。佛罗多想起了比尔博与这位矮人的长久友谊，还有巴林多年之前对夏尔的造访。群山之中这个尘封的房间，让那些记忆恍若千年隔世。

他们总算回过神来，抬起头四处搜寻，想知道有没有什么东西能让他们了解巴林的命运或者他族人的下落。房间的另一头，就在通风井下面，有一扇小一些的门。两扇门之间散落着许多尸骨，还有若干断剑和斧子的头，以及被劈开的盾牌和头盔。有几把剑是弯的——那是奥克的黑刃弯刀。

房间的墙上凿了许多凹槽，里边有几口巨大的铁皮木箱，全被打破、搜刮一空；不过，在一口箱子破碎的箱盖边上残留着一本书。这书被砍了几刀，捅了几下，烧了一部分，还沾满了黑色和其他类似于陈旧血液的深色印记，上面已经没多少内容还辨认得出来。甘道夫小心翼翼地拿起它放在石板上，书页立马便散了架。他一言不发地翻看了好一阵子。随着他一页又一页地翻过，站在身旁的佛罗多和吉姆利发现，这书里边有好些人的字迹，不但用上了墨瑞亚和黯溪谷的如尼文，间或还夹杂着一些精灵字母。

甘道夫终于抬起了头。“这里边似乎记叙了巴林族人的遭遇。”他说，“我推测是始于差不多三十年前他们来到黯溪谷之时：书页上的数字似乎指的是他们抵达后过去的年份。最上面一页标着一——是三，所以书的开头至少缺了两页。听听这个！

“‘我们将奥克撵出了大门和警卫’——我猜是这个词；下面那个词被烧煳了，看不清楚，或许是‘室’——‘我们在山谷明亮的’——我猜——‘阳光下干掉了他们好些个。弗罗伊中箭身死。他干掉了奥克头领’。然后又是一团污损，后面是‘弗罗伊在镜影湖畔的青草之下’。下面一两行看不清楚。之后是‘我们占领并住进了北端的第二十一号大厅’。后面我能分辨出的是‘我’，还提到了‘通风井’，接着是‘巴林在马扎布尔室设下了他的宝座’。”

“那是文献室，”吉姆利说，“我猜，就是我们眼下所站之处。”

“噢，接下来的一大截都看不清，”甘道夫说，“只能认出‘黄金’，‘都林之斧’，还有什么‘头盔’。后面是：‘巴林如今乃墨瑞亚之王’。这个章节好像到此结束了。若干星号之后是另一个人的笔迹，我能看清的有‘我们发现了真银’，后面一段有个‘锻造精良’，之后接了个什么词来着，我知道了！是‘秘银’；最后两行是‘欧因寻找第三谷的上层军械库’，然后是什么‘向西行’，一团污损，然后是‘至冬青郡大门’。”

甘道夫顿了顿，将几张书页放到一边。“后面好几页都差不多，写得匆忙、潦草又损毁得厉害，眼前这光线我几乎没法读。中间肯定又缺失了好几页，因为章节页上标记的数字是‘五’，我猜是指移居此地的第五年。让我瞧瞧！唉，这几页被刀砍毁，污损得太厉害了，实在看不明白。阳光下或许能看得更清楚些。等等！这里写着点儿别的，是精灵字母，字迹又粗又大。”

“应该是欧瑞的字迹，”吉姆利透过巫师的胳膊看着，“他的字写得又快又好，还经常爱用精灵字母。”

“恐怕他用优美的字迹记下了不幸的消息。”甘道夫说，“第一个能看清的字是‘悲伤’，但接下来的一行都没了，就剩下一个‘乍’字。是了，应该是‘昨’字，后面接着‘天是十一月十日，墨瑞亚之王巴林陨落黯溪谷。他独自前往探查镜影湖，被奥克从岩石背后射死。我们杀死了那个奥克，但又来了更多……是从东边的银脉河上游过来的’。这页剩下的部分污损得厉害，基本上看不清楚，我能从里边读出的是‘我们堵上大门，能在此抵挡他们许久，除非’，后面大概是‘恐怖’和‘遭受’。可怜的巴林！他保持这个头衔可能还不到五年。我想知道后面发生了什么，可眼下我们没时间去琢磨最后那几页的内容。现在是整本书最后这一页了。”他停下话头，叹了口气。

“读起来让人很难受，”他说，“恐怕他们的结局都很惨。听这句！‘我们出不去了。我们出不去了。他们占领了大桥和第二号大厅。弗拉尔、罗尼、纳力都在那边倒下了。’接下来的四行字被抹花了，我只认得出来‘五天之前离开了’。最后几行是：‘西大门的湖水已经涨到了峭壁位置。水里的监视者抓走了欧因。我们出不去了。万事休矣！’后面是‘鼓声，深处传来鼓声’。我想知道这是什么意思。最后一句是用精灵语写的，潦草得都粘到一块儿了：‘他们来了。’后面再没有内容了。”甘道夫停下声，站在那里默然思索起来。

突如其来的心慌以及对这房间的恐惧笼罩了众人。“‘我们出不去了。’”吉姆利喃喃道，“湖水退去了一些，监视者在南端沉眠，于我们而言还算有利。”

甘道夫抬头四下看了一圈。“他们就义之处似乎在两扇门这里。”他说，“但那时候他们已经没剩下几个人了。夺回墨瑞亚的尝试就此结束！他们的行为很英勇，也很愚蠢。时机尚未成熟。现在，恐怕我们得与芬丁之子巴林道别了。他定然要长眠在父辈的厅堂里。我们把这本马扎布尔之书带走，以后再仔细研究。吉姆利，这书最好由你来保管，有机会的话就带回去给戴因。他会感兴趣的，尽管也会因此而深感痛心。出发吧，早晨就要过去了。”

“我们该往哪边走？”波洛米尔问。

“先回大厅。”甘道夫答道，“不过，我们探查此处也并非无功而返。我如今知道我们的位置了。正如吉姆利所说，这里肯定是马扎布尔室，而大厅自然就是北端的第二十一号大厅。所以，我们应该从大厅东边拱门向右往南走，之后再往下行。二十一号大厅应该是在第七层，到大门还得往下走六层。走，返回大厅！”

甘道夫话音未落，便有巨大的声响出现：似乎是从极深处传来的滚滚轰隆声，震得他们脚下的石头都在颤动。他们惊恐地向门外冲了过去。咚，咚，声音接二连三响起，仿佛一双巨手将墨瑞亚的处处洞穴都变成了大鼓。紧接着，附和的吹奏声响起：那是在大厅里吹响的号角声，更远处还有回应的号角声和刺耳的叫喊声。大量匆匆移动的脚步声也响了起来。

“他们来了！”莱戈拉斯高声叫道。

“我们出不去了。”吉姆利说。

“我们被困住了！”甘道夫嚷道，“我为何要拖延？现在可好，我们被困在这里，就和他们当年一样。但他们当初可没有我。让我们看看——”

咚，咚，大鼓擂动，墙壁颤动起来。“关上两边大门，封死！”阿拉贡喊道，“背包继续背着，我们还有机会闯出去。”

“且慢！”甘道夫说，“万不可将我们锁在里边。留着东门虚掩！得了机会我们便从那边离开。”

又一阵尖利的号角声和刺耳的叫喊声响起。脚步声渐渐下到了走廊里。“铮”“锵”声中，护戒队伍众人拔剑在手。格拉姆德凛剑身萦绕着一圈淡芒，刺叮的锋刃闪耀着冷光。波洛米尔把肩膀抵在西门上。

“等等，先别关门！”甘道夫说。他跳到波洛米尔身侧，将身板挺得笔直。

“来者何人，胆敢惊扰墨瑞亚之王巴林在此安息？”他高喊道。

一阵短促的嘶哑笑声响起，仿佛滚石落穴；喧嚣之中，一道低沉的声音开始大声下令。咚，嗙，咚，深处再度传来鼓声。

甘道夫快步来到狭窄的门洞，将法杖戳向身前。一道耀眼的闪光照亮了房间及外面的通道。巫师趁机往外探了一眼，又立马抽身回来，几支箭矢呼啸着飞过走廊。

“外面全是奥克，数量多得惊人。”他说，“其中一些又大又恶，是魔多的黑乌鲁克。他们眼下踌躇不前，可外面还有别的东西，应该是一头巨大的洞穴食人妖，或许还不止一头。从这边离开是没希望了。”

“他们要是找到另一边的门，我们就彻底没希望了。”波洛米尔说。

“这边的外面暂时没有动静。”阿拉贡说，他正站在东门那头听着动静，“这边的通道往下直通一道楼梯，显然不会绕回大厅。但我们后有追兵，不能盲目从这边逃离。我们没法把门封住，没有钥匙，锁也坏了，门还是朝内开的。我们必须先拖住敌人才行。我们要让他们对马扎布尔之室心怀恐惧！”他严肃地说，伸手抚摸着佩剑安督利尔。

走廊上响起了沉重的脚步声。波洛米尔扑向门口，拿身子顶住门，又用断剑和碎木头把门卡住。众人退到房间另一端，但暂时还没机会逃脱。砸门声响起，大门晃了一晃，随后便刮擦着地面缓缓打开，堵门的器物被推得直往后退。一只皮肤黝黑、覆满绿色鳞片的巨大胳膊连着肩膀，撑着逐渐变宽的门缝伸入，门下面也挤进来一只巨大、扁平、没有脚趾的脚。外面死一般的寂静。

波洛米尔往前一纵，使出浑身力气斩向那巨臂；“叮”的一声，长剑弹开了，又从他颤抖的手上跌落。剑刃上被崩出了缺口。

佛罗多突然感到心中燃起炽热的怒火，这让他惊讶不已。“以夏尔之名！”他喊道，冲到波洛米尔身旁，弓腰便拿起刺叮猛戳那只狰狞的巨脚。只听一声怒号，那只脚猛地缩了回去，差点儿把刺叮从佛罗多手上抽走。黑血沿着剑刃滴落在地，冒起烟来。波洛米尔飞扑过去，再度抵死了门。

“夏尔名下记了一场！”阿拉贡喊道，“霍比特人这一下可真够狠的！卓果之子佛罗多，你的剑真不错！”

大门上传来撞击声，一下接一下。撞锤和战锤在门上砸个不停，大门被砸裂，又摇晃着打开，门缝猛然宽了起来。箭矢伴着呼啸声窜进房间，一头扎向北墙，随后无力地落在地板上。号角声和飞奔的脚步声响起，奥克一个接一个抢着挤进房间。

众人数不清究竟来了多少敌人。战斗十分激烈，但护戒队伍凶悍的防守让奥克大惊失色。莱戈拉斯飞箭射穿两个敌人的喉咙，吉姆利又一斧砍断了跳上巴林坟墓另一个敌人的双腿。波洛米尔与阿拉贡杀敌无数。第十三个敌人倒下之后，余者尖叫着逃出房间，护戒队伍毫发无损，只有山姆的头皮被蹭了一道口子。他飞快地躲闪一下，保住了小命，又用从古冢尸妖那里得来的剑一下刺死了那个奥克。火焰在他棕色的眼眸中熊熊燃烧，倘若泰德·山迪曼看见，定要吓得倒跌三步。

“是时候了！”甘道夫叫道，“趁食人妖重返之前，我们快走！”

众人撤离之际，还没等皮平和梅里跑到外面的楼梯，一名浑身黑锁甲、跟人类差不多高的巨大奥克头领撞进了房间，身后的喽啰们在门口围作一团。这头领面色黝黑，宽脸扁额，眼如黑煤，舌头赤红，手上舞着一柄巨矛。他使大皮盾只一扫，波洛米尔的剑便被架开，还被掀得倒退连连，摔翻在地。他又俯身避过阿拉贡的一击，饿虎扑食般撞进护戒队伍，巨矛直取佛罗多。佛罗多右身中矛，力道带着他撞向墙边，把他钉在上面。山姆一声虎吼，挥剑斩断了矛柄。奥克扔下断矛，正要拔出弯刀，却叫安督利尔斩进头盔。只见火焰似的光芒一闪，头盔一分为二，奥克的脑袋也成了两瓣。波洛米尔与阿拉贡乘势往前杀，门口的喽啰们惊唤着作鸟兽散。

咚，咚，深处又传来鼓声。巨大的声响再度滚滚而来。

“现在！”甘道夫高声喊道，“现在就是最后的机会了。快跑！”

阿拉贡扛起靠在墙边的佛罗多，跑到楼梯处，又搡着梅里和皮平往前行。其他人紧跟其后，可莱戈拉斯却不得不拽着让吉姆利离开：后者不管不顾，依旧垂着头留在巴林之墓跟前。波洛米尔猛拉一把，想合拢东门，磨得铰链吱嘎作响——门扇两侧各有一只铁环，可怎么也没法扣上。

“我没事，”佛罗多喘着粗气说，“我能走，放我下来！”

阿拉贡大惊失色，差点儿把佛罗多掉在地上。“我以为你死了！”他叫道。

“还没呢！”甘道夫说，“不过现在没时间瞎猜了。全都动起来，往楼下走！走到底，等我几分钟，若我半天没下来，你们就继续前进！到时走得快些，选往右和往下的道走。”

“怎么能留你一人守门！”阿拉贡说。

“照我说的办！”甘道夫厉声说，“刀剑已经派不上用场了。走！”

这条通道没有通风井透光，周遭一片漆黑。众人摸索着走下长长一段台阶，转头往回看：什么都看不见，只有巫师的法杖在极高处散发着微弱的光亮。他似乎依旧坚守在关闭的门外。佛罗多靠在山姆身上喘着粗气，后者用胳膊搂住他的身子，两人在黑暗中望着楼梯上面。佛罗多觉得自己能听见上头甘道夫在说话——他那喃喃自语的声音顺着倾斜的天花板流淌下来，带着叹息般的回声——可他听不清他说的是什么。四周的墙壁仿佛在颤抖。鼓声不时滚滚而来：咚……咚。

忽然间，一束白光自楼梯顶上闪过，伴着一阵沉闷的隆隆声和沉重的砰砰声。咚隆，咚隆，擂鼓声疯狂响起，又戛然而止。甘道夫倒飞下来，摔在护戒队伍中间的地板上。

“好了，好了！结束了！”巫师挣扎着站起身来，“能做的我都已经做了。但我棋逢对手，险些殒命。别干站着，继续走！诸位得摸黑走上一阵子，我现在虚弱得厉害。前进！前进！吉姆利，你在哪儿呢？同我打头！其余人跟紧了！”

众人磕磕绊绊地跟在他身后，寻思着究竟出了什么事。咚，咚，鼓声再度响起：此刻的鼓声十分低沉、遥远，但一直跟在后面。除此之外，没有其他追踪的脚步声或说话声。甘道夫未拐向任何方向，一路径直向前，仿佛这条通道正好就是他想去的方向。每隔一阵便会有至少五十阶楼梯出现，通往下一层。而这却是护戒队伍当前面临的最大威胁：他们在黑暗中根本看不见下坡的路，只能径直往前走，然后一脚踩空。甘道夫用法杖一路探着地面前进，活像个盲人。

他们走了快一个钟头，只前进了一哩多一点儿。他们已经下了许多段台阶，依然没听见追兵的动静。众人甚至燃起了逃脱的希望。到了第七段阶梯底部，甘道夫停了下来。

“好热！”他喘着气说，“我们应该已经下到了大门这一层。我认为，再过一会儿我们就该找左边的岔道，循着它往东走了。我希望岔路就在不远处。我已疲惫至极，即便所有奥克都在我们身后穷追不舍，我也得在此歇上一歇。”

吉姆利撑住他的胳膊，扶他在楼梯上坐下。“东门那里是什么情况？”他问道，“你是碰上敲鼓之人了吗？”

“我也不知道。”甘道夫答道，“我只是突然发现自己碰到了某种不曾见过的东西。我一时无计可施，只好试着往门上施了个锁门咒。这类咒语我知道得不少，可都需要时间方能妥当施展，而且即便成功了，大门本身也能用蛮力破开。

“我守在那里的时候，能听见另一边传来奥克的声音，我以为他们下一秒便能破门而入。我听不清他们在说些什么，他们讲的似乎是他们那粗鄙的语言。我只听清了‘ghâsh’这个词，它指‘火’。我隔着门感到有什么东西进了房间，连那些奥克都惧怕不已，噤若寒蝉。它抓住铁门环，察觉到了我和我施的咒语。

“我猜不出来它究竟是什么东西，然而我从未感到如此有压力。反击的咒文可怕无比，差点儿将我击垮。那门一时间不受我控制，竟然渐渐打开了！我只得念出命令之言。结果这力道过了头，大门炸成了碎片。某种乌云似的黑暗遮住了房间里所有的光亮，我也被炸得倒飞下楼。四面的墙全塌了，我猜房间的天花板多半也遭了难。

“恐怕巴林被埋进了深处，或许还有别的东西也一并埋了进去。我说不好。不过，至少我们背后的通道彻底被堵住了。噢！我从未感到如此虚弱过，不过我已经慢慢缓过来了。佛罗多，你怎么样？虽说眼下没时间说这些，可听到你能开口说话，我这辈子都没感觉这么快乐过。我一直害怕阿拉贡扛过来的是一位英勇但已丧了命的霍比特人。”

“我怎么样？”佛罗多说，“我还活着，身上没缺什么。虽然我浑身又伤又痛，但终归不算太糟。”

“嗯，”阿拉贡说，“我只能说，霍比特人的结实程度，可真是前所未见。要早知道的话，当初我在布理的客栈里说话肯定会更温柔一些！那一矛可是连野猪都能刺穿的！”

“嗯，我可以高兴地说，它没刺穿我。”佛罗多说，“不过，我感觉自己像被夹在了铁锤和铁砧中间。”他连呼吸都疼得厉害，便没再继续说话。

“你很像比尔博。”甘道夫说，“正如许久前我说他的一样，人不可貌相。”佛罗多不知道这评价是不是意有所指。

众人继续前进。没过多久，吉姆利开了腔，他的眼睛在黑暗中很好使，“我觉得，前面好像有亮光。不过并非日光，因为它是红的。会是什么呢？”

“Ghâsh!”甘道夫喃喃道，“我不知道他们的意思是不是说，下面几层着了火？可我们只能往前走。”

很快，那光亮便明晰到所有人都能瞧个仔细。它就在他们面前通道下方的墙上闪烁着光芒。道路此刻清晰起来：前方的路陡然往下拐，再往前一点儿矗立着一道拱门，拱门另一头的光线越来越亮。空气变得闷热无比。

甘道夫走向拱门，同时示意众人止步。他刚走入拱门，便被红色的光辉照亮了脸。他快步退了回来。

“里边有新的邪物，”他说，“显然是等着要‘欢迎’我们。不过，这下我知道我们身在何处了：我们抵达了第一谷，也就是大门下方的第一层。此处是旧墨瑞亚的第二大厅，离大门很近了：它就在左侧的东端那边，顶多隔着四分之一哩路。只要过一座桥，走一段宽阔的台阶和一段宽阔的道路，再穿过第一大厅，我们便能走出去了！不过，过来看看！”

众人朝那头望了过去：眼前是另一处洞穴般的大厅，比之前歇息过的那间大厅更加高大、宽阔。队伍此刻的位置靠近它的东面，西面只能看见一片漆黑。大厅中央高耸着两排立柱，雕刻得恍若参天巨树，延伸出树枝般的石头纹路托住了天花板；枝干虽光滑、漆黑，侧面却映着丝丝暗红色光芒。另一头两尊巨柱的脚边地面上，有一处巨大的裂隙正朝外面投射出强烈的红光，不时有火舌灼着裂隙边缘窜出，舔舐立柱的底部。一缕缕黑烟在炽热的空气中摇摆不定。

“倘若我们走上面的大厅，沿主路下来，此刻就要被困在这里了。”甘道夫说，“希望这火能将我们和追兵隔开。来吧，没时间可耽搁了。”

说话间，追击的鼓声又一次响起——咚，咚，咚。阴影中的大厅西端传来叫喊声与号角声。咚，咚——立柱跟火焰似乎都在瑟瑟发抖。

“最后再冲刺一回！”甘道夫说，“只要太阳还在天上，我们就能逃出去。跟上我！”

他向左一转，加速穿过大厅光滑的地板，距离比看上去的要远。他们一边跑，一边能听见后面传来的鼓声与呼应的匆匆脚步声。一声尖利的叫声响起——他们被发现了。铁器发出“哐当哐当”的碰撞声。一支箭呼啸着从佛罗多的脑袋上飞过。

波洛米尔哈哈大笑，“他们可没料到这情况，火焰拦住了他们，却没拦住我们！”

“看前面！”甘道夫唤道，“大桥就在眼前，但那里很危险又很窄。”突然，佛罗多发现面前有一道黑色的裂口：大厅尽头的地面掉下无尽深渊，消失不见。要想抵达外层的大门，只能走一座狭窄的石桥。这桥没有边石也没有护栏，呈拱形架在裂口之上，长约五十呎。它是古时矮人的防御工事，用来应对敌人占据第一大厅及外层通道的情况。众人只能排队单个通过。甘道夫在桥边停下脚步，其余人挤成一团跟了过来。

“吉姆利，你来打头阵！”他说，“皮平和梅里跟在他后面。直走，出大门，往台阶上爬！”

箭矢纷纷射了过来。其中一支射中佛罗多又弹开，还有一支插进了甘道夫的帽子，活像根黑色的羽毛。佛罗多往回看，发现火焰那头出现了许多黑色身影，似乎有好几百个奥克。他们挥舞着弯刀和长矛，被火光照得一片血红。咚，咚，鼓声隆隆，声音愈加震耳，咚，咚。

莱戈拉斯转身搭箭上弦，不过这距离着实有些为难他那把小弓。张弓——可他却又松了手，箭也随之掉在地上，他发出一声惊恐的叫喊声。两头巨大的食人妖出现了，它们扔下两块硕大的石板，充作跨过火焰的通道。然而，让精灵如此惊恐的并非那食人妖——那群奥克突然一分为二，各自挤向两边，仿佛有什么吓到了他们。有什么东西从他们身后过来了，但是看不清是什么：它仿佛一团巨大的黑影，中心位置有一个类似人形的漆黑形体，却又比人还要高大；这黑影中似乎蕴藏着力量与恐惧，气势咄咄逼人。

它行到边上，火焰的光芒便暗淡下来，仿佛被云朵压住了似的。随后，它一个冲刺便越过了裂口。火焰翻腾着迎接它，环绕着它，漆黑的烟气在空气中盘旋。它那飘动的鬃毛起了火，在身后熊熊燃烧。它右手持一把状若火舌的利剑，左手提着一柄多头鞭。

“啊！啊！”莱戈拉斯哀号道，“炎魔！炎魔来了！”

吉姆利瞪圆了眼睛。“都林的克星！”他惊叫着，双手松开斧头，捂住了脸。

“一头炎魔，”甘道夫喃喃道，“原来如此。”他身子晃了晃，重重地倚在法杖上。“何等恶毒的命运！可我已经累得不行了。”

黑色身形裹挟着烈焰向他们袭来。奥克叫喊着涌过石板通路上。波洛米尔举起号角，用力吹响。嘹亮的挑战之声怒号着，仿佛这山洞似的天花板之下有无数人在呼喊。一时间，奥克无不惊慌失措，就连那狂暴的黑影也身形一顿。号角的回声如同被阴冷之风吹灭的火焰一般猝然消失，敌人再度往前行进。

“过桥！”甘道夫高声喊道，强振起精神，“跑！你们没法对付这敌手。我来守住这条窄道。快走！”但阿拉贡与波洛米尔并未听从命令，依旧并肩守在甘道夫身后的另一侧桥头。其余人在大厅尽头的大门中间止住脚步，又纷纷转过身来，不愿留他们的领袖独自对抗敌人。

炎魔来到桥边。甘道夫屹立在桥中间，左手用法杖撑住身子，右手的格拉姆德凛寒光熠熠。迎面而来的敌人再度止住脚步，身旁的阴影向外延伸，仿佛一双巨翼。它手上的鞭子挥舞着，许多条鞭梢呜呜作响，鼻腔喷吐着烈焰。甘道夫岿然不动。

“你别想过去！”他说。奥克们一动不敢动，周围一片死寂。“我乃秘火[1]之侍从，施展阿诺尔之焰。你别想过去。乌顿之炎，哪怕暗黑之火也于你无助。回你的魔影中去，此路不通！”

炎魔没有回应。它体内的火焰似乎在熄灭，可黑暗却在增长。它缓缓踩上桥面，身形猛然暴涨，翼展直抵两侧墙边；但甘道夫依旧显眼，在昏暗中微微发亮。他看起来是这么渺小又孤立无援：他白发苍苍，弓腰曲背，像一株即将遭受暴雨摧残的干瘪枯木。

一把炽红的长剑自阴影中刺来，火光冲天。

格拉姆德凛寒光连闪，不落阵下。

只听得“当啷”几声，白焰一闪，炎魔身形倒退，手中的剑四分五裂，化作飞溅的熔岩。巫师的身影在桥上晃了晃，后退一步，又稳稳站定。

“休想过桥！”他喝道。

炎魔一跃而起，身子彻底上了桥，手中的鞭子挥舞得嘶嘶作响。

“他独力难支！”阿拉贡高叫着猛然冲回桥上。“以埃兰迪尔之名！”他喊道，“甘道夫，我来助你！”

“以刚铎之名！”波洛米尔高喊着，紧随其后，跳上桥。说时迟，那时快，甘道夫举起法杖，怒吼着击向眼前的桥面。法杖应声而碎，自手上断落。一片夺目的白焰轰然蹿起，裂缝爬满了大桥，炎魔所在之处碎

1 又称“不灭之火”，是独一之神伊露维塔拥有的创造之力，能赋予事物生命，亦能化虚幻为现实。——译注

裂开来，脚踩的石块坠入深渊，其余部分晃动不停，勉强保持原样，仿佛一条悬空的石舌。

一声可怖的叫喊后，炎魔向前歪倒，随后往下坠落，消失不见。然而，跌落之时它挥出鞭子，鞭身一卷，缠住巫师的双膝，把他拽到悬崖边。甘道夫身形一偏，跌倒在地上，想抓住身边的石块，却还是滑下了深渊。“快跑，你们这些蠢货！”他一声怒号，旋即没了踪影。

火焰熄灭，虚无的黑暗降临了。护戒队伍脚上像扎了根，惊恐地望着裂口。阿拉贡和波洛米尔刚飞奔过来，那桥的残余便碎裂垮塌。阿拉贡一声高喊，众人回了神。

“来！现在跟着我走！”他唤道，“我们得遵从他最后的命令。跟我来！”

阿拉贡领头，波洛米尔断后，众人连走带摔地上了大门外的高大台阶，又沿着顶部回声阵阵的宽阔通道飞奔。佛罗多听见身畔的山姆在哭泣，这才发现他自己也是边跑边哭。咚，咚，咚，鼓声滚滚而来，此刻听着却是那么哀伤而缓慢。咚！

众人继续往前跑。前方的光亮渐渐清晰——是刺破了天花板的许多巨大通风井。他们加快速度，跑入一间被东边高窗的阳光照得明亮的大厅。他们飞速地跑过大厅，从巨大的破门中穿过；东大门洞开着，拱形的亮光扑面而来。

分立两侧的巨大门柱的阴影中藏着一队奥克，但大门已是破碎倒塌状。阿拉贡一剑砍倒了拦路的奥克队长，其余奥克被他的怒火吓得四散奔逃。护戒队伍如风一般卷过，全然不理会他们。众人跑出大门，跳下久经风雪的巨大台阶，终于离开了墨瑞亚。

就这样，他们满心绝望地逃出生天，脸庞感受到了和风的抚摸。众人一直跑出了城墙上弓箭的射程之外，这才停下脚步。黯溪谷就在眼前，横陈其上的是迷雾山脉，金灿灿的阳光从东面照耀着大地。此刻午时刚过去一个钟头。阳光正明媚，云朵在高天徜徉。

他们回头看去。山影之下，墨瑞亚的拱门一片漆黑，兀自大张着。远远的地底隐约有缓慢的鼓声传来：咚。一缕薄薄的黑烟飘荡起来。什么也看不见，整个山谷一片空空荡荡。咚。悲痛终究吞没了众人。他们或呆立沉默，或扑倒在地，唯有哭泣声久久不能散去。咚，咚。鼓声渐歇。

·第六章·

洛丝罗瑞恩

“唉！恐怕我们不能在这里久待。”阿拉贡说。他举目望向迷雾山脉，宝剑高举手中。“甘道夫，永别了！”他喊道，“我不是告诉过你，‘若是穿过了墨瑞亚的大门，要多加小心’吗？唉，谁想竟一语成谶！没了你，我们哪里还有希望？”

他转向众人，“即便没了希望，我们也要坚持下去，至少我们有机会报仇雪恨。振作起来，忍住眼泪！来吧！我们还有很长的路要走，还有许多的事要做。”

他们起身环顾四周。山谷向北延伸，在迷雾山脉那两条巨大山臂间形成一条阴影笼罩的峡谷，其上闪耀着三座峰顶：凯勒布迪尔、法努伊索尔、卡拉兹拉斯，也就是墨瑞亚群山。峡谷尽头有湍流涌动，阶梯般的无数小瀑布连成了白练似的一片，让山脚下水雾弥漫。

“前面就是黯溪梯，”阿拉贡指着瀑布说，“如果当初运气好点儿的话，我们本该从湍流边那条深凿道上爬下来的。”

“又或者卡拉兹拉斯对我们没那么残酷。”吉姆利说，“它就在那里迎着阳光微笑！”他冲着最远处那座雪顶山峰晃了晃拳头，转身走掉了。

山脉往东延伸又陡然止住，将空间让给远方宽广又模糊的大地。南边，迷雾山脉渐行渐矮，一直伸到了视线之外。在距离众人不到一哩的地方有一片小湖，位置略低——此刻护戒队伍依旧站在山谷西侧的高处。这湖长且呈椭圆形，形状像是深深刺入北边峡谷的巨大矛尖；不过，它的南端却在这明媚的天空下藏进了阴影之中。它的水颜色很深，像是从亮着明灯的房间里注视清朗的夜空一样，呈深蓝色。湖面一片宁静，水波不兴。一圈平整的草地围绕着它，又从四面八方斜向赤裸、整齐的湖岸。

“那里便是镜影湖，深邃的凯雷德－扎拉姆！”吉姆利哀伤地说，“我还记得他曾说过：‘愿那景象能让你心生欢喜！不过，不管你想做什么，我们都不能在山谷里长待。’而今，我不知要走上多久才能再度心生欢喜。我必须匆匆离去，而他却不得不留下。”

队伍此刻走下了大门过来的那条路。这条破破烂烂的路渐渐化为石楠和荆豆丛生的小径，歪歪扭扭地没入乱石之中；不过，依稀还是能看出它曾是条巨大的甬道，一路从低地蜿蜒而上，直通矮人王国。路旁间或屹立着废弃的石雕，还有一座座绿丘，丘顶长着细长的白桦，还有在风中叹息的冷杉。一条拐向东边的道领着他们来到镜影湖的草地，路边不远处矗立着一根顶部断裂的柱子。

“这是都林之石！”吉姆利嚷道，“不驻足片刻，看一眼这山谷的奇迹，我可没法就这样走掉！”

“那就看快些！”阿拉贡说着，回头看向墨瑞亚的大门，“日头落得有些早。奥克大概不会在日暮前出来，但我们得在天黑之前远离这里。月相已近全亏，今晚可不会太明亮。”

“佛罗多，跟我来！”矮人嚷嚷着冲到路旁，“不看一眼凯雷德－扎拉姆，我可不能放你走。”他一溜烟儿地跑下长长的绿坡，佛罗多慢慢地跟在后面，虽然身上又疼又累，却依旧让那宁静的蓝色湖水给吸引住了。山姆在他后面跟着。

吉姆利停在石柱边注视着。这石柱裂缝从生，风蚀雨浸，表面的如尼文已模糊不清，无从辨认。“这根石柱标记着都林第一次看见镜影湖的位置。”矮人说，“离开之前，让我们也来看上一看！”

他们俯身看向那深沉的湖水。一开始什么都看不到，之后他们便慢慢地看见那深邃的蓝色湖水中映出的环绕群山，山顶如羽状白焰般傲立他们之上，天空衬在山顶的背后。尽管天上有阳光照射，却依旧能见着群星如宝石般在湖水底下闪耀，却不见他们自己附身的倒影。

“噢，这美轮美奂的凯雷德－扎拉姆！”吉姆利感叹道，“都林之冠就躺在这里等着他苏醒。永别了！”他鞠了一躬，匆匆转身爬上绿坡，再度走回小径。

“你看见什么了？”皮平问山姆，可后者沉浸在思绪里，没有回话。

道路此时转向右边，又迅速下行，出了夹着山谷的山臂。众人在湖旁边往下一些的地方碰上一潭水晶般澄澈的深泉，有清泉自泉眼中涌出，顺着陡峭的岩槽潺潺流淌，闪闪发亮。

“这里便是银脉河的源泉。”吉姆利说，“别喝！这水冻得刺骨。”

“它从山涧里汇集支流，很快就变成一条湍急的河流。”阿拉贡说，“我们要沿着它走上好几哩路。我会带大家走甘道夫选的方向，所以想先前往银脉河流入大河的那片树林——就在那儿。”众人朝他所指之处望去，只见前方有一条溪流跃下谷底，又流向地势更低之处，最后消失在一片金色的水雾之中。

“那里便是洛丝罗瑞恩的树林！”莱戈拉斯说，“是我族子民所居之处中最美的一处。那地方的林木，任何地方都比不了——那儿的秋天没有落叶，树叶只会变得金黄一片。一直到春天绽新芽的时候，树叶才会掉落，然后枝丫上会开满黄花。金地金天银立柱——因为光滑的树皮是银灰色的。我们在黑森林一直就是这么唱的。倘若春天时能站在那森林之屋的檐下，我可要满心欢喜了！”

“我也会满心欢喜，即便那是冬天。”阿拉贡说，“不过离那里还隔着好些哩路呢。我们得加紧赶路！”

开始的时候，佛罗多和山姆还能勉强跟上其他人，可领头的阿拉贡步伐走得实在是太大了，没一会儿他俩便掉了队。从大清早到现在，他们几人一点儿东西都没吃。山姆感觉伤口火烧火燎，脑袋也轻飘飘的。经历了墨瑞亚又黑又暖的环境，如今哪怕闪耀的阳光照在身上，那风依旧感觉冷得紧，冻得他瑟瑟发抖。佛罗多气喘如牛，越走越觉得伤口疼得厉害。

后来，莱戈拉斯转过身，发现他俩远远落在后面，便告诉了阿拉贡。其余人纷纷停下，而阿拉贡一边朝他俩跑了过来，一边唤着莱戈拉斯同行。

“佛罗多，实在对不住！”他喊道，声音里满是关切，“今天出了太多状况，我们又必须争分夺秒，结果我把你和山姆负伤的事给忘了。你们应该说一声的。虽说墨瑞亚的奥克撵在我们屁股后头，可我们还是该做点儿什么来减轻你们的痛苦才对。来吧！前面不远处就有一处歇息的地方。等到了那里，我会尽力医治你们的伤口。波洛米尔，快来！我们背着他们走。”

没过多久，他们看到一条打西边流下来的小溪，溪水咕嘟嘟汇入银脉河的急流当中。溪水并着河水冲下绿石形成的瀑布，又泛着泡沫涌入一座山谷里。山谷四周矗立着一片又矮又弯的冷杉，谷壁很是陡峭，上面长满了鹿舌草与越橘丛。谷底有一片平坦的空间，溪水带着嘈杂声与透亮的水泡从中流过。众人便在此处稍事休息。眼下已接近午后三点钟，他们离开墨瑞亚的大门处不过几哩路远，而太阳已经开始西落。

吉姆利和两个霍比特小年轻用灌木和冷杉木生火与打水期间，阿拉贡照料起了山姆与佛罗多。山姆的伤口虽不深，但看着有些吓人，阿拉贡凝神查看起来。片刻后，他松了口气，抬起了头。

“运气挺好，山姆！”他说，“好多人在头次斩杀奥克时，付出的代价可比这个要大得多。奥克弯刀造成的伤口基本上都会带毒，但你这伤口却没沾上。待我处理一番之后，它就能愈合。等吉姆利把水烧热，先清洗伤口。”

他打开行囊，掏出几片枯叶。“这些是我从风云顶附近摘的阿塞拉斯，虽说叶子干了会失去一些药效。”他说，“把叶子揉碎泡进水里，用那水清洗伤口，我再帮你包扎起来。佛罗多，现在该你了！”

“我没事，”佛罗多不愿让人碰自己的衣服，“我只要吃点儿东西，休息一下就行。”

“不行！”阿拉贡反驳道，“我们得检查一下那铁锤和铁砧给你造成了什么伤害。你竟然活了下来，我到现在还觉得这是个奇迹。”他轻轻地脱下佛罗多的旧外套和破烂的短袍，然后惊讶得抽了一口气，随即便哈哈大笑。那件白银胸甲在他眼前闪烁着，仿佛海面上泛起的波光粼粼。他小心翼翼地将锁甲脱下来，高高举起，上面的宝石恍若繁星闪耀，片片锁环的碰撞声好似雨落水池。

“朋友们，快看！”他唤道，“瞧这张俊俏的霍比特皮，足可以裹住一个精灵小王子！要是有人知道霍比特人有这种皮，中洲的猎人还不得全冲到夏尔去了。”

“而全世界猎人的箭矢都将无功而返。”吉姆利惊奇地打量着锁甲，“这可是件秘银甲。秘银哪！我从来没见过也没听过这么漂亮的东西。

这就是甘道夫提到的那件锁甲吗？那他可太低估它的价值了。不过，这件礼物确实送得好！”

“我之前老在猜想，你跟比尔博亲昵地在他的小房间里做什么呢，”梅里说，“赞美那老霍比特人！我真是前所未有地喜欢他。真希望我们能逮着机会跟他讲讲这事！”

佛罗多胸口至右肋有一块发黑的淤青。他在锁甲下面穿了一件软皮衬衣，不过锁环刺破了一处，直戳进肉里。佛罗多被甩出去时，左肋撞到墙的位置也有瘀伤。趁其他人准备吃食的当口，阿拉贡用阿塞拉斯泡的水为他清洗了伤口。山谷里飘荡着辛辣的香气，所有俯身吸入这水蒸气的人都感觉精神振奋，有了力气。佛罗多很快便感觉疼痛远离了他，呼吸也轻松了——不过接下来好几天，他依旧感觉浑身僵硬，一碰就疼。阿拉贡在身侧替他绑上了几块软布。

“这锁甲轻得真是难以置信。”他说，“穿回去吧，若你还能承受得住。知道你有这么件胸甲，我由衷地开心。哪怕睡觉也别解下来，除非命运能让你在安全的地方逗留一阵；不过，一日未达成你的使命，这样的机会便一日难得遇见。”

饭后，护戒队伍便准备继续出发。他们灭了营火，抹去所有痕迹，便爬出山谷重返道路。没走多远，太阳便已落下西天，巨大的阴影爬上了山边。暮色笼罩了他们的脚步，迷雾在洼地里也氤氲而起。远远的东边天空上，暮光淡淡地照着远处朦胧的平原和林地。山姆和佛罗多此时只感觉神清气爽，脚步也能迈得无比轻快。阿拉贡带着队伍继续走了三个多钟头，中间只短暂歇了一回。

天色墨黑，深夜已降临。天上出现许多明亮的星星，不过渐亏的月亮暂时还未出现。吉姆利和佛罗多走在队尾一言不发，脚步也很轻，边走边留意道路后面有没有动静。后来，吉姆利打破了沉默。

“除了风声，什么动静也没有。”他说，“附近没有半兽人，除非我的耳朵就是摆设。我只希望，奥克把我们赶出墨瑞亚便心满意足了。这或许就是他们的目的，此外他们跟我们——跟魔戒——便再无瓜葛。不过，若是折了个头目什么的，奥克为了报仇倒是常常会追出敌人不少里格，一直追到平原去。”

佛罗多没有回话，只是盯着刺叮暗淡的剑身。不过，他好像听见、或者说觉得自己听见了什么声音。就在阴影刚笼罩在他们四周，道路也变得昏暗之时，他又听见了那快速的脚步声。此时此刻依旧能听见。他迅速转身，发现背后出现了两点细小的光芒——或者说有那么个瞬间他觉得自己看见了，可它们迅速滑向一边，消失不见了。

“什么情况？”矮人问。

“我不知道。”佛罗多答道，“我以为自己听见了脚步声，以为自己看见了亮光，像是眼睛发出的。自从我们踏入墨瑞亚，我就总有这种感觉。”

吉姆利停下脚步，俯身到地面，“我只听见了植物和岩石在夜色中交谈。好了，加快脚步！其他人都走出我们视线外了。”

山谷里吹来的冰冷夜风袭上了他们。前方朦朦胧胧出现一片辽阔的灰色阴影，有微风拂动杨树似的树叶沙沙声，一直响个不停。

“洛丝罗瑞恩！”莱戈拉斯高喊道，“洛丝罗瑞恩！我们已经走到黄金森林的屋檐下了。唉，现在为什么是冬天！”

夜幕中，高大的树林矗立身前，拱卫道路和陡然流入树林的小溪。树干被影影绰绰的天星照得一片灰暗，颤动的树叶则透着一抹淡金色。

“洛丝罗瑞恩！”阿拉贡感叹道，“再度听见这林中的风声，真叫我开怀！虽然我们离开墨瑞亚大门不过五里格多一点儿，但不能再继续前进了。但愿精灵的美名能让我们今夜免遭身后而来的危险侵扰。”

“在这日渐黑暗的世界里，也得有精灵依旧居住在这里才行。”吉姆利说。

“我的族人已许久未曾踏足过这片很久以前我们曾漫游数百年的土地了。”莱戈拉斯说，“但我们听说罗瑞恩尚未荒废，此地似有某种神秘力量庇佑，使其不受邪恶侵袭。不过，此地的子民很少现身，或许他们如今住进森林深处，远离了北部边界。”

“他们确实是在森林深处。”阿拉贡叹了口气，仿佛触动了久远的回忆，“今晚我们只能自求多福。我们会再往前走一小截，直到树木能将我们包围住，然后我们再离开道路，找一处地方休息。”

他迈步向前，可波洛米尔却踌躇不前，问道：“就没别的路能走吗？”

“你还想走什么更好的路？”阿拉贡问道。

“一条平坦的路，哪怕需要穿过刀山剑海。”波洛米尔说，“我们的队伍一直被领着走怪异的道路，并且厄运连连。你们不顾我的反对，穿过墨瑞亚的阴影，害我们人员折损。现在你又说我们必须要走进黄金森林。刚铎可是盛传过这片危险的土地，据说一旦进去，没几个人能走出来；即便出来了，也没人能毫发无伤。”

“毫发无伤谈不上，若说是一如既往，那你就讲出真相了。”阿拉贡说，“可是，波洛米尔，倘若那曾经的智者之城如今都在诋毁洛丝罗瑞恩的话，那么刚铎的学识也算得上是式微了。信不信随你，不过我们确实没有别的路可走——除非你愿意重返墨瑞亚的大门或者攀登那没路的山脉，又或者独自顺着大河游过去。”

“那就带路好了！”波洛米尔说，“不过里边确实危机四伏。”

“确实很危险，”阿拉贡回道，“美丽又危险。不过，只有邪恶或者带来邪恶之人才会畏惧它。我们走！”

他们朝森林里前进了一哩多一点儿，便迎上一条迅疾的小溪。溪水是从西面山峰绿树成荫的坡上涌下来的。右面远处的阴影传来溪水溅落瀑布的声音。那黑沉沉的溪水匆匆穿过面前的小径，从树根处的昏暗水池汇入银脉河。

“这就是宁洛德尔！”莱戈拉斯解释道，“西尔凡精灵很久以前为这条河谱写了许多歌曲，我们如今依旧在北方传唱，缅怀它的飞瀑流虹和水沫上漂浮的金色花朵。如今万物黑暗，宁洛德尔桥也坍塌了。我要去浸一浸我的脚，据说这河水能疗愈疲惫。”他往前爬下深陷的溪岸，径直踏入溪水中。

“一起来啊！”他嚷道，“水很浅。我们蹚过去吧！溪水对岸可以休息，瀑布的声音能助我们入睡，还能抚平忧伤。”

众人挨个儿爬下溪岸，追上莱戈拉斯。佛罗多在水边站了一阵，任由溪水淌过自己疲惫的脚掌。水很冷，触感却非常清爽；随着溪水渐渐没过膝盖，他感觉旅行带来的风尘与疲倦全被冲走了。

一行人过了河便坐下来休息，又吃了点儿东西；莱戈拉斯同他们讲起黑森林精灵仍珍藏在心里的关于洛丝罗瑞恩的种种故事，说的便是世界苍老之前，大河边草地上的日芒星辉。

话语最后化作沉默，众人听起阴影中瀑布奔流奏响的甜美音符。佛罗多浮想联翩，感觉那水声中似乎有人在歌唱。

“你们听见宁洛德尔的声音了吗？”莱戈拉斯问，“容我为大家献上一首有关宁洛德尔姑娘的歌；很久以前她在这溪畔居住，取了同样的名字。这首歌用我们的林地方言唱很美，不过我打算效仿幽谷的一些人，用西部语来唱。”他柔声唱了起来，头顶的树叶沙沙声让歌声几近微不可查：

古时有位精灵姑娘，

好似那白日明星：
素袍嵌金边，鞋子银又灰。

眉间单星缀，发梢光芒闪，
金枝托骄阳，仙居美境罗瑞恩。

秀发百丈长，肌肤霜雪白，
姑娘面容美，身心皆逍遥；
风吹身形动，轻若菩提叶。

宁洛德尔瀑布畔，清凉池水旁，
姑娘声似泻地银，脆音落入波粼池。

而今身何处，无人得知晓，
行在阳光下，或步于树荫中？
宁洛德尔已迷失在过去，
于山野间暗自徘徊。

精灵之船灰港停留，长候背风的山坡下，
不知多少时日，可来的唯有潮起潮落。

夜风自北方大地而来，
大风起兮，风声高昂，
航船乘风而行，驶离精灵之滨，
远渡层层海浪。

破晓将临，陆地难见，
大浪浮沉，飞沫迷眼，
山峰沉作灰影，已是远方之景。

阿姆洛斯眼见海岸离远，已让波涛尽掩，
他咄嗟叱咤，怒这薄情之船，
何以载他远离宁德洛尔。

他旧时乃精灵之王，统治森林与山谷之地，
彼时，洛丝罗瑞恩美轮美奂，
金枝遍野，春光灿烂。

精灵们见他一跃而下，迅如箭矢离弦，
疾如振翅白鸥，自船上潜入深水。

风儿带得他发丝翻飞，身周海浪浮沫闪耀；
遥见他身姿矫健美好，
一路行远，如白鸥破浪。

然而，无论大海西方抑或此岸，
只言片语皆无。
阿姆洛斯下落何处，精灵再不曾听闻。

莱戈拉斯声音颤抖，停止了吟唱。“我唱不下去了，”他说，“我只唱了其中一小段，其余大部分我想不起来了。这首歌很长，充满哀思，讲的是矮人惊醒山底的邪恶后，‘繁花盛开的罗瑞恩’——洛丝罗瑞恩如何为哀恸所笼罩。”

“邪恶可不是矮人造出来的。”吉姆利说。

“我没说是矮人造出来的，但邪恶还是来了。”莱戈拉斯悲伤地说，“此后，宁洛德尔一族的精灵纷纷背井离乡，而她也流落到遥远的南方，迷失在白色山脉的道道隘口中，并没有前往爱人阿姆洛斯等候她的海船。不过，春风拂新叶之时，她的声音依旧回响在与她同名的瀑布之畔。而南风则会从海边带来阿姆洛斯的声音；宁洛德尔瀑布会汇入银脉河，也就是精灵所称的凯勒布兰特河，而凯勒布兰特河会流入大河安都因，安都因又会注入罗瑞恩精灵启航之处的贝尔法拉斯湾。然而，无论宁洛德尔还是阿姆洛斯，都再也没有回来。”

“据说，她在瀑布附近的一棵树上搭建了一座屋子——罗瑞恩精灵有住在树上的习俗，如今或许依然如此。正因此，他们被称为加拉兹民，也就是‘树民’。他们所在的森林深处，树木生长得十分粗壮。森林之民不会像矮人一样住在地下，在魔影出现之前，他们也并未用石头建造过坚固的居所。”

“即便如今这时期，住在树上大概也比坐在地上安全。”吉姆利说。他眼神越过溪水看向延伸回黯溪谷的道路，又抬头注视着头顶那枝繁叶茂的黝黑树枝。

“你的话给了我灵感，吉姆利。”阿拉贡说，“我们没法造一间屋子，不过，若是可行的话，今晚我们可以效仿加拉兹民，在树顶上寻求庇护。我们在路边坐得太久，这举动十分不明智。”

队伍转离小径，沿着山涧向西离开银脉河，钻入森林更深处的阴影。在宁洛德尔瀑布不远处，他们发现了聚成一团的一些树，其中有几棵正好能遮住山涧。这些树灰色的树干极为粗壮，高度根本无从猜测。

“我爬上去看看，”莱戈拉斯说，“与森林打交道，对我来说就跟回到家一样，树上树下都驾轻就熟。不过我对这些树略感陌生，我只在歌谣里听过它们的名字：瑁珑。它们会开黄色的花朵，但我还从没爬过这种树，眼下终于可以看看它们的形状和长势了。”

“不管花怎么开，”皮平说，“只要能为鸟以外的生物提供夜间休息之所，它们就是了不起的树。我可没法在树枝上睡觉！”

“那就在地上打个洞吧，”莱戈拉斯说，“倘若你更喜欢这种方式的话。但要想躲过奥克，你就得快点儿挖，还要挖得深一点儿。”他轻巧地往上一纵，伸手便抓住了高高长在头顶的树干分枝。然而就在他荡悠的时候，上方树影里突然有声音传来。

“Daro！”[1]那声音命令道，莱戈拉斯吓得一激灵，直接摔到了地上。他缩着身子贴在树干上。

“站着别动！”他悄声跟其他人说，“别动也别说话！”

他们头顶上传来轻笑声，另一个声音接着响起，清亮地讲起精灵语来。佛罗多听得满脑子糊涂，因为这语言跟西边的不一样，仅限于迷雾山脉东边西尔凡精灵之间使用。莱戈拉斯抬起头，用同样的语言[2]做了回答。

“他们是谁，都说了些什么呢？”梅里问。

“他们是精灵啊，”山姆回道，“你听不出来他们的声音吗？”

“没错，他们是精灵。”莱戈拉斯说，“他们说，你的呼吸声极大，响到他们摸黑都能一箭射中你。”山姆连忙拿手捂住嘴巴，“他们还说，各位不必害怕。他们许久之前就注意到我们了。他们听见我的声音从宁洛德尔那边传来，知道我是北方的亲族之一，因此并未阻拦我们过河；后来他们又听见了我的歌声。现在，他们想请我带着佛罗多爬上去，似乎他们对他以及我们的旅行有一定的了解。他们让其他人少安毋躁，继

1 辛达语，意为“不许动”。——译注
2 见附录六“精灵”部分的解释。——译注

续在树下留意观察，等他们决定好怎么办再说。”

阴影中落下一卷银灰色的绳梯，在黑暗中微微闪着光亮。它看似纤细无比，实则结实到能承住许多人的重量。莱戈拉斯轻快地爬了上去，佛罗多缓慢地跟在后面，最后则是试着轻声呼吸的山姆。瑁珑的树枝近乎水平地从树干伸出，然后向上延伸，到了接近树顶的位置又分作片片枝丫，形成一顶树冠。几人发现其中搭有一层木头平台，就是过去被称作“弗来特”的东西，精灵称之为“塔蓝”。它中间有一个圆洞，可通过绳梯爬上去。

等佛罗多终于爬上弗来特，看见莱戈拉斯同另外三名精灵坐在一块儿。这三人身穿暗灰如影的衣服，除非突然移动，否则根本看不见枝丫间的他们。他们站起身，其中一位精灵取下一盏小灯上的遮罩，让一缕银光照了出来。他举起灯，先端详了佛罗多的脸，接着又看了山姆的，然后又遮住灯，用他那口精灵语讲了几句欢迎之词。佛罗多结结巴巴地做了回应。

“欢迎！”精灵见状，又用通用语慢慢重复一遍，“我们很少说别的语言。我们如今生活在森林中心，并不情愿跟其他种族的人打交道，就连我们北方的亲族，也与我们分离了。不过，我们当中还是会有人去外界打探消息，监视敌人——他们会使用其他族类的语言，我就是其中之一。我叫哈尔迪尔。这两位是我的兄弟儒米尔与欧洛芬，他们不怎么会讲你们的语言。

“不过，埃尔隆德的信使在爬黯溪梯归家时曾路过罗瑞恩，所以我们对你们的到来也有所耳闻。我们已经许多年不曾听闻过霍比特人——或者说半身人的事情，也不知道他们竟然还有人住在中洲。你们看起来并不邪恶！鉴于你们与我们亲族的精灵同来，我们愿意如埃尔隆德所要求般与你们为友，虽说我们并无带领陌生人穿越我们领土的惯例。不过，你们今晚须在此过夜。你们有多少人？”

莱戈拉斯说："八位。我、四个霍比特人，还有两个人类——其中一位是阿拉贡，他是精灵之友，是西方之地的人类。"

"阿拉松之子阿拉贡的名号在罗瑞恩家喻户晓。"哈尔迪尔道，"夫人对他也颇为器重。如此说来，便没什么问题。不过，你只提到了七人。"

"第八位是个矮人。"莱戈拉斯说。

"矮人！"哈尔迪尔说，"那就有问题了。自黑暗年代后，我们就再没跟矮人打过交道。他们不许进入我们的土地，我不能让他通过。"

"可是他来自孤山，是戴因信任的子民，对埃尔隆德也很友善。"佛罗多说，"埃尔隆德亲自挑选他作为队伍成员，他也向来英勇忠诚。"

三位精灵凑在一块低声交流，又用他们的语言询问莱戈拉斯。"行吧。"最后，哈尔迪尔说，"虽然这并非出自我的本意，但我们决定如此处理：倘若阿拉贡与莱戈拉斯负责看守他、为他做担保，那么他可以通过；但穿过洛丝罗瑞恩期间，他必须蒙住眼睛。"

"而眼下我们不可再多费口舌。你们的人不能再待在地面。自我们查探到有一支奥克部队多日前曾沿山缘向北前往墨瑞亚之后，我们就一直在监视各条河流。森林边界处能听见野狼的号叫。假如你们果真来自墨瑞亚，那么危险必定紧随其后。明日一早你们便得启程。

"四个霍比特人上来这里跟我们待着——我们不怕他们！旁边的树上还有一处塔蓝。其他人都上那边去躲避。你，莱戈拉斯，必须为他们做担保。若有什么不对劲，立刻呼唤我们！当心那个矮人！"

莱戈拉斯立马爬下绳梯，并传达了哈尔迪尔的口信。片刻后，梅里跟皮平便爬上了高高的弗来特，两人气喘吁吁的，脸上写满了害怕。

"看看！"梅里喘着粗气，"我们把大家的毯子都给拽上来了。剩下的行李都让大步佬用落叶给厚厚地藏了起来。"

“你们没必要拿这些负担上来。”哈尔迪尔说，“虽然冬天树顶很冷，但今晚吹的是南风。不过，我们能为你们提供吃的和喝的，以驱赶夜晚的寒冷，我们的毛皮和斗篷也还有多的。”

霍比特人兴高采烈地接受了这第二顿（且比前一顿丰盛得多的）晚餐。饱餐后，他们把自己暖暖和和地裹了起来，不但用了精灵的毛皮斗篷，自己的毯子也没闲着，打算舒舒服服睡一觉。不过，哪怕疲倦成他们这样，眼睛一合便能睡着的也只有山姆。霍比特人不喜欢高的地方，哪怕屋里有楼梯，他们也不会睡在楼上。拿弗来特作为卧室，完全不符合他们的喜好：没有墙，甚至栏杆都没有；只在一处有薄薄的一面绳编屏风，可以根据风向在不同的地方挪动和固定。

皮平又说了一会儿话：“真要在这个鸟窝里睡觉的话，我只希望自己不会滚下去。”

“我只要睡着了，”山姆也说，“不管会不会滚下去，都会继续睡。而且，话说得越少，我就越早睡着，如果你懂我的意思。”

佛罗多躺了半天，透过簌簌的叶片交织而成的暗淡天花板，盯着闪烁的群星。在他合上眼之前，身旁的山姆早就打起了鼾。他隐约能看见两个精灵灰色的身影，他们一动不动地抱膝而坐，低声交谈着什么。另一位精灵到下面矮一些的树枝上守夜去了。在枝丫间风声与下面宁洛德尔瀑布甜美喃喃声的催眠之下，佛罗多脑海里回荡起莱戈拉斯唱的那首歌，终于进入了梦乡。

后半夜，他醒了。其他几个霍比特人依旧在酣睡，精灵已没了踪影。镰刀月在树叶间洒下微弱的光亮。风静下来了。他听见不远处传来粗犷的笑声，下方还有许多脚踩地面的动静。金属撞击声也出现了。这些声音慢慢消失、远去，似乎往南去了森林深处。

弗来特中间的洞口突然探出一个脑袋。佛罗多警惕地坐起身，发现原来是一位戴着灰色兜帽的精灵。精灵看向了霍比特人。

“什么情况？”佛罗多问。

“Yrch[1]!”精灵一边哑着嗓门儿低声说，一边把卷起的绳梯扔上弗来特。

“奥克！”佛罗多说，“他们在干什么？”可精灵已经不见了。

四下里没了动静，就连树叶也安静下来，那条瀑布似乎也沉寂了。佛罗多裹着一身东西坐在那儿瑟瑟发抖。他很庆幸大家没在地面被逮到；可他又觉得，这些树除了隐蔽之外，也提供不了什么保护。据说奥克的嗅觉跟猎犬一样灵，而且他们还能攀爬。于是，他抽出刺叮——它亮起蓝色火焰一般的光芒，随即又慢慢减弱，变得暗淡无光。尽管光芒消散，可危险迫在眉睫的感觉依旧萦绕在佛罗多心里，甚至越发强烈。他站起身，爬到洞口处，往下望。他几乎可以肯定，下方远处的树根处有鬼鬼祟祟的挪动声。

不是精灵，树民在行动的时候根本不会发出声音。然后，他又隐约听见了类似嗅闻的声音，有什么东西好像在扒拉着树皮。他屏住呼吸，盯着下面的黑暗。

此刻，有个东西在慢慢往上爬，有呼吸声传来，像是紧咬着牙呼出的细微嘶嘶声。然后，佛罗多看见，在贴近树干的地方，有两只苍白的眼睛。眼睛停住了，一眨不眨地直瞪向上方，又突然转开了。一道阴暗的身形滑下树干，消失了踪影。

紧接着，哈尔迪尔飞快地爬上树枝。“刚才这棵树上有某种我以前没见过的东西。”他说，“不是奥克。我刚碰到树干，它便逃走了。它似乎很警惕，而且擅长爬树，否则我肯定会以为是你们霍比特人中的哪一个。”

1 辛达语，奥克的复数形式。——译注

“我怕激得对方叫喊，故而并未放箭——我们不能冒险战斗。刚刚有一支奥克强军路过，跨越了宁洛德尔——诅咒他们践踏过清亮河水的脏脚！——又沿着河畔的老路往下游去了。他们似乎嗅到了什么味道，在你们停留的地方搜索了一阵子。我们三人斗不过百来号奥克，便绕到他们前方，佯装有交谈声，将他们引去了森林深处。

“欧洛芬此刻已紧急奔赴我们的住所，向族人发出警告。这些奥克一个也别想活着走出罗瑞恩。下一次夜幕降临之前，会有许多精灵埋伏在北部边界。然而，一等天光大亮，你们就得顺路南下。”

浅淡的日光自东边出现，渐亮的光线洒过瑁珑的黄色叶片，霍比特人恍惚见到了凉爽夏日闪耀的晨光。淡蓝色的天空在摇曳的树枝间若隐若现。佛罗多望向弗来特南边的开口处，整座银脉河河谷尽收眼底。微风拂过，淡金色海洋一般的河谷在风中轻轻摇曳着。

哈尔迪尔与兄弟儒米尔领着整装完毕的护戒队伍再度上路之时，依旧是寒意逼人的清晨。“甜美的宁洛德尔，再会了！”莱戈拉斯喊道。佛罗多回头望去，在灰色的枝干间瞥见一丝泛着光华的白色水沫。“再会。”他说。他觉得，他可能再也听不见哪处的涌流能如此处一般美妙，能将无数的音符交织起来，奏出一曲变幻无穷的旋律，久久回荡。

他们再度走上那条依旧沿着银脉河西侧前行的小径，一段距离后又跟着折向南边。路面出现奥克的脚印，不过哈尔迪尔很快便折进了树林，又在河岸的树荫下停住脚步。

“河对面有我的一位族人，”他说，“虽说你们可能看不见他。”他发出一声类似鸟儿低鸣的呼哨，一名精灵自一丛小树后现了身。他身着灰衣，不过兜帽却掀到了背后，晨光照得他金发闪闪。哈尔迪尔娴熟地将一卷灰绳抛过小溪，对方抓住绳子，将它绑在岸边一棵树上。

“正如你们所见，凯勒布兰特到这里已是激流澎湃。”哈尔迪尔说，

“这水又急又深，还冰冷刺骨。如此偏北的地方，除非迫不得已，我们并不会涉水过河。不过，在眼下这提心吊胆的年月里，我们也不会去搭桥。我们是这样过河的，看好了！”他快速将绳尾缠在一棵树上，又顺着绳子轻快地在河上来回跑了一圈，如履平地。

“这路我能走，”莱戈拉斯说，“其他人可没这个本事。难道要他们游过去？”

“大可不必！”哈尔迪尔说，“我们还有两条绳子。把它们绑在刚才那根绳子上方，一根齐肩、一根齐腰，只要抓着这些绳子，小心一些，哪怕生手也能过去。”

等这座纤细的“桥”建好，护戒队伍便攀了过去；有几位走得如履薄冰、慢慢吞吞，其他人走得倒是没那么艰难。皮平是几个霍比特人里走得最轻松的：他脚步稳健，一只手抓着绳子便飞快走了过去；不过，他眼睛一直盯着对岸，不敢往下看。山姆蹭着往前挪，手将绳子攥得死死的，仿佛遇见了山间的深渊似的，眼睛一直盯着底下打旋儿的苍白河水不放。

安全过河后，他总算舒了口气。“‘活到老学到老’，我家老爷子总这么说。虽说他指的是种园子，不是学鸟儿在树上歇息，也不是像蜘蛛那样走路。哪怕我的叔叔安迪也玩不出这种把戏来！”

等到护戒队伍终于在银脉河东岸聚齐，精灵解下绳子，将其中两根卷了起来。候在对岸的儒米尔把最后那根绳子抽回来挂在肩上，又挥了挥手，便返回宁洛德尔继续守望去了。

“现在，朋友们，”哈尔迪尔说，“你们已来到了罗瑞恩的奈斯，也就是你们惯称的三角洲，因为它就像一支矛尖一样夹在银脉河与大河安都因之间。我们不准任何陌生人刺探奈斯的秘密。事实上，很少有人能获准踏足其上。

“按照我们先前的约定，从这里开始我要蒙上矮人吉姆利的双眼。

在靠近我们居住地——也就是埃格拉迪尔，位于两河之间的河谷地——之前，其他人可以自由行走一阵。”

吉姆利对此大为不悦。“我可没同意过什么约定，”他说，“我不同意蒙着眼睛走，跟个乞丐或者囚犯似的。我又不是奸细，我的族人从未跟大敌的爪牙打过任何交道，我们也从未做过伤害精灵的事情。我跟莱戈拉斯还有其他同伴一样，不会背叛你们。”

“我并非怀疑你，”哈尔迪尔说，“可这是我们的律法。我并非律法的主人，无法凌驾其上。我倾尽全力，这才让你能获准越过凯勒布兰特河。”

但吉姆利很固执。他叉开两腿，牢牢站定，手搭斧柄。“要么让我自由前行，”他说，“要么让我掉头返回故土，哪怕半路孤身死在荒野我也认了。在我的家乡，众人皆知我从不说假话。”

“你不能回头，”哈尔迪尔疾声说，“你们已深入腹地，必须被带去拜见领主与夫人。他们将会予以评判，决定你的去留。你已无法再回去，如今有许多暗哨在你身后，你根本过不去。不等察觉到他们，你便会殒命。”

吉姆利抽出腰间的斧头，哈尔迪尔与同伴也拉上了弓。“矮人和他们的臭脾气可真叫人头疼！”莱戈拉斯说。

“行了！”阿拉贡说，“只要这支队伍还是我领头，你们就得照我说的做。只针对矮人的话，他很难接受。我们全都把眼睛蒙上吧，包括莱戈拉斯。这样最为妥当，只不过这趟行程会变得缓慢无趣就是了。”

吉姆利突然哈哈一笑，“我们会变成一队欢乐的傻瓜！哈尔迪尔会不会拿绳子牵着我们，就像一只狗领着一群要饭的瞎子一样？不过，只要莱戈拉斯跟我一样什么都看不见，那我就心满意足了。”

“我是精灵，还是这里人的亲族。”这下，轮到莱戈拉斯鬼火直冒了。

“这下我们该喊：‘精灵和他们的臭脾气可真让人头疼！’阿拉贡说，“可队员应该有难同当才对。来吧，哈尔迪尔，把我们的眼睛都蒙上！”

“你要是不好好带路，我摔的每一跤、撞伤的每一根脚指头，可都是要找你全额索赔的。”被他们用布料蒙住眼睛的时候，吉姆利说。

“那你可没这机会了，”哈尔迪尔说，“我会好好领着你们，那些路也又平又直。”

“唉，何等愚蠢的世道！”莱戈拉斯感叹道，“在场诸位都乃魔君的敌人，可我却得在金叶林地的美妙阳光下蒙着眼行路！”

“看似很蠢。”哈尔迪尔说，“然而，黑暗魔君的力量最为明显的体现，便在于将反抗他的人分而化之。我们如今对洛丝罗瑞恩之外的世界着实缺乏信心和信任，或许幽谷可以除外。因此，我们不敢单凭信任，便让我们的领土遭遇危险。我们如今生活在一座危机四伏的岛屿上，手里摸的更多的是弓弦而非琴弦。

“河流历来都是我们的保护屏障，可随着魔影悄然北上，将我们彻底包围，如今它们已不再是可靠的屏障。部分人提议离开这里，如今看来已经来不及了。迷雾山脉西侧的邪恶日渐增加，东边的土地则一片荒芜，遍布索伦的爪牙。有传闻说，我们如今已无法通过洛汗安全南下，而安都因大河的河口也有大敌监视。就算我们能抵达海滨，也无法在那里找到避难之地。据说那里依旧有高等精灵的海港，可它们远在西方和北方，甚至越过了半身人的地界。或许领主与夫人知道它们在哪里，我却不知道。”

“既然你都见到我们了，至少可以猜一猜的。”梅里说，“我的家园——也就是霍比特人生活的夏尔——那里的西边就有精灵海港。”

“能住在海滨附近，霍比特人可真幸福！”哈尔迪尔说，“我的族人确实很久都没见过大海了，不过我们依旧用歌谣在怀念。路上跟我讲讲这些海港吧。”

"讲不了。"梅里回道，"我也没见过。我以前可从没跨出过我们那一亩三分地。而且，就算知道外面的世界是什么样的，我觉得我也不想离开那里。"

"哪怕是为了拜访美丽的洛丝罗瑞恩，也不想吗？"哈尔迪尔说，"这世道确实危机四伏，还有许多黑暗之地，可这世上也有许多美好之物。尽管所有土地上的爱如今都交织着悲伤，但或许还是爱更多一些。"

"我们中有些人歌唱道：'魔影终将退散，安宁会再度归来。'但我相信，周遭的世界不会回到往日那番模样，太阳的光芒也不会重返往日的明亮。对精灵而言，恐怕顶了天也就是得到一纸休战协定，而他们则会遵照协定，不受阻碍地去往大海，永远离开中洲。唉，我钟情的洛丝罗瑞恩啊！没有瑁珑树生长的地方，生活不知会有多乏味。即便大海彼岸有着瑁珑树，却从未有人提到过。"

哈尔迪尔带路，另一位精灵跟在最后，护戒队伍一边说着话，一边在林间小径上慢慢前进。脚下的道路平坦又柔软，没多久他们便不再担心受伤或者跌倒，走得也更加自在。没了视觉之后，佛罗多发现自己的听觉跟其他知觉变得敏锐起来。他能闻到树木和踏过的青草发出的味道，能听见各种音符奏响：头顶树叶沙沙，右边河水淙淙，天边鸟鸣啁啾。行过一片林间地的时候，他还感觉到阳光照在自己的脸上和手上。

他刚踏上银脉河彼岸的土地，一种奇怪的感觉便爬上心头，还随着向奈斯的前进而不断加深。仿佛他跨过了时间之桥，迈入上古之日的一角，如今走进了某个不复存在的世界。在幽谷，上古事物只剩下回忆，而在罗瑞恩，古老事物仍活在现世当中。邪恶耳听目见，悲伤浸透心灵，精灵害怕且不信任外面的世界。野狼在森林的边界号叫不息，可罗瑞恩的土地上并未蒙上半点儿阴影。

护戒队伍这一整日都在行进，直到最后感受到傍晚的凉爽，听见早来的夜风于叶间低语，这才歇了脚，无忧无虑地躺在草地上——向导不允许他们取下蒙眼布，因此他们无法爬树。第二天早上，他们继续慢悠悠地往前走。中午时分他们停了下来，而佛罗多则注意到，队伍已经出了林子，走到灿烂的阳光下了。突然间，他听到四面八方涌来许多说话声。

一支精灵队伍悄然而至，正匆匆赶往北部边界，防备从墨瑞亚来的侵袭。他们还带来一些消息，哈尔迪尔传达了其中的一部分。那些前来劫掠的奥克被挡了下来，几乎全部被歼；侥幸活下来的被追赶着逃向了西边的山野。他们还看见一个怪异的生物，它奔跑的时候弓着腰，双手垂得几乎摸到地面，看着很像野兽，却又并非野兽的长相。它成功逃脱了追捕，而精灵因不知其是善是恶，因此没有射杀它。它沿银脉河而下，消失在了南边。

哈尔迪尔又道："另外，他们还捎来加拉兹民的领主及夫人的口信。你们可以自由走动了，包括矮人吉姆利。夫人似乎知道你们队伍里各人的身份和背景。许是幽谷递来的新消息吧。"

他首先摘掉了吉姆利的蒙眼布。"请见谅！"他深深鞠了一躬，"现在，请用友善的目光看待我们！高兴起来吧，请看，因为自都林的时代以后，你是第一位得见罗瑞恩奈斯森林的矮人！"

待蒙眼布被摘下，佛罗多抬头便往上看，惊讶得屏住了呼吸。一座大土丘矗立在左侧，其上覆满如茵的青草，绿得恍若上古时日的春光再现了。大土丘仿佛戴着双冠，顶上长了两圈树：外面那圈树的树皮洁白如雪，虽没有树叶，可匀称的光枝却美丽异常；里边一圈则是高大无比的瑁珑树，依旧一派淡金色景象。圈的正中有一棵树高耸入云，一座白色的弗来特在它的高枝上闪耀着光芒。从树林脚下至绿丘四周的草地上长满形如星星的小小金色花朵，中间又点缀着其他一些或白或绿的花儿，在细长的茎秆上摇摇摆摆，如雾气般朦胧在色调深厚的青草里。天空一片蔚蓝，午后的阳光洒下山丘，拉出树背后长长的绿色影子。

“请看！诸位已经来到了凯林阿姆洛斯。”哈尔迪尔说，“这里多年前曾是古代王国的中心，此乃阿姆洛斯之丘，在过往更为幸福的年岁里，他的殿宇便建在此处。在这里，绿草永不凋零，冬日之花——黄色的埃拉诺和浅白的妮芙瑞迪尔——长久绽放。我们在这里歇息一阵，黄昏时分前往加拉兹民的城。”

其他人纷纷扑倒在芬芳的草地上，佛罗多依旧满脸陶醉，原地站了好一会儿。于他，自己仿佛行入一扇高窗，俯瞰这早已逝去的世界。有一道光照耀在这世界之上，但佛罗多难以用言语形容。他看见的一切都是那么匀称优美，可它们的形状是那么的鲜活，好似先行完成构思，在他取下遮眼布的一瞬间绘制完毕；它们又显得如此古老，仿佛从天地诞生之初便存续到了现在。他看见的全是早已熟知的颜色，金黄、雪白、天蓝、草绿，但这些颜色是如此鲜艳、强烈，仿佛此刻他才头一回感知到这些颜色，为它们取下崭新又美妙的名字。这里的冬天让人根本不会哀叹春夏的离去。这片土地上生长的万物不见一丝瑕疵、疾病和畸形。在罗瑞恩的大地上，万物纯洁无瑕。

他转过头，看见山姆站在自己身边，一脸困惑地四处张望，又揉了揉眼睛，仿佛不确定是不是在做梦。“现在是日头高照的大白天，没错啊！”他说，“我还以为精灵就适合月亮和星星，眼下这些可比我听过的更有精灵的味道。我觉得自己像是身在一首歌谣里，如果你懂我的意思。”

哈尔迪尔看着他们，好像确实明了两人的所思所言。他笑着说：“看来你们是感受到了加拉兹民夫人的力量。不知二位可有兴致同我一起爬上凯林阿姆洛斯？”

两人跟着哈尔迪尔轻盈的脚步走上绿草如茵的山坡。虽说在其中行走、呼吸，虽说身边的嫩叶鲜花在拂面而过的风中摇曳，佛罗多依旧感觉这片土地的时间仿佛给冻住了，仿佛不会消逝，不会改变，也不会被遗忘。即便他离开这里，去向外面的世界，那个夏尔来的流浪者佛罗多依旧在这里，盘桓在美丽的洛丝罗瑞恩那开满埃拉诺和妮芙瑞迪尔的草地上。

几人走进了那圈白树。南风吹入凯林阿姆洛斯，在树梢间发出叹息声。佛罗多停下脚步，聆听着那早已逝去的、遥远的浪涛拍岸声，聆听着许久前便从这世界绝迹的海鸟的鸣叫。

哈尔迪尔继续前行，眼下正在往高处的弗来特上爬。佛罗多准备跟着他往上爬，可刚把手搁在绳梯旁的树上，他便感受到了树皮的触感、质地以及其中蕴含的生命力。这种感觉前所未有地敏锐。他感受到这棵树传来的喜悦，受到了触动——但并非作为森林居民或木匠而受到的那种触动。这是一种对活生生的树木本身产生的喜悦。

当他终于登上这极高处的平台，哈尔迪尔拉着他的手把他领到朝南的方向，说:“先看这个方向！”

佛罗多举目望去，看到远处有一座长着巍峨巨木的山丘，依稀又像是立着绿色高塔的城市，他说不准。在他看来，从那里传来的力量和光亮让整片大地都为之动容。他突然渴望像鸟儿一样，栖息在那座绿色的城市里。他接着又看向东面，罗瑞恩的整片土地渐次蔓延，延伸至闪着浅淡光芒的大河安都因。他举目远眺，光亮便在河对岸全都消失无影了，他又回到了熟悉的世界。对岸的土地显得枯燥而空虚，混沌又模糊，延伸到远处后才像一堵黑暗而沉闷的墙一样再度隆起。照亮洛丝罗瑞恩的太阳，无法映亮远处那峻岭的阴影。

“那里是黑森林南部的要塞。”哈尔迪尔说，“一片阴暗的冷杉林包围了它，那里的树木互相争斗，树枝腐烂枯萎。中间的岩石高坡上矗立着多古尔都，长期以来，大敌便潜伏在那里。我们担心那里如今又有新的爪牙入住，且他们的力量七倍于前。近来，黑云常笼罩着那里。在这个高地，你可以看到两股敌对的力量；如今它们一直在做精神上的斗争，光明已然察觉到了黑暗的核心，而它自身的秘密还没有被黑暗察觉。暂时还没有。”他转过身，迅速爬下绳梯，其余人随他一同往下。

佛罗多在山脚处找到了阿拉贡，发现他静静地站在那里，像一棵树一样沉默不语。他手中拿着一朵小小的、盛开着的金色埃拉诺花，眼中闪着光芒。他正沉浸在一些美好的回忆中，佛罗多看着他的脸，明白他正目睹着过往发生在这片土地上的一幕。阿拉贡脸上那岁月的痕迹消失了，他似乎身穿白衣，是一位高大而英俊的年轻君主；他正用精灵语对佛罗多看不到的一个人说话。“Arwen vanimelda，namárië！”[1] 他说，然后深吸一口气，回过神来，看着佛罗多，笑了。

“这里便是世间精灵王国的心脏。”他说，“我的心永远停留在此处，除非有光明现身于我们——你和我——必须踏上的黑暗道路的尽头。跟我走吧！”他拉着佛罗多的手，离开了凯林阿姆洛斯山丘，此生再未重返这里。

---

1 辛达语，意为：“再会，美丽的阿尔玟。”——译注

·第七章·

加拉德瑞尔之镜

众人继续前进之时，太阳已落下山头，林中的阴影也愈发深沉。他们朝暮色四合的灌木丛前进，夜色渐渐落到树下，精灵也亮起了他们的银灯。

突然间，队伍再度出了丛林，来到苍茫的夜空下，天空中挂着几颗早现的星星。他们面前是一片一棵树都没有的开阔空地，以巨大的环形朝两边延展而去。开阔地往前是一处让柔和的阴影给遮住的深堑，边缘上的草叶倒是绿得很，仿佛还在发光，像是在缅怀已消失的阳光。深堑另一侧高高隆起，形成一道绿墙，将一座绿丘环绕其中，那丘上的瑁珑树比他们在这整片土地上见过的都要高大。这些高不可测的瑁珑树立在暮色当中，像一座座活的高塔。绿的、金的、银的，无数灯光闪耀在瑁珑树层层叠叠的树枝与不停摇曳的树叶间。哈尔迪尔转身面对着护戒队伍。

“欢迎来到卡拉斯加拉松！”他说，“这里是加拉兹民的城市，是罗瑞恩的领主凯勒博恩及夫人加拉德瑞尔的居所。不过，从这边没法进去，因为城门不是朝北开的。我们得绕去南侧。这座城很大，所以得绕上一大圈。”

深堑外沿有一条白石铺就的道路，众人顺着这条路往西行进。城市在他们左侧无休止地攀升着，恍若一片绿色的云彩。夜色愈发深沉，灯火也变得越来越多，最后，整座山丘像是缀满了星星。众人最终来到一座白桥前，跨过之后便是巨大的城门：它面朝西南，就坐落在那道环抱山丘的墙两端合拢的地方。城门高大、坚实，上面挂了许多盏灯。

哈尔迪尔敲了敲大门，又讲了几句话，城门便无声无息地打开了，但佛罗多却没看见守卫在哪里。一群人鱼贯而入，大门在身后再度关闭。他们走入夹在城墙两端之间的深巷中，又快步穿过，接着便踏入树木之城。一路上没看见人影，也没听见脚步声；不过，众人身畔及头上的空气中却飘荡着许多声音。远方的山丘上，有叶落细雨一般的歌声从高高的地方传来。

他们穿过许多条小径，踏上许多级台阶，终于来到高处，迎上一片宽阔的草坪，一座喷泉在其中汩汩流淌。树干上摇摆的银灯照亮喷泉，泉水落入银盆，而银盆里则涌出一道白白的水流。草坪南侧立着一株最为雄壮的树，它粗壮、光滑的树干好似灰绸般闪亮，往上直破天空，只在极高处才生出粗大的分枝，托着乌云似的蓁蓁叶片。树旁靠着一架白色宽梯，梯脚处坐着三位精灵，见一行人靠近，他们站起了身。佛罗多看见三人身材高大，着灰色锁甲，自肩处裹着长长的白披风。

“凯勒博恩和加拉德瑞尔就住在此处。”哈尔迪尔说，“他们希望你们过去，交谈一番。”

一名精灵守卫拿出一支小号角，嘹亮地吹了一声。远处传来三声回应。“我先上，”哈尔迪尔说，“佛罗多第二个，然后是莱戈拉斯。其他人请随意跟上。对没爬惯这种梯子的人而言，这一路将会十分漫长，不过你们能在半路上略做休息。”

佛罗多慢吞吞地往上爬，一路上见着了好些个弗来特：有的在这边，有的在那边，还有的直接围着树干绕了一圈，好让梯子从正中间穿过。等爬到离地面极远的位置，他来到一处宽阔的塔蓝，活像是上到了大船的甲板。塔蓝上搭有一栋屋子，大得堪比地上人家的庄园宅邸。他随哈尔迪尔进了屋，发现自己来到一间椭圆形的会议厅。他们攀爬的这棵绝伟的瑁珑树穿过屋子正中间继续向上生长，虽然已近树冠位置，树干渐渐收束，却依旧无比粗壮。

房间里，柔和的光亮洒满各处；墙壁绿中带银，天花板金色绚烂。厅里已有好些精灵列席，树干下设有两张以一根鲜活粗枝为华盖的椅子，上面坐着的，正是凯勒博恩与加拉德瑞尔。纵使位高权重，他们依旧起身以精灵的礼仪迎接几位客人。领主身材绝高，夫人亦不遑多让；两人气质肃雍，身姿美好，着满身素白。夫人秀发深金，凯勒博恩领主长发飘飘，银中带闪。他们身上不见岁月的痕迹，只是眼里带着许多沧桑——星光映得它们锐利如匕，又如此深邃，恍若深不见底的记忆之井。

哈尔迪尔将佛罗多领上前来，领主以加拉兹民的语言欢迎了他。加拉德瑞尔夫人并未言语，只是久久注视着他的脸庞。

“请坐我旁边，夏尔的佛罗多！”凯勒博恩说，“等人到齐，我们再一起交谈。”

凯勒博恩依次叫出护戒队伍成员的名字，向他们表示欢迎，丝毫不显倨傲。“阿拉松之子阿拉贡，欢迎你！距你上次造访此地，外面世界已过去三十八载。这些年，你的日子难称轻松。然而，无论好坏，终结之日已近。在此你且放下重担，稍做歇息！”

“瑟兰杜伊之子，欢迎你！竟有我的亲族自北方远道而来，实属稀客。”

“格罗因之子吉姆利，欢迎你！卡拉斯加拉松的都林子民我们委实许久未见。不过，今日我们为此破除了长久以来的规矩。愿它为吉兆，象征世界虽黑暗，但美好的年岁已近在身前；象征你我两族友谊再续。”吉姆利深深鞠了一躬。

待所有宾客都在凯勒博恩面前坐定，领主方才再度看向他们。“这里共来了八位，”他说，“口信里说，共有九人上路。不过，或许当中有什么变动，我们未曾听闻。毕竟埃尔隆德身在远方，又有黑暗势力聚集在我们之间，今年一整年，阴影愈发重了。”

“不，并非出现了变动。”加拉德瑞尔夫人说，头一回出了声。这话音清脆、悦耳，较一般女性更为低沉，“灰袍甘道夫与护戒队伍一同启程，但并未通过此地边界。请告诉我们他去了哪里；我急切想与他再度交谈。不过，除非他进入洛丝罗瑞恩的屏障内，否则我无法看见他——他周身有灰雾环绕，我无法得知他的脚行之路与心思之道。”

“唉！”阿拉贡叹道，“灰袍甘道夫落进了深渊。他没能逃脱，留在了墨瑞亚。”

听见这话，厅里的精灵们无不惊呼出口，心感悲痛。“真是噩耗，”凯勒博恩说，“此地多年听闻各类令人神伤之事，可这条消息当属其中最为糟糕者。”他转向哈尔迪尔，用精灵语问道：“为何无人事先告知我此事？”

“我们并未向哈尔迪尔透露我们的情况和目的。”莱戈拉斯说，“起初，我们太过疲惫，危险又紧追不舍；后来我们满心欢喜地穿行于罗瑞恩秀美的小径，有一阵几乎都忘记了悲伤。”

“然而，我们的悲痛无以复加，我们的损失亦无法修补。”佛罗多说，“甘道夫是我们的向导，是他带领我们穿过了墨瑞亚。在我们深陷绝境之时，是他救了我们，而自己却陨落了。”

“愿闻其详！”凯勒博恩说。

阿拉贡便讲述了卡拉兹拉斯隘口及随后发生的一切；他讲到巴林和他的日记，提到马扎布尔室的战斗，燃烧的火焰，那条窄桥和现身的恐怖之物。“那邪物似乎来自古代世界，我以前从未见过。”阿拉贡说，“它既是暗影，又是烈焰，强大而可怕。”

“那是魔苟斯的巴洛炎魔。”莱戈拉斯说，“除了身居邪黑塔那位，它算是所有精灵克星中最为致命的。”

“我确实在那桥上看到了我们最为黑暗的噩梦，我看见了都林的克星。”吉姆利哑着嗓子说，眼里满是恐惧。

“唉！”凯勒博恩叹道，“长久以来，我们一直担心卡拉兹拉斯底下沉睡着恐怖之物。倘若我早知道矮人再度在墨瑞亚惊扰了这邪物，便不会允准你及随行者们通过北部边界。这事若传出去，肯定会有人说，甘道夫亦从智者沦为蠢人，竟然钻进墨瑞亚的罗网里，做了无谓的牺牲。”

“这话未免过于草率，”加拉德瑞尔严肃地说，“甘道夫此生从不行无谓之举。与他随行的这些人不明白他的想法，因此也无法告知他的完整目的。不过，无论向导如何，过错却不该怪到随行者身上。勿要后悔你们迎接了矮人。倘若我们的子民被逐出洛丝罗瑞恩，长年在远乡漂泊，试问哪一位加拉兹民——哪怕是智者凯勒博恩——在经过之时不想去看一看自己古老的家园，哪怕它已沦为恶龙的巢穴？”

“诸王尚未葬身乱石下的上古时日里，凯雷德－扎拉姆的湖水幽暗，奇比尔－纳拉的河水冰寒，而卡扎督姆的千柱厅堂则是美绝。”她看着旁边愁眉苦脸坐着的吉姆利，展颜一笑。矮人听见她用本族的语言说出那些名字，不由得抬起头来，正好迎上她的目光。于吉姆利而言，他仿佛突然进入敌人的心灵，却在里边发现了爱和理解。他脸上涌现出惊奇之色，随后也以笑脸予以回应。

他笨拙地站起身，弯腰行了个矮人礼，说："不过吧，还是罗瑞恩这片生机勃勃的土地更加美丽，加拉德瑞尔夫人的美更是胜过世间所有的宝石！"

众人沉默下来。凯勒博恩再度开了腔："我并不知晓你们的处境竟如此险恶，还请吉姆利原谅我的刻薄之言。我心中有困扰，才道出如此话语。我将尽我所能，应各位所想所需给予援助，尤其是那位身负重任的小种人。"

"我们知晓你的使命，"加拉德瑞尔看向佛罗多，"但我们不会在此公开讨论。不过，各位既然如甘道夫计划的这般，前来此地寻求援助，或许并非白走一趟。加拉兹民之领主乃中洲最为睿智的精灵，能给予君王之力亦无法奉上的礼物。自万物初醒之日，他便生活在西方之地，而我与他共度了无穷岁月。我于纳国斯隆德及刚多林陨落前便已越过迷雾山脉，我们携手前行，共历这世界的各个纪元，在长久的失败中屡败屡战。

"正是我召集了最初的白道会。倘若情况未曾偏离我当初之构想，它本该由灰袍甘道夫任首领，后面之事或许便会是另一番模样。不过，事到如今，转圜之机仍在。我不会建言诸位做什么或不做什么。我之作用，不在于实际行事或事前谋划，也不在于对道路的选择；我之作用，在于我通古博今，亦知晓部分未来。且听我一言：诸位之使命恰似如履薄冰，稍有不慎便会功亏一篑、万劫不复。但只要队伍中的诸位众志成城，便仍有希望留存。"

一番话毕，她用眼神看过去，无言地审视了每一个人。除了莱戈拉斯与阿拉贡，其余人都忍受不住，移开了视线。山姆"唰"地红了脸，连忙垂下脑袋。

加拉德瑞尔夫人总算收回目光，放过了他们。她笑着说：“莫让心受困扰，今夜安眠便是。”众人这才松了口气，突然感觉疲惫不堪——虽没有一句明言，他们依旧感觉像遭受了事无巨细的质问。

“去罢！”凯勒博恩说，“诸位饱经悲伤和劳累，早已疲累至极。虽说你们之使命于我们并无太大关系，这城依旧会庇护你们，直到你们身心疗愈，再度振奋。眼下还请歇息，之后何去何从，我们暂且按下不表。”

这一晚，护戒队伍诸人席地而眠，几个霍比特人颇感满足。精灵在喷泉附近为他们支起一顶大帐篷，还在里边设了几张软榻；他们又以美妙的精灵嗓音向众人道了晚安，这才告辞离开。几位旅者交谈了一会儿，聊之前在树上过夜的事情，聊白天这场旅行，聊领主和夫人；他们暂时还没有心情回顾更早之前的事情。

“你脸红啥呢，山姆？”皮平问道，“一下子就撑不住了。别人会以为你心里是不是藏了什么事。我只希望，这事儿不会比你密谋要偷我一条毯子要糟。”

“我心里才没藏事儿呢！”山姆回道，毫无开玩笑的心思，“你真想知道的话，我感觉自己那会儿好像光溜溜的没穿衣服，感觉不大自在。她好像看进了我心里，还问我：如果她给机会让我逃回夏尔，躲进……躲进带一小片自家花园的温馨小洞府，我会怎么办。”

“有意思，”梅里说，“跟我感觉到的差不多，只不过……只不过……还是不说了。”他讪讪地停住话头。

大家好像都有类似的感受：他们都有了两个选择，一个是拦在前方、充满恐惧的阴影，另一个则是他们最渴求的某种事物——这选择清晰地浮现在眼前，要想得到它，只需离开眼下的道路，把使命、把对抗索伦的战斗留给其他人就行了。

“我也有同感，”吉姆利说，“不过我怎么选的，我会一直保密。”

“我的感觉却古怪得很，”波洛米尔说，“或许只是考验吧，她本着对自己有利的目的，探查我们的想法。但我差点儿脱口而出的是，她在诱惑我们，在向我们提供她假装有能力提供的东西。无须赘言，我拒绝听从。米那斯提力斯的人向来言而有信。”不过，他觉得夫人究竟会向他提供什么，波洛米尔没有说。

至于佛罗多，他原本不打算开腔，可波洛米尔却拿问题压了过来。“她用眼神看了你很久呢，持戒人。”他说。

“没错。”佛罗多说，“可不管那时我脑子里想了什么，我都不会说的。”

“既如此，多加小心！”波洛米尔说，“对这位精灵夫人和她的居心，我有点儿拿不准。”

“不要对加拉德瑞尔夫人语出不敬！”阿拉贡厉声说，“你不知道自己在说些什么。她与这片土地都不会心怀恶意，除非有人揣着邪恶进来。那这人可得当心了！不过，自打出了幽谷，今晚我终于头回能睡个安稳觉了。希望我能睡得很沉，暂时忘记悲伤！我真是身心俱疲。”他倒在自己那张软榻上，下一秒便酣睡过去。

其余人很快也跟着睡着了，一整夜都没有声音也没有梦境来搅扰他们。一觉醒来，帐篷前的草坪上早已洒满阳光，喷泉也喷吐着泉水，在阳光下晶莹闪烁。

就众人能分辨或记得的，他们在洛丝罗瑞恩逗留了数日。阳光一直很灿烂，只偶尔落下几滴细雨，让万物变得清新又洁净。空气凉爽，风儿柔和，像是到了早春时节，但他们又能感受到周遭那种深沉而叫人遐思的冬日宁静。在他们看来，仿佛每日只是吃喝休憩，林中漫步。但这对他们来说便足够了。

领主及夫人一直没再现身，众人也没怎么跟此地的精灵族人交流，毕竟他们大部分都不会或者不愿讲西部语。哈尔迪尔来跟他们道了别，再度返回北部防线——自打听闻护戒队伍带来有关墨瑞亚的消息，那里的防卫力量已大大加强了。莱戈拉斯频频与加拉兹民一道外出，第一晚之后就再没跟同伴们一起过夜，不过倒是会回来吃饭以及跟众人聊天。他在这片土地上漫游的时候常会带着吉姆利，这一变化不免让其余人啧啧称奇。

如今，同伴们一道安坐或散步时，他们便会谈到甘道夫。各人所知、所见的他，在众人心中渐渐变得清晰起来。随着大家身心得到疗愈，疲惫渐渐消除，失去甘道夫的悲痛也变得愈发强烈。他们常听见附近有精灵在歌声，明白这是为他的陨落献上挽歌。尽管他们听不懂这甜美、忧伤的歌词，却能从中辨别他的名字。

精灵们唱着："米斯兰迪尔，米斯兰迪尔，灰袍的流浪者哟！"他们喜欢用这个名字来称呼他。莱戈拉斯有时会与众人一道听见，但他不愿翻译，说自己没这个本事；于他而言，这悲痛依旧近在眼前，只能诉诸泪水，无法颂之以歌谣。

佛罗多第一个将悲伤化作不甚流畅的词句。他鲜少有写歌作韵的冲动，尽管脑子里储存了许多前人的作品，可哪怕在幽谷的时候，他也只是聆听，从未参与。不过，如今坐在罗瑞恩的喷泉边，身边伴着精灵的歌声，他感觉一首还不错的歌曲迅速在脑海里成形；可等他想跟山姆复述的时候，这首歌却仿佛满手的落叶一般飘散，只余下只言片语。

夜落夏尔灰袍现，
小丘脚步声声传；
黎明未至身已远，
漫漫旅途人不言。

荒原千里至西滨，
北垣迢迢赴南岭，
钻龙巢，探密室，
阴暗林，自如行。

矮人与霍比特，
精灵与人类，
尘世间，尘世外，
枝上鸟，巢中兽，
种种语言皆通晓。

覆剑夺命，翻手医魂，
重担倚身背微弓；
声若惊雷，目光如炬，
前路修远，徙者疲累。

智王之冠额上佩，
喜怒于形，笑骂不掩；
形若老者，头顶旧帽，
一把刺杖手中杵。

孤身一人，桥中伟立，
烈焰暗影皆难开；
炎魔独桥法杖碎，
卡扎督姆智慧湮。

“再这么下去，你都要超过比尔博先生啦！”山姆说。

“我恐怕到不了那水平。”佛罗多说，“不过，我暂时也只能写成这样了。”

“这样吧，佛罗多先生，要是你后面还想写的话，我希望你能讲讲他的焰火。”山姆说，“比如这样：

火焰冲天，美丽罕现：
绿中带蓝，散如星涧，
惊雷一声，金雨一片，
如花如雨，落英翩翩。

“不过吧，我这几句离真实的场面可差太远了。”

“不，我把这事儿留给你写，山姆。或者，留给比尔博也行。不过——唉，我不想再聊这个了。我想不出要怎么把这消息告诉他。”

一天傍晚，佛罗多跟山姆在凉爽的暮色中散步，两人再度心神不宁起来。佛罗多心头猛然蒙上了别离的阴霾：毫无缘由的，他知道离开洛丝罗瑞恩的日子已近在眼前。

“现在你怎么看精灵呢，山姆？”他问，“我把老问题再问上你一遍——感觉上一次问你已经是很久之前的事儿了。从那之后，你可是遇见了许多精灵呢。”

“可不是嘛！”山姆说，“我觉得精灵和精灵也是不一样的。他们都特别有精灵味儿，但又不全都一样。这里的精灵没有四处流浪，没有流离失所，好像跟我们的喜好更接近些：他们好像跟这里很搭调，比霍比特人属于夏尔还搭呢。到底是他们造就了这片土地，还是这片地方造就了他们，实在讲不太明白，如果你懂我的意思。这里特别安静，好像什么事都没有，也没人希望有什么事。这里真要有什么魔法，一定藏在很深的地方，藏在我的手根本摸不到的地方，可以这么说。”

“它不是随处可见，触手可及吗？”佛罗多说。

“可是，”山姆说，“你看不到有谁在施法，也看不到可怜的老甘道夫曾经表演的那种焰火。我挺奇怪的，这阵子怎么一直没见到过领主和夫人。我在想，要是她有那个想法，肯定能搞出什么美妙的东西。佛罗多先生，我真的好想看看精灵魔法！”

“我倒是不想，”佛罗多说，“我已经心满意足了。我也不想念甘道夫的焰火，只想念他那浓密的眉毛，火爆的脾气，还有他的声音。”

“你说得没错，”山姆说，“不过，我可不是在挑刺。古老传说里的那些魔法，我一直都想见识见识，可除了这里，我再没听说过哪片土地比这里更好了。那感觉就像你一边在度假，一边还能享受家的温馨，如果你懂我的意思。我不想走。而且，我开始觉得，如果我们非得继续赶路，那我们就干脆点儿，趁早走吧。

“就像我家老爷子说的那样，越是不开始，越是完不成。不管有没有魔法，我觉得这些精灵帮助我们的已经够多了。我只是在想，等我们离开这地方了，肯定会更加想念甘道夫。”

“恐怕你说得太对了，山姆。”佛罗多说，“不过动身之前，我希望能再见一见那位精灵夫人。”

说话间，加拉德瑞尔夫人就出现了，仿佛是应他们的话而来。她那高挑、白皙、脱俗的身形，正从树下款步而来。她没有说话，只是朝他们招招手。

她转过身，领着二人往卡拉斯加拉松的南坡行去，又穿过高高的绿篱，来到一个被围起来的花园。花园里一棵树也没有，直对着敞亮的苍穹。暮星亮起，白焰般照在西边的森林上空。长长的一段台阶往下，夫人走进一处绿色深谷，从山上喷泉里涌出的那条银色小溪在其中汩汩流淌。山谷底部有一个矮基座，凿作枝叶繁茂的树形，上面摆着一个宽而浅的银盆，旁边立着一尊银水罐。

加拉德瑞尔用溪水灌满银盆，朝上面吹了一口气。待盆中水再度静止下来，她说："此乃加拉德瑞尔之镜，我带二位前来，若有意，可往其中一观。"

空气中一片宁静，山谷也是昏沉沉的，精灵夫人立在一旁，高大又苍白。"我们要看什么，我们又会看到什么？"佛罗多满心敬畏地问道。

"我可令这镜子显现许多东西，"她答道，"也能让一些人见到心中之渴望。不过，这镜子亦会显示禁忌之物，常比我们希望看见的东西更为怪异，也更具意义。倘若叫镜子自行运作，我说不准你们究竟会看见何等事物。此镜所示，乃事物之过去、现在与可能之未来。不过，会看见什么，即便最为睿智之人也无法猜透。你们可愿一观？"

佛罗多没有说话。

"那么你呢？"她转头问山姆，"我猜，你们这族人一定会称其为魔法；我其实不算非常明白这字眼究竟是何意；形容大敌所行诡计时，他们使用的似乎同样是这些词语。不过，若是愿意，你可称它为加拉德瑞尔之魔法。你不是说，想见识见识精灵魔法吗？"

"没错。"山姆说，因为害怕和好奇而略微有些颤抖，"夫人，如果您乐意，我想瞅上一眼。"

"我不介意看一眼老家那边的情况，"他低声对佛罗多说，"我离开家好像已经很长时间了。不过，我不会只看见星星，或者什么我搞不明白的东西吧？"

"不会。"夫人柔声一笑，"好了，来，只管一观，看看你能看见何物。切莫触碰那水！"

山姆踩上基座的脚，倾向水盆。盆里的水看起来凝实、漆黑，倒映着天上的星星。

“就跟我想的一样，只有星星。”他说，随后便倒抽一口气，因为星星不见了。仿佛揭下黑面纱一般，这水镜先是变灰，之后便出现清晰的画面：太阳高照，枝条在风中招展。不过，还没等山姆把画面搞明白，光线突然暗淡下去。现在他觉得自己看见佛罗多躺在一处巨大的峭壁下面昏睡，一脸惨白。他似乎又看见自己孤零零地身处一条昏暗的通道里，正在攀爬一道无穷无尽的蜿蜒楼梯。他突然意识到，自己好像在焦急地搜寻什么东西，但不知道究竟是在找什么。画面宛如梦境一般转换、回返，他又再度看见了那些树。不过，这一回树木没那么密，他也看见了具体情况：它们不是在风中摇摆，而是正要倾倒在地。

“嘿！”山姆愤怒地喊道，“那个泰德·山迪曼正在砍树，他不能这样！这些树怎么能砍呢，它们可是用来给磨坊到傍水镇的路遮阴的！我真想逮住泰德，把他给砍了！”

不过，山姆发现那老磨坊已经不见了，那里建了一栋巨大的红砖建筑，好些乡亲正在忙着干活。附近有一座高高的红烟囱，喷薄而出的黑烟如云一般遮住了水镜表面。

“夏尔这是中了啥妖术，”他说，“当初埃尔隆德想送梅里先生回去，看来是有原因的。”他突然一声大喊，猛地跳到一旁。“我不能待在这儿，”他狂乱地嚷道，“我得回去。他们挖了袋下路，我家那可怜的老爷子正用手推车推着家当下小丘。我得回去！”

“你不能独自回家去，”夫人说，“在你看水镜之前，你已知道夏尔或有坏事发生，可你并不愿撇下你家少爷回家。谨记，水镜会展现许多情景，但并非都会发生。其中一些事永远不会出现，除非那些观景之人脱离正道，想要加以阻止。以水镜为指引行事，十分危险。”

山姆瘫坐在地，双手抱着头。“我真希望从没来过这儿，我再也不想见识魔法了。”说完，他陷入沉默。片刻之后，他又开了腔，声音闷闷的，像是强忍着泪水，“不行，我要么和佛罗多先生一起走那条很长的路回家，要么我就不回去。可我希望哪一天真能回去。如果我看到的景象成了真，有些人就给我等着瞧吧！”

“佛罗多，如今你可愿一观？”加拉德瑞尔夫人问，“毕竟你已心满意足，也不想见识精灵魔法。”

“你建议我看吗？”佛罗多问。

“不。”她回道，“我不会建议你做与不做。我并非顾问。无论你之所见是吉是凶，无论它是否有所助益，你或许都能了解些许事情。眼见既是好事，亦蕴含凶险。不过，我认为，你的勇气与智谋足以助你历险，否则我也不会领你来此处。你自行决断吧！”

“我看。”佛罗多说。他爬上基座，把身子弯向幽黑的水面。水镜当即便有画面显现：他看见苍茫的大地，远处暗淡的天空下是影影绰绰的群山。一条灰色的长路蜿蜒出视线之外。远远的，从道路那边下来一道身影，起初隐隐约约，只小小一点，渐渐越走越近，这身形也越变越大，越来越清晰。佛罗多猛然觉得，这身影神似甘道夫。他差点儿大声呼出巫师的名字，却发现这人身上穿的并非灰袍，而是着一袭白袍，在暮色中微微闪着光；那人手里还握着一根白色法杖，头垂得很低，看不见脸。那人这会儿沿着路拐了个弯，走出了水镜的画面。佛罗多疑窦丛生：这景象究竟是甘道夫许久前的某一次独行呢，还是说这人其实是萨茹曼？

眼前的景象变了。虽然只是惊鸿一瞥，但又生动异常——他瞥见比尔博一脸焦虑，在房间里踱着步。书桌上乱七八糟地堆着许多纸，雨滴敲打着窗户。

画面停顿片刻，之后又闪过无数场景。佛罗多冥冥中知道，它们都是某场宏大历史的一部分，而自己即将身陷其中。水镜中的雾气散去，新出现的场景佛罗多从未见过，却当即认了出来：大海。黑暗降临。狂风暴雨，惊涛骇浪。他看见残阳如血，照着破絮般的云朵，自西边又出现了黑色轮廓，是一艘大船，船帆破烂不堪，迎着太阳而来。他看见一条大河流经人烟稠密的城市。七塔矗立的白色要塞。又是一艘挂着黑帆的船，不过天色已至清晨，海面碎银微波，一面绣有白树标记的旗帜在阳光下熠熠生辉。烽烟如火，肝髓流野，火红的太阳再度西沉，渐渐消失在灰雾之中；雾中驶过一艘闪耀着光芒的小船，随后消失不见。佛罗多叹了口气，准备离开水镜。

突然之间，水镜变得一团漆黑，黑得仿佛眼前景象中的世界开了一个洞，佛罗多只看得见一片虚无。一片黑色深渊中，一只单眼慢慢出现，又越变越大，最后几乎罩满整片水镜。这眼睛是如此可怖，佛罗多吓得呆若木鸡，喊不出声，也转不开眼。那眼睛周身是一圈烈火，本身却光泽如釉，黄如猫眼，眼神警惕又专注，瞳孔中的裂缝张成一个黑洞，仿佛一扇通往虚无的窗户。

接着，眼睛开始转动，来回搜寻；佛罗多确切又惊恐地明白，这眼睛搜索的诸多事物中，他正是目标之一。不过，他同时也意识到，那眼睛看不见自己——暂时看不见，除非他自愿暴露身份。挂在脖颈间链子上的那枚魔戒变得沉重起来，比巨石还要沉，拽得他脑袋直往下垂。水镜似乎滚烫起来，翻滚的蒸汽自水面蒸腾而起。他不由得往前滑去。

“别碰那水！”加拉德瑞尔夫人柔声说。幻象消弭，佛罗多发现，眼前的银盆里再度辉映起天上的冷星。他浑身颤抖地从基座上退下来，目光移向夫人。

“我知道你最后所见之物，”她说，“它也出现在我的脑海中。莫怕！莫要觉得我们维系洛丝罗瑞恩大地、抵御大敌进犯，凭的只是树上的歌声或精灵弓纤细的箭矢。佛罗多，须知，即便我与你说话间，我亦感知得到黑暗魔君，明了他的图谋——他那些事关精灵的图谋。他百般摸索，想要瞧见我及我之想法。不过，他依旧未能摸出门道！”

她高举白皙的双手，朝东方张开，做出拒绝与否定的手势。最受精灵钟爱的暮星埃雅仁迪尔此刻正高悬天际，熠熠生辉。它的光芒是如此明亮，竟将精灵夫人的身形在地上照出一道浅浅的影子。星光萦绕着她手上的戒指，戒指也如银华缠亮金一般闪闪发光，上面嵌着的洁白宝石星星点点，仿佛暮星下凡，栖在她手里。佛罗多一脸敬畏地注视着戒指，似乎突然间明白了什么。

“正是如此。”她说，猜到了他的想法，“不可提及此物，即便对埃尔隆德亦不可说。不过，它躲不过持戒人以及见过那独眼之人的注意。诚然，三戒之一正处罗瑞恩之地，佩于加拉德瑞尔之掌。此乃金刚石之戒能雅，而我为持戒人。

“大敌有所怀疑，但并不知晓——暂时还不知。如今你可知道，你的到来于我们为何乃厄运之前奏？倘若你失败，我们将暴露于大敌面前，不着片缕。你若成功，我们的力量就会减弱，洛丝罗瑞恩亦会日渐衰弱，消弭于时间之潮。我们只得离开，前往西方之地，或是日渐凋零，最后沦为山谷、洞穴之宿民，渐渐遗忘过去，并且成为过去。”

佛罗多把头埋得低低的。最终，他问道：“那您希望怎么样呢？”

“顺其自然。”她答道，“精灵对家园及造物之爱，深过浩瀚之洋。精灵的遗憾永不消退，无法全然抹平。然而，精灵宁愿将一切抛诸身后，也不愿屈服于索伦——他们如今已知晓他的面目。洛丝罗瑞恩之命运无须你来负责，且行你之使命便可。虽说实属痴心妄想，但我依旧希望至尊戒从未诞生，或永不知下落。”

“加拉德瑞尔夫人，您睿智无比，无所畏惧，美丽动人，”佛罗多说，“只要您一句话，我便将至尊戒交给您。这担子我实在是挑不动。”

加拉德瑞尔突然笑了起来，声似银铃。“加拉德瑞尔夫人或许睿智，”她说，“可论起谦恭有礼，却碰上了对手。当初会面时我曾试探你心灵之事，这下叫你温柔报复回来了。你开始以敏锐的眼睛看待事物。无可否认，我对你的提议十分动心。倘若这主魔戒到了我手上，我当如何利用？这想法在我脑海里已思索了许多年。请看！它如今已被带至我伸手可及之处。无论索伦是兴是败，古早前谋划的邪恶总以种种方式运作下来。倘若宾客手上的戒指被我强取豪夺，岂不是又令他的魔戒多上一笔丰功？

“如今机会已至：你竟要主动献上魔戒！如此你将捧起一位女王，取代黑暗魔君。我不会堕入黑暗，而是如清晨与夜晚一般美丽又可怕！美如大海，美如骄阳，美如山巅的净雪！可怕如雷鸣电闪！强壮更胜大地的根基。所有人都将爱戴我，畏惧我！”

她抬起一只手掌，掌上戴的戒指射出巨大光华，只照亮她一人，其余全留在黑暗当中。她立在佛罗多面前，此刻显得高不可测，美到不可方物，让人又敬又怕。接着，她任由手掌垂落，光亮消退了。她突然又笑起来，瞧！她的身形缩小了：又变回那苗条的精灵女子，浑身素白，声音既柔和又悲伤。

“我通过了考验。”她说，“我将衰微，将前往西方，我将依旧是加拉德瑞尔。”

他们沉默着站了许久。最后，夫人再度讲道：“我们回去罢。我们已做出抉择，命运之潮正在涌动。明早你们须得离开。”

“走之前，我还想问一件事，”佛罗多说，“一件在幽谷时我便一直想问甘道夫的事。我被获准携带这枚至尊戒，可我为什么看不见其他所有的戒指，读不到拥有者的思想？”

“因为你从未尝试过。”她答道，“自你了解到所持之物的真面目以来，你只戴过它三回。莫要尝试！它会毁了你。甘道夫莫不是告诉过你，魔戒会按照持戒人之情况给予力量？你须变得比眼下更加强大，须训练你的意志去控制他人，才能运用那种力量。不过，即便如此，作为持戒人，作为曾佩戴戒指、见过隐藏之物的人，你的目光已变得比从前敏锐。你比那些公认的智者更能清晰感知我的思想。你看见了掌管七戒与九戒者的单眼。难道你不曾看见、不曾意识到我指上之戒？你看到我的戒指了吗？”她转而问山姆。

“没有，夫人。”他答道，“老实说吧，我都不知道你们在说什么。我只从您的指缝里看见了一颗星星。请别怪我说话直，我觉得我家少爷说得对。我巴望着您能收下他的魔戒。您能拨乱反正。您能阻止他们把老爷子撵出洞府，免得他流落街头。您能让那些人为他们做的肮脏事付出代价。”

“我能，”她说，“事情也会这么开始。可它也并不会就此结束，唉！莫要再说了。走罢！”

·第八章·

挥别罗瑞恩

当晚，护戒队伍再度被召回凯勒博恩的会议厅，领主与夫人向他们道了亲切的问候。最后，凯勒博恩提到了他们离开的事情。

“时机已到，”他说，“想继续这项使命之人，需得狠心离开此地。不愿前进者可暂且逗留在此。无论是走是留，安宁皆无法保证，盖因劫数已近。愿者可静候时日到来：届时世界或将再度畅通无阻，或应我们召唤，为罗瑞恩背水一战。此后，他们或是回归家园，或是陨落战场，就此长眠。”

一片沉默。“他们全都决心前行。”加拉德瑞尔凝视着众人的眼睛说。

“至于我，”波洛米尔说，“我回家的路在前方，而非背后。”

“然。”凯勒博恩说，“整支队伍是否皆与你同往米那斯提力斯？”

“我们还没决定好后续怎么走。”阿拉贡说，“我不清楚越过洛丝罗瑞恩之后，甘道夫打算怎么办。实话实说，我觉得，他也没有清晰的目标。”

“亦有此可能。”凯勒博恩说，“待诸位离开此地，切记要将大河牢记在心——罗瑞恩及刚铎之间的河段，若非乘船，身负行李的旅者无法渡河，你们当中一些人对此了然于胸。此外，欧斯吉利亚斯的诸多桥梁皆已断裂，栈桥均落入大敌掌控，莫非如此？

“诸位欲取何方？通往米那斯提力斯之路位于此侧，去往西边；不过，完成使命的直路位于大河东边，在更为黑暗的河畔。如今你们预备走哪一侧？”

“我的意见是走西滨，去米那斯提力斯，”波洛米尔答道，“不过这支队伍不是我领头。”其他人一言不发，阿拉贡的脸上写满了疑虑与困惑。

“我见诸位尚不知何去何从，”凯勒博恩说，“为你们做抉择非我本分，但我愿尽力一试。你们中有人知晓如何控船：莱戈拉斯一族对秘林河了如指掌；此外，还有刚铎的波洛米尔及旅者阿拉贡。”

“还有一个霍比特人！”梅里嚷道，“我们可没有全都把船当野马看待。我的家族可是住在白兰地河的河岸边上呢。”

“甚好。”凯勒博恩说，“我将为你们的队伍提供船只。它们须得小而轻巧，因你们有时会行至远离水流之地，须得抬着它们前进。你们会途经萨恩盖比尔的激流，最后或许还会抵达涝洛斯大瀑布，大河自那里落入能希斯埃尔湖，声若雷霆；此外，还有其他危险。船或许能些许减轻各位旅途的劳累，却无法为你们提供建议：诸位终究会抛下它们，离开大河，转向西边，抑或东边。”

阿拉贡再三对凯勒博恩表示了感谢。小船这个礼物让他倍感心安；更重要的是，之后好几天他都不用决定朝哪个方向走了。其他人心中也燃起了希望。无论前方有何危险，乘船沿着安都因宽阔的河水顺流而下，总比压弯腰拖着脚往前挪来得轻松些。山姆是唯一一个心怀疑虑的：

他依旧觉得船跟野马一样糟糕，甚至要更糟一些——好几次死里逃生的经历也没能转变他这一观念。

“明日正午前，我会命人将所有东西准备妥当，候在码头。”凯勒博恩说，“明日一早我会派人协助各位上船。现在，祝各位有一个美好的夜晚，安眠不受打扰。”

“朋友们，安眠！”加拉德瑞尔说，“请安睡！今夜莫要为前路费太多心神。诸位虽看不见，但将行之路或许早已铺在脚下。晚安！”

护戒队伍一行人道过别，返回帐篷。莱戈拉斯也一同来了，毕竟这是最后一晚待在洛丝罗瑞恩。尽管加拉德瑞尔说了那席话，大家还是想凑一块儿合计合计。

好半天时间，众人一直在讨论，要怎么才能最为妥当地实现摧毁魔戒这一尝试，却讨论不出什么结果。大多数人显然想先去米那斯提力斯，至少先从大敌的恐怖当中逃离片刻。他们也愿意跟随一位领导者渡过大河，深入魔多的阴影中。然而，佛罗多一言不发，阿拉贡也没能坚定想法。

甘道夫还伴随队伍左右的时候，阿拉贡原本计划着跟波洛米尔同行，用他的宝剑帮助拯救刚铎。他相信，那些梦里的信息是一种召唤，象征埃兰迪尔的后人站出来与索伦决一雌雄的时候到了。然而，墨瑞亚之行让甘道夫的担子转到了他的肩上；他明白，若佛罗多不愿选择与波洛米尔同行，他如今也无法对魔戒置之不理。另外，除了陪佛罗多一起盲目地步入黑暗，他或者队伍里的其他人又能给予佛罗多何等帮助？

“若有需要，我会独自前往米那斯提力斯，毕竟这是我的职责。”波洛米尔说，之后他坐着沉默了一阵，眼睛一眨不眨地盯着佛罗多，仿佛在尝试读取半身人的心思。最后他再度开了腔，声音不大，像是在跟自己辩论，“如果你们只是想摧毁魔戒，那战斗和武器的作用就不大，米那斯提力斯的人民也帮不上什么忙。若你们想消灭黑暗魔君的武装力量，不带军队便前往他的地盘实属愚蠢；抛掉也很蠢。”他突然顿了一下，仿佛意识到自己大声说出了心中所想，“我是说，抛掉自己的性命很蠢。”他总结说，“拒敌于坚固城池还是大踏步地走进死亡的怀抱，二选一。至少，我是这么认为的。”

波洛米尔眼带严厉地瞥了佛罗多一眼，后者从他的眼神里看到了某种新且陌生的东西。显然，波洛米尔的想法跟他最后说的话是两回事。“抛掉也很蠢”：抛掉什么？力量之戒吗？他在会议上便讲过类似的话，但之后接受了埃尔隆德的纠正。佛罗多看向阿拉贡，发现他好像正在沉思，似乎压根儿没听见波洛米尔的话。众人的讨论就此结束。梅里跟皮平早已睡着，山姆脑袋点得像啄米。夜渐渐深了。

到了早间，众人正收拾着所剩无几的行李，精灵中能讲他们语言的人给他们带来许多路上吃的和用的作为礼物。食物主要是某种谷粉做的薄饼，外皮烤成了浅棕色，内里奶白。吉姆利拿了一块在手上，一脸怀疑地打量着。

“克拉姆。”他咕哝道，掰了个尖角搁嘴里尝了尝，表情猛然一变，三下五除二便把整块饼都吃了。

“停，不能再吃了！”精灵笑嚷道，“你吃下的量够赶一整天的路了。”

“我以为这就是某种克拉姆，跟河谷城的人做的旅行干粮差不多。”矮人说。

“这就是干粮。”精灵答道，“但我们称它为‘兰巴斯’，又叫‘行路面包’，比人类制作的任何食物都要密实，从各方面而言也比克拉姆要美味。”

“确实如此。”吉姆利说，“要我说，它的味道比贝奥恩一族做的蜂蜜蛋糕还要好吃——这是绝大的赞誉，因为据我所知，贝奥恩一族可是顶级的面包烘焙师；不过，现如今他们都不太乐意把糕点卖给旅者了。你们真是慷慨的主人！”

“话虽如此，我们还是劝你省着点儿吃。”他们说，“一次一点儿，且只在必要时吃。它们是用来以防万一的食物，倘若如我们拿来时一样完好地包在叶片里，味道能留存许久。哪怕是米那斯提力斯的高个儿人类旅者，吃一片也能打足精神走上一整天的路。”

精灵们又解开包裹，给护戒队伍各人分了一些他们带来的衣物：每人一顶兜帽、一件斗篷，都是按各自身量制作的，用的是加拉兹民织的那种轻盈且保暖的绸缎。这些衣物的颜色有些难以名状：树荫下看着是微微发亮的灰色，一旦动起来或是到了别的光源下，它们又绿得仿佛阴影中的叶片；夜间褐如休耕的田野；星光下是水一般的暗银色。每件斗篷的领口都有个固定用的别针，像一片带银色脉络的绿叶。

“这些是魔法斗篷吗？”皮平问道，好奇地盯着它们瞧。

“我不明白你说的是什么意思。”领头的那个精灵答道，“都是精致的衣服，质地极好，因为它们全是本地手艺。这些确实是精灵袍子，如果你问的是这个。树叶与枝条，流水和岩石：我们所爱的罗瑞恩暮景，其色彩和美感尽显无余；我们把钟爱的一切都注入了这些图案中。然而，它们是服饰而非铠甲，无法抵御刀剑。不过，它们对你们来说应该很有帮助：穿在身上很轻巧，冷时保暖，热时凉快。你们还会发现，无论行走于石地或是林间，它们都十分有助于各位避开那些心怀恶意的目光。你们真是深得夫人青睐！这些可都是她与侍女们亲手织的；我们以前从未让陌生人穿过本族人的衣服。”

早饭过后，一行人对着喷泉旁的草坪道了别。他们心情沉重：这里本就很美，如今还感觉像家园一样，虽说他们也记不清究竟在这里度过了多少个日夜。他们停留片刻，凝望着阳光下白沫翻飞的泉水，哈尔迪尔穿过林间空地的青草，走了过来。佛罗多愉快地跟他问好。

“我从北部防线回来了，”精灵说，“现在领命来给你们引路。黯溪谷眼下云遮雾绕，山里也不大太平。地下深处还传来了杂乱的声音。如果你们当中哪位想走北边的路回家，这下是行不通了。不过，来吧！你们的路如今是往南的。”

他们走过卡拉斯加拉松的时候，条条绿道空无人烟；头顶上方树梢间倒是有许多低语声和歌声传来。护戒队伍一行人默默往前走着。终于，哈尔迪尔领着他们走下山丘的南坡，再度来到悬着许多灯的那道宏伟巨门前，来到白桥前；他们一路前行，就这样离开了精灵的城市。后来，众人下了甬道，转向一条通往浓密的瑁珑树丛的小径，又继续前行，蜿蜒着穿过银影斑斑的起伏林地，再一路往下，转向南又转向东，去往大河之滨。

一行人走了约莫十哩路，来到一堵高大的绿墙跟前，日头已近正午。穿过一处开口，他们一下子便出了树林。眼前是一长片耀眼的草坪，金色的埃拉诺星星点点，在阳光下闪闪亮亮。草坪向前延伸，在两侧明亮的岬角间形成一条舌状窄地：右侧西面，亮闪闪的银脉河奔涌向前；左侧东面则是宽广的大河安都因，河水又深又暗，浪涛滚滚。河滨的远处，林地继续往南延伸到视线之外，不过河岸一线全都光秃秃的。罗瑞恩之外，再不见金叶高挂枝头的瑁珑树。

在银脉河河畔，河流交汇处一段距离开外，有一座以白色石块与木头搭建的小河港。河港周围停了许多小舟和驳船，其中一些漆得很亮，闪着银、金、绿三色，不过大部分倒是非白即灰。有三条灰色小船已为一众旅者备好，精灵帮他们把行李放了进去，还给每条船上放了三捆绳子。这些绳子虽看着纤细，实则很结实，摸着像绸缎，跟精灵的斗篷一样色泽灰暗。

“这是什么？”山姆问，一边用手摆弄着放在草地上的一捆。

“就是绳子啊！”船上的精灵回答，“行远路怎能不带绳子！还得带又长又轻又结实的，比如我们这种。它们能在很多地方派上用场。”

“这可不用你告诉我！”山姆说，“我出来的时候一根都没带，一路都揪着心呢。我挺好奇这些绳子是拿啥做的，因为我也懂那么点儿搓绳子——用你的话说，也算是家传手艺。”

“用希斯莱恩做的，”精灵答道，“不过，没时间跟你细细讲解制作手艺。要早知道你对这手艺感兴趣，我们就多教教你了。不过，现在，唉！只能看你什么时候再回来这里了。眼下有我们送的这些就够了。希望它能好好为你们效力！”

“来吧！”哈尔迪尔说，“一切准备就绪。登船吧！不过，一开始要小心些！”

“牢记此话！”其他精灵说，“这些船造得很轻，跟其他种族的船不一样，它们非常灵巧。它们不会沉，你们想装多少东西都行。不过，如果掌握不好，它们会变得很难操控。在你们往下游出发之前，先在能登陆的地方习惯习惯，这样比较稳妥。”

队伍的安排如下：阿拉贡、佛罗多、山姆乘一条船，波洛米尔、梅里、皮平坐第二条船，最后一条船上坐着莱戈拉斯与吉姆利，两人此时已成了朋友。绝大部分物品和行李都在这条船上。这些船是由一种桨叶很宽，形似叶片的短柄桨来操控的。待大家就绪后，阿拉贡领头，逆银脉河而上，试划起来。水流略急，不过他们前行得不快。山姆紧抓着船舷坐在船头，愁眉苦脸地回望着河岸，波光粼粼的水面直晃他的眼睛。随着他们通过那片绿地岬角，树木也渐渐长到了河岸边上。河面涟漪阵阵，金色的叶片四处漂荡。天色十分明亮，一丝微风都没有，四下里一片寂静，只有高天上云雀的歌声。

他们刚拐过河里一道急弯，但见一只奇大无比的天鹅骄傲地从上游朝着他们过来了。天鹅曲着颈项，白色胸脯破开水面，激起串串涟漪。那喙耀着光亮，鎏金一般，双眼好似黄宝石上嵌着的煤玉；天鹅巨大的白翅膀半张着。随着它的靠近，一阵歌声也从河上飘下来。众人这才意识到那其实是艘船，精灵以精湛的工艺把它雕得像一只鸟。两位身着白衣的精灵用黑色的桨控着船，船的正中间站着凯勒博恩，身后是高大、白皙的加拉德瑞尔；她发间佩着一圈花环，手上握着把竖琴，边弹边唱。清爽的空气中，她的声音听着伤感又甜蜜：

我唱那叶儿，金色的叶儿哟，彼处生长；
我唱那风儿，缠绵的风儿啊，轻抚树梢。
越过太阳，越过月亮，海上浮沫飞浪，
黄金之树，岸边生长，伊尔马林之滨。
埃尔达玛，永暮之地，星光将它辉映，
埃尔达玛之地，精灵之城提力安墙边。
金叶生枝头，岁岁复年年，
隔离之海彼岸，精灵今垂泪。
罗瑞恩哪！冬日已至，正是秃枝时；
叶落涟漪溪，大河悠悠去。
罗瑞恩噢！此岸我停留已太久，
冠冕光华渐散，金色埃拉诺覆满。
歌以咏船，何船欲顾？
大洋浩瀚，何船我渡？

阿拉贡稳住小舟，天鹅船靠了过来。夫人结束歌唱，同众人打了招呼。“我们前来送行，”她说，“祝各位离开此地后一帆风顺。”

“诸位虽为座上宾，”凯勒博恩说，“却不曾与我们共餐。正因此，于此载人远离罗瑞恩的双河之上，愿为各位设宴送别。”

天鹅船慢慢悠悠地游向小码头，众人也掉转船头跟在后面。送别宴设在埃格拉迪尔尽头的青草地上；不过佛罗多没怎么动筷，注意力全放在夫人美丽的容颜与悦耳的声音上。她似乎不再危险或可怕，身上也没有隐藏的力量。于他，她与后世之人偶尔看到的精灵似乎已别无二致：人虽在眼前，又仿佛远在天边，像是一道活生生的幻象，被涌动的时间之河远远地抛在了后面。

一顿饱餐后，众人坐在草地上，凯勒博恩再度提到了他们的旅途，还抬起一只手，朝南指向窄岬角另一头的树林。

“诸位顺河而下，”他说，“会发现树木渐渐稀疏，抵达一处不毛乡野。大河于彼处流经高地荒原中的石头原野，又在数里格后抵达名为刺岩岛的高大岛屿，我们称其为托尔布兰迪尔。彼处，大河张开双臂环抱刺岩岛险峻的河岸，又以万马卷尘之势跃下涝洛斯大瀑布，落入诸位称为湿平野的宁达尔夫。那是一大片沉积的沼泽地，河流在那里变得曲折，分出许多支流。西边范贡森林流出的恩特河经各河口流入此片沼泽。河流附近，靠大河内侧为洛汗；另一侧则是埃敏穆伊荒凉的山丘。那里吹的是东风，因其俯瞰着死亡沼泽与无人之地，一直到奇立斯戈埚与魔多黑门。

“波洛米尔及随他探寻米那斯提力斯之人，最好于涝洛斯大瀑布之上转离大河，在汇入沼泽前渡过恩特河。不应过于深入此河上游，亦不可犯险陷入范贡森林——彼处乃陌生土地，如今依旧知之甚少。不过，波洛米尔与阿拉贡显然无须我多加警告。”

“我们米那斯提力斯确实听闻过范贡之名，”波洛米尔说，“但我听到的大部分更像是老太太讲的故事，就是那种讲给小孩子听的。洛汗以北地区如今对我们而言太过遥远，只有想象力在那里自由徜徉。范贡森林旧时便位于我们国土的边界上，但我们已经好几代人不曾去过那里，古早以前流传下来的各种传说也无法一证真假。

“我自己就在洛汗待过一段时日，但我从未越过边境往北。被派作信使之后，我走白色山脉边缘，一路穿过洛汗豁口，再横渡艾森河与灰水河，进入北地。那真是一趟漫长又疲惫的旅程，算下来有四百里格，花了我好几个月时间——我在渡灰水河的时候，把马折在了沙巴德。经过那场旅行，外加我与这支队伍一路走来的旅途，我毫不怀疑自己能找到穿过洛汗的路，若有必要的话，还能穿越范贡森林。”

“既如此，我便不再赘言。”凯勒博恩说，“当心，切莫小瞧了多年前传下来的传说；老太太记在心里的那些故事，常常是过往智者可能必须了解的东西。”

加拉德瑞尔从草地上起身，从侍女手上拿过一个杯子，接满白色的蜂蜜酒，递给了凯勒博恩。

“时候已到，满饮这杯道别酒吧。”她说，“加拉兹民之领主，请！莫要心怀悲伤，尽管正午过后，黑夜定将到来，而我们已黄昏将近。”

她将杯子递给护戒队伍的每一人，让他们饮下，同他们道别。喝完之后，她又让众人坐回草地上，她与凯勒博恩则坐在为他们设下的椅子上。侍女们默不作声地分立两旁，有好一会儿，她只是看着诸位客人。终于，她再度开口。

“我们已饮尽道别之酒，”她说，“阴影已落在我们之间。不过，值此临别之际，我随船带来一些礼物，算是加拉兹民之领主与夫人所赠，权当对洛丝罗瑞恩的纪念。”然后，她一一叫了几人的名字。

“此为凯勒博恩及加拉德瑞尔赠予护戒队伍领队之礼物。”她对阿拉贡说，递上为他的宝剑所配的剑鞘。剑鞘覆有金银铸造的花叶图案，上面又镶了许多宝石，以精灵如尼文排出安督利尔及此剑身世的字样。

“此剑鞘中抽出的剑，即便战败亦不会沾污或折损。”她说，“分别在即，我这里可还有你渴望之物？黑暗即将盘桓我们之间，除非踏上那条一去无归之路，否则我们再难有相见之日。”

阿拉贡答道：“夫人，您知道我所有的渴望，长期以来您也一直保管着我唯一所追求的宝物。然而，这宝物并非您所有，即便您愿意，也不该由您给我；唯有穿越重重黑暗，我才能获得它。”

“不过，这或许能略做宽慰。”加拉德瑞尔说，“有一物交由我保管，便是要待你途经时交予你。”她从膝上拿起一枚做成雄鹰展翅造型的银胸针，上面嵌着一枚透绿的巨大宝石；她高举胸针，宝石也随之闪耀，光芒好似阳光洒落春叶。“我曾将这宝石交予我女儿凯勒布莉安，她又传给了她的女儿。如今它便交予你，作为希望之象征。于此时刻，接受那预言中赋予你的名字：埃莱萨，埃兰迪尔家族之精灵宝石！”

于是，阿拉贡接过胸针别在胸口。众人都惊讶不已：他们以前从未注意到，他竟然如此高大，如此有王者风范。在他们看来，多年来的辛劳似乎从他肩头滑落了。“感谢您赠予我这些礼物。”他说，“噢，哺育凯勒布莉安与暮星阿尔玟的罗瑞恩夫人，我还能如何赞美您呢？”

夫人略一颔首，又转向波洛米尔，送给他一条金腰带；梅里和皮平各自收到一条小小的银腰带，扣还做成了一朵金花。她送给莱戈拉斯一把加拉兹民所使的弓，较黑森林的弓更长、更结实，弓弦则是用一缕精灵头发制成的；与弓相配的还有一壶箭。

“至于这位小园丁及林木爱好者，”她对山姆说，“我只有一件薄礼奉上。”她将一个灰木做的朴实小盒放在他手上，除了盒盖上镶嵌的银色如尼文字母，没有任何装饰。“此处嵌着的 G 代表加拉德瑞尔，”她解释道，“同样也代表你们语言中的花园[1]。盒子里装有我果园里的土壤，其中亦包含我加拉德瑞尔赐予的祝福。它不会助你勇往直前，亦无法为你抵御危险；不过，倘若你将它留到再度回家之时，它或许会回报于你：纵使你发现一切都化作荒芜，只要将这土撒下，你的花园将再度开满繁花，中洲鲜有他处匹敌。彼时你或许会记起加拉德瑞尔，得以窥见你仅于我们的冬天所见的遥远罗瑞恩之貌。我们的春夏已逝，这世间再不得见，唯剩回忆。”

山姆耳根都红了。他嘴里嘟哝着听不清的话，手里紧攥着盒子，用尽全力鞠了一躬。

“那么，矮人想从精灵手上要什么礼物？”加拉德瑞尔转向吉姆利问道。

“什么都不要，夫人。”吉姆利回答，“能拜见加拉兹民的夫人，聆听她温柔的话语，我便心满意足了。”

“精灵们，听见了吗？”她朝周围的精灵高声说，“勿要再说矮人既贪婪又粗鄙！不过，格罗因之子吉姆利，你必然渴求着某种我能给予之物吧？我命你宣之于口！你可不能做那唯一收不到礼物的客人。”

“真没有，加拉德瑞尔夫人。”吉姆利埋着脑袋，结结巴巴地说，“真没有，除了——除非您准许我要，不，准许我获得一缕您的头发。它胜过地上的黄金，就好像星星胜过矿山里的宝石。我并不想奢求这礼物，但您命令我讲出自己的渴求。”

精灵们一阵骚动，惊讶得窃窃私语起来，凯勒博恩也吃惊地盯着矮人。不过夫人却微笑着说：“据说矮人的本领在于巧手而非巧舌，看来吉姆利并非如此。还从未有人向我提出过如此大胆又谦恭的请求。既然是我命他讲的，我又如何能拒绝呢？不过，告诉我，你要这礼物做何

---

1 加拉德瑞尔（Galadriel）与花园（garden）的首字母均为“G”。——译注

用途？”

“珍藏它，夫人。”他答道，“用来纪念第一次会面时您对我说的话。如果我能回到家里的铁匠铺，我会把它封进不朽的水晶，当成传家宝，还要当作是孤山与金色森林结下永世友谊的信物。”

于是，夫人解开一缕长发，剪下其中三根放进吉姆利手里。“这些话语将与礼物一同赠予，”她说，“我不做预言，因所有预言如今已落空：一边是黑暗，另一边只余希望。不过，只要希望不灭，格罗因之子吉姆利，我要对你说，你将握满黄金，却又不受黄金奴役。”

“至于你，持戒人。”她转向佛罗多，“我虽最后叫你，然你在我心目中却并非位列最末。我为你准备了此物。”她举起一个水晶小瓶：小瓶随着她的动作闪烁着光亮，让她手中绽放出白色光芒。“此瓶之中，”她说，“装有自我泉水中捉到的埃雅仁迪尔之星的光芒。若夜幕降临，它会变得愈发明亮。愿它为光亮，在万亮俱灭之时，照你行于黑暗之所。请记住加拉德瑞尔与她的水镜！”

佛罗多接过小瓶，光芒一时间在两人之间闪耀，他再度看见她屹立如女王一般，绝伟又美丽，却再无一点儿可怕。他鞠了一躬，一句回应的话都说不出。

夫人站起身，凯勒博恩领着众人返回码头。正午的金色阳光洒在岬角的绿地上，河里银光闪烁。最后，一切准备就绪，护戒队伍众人又原样坐回小船。罗瑞恩的精灵大声道着珍重，用灰色长杆将他们的船推向涌流，河水绽放出圈圈波纹，载着众人慢慢远去。旅者们静静地坐在船上，一言不发，一动不动。加拉德瑞尔夫人默然伫立在靠近岬角最顶端的绿岸上。小船从她面前漂过，众人纷纷转头，看着她渐渐漂离远去——在他们看来，罗瑞恩正渐渐往后流远，它像是一艘以梦幻之树为桅的明亮大船，驶向遗忘之滨，而他们则坐在这灰暗、光秃的世界边缘，却是一点儿办法都没有。

他们尚还在呆呆地凝视，银脉河却已汇入大河的水流，小船也转了方向，开始加速南下。很快，夫人那白色的身影便越来越小，越来越远。她好似远山上的一扇琉璃窗，叫斜阳照得熠熠生辉，又仿佛从山上鸟瞰的远方湖泊：好似落入大地怀抱的闪亮水晶。佛罗多好像看见她抬起手臂做最后的道别，又好像听见风儿带来她遥远但清晰的歌喉。她唱的歌词是大海彼岸的精灵所用的古代语言，他一点儿也听不懂：歌声极美，却并未抚慰他的心灵。

不过，正如精灵语一贯的效果，这些歌词也深深刻在了记忆当中，后来他尽力做了翻译：这是精灵吟唱用的语言，所述事物中洲罕有听闻。

Ai! laurië lantar lassi súrinen,
yéni únótimë ve rámar aldaron!
Yéni ve lintë yuldar avánier
mi oromardi lisse-miruvóreva
Andúnë pella，Vardo tellumar
nu luini yassen tintilar i eleni
ómaryo airetári-lírinen.

Sí man i yulma nin enquantuva?

An sí Tintallë Varda Oiolossëo
ve fanyar máryat Elentári ortanë,
ar ilyë tier undulávë lumbulë;
ar sindanóriello caita mornië

i falmalinnar imbë met，ar hísië

untúpa Calaciryo míri oialë.

Sí vanwa ná，Rómello vanwa，Valimar!

Namárië! Nai hiruvalyë Valimar.

Nai elyë hiruva. Namárië!

吁！风中叶，纷落如金，

日月周转漫漫，如林枝羽叶，不知凡几！

星霜荏苒，岁聿其莫，

何似西岸厅席蜜酒饮，不绝绵绵。

天穹苍青，云汉辉熠，

瓦尔妲[1]高歌以伴，其声冰清，其音肃穆。

金樽孰予我斟？

瓦尔妲者，星后也，点亮者也，

永白圣山之巅，双臂高振若云，

蔽万途以深影；

灰蒙汪洋，碎浪飞沫，

黑暗横亘，两处阻隔，

迷雾暗笼，卡拉奇尔雅辉光永蔽。

失哉！东来者之神城维利玛，今何在！

1 一如之神伊露维塔以秘火创造了爱努，爱努中负责守护和治理整个世界（埃尔达）的称作维拉，女性则称作维丽，而“星辰之后”“点亮星辰者”瓦尔妲便是七名维丽之一。——译注

别矣！愿汝寻得维尔玛。

愿汝再见神城。后会！

大河猛地转了个弯，两岸地势渐渐隆起，隐匿了罗瑞恩的光芒。佛罗多此后再不得去那片美丽的土地。

旅者们此刻看回了旅途的方向，面前的阳光照得众人眼睛亮晶晶的——他们眼角全都噙着泪，吉姆利干脆放声大哭起来。

“我已经见识到了世间最为美丽的事物，”他对同伴莱戈拉斯说，“从今往后，除了她的礼物，我再不会称任何东西为美。”他伸手捂住心口。

“告诉我，莱戈拉斯，为什么我要参与这项使命？我连最主要的危险来自何处都不知道！埃尔隆德说得没错，我们无法预见路上会碰到什么。我所惧怕的是黑暗中的折磨，但它没法吓退我。不过，我要是早知道光明与欢乐也包含着危险，我肯定就不来了。如今这场分别让我身负重伤，哪怕今晚就直奔黑暗魔君，也不会伤得比这更重了。格罗因之子吉姆利，可悲啊！”

“不！”莱戈拉斯说，“可悲啊，我们所有人！还有那些日后在这世间行走的人。毕竟，生活就是如此：发现与失去，正如那些在激流中荡舟的人所感受到的一样。不过，格罗因之子吉姆利，我认为你是有福的，因为你是自愿承受失去之苦，而你本来大可另作一番选择，但你并未抛弃同伴。至少，你能获得这样的回报：洛丝罗瑞恩的记忆将永远清晰、毫无瑕疵地留在你心里，不会褪色也不会腻味。”

“也许吧。”吉姆利说，“感谢你说的这番话。毋庸置疑，这是真心话，但这样的安慰带不来什么温度。心渴望的可不是记忆。记忆只是一面镜子，即便它跟凯雷德－扎拉姆一样清明。矮人吉姆利的心反正是这样说的。也许精灵看事情的方式有所不同。我确实听说过，记忆对精灵而言更像清醒的世界而非梦境。但矮人可不一样。

“不过，还是别再提这事儿了，把心思放回船上！这么多行李，船吃水太深，大河的水又很急。我可不想把我的悲痛淹进冰冷的河水里。”他抄起一支桨，跟着前面阿拉贡的船往西岸划，后者此时已经驶出中间的水流了。

队伍顺着宽广又湍急的水流一路向南，漫漫旅途就此开始。两岸排着一棵棵光秃秃的树，背后的大地再也看不见了。微风停歇，大河悄无声息地流动着。四周安静得连鸟叫都没有。天色渐晚，太阳也变得雾蒙蒙的，最后像颗白珍珠似的闪着光芒，高挂在苍茫的天空上。日头渐渐西垂，天色早早黑了下来，随后便是灰扑扑、看不见星星的夜晚。他们控着船在西边森林投下的阴影里漂流，一直行到漆黑、寂静的深夜。高大的树木如幽魂般掠过，虬结的树根饥渴地穿过迷雾，直插进河里。四周一片悲凉，寒意阵阵。佛罗多坐在船上，听着河水拍打岸边树根与浮木的微弱声响，最后打起瞌睡，陷入了不安的梦境。

· 第九章 ·

大　河

佛罗多是被山姆叫醒的。他发现自己躺在一棵高大的灰皮树下，身上裹得严严实实的，就在大河安都因西岸林地的一处安静角落里。他睡了整整一夜，光秃的树梢间可见清晨灰蒙蒙的天空。吉姆利忙在他跟前生了一小堆火。

天光大亮之前他们便已再度启程。倒不是说大家都盼着往南走：他们需要在抵达涝洛斯大瀑布与刺岩岛的时候做出最终的决定，但现在还隔着好些日子，让人心安不已；众人任由大河以自己的步调载着船前行，甭管最后选的是哪条道，他们可不想上赶着去见拦在前方的危险。阿拉贡也由着众人随波逐流，为之后的疲惫保留体力。不过，他坚持每天须得早出发、晚休息；他心里一直感觉时间紧迫，害怕他们在罗瑞恩逗留的时日，黑暗魔君却在紧锣密鼓地筹谋。

话虽如此，无论这一天也好，第二天也罢，护戒队伍全没发现敌人的踪迹。时间在沉闷与灰暗中过去，什么事也没发生。第三天，随着旅途继续深入，周围的土地慢慢变化起来：树林渐渐稀疏，又齐齐地消失。左侧的东岸可见奇形怪状的斜坡长长向上伸展，直入天际；它们呈一片枯萎凋零的褐色景象，仿佛曾遭过火灾，连一片鲜活的绿叶都没有：一片无情的荒野，连聊解空虚的一根断木或者乱石也见不着。他们已经来到黑森林南部与埃敏穆伊丘陵之间那片广袤又荒芜的褐地。究竟是因为瘟疫、战争还是大敌的恶行致使这片土地如此枯槁，阿拉贡也说不上来。

众人右侧的西岸同样也全无树木，不过地势倒是平坦，还生有大片草地，东一块西一块的。在大河这一侧，他们途经好几片森林一般的芦苇丛，小船沿着它们飘动的边缘沙沙经过时，高大的芦苇把西边的景象全给遮住了。微凉的空气中，芦苇深色的枯萎羽穗弯垂，"唰唰"地摇来摆去，发出轻柔又悲伤的声音。时不时地，佛罗多透过空隙能瞥见连绵的草地以及更远处正逢日落的山野。再往前看，就在快出视线范围的地方有一溜黑线，那便是迷雾山脉最南端的山岭。

视线中，唯一动来动去的活物就只有鸟儿，数量还不少：芦苇丛里有小野禽叽叽喳喳，却几乎看不到在哪儿。旅者们有一两次听到天鹅振翅鸣叫的动静，抬头便看见天空飞过巨大的鸟阵。

"天鹅！"山姆说，"好大个儿啊！"

"是啊，"阿拉贡说，"还是黑天鹅。"

"这乡野真让人觉得宽广、空旷又悲伤！"佛罗多说，"我总以为越往南走，越会觉得温暖又快活，直到把冬天彻底抛在身后。"

"我们还未深入南方腹地。"阿拉贡回道，"现在依旧是冬天，我们离海也很远。只要春天没有突然来临，这里都热不起来，或许还会再碰见下雪的情况。远处安都因大河入海口的贝尔法拉斯湾或许温暖又快活——只要大敌没有从中作梗。不过，我们现在所处的位置，我猜，离你们夏尔南区的南边只有不到六十里格，到海边还隔着好几百哩路呢。

你现在面朝西北方向，前面是里德马克的北方平原——里德马克就是洛汗，‘驭马者的故乡’。要不了多久，我们便会抵达利姆清河口，源自范贡森林的利姆清河会于彼处汇入大河。洛汗的北边界便是那里。利姆清河至白色山脉之间的地界，旧时全属于洛希尔人。那是片富饶、宜人的土地，那里的青草无可匹敌；可现如今的邪恶日子里，人们已不再居于大河边，也不会频繁御马去往利姆清河畔了。大河安都因很宽广，可奥克的箭却能远远地射到对岸；据说，他们最近胆敢渡河而过，劫掠洛汗的牲畜种马。”

山姆心神不宁地来回瞅着两岸。之前的树木像是充满了敌意，仿佛包藏着隐秘的眼睛和潜伏的危险；他此刻宁愿这里长的依旧是那些树。他感觉整个队伍像是赤身裸体待在没有遮掩的小船上，于庇护全无的土地中间一条身处战争前线的河流上载沉载浮。

之后的一两日，随着他们不断往南走，这种不安全的感觉渐渐袭上全员心头。众人加快前行速度，抡起船桨划了一整天。两岸的景色飞快后退。没过多久，大河变得越来越宽，水也越来越浅；东面躺着长长的石滩，水里也现出一片片砾石暗礁，需要谨慎划船。褐地隆作荒芜的山丘，有冰寒的风自东面吹来。河对岸的草地变成在沼泽与高草丛中高高低低的枯草地。佛罗多打了个寒战，想起了洛丝罗瑞恩的喷泉与草坪，骄阳和细雨。三条小船上少有人说话，更没有人说笑。护戒队伍中的每个人都沉浸在各自的思绪里。

莱戈拉斯的心在夏夜星辉下北方某处山毛榉树林的林间空地中奔跑；吉姆利在脑海里想象着黄金的质感，思索着用它来盛放那位夫人的礼物是否合适。中间的小船上，梅里与皮平颇不自在，因为波洛米尔坐在旁边不停地喃喃自语，时不时还会咬指甲，像是有什么不安或者疑虑正在吞噬着他；他间或又会抄起桨，将小船划到阿拉贡那条船的后面。随后，坐在船头的皮平往后看去，发现波洛米尔正盯着佛罗多不放，眼神中透着古怪。山姆早已认定，船也许没有他打小信到大的那么危险，但坐船的不舒服程度却远远超出他的想象。他惨兮兮地坐在船上，除了盯着慢慢退走的冬日大地和两侧灰扑扑的水面，一件可做的事都找不到。即使大家都要划船，也没人敢放心地递给山姆一把桨。

第四天傍晚，山姆往后看，视线掠过低着头的佛罗多与阿拉贡，还有后面跟着的两条小船；他昏昏欲睡，渴望扎营休整，渴望脚踩在泥土上的感觉。突然间，什么东西吸引了他的注意。一开始，他只是有一搭没一搭地盯着那东西，接着，他一下坐直身子，还揉揉眼睛。等他再看过去，又什么都没有了。

当天晚上，众人在靠近西岸的一处河心小岛上扎营。山姆裹着毯子躺在佛罗多身旁。“佛罗多先生，在我们停下来的一两个钟头之前，我做了个好笑的梦。”他说，“也可能不是梦。反正很好笑。”

“哦，是什么梦？”佛罗多问。他知道，不管是什么情况，不让山姆把话讲完，他肯定是不会安然入睡的。“自从离开了洛丝罗瑞恩，我再没看见或者想到什么能让我发笑的事。”

“佛罗多先生，不是好笑，是古怪。如果不是梦的话，那就出大问题了。你最好听听看。是这样的：我看见一截木头长了眼睛！”

“木头这部分没什么问题，”佛罗多说，“大河里多得是木头。但眼睛还是免了吧！”

“这可不行。”山姆说，“这么说吧，就是那眼睛让我一下坐了起来。我以为吉姆利的船后头漂着一截木头，就没怎么在意。后来呢，那截木头好像慢悠悠地跟了过来。你可能会说，这是有点儿古怪，因为我们不都是在河上漂着嘛。可就在那时，我看见了一双眼睛：差不多像两个惨白发亮的圆点，就长在木头靠近我们这边的一个鼓包上。这还不算啥，那可不是一截木头——它有像桨一样的脚，跟天鹅的脚差不多，只是看着更大一些，在水里来来回回地划。

“就是在那个时候，我坐直身子，揉了几下眼睛。等我把瞌睡虫揉出脑袋，如果那东西还在，我就准备喊了。因为不管那玩意儿是啥，它正在飞快地接近吉姆利身后。不过，我说不准那两盏灯是看见我动弹了，还看见我盯着它看，还是我一下清醒了。反正等我再看过去，它已经不见了。可是，就像俗话说的那样，我感觉我用‘眼角的余光’瞥到什么黑乎乎的东西窜进了河岸的阴影里。但我再没看见那俩眼睛。

“我跟自己说：‘山姆·甘姆吉，你又做梦了。’然后我就没再开腔。可打那时候我就一直在琢磨这事儿，现在有点儿拿不准是不是在做梦。佛罗多先生，你说这到底是咋回事呢？”

佛罗多说：“山姆，这要是有人第一次看见那双眼睛，我只会觉得那就是暮色和睡意花了你的眼，那不过是截木头。但这不是第一次。在我们抵达罗瑞恩之前，我在北边也看到过它们。那天晚上，我看到一个长着眼睛的怪物朝弗来特上面爬。哈尔迪尔也看见了。你还记得那些追击奥克队伍的精灵报告的事情吗？”

“哦，”山姆说，“我记得。我还想起了别的事。我可不喜欢自己想到的那些。可把这些事情串起来，再加上比尔博先生的故事和别的，我猜，我能将那怪物对上号了。一个叫人恶心的名字：咕噜，对吧？”

“对，自从弗来特那一夜之后，”佛罗多说，“我已经担心好一阵子了。我猜他一直潜伏在墨瑞亚，后来就发现了我们的踪迹；我本来指望逗留在罗瑞恩，能让他嗅不到我们的气味，再度摆脱他。这可恨的家伙，肯定是藏在了银脉河的林子里，看着我们出发的！”

“没准就是这样。”山姆说，“我们最好当心些，说不准哪天晚上就会感觉脖子上被脏兮兮的手指给掐住了，前提是我们还能醒得过来。这才是我想说的。今儿晚上就不用大步佬或者其他人放哨了，我会负责守夜。反正，你可能会说，我在船上跟坨行李也没啥区别，那我明天再睡也行。”

“可能吧，”佛罗多，“我可能还会说，是坨‘长着眼睛的行李’。那你守夜吧，但你得答应我，下半夜把我叫起来，如果那之前没出现什么状况的话。”

半夜三更，佛罗多从漆黑的深眠中苏醒过来，发现山姆正在摇他。“不好意思，叫醒你，”山姆悄声说，“你先前吩咐过我。没啥可讲的状况，或者说，几乎没啥可讲的。我好像听见有轻微的溅水声和抽鼻子的声音，就是刚才没多久。不过吧，大晚上的在河边，你能听见不少这种诡异的声音来着。”

山姆躺下，而佛罗多则坐了起来。他蜷缩在毯子里，努力想摆脱困意。时间一分一秒过去，什么事也没有。佛罗多禁不住诱惑，刚想再度躺下，一道很难分辨的黑影便漂近了其中一条停泊的小船。隐约中，一只惨白的长手猛地伸出来，抓住船舷；两只灯一样的眼睛闪着冷光窥视着船内，接着又抬起来，盯向河心小岛上的佛罗多。这双眼睛离佛罗多不到一两码的距离，后者听见了吸气发出的轻微嘶嘶声。佛罗多站起身来，从剑鞘里拔出刺叮，对着那双眼睛。两团光亮登时消失不见了，一阵嘶嘶声与溅水声传来，一个黑乎乎的、木头形状的东西往下游窜去，遁入夜色中。阿拉贡从睡梦中惊醒，翻身坐起来。

“什么情况？”他低声问，又一跃而起，来到佛罗多身旁，“我在睡梦中感觉到有动静。你怎么把剑抽出来了？”

“咕噜。”佛罗多回答，“我猜应该是他。”

“噢！”阿拉贡说，“看来你也发现有个小毛贼一直跟着我们，对吧？他蹑手蹑脚，一直跟着我们穿过墨瑞亚，又一路跟到宁洛德尔河。

我们乘上小船后，他一直趴在一截木头上，手脚并用地跟在后面划。夜里我曾有一两次想逮住他，可这家伙比狐狸还要狡诈，比鱼还要滑溜。我本指望河上的旅行能让他吃个瘪，没想到他水性这么好。

“明天我们得想办法加紧赶路。你先躺下睡吧，剩下的时间，我来守夜。真希望我能抓到这个可怜虫，我们或许能拿他派上点儿用场。要是抓不到，我们就得想法子摆脱他。这家伙非常危险，除了夜里会跑来谋害我们，还有可能把附近的敌人引过来。”

夜晚过去，鬼魅一般的咕噜没有再现身。此后，护戒队伍一直保持高度警惕，但直到航行结束，他们再没见过他。若是咕噜依旧跟着他们，那他肯定跟得异常小心又狡猾。依着阿拉贡的吩咐，众人划了很长时间的船，河岸飞快地从身边掠过。不过，众人很少再看见乡野的情景，因为他们基本上是趁着夜里和晨昏赶路，白天则尽可能借周围环境隐藏起来休息。就这样，一路上平安无事，直到第七天。

天气依旧灰蒙蒙、阴沉沉的，东风也刮了起来。随着天色由傍晚转为深夜，远处西方的天空倒是清朗起来，灰色云层下，一池池黄中带浅绿的隐约光芒亮了起来。远处的湖里朦胧地倒映着一弯皎白的新月。山姆看着月亮，眉头皱了起来。

第二天，两侧乡野的景象飞速变化起来。河岸开始升高，岩石渐渐多了起来。没过多久，他们穿过一片丘陵般的岩石地，两岸全是陡峭的山坡，上面密密麻麻地长满荆棘和黑刺李，又与黑莓丛及藤蔓植物缠绕得难解难分。山坡后方是低矮、破碎的峭壁，饱经风雨侵蚀的灰色岩石形成陡峭的峡谷，峡谷两壁爬满常春藤，黑压压的；再往前又是高高的山脊，顶上长着一片冷杉林，此刻让风刮得东倒西歪。队伍正在接近埃敏穆伊灰色的山野，也就是大荒野南部的边界。

峭壁与石头峡谷中有很多鸟儿。整个白天，成群的飞鸟一直在高空盘旋，将浅色的天空衬得一片黑。当天，阿拉贡躺在营地里看着飞鸟群，满心疑虑：他怀疑咕噜是不是又使坏了，怀疑队伍航行的消息此刻是不是正在大荒野四处流传。后来，等太阳渐渐西沉，大伙儿忙碌着准备再度出发的时候，他在渐暗的天空中突然看见一个黑点：远远的高处有一只盘旋的大鸟，正慢慢朝南飞去。

“莱戈拉斯，看看那是什么？”他指着北面天空问道，“是不是跟我想的一样，是一只鹰？”

“没错。”莱戈拉斯说，“确实是鹰，一只猎鹰。它竟然飞得远离山脉这么远，我想知道这是何征兆。”

“等天彻底黑下来以后我们再出发。”阿拉贡说。

第八夜的行程开始了。一路上寂静无声，风平浪静；阴冷的东风已经吹过了劲儿。一弯窄窄的新月早早便落入暗淡的暮色，头顶的天空倒是明净爽朗，虽说南边依旧有巨大的云团闪着微光，西边的星星却明亮不已。

“走吧！”阿拉贡说，“再冒险赶一夜的航程。我们已抵达大河流域中我不太熟悉的河段；从这里到萨恩盖比尔的险滩那部分，我以前从没走过水路。不过，倘若我没估错，险滩离我们还隔着几哩路呢。但是，去那里之前，一路上还有好些危险的地方：河里不少地方有礁石和石滩。大家要盯紧些，不要划得太快。”

山姆坐在领头的小船上，被安排做侦察。他伏在船头，双眼紧盯着前方的昏暗。夜色越来越浓，天上的星星却亮得出奇，照得河面映着微光。时近午夜，众人已漂流了一阵子，几乎没用上桨。这时，山姆突然大喊出声——就在几码远的前方，他看见河里隐隐矗立着一些黑乎乎的影子，还听到了急流打旋儿的声音。一股急促的水流拐向左侧，朝东岸清澈的河道去了。众人被急流扫到一边，此时可以看见，大河苍白的水沫正冲击着如尖牙般高高升出河面的一排礁石，距离近在咫尺。小船全挤作一团。

“喃，阿拉贡！”波洛米尔大叫道，他的小船撞上了领头的船，“简直疯了！大晚上怎么可能闯得过险滩！没有船能平安渡过萨恩盖比尔，不管白天还是晚上！”

“后退，后退！”阿拉贡喊道，“掉头！尽全力掉头！”他把桨插进河里，想要稳住船，把方向掉过来。

“我估计错了，”他对佛罗多说，“原来我们已经走了这么远：安都因河的水流比我料想的要快。萨恩盖比尔想必已近在眼前了。”

众人费了九牛二虎之力才止住船，又慢慢掉转方向；不过，他们是逆流而上，起初只前进了一小段，还一直被带着往东岸越靠越近。矗立在夜色中的东岸，此时显得如此黑暗与不祥。

“所有人，快划！”波洛米尔喊道，“快划！不然我们就要搁浅了！”说话间，佛罗多感觉下方的龙骨蹭到了石头。

就在这时，数下弓弦声砰然响起：好几支箭呼啸着从他们头顶飞过，还有几支落在了他们当中。有一支箭正中佛罗多后背，他大叫一声，猛然往前栽倒，失掉了手中的船桨——不过，他穿在外套下的锁子甲挡了一下，箭弹开了。又一支箭袭来，射穿了阿拉贡的兜帽；第三支箭以毫厘之差飞过梅里的手，狠狠插在第二条小船的船舷上。山姆感觉，东岸长长的碎石滩上好像有许多黑影正在来回奔跑。他们似乎就在不远处。

“Yrch!”情急之下，莱戈拉斯喊出了精灵语。

“奥克！”吉姆利大喊道。

“要我说，这肯定是咕噜干的好事！”山姆对佛罗多说，“还真会挑地方。大河就像要把我们直接送到他们手里！”

众人伏低身子，全力划着桨——就连山姆也搭了手。每时每刻，他们都做好下一秒就被黑羽箭射中的准备。飞箭呼啸着擦过头顶，也有的射进船侧的水里，不过他们没再中箭。天色已暗，却又没能暗到遮住奥克的夜视眼，头顶的星光显然又为狡猾的敌人照亮了靶子。幸得罗瑞恩的灰斗篷与精灵造的灰木船，这才让狠毒的魔多弓箭手无功而返。

一桨接一桨，他们拼命往前划。周围一片黑暗，众人甚至无法确认是否在朝前走；不过，慢慢地，河里的水涡越来越少，影影绰绰的东岸也逐渐消失在夜色中。终于，就他们的判断来看，船总算来到河流正中，犬牙交错的礁石也被拉开了一段距离。他们半转船身，用尽全力往西岸划去，直到钻进岸边斜倚水面之上灌木丛的阴影当中，这才停下船来喘口气。

莱戈拉斯放下船桨，拿起从罗瑞恩带出来的弓跳到岸边，又往岸崖上爬了几步。他搭箭开弓，转身对准大河另一头的黑暗。对岸传来阵阵尖厉的叫喊，却什么也看不见。

佛罗多抬起头，看着顶上屹立的精灵凝视夜幕，寻找着射击的目标。夜色遮住了他的头，身后墨色的天穹中闪烁着一颗颗无比明亮的白星，仿佛他头上的王冠。南边出现大片的云团，又朝这边飘过来，黑暗则先行一步，袭向了繁星。恐惧突然笼罩了护戒队伍。

“埃尔贝瑞丝，吉尔松涅尔！”莱戈拉斯望向天空，嘴里叹息道。正在此时，一道黑色身形从南方的黑暗中出现，它冲护戒队伍飞速而来，形状似云非云——因为它比云快得多。随着它的靠近，周围的光亮全没了。很快，这东西便现了真身：一头巨大的有翼生物，身体比夜晚的深井还要漆黑。河对岸传来狂热的喊声，欢呼着它的到来。佛罗多猛然感到一阵恶寒穿过他的身体，攫住了他的心脏；他的肩上仿佛旧伤复发，有死一般的寒冷袭来。他像是要躲藏一般，缩起身子。

说时迟，那时快，罗瑞恩的巨弓振响。箭矢伴着啸声飞离精灵之弓的弓弦。佛罗多抬头看去，只见那几乎就在他正上方的飞翼身影突然身体一偏，伴着一声嘶哑又刺耳的尖叫从天上掉落，消失在东岸的阴暗之中。天空再度清亮起来。远处出现阵阵喧哗，黑暗中先是传来怒骂与哀号之声，旋即归于寂静。无论叫喊声抑或箭矢，当晚再没出现。

过了一阵子，阿拉贡领头让小船再度逆流而上。他们沿河边摸索了一阵，最后找到一小片浅水湾。水边长着几株矮树，树后是陡峭的石头河岸。队伍决定在此处待到天亮：想要在夜里继续前进只会做无用功。众人没有扎营，也没有生火，只是把几条船贴在一块儿，人就在船上蜷着。

“赞美加拉德瑞尔之弓，赞美莱戈拉斯的稳手锐眼！”吉姆利嘴里大嚼着一片兰巴斯，说，“伙计，黑暗中那一箭可真够强劲有力的！”

“可有谁知道究竟射中了什么？”莱戈拉斯问。

“我不知道，”吉姆利道，“不过，我很庆幸那道影子没再靠过来。我厌恶极了那玩意儿，它让我记起了墨瑞亚的魔影——炎魔的阴影。”他压低嗓门儿讲出了最后一句。

“不是炎魔，”佛罗多说，先前的冰寒让他依旧止不住地颤抖，“那是某种更冰冷的东西。我觉得它是——”他打住话头，陷入沉默。

“你觉得它是？”波洛米尔急切地问道，身子探出船，仿佛想从佛罗多的脸上看出点儿端倪。

“我觉得——不，我不会提它。”佛罗多答道，“不管是什么，它的倒下都让我们的敌人大惊失色。”

“看起来是这样，”阿拉贡说，“然而，敌人在哪里，数量有多少？接下来他们会做什么？我们全然不知。今晚我们得度过一个不眠之夜了！如今黑暗还能作为我们的掩护，可白天会如何，谁又说得准？把武器都放在手边！”

山姆坐在那里敲打着剑柄，仿佛在拿指头算数，又抬头往天上看。“怪极了，”他嘟哝道，“按说夏尔的月亮跟大荒野的是一样的，怎么也该是一样的才对。可是，要么是我算错了，要么就是月亮不动了。佛罗多先生，你还记得吧，我们躺在树上的弗来特那晚，看见的是残月：依我算的，应该是满月后一个礼拜。昨晚上是我们出发后的第七晚，可天上出来的却是一轮跟剪下的指甲差不多的新月，就好像我们一天都没在精灵的地界里待过一样。

“嗯，头三晚我肯定记得，我记得还有好几晚；但我敢发誓，绝对待不了一个月。是个人都会觉得，那个地方的时间不作数！”

“或许真就是这么回事。”佛罗多说，“或许我们在那片土地上过的是‘天上一日，地上一年’的日子。我猜，直到银脉河带着我们回到通向大海的安都因大河，我们才重回到凡人的时间里。而且在卡拉斯加拉松的时候，我不记得有月亮，不管新月还是残月，我能想起来的只有白天的太阳与夜晚的星星。”

莱戈拉斯在船里动了动。“不对，时间从未停下，”他说，“但不是每一件事物、每一处地方的变化与成长都千篇一律。对精灵而言，世界变化既极为迅速又异常缓慢。所谓迅速，是指他们自身变化不大，而周围一切弹指而过，对他们而言这是一种悲哀。缓慢则是指他们无须计算时间的流逝，至少无须为自己计算。四季更迭不过是长河里不断重复的涟漪罢了。日光之下，万物终将耗尽。”

“可罗瑞恩那里却消耗得很慢，”佛罗多说，“夫人的力量起了作用。有加拉德瑞尔御使精灵之戒的卡拉斯加拉松，时间看似短暂，实则丰富充盈。”

“这事在罗瑞恩之外不该提起，即便对我也不行。”阿拉贡说，“不要再提了！山姆，情况是这样的：在那片土地上，你的计算会失效。在那里，于我们和精灵而言，时间都在飞快地流逝。我们逗留的时候，外面世界旧月换新月，新月圆缺周转。昨晚又是一轮新月到来。冬天已近尾声。时间正流向希望渺茫的春天。”

是夜，万籁俱寂。大河对岸再未听见一丝话语或叫喊声。旅者们瑟缩在小船里，感觉天气渐转。从南方遥远的汪洋飘来巨大的潮湿云层，让下方的空气变得温暖，几近凝固。大河冲刷激流礁石的声音似乎越来越响，越来越近。水珠自头顶的树枝上滴答下来。

是日，环绕众人的世界弥漫出一股柔和而忧伤的气息。拂晓的天空中，浅淡的光芒渐次出现，四下里朦朦胧胧，不见阴影。大河上薄雾蒸腾，白白的雾气裹住河岸，也蒙住了对岸的景象。

“我受不了有雾，”山姆说，“不过碰见这阵雾好像还挺走运的。这会儿我们要是离开，那群挨千刀的半兽人发现不了也说不准。”

“有这个可能。”阿拉贡道，“可除非待会儿雾气消散一些，否则我们也很难找到路。若是要取道萨恩盖比尔前往埃敏穆伊，那我们非得找到路不可。”

“我不明白为何我们非要穿过险滩，为何还要沿着大河前进。”波洛米尔说，“假如埃敏穆伊就在前方，那我们大可抛下这几条轻船，走西南方向，直奔恩特河，再渡河进入我的家乡。”

“倘若我们要前往米那斯提力斯，确实可以这样走。”阿拉贡说，“但这事大家暂且还没有达成一致。更何况，这条路说不定比听起来要危险。恩特河河谷地势平坦，沼泽众多，那里的雾对于负重徒步者而言异常危险。除非万不得已，我不会抛下这几条船。至少，大河这条路我们怎么走也不会错。”

“可大敌已占据东岸，”波洛米尔反驳道，“就算你能通过阿刚那斯之门，再顺利抵达刺岩岛，可接下来又该怎么办？冲下瀑布，降落到沼泽里吗？”

“不！”阿拉贡答道，“应该说，我们会背着船，走古道去涝洛斯大瀑布脚下，再从那里继续走水路。波洛米尔，你是真不知道，还是故意忽略了诸王时代建造的北阶梯跟阿蒙汉山上的高座？在做进一步打算之前，我打算再登一次那处高地。在那里，或许能找到一些指引我们的记号。”

波洛米尔一直以来都反对这一选择；不过，如今的情况清楚地表明，无论阿拉贡去哪儿，佛罗多都会跟随他，于是波洛米尔让了步。“米那斯提力斯的人不会抛下落难的朋友，”他说，“若真想要抵达刺岩岛，那你们就用得上我的力量。我会一同前往那高地，但不会继续往前。倘若我的帮助留不住任何一位同伴，那么从那里我会独自返回家乡。”

天色愈发亮堂，雾气也散去了少许。众人决定，阿拉贡与莱戈拉斯即刻沿岸边向前，其余人则留在小船边。阿拉贡希望能找到一条路，使众人能连船带行李一道运往险滩之后的平缓水域。

“精灵之船或许沉不了，”他说，“但并不代表我们能活着穿过萨恩盖比尔。迄今为止，没人做到过。即便在刚铎最为强盛的时期，他们的领土也从未扩张到埃敏穆伊之后的安都因河段，所以他们并未在这片地方修建道路；不过，西岸某处倒是有一条陆运通道，就看我能不能找到了。那条路应该还没有荒废；直到前些年，魔多的奥克还没有大量繁衍的时候，依旧有轻舟从大荒野出来，一路往下，前往欧斯吉利亚斯。”

“我这辈子几乎没见过有船从北方出来，倒是能见到奥克在东岸探头探脑。”波洛米尔说，“就算你能找到路，只要你往前走，每走一哩，危险就会增加一分。”

“每一条南行的道路前方都潜藏着危险。”阿拉贡答道，“请等我们一天。若我们没能按时回来，你们就知道邪恶确实落到了我们身上。届时你们须得尽快选一位新的领袖，并尽可能跟随他。”

佛罗多怀着沉重的心情，目送阿拉贡与莱戈拉斯爬上陡岸，消失在雾气中。不过，事实证明他多虑了：两三个钟头不到，未及正午，两位探路人模糊的身影便再度出现了。

“诸事顺利，”阿拉贡一边往河岸下爬，一边说，“找到一条小径，通向一处还可使用的良好码头。路程不算远：险滩起始处就在下面不到半哩的位置，总长度一哩多一点儿。险滩往前不远处，河水再度变得澄净、平稳，不过流速还是很快。我们最艰难的任务是把小船和行李搬去陆运通道。我们倒是找到了地方，但它离河边这里还是有些距离，走下方穿过一堵岩壁的背风处，从河岸过去大概要走一弗隆。我们没能找到背面的码头。如果码头还在，想必是昨晚上我们错过了。可能是我们拼命往上游，划了很远，在雾里跟它失之交臂。恐怕我们现在得离开大河，从这里尽可能往陆运通道那里走。”

“就算我们都是人类，这事儿也不容易。”波洛米尔说。

“哪怕以如今这条件，我们还是得试试。”阿拉贡道。

“对，试一下。”吉姆利说，“人类的腿在崎岖的路上走不利索，而矮人则能坚持前进，哪怕要扛着两倍体重的东西，波洛米尔大人！”

这任务确实艰难，但他们终究还是完成了。货物搬出小船，又扛到河岸顶部，放在一处平坦的地上。小船从河里被拖出来，又给抬了上去——它们远没有众人料想的重。造船的木材十分结实，却又轻得出奇；它究竟是拿精灵王国的哪种树造出来的，即便莱戈拉斯也不明白。梅里跟皮平两人便可轻松地把他们的船扛起来，在平地上走。然而，要扛着船通过护戒队伍眼下须穿越的地段，还是需要两个人类的力气才行。从大河边斜斜向上这段路，是一片散落着灰色石灰石巨岩的混乱、荒芜之地，周遭的杂草与灌木下隐藏着许多窟窿，附近还遍布荆棘丛与陡峭的小山谷；时不时还能见着泥泞的水塘，由内陆深处梯地的涓流汇聚形成。

波洛米尔同阿拉贡将船一条条搬走，其他人深一脚浅一脚地背着行李跟在后面爬。终于，所有东西全都运到了陆运通道。之后，众人便一同往前行，除了蔓生的刺丛和许多落石外，没有遭遇太大阻碍。雾气依旧如纱一般笼罩在斑驳的岩壁上，同样也笼罩着左侧的大河：大河奔腾不息，水沫横飞，急流撞在萨恩盖比尔锋利的岩架与石牙上；众人耳朵听得真切，眼睛却看不到。前前后后拢共奔波了两回，诸多物什这才安然地全搬到了南边的码头。

陆运通道在那里拐回河边，缓缓往下，通向一处小池塘的浅岸。池塘像是从河边挖出来的——并非靠人力，而是萨恩盖比尔的水流旋转着撞上一段伸进河里一截的矮石墩，冲刷形成。河岸在池塘前方陡然抬高，形成一道灰色峭壁，再往前已没有步行通道。

短暂的下午已然过去，昏暗而多云的黄昏渐渐降临。众人坐在水边，听着险滩乱流藏在雾中发出的咆哮声；大家又累又困，心情恰似这日暮一般阴郁。

“好吧，我们到地方了，还得在这儿过一晚。”波洛米尔说，“我们需要睡眠，即便阿拉贡打算趁夜穿过阿刚那斯之门，我们也没了力气——毫无疑问，我们敦实的矮人除外。”

吉姆利没有回话——他才刚坐下，就已经打起了瞌睡。

“我们先尽量多休息吧。”阿拉贡说，“明天白天我们得再度开始赶路。只要天气不会再度起变化，蒙蔽我们，我们就有望溜出去，不被东岸的眼线看见。不过，今夜须得两人一班守夜，每三个钟头换一次班。”

一夜平安，要说有什么糟糕的情况，顶多就是黎明前一个钟头短暂下了场毛毛雨。天刚亮堂起来，队伍便出发了。雾气已经变得稀薄。众人尽量靠近西边往前走，眼中能朦胧看见低矮的峭壁渐行渐高，壁根模模糊糊地插进湍急的河里。到了上午，云层压下天空，开始下起大雨。众人拉起皮篷遮住小船，免得船里进了太多水而被淹，然后继续向前漂流。灰色的雨幕叫他们看不清四面八方的景象。

不过，这场雨下的时间不长。头顶的天空越发明亮，云层突然破碎开来，又如破絮般一条条飘去了北边的大河上游。雾霭尽散。旅者前方横亘着一条宽阔的峡谷，峡谷两侧是巨大的岩壁，岩架与狭窄的裂隙处歪歪扭扭地生着几棵树。河渠愈发狭窄，大河也愈加汹涌。众人如今飞快地漂着，不管前方可能遇上什么，都别想停下或者转向。他们头上是一线淡蓝色天空，周身是黑暗笼罩的大河，前方则是埃敏穆伊遮天蔽日的黑色丘陵，丝毫不见开口。

佛罗多放眼望去，发现前方远处有两块巨岩正在接近，很像巨大的尖顶或者石柱。它们分立河流两侧，形状高大、陡峭，带着不祥的感觉。一条狭窄的豁口出现在它们中间，小船被大河推着行了过去。

“请看，这就是双王之柱，阿刚那斯！”阿拉贡高声说，“我们很快就会穿过它们。把船排成一列，尽量拉开距离！稳在河的正中间！”

两根巨柱如高塔一般候着被大河推着漂来的佛罗多。在佛罗多眼里，它们恍若庞然巨物，是身形宏伟的灰色巨人，于无声中尽显威慑。随后，他发现它们果真有刀刻斧凿的痕迹：古老的技艺与力量施展其上，不知经过了多少岁月的日晒雨淋，当初所塑造的非凡样貌依旧不曾发生变化。两个巨大基座扎根于深水，上面屹立着两尊卓绝的国王石像：纵使眉眼已模糊、崩裂，他们依旧蹙额望向北方。两尊石像向外高举左臂以示警告，右手各持斧头一柄，头上都戴着破裂不堪的头盔与王冠。他们依旧身怀伟力，神姿威严，是早已作古的国度沉默的守望者。随着小船漂近，敬畏和恐惧压得佛罗多瑟缩着身子，闭上眼睛不敢去瞧。三条小船恍若脆弱又转瞬即逝的小小叶片，飞速滑过努门诺尔两名哨卫脚下的恒久阴影，即便波洛米尔此时也埋下了头。众人就这样进入了阿刚那斯之门的黑暗裂口。

叫人毛骨悚然的峭壁陡立大门两侧，高不可测。远处是昏暗的天空，河面回荡着黑色河水的怒吼，厉风从上方呼啸而过。佛罗多抱着腿缩成一团，只听见身前的山姆嘟哝着呻吟道："什么鬼地方啊！吓死个人！只要能让我从这船上下来，我保证这辈子都不会让我的脚趾沾到河水，连小水坑我都不会碰！"

"莫怕！"他身后传来陌生的声音。佛罗多转头看去——是大步佬，但又并非大步佬：此刻，船尾站着的已不是那位饱经风霜的游侠，而是阿拉松之子阿拉贡，他正娴熟地划桨控船，昂首挺胸，腰背笔直。他的兜帽已拉到背上，一头黑发随风飞扬，双目中带着神采：赫然一位流亡在外的王者重归故土。

"莫怕！"他说，"一睹伊熙尔杜与阿纳瑞安这两位古代先祖的样貌，是我渴望已久之事。双王阴影之下，我，精灵宝石埃莱萨之持有者，埃兰迪尔后裔、维蓝迪尔·伊熙尔杜之子家族、阿拉松之子，无所畏惧！"

随后，他眼中的神采散去，自言自语道："甘道夫要在就好了！我的心是多么向往米那斯阿诺尔，还有那故国的城墙啊！可如今我要去向何处？"

这裂口长且昏暗，充斥着啸风怒涛激荡岩间的声音。它略朝西偏，故而前方起初一片黑暗；很快，佛罗多便看见前方高高地出现一处明亮的缺口，渐渐地越变越大。这缺口迅速接近，小船突然便穿它而过，来到宽广的明亮光线之下。

早已过了中天的日头照耀着漫天流云。收束的河水四散开来，形成椭圆的长湖——水色浅淡的能希斯艾尔。湖的四周围了一圈陡峭的山岭，山岭两侧树木丛生，可山顶却光秃秃的，被阳光照得直泛冷光。远处南边尽头矗立着三座山峰。中间那座比其余两峰略略靠前，与它们隔着些距离。大河张开浅亮的手臂环绕着，把它变成了河中小岛。远远的，有声若滚雷的咆哮乘风而来。

“那是托尔布兰迪尔！”阿拉贡指着南面的高大山峰说，“立在左边的是阿蒙肖，右边的是阿蒙汉，两者分别为聆听与观望之山。诸王时代，两座山上设有高座，有看守者常驻。不过，据说托尔布兰迪尔从未有过人类和野兽踏足。夜幕降临之前，我们就会抵达那里。我听见了涝洛斯大瀑布那无尽的呼唤声。”

眼下，护戒队伍乘着湖中央的水流往南漂，趁机休息了片刻。些许食物落肚，他们又抄起桨加速赶路。山野西面已落入阴影，太阳变成一团圆圆的火红色，间或有不甚清晰的星星跃上天边。三座山峰矗立在前方，在暮色中显得阴沉沉的。涝洛斯嘶吼着，声势惊人。旅者们终于赶到山峰阴影之下的时候，夜色已罩在了流水之上。

第十天的旅程结束，众人已走出了大荒野。究竟往东还是往西，若不定下主意就无法再继续前进。众人使命的最后一程，已近在眼前。

·第十章·

分崩离析

阿拉贡领着众人进入大河右边的河道。西侧托尔布兰迪尔的阴影中有一片青草地，从阿蒙汉山脚下一直延伸到水边。草地后面便是山岭的第一道缓坡，上面树木林立，沿着能希斯艾尔弯弯曲曲的湖岸一路向西延展。一汪细泉自山上流下，滋润着草地。

“今晚我们就在此地休息。”阿拉贡说，“这里是帕斯嘉兰草坪，古时候，这里的夏日非常美丽。希望邪物还未染指此处。”

众人把小船拉上绿岸，又在近旁扎了营。他们设了守夜，但未发现敌人的踪迹和动静。倘若咕噜想方设法地跟踪他们，那他的形迹依旧隐藏得很好。话虽如此，随着夜色渐浓，阿拉贡愈发心绪不宁，一晚上辗转反侧，时梦时醒。下半夜他干脆起了身，来到正轮班守夜的佛罗多身边。

“你怎么醒了？”佛罗多问，“还没到你呢。”

“我也不知道。”阿拉贡回道，“睡梦中我一直感觉有阴影和威胁在增长。最好把你的剑拔出来。”

“怎么了？”佛罗多问，“附近有敌人？”

“让我们看看刺叮的反应。”阿拉贡回答。

于是，佛罗多从剑鞘中拔出精灵短剑，震惊地发现，剑刃竟然在夜色中微微发亮。“有奥克！”他说，“似乎离我们不算很近，但也不远了。”

“这正是我担心的。”阿拉贡说，“或许他们不在大河这边。刺叮的光芒很微弱，也许只是表明阿蒙肖山坡上有魔多的奸细徘徊。不过，眼下正是妖魔横生的时日，米那斯提力斯已无法保障安都因各条通道的安全，谁都无法预料会遇到什么。明天我们须得小心行事。”

如焰如烟的白昼到来了。东边的天上矮矮地飘着一团团乌云，恍若大火烧出的浓烟。太阳在下面照得云朵火一般暗红；不过，它很快便穿过云朵，爬到亮堂的天上，给托尔布兰迪尔的峰顶镀上一层金光。佛罗多朝东望去，凝视着那高耸的岛屿：从奔流的河水中，岛身陡然升了出来。高绝的悬崖之上，陡峭的山坡托着一棵棵树渐次升高；再往上又是许多灰色山岩，高不可攀；顶上则是一块塔尖似的巨石，一群群鸟儿在周围盘旋，倒是不见其他活物。

饭后，阿拉贡把众人召集到一处。“我们将做抉择的时日一拖再拖，”他说，“但这一天终究还是躲不过。护戒队伍结盟至今，我们已跋涉过千山万水，接下来该怎么办？是随波洛米尔西行，投身刚铎的战斗，是东进迎向恐惧和黑暗，还是分道扬镳，各自选择？无论做何打算，我们都得尽快。此地不可久留，我们都知道敌人就在东岸，而我担心奥克或许已经渡河过来了。”

长久的沉默，没人说话也没人动弹。

“来吧，佛罗多，”阿拉贡最后说，“恐怕这副担子要压在你肩上了。

你是会议指定的持戒人。你的道路只有你能决定，我无法指导你。我并非甘道夫，尽管我已尽力接过他的重任，但我实在不清楚他对于此刻抱有何种计划抑或希望，倘若他真有的话。最有可能的情况是，即便此刻他在场，选择权依旧会交到你手上。这是你的命运。”

佛罗多并未立即回应。过了一会儿，他才慢慢说：“我明白，要争分夺秒，可我决定不了。这担子太重了。再给我一个钟头，我会做出决定的。请不要来打扰我！”

阿拉贡满心同情地看着他。“也好，卓果之子佛罗多。”他说，“你有一个钟头时间考虑，这期间谁都不会打搅你。我们将在这里再待上一阵，你别走远，也别让我们找不到你。”

佛罗多垂着脑袋坐了一会儿。山姆一直密切关注着少爷，他摇了摇头，喃喃道：“这事儿不是明摆着吗，可眼下山姆·甘姆吉插话可没什么用。”

佛罗多此时站起身，走开了。山姆发现，尽管其他人都克制着不去看佛罗多，可波洛米尔那双眼睛却缀上了他，一直盯到他走进阿蒙汉山脚下的树林，身影消失不见为止。

一开始，佛罗多只是在林子里漫无目的地闲逛，后来却发现他的脚领着他往山坡方向走去。他来到一条小路跟前，这是许久前一条道路泯灭后的残余。道路在陡峭之处凿有台阶，如今早已崩裂磨损，还被树根撬断了。他爬了一阵子，没太在意往哪儿走，最后来到一片四周长着花楸树的草地，草地正中间有一块既宽又平的大石头。这片小小的高地草坪上，东侧一片开阔，此时正沐浴着清晨的阳光。佛罗多停下脚步，视线越过下方远处的大河，看向托尔布兰迪尔，以及徜徉在他与人迹罕至的岛屿间那天堑中的群鸟。涝洛斯大瀑布声似龙吟虎啸，又混杂着深沉的悸动声。

他坐在石头上，用手托住下巴，眼睛像是看着东边，却又什么都没看。自从比尔博离开夏尔后发生的种种，此刻正一幕幕地掠过脑海，他回忆着、思索着甘道夫讲的那些他还想得起来的话。时间一分一秒过去，他依旧拿不定主意。

他的思绪猛然被打断：怪异的感觉袭上心头，像是有什么东西站在背后，用不怀好意的眼神盯着他。他一跃而起，转身回望，惊讶地看见面若春风的波洛米尔。

“佛罗多，我有些担心你。”他说着，迈向前来，“如果阿拉贡判断得没错，奥克已经接近的话，我们中任何人都不该独自出行，尤其是你：你可是身负厚望。我的心情同样很沉重，既然我都找到你了，介不介意我留在这儿，跟你聊聊？这能让我舒畅不少。那边人太多，任何话题最后都会变成无休止的辩论。不过，两人一起，或许能做出明智的选择。”

“感谢你的善心，”佛罗多回道，“可我觉得没什么话能帮得到我。我知道自己该做什么，可我就是不敢，波洛米尔——是不敢。”

波洛米尔默然而立。涝洛斯的咆哮一刻也没停下，风儿在树梢间呢喃。佛罗多打了个冷战。

忽然，波洛米尔走过来坐在他身旁。“你真觉得自己没有遭受无妄之灾吗？”他说，“我想帮你。要做出艰难的抉择，你需要建议。想听听我的建议吗？”

“我觉得，我已经知道你的建议了，波洛米尔。”佛罗多说，“看似明智之言，但我的心里却在示警。”

“示警？警告什么？”波洛米尔语气尖厉了起来。

“警告拖延。警告那条看似容易走的路。警告拒绝承担压在我肩上的担子。警告——嗯，非要讲的话，警告盲信人类的力量和忠诚。”

“这力量，虽说你不知道，却一直在保护远在那小小乡野的你。”

“我丝毫没有怀疑你族人的勇气。不过，世道一直在变，米那斯提力斯的城墙或许坚固，可也不是牢不可破。要是城墙被攻破，那该怎么办？”

“那我们就在战斗中英勇牺牲。但是，城墙不被攻破的希望还是有的。”

“只要魔戒还在，就不会有希望。”佛罗多说。

“啊！魔戒！”波洛米尔说，眼睛炯炯有神，“魔戒！真是造化弄人，这小小的东西，为何会让我们承受无数的恐惧和怀疑？这么个小东西！我只在埃尔隆德之家看过它一眼。能否让我再看一眼？”

佛罗多抬起头，内心猛然一凉。他捕捉到了波洛米尔眼里异样的神采，可他脸上却依旧一副和蔼慈祥的样子。“还是藏起来的好。”他答道。

“随你的便，我倒是无所谓。”波洛米尔说，“总不能提都不许提吧？你们总想着它的力量落到大敌手上会如何：想的总是坏的一面。你不是说，世道在变，说魔戒只要还在，米那斯提力斯就会陷落。可为什么？是了，如果魔戒落到大敌手上。可如果魔戒为我们所用，又会怎样？”

“你是没参加会议吗？”佛罗都回道，“我们不能使用它。借魔戒所行之事，最后全都变成了恶。”

波洛米尔起身，焦躁不安地来回踱着步，“你也跟我说这套，”他嚷嚷道，“甘道夫、埃尔隆德——你这些话，全是他们教的吧！对他们而言，这话或许没错。这些精灵啊，半精灵啊，巫师什么的，他们或许会以悲惨的结局收场。可我经常怀疑，他们究竟是真的睿智，又或者单纯就是胆小如鼠。不过，这些种族各有各的情况吧。但是，忠贞不贰的人类可不会被腐蚀。我们米那斯提力斯的人遭受经年考验，信念依旧坚定。我们不求拥有如巫师大人一般的力量，只希望有力量保护自己，有力量行正义之举。瞧！机缘巧合之下，就在我们危难之际，力量之戒被找到了。若要我说，这是种赐予，是给魔多之敌手的礼物。若是不加以使用，不以大敌之力还治其身，岂不愚蠢至极？无所畏惧、无所顾忌，方能取得胜利。一位勇士、一位伟大的领袖，在如今这种情况下，有什么不能做的？阿拉贡有什么不能做的？他若是拒绝，我，波洛米尔也可以。魔戒能带给我号令之力。所有人都会云集在我的麾下，看我如何将魔多的大军驱逐出去！”

波洛米尔来回踱着大步，声音越来越激动。他似乎已经把佛罗多忘在脑后，只是反复念叨着城墙和武器，还有召集兵力；为未来的宏大联盟与荣耀胜利制订了好些计划；他又念叨着自己如何推翻魔多，成为一代伟大的仁王、贤王。他突然停住话头，挥舞着双臂。

“而他们却让我们把它扔掉！”他叫道，“更别提要摧毁它。倘若理性能指出这有哪怕半点儿做到的希望，那也就罢了。然而，并非如此。摆在我们面前的唯一计划，竟然是让一个半身人盲目地踏入魔多，把大敌再度夺回魔戒为己用的机会全盘奉上。愚蠢！

“你一定也看出来了吧，我的朋友？”他突然转身，冲佛罗多说，“你说你是害怕。若果真如此，最勇敢的人也应该宽恕你。不过，令你挣扎不已的，真的不是你的理智吗？”

“不，我是害怕，”佛罗多说，“就只是害怕。不过，我挺高兴你能对我这么直言不讳。我的脑子这下清醒多了。”

“那么，你是要前往米那斯提力斯了？”波洛米尔叫道，双眼发亮，脸上写满了渴望。

“你误会了。”佛罗多说。

“但你会来吧，至少待一阵子？”波洛米尔坚持道，“我的城市距离此地已不远，从那里去往魔多和从这里出发相差无几。我们在荒野待得太久，在采取行动之前，你需要收集信息，了解大敌的动向。佛罗多，跟我走吧。”他说，“若你非要去冒险，再次上路之前你需要休整。”他友好地把手搭在霍比特人肩上，佛罗多却感觉那只手因强自按捺的兴奋而在颤抖。他三两步躲开，眼睛警惕地盯着这个高出自己两倍，力量更是胜过自己好几倍的高个儿人类。

“别这么戒备，”波洛米尔说，“我是个实诚人，可不是什么小偷或者跟踪狂。我需要你的魔戒，你现在已经知道了；不过，我向你保证，我无意占有它。你愿不愿意让我试一试我的计划？把魔戒借给我！”

“不！不行！”佛罗多嚷道，“会议决定，由我来保管它。”

“大敌将来若是击败我们，全因我们太过愚蠢。”波洛米尔叫道，“真是气人！愚蠢！顽固的蠢货！非要自投罗网，我们的大业都快被你毁了。果真有凡人能获得魔戒，那也该是努门诺尔人，而非什么半身人。若非时运不济，它怎么会落到你手上。它本该是我的，就该是我的。快给我！”

佛罗多默然后退，直到那块大石板挡在两人中间。“好了，好了，我的朋友！”波洛米尔把声音放低了些，“为何不放弃它？为何不让自己从疑虑和恐惧中解脱？若你愿意，大可把责任都推给我。你可以说，我力气太大，强行抢走了它。我的力量你确实无法匹敌，半身人。”他高声说，又猛然跳过石板，扑向佛罗多。他那张俊美悦目的脸顿时变得扭曲狰狞，眼中闪着熊熊怒火。

佛罗多往旁边一闪，又让石板横在了两人之间。现在他能做的只有一件事：他哆哆嗦嗦地拽出链子，在波洛米尔再度扑来之时，把魔戒飞快地戴在手上。那人倒抽了一口气，震惊地盯了片刻，然后疯一般地乱跑，往岩间树下四处搜寻。

“卑鄙无耻的骗子！”他喊道，“别让我抓到你！这回我可知道你是怎么打量的了。你要把魔戒带给索伦，出卖我们所有人。你只是在等待时机，好突然离开我们。我诅咒你和所有半身人都不得好死，堕入黑暗！”话刚说完，他的脚绊到一块石头，直愣愣地扑倒在地。好一阵，他就这么一动不动地匍在地上，仿佛刚才脱口而出的诅咒应验到了自己身上；泪水突然涌了出来。

他爬起身，拿手揩干眼泪。“我说了什么！”他叫道，“我干了什么事！佛罗多，佛罗多！”他唤道，“快回来！我刚才失去理智，如今已经恢复了。快回来！”

没有回应。佛罗多压根儿没听到他的叫喊。他慌不择路地奔向通往山顶的路，早已跑远了。波洛米尔那张疯狂又凶恶的脸、那双怒不可遏的眼睛盘旋在他的脑海，恐慌和悲痛震撼了他。

不一会儿，他独自来到阿蒙汉的峰顶，气喘吁吁地停下脚步。透过薄雾，他像是看见一圈宽阔、平坦的圆环，上面铺满了巨大石板，四周是破败的城垛；圆环正中立有四根雕石柱，顶着一扇高座，以许多台阶连至地面。他拾级而上，坐上这古老的座椅，感觉像迷路的孩子爬上了山地诸王的王座。

起初他什么都看不清楚。他好像身处一片迷雾之境，四周只有阴影：他还戴着魔戒。随后，不时有雾气散开，他看见了许多景象：微小却清晰，仿佛近得就摆在眼前桌上似的，却又远在天边。没有声音，只有明亮、鲜活的图像。世界似乎缩小，沉寂了。他正坐在阿蒙汉山的观望之椅上，此地就是努门诺尔人所称的观望之山。他四处环顾：东面能看见广阔的未知土地、不知名的平原和杳无人迹的森林；北面，他下方的大河如锦缎一般绵延，迷雾山脉显得又小又硬，仿佛一溜断牙；西面是洛汗辽阔的草场，还有宛若一根黑色尖刺的、艾森加德的尖顶——欧尔桑克塔；南面，就在他脚下，大河如一道即将扑下的海浪，弯卷着摔下涝洛斯大瀑布，落入飞沫四溅的深潭，一道闪亮的彩虹在水雾中浮现。他还看见了埃希尔安都因——大河巨大的三角洲，无数海鸟如阳光下的白尘在天际徘徊，其下则是一片绿中带银的大海，浪涛滚滚无止境。

然而，无论他往哪个方向看，都能看见战争的征兆。迷雾山脉如蚁家般簇拥：奥克从成千个洞穴里出动。在黑森林的粗枝下，精灵、人类在与堕落野兽做殊死搏斗。贝奥恩一族的领地陷入火海，墨瑞亚被乌云笼罩，罗瑞恩边界烽烟四起。

骑兵在洛汗的草场上驰骋；恶狼自艾森加德倾巢而出。一艘艘战船驶出哈拉德的海港；人类不停自东边出现：剑手、枪手、弓骑手，族长的战车和辎重货车。黑暗魔君调动了全部力量，再度将注意力放在南边的米那斯提力斯——它似乎隔着很远，壮丽无比：城墙雪白，塔楼众多，骄傲又美丽地立于山上；它的城垛闪耀着金铁之色，角楼上招展着许多鲜亮的旗帜。他心中涌出了希望——可对阵米那斯提力斯的，却是另一座更为巨大、坚固的要塞。就在东边，他的注意力被强拉了过去：穿过欧斯吉利亚斯坍塌的大桥，越过米那斯魔古尔狞笑的大门，掠过邪物横生的黯影山脉，看向了戈埚洛斯——位于魔多之地的恐怖山谷。阳光之下，那里依旧魔影重重。浓烟之中，火焰熊熊。末日山烈烈燃烧，恶臭烟雾遮天蔽日。最后，吸引他眼神的是连天的城墙与城垛：漆黑、难以估量的坚固，铁造的山，钢铸的门，坚不可摧的塔楼——他看见了它：巴拉督尔，索伦的要塞。希望彻底离他而去。

突然间，他感觉到了魔眼。邪黑塔上有一只不眠的眼睛。他知道它察觉到了自己的注视。那里汹涌着一股迫切的意志。这意志朝他扑了过来，他当即感觉它像是一根手指在搜寻着，下一秒就可能摁住他，找到他的精确位置。它触及了阿蒙肖，扫过托尔布兰迪尔——他飞身离开观望之椅，用灰色兜帽遮住脑袋，蜷作一团。

他听见自己喊道：“决不，决不！”又或者是：“我来了，我来找你了？”他分辨不出。随后，仿佛另一股力量闪过一般，他脑海里出现又一个念头：取下它！取下它！蠢货，取下来！把魔戒取下来！

两股力量在他意识中缠斗。有那么片刻，它们势均力敌、针锋相对，让佛罗多备受折磨，痛苦地来回翻滚。突然，他再度意识到了自己——他是佛罗多，而不是那道声音或者那只魔眼：他能自由选择怎么做，也只有一瞬间可以做出选择。他从手上拔下了魔戒。他正跪在高座前方，明媚的阳光照在身上。一道黑影如手臂一样从他头上掠过；它放过了阿蒙汉，摸索着消失在西边。随后，整片天空变得明朗、蔚蓝，鸟儿开始在每棵树上歌唱。

佛罗多站了起来。他只感觉万分困顿，可意志却十分坚定，心也轻快了许多。他大声对自己说："现在，我会去做我必须做之事。至少有一点清楚无比：魔戒的邪恶之力哪怕对护戒队伍也起了影响，在带来更多伤害之前，它必须要远离其他人。我将独自前行。有些人我信不过，而我信得过的人，于我又太过宝贵：可怜的老山姆，还有梅里跟皮平。大步佬也是：他的心无比渴望前往米那斯提力斯，眼下波洛米尔已堕入邪恶，那里的人需要大步佬。我会独自前行。现在就走。"

他沿着小径匆匆往下，返回波洛米尔找到他的那块草坪。然后，他停步倾听。他感觉自己能听见下方河岸旁的森林里传来呼喊和呼唤声。

"他们肯定是在搜寻我，"他念道，"也不知道我离开了多久。几个钟头吧，我猜。"他犹豫了一下，嘟哝道："我该怎么办？必须赶紧离开，要不就走不了了。机会只有这么一次。我不想离开他们，更不想不辞而别。不过，他们肯定能理解的。山姆肯定会。我还能怎么办呢？"

他缓缓地拽出魔戒，再次戴在手上。他消失了，往山下去的动静比沙沙的风声还小。

其他人在河边停留了许久。他们沉默了好一阵子，不安地来回踱着步；这会儿终于围坐成一圈，交谈起来。他们间或会努力聊些其他事情，比如他们漫长的旅途以及许多的历险；他们向阿拉贡询问刚铎的领土与它的悠久历史，还有在埃敏穆伊这片陌生的边境之地依旧能见到的伟大造物的残余：双王石像，阿蒙肖与阿蒙汉的聆听、观望之椅，还有涝洛斯大瀑布旁的大阶梯。可是，思绪与话语最后总会绕回佛罗多与魔戒。佛罗多会作何选择？他到底在犹豫什么？

“我认为，他一定是在打量哪条路最为危险，”阿拉贡说，“极有可能。既然我们已经被咕噜盯上了，队伍如今再往东走，希望空前渺茫，还得谨防此行的秘密被暴露出来。然而，前往米那斯提力斯的路途并不比去火焰之山摧毁那重担来得轻松。

“我们或可前往那里，英勇抵抗一阵；不过，保守那重担的秘密，或是在大敌前来夺取之时挡下他的全部力量，这事就连埃尔隆德都坦言力有未逮，德内梭尔大人与他麾下人手亦无法做到。换作佛罗多的立场，又会作何选择？我不知晓。此刻，真是我们无比想念甘道夫的时刻。”

“如此损失，着实惨痛。”莱戈拉斯说，“然而，没了他的助力，我们依旧得做出抉择。我们何不先做出决定，再以此帮助佛罗多呢？我们叫他回来，再做表决！我赞同去米那斯提力斯。”

“我也赞同去那里。”吉姆利说，“毫无疑问，派遣我们是为了在路上协助持戒人，而要走多远则视我们的意愿而定；我们中没人宣誓、领命要前往末日山。我是硬下心肠才辞别了洛丝罗瑞恩。可我已前进了这么远，我想说的是：我们已面临最后的抉择，我很清楚自己不能弃佛罗多于不顾。我想选米那斯提力斯，但佛罗多如果不去的话，那我就跟他走。”

“我也会跟他行动，”莱戈拉斯说，“现在分道扬镳，就是背信弃义。”

“若我们全都离他而去，这确实算是背弃。”阿拉贡说，“不过，若他要往东去，我们不用全跟着，也没必要都去。无论去的是八人，两三人，又或者他独自一人，这趟旅程都一样凶险。若我来选，我会指派三人同行：山姆，他无法容忍与佛罗多分开，然后是吉姆利，最后是我自己。波洛米尔可就此返回故乡，他的父亲与族人需要他；其余人应与他同行，至少梅里阿道克跟佩里格林应该去，倘若莱戈拉斯不愿与我们分别的话。”

“这怎么能行！”梅里嚷嚷道，“我们不能抛下佛罗多！我和皮平早就商量好了，要陪他走到天涯海角，这想法从未变过。可我们先前没明白这话究竟意味着什么。在夏尔或者幽谷那样遥远的地方，说这话好像完全不一样。让佛罗多去魔多也太疯狂、太残忍了。我们就不能拦住他吗？”

“我们必须拦住他，”皮平说，“我敢肯定，他也担心这事儿。他知道我们肯定不同意他往东走。他也不愿意让谁跟他一起，可怜的老伙计。想象一下吧：独自前往魔多！”皮平忍不住抖了抖肩，“可是，这亲爱的老霍比特笨蛋，他应该知道自己根本不用问的。他该知道，如果我们拦不住他，那也不会离开他。”

“那啥，我插句话，”山姆说，“我觉得你们根本不懂我家少爷。他不是在犹豫该选哪条路。保准不是！去米那斯提力斯有什么好？我是说，对他来讲。请原谅我说的话，波洛米尔大人。”他补充道，又转过头去，这才发现起初默默坐在人圈外围的波洛米尔不见了。

“他这会儿又上哪儿去了？”山姆一脸担忧地嚷嚷道，“要我说，他最近一直挺古怪的。不过吧，这事儿反正跟他也没关系。他要返回故乡，他不是老这么说嘛；也没啥可怪他的。可是吧，佛罗多先生心里明白，只要办得到，他就得找到末日裂罅。可他害怕。现在重点来了，他明摆着就是怕了。这才是他的问题。当然了，打从我们背井离乡，他已经学到了些教训——我们都学到了——要不然，他肯定会吓得把魔戒扔进大河，拔腿就跑。他现在还是害怕，不敢上路。还有，他担心的不是我们，不是我们跟不跟他一起去。他知道我们想跟他去。这事儿他也很苦恼。如果他逼着自己上路，保准是他一个人去。记住我这话！等他回来，我们才有麻烦了。到时候他就拿定主意了，这事儿跟他姓巴金斯一样不掺假。”

“山姆，你说得比在场所有人都更有见地。”阿拉贡说，“果真如此，我们该怎么办？”

“拦住他！别让他去！”皮平嚷嚷道。

“这有何用？”阿拉贡说，“他是持戒人，担负着命运的重任。逼迫他做出选择，我觉得这不是我们该做的事。若真想拦他，我们也未必能成功。还有其他强大得多的力量在产生影响。”

“唉，我只希望佛罗多‘拿定主意’，然后回来，让我们把这件事给了结掉。”皮平说，“一直这么等着可太让人揪心了！一个钟头应该已经到了吧？”

“不错，”阿拉贡说，“一个钟头早已过去。半晌过去了，我们得把他叫回来。”

正在此时，波洛米尔出现了。他从树林里现身，一言不发地朝他们走过来，脸色阴沉、悲伤。他停了一下，似乎在数眼前有多少人，随后孤零零地坐在一旁，眼睛盯着地面。

“波洛米尔，你去了哪里？”阿拉贡问，“可看见佛罗多了？”

波洛米尔犹豫了一下。“看见了，又没看见。”他慢吞吞地说，“说看见了，只因我在山上某处找到他，与他说了话。我劝他与我同去米那斯提力斯，不要去东方。后来我发了怒，他便离开了。他消失了。虽然我也曾听闻过类似传言，却从未目睹过。他必定戴上了魔戒。我再没找到他。我以为他回来找你们了。”

“你要说的就是这些？”阿拉贡眼神严厉、面色不善地盯着波洛米尔。

“是的。”他答道，“我暂时没有别的可说。”

“这下可不好了！”山姆大叫道，一跃而起，“我都不晓得这个人类究竟干了啥好事。佛罗多先生为啥要戴上那东西？他怎么能戴呢？他这么干了，天知道会发生啥事！”

“如果他已经躲开了讨人厌的访客，”梅里说，“应该就会摘掉吧，就好像比尔博以前那样。”

“可是，他上哪儿去了？他在哪儿呢？”皮平叫道，“他都离开老长时间了。”

“波洛米尔，你最后见他是多久之前？”阿拉贡问。

“约莫半个钟头前吧，”他答道，“也可能是一个钟头前。后来我独自游走了一阵子。我说不清楚！说不清楚！”他双手抱头坐着，像是被悲伤压得抬不起头来。

“他都消失一个多钟头了！”山姆喊道，“我们得立马想办法去找他。快走！”

“且慢！”阿拉贡大喊道，“我们得结伴，安排——过来，等等！站住！”

根本没用。这几人根本不听他的。山姆最先冲出去，梅里和皮平紧随其后，转眼就消失在西边的湖畔树林里，用既高又亮的霍比特人嗓门儿大喊：“佛罗多！佛罗多！”莱戈拉斯和吉姆利也跑了出去。一阵突如其来的恐慌乃至狂乱笼罩着护戒队伍。

“我们会全都走散迷路的。”阿拉贡苦恼地说，“波洛米尔，我不管你在这场祸事里扮演了什么角色，现在快来帮忙！跟上那两个年轻的霍比特人，即便找不到佛罗多，你至少可以保护他们一程。若你找到佛罗多，或发现他的任何行踪，就回到这里。我会速去速回。”

阿拉贡飞快跑开，朝山姆追了过去。在花楸树围着的那片小草坪那里，他找到了山姆，后者正一边爬坡，一边上气不接下气地喊着“佛罗多”。

“山姆，跟我来！”他说，“谁都不能落单。这周围有危险，我感觉到了。我要去山顶的阿蒙汉之椅，试试能不能看见什么。你看！正如我猜想的，佛罗多朝这边走了。跟我来，眼睛睁大点儿！”他加速沿小径上去了。

山姆尽了全力，却依旧跟不上游侠大步佬的速度，很快便落在了后面。他才走出没多远，阿拉贡已经跑得不见踪影。山姆停下脚步，大口喘着气。忽然，他一巴掌拍在脑门儿上。

“啊呀呀，山姆·甘姆吉！”他大声说，“既然腿不够长，那就得多用用脑子！让我先想想！波洛米尔没撒谎，他不是那种人；但他也没把话讲完。有什么东西把佛罗多先生吓惨了，让他突然拿定了主意。他终于做了决定——要往前走。走哪边呢？往东走。不带上山姆？没错，连山姆也不带。太狠心了，狠心到残忍。”

山姆拿手蹭掉眼中的泪水。“稳住，甘姆吉！”他说，“动动脑子！他没法飞过河流，也没法跳过瀑布。他还没带行李。这么说，他非得回小船那里不可。回到小船！快跑回小船去，山姆，像闪电一样！”

山姆转过身，沿着小径往下飞奔。他一跤跌倒，磕破了膝盖，爬起身继续跑。

他来到岸边帕斯嘉兰草坪的边缘，小船被拖上岸，就停靠在这里。一个人影都没有。后方树林里好像有许多叫喊声，但他没在意。他站在那儿一动不动，一边喘着粗气，一边盯着前方看。一条小船自行在岸边滑动。山姆一声大喊，飞快地冲过草坪。小船已滑进水里。

“我来了，佛罗多先生！我来了！”山姆唤道，从岸上飞扑而下，伸手便去抓已经离岸的小船，结果却失之交臂。他大叫着，“扑通”一声，脸朝下摔进又深又急的水里。他咕噜咕噜直往水底下沉，大河没过了他满头的卷发。

空无一人的小船上传来一声诧异的惊呼。一支船桨划动着，将船掉了个头。就在山姆咕嘟着冒出头来拼命挣扎之时，佛罗多趁机抓住他的头发。山姆那褐色的眼睛瞪得溜圆，满是恐惧。

“上来吧，山姆，我的好小伙儿！”佛罗多说，“快抓住我的手！”

“佛罗多先生，救命！”山姆喘道，“我快要淹死了！我看不见你的手！”

“在这儿，别掐，伙计！我不会松手的。用脚踩水，别乱扑腾，会把船弄翻的。好了，抓住船舷，我去划桨！”

佛罗多三两下把船划回岸边，山姆总算从河里出来，浑身湿透，成了落汤鸡。佛罗多取下魔戒，踏回岸上。

“在所有胡搅蛮缠的讨厌鬼里边，你是最糟的那个，山姆！”他说。

“哦，佛罗多先生，你太狠心了！”山姆发着抖说，“抛下我们所有人走掉，太狠心了。要是我没猜对的话，你现在会在哪儿？”

“平安在路上了。”

“平安！”山姆叹道，“你一个人，没有我帮忙？我可受不了，那会要了我的命！”

“山姆，跟我同行一样会要了你的命。”佛罗多说，“那样我可受不了。”

“这事可没有被你抛下那么肯定。”山姆说。

“我要去的可是魔多。”

“这我清楚得很，佛罗多先生。当然，你也清楚得很。我要跟你一块儿。”

“好了，山姆。”佛罗多说，“别妨碍我！其他人随时都可能回来。要是被他们抓住，我就得跟他们争辩和解释，可能再也没心情或机会离开了。但我必须立即出发。只有这一条路可走。”

“可不就是嘛。”山姆答道，“但不是一个人。我也要去，要不咱俩谁都别走。我会先把所有船都给凿上洞。”

佛罗多被逗得哈哈大笑起来。这突如其来的温暖和快乐拨动了他的心弦。“还是留一条吧！”他说，“我们会用上的。不过，你可不能不带行李和食物什么的就上路。”

“等我一下，我这就去拿我的东西！”山姆匆忙叫道，“我早都准备好了。我以为我们今天会离开来着。”他冲向营地，从佛罗多清空船时搬出来的同伴行李当中捞出自己的背包，又抓了条备用毯和几包食物，赶紧冲了回来。

“这下我的计划可全泡汤了！”佛罗多说，“真是躲都躲不掉你。不过，山姆，我很开心。我没法告诉你究竟有多开心。来吧！看来我们注定要一路同行。那我们就走吧，希望其他人能找到安全的路！大步佬会照顾好他们的。我觉得，可能不会再跟他们见面了。”

“也许会再见面的，佛罗多先生。也许会的。”山姆说。

于是，佛罗多与山姆一道，踏上了使命的最后一程。佛罗多划着桨离开河岸，大河载着他们沿西边河道飞快离开，一路穿过了托尔布兰迪尔崎岖的峭壁。涝洛斯大瀑布的轰鸣声越来越近。即便山姆尽全力予以协助，两人要穿越岛屿南端的水流，将小船往东划向对岸，依旧颇费了一番周折。

最终，他们再度登岸，来到阿蒙肖的南坡。两人在那儿找到一处倾斜的河岸，便把小船从河里拖出来，抬到高处一块巨石的背后，尽可能地藏好。此后，两人背上行李，踏上了寻找穿越灰色丘陵埃敏穆伊，下到魔影之地的道路。

魔戒

双塔奇兵

全3册

[英]J.R.R. 托尔金　著

龙飞　译

江西高校出版社

目　录

第三卷

第四卷

The Lord of the Rings The Two Towers

第三卷

The Lord of the Rings The Two Towers

·第一章·

挥别波洛米尔

阿拉贡在山上飞速前进，不时弯腰凑向地面。霍比特人的脚步很轻，要分辨他们的脚印，即便是游侠也会犯难。不过，小径快到山顶的地方流过一汪泉水，而他在潮湿的泥地里找到了线索。

“我对这些踪迹的判断没问题，”他暗自思忖，“佛罗多跑去了山顶。不知他在那里看见了什么。可他又原路返回，再度下了山。”

阿拉贡迟疑了片刻。他想亲自登上那高处，希望在那里找到什么能指点迷津的东西，可时间又太过仓促。他猛然往前一蹿，快步跑到山顶，又穿过硕大的板石，爬上了台阶。然后，他坐在那高座处打量起来。然而，阳光似乎暗了下来，整个世界变得暗淡又模糊。他从北边看了一圈，视线又转回北边。可除了远山，他什么都没见到，倒是再度看见远方的天上有一只鹰一样的大鸟，兜着巨大的圈子徐徐朝地面降下。

正在凝神观察的时候，他灵敏的耳朵捕捉到下方林地里的声音，就在银脉河西侧。他僵在原地：那边有叫喊声，他还从中分辨出叫他惊恐不已的、奥克刺耳的声音。一声嘹亮的号角随着一声低沉的呼唤猛然响起，这号角声敲打着山丘，在山坳里回荡，如威猛的吼声一般压过了瀑布的咆哮。

“是波洛米尔的号角声！”他喊道，“他急需援手！”他跳下台阶，又沿着小径疾速跑开，“唉！我今日厄运当头，做一事错一事。山姆去哪儿了？”

随着他往下奔跑，叫喊声愈发响亮，可号角声却变得越来越微弱，变得声嘶力竭。奥克的吼叫声响起，凶猛又尖利，可号角霎时间没了声响。阿拉贡冲下最后一道坡，还没等他抵达山脚，所有的声音都已消失；他朝奥克冲了过去，后者纷纷撤退，最后动静全无。阿拉贡抽出闪亮的宝剑，冲进树林，大喊着：“埃兰迪尔！埃兰迪尔！”

在距离帕斯嘉兰大约一哩的地方，就在离湖边不远的一处小树丛中，阿拉贡找到了波洛米尔。他背靠一棵大树坐着，仿佛在休息，可阿拉贡却看见他身中无数支黑羽箭；他的剑还握在手里，但剑刃已齐柄而断；他身侧散落着被劈成两半的号角，脚边及周围堆了许多奥克的尸首。

阿拉贡跪在他身旁。波洛米尔睁开眼睛，努力张开嘴，终于挤出了声音。“我妄图从佛罗多手上抢走魔戒。”他说，“对不起。我已付出了代价。”他的目光游移至倒下的敌人——至少死了二十个。“他们离开了——几个半身人：奥克掳走了他们。我觉得他们没死。奥克把他们绑走了。”他停了停，眼睛也疲倦地合上了。片刻后，他再度说：“阿拉贡，永别了！去米那斯提力斯拯救我的同胞！我失败了。”

“不！”阿拉贡握住他的手，亲吻着他的额头，“你没有失败。鲜有人取得过你这般胜利。安息吧，米那斯提力斯决不会沦陷！”

波洛米尔露出了微笑。

“他们去了哪个方向？佛罗多也被带走了吗？”阿拉贡问。

可波洛米尔再也没有开口。

“唉！”阿拉贡说，“守卫之塔主宰德内梭尔的继承人就这样逝去了，何其不幸！护戒队伍如今四分五裂。真正失败的人是我，是我辜负了甘道夫的信任。如今我该如何是好？波洛米尔让我去米那斯提力斯，我的心也渴望去那里；可魔戒和持戒人又去了何方？我要如何找到他们，让我们的使命免于灾难性的结局？”

他泪流满面，躬身跪了好一阵，抓着波洛米尔的手不愿放开。莱戈拉斯与吉姆利找到他时，他仍躬身跪着。他们从西面山坡穿林而来，仿佛在狩猎般悄无声息。吉姆利手中握着斧子，莱戈拉斯则拿着长刀——他的箭矢已消耗一空。两人行至这片林间空地，无比震惊地停下了；他们立在那里，垂首默哀，无须多言，眼前的景象一目了然。

“哀哉！”莱戈拉斯来到阿拉贡身边，“我们在林中追赶和消灭了许多奥克，可若我们在这里，显然能发挥更大的用处。一听见号角声我们便往这边赶——看来，还是晚了。我本来还担心是你受了致命的伤。”

“波洛米尔殒命，”阿拉贡，“而我却毫发无损，因为我并未跟他在一起。他为了保护霍比特人而牺牲，而我却离开去了山顶。”

“霍比特人！”吉姆利叫道，“他们去哪儿了？佛罗多呢？”

“我不清楚。”阿拉贡万念俱灰，“波洛米尔临终前告诉我，奥克绑走了他们，他觉得他们没死。我派他跟上梅里和皮平，但我没问佛罗多或山姆是否也跟着他：等我想问时已经太迟了。今日我做一事错一事。如今又该如何？”

“我们得先料理好逝者，”莱戈拉斯说，“不能任由他在肮脏的奥克中间腐烂。”

“但我们得抓紧时间，”吉姆利说，“他不会希望我们为了他而延误时机。只要被掳走的同伴中还有活口，我们就得去追赶奥克。”

“可我们并不知晓持戒人是否跟他们在一起。”阿拉贡说，“我们要弃他于不顾吗？不该先找到他吗？如今我们面临着艰难的抉择！”

“那就先完成必要之事。”莱戈拉斯说，“我们没时间也没工具妥善安葬我们的战友，无法为他建上一座坟茔。或许，我们可以为他堆一座堆石标。”

“这工作耗时耗力——除非走去湖边，否则这附近没有能用的石块。”吉姆利说。

“那我们就将他安葬在小船上，用他的武器和命丧他手的敌人的武器作为陪葬。”阿拉贡说，“我们送他去涝洛斯大瀑布，让他顺流去往安都因河。刚铎之河至少能护他的尸骨不受邪物亵渎。”

他们飞快地搜索着奥克的尸体，将他们的剑、盔和盾收拢到一处。

“快来看！”阿拉贡叫道，“我们找到了证物！”他从那堆狰狞的武器里翻出两把叶刃、金红纹的刀。他继续搜寻，又找到了镶着小颗红宝石的黑色刀鞘。“这些可不是奥克用的兵刃！是霍比特人的。看来奥克抢光了他们周身的物品，却又不敢保留这两把刀，因为他们知道这些兵刃的来历：西方之地人类的造物，附有对付魔多之祸根的咒语。看来，我们的朋友即使还活着，也是手无寸铁。我会带上它们，希望能有机会物归原主。”

莱戈拉斯接着说：“而我会把能搜集到的箭都带上，我的箭筒已经空了。”他在武器堆以及周围地面搜寻一圈，找到不少虽未损坏但箭杆却比奥克惯常使用的更长的箭。他仔细打量起这些箭矢。

阿拉贡看着满地尸体，说：“这里躺着许多奥克，却并非来自魔多。就我对奥克及其种类的粗浅了解，这里部分奥克来自北面的迷雾山脉，另外一些我看着也很眼生。它们的装备根本不像奥克！”

地上有四具半兽人的尸体，他们体型更魁梧，斜眼黑皮，腿和脚更粗壮，手也更大。他们的武器并非奥克惯常使用的弯刀，而是宽刃短剑；他们还配有紫杉木弓，长度和形状都与人类的弓相仿。他们的盾上配有一个奇怪的装置：黑色的区域中间装着一个小小的白色把手；它们的铁头盔前面用白色金属锻造了一个“S”字样的如尼文。

“我从未见过这样的标记。”阿拉贡说，“它们代表什么意思？”

“‘S’代表索伦，”吉姆利说，“毫无疑问。”

“非也！”莱戈拉斯说，“索伦可不会用精灵的如尼文。”

“他既不会用自己的真名，也不会允许其他人拼写或诉之于口。”阿拉贡说，“而且，他也不会用白色。为巴拉督尔所用的奥克使用的标记是一只红眼。”他思索了一会儿，终于说：“我猜测，‘S’代表萨茹曼。艾森加德如今邪恶丛生，西边已经不再安全。这正是甘道夫所担忧的：叛徒萨茹曼通过种种手段获知了我们的旅程。他很可能也得知了甘道夫的陨落。墨瑞亚的追兵或许躲过了罗瑞恩的警戒，又或者直接绕过那片土地，走其他路来到了艾森加德。奥克赶路速度很快，而萨茹曼有千般方式探听消息。你们还记得那些鸟吗？”

“哎，没时间猜字谜了，”吉姆利说，“我们带波洛米尔上路吧！”

“此后我们要想选对路的话，须得把这谜语猜透才行。”阿拉贡应道。

“也许本来就没什么正确的选择。”吉姆利说。

矮人提着斧头砍下一堆树枝，几人又用弓弦把树枝绑成框架，在上面铺上斗篷。他们用这副粗糙的灵柩，将同伴的遗体连同他最后一战取得的战利品一并抬去岸边。波洛米尔又高又壮，短短的一截路抬得众人着实艰难。

阿拉贡留在岸边守护灵柩，莱戈拉斯与吉姆利则匆匆赶回帕斯嘉兰。两处隔着一哩来地的距离，两人花了好一阵子，这才划着两条船沿河岸返回。

“有件事我感到颇为怪异！”莱戈拉斯说，“河岸边只有两条船，丝毫不见第三条船的踪影。”

“难道奥克去过那里？”阿拉贡问道。

“我们并未发现他们的踪迹，”吉姆利答道，“要是奥克到过，肯定会夺走或损毁所有的船和行李。”

“等回到那里，我会查探一下地面。”阿拉贡说。

三人将波洛米尔安置在要载他远行的小船中央。他们将那件灰色的兜帽精灵斗篷折好，垫在他头下。他那长长的黑发也梳理整齐，搭在肩上。罗瑞恩的金色腰带在他腰间闪烁着光亮。他们将他的头盔摆在身畔，劈开的号角与剑柄和剑刃碎片放在他腿上；敌人的刀剑摆在他脚下。他们将船头绑上另一条船的船尾，将他拉入水中。几人悲伤地沿岸摇着桨，又转进湍急的河道，路过帕斯嘉兰的绿草地。托尔布兰迪尔陡峭的山坡上光芒耀眼——已是下午时分了。随着众人往南走，涝洛斯大瀑布蒸腾的水汽如金色光晕般在眼前闪烁。瀑布奔流的轰鸣声震动着无风的空气。

他们悲痛地放开葬船：波洛米尔安详、宁静地躺在里边，在流水的怀抱中渐渐滑走。河水带走了他，他们三人划着桨，稳住自己的船。他从他们身边漂过，又慢慢地离开，渐渐变成金色阳光照耀下的一个黑点，兀自消失。涝洛斯大瀑布继续咆哮着，分毫未改。大河带走了德内梭尔之子波洛米尔，清晨他矗立于白塔惯常位置的身影，米那斯提力斯的人们再不曾见。不过，后世的刚铎长久流传着这样的说法：那条精灵船漂下瀑布，漂过泡沫飞溅的水池，一路载着他往下，穿过欧斯吉利亚斯，路过安都因的诸多河口，最后在夜星的照耀下去往大海。

好一会儿，三人都沉默不语，只是目送他远去。阿拉贡开了口：“他们会从白塔开始找寻他，可他再也不会自山野或海洋返回了。”他缓缓地唱了起来：

洛汗之境，泽地乡野，高草摇曳，
西风悠悠来，墙边自徘徊。
游荡的风儿啊，西边今夜可有消息来？
月映星耀的高大波洛米尔，你可曾见到？
“我见他纵马七条溪流，越过宽广又昏暗的水域；
我见他迈步空旷之地，脚步渐远，
行入北方阴影。我再不曾见他。
德内梭尔之子那阵阵号角，北风或曾闻。”
“波洛米尔啊！越高墙我西方遥望，
无人旷野却不见你返回的身影。”

莱戈拉斯也唱道：

南风吹过海口，吹过沙丘与山岩；
门前海鸥声声泣，南风亦呜咽。
“叹息的风儿啊，南边今夜可有消息来？
俊朗的波洛米尔今何在？苦盼不见影。”
“莫问他身在何处——那暴雨狂风的天空下
多少白骨横陈皎砂玄岸；
多少遗骸循安都因河而下，归入那流动的大海。
且向北风打听它告诉我的消息！”
“波洛米尔啊！城外通海大道逶迤向南，

海鸥空悲鸣，你却不曾自灰海回返。”

阿拉贡再次唱道：

北风猎猎，穿双王之门，驰下咆哮的瀑布；
冷冽之风塔边流连，声若嘹亮的号角。
“狂烈的风儿啊，北边今日可有消息传来？
勇猛的波洛米尔可有音信？他已离去许久。”
“我听见阿蒙汉传来他的怒吼。他力敌对手无数。
他那破碎的盾牌，折断的宝剑，带去了水边。
他那骄傲的头颅，俊朗的面庞，四肢百骸得以安息；
涝洛斯，金色的涝洛斯大瀑布，拥他入怀。”
“波洛米尔啊！唯有那守卫之塔
久久北望，直至世界终结。”

就这样，两人停止了吟唱。他们掉转船头，逆流而上，以最快的速度返回帕斯嘉兰。

“你们将东风留给了我，”吉姆利说，“但我什么都不打算唱。”

“本应如此。”阿拉贡说，“米那斯提力斯的人要忍受东风，却不会问它要消息。波洛米尔已经踏上自己的道路，我们也该尽早选择自己的路。”

他迅速又彻底地打量了一番绿草地，频频弯腰检查地面。“奥克不曾来过。”他说，“否则这里肯定会被踩得什么都分辨不出来。这里都是我们的脚印，一层叠一层。我们开始寻找佛罗多之后，有没有霍比特人返回这里，我看不出来。”他走回河岸，走近泉水涌流汇入大河的地方。“这里有一些清晰的脚印，”他说，“有个霍比特人蹚水来回走过；但我说不准这是多久之前的事。”

“那你要怎么解开这个谜题？”吉姆利问。

阿拉贡没有立即回答，只是走回宿营地查看行李。“少了两个背包，”他说，“其中一个又大又沉，肯定是山姆的。那么答案便出来了：佛罗多肯定乘船走了，他的仆人也跟他一道。我们全都离开后，佛罗多肯定回来过。我上山的时候碰见山姆，要他跟在我后面；显然他没照我说的做。他猜到了他家少爷的想法，便赶在佛罗多离开前返回了这里。佛罗多肯定发现了，要把山姆甩掉可是件难办的事。”

“他为何一句话都不说，就把我们抛下了？”吉姆利说，“他这做法可真够奇特的！”

“这做法也着实英勇。”阿拉贡说，“我赞同山姆的做法。佛罗多不想带任何一位朋友跟他去魔多赴死，但他明白自己非去不可。他离开我们之后，肯定有什么事使他克服了恐惧和疑虑。”

“或许追捕的奥克找上了他，而他逃脱了。”莱戈拉斯说。

“他肯定是逃走了，”阿拉贡说，“但我认为，他逃离的并非奥克。”究竟是什么让佛罗多突然下定决心要逃走，阿拉贡并没有说出自己的想法。对波洛米尔临终之言，他保密了许久。

“看来，如今有好几件事我们已经明了。”莱戈拉斯说，“佛罗多去了大河对岸，只有他可能划走那条船。山姆同他一道，只有他会拿走自己的背包。”

“而我们的选择在于，”吉姆利说，“是划剩下的船追上佛罗多，还是步行去追踪奥克。无论哪边希望都不大。我们已经浪费了许多宝贵时间。”

“让我先想想！”阿拉贡说，“愿我能做出正确的选择，扭转这一整天的厄运！”他驻足沉默了一阵，最后开口说：“我会去追踪奥克。我想引领佛罗多前往魔多，陪他一路走至终结；不过，若我眼下要在荒野之中寻找他，就得放弃被俘的同伴，任由他们遭受折磨乃至死亡。我的心终于清楚地告诉我，持戒者的命运已不再由我掌控。护戒队伍已完成使命。而我们剩下的人，只要还有一丝力气，就不能抛弃同伴。来吧！我们即刻出发。抛下所有多余物品，我们须日夜兼程！”

三人将最后一条船拖上岸，抬去树林，又将船倒扣过来，盖住用不上和带不走的行李。随后，他们离开了帕斯嘉兰。待他们重返波洛米尔陨落的林间空地，天色已近黄昏。众人不费什么力气，便找到了奥克的踪迹。

“其他种族都不会这样踩踏四周。”莱戈拉斯说，“它们似乎以践踏别种生长之物为乐，连不妨碍去路的也不放过。”

“就算如此，他们的行进速度依然飞快，”阿拉贡说，“且不知疲倦。此后我们或许得在坚硬、荒芜的土地上寻找道路。”

“无妨，追上他们！”吉姆利说，“矮人也可以走得很快，耐力也不比奥克差。不过，这趟路程可不会短：他们已经走了很久了。”

“不错。”阿拉贡说，“我们全都需要矮人的耐力。出发！无论有无希望，我们都要追上敌人。若事实证明我们比他们快，那他们可要遭殃了！精灵、矮人、人类三族将视此趟追逐为奇迹。三猎手，前进！”

他如灵鹿般疾奔而出，在林间飞快穿梭。如今他终于下定决心，便不知疲倦、迅捷异常地领着两位同伴不断向前。湖畔树林被抛在了身后。他们爬过一道道长坡，天空让夕阳照得一片火红，衬出长坡一片黑暗、冷峻的景象。暮色四合，三人如灰影一般，穿过了满是岩石的大地。

·第二章·

洛汗骑兵

夜色渐浓。雾气弥漫在背后下方的树林里，笼罩着大河安都因灰白的河岸。天空倒是一片澄澈，散落着许多星辰。一轮上弦月自西方升起，岩石投下一片黑色石影。三人已经来到岩石遍布的山岭脚下。寻找踪迹变得不再容易，几人的前进脚步放慢了。埃敏穆伊的高地自北向南分作两道长长的崎岖山脊。山脊的西侧十分陡峭，极难攀登；东坡要平缓些，高高低低地布满溪谷与窄沟。三位同伴整夜都在这片嶙峋的土地上攀爬，翻过了第一道，也是最高那道山脊的顶部，又下到另一边的蜿蜒深谷，再度进入黑暗之中。

趁着黎明前寂静、清亮的时刻，他们决定短暂休整。面前的月亮早已落下，星星在头顶上闪闪发光；拂晓的第一缕阳光还在黑暗的山丘背后。阿拉贡一时间迷失了方向：奥克的踪迹已经下到山谷，此后却再也找不到了。

“据你推测，他们可能去往哪边？”莱戈拉斯问，“是否如你所料，他们往北走，打算少走些弯路，前往艾森加德或者范贡森林？又或者，他们往南直奔恩特河谷？”

“无论他们的目标是哪里，都不会往河边走，”阿拉贡说，“除非洛汗大乱，且萨茹曼力量大增，否则他们会竭尽所能，走最短的路，穿越洛希尔人的领地。我们往北搜！”

隆起的山丘之间，小山谷仿佛石头水槽，谷底有好些巨石，一条小溪从中潺潺流过，一片崎岖的峭壁矗立在右侧；左侧是一道道阴沉的山坡，深夜时分显得模糊又朦胧。三人朝北前进了约莫一哩路。在西面山脊的洼地和溪地里，阿拉贡不断弯腰搜索。莱戈拉斯在前方更远的地方搜寻。突然间，精灵发出一声叫喊，其余两人闻声赶了过去。

“我们已经追踪上其中一些敌人了。快看！”莱戈拉斯用手一指，两人顺着他手指的方向看过去，这才发现山坡脚下那些原本以为是大石头的东西，竟然是堆作一团的尸体：五个奥克倒在那里，身上被凶残地砍了许多刀，其中两个还被砍了头。地面被黑血浸湿。

“又一个谜团！”吉姆利说，“要解开它得等天亮才行，我们可没这闲工夫。”

“然而，无论你怎么解读，这都不像是毫无希望。”莱戈拉斯说，“奥克的敌人很可能就是我们的朋友。此地有人居住吗？”

“没有，”阿拉贡说，“洛希尔人很少来此地，此处离米那斯提力斯又极为遥远。也许是一群人类出于我们不知道的缘由来这里狩猎。不过，我觉得并非如此。”

“你有什么想法？”吉姆利问。

“我猜测，敌人可能把自己的敌人给带上了。”阿拉贡回答，“这些是自遥远的北方而来的奥克。他们当中没有佩戴那种陌生徽记的大奥克。我猜，他们内部起了争执：对这些卑劣的种族来说，这种情况司空见惯。许是因为选哪条路起了冲突。”

“也可能是因为俘虏起了冲突，”吉姆利说，“希望他们没有一道在这里送命。”

阿拉贡将方圆一周全都搜索了一遍，不过再没找到打斗的痕迹。三人于是继续前行。东方天际已泛起鱼肚白；星辰渐隐，灰白的光亮慢慢多起来。往北走了没多远，他们来到一处洼地，蜿蜒而下的溪水辟出一条通往山谷的碎石小径。山谷里生着一些灌木丛，两侧可见一片片草地。

“终于有了！”阿拉贡叹道，“总算发现我们要找的痕迹了！我们从这条水道上去。冲突之后，那些奥克走了这里。”

几位追赶者旋即转向，沿着新路线跟了上去。几人在石块间飞跃，精神抖擞得仿佛睡了一整夜。最终，他们爬上灰色山丘的峰顶，一阵微风忽然拂过发梢，拽了拽他们的斗篷：黎明的冷风吹来了。

他们回望大河彼岸，但见远处的山岭一片光明。天色已亮，一轮红日从这昏沉土地的肩头冉冉升起。众人面前，西面的一切宛若静止，无形又灰暗；就在注目之时，夜影渐消，大地像苏醒了似的，再度变得五彩缤纷：洛汗的草原绿意盎然，河谷里升起白闪闪的氤氲；左面约莫三十里格远的地方，白色山脉岿然而立，山体泛着蓝紫色，黑玉一般的峰顶覆着微亮的白雪，又被清晨的阳光染上一抹红。

“刚铎！刚铎！”阿拉贡叫道，“真希望能在更愉悦的时刻再见到你！我要走之路，尚未向南通往你明亮的河流。

刚铎！接山连海的刚铎！
西风徐来；光洒银树如雨，
闪闪亮亮，落入古王庭苑。
噢，那傲人的城墙！洁白如玉的塔楼！

噢，那飞翼的王冠，金耀的宝座！

噢，刚铎，刚铎！于那山海之间，

银树西风，可有再会时？

“好了，我们上路吧！”他说着，将视线从南方移开，转而看向他必须前往的西方和北方。

三位同伴所在的山脊从脚边开始陡然直降。下方约莫二十㖊，一片宽阔却崎岖的岩架在刀削似的一座峭壁边戛然而止：那是洛汗的东墙。埃敏穆伊的边界也到此为止，被洛希尔人的绿色平原取而代之，从几人面前一直延伸至天际。

“瞧！”莱戈拉斯一边喊，一边用手指着灰白的天空，“那只鹰又来了！它的位置很高，眼下好像正要飞走，返回北边，速度很快。看！”

“不行，就连我的眼力也看不到它，我的好莱戈拉斯，”阿拉贡说，“想必它飞得极高。倘若它是我之前见到的那只鹰，也不知它在执行何种任务。不过，看！我能看到离我们更近、更紧迫的东西——平原上有东西在移动！”

“东西还不少，”莱戈拉斯说，“一大队步行的。不过，我也看不清更多的细节，不知他们是哪个种族的。他们隔得还很远，大概有十二里格。这平原没什么起伏，很难目测出准确距离。”

“我认为这也不打紧，我们已经不用再依靠踪迹来确定他们走哪条路了。”吉姆利说，“赶紧找条道下到原野里吧。”

“奥克选的这条路，恐怕你也找不到比它更快的了。”阿拉贡说。

如今，他们开始在光天里追踪敌人。奥克似乎拼了老命在赶路，三位追踪者不时便能发现他们扔下的东西：食物袋，干肉皮和硬邦邦的灰色面包皮，一件破烂的黑斗篷，一只踢到石头坏掉的镶钉重鞋。奥克的踪迹指引他们沿着悬崖顶部向北前进，最后来到一处深深的裂谷前。一条水花四溅、轰然往下的溪流在岩石间凿出这道裂谷。狭窄的裂口中，一条高低不平的小径如陡峭的阶梯一般，往下向着平原而去。

一路行到底，他们出乎意料地来到洛汗的草原上。它仿佛一片绿色海洋，如浪涌一般直抵埃敏穆伊的山脚下。溪流继续跌落，消失在茂密的水芹和水生植物丛后面。三人听见溪水在这绿色的隧道里叮咚作响，沿着长长的缓坡往下，流向远处恩特河谷的泽地。冬天似乎已被他们抛在了背后的山野里。此地的空气更加和缓、温暖，夹着一股淡淡的香味，像是春天已然苏醒，精气再次活跃在牧草和绿叶中。莱戈拉斯深吸一口气，活像荒芜之地渴了许久的人在大口灌着清水。

“啊！这绿意盎然的气息！”他说，“胜过一夜酣眠。我们跑起来吧！”

“步伐矫健的人在这种地上能跑得飞快，”阿拉贡说，“或许比穿铁钉鞋的奥克跑得还要快。看来，我们有望缩短与他们的距离了！”

他们如嗅到强烈气味的猎犬般鱼贯蹿向前方，眼中闪着急不可耐的光芒。大队奥克经过留下的丑陋踏痕去往了几乎正西方向；洛汗的美丽草原被他们踩得伤痕累累，一片狼藉。没过多久，阿拉贡一声大喊，转到一旁。

“且慢！”他喊道，“先别跟上来！”他离开主路，飞快地跑向右侧——他看见有打着赤脚的小脚印与其他脚印分开，往一旁去了。然而，小脚印还未前行多远，又被从主路过来的半兽人脚印前后包围覆盖。随后，脚印又猛然折返，混在踩踏痕迹中再难分清。阿拉贡在最边缘处停下脚步，从草里拾起什么东西，转身跑了回来。

“没错，”他说，“一目了然：这些是霍比特人的脚印。我猜是皮平的，他的个头儿比其他人要小。还有，看这个！”他举起手，手里的东西在阳光下亮闪闪的。它看着像山毛榉新萌的叶片，在这片一棵树也没有的草原上显得既美丽又突兀。

“精灵斗篷上的别针！”莱戈拉斯和吉姆利齐声叫道。

“罗瑞恩的树叶可不会无故掉落，”阿拉贡说，“这并非偶然扔下的，而是给可能的追寻者留下的记号。我猜，皮平从大路跑开，便是为了这个目的。”

“这说明他还活着，”吉姆利说，“还用上了他的智慧和腿脚。真叫人振奋，我们的追寻没白费。”

“希望他没有为自己的英勇付出太过高昂的代价。”莱戈拉斯说，“好了，继续前进！一想到这些快活的年轻人如牲畜般被驱赶，我就心如刀割。”

日上中天，徐徐西斜。远远的南方，有薄薄的云彩从海上飘来，又叫微风吹走。日头渐落，背后的阴影渐渐增多，自东边伸出长长的胳膊。三位猎人依旧前进着。自波洛米尔陨落已过去整整一天，奥克却依旧远在天边。一马平川的草原上完全看不着他们的踪影。

趁夜色将众人包围之际，阿拉贡停下了脚步。这一整天他们只短暂歇了两回脚，黎明时三人所站的东墙，此时已在十二里格之外。

“眼下我们得做个艰难的选择，”他说，“今晚是休息一夜，还是趁着精神和力气尚足，继续前进？”

“除非敌人也休息，否则若我们停下，敌人会将我们远远甩在身后。”莱戈拉斯说。

“就算是奥克，行军中途也肯定会稍做休整吧？”吉姆利问道。

“奥克鲜少会在白天于空旷之地穿行。既然这些奥克已经这么做了，”莱戈拉斯说，“他们显然也不会在晚上休息。”

“但是，我们晚上赶路的话，没法寻找他们的踪迹。”吉姆利说。

“就目力所及，他们一路直行，既未向右，也未向左。”莱戈拉斯说。

“或许我能摸黑带着你们沿着猜测的路线，不偏离主线，”阿拉贡说，“不过，若是我们走岔了，或者奥克转了方向，等天亮后再重返正途也许会耽误很久。”

“还有一事，”吉姆利说，“只有在白天我们才看得清有没有脱离主道而去的踪迹。若是哪名俘虏逃脱，或是被带走了——比方说，往东，朝魔多方向去了大河，那我们可能浑然不觉，错过踪迹。”

“是有这种可能。”阿拉贡说，“但若我先前对各种迹象的解读正确无误，那么白手所属的奥克应该占了上风，整队人马如今应该去了艾森加德。他们眼下所走的路线印证了我的看法。”

“虽说如此，就此笃定这是他们的计划，未免太草率了。”吉姆利说，“逃脱的事又怎么说呢？如果是晚上，我们可能会错失那些领你发现胸针的踪迹。”

“奥克自此之后便会加强戒备，而俘虏也会变得更加虚弱。”莱戈拉斯说，“若没有我们里应外合，他们恐再难逃脱。届时该怎么办暂且不提，先赶上他们再作打算。”

“可就算我这个久经旅途、在族人里算得上吃苦耐劳的矮人，也做不到一口气不歇，一路直奔艾森加德。”吉姆利说，“我也心急如焚，希望能尽快赶路；可我必须得休息，才能跑得更快。如果我们要休息，黑灯瞎火的夜晚再好不过了。”

“我说过，这是个艰难的选择。”阿拉贡说，“我们要如何解决争论呢？”

“你是我们的向导，”吉姆利说，“而且你熟谙追查的法门。你来定吧。”

“我的心要我继续前进，”莱戈拉斯说，“但我们必须一同行动。我听从你的安排。”

“你们这是把选择权交给了一名不合格的选择者。”阿拉贡说，“自我们穿过阿刚那斯，我的决策一再出现失误。”他望着西北方向渐渐凝聚的夜色，久久不语。

“今晚不再前进。”他最后说，“偏离路线，错失其他往来迹象，对我而言，后果更为严重。月光若是再亮些，能让我们借用就好了，但是，唉！她落得早，又是新月，光芒微弱。”

“反正今晚她也被遮住了。”吉姆利嘟哝道，“要是夫人送我们一点儿光就好了，就像她给佛罗多的礼物一样！”

“那礼物赠予佛罗多自有其道理。”阿拉贡说，“佛罗多肩负着真正的使命。相较而言，我们所面对的不过是小事一桩。或许，我们这趟追击从最初便是一场空，无论我如何抉择，事态既不会恶化，也不会好转。罢了，我已做出决定，那么就把时间充分利用好吧。”

他往地上一躺，下一秒便睡着了：自从在托尔布兰迪尔阴影下那一夜，他们再没合过眼。天际尚未破晓，他便醒来，起了身。吉姆利依旧睡得很香，莱戈拉斯却孑然而立，凝视着北方那片黑暗。他一脸沉思，沉默不语，恍若无风之夜里的一棵小树。

“他们在很远、很远的地方，”他转向阿拉贡，忧伤地说，“我内心明白，他们这一夜并未休息。事到如今，只有老鹰才能赶上他们。”

“即便如此，我们依旧会尽全力追赶。”阿拉贡说。他弯下腰，将矮人唤醒，“快醒醒！我们必须出发了，敌人的气息快要散尽了。”

“可天还没大亮，”吉姆利说，“太阳升起来之前，哪怕是莱戈拉斯站在山顶上也看不见他们吧。”

“山顶也好，平地也罢，无论是在日光还是月光之下，恐怕他们都已走出我的视线范围。”莱戈拉斯说。

“眼睛捕捉不到的信息，大地或许能告诉我们。”阿拉贡说，“他们那可憎的脚所踏之处，一定有大地在呻吟。”他舒展着身体趴在地上，耳朵紧贴着草皮。他一动不动地在地上趴了很久，久到吉姆利都怀疑他是不是晕倒或是睡着了。天光渐渐变亮，浅淡的阳光慢慢罩在四周。他总算从地上爬起来，两位友人这才看见了他的面容：他的脸苍白、憔悴，爬满了困惑。

“大地传来的消息模糊而混乱不清，”他说，“我们周围数哩范围内没有行走的声音，而敌人的脚步声隐约出现在远处。然而，我还听见了许多响亮的马蹄声。我想起头晚躺在地上睡觉时便听到过这声音，它搅扰了我的梦境：马儿飞驰着经过西边。不过，它们如今往北去了，离我们越来越远。这片土地到底发生了何事！”

“我们启程吧！”莱戈拉斯说。

于是，第三天的追踪开始了。这多云间晴的漫长白日里，三人几乎不曾停歇，时而阔步，时而飞奔，身体的疲惫似乎根本熄灭不了心中那股焦急的火焰。他们很少说话，只是穿行于广阔的荒野中，身上的精灵斗篷与灰绿色的乡野融为一体；即便是在正午凉爽的阳光下，除非紧贴到身前，否则就连精灵也难以看见他们的身影。三人在心里不停地感谢罗瑞恩夫人赠送的兰巴斯，因为他们能边跑边吃，延续体力。

那一整天，敌人不曾停下或转向，脚印一路延伸至西北方向。天色再度暗下来之后，他们来到一片不长树的长坡，大地自这里开始抬升，汇向前方一排低矮的丘陵。往北拐向那里的奥克踪迹变得浅淡起来，因为地面变得更坚硬，草也变矮了。恩特河宛如绿地板上的一条银线，远远地从左边蜿蜒而过。视野中不见任何移动之物。一路上毫无野兽或者人的踪迹，这让阿拉贡心里时常犯起嘀咕。洛希尔人的居所大都远在许多里格之外的南边，位于白色山脉让森林遮住少许的部分，如今让云雾层层遮住了；不过，驭马人曾在其领土东边区域的东埃姆内特蓄有许多牲畜与种马，牧民常年在那里游荡，以帐篷和营火为生，即便冬日也不例外。不过，那整片地方如今空无一人，笼罩着一种并非代表安宁与平和的沉寂。

天黑后，他们再度歇了脚。如今他们走过了洛汗草原两个十二里格的距离，埃敏穆伊的山墙已消失在东边的阴影中。迷蒙的天空虽有上弦月闪耀，光芒却算不上明亮，星星也没了踪影。

“眼下便是这场追逐中我最不愿花时间休息或歇脚的时刻。”莱戈拉斯说，“奥克在我们前方飞奔，仿佛被索伦用鞭子驱赶着一般。我担心他们已经抵达森林和阴暗的山岭，已身处林深影密的地方亦未可知。”

吉姆利咬牙切齿地说：“我们抱这么多希望，费这么大力气，怎么就换来这么个悲惨的结局！”

“从希望角度而言属实，但从辛苦来说却不尽然。”阿拉贡说，“我们不可半途而废，虽说我委实是累了。”他回望着来时的路，夜幕已渐渐笼罩东方，“这片土地有某种怪异在作祟。我信不过这种沉寂，我甚至也信不过那苍白的月亮。群星暗淡，我的身体鲜少会如此疲惫，可追踪的痕迹如此清晰，换作任何一个游侠都不至于这么疲累。某种意志赋予我们的敌人以神速，又在我们眼前设下了看不见的障碍：从心里而非身体上涌现的疲惫。”

“没错！”莱戈拉斯说，“我们刚从埃敏穆伊下来，我便察觉到了。那意志不在我们背后，而在我们前方。”他伸手指向洛汗大地另一头，指向镰刀月之下昏暗的西边。

“萨茹曼！”阿拉贡喃喃道，“他休想让我们就此回头！我们必须再歇上一回，因为，看！就连月亮也沉进这渐增的浓云里了。不过，等到天亮，我们就往北走，取道山岭和泽地中间的路。”

莱戈拉斯一如既往地最先起身，真不知他究竟有没有睡过觉。“醒醒！快起来！”他叫道，“今天是赤色黎明。森林边上有古怪的东西候着我们。是好是坏，我无从知晓；但我们受到了召唤。快醒醒！”

其余两人站起身，他们几乎立刻便再度出发了。山岭缓缓地近了。离正午还有一个钟头的时候，三人抵达那里：绿茵茵的山坡化作光秃的山脊，仿若一条直线般延伸向北边。众人脚下的大地干涸了，草皮也长得很矮，在他们和深陷幽暗的芦苇与灯芯草丛的蜿蜒河流之间，横亘着一条差不多十哩宽的长条形凹地。最南边山坡的西侧长着一大圈草皮，让众多的脚步踩得惨不忍睹。奥克的踪迹自那里再度向外奔出，沿着干燥的山丘边缘转去北边。阿拉贡停下脚，凑近查看起脚印。

“他们在这里休息过一阵，”他说，“可即便是最外缘的痕迹也已过去许久。莱戈拉斯，恐怕你的心所言不假：我猜，距离奥克当初站在这里，时间已过去一天半。倘若他们保持速度不变，昨天日落之前他们应该已经到达范贡森林外围。”

“不管北面还是西面，除了渐渐隐入雾气的草地，我什么都看不见。”吉姆利说，“往山上爬的话，能不能看见森林呢？”

“森林还很远。”阿拉贡说，“倘若我没记错，这片山岭往北延伸了至少八里格，从那里再到西北方向恩特河的发源处，中间还隔着差不多一片约十五里格的宽阔土地。”

“好吧，那我们就继续前进。”吉姆利说，“可不能去算我的腿要走多少哩路。心情但凡没那么沉重，我的两条腿或许还能迈得更勤快些。”

夕阳西沉，他们终于接近了这一列山岭的尽头。之前一刻不停地赶了许多路，三人的速度此时慢了下来，吉姆利连腰都弯下去了。矮人在干活或者旅行时有如石头般硬挺，可随着心里的希望渐渐破灭，这场看不到尽头的追逐开始让他承受不住了。阿拉贡一脸严峻，一言不发地走在他后面，不时停下脚，查看地上的脚印和踪迹。唯独莱戈拉斯依旧步伐轻快，踏草无痕，所经之处连草叶都不怎么动弹。精灵的行路干粮为他补充了所需的一切营养；倘若人类能称之为睡觉的话，他甚至能在这光天化日之下睁着眼睛边走边睡觉，让思绪在精灵梦境的奇特进程中得到休息。

“我们往上走，爬上这座青山！”他说。其余二人疲惫地跟着他往长坡上爬，最后来到山顶。这座圆溜溜的山头平坦且光秃，独自立在山岭最北端。太阳下了山，夜影罩落如幕帘。三人孑然身处无形无貌、不知远近的灰色世界当中，只在西北方远远地有更为深沉的黑暗衬着渐消的光亮：那是迷雾山脉与山脚的森林。

“半点儿能指引方向的东西都看不见，”吉姆利叹道，“唉，我们只能再歇上一夜。天气越来越冷了！”

“因为风是从北方雪地里吹来的。”阿拉贡说。

“天亮之前它就会转成东风。”莱戈拉斯说，“不过，若有必要，就尽量休息。但是，不要绝望，明日之事尚未可知。启示常伴日升而现。”

“这一路追过来，我们已经遇见三次日出，可什么启示都没有。”吉姆利回道。

夜里的气温越来越低。阿拉贡与吉姆利时梦时醒，每回睁眼都能看见莱戈拉斯要么站在一旁，要么来回踱步，自娱自乐地用精灵语轻声唱着歌。随着他的歌声，头顶浓墨般的天穹绽开许多白星。黑夜就这么过去了。此刻的天穹空荡无云，三人一同看着天空慢慢破晓，看着日出渐渐到来。天气清朗，东风将雾气全给撵走了。刺眼的阳光中，那片宽阔的荒凉土地横陈于他们周围。

在前方与东方，他们看见了多日前曾在大河那边见过的洛汗北高原的多风高地。西北方向矗立着阴暗的范贡森林，它那影影绰绰的边缘还在十里格开外，更远处的山坡则与天边融作一团。遥遥的，美塞德拉斯山白色的峰顶仿佛飘在一团灰云之上，熠熠生辉，它便是迷雾山脉的最后一峰。自森林奔流而出的恩特河与它们相汇，水流变得窄且急，将河岸切得又深又陡。奥克的踪迹便从山岭拐去了那边。

阿拉贡凭着敏锐的眼神一路跟着脚印来到河边，又跟着从河边回到森林。他发现远处的绿荫中有一片阴影，像一团飞快移动的黑点。他俯下身子，再度专心聆听起来。莱戈拉斯站在他身旁，用修长、纤细的手掌挡在他那明亮的精灵双目上看了过去，发现那既非阴影亦非黑点，而是骑兵的小小身影——许多名骑兵，他们的矛尖上有清晨的光亮闪烁，仿佛凡人眼睛看不见的细微星光。他们的后方远处有一缕缕黑烟升起。

空旷的原野上一片寂静，吉姆利甚至能听见风拂过绿草的动静。

“骑兵！”阿拉贡叫道，一下跳起身，“驭马飞奔的骑兵朝我们冲来，数量还不少！”

“不错，”莱戈拉斯说，“总共有一百零五人。他们头发金黄，长矛锋亮，领头的那位身材高大。”

阿拉贡笑着说：“精灵的眼神当真是厉害！”

“并非如此！只不过是因为那些骑兵就在五里格开外的地方罢了。”莱戈拉斯说。

“五里格还是一里格都没差别，”吉姆利说，“在这寸草不生的地方，我们怎么都躲不掉他们。是在这儿等他们，还是继续走我们的？”

“且等一等。”阿拉贡回答，“我疲倦不已，如今我们的追猎也已失败——至少，有人抢了我们的先，因为这些骑兵是顺着奥克的踪迹返回的。从他们那里，我们或许能打探到一点儿消息。”

“或者挨上几矛。”吉姆利说。

“其中有三匹马并无人骑，但我不曾看见有霍比特人。”莱戈拉斯说。

“我没说我们一定能听到好消息。”阿拉贡说，“无论好坏，我们等着便是。”

浅淡的天空映衬得他们过于显眼，于是三位伙伴离开山顶，顺着北坡慢慢往下走。他们在离山脚不远处停下，裹紧斗篷，紧贴着彼此坐在枯萎的草地上。时间过得缓慢而沉重。风刮得不大，但冷得刺骨。吉姆利坐立难安。

“关于这群骑兵，阿拉贡你知道些什么吗？”他说，“我们总不会就坐在这儿等着横死吧？”

“我曾与他们为伍。”阿拉贡回道，“这群人骄傲又固执，但待人真诚，行为举止慷慨大度；勇敢却不鲁莽；睿智但未受教化。他们从不写书立传，却传唱了许多歌谣，遵循着黑暗年代之前人类儿女的习俗。不过，我不知晓此地近期发生过什么，也不知晓洛希尔人夹在叛徒萨茹曼与索伦的威胁之间，如今作何态度。虽说双方并无亲缘关系，但他们与刚铎人民长期为友。在早已被遗忘的年代，年少的埃奥尔将他们从北方带出。从血缘上讲，他们与河谷城的巴德一族及黑森林的贝奥恩一族更为亲近，而这两族里仍有不少人如洛汗骑兵一样高大俊朗。总之，他们是不会喜欢奥克的。”

“可是，甘道夫提到过他们向魔多进贡的传言。”吉姆利道。

“我跟波洛米尔一样，并不相信此谣言。”阿拉贡回答。

“你们很快便能知晓真相。”莱戈拉斯说，“他们已经快到了。”

最后，连吉姆利都能听见远远传来的马蹄声了。那些骑兵沿着踪迹从河边掉转，风驰电掣般渐渐靠近山岭。

清晰、嘹亮的喊声此时响彻原野。他们夹着雷鸣般的声响霎时间疾驰而至。领头的骑兵冲过山脚，又马头一转，领着队伍沿山岭西缘再度往南奔去。唯他马首是瞻的余众乃一长队身披链甲的汉子，他们行动敏捷，盔甲闪亮，看着既莽且俊。

来人骑着高头骏马，那马体形壮硕、腿脚匀称，灰色毛皮泛着光亮，长长的马尾随风摆动，高昂的颈项上，鬃毛全给编结起来。马上的骑兵也是相得益彰，个个身姿挺拔、四肢修长；轻型头盔之下，微微发亮的浅黄色头发编作长长的发辫，在身后摇来摆去；坚定的面容上带着热切的神情。这些骑兵手持白蜡木长矛，背负彩盾，腰挎长剑，身着过膝的锃亮锁甲。

骑兵两两成对地驰骋而过，不时有人踩着马镫起身，观察前方与左右。不过，似乎无人发现有三位不速之客正静坐着目送他们。就在队伍即将全部通过之时，阿拉贡站起来，大声唤道："洛汗骑兵，北边可有什么消息？"

队伍以惊人的速度和骑术控马停步、转向，绕了一圈便往回冲。骑兵散作奔驰的圆阵，在三位伙伴背后的山坡上下奔行，很快便将他们团团包围，又不断收缩着向中间迫近。阿拉贡一言不发地站在原地，两位伙伴也坐着一动不动，好奇接下来将会如何。

无人发号施令，骑兵却突然同时停下了。他们将长矛齐刷刷地对准几位生客；一些骑兵更是持弓在手，搭箭上弦。随后，其中一骑纵马向前，骑者的个头儿高过其余所有人，盔缨是一束迎风飘扬的白色马尾毛。在矛头距离阿拉贡的胸口仅一步之遥时，他终于停了下来。阿拉贡纹丝不动。

"来者何人，闯入此地有何贵干？"骑兵用西部通用语问道，神情语态像极了刚铎之民波洛米尔。

"人称大步佬，"阿拉贡答道，"自北方而来，正在追踪奥克。"

这骑兵纵身下马，将长矛交予身边下马的另一人，又捉剑在手，正面迎上阿拉贡，八分仔细、两分惊奇地审视着后者。最后，他开了口："起初我以为你们就是奥克，现在看来并非如此。以这样一副模样去追捕奥克，你们好像也不怎么了解他们。奥克行动迅速，武器精良，数量众多。真要追上了，只怕你们就会从猎手变成猎物。然而，大步佬，你似乎有些不对头。”他又将清亮的眼神投向游侠，“没有哪个人类会用你说的这种名字。你的装束也挺奇怪。你是从草里边蹦出来的吗？是怎么避开我们视线的？难道你是精灵一族？”

“不是。”阿拉贡说，“我们当中只有一位精灵：来自远方黑森林王国的莱戈拉斯。不过，我们曾途经洛丝罗瑞恩，承蒙夫人垂青，得了一些随行礼物。”

骑兵再度惊奇地看向他们，眼神愈发严厉。“这么说，那片金色森林果然如古老传说所言，里边住着一位夫人！”他说，“他们说，很少有人能逃出她的天罗地网。如今这世道可真怪！不过，她若是垂青你们，说不定你们也是织网者和术士。”他眼神一冷，突然盯向莱戈拉斯和吉姆利，叱道：“你们两人，为何闷着不说话？”

吉姆利起身，两脚分开稳稳站定，一手按上斧柄，深色的眼睛里似有火光闪过。“驭马者，报上你的名号，然后我再告诉你我姓甚名谁，外加别的东西。”他说。

“按道理说，”这骑兵回道，一边低头瞪着矮人，“陌生人应先报上名号。不过，我乃伊奥蒙德之子，名唤伊奥梅尔，人称里德马克第三元帅。”

“那么，里德马克第三元帅、伊奥蒙德之子伊奥梅尔，就让我，格罗因之子、矮人吉姆利对你的蠢言蠢语表示警告。对于超出你想象的美好，你竟然讲出大不敬之话，只有没脑子的人才会原谅你。”

伊奥梅尔眼神一凝，其余洛汗之民愤怒地嘟哝着，提着矛便围了上来。“这位矮人大爷，只要你的脑袋离地面再高上那么一点儿，我就把它连胡子什么的全砍了。”伊奥梅尔说。

“他可不是孤身一人。”莱戈拉斯说，同时以迅雷不及掩耳之势弯弓搭箭，“不等你出手，就会先行丧命。”

伊奥梅尔扬起剑，情况眼看就要陡转直下，阿拉贡跳到两人中间，抬手叫道：“伊奥梅尔，还请恕罪！倘若你能够多了解一些，便会知晓我这两位同伴为何如此愤怒了。我们对洛汗，对洛汗之民，乃至对任何人、任何马都没有恶意。动手之前，你难道不该先听听我们的说法吗？”

“也好。”伊奥梅尔把剑放了下来，“如今这世道不太平，游荡至里德马克的人最好别摆什么架子！先报上你的真名。”

“你先告诉我，你效命于何人，”阿拉贡说，“魔多黑暗魔君索伦与你是敌是友？”

“我只听命于马克之主、森格尔之子希奥顿。”伊奥梅尔答道，“我们不受远方黑暗之地力量的驱使，但我们也并未对他宣战；倘若你们是从他那里逃出来的，最好离开这里。我们的边疆四面囿困，我们备受威胁；我们想要的只是自由，想活得一如既往，管好自己的事情，不侍外主，无论对方是正是邪。年景好些的时候，我们也曾慷慨迎客，可如今的年月，不请自来的陌生人只会觉得我们果决又强硬。行了！你到底是谁？效命于何人？又是谁让你来我们的领地狩猎奥克的？”

“我不听从任何人的号令。”阿拉贡说，“但我会追赶奉索伦命令之人到天涯海角。凡尘之人没几位比我更了解奥克，以眼下的模样追捕他们，实属无奈之举。这帮奥克掳走了我的两位友人。事出紧急，无马可骑，救命之人就只能靠双腿赶路，追踪脚印也不会先去请求许可。除非用剑去数，否则哪管敌人数量多寡。我可并非赤手空拳。”

阿拉贡把斗篷往身后一撩，用手握住剑柄，精灵剑鞘当即亮起光华，宝剑安督利尔雪亮的剑身也在出鞘时闪出一道如火焰顿生的亮芒。“埃兰迪尔！”他大叫道，“我乃阿拉松之子阿拉贡，又被称为精灵之宝石‘埃莱萨’、杜内丹人、刚铎之子伊熙尔杜·埃兰迪尔后裔。这便是那把重铸的断剑！你究竟是要助我还是阻我？尽早决断！”

吉姆利与莱戈拉斯满脸震惊地看着他们的同伴——他这番举止，实属前所未有。他的身形似乎渐渐高大，而伊奥梅尔却变小了；从他那张饱含神气的脸上，两人竟瞥见了半分那石雕双王的力量与威严。有那么一瞬间，莱戈拉斯看见有白焰环上阿拉贡的额头，仿佛一顶绚烂的王冠。

伊奥梅尔倒退一步，脸上全是敬畏。他垂下了高傲的眼睛。“如今这时日当真是古怪，”他喃喃道，“梦幻与传说全从草地里蹦出来成真了。”

“大人，请告诉我，”他说，“你来这里所为何事？刚才那番难懂的话又是什么意思？德内梭尔之子波洛米尔出发寻找答案已过去许久，我们借他的马却独自返回，不见骑手。你们从北方带来了什么命运？”

“做选择的命运，”阿拉贡说，“你可以这么转告森格尔之子希奥顿：一场毫无边界的战争已摆在他面前，要么与索伦沆瀣一气，要么与他对抗。如今没人能过上以往的日子，也没几个人还能‘置身事外’。此等要事，我们稍后再议。倘若时机恰当，我当亲自拜见你们的国王。如今情况危急，我想请求诸位帮忙，至少向我提供一些消息。刚才我说过，我们正追赶一大队掳走我们友人的奥克。你们可有什么消息吗？”

“那就不用再追了，”伊奥梅尔说，“这帮奥克已悉数毙命。”

“我们的朋友在哪儿？”

“我们只见到奥克，没发现其他人。”

“这情况着实奇怪，”阿拉贡说，“你们可曾检查过尸体？除了奥克长相的，一具其他尸首都没有吗？他们个头儿不大，在你们眼里看着像是孩童，打着赤脚，全身灰色。”

“现场没看见矮人和孩童。”伊奥梅尔说，“我们清点过所有尸体，又搜了他们的身，最后按我们的习惯，将他们堆起来烧掉了。余烬还冒着烟呢。”

“我们说的既不是矮人也不是小孩，”吉姆利说，“我们的朋友是霍比特人。”

“霍比特人？”伊奥梅尔说，“他们长什么样？这名字可真奇怪。”

“名字奇怪，种族也很奇怪。”吉姆利回道，“可他们与我们很亲近。看来你在洛汗应该听闻过那些困扰着米那斯提力斯的话，关于半身人的那些。霍比特人就是半身人。”

“半身人！”站在伊奥梅尔旁边的骑兵哈哈大笑起来，“原来是半身人！可他们不过是存在于北方传来的古老歌谣和童话里的人。我们究竟是走进了传说故事，还是大白天地站在绿草地上啊？”

“这两件事并不冲突，”阿拉贡说，“创造我们时代传说故事的人并非我们，而是我们的后人。你说绿草地？尽管你如今大白天的脚踩着它，但绿草地可是传说故事里的重头戏！”

“时间紧迫，”骑兵说，不再搭理阿拉贡，“大人，我们必须加速南下。留着这些野人做他们的梦去吧。或者，我们绑了他们献给国王。”

“伊奥泰因，安静！”伊奥梅尔用本地话说，“你先离开一会儿。让伊奥雷德[1]在路上集合，准备赶往恩特浅滩。”

伊奥泰因嘴里嘟嘟哝哝地告退，同其他人讲话去了。很快，他们便纵马离开，留伊奥梅尔单独与三位伙伴相处。

“阿拉贡，你说的话句句都很奇怪，”他说，“但你所言非虚，毋庸置疑。马克的人不说假话，所以也没那么好骗。不过，你也没有说出全部实情。你眼下可愿意把你们的使命全盘道来，好让我判断该怎么办？”

“数月之前，我从谜语中称为伊姆拉缀斯的地方启程，”阿拉贡答道，“米那斯提力斯的波洛米尔与我同行。我的使命是与德内梭尔之子

1 洛汗骑兵军队编制的一个名称。每位元帅都有自己的伊奥雷德，由效忠自己家族的人马组成。——译注

前往那座城，帮助他的子民与索伦战斗。不过，我所加入的队伍另有使命，我现在无法告知你。队伍的领袖是灰袍甘道夫。”

“甘道夫！”伊奥梅尔叹道，“灰袍甘道夫在马克可是家喻户晓。不过，我得警告你，国王可不再乐意听到他的名字。人们记得他曾多次造访过这里，来去自由，随心所欲，要么隔一季来，要么隔好些年来。古怪的事情总是与他接踵而至，如今有人说，他是带来邪恶之人。

“的确，自从夏天他最后那次来访，所有事情全乱了。就是从那时候起，萨茹曼开始找我们麻烦。我们之前一直当他是朋友，而甘道夫却来警告我们说，艾森加德正准备着要突然开战。他说他之前曾被囚禁在欧尔桑克，历经艰险才逃出来，然后他请求我们帮忙。但希奥顿却不愿听命于他，于是他便离开了。别在希奥顿面前大声提甘道夫的名字！他正火冒三丈呢。甘道夫带走了一匹叫作捷影的马，那可是所有坐骑里陛下最宝贝的。他是美亚拉斯之首，唯有马克之王才可能骑他。这类马儿的血统承自埃奥尔的那匹神驹，能听懂人言。七天之前，捷影回来了，陛下的怒火却并没有平息——这马变得野性难驯，不让任何人骑。”

“看来捷影设法独自从远北回归了。”阿拉贡说，“他与甘道夫便是在那里分别的。只可惜，唉！甘道夫再也不能骑马了。他跌入墨瑞亚矿坑的黑暗中，一去不返。”

“令人沉痛的消息。”伊奥梅尔说，“至少对于我，对于许多人而言是这样的。不过，若是面见了陛下，你就会发现并非所有人都感到悲痛不已。”

“这片土地上无人能明白这条消息有多么惨痛，但今年过不了多久，他们便会强烈体会到它的影响。”阿拉贡说，“不过，伟人倒下了，常人就得顶上。我承担的角色就是带领队伍从墨瑞亚踏上漫长的道路。我们穿过罗瑞恩而来——下回再提到那里，莫要再信口开河——又沿大河往下走了许多里格，抵达涝洛斯大瀑布。波洛米尔殒命彼处，凶手正是你们消灭的这批奥克。”

“你带来的怎么都是惨痛的消息！”伊奥梅尔惊叫道，“对于米那斯提力斯，对于我们所有人而言，这死讯多么叫人沉痛啊。他是个好人！所有人都对他交口相赞。他很少来马克，因为他总待在东部边境作战；不过，我见过他。在我看来，他更像是埃奥尔身手敏捷的子嗣，而不是刚铎那些一脸严肃的人；只要时机一到，他很可能会成为其族人伟大的领袖。不过，关于这一惨痛的消息，刚铎还未传来只言片语。他是何时陨落的？”

“他遇害距今已是第四日。”阿拉贡回答，“自那夜起，我们便从托尔布兰迪尔的阴影中追了过来。”

“步行前进？”伊奥梅尔惊问道。

“不错，正如你所见。”

伊奥梅尔惊得瞪圆了眼睛，“阿拉松之子，大步佬这名字着实有些委屈你了！”他说，“我愿称你作‘飞毛腿’。三位的壮举真应该被登堂传唱。不到四天就走完了四十五里格！壮哉，埃兰迪尔之族裔！

“不过，大人，眼下有什么需要我做的？我得赶紧回去见希奥顿。手下面前，我讲话比较谨慎。我们的确尚未与那片黑暗之地公开宣战，而某些受国王信任之人，正在向他进谗言；然而，战争已经来临。我们不会抛下与刚铎的旧盟，会在他们战斗时鼎力相助——这是我与赞同我之人的想法。东马克是第三元帅监管之地，由我负责。我已撤走那里全部的牧群与牧人，迁去恩特河对岸。这里只留了守卫与身手敏捷的斥候。”

“这么说，你们没有向索伦进贡喽？”吉姆利问。

“眼下没有，以前也没有过。”伊奥梅尔眼中精光一闪，“但我听过这样的谣言。几年前，黑暗之地的主宰想高价购买我们的马匹，我们断然拒绝了——他只会将牲畜用于邪恶行径。于是，他派出奥克劫掠，把能抢走的全抢了。而且，他们选的总是黑马，如今黑色马匹基本绝迹了。正因此，我们对奥克恨之入骨。

“然而，当前这节骨眼儿，我们主要的顾虑还在于萨茹曼。他竟宣称这整片土地都是他的领地；我们之间的战斗已持续数月。他麾下招有奥克、座狼骑兵与堕入邪恶的人类。他还封锁了洛汗豁口，好让我们在东西两面受敌。

“与这样的敌人交手十分不痛快：他是个阴险狡诈的巫师，套着层层伪装。他们说，他以兜帽斗篷的老人形象四处游荡。如今回想起来，许多人觉得他那造型像极了甘道夫。他的奸细溜出了每一处巢穴，他那些凶兆之鸟遍布天空。我不知道这一切究竟会怎样收场，我的心也疑虑不安——以我所见，他在艾森加德之外也有盟友。你去王庭亲自看看就知道了。你不去吗？你前来是助我排忧解难，又或者这只是我的一厢情愿？”

“得空我便去。”阿拉贡回道。

“现在就来吧！”伊奥梅尔说，“眼下这邪恶时期，埃兰迪尔的后裔正好能助埃奥尔子嗣一臂之力。西埃姆内特即便现在也有战事，我担心之后会对我们不利。

“当然，北行之事我没有得到国王许可，我的离开会让王宫的守卫变得薄弱。然而，斥候警告我说，四晚之前，有奥克大军从东墙那边出现。据他们报称，其中部分奥克佩戴着萨茹曼的白色徽记。我十分怀疑我最为担忧的事情已然成真：欧尔桑克与邪黑塔已结成联盟。于是我便带上伊奥雷德，也就是我家族的人手，于两日前的黄昏追上了那帮奥克。我们在接近恩特森林边缘的地方包围了他们，又于昨日黎明时朝他们发起进攻。我损失了十五名人手，还有十二匹马，唉！全因为奥克的数量比我们估算的要多。有其他奥克从东边越过大河加入了他们。他们的足迹就在这里往北些的位置，清晰可见。另外，森林里也来了些奥克——都是大奥克，同样佩有艾森加德白色徽记。这种奥克比其他的更加强壮、凶残。

“总之，最后我们还是了结了他们。但我们离开王庭太久了。南边与西边需要我们。你们不愿一同前往吗？如诸位所见，我们有空余马匹。宝剑可在那边派上用场。当然，如果两位能原谅我对森林那位夫人语出不敬的话，我们也能为吉姆利的利斧和莱戈拉斯的强弓找到发挥用处的地方。我之前讲的只是这片土地上人民的看法，但我非常乐意再多了解一些情况。”

“感谢你的溢美之词，”阿拉贡说，“我内心殷切期盼能与你同去；但只要有一丝希望留存，我便不能弃朋友于不顾。”

“没希望了。”伊奥梅尔说，“你在北部边界是找不到友人的。”

“可我们的朋友也不在后方。离东墙不远的地方，我们找到一处明显的标记——当时至少还有一人活着。但墙到山野之间的地方，我们再没找到其他踪迹。除非我追踪的本领尽数消失了，否则不可能哪个方向都没有发现转向别处的脚印。”

“那你认为他们遭遇了什么？”

“我说不准。也许他们当时与奥克一道被杀并被烧掉了；但既然你说那不可能，我便不再害怕这一点。我能想到的，便只有在奥克与你们交战之前，他们先行被带进森林——或许还在你们将敌人团团包围之前。你能保证，一个奥克都没逃出你们的包围圈吗？”

“我保证，自从看见他们，一个奥克都没逃掉。”伊奥梅尔说，“我们先他们一步抵达了森林边缘，那之后如果还能有活物逃出我们的网罗，那肯定不会是奥克，而且还得具备一些精灵之力才能做到。”

“我们友人的装束与我们一样，”阿拉贡说，“而你青天白日地路过也没能发现我们。”

“这事我还真给忘了。”伊奥梅尔说，“奇事太多，真是难以捉摸。

这世道真是越来越怪：精灵与矮人组队走进我们日常生活之地；有人同森林之夫人交谈，还活了下来；我们父辈的父辈御马踏入马克之前的悠久岁月中便已断裂的那宝剑，如今也重返战场了！这样的时代，要人如何评判？”

“过去如何评判，如今还怎样评判。”阿拉贡说，“善与恶的标准并不曾变过；这标准在精灵、矮人眼中，与在人类眼中并无不同。辨明它们在于你本身，不在于你是身处金色森林，又或是自己家中。”

“确实如此。”伊奥梅尔说，“但我不是怀疑你，也不是怀疑我内心想做的事。不过，我也无法恣意妄为。我国律法不允许陌生人擅自在境内游荡，除非得到国王的许可——最近日子凶险，这法令执行得尤为严苛。我之前让你自愿同我回去，你却拒绝了。我真的不希望来一场以百敌三的战斗。”

“我想，你们的律法应当不是用来针对眼下这种突发情况的。”阿拉贡说，“我其实也并非陌生人。我以前便来过此地，且不止一次——虽说我用了其他名字与装扮，但我也曾与洛希尔大军一同驰骋。那时你还小，我未曾见过你，但我曾交流的人中便有你的父亲伊奥蒙德，另外便是森格尔之子希奥顿。在往昔的日子里，这片土地任何一位大领主都不会强迫哪个人放弃背负如我这般的使命。至少，我的职责非常明确，那就是继续前进。好了，伊奥蒙德之子，无论如何，做出决定吧。给予我们帮助，或者至少放我们自行离开。又或者，想办法执行你们的律法——若你执意如此，那么最后能回到战场、回到你们国王身边的人可就要变少了。”

伊奥梅尔沉默了一阵，说：“我们都得抓紧时间，我的队伍急着要走，而你们的希望每分每秒也在变少。我决定，放你们走。另外，我还要借给你们马匹。我只要求一点：等你们完成使命，或是使命已确信落空，请你们与马儿一同渡过恩特浅滩，到埃多拉斯山的美杜塞尔德，去希奥顿的王殿。这样，你们便能向他们证明我并未错判。我本人，或许还有我这条命，都赌在你的善念上了。不要让我失望。”

“定当守信。”阿拉贡说。

当伊奥梅尔下令将多余的马匹借给陌生人时，手下人震惊不已，许多人投去了阴沉、疑虑的目光；不过，胆敢当面质疑的只有伊奥泰因。

“若是借给这位自称是刚铎族人的大人倒是没问题，”他说，“可有谁听说过，马克的马交给过矮人的？”

“从没人听过。”吉姆利说，“不用这么麻烦，将来也不会有人听说的——我宁愿走路，也不想主动或者被迫骑在这么巨大的动物背上。”

“你如今必须上马，否则会拖慢我们。”阿拉贡说。

“罢了，友人吉姆利，来坐我背后，”莱戈拉斯说，“问题就迎刃而解了。你既不需要借马，马也不会让你伤脑筋。”

阿拉贡分得一匹壮硕的深灰色马，便骑了上去。“它名唤哈苏费尔，”伊奥梅尔介绍道，“希望它能载你飞驰千里，奔向比它上一任主人加鲁尔夫更好的命运！”

莱戈拉斯分到的马没那么高大，也更轻一些，可脾气却是火爆难驯，名叫阿罗德。莱戈拉斯让人把马鞍和缰绳都取走了，说：“我可不需要这些。”他轻盈地一跃上马，而阿罗德却十分温驯，令人啧啧称奇。只需莱戈拉斯一声吩咐，它便依言来去：精灵与良善动物的相处之道便是如此。被人托上马坐在身后的吉姆利紧紧抱着他的友人，紧张得神似坐上小船的山姆·甘姆吉。

“再会，祝各位找到心中所愿！”伊奥梅尔高声道别，“早日回来，让我们的宝剑共饮敌血！”

“我定会回来。”阿拉贡应道。

“我也会，”吉姆利说，“加拉德瑞尔夫人一事我还没跟你算完账。

到时我非得好好教你说话不可。”

“我们走着瞧，”伊奥梅尔说，“反正都出了这么多奇事，让矮人的斧头押着，学会对美丽夫人的溢美之词，似乎也没什么好奇怪的了。再会！”

一番道别后，双方各奔东西。洛汗的骏马速度非同寻常——不过片刻，等吉姆利回头望去，伊奥梅尔一众人身形变小，早已离远。阿拉贡不曾回头：疾驰中，他一直将头低靠在哈苏费尔的脖颈旁，看着地上的踪迹。没过多久，三人来到恩特河边，碰上了伊奥梅尔提到的从东边的北高原下来的另一道踪迹。

阿拉贡下马查看了地面，又上马往东行了一段，专注地盯着一侧，小心翼翼地不去踩踏地上的脚印。随后，他再度下马查看地面，又来回步行了一阵。

“没什么发现。”他返回后说，“主要的痕迹全被骑兵返回时踩乱了；他们向外走的痕迹肯定是在靠近河的地方。不过，往东去的这个痕迹倒是很新鲜，很清晰。没有任何去往其他方向，返回安都因大河的痕迹。此后我们得放慢脚步，确保不会错漏朝两边岔离的踪迹或者脚印。奥克多半是从这里开始便意识到有人追捕；或许在被追上前，他们还试过把俘虏带去别处。”

三人御马向前。北高原低低地飘来灰云，天色渐渐阴了下来。范贡森林那让树木覆盖的山坡阴森森的，越来越近，随着日落渐渐变得昏暗。无论道路左右，他们都没看见任何痕迹，只是不时能看见逃离时落了单、倒毙在地的奥克尸首，背上或者脖颈上插着灰羽箭矢。

黄昏将近，他们终于来到森林边缘，在林外一片开阔地里发现了那巨大的火堆：余烬依旧滚烫，兀自冒着烟；旁边堆着数量众多的头盔、铠甲，劈开的盾、折断的剑，弓、标枪和别的武器装备。这堆东西的中间有一根树桩，上面插着一颗巨大的半兽人脑袋；白色徽记在他那破碎的头盔上依然清晰可见。再往前，离恩特河流出范贡森林不远处，有一座坟丘，一看便知是新堆出来的：顶上的土新鲜依旧，盖着铲下不久的草皮，四周插着十五柄矛。

阿拉贡与伙伴绕着战场大范围搜索，可天光渐渐消失，夜幕飞快降临，四周变得昏暗又迷蒙。直至天色彻底暗下来，他们没有发现梅里和皮平的任何踪迹。

“没办法继续了，”吉姆利哀伤地说，“自从去了托尔布兰迪尔，我们已经碰上了无数的谜题，就眼前这个最难解出来。我估计，霍比特人的尸骨肯定混着奥克一道被烧掉了。若佛罗多还活着，得知这消息一定会很难过；在幽谷等候的那位老霍比特人也是一样。埃尔隆德明明是反对他们同行的。”

“但甘道夫并不反对。”莱戈拉斯说。

“可甘道夫选择同行，也是头一个陨落的。”吉姆利回道，“他的先见之明这次失灵了。”

“甘道夫的建议并非建立在预判安全之上，无论对他还是对别人都一样。”阿拉贡说，“有些事情，就算最后可能以黑暗收场，着手去做也好过袖手旁观。我暂时不打算离开这里。无论如何，我们得在此处等到天亮。”

他们从战场再往前行了一小段路，找了棵茂密的树扎了营。这树长得像颗栗子，上面依旧挂着许多去年的棕色阔叶，仿佛有许多双手指细长、干巴巴的手；夜风拂过，它们哀伤地沙沙作响。

吉姆利冷得缩了一缩。他们每人只带了一张毯子。“生个火吧，”他说，“我不在乎会不会有危险。让奥克跟扑火的夏蛾一样，密密地围上来吧！”

“若那几个倒霉的霍比特人迷失在了森林里，营火或许能把他们吸引过来。”莱戈拉斯说。

“也有可能吸引到既非奥克也非霍比特人的东西。”阿拉贡说，“我们离叛徒萨茹曼的山界很近，还紧挨着范贡森林边缘；据说，贸然触碰这森林里的树木将十分危险。”

“可洛希尔人昨天还点了个大火堆，”吉姆利说，“他们显然还砍了树来当柴火。他们忙完之后，还在这里平安地过了一夜。”

“他们人多，”阿拉贡说，“而且他们鲜少来这里，也不进森林，所以并不会在意范贡森林的愤怒。而我们要走的路，很可能会深入森林。所以，小心为上！切勿砍活木！”

“没必要砍树，”吉姆利说，“那些骑兵留下了足够的细木粗柴，周围的朽木也挺多的。”他走去搜集木柴，忙着堆柴点火；阿拉贡却背靠大树，一言不发地坐在那里沉思；莱戈拉斯独自站在空地上凝望森林的深邃阴影，身形略向前倾，像是在倾听远处传来的呼唤声。

待矮人生好一小堆明亮的营火，三位伙伴凑过来围坐在火堆前，用戴着兜帽的身形遮住火光。莱戈拉斯抬头，看了看顶上伸向他们的树枝。

“瞧！”他说，“这火让树也心生欢喜！”

兴许是舞动的影子耍弄了他们的眼睛，几位伙伴都感觉树丫似乎正朝这边卷曲，像是要探向火焰，树枝也弯了下来；棕色的叶片此时僵硬地立着，一边相互摩挲，仿佛许多双冰冷、皲裂的手在搓着取暖。

众人一时间沉默下来：这阴暗、未知的森林近在眼前，突然彰显了存在感，让人感觉它极其阴郁，充满了隐秘的意图。隔了一会儿，莱戈拉斯开口道：“凯勒博恩曾警告我们莫要深入范贡森林，阿拉贡，你可知理由？关于这里的传说，波洛米尔又听闻过何种消息呢？”

“我曾在刚铎和其他地方听过许多传闻，”阿拉贡说，“若非凯勒博恩也提到了，我只会把它们当成真实情况消失后，人类编撰出来的传说。我先前也想问你是怎样看待这地方的真实情况的。既然森林精灵都不知道详情，我一个人类又如何回答得了？”

“你的阅历比我要广，”莱戈拉斯说，“在家乡时，我从不曾听闻此地之事，我们只在一些歌谣中传唱许久以前居于此地的欧诺德民，也就是人类所称的恩特。毕竟，范贡森林颇为古老，连精灵都觉得很古老。”

“确实，这里很古老，”阿拉贡说，“跟古冢岗旁边的老林子一样古老，而这里还要广袤得多。埃尔隆德说这两片森林隶属同族，都是上古纪元的浩瀚森林仅存的栖息之所，首生子女曾在此徜徉，而人类那时还在沉眠。不过，范贡森林有着自己的秘密，具体是什么我并不清楚。”

“我也不想知道，”吉姆利说，“可别让范贡森林里的任何东西被我给打搅了！”

三人这时开始抽签安排守夜，吉姆利抽到了第一轮。其余两人便睡下了。他们几乎刚躺下，睡意便笼了上来。“吉姆利！”阿拉贡嘟哝道，“切记，无论树枝树杈，砍范贡森林里的活树都很危险。莫要为了拾落木而走得太远，火堆熄了也无妨！若有动静，叫醒我！”

话音刚落，他便睡着了。莱戈拉斯早已不省人事，他那双俊俏的手交叠着放在胸口，眼睛却大睁着，游离在真实的夜晚与深沉的梦境之间——精灵之道历来如此。吉姆利蜷缩着坐在火边，脑子里若有所思，拇指下意识地摩挲着斧子的边缘。大树沙沙作响。再无其他声音。

突然间，吉姆利一抬头，发现火光边缘处立着位驼背老人。他手倚着法杖，裹着件硕大的斗篷，一顶宽边帽低低地遮住了眼睛。吉姆利惊得一跃而起，却没来得及高声示警，脑子里当即浮现出的念头是：“萨茹曼逮到我们了。”不过，他这突如其来的动作倒是吵醒了阿拉贡和莱戈拉斯，两人坐起身子，瞪大了眼睛。老人既没说话，也没做任何动作。

“这位长者，我们能帮你什么吗？”阿拉贡问道，站起了身，“若你觉得冷，就过来暖暖身子吧！”他大踏步往前走，老人却不见了。附近再也找不到他的踪迹，三人也不敢往森林深处探。月亮已落，夜色漆黑如墨。

突然间，莱戈拉斯大喊出声：“马！我们的马！”

两匹马跑没了。它们拽出了拴在木桩上的缰绳，没了踪影。三位伙伴呆若木鸡地站了好一会儿，让这刚降临的霉运搅扰得烦躁不安起来。他们身处范贡森林的林檐下这片宽广又危险的土地上，唯一的朋友只有洛汗的人类，双方之间却隔着十万八千里。他们站在那里，仿佛听见远远的夜色中传来马匹的嘶鸣声。随后，空气再度安静下来，只余寒风呼啸之声。

“看来，马儿都跑掉了。”阿拉贡终于开了口，“我们是找不着也捉不到它们了。它们要是不打算主动回来，我们就只好步行前进。反正，我们一开始便是用脚走的，好在脚如今还长在身上。”

“用脚走！”吉姆利说，“用脚当然可以走，可我们却没法吃它们啊。”他朝火里扔了几根木柴，一屁股坐倒在边上。

“几个钟头之前，你还对坐在洛汗马儿身上的事情耿耿于怀，”莱戈拉斯笑着说，“你可还没当上骑手呢。”

“我似乎也没那个机会了。”吉姆利回道。

“知道我在想什么吗？”隔了一会儿，他又开了腔，“我觉得那是萨茹曼干的。除了他，还能是谁？别忘了伊奥梅尔的话：他以兜帽斗篷的老人形象四处游荡。他原话就是这么说的。他拉走了我们的马，要不就是吓走了它们，把我们留在原地。瞧好吧，麻烦还在后头呢！”

“我会好好瞧的。”阿拉贡说，“可我也瞧见，刚才那老人戴的是帽子，并非连衣兜帽。当然，我并不怀疑你的猜测，也同样觉得我们待在这里很危险，无论白天还是黑夜。不过，老实说，除了趁着有机会休息之外，我们也没什么能做的。吉姆利，我来守一阵吧。我需要的是思考，而非睡眠。”

长夜慢慢过去，阿拉贡之后是莱戈拉斯守夜，然后又换成吉姆利，每人都守了一轮。不过，什么事都没发生。那老人再没出现，马匹也没有回来。

·第三章·

乌鲁克族

皮平在阴暗的梦里挣扎着，他似乎能听见自己微弱的声音回荡在黑色的隧道里，呼喊着：“佛罗多，佛罗多！”可在阴影中冲他微笑的却不是佛罗多，而是千百张狰狞的奥克面孔，千百条丑陋的胳膊从四面八方抓向他。梅里在哪儿？

他醒了。冰冷的空气吹过脸庞。他正仰面躺在地上。夜晚到来，头上的天空渐渐暗淡下来。他翻了个身，发现梦里梦外一样糟糕。他的手、腿、脚都被绳索紧紧绑住了。梅里一脸苍白地躺在他身边，额头上绑着块脏兮兮的破布。他们四周或坐或站着一大群奥克。

皮平用疼痛的脑袋慢慢拼凑起了记忆的碎片，将它与梦境的阴影分割开来。当然了，他跟梅里跑进了森林。他们是怎么回事，为何径直冲了出去，完全不顾大步佬的呼喊？他们呼喊着跑了很远——他记不清跑了有多久或者多远，接着便撞进了奥克堆里：那队奥克正站着听动静，直到差点儿撞了个满怀之前，他们好像一直都没发现梅里和皮平。奥克顿时叫喊起来，树林里又蹦出来几十个半兽人。梅里拔出了剑，可奥克却没什么战斗的欲望，哪怕梅里砍断了好几条胳膊、好几只手，他们依旧只尝试着要活捉两人。老梅里好样的！

随后，波洛米尔从树林中飞掠而来，迫使奥克与他交了手。他杀了许多奥克，剩余的全逃跑了。可三人往回没走多远，奥克再度攻了过来，少说也有一百个，其中不少身形巨大；箭矢如雨一般泼洒过来，全射向波洛米尔。波洛米尔号角轰鸣，震得树林也嗡声不断，奥克先是被吓得惊惶逃窜，发现并无援军回应后，他们更加凶猛地再度袭来。之后的事，皮平记得不多。他最后的记忆是波洛米尔背靠着一棵树，正从身上拔下一支箭；然后，黑暗突然笼罩了他。

“我猜，可能是谁朝我脑袋上来了一下。”他自言自语道，“不晓得可怜的梅里伤得会不会更重。波洛米尔怎么样了？奥克为什么没杀掉我们？我们在哪儿，又要去哪儿？”

他答不上这些问题，只感觉又冷又难受。“要是当初甘道夫没有说服埃尔隆德让我们来就好了。”他想，“这一路我有什么用？不过是个累赘罢了，像个啥事不做的旅客，一个包袱。如今我被劫走，这下便成了奥克的包袱。希望大步佬或者谁能来救我们！但我能这么希望吗？这岂不是打乱了全盘计划？真希望我能脱身！”

他颓然地挣扎了片刻。坐在附近的一个奥克哈哈大笑，用他们那刺耳的语言不知对同伴说了什么。“有机会还是休息休息吧，小蠢货！”他又对皮平说——用的是通用语，可听着跟他自己的语言一样刺耳。“趁现在多歇会儿吧！要不了多久，我们就能让你的腿派上用场了。没等我们到家，你就会希望自己没长腿了！”

“我要是能做主，你会巴不得现在就死掉。”另一个奥克说，“我会让你吱吱叫出声，你这可悲的耗子。”他弯下腰，满口黄色獠牙，凑近了皮平的脸。他手上提着把黑色长刀，刀刃上布满锯齿。“老实躺着，要不我就拿这个给你挠挠痒。”他嘶吼道，“别惹事，否则我可能就会忘掉命令是什么了。该死的艾森加德奥克！ Uglúk u bagronk sha pushdug Saruman-glob búbhosh skai![1]”他用自己的语言愤怒地骂了一长串话，又慢慢转为小声咕哝和咆哮。

皮平吓坏了，躺在地上一动不敢动，手腕和脚踝却越来越疼，身下的石子像是硌进了肉里。为了分散注意力，他仔细听起了周围的动静：到处都是说话的声音；另外，虽然奥克的话音向来充满忿恨和怒火，可他们显然起了内讧，而且愈演愈烈。

皮平意外地发现，这当中大部分内容他竟然能听懂：许多奥克讲的是通用语。显然在场的奥克来自两三个完全不同的部落，三方互相听不懂对方的奥克语。接下来该怎么办，他们起了一场愤怒的争论：走哪边，以及拿这些俘虏怎么办。

“赶紧干掉他们，”某个奥克说，“这一路都没时间找乐子。”

“没办法。”另一个奥克说，“为啥不把他们赶紧宰掉，现在就宰掉呢？他们就是两个该死的累赘，而我们时间紧迫。天要黑了，我们得赶紧上路。”

“有命令。”第三个声音低沉地咆哮道，“‘其他人通通杀掉，半身人留着；把他们尽快带回来，要活的。’我得到的就是这个命令。”

“这俩人有啥用啊？”不少声音问道，“为啥要活的，他们是好玩还是怎么的？”

“不是！我听说他们其中哪个身上有什么东西，打仗要用到。好像是什么精灵阴谋之类的。反正他们全要被带回去审问。”

1 此为索伦创造的黑语，用以替代各种奥克方言及仆从语言。因善良阵营纷纷拒绝使用，此语言留存语料不多。此处选用 20 世纪 50 年代的第三版翻译，大意为：“乌格鲁克要用臭烘烘的萨茹曼秽物（悄悄）折磨。粪堆——嘎！”——译注

“你知道的就是这些吗？我们为啥不去搜他们的身？说不定能找着什么东西我们自己用呢。”

“有意思。”一个更低柔却更邪恶的声音讥讽道，“我会把这句话报上去的。‘不许对俘虏搜身，不许抢他们东西’——这是我接到的命令。”

“我也是。”那低沉的声音应道，“‘活捉，原样带回；不得搜刮他们。’这是我得到的命令。”

“我们接到的命令可不是这样！”之前的一个声音说，“我们一路从矿坑过来，是来杀人和报仇雪恨的。我只想杀完人回北边。”

“那你就继续巴望着吧。”那咆哮的声音说，“我是乌格鲁克，我说了算。我要走最短的路线返回艾森加德。”

“你以为萨茹曼大人和大魔眼谁才是主人？”那邪恶的声音说，“我们应该立刻返回路格布尔兹[1]。”

“如果能渡过大河，那我们或许回得去，”另一个声音说，“但我们的人手可不够冒险去下游的渡桥。”

“我就是渡河过来的。”邪恶的声音继续说，“一个长翅膀的纳兹古尔在东岸北边等我们。”

“是吗，是吗？然后你就带着我们的俘虏飞过去，在路格布尔兹得到所有的奖赏和夸赞，剩下我们费尽力气穿过这帮喂马人的地盘。不行，我们得同进退。这土地很危险：反贼和强盗到处都是。”

“是啊，我们得同进退，”乌格鲁克咆哮道，“可我信不过你这头猪猡。你出了自己的猪圈就胆小如鼠。要不是我们，你早就不知道逃哪儿去了。我们是骁勇的乌鲁克族！是我们杀掉了那彪悍的战士，抓住了俘虏。我们是‘白手’智者萨茹曼的仆从：他给我们人肉吃。我们从艾森加德出发，又领着你们到了这里，我们还会照我们选的路领你们回去。

1 路格布尔兹是魔多黑语对邪黑塔的称呼。——译注我是乌格鲁克。我说到做到。”

“你说得太多了，乌格鲁克。”邪恶的声音嘲讽道，“我倒是想知道路格布尔兹那边听了会怎么想。或许他们会觉得，该把你乌格鲁克肥肿的脑袋摘下来，好给你的肩膀减轻点儿负担。他们或许会想知道你那些奇怪的主意都是怎么来的。可能都来自萨茹曼？他以为他是谁，拿着个脏兮兮的白色徽记就想当大王？或许，他们更乐意赞同忠诚的信使格里什纳赫的看法；而我格里什纳赫要说的是：萨茹曼就是个蠢货，是个肮脏又阴险的蠢货。不过，大魔眼已经盯上他了。

“你叫我们猪猡是吧？各位愿意让小巫师这些肮脏的走狗管你们叫猪猡吗？他们肯定是吃奥克肉的，我敢保证。”

许多奥克用喊叫声回应着他，武器出鞘的声音也锵锵响个不停。皮平提心吊胆地翻了个身，希望能看看出了什么事。看守他的奥克早已跑去加入了争吵。暮色中，他仿佛看见乌格鲁克那魁梧的黑色奥克，正与另一个奥克——格里什纳赫——对峙。后者是个矮个子罗圈腿，肩膀很宽，手臂长得几乎快能碰到地面。两人身边围着许多半兽人。皮平猜测，这些应该就是北方来的奥克。他们都抽出刀剑，却犹豫着不敢朝乌格鲁克攻击。

乌格鲁克一声大喊，好几个跟他个头儿差不多的奥克跑了过来。说时迟那时快，乌格鲁克毫无征兆地箭步向前，两刀便削掉了对手两个人头。格里什纳赫闪到一旁，借阴影遁走了。其他奥克全都让开了路，其中一个倒退的时候在梅里躺倒的身子上绊了一下，骂骂咧咧地跌了一跤。不过，这或许反而救了他一命：乌格鲁克的手下跳过了他，用宽刃剑砍倒了另一个奥克——是那名黄牙守卫。他的尸体正好压在皮平身上，手里依旧攥着那柄锯齿刀。

“放下武器！”乌格鲁克大喊道，“别再搞破事儿了！我们直接往西去阶梯，下阶梯之后沿河去森林。我们白天晚上都要赶路，听明白了吗？”

“现在，”皮平心想，“只要那丑鬼再花点儿时间去掌控部队，我就有机会了。”一丝希望闪过他的心头。黑色长刀的刀刃划过他的胳膊，又滑落到他的手腕。他感觉有血滴到手上，但也感觉到钢刀贴着他皮肤传来的冰冷。

众奥克开始为继续行军做起了准备，但部分北方奥克依旧表示拒绝。艾森加德奥克再度杀了两个，这才让他们服了软。场面一度咒骂不断，混乱不堪。有那么一会儿，皮平竟无人看管。他的腿被紧紧捆住，但双手却只绑住了手腕，也没被反绑在背后。虽说绳子绑得非常结实，他倒是能同时移动双手。他推开死掉的奥克，气也不敢出地将捆住手腕的绳结在刀刃上来回蹭。刀很快，那死人手也握得很紧。绳子被割开了！皮平飞快地用手指将绳子拿住，打了个绕两圈的松绳套，又套回手上。随后，他便躺下一动不动。

“带上这两个俘虏！”乌格鲁克喊道，“别想拿他们耍花样！他们要是在我们回去之前死了，那就还得拿你们来陪葬。”

一个奥克像扛麻袋一样抓过皮平，把脑袋往皮平绑住的双臂间一钻，抓住胳膊往下一拉，直到皮平的脸紧贴在他脖颈上；随后，他便背着皮平一路颠簸而去。另一个对梅里也用了同样的方法。奥克爪子一样的手如坚铁般紧抠住皮平，指甲都陷进了他的肉里。他闭上眼睛，再度陷入噩梦之中。

突然间，他又被扔在了石地上。夜幕刚临，一弯月牙却已经西沉下去。他们正身处一片悬崖边上，似乎能望见一片茫茫雾海。附近传来水流往下落的声响。

“探子终于回来了。”身边一个奥克说。

“不错，有什么发现？”乌格鲁克的声音咆哮道。

“只发现一名骑手，他往西边去了。其他的目前没什么情况。”

“我敢说，现在是没什么情况。但是能持续多久？你们这帮蠢货！怎么不把他射死？他会去报信的。那帮该死的驯马人早上就能得知我们的事。我们现在必须以双倍的速度赶路。”

一道黑影弯向皮平——是乌格鲁克。“给我坐起来！”这奥克说，“我的伙计不想再背着你们到处走了。我们得往下爬，而你们也给我自己爬，别碍事。别想着大喊大叫，也别想逃跑。别想玩花样，我们可有的是法子来收拾你们，还不会影响你们在主人那儿的用途，但这些法子你们可不会喜欢的。”

他割开了皮平腿上和脚踝上的绳索，扯着头发让他站起身。皮平跌倒在地，他又抓着头发把皮平给拉了起来。一些奥克大笑出声。乌格鲁克拿一个扁酒壶撬开他的嘴，给他灌了些烧喉咙的液体：皮平只感觉一股滚烫灼过全身。他腿脚上的疼痛不见了。他能站稳了。

“轮到另一个了！”乌格鲁克说。皮平见他走向躺在旁边的梅里，还踢了梅里一脚。梅里呻吟了一声。乌格鲁克粗暴地把他提坐起来，一把扯下他脑袋上缠着的破布。随后，乌格鲁克从一个小木盒里挖了些黑乎乎的东西，涂在梅里的伤口上。梅里尖叫出声，死命挣扎起来。

一群奥克拍着手大笑起来。“搽个药都受不了，”他们嘲笑道，“真是不知好歹！嗬！后面我们可有得乐了。”

不过，乌格鲁克此时可没心思找乐子。他需要加快速度，还得迁就那些不情不愿的跟随者。他使了奥克的法子来治疗梅里，见效迅速。待他强把扁酒壶里的液体灌进这个霍比特人的喉咙，又割开他腿上的绳子，拽着让他站起身的时候，梅里站住了；他一脸苍白，可神情却透着冷峻与不屑，精神又再度抖擞起来。他额头上的伤虽不再碍事，最后却变成一道一辈子都没消过的棕色疤痕。

“哈喽，皮平！”他说，“这场小小的探险，你也参加了吗？我们要上哪儿睡觉、吃早饭哪？”

“嘿！”乌格鲁克说，“想都别想！给我管好你们的嘴，别想着交头接耳。你们惹出的所有麻烦都会汇报给主人，他知道要怎么收拾你们。到时候床和早饭管够——多到你们吃不消！”

这帮奥克开始顺着狭窄的沟壑往下面雾气笼罩的平原爬。皮平与梅里被十几个奥克隔开，也跟着爬了下去。到了山下，脚踩上了草地，两个霍比特人的心又振奋起来。

“往前直走！”乌格鲁克叫道，“往西北偏西方向走，跟着路格都什。”

“日出之后我们怎么办？”有北方奥克问。

“继续跑，”乌格鲁克说，“你想怎样？坐在草地上，等那帮白皮佬儿过来一块儿野餐吗？”

“我们没法顶着太阳跑。”

“我会在后面撵着你们跑，”乌格鲁克说，“跑起来！要么你就永远别想见到你心爱的洞窟了。白手在上！派这些半吊子的山蛆来办事，有什么用？跑起来，你们这帮废物！趁着天还没亮，给我跑！”

随后，整个队伍便以奥克的大步子跑了起来。众奥克推推搡搡，骂骂咧咧，虽跑得毫无章法，但行进速度确实非常快。各有三名奥克守着两个霍比特人。皮平掉到了队伍非常靠后的位置。以这种速度，他不知道自己究竟还能跑多远：他从早起就一点儿东西都没吃。看守他的其中一名守卫手上有鞭子。不过，奥克给他喝的那液体暂时还在他体内燃烧着，他的脑子也依旧清醒。

时不时地，他脑海里就会浮现出画面：一脸精干的大步佬躬腰循着一条黑暗踪迹奔跑，就跟在他们后头。不过，就算是游侠，又能从奥克凌乱的脚印里看出什么呢？他跟梅里的小小脚印，早被身边围着的铁底鞋给踩得不剩什么了。

他们从峭壁前行进了不到一哩左右，大地便向下倾斜，探进一大片浅洼地，地面变得又软又湿。缭绕的雾气叫几丝残余的弯月光照着，淡淡亮着些许微光。前方奥克的黑色身影愈发朦胧，随后便没入雾气之中。

“嘿，跑慢点儿！”压队的乌格鲁克大喊道。

皮平突然想到一个主意，便毫不犹豫地付诸行动。他往右突然一拐，低头钻过想抓他的守卫，飞身扑进雾气里；他扑倒在草地上，四肢长伸。

“停！”乌格鲁克叫道。

队伍一阵鸡飞狗跳。皮平猛然起身往前跑，但奥克也追了过来，有几个突然就出现在他面前。

“看来是逃不掉了！”皮平思忖，“不过，倒是有希望在这湿地上留下点儿不会被破坏掉的痕迹。”他用缚住的双手在颈项处摸索着，解掉了斗篷上的胸针。就在尖爪长臂攫住他之时，他任由胸针从手上掉落。“或许它会在这儿躺到海枯石烂吧，”他想，“不知道我为啥要这么干。其他人要是逃脱了，多半会去找佛罗多吧。”

一条皮鞭卷上他的双腿，他强忍住疼痛，没有尖叫出声。

“住手！”乌格鲁克高喊着跑过来，“他还有很长的路要跑。让他们两个跑起来！偶尔用鞭子提醒一下就够了。”

“事情还没完，”他咆哮着转向皮平，“我可记住了。以后我们再来好好算账。给我跑起来！”

无论皮平还是梅里，对旅途的后半段都没什么印象了。邪恶的梦境，凶险的现实，两者交织成一条漫长又痛苦的隧道，希望被抛在身后，变得越来越渺茫。他们跑啊，跑啊，拼命要跟上奥克的步伐；无情的鞭子狡诈地舞动着，不时便会舔上两人。倘若他们停下或者跌倒，就会被抓住，拖着跑上一截路。

奥克那液体带来的热力消退了。寒冷和疼痛又找上了皮平。突然，他脚下一绊，扑倒在草皮上。几只指甲崩裂的硬手把他给提了起来。他再度像个麻袋一样被扛着前进，四周变得愈发黑暗：究竟是又一个夜晚到来，还是他眼睛有些看不见了，他也说不清。

迷迷糊糊的，他察觉到一片喧哗声：似乎有许多奥克闹着要停下，而乌格鲁克正在大喊大叫。他感觉自己被掷到地上，而他就这么躺着动也不动，直到阴郁的梦境笼罩住他。可是，他依旧没能摆脱痛苦；没多久，那无情的铁手又抓起了他。好长一段时间，他颠上簸下，摇来晃去；渐渐的，黑暗消退，他意识复返，发现已经是早上了。众奥克高喊着传达命令，而他被粗暴地扔在了草地上。

他在那儿躺了一会儿，抵抗着心里的绝望。他头晕目眩，但身体里传来的炽热，让他猜测自己又被灌了些奥克的液体。一个奥克朝他俯身扔来两块面包和一条生肉干。他狼吞虎咽地吃掉了那灰色的陈面包，不过没碰那肉干。他饥饿难耐，却又没有饿到要吃奥克扔给他肉干的地步。他完全不敢去想这是什么肉。

他坐起身，四处张望。梅里就在不远处。如今他们位于一条湍急窄河的岸边。前方隐隐约约有山峰出现：旭日的第一缕阳光正洒向高高的山巅。一抹昏沉的森林矗立在前方矮一些的山坡之上。

奥克那边又传来大喊大叫和大吵大闹声；似乎北方奥克与艾森加德奥克又爆发了争吵；一些回头指着南边，另一些则指向东边。

“非常好。”乌格鲁克说，“那就把他们留给我！我之前就跟你们说过，不许杀掉；可你们要想把我们好不容易弄到的人给扔掉，那就扔吧！我会照料好的。就跟以前一样，让骁勇的乌鲁克族来干吧。你们要是害怕那些白皮佬儿，那就跑吧！滚！那边有森林，”他吼道，指着前方，“滚去那里边！那是你们最好的指望了。赶紧滚！滚快点儿，趁我没再多砍几个脑袋下来，让其他人长点儿脑子！”

一阵咒骂、窸窣声传来，随后大部分北方奥克脱离队伍，拔腿便跑。这超过一百之数的奥克疯了般沿着河畔往山岭那边狂奔而去。霍比特人被甩给了艾森加德奥克：这是帮冷酷、阴暗的家伙，其中至少有八十个长得体格魁梧、肤色黝黑、眼睛斜吊着，身上配有大弓与宽刃短剑；少部分更高大、胆壮的北方奥克留了下来。

“现在，我们还得对付格里什纳赫。”乌格鲁克说。不过，即便他自己的手下，此时也有几个焦灼地看着南边。

“我知道，”乌格鲁克咆哮道，“那帮该死的马娃子已经得知了我们的事。这全是你的错，斯那嘎。你和别的探子都该被割耳朵。但我们是战士，我们会享用到马肉，说不定还能吃到更好的。”

皮平这时才明白，为什么队伍里之前有些奥克会指向东边。有嘶哑的吼声此刻从那边传了过来：格里什纳赫再度出现，背后跟着大概四十个跟他差不多的，长臂、罗圈腿的奥克。他们的盾牌上涂有红眼标志。乌格鲁克踏步往前，迎向他们。

“怎么又回来了？”他问，“改主意了，哈？”

“我回来是确保命令执行无误，俘虏没有缺胳膊断腿。”格里什纳赫回道。

“原来如此！”乌格鲁克说，“何必浪费力气。我会确保他们按照我的要求执行命令。你回来还有别的事吗？看你走得那么急，是不是落下东西了？”

“我落了个傻子，”格里什纳赫咆哮道，“但跟他一块儿的还有些强壮的伙伴，他们太过优秀，我可舍不得他们。我知道，你只会把他们带进一团混乱，我可是来帮他们的。”

“那可太好了！”乌格鲁克大笑着说，“不过，除非你有胆子跟我干一场，不然你可就走错地方了。路格布尔兹才是你该走的方向。那些白皮佬儿来了。你宝贝的纳兹古尔怎么了？他的坐骑又被人射了吗？如果你现在把他带来，那可真就还能管点儿用——前提是这些纳兹古尔真有他们吹嘘得那么厉害。”

“纳兹古尔，纳兹古尔。”格里什纳赫一边说，一边舔着嘴唇浑身颤抖，仿佛这个词带有一股恶臭，让他说起就一阵难受，“你提到的这个，可远远超过你那烂泥一样的梦能想象到的，乌格鲁克。纳兹古尔！噢！‘真有他们吹嘘得那么厉害！’总有一天，你会后悔说了这些话。愚蠢的猿猴！”他狂暴地咆哮道，“你要知道，他们可是大魔眼的心肝宝贝。而那个长翅膀的纳兹古尔——还不是时候，还不是！他还不愿让他们在大河彼岸现身。他们是为战争和别的目的而准备的。”

“看来你知道得还不少，”乌格鲁克说，“比你该知道得还要多，我猜。或许路格布尔兹的那些人会好奇你是怎么知道的，又为什么会知道。与此同时呢，艾森加德的乌鲁克族却在一如既往地干脏活。别站在那儿流口水了！让你的喽啰们集合！别的蠢猪正往森林跑呢，你们最好也跟上。你们就别想活着返回大河对岸了，那是大错特错！给我跑！我会跟在你们后头的。”

艾森加德奥克再度抓起梅里和皮平扔在背上。随后，队伍出发了。他们跑了一个钟头又一个钟头，间或会停一停，但只是为了换人背霍比特人。不知是因为艾森加德的奥克速度更快、耐力更好，还是因为格里什纳赫有什么盘算，他们渐渐超过了魔多奥克，而格里什纳赫的人都落在了后面。很快，他们便超过了北方奥克。森林越来越近了。

皮平浑身皮破肉肿，头本就疼得厉害，还被背着他的奥克那脏兮兮的脸颊和毛扎扎的耳朵给蹭得极其难受。他眼前便是几个弓起的腰背，许多条强韧的粗腿不停地抬起放下，抬起放下，一刻也不停歇；它们像是拿铁丝跟兽角做的，无穷无尽地敲着噩梦般的鼓点。

下午的时候，乌格鲁克部超过了北方奥克。哪怕只是冬日的太阳照在苍凉的天空上，明亮的阳光依旧照得北方奥克萎靡不振——他们低垂着脑袋，舌头耷拉在外边。

“你们这群蛆虫！”艾森加德奥克嘲笑道，“被太阳烤熟了吧。那群白皮佬儿会把你们抓来吃掉。他们来了！”

格里什纳赫一声大喊，说明这并非在开玩笑。视线里确实出现了疾驰而来的骑兵：虽然还隔着很远，可他们与奥克的距离却在渐渐拉进，仿佛潮水涌过平沙，追赶在松软的沙滩上游荡的人群。

艾森加德奥克以再度加倍的步幅跑了起来，仿佛是赛跑到了终点前的拼力冲刺，让皮平十分震惊。随后，他看见太阳正渐渐沉到迷雾山脉背后，阴影渐渐笼罩大地。魔多的士兵不再低垂着头，也开始加速奔跑。森林非常阴暗，而且离着不远了。他们已经跑过了几棵外围的树。大地开始往上抬升，变得越来越陡峭；可奥克一点儿都没停下。乌格鲁克和格里什纳赫都在大叫着催促他们再加把力气。

“他们会成功的——会逃脱的。”皮平想。随后，他努力扭转头，好让一只眼睛能隔着肩膀往后看。他看见东边远处而来的骑兵驰骋过平原，跟奥克已经在一条线上了。夕阳为他们的长矛与头盔镀上一层金边，飘扬的浅淡头发也被照得闪闪发亮。他们将奥克包围在中间，不叫他们散逃，一边赶着他们去了河边。

他十分好奇，这究竟是群什么人物。他如今真希望当初在幽谷的时候能多听点儿东西，多看点儿地图和别的事物；不过，那段日子里，旅行计划似乎由更为能干的人掌握着，他也从没想过自己会跟甘道夫、大步佬，甚至佛罗多分开。关于洛汗，他唯一记得的，就是甘道夫那匹捷影是从那片土地来的。如此想来，还是挺有希望的。

“不过，他们又是怎么知道我们不是奥克的？”他想，“我猜，这地方的人可没听说过霍比特人。那些野兽一样的奥克要被消灭了，我觉得我应该感到高兴才对，但我自己得救才是最要紧的。”按如今事态的发展，说不定在洛汗人注意到他们之前，两人就会跟俘虏他们的奥克一道被杀掉。

那骑兵中似乎有几名弓箭手，精于骑射。他们御马飞奔，进入射程张弓便射，落在后面的好几个奥克应声而倒；随后，他们掉转方向，飞奔出敌人反击之箭的射程，后者疯狂地乱射，脚下却是不敢停步。骑兵又重复了数轮，其中便有一回，箭矢射向艾森加德奥克。皮平前面那个奥克绊倒在地，再也没能爬起来。

骑兵还未展开近身战，夜晚便已来临。奥克已死了许多，但幸存的依旧还有整整两百个。天色将黑未黑之时，众奥克来到一处小丘。森林边缘近在眼前，顶多隔着三弗隆距离，可他们却寸步不得前进。骑兵已将他们团团包围。一小队奥克不听乌格鲁克的号令，径直往森林里跑，最后只回来了三个。

“哈，真是妙啊！”格里什纳赫冷笑道，“优秀的领导！希望伟大的乌格鲁克你还能再领着我们冲出去。”

“放下那两个半身人！”乌格鲁克下令道，丝毫没有理会格里什纳赫，“你，路格都什，再带上两个人，看好他们！除非那些肮脏的白皮佬儿冲过来，否则不许杀半身人，听懂了吗？只要我还活着，他们就是我的。但是，不许让他们叫出声，也不许让他们被救走。绑住他们的腿！”

最后一句命令很快就被执行了。不过，皮平发现他头一回跟梅里凑到了一块儿。众奥克弄出一大堆响动，又是叫喊，又是敲击着武器，两个霍比特人得以悄悄说了会儿话。

“我觉得没什么戏，”梅里说，“我觉得我们快完蛋了。哪怕没人看守，估计我也爬不了多远。”

“兰巴斯！”皮平小声说，“我还剩着点儿兰巴斯。你呢？我觉得他们只抢走了我们的剑。”

“有，我口袋里还有一包。”梅里答道，“肯定都碎成渣了。无所谓，反正我也没办法把嘴巴伸进口袋里！”

“你用不着这么干。我已经——”皮平猛地挨了一脚，这才发现周围的喧闹声没了，守卫已经在看着他们了。

这夜很冷，寂静无声。在奥克聚集的小丘四周，突然燃起了许多金红色的小小营火，将他们团团包围。营火虽在长弓射程之内，但火光中并未见到骑兵的身影。奥克朝营火那边胡乱射了许多箭矢，最后乌格鲁克让他们停下了。骑兵没发出一点儿声响。后半夜，月亮出了迷雾，这才偶尔见到他们的身影。模糊的身影叫白光照亮，他们一刻不停地在巡逻。

“他们在等天亮，该死的家伙！”守卫咆哮道，“我们为什么不合力冲杀过去？我真想知道，老乌格鲁克到底想干吗？”

“我敢说，你会知道的。”从背后走来的乌格鲁克吼道，“你是想说我根本不动脑子，嗯？你这该死的东西！你就跟别的窝囊废，跟那帮蛆和路格布尔兹的猿猴一样糟糕。跟他们一道冲过去才是真的没用。他们只会乱叫乱跑，而那帮肮脏的马娃子足够把我们全扫平了。

“那帮蛆只擅长一样事情：他们的眼睛在夜里很好使。可据我所知，这帮白皮佬儿的夜间视力比大多数人类都强；而且，别忘了他们的马！据说它们能看见夜风。不过，有件事这帮家伙还不知道：毛胡尔和他那帮小兄弟就在森林里，这会儿差不多也该出现了。”

乌格鲁克的话显然足以让艾森加德奥克满意，不过别的奥克却是既沮丧又不服气。他们派了几个去放哨，其余的大多往地上一躺，在恬怡的黑暗中休息起来。月亮西斜，沉进厚厚的云层，四周再度变得漆黑一片，皮平连几步开外的东西都看不清。营火的光亮也没能照到小丘这里。而骑兵也并未就此干等黎明到来，放任敌人休息：小丘东边突然传来的惨叫，说明情况不对劲。似乎有几个人类骑着马悄悄靠近，又下马摸到营地边上，杀了个奥克跑了。乌格鲁克赶紧冲过去避免炸营。

皮平跟梅里坐起身。看守他们的艾森加德奥克跟乌格鲁克一块儿跑走了。然而，就算霍比特人有过逃跑的念头，机会却转眼就没了。一只满是毛的胳膊轮番抓住两人的脖子，把他俩拖到了一块。两人隐约发现格里什纳赫那颗大脑袋和丑陋的脸出现在他们中间，恶臭的呼吸直喷脸颊。格里什纳赫拿手搭上两人，上下抚摸着。那冰冷的手指顺着脊背摸了下去，皮平只感到一阵恶寒。

“啊，我的两个小东西！”格里什纳赫柔声低诉道，“休息得可还行？不行？你们这样确实有些尴尬：一边是刀剑和皮鞭，另一边是恐怖的长矛！小东西就不该去插手太大的事情。”他的手指继续摸索着，眼里闪动着一丝苍白却炽热的光芒。

仿佛是捕捉到了敌人那迫切的思绪，一个念头突然闪现在皮平的脑海里：“格里什纳赫知道魔戒的事！他趁着乌格鲁克忙活的时候跑来找这东西——他或许是想私吞。”皮平心中一凉，可他同时又在思考，格里什纳赫的欲望有没有可利用的地方。

“我觉得，你别指望能找到那东西。”他低声说，“它可没那么容易找到。”

“找到它？”格里什纳赫问道，摸索的手指停在皮平的肩头，“找到什么？小东西，你在说什么？”

皮平沉默了片刻。随后，在这黑暗中，他突然用喉头发出“咕噜，咕噜”的杂音。“没什么，我的宝贝。”他补充道。

两个霍比特人感觉格里什纳赫的手指抽搐起来。“啊哈！”这个半兽人轻声嘶嘶着，“原来他是这个意思，对吧？啊哈！非常，非常危险，我的小东西们。”

“或许吧。”梅里回道，这下他意识到了皮平的猜测，提高了警惕，“或许。而且，不光是对我们危险。当然，你的事你最清楚。你想要吗，还是不想？你要拿什么来换？”

“我想要吗？我想要吗？”格里什纳赫仿佛很困惑；不过，他的胳膊颤抖起来，“我要拿什么来换？你这话是什么意思？”

“我们是说，”皮平仔细斟酌着说，“这一片漆黑的，你能摸到什么？我们可以给你节约时间，省去点儿麻烦。但你得把我们的腿先解开，否则我们什么都不会做，一个字也不会说。”

“我亲爱的、温柔的小傻瓜们，”格里什纳赫嘶嘶道，“你们拥有的所有东西，知道的所有事情，到时候都会被掏出来。所有！到时候你们会巴不得自己能掏出更多东西，好让审讯你们的人满意。你们当然会的，很快。我们不该急着审问。噢，当然不！你们以为自己能活到现在是因为什么？我亲爱的小人儿，相信我，这当然不是因为仁慈，甚至都不算是乌格鲁克犯下的错误。”

“我觉得是挺有说服力的，”梅里说，“可你还没把猎物拖到家呢。无论现在情况如何，似乎都没有顺着你的心意来。我们要是去了艾森加德，能捞着好处的可就不是伟大的格里什纳赫你了：萨茹曼会把能找到的都拿走。你要是想为自己谋点儿什么，现在就是做交易的好时候。”

格里什纳赫渐渐没了耐心。萨茹曼这名字似乎让他尤为恼火。时间一分一秒过去，骚动也在渐渐平息。乌格鲁克或者艾森加德奥克随时可能返回。“带着它了吗，你们两个？”他咆哮道。

“咕噜，咕噜！”皮平说。

“松开我们的腿！”梅里说。

他们感觉这奥克的胳膊开始猛烈颤抖起来。“该死的，你们这两只肮脏的小害虫！”他嘶嘶道，“解开你们的腿？我要抽掉你们身上的每一根筋。以为我没办法把你们搜成光骨头吗？搜你们！我直接把你们剁成抖动的碎块！我可不需要你们的腿来帮忙弄走你们——你们从头到脚都是我的！”

他猛然抓住两人，从长长的胳膊和肩膀传来的力气十分吓人。他将两人塞在两边腋下，用胳膊狠狠夹住；他又用大得令人窒息的手掌捂住两人的嘴。随后，他往前一蹿，身子躬得低低的。他迅速又安静地前进，一直来到了小丘边缘。他钻了守卫间的一个空子，如一道邪影般穿过，在夜色中顺坡而下，往西朝范贡森林流出来的那条河而去。那个方向上有一片开阔空间，那里只有一堆营火。

走了十几码后，他停下脚步，四处窥探聆听起来。什么都没有。他蹑手蹑脚继续前进，身子弯得都快贴到地上了。随后，他蹲下再度听了起来。他又站直了身子，似乎想冒险往前冲。正在这时，一名骑兵漆黑的身影突然出现在他正前方。马儿登时打着响鼻人立而起。有人呼喊出声。

格里什纳赫直直地扑倒在地，把两个霍比特人压在身下，又抽出了剑。毫无疑问，与其让俘虏逃走或被营救，他宁愿杀掉他们；结果这反而为他敲响了丧钟。剑出鞘发出一声轻响，又让左边远处的火光照出了丝丝反光。一支箭呼啸着从暗处飞来——这箭要么是以精妙的技艺射出的，要么就是受了命运指引，一下便射穿了他的右手。他尖叫着放开了剑。急促的马蹄声传来，刚跳起来要逃跑的格里什纳赫被踩倒在地，一矛捅穿。他发出一声骇人的大叫，躺在地上不动了。

虽然格里什纳赫刚才想起身逃跑，但两个霍比特人依旧平躺在地上。另一骑兵飞快驰来增援同伴。或许是因为拥有某种特殊的敏锐视力，又或许是因为别的什么感知，马儿举蹄轻巧地越过了他们；不过，两个霍比特人被身上的精灵斗篷遮着，外加有些蒙，又害怕到不敢动弹，所以骑兵并未发觉他们。

终于，梅里动了动，悄悄问道："目前一切还算顺利，可我们要怎样避免被扎成串儿呢？"

答案几乎立刻便有了。格里什纳赫的惨叫惊动了奥克。按小丘传来的怒吼跟尖叫声来判断，两个霍比特人猜测他们失踪的事情终于被发现了：乌格鲁克没准又砍了几颗脑袋。随后，奥克回应的叫喊声突然从右边传来——在营火圈外侧，从森林和山脉那边传来。毛胡尔显然已经抵达，正在攻打包围圈。马蹄急踏的声音也出现了。骑兵们顶着奥克的箭朝小丘收拢包围圈，防备奥克突围，同时又有一队骑兵转头迎向新来的敌人。霎时间，梅里和皮平发现，两人动都没动一下，却已经身处包围圈之外：再没有人来阻挠他们逃跑了。

"现在，"梅里说，"只要我们能把手脚解开，也许就能逃走。可我够不着绳结，也没办法咬开它们。"

"不用试了。"皮平说，"我正要告诉你呢，我想方设法给我的双手解了绑。这两圈绳子不过是摆设罢了。你还是先吃点儿兰巴斯吧。"

他将绳圈滑下手腕，捞出一包兰巴斯。饼全碎了，不过还能吃，叶子的包装也没坏。两个霍比特人各吃了两三片。兰巴斯的味道让他们回忆起那些俊美的面孔，那些欢声笑语，那些提振身心的食物，可这些宁静日子早已远去了。好一会儿，两人只是坐在黑暗中思绪重重地默默咀嚼着，对附近的叫喊和打斗声丝毫也不理会。皮平头一个回过了神。

"我们得赶紧溜了，"他说，"等等！"格里什纳赫的剑就躺在边上，可它太过沉重，他无法使唤；于是他往前爬去，摸到那半兽人的尸体之后，从尸身的刀鞘里拔出一把又长又利的刀，飞快地割开两人的束缚。

"现在溜吧！"他说，"等我们身子热乎点儿了，或许就能站起来走了。无论如何，我们先爬着往前吧。”

他们爬了起来。草长得又深又软，帮了两人大忙；不过，这依旧算是桩又长又慢的活儿。他们远离营火，一点儿一点儿往前拱，最后爬到了河边。陡峭的河岸之下，河水在黑色的阴影中咕嘟着声响。随后，他们往后看去。

战斗的声音已经没有了。毛胡尔跟他的“小兄弟”显然全被干掉或者撵走了。骑兵已经再度开始他们沉默而又不祥的监视。夜已经快要过去。东边没被云遮住的地方，天空已经开始变得浅淡。

“我们得找地方躲起来，”皮平说，“要不会被发现的。等我们都死了，那些骑手才发现我们不是奥克，那我们可就亏大了。”他站起身，跺跺脚，“那些绳子像铁丝一样勒进了我的肉里；不过，我的脚还是暖和起来了。我能摇摇晃晃地走了。梅里，你怎么样？”

梅里起了身。“好了，”他说，“能走。兰巴斯真是让人振奋！比起那种热辣辣的奥克液体，这食物感觉更健康。我有些好奇那液体是用什么做的。我猜，还是不知道的好。我们喝点儿水，把这想法冲掉吧！”

“别在这儿喝，这里的岸太陡了，”皮平说，“这边走！”

他们转身，并肩慢慢沿河往前走。身后，东边有光亮渐现。他们一路走，一路交换意见，以霍比特人的方式轻描淡写地聊着被俘后发生的各种事情。倘若有旁听者，决计听不出来他们之前饱经摧残，处于可怕的危险之中，毫无希望地走向折磨与死亡；又或者，即便是现在，他们也清楚地知道，他们找回朋友或者重获安全的可能性无比渺茫。

“图克少爷，看来你做得很不错，”梅里说，“几乎能在老比尔博的书里占上一整章了，如果我有机会跟他汇报的话。干得好，尤其是猜中那个满身毛的恶棍的小把戏，还好好玩了他一把。不过，我可猜不到会不会有人发现你的踪迹，找到那枚胸针。我特别不愿意弄丢自己这枚，但恐怕你那枚永远也找不回来了。”

“要想跟你打成平手，我可得加把劲儿了。其实，你的白兰地鹿表哥这会儿可是走在前头呢，他一展身手的时候到了。我猜，你应该不太清楚我们在哪儿；而我却把在幽谷的日子利用得很充分。我们正沿着恩特河往西走。迷雾山脉的末端就在前面，范贡森林也在那儿。”

说话间，森林阴暗的边缘赫然在他们前方出现。即将到来的黎明似乎被夜晚喝退，躲进了森林的参天巨木背后。

“往前带路，白兰地鹿少爷！”皮平说，“要么就往后带路！他们可警告过我们，不要进入范贡森林。你懂这么多，肯定不会把这个给忘了。”

“我当然没忘，”梅里答道，“不过，与其掉头钻回战场中间，我还是觉得进森林更好。”

他带头迈入了森林巨大的树枝下面。这些树的年纪似乎老得根本猜不出来。巨大的胡须状地衣挂在上面，随风轻轻摇曳。两个霍比特人躲在阴影里，偷偷瞧着背后的山坡底下。两人隐秘的身影如此娇小，仿佛两位精灵幼童，正从蛮荒的森林里探出头，惊奇地看着生命中的第一次黎明。

远方，越过大河，越过褐地，越过无数里格的灰蒙，火焰般赤红的黎明降临了。嘹亮的猎号声响起，像是在朝它致敬。洛汗骑兵仿佛突然活了过来。回应的号角声此起彼伏。

清冷的空气中，战马嘶鸣与众人骤然响起的高歌声传来，让梅里和皮平听了个分明。太阳伸出了触角一般的火弧，挂在了世界的边缘上。随着一声惊雷似的高喊，骑兵们自东方开始冲锋，火红的阳光照得锁甲长矛熠熠生辉。奥克叫嚷着射光了剩下的箭。霍比特人看见几名骑兵坠落马下，但队伍依旧稳稳地杀上山丘，又掉转马头从山丘另一边冲了回来。逃过上一轮冲锋的入侵者大半崩溃，四散而逃，又尽数被追上、击毙。不过，有一支奥克队伍却聚成一个黑色的楔形阵，奋力往森林方向挺进。他们眼下越来越近，眼看就要逃脱——他们已经砍倒了三名挡在路上的骑兵。

“我们看得太久了，”梅里说，“乌格鲁克过来了！我可不想再碰上他。”

两个霍比特人转过身，匆匆逃进了森林的阴影深处。

正因此，两人没能看见这一幕：就在范贡森林边上，乌格鲁克被堵住，要做困兽一搏。马克第三元帅伊奥梅尔下马与他以剑对决，最终将他斩于剑下。眼神敏锐的骑兵在辽阔的草原飞驰，将之前逃走、此刻依旧有力气逃窜的少数奥克纷纷消灭。

此后，众骑兵掘出一座坟冢，将陨落的同袍合葬，唱诵他们的英勇，又燃起大火焚尽敌人的尸骨，扬散他们的骨灰。这场入侵于是宣告完结，无论魔多还是艾森加德都没有收到半点儿消息；不过，大火催生的浓烟直达天际，让许多双警惕的眼睛都看见了。

·第四章·

树 须

花开两朵，各表一枝。两个霍比特人在黑暗、虬结的森林中拼命赶路，顺着奔流的溪水朝西前进，又沿着迷雾山脉的山坡一道道往上爬，越来越深入范贡森林。奥克带来的恐惧渐渐散去，他们的步伐也慢了下来。一阵怪异的窒息感笼罩着他们，仿佛空气太过稀薄，让他们无法呼吸。

终于，梅里停下脚。“不能再这么下去了，”他喘着气说，“我快透不过气来了。”

“无论如何，我们得先喝点儿水。”皮平说，“我快渴死了。”他攀上一根蜿蜒着伸进溪水的巨大树根，弯腰用手舀了些水。溪水清澈、冰凉，他喝了好几捧。梅里依样画葫芦，也喝了几口。这几口水下肚，两人感觉精神一振，心情也愉悦了些；他们一同在溪边坐了好一阵，用河水浸着酸痛的脚和腿，一边乱瞅着无声矗立在周围的树。这些树一排排渐次往上，朝四面八方延伸着，最后化作灰色，只剩一片朦胧。

“我猜，你还没把我们带迷路吧？”皮平说，向后靠在一棵巨树身上，“反正我们能顺着这条叫恩特河还是什么的小河原路返回。”

“当然可以，只要我们的腿还撑得住。”梅里说，“只要我们能喘得过气来。”

“确实，这个地方真是既昏暗又闷热。”皮平说，“不知怎么回事，这里让我想起图克领的那些斯密奥，想起图克家族大洞府里的那个老房间：那房间特别大，里边的家具世世代代都没有挪动或者更换过。据说老盖伦修斯·图克年复一年地住在里头，而他跟那房间一道变得越来越老，越来越旧——并且打从一百年前他去世后，那里就再没变过。而且，老图克是我的曾曾祖父，这就又把时间往回推了一点儿。不过，跟这林子的古老感比起来，那里还真算不上什么了。看看这到处湿答答的、拖着吊着的，跟胡须、颊髯一样的地衣！而且，大部分树都被乱蓬蓬的、好像从来没掉过的干叶子给盖住了一半，真是乱七八糟。假如真有春天的话，我完全想象不出来这里的春天是什么样；春季大扫除就更不用说了。”

“可太阳总有照进来的时候吧。”梅里说，“比尔博对黑森林的描述跟这里的景象气氛可完全不一样。黑森林是既阴暗又漆黑，还是阴暗、邪恶之物的老巢。而这里只是昏暗，那种树的感觉浓得吓人。你完全想象不到会有动物在这里生活或者久待。”

“确实，连霍比特人都不行。”皮平说，“一想到要穿过这林子，我就发愁。我觉得，咱们走上一百哩只怕也找不着吃的。我们的干粮还剩多少啊？”

“不多了。”梅里说，“我们离开大伙儿的时候就带了几包余下的兰巴斯，别的行李都没拿。”两人清点了一下精灵薄饼：碎屑全攒一块儿，大概够吃五天，此外便没了。“我们连条披肩或者毯子都没有，”梅里说，“不管朝哪儿走，今晚都得挨冻了。”

“嗯，我们现在最好决定怎么走，”皮平说，“天肯定已经亮了。”

就在这时，两人注意到一道黄色光芒出现，就在往前一些，朝林子深处走的地方：一缕缕阳光仿佛突然刺穿森林的遮罩，洒落下来。

“哈罗！”梅里说，“我们在树下面的时候，太阳肯定是躲进了云层里，这会儿她又跑了出来；要不然就是她终于爬到足够高的地方，能从一些开口照进来。隔着不远——我们去查看一下！”

结果，这距离可比他们想象得要远。地势依旧直直地往上抬，石头也变得越来越多。随着两人前进，光线也渐渐敞亮，一道岩壁很快出现在他们眼前：似乎是山的一侧，要不就是从远处山脉探出的长长山根，在此突兀地中断开来。岩壁上一棵树也没长，阳光洒满了它那多石的表面。山脚下的树枝伸得笔直，纹丝不动，像是在索求着温暖。先前看着感觉破败阴郁的树林，此刻却闪烁着各式的棕色，光滑的黑灰色树干像是擦亮的皮革。树干则是一片嫩草般的鲜绿色：他们两人周围竟是一片早春或转瞬即逝的早春之景。

石壁的正面似有一处阶梯：或许是天然形成，由岩石风化碎裂得来，显得既粗糙又凹凸不平。在几乎与森林的树顶齐平之处，有一片岩架矗在峭壁之下。上面光秃秃的，只在边缘生了些杂草乱叶，外加一棵老树桩，上面孤零零地长着两根歪歪扭扭的树枝：这形状神似一位干巴巴的老头儿站在那里，叫晨光晃得眨巴着眼睛。

“我们上去吧！”梅里快活地说，“上去吸口新鲜空气，看看这地方的景色！”

两人手脚并用地往岩石上爬。就算这阶梯是人力凿成，那也是为手脚更长的人而设的。他们迫不及待地想爬上去，就连被俘时留下的割伤和身上的酸疼此刻竟然也都痊愈了，精力再度充沛起来。终于，两人来到岩架边缘，差不多就在老树桩的脚下；随后，他们一下子蹦了上去，转身背对着山丘，一边深深吸气，一边往东看去。两人这下发现，他们只朝森林里走了大概三四哩的样子——树林的顶梢顺着斜坡，朝着草原的方向一路下行。靠近森林边缘的地方有一股股盘旋着升得老高的黑烟，正飘飘荡荡地朝两人这边而来。

“风向又变了，”梅里说，“又从东边吹过来了。这里感觉真凉快。”

“是啊。”皮平说，“可我担心这阵阳光照着照着就没了，到时候一切又要重归灰暗。太可惜了！这片乱糟糟的老林子在阳光下简直是大不一样，我差点儿就要喜欢上这地方了。”

“‘差点儿就要喜欢上这地方了’，真不错！你可真是相当客气呢。”一个陌生的声音说，“转过来，让我看看你们的脸。我差点儿就要讨厌你们两人了，但我们还是别这么急吼吼的。快转身！”与此同时，两只关节凸起的大手搭上两人肩膀，将两人轻轻却不由分说地扳了过来；随后，两只巨大的胳膊举起了他们。

他们看见一张非同寻常到了极点的脸。这张脸长在一个体型近似高个子人类，甚至近似食人妖的身体上，至少有十四呎高，非常壮实；他的脑袋巨大，几乎看不见脖子。他究竟是穿了一身绿绿灰灰、类似树皮的衣服，还是他外皮就是这样，这很难说得明白。无论如何，两条长出躯干不远的胳膊倒是一点儿皱纹没有，覆盖着光滑的褐色皮肤。一双大脚各有七根脚趾。他那张长长的脸让一把浓密的灰色胡须遮住了下半部分，胡须的根部粗得几乎像是小树枝，一路到尖端倒是变得很细，长满了青苔。不过，霍比特人的注意力这会儿大半放到了他的眼睛上。这双棕色里绿波流转的深邃眼睛此刻正审视着他们，眼神缓慢、肃穆，却非常有穿透力。后来，皮平五次三番地想描述他初见这双眼睛时的感受：

“你会感觉这双眼睛后面是一口无比巨大的井，里边装满了无数年岁的记忆和悠长、徐缓、古井不波的思绪；但它们的表面却闪耀着现实，仿佛映在巨树最外层树叶上的阳光，又像是深潭水面的粼粼波光。

我也说不上来，反正感觉它就像是地里长起来的——你可以说它是沉睡着的，又或者是感觉它自己属于一种介于树根尖与树叶顶之间，介于深厚的大地和天空之间的东西。它突然苏醒过来，以它在无尽岁月中对自身内在的缓慢关注，同样缓慢地关注着你。”

“呼噜，呼姆。”有声音嘟哝道，非常低沉，仿佛那种音调极低的木管乐器，“真是怪极了！别急吼吼的，这是我的座右铭。不过，要是我先看见你们的人，后听见你们的声音——我喜欢这悦耳的小小声音，它让我想到什么我记不起来的东西——要是我没有先听到声音，我就会把你们当成小奥克一样踩扁，然后才发现我搞错了。你们真是怪极了。从根到梢都怪！”

尽管依然震惊不已，皮平倒是不再害怕了。他感觉那双眼睛透出一种好奇的兴奋，而非恐惧。“请问，”他问道，“你是谁？还有，你是什么？”

那双古老的眼睛流露出一道古怪的神情，像是在戒备；那口深邃的井被盖上了。“呼姆，嗯，”那声音答道，“这个，我是个恩特，反正别人是这么叫我的。没错，就是恩特这个名字。按你们的说法，你可以说，我就是那个恩特。有些人也叫我范贡，还有一些人叫我树须。你们就喊我树须吧。”

“恩特，”梅里问，“那是什么？另外，你怎么称呼自己呢？你的真名是啥？”

“呼啊！”树须答道，“嗬！可不能让你们知道！别急吼吼的。我还有问题要问呢。你们可是在我的地盘里。我想知道，你们是什么？我没法给你们对上号。你们似乎并不在我年轻时所学的古老名录里。不过，那已经是很久、很久以前的事了，他们或许已经造了新名录。让我想想！让我想想！那名录是怎么说的来着？

生灵知识脑中记！

先讲自由四族人：

精灵子嗣最长岁；

掘洞矮人住黑窟；

土生恩特寿比山；

短命人类擅御马。

“嗬，嗬，嗬。

河狸筑河坝，雄鹿喜高跳，

大熊猎蜂蜜，野猪好斗勇；

猎犬饥辘辘，野兔心惶惶

……

“嗬，嗬。

鹰栖高巢，牛饲牧场，

红鹿角似冠，大雕疾如电，

天鹅白如雪，长蛇寒若铁。

……

“呼嗬，嗬；呼嗬，嗬，后面是什么来着？噜嗬吐嗬，噜嗬吐嗬，噜嗬嚏图嗬吐嗬。那名单长得不得了。不过，不管怎样，你们好像哪边都对不上！”

“我们好像一直都不在各种古老名录和故事里头。”梅里说，“但我们已经在这世上存在好久了。我们是霍比特人。”

“为啥不在上面加一行？”皮平说，

半身霍比特，洞府居住者。

“把我们放在那四族里边，挨着人类（大种人），那样你就能找到我们啦。”

“呣！不错，不错。”树须说，“应该可以。所以，你们住在洞里喽？感觉确实非常妥帖。不过，霍比特人这名字是谁取的？在我听来，不太像精灵的风格。所有古词都是精灵创造的：字词都是他们发明出来的。”

“没人这么叫我们，是我们这么称呼自己的。”皮平说。

“呼呣，呣！原来如此！别急吼吼的！你们管自己叫霍比特人？不过，你们不该随便告诉别人。要是不当心一点儿，你们会把真名给泄露出去的。”

“这我们倒是没啥好担心的，”梅里说，“事实上，我是白兰地鹿家的，名叫梅里阿道克·白兰地鹿，不过大部分人直接叫我梅里。”

“而我则是图克家的，佩里格林·图克，但大伙儿一般管我叫皮平，还有的干脆叫我皮皮。”

“呣，要我说，你们这族人都是急性子，”树须说，“得到你们的信任，我很荣幸；但你们不该一下子就对我敞开心怀。要知道，恩特与恩特也是不一样的；用你们的话来说，这里除了恩特，还有看着像恩特但其实不是恩特的东西。不介意的话，我就叫你们梅里和皮平吧——真是不错的名字。我还没打算告诉你们我的名字，至少现在肯定不会说。”他眼中闪过绿光，流露出半是明了、半是幽默的奇怪眼神，“原因之一在于，念出它需要花上很长时间——我的名字一直随着时间在变长，而我已经活了非常，非常久了。因此，我的名字就像个故事。在我族的语言里——按你们的说法就是古恩特语——事物的真名会告诉你它所经历的故事。这语言很有意思，就是用它讲起任何事情都得花上很长时间：除非要讲的事情值得花很长的时间去讲、去听，否则我们便不会用上它。”

“言归正传。”那双眼睛变得十分明亮与“现实”，似乎缩小了，还带着一丝丝锐利，“出了什么事？你们来这儿究竟是做什么的？我能从这个……这个啊——啦亚——啦亚——噜姆吧——卡曼达——林德——喔——布噜密看见、听到（还能嗅到和感觉到），一大堆事情正在发生。不好意思，这是我给这东西取的名字的一部分……你们懂的，就是我们现在踩着的这个东西，这个我每天早上站着眺望，思考太阳，森林那头的草地、马群、云朵，思考世界变化的地方。发生了什么事？甘道夫要做什么？还有这些——布拉噜姆——”他发出低沉的隆隆声，仿佛一架巨大的管风琴发出一个不和谐音，“——这些奥克，还有下头艾森加德那个年轻的萨茹曼要做什么？我喜欢听到消息。不过现在先别着急。”

“出了好多事，”梅里说，“而且，就算我们急着说，也得花上老长时间才讲得完。可你却告诉我们，别急吼吼的。那我们该这么急着告诉你什么事吗？如果我们问你，你打算怎么对待我们，以及你会站在哪边，会不会让你觉得受到冒犯了？还有，你是不是认识甘道夫？”

“没错，我确实认识他。他是唯一一个真心关怀树木的巫师。”树须说，“你们认识他吗？”

“认识。”皮平悲伤地说，“我们认识他。他是我们极好的朋友，也是我们的向导。”

“那么，我可以回答剩余的问题了。”树须说，“我不打算对你们做什么，如果你们的意思是不经允许就‘对你们做点儿什么’。我们或许可以一起做点儿什么。我不清楚什么‘这边’‘那边’，我只走自己的路；但或许你们会与我同行一阵子。不过，你们提到甘道夫大人的时候，语气怎么像是他身处在一个已经完结的故事里？”

“确实如此。”皮平伤心地说，“故事似乎还在继续，可甘道夫恐怕已经退场了。”

“啸，原来如此！”树须说，“呼姆，呼，好吧。”他停下话头，久久地看着两个霍比特人，“呼姆，噢，这个，我不知道该说什么。来吧！”

“要是你想再多知道一些，”梅里说，“我们会告诉你的。不过，说来话长。要不，你先放我们下来？趁着还有太阳，要不我们一块儿坐坐？一直举着我们，你肯定累了。”

“姆，累了？不，我不累。我没这么容易累。我也从不会坐下。我没有那么，姆，柔软。不过，瞧，太阳又要躲起来了。我们离开这个——你们刚才管这叫什么？”

“山丘？”皮平猜道。

“岩架？台阶？”梅里也猜测着。

树须若有所思地跟着重复道：“山丘。对，就是它。不过，对于自从这部分世界塑造出来后就一直矗立在这里的东西来说，这个词有些急吼吼的。别在意，我们先离开它。走吧。”

“我们要去哪儿啊？”梅里问道。

“去我家，或者说，我的其中一个家。”树须答道。

“远吗？”

“我不知道。也许你们会称它为远。不过，有什么好在意的呢？”

“嗯，你瞧，我们的行李全没了，”梅里说，“食物也只剩一丁点儿了。”

“噢！呼！不用担心这个，”树须说，“我可以给你们喝的，让你们能保持青葱，还能生长好长、好长时间。另外，如果我们决定分开，我能把你们放到我的家乡之外的、你们指定的任何地方。我们走吧！”

树须轻柔但稳稳地用两边的臂弯搂住两个霍比特人。他先抬起一只巨大的脚，接着是另一只，然后挪动到岩架的边缘。他用根一样的脚趾紧紧抠住岩石，随后小心翼翼又郑重地一步步挪下阶梯，来到森林的地面上。

当即，他不慌不忙地迈着大步穿过一棵棵树，往森林里越走越深；他不曾远离溪水，只是稳稳地朝山脉的坡上爬。好些树像是在沉睡，又仿佛并未注意到他，把他当作是某种路过的生物；另一些树则抖动起来，还有些更是在他靠近的时候将树枝举起，让他从下面穿过去。这一路上，他一边走，一边用音乐般细水长流的声音自言自语。

两个霍比特人沉默了一阵。他们只感觉安全与舒适，却又怪不可言。况且，他们还有一大堆事情要思考。最后，皮平大着胆子开了口。

“请问，树须，”他说，“我能问你件事吗？为什么凯勒博恩警告我们别进你的森林？他告诉我们，别犯险陷在这里边。”

“呼姆，他如今是这么说的吗？”树须发出隆隆的声音，“假如你们反过来，从这儿去那边，估计我也会说类似的话。别犯险陷在劳瑞林多瑞南的深林里！以前精灵就是这么称呼它的，不过如今换上了短一些的名字：他们称它为洛丝罗瑞恩。或许他们是对的：那片森林正在渐渐衰退，而非壮大。那里一度是‘黄金歌咏之谷’——就是那一长串名字的意思。如今它变成了‘梦之花’。噢，总之，那地方古里古怪的，不是随随便便犯个险就能进去的。你们竟然能出来，我挺吃惊的，但更吃惊的还是你们竟然能进去：对陌生人而言，这事情已经许多年没出现过了。那地方真是古怪。

“这里也差不多。来这里的人都会倒大霉。对，他们确实倒了霉，倒了大霉。Laurelindórenan lindelorendor malinornélion ornemalin。[1]”他对

1 大意为：“金光之下，树木歌唱的山谷，一片充满音乐和美梦的土地；那里有着金黄的树，是黄金树之乡。”下一段大意为：“森林阴影密布，深谷一片漆黑；深谷林木遮罩，土地晦暗。”——译注

着自己咕咕哝哝。“我猜，那里已经远远被世界抛下了吧。”他说，“不管是这片乡野，还是金色森林之外的任何地方，如今都已不再是凯勒博恩年轻时的样子了。还是那句话：

“Taurelilómëa-tumbalemorna Tumbaletaurëa Lómëanor[1]

“他们过去常这么说。物是人非，不过有些地方依旧还是纯正的。”

“什么意思？”皮平问道，“什么‘纯正’？”

“树木和恩特。”树须说，“并非发生在我身上的每件事情我都能理解，所以我也没法跟你们解释。我们有些依旧是真正的恩特，以我们的方式活跃着，可也有很多变得嗜睡——按你们的说法，越来越像树了。当然，大部分树木确实就是树；不过，也有许多是半梦半醒；一些则是无比清醒，还有少数的，那个，噢，变得非常有恩特味儿。这种情况从未停过。

“树木起了这样的变化时，你们会发现其中一些心眼儿很坏。这跟他们所属的森林没关系，我可没这方面的意思。啊，我认识恩特河下游许多心善的老柳树，可他们很早前便死了，唉！他们全变成了空心，甚至渐渐腐朽倾倒，碎成了片，那声音却安静、甜美，好像嫩叶一样。山脉下的山谷里还有一些树，他们声如洪钟，性格却是坏透了。这样的情况似乎在蔓延。这片山野过去有些地方十分危险，有些小片的地方如今也依旧阴暗。”

“你是指北边远处的老林子吗？”梅里问道。

“是的，是的，有些类似，但还要坏得多。我毫不怀疑，大黑暗时代的魔影依旧还有一些盘踞在北方那里；不好的记忆也被流传下来。然而，那地方有些坑谷从未摆脱魔影，而那里的树年纪比我还要大。不过，我们还是尽力而为。我们拦下陌生人和冒失鬼；我们训练，我们教

1 参见附录六，“恩特”相关。——作者注

导，四处漫游，去除杂草。

“我们这些老恩特是牧树者，如今已经没有几个了。我听说，羊会变得像牧羊人，牧羊人也会变得像羊；不过，这变化不算快，两者在世上留存的时间也不算长。对于树和恩特来说，这样的变化更快、也更加密切，这两者还会共同度过漫长的岁月。毕竟，恩特更像是精灵：对自身的兴趣不如人类那么强烈，反而更擅长理解其他事物的内在。然而，恩特又更像是人类：比精灵更富于变化，可以说，接受外界的色彩更加迅速。又或者，比这两者还要好——恩特更加稳重，对事物的关注也更为长久。

“我的一些亲属如今跟树已没什么区别，没有重大事情唤不醒；另外，他们如今只会悄声说话。不过，我的一些树倒是枝干柔软，其中许多还能跟我说话。当然，这是精灵起的头——他们唤醒树木，教它们说话，也学习它们的树语。古时的那些精灵，总想着跟各种东西交谈。然而，大黑暗后来降临，精灵渡海去了彼岸，要么就逃往遥远的山谷躲藏，歌咏一去再不复返的过往日子。再不复返。是啊，是啊，从这里到路恩山脉曾是一整片森林，而这边不过是东头而已。

“那时的日子真是天高海阔！我能整日漫步、歌唱，除了我的声音在空谷回荡，别的什么也听不着。那时的森林与洛丝罗瑞恩的森林差不多，只是更茂密、壮硕、年轻。还有，那空气的味道！我以前会花上一星期什么也不做，只是呼吸。”

树须沉默下来，迈着大步继续前行，巨大的脚踩在地上，却没弄出一丁点儿声响。随后，他又哼起歌来，复而化作喃喃的吟唱。霍比特人渐渐发现，原来他是在吟唱给他俩听：

垂柳之地南塔斯仁，我与春日共梭巡。

噢！南塔萨瑞安，春光何其美，春风且芬芳！

我说，真是不错。

榆树之林欧西瑞安德，我同夏日齐漫步。

噢！欧西尔七河畔，骄阳艳艳，水声潺潺！

我想，再好不过了。

山毛榉之森尼尔多瑞斯，我于秋日而来。

噢！陶尔－那－尼尔多，金黄映火红，万叶沙沙叹！

直让我喜出望外。

松林高地多松尼安，我于冬日高攀。

噢！欧洛德－那－松，冬风托寒晶，白雪衬黑松！

放声高歌，曲上九天。

而今，片片土地已成水中物，

我徜徉在阿姆巴罗玛，陶瑞墨那，阿勒达罗迷，

此为陶瑞墨那罗迷，

是我之领土，范贡之疆域，

此处根深须长，

岁月厚过林中叶。[1]

吟完，他沉默地大步前进。耳力可及的范围内，整座林子鸦雀无声。

天光渐暗，暮色缠上林中树干。终于，霍比特人看见前方隐约出现一片陡然升高的昏沉土地：他们抵达迷雾山脉脚下，来到巍峨的美塞德

1 南塔斯仁是第一纪元时贝烈瑞安德的一处山谷，又被称为垂柳之地，昆雅语名为南塔萨瑞安。欧西瑞安德是贝烈瑞安德东部一片林深叶茂的绿野，因此地有七条河流，又被称为“七河之地”。尼尔多瑞斯是多瑞亚斯王国北部的一片山毛榉树林，又名陶尔－那－尼尔多。贝伦便是在这里第一次遇见了露西恩。多松尼安是贝烈瑞安德北部一片松林蓊郁的高地，又名欧洛德－那－松。阿姆巴罗玛（东升之地）、陶瑞墨那（黑暗森林）、阿勒达罗迷（暮色森林）、陶瑞墨那罗迷（暮色笼罩的黑暗森林）均为范贡森林的昆雅语别名。——译注

拉斯峰绿意葱翠的山脚。顺着山边而下的是尚未汹涌的恩特河，它自高处的泉水一跃而下，又吵吵嚷嚷地逐梯而流，前来与几人相会。小溪右侧有一道长长的坡，上面覆满了青草，此刻让暮色映得发灰。那里一棵树都没有，大地与天空坦诚相见；云岸间的天河里，星星早已闪耀。

树须大步上了斜坡，步伐几乎不曾慢过。乍然间，一处宽阔的开口出现在两个霍比特人面前。开口两侧各矗立着一棵巨树，仿佛是活的门柱；不过，除了两棵树交织缠绕的粗枝，并没有见着门扉。随着老恩特靠近，两棵树抬起树枝，树叶微微抖动，沙沙作响。这两棵都是常绿乔木，黝黑的叶片泛着光亮，在暮色中微微闪着光。大树那边是一片平坦、宽阔的空间，活像在山边开出了一座巨大厅堂，而这就是它的地板。空地两边的山壁斜斜往上行进了至少五十呎，每一侧都长着一排同样渐次往上的树。

空地那头的岩壁十分陡峭，底部倒是往里凹进一处浅穴，带着一个拱顶——这便是这处大厅除树木枝条外唯一的拱顶；这些树枝密密地遮住了大厅尽头处的地面，只在中间位置留出一条宽敞的露天道。一条小溪溜出顶上的泉眼，又离开了主流，叮叮咚咚地滴落在岩壁笔直的墙面上，银珠般倾斜而下，神似拱顶浅穴前的一道薄细幕帘。林间的地板上有一处石盆，滴落的溪水于此处再度汇集、满溢，沿露天道旁流走，汇入恩特河，踏上穿越范贡森林之旅。

“嗬，我们到了！”树须说，打破了这长久的沉默，“我带你们走了大概七万恩特大步，我不知道按你们那里的长度计算是多远。总之，我们离末尾山的山脚不远了。这处地方的名字，其中有一部分若用你们的语言来讲，大概是‘涌泉厅’。我喜欢这名字。我们今晚就在此过夜。”他将霍比特人放在树道间的草地上，后者又跟着他往巨大的拱顶走去。两个霍比特人这下发现，他的膝盖在跨步时很少弯曲，腿迈的幅度却是很大。他会先用巨大（真是大得很，而且还很宽）的脚趾紧抓住地面，然后才会踏下脚的其余部分。

树须在落雨般的滴落泉水下站了片刻，深深地吸了一口气；随后他哈哈一笑，穿了进去。厅中有一张巨大的石桌，不过没有椅子。这处凹洞的深处已是漆黑一片。树须拿起两个巨大的器皿，立在了桌上。器皿里好像装满了水；随后，他用手拂过上面，它们顿时开始发光，其中一个闪着金色光芒，另一只则是浓郁的绿芒；这两种光芒交织着照亮了凹洞，神似屋顶上连绵的嫩叶间透过的夏日阳光。霍比特人回头看去，发现外面庭院中的树也开始发光，一开始很微弱，但渐渐变得越来越亮，最后每一片叶子都泛起光芒：绿色、金色、赤铜色，一棵棵树干仿佛是用发光的岩石铸成的柱子。

“好了，好了，现在我们可以接着聊了。”树须说，“我猜，你们肯定口渴了，说不定还很累。喝下这个！”他走到凹洞里边，两人这才看见那儿立着几口高大的石罐，上面盖着沉重的盖子。他挪开其中一个盖子，用一把大长柄勺从中舀了点儿什么装在三个大碗里——其中一个非常巨大，另外两个稍小一些。

“这里是一处恩特之家，”他说，“恐怕没有座位可坐。不过，你们可以坐在桌上。”他托起两个霍比特人，把它们放在离地六呎高的巨大石板上。两人坐在上面，一边晃荡着腿，一边小口喝了起来。

这液体喝起来跟水差不多，味道非常像他们在恩特河靠近森林边缘位置喝过的那水，但其中有一股两人说不出来的味道。这味道很淡，却让两人想起凉爽夜风吹来远方树林气息的感觉。这液体的效力从脚趾开始，又渐渐往上影响到四肢百骸，将清爽与活力一路带到了头发稍——两个霍比特人当真感觉脑袋上的头发一根根立了起来，开始舞动、卷曲、生长。至于树须，他先是用拱顶外的石盆冲了冲脚，随后一气不歇地、慢慢地喝完了他那一碗。这一口喝得如此之久，两个霍比特人还以为他永远也不会停下来了。

终于，他将碗放回桌上。“噢——”他长舒一口气，“唔，呼唔，这下说话就更轻松了。你们可以来地板上坐，好让我可以躺下，免得液体涌上头，把我给催眠了。”

凹洞右侧有一张硕大的短腿床，顶多几呎高，上面垫着去了水汽的青草和蕨叶。树须弯下身，慢慢倒向床（他的腰略略地弯了弯），最后整个儿躺在上面，胳膊枕在头下，眼睛望着天花板——那里有光亮闪烁，仿佛叶儿在阳光下嬉戏。梅里和皮平挨着他坐在了草垫子上。

“现在，跟我讲讲你们的故事吧，不用着急！”树须说。

霍比特人于是讲起他们离开霍比屯之后的冒险故事。他们讲得不算非常有脉络，因为两人总是互相打断，树须也频频止住话头，让他们倒回到之前某个地方，要不就跳过话题，直接问后来发生了什么事。两人对魔戒的事只字未提，也没说他们为何启程以及要往何处去；树须也完全没有问原因。

他对各种事情产生了极大的兴趣：黑骑手、埃尔隆德、幽谷、老林子、汤姆·邦巴迪尔，墨瑞亚矿坑之行，还有洛丝罗瑞恩之行与加拉德瑞尔。他不厌其烦地让两人反复描述夏尔及那里的风土。然后，他问了句奇怪的话。“你们在那附近，唔，没见过任何恩特，是不是？”他问道，“嗯，不是恩特，我其实该说恩特婆。”

“恩特婆？”皮平问，“她们长得跟你一样吗？”

“对，嗯，不对——我如今还真不知道。”树须若有所思地说，“不过，她们肯定会喜欢你们的乡野，所以我就随口问问。”

树须对与甘道夫相关的事情特别感兴趣，最为在意的则是萨茹曼的所作所为。霍比特人对这两人知道得实在不多，着实感到懊悔：他们只听山姆含糊说了一下甘道夫在会议上说过的话。但他们很清楚，乌格鲁克跟他的手下绝对来自艾森加德，而且称萨茹曼为他们的主人。

“嗬！呼嗬！”树须说，这时两人的故事终于扭来扭去、漫无目的地拐到了奥克与洛汗骑兵的战斗中，“好吧，好吧！真是好大一堆消息，一点儿不假。但你们也没把所有事情都告诉我，千真万确，还差得远呢。不过，我并不怀疑，你们是按照甘道夫的想法在做事。我能看出有大事即将发生，但究竟是什么大事，也许等时机合适——或者不合适——我才能知道。根和梢在上，这可真是件奇怪的事情：古老名录上没有的小种人，就这么冒了出来！另外，瞧瞧！九名被遗忘的骑手再度现身追杀他们，又让甘道夫领着踏上一场漫长的旅途，还在卡拉斯加拉松受到加拉德瑞尔的庇护，奥克也穿过整片大荒野来追赶他们：看来他们确实卷进了一场大风暴。希望他们能平安度过！”

“那你自己呢？”梅里问。

“呼嗬，嗬，这些大战倒是烦不到我，”树须说，“它们大多跟精灵和人类有关。那是巫师的事：巫师老操心将来。我不喜欢烦心未来的事。我没有完全站在任何人一边，因为也没人完全站在我这边，如果你们能理解的话：没人像我这样关心森林，如今就连精灵也不关心了。不过，我对精灵还是比其他种族更为友善：很久以前，是精灵让我们口能言语，虽说后来我们各走各的路，但这份大礼我们可不能忘记。当然了，也有一些别的东西，我决不会站他们那一边，我跟他们势不两立：那些——布拉噜嗬——”他再度发出厌恶的低沉轰隆声，“——那些奥克，还有他们的主人。

“魔影盘踞黑森林时，我一度焦心不已。后来它转去了魔多，我便好一阵子都没再烦恼：魔多离这里可远着呢。然而，东风似乎又将刮起，万木枯萎的时候可能近在眼前了。我这么个老恩特可没法抵挡这种风暴：要么挺过去，要么就此折断。

“现在又是萨茹曼！萨茹曼可是位近邻，我没法忽视他。我猜，我必须要做些什么才行。最近，我常常在想，我究竟该拿萨茹曼怎么办。”

“萨茹曼究竟是谁？”皮平问道，“他的过往，你有没有什么了解的？”

“萨茹曼是位巫师，”树须答道，“我知道的就这么多。我不了解巫师的历史。他们最早是在一些大船跨海而来后出现的，但我不知道他们是不是跟船一道来的。我相信，萨茹曼是他们当中公认的杰出之士。一段时间之前，他不再四处漫游，不再插手人类和精灵的事情——在你们看来，应该是很久很久以前的事；他定居在安格瑞诺斯特，也就是洛汗人类所称的艾森加德。一开始，他算是寂寂无闻，但没多久便名声在外了。据说，他被推选为白道会之首；不过这事的结果可不怎么好。不知道他那时候是不是已经走上了邪路。不过，无论如何，他曾经也算是与邻无争，我还跟他交谈过。那段时日，他常在我的森林附近漫步。他那时彬彬有礼，总是向我告罪（至少碰上我的时候会），又非常乐意听我说话。我跟他讲了许多他自己了解不到的事物；可他却从未投桃报李。我根本想不起来他跟我讲过哪怕一件事。而且，他后来变得更加守口如瓶了，我印象中他的那张脸——我已经许多时日不曾见过——变得像是石墙上的一扇窗户：里头装着百叶窗的那种窗户。

“我猜，我现在明白他想干什么了。他在密谋着称王。他脑子里全是金铁和战车；他毫不在意会生长的东西，除非这些东西当时能听他调遣。如今再清晰不过了，他就是个邪恶的叛徒。他跟肮脏的人，跟奥克搅和到了一块儿。吥嗨，呼嗨！更糟的是，他一直在对他们动着手脚，某些非常危险的手脚——这些艾森加德奥克更像是邪恶的人类。受不了阳光，这是大黑暗时代出现的邪物所特有的标志。可萨茹曼的奥克虽说痛恨阳光，却能忍耐它。我想知道他究竟做了什么？他是让人类堕落变成了这样的东西，还是说他把奥克跟人类给混血了？那可真是滔天的邪恶！”

树须又隆隆地说了一会儿，仿佛在宣读某种深沉的、来自地底的恩特咒骂。“我前阵子开始好奇，那些奥克哪儿来的胆子敢随便穿越我的森林。”他继续说，“直到最近，我才猜到，罪魁祸首应该就是萨茹曼。他许久以前便一直打探着所有的通路，刺探了我的秘密。他跟他的肮脏手下如今正在制造浩劫。他们砍倒了边界地区的树——都是些好树啊。有些树被他们砍倒，却又留在原地任其腐朽——奥克的恶行！但大部分的树都被劈碎，喂给了欧尔桑克的火炉。这段日子，艾森加德一直飘荡着烟雾。

“根和须啊，诅咒他！那些树里有不少是我的朋友，在他们还是坚果和橡子时便和我认识；他们好些有着自己的声音，却永远听不到了。曾经有树丛歌唱的地方，如今只剩残桩与荆棘，一片荒芜。我虚度了时日。我放任事情发展下去。这种事必须得停下！”

树须从床上一下蹦起身，手在桌上重重一拍。两个泛着光的容器晃动起来，喷出两道火焰。他眼中闪着绿焰似的精光，胡须竖得仿佛巨大的扫帚。

“我要制止这件事！”他隆隆叫道，“你们跟我一道。说不定你们能帮上忙。如此一来，你们也能帮上自己朋友的忙。毕竟，若不阻止萨茹曼，那洛汗与刚铎便会腹背受敌。我们有了共同的方向——去艾森加德！”

“我们会跟你走，”梅里说，“我们会尽我们所能。”

“没错！”皮平说，“我想看到萨茹曼被推翻。哪怕我起不了什么作用，我还是想跟着去：我永远都忘不了乌格鲁克，还有穿越洛汗的经历。”

“好的！好样的！”树须说，“可我说话有些草率了。我们可不能急吼吼的。我有些怒气上头了，我得冷静下来，好好思考思考；嘴里喊停可比动手去做简单多了。”

他大步走向拱门，在滴落的泉水下站了好一阵。之后，他开怀一笑，晃了晃身子，亮闪闪的水珠被甩落在地，像是迸出的红红绿绿的火花。他走了回来，再度躺回床上，陷入沉默。

过了一会儿，两个霍比特人听见他又开始嘟哝起来。他似乎正掰着指头数，“范贡、芬格拉斯、弗拉德利夫。对，对。”他叹了口气，“问题在于，我们人数凋零。”说完，他看向霍比特人，“大黑暗之前行走在森林中的第一批恩特，如今只剩下了三个：只有我，范贡，以及芬格拉斯和弗拉德利夫——这是他们的精灵名字；你们要觉得不合适，也可以叫他们‘树叶王’和‘树皮王’。我们三个当中，树叶王跟树皮王在这件事上帮不上什么忙。树叶王越来越嗜睡，可以说基本上跟树差不多了：他已经习惯站在齐膝深的草丛中，半梦半醒地度过整个夏天。他那叶子一样的头发会覆满全身。他常常于冬天醒来；可最近他却愈发困顿，冬天时也懒得走动。树皮王生活在艾森加德西面的山坡上，可那儿正是情况最糟糕的地方。他被奥克击伤，许多族人及他放牧的树都被杀害和摧毁。他已经去了更高的地方，去了他最爱的那片桦树林，再也不会下来了。当然了，我敢说，我能聚集一大支年轻族人组成的队伍——如果我能让他们明白情况已经相当紧急，如果我能唤醒他们：我们并非急吼吼的种族。可恨，我们的数量太少了！”

“你们在这片乡野生活了这么久，为什么人数还这么少？”皮平问，“是有许多恩特去世了吗？”

“噢，不是！”树须说，“可以说，没有哪个恩特是因心木腐朽而死的。有一些是在漫长岁月中遭遇厄运身故的，这是当然；更多的则是变得像树了。然而，我们的数量一直不多，我们也不曾增加过。没有恩特娃——按你们的说法就是幼子——的日子已经久到可怕。要知道，我们失去了恩特婆。”

“实在是太让人伤心了！”皮平说，“她们怎么会全死了呢？”

“她们没死！”树须说，“我可没说死了。我说的是，我们失去了她们。我们失去了她们，一直找不回来。”他叹了口气，“我以为大多数种族都知道呢。从黑森林到刚铎，精灵和人类一直在传唱恩特追寻恩特婆的歌谣。这些歌应该不会全都给遗忘了才对。”

“这么说吧，恐怕这些歌没能往西翻过迷雾山谷，传到夏尔。”梅里说，“你愿不愿意再多讲一讲，或者唱一首给我们听听？”

“可以，我当然愿意。”这个请求似乎让树须有些开怀，“不过，我没法仔细讲，只能简短说一下，然后我们就结束，因为明天我们要召集会议，有事情要处理，或许还有一趟旅程要开启。

“这故事十分奇特、悲伤。”顿了片刻，他继续说，“那时世界尚属青葱，森林广阔无垠、一片荒蛮，恩特与恩特婆——那时还有恩特少女：噢！想当初岁月芳华，嫩枝娘菲姆布瑞希尔美丽动人，脚步轻盈！——他们一同漫步，一同居住。可我们心中所想却没能走到相同的方向：恩特把爱给了世上遇见的各种事物，而恩特婆则把心思给了别的东西，因为恩特热爱大树，热爱蛮荒的森林与高山的山坡；他们饮用山溪水，只吃掉落在路上的果实；他们向精灵学习，跟树木说话。可恩特婆却把注意力给了小一些的树，给了森林之外被阳光照耀的草地；她们眼中看见的是灌木丛里的刺李，是春日绽放的野苹果和樱木，是夏日水泽里的绿植，是秋日田野中结实的禾草。她们并不渴望跟它们说话，却希望它们能聆听和服从告诉它们的话。恩特婆要它们按恩特婆的想法生长，按她们的喜好长叶与结果；恩特婆渴望着秩序、富饶，还有安宁（也就是事物应当待在她们所设之处）。于是，恩特婆给自己造了花园居住。而我们恩特则继续漫游，偶尔才会去花园拜访。后来，大黑暗笼罩了北方，恩特婆渡过大河，造了新的花园，开辟了新的田野，我们便更难见面了。大黑暗被推翻后，恩特婆的土地上百花齐放，田野里也长满了谷物。许多人类向恩特婆学习耕种技艺，对她们无比尊崇；而我们在他们心里却只是个传说，是森林腹地的一桩秘闻。结果，我们依旧存在，恩特婆的花园却全都化作了荒芜：人类如今称那里叫褐地。

“我记得，那是很久以前——还是索伦与海国人类大战的时候——我突然产生冲动，想再去见见菲姆布瑞希尔。上一次见面时，她已不再是过去那个恩特少女的样貌，可她在我眼中依旧美貌绝伦。经年劳作让恩特婆驼了背，变了色；她们的头发被太阳烤干，颜色变得像成熟的玉米；她们的脸颊也变得像是红苹果，但眼睛却依旧是我们这族人的模样。我们越过安都因河，来到她们的地盘，却只找到一片废墟：战争波及了这片土地，一切都被连根拔起、付之一炬。而恩特婆却不在那里。我们长久地呼唤着，搜寻着；我们询问遇见的每个种族，想知道她们去了哪里。有些人说从没见过她们，有些人说见到她们往西边去了，还有的说去了东边或者南边。可我们哪里都去了，依旧没找到她们。我们心若死灰。然而，蛮荒的森林呼唤着我们，我们便返回了。许多年过去，我们不时会出去寻找恩特婆，行遍千山万水，呼唤着她们美丽的名字。随着时间的流逝，我们出去得越来越少，游荡得也没那么远了。到了现在，恩特婆已成为我们脑海中的回忆，而我们也变得胡须又长又白。精灵作了许多与恩特的搜寻相关的歌谣，其中一些被译作人类的语言。而我们却一首歌也不曾作过，只因我们念起她们的名字便会感到心满意足。我们相信，未来有一天我们终会重逢，或许还能找到一处既能共同生活，又能彼此都感到称心如意的地方。然而，根据预言，只有当我们都失去现下一切之时，这样的愿望才会实现。这样的时候，或许终于要来临了。因为，若是索伦当初摧毁了那些花园，今日的大敌想必也不会放过所有的森林。

“有一首精灵歌谣讲的便是这事，至少在我看来是这样的。大河的上下游过去常有人传唱。我得提醒一下，它绝对不是恩特歌谣：如果用恩特语唱，它会变得非常非常长！不过，这首歌我们算是熟稔于心，时不时便会哼一哼。用你们的语言唱起来是这样的：

恩特：

春开榉树叶，树液盈枝条；
光耀野林溪，风拂额上眉；
步履渐阔，气息渐深，山风渐洌，
何不归来！何不归来，颂我土地之美！

恩特婆：

春来花园田野，穗上禾草叶间；
果木落英缤纷，花园冰晶闪耀；
细雨暖阳纷洒，芬芳馥郁透香，
流连此乡琪花玉树，神迷难归。

恩特：

夏日临世，午阳金黄，
沉眠叶儿作顶，叶下林梦正酣；
森木成厅，绿荫蔽日，西风正起，
何不归来！何不归来，颂我土地之绝！

恩特婆：

夏阳烈烈，枝果渐暖，丛莓灼褐；
稻草金黄，穗粒雪白，丰收已至；
蜂蜜满溢，苹果饱满，西风在即，

心醉此乡洋洋大观，愿随骄阳。

恩特：

寒冬凛冽，要山野森林凋残；

树木折腰，无星夜鲸吞晦冥日；

酷寒东方有风来，裹挟彻骨冰雨，

觅她，唤她，定要与她再相逢！

恩特婆：

冬日来，歌谣声哑，长夜终降临；

秃枝摧断，光亮消散，耕作已辍；

觅他，候他，定要与他再相逢：

任他寒雨彻骨，我们取道共行！

合：

你我取道共行，去往西方大地，

于那远方，共觅心同意满之所。”

树须唱完了。“就是这样，”他说，“毫无疑问，这是首精灵风格的歌——行文轻松，用词简洁，一下就唱完了。我敢说，这歌是很好听的。不过，要是有时间的话，恩特这边还有更多要说的！但我现在要站着小睡一会儿了。你们要站在哪儿？”

“我们一般是躺着睡觉，”梅里说，“随便躺哪儿都行。”

“躺着睡觉！”树须说，“嗨，你们当然是躺着睡了！㖿，呼㖿，我给忘了。这首歌让我满脑子都是过去的时光，我还以为自己在跟小恩特娃说话。是的，我真这么想了。嗯，你们就在床上躺着吧。我去雨里边站着。晚安！”

梅里和皮平爬上床，在柔软的青草和蕨叶上面蜷作两团。草叶很新鲜，很温暖，散发着一股香甜的气味。光亮渐渐消失，树也不再发光；两人能看见老树须一动不动地站在拱门下面，两只胳膊高高举过头顶。泉水滴滴答答，让明亮的星星探头照亮，又淋在他的指间和头顶，转而化作千百粒银珠，洒落在他的脚上。两个霍比特人听着叮咚的水声，渐渐睡着了。

两人醒来，发现清爽的阳光正照着巨大的庭院，还照进了凹洞的地面。头顶上，絮也似的云朵浮在高空，让强劲的东风吹得飘飘荡荡。树须不见踪影；不过，梅里和皮平在拱门外的石盆里洗浴的时候，听见树须哼着调，唱着歌，从林间的小路过来了。

“嗬，吼！早上好，梅里、皮平！”看见两人，他隆隆地打着招呼，“你们睡得可真久。我今天都已经走了好几百步了。我们先喝点儿东西，然后就去恩特大会。”

他从石罐里给两人倒了满满两碗液体；但这回是另一个罐子，味道也跟头天晚上的不一样：带着更多大地的味道，喝着也更浓郁；说实在话，喝着更饱腹，更有食物的感觉。两个霍比特人坐在床边，一边喝着液体，一边啜着精灵薄饼的碎块（倒不是因为饿，而是他们觉得要嚼点儿什么才算是吃早饭），树须站在一旁抬头望天，嘴里哼着歌，用的不知道是恩特语、精灵语还是别的没听过的语言。

“恩特大会在哪儿啊？”皮平大着胆子问。

“吼，嗯？恩特大会？”树须转过身，“那可不是什么地方，那是恩特的集会——如今很少开了。不过，我想方设法让好些恩特同意参加。我们会在惯常碰头的地方会面，人类称那里为‘秘林谷’。它就在这里的南边。中午之前我们得赶过去。”

他们没多久便出发了。如之前一样，树须用臂弯托着两个霍比特人。他在庭院入口处往右拐，越过小溪，沿着树木稀疏的大陡坡大步往南走。霍比特人看见大陡坡之上长着茂密的白桦树和花楸树，前面则是层层攀高、密不透光的松林。很快，树须略略偏离山岭，一头扎进了厚厚的树林——那里的树更壮硕、高大，比两个霍比特人以前见过的还要茂密。有那么一会儿，就跟初进范贡森林时一样，两人隐隐觉得有些喘不过气来，不过这感觉很快便消失了。树须没有跟两人说话。他声音低沉、若有所思地自顾自地嘟哝着，可梅里跟皮平却一个词也没听明白：他的话听着像卟姆，卟姆，拉姆卟姆，啵拉尔，卟姆卟姆，达拉尔，卟姆卟姆，达拉尔卟姆，以及诸如此类不断变化的音调和节奏。时不时地，他们好像听见有回应声，某种嗡嗡声或者震颤的声音，像是来自土里，又像是来自头顶的粗枝，又或者是从树林的树干中传来。不过，树须既没有停步，也没有向两侧看。

他们已经前进了好一阵子——皮平努力数着走了多少“恩特大步”，却在差不多三千步的时候数乱了——树须放慢了脚步。突然，他停了脚，把霍比特人放下来，又卷着手放在嘴前，摆出空管子的形状；随后，他用这根“管子”吹响，或者说呼唤出声音。嘹亮的呼哞，嗬声如浑厚的号角声一般响彻森林，似乎还在林间回荡。远处，四面八方传来类似的呼哞，嗬，呼哞，这并非回声，而是回应。

树须又把梅里跟皮平托回肩头，再度大步往前，时不时发出号角呼唤声——每一回，那回应的声音都越来越响，越来越近。就这样，他们终于来到一堵似乎密不透风的深色常青树墙跟前，是两个霍比特人从未见过的树：它们的枝丫从根部直接发出，密密麻麻长满了墨绿色、类似无刺冬青一样的叶子，还托着许多竖直的穗状花，以及硕大闪亮的橄榄色花苞。

树须往左拐，绕着这座巨大的树篱走了几步，来到一处狭窄的入口，进去便是一条破旧的小道，小道又转而化作长长的陡坡，猛然降了下去。两个霍比特人发现自己正下至一座广袤的深谷，这里圆得好似一个又阔又深的碗，边缘长了一圈高大、深色的常青树树篱。谷里地势平整，长满了青草，只在最底部的地方长了三棵高大异常、美丽无比的白桦树；西边和东边各有一条别的路，也通向深谷。

有几个恩特已经在那儿了，更多的正从各条路上下来，有些干脆跟在树须身后。两个霍比特人盯着靠近的恩特瞧来瞧去。他们原以为会看见许多跟树须很像的生物，就跟霍比特人都长得差不多一个道理（从陌生人的角度而言），结果他们震惊地发现，根本不是这么回事。恩特间的长相差别之大，就好比树跟树的差别：有些是同种，但长势与经历大不相同；有些连树种都不一样，就像桦树之于山毛榉，橡树之于冷杉；有几名更老一些的恩特，长着胡须与树疙瘩，神似硬朗但古老的树（虽说哪个看着都没有树须那么古老）；也有高大、健壮的恩特，四肢匀称、皮肤光滑，仿佛森林里那些上乘的树木；没有年轻的恩特，没有幼子。算上总数，这片宽阔的深谷草地上站了大概二十位恩特，还有更多的正在朝里边走。

一开始，让梅里跟皮平惊讶不已的还是这些千变万化的形象：不同的形状、颜色，不同的腰围、身高，以及胳膊腿的长度；脚趾和手指数目也不一样（介于三到九之间）。有几名跟树须大略沾点儿亲的，让两人联想到山毛榉或是橡树。别的种类也有。有些让人想到栗子树：棕皮的恩特，手指分开的大手，双腿又短又粗；有些让人想到梣树：高大、笔挺的灰色恩特，手指很多，双腿很长；有些像冷杉（是个头儿最高的恩特），还有些则像桦树、花楸树和椴树。等到所有恩特都围在了树须身边，他们便微微低头，轻声喃喃他们那缓慢、音乐似的话声，又眼神专注地久久凝视着两个陌生人。两个霍比特人这才觉得他们果真是同一族的，全都有着相同的眼睛：虽说并非每双眼睛都跟树须的一样古老、深邃，但它们同样都带着缓慢、稳定、若有所思的神情，同样闪烁着绿光。

等恩特们悉数到齐，围着树须站成一个大圈，他们便展开了一场奇特而又令人费解的交谈。这些恩特开始慢慢地低语：先是一个加入，随后又有别的加入，最后所有恩特都用一种悠长、起伏的韵律开始吟唱，一会儿是这半边圈高亢的声音，一会儿这边的声音消失，另外半边圈开始拔高音量，发出巨大的隆隆声。皮平一个字也听不清、弄不懂——他猜测这可能是恩特语——却依旧觉得这声音起初听着非常悦耳。渐渐的，他的注意力开始分散了。好半天过去（这吟唱依旧没有停下的迹象），他开始琢磨起来：既然恩特语是种“并非急吼吼”的语言，不知这些恩特究竟道完“早上好”了没有；树须要是再来一轮点名，不知究竟要多少天才能唱完他们的名字。“不知道用恩特语怎么说‘好’和‘不’。”他心想，随后打起呵欠来。

树须立刻注意到了他。“嗯，哈，嘿，我的皮平！”他说，别的恩特齐齐停下吟唱，“你们是个急吼吼的种族，我倒是忘记了；不管怎样，聆听理解不了的长篇演讲，确实会让人觉得疲惫。你们可以下来了。我已经在恩特会议上说了你们的名字，他们也都看见你们了。他们一致认同你们并非奥克，所以旧的名录里会添上一行。我们暂时就说了这么多，但这对于恩特会议来说已经算是神速了。有兴趣的话，你与梅里可以在深谷里四处散散步。想要提振精神的话，那边有一口井水质很好，就在北坡那边。会议正式开始之前，我们还有些话要讲。到时候我会再过来找你们，跟你们讲讲情况。”

他将两个霍比特人放下。两人离开之前，朝他深深鞠了一躬。从恩特低语时的腔调和眼里流露出的光可以看出，这举动似乎逗得他们十分开心；不过，他们很快便回头忙自己的事去了。梅里和皮平爬上西边过来的小道，顺着巨大树篱的空隙往外看。自深谷的谷口处，一条条被树木遮盖的长坡向上抬起。山坡那头，在最远处山脊那片冷杉林上方，一座高山峻峭、雪白的峰顶巍然矗立。两人往南看去，左侧的森林渐渐下降，融入远方的灰蒙中。梅里瞥见那边远处有什么东西泛着淡淡的绿光，猜测或许是洛汗的草原。

“你说，艾森加德在哪儿？”皮平问。

“我连我们在哪儿都说不清楚。”梅里说，“但那座峰顶应该是美塞德拉斯。印象中，艾森加德那圈环就坐落在迷雾山脉尽头的岔口或者深裂谷里边。大概就在这条巨大山脊的下面。你不觉得那里，就是峰顶的左边，好像有烟雾或者雾气之类的东西吗？”

“艾森加德是什么样的呢？”皮平又问，“我就是好奇恩特能拿它怎么办。”

“我也是，”梅里说，“我觉得，艾森加德就是岩石或者山丘组成的一个圈，里边是平地，中间是叫作欧尔桑克的岛或者岩柱。萨茹曼在那上面有一座塔。在那圈环绕的城墙上有一道或者好几道大门，我相信肯定有条河从中穿过；它从迷雾山脉发源，一路流过洛汗豁口。那地方不像是恩特能应付得了的。不过，我对这些恩特有种古怪的感觉：不知怎么的，我觉得他们并不像看起来那么安全无害和……呃，滑稽好玩。他们好像很迟钝，古里古怪，很有耐心，几乎算得上是悲伤；但我相信，他们能被鼓动起来。真要是这样，我可不愿站在他们的对立面。”

“没错！”皮平说，“我明白你的意思。一头伏在那儿若有所思地吃着青草的老奶牛，跟一头横冲直撞的公牛，这可是两码事儿；而且，这种转变可能会非常突然。真不知道树须能不能鼓动他们。我相信他是想试试的。不过，他们不喜欢被鼓动起来。树须昨晚就被鼓动，不过他自己又按捺下去了。”

两个霍比特人转身返回。这场秘密会议上，恩特的声音依旧此起彼伏。太阳此刻已爬得够高，能照进高高的树篱：它闪耀在桦树林的顶上，淡黄色的阳光照亮了深谷的北面。在那边，两人瞧见一汪晶莹的小小水泉。他们从常青树脚下沿巨大的碗形深谷边缘向前漫步——脚趾再度踩在凉爽的青草上，而且完全不用赶时间，真是令人身心愉悦——随后往下，来到喷涌的泉水边。他们浅尝了一口清冽、浓郁的泉水，随后坐在一块苔痕遍布的石头上，看着草地上斑驳的阳光，看着流云在深谷地面投下的影子。恩特的低语声还在持续。这里像个十分怪诞又异常遥远的地方，像是脱离两人所在的世界，并且远离曾经发生在他们身边的一切事物。两人突然十分渴望看见和听见同伴的容貌和声音，尤其想见佛罗多和山姆，还有大步佬。

终于，恩特那边的声音停止了；两人抬头往上瞧，看见树须带着一位恩特朝他们走来。

“嗬，呼嗬，我又来了。”树须说，“嗬，呃，你们是不是觉得倦了，或者不耐烦了？嗯，恐怕你们还得耐下心来。我们刚结束了第一阶段，但那些住得很远的，那些离艾森加德很遥远的，还有那些我在会议之前没来得及接触的恩特，我还得再跟他们解释一遍情况。之后，我们就会决定要怎么办。不过，做这个决定花不了恩特多长时间，不会像做决定之前把所有事实和事情都梳理一遍那么费时费力。然而，可以肯定的是，我们还得再待上一阵子：很可能还要几天。所以，我给你们带了个同伴，他在这附近有个恩特之家。他的名字用精灵语称呼的话，叫作布瑞加拉德。他说他已经做好决定，因此不用再留在会议上了。嗬，嗬，他是我们当中最急吼吼的一个。你们应该处得来。再见！”树须转过身，离开了他们。

布瑞加拉德表情肃穆地站在那里，审视了两个霍比特人好一会儿；他俩也看向他，好奇他什么时候会表现得“急吼吼”。他身形高大，似乎是年轻一代的恩特；他四肢皮肤细滑、富有光泽，嘴唇红润，头发灰绿；他还能弯腰、摇摆，好似风中细柳。终于，他开了口，声音同样嘹亮，不过比树须更尖、更清晰。

“哈，嗬，我的朋友们，我们去走走吧！”他说，“我叫布瑞加拉德，用你们的语言解释，是‘急楸’[1]的意思。不过，当然了，这是个小名。自从我在一位年长恩特还没说完问题就回答‘好’之后，他们便这么叫我了。还有，我喝水也很快，别人才浸湿胡须，我就已经喝完走人了。跟我来吧！”

他伸出两只匀称的手臂，手指修长的双手分别探向两个霍比特人。整个白天，三人一直在四处漫步，在森林里歌唱、欢笑——急楸很爱笑。太阳从云里出来他会笑，碰见小溪或者泉水他会笑，然后弯腰用水打湿头和脚；偶尔听见林子里传来什么声音或者低语，他也会笑。只要碰见花楸树，他便会停下脚步，伸出手臂唱起歌，一边唱一边摇摆。

到了晚上，他带着两人去了他的恩特之家：不过就是绿岸之下、草皮上一块覆着青苔的岩石罢了。石头周围长了一圈花楸树，附近有水源（所有恩特之家都有），是一条从坡岸上咕嘟着流下的山泉。随着夜幕渐渐笼罩森林，他们又交谈了一会儿。不远处，恩特会议的声音依旧可闻；不过，这会儿的声音似乎更加深沉，没那么轻松悠闲了。时不时地，会有洪亮的声音发出更高、更急促的音乐声，而别的声音则全都停下了。一旁的布瑞加拉德柔声讲着他俩家乡的语言，声音近乎在低语；他们了解到，他是树皮王那一族的人，而这一族恩特曾经生活的乡野已惨遭蹂躏。对两个霍比特人而言，这足以解释他为何会“急吼吼的”，至少在奥克的问题上是这么回事。

“我的家乡曾经有很多花楸树。”布瑞加拉德说，声音轻柔又忧伤，

---

1 一语双关，布瑞加拉德的西部语名字为“Quickbeam”，既可指花楸树，又能表达他的急性子。——译注

“在我还是恩特娃时，它们便在那儿了。那是许多、许多年以前，当时的世界还是一片安宁。最老的那些花楸树是恩特为了讨恩特婆的欢心而种的；可她们看着这些树，只是笑了笑，说她们知道什么地方有更洁白的花朵绽放，有更多的果实生长。可在我眼里，蔷薇这一族的，无论哪种树，都没有花楸树[1]美丽。这些花楸树一直长啊长，长到每一棵都投下厅堂般大小的绿影，秋天时结出的累累红浆果压弯了枝头，美丽又奇妙。这些树上曾经有鸟儿栖息。我喜欢小鸟，就连它们叽叽喳喳的吵闹我也不讨厌；花楸树也长得很多，足够它们栖息，甚至还有富余的。可鸟儿渐渐变得不友善、变得贪婪，它们啄倒花楸树，把果实全都啄到地上却又不吃。后来奥克出现，用斧头把我的树全砍倒了。我去到树前，呼唤它们长长的名字，可它们却不再颤动，不再聆听，不再回话：它们都倒在地上，死了。

噢，欧洛法尔尼，拉塞米斯塔，卡尼弥瑞依！
噢，美丽的花楸树，于你发梢，花朵洁白无瑕！
噢，我的花楸树，我见你夏日闪耀，
树皮如此明亮，叶片如此轻盈，声音如此清爽温柔：
浆果金红，何似你皇冠高戴！
噢，死去的花楸树，你头叶干枯、灰白；
你皇冠碎散，声音永寂。
噢，欧洛法尔尼，拉塞米斯塔，卡尼弥瑞依！”

布瑞加拉德柔声唱完这首似乎以多种语言悼念他死去的钟爱之树的歌，两个霍比特人也在歌声中沉沉睡去。

---

1 花楸树是蔷薇科花楸属植物。——译注

第二天急楸也陪着他们，不过三人就在他的“家”附近，并未走远。大多数时间里，他们只是在坡岸的遮罩下沉默地坐着，因为这一天风变得更冷，云也变得更灰沉，飘得更低，阳光基本见不着。远处传来恩特会议的话声，依旧起伏不定，时而响亮、高亢，时而低沉、悲伤，时而快声快语，时而如挽歌般缓慢、庄重。第二个夜晚降临，疾云匆匆、夜星明灭，恩特的秘密会议仍在继续。

第三天破晓，天气昏沉，阴风阵阵。日出之时，一众恩特的声音抬高，汇聚成一阵巨大的喧哗，随后又再度沉寂。早晨渐渐过去，风越刮越烈，空气仿佛因期待而变得沉甸甸的。两个霍比特人能看出布瑞加拉德正在专心倾听，虽说对他二人而言，身处布瑞加拉德这恩特之家的小山洼里，只能隐约听见会议的声音。

时间到了下午，正朝迷雾山脉西去的太阳从云层的裂口和缝隙间投下长长的黄色光线。两人猛然发现周遭竟变得一片死寂；整座森林毫无声音，都在聆听。毫无疑问，恩特的说话声也都停下了。这代表着什么？布瑞加拉德笔直地站着，身子紧绷，正朝北回望着秘林谷。

如雷贯耳的一声大吼霎时间传来：啦——呼姆——啦嗬！树木纷纷颤抖起来，仿佛狂风吹过一般弯了腰。又一次停顿后，一曲行军乐响起，起初像是肃穆的鼓点，轰隆的鼓点声之上，高亢、激烈的歌声喷薄而出：

我们来了，擂鼓阵阵；我们来了：嗒——唧哒——唧哒——唧哒——啰姆！

众恩特朝这边来了。他们越走越近，歌声也愈发嘹亮：

我们来了，吹角连营，战鼓催征；我们来了：嗒——噜呐——

噜呐——噜呐——啰姆！

布瑞加拉德托起两个霍比特人，从家里大步往外走。

没一会儿，他们便看见行进的队伍靠近了：众恩特摇摆着身子，大踏步走下山坡，朝他们走了过来。树须打头，后面跟着约五十名恩特，他们两两成对，脚踏着整齐的步伐，双手拍打着身侧。随着队伍渐渐靠近，他们眼中闪过的光亮也变得清晰可见。

“呼姆，嗬！我们轰隆着来了，我们终于来了！”看见布瑞加拉德与两个霍比特人，树须大声唤道，“来，加入会议！我们要出发了。我们出发去艾森加德！”

“去艾森加德！”众恩特跟着高声呐喊。

“去艾森加德！”

去艾森加德！哪怕它石墙围堵，石门阻隔；

哪怕它坚如磐石，冷若岩，荒若骨，

我们一往无前，一往无前，向着战场前进，要将石墙劈碎，石门摧断；

树身正燃烧，树枝已焚尽，熔炉仍熊熊——我们向战场前进！

踩着审判的步伐，往阴森之地前进；战鼓震天，我们来了，我们来了；

我们要给艾森加德带来判决！

我们要带来判决，我们要带来判决！

他们就这么一路高歌着往南去了。

布瑞加拉德眼中神采奕奕，摇摆着加入队伍，走在树须身畔。老恩特接过霍比特人，再次放回肩头。两人昂首挺胸，心怦怦直跳，就这样无比自豪地坐在了歌唱队伍最前端。虽然他们料到最后会发生点儿什么事，却依旧对恩特们身上发生的变化感到惊讶不已。眼下他们给人的感觉就好像被堤坝久久拦住的洪水，终于破堤而出了。

“恩特下决心的速度还是挺快的，对吧？”过了一会儿，皮平壮着胆子说。此时，歌唱声暂停了一会儿，只剩下手拍脚踏的声音。

“挺快？”树须说，“呼姆！是的，确实挺快。比我预料得还要快。我真是有好些年都没见他们被如此鼓动了。我们恩特不喜欢被人鼓动；除非我们清楚地知道，我们的树和我们的生命已到了生死存亡之际，否则我们也不会被鼓动起来。自从索伦与海国人类大战之后，这事还从未在这座森林里出现过。正是奥克干的好事——肆无忌惮地滥伐滥砍——啦噜姆——甚至连给火添柴之类的借口都不找。这着实让我们愤怒。还有那个叛变的邻居，他本该帮助我们才对。巫师本该更明事理：他们也确实懂得更多。无论是在精灵语、恩特语还是人类的各种语言里，我都找不到分量足够的话来咒骂这种背叛。推翻萨茹曼！”

“你们真能摧毁艾森加德的大门吗？”梅里问。

“嗬，姆，嗯，我们能，你明白的！或许你们不知道我们有多么强大。你们听说过食人妖吗？它们力大无穷。可食人妖不过是仿制品罢了，是大黑暗时代大敌模仿恩特造出来的拙劣玩意儿，就好比奥克之于精灵。我们比食人妖还要强壮。我们是以大地的骨头创造而成的。我们能像树根一样开山裂岩，而且速度更快。如果我们的意志被唤醒，速度还会更快，更更快！只要我们没被砍断，没被火焰烧毁或被巫术炸碎，我们便能将艾森加德劈个粉碎，把它的城墙踏成碎砾。”

“但萨茹曼会想要阻挡你们的，对吧？”

“姆，哦，是的，他确实会。这一点我可没忘。其实，这事我已经想了很久。不过，你瞧，许多恩特都比我年轻，年轻好几代树龄。他们如今全都被鼓动起来了，他们的意志全都集中到一处：摧毁艾森加德。不过，要不了多久他们便会再次思考起来；等我们夜饮的时候，他们就会冷静下来。到时候我们不知道会有多渴啊！不过，先让他们前进并歌唱吧！我们还有很长的路要走，还有时间思考。这事情已经开始了。”

树须继续前进，又同其他恩特齐声唱起了歌。不过，过了一会儿，他的歌声化作低语，又再度沉默下来。皮平看见他那苍老的额头满是皱纹，扭成一团。他终于抬起头，皮平在他眼里看到一抹哀色，哀伤但并非不悦。他两只眼里有光芒闪现，像是绿色火焰沉入他那口思绪暗井的更深处。

“当然，这也很有可能，我的朋友，”他缓慢地说，“我们也极有可能走向我们的末日——恩特最后的进军。然而，我们若是待在家园里什么都不做，末日依旧会找上门来，这是迟早的事。这样的想法早已在我们心里萌芽；正因此，我们今天开始了行军。这并非急吼吼下定的决心。至少，恩特这最后的进军或许值得作一首歌。没错，”他叹道，“或许我们在故去之前，能为其他种族添一把力。不过，我还是希望，我能亲眼见到唱诵恩特婆的那些歌成真的时候。我无比渴望着能与菲姆布瑞希尔再会。不过，我的朋友们啊，歌谣就好比树木结果，只会循着时节和本性出现。有的时候，它们也会早早便夭折。”

恩特队伍大步流星地往前走，他们已经下到往南下降的一片长长洼地；现在又开始往上走，一直往上，最后来到西面高高的山脊上。树木渐渐稀疏起来。他们路过稀稀拉拉的几片桦树林，随后便是光秃秃的山坡，只孤零零地长着几棵消瘦的松树。太阳沉到了面前昏沉的山岭背后。灰蒙蒙的暮色降临了。

皮平回头看去。是恩特的数量增加了吗，还是说出了别的什么事情？刚才他们路过的地方明明是昏暗、光秃秃的山坡，他怎么觉得自己看见了一丛又一丛的树？而且，这些树还在移动！会不会是范贡森林的树木苏醒了，整座森林挺身而出，翻山越岭要赶往战场去？他揉了揉眼睛，怀疑是不是被困意和阴影给蒙蔽了；不过，那些庞然的灰色身影仍在不疾不徐地往前移动。有嘈杂声传来，像是风拂过许多树枝的动静。恩特队伍眼下离山脊的顶处越来越近，歌声全都停下了。黑夜笼罩，鸦雀无声，只听得见恩特脚下土地发出隐约的颤动声，还有某种沙沙声，像是许多飘动的树叶发出的低语。最终，队伍站在了山脊顶处，低头看向一处阴暗的深坑：那是南库茹尼尔，是位于迷雾山脉尽头的巨大裂谷，是萨茹曼所在的山谷。

“黑夜笼罩了艾森加德。”树须说。

· 第五章 ·

白骑士

“我骨头都快冻僵了。”吉姆利拍打着胳膊，不停地跺脚。白日终于到来。黎明时分，三位伙伴尽力做了顿早饭；天光渐亮，他们拾掇着准备继续搜索霍比特人在地上留下的踪迹。

“还有，别忘了那老头儿！”吉姆利说，“要是能看见靴痕，我还能再高兴一点儿。”

“为何你会更高兴？”莱戈拉斯问。

“因为一个长了脚、能留下脚印的老头儿，大概也就只是个普通老人了。”矮人回答。

“也许。”精灵说，“可这里也许无法让沉重的靴子留下痕迹：这里的草很深，还很有弹性。”

“这可难不倒游侠。”吉姆利说，“哪怕是一片折弯的草叶，阿拉贡都能从里边读出点儿东西。不过，我倒是没指望他能找到什么踪迹。我们昨晚上看见的肯定是萨茹曼的邪恶幻象。哪怕放在这光天化日之下，我也确信无疑。没准儿他那双眼睛正从范贡森林朝我们看呢。”

“确实很有可能，”阿拉贡说，“然而我不能确定。我还在想那些马的事。吉姆利，昨晚你曾说它们是被吓走的，我有不同看法。莱戈拉斯，昨晚你可曾听见它们的声音？你觉得像不像是动物受了惊？”

“不像。”莱戈拉斯说，“我听得一清二楚。若非因为黑夜和我们自己心存恐惧，我会觉得那是动物因欢喜而发出的嘶鸣。它们发出的声音，像极了马儿遇到想念已久的老友。”

“我也这么觉得。”阿拉贡说，“可除非它们返回，否则我无法解开谜底。走吧！天已经大亮了。我们先观察，后猜测！我们从靠近营地这里开始，将四周仔细搜索一遍，再从山坡往上走，朝森林一路寻找。无论我们对昨晚那访客有何见解，找到霍比特人才是当务之急。他们若有机会逃脱，定会去森林里躲藏，否则就会被发现。倘若从这里到森林边缘一无所获，我们就去战场那边，在灰烬里再做最后一次搜索。不过，那边希望不大，因洛汗骑兵做事可以算是滴水不漏。”

三人俯身在地上搜寻了好一阵子。那棵树哀然罩在他们头顶上，枯叶毫无生气地挂在枝头，让刺骨的东风刮得哗哗作响。阿拉贡朝外慢慢搜了过去。他来到岸边营火的余烬处，又循着踪迹，反方向往发生战斗的那处山包搜过去。他突然俯下身，腰弯得脸几乎贴在草上。随后，他大声呼唤两位同伴。两人连忙跑了过来。

“总算找到线索了！”阿拉贡说。他拿起一片残叶给两人看：那是一大片带着金色光泽的灰色叶片，这会儿已经枯萎，渐渐变成棕色。“这是罗瑞恩的瑁珑叶，上面沾着碎屑，草里还有一些碎屑。看！旁边还有几段割断的绳索！”他说。

“割绳子的刀也在这儿！”吉姆利说。他附身探进被重重踏过的草从，从里边拽出一把锯齿短刀。短刀的刀柄被折断了，就掉在旁边。

“这是奥克的兵器。”他谨慎地拿着它，一脸嫌弃地看着雕过的刀柄：它被雕作丑陋的脑袋模样，眼睛斜吊，笑容狰狞。

“如此看来，这真是我们碰见的最为古怪的谜题了！”莱戈拉斯叹道，“一个被捆住的俘虏竟然能从奥克的魔爪中逃脱，又从包围的骑兵手上逃掉了。此后，他又这么无遮无掩地停下，还用奥克的短刀割断了绑绳。可他究竟是如何做到的？若此人被绑住了双腿，又如何能走路？若胳膊被绑住，他又如何能挥刀？若手脚都未被捆住，那究竟为何要割断绳子？此人对自己的本事显然颇为满意，竟然还坐下悄悄吃了些行路干粮！不过，就算没有瑁珑叶，眼前这些也足以证明他是霍比特人。再之后，我猜他把胳膊变成了翅膀，唱着歌飞进了森林。要想寻得他也不难，只要我们也长出翅膀就行了！”

“这里边绝对有妖术。”吉姆利说，“那个老头儿究竟做了什么？阿拉贡，你对莱戈拉斯的分析有什么见解？你有没有更好的解释？”

“或许有。”阿拉贡微笑着说，“有些近在眼前的迹象被你们忽略了。俘虏是霍比特人这一点我同意。他到这里之前，手和脚肯定有一处未被捆住。我猜应该是手，这样谜题更容易解开。另则，从我对这些蛛丝马迹的观察来看，他应该是被奥克扛到这里的。那边几步远的地方溅有血迹，是奥克留下的。这处地方周围全是深深的马蹄印，还有某种沉重的东西被拖走的痕迹。骑兵杀掉了这名奥克，后又把尸体拖去烧了。但这个霍比特人没有被发现：他并非‘无遮无掩’，当时正是晚上，而他还穿着精灵斗篷。他筋疲力尽又饥肠辘辘，一等用倒毙的敌人的刀割断了束缚，便在爬走之前先稍做休息，并吃了点儿东西。所以，这没什么值得奇怪的。不过，值得欣慰的是，即便逃走时两手空空，至少他口袋里还装有兰巴斯；或许，这就是霍比特人吧。我只说了‘他’，但我希望也猜测，梅里跟皮平没有分开。不过，我还未找到确凿的证据。”

“那你觉得，我们这两位朋友中的某一个又是怎么让手不被束缚的呢？”吉姆利问。

“说不好。”阿拉贡答道，“我也不清楚为何会有奥克扛着他们离开。我们可以肯定的是，他并非想帮他们逃走。不仅如此，从一开始就困扰我的某个疑团，如今我反而有了头绪：波洛米尔倒下之后，为何那群奥克抓住梅里和皮平便满足了？他们并未搜捕我们其余人，也未袭击营地，反而全速赶往艾森加德。他们以为自己抓到了持戒人和他忠心耿耿的跟班吗？我想不是。他们的主人即使心知肚明，也不敢对奥克下如此直接的命令。魔戒之事，他们并不会对奥克开诚布公：奥克可不是什么忠心的仆从。我认为，奥克肯定受命要活捉霍比特人，且不惜一切代价。在战斗打响前，有人企图带着那两个宝贵的俘虏溜走。或许有人叛变，在这类种族中，此事算是司空见惯；某个又大又莽的奥克或许打算独吞，便想带着战利品逃走。好了，这就是我的推断。也许你们还有别的看法，但无论如何，我们能确定的是，我们的两位朋友至少逃走了一个。重返洛汗之前，我们的任务便是找到他，帮助他。既然他在无奈之下逃进了范贡森林这阴森的地方，那我们也决不能被吓住。”

“进范贡森林和千里迢迢徒步回洛汗，我究竟更怕哪个，还真是不好说。”吉姆利说。

“那我们就进森林吧。”阿拉贡说。

没过多久，阿拉贡又找到了新的踪迹。就在靠近恩特河岸某处，他发现了一些脚印——霍比特人的，但脚印很浅，看不出太多东西。这之后，在森林边缘一棵巨树下面，他又找到了更多的脚印。那里的土地光秃秃的，很干燥，依旧给不出太多信息。

“至少有一个霍比特人曾站在这里，还回头望了一会儿；然后，他便转身进了森林。”阿拉贡说。

“那我们也得进去了。”吉姆利说，“可我不喜欢范贡森林这景象，他们还警告过我们别进去。真希望这场追踪能把我们引到别的地方去！”

“无论故事里如何传唱，我并未感到这座森林有邪恶意图。”莱戈拉斯说，他站在森林的林檐下，像是倾听似的前倾身子，又睁大眼睛凝视林荫处。“不，里边并无邪恶；又或者，无论里边曾有过什么邪恶，如今都早已离去。长有黑心树木的黑暗之处，我只听得见再微弱不过的回声。我们附近没有危险，但这里有警觉和愤怒存在。”

“唔，它应该没理由冲我发火吧，”吉姆利说，“我可没伤过它。”

“那就无妨。”莱戈拉斯说，“然而，它确实受到过伤害。森林里有什么事情正在发生，或即将发生。莫非你感觉不到那种紧张的氛围？我简直快要窒息了。”

“我就觉得空气很闷。”矮人说，“这座森林比黑森林更明亮，就是一股子霉味，破败不堪。”

“这座森林很古老，非常古老，”精灵说，“老到连我站在它面前都觉得自己像个年轻人。自从与你们这些小孩同行以来，我已许久没有过这种感觉了。这座森林古老且充满回忆。倘若能于安宁时日来此，我定会十分欣喜。”

“我敢说，你肯定会的，”吉姆利嗤之以鼻，“毕竟你是森林精灵，虽说无论哪种精灵都很怪就是了。不过，你倒是让我感到了一些安慰。你去哪里，我也去哪里。不过，把你的弓拿好喽，我也会让腰上的斧头随时能抽出来。不过不是用来对付树的，”他急忙补充了一句，往上看着头顶的树，“我可不希望下回跟那老头儿不期而遇的时候，又闹个措手不及，仅此而已。我们走吧！”

语毕，三位猎手抬脚便闯进了范贡森林。莱戈拉斯与吉姆利将追踪的事交给了阿拉贡。没多少东西可供他查探：森林的地面很干燥，又覆盖着一层落叶；他猜测两位逃亡者会待在靠近水源的地方，于是频频折回林溪岸边。就这样，他来到了梅里和皮平曾经喝水跟洗脚的地方。任谁都能一眼看出此处有两个霍比特人的脚印，其中一个的脚印要稍小一些。

“真是好消息，”阿拉贡说，“但这些已经是两天前的痕迹了。而且，从这里开始，霍比特人好像离开了水边。”

“那我们接下来怎么办？”吉姆利说，“我们可没法追着他们穿越这整片范贡秘境，我们来的时候补给已经不够了，要再不赶紧找到他们，除了跟他们一道排排坐着挨饿表达患难之情，我们可真就帮不上别的忙了。”

“倘若事情真到了那一步，也只能如此了。”阿拉贡说，“继续走吧。”

最终，他们来到树须那座山岭陡然中断的陡崖跟前。几人抬头看着岩壁上连到高处岩架的粗糙台阶。浮云飞转，阳光一阵阵透射而下，让森林少了几分灰蒙和阴郁。

“我们爬上去看看周围的景象！”莱戈拉斯说，“我仍旧觉得透不过气，想上去呼吸更新鲜一些的空气。”

三人说着便往上攀登。阿拉贡殿后，爬得很慢——他一直在仔细检查这些台阶和岩架。

“我基本确定霍比特人也往上爬过。”他说，“可这里还有些别的痕迹，非常古怪，我看不明白。不知我们能否在这岩架上找到点儿什么，能帮助猜测他们往哪儿去了。”

他站直身子，四下环顾，却没找到什么有用的东西。岩架面朝东南，但只有往东方向的视野没有被遮掩住。从那边他能看见森林的树顶正一排排往他们来时平原的方向渐渐下行。

“我们当真绕了好大一圈，”莱戈拉斯说，“起初离开大河的第二三天，若我们直奔西方，本可以全部平安抵达这里。一路行到头之前，鲜少有人能预见脚下之路会将他们带往何处。”

“可我们当时没想过要来范贡森林。”吉姆利说。

“结果我们不但来了，还自投罗网。”莱戈拉斯说，“看！”

“看什么？”吉姆利问。

“那边树林里。”

“哪边？我可没长精灵眼睛。”

“嘘，小声点儿！看！”莱戈拉斯指了过去，“下方森林，就在我们来时那条路上。是他。他正在树林中穿梭，难道你没看见？”

“看见了，这下看见了！”吉姆利压着嗓门儿说，“阿拉贡，瞧！我警告过你吧，那老头儿又出现了。他浑身裹着脏兮兮的破布，难怪我一开始没看见。”

阿拉贡抬眼望去，看见一道弓着腰的身影正在慢慢移动，离得并不远。那身影活像一名老乞丐，正倚着根破烂拐棍疲倦前行。他勾着脑袋，没有朝这边看。倘若换个地方，他们肯定会好言与他打招呼，此时几人却是沉默地站着，每人都生出一种怪异的期待：某种身怀隐秘力量——或是恶意——的东西正在逼近。

好一会儿，吉姆利只是睁大眼睛瞅着这身影一步一步靠近。随后，猛然间，他仿佛再也无法忍受，终于破口而出：“莱戈拉斯，你的弓！张弓！瞄准！那人是萨茹曼！别给他说话的机会，别让他朝我们念咒！先射再说！”

莱戈拉斯举弓在手，拉弦的动作却很慢，仿佛有另一个意志在抗拒这行为。他手里松松地握着一支箭，却没有搭箭上弦。阿拉贡一言不发地站着，表情警惕而专注。

“你还等什么？你发什么癫哪？”吉姆利从牙缝里挤出声音。

“莱戈拉斯是对的，”阿拉贡平静地说，“无论我们怀有何种恐惧或疑虑，都不能朝一位毫无防备、毫无敌意的老人放冷箭。我们先观察，等等再说！”

就在此时，那老人加快步伐，用惊人的速度朝岩壁走了过来。他猛然抬头，三位伙伴也一动不动地往下看着他。四周鸦雀无声。

他们看不见他的脸：他戴着兜帽，兜帽之上还戴有一顶宽檐帽，遮住了他整个脑袋，只露出鼻尖和灰色的胡须尖。不过，阿拉贡似乎看见，在兜帽遮住的额头之下，那老人投来一抹犀利、明亮的眼神。

老人最后打破了沉默，只听他柔声说："朋友们，果真是幸会。我想跟你们交谈，是你们下来，还是我上去？"还没等回话，他便抬脚往上爬。

"快！"吉姆利大喊道，"莱戈拉斯，拦住他！"

"我不是说了想跟你们交谈吗？"老人说，"精灵阁下，把弓放下！"

弓和箭从莱戈拉斯手上掉落，他的双臂卸了力，垂在身侧。

"还有你，矮人大人，请把你的手从斧柄上放开，等着我上来！你用不着这么戒备。"

吉姆利一个激灵，随后便如石头般一动不动，只是瞪眼瞧着那老人如山羊般灵巧地越上一级级粗糙的台阶，身上的疲惫仿佛被一扫而空。待他上得岩架，一道亮光出现——转瞬即逝，叫人无法确定——那是一抹一闪而过的白色，似是灰色破布遮盖下的袍子刹那间亮出了一角。吉姆利"嘶"地倒抽了一口冷气，声音在一片寂静中显得尤为响亮。

"我再说一遍，幸会！"老人边说边走向几人，又在几步开外站定，俯身倚着拐杖，脑袋往前探，兜帽下面的眼睛打量着几人。"几位在此有何贵干？精灵、人类、矮人，全都身着精灵的打扮。毋庸置疑，这背后肯定有什么值得说道的故事。如此景象，这里可不多见。"

"听你的口气，似乎很了解范贡森林。"阿拉贡说，"果真是这样吗？"

"倒也不算了解，"老人回道，"恐怕得研究好几辈子才算得上了解。

而我不过是偶尔拜访一下罢了。”

“可否先告知姓名，再让我们听听你究竟想说什么？”阿拉贡问道，“已近中午，我们还有要事在身，不好耽搁。”

“我想说的话，方才已经说了：你们有何贵干，你们几位有什么故事可讲？至于我的姓名——”他突然停下，轻笑了好一会儿。这笑声让阿拉贡只感觉有怪异的寒意窜过后背，可他又没觉得害怕或者惊吓——这感觉就像是被冰风猛地咬了一口，又像是睡不安稳的人让冷雨给拍醒了。

“我的姓名！”那老人又说，“莫非你们还没猜到？我想，你们以前肯定听过。没错，你们听过。不过，说吧，你们有什么故事？”

三位伙伴沉默地站着，并未答话。

“有些人会心生疑窦，不知你们的任务能否让他人知晓，”老人说，“还好我大略知道一些。我猜，你们正在追踪两个霍比特人。是了，霍比特人。别这么瞪着看，仿佛你们从没听过这奇怪的名字似的。你们听过，我也听过。嗯，他们前天爬上了这里，还遇见了意料之外的什么人。这消息你们可还满意？这下是不是又想知道他们被带去了哪里？好，好，或许我能告诉你们一些消息。不过，我们还站着干什么？瞧，你们的任务如今没有想象中那么紧急了。我们坐下来，自在一点儿说话吧。”

老人转身走向背后峭壁根处一大堆滚落的大小石块。当即，像是咒语被解除一般，其他人心中一松，身子也动弹起来。吉姆利的手立马摸向斧柄，阿拉贡抽剑出鞘，莱戈拉斯也拾弓在手。

老人毫不在意，只是弯腰坐在一块平坦的矮石上。他的灰色斗篷随即分向两边，几人分明看见，老人里边穿的是一身素白的衣服。

“萨茹曼！”吉姆利高喊道，提着斧头便往前冲，“快说！你把我们的朋友藏到哪儿去了！你把他们怎么样了？快说，不然我就给你的帽子来上一斧头，哪怕巫师也别想讨着好！”

不料，老人的动作比他更快。他“唰”一下站起身，跳上一块巨岩。他站在那里，突然变得无比高大，居高临下地屹立在三人上方。他的兜帽与灰色的破外衣都已被甩到一旁，里边的白衣光华绚烂。他举起手杖，吉姆利的斧头一下挣脱手掌，“哐当”一声掉在地上。阿拉贡的宝剑僵在他一动不能动的手里，突然冒出一股火焰。莱戈拉斯一声大喊，将箭矢射上高高的天空，后者在一闪而过的火焰中消失不见了。

“米斯兰迪尔！”他喊道，“米斯兰迪尔！”

“莱戈拉斯，我再对你说一遍，幸会！”老人说。

他们全都看向他。阳光之下，他头发洁白如雪，一身长袍也辉映着白光；深深的额头下，一双眼睛炯炯有神，如阳光般洞悉万物。他手中力量尽显。惊奇、喜悦、畏惧，三位伙伴站在那里，一时竟无言以对。

终于，阿拉贡先回过神。“甘道夫！”他说，“在我们无比绝望、深陷危难之时，你竟然重回到我们身边！我刚才究竟是让什么蒙了眼？甘道夫！”吉姆利什么也没说，只是跪倒在地，双手捂住眼睛。

“甘道夫，”老人重复道，像是在从古老的记忆里唤回某个久未使用的词语，“没错，就是这名字。我从前是叫甘道夫。”

他走下巨岩，拾起灰色斗篷裹在身上，这景象仿佛刚刚还在闪耀的太阳，下一秒便躲进了云里。“对，你们可以继续叫我甘道夫。”他说，又变回了他们那老友与向导的声音，“快起来，我的好吉姆利！这不怪你，我也没受伤。其实，朋友们，你们的武器都伤不了我。高兴起来！值此形势转换之际，我们又重逢了。有巨大的风暴正在酝酿，但形势已经转变了。”

他把手放在吉姆利头上，矮人抬起头，忽然笑了起来。“甘道夫！”他说，“你怎么全换成白色了！”

“不错，我如今是白袍了。”甘道夫说，“你几乎可以说，我就是萨茹曼——是他本该成为的样子。不过，好了，跟我讲讲你们的经历！我们分别之后，我经历了烈焰与深水，忘记了许多自以为知道的事，又拾回了许多已然忘记的事。我能看见许多远在天边的事物，可许多近在眼前的却看不见。跟我讲讲你们的经历！”

“你想听什么？”阿拉贡说，“断桥一别之后，我们遇见的事情若是全都加起来，故事可就长了。不如你先告诉我们霍比特人的消息。你可有找到他们？他们是否安然无恙？”

“不，我没找到他们。”甘道夫说，“埃敏穆伊的山谷中笼罩着一层黑暗，在大鹰告诉我之前，我全然不知他们被抓走了。”

“大鹰！”莱戈拉斯说，“我曾见到一只鹰飞得又高又远——最后一次见到是在四天前，就在埃敏穆伊上空。”

“不错，”甘道夫说，“那便是将我从欧尔桑克救走的风王格怀希尔。我让他先行前往大河监视，收集信息。他的眼神十分锐利，可也无法看清山野和树下的所有动静。他看见了一些事，而我则看见了另一些。魔戒如今已在我力所不能及之处，无论哪位自幽谷启程的护戒队员皆已无能为力。它差点儿暴露在大敌眼中，但堪堪逃过一劫。其中我出了一些力：当时我坐在高处与邪黑塔角力，魔影便过去了。此后我变得很疲惫，无比疲惫；我沉浸在阴暗的思绪中，行了很久的路。”

“那你知道佛罗多的下落喽！”吉姆利说，“他怎么样了？”

“说不好。他逃得一场大难，可仍有许多险阻拦在前方。他决心只身前往魔多，于是动身出发——我能说的只有这么多。”

“并非只身一人，”莱戈拉斯说，“我们认为，山姆也同他去了。”

“他去了！”甘道夫眼睛一亮，脸上也现出笑容，“他真去了？我先前还真不知道，不过倒也不觉得意外。很好！太好了！你们让我宽慰不少。再跟我多讲讲！快坐在我旁边，跟我讲讲你们旅途中的经历。”

三位伙伴坐在他脚边，阿拉贡打头讲起故事。甘道夫好一阵一言不发，一个问题都没问。他双手摊在膝头，眼睛也闭上了。终于，当阿拉贡讲到波洛米尔之死，还有他在大河上的最后一程时，老人叹了口气。

“阿拉贡，我的老友，你知道或者猜到了什么，但你并未和盘托出。”他平静地说，“可怜的波洛米尔！我看不到他发生了什么。如此考验一位猛士、一位人王，实在太过残忍了。加拉德瑞尔告诉我，他曾身陷危机，但最后逃出生天。我很欣慰。哪怕是为了波洛米尔的缘故，那两个年轻的霍比特人跟我们也不算白走一趟。然而，他们要扮演的角色并未结束。他们被带到了范贡森林，而他们的到来，仿佛小石子滚落，引发了一场山崩。就在我们说话间，我都能听见那第一声崩塌。决堤之时，萨茹曼最好别在家外面被撞个正着！”

“老友，你还是一点儿没变，”阿拉贡说，“你还是这么爱打哑谜。”

“什么，打哑谜？”甘道夫说，“不！我只是在大声地自言自语。老习惯罢了：他们会跟在场最为睿智的人交谈，年轻人需要的长篇解释实在太过累人。”他哈哈大笑，声音此时犹如一束阳光，带着暖意与慈蔼。

“哪怕按古代人类家族的算法，我也不再年轻了，”阿拉贡说，“你就不能向我讲得再明白一些？”

“那我该怎么说？”甘道夫说，又停下来思索了一阵，“若你想尽量直白地了解我的部分想法，那我便简单说说眼下知道的情况。毫无疑问，大敌早就知道魔戒流落在外，由一名霍比特人携带。他如今知道当初从幽谷出发的护戒队伍有几人，来自哪个种族。不过，对于我们的目的，他并未彻底探明。他以为我们全都要前往米那斯提力斯，因为换作是他，他也会这么做。以他的智慧来看，这么做会极大地消耗他的军力。他极为恐慌，担心哪位大能会突然出现，御使魔戒向他开战，要掀翻他，取而代之。他却没料到，我们只想推翻他，并不想取代他。哪怕在最为黑暗的梦里，他也从未想过我们打算摧毁魔戒本身。毋庸置疑，由此便能见到我们的幸运与希望所在。他一心想着战争，于是便发动了战争，认为自己已没有时间可浪费；他先下手为强，觉得只要打得够狠，此后或许便不用再行出手了。因此，他如今将长久积蓄的兵力投入行动，比他原本的计划来得要早，真是聪明反被聪明误！他若是把全部力量都用来守卫魔多，任谁都别想进去，再把他的全副诡诈心思用来搜捕魔戒，那我们的希望可真就要破灭了：无论魔戒还是持戒人，都无法长久地躲开他。然而，他的眼睛此时全看向了外面，反而没留意自家门口；多数时候，他都在看米那斯提力斯那边。很快，他的大军就会如风暴一样席卷过去。

“毕竟，他已知晓，派去埋伏护戒队的先头部队再度失了手。他们没有找到魔戒，也没有抓到哪个霍比特人当人质。倘若他们真办到的话，对我们来说无异于当头一棒，还可能会直接成为我们的末日。不过，我们不必去想霍比特人温柔的忠诚遭受邪黑塔的考验，从而感到心情沉重，毕竟大敌并未得手——暂时。多亏了萨茹曼。”

“那萨茹曼不是叛徒？”吉姆利问道。

“他当然是叛徒，”甘道夫说，“双面叛徒。不觉得奇怪吗？我们近来所忍受的一切，似乎没有哪个比艾森加德的背叛更为严重。哪怕只是作为一方领主与统帅，萨茹曼也已变得十分强大。他威胁着洛汗人，又牵制了他们的力量，在敌军主力自东面逼近米那斯提力斯之时，让他们无暇施以援手。不过，一件不值得信任的武器，对持有者而言是危险的。萨茹曼同样怀有别的心思，他想截获魔戒为己所用，最不济也得抓几个霍比特人用于邪恶目的。两相角力之下，我们的敌人只好挖空心思，要趁这千钧一发之际，将梅里和皮平神速带到范贡森林，否则他们决计是不会来这里的。

“与此同时，他们心里又让新的疑问填满，也让他们的如意盘算落了空。多亏了洛汗人，剿灭奥克的战斗不曾有半点儿消息传到魔多；但黑暗魔君知道有两个霍比特人在埃敏穆伊被俘，还违抗了手下的意愿，被带去了艾森加德方向。他如今对艾森加德也产生了与米那斯提力斯一样的恐惧。若米那斯提力斯沦陷，下一刀要砍的便是萨茹曼。”

“很遗憾，我们的朋友被夹在了中间。”吉姆利说，“要是艾森加德与魔多之间没被分隔就好了，那我们就可以坐山观虎斗，静候时机。”

“那么赢家便会吃掉对手，变得比两者还要强大，而且再无顾虑。”甘道夫说，“不过，除非萨茹曼得到魔戒，否则艾森加德无法与魔多抗衡。但他如今再也得不到了。他并未意识到自己身处何种危险，他不知道的事情太多了。他急于将手伸向猎物，根本耐不下心在老巢等待，便出来接应和监视他的先遣队。可这回他来得太迟，没等他抵达这里，战斗早已结束，无力回天。他在这里并未久留。我看穿了他的想法，察觉了他的疑虑：他不懂在森林里追踪这类本事。他相信那些骑兵杀光及烧掉了战场上的人，但他不知晓奥克到底有没有带上俘虏。他不知晓他的仆从与魔多奥克间的冲突，也不知晓那名带翅膀的使者。”

“带翅膀的使者！”莱戈拉斯惊叹道，“我用加拉德瑞尔赠的弓，在萨恩盖比尔上空将他从天上射了下来。他让我们全都惊惧不已。这又是什么新的恐怖之物？”

“这可不是用箭能屠戮的东西，”甘道夫说，“你不过是射杀了他的坐骑罢了。干得不错，但骑手很快又会骑上新的坐骑。这东西乃戒灵纳兹古尔，共有九名之数，如今驾驭着会飞的坐骑。他们的恐怖很快便会遮天蔽日，笼罩我们盟友最后的军队。然而，他们还未获准越过大河，而萨茹曼并不知晓戒灵换了这副新貌。他的心思全在魔戒上面：它在战场出现了吗？被人找到了吗？万一马克之王希奥顿得到它，还得知了它的力量，该如何是好？于是他逃回艾森加德，打算以双倍乃至三倍的兵力攻打洛汗。然而，他忙着让自己的思绪天马行空，却不曾看见另一种一直存在且近在眼前的危险。他忘了树须。”

“你又在自言自语了，”阿拉贡笑着说，“我还不知晓有树须这号人物。而且，萨茹曼的双重背叛，我其实猜到了一些；不过，除了让我们经历一场漫长而徒劳的追寻，我看不明白两个霍比特人来范贡森林到底有何作用。”

“等等！”吉姆利嚷道，“我还想知道一件事。昨晚上我们看见的，究竟是你还是萨茹曼？”

“你们看见的肯定不是我，”甘道夫答道，“因此，我猜你们看见了萨茹曼。我们显然十分相像，若是因此让你想在我帽子上劈一个补不好的洞，我也只能原谅你了。”

“好的，太好了！”吉姆利说，“我很高兴那不是你。”

甘道夫又大笑起来。“是的，我的好矮人。”他说，“凡事不受误解，真是叫人欣慰。我可是再清楚不过了！不过，当然，你们这番欢迎方式，我可不会心生责怪。我都会三天两头建议我的朋友，在同大敌过招之时，哪怕连自己的手也别尽信，我又如何会怪你们呢。保佑你，格罗因之子吉姆利！或许哪一天你就会看见我与他出现在同一个地方，届时你就可以做分辨了！”

“可那些霍比特人！”莱戈拉斯打断了他，“我们千里迢迢来寻他们，而你似乎知道他们去了何处。他们如今在哪里？”

“与树须及恩特在一起。”甘道夫说。

“恩特！”阿拉贡惊叹道，“那么，那些关于森林深处的居民以及巨大牧树人的古老传说，也不全然是假的了？这世上竟然还有恩特？我一直以为他们顶多是洛汗的传说故事，或者是上古年代的回忆。”

“洛汗的传说故事！”莱戈拉斯惊叹道，“岂是如此！大荒野里的每一位精灵都吟唱过古老的欧诺德民与他们久远的哀思。不过，即便于我们而言，他们也仅存于记忆当中。倘若我能遇上哪个依旧行走于世间的恩特，我定然会觉得自己又年轻了！不过，树须这名字不过是以通用语对范贡一词的诠释，可你提到的似乎是一种生物。这位树须究竟是何方神圣？”

“噢！你问的这个问题，可得说上不少。”甘道夫说，“他的历史悠久而又缓慢，哪怕以我知道的那一星半点儿，也足以讲成我们此刻没时间说完的故事。树须就是范贡，是森林的守卫者；他是恩特中最古老的，也是太阳之下行走在这片中洲大陆上最为古老的生灵。莱戈拉斯，我当然希望你能碰见他。梅里与皮平交上了好运：他们遇见了他，恰巧就在我们坐的地方。他两天前来过，将两人带去了他远在迷雾山脉脚下的住所。他时常来此，尤其是在心绪不宁，外加外界传闻困扰他的时候。四天前我见他在林中踱步，我觉得他看见了我，因为他停下了；但我没说话，我那时思绪正深，与魔多的魔眼一番争斗又叫我疲累异常；他也没说话，也没叫我的名字。”

“或许他也以为你是萨茹曼，”吉姆利说，“可你提到他的时候，感觉像是在说一位朋友。我还以为范贡很危险。”

“危险！”甘道夫高声说，“我还危险呢，非常危险——比你们会遇上的任何人都要危险，除非你们被生擒至黑暗魔君座下。阿拉贡也很危险，莱戈拉斯也一样。格罗因之子吉姆利，你身边可全是危险；按你的标准，你本人也很危险。当然了，范贡森林危机四伏——尤其是对那些手上伐木斧蠢蠢欲动的人；范贡自身也很危险，但他却睿智又慈祥。但是，他那悠长、缓慢的怒气正渐渐四溢，整座森林都被填满了。正是到来的霍比特人告知的消息让怒气漫延——这怒气很快便会如洪水般一发不可收拾；而这巨浪却会卷向萨茹曼和艾森加德的那些斧头。自上古时代便不曾发生的事情，如今却要出现了：恩特即将苏醒，还将证明他们有多么强大。”

“他们会做什么？”莱戈拉斯震惊地问。

“我亦不知晓，”甘道夫说，“我猜测，他们自己也不知晓。我有些好奇。”他陷入沉默，脑袋勾着陷入沉思。

其他人全都看向他。云朵飘动，一抹阳光从中照出，落在他摊在膝头的手心上；他手中盛满阳光，恰似杯中装满了水。最后，他抬起头，直视着太阳。

“早晨即将过去，”他说，“我们得赶紧出发了。”

“是去寻找我们的朋友，与树须见面吗？”阿拉贡问。

“不，”甘道夫说，“那不是你们应走的路。我提到了关于希望的一些话，可仅仅是希望而已。希望并非胜利。战争笼罩在我们及我们所有盟友面前，这是一场只有靠使用魔戒才能确保胜利的战争。这场战争让我无比悲伤，无比恐惧：有许多事物会被摧毁，无人能逃过。我乃甘道夫，白袍甘道夫，可黑暗依旧更加强大。”

他站起身，手搭额头向东边凝望，像是在看其他人看不到的远方事物。随后，他摇了摇头，柔声说：“不行，它已不在我们掌控之内。至少，让我们为之高兴一些吧。我们再也不会受到使用魔戒的诱惑。我们须下山去迎接那近乎绝境的危险，不过那致命的危机却是解除了。”

他转过身。“好了，阿拉松之子阿拉贡，莫为你在埃敏穆伊山谷做出的决定懊悔，也莫把这当作徒劳的追寻。你在疑惑中选择的道路似乎并没错：这一选择是正确的，也得到了回报。正因如此，我们得以及时相逢，否则我们的见面或许就太迟了。不过，你们陪伴的使命已告结束，而下一趟旅程则是你先前承诺过的。你们须前往埃多拉斯，去希奥顿的王庭找他，那里需要你们。安督利尔的锋芒如今得在它长久等待的战斗里绽放。洛汗之地有战争，还有更为糟糕的邪恶——希奥顿情况不妙。”

“那我们便见不着那两个快活的霍比特人了？”莱戈拉斯问。

“我可没这么说过。”甘道夫说，“谁知道呢？耐心点儿。去你们须赴之所，心怀希望！去埃多拉斯！我会一同前往。”

“无论老少，走路去那里都需要很久。”阿拉贡说，“恐怕我人还未赶到，战斗便早已结束。”

“我们到时便知，到时便知。”甘道夫说，“现在总该跟我走了吧？”

“是的，我们会一同出发。”阿拉贡说，“但我毫不怀疑，只要你愿意，你肯定能比我先到那里。”他站起身，久久地看着甘道夫。其余两人也一言不发地看着他们面对面地伫立着。阿拉松之子阿拉贡那道灰色身影，高大、坚如磐石，手驻剑柄，宛若迷雾之海中走出的王者踏上了寻常人的海岸。他面前立着一道苍老的身影，浑身素白，此时如光芒自内迸发般闪耀，他佝着腰，身子沉沉地压着岁月，却掌握着君王也无以匹敌的力量。

“我所言是否属实，甘道夫？”阿拉贡最终开了腔，“你能比我更快到达任何想去之处。我同样也要说：你是我们的领袖，我们的旗帜。黑暗魔君有九戒灵。我们虽只有一位白骑士，却胜过他们九人。他自烈焰与深渊中复还，而他们将对他避之不及。他引领之处，我们定将前往。”

“不错，我们都会跟着你。”莱戈拉斯说，“不过，甘道夫，为了让我的内心得到宽慰，我想先听听你在墨瑞亚的遭遇。你难道不愿告诉我们？难道你不能多停留片刻，告诉你的老友们，你是如何得救的？”

“我已经停留太久，”甘道夫答道，“时间紧迫。但就算有一整年的空闲，我也不会告诉你们一切。”

“那就把你乐意说的讲出来，时间还够！”吉姆利说，“好啦，甘道夫，跟我们说说你同炎魔的搏斗！”

“莫要提他的名字！”甘道夫说。一时间，一层苦痛的阴云似乎蒙上他的面庞，他沉默地坐着，苍老得仿佛死去一般。“我坠落了很长时间，”他终于开口了，话声很慢，仿佛正绞尽脑汁地回想，“坠落了很久，而他也掉了下来。他的烈焰缠在我身上，焚烧着我。后来，我们坠入深水，一切都变得漆黑。我只觉得冰冷，死亡如潮水般涌来，我的心都要冻僵了。”

“都林之桥跨过的那道深渊无比深邃，没人知道有多深。”吉姆利说。

“不过，在光亮及人类所知的范围外，它依旧是有底的。”甘道夫说，“我最终抵达了底部，抵达了地岩最深处。我依旧没能摆脱他。他的火焰熄灭了，身子却变得无比滑溜，比能绞杀活物的大蛇还要强壮。

“我们在孕育万物的大地深处争斗，那里的时间无法计算。他一直缠着我，而我也拼命劈砍他，终于让他逃开，躲进了漆黑的隧道。这些隧道，格罗因之子吉姆利，并非都林族人建造。它们在比矮人所掘最深处还要深得多的地方，是由无名之物啃噬出来的世界。即便索伦也不知晓它们——它们比他还要古老。如今，我虽已行过彼处，却不会提及那里的情况，以免暗淡了天光。绝望之中，我的对手却成了我唯一的希望，我便穷追不舍，紧跟其后。就这样，他最终将我带回了卡扎督姆的秘密通路——他对它们了如指掌。我们便一直往上，最后来到了无尽阶梯。”

“那里失落已久，”吉姆利说，“好些人说，那地方只是传说，其实从没建造过，可又有人说那里被摧毁了。”

“那地方真有其物，而且并未被毁。”甘道夫说，“它从最深处的地窟一直攀升到了最高处的峰顶，成千上万级坚不可摧的台阶呈螺旋状上升，最终的出口在以天然岩石雕凿的都林之塔，位于银齿峰齐拉克－齐吉尔的山巅。

“在凯勒布迪尔之上，那出口宛如积雪中的一扇独窗，前方是一片狭窄空地，恍若立于世界迷雾之上一处叫人头晕目眩的鹰巢。那里的阳光无比猛烈，其下却叫云雾全裹住了。他猛然跃出塔，就在我紧随之际，他却迸发出新的火焰。可惜无人见证，否则这场山巅之战或许会被传唱许多世纪。”甘道夫霎时大笑起来，“可他们会在歌里唱些什么呢？那些从远处抬头观望的，只会觉得山上叫风暴笼罩了。他们会说，远方凯勒布迪尔的顶上电闪雷鸣，在山上击出了火舌。这还不够作歌吟唱吗？我们四周浓烟滚滚，水雾弥漫、蒸汽升腾，冰块如雨般砸落。我将对手扔了下去，他自高处跌落，撞碎了山侧，也将自己撞得粉身碎骨。随后，我便陷入黑暗，迷失在神思与时间之外，在我不会提的许多道路上漫游了许久。

“我被赤身裸体地送了回来——只回来了很短的时间，到我的任务完成为止。我赤条条地躺在山顶上，背后的塔已碎成齑粉，那独窗也不复存在，破碎的台阶也让焚烧断裂的石块给堵住了。我孤零零地躺在世界的冷酷尖角之上，无人记得我，也无路可逃。我躺在那里，盯着天上的群星不断周转，每一天都漫长得像大地上的一辈子。整片大陆的传闻从四面八方汇聚起来，隐约传入我的耳朵：生老病死，欢歌悲泣，还有不堪重负的岩石发出的永无休止的呻吟。终于，风王格怀希尔再度找了过来，他抓起我，带着我远去。

“‘患难之友啊，我真是注定要成为你的负担。’我说。

“‘你曾经确实是负担，’他回答，‘如今不是了。你在我爪中轻如鸿毛。阳光直接照穿了你。其实，我觉得你再也不需要我了：倘若我放开你，你就会在风中飘浮。’

“‘可别抛下我！’我喘着气说，感觉又活了过来，‘带我去洛丝罗瑞恩吧！’

“‘遣我来寻你的加拉德瑞尔夫人也是这么吩咐的。’他答道。

“我便这么去了卡拉斯加拉松，得知你们刚离开不久。我在那片仿佛不会衰老的土地上养精蓄锐，那里的时日为我带来治愈而非衰败。我发现自己康复了，还穿上了白袍。我给予他人建议，也听从他人的建议。此后，我经陌生道路前来，给你们中的一些人捎来口信。我受命要告诉阿拉贡的是：

埃莱萨，埃莱萨，杜内丹人今何在？
汝之亲族何以流落远方？
那失去的，定于近日重现，
那灰衣队，将自北方归返。
晦暗者，汝命定之途：
赴海之道，亡者卫之。

“她要告诉莱戈拉斯的是：

绿叶莱戈拉斯，久居林下，
喜乐伴汝生长。谨防大海！
若得闻海岸鸥鸣，
汝心再难安居林下。”

甘道夫陷入沉默，闭上了眼睛。

“看来，她没有给我递什么消息喽？”吉姆利问，埋下了脑袋。

“她的话晦涩费解，”莱戈拉斯说，“收到的人也很难领悟其中之意。”

“这可算不上什么安慰的话。”吉姆利说。

“那你要如何？”莱戈拉斯说，“非要她言明你的死期不可吗？”

“可以，要是她没有别的话好讲。”

“究竟是什么意思呢？”甘道夫说，又睁开了眼睛，“不错，我认为我能猜到她话中的意思。吉姆利，抱歉！方才我又在斟酌之前那些口信。她当然也有口信留给你，既不晦涩也不悲伤。

“‘给格罗因之子吉姆利，’她说，‘夫人向他致以问候。持发人，无论去往何方，我之牵挂与你同行。切记，莫让汝之斧劈错了树！’”

“甘道夫，你可真是选了美妙的时机回到我们身边。”矮人嚷嚷着，雀跃着以奇怪的矮人语大声唱着歌。“好了，好了！”他喊道，斧头挥来挥去，“既然甘道夫的脑袋现在变得神圣了，那我们就去找点儿别的砍吧！”

“要不了多远就能找到，”甘道夫站起身来，“走吧！我们这些散而复聚的朋友，在重逢上花光了时间。现在得赶紧上路了。”

他再度裹上那件破旧的斗篷，带头出发。几人跟在后头，飞快下了高岩架，一路往回穿过森林，沿着恩特河岸往下游而去。一直到再度站在范贡森林边的草地上，他们都没再多作交谈。他们的马儿还是不见踪影。

“马儿还是没回来，”莱戈拉斯说，“又得走到疲惫至极了！”

“时间紧迫，不行可不成。”甘道夫说着，抬头吹了个长长的呼哨。那双长满胡须的苍老双唇吹出的哨音如此清亮、尖厉，其余几人惊得立在了原地。他拢共吹了三下，随后，隐隐约约的，他们似乎听见东风从远处平原捎来一匹马儿的嘶鸣声。于是他们便心怀好奇地候着。没多久，只听得马蹄声渐起，起初只是地面微震，唯有贴在草地上的阿拉贡能察觉；声音渐渐加大，越来越清晰，化作疾驰的马蹄声。

“来的可不止一匹马。”阿拉贡说。

“当然了，”甘道夫说，“一匹马可驮不动我们这许多人。”

“有三匹马。”莱戈拉斯凝视着平原那边，“瞧这健步如飞的模样！是哈苏费尔，它旁边是我的朋友阿罗德！还有一匹领着头，身形非常壮硕。我以前从未见过像他这样的。”

“你以后也找不着这样的。”甘道夫说，“他便是捷影。他是马中王者美亚拉斯之首。即便洛汗之王希奥顿也不曾见过比他更好的马。他莫不是闪耀如银，迅捷如急流？他是为我而来，是白骑士之坐骑。我将与他并肩作战。”

就在老巫师说话间，这匹骏马便飞步往坡上他们这边来了。他一身皮毛耀眼，鬃毛在飞奔带起的风中招展。另两匹马紧跟在身后不远处。捷影瞧见甘道夫，当即刹住马蹄，引吭高鸣；随后，他碎步踱近，弯下高傲的头颅，用硕大的鼻子蹭着老人的脖子。

甘道夫抚摸着他。“从幽谷过来的路可不短，我的朋友。”他说，“可你既聪明又迅捷，于我需要之时赶来。我们如今便一同远行，此生再不分开！”

另两匹马儿旋即赶到，静立于捷影身畔，似是等待吩咐。“我们即刻前往美杜塞尔德，你们希奥顿主人的王庭。”甘道夫严肃地对着两匹马说。两匹马低下脑袋。“时间紧迫，我的朋友们，请容我们骑在身上，请你们全力飞奔。让哈苏费尔载上阿拉贡，阿罗德载上莱戈拉斯。我会让吉姆利坐我身前，请捷影带上我们二人。我们喝点儿水便出发。”

“昨晚的谜题，我现在有些明白了。”莱戈拉斯说，脚下一点便骑到了阿罗德背上，“无论他们起初是否因恐惧而逃走，我们的马之后便遇上了他们的首领捷影，便快乐地迎接了他。甘道夫，你此前可知他就在附近？”

“不错，我知道。”巫师说，“我将意识投向他，让他速速前来；昨日他还远在此地南部。愿他再度飞速载我回去！”

甘道夫眼下跟捷影讲了些话，马儿便迈开大步出发，但另两匹马尚且还能跟上。过了一会儿，他猛地转向，选了处河岸较低的地方渡河，又领着众人走正南来到一处开阔的平坦土地，这里一棵树也没有。风儿吹过，拂得无边无际的草地银浪翻卷。一路看不见大道小径，但捷影却毫无迟疑，未曾停步。

“他正沿一条直路前往白色山脉坡下的希奥顿的王庭，”甘道夫说，“如此会快上一些。东埃姆内特的地面更紧实，北上的主道就在那里的河对岸，而捷影知道穿过沼泽与洼地的所有通路。”

他们在草地与河地穿行了好几个钟头，他们脚下的草极深，常常能触到骑手的膝盖，坐骑活似在一片灰绿的海洋里游泳。他们一路遇见许多看不着的水池，大片大片莎草摇曳在这些潮湿又危机四伏的泥塘上方。不过，捷影依旧找得着往前的路，其他两匹马则循着他的踏痕走。日头慢悠悠地落下西天，有那么片刻，骑手举目远眺辽阔平原的时候，看见远处恍若赤焰落入了草地。矮一些的地方，就在视线尽头处，山脉的肩头两侧一片火红。那里似有浓烟阵阵腾起，将一轮夕阳熏得血红，仿佛这落日沉入大地边缘时点着了草地。

“那里便是洛汗豁口，”甘道夫说，“差不多在我们正西方向。往那里过去便是艾森加德。”

“我见有大股浓烟，”莱戈拉斯说，“许是出了什么情况。”

“生死搏杀，一场大战！”甘道夫说，“继续赶路！”

· 第六章 ·

金殿之王

日落西山，黄昏渐消，夜幕慢笼，但马蹄不曾停下。等到众人勒缰落地之时，就连阿拉贡也浑身僵硬，疲倦不已。莱戈拉斯与吉姆利倒头便睡，阿拉贡平躺在地，舒展着背脊；甘道夫依旧站着，斜倚法杖，眼睛凝望着东边和西边的黑暗。万籁俱寂，一丝活物的动静都没有。几人再度起身之时，长长的云层正罩着夜空，又叫寒风渐渐撵开。冷月之下，队伍再度启程，速度比起白日里半分未减。

几个钟头过去，他们依旧向前疾驰。吉姆利打起瞌睡，差点儿从鞍上摔下去，所幸被甘道夫一把攥住，又摇醒了他。哈苏费尔与阿罗德困顿却骄傲地跟着，前面是他们不知疲倦的领袖，恍若一道很难看清的灰影。渐盈的月亮沉入西边重重的浓云里。

空气中泛起一阵冰寒。东边，黑夜慢慢褪作冷灰。左边远处，埃敏穆伊黝黑的岩壁之上，一道道红光绽放开来。清朗的黎明来了，一阵风切过脚下路，冲进垂头丧气的草丛里。忽然间，捷影停下马蹄，嘶鸣起来。甘道夫手指向前方。

“看！”他高喊，众人抬起沉重的眼皮看了过去：面前矗立着南方山脉，峰顶雪白，山体裹着黑色的条纹。草地绵延到山峰脚下聚集的小山丘，又继续向上攀升，进了依旧昏暗朦胧、黎明之光尚未触及的许多山谷，再蜿蜒探向雄峰的腹地。旅者面前的这些山谷，最宽的那座活似山野里出现的一条长长的海湾。在它深处，众人瞥见一座带着高高峰顶的起伏山脉；谷口处孑然立着一座哨兵似的高地。山谷中涌出的一汪小溪，银线般流过高地的脚下；高地的顶处，虽然依旧遥远，但众人瞥见旭日映照下的一丝反光，一抹闪耀的金色。

“莱戈拉斯，说说看！”甘道夫说，“告诉我们，你在前方看见了什么。”

莱戈拉斯凝视前方，手搭额头遮住旭日直射的晃眼阳光。“我见雪峰上淌下一条溪水，”他说，“自它从发源地流出山谷阴影处的东边，有一座绿色山丘，外面环绕着濠渠、坚实的护墙与拒马；墙内有许多屋顶，鳞次栉比；中间的绿色台地上耸立着一座雄伟的人类大殿。于我眼里看来，大殿的屋顶似乎由黄金铺就，它的光芒辉映着整片土地，那许多的门柱也皆是金色。彼处矗立着许多身着金鳞甲的人；不过，除此之外，大殿内里却是一片沉眠之景。”

“此方殿堂名唤埃多拉斯，”甘道夫说，“那座大殿便是美杜塞尔德，森格尔之子、洛汗马克之王希奥顿便住在其中。我们于日出之时前来，眼下道路已清晰可见。但我们前行时须加倍谨慎；城外正爆发战争，而洛希尔人——御马人——可不会沉眠，即便远远看着像是那样。在抵达希奥顿王座之前，我告诫你们：莫要拔出武器，也莫讲轻蔑之言。”

几位旅者来到小溪边上的时候，四周已是明媚爽朗的清晨，鸟儿也开始啁啾。小溪一路奔腾往下，在山丘脚边拐了一个向东的大弯，于远处茂盛的芦苇丛中注入恩特河。大地一片翠绿：潮湿的草地上，还有绿草如茵的小溪边，全长着许多柳树。在这片南方土地上，柳树感觉到春天临近，柳梢渐渐红了。小溪往上有一处渡口，两边河岸较矮，饱经往来马匹踩踏。四位旅人打这里渡溪而过，来到一条遍布车辙、往高地去的阔道。

在城墙围住的那山丘脚下，阔道钻入许多座高大青冢投下的阴影中。青冢西边的青草一片白茫茫的，像是落上了白雪——原来是开满了小小花朵，恰似满天繁星落进草地。

“看！”甘道夫说，“草里那些明亮的眼睛多美！此花名为永志花，这片土地上的人类又叫它们‘辛贝穆奈’[1]，因它们终年绽放，又生长在亡者长眠之所。瞧！我们已来到希奥顿诸位先祖长眠的伟大陵寝。”

“左边七座，右边九座，”阿拉贡说，“自金殿建立起，人类已过去了许多世代。”

“自那时起，我的家乡黑森林里的红叶已落了五百回。”莱戈拉斯说，“在我们眼里，这只算得上是一小段时日。”

“但在马克的骑兵看来，似乎已是许久之前的事了。”阿拉贡说，“金殿的建造是只存于歌谣中的记忆，再往前的岁月早已遗落在时间的迷雾里。他们如今把这片土地当作家园，当作自己的东西，使用的语言也将他们与北方的亲族分隔开来。”随后，他用一种慢悠悠的语言轻声吟唱了起来；这语言在精灵和矮人听来很陌生，但其中蕴含着强烈的韵律，使他们继续听了下去。

“我猜，这就是洛希尔人的语言。”莱戈拉斯说，“它与这片土地本

1 辛贝穆奈是永志花的洛汗语名称，意为“永远铭记”。它还有两个辛达语名字：第一纪元的精灵称它为“微洛斯”，意为“永远洁白”，第三纪元的刚铎人叫它“阿尔费琳”，意为“永不凋谢”。——译注

身有些像，一部分圆润、起伏不定，别的部分又如山岗般坚硬、肃穆。但我猜不透它在说什么，只听得出它满载着凡人的悲伤。”

“我会尽量诠释得准确一些，”阿拉贡说，“用通用语大概是这么唱的：

骏马骑手今何在？号角鸣何方？
战盔锁甲今何在，金发耀何方？
竖琴抚手今何在，篝火艳何方？
春华秋实今何在，谷穗高何方？
唯余山岗雨落，又若风过草浪；
白昼尽退西天，昏日全落幽山。
落木化焰，余烟孰拢？
西海若归，经年谁候？

“这首诗由许多年前洛汗一位不知名姓的诗人所作，回忆年少的埃奥尔身形多么高大俊美，自北方御马南下；他的坐骑四蹄生翼，名为费拉罗夫，是万马之祖。人们依旧会在晚间吟唱这首歌。”

说话间，几位旅者穿过了无言的青冢。沿着蜿蜒的道路爬上山丘青葱的肩头，他们终于来到埃多拉斯宽阔的挡风墙与大门之前。

许多身着明亮锁甲的人散坐门前，他们纷纷跳将起来，持矛拦住去路。“站住，你们这几个不明底细的生人！”他们用里德马克的语言大声唤道，要求陌生人报上名字和来头。他们眼里满是疑惑，眼神也是不善得紧；看到甘道夫的时候，他们更是一脸阴沉。

“你们的语言我倒是听得很懂，”甘道夫以同样的语言回答，“可其他陌生人就没几个能明白了。既然你们想要得到回答，何不照西边的习惯，用通用语说话呢？”

“希奥顿王有令，听不懂我们的语言、并非我们朋友之人，不得入内。”其中一名守卫答道，“战争期间，除了我们的同胞，除了来自刚铎的蒙德堡[1]之人，我们不欢迎任何人。你们穿得如此怪异，还骑着像是我们的马，又大摇大摆地穿过平原而来，你们究竟是谁？我们在这里守了很久，老远就看见你们了。我们从未见过如此怪异的骑手，也没见过哪匹比载着你的这匹更挺拔的骏马。除非什么邪法蒙了我们的眼睛，否则他肯定是美亚拉斯的一员。说，你是不是巫师，是不是萨茹曼的奸细或者他施展的幻影？赶紧回答！”

“我们可不是幻影，”阿拉贡说，“你们的眼睛也没骗你们。我们骑的就是你们的马，我猜，你们不用问也心知肚明。不过，哪有贼会把马给你骑回来的。这是哈苏费尔跟阿罗德，是马克第三元帅伊奥梅尔借给我们的，就两天之前的事情。正如我们允诺他的，我们把马儿带了回来。莫非伊奥梅尔还未归来，还未通告我们的到来？”

守卫眼中闪现出一丝不安。“伊奥梅尔的情况无可奉告。”他答道，“假如你们说的并非假话，那希奥顿毫无疑问已经知道了情况。或许你们也算不上全然的非请自来。佞舌[2]两夜前找上我们，说希奥顿有令，不许任何陌生人通过大门。”

“佞舌？”甘道夫一脸严厉地看着守卫，“不必说了！我要找的不是佞舌，而是马克之王本人。我时间紧急。你不打算亲自去，或者派人去通告我们来了吗？”他那浓眉下的双眼瞪向这守卫，眼神如电。

“行，我会去的。”他一字一句地答道，“但我总得通报来者姓名吧，我要如何介绍你？眼下看着你倒是又老又萎的，可我觉得你内里却是凶恶又冷酷。”

“你倒是眼神毒辣，牙尖嘴利。”巫师说，“我是甘道夫。我回来了。

1 洛汗人称米那斯提力斯为“蒙德堡”。——译注
2 佞舌是希奥顿王的首席顾问格里马的别名。——译注

看！我还带回一匹马。除我无人能驯的豪迈捷影，这便是了。我身边这位是阿拉松之子、诸王后裔阿拉贡，欲前往蒙德堡。这两位也是我们的同袍，精灵莱戈拉斯与矮人吉姆利。快去，与你们的主人讲，我们已抵达大门，有事要相商，请他允许我们进殿。”

“你们这些名字可真是奇怪！我会照你的意思禀报，再求来主人的意愿。”守卫说，“稍等片刻，我会带回合他心意的答复。可别指望太多了！如今的日子可不太平静。”他迅速离去，将陌生人留给了同袍看管。

一阵之后，他回来了。“跟我走！”他说，“希奥顿准许你们进入，但你们所携各类武器，哪怕是一根拐棍，全得留在殿外。殿门守卫自会保管。”

深色的大门晃动着洞开了。旅者跟在守卫后面，鱼贯而入。他们来到一条雕石的宽道，又循着蜿蜒而上，攀过一段段不长的精致台阶，经过许多间木屋，许多扇黑门。路旁的石渠里淌着一条清澈的小溪，波光粼粼，水声潺潺。最后，他们来到山丘的顶缘。这顶处是一片翠绿的台地，其上矗立着一座高高的平台，平台脚下有一尊马头样貌的石雕，一汪清泉从中喷涌而出，落入底下宽敞的水盆，溢出的水则注入沿坡而下的小溪。绿台地再往上是一段高且宽的台阶，最上一级台阶两侧分设有石凿的座椅，上面坐着好些守卫，佩剑出鞘，置于膝头；他们满头金发编作辫子，垂在肩上；那绿色盾牌带着太阳徽记，长胸甲熠熠生辉。他们起了身，个头儿似乎比寻常人要高。

“前面就是大殿的门，”领路人说，“我得回去大门守岗了。再会！愿马克之王予你们慈悲！”

他转过身，迅速沿原路返回。其他人则在高大守卫的注视下继续攀爬着长长的台阶。这些守卫此时站在高处，一言不发，静候甘道夫步上了台阶最顶上的石铺高台，这才突然用清晰的声音，以自己的语言向来客道上礼貌的问候。

“远道而来者，向你们致敬！”他们说，又掉转佩剑，将剑柄朝向几位旅者，以示和平。阳光下，剑柄上的绿宝石闪闪发亮。随后，其中一名守卫靠上前来，用通用语开口说话。

“我乃希奥顿的殿门守卫，”他说，“名为哈马。进殿之前，我必须请你们放下武器。”

于是，莱戈拉斯交出他的银柄刀、箭壶与精灵弓。“请妥善保管，”他说，“它们来自黄金森林，是洛丝罗瑞恩夫人交予我的。”

守卫眼中透出惊讶之色，连忙将武器靠在墙边，仿佛不敢去碰。“我向你保证，谁都不会碰到它们。”他说。

阿拉贡踌躇了片刻。“我无意与我的佩剑分开，”他说，“也不愿将安督利尔交与他人之手。”

“这是希奥顿的旨意。”哈马说。

“要说森格尔之子希奥顿——哪怕他是马克之王，他的意志是否能凌驾于刚铎埃兰迪尔后裔、阿拉松之子阿拉贡之上，我倒还真不知道。”

“就算你取德内梭尔代之，做了刚铎的王，此地也是希奥顿的王庭，而非你阿拉贡的。”哈马说着，快步行至殿门前拦住去路。他此时拔剑在手，剑尖对准了陌生人。

“莫说空话，”甘道夫说，“希奥顿的命令毫无必要，可违抗也没什么意义。无论其做法愚蠢或是明智，一国之主于自己王殿当得随心所欲。”

“倒是不假。”阿拉贡说，“倘若我此时身处樵夫小屋，所携亦非宝剑安督利尔，那我自然听凭屋主安排。”

“管它叫什么名字，”哈马回道，“交出你的剑来，除非你想一个人对阵埃多拉斯所有人。”

“他可不是一个人！”吉姆利说，手指摩挲着斧刃，一脸阴沉地看着守卫，仿佛他是吉姆利想砍掉的一棵小树，“怎会是一个人！”

“好了，好了！”甘道夫劝道，“在场的都是朋友。至少，本该是朋友。我们若是争吵起来，只会叫魔多看了笑话。我的使命刻不容缓。哈马，我的好伙计，至少，我把我的剑交给你，好好保管。它名唤格拉姆德凛，很久以前由精灵铸造而成。让我过去吧。阿拉贡，来吧！”

阿拉贡缓缓解下佩带，亲自将剑靠在墙边。“我便放它于此处，”他说，“但我命你不得碰它，也不可让别人碰触。这精灵剑鞘当中的，是一柄断而复铸的宝剑。它起初由铁尔哈[1]于古早之前锻成。除了埃兰迪尔后裔，任何胆敢拔出埃兰迪尔之剑者，都会惹上杀身之祸。”

守卫退步往回，一脸震惊地看着阿拉贡。“您就像是以歌谣为翅膀，从被遗忘的时日里飞出来的人。”他说，“大人，谨遵您的吩咐。”

“行吧。”吉姆利说，“既然有安督利尔作陪，我这斧子留在这里，也没什么可委屈的。”他将斧子放在地板上，“既然一切如你所愿，那就放我们进去同你主人谈谈。”

守卫依旧迟疑。“你的法杖，”他对甘道夫说，“请见谅，可它必须得留在殿门外。”

“愚不可及！”甘道夫说，“谨慎归谨慎，无礼可要另当别论了。我年纪大了，不倚着手杖走路，那便只能坐在这里，等希奥顿得了心情亲自出来同我说话。”

阿拉贡哈哈一笑，道：“人人都有太过珍重而无法托予他人之物。你怎好拆散老人和他的撑杖呢？行了，快让我们进去吧。”

“巫师手上的法杖，能起的作用可不止当老人的拐棍。”哈马冷眼盯着甘道夫靠着的灰色法杖，“不过，要是有疑虑的话，有德之人应相信

---

1 铁尔哈是第一纪元蓝色山脉的矮人城邦诺格罗德的一名矮人工匠，也是中洲历史上最厉害的工匠之一。——译注

自己的智慧。我相信你们是朋友，是心怀荣誉之人，并未揣着邪恶目的。你们可以进去了。”

卫兵这才抬起沉重的门闩，将殿门缓缓朝里推，巨大的铰链一阵吱嘎作响。几位旅人走了进去。呼吸过山丘上清爽的空气，这里让人感觉又暗又暖。王殿既长且宽，暗影与光亮各占半壁江山；宏伟的柱子撑起高耸的殿顶；深深的屋檐下，东面的高窗倒是有一片片明亮的阳光透进，照得殿内斑斑驳驳；一缕缕薄烟缭绕升腾，从殿顶的天窗钻向浅淡的蓝天。待眼睛适应之后，几位旅者这才发现，脚底下这铺石地面竟是由五彩斑斓的如尼文与奇异的图样交织铺设而成。几人此时清楚看见，立柱满是精雕细琢，泛着暗沉的金色与别的看不太分明的颜色；墙上挂着许多阔幅织锦，行于锦面的是古代传说中的人物，部分让岁月变得模糊不清，还有部分让阴影变得漆黑一团。倒是有一块织锦叫阳光照亮，上面载着一位白马少年郎。他正吹着一支巨大的号角，满头金黄色的头发在风中飞扬；脖颈高昂的白马嗅到远处战斗的气息而嘶鸣，火红的马鼻张得大大的；绿浪并白沫冲刷着白马的腿，又翻卷开来。

“那是年少的埃奥尔！”阿拉贡说，“他便是这样御马出了北方，奔赴凯勒布兰特平原之战的。”

四位伙伴此时继续前行，一路走过大厅中央柴火熊熊燃烧的长壁炉，随后停下脚步。壁炉再往里是王殿最深处，那里坐南朝北、对着王殿大门的是一座三阶的台子，正中摆着一张巨大的镀金椅子。椅子上坐着一位男子，岁月让他佝偻得厉害，看着跟矮人竟差不了多少；他那满头白发倒是又长又密，编作了许多粗辫，垂落在额头一顶纤细的金冠之下。金冠正中，一枚白钻兀自闪亮。他的胡须如落雪般横陈膝头，眼里依旧焕发着神采，双目如电地盯着几位陌生来客。巨椅背后立着一位白衣女子，他脚下的台阶上坐着一个身形枯槁的男人，那人面色苍白，眼皮沉重得抬不起来。

无人说话。椅子上的老者一动不动。最后，甘道夫开了口：“向你致敬，森格尔之子希奥顿！我回来了。因为，风暴要来了！现如今，盟友们都该团结一致，以免被敌人各个击破。”

老者慢吞吞地站起身，沉沉地倚上一根白骨作柄的黑色短杖；几位陌生人这下瞧见，即便佝偻如斯，他依旧显得魁梧，年轻时定是位高大、骄傲之人。

“向你致敬，”他说，“或许你觉着我会欢迎你。不过，老实说，甘道夫大人，这里有没有人欢迎你，可真说不好。你向来都和灾难同行。麻烦总与你如影随形，你来得越频繁，麻烦就越大。我不跟你说假话：听闻无主的捷影返回，我心里是喜悦的——既是因为马儿回来了，更是因为马背上没了骑手。伊奥梅尔带来消息说，你总算去了那永久归宿，我丝毫不曾难过。只是，远方传来的消息，难得有真实无误的时候。这不，你又来了！比以往更可怕的邪恶也同你来了，一点儿都不叫人意外。凶兆乌鸦甘道夫，你倒是告诉我，我为何要欢迎你？”他又慢慢坐回了椅子。

“陛下所言极是。”台阶上那一脸苍白的男人说，“西界传来您的得力臂膀、马克第二元帅希奥杰德阵亡的噩耗，这才五天不到。伊奥梅尔不值得信赖。倘若让他掌兵，您的城墙可就剩不下几名守卫了。即便现在，我们也从刚铎得知，黑暗魔君正在东方蠢蠢欲动。就在如此时刻，这流浪汉倒选择回来了。凶兆乌鸦大人，我们为什么要欢迎你？我管你叫拉斯贝尔——噩耗；噩耗者，恶客也，不外如是。”他那沉重的眼睑抬起了片刻，漆黑的眼睛盯向几位陌生来客，又阴恻恻地笑起来。

“聪明如你，我的朋友佞舌，毫无疑问是你主子的大帮手。”甘道夫柔声说，“不过，人带来噩耗的方式有两种：他可以是邪恶的帮凶；或者，他可以在他人富足时不加打搅，只在危难时出现，给予助力。”

“此话不假。”佞舌说，“不过，还有第三种：残骨啄肉、搅和他人不幸，靠战争养肥自己的食腐鸟。你可带来过任何协助，凶兆乌鸦？你今天可有带上？先前你来此地，寻求帮助的是你，提供帮助的却是我们。我王允准你随意挑选一匹马离开，你竟放肆地要走了捷影，让所有人惊掉了大牙。我王着实心痛不已；不过，也有人认为，能让你速速离开，这代价也不算离谱。我猜，这回多半也是故技重施——你是来寻求帮助，而非提供帮助的。你带援手来了吗？带马匹、刀剑、长矛了吗？这些才是我们眼下急需的帮助。跟在你尾巴后面的都是些什么人？三个衣衫褴褛的灰衣流浪汉，而你则是四人里边最像乞丐的那一个！”

“你的王殿里最近似乎短了些礼数，森格尔之子希奥顿。”甘道夫说，“莫非殿门信使不曾通报我这几位同伴的名姓？这样三位客人，可没多少洛汗之王接待过。他们放于殿门的武器，任何凡人——即便最为勇猛之人，亦难匹敌。他们所穿灰衣乃精灵所作，正是这些装束让他们能穿越千难万险，来到你的王殿。”

“看来伊奥梅尔所报属实，你们跟金色森林的女巫结盟了。”佞舌说，“倒也不奇怪：德维莫丁[1]那里素来编织着欺瞒的罗网。”

吉姆利向前一步，却叫甘道夫猛地攫住肩膀；他立在原地，身子绷得像石头。

于德维莫丁，于罗瑞恩
凡人足印罕有，
永明之光长现

1 洛汗语，意为“幻影之谷”，指洛丝罗瑞恩。——译注凡人目光难见。

加拉德瑞尔！加拉德瑞尔！

汝之泉水清亮如斯；

纤手星辰白如许；

林叶无瑕，土地纯洁，

于德维莫丁，于罗瑞恩

美景良辰，凡人难思。

甘道夫轻声吟唱着，又蓦地一变。只见他将身上的破斗篷一抛，身子便挺直了，也不再倚着法杖。他语气冰冷，朗声道："智者唯言心知之事，加尔摩德之子格里马。你已变成一条愚不可及的蠕虫。因此，莫再说话，让你的牙管住那分叉的舌头。我穿越烈焰与死亡到此，不是来跟仆役搅舌到雷霆劈落的。"

他举起法杖。雷声轰隆。东窗照进的阳光被遮蔽，整座王殿似是黑夜忽临。炉火渐熄，化作昏沉的余烬。唯一能看见的只有一身白袍、身形高大的甘道夫，就站在没了火光的壁炉前。

一片昏暗中，佞舌的声音响起。"陛下，我是否告诫过您，不能让他带上法杖？那蠢货哈马忤逆了我们！"一阵光芒划过，仿佛有闪电劈向了屋顶。随后，四下里一片寂静。佞舌吓得瑟瑟发抖。

"森格尔之子希奥顿，这下你可愿听我一言？"甘道夫说，"你是否寻求着帮助？"他举起法杖，指向高窗。那里的黑暗似乎明亮起来，透过窗口能看见高远处的一片闪亮天空。"并非万物皆黑暗。马克之王，振作起来；你无法寻到更好的帮助了。我不会予绝望之人建议。但我愿予你建议，有话想告诉你。你可愿一听？这并非人人能听之言。我请你走出殿门，看看外面。你已在阴影中坐了许久，听了太多谗言巧佞。"

希奥顿自椅子上缓缓起身。王庭中再度亮起一丝光明。那女子快步走到国王身侧，搀住他的胳膊。老人步履蹒跚地下了台子，脚踩棉花似的穿过王殿。佞舌依旧瘫在地板上。众人行至殿门，甘道夫拍打着门扇。

“开门！”他喊，“马克之王驾到！”

大门轰然开启，凛冽的空气呼啸而入。山上正有风吹过。“把你的卫兵派到台阶底下去，”甘道夫说，“还有你，女士，让他跟我独处片刻。我会照料好他的。”

“伊奥温，我的外甥女，你去吧！”老国王说，“提心吊胆的日子过去了。”

女子转过身，慢慢走进宫殿。穿过殿门时，她回过头，眼中带着肃穆与思绪，冷静又怜悯地看了一眼国王。她面庞绝美，长发宛若金河，身姿纤细、挺拔，着一袭银束腰白袍；她又充满力量，坚毅如铁，正是王女之相。就这样，阿拉贡头一回在光天化日之下见到了洛汗王女伊奥温，觉得她美丽——美丽又冰冷，仿佛初春早晨的一抹青涩。她此时忽然注意到他：诸王后裔，身材高大、智慧而饱经风霜；一身力量虽隐藏在灰色斗篷之下，却让她感觉到了。她如石头般静立片刻，旋即转身，快步离开了。

“现在，陛下，”甘道夫说，“看看外面你的国土！再度呼吸这无拘无束的空气！”

从高台顶上的大殿门廊处，众人能看见洛汗的绿野于河水彼岸渐渐化作远处的灰蒙；雨帘叫风吹动，斜垂而下。他们头顶与西边的天空依旧乌云密布，远处难辨身形的山岗顶上不时划过闪电。不过，风渐渐转向了北边，而东边过来的暴风雨也已式微，往南翻滚着朝海边去了。太阳刺穿众人身后的云层缝隙，直射而下。细雨若银，让阳光照得闪亮；远处的河水也泛着亮，仿佛锃光瓦亮的琉璃。

“这外边并不黑暗。”希奥顿说。

“不错。”甘道夫回答，“年岁也并非某些人让你以为的那样，在你肩头压得那么沉重。扔掉你的拐杖吧！”

黑色的手杖从国王手上摔落，“哐当”一声掉在石地上。他仿佛经年弓腰辛劳，腰背都已僵硬的人那般，慢慢直起身子。这下，他的身子变得挺拔、高大，望向敞亮天空的双眼一片湛蓝。

“近来，我的梦总是一片黑暗，”他说，“但我感觉现在恍若新生。甘道夫，真希望你能再早一些现身。恐怕你来得已太晚，只能目送我的王庭土崩瓦解。埃奥尔之子布雷戈所建的这座雄庭，已时日无多了。烈焰会吞噬那高座。还有什么能做的？”

“很多。”甘道夫说，“但先派人把伊奥梅尔放出来吧。除你，人人称作佞舌的格里马——在他的建议之下，你将伊奥梅尔关了起来，我猜的可有错？”

“确实如此。”希奥顿说，“伊奥梅尔非但违令不从，还在我的王庭中威胁要杀了格里马。”

“爱戴你之人，不一定也爱佞舌及他的谗言。”甘道夫说。

“或许吧。我且照你说的办。唤哈马上前。既然他辜负了门卫的职责，那就让他当跑腿的。便让有罪的带那有罪的来受审吧。”希奥顿语气虽严，看向甘道夫时却面露笑容，使得满脸的愁纹全都舒展开来，就此再无踪影。

等哈马来了又走后，甘道夫将希奥顿引去一处石座，对着国王坐在最高一级台阶上。阿拉贡与几位同伴也站在附近。“你该知道的事，现在没时间全都告诉你。”甘道夫说，“不过，若我的希望尚未落空，要不了多久，我便有机会详细说与你听。注意！你要遭遇的危险，大到凭佞舌的智慧也无法编织进你的梦里。不过，你看！你已不再恍惚。你清醒了。刚铎与洛汗并非孤军奋战。敌军比我们想象得更为强大，但我们却有着大敌未曾料到的希望。”

甘道夫快速讲述起来。他将声音放得微弱又隐蔽，除了国王，没人听得到。随着他的讲述，希奥顿眼中的光彩渐渐明亮，最后还从座位上直直站起了身。一旁的甘道夫也站起来，两人一同从这高处望向东方。

“确凿无疑，”甘道夫此时不再压着嗓门儿，声音洪亮、清晰，“我们的希望就在那个方向，我们最大的恐惧也在那里。我们依旧命悬一线，但希望尚存——倘若我们能再多坚挺一阵。”

其余人也将目光移向东边。他们的眼睛穿越无数里格此起彼伏的土地，一直望向地平线的边缘，而他们的牵挂让希望与恐惧载着继续向前，翻越黑暗山脉，直抵魔影之地。持戒人如今何在？正所谓命悬一线，可这线却是何等纤细！莱戈拉斯努力睁大他那双鹰眼，似乎捕捉到一抹白色光亮：许是阳光照在远方守卫之塔尖顶的光。再往前有一小条火舌——威胁看似无比遥远，却又已是近在眼前。

希奥顿慢慢坐了回去，疲乏感似乎依旧在同甘道夫的意志对抗，想要掌控他。他回头看向自己的宏伟大殿。“唉！”他说，“我已垂垂老矣，可我拼命想换来的安宁不但不曾到来，反而还叫我碰上了如此邪恶的日子。可叹啊，勇猛的波洛米尔！黑发人先逝，白发人却在苟延残喘。”他那双皱纹横生的手握紧了膝头。

“你的十指若能握上剑柄，便能记起它们往日有多么强健。”甘道夫说。

希奥顿站起身，把手探向腰侧，可腰带上却空荡荡的。“格里马把它收于何处了？”他嘟哝道。

“亲爱的陛下，请用这把！”一个清亮的声音响起，“它永远听凭您吩咐。”有两个人轻手轻脚地走上楼梯，眼下就站在离顶处几级台阶远的地方。其中一人是伊奥梅尔。他卸下了头盔胸甲，手上握着一把出鞘的长剑；他跪倒在地，将剑柄递向他的君主。

“怎么回事？”希奥顿厉声问。他转向伊奥梅尔，二人也一脸震惊地看着此时傲然挺立的希奥顿。那名他们离开时还得靠着椅子或倚着拐杖的老人哪里去了？

“陛下，是我自作主张。”哈马颤抖着说，“我明白伊奥梅尔将被释放。我心中太过欢喜，或许因而办了坏事。不过，既然他已再获自由，而他又是马克的元帅，我便照他的吩咐，交还了他的佩剑。”

“以便能献于您脚下，陛下。”伊奥梅尔说。

好一阵，希奥顿只是低头默然看着依旧跪在面前的伊奥梅尔。众人全都一动不动。

“你不愿接剑吗？”甘道夫问。

希奥顿慢慢探出手。在旁观者看来，他的手指一摸上剑柄，单薄的手臂登时再度变得坚定、有力。突然，他提剑便舞，只见剑光雪亮，声若龙吟。随后，他一声长啸，以洛汗语嘹亮地唱诵着战斗的呼唤：

奋起吧，希奥顿的骑兵们，奋起！
恶行已现，东边至暗。
勒缰在手，吹角连营！
埃奥尔一族，进军！

守卫以为陛下召唤，纷纷冲上台阶。他们震惊地看着国王，随后整齐划一地拔出佩剑放在他脚边。“请下令！”他们大喊。

“希奥顿王万寿无疆！”伊奥梅尔大喊，“见您恢复如初，我们无比高兴！甘道夫，再也不会有人说你只会带来悲痛的话了！”

“伊奥梅尔，我的外甥，把你的剑拿回去吧！”国王说，“哈马，快去！找到我的剑！格里马拿去保管了。把他也一并找来。言归正传，甘道夫，假使我没听错，你说你要给我建议。你有何见解？”

“你已经采纳这建议了。”甘道夫说，“即信任伊奥梅尔，而非某个心怀不轨的家伙；把你的后悔与恐惧抛开，做好眼前的事情；把能骑马的赶紧派去西边，正如伊奥梅尔的谏言：趁为时未晚，我们必须先消除萨茹曼的威胁。若是失败，我们便穷途末路；若是成功，那我们就继续下一项使命。与此同时，留下来的那些子民，那些妇孺老幼，应逃去你们建在山里边的避难所——它们不就是造来预防当今的邪恶日子的吗？让他们带上吃食；但切莫耽搁，也莫要带大大小小的财物拖慢脚步。眼前有性命之忧的可是他们自己。”

“如此看来，这建议的确可行。”希奥顿说，“让我的子民速做准备！不过，诸位客人——甘道夫，诚如你所言，我的王庭的确短了些礼数——你们御马行了一夜，如今即将正午，可你们既未休息，也未进餐。我会命人把客房备好——你们用过餐后，可以去休息。”

“不了，陛下。”阿拉贡说，“困倦之人眼下还不能休息。洛汗骑兵今天就得出发，而我们将带着斧头、宝剑、长弓同行。我们带它们来，可不是为了能靠在你的殿墙上休息，马克之王。我也答应过伊奥梅尔，我将同他并肩作战。”

“如今果真有望胜利了！”伊奥梅尔说。

“有望，是的。”甘道夫说，“但艾森加德的实力不容小觑。旁的威胁也在迫近。希奥顿，我们走后，你切莫耽搁，赶紧带领你的子民撤去山里的黑蛮祠[1]要塞！”

“不，甘道夫！”国王说，“你可不曾想到你的医治手法有多高明。我不会去避难。我将亲自参战，若是事不可为，就战死在前线。如此一来，我才能更好地安息。”

---

1 黑蛮祠原本是白色山脉原住人类的圣地，始建时间已经漫不可考。第三纪元中期为洛希尔人发现，用作战时避难的要塞。——译注

“那么，就算洛汗战败，也将在歌谣中尽享辉煌。”阿拉贡说。附近全副武装的骑兵们敲响了武器，高喊道：“马克之王御驾亲征！埃奥尔一族，进军！”

“可你的子民可不能既没有武器，也无人照看。”甘道夫说，“谁来替你引领和管理他们？”

“走之前，我会仔细斟酌的。”希奥顿答道，“我的顾问来了。”

这时，哈马再度踏入大殿。在他身后，瑟缩在两人中间的正是佞舌格里马。他脸色无比苍白，双眼在阳光下眨个不停。哈马屈膝，向希奥顿呈上一柄剑鞘上裹着黄金、嵌着绿宝石的长剑。

“陛下，您的上古之剑赫鲁格林在此。”哈马说，“我们在佞舌的箱子里找到了这把剑。他极不情愿地交出了箱子的钥匙。我们还在其中找到了许多他人丢失的物品。”

“一派胡言，”佞舌说，“这把剑是你的王上亲自交给我保管的。”

“而王上如今要求你呈上，”希奥顿说，“你可有不满？”

“绝无不满，陛下。”佞舌说，“我尽心尽力，照料您与您的物什。可千万别累到您的尊体，别过度消耗力气。叫别人去招呼这些恼人的客人吧。您的餐点马上就要摆上桌，您不去用餐吗？”

“我会去的，”希奥顿说，“还要让客人们的餐食摆在我身边。部队今日开拔。让传令官先行一步！让他们召集附近的人！每一名拿得动武器的成人和健壮的少年，但凡有马的人，午后第二个钟头骑马到大门集合！”

“我的陛下！”佞舌嚷嚷道，“我担心的正是这个。这巫师给您下了咒。这下不就没人来守卫您先祖的金殿，还有您所有的财宝了吗？这下不就无人守卫马克之王了吗？”

“倘若这是咒术的话，”希奥顿说，“我觉得它至少比你的耳语来得有益健康。你那套江湖术士的把戏，怕是要不了多久就会让我像动物一样四脚着地爬行了。不，所有人都得走，格里马也不例外。格里马也跟着出征。去吧！你还有时间除一除剑锈。”

“求陛下开恩！”佞舌瘫在地上哀号，“饶过殚精竭虑服侍您的人吧。求您别调我离开您的身边！别人都离开的时候，至少有我陪在您身边。别送走您忠诚的格里马！”

“准了，”希奥顿说，“我不会把你派离我身边。我会亲自率军参战。我命你与我同行，以此证明你的忠诚。”

佞舌打量着一张张面孔，眼中神色仿佛猎物在寻找猎人包围圈的空隙。他用苍白的长舌头舔了舔嘴唇。“虽说年事已高，不过埃奥尔家族的王上下此决心也在情理之中。”他说，“可那些真正爱戴他的人，怎会让他一把年纪还如此操劳。不过，看来我来得太迟了。对我王之死没那么伤心的人，看来已经说服了他。倘若我无法扭转他们的所为，陛下，请至少听我一言！请把懂您想法、敬您号令的人留在埃多拉斯。请委任忠诚的管家。请让您的顾问格里马为您看管一切，直至您归来——我祈祷能看到如此场面，虽说没有哪位智者觉得有希望。”

伊奥梅尔哈哈一笑。“假如这样的请求也无法让你免上战场，最为尊贵的佞舌啊，”他说，“你愿意接受哪种没那么荣耀的职务呢？背上一袋吃食，扛进山里——若真有人信你的话？”

“哪里，伊奥梅尔，你还是没有彻底搞明白佞舌大人的想法。”甘道夫那直透人心的眼神转向了佞舌，“他大胆又狡诈。即便是现在，他依旧想要孤注一掷。他已经浪费我好些宝贵时间了。趴下，你这条蛇！”他猛然用可怕的声音说，“给我把肚子贴在地上！萨茹曼收买你多久了？他许了你什么价钱？等人都死光，你就能分到你那份财宝，掳走想要的女人了吗？你垂着眼皮盯着她，对她阴魂不散怕是很久了。”

伊奥梅尔攥紧了剑。“我早就知道，”他喃喃道，“要不是王庭有律法，我早就杀了他。不过，我杀他还有别的原因。”他向前迈步，却被甘道夫用手拦了下来。

“伊奥温如今安全了。”他说，“而你，佞舌，也为你真正的主子尽力了。你起码也挣到了一点儿奖赏。可萨茹曼惯常会忽略他的交易。我建议你赶紧去提醒他，免得他忘了你曾经多么忠心耿耿。”

“你撒谎！”佞舌说。

“张口闭口便是这个词，你说得未免也太过频繁、轻松了。”甘道夫说，“我从不说谎。瞧，希奥顿，这儿有条蛇！安全起见，你既不能把他带在身边，亦不可留他在身后。将蛇杀掉方算合理。但这蛇也并非素来如此，他曾经也是个人，以自己的方式服侍着你。给他一匹马，让他自己选路赶紧走。你可以通过他的选择来评判他。”

“你可听到，佞舌？”希奥顿说，“这就是你的选择：同我一道上战场，用战斗来表达你的忠心；或者现在就离开，随你去哪儿。若是如此，下回见面，我可不会手软。”

佞舌慢慢爬起身。他用半闭着的眼睛看向他们。最后，他审视着希奥顿的脸，嘴巴一开一合，似乎想说话。随后，他突然挺直身子，双手胡乱舞动，眼中散发出恶毒的光芒，瘆得他身前的人纷纷后退。他龇牙咧嘴，“呸”一声朝国王脚下唾了一口，随后蹿向一边，飞快地跑下台阶。

“跟着他！”希奥顿说，“别让他伤人，但也别伤他或者拦他。他想要的话，就给他一匹马。”

“也得有马乐意载他才行。”伊奥梅尔说。

一名守卫跑下台阶，另一名去了台地脚边的水井，用头盔汲了一些水，将佞舌玷污的台阶冲洗干净。

“现在，我的客人们，来吧！”希奥顿说，“我们抓紧时间吃东西，提振精神。”众人又回到大殿，听见镇上飘来传令兵的叫喊声与战斗的号角声。毕竟，一等镇上与周近的人武装、集合完毕，国王便要出征了。

国王的餐席上坐着伊奥梅尔与四位客人，伊奥温公主依旧候在国王身边。众人飞快地吃喝，默不作声地听希奥顿向甘道夫询问萨茹曼的事情。

“他究竟背叛了多久，谁能猜得到？”甘道夫说，“他并非一直邪恶。我并不怀疑他曾是洛汗的盟友，即便他的心变得日渐冷酷，他也依旧认为你们有利用价值。然而，他谋划已久，想要毁灭你们；在一切准备完毕之前，他依旧顶着那副友善的面具。那些年里，佞舌要完成使命轻而易举，你的一切所为当即便会传去艾森加德；你的国家门户大开，陌生人来去自如。佞舌一直在你耳边悄声私语，毒害你的思想，令你感到恐慌、令你身体虚弱，旁人虽看在眼里却束手无策，只因你的意志已被他掌控。

“但我逃出来予你警告，对那些心有所感的人而言，这面具便被扯下了。之后佞舌便铤而走险，想方设法拖延你，妨碍你聚集全部力量。他很狡猾，会审时度势地麻痹人们的戒心，或是利用他们的恐惧。当西边的威胁迫在眉睫之时，他是多么急不可耐，敦促所有人不得往北追逐，以免白费工夫，你难道忘了吗？他这是在劝你禁止伊奥梅尔去追捕入侵的奥克。若不是伊奥梅尔违抗了佞舌经你口说的话，那些奥克如今只怕已带着绝大的战利品抵达艾森加德了。那战利品虽不是萨茹曼最想要的东西，但我的两位同伴将落入他手，他们知道那隐秘的希望所在——陛下，这希望即便你也不曾听闻，但我尚且无法公布。他们可能会落入何等遭遇，而萨茹曼又会得知何等让我们毁于一旦的信息，你敢想象吗？”

“我欠了伊奥梅尔太多，”希奥顿说，“忠言逆耳啊！”

“也可以说，”甘道夫说，“斜眼看脸歪。”

“我真是瞎了眼。”希奥顿说，“我的客人，我最为亏欠的其实是你。你再度及时赶到了。我愿在分别之前奉上礼物，内容随你挑选；眼下但凡属于我的东西，除了我的宝剑，旁的都行。”

“我到得是否及时还有待观察。”甘道夫说，“不过，陛下，至于你说的礼物，我愿选一样能为我雪中送炭的：迅捷又可靠的那件——请送我捷影！他以前只是暂借于我，倘若我们称之为‘借’的话。如今我要骑着他深入大风大浪，用这白银对抗黑暗；我可不敢拿不属于我的东西去犯险。况且，情谊也已将我与他联系在了一起。”

“选得很好，”希奥顿说，“我如今十分乐意将他赠送于你。不过，这份礼物可不轻：捷影其马，天下无匹。他是古时神驹再世，再难碰上第二回。至于其他三位客人，我愿以武库中能找到的东西相赠。你们不需要剑，但其中还有刚铎赠予先王的头盔及精工锁甲；走之前，从里边挑一挑吧，愿它们予以助力！”

侍卫抱着国王宝库里的装备出现，为阿拉贡与莱戈拉斯穿上锃亮的锁甲。两人又选了两顶头盔，还有圆盾：盾牌上包裹着黄金，又嵌着绿、红、白三色宝石。甘道夫不穿盔甲；吉姆利也不需要锁甲——毕竟，埃多拉斯宝库所藏的锁甲，即便能找着一件合他身的，又哪里比得过他这件在北方孤山底下打造的短锁甲。不过，他要了顶衬皮铁盔，他的圆脑袋戴着刚好合适；另外，还拿了一面小盾。绿底的盾面有一匹奔驰的白马，正是埃奥尔家族的纹章。

“愿它护你周全！”希奥顿说，“这盾是森格尔尚在时为我造的，那时我还是个孩童。”

吉姆利鞠了一躬。“马克之王，能佩上您的纹章，我荣幸之至！”他说，“其实，我更爱这么背着马行动，而非让马背我。我还是更喜欢用脚走。不过，或许，我去的战场能让我脚踏实地战斗呢。”

“极有可能。”希奥顿说。

国王站起身来，伊奥温当即端酒上前。“Ferthu Théoden hál!”[1]她说，“值此欢聚之时，请干了这杯酒。愿您一路顺风，平安归来！”

待希奥顿饮完，她又为客人们挨个儿奉上美酒。走到阿拉贡面前的时候，她突然停下，抬头打量着他，眼里光彩闪烁。他脸上也挂着笑意，低头看向她姣美的面庞；可他接过酒杯的时候碰到她的手，发现她因这触碰而瑟缩。“向您致敬，阿拉松之子阿拉贡！”她说。“向您致敬，洛汗王女！”他答道，脸上却充满困惑，笑容也没了。

待众人都喝下酒后，国王走下大厅，去往殿门。守卫正候着他，传令官也站在一旁，所有还留在埃多拉斯或住在附近的领主和首领也都聚集起来了。

“注意！我便要出发了；这或许也是我最后一次御马出征。”希奥顿说，“我没有子嗣——我儿希奥杰德已战死沙场。于此，我立外甥伊奥梅尔为储。若我们二人都未能回返，你们便自行拥立新王。不过，我须将留下的子民交由一人代为管理。你们谁愿留下？”

无人回应。

“你们竟一人都选不出来吗？我的子民都信任谁？”

“信任埃奥尔家族。”哈马答道。

“但我不能留下伊奥梅尔，他也不愿留下。”国王说，“而他已是家族最后一人。”

“我所言并非伊奥梅尔，”哈马回答，“他也不是最后一人。我们还有他的妹妹，伊奥蒙德之女伊奥温。她无畏无惧，心怀高尚，所有人都爱戴她。我们出征之后，不妨让她做埃奥尔一族之首。”

---

1 洛汗语，意为：“祝希奥顿王武运昌隆！”——译注

“就这么定了。”希奥顿说，“让传令官告诉民众，伊奥温公主将领导他们！”

随后，国王在殿门前的座椅上就座，伊奥温屈膝跪在身前，从他手中接过一柄长剑与一件精美的锁甲。“我的外甥女，后会有期！”他说，“如今时局黑暗，不过我们或许还能再回到金殿。但子民可在黑蛮祠长期坚守；若战事不利，所有逃脱的人都会前往那里。”

“请不要说这样的话！”她回应道，“我会日夜坚守一年，等待您归来。”她说着，眼睛却转向了站在近旁的阿拉贡。

“国王会归来的，”他说，“无须害怕！我们的命运等在东边，而非西边。”

国王缓步走下台阶，身后是甘道夫，其余人等随行在后。穿过殿门那一瞬，阿拉贡回头看去，只见伊奥温孤身一人立在台阶顶处的大殿门前；她双手握住剑柄，将宝剑竖持于身前。她已穿上锁甲，身上让阳光照得银光熠熠。

吉姆利扛着斧子与莱戈拉斯并肩而行。“啊，我们总算是出发了！”他说，“人类做事之前总爱说一箩筐的话，而我手上的斧头已经饥渴难耐了。我倒是一点儿都不怀疑，这些洛希尔人打起仗来无比凶猛；可这样的战斗可不太适合我。我要如何上战场？我是真希望走着去，而不是像口麻袋一样驮在甘道夫的马背上。”

“我猜，那位置可比许多地方安全多了。”莱戈拉斯说，“但毫无疑问，等开始作战了，甘道夫会很乐意放你下来，捷影自然也一样。骑马作战可不会用上斧头。”

“矮人也不是骑兵。我是去砍奥克脖子的，可不是跑去给人类剃秃瓢的。”吉姆利拍着斧柄说。

大门处，几人看见老老少少、浩浩荡荡的一大群人骑着马等待出发。他们人数上千，携带的长矛耸立如林。见希奥顿出来，他们登时高声欢呼起来。国王的马，雪鬃，已叫人备妥，另有人牵来阿拉贡与莱戈拉斯的马。吉姆利杵在原地，眉头深皱，只觉得浑身都不自在，而伊奥梅尔牵着马凑了过来。

“向你致敬，格罗因之子吉姆利！”他大声说，“我还没抽出时间，照你保证的那样，被你鞭策着学点儿斯文语言呢。不过，我二人的争执，莫不是该先放上一放？至少，我不会再对森林夫人恶言相向了。”

“我会暂时忘记我的愤怒，伊奥蒙德之子伊奥梅尔。”吉姆利说，“可只要你有机会亲眼见到加拉德瑞尔夫人，就必须承认她是最为美丽的女士，要不我就跟你一刀两断。”

“好说好说！”伊奥梅尔说，“不过，在那之前，还请你原谅，我想请你与我同骑，以示友好。甘道夫会与马克之王行于队首；倘若你不嫌弃，我的马儿火足可以载上你我二人。”

“感激不尽，”吉姆利十分高兴，“只要我的同袍莱戈拉斯乐意骑马并行，那我很乐意跟你一路。”

“自然如此。”伊奥梅尔说，“莱戈拉斯在左，阿拉贡在右，谁也不敢挡在我们前面！”

“捷影何在？”甘道夫问。

“他在草原上撒欢儿。”他们回答，“他不让任何人碰他。他就在下面的渡口边上，如阴影般在柳树林里穿行。”

甘道夫吹了口哨，大声唤着马儿的名字。捷影远远地昂首嘶鸣一声，箭一般调头便奔驰而来。

“若是西风之息能有看得见的身形，肯定就是这副模样。”伊奥梅尔说，又看着马儿飞奔上前，停在了巫师身边。

“看来我这礼物早就送出去了。”希奥顿说，“但各位听好！如今我任客人灰袍甘道夫为最睿智的顾问、最受欢迎的游荡者，以及马克之领主；只要我们一族尚且延续，他便永远是埃奥尔一族的领头人；而我将马中王子捷影赠送于他。”

“感谢你，希奥顿王。”甘道夫回应。紧接着，他猛然扯下身上的灰斗篷，扔掉帽子，一跃上了马。他未着头盔铠甲，如雪的白发随风飘扬，身上的白袍让阳光照得无比炫目。

“看啊，白骑士！”阿拉贡高喊，众人也跟着呼喊。

“我们的王，我们的白骑士！”他们喊道，“埃奥尔一族，前进！”

号角声齐齐轰响。群马人立嘶鸣。如林的长矛敲击着盾牌。随后，只见国王一抬手，仿佛狂风骤起，洛汗最后一支大军奔雷般往西边飞驰而去。

伊奥温孤身一人立在沉寂的王庭殿门前，静静看着远方平原那头离去的闪亮长矛。

·第七章·

海尔姆深谷

众人驭马离开埃多拉斯之时，日头已然斜斜西落。阳光照进他们眼里，也给洛汗起伏的原野镀上了一片金色的烟霞。沿着白色山脉山脚有一条西北方向的偏道，他们便沿着这条路在绿色的乡野里上上下下，途经许许多多渡口，蹚过了一条又一条湍急的小溪。朦朦胧胧地，右前方的远处矗立着迷雾山脉；随着他们不断前进，山脉也变得愈发阴暗、高大。

时不我待，大部队继续进发。由于揪心去得太迟，他们一直全速前进，鲜少休息。洛汗的坐骑，速度与耐力都是一等一的，可还有无数里格的路等在前方。他们希望能在艾森渡口找到国王派去阻挡萨茹曼的人手，而从埃多拉斯到那里，鸟飞过去至少也是四十里格距离。

夜色渐渐围拢。众人最终停下扎营。他们奔行了五个钟头上下，已远远深入西部平原，可路程却依旧不到半数。繁星似锦，弯月渐盈，队伍以巨大的圆圈形状开始设帐。因不明周遭情形，他们没有生火；营地四周倒是设下一圈骑马的哨兵，还远远地派出斥候，如阴影般穿行于起伏的大地上。长夜漫漫，不过并无任何消息或者警报出现。号角声于拂晓时分响起，大部队不到一个钟头便重新上路了。

头顶虽无几朵云，空气里却透着一股凝滞；这时节，天气本不该这么热。朦胧的旭日背后，一团不断增长的黑暗也跟着慢慢爬上天际，似是东方有暴风雨来临。远处的西北方向，迷雾山脉脚下似乎也笼罩着另一团黑暗——从巫师山谷里慢慢蠕动而出的一团阴影。

甘道夫回头找上了与伊奥梅尔并行的莱戈拉斯。“莱戈拉斯，你拥有你那美丽种族的敏锐双眼，”他说，“隔着一里格便能分清麻雀和云雀。告诉我，你能看见那边远处有什么东西往艾森加德去吗？”

“那边尚隔着许多里格，”莱戈拉斯用修长的手挡住阳光，往那边凝视，“我看见一片黑暗，其中有身形在移动，是一些巨大的身形，在离河很远的岸上，但我看不清究竟是什么。阻拦我视线的并非云雾：某种力量施展影障罩住了那片土地，而这影障正沿着溪流慢慢往下，仿佛无尽森林之下的暮色流下了山岭。”

“而我们身后，正有一场暴风雨从魔多袭来。”甘道夫说，“今夜会非常黑暗。”

第二天，随着众人继续前进，空气里的沉重感也在逐渐增加。午后，黑云开始笼罩他们：它仿佛一顶昏暗的天幕，巨大的波浪形边缘斑驳着炫目的光亮。一片柴烟之中，西沉的太阳透着血红的色泽。照在三峰山[1]险峻峰壁的最后一束阳光，也照得骑兵的矛尖恍若炽热的火焰。他们眼下已无比接近白色山脉的最北端——锯齿般的三座尖顶，凝视着斜

1 三峰山是白色山脉当中一座陡峭的高山，由三座连峰构成，因而得名“三峰山”。它位于洛汗豁口最南端，山脚便是海尔姆深谷。——译注

阳。最后一丝红光中，先遣队看见了一个黑点：有人骑着马与他们迎面而来。众人勒住马，原地候着那人。

这人疲惫不堪地来到近前，头盔凹陷，盾牌也裂了。他缓慢地爬下马背，又杵在原地喘了好一会儿气，最后终于开了口。“伊奥梅尔可在？”他问，“你们总算来了，可你们来得太迟，人手也不够。自从希奥杰德阵亡，战事便开始恶化。我们昨天被撵着退过了艾森河，损失惨重，许多人在渡河时殒命。夜半时分，我们的营地又遭敌人的生力军渡河袭击。艾森加德的兵力肯定是倾巢而出，萨茹曼还武装了野蛮的山区人与河那边黑蛮地的游牧部族，他们全都被派来了我们这里。我们寡不敌众，盾墙被攻破了。所有能找到的人，都被西伏尔德的埃肯布兰德撤去他在海尔姆深谷的那座要塞里。剩余的人全逃散了。

“伊奥梅尔在哪儿？告诉他，前面没希望了。趁着艾森加德的恶狼还没来，让他掉头赶回埃多拉斯。”

希奥顿此前一直安静坐着，身前还有卫士遮挡，没让那人看见。此时，他御马快步上前。“过来，克奥尔，站到我面前来！”他说，“我来了。埃奥尔一族最后的军队既已出征，绝无不战而返的道理。”

喜悦与惊讶让那人振作了起来。他猛然站起身，又屈膝跪下，向国王献上他那柄崩了刃的剑。“陛下，请下令！”他高声说，“请原谅！我以为——”

“你以为我还待在美杜塞尔德，弓腰驼背，像一棵被冬雪压着的老树？那是你骑马上战场之前的事了。不过，我那枝干让西风给吹晃悠了。”希奥顿说，“给他换匹新马来！我们前进，驰援埃肯布兰德！”

就在希奥顿说话的当口，甘道夫已经小小地往前行了一段。他独自一人停在那里，凝望着北面的艾森加德，又看向西边的落日，后又折返回来。

“快赶路，希奥顿！”他说，“奔赴海尔姆深谷！莫要去艾森河渡口，也莫要在平原上逗留！我必须与你分开一阵。捷影得驮着我去办一件紧要的事。”他转向阿拉贡、伊奥梅尔及国王的部众，高声说：“在我返回之前，护好马克之王。在海尔姆深谷的隘口等我！再会！”

他对着捷影讲了个词，骏马便如离弦之箭般飞驰远去。甘道夫就这么从众人眼中消失，仿佛落日下的一抹银光闪过，又像是拂草而去的一缕清风，他的身影飞遁，出了视线范围。雪鬃喷鼻人立，极欲追随，可只有长翅膀的迅疾飞鸟才能追得上他。

“什么意思？”一名守卫问哈马。

“意思是，灰袍甘道夫有急事要办，”哈马答道，“他一向神出鬼没。”

“佞舌要在的话，肯定不会觉得难以解释。”旁的人说。

“倒是不假。”哈马说，“不过，就我而言，我会等重见甘道夫时再张嘴。”

“那你没准儿得等很久。”另一人说。

部队掉转方向，取道南边，朝艾森河渡口进发。夜幕降临，他们依旧继续向前行。山岭越来越近，在渐暗的天色映衬下，三峰山高高的峰顶早已朦胧。西伏尔德山谷远侧依旧隔着许多哩的地方，有一片仿佛山中巨湾的绿色深谷，一道山峡从中洞开，延入山岭当中。当地人取古时于该处避难的一位英雄的名字，称它为海尔姆深谷。它在三峰山的阴影遮罩下一路蜿蜒向北，变得愈发陡峭、狭窄，最后两边山体抬升，化作高塔一般、群鸦栖息的峭壁，挡住了所有光线。

北侧的峭壁在海尔姆隘口处，也就是这深谷的入口前面，向外拱出了半圈山岩。山岩的鼻尖处立着一溜年代已久的巍峨石墙，内里有一座高塔。人们说，在刚铎尚且辉煌的岁月里，海上诸王借巨人之手打造了此处要塞。要塞名为号角堡，皆因塔上一旦吹响号角，声音便会在后面整座深谷里回荡，仿佛早被遗忘的千万大军正爬出山岭之下的洞穴，要再赴战场。为挡住山峡的入口，古人沿号角堡至南部峭壁的地方也建了墙，海尔姆深谷的溪水则顺着墙下一处宽阔的涵洞流出。它沿着号角岩底蜿蜒而过，又经沟渠穿过一片宽阔的三角形绿野，从海尔姆隘口缓缓涌下海尔姆护墙。随后，它直落海尔姆深谷的一处窄谷，再从中流向西伏尔德山谷。而海尔姆隘口的这处号角堡，便是马克边境的西伏尔德之领主埃肯布兰德如今居住的地方。随着战争的威胁让日子愈发艰难，他适时地修复了石墙，还加固了要塞。

前方斥候发出叫喊，吹响号角之时，骑兵们仍在窄谷入口前方的低谷之中。箭雨呼啸着自黑暗中飞出。一名斥候飞速折返禀报，称谷中已有座狼骑兵出现，且一支奥克与蛮人的军队正从艾森河渡口往南急行，目标似乎正是海尔姆深谷。

“我们发现许多同胞死在了逃去那边的路上，”斥候说，“我们还遇到好些散兵游勇，四下逃散、无人领导。好像没人知道埃肯布兰德的下落。如果他并未阵亡，那也会在抵达海尔姆隘口之前被追上。”

“可有人见到甘道夫？”希奥顿问。

“有的，陛下。许多人看见一名白衣老者御马在草原上四处来去。有人认为那是萨茹曼。据说，天黑之前他就朝艾森加德去了。还有人说，在更早之前看到过佞舌，他与一队奥克去了北边。”

“倘若被甘道夫撞上，佞舌可要倒霉了。”希奥顿说，“尽管如此，我眼下倒是有些想念我这两位新旧顾问了。不过，照眼下的情况，我们只能前进，照甘道夫说的前往海尔姆隘口，无论埃肯布兰德在与不在。北边来的那支军队，你可知规模如何？”

“人数极多。”斥候应道，“虽说逃兵免不了草木皆兵的情况，可我也问过那些勇猛之人，我毫不怀疑，敌军主力的数量要壮过我们现有兵力好几倍。”

“那我们即刻出发。”伊奥梅尔说，“突破那些挡在要塞前面的敌人。海尔姆深谷里洞穴众多，能藏纳好几百人；那里还有通往山岭之上的秘道。”

“不可太过相信那些密道，”国王说，“萨茹曼早将那些地方刺探得一清二楚。不过，那地方依旧能让我们长期坚守。出发！”

阿拉贡及莱戈拉斯此时与伊奥梅尔一道去了先头部队。他们在夜色中一路前进；随着夜色渐深，南行的道路也渐渐越爬越高，一路去向山脉脚下昏暗的山洼，行军速度也逐渐慢了下来。他们发现前方敌人数量不多，时不时有小股奥克出现，可不等骑兵们追上来，他们便已逃之夭夭。

“恐怕过不了多久，”伊奥梅尔说，“国王御驾亲征的消息便会传到敌军首领的耳朵里，无论这首领是萨茹曼，又或者是他派来的哪个头目。”

他们身后，战争的喧嚷之声愈发响亮。他们如今能听见黑暗中传来刺耳的歌声。远远爬上深谷的窄谷后，众人回头望去，只见背后漆黑的山野中有无数熊熊燃烧的火把，或如红色的花朵一般四下分散，或如闪耀的长蛇自低地蜿蜒而上。四处不时还会腾起更为巨大的火光。

“那支队伍十分庞大，追得很紧。”阿拉贡说。

“他们带了火把，”希奥顿说，“边走边烧，草垛、羊棚、树木，全都不放过。这是座丰茂的山谷，住着许多人家。我的子民！”

“若现在还是白天，我们就能长驱而下，雷霆般冲出山岭，杀向他们！”阿拉贡说，“从他们眼前逃走，真叫我难受。”

“我们无须再逃多远，”伊奥梅尔说，“前方不远处就是海尔姆护墙，是一道横跨窄谷的古代战壕与壁垒，就在海尔姆隘口下面两弗隆远的地方。我们可以在那里变阵、作战。”

“不行，我们人数太少，守不住护墙。”希奥顿说，“护墙至少有一哩长，缺口又太宽。”

“我们若是遇上强攻，后防必须守住缺口。”伊奥梅尔说。

一众骑兵抵达护墙缺口之时，天上无星无月。上方的溪水便是从护墙此处流出，溪水旁的道路则一路向上，去往号角堡。恍若漆黑深渊中一道高大的阴影，那壁垒阴森森地暮然出现在众人眼前。半路上，一名哨兵向他们喝问出声。

“马克之王要前往海尔姆隘口，”伊奥梅尔回了话，“我乃伊奥蒙德之子伊奥梅尔。”

“真是意料之外的好消息。”哨兵说，“快，敌人后脚就来了！”

队伍穿过缺口，在上面的草皮斜坡处停下。这时，他们欣慰地得知，埃肯布兰德留下了好些人手守卫海尔姆隘口，后来又有许多人逃来了这里。

“我们大概有一千人左右能步行作战。”一个叫甘姆林的年长者说，他是护墙守卫部队的领袖，“可其中大部分要么跟我一样年纪太大，要么就跟那边我的孙子一样年纪太小。可有埃肯布兰德的消息？昨天我听到消息，说他带着西伏尔德剩下的所有骑兵好手往这边撤了，怎么还没见着他人？”

“恐怕他是来不了了。”伊奥梅尔说，“我们的斥候没听到半点儿有关他的消息，而后面的山谷里已全是敌人。”

“我希望他逃脱了。”希奥顿说，“他是位猛士，神勇仿佛锤手海尔姆再世。不过，我们不能在这儿等他。我们得把所有兵力都撤去号角堡城墙里。你们的物资备足了吗？我们没带多少补给，因当时出征是奔着作战而来的，没料到需要守城。”

“我们后面深谷的洞穴里藏着三批西伏尔德的妇孺老少。”甘姆林说，“不过吃食倒是备了不少，还有许多牲畜与草料。”

“很好，”伊奥梅尔说，“敌人把谷里残留的东西都给抢光烧光了。”

“他们若敢来海尔姆隘口跟我们做买卖，我们可真要狠狠宰一场。”甘姆林说。

国王与骑兵继续前进，在跨过溪水的堤道前下了马，以长长的纵队牵着马走上引桥，踏入了号角堡的大门。众人再度受到了热烈的欢迎，也再度燃起了希望；加上号角堡的人手，堡垒与护墙这两处总算有了足够的守卫。

伊奥梅尔快速将兵力部署妥当。国王与禁卫军驻守号角堡，许多西伏尔德的人也加入其中。不过，伊奥梅尔将手头的绝大多数兵力部署在了深谷护墙、塔楼以及再往后的地方。倘若敌人攻势坚决、兵力雄厚，此处的防卫或许最有可能被攻破。马儿都被牵去了深谷上头，又尽力调拨了人手看管。

深谷护墙高二十呎，厚度可容四人并排走在墙顶；另筑有胸墙，能挡得个儿矮的人看不见外面；护墙各处开有悬眼，可让人向外射击。经号角堡外院一道门的台阶往下，便可来到此处城垛；背后的深谷另有三段台阶同样通往这里；不过，城墙正面平滑无比，巨大的石块巧妙地垒在一处，连接处毫无下脚之地，石块顶端则像海浪冲刷的峭壁一般，呈外扩的杯沿状。

吉姆利斜靠着城墙上的胸墙。莱戈拉斯坐在胸墙之上，手指抚弄着弓箭，眼睛凝视着外面的昏暗。

“这才是我喜欢的感觉。”矮人跺着脚下的石块，“越接近山岭，我的心就越是振奋。山里的石头很不错。这片土地有着坚毅的脊梁骨。自打我们从护墙那里上来，我的脚便能感受得到。给我一年时间，再给我一百名族人，我能把这地方打造得固若金汤。”

“这一点我倒是毫不怀疑。”莱戈拉斯说，“可你是个矮人，而矮人这一族有些怪异。我不喜欢这地方，即便到了白天也不会有多喜欢。不过，吉姆利，你倒是予我几分慰藉，近旁有你那壮腿利斧，我深感快乐。只希望身边能再多一些你的族人。但我更希望能再多上一百名黑森林的弓箭好手，定能派上大用场。洛希尔人也有擅使弓箭的，可人数太少了，委实太少。”

“这天色对弓箭手来说太暗了，”吉姆利说，“现在应该是睡觉的时候。睡觉！我是真的想啊，谁曾料到矮人还有缺觉的时候。骑马可真是累死人。而我手上的斧头已经饥渴难耐了。给我排上一溜奥克脖颈，再给我挥斧头的空间，准能叫我摆脱浑身的疲惫！”

时间过得很慢。远处山谷里四面开花的火焰依旧在燃烧。艾森加德的军队如今悄无声息地前进着，能看见的是他们的火把，排成了许多排，正顺着窄谷蜿蜒而上。

猛然间，护墙那里传来呐喊与尖叫声，伴着兵士打斗的喝嚷声。熊熊燃烧的火炬自墙那头出现，蜂拥着涌向缺口处，又四下散开，消失不见了。飞奔的马儿带着人们从野外返回，一路疾驰着上了引桥，冲进号角堡的大门。殿后的西伏尔德人简直是被赶着冲了回来。

“敌人杀过来了！”他们说，“我们射光了所有的箭矢，护墙那儿堆满了奥克的尸体。可那里撑不了多久了。他们从许多地方爬上了壕沟，跟蚂蚁似的密密麻麻的。而他们已经学到了教训，不再打着火把往上攻了。”

午夜已过，天空黑得如抹不开的墨，沉闷、凝实的空气昭示着暴风雨即将到来。一道炫目的闪电忽然划破云层，如树枝状落去东边远处的山丘。叫人来不及眨眼的这一瞬间，城墙负责瞭望的士兵看见号角堡与深谷护墙之间的空地被照得雪亮，其间涌动着无数黑色身影，或是又矮又壮，或是高大凶恶，全都戴着高高的头盔，拿着漆黑的盾牌。此外，还有数百道身影如涌泉般往护墙缺口里边挤。这道黑色的潮水涌过峭壁，涌上了城墙。山谷中雷声滚滚，雨急似箭，倾盆而下。

雨幕般的箭矢呼啸着笼罩了城垛，叮叮当当地砸落在岩石上。部分箭矢射中了目标。海尔姆深谷的袭击拉开了序幕，可谷内却既无声息动静，亦无飞箭回敬。

攻城队伍停下攻势，岩石与城墙的无声威胁让他们有些举棋不定。闪电间或划过，刺破了黑暗。随后，奥克大喊大叫，挥舞着长矛弯刀，朝一切暴露在城垛上的身影射去云一般密集的箭矢；马克的人类看向外面，惊讶地瞪大了眼：面前似乎出现了一片无比巨大的谷田，正被战争的暴风吹得摇摇摆摆，而每一片谷穗都闪烁着倒钩的光亮。

黄铜号角吹响。敌军一窝蜂涌了上来，一些攻向深谷护墙，其他则冲向了通往号角堡大门的堤道和引桥。体型最为巨大的奥克和黑蛮地的蛮人聚集彼处，迟疑片刻便群涌而来。每一顶头盔、每一面盾牌上都绘着艾森加德那只白手，在电闪雷鸣中被照得一清二楚。他们爬上岩石顶端，逼向了号角堡的大门。

随后，人类这边总算有了回应：敌军撞上了暴雨般飞来的箭矢和冰雹般砸下的石块。他们阵脚大乱，仓皇躲避，纷纷逃了回去；然后又是新的进攻，被打跑，再度进攻；每一次进攻，仿佛海浪来袭一般，他们止步之处愈发往上。铜号声再度响起，蛮人咆哮着压向阵前。他们将巨大的盾牌如屋顶一般举在头上，阵中的人则抱着两棵巨树的树干。身后，奥克弓箭手聚而攻之，朝城墙上的弓箭手射去箭雨。他们抵达大门处，一只只强壮的手臂推送着树干，撞得大门轰然作响。墙上扔下的石块倘若砸死一名敌人，就会有两人扑上来填补空缺。巨大的攻城木摆动着，撞击着，一下又一下。

伊奥梅尔与阿拉贡并立于深谷护墙之上。他们听见了喊叫声与攻城木的撞击声；借着一道突然的闪电，他们看见城门已岌岌可危。

“来吧！”阿拉贡说，“并肩作战的时刻到了！”

两人如迅猛的烈火一般奔过城墙，奔上台阶，冲进了号角岩上面的外院。他们一路找到数名魁梧的剑手。西边的堡墙与向前延伸的峭壁相汇处，有一道斜开的边门。一条狭窄的小路从这边沿着城墙与号角岩的陡峭边缘绕向了大门。伊奥梅尔与阿拉贡一道窜出小门，其余人紧随其后。两人的宝剑齐齐应声出鞘。

“古斯威奈[1]！”伊奥梅尔高喊，“古斯威奈为马克而战！”

“安督利尔！”阿拉贡也高喊，“安督利尔为杜内丹人而战！”

他们自侧翼飞身攻向蛮人。安督利尔白焰流光，动如游龙伏虎。有高喊声响彻城墙与塔楼：“安督利尔！安督利尔出战了。那把断剑又再度闪耀了！”

正在撞城门的蛮人大惊失色，连忙扔掉攻城木，转身应战；可他们的盾墙仿佛遭了雷击，大阵迅速被破，阵中蛮人或被撵走、砍倒，或被抛下号角岩，滚落乱石横生的小溪。奥克弓箭手胡乱猛射一通，旋即逃之夭夭。

伊奥梅尔与阿拉贡在城门前伫立了一阵。雷声此时已隆隆远去，南边远处的群山间依旧雷光闪动。北方也再度吹来了大风，云层被扯碎、吹走，让繁星探出了头；窄谷那一侧的山头，月亮渐渐西沉，从暴雨后的残云中耀着黄色的光亮。

---

1 古斯威奈为伊奥梅尔佩剑，本身是洛汗语，意为“战友”。——译注

“我们来得不够及时。”阿拉贡看着大门说。大门巨大的铰链和铁栏杆全都歪斜、弯扭了；木门上也有多处爆开。“大门无法再承受下一次撞击。”

“可我们也不能出城去防守。”伊奥梅尔说，“看！”他指向堤道。只见小溪另一头，又有一支奥克与人类的大军正在集合。箭矢呼啸而来，在众人周围的岩石上弹落。“走！我们得回去，想法子用石块和木梁堵住大门。快走！”

他们转身跑开。正在此时，十几个躺在战场尸骸中一动不动的奥克站起身，悄无声息地迅速跟在了后头。其中两个奥克往前一扑，捉住伊奥梅尔的脚跟，将他扑倒在地，又飞快压到了他身上。一道谁也没看见的小小黑影突然从阴影里蹦了出来，嘶哑地叫道：“Baruk Khazâd! Khazâd ai-mênu![1]”只见斧光一闪而过，两颗奥克脑袋落了地。其余奥克纷纷逃走。

阿拉贡赶回来支援的时候，伊奥梅尔已经挣扎着站了起来。

边门再度关上，精铁门扇从里边用堆起来的石块封住了。待所有人全都安然入内，伊奥梅尔转身说：“向你表示感谢，格罗因之子吉姆利！我并不知道你与我们一道突袭。不过，事实证明，未邀之客常常是最好的伙伴。你是怎么去那儿的？”

“我为了赶走瞌睡虫，就跟上了你们。”吉姆利说，“可我看到那些山野蛮人，发现他们的块头儿对我而言太大，于是便站到了一块岩石边上，看你们斗剑。”

“欠你的这个情，我真觉得不太好还。”伊奥梅尔说。

“黑夜过去之前，或许还有很多机会。”矮人大笑着说，“可我已经

1 矮人语，意为：“矮人的战斧！矮人冲你来了！”——译注

觉得心满意足了。自打离开墨瑞亚，除了木头而外，我可还什么都没砍过呢。”

“现在有两个了！”吉姆利拍拍他的斧头。他又回到了城墙上的老位置。

“两个？”莱戈拉斯问，“我倒是射中了不少，不过现在得找些用过的箭来用了，我的箭已用光。而我少说也收拾掉了二十个。可这跟敌人的数目相比，依旧只能算是林中片叶罢了。”

天空此时迅速清朗起来，沉月照出了明亮的光芒。然而，这点儿光亮却没给马克骑兵带来多大希望。面前的敌人非但没有减少，反而越来越多，还有敌人从山谷源源不绝地赶向缺口。号角岩上的那场突袭不过收获了片刻的喘息之机罢了。攻向大门的敌人成倍增加。艾森加德的大军如汹涌的大海一般朝深谷护墙攻来，奥克与山野蛮人蜂拥在墙角，包围了整片城墙。连着抓钩的绳索接连抛上城垛，守军根本来不及全都砍断或者扔回去。几百架长梯架上城墙，其中许多被砍碎，可又会有更多的架上来。奥克如同南部森林里的猿猴一般，顺着长梯飞快往上蹿。墙下面，死者与破损的长梯堆叠起来，仿佛暴雨里的碎石滩；丑陋的尸堆一座座越堆越高，敌人却依旧源源不绝。

洛汗的战士越来越疲惫。他们射光了每一支箭，抛完了所有的矛；他们的剑上全是缺口，盾牌也四分五裂。阿拉贡与伊奥梅尔三次组织起他们，安督利尔也三次燃起白焰，于绝望之际将敌人撵下城墙。

随后，背后的深谷里传来喧闹声。奥克如老鼠一样，沿着溪水流出涵洞爬了进来。他们在峭壁下的阴影里集结，一直等到上方的战斗变得白热，几乎所有人都冲去了城墙顶上防守，他们这才冲了出去，其中一部分当即便冲到了深谷的咽喉处，混在马群之中攻向守卫。

“Khazâd! Khazâd![1]”一声怒吼响彻峭壁，吉姆利从城墙上一跃而下。他很快便收获了丰硕的战果。

“哎——喂！”他大叫，“奥克攻进来了。哎——喂！莱戈拉斯，快！数量够我们收拾的。Khazâd ai-mênu！”

年长者甘姆林正从号角堡上往下看，听见了矮人压过各种喧闹的一嗓子。“奥克进深谷里了！”他叫道，“海尔姆！海尔姆！海尔姆一族，冲啊！”他一边喊，一边沿着台阶冲下号角岩，后面跟着好些西伏尔德人。

他们来势汹汹又出其不意，前方的奥克纷纷败退下来。那些奥克没一会儿便被团团围住，赶去狭窄的峡谷；部分被当场格杀，部分尖叫着被撵进深谷的深坑，又被藏在洞里的守军消灭干净。

“二十一！”吉姆利嚷嚷道。他双手握柄，一斧劈下；最后一名奥克倒在了他脚前。“这下我的战果又超过莱戈拉斯大人啦。”他说。

“我们得封住这个耗子洞。”甘姆林说，“据说，矮人这族对石头最为得心应手。大人，请助我们一臂之力！”

“我们可不会用战斧或者自己的指甲削石头，”吉姆利说，“不过我会尽力一试。”

众人拾起手边能找着的，搜罗了一堆小石块和碎石。西伏尔德人又在吉姆利的指导下从里边堵住了涵洞，只留窄窄的一个出水口。就这样，让雨水吞没的海尔姆溪在堵住的水道里翻涌、扑腾着，在两侧的峭壁之间慢慢涨出了几处冰冷的池塘。

“上面会干燥一点儿。”吉姆利说，“走吧，甘姆林，我们去瞧瞧城墙上的情况！”

1 矮人语，意为：“矮人！矮人！”——译注他爬上城墙，看见莱戈拉斯正与阿拉贡和伊奥梅尔一道。这位精灵正在研磨他的长刀。因为涵洞偷袭的企图被挫败，进攻延缓了片刻。

“二十一！”吉姆利说。

“不错！”莱戈拉斯说，“而我的数量如今是两打[1]，全因开头遇上了短兵相接的情况。”

伊奥梅尔和莱戈拉斯疲惫地倚着他们的剑。左边远处，号角岩上的金铁交鸣与喊杀再度大声起来。不过，号角堡却似海中孤岛，依旧坚挺。城堡的大门虽已化作废墟，但堆在门后的木柱与石堆尚无敌人突破。

阿拉贡看着浅淡的星星，又看向月亮；月亮此时已落到了环抱山谷西面山丘的背后。“这一晚长得仿佛数年之久，”他说，“黎明还要耽搁多久才会到来？”

“黎明倒是不远了，”甘姆林说，他此时也爬上了城墙，站在阿拉贡身侧，“可黎明恐怕也帮不了我们。”

“但黎明永远是人类希望之所在。”阿拉贡说。

“这些艾森加德的怪物，这些萨茹曼用恶毒的邪法培育出的半奥克和半兽人，他们可不会畏惧太阳。”甘姆林说，“那些山野蛮人也不怕。你没听见他们的声音吗？”

“我听见了。”伊奥梅尔说，“在我耳朵里，那些不过是鸟的尖叫和野兽的咆哮罢了。”

“可还有不少喊着黑蛮地的语言，”甘姆林说，“我知道那种语言。那是种人类古语，曾在马克西边不少山谷里使用。听！他们恨我们，而且他们很高兴，因为他们觉得我们必死无疑。‘王，王！’他们喊着，

1 一打为二十，此处即为二十四。——译注

‘我们要拿下他们的王。杀了这些佛戈伊尔！干掉这些稻草脑袋！弄死这些北方来的强盗！’这些都是他们对我们的称呼。这五百年以来，他们一直记恨刚铎诸王将马克交给年少的埃奥尔，还与他结盟。萨茹曼再度点燃了这古老的仇恨。这一族的黑蛮地人若是被煽动起来，会变得凶狠异常。除非拿下希奥顿，或者他们被杀，否则无论白天黑夜都无法让他们止步。”

“无论如何，白天会给我带来希望。”阿拉贡说，“人们不是常说，只要有人坚守，号角堡便永不会陷落吗？”

“吟游诗人是这么说的。”伊奥梅尔说。

“那我们只管守着便是，并心怀希望！”阿拉贡说。

说话间，刺耳的铜号声传来。随后，伴着一声轰响，一道焰闪混着烟雾腾起。深谷溪带着嘶嘶的声响与飞沫喷薄而出：城墙上被炸开了一个大口，溪水再也不受阻滞。一大群黑影蜂拥而入。

“萨茹曼的妖术！”阿拉贡大叫，“他们在我们说话的时候又爬进涵洞，在我们脚下点燃了欧尔桑克之火。埃兰迪尔，埃兰迪尔！”他高喊着，跃入缺口。可就在这时，百来架长梯也靠上了城垛。墙上墙下，最后一次进攻如黑潮席卷沙山一般横冲直撞，防线迅速失守。一部分骑兵且战且退，被逼得渐渐深入深谷；不时有战友倒下，他们依旧奋战，一步步退向洞穴方向。其余人杀出一条血路，撤向要塞。

一条向上的宽阔梯道从深谷通往号角岩与号角堡的后大门。阿拉贡正守在接近梯道底端的地方。他手上的安督利尔依旧熠熠生辉，敌人也让这剑的赫赫威名所慑，一时不敢轻举妄动；正因此，但凡能赶到梯道的守军，一个接一个地都往上进了大门。梯道上段，莱戈拉斯半跪在地，挽弓在手，可弦上搭着的那支闪亮的箭矢已是最后一支；他瞄着前方，时刻准备把箭射向第一个胆敢靠近阶梯的奥克。

“阿拉贡，人全都安全入城了，”他唤道，“快回来！”

阿拉贡掉头便往梯道上飞奔，可疲惫却使他一下摔倒在地。敌人当即便冲了上来：一群奥克叫喊着，伸出长长的胳膊想要捉住他。最前面的那个被莱戈拉斯一箭射中喉咙，可剩下的全扑了上来。随后，一块巨岩从要塞外墙砸落，顺着梯道滚了下来，又把奥克给砸回了深谷。阿拉贡冲进城门，大门“哐”一声在背后合拢。

“情况不妙，朋友们。”他一边说，一边用胳膊擦去额头上的汗水。

“不妙至极，”莱戈拉斯说，“但只要我们还有你，事情就尚不至于绝望。吉姆利何在？”

“我不知道。”阿拉贡说，“我最后一次看见他，他正在石墙下与敌人厮杀，可敌人把我们冲散了。”

“唉！这消息可不妙。”莱戈拉斯说。

“他是顽强又健壮的勇士。”阿拉贡说，“但愿他能退到洞穴里。在那里，他能安全一阵，比我们还要安全。如此的避难所，矮人应该会喜欢。”

“我也希望如此。”莱戈拉斯说，“可我又希望他来了此处，以便我能告诉吉姆利大人，我如今的战绩已到了三十九。”

“他若是能杀回洞穴，肯定又要超过你。”阿拉贡哈哈笑着说，“他这斧技，真叫我开了眼界。”

“我须得觅些箭矢。”莱戈拉斯说，“倘若今夜真能过去，倒是能多几分光亮让我瞄准。”

阿拉贡此时进了要塞。伊奥梅尔竟没能抵达号角堡，令他大惊失色。

“没有，他没来号角岩。”其中一名西伏尔德人说，“我最后一回看见他，他正在深谷口聚集人手与敌人奋战。甘姆林跟他在一起，还有那个矮人，可我杀不过去。”

阿拉贡沿着内庭踱步，爬上了塔楼高处的一处房间。国王就在里边，黑色的身影靠在一扇狭窄的窗户边，正看着外面的山谷。

“外面情况如何，阿拉贡？”他问。

“深谷护墙失守，陛下，守军全部败退；但有许多人撤回了号角堡这边。”

“伊奥梅尔可在其中？”

“不在，陛下。您的将士有好些退进了深谷，有人说伊奥梅尔也在里边。扼守要害的话，他们或许能挡住敌人，退去洞穴里。但他们之后要如何逃出生天，我说不好。”

“那里比我们这里更有希望。据说那里补给充足，空气也不差，顶上远处的岩石间有裂隙，足以通风。只要他们据守其中，谁也无法强攻进去。他们或许能在那里坚守很久。”

“可那些奥克带着欧尔桑克的邪术，”阿拉贡说，“他们有一种爆炎，便是用它攻下了护墙。如若攻不进洞穴，他们或许会封住洞口，让里面的人无法出来。然而，我们眼下必须把全部精力集中到自身的防御上。”

“这牢狱般的房间叫我烦躁不安。”希奥顿说，“倘若我能让长矛得其所愿，若我能领兵沙场，或许我能再度感受到战斗的愉悦，死而无憾。可我在这里却毫无用处。”

“最不济，这里有马克最为坚固的要塞守卫您。”阿拉贡说，“相较于在埃多拉斯乃至群山中的黑蛮祠，于号角堡保卫您，希望更大。”

“据说，号角堡从未沦陷过。”希奥顿说，“可我如今也不敢笃信这话了。世道变了，那些曾经强大的，如今也证明并不可靠。哪有什么塔楼能承受住如此人海，如此大恨？我若早知艾森加德的兵力壮大得如此迅猛，即使甘道夫说破了天，或许我也不会这么轻率地率军前往抗衡他们。他的建议如今可不像在晨光里那么美妙了。”

“尘埃落定之前，请不要评判甘道夫的建议是好是坏，陛下。”阿拉贡说。

“尘埃很快便会落定。”国王说，“但我决不会像一只落入陷阱的老獾一样，在此了结。雪鬃和哈苏费尔，还有守卫的马都在内庭。黎明到来时，我会命人吹响海尔姆的号角，而我将御马冲锋。阿拉松之子，你可愿与我同行？我们或许能杀出一条生路，也可能换来一场值得歌颂的壮烈之举——倘若这里还能有人活下来歌颂。”

“我会与您同行。”阿拉贡说。

告退后，阿拉贡回到城墙上。他四处巡视，鼓舞士气，如果哪里战事激烈，他就施以援手。莱戈拉斯和他一道。下方腾起的爆炎震得城墙晃动不已。墙上挂满抓钩，搭满长梯。奥克一次次站上外墙顶，又一次次被守军打落。

最后，阿拉贡屹立在巨大的城门前，对来袭的箭矢视若无睹。他望向前方，看见东方泛起了鱼肚白。随后，他举起一只空手，掌心朝外，做出谈判的姿势。

奥克大喊大叫，哄笑起来。“下来！下来！”他们喊，“想跟我们讲和，就下来！把你们的国王带上！我们是骁勇的乌鲁克族。他要是不敢来，我们就去他的洞里把他掏出来。把你们那躲躲藏藏的国王交出来！”

“国王是留是来，全凭他自己定夺。”阿拉贡说。

“那你这是要干啥？”他们问，“你往外面看啥？是想瞧瞧我们的军队有多庞大吗？我们可是骁勇的乌鲁克族。”

“我是在看外面的黎明。”阿拉贡说。

“黎明怎么了？”他们嘲弄着说，“我们是乌鲁克族，甭管白天黑夜，甭管烈阳暴雨，什么都拦不住我们进攻。太阳也好，月亮也罢，我们是来杀戮的。黎明怎么了？”

“没人知道新的一天会带来什么。”阿拉贡说，“趁着黎明还未伤到你们，赶紧离开。”

“要么你下来，要么我们把你从墙上射下来。”他们喊道，“这可不是和谈，你根本没话可说。”

“我还是得说那句话，”阿拉贡回道，“号角堡从未沦陷过。快离开，否则你们一个也跑不了。我们不会放半个活口回北边传消息。你们还不知道自己已深陷危机。”

阿拉贡孤身一人站在已成废墟的城门前，面对着敌人的千军万马，浑身却散发着力量无匹、王者之姿的气势，许多蛮人不由得噤声，或偏头看回山谷方向，或疑虑重重地看向天空。可奥克一个个却笑得更大声了；阿拉贡跳下城墙，而标枪与箭矢如雨一般呼啸而来。

吼叫声，烈焰爆炸声。城门上方，片刻前他还站在上面的那处拱道伴着浓烟石粉崩碎、垮塌。要塞像是遭了雷击，整个颤动不已。阿拉贡跑向了国王所在的塔楼。

就在城门倒下，四周的奥克大叫大嚷着准备冲锋的时候，有低语声从他们背后传来。那声音仿佛远处刮来的风，又渐渐喧哗，变成黎明中高喊着古怪消息的一众声响。号角岩上的奥克听到这惊恐的风声，慌里慌张地回头看去。随后，海尔姆号角的嘹亮声音在塔楼上吹响，令一众奥克猝不及防，吓得魂飞魄散。

听见号声者无不瑟瑟发抖。许多奥克扑倒在地，用爪子捂住耳朵。一道又一道回声从深谷那边又传来；它们层层叠叠，仿佛每一座峭壁与山岭上都站着一位强大的传令官。而城墙上的人则抬起了头颅，无比震惊地聆听着：回声一直不曾消失——号角声就这么在山岭之间萦绕；他们只听见号声变得越来越近，它们相互回应，声音粗犷又奔放。

“海尔姆！海尔姆！”骑兵们大喊，“海尔姆死而复生，又回战场了。

海尔姆为希奥顿王而战！”

喧哗声中，国王出现了。他的坐骑洁白如雪，盾牌绚烂如金，战矛头锐身长。在他右边的是埃兰迪尔之后裔阿拉贡，身后是年少的埃奥尔家族的一众领主。光亮绽放天际，黑夜过去了。

“埃奥尔一族，前进！”只听一声高喝，众人开始冲锋，声音震天动地。他们高喊着杀下城门，一路横扫堤道，如风入草丛般撞进艾森加德的军队。背后深谷也传来将士们冲出洞穴、杀向敌人的坚毅叫喊。号角岩上全军出动，吹角声依旧在山野中回荡不息。

国王一众在马背上飞驰。所行之处，敌方无论头领或猛士，奥克或蛮人，全都非死即逃，无人能挡。他们背对骑兵的短剑长枪，面朝山谷抱头鼠窜，鬼哭狼嚎：白昼渐亮，恐惧与绝大的震惊袭上他们心头。

如此，希奥顿王从海尔姆隘口一路前进，杀向了巨大的护墙。待他们停在护墙下时，天光已变得明亮；东山上一束束阳光照下，晃得众人矛尖亮闪闪的。众人骑在马上一言不发，只是凝视着下方海尔姆深谷的窄谷。

窄谷已变了一番模样。先前这座绿色山谷绿草如茵的山坡沿着不断攀升的山岭层层叠叠铺开，眼下却赫然多了一片森林。林中树木高大、光秃、寂静无声，一排排矗立在那里，树枝纠结，树冠灰白；树根虬结，深埋于青翠的高草之下。森林笼罩之处，一片黑暗。护墙与那片无名森林之间只隔着无遮无掩的短短两弗隆。萨茹曼那自豪的大军便在中间挤作一团，前面的森林与后面的国王军队都叫他们畏惧不已。他们从海尔姆隘口之上蜂拥而下，直到上面的人跑了个一干二净，结果到了下面却全堵在一起，仿佛一群密密麻麻的飞蝇。他们徒劳地在窄谷的山壁上攀爬着，想要逃走。山谷东面太过陡峭，全是石壁；而左边的西面，他们的终焉正在靠近。

一处山脊之上突然出现一名浑身着白的骑手，让东升的太阳照得熠熠生辉。矮丘间响起了号角声。一千名徒步的将士执剑在手，从这骑手后方加速冲下长长的山坡。前方带头冲锋的那人身形高大、强壮，提着一面涂红的盾牌。他冲到山谷边上，将一个巨大的黑色号角举到嘴边，吹出一声遒劲的声响。

“埃肯布兰德！”骑兵们大喊，“埃肯布兰德！”

“且看那白骑士！”阿拉贡高喊，“甘道夫回来了！”

“米斯兰迪尔，米斯兰迪尔！”莱戈拉斯说，“何其妙法！快！趁这咒语未变，我得好好看看这座森林。”

艾森加德的大军大喊大叫，无头苍蝇似的左冲右突。塔上的号角声也再度响起，国王的部队从下方护墙缺口直冲而入。西伏尔德之领主埃肯布兰德自山岭上猛冲而下，捷影也如脚步稳健的灵鹿一般，从山里飞奔而来。白骑士朝艾森加德大军直冲而去，他的到来吓得他们如若癫狂。蛮人全扑倒在他身前，奥克晃晃跌跌，尖叫着抛下了刀剑和长矛。如遭渐强的厉风驱赶的黑烟一般，艾森加德大军纷纷逃走。他们哭喊着跑进森林下面静候的阴影，却没有一个能够再度出来。

·第八章·

通往艾森加德之路

便是在如此美好的晨光之下，希奥顿王和白骑士甘道夫于深谷溪畔的绿草地上再度相会。同样在场的还有阿拉松之子阿拉贡、精灵莱戈拉斯、西伏尔德的埃肯布兰德，以及金殿诸侯。马克的洛希尔人骑兵团团围在周围：大战得胜的喜悦叫心中的惊讶给压住了，他们的眼睛全看向了森林。

一声高喊突然传来，之前被赶回深谷的那些人从护墙方向出现了：老甘姆林、伊奥蒙德之子伊奥梅尔，还有旁边步行的矮人吉姆利——他没戴头盔，头上缠了一圈沾血的绷带，不过声音依旧洪亮有力。

“四十二，莱戈拉斯大人！”他嚷道，“哎！第四十二个的脖子上戴了圈铁护脖，砍得我斧头豁了口。你怎么样啊？”

“你多我一个，”莱戈拉斯回应道，“但我并不嫉妒你的战绩。见你依旧好好站着，真叫我欣喜！”

“欢迎，我的外甥伊奥梅尔！”希奥顿说，“见你平安，我亦十分愉悦。”

“向您致敬，马克之王！”伊奥梅尔说，“黑夜已逝，白日再临。可这青天白日却捎来古怪的消息。”他转过身，一脸惊讶地看着森林，又看向甘道夫，“您再度于水火之中，于意料之外赶来了。”

“意料之外？”甘道夫说，“我说过我会回来，跟你们在此会合的。”

“可你既没告知具体时间，也没预告你会打着怎样的阵仗前来。你可真带来了奇怪的帮手。白骑士甘道夫，你的法术当真了得！”

“这话或许不假。即便厉害，我也还没使出真本事呢。我只不过是于患难中建言，还用上了捷影的速度罢了。起了更大作用的，还是你们自身的勇气，外加让西伏尔德人能彻夜赶路的结实腿脚。”

他们于是更为震惊地看着甘道夫。一些人眼神阴郁地看着森林，还用手搭着额头，仿佛他们看见的场景并非他眼中所见。

甘道夫快活地哈哈笑了好一会儿。“那些树？”他说，“不，我跟你们一样，看到的只是树林子而已。不过，这可不是我干的。智者的建言可变不出来这东西。看来，它比我谋划的，甚至比我希望得还要好。”

“若不是你，那是谁的法术？”希奥顿问，“这显然并非出自萨茹曼之手。莫非，还有其他我们尚未谋面的、更为强大的法师？”

“这并非法术，而是更加古老的一种力量。”甘道夫说，“精灵尚未歌唱、铁锤尚未叮当之前，这种力量便已在世间行走。

精铁未掘，林木未伐，
月下山野正芳华。
魔戒未铸，苦难未降，
森间林野，其影早现。”

“你这则谜语，答案是什么？”希奥顿问。

“要想知道答案，你该与我往艾森加德走上一遭。”甘道夫说。

“去艾森加德？”众人嚷道。

“不错。”甘道夫说，“我将重返艾森加德，有意者可与我同往。我们兴许能在那里见着奇怪的事物。”

“可马克人手不足，即便重整队伍，疗愈伤口、解除疲惫，依旧不足以攻打萨茹曼的据点。”希奥顿说。

“无论如何，艾森加德一行我必须去。”甘道夫说，“我不会在那里久留。我的道路如今去往东边。月亏之前，你们可以在埃多拉斯找到我！”

“不！”希奥顿说，“黎明之前的黑暗时分我曾有过疑虑，但我们眼下不会分道扬镳。倘若你建议如此，那我便与你同行。”

“我想要跟萨茹曼谈谈，如今看来越快越好。”甘道夫说，“鉴于他给你的国土造成了巨大损害，你在场也无可厚非。不过，你最快什么时候能出发，你能骑多快？”

“我的人连番作战，已精疲力竭。”国王说，“而我骑了极远的路程，极少休息，同样疲乏不已。唉！我委实上了年纪，而这并不全是因为佞舌的低声窃语。这是种没有医师能治愈的病，哪怕甘道夫也没办法。”

“那就让与我同去的人先行休息，”甘道夫说，“我们在夜幕降临后启程。这也好，因为我的建议是，从今往后，我们无论来去都应尽量保持隐秘。不过，希奥顿，莫要挑太多人手。我们是去谈判，不是去打仗。”

于是，国王选了一些不曾受伤、骑着快马的人，派他们去马克的每一座山谷里传告得胜的消息；他们同样身负他的诏令，要全部男子，无论老少，全都赶往埃多拉斯。月圆之后第三天，马克之王将召集所有能作战的人。国王又选了伊奥梅尔及家族中的二十人与他同去艾森加德。与甘道夫同行的则是阿拉贡，还有莱戈拉斯与吉姆利。哪怕受了伤，矮人也不甘落于人后。

“那一下跟挠痒痒似的，何况还被头盔挡下了。”他说，“这么点儿被奥克挠了一下的伤，可别想拦住我。”

“趁你休息之际，我可以为你处理伤口。”阿拉贡说。

国王此时已返回号角堡休息，他已经好些年没睡得如此安稳了。他选来同行的人也歇下了。其他那些没伤到或碰到的人则开始了艰苦劳作：这场战斗死了许多人，还得对那些倒在原野或是深谷里的遗骸加以善后。

奥克全军覆没，数量无法计算。不过，一大批山野人投了降；他们惊恐不已，嘴里一直喊着求饶。

马克的人收了他们的武器，便让他们去干活儿了。

“你们得搭把手，以此来弥补你们参与的恶行。”埃肯布兰德说，“之后，你们得发誓决不再持武器进入艾森河渡口，也不得与人类的敌人为伍，然后你们就能自行回你们的土地去。这是因为，你们被萨茹曼蒙蔽了，对他的信任让你们当中的许多人丢了性命；可即便征服了这里，你们也从中捞不到任何好处。”

黑蛮地的人一个个震惊不已：萨茹曼之前跟他们讲，洛汗的人无比残忍，会把俘虏活活烧死。

号角堡前面原野正中堆起了两座坟冢，下面埋着在守卫号角堡时牺牲的人：一座是给东部各个谷地里的人，另一座是给西伏尔德人。而黑蛮地的人被单独埋在了护墙再往下的坟里。号角堡投下的阴影中有一座单墓，里边长眠着国王的禁卫军头领哈马。他倒在了城门前。

奥克的尸首堆积如山，被扔在了远离人类坟茔、离森林边缘不远的地方。这尸山太过庞大，没法埋，也没法烧，让人们伤透了脑筋。他们没有足够的柴火，哪怕甘道夫不去警告他们别伤到树皮和树枝，他们也不敢对着那些怪异的树动斧子。

“别管那些奥克了，”甘道夫说，“明早或许能有什么新的办法。”

午后，国王的队伍准备出发了。葬礼伊始，希奥顿悼念了他陨落的队长哈马，又为他的墓撒下第一捧土。“萨茹曼确实给我、给这片土地造成了巨大的创伤，”他说，“与他会面时，我会牢记这件事。”

等到希奥顿、甘道夫与诸位同伴终于骑马下了护墙，太阳已经快落到窄谷西边的山丘上了。他们身后是一支浩浩荡荡的队伍：有洛汗骑兵，也有从洞穴里出来的西伏尔德妇孺老幼。他们用清亮的声音高唱着一首胜利之歌；随后，他们看见了那片树林，心生恐惧，又都安静下来。

骑兵们行至森林前停下脚步；无论骑兵或他们的坐骑，都不愿踏进去。森林显得阴郁险恶，林间弥漫着什么，也不知是阴影还是迷雾。它们长长的树枝仿佛摸索的手指一样笼下，从土里支棱出来的根须仿佛怪兽的腿脚，下方还有许多阴暗的洞穴。甘道夫领着队伍径直向前，来到号角堡的道路与森林相会之处——他们看见，森林巨大的树枝下竟有一处犹如拱门一样的入口。甘道夫从此处迈步而入，其余人也紧随其后。让众人惊讶的是，这条路一直延伸向前，而旁边便是深谷溪；上方的天空无遮无掩，一片金光照耀。不过，道路两侧的一排排树木已成片披上暮色，延伸去了远处浓墨般化不开的阴影中。众人听见那里传来树枝断裂与呻吟的声音，远处的喊叫声，还有听不分明的低语声，像是某种愤怒的呢喃。可周围既看不见奥克，也找不着别的活物。

莱戈拉斯与吉姆利同乘一匹马，他们紧跟在甘道夫身后，因为吉姆利有些惧怕这片森林。

“此地有些闷热，”莱戈拉斯对甘道夫说，“我感觉身畔充斥着极大的愤怒。你没有感觉到耳中的空气在震颤吗？”

“感觉到了。”甘道夫说。

“那些可悲的奥克遭遇了什么？”莱戈拉斯问。

“这个，我猜，永远没人知道。”甘道夫回答。

众人沉默地走了一阵。莱戈拉斯一直来回扫视着道路两边；另外，倘若吉姆利不反对，他还会频频停住马，聆听森林里的动静。

“这些当真是我见过的最为古怪的树，”他说，“虽说我已见过无数橡树从种子长到迟暮之年的样子。真希望能偷闲在这林中漫步：它们会说话，而我迟早会设法弄明白它们的想法。”

“别，别！”吉姆利说，“我们赶紧离开！我已经猜到它们在想什么了：对一切两腿行走的生物痛恨不已，而它们说的内容就是‘挤烂’和‘勒死’。”

“并非所有双腿行走的生物，”莱戈拉斯说，“我认为这一点你说得不对。它们恨的是奥克。这片森林对精灵与人类知之甚少，因为它们不属于这里，而是生活在远方的山谷之中。我猜，吉姆利，它们便是来自范贡森林的深邃山谷。”

“那这儿可真是全中洲最危险的森林了，”吉姆利说，“我倒是要感谢它们出的那份力，可我不喜欢这森林。或许你觉得它很美，但我在这片土地上已见过了更美的，比任何树林或者林间地都要美。我心里依旧满满都是那地方。

“人类行事可真是稀奇古怪，莱戈拉斯！这里有着北方世界诸多奇观之一，可他们怎么叫它的？他们管它叫洞穴！洞穴！打仗的时候可以躲进去，可以存粮秣！我的好莱戈拉斯，你可知道，海尔姆深谷的岩洞有多么宽广、美妙？这地方要是传了出去，不知道会有多少矮人前来朝拜，只为看它一眼。啊，当然，只要能远远看上一眼，要他们掏出真金白银都行！”

“而我愿意掏点儿金币，以求不去参观。”莱戈拉斯说，“我更愿付两倍的价钱出来，倘若我被困在里边的话！”

“你只是没见过那里，所以我原谅你的俏皮话。”吉姆利说，“可你这样说，真是有点儿傻气。你是不是觉得，我们矮人很久以前帮忙在黑森林山丘之下建造的、里边住着你那位国王的宫殿很美？可比起我在这里见到的岩洞，它们顶多只能算是几间破屋：这里的岩洞，厅堂众多，难以丈量，水珠滴入池水的叮咚乐声永不停歇，而里边的水池美得好比星光之下的凯雷德－扎拉姆。

“另外，莱戈拉斯，等到火把点亮，等到人们在回音缭绕的洞顶下踩着沙地的时候，哈！我跟你讲，莱戈拉斯，那光滑的岩壁上全闪耀着宝石、水晶、珍稀矿脉的光芒；光亮照透了大理石的纹路，看着仿佛贝壳，剔透得好像加拉德瑞尔女士浑然天成的双手。还有那些岩柱，莱戈拉斯：白色、橘黄色、黎明玫瑰色，凹凹凸凸、扭来转去，形成梦幻般的形状；它们从五彩缤纷的地面拔地而起，要汇向洞顶那些晶亮的钟乳石——像翅膀，像绳索，像是冻住的云层一样精美的幕帘；还有长矛状，旗帜状，悬空宫殿的屋顶尖！倒映它们的是下方一片平静的湖水：俯瞰那幽暗的水池，那倒影活像叫透亮的玻璃给盖住的一片朦胧世界；都林在梦里都难以想象的一座座城市，沿着一条条大道和石柱林立的庭院伸展，一直延伸进一丝光亮也照不到的幽邃、隐蔽之处。叮咚！一滴银珠坠落，琉璃上泛起圆圆的波纹；仿佛海中洞穴里的水草和珊瑚一样，一座座塔楼让这涟漪晃得弯曲、摇摆。随后，天黑了：各色景象渐渐淡去，明灭消失；火把转向别的厅堂，转向了别的梦境。那里的厅堂一间又一间，莱戈拉斯；殿堂也一座通向一座，拱顶接二连三，台阶连三并四；而道路依旧蜿蜒向前，直通往群山的心脏。洞穴！海尔姆的岩洞啊！能得幸造访，我太开心了！离开那里叫我真想哭。”

“既然如此，为安慰一二，吉姆利，我便如此祝福你，”精灵说，

“祝你从战场平安归来，能再度回来看看它们。但勿要告诉你那些族人！照你方才所言，他们来此也没多少事可做。或许，这片土地的人类不怎么将此地宣之于世，实乃明智之举：一族携锤带凿的忙碌矮人，造成的破坏兴许要多过他们能带来的贡献。”

“不，你不明白。”吉姆利说，“哪有矮人见到如此美景还能不为所动的。哪怕能挖到钻石黄金，都林一脉的矮人也不会为了石料或者矿石采掘那片岩洞。你们会为了柴火，砍掉春日里开满了花的树林吗？这一片片繁花一样的洞岩，我们会精心照料，怎么会挖掘它们呢。巧夺天工的技巧，轻柔的敲击，一下又一下——紧张忙碌一整天，或许只为敲下一小片岩石——我们便这样工作，再随着时间一年年过去，开辟出新的道路，展现那些如今依旧藏在黑暗里、只能透过岩缝窥见的厅堂。另外，灯，莱戈拉斯！我们要点上灯，就像曾经照耀着卡扎督姆的那些灯盏；我们便能随心驱走自山野出现便盘踞彼处的黑夜，也能在想要休息的时候，让黑夜再度回来。”

“你让我深有感触，”莱戈拉斯说，“我从未听你这般说话。你简直让我后悔不曾目睹这些岩洞。好！我们做上一笔交易——若我们全都从静候你我的危难中平安归来，那你我二人要一同旅行一阵。你要与我造访范贡森林，之后我便随你去瞧瞧海尔姆深谷。”

“我倒是不乐意选这种交易。”吉姆利说，“不过，你要是答应回来拜访那些岩洞，再跟我分享它们的绝妙的话，范贡森林我倒也能忍受。”

“我向你保证。”莱戈拉斯说，“不过，唉！无论岩洞或森林，我们眼下只能先置于脑后。看！我们已来到森林尽头。甘道夫，离艾森加德还有多远？”

“以萨茹曼的鸦群飞行来算，还有十五里格左右。”甘道夫回答，“从深谷的窄谷口到艾森河渡口有五里格，再从彼处到艾森加德大门还有十里格。”

“等我们到了那儿，会看见什么？”吉姆利问，“你兴许知道，但我猜不出来。”

“我也不能确定，”巫师回答，“昨日傍晚我人虽在那里，可我离开后或许又有不少变故。不过，虽说你离开了阿格拉隆德的晶辉洞，但我猜你也不会说这趟旅程白跑一趟了吧。”

队伍终于走出了森林，来到了窄谷的深处；海尔姆深谷的道路在这里分了岔，一条往东去了埃多拉斯，另一条则往北通向艾森河渡口。众人离开森林边缘之时，莱戈拉斯勒马回望，脸上满是遗憾。随后，他突然大喊出声。

“眼睛！”他喊，“树枝的阴影里有眼睛在窥视！我从未见过这般眼睛。”

其他人被他的大喊声惊动，纷纷勒马转头；莱戈拉斯却骑马便往回走。

“别！千万别！”吉姆利大叫道，“你爱怎么疯都行，先把我从这匹马上放下来！我一只眼睛也不想看！”

“绿叶莱戈拉斯，停下！”甘道夫说，“莫要回森林，暂时不要！此刻还不是时候。”

说话间，三道怪异的身影从林子里迈了出来：它们有食人妖一般高大，身高至少十二呎；身体强壮、结实，有如年轻的树木，似乎穿着衣服，要么就是长着灰棕相间的贴身外皮。它们四肢修长，手掌生有许多手指；头发直挺，灰绿的胡须仿佛苔藓。它们眼神肃穆地凝视着外面，却并非在看这些骑兵，而是望向北边。忽然，它们抬起长长的手掌放在嘴边，发出响亮的呼唤声，这声音如号角一般嘹亮，却更富韵律和变化。有回应声响起；骑兵们再度转身，又看见别的同类生物大踏步走过草地，往这边靠了过来。它们从北边迅速而来，走路的姿势像是蹚水的苍鹭，只是速度不同；它们的双腿迈着大大的步伐，节奏还要快过苍鹭振翅。骑兵们惊呼出声，一些人甚至伸手摸上了剑柄。

“没必要动武，”甘道夫说，“这些不过是牧者罢了。它们并非敌人，它们其实也根本不在乎我们。”

这话似乎没错，因为就在他说话间，这些高大的生物大步消失在了森林里，一眼也没看一众骑兵。

“牧者！”希奥顿说，“它们的牧群在哪儿？甘道夫，它们究竟是什么？毫无疑问，它们在你眼里并不陌生。”

“它们是树木的牧者，”甘道夫回答，“你可是许久不曾伴着炉火听故事了？你的国土当中，可是有不少孩童能从纠结缠绕的故事中理清脉络，再从中挑出你这问题的答案。你见到的乃是恩特，我的陛下，它们来自范贡森林，也就是你们所称的恩特森林。你莫不是以为，这名字是闲极无聊时的幻想吧。并非如此，希奥顿，恰恰相反：对它们而言，你才是渐渐被遗忘的故事。从年少的埃奥尔到年老的希奥顿，这么长的年月于它们而言不过弹指一挥间；你家族的所行所为，于它们也是无足挂齿的。”

国王沉默不语。“恩特！”他终于开了口，“我猜，从古老传说中的蛛丝马迹中，我开始有一些理解树木的神奇之处了。我竟然活着见证了这样古怪的时代。长久以来，我们一直照料动物，耕作田野，修剪屋舍，打造工具，要么便是骑马参战，驰援米那斯提力斯。我们称它为人生，称它为世道。国土之外的地方，我们鲜少在意。那些唱诵它们的歌谣，我们已渐渐遗忘，或者只当是无足轻重的传统，教给孩童。而这些歌谣现在竟从古怪的地方出现，光天化日之下活生生地来到了我们面前。”

“希奥顿王，你应该感到高兴才是。”甘道夫说，“眼下受到威胁的可不光是凡人那琐碎的生活，那些被你们视作传说的存在也同样深陷危难。你们并非孤立无援，尽管你并不认识他们。”

“可我还应该感到难过，”希奥顿说，“毕竟，无论战争最终走向何方，中洲都会有许多美丽、奇异的事物就此消失，莫不是如此？”

“或许。”甘道夫说，“索伦的恶行无法被彻底修复，也无法彻底消除。然而，我们注定会遭遇如此时日。我们还是继续这场已然开始的征途吧！”

随后，队伍离开窄谷与森林，踏上了前往渡口的路，莱戈拉斯不情不愿地跟在后面。日头早已西斜，如今已落到世界的边缘之下；不过，待他们出了山影，看向西边的洛汗豁口时，天色还是一片通红，飘浮的云朵背后光线依旧炽亮。天上有一大团黑色，是许多正在徘徊、飞翔的黑翼鸟。其中一些哀叫着掠过头顶，飞回了岩石间的巢穴。

“战场让这些食腐鸟又忙活起来了。”伊奥梅尔说。

夜色渐渐合拢到四周的平原上，众人放缓了前进的步伐。一轮渐盈的新月慢慢升起，清冷的银月光照耀之下，丰荣的草原起伏不定，恍若浩瀚的灰色海洋。他们从分岔路走了差不多四个钟头，此时已快要抵达渡口。长长的斜坡陡然而下，降到将河水分散的石滩处，两岸高高的河沿上青草丛生。远风吹来野狼的号叫。众人回想起牺牲在此地战场的许多同袍，心情无比沉重。

道路沉入抬升的绿草岸，一路切过台地探向河边，又在河对岸继续往上而行。河中有三排平坦的踏脚石，中间是供马匹行走的浅滩，分别从两岸向河里延伸，最后连到中间一处光秃的河心岛上。一众骑兵从横渡处往下看去，心里只觉得有些怪异：渡口素来是河水冲撞岩石声不绝于耳的地方，可如今它们却一片安静。河床几近干涸，成了一片遍布卵石与灰沙的荒地。

“这地方怎么死气沉沉的，”伊奥梅尔说，“这条河是害了什么病？

萨茹曼毁了太多美好的事物。艾森河的源泉是不是也被他毁掉了？”

“看来是这样的。”甘道夫说。

“可悲！”希奥顿说，“太多优秀的马克骑兵在这里被食腐动物啄食，我们非得走这条路不可吗？”

“我们的道路须经过此地，”甘道夫说，“你的骑兵在此阵亡，令人悲痛；但你会发现，至少山里的野狼没有噬咬他们。它们拿来大摆筵席的正是它们的奥克朋友：这种动物的友情也就这样了。走吧！”

众人下到河道里。野狼见他们到来，纷纷停下号叫，转身溜走。月下的甘道夫，还有他那匹泛着银光的捷影，着实吓坏了它们。一双双眼睛在河岸的阴影中闪动着光芒，目送一行人去了河心小岛。

“瞧！”甘道夫说，“有朋友在此劳作过。”

众人瞧见，河心岛的中央排着一列坟丘，周围还环了一圈石块，插了许多把长矛。

“此处埋着在附近倒下的马克骑兵。”甘道夫说。

“让他们在此长眠吧！”伊奥梅尔说，“就算他们的长矛会变得锈迹斑斑、腐朽不堪，他们的坟茔仍能长久矗立此地，继续保护艾森河渡口！”

“甘道夫，我的朋友，这也是你的手笔吗？”希奥顿问，“区区一晚加一夜，你做的事情可真是不少！”

“靠捷影帮忙，其他人也搭了把手。”甘道夫说，“我骑得很快，去了很远的地方。不过，在这墓前，我得讲些安慰你的话：渡口之战确实有不少将士阵亡，但没有传闻里说得那么多；大部分人并未被杀，只是走散了，我把能找到的都召集了起来。我让西伏尔德的格里姆博德领着部分人去增援埃肯布兰德，又让一部分人建了这些坟，而这些人如今在你的元帅埃尔夫海尔姆麾下。我将他同许多骑兵遣回了埃多拉斯。我知道萨茹曼倾尽全力对付你，他的仆从抛下了一切任务，全去了海尔姆深谷：附近各处的敌人都没了踪影。尽管如此，我还是担心狼骑兵和劫掠者会趁着无人守卫，冲去美杜塞尔德。不过，我觉得你如今不必再惧怕了：你的殿宇正候着你凯旋呢。”

“若能重返家园，我自然感到欣慰。”希奥顿说，“虽说我毫不怀疑我在那里也住不长久了。”

语毕，众人告别河心岛与青坟，渡河上了对岸。随后，他们继续赶路。离开这片令人心碎的渡口，众人的心情也好了一些。随着他们的离去，狼嚎声再度响起。

过了横渡处，一条古驿道向上通往艾森加德。这条路与河并行了一段，先折向东边，随后再转向北；最终，它离开河岸，直取艾森加德的大门——就在山谷西边的山坡之下，离谷口隔着十六哩左右。众人循路而行，但并未在道上走；旁边的地面更加紧实、平整，连着数哩都覆盖着虽浅却有弹性的草皮。一行人如今加快了速度，不到午夜时分便已离开渡口约莫五里格远了。之后，因国王疲惫不已，众人便结束夜行，歇了脚。他们已到达迷雾山脉脚下，环抱在南库茹尼尔向下伸出的长长臂弯中。前方的山谷一片漆黑，月亮已转去西边，洒下的光芒都叫山岭遮住了。不过，山谷幽暗的阴影之中，一股巨大的浓烟雾气正在升腾、盘旋；它渐渐往上，捉住了沉月的辉芒，于满天繁星间化作一道道黑银相间的微亮碎浪。

“甘道夫，你看那是怎么回事？”阿拉贡问，“整座巫师山谷仿佛都烧了起来。”

“山谷这阵子一直飘荡着烟雾，”伊奥梅尔说，“可我也是头回见着这样的场面。与其说是烟雾，这些更像蒸汽。看来，萨茹曼正酝酿着什么邪术候着我们呢。或许他正在熬煮整条艾森河的水，所以那条河干涸了。”

“兴许是。”甘道夫说，“明天我们就知道他在做什么了。眼下我们尽可能地多休息吧。”

众人在艾森河的河床边上扎了营。这条河依旧寂静无声，空空荡荡的。一些人小睡了一会儿，可后半夜守夜人高喊出声，把大家又全都叫醒了。月亮已消失不见，星辰依旧闪耀，地面上却蠕动着比夜色更加浓厚的漆黑。这漆黑从艾森河两岸向他们滚滚而来，正朝北边前进。

“待着别动！”甘道夫叫道，“不要亮武器！等着！它会过去的！”

一片雾气汇聚在众人周围，头顶上只剩寥寥几颗星依稀可见；两边河岸矗立着视线无法看透的昏暗之墙；他们被夹在一座座移动的阴影高塔之间那狭窄的巷道里。有声音传来：低语，呻吟，还有永无止境的沙沙叹息；众人脚下的土地晃动起来。他们坐到地上，满心恐惧，度日如年；可那黑暗与低语声终究还是过去了，消失在了迷雾山脉的怀抱里。

远方高处的号角堡里，人们在半夜听见巨大的声响，仿佛山谷里刮起了让大地也为之颤动的大风；大家都吓坏了，没人胆敢犯险出去查探。到了早上，走出门的人无不大惊失色：奥克的尸首，并着那片森林，全都不见了。下面远远的深谷里，草地被踩踏得一片枯黄，仿佛有巨大的牧人来这里放牧过大量牲畜；而护墙下行一哩的地方被挖出一个巨坑，上面盖着小山一样高的石堆。人们认为，死掉的那些奥克应该被埋在了下面；谁也说不清那些逃进森林里的奥克是否也位列其中，因为人们再没有涉足那座山丘。那里后来被称为死岗，上面不曾长过半根青草。那些古怪的树木也就此从深谷的窄谷中消失了，它们在夜里悄悄离开，回到了远方范贡森林的幽暗山谷。它们就此完成了对奥克的报复。

国王一行人当晚再没合过眼；不过，众人再没看见或听见其他怪异的情况，除了一件事：营地边的艾森河有了声响，突然复苏了。随着一阵急流涌出岩层匆匆流下，艾森河就此变回原样，河水再度咕嘟着涌动在了河床之上。

拂晓时分，众人收拾停当，准备出发。光线昏沉、灰白，旭日无处可寻。天上雾气很重，四周土地散发着恶臭。众人如今骑着马，沿驿道慢慢向前。这部分道路宽畅、硬实，受过精心养护。透过雾气，众人隐约可以看见迷雾山脉沿左侧延伸出去的长长臂膀。他们已经踏入南库茹尼尔，也就是巫师山谷。山谷为山脉所环罩，只在南边开着通口。这里曾是一片美丽的青翠之地，周围的山岭雨露较重，通过一汪汪泉水，一条条溪流，将水注入从中流过的艾森河，让它在抵达平原之前便已变得汪洸、湍急；河水流过之地，一派宜人、富饶之景。

眼下却是今非昔比。艾森加德的山墙下，萨茹曼的奴隶耕出的一亩亩田地依旧可见，绝大部分山谷却成了长满杂草荆棘的荒地。树莓在地上蔓生，爬满灌木丛与河岸，形成一处处蓬松的洞穴供小兽栖息。山谷里一棵树也没有，但高高的草丛里仍旧能看见古树林受过火烧、斧劈后留下的残桩。这地方满目疮痍，除了湍流冲岩的响动，再无其他声息。烟雾并着蒸汽飘浮在阴郁的云层中，游荡在一处处山坳间。众人谁也没有开口。他们心里疑云密布，不知这趟旅途会通往何等悲惨的结局。

骑行数哩之后，驿道化作一条宽敞的街道，路面巧妙地嵌着方正的巨大石块，石板缝里见不着一片草叶。街道两边，深渠伴流水，淙淙下行。一根高大的柱子陡然出现在众人面前：它通体漆黑，上面摆着一块雕琢、喷涂过的巨石，形似一只长长的白色手掌，其中一根手指指向北方。众人明白，艾森加德的大门多半就在不远处，心情又沉重起来，可他们的眼睛却无法看穿前方的迷雾。

山脊之下，巫师山谷之中，被人类称为艾森加德的古老地方已在此矗立了无数年月。它部分山体为自然形成，而西方人类古时又建造了卓绝的工程；另外，久居此地的萨茹曼一直也没闲着。

在萨茹曼的名头一时无两、尚被众人尊为巫师之首时，这里原本是这样一番景象：仿佛峭壁高耸的巨大石墙，自山体遮罩之处拔地而起，沿山谷环绕一圈又回返原处。石墙南边开出的一处巨大拱门是唯一的进出口。这里的黑色岩石中开凿有一条长长的隧道，隧道两端都以无匹的铁门闭锁。造得十分精细的大门稳挂于硕大的铰链上，而铰链的钢固则深深钉入天然岩石之中；未上拴的时候，只需胳膊轻轻用力，大门便能悄无声息地推开。迈入大门，最终再穿过回音缭绕的隧道，会见到一片略向下凹、形似巨大浅碟的辽阔平原，直径长为一哩。这里曾是一片莹绿：林荫道随处可见，果木成林，果实累累，一条条山溪灌溉着树丛，又汇聚成湖。然而，到萨茹曼治下后期，这里再见不到一丝绿意。道路全铺上了又黑又硬的石板，路旁的绿树也变成以沉重的锁链连接的长排大理石、黄铜和赤铁立柱。

这里有屋舍无数：单间室、厅堂、过道，全是凿掘城墙内侧修建而成的，能透过其中无数扇窗户、无数道漆黑的屋门监视整片无遮无掩的平原。劳工、仆从、奴隶、贮备大量武器的勇士，这地方能住下好几千人，地下还有许多深邃的兽穴饲养恶狼。平原也被挖得千疮百孔，从地面往下开凿了许多竖井，竖井上盖着低矮的土墩或是钟形石堆，外加地面一直在颤动，乃至月光下的艾森加德环场看着像一座死者并未安眠的坟场。这些竖井通过许多斜坡和螺旋楼梯通往下方深处的洞穴，洞穴里有萨茹曼的宝库、货仓、兵器库、锻铁作坊，外加巨大的熔炉。铁轮在此转动不息，铁锤不停敲响。夜间会有许多蒸汽从排气孔喷出，被下方的光亮映出红、蓝，甚至毒液一般的绿色。

各条道路全以锁链连接着，通向中心耸立的一座外形非凡的高塔。此塔乃古代抚平艾森加德环场的建造者所铸，可它却不像人力建造，反而像古时山岗颤动，从大地的骨架上撕扯出来的。它是一座带着尖峰顶的岛屿，通体漆黑，闪耀着坚硬的光亮：四块庞大的多面石柱紧紧连为一体，又在接近顶点之处分作四只顶处如矛尖、边缘似锋刃的尖角。尖角中间有一处狭窄空间，其中有一片打磨平整的石地，上面撰有怪异的符号；若站在此处，则离平原有五百呎高。这座塔便是萨茹曼的要塞——欧尔桑克。这个名字（或许有意为之，又或许无心插柳）有两层含义：这个词在精灵语中意为“尖牙山”，而在古马克语中又是“心思狡诈”的意思。

艾森加德是处坚实且令人惊叹的地方，很长时间里也曾非常美丽；诸多伟大的领主曾居于彼处，既有刚铎西界的守卫者，亦有观察星象的智者。萨茹曼却照自己诡诈的目的慢慢将它改了样，还自认为让它变得更好了。殊不知，他是受了蒙蔽：这些他抛下过往智慧而改用的，且天真地以为源自他想法的技艺和精细的装置，其实全都来自魔多；他什么都没发明，他对巴拉督尔这座巨大的要塞、兵器库、监牢和熔炉进行的小小复制，顶多算是小孩的模型或者奴隶的阿谀奉承。力量强大的邪黑塔不会容忍出现对手，对这种阿谀行为也是不值一哂的，只不过凭着自身的骄傲与无可估量的力量，它还在等待时机。

这便是萨茹曼的要塞，正如传言中所提一般。如今的洛汗无人曾踏过彼处大门，只除了佞舌之类的少数人，而他们悄无声息地进进出出，所见所闻素来也是避而不提。

甘道夫此时已来到那白手巨柱之下，又一路行了过去；其余骑手们震惊地发现，他这一路过，那只白手顿时不复白色，上面仿佛溅满了干枯的血迹；再仔细一看，那手就连指甲都是红的。甘道夫恍若未觉，骑着马进了雾气当中，众人也迟疑着跟了上去。他们周围仿佛刚经历过一场洪水：路旁有不少宽阔的水塘，洼地也全都积了水，细细的水流在石缝间涓涓流淌。

最后，甘道夫停下脚步，朝他们打着手势；众人上前，看见他前方已无雾气，还耀着一抹浅色的阳光。正午已过。他们来到了艾森加德的大门前。

大门却是扭曲变形，倒在了地上；周围的石块，要么崩成无数尖锐的碎片，远远的四处散落，要么被垒成一座座破石堆。巨大的拱顶屹立依旧，门那头却成了没顶盖的裂缝：隧道的天花板都没了，两侧峭壁似的墙上被撕扯出一道道巨大的裂缝和缺口，塔楼全被击得粉碎。就算大海化作怒涛，以雷霆万钧之势砸落山岭，造成的破坏也比眼下这光景大不了多少。

外面的环场灌满了热气腾腾的水：它仿佛一口煮沸的大锅，里边起起伏伏地漂着断梁残桁、方箱圆桶与破烂的器械。残存的立柱都扭曲了，如茎秆一般歪歪斜斜地支棱出水面。道路全给淹在了水下。更远处，在那缭绕的云雾半遮半掩之处，那座岛岩似乎隐约可见。欧尔桑克之塔依旧矗立彼处，阴暗、高大，风暴也未曾伤到它。惨白的水花在塔脚拍打不息。

国王一行人惊得坐在马上一言不发，他们意识到萨茹曼的势力被推翻了，但猜不出这究竟是怎么办到的。眼下，他们把视线转向了拱道和沦为废墟的大门，发现紧挨着的地方有一大片瓦砾堆，两道小小的身影也猛然闯入眼帘：他们一身灰衣，悠闲地躺在上面，让人很难将他们与周围的石头分辨清楚。这两道身影周围摆着一些酒瓶和碗碟，似乎他们刚饱餐一顿，此时正在休息解乏。其中一人好像睡着了，另一人跷着腿、枕着手，背靠着一块碎岩，嘴里喷出一缕细长的淡蓝色烟雾和一个个小小的烟圈。

有好一会儿，希奥顿与伊奥梅尔及手下全都看得目瞪口呆。纵观艾森加德这一堆残垣断壁，就数眼前的景象让他们最为惊奇。不过，还没等国王张嘴，吐着烟圈的那道小小身影突然注意到沉默无言来到迷雾边缘的一行人，便腾地站起身。这似乎是个年轻人，或者说看起来像个年轻人，尽管他还不及人类一半高；他那头褐色的卷发无遮无掩，身上倒是裹着件饱经风尘的斗篷，色彩和样式与甘道夫的同伴骑马来埃多拉斯之时一样。他用手捂着胸口，深深地鞠了一躬。随后，他像是没有看见巫师与他的朋友，把身子转向了伊奥梅尔跟国王。

“欢迎，各位大人，欢迎来到艾森加德！”他说，“我们是看门人。我名为梅里阿道克，是萨拉道克之子；我的同伴，他，唉！累到睡着的这位——”他踢了那人一脚，“——是佩里格林，图克家族的帕拉丁之子。我们的家园在遥远的北方。萨茹曼大人就在里边，不过，眼下他正在跟一个叫佞舌的人密谈，要不他肯定会来这儿迎接诸位尊贵客人的。”

“他当然会的！”甘道夫大笑着说，“派你们上这儿来，在吃饱喝足之余看守破门、候着客人到场的，是萨茹曼吗？”

“不，好心肠的大人，他把这事儿给漏啦。”梅里快活地回答，“他忙得不可开交。要我们来这儿的是树须，他接管了艾森加德。他命令我好言好语欢迎洛汗之王。我已经尽力啦。”

“那你要怎么欢迎你的同伴呢？你要怎么欢迎我和莱戈拉斯呢？”吉姆利再也憋不住，大声嚷嚷道，“你们这两个懒蛋，两个毛手毛脚的无赖！你们可真让我们好找！整整两百里格，我们一路历经沼泽和森林，战斗与死亡，就为了救你们，结果却发现，你们在这儿大吃大喝，闲混日子——还抽烟斗！抽烟斗！烟草又是从哪儿搞来的，你们这两个小坏蛋？锤子和钳子啊！真不知道是该生气还是该高兴，我还没原地爆炸，可真是个奇迹！”

“你说出了我的心思，”莱戈拉斯哈哈笑着说，“可我更想知道他们的酒是怎么来的。”

“你们追踪了这么久，却找漏了一样东西，那就是机敏的头脑。”皮平睁开一只眼睛说，“发现我们坐在得胜的战场上，身边围着一大堆战利品，你们竟然还不知道我们应得的这些享受是从哪儿得来的？”

“应得？”吉姆利说，“我可不信！”

众骑兵无不惊讶。“显而易见，我们见证了一场好友的重逢。”希奥顿说，“这么说，甘道夫，这两位就是你们失散的同伴？而今真是注定要惊奇不断啊。自离开金殿，我倒是见过不少；此刻，我眼前又出现另一个传说中的种族。想必这是半身人，也就是我们当中一些人所称的霍尔比特拉人，对吧？”

“陛下，您要是乐意，请叫我们霍比特人。”皮平说。

“霍比特人？”希奥顿说，“你们的语言变得有些奇怪；不过这名字听着倒也不算不搭衬。霍比特人！我听过的报告，跟真相完全没搭上边啊。”

梅里鞠了一躬；皮平站起身，又深深地鞠了一躬。“陛下，您可真是仁慈；或者说，我希望能这么理解您的意思。”他说，“还有一件惊奇的事呢！自从离开家乡，我已经漫游了许多地方，可到现在才碰上了解霍比特人哪怕一星半点儿的人。”

“虽说我们这一族许久以前就离开了北方，”希奥顿说，“但不瞒你说，霍比特人的故事我们也是一点儿都不知晓。唯一流传在我们中间的是，在许多座山、许多条河那头的远方，生活着一个住在沙丘洞穴里的半身人种族。不过，我们不曾听闻他们一星半点儿的事迹，据说他们很少做什么事情，还会躲开人类的注视，能在眨眼间消失无踪；他们还能改变声音，模仿鸟儿的鸣叫。不过，看上去，还有不少事没提到。”

“确实不少，陛下。”梅里应道。

“比如这么一点，”希奥顿说，“我可从没听说他们还能从嘴里喷出烟雾来。”

“倒是不奇怪，”梅里答道，“这门手艺，我们也才传承了几代人。南区长谷镇的托博德·吹号，他第一个在自己的花园里种了正儿八经的烟斗草；按我们的历法算，大概是在 1070 年左右。要说老托比怎么弄到这种植物……”

“你可不知道自己有多危险，希奥顿，”甘道夫打断梅里说，“这些霍比特人可以坐在这堆废墟边上，对餐桌上的佳肴喋喋不休，若是你耐下性子聆听，他们还会备受鼓舞，继而连父辈、祖辈、曾祖辈，甚至再往上八辈子祖辈做过的芝麻小事，全都翻出来说上一说。等下回时间合适，再来谈论抽烟的历史吧。梅里，树须在哪儿？”

“我猜，应该是在北边远处。他去找水喝——找干净的水源了。其他恩特大部分跟他一道去了，都还忙着——就在那边。”梅里冲蒸汽缭绕的湖水挥了挥手。他们望了过去，听见远处传来隆隆声与咯咯声，仿佛山坡上遭遇了雪崩。远方传来“呼姆——嗬”的声音，恍若昭告胜利的号角声。

“欧尔桑克现在无人看守了？”甘道夫问。

“不是被水淹了嘛，”梅里说，“不过，急楸和别的恩特也在监视那座塔。平原上那些竖桩立柱可不全都是萨茹曼立的。我猜，急楸在靠近台阶底下的岩石边上。”

“确实，那边有一名高大的灰色恩特。”莱戈拉斯说，“不过，他双臂垂在身侧，一动不动，仿佛一株门前树。”

“正午已过，”甘道夫说，“自拂晓到现在，我们还半点儿东西都没吃过。不过，我还是想尽快见到树须。他当真没给我留下半句口信，还是你一顿胡吃海塞，把一切都给忘干净了？”

“他留了口信的，”梅里说，“我正要告诉你呢，可老有这样那样的问题打岔。我要转告的口信是：若马克之王与甘道夫往北墙而去，他们就能在那儿找着欢迎他们的树须。另外，我还想补充一句，他们还能在那儿找到上好的美食，由您谦卑的仆人——我——亲自寻找和挑选来的。”他弯腰鞠了一躬。

甘道夫哈哈一笑。“甚好！”他说，“那么，希奥顿，你可愿与我并驾前去寻找树须？我们得绕上一圈，不过距离不远。等见到树须，你会了解更多的。因为树须即是范贡，是最古老的恩特，也是众恩特之首。等你跟他说上话，就能听见万物中最古老生灵的话语了。”

“我同你去。”希奥顿说，“我的霍比特人们，再会！希望能在我的王庭再与你们相逢！届时你们就坐在我身侧，把想说的话通通告诉我：你们祖辈的事迹，只要记得起来的都行；我们还要聊一聊老托博德和他的烟草学问。再会！”

两个霍比特人深深鞠躬。“这就是洛汗之王啊！”皮平低声说，“多好的一位老人家。太有礼貌了。”

·第九章·

断壁残垣

甘道夫与国王一行骑马离去，准备走东边，绕过艾森加德破碎的山墙。而阿拉贡、吉姆利、莱戈拉斯则留了下来。他们放阿罗德和哈苏费尔去找草吃，然后爬上废墟堆，坐在两个霍比特人身边。

“好啦，好啦！追踪结束，我们终于又见面了，还是在谁都没料到的地方。”阿拉贡说。

“大人物此刻全去探讨要事了，”莱戈拉斯说，“那么猎手或许便能研究研究自己手上的些许小谜题。我们一路追踪你们到了森林，但我还有不少真相想要了解。”

“我们也有一大堆问题等着问你们呢，”梅里说，“我们从老恩特树须那儿得知了一星半点儿，但这可远远不够。”

“或迟或早，都会说到。”莱戈拉斯说，“猎手是我们，所以由你们先说。”

“后说也行，”吉姆利说，“先吃上一顿，说话才能更畅快。我头疼，时间也过了正午啦。你们这两个懒蛋，应该找些你们说的战利品过来赔罪才对。美味佳肴没准能让我把你们欠的账少算点儿。”

“那就如你所愿。”皮平说，“你是想在这儿吃呢，还是去萨茹曼从前的守卫室吃？那里更舒服些，就在那边的拱门下面。先前我们得盯着这条路，所以不得不在这里野餐。”

“结果半只眼睛也没盯！”吉姆利说，“我可不进奥克的屋子，也不会碰奥克的肉或者任何他们糟践过的东西。”

“不会让你去碰的，”梅里说，“我们这辈子都受够了奥克。不过，艾森加德还有许多别的种族。萨茹曼倒是没笨到完全信任奥克。他派去守大门的是人类，我猜是他最为忠诚的仆从。总之，他们享有特权，有一大堆好吃的好喝的。”

“还有烟斗草可抽？”吉姆利问。

“不，我猜是没有的。”梅里大笑着说，“烟斗草可就是另一个故事啦。我们可以吃了午饭再说。”

“好吧，那我们去吃午饭！”矮人说。

霍比特人在前面领路，几人从拱门下面走过，来到楼梯顶上左边一扇宽敞的大门前。门后便是一间阔屋，尽头是几扇小一些的门，一旁有一座带烟囱的壁炉。这间房凿岩而建，过去肯定非常阴暗，因为只有朝隧道那边开着窗户。不过，屋顶如今已经破碎，光线倒是能照进来。壁炉里边，柴火正在燃烧。

“我生了点儿火，”皮平说，“好让我们在这大雾里能振奋一些。那边有几捆柴，但我们能找到的木头大部分都受潮了。烟囱里有股不小的穿堂风：看来它是拐了几道弯，穿透了岩石，又走运地没被挡住。有火才方便，我能给你们烤些面包吃。不过，恐怕这面包已经放了三四天，不大新鲜了。”

阿拉贡和两位同伴在一张长桌的尽头坐下，霍比特人则钻进一扇内门，不见了人影。

“那里头是储物间，而且没被水淹，真走运！”皮平说——两人再度现身，抱着一堆碟、碗、杯、刀，还有各种食物。

“你大可不必冲这些食物皱眉头，吉姆利大人。”梅里说，“这可不是给奥克的饲料。按树须的叫法，这是‘人类的吃食’。你们想喝葡萄酒还是啤酒？那里边有一小桶啤酒，味道妙极了。这儿还有上等的腌猪肉。你要是想吃，我还可以给你切几片培根，再烤上一烤。对不住，蔬菜是没有的：断供好几天啦！涂面包的话，我只能提供黄油和蜂蜜，别的没有。可还满意？”

“满意得很，”吉姆利说，“要算的账又减了不少啦。”

三人迅速埋头大吃起来，两个霍比特人也坐下吃起了第二顿，一点儿没觉得害臊。“我们得陪着客人才对。”他们说。

“两位今早可是礼貌极了。”莱戈拉斯大笑着说，“不过，若是我们还没过来，你们多半也会相互陪同，再吃上一顿吧。”

“或许喽，干吗不吃呢？”皮平说，“跟着奥克的时候，我们的伙食很差，再往前的日子吃得也很少。我们好像已经很久都没能吃到心满意足了。”

“少吃几顿对你们也未造成多少损伤，”阿拉贡说，“实际上，你们看起来还挺精神的。”

“没错，还真挺精神的。”吉姆利的视线越过杯子，上下打量了两人一番，“怎么回事，你们的头发比分别的时候浓密了，还卷曲了两倍；我敢担保，你们好像都长个儿了，假如你们这个年纪的霍比特人还能长高的话。不管怎么说，这个树须倒是没饿着你们。”

“他确实没有，”梅里说，“可恩特只喝水，光喝饱水可解不了馋。树须的饮料或许挺有营养的，可没点儿有嚼头的食物怎么行？哪怕来点儿兰巴斯换换口味也行啊。”

“你们可是喝过了恩特的水？”莱戈拉斯问，“噢，那我认为吉姆利多半没看错。一些古怪的歌谣就唱到过范贡的饮料。”

“好些古怪的故事里也都提到过那片土地，”阿拉贡说，“我从没进去过。好了，跟我们多讲讲范贡森林，还有恩特的事！”

“恩特嘛，”皮平说，“恩特吧——嗯，恩特全都不一样。不过，他们的眼睛，他们的眼睛可真是怪极了。”他换了好几个词也没找着合适的，只能陷入沉默。“嗯，那什么，”他继续说，“你们远远的已经看见了一些——反正，他们是看见你们了，报告说你们正在来的路上——我估计，离开之前你们还会看到许多别的恩特。你们得自己感受才行。”

“打住，打住！”吉姆利说，“讲故事怎么还兴从半截开始的？我喜欢从头来听，就从我们队伍分崩离析那个古怪的日子开始吧。”

“时间要是够的话，倒是乐意效劳。”梅里说，“不过，首先——假如你们已经吃完了——你们先把烟斗装上，点上火。然后，我们可以假装大家全都安全返回了布理或者幽谷。”

他掏出满满一小皮袋烟叶。“我们这儿烟草成堆，”他说，“等我们走的时候，你们乐意拿多少尽管拿。我跟皮平今天早上干了些打捞的活儿。这周围漂的东西可多了。皮平发现了两个小桶，我猜是从哪个地窖或者储藏室里给冲出来的。我们打开就发现了这个：简直是梦寐以求的上好烟草，而且完好无损。”

吉姆利抓了些，用手掌搓弄，又闻了闻。“手感很好，嗅着也不赖。”他说。

“当然不赖了！”梅里说，“我亲爱的吉姆利，这可是‘长谷叶’，桶上就印着吹号家的标识，一目了然。我猜不出它是怎么给卖到这儿来的。我估摸着，可能是萨茹曼藏的私货。我还真不知道它居然能跑出离夏尔这么远的地方。不过，来得正好！”

“确实正好，”吉姆利说，“要是我能有烟斗抽就好了。唉，也不知是在墨瑞亚还是在更早之前，我把烟斗弄丢了。你们的战利品里想必没有烟斗吧？”

“恐怕没有。”梅里说，“我们到处都找过了，就连这守卫室里也没有。看来，萨茹曼是把这好东西给私藏了。而且，我猜，这会儿如果去敲欧尔桑克的大门跟他讨个烟斗，估计也讨不来。我们只好共用烟斗啦，好朋友在紧要时候就该这么办。”

“等下！”皮平说。他伸手探进外套胸前的口袋，掏出来一个小小的拴绳软袋子，“我贴身藏着一两样宝贝，对我而言，它们和魔戒一样珍贵。其中之一是这个：我那根旧的木头烟斗。另一个是一根没用过的烟斗！我揣了很久了，虽然我也不知道为什么要揣着它。我带的烟草抽完之后，压根儿没指望路上能找着别的烟斗草。不过，它终究是派上用场啦。”他举起一个烟锅又宽又平的小烟斗，递给吉姆利。“我们之间的账这下能一笔勾销了吧？”他问。

“不跟你算账啦！”吉姆利嚷嚷道，“最为高尚的霍比特人啊，这下我可欠你老大一笔了。”

“既如此，那我去外面敞亮的地方听听风儿，瞧瞧天空。”

“我们也跟你去。”阿拉贡说。

众人出了守卫室，坐在隧道前的一堆石块上。这时候，下方远处的山谷变得清晰可见，吹拂的微风已托走了迷雾。

“我们先歇上一歇吧！”阿拉贡说，“趁着甘道夫在别处忙活，我们就照他说的办，在这堆废墟边上坐着聊聊天。我倦极了，以前从未这么倦过。”他紧了紧灰色斗篷，遮住身上的锁子甲，又绷直了两条长腿。随后，他往后一倒，嘴里吐出一缕细细的烟雾。

“瞧瞧！”皮平说，“游侠大步佬又回来啦！”

“他可从未离开过，”阿拉贡说，“我是大步佬，也是杜内丹人；我既属于刚铎，又属于北方。”

众人默默地抽了一阵烟，阳光随后洒在他们身上：日头探出了西边的白云，斜斜地照耀着山谷。莱戈拉斯静静地躺着，双眼出神地看着阳光与天空，嘴里轻哼着歌谣。后来，他坐起身，“诸位！时间不等人，雾气业已散去；不如说，若非几位在这儿吞云吐雾，雾气早该散了。故事何在？”

“嗯，我的故事，以我从黑暗中醒来，发现自己被五花大绑，躺在奥克营地里开始。”皮平说，“让我想想，今天是几号来着？”

“夏尔纪年是三月五日。”阿拉贡说。皮平掰着指头算了算。“也就是九天之前！”他说[1]，“自从被抓，我感觉像是过了一年。唔，虽说有一半的日子像是在做噩梦，但我只记得那三天可怕的日子。我要是漏掉了什么重要的事，梅里帮忙纠正一下；我不打算讲得太细，比如挨的鞭子，看到的污秽和闻到的恶臭，没啥好回忆的。”随后，他便直接讲起了波洛米尔那最后一战，还有奥克从埃敏穆伊到范贡森林的行军。其余人频频点头，故事内容印证了他们的许多猜想。

“我这里有不少你落下的宝物，”阿拉贡说，“你应该挺乐意拿回去的。”他解开斗篷下的腰带，取下两把带鞘的小刀。

“哎呀！”梅里说，“真没想到还能再见到它们！我用它砍伤了几个奥克，可乌格鲁克把刀都给抢了去。他那眼神哪，我一开始还以为他准备捅死我，没想到他只是把刀扔了，像是被它们给烫着了似的。”

“还有你的胸针，皮平。”阿拉贡说，“这东西弥足珍贵，我一直妥善保管着。”

“我也知道，”皮平说，“扔掉它让我心疼得厉害，可我还能怎么

1 夏尔历法中，一个月为三十天。——作者注

办呢？”

“确实没办法。”阿拉贡回答，“紧要关头还舍不得扔掉财物，只会让人束手束脚。你做得很对。”

“割断绑手的绳索，真是聪明！”吉姆利说，“也是运气使然。不过，也可以说，你用双手把机会给逮住了。”

“也真给我们出了道谜题，”莱戈拉斯说，“我还以为你们生了翅膀飞走了！”

“真可惜没有。”皮平说，“不过，那时你们还不知道格里什纳赫。”他耸耸肩，也没再多说，任由梅里继续讲最后的恐怖时刻：尖爪一样的双手，炽热的呼吸，还有格里什纳赫那双满是毛发的胳膊使出的巨力。

“所有这些关于巴拉督尔——也就是他们说的路格布尔兹——奥克的事情，让我很不安。”阿拉贡说，“黑暗魔君已经知道了太多事情，他的爪牙也是。自那场争执过后，格里什纳赫显然朝大河另一边传递了消息。红魔眼这下要盯着艾森加德了。总而言之，萨茹曼是自掘坟墓。”

“就是，甭管谁赢，他接下来的日子都不好过。”梅里说，“自打他的奥克把脚伸进洛汗，各种倒霉事就开始找上门了。”

“我们瞥到过那老无赖一眼，反正甘道夫是这么暗示的。”吉姆利说，“就在范贡森林边上。”

“什么时候？”皮平问。

“五夜前。”阿拉贡说。

“让我想想，”梅里说，“五夜之前——那故事就该讲到你们一无所知的部分了。发生战争后的那天早上，我们遇到了树须；当晚我们去了涌泉厅，是他的一处恩特之家。第二天早上我们去了恩特大会，也就是恩特们的聚会，真是我这辈子见过的最古怪的场面。大会持续了一整天，还延续到了第二天。那两天我们是跟一位叫急楸的恩特一起过的。之后，在大会进行到第三天傍晚时，恩特们突然全都爆发了。那场面可真是震撼。整座森林都绷紧了弦，仿佛森林里正在酝酿一场暴风雨，随后就一起爆发了。真希望你们也能听见他们行进时唱的歌。”

“萨茹曼当时要是听见，哪怕他只能用那双老腿来跑路，现在肯定也早跑到百哩之外了。”皮平说。

“哪怕艾森加德坚如磐石，冷若岩，荒若骨，
我们一往无前，一往无前，向着战场前进，
要将石墙劈碎，石门摧断！

“还有好多好多别的歌，大部分没有词，听着像是号角与大鼓奏出的乐曲。真是让人振奋啊！当时我以为那不过是首行进的乐曲，一首歌罢了——直到我来了这儿。现在我明白多了。”

“天擦黑之后，我们翻下最后一道山脊，进了南库茹尼尔。”梅里继续说，“就是在那儿，我第一次感觉到整座森林都在我们后面移动。我以为自己做了一场恩特式的梦，可皮平也注意到了。我们都吓得够呛，后来才得知详情。

“那些是‘胡奥恩’——恩特是这么用‘简短语言’称呼他们的。树须不愿多讲，但我猜他们应该是基本变成了树的恩特，反正看着像是这样。他们在森林里和森林边缘默默地矗立着，一门心思照看树木。在最为深邃的那些山谷深处，我猜，应该有成百上千个胡奥恩。

“他们身怀极强的力量，好像能把自己裹藏在阴影里：你很难注意到他们移动，可他们确实在动。要是发了怒，他们能移动得非常快。你不过是原地站着看看天气或是听听风声，转头就会发现，自己被一片巨树形成的森林围在了中间。树须说，他们依旧能说话，能同恩特交流——所以才叫‘胡奥恩’——但他们变得古怪、桀骜，变得危险了。要是周围没有真正的恩特照看他们，我碰上他们会觉得很恐怖。

“唔，前半夜我们沿着一条长长的溪谷爬到巫师山谷的顶端，恩特与跟在后面沙沙作响的胡奥恩都在。当然了，我们看不见他们，但空气里到处都飘荡着吱嘎的声响。那一夜乌云密布，天色很暗。刚离开山岭，他们的速度就变得飞快，发出活像劲风吹过的动静。月亮被云层遮得严严实实的。刚过午夜，艾森加德北侧就多了一片高高的森林。放眼过去，看不见一个敌人，也没有什么威胁出现。欧尔桑克塔的一扇高窗里透出一丝光亮，仅此而已。

“树须和几名恩特继续悄悄前进，兜了个圈子绕去大门前。我和皮平也坐在树须肩膀上一道去了；我能感觉到，他因为紧张而不由得在颤动。不过，即便被鼓动起来，恩特依旧异常谨慎和镇定。他们只是静立着呼吸与聆听，活像是石雕。

“随后，巨大的骚动突然出现了。号声此起彼伏，回荡在艾森加德的城墙间。我们以为自己暴露了，战斗就要打响了。结果并不是这么回事——是萨茹曼的部队全都出发了。我不太清楚这场战争，也不了解洛汗骑兵的事儿，但萨茹曼似乎是想毕功于一役，干掉国王和他的军队，于是让整个艾森加德倾巢而出。我眼见着敌人离开：奥克的队伍浩浩荡荡，其中有不少骑着巨狼的部队。另外，还有人类的部队出现。他们有好些人高举着火把，让我能看清样貌——大部分是寻常人类，黑发、身材相对高大，面目狰狞但不算非常邪恶。不过，另外有一些就很恐怖：身高似人类，脸却像是半兽人，肤色蜡黄，眼睛斜吊，眼神恶毒。我跟你们说，他们当场就让我想起布理那个南方人，只不过他看着没那么像半兽人。”

“我也想到了他，”阿拉贡说，“我们在海尔姆深谷碰见过不少这种半奥克。现在看来，那南方人显然是萨茹曼的奸细。不过，他是同时在给黑骑手做事呢，又或者只在萨茹曼手底下干活，还不好说。这些恶人何时狼狈为奸，何时又在尔虞我诈，真是难以猜测。”

“反正，这队伍杂七杂八地加起来至少有一万人，”梅里说，“花了整整一个钟头才全部走过大门。部分人往下沿大道去了艾森河渡口，部分人拐弯去了东边。那边过去一哩左右，他们在河道很深的地方搭了一座桥——这会儿站直了就能看见。他们用粗嗓门儿又唱又笑，动静大得吓人。我当时还觉得，洛汗怕是要大祸临头了。可树须却一动不动，跟我说：‘今晚我要对付的是艾森加德，是山岩和石块。’

“不过，虽说看不清黑暗里发生了什么，但我猜大门刚关上，那些胡奥恩就开始往南走了。我寻思，他们应该是去找奥克麻烦的。他们早上就已经进了山谷深处；反正，有一片看不透的阴影出现在了那里。

“萨茹曼那边刚派光军队，这边就轮到我们出马了。放我们下地之后，树须去了大门处，开始擂着大门，呼唤萨茹曼。没人回应，只有城墙上飞来的箭矢和石块。可弓箭对恩特没什么用，除了会射疼他们，还会让他们暴怒，像被蚊虫叮了似的。恩特可以像块针垫一样，浑身扎满了奥克箭矢，却也伤得不重。首先，他们不会中毒；他们的皮好像还很厚，比树皮还要坚韧。要想真正伤到他们，非得用极沉的斧子劈砍不可。他们不喜欢斧头。然而，一大堆斧手才能对付一名恩特：谁要是砍了恩特一下，他就没机会再劈出第二斧。恩特用拳头砸铁就跟砸锡纸似的。

“中了几箭之后，树须这才算是热过了身；按他的说法，变得十分‘急吼吼’的。他发出一声‘呼姆——嗬’的呐喊，十几名恩特便大踏着步子上前。发了火的恩特可是很吓人的。他们的手指、脚趾仿佛冻在山岩上，扯面包皮似的一下子就撕裂了岩石。那景象，活像将巨大的树根用一百年撑裂岩石的场面缩到了短短一瞬间。

“他们又推又拉，又摇又扯，又擂又捶；不到五分钟，他们便砰嗙哐啷地把巨大的门给拆了个稀碎；一些恩特早就啃起了城墙，仿佛沙坑里的兔子。我不知道萨茹曼会怎么想，但显然他是不知道要怎么办了。

当然，也有可能是他的巫术手艺最近退步了。反正，我觉得他就是个无胆匪类：独自守在狭小的空间，身边没了那堆奴隶、器械和各种东西帮衬，他的胆量就没剩下多少了，你懂我的意思吧。他跟老甘道夫简直是天差地别。我有些好奇，他怕是靠机智地蛰伏在艾森加德，才换来了自己的名头吧。”

“不对。”阿拉贡说，“他曾经确实如人们传颂得那般睿智。那时他知识渊博，心思敏锐，手上功夫精妙无匹。他还有驭使他人的力量：他上能叫智者听谏，下能让小卒服软。萨茹曼必然还精通这力量。即便他眼下吃了一场败仗，我敢说，放眼中洲，依旧没有几人能在跟他单独交谈后还安然无恙的。甘道夫、埃尔隆德、加拉德瑞尔或许能做到，毕竟他的恶行已经暴露，但其他人恐怕就不行了。”

“那些恩特就安然无恙了。”皮平说，“他曾经似乎说动过他们一回，但再不会有第二次了。总之，他对恩特一无所知，谋划的时候又犯下了大错，没把恩特给考虑进去。他没有提前备好对策，等他们开始动手的时候，他也没时间去想法子。我们的进攻刚打响，艾森加德剩下的那些鼠辈纷纷从恩特砸的窟窿里钻了出来。恩特审讯他们之后，便任由这些人类走掉了；从这头数到的大概就二三十人。我觉得奥克应该是一个都没能逃掉，甭管块头儿是大是小。胡奥恩可不会放过他们：全部由胡奥恩组成的森林那会儿已经把艾森加德围了个水泄不通，另外一些还下到了山谷里头。

“等恩特把南墙老大一部分给拆成废墟，而剩余手下纷纷抛下他跑掉之后，萨茹曼也仓皇逃走了。我们抵达的时候，他似乎就在大门那里。我估摸着，他是来看自个儿的雄兵出征的。恩特一路砸进来之后，他就慌里慌张地离开了。他们一开始没发现他。可夜色渐渐清朗，星光也亮堂起来，足够恩特看清周围的一切。随后，急楸突然大喊‘戮树者，戮树者！’急楸原本是位文静的恩特，就因为砍树这事儿，他将萨茹曼恨到了骨子里：他照看的那些树木全遭了奥克斧头的残暴屠戮。他从内门一下跳向通路——他被鼓动之后，能跑得像风一样快。只见立柱间的阴影里有一道惨白的身影时隐时现，再往前不远就是通往塔门的台阶了。急楸在后面紧追不舍，眼瞧着只差那么一两步就能逮住他，就差那么半点儿，却让他得了机会钻进了塔楼。

“安然躲进欧尔桑克没多久，萨茹曼就动用了他那些宝贝机关。那时候，艾森加德里已经有许多恩特：一些是跟急楸进来的，另一些是从北面和东边破墙而入的；他们四处游荡，制造了巨大的破坏。突然间，火光四起、臭气熏天：遍布整个平原的气孔和风口全都开始喷射火焰，喷吐浓烟。好些恩特被火灼得身上焦煳、起泡。其中一名非常高大、英挺的恩特，我记得好像是叫榉骨，他被一股液体火焰给喷中了，身上烧得仿佛一支火把；那景象太吓人了。

“这下，恩特全都发了狂。我以为他们先前真的被鼓动起来了，但我错了。我终于见识到他们真动起来是什么样了，真真让人心惊。他们咆哮、擂动、呼号着，声音把周围的山岩都给震裂、崩落了。我和梅里干脆躺在地上，用斗篷堵住耳朵。恩特大踏着步子，如狂风呼啸般绕着欧尔桑克的岛岩走了一圈又一圈；他们砸碎立柱，巨石如雪崩一般被砸入通风井，巨大的石板就像叶片一样被他们抛上天空。欧尔桑克塔像是立在一场让人头晕目眩的旋风中心。我看见铁柱和石砖猛然飞起好几百呎高，狠狠撞上欧尔桑克的窗扇。不过，树须倒是依然冷静。他挺幸运的，一点儿也没被烧到。他不想族人怒急攻心伤到自己，也不希望萨茹曼趁机浑水摸鱼，从哪条缝里溜走。好些恩特拿身体撞击欧尔桑克的塔岩，却无济于事。这塔十分光滑、坚实，或许上面寄宿着某种比萨茹曼的魔法更加古老、强大的巫术。反正，他们既找不着抓处，也没法在上面弄出半点儿裂痕，反而把自己撞得遍体鳞伤。

“于是，树须走去环场，开始高喊。他那震耳欲聋的嗓门儿压下了所有的喧闹声，四周突然就变得一片死寂。我们听见欧尔桑克塔上的某扇高窗里传来一阵尖厉的大笑声。这声音对恩特产生了诡异的效果：他们原本群情激昂，这时却变得冷若冰霜、寂静无声。他们离开平原，集结在树须周围，一动不动地站着。树须用恩特语同他们讲了片刻；我猜，他是把那久历岁月的脑袋里很久以前就想到的计划告诉了他们。之后，他们在暗淡的晨光中默默退走了。那时候，天已经蒙蒙亮啦。

“他们肯定设了岗哨监视塔楼，但监视者在阴影里藏得很好，又完全没有动作，所以我压根儿没瞧见人。剩余的恩特往北去了远处。那一整天，他们一直在视线之外忙活，大部分时间只剩我俩。那一天真是无聊至极，我们四下里游荡了一阵，不过尽可能地避开了欧尔桑克那一扇扇窗户：那些窗户仿佛在瞪着我们，感觉很不安全。我们花了老长时间寻找吃的；当然，有时也会坐下来闲聊，讨论南边的洛汗什么情况，还有我们护戒队伍的其他人怎么样了。时不时地，我们能听见远处传来石块撞击、坠落的动静，还有回荡在山野当中的‘砰嗙’声。

“下午的时候，我们绕了环场一圈，想看看那边情况如何。山谷顶上出现了一大片由胡奥恩组成的阴暗森林，而沿北墙那边还有另外一大片。我们不敢进去。森林里传来撕扯、碎裂的动静。恩特和胡奥恩凿了许多巨大的坑洞、沟渠，挖了好些大池塘、水坝，把艾森河的水，还有别处能找到的每一条水泉与山溪的水全给蓄了起来。我们便没去打搅他们。

“天黑的时候，树须从大门那边回来了，边走还边哼着小曲儿，似乎很高兴。看他站在那里伸展巨大的胳膊腿，深深地呼吸，我就问他是不是累了。

“‘累？’他说，‘累？当然不累，就是有些僵硬。我得好好喝上一口恩特溪的水才行。我们一直在埋头苦干，今天扯碎的石头、啃掘的土地，比我们过去这许多年干得还要多。不过，就快完工了。天黑之后，不要来这处大门，也不要进那条老隧道！会有水冲过来——另外，在把萨茹曼那堆污秽之物冲干净之前，水还会脏上一阵子。随后，艾森河就能再度清亮流淌了。’他又消遣似的推倒了一小溜墙，权当解闷儿。

“我们正在讨论上哪里能安全地躺着睡会儿觉，最让人震惊的事情发生了。路上传来马儿驮着骑手飞快接近的声响。我跟梅里悄悄趴在地上，树须躲去了拱门下的阴影里。忽然间，像是闪动的银光一样，一匹高头大马大步流星地过来了。那会儿天已经黑了，可我还是看清了那骑手的面容：他的脸仿佛散发着光亮，身上的衣服一片纯白。我目瞪口呆地站了起来，想要大喊，却出不了声。

“不过，我也不用出声。他停在我们身边，低头看了过来。‘甘道夫！’我终于喊出来，声音却小得像是在说悄悄话。他是不是说：‘哈喽，皮平！真是让人惊喜！’当然不是了！他说：‘快起来，你这图克家的呆瓜！树须究竟在这片废墟的什么地方？我要找他。快说！’

“听见他的声音，树须当即从阴影里出来了；这场面真真古怪。我挺吃惊的，因为他俩似乎都不觉得意外。甘道夫显然已经料到能在这儿找着树须；树须在大门附近晃悠，多半就是为了等甘道夫。可我们先前就跟老恩特讲过墨瑞亚的经历。之后我突然意识到，他当时的眼神挺古怪的。我只能假设他已经见过甘道夫，要么就是知道一些他的消息，但没有急着说出来。他的座右铭是‘别急吼吼的’；不过，若是甘道夫本人不在场，谁也不会多说他的下落，哪怕精灵也不会提。

“‘呼姆！甘道夫！’树须说，‘很高兴你来了。森林与水流、木头跟岩石，这些我都能掌控；可那边还有个巫师要对付。’

“‘树须，’甘道夫说，‘我需要你搭把手。你已经做了不少事，可我还需要你再多做点儿。我有大概一万个奥克需要对付。’

“于是这两位便去角落里商量了。树须肯定觉得这太‘急吼吼’了，因为甘道夫真是十万火急，还没等他们走到听不见的地方，甘道夫已经飞快地说了起来。他们只去了几分钟，顶多一刻钟吧，甘道夫就回来了，看着像是松了口气，都算得上开心了。然后，他倒确实说了很高兴看到我们之类的话。

“‘可是，甘道夫，’我嚷嚷道，‘你上哪儿去了？你遇见他们几个了吗？’

“‘无论我去了何处，现在我已经回来了。’他用惯常的甘道夫式语气回答，‘是的，我遇见了其他几个人。但此事容后再细说。今夜十分危险，我须得快马加鞭。不过，黎明或许会更加明亮；若是如此，我们还会再见。你们多保重，远离欧尔桑克！再会！’

“甘道夫离开后，树须思绪重重。他显然是在短时间里得知了许多事情，正在消化。他看向我们，说：‘唔，好吧，我发现你们并非我认为的那么‘急吼吼’的种族。你们想说的没多说，该说的却也没少说。唔，可真是一大堆消息，一点儿不假！好吧，树须又得忙起来了。’

“他离开之前，我们设法从他那儿问到点儿消息，可听了之后却一点儿也高兴不起来。但那会儿我们担心的不是佛罗多和山姆，也不是可怜的波洛米尔，而是你们三位。我们得知，一场大战正在开打，要不就是马上要开打；而你们被卷了进去，可能有性命之忧。

“‘胡奥恩会去帮忙。’树须告诉我们。然后他就走了，一直到今天早上才现身。

“深夜的时候，我们躺在一堆石头上面，周围什么也看不见。也不知是雾气还是阴影，我们周围的一切都给遮住了。空气好像又热又闷，周围全是沙沙声、吱嘎声，还有仿佛渐渐远去的呢喃声。我猜，肯定有好几百个胡奥恩路过这里，前去增援。之后，南边远处传来轰雷巨响，还有一道道闪电划过远方的洛汗。时不时地，我会突然看见许多哩外的山顶，黑白分明，随后又消失不见。我们背后有许多声响传来，类似山野里的雷声，却又不一样。时不时地，整座山谷都在回响。

“恩特破坏水坝，把积蓄的水顺着北墙的豁口灌进艾森加德，肯定是在半夜的时候。胡奥恩带来的那片黑暗已经过去，雷电也远去了。月亮已经落到西边山脉的后面。”

“艾森加德渐渐充斥着缓缓流动的污水和水塘，它们在月光下泛着光亮，流得满平原都是。这水不时会抓住机会，灌进竖井和气孔，而磅礴的白色蒸汽便嘶嘶地冒出来，产生大团大团往天上飘的烟雾，许多的爆炸声，以及一丛丛的烈焰。有一大团水蒸气盘旋而起，沿着欧尔桑克塔绕了一圈又一圈，最后简直像是一座高耸的云之山峰，下面烈焰熊熊，上面月光朦胧。水依旧在往里灌个不停，最终，艾森加德看着就像一口巨大的平底锅，四处冒着蒸汽和气泡。”

“昨夜我们看见南边出现一大片烟雾和蒸汽，那时我们正好在南库茹尼尔的入口处。”阿拉贡说，“我们还在担心，萨茹曼是不是又在酝酿什么巫术来对付我们。”

“不是他！”皮平说，“那会儿他多半已经呛得再也笑不出声来了。到了早上，我是说昨天早上，大水已经灌满所有窟窿，还起了一场大雾。我们躲在守卫室里，真是吓惨了。湖水开始满溢，从那条老隧道里涌了出来，没多久就漫到了台阶上。我们还以为自己要像洞里那些奥克一样被淹死了，还好在储藏室背后找到一段螺旋楼梯，我们顺着楼梯爬到了拱门顶上。通道已经崩了，接近顶上的地方被塌下来的石块堵了一半，我们好不容易才挤了出来。我们坐在高处洪水淹没不到的地方，看着洪水将艾森加德淹没。恩特依旧在灌水，直到洪水把所有火焰都扑灭，把每一处洞穴都给灌满。大雾慢慢聚集、升腾，变成一片巨大的云伞，肯定有一哩那么高。傍晚那会儿，东山边架起了老大一条彩虹；之后，落日就让山坡上一场密密的细雨给遮住了。四周全都安静下来，只有几头狼在远处惨嚎。入夜后，恩特不再灌水，把艾森河的水又导回原本的河道里。一切就这么结束了。”

“从那时起，灌进来的水就慢慢退下去了。我猜，底下那些洞里的什么地方肯定有排水口。假如萨茹曼从哪扇窗户往外看，肯定只能看见一片凄惨的残垣断壁。我们感到无比孤独。整片废墟里，一个能说话的恩特都看不到；而且，什么消息都没有。我们在拱顶上过了一夜，那里又冷又潮湿，根本睡不了觉。我们总觉得下一秒就会发生什么状况。萨茹曼依旧在他的塔里。夜里一直有动静，就像是山谷里有风吹来的声音。我觉得应该是那些远去的恩特与胡奥恩又回来了，可他们眼下去了哪儿，我却不晓得。今早又是个雾蒙蒙、湿漉漉的清晨，我们爬下拱顶四处张望，附近一个人影都没有。好啦，能讲的我差不多都讲完啦。经历了那么大一场混乱，现在简直都算是平和喽！自打甘道夫再度归来，我也莫名地感觉更安全了。我能安心睡觉了！”

几人陷入沉默。吉姆利又给烟锅添了点儿烟叶。“有件事我挺好奇的，”他一边说，一边用火石和火绒点火，“就是佞舌。你告诉希奥顿说，他跟萨茹曼在一块儿。他是怎么进去的？”

“噢，对，我把他给忘了。”皮平说，“他是今天早上才来的。我们刚生了火，吃了早饭，树须又出现了。我们听见他在外面喊‘呼姆’，还叫了我们的名字。”

“‘小伙子们，我来看看你们情况如何，’他说，‘再跟你们捎点儿消息。胡奥恩已经回来了。一切顺利；没错，简直不能再顺利了！’他拍着腿哈哈大笑，‘艾森加德再也没有奥克，没有斧头了！南边有人在中午之前过来，兴许是你们乐意见一见的人。’

“话刚说完，我们就听见路上传来马蹄声，便冲去了大门前面。我站在那儿睁大眼睛，有些期待能看见大步佬和甘道夫领着大队人马前来。结果，从雾里出来一个骑着匹疲惫老马的男人，看着很是反常、古怪。此外就没有别的人了。他刚从雾气里出来便看见面前的残垣断壁，整个人坐在马上目瞪口呆，脸色发青。他大惊失色，一开始都没注意到我们。总算看见我们之后，他大叫一声，企图掉转马头逃走。然而，树须迈了三大步，长胳膊一伸，就把他从马鞍上揪了下来。他的马吓得跑走了，他却趴倒在地。他说他叫格里马，是国王的朋友和顾问，希奥顿派他来跟萨茹曼递一些重要的消息。

"'谁都没胆量骑马穿过满是邪恶奥克的开阔地。'他说，'于是我就被派来了。我一路历经艰险，又饿又累。我被狼群追得走偏了路，往北去了很远。'

"瞅见他斜着眼打量树须，我在心里说了句'骗子'。树须悠长、缓慢地注视了他好几分钟，直到这卑鄙的家伙局促得在地上扭来扭去。随后，他终于开口说：'哈，姆，我一直在等你呢，佞舌大人。'这名字让那人不由得一惊，'甘道夫比你先到。所以，你的事情我该知道的都知道了，我还知道要拿你怎么办。甘道夫说，把耗子都关进一个笼子里，我准备就这么干。如今我是艾森加德的主人，而萨茹曼把自己锁在了他的塔里；你尽管过去，把你想到的消息全告诉他好了。'

"'让我走，让我走！'佞舌说，'我知道路。'"

"'这一点，我毫不怀疑，'树须说，'可情况稍微起了点儿变化。你自己去看吧！'

"他便由着佞舌离开。佞舌瘸着腿穿过拱道，我们紧跟在后面；他走进环场，把横在他和欧尔桑克塔之间的洪水看了个明白。随后，他转身对着我们。

"'让我离开吧！'他号叫道，'让我离开！我的消息已经没用了。'

"'确实没用了。'树须说，'但你只有两条路可走：要么在甘道夫和你的主子到来之前，待在我身边；要么，你涉水过去。你怎么选？'

“一提到‘主子’，那人颤抖了一下，还伸了只脚探进水里，可立时又缩了回来。‘我不识水性。’他说。

“‘水不深，’树须说，‘虽然脏，可也伤不了你的命，佞舌大人。下去吧！’

“一番话说完，这卑鄙小人便‘扑通’一声进了洪水里。还没等他走出我的视线，水就已经淹到了他脖子附近。我最后看见他时，他抓着个旧木桶还是木板的东西紧紧不放。树须涉水跟在后头，监视着他的动向。

“‘好了，他进去了。’树须回来时说，‘我看着他像只落汤的老鼠般爬上了台阶。塔里依旧有人——一只手伸了出来，把他给拽了进去。所以，他是到地方了，希望这场欢迎他能喜欢。眼下我得去洗一洗这满身的泥巴。倘若有人想找的话，我就在北边的高处。这里太低，没有能给恩特饮用或者洗浴的清水。所以，我想请你们两位小伙子盯着点儿大门，候着来人。记住，洛汗原野的王会来！你们可得尽全力欢迎，他的将士们与奥克刚结束了一场大战。也许你们比恩特更懂得人类的礼节，知道该对王者说些什么话。在我活着的这些年月里，那片绿野有过许多位王，可他们的话语，甚至他们姓甚名谁，我却是半点儿不知。他们会需要人类的吃食，我想你们对此可不陌生。所以，尽力去找找你们认为适合呈给国王的吃食吧。’故事讲完啦。不过，我倒是挺好奇这佞舌究竟是谁。他真是国王的顾问吗？”

“他以前是，”阿拉贡说，“可他同时也是萨茹曼在洛汗的奸细和爪牙。老天可不会饶过谁。眼见原以为的坚壁雄城全部化作废墟，这惩罚对他而言想必够大了。不过，恐怕他之后更讨不着好了。”

“没错，我觉得，树须送他去欧尔桑克可不是出于好心，”梅里说，“树须对这事儿似乎相当得意，去沐浴饮水的路上一直在哈哈大笑。后来，我们搜刮漂浮物，四处翻箱倒柜，忙活了好一阵。在附近大水之上的几个地方，我们找到两三间储藏室。但树须派了些恩特下来，搬走了老大一堆东西。

“‘我们需要二十五份人类的吃食。’恩特如此说。由此可见，你们还没抵达，有人就仔细数过了你们的人数。显然，你们也被算进了那些大人物之列。不过，那边的吃食可不见得就比这边好。我跟你保证，我们留着的东西跟送走的一样好——其实更好，因为我们把喝的都留下了。

“‘要喝的吗？’我问恩特。

“‘那边有艾森河的水，’他们说，‘对恩特和人类来说，已经够好喝了。’我倒是盼着恩特能抽点儿时间，拿山泉水酿点儿他们的饮料出来；等甘道夫回来，我们准能见着他的胡子都卷起来的场面了。恩特走了之后，我们只觉得又累又饿。不过，倒是没啥可抱怨的——我们的辛勤换回了极大的收获——在我们搜寻人类吃食期间，皮平从那一大堆漂浮物里发现了大奖励，正是那些吹号家的木桶。‘饭后来口烟，赛过活神仙。’皮平如是说，所以才有了你们看见的景象。”

“这下就全都明白喽！”吉姆利说。

“有一事除外，”阿拉贡说，“艾森加德竟然有南区来的烟叶。我越想越觉得奇怪。我从没到过艾森加德，但我曾路过此地，且非常清楚洛汗与夏尔之间横亘的大片空旷乡野。多年来，从不曾有货物或者行人公开经过此地。我料想，萨茹曼在跟夏尔的什么人做私下交易。不光希奥顿王的宫殿，别处大概也有如佞舌一般的人。那桶上可有日期？”

“有，”皮平说，“1417 年出产，也就是去年；不，如今已经是前年了——美好的一年。”

“噢，行吧，我只希望，无论有什么邪行，现在都已结束；就算还未结束，眼下我们也无能为力。”阿拉贡说，“但我觉得应该告诉甘道夫一声，虽说这情况在他那一堆大事里可能毫不起眼。”

“也不知道他在忙些什么。”梅里说，“下午都快过去了。我们四处逛逛吧！大步佬，只要你乐意，随时都能进入艾森加德，虽说里面的场景让人快活不起来。”

·第十章·

萨茹曼之声

他们穿过如今已成废墟的隧道，站在一堆石块之上，凝视着欧尔桑克阴沉的岩石与一扇扇窗户；纵使四周已成疮痍，欧尔桑克却是威胁依旧。大水此刻差不多退尽，只在四处还残留着一池池满是浮沫与残骸的污水。不过，那圈宽阔环场的大半已再度露出水面，眼下成了烂泥坠岩搅和出的一摊荒凉，其间充斥着漆黑的窟窿，还有东倒西歪的一根根铁桩与石柱。这破碗的边缘横陈着巨大的土墩和土坡，像极了一场大风暴催生的卵石滩；再过去，一座绿色山谷乱七八糟地向上延伸，钻进了两道阴暗山脊之间长长的山沟里。废墟那头，他们看见骑兵正择路前行；这些骑兵自北而来，已经快要抵达欧尔桑克了。

“是甘道夫、希奥顿和他的将士们！”莱戈拉斯说，“且去会合吧！”

“当心脚下！”梅里说，“有些石板松动了，万一踩到，小心让你掉进洞里。”

他们循着残存的道路从大门往欧尔桑克前进，因石板破破烂烂、满是淤泥，几人走得很慢。众骑兵见他们靠近，便停在山岩影子下面候着。甘道夫驾马迎了过来。

“啊，我与树须做了些有意思的讨论，定了几个计划。”他说，“我们也应身体的迫切需求，休息了一场。眼下，我们得继续动起来了。你们几位伙伴可有好好休整，精神可恢复好了？”

“休息好了。”梅里说，“我们讨论期间一直都在吞云吐雾。另外，我们对萨茹曼感觉没那么厌恶了。”

“是吗？”甘道夫说，“唔，我却是没这感觉。离开之前，我还有最后一桩事得办：去跟萨茹曼辞行。这事儿很危险，兴许还是白费力气，但这事儿得做。你们想跟着就来——但是，要多加小心！莫要插科打诨，现在可不是说笑的时候。”

“我要去，”吉姆利说，“我想会会他，看他跟你到底像不像。”

“你要怎么看哪，矮人大人？”甘道夫问，“倘若能让你实现他的谋划，萨茹曼就会让你觉得他看着像我。而你是否足够睿智，能识破他所有的伪装呢？唔，或许后面我们就知道了。各色种族的这么多双眼睛盯着，他兴许不好意思露面。不过，我令所有恩特去了视线之外，或许我们能把他给劝出来。”

“怎么个危险法？”皮平问，“他会冲我们射箭，或者从窗户里往外泼洒火焰吗？又或者，他能隔着老远朝我们施法？”

“你跑到他门前，心里半点儿提防没有，极有可能碰上最后这种。”甘道夫说，“但他有什么能耐，或者他打算怎么办，我们一无所知。困兽犹斗，靠近可说不上安全。何况，萨茹曼还有着你们猜想不到的力量。当心他的声音！”

众人来到欧尔桑克脚下。这塔漆黑无比，塔岩泛着水光，仿佛被润湿了。塔身多面的岩体有着锋利的边缘，像是新近凿切出来的。塔脚的些许刮痕与散落附近的薄碎小片，便是恩特发泄怒火造成的全部战果。

东边两根石柱的夹角处有一扇离地很远的大门，再往上是一扇百叶窗，窗外是铁栅栏围成的阳台。一段用同种黑色石块、以不知何种技艺打造的二十七级宽梯，从下方一直连到了门槛处。要入塔只能走这里，塔壁往上倒是一层层开着带有深深箭孔的高窗，远看像是塔上尖角的陡峭表面长出了许多小眼睛。

甘道夫同国王在宽梯底处下了马。“我要上去，”甘道夫说，“我曾进过欧尔桑克，知道有何危险。”

“我也要上去。”国王说，“我老了，再不惧什么危险。害我如此之深的敌人，我想同他谈谈。伊奥梅尔会与我同行，免得我这双老腿迈不稳步子。”

“如你所愿。”甘道夫说，“阿拉贡也同我去。其他人就在楼梯下等着吧。倘若有什么可听、可看的，你们都听得到，看得见。”

“不好！”吉姆利说，“我和莱戈拉斯想要凑近点儿看。我们可各自代表着我们的族人。我们也要跟在后头。”

“那就走！”说完，甘道夫抬脚便往宽梯上走，希奥顿并肩在侧。马背上忐忑不安的洛汗骑兵分列宽梯两侧，一脸阴沉地看着这座雄伟的巨塔，心里担忧他们的王可别遭遇什么不测。梅里跟皮平坐在台阶最下面，只觉得自己无足轻重，又毫无安全可言。

“从这儿到拱门那里，我们得走半哩黏得不行的路！”皮平嘟哝道，“真希望我能神不知鬼不觉地溜回守卫室！我们来这儿有什么用？根本没人需要我们。”

甘道夫站在欧尔桑克的大门前，举起法杖敲门。门发出空洞的声响。“萨茹曼，萨茹曼！”他大声叱道，“萨茹曼，快出来！”

好一阵子没人应声。最后，门上方那扇窗户打开了，黑洞洞的窗口里却瞧不见一个人影。

“来者何人？”一个声音说，“有何贵干？”

希奥顿大吃一惊。“我认得这个声音，”他说，“我诅咒头一次听从这声音的那一天。”

“佞舌格里马，既然你成了萨茹曼的听差，那就去叫他出来！”甘道夫说，“莫要浪费我们时间！”

窗户关上了。众人开始等待。霎时间，又有说话声出现——这声音低沉、悦耳，自身便带着种诱惑。不经意间听见这话语声的人，很少能讲得明白究竟听见了什么内容；即便讲得出来，他们也会觉得奇怪：这话里似乎也没藏着什么力量吧，多数时候，他们只记得这声音使人心情舒畅，其内容似乎睿智、合理；他们会心生渴望，急切地想赞同这话语，好让自己也显得睿智。相比之下，其他人说的话就显得刺耳、粗鄙了；若是有人反驳这声音，那些被迷住的人便会怒火中烧。对某些人而言，这咒语只会在那声音同他们说话期间奏效，一旦这声音转向别人，他们就会面露微笑，像是看穿把戏的人笑话那些被杂耍唬住的人似的。不过，大部分人单是听见这声音便会被迷住；若是落入这声音的掌控，即使远隔千里也无法摆脱，反而会一直听见那声音在耳畔细语催促。这声音没人能冷脸以对，只要它的主人还在掌控它；除非以强大的毅力坚决抵制，否则没人能拒绝它的恳求和命令。

“怎么了？”那声音柔声问，“为何执意打扰我休息？无论日夜，你们半分安宁也不愿给我吗？”那话里满是委屈，仿佛哪位和善之人莫名遭了伤害。

众人心头一惊，这才抬头往上看——他们谁都没察觉到他出现的动静；随后，他们看见一道身影站在栏杆前，正低头往下看：那是一位老者，裹着一件大斗篷，斗篷的颜色很难说得清，因为它会随着他们目光的移动与他的动作而变化。那老者长脸、高额、一双深陷的黑眼睛，眼神虽沉重、慈祥，还带着些许疲惫，却依旧难以捉摸。他发须皆白，但唇边耳畔依旧能见着几缕黑丝。

“似像不像的。”吉姆利嘟哝道。

“总之，请进。”那温柔的声音说，“你们当中至少有两位，我识得名字。甘道夫我太过了解，知道他来此必定不是寻求帮助或听取忠告的。而你，洛汗马克之王希奥顿，你那高贵的纹章昭示了你的身份，而你埃奥尔家族的俊美相貌则更是予我以佐证。名望无二、森格尔的杰出子嗣哪！为何你过去不曾以朋友的身份前来哪？西境最伟大的王，我多么想见一见你；尤其是近些年，我多么想要将你从那些裹挟着你的愚智、邪恶的建言里拯救出来！莫非已经太迟？即便我受了这么多伤害，部分还是你洛汗子民造成的，唉！可我依旧想要拯救你，从你踏入的这条毁灭无可避免、且日夜接近的道路上将你拯救出来。事实上，如今能助你的只有我。”

希奥顿张了张嘴，似乎想说话，却又一言未发。他抬头看向萨茹曼，后者那双漆黑、肃穆的眼睛正俯视着他；他又看向身边的甘道夫，似乎心生犹疑。甘道夫毫无表示，只是站得像块石头，仿佛在静候尚未到来的召唤。骑兵起初骚动了一阵，喃喃赞许着萨茹曼的话语；随后他们也沉默下来，像是被咒语给缚住了。在他们看来，甘道夫从未与他们的王说过如此美言美语。如今想起，他每回同希奥顿打交道，总显得既粗鲁又傲慢。这些骑兵心里蒙上了阴影，是对某种巨大危机的恐惧：甘道夫驱使着他们，让马克迎来黑暗；而萨茹曼却站在逃生之门旁边，他半开了门，好让一束光亮照进来。四下里一片死寂。

矮人吉姆利突然打破了沉默。“这巫师的言语蛊惑了他们！”他高喊着，手攥紧了斧柄，“在欧尔桑克的语言里，帮助就是毁灭，而拯救就是屠杀，就是这么回事。我们可不是来这里乞讨的。”

“安静！”萨茹曼说，声音里刹那间少了些圆滑，眼里也现出一道转瞬即逝的闪亮。“还没轮到同你说话呢，格罗因之子吉姆利，”他说，

“你的家乡远在天边，此地之难于你却是干系不大。你卷入其中也是身不由己，我并不责怪你所扮演的角色——英勇的角色，毫无疑问。但我请求你，让我先与我的邻居，也曾是我朋友的洛汗之王谈一谈。

“希奥顿王，你意下如何？你可愿与我讲和，接受我经年知识带来的种种助益？我们何不如共商策略应对这磨难日子，心怀善愿，弥补我们的创伤，以期你我两地共创前所未有之辉煌？”

希奥顿依旧未发一言。绊住他的究竟是愤怒还是疑虑，谁也猜不透。伊奥梅尔开了口。

“陛下，请听我一言！”他说，“先前警告的危险，如今我们已感受到了。我们朝着胜利奋勇向前，难道最后要让一个口蜜腹剑的老骗子给唬住吗？若是能说话，掉进陷阱的野狼对猎犬也会说这番话。说真的，他能为您提供什么助益？他想要的只是赶紧脱困。话又说回来，您真要与这贩卖背叛与谋杀之人谈判吗？陨落渡口的希奥杰德，还有葬于海尔姆深谷的哈马，您可别忘了！”

“要说口蜜腹剑，你这条阴险的小蛇又该如何是好？”他眼中闪动的怒火已是毫无遮掩，“罢了，伊奥蒙德之子伊奥梅尔！”他又柔声继续说：“无非各就其位而已。你英勇作战，荣膺无上荣誉。你只需挥剑斩向国王口中之敌便足矣。勿要在你不懂的政纲里多管闲事。可若是成了王，你或许就能明白，国王择友须谨慎。无论我们此前仇怨是深是浅，是真是假，萨茹曼的友谊及欧尔桑克的力量，可不好随意抛掉。你们只是赢下一场战斗，并非整场战争——而你们所依赖的援助，来不了第二回。说不定，你们紧接着就会发现，森林的阴影出现在你们自家门口：它反复无常、毫无道理，也并不喜欢人类。

“不过，我的洛汗之王，难道因为曾有将士在战斗中倒下，我就该被称作杀人凶手吗？你若是上了战场——当然这并无必要，我也不愿见到——自然会有人伤亡。若我因此被算作杀人凶手，那埃奥尔全族都要被谋杀之名玷污；因为你们参与过多场战争，袭击了许多反抗之人。可你们事后也同其中一些言归于好，施展手腕也没让情况变糟。要我说，希奥顿王，你我应握手言和，共结友谊，不是吗？此事应由我们来定。”

“我们会握手言和，”希奥顿终于费力地开了口，声音含混。好些骑兵高兴得大叫出声。希奥顿抬手制止了他们。“是的，我们会讲和，”他说，如今声音洪亮，“我们讲和吧，在你和你的杰作全都覆灭以后——在你想送我们去的那个黑暗主子的所作所为覆灭之后。萨茹曼，你就是个骗子，是毒害心灵之人。你向我伸出的似乎是你的手，可我摸到的却是魔多的一鳞半爪。残暴又冷酷！就算你我之间乃公平之战——尽管谬之千里，纵使再睿智十倍，你也无权为一己私利，肆意操弄我和我的子民——就算如此，西伏尔德的村庄被焚尽，孩童被屠戮，你又该当何罪？阵亡号角堡大门前的哈马，战死了还要遭你们分尸！等你被吊死在自己窗前的绞架之上，供你自己养的乌鸦啄食消遣，我再来同你和欧尔桑克握手言和。埃奥尔家族的答复就是如此。我虽愧对伟大的先祖，却还不至于向你摇尾乞怜。你另找他人吧。然而，恐怕你的声音已经失去了诱惑。”

骑兵们直愣愣地盯着希奥顿，仿佛大梦初醒。听毕萨茹曼如乐如歌的声音，他们主上的声音听在耳朵里却似老鸦般粗粝。萨茹曼一时按捺不住怒气，将身子探出栏杆，仿佛想用法杖抽打国王。霎时间，有人感觉像是看见一条蓄势待发的蛇。

“绞架和乌鸦！”他嘶声道，音调转变之恐怖，令众人不寒而栗，“昏庸！埃奥尔的王殿算个什么东西？不过是一间茅草棚子，里边住了一群佐着臭气喝酒的强盗，还有他们在狗群中间打滚儿的小崽子罢了！他们早该上绞架。但绞索已套，渐行渐紧，终究会勒到尽头。你们便引颈受戮吧！”渐渐的，他又再度收敛了情绪，声音也随之一变，“我竟不知哪里来的耐心与你说话。驭马者希奥顿，我并不需要你，也不需要你那一丁点儿逃跑堪比冲锋的马兵。许久前我曾许你远超你才智的地位。方才我又许了你一次机会，好让你引入歧途的那些人看明白路怎么选。而你却馈我以大话恶言。罢了。回你的茅屋去吧！”

“而你，甘道夫！你到底还是让我悲哀不已，你的耻辱我亦心有同感。你如何能受得住如此一帮人？甘道夫，你本性高傲，毋庸置疑——你胸怀高尚，心神敏锐。事到如今，我的建议你依旧不愿听上一听吗？”

甘道夫动了一动，抬起头来。“莫非我们上次会面时，你还有什么话没说完？”他问，“又或者，你打算要收回什么前言？”

萨茹曼顿了一顿。“收回？”他思索着，似乎有些困惑，“收回？我为你着想，竭力劝你，你却毫不领情。你确实智慧广博，故而高傲、不喜他人谏言。彼时你似是出了些岔，刻意曲解了我的意思。当时我急于说服你，反而失了耐心，对此我深表歉意。我对你并无恶意，即便你领着一帮愚昧的暴徒来到此处，我亦毫无恶念。何以有之？我们莫非同属一至高至古族类，莫非中洲最卓绝之二人？你我友好，于双方不无裨益。我们依旧能共成许多事，治愈这世界的种种混乱。你我何不多加理解，将这些弱势小族弃如敝屣，让他们候着我们定夺便是！为了这共同利益，我愿弥补过错，愿接纳你。你莫是不愿与我共商大计？你莫是不愿上来？”

萨茹曼这最后一搏中施展的力量无比强大，听者无不心神激荡。可这回的咒文却是全然不同。他们听见的是仁王对犯了错的宠臣谆谆的教诲；而他们是门外之人，那些并非对他们说的话语却是只能听着：他们好似顽童或蠢仆，偷听了长辈的高深大论，开始疑惑自己的命运会受到何种影响。说话这二人身份崇高、智慧无匹，身份高不可攀。毋庸置疑，他们定会结成同盟。甘道夫会攀上欧尔桑克塔，在高绝的会厅里高谈阔论，商讨奥秘。塔门就此紧闭，他们则被弃在外面无人理会，徒候工作或惩罚降临。哪怕是希奥顿，心里也起了如此念头，像是疑虑已投下阴霾："他会背叛我们，他会上去——我们将会失败。"

随后，甘道夫哈哈一笑，这幻境便如云烟般消失不见了。

"萨茹曼，萨茹曼！"甘道夫依旧笑个不停，"萨茹曼，你这辈子是踏错了路。你该去当国王的弄臣，靠模仿他的朝臣来混个衣食饭饱。真是笑煞我也！"他顿了顿，忍住笑声，"你我多加理解？恐怕我早已超过了你所能理解的。至于你，萨茹曼，我现在可太明白了。你的高见和你的功绩，我记得的可比你以为的更为清楚。上次我来拜访，你是魔多的狱卒，我也差点儿被送了过去。不了，一位从塔顶逃得一劫的客人，再想回来走门的时候，自然要三思而后行。不了，我可不认为我还会上塔。不过，听好了，萨茹曼，我最后再问你一回！你莫是不愿下来？艾森加德并不像你希望的、你想象的那么坚不可摧。你依旧心存信任的那些事物也同样如此。暂时离开艾森加德不好吗？比如，求助于新事物？萨茹曼，好好想想吧！你真不打算下来吗？"

萨茹曼的脸上掠过一片阴影，脸色随即变得一片死白。不等他遮掩，众人便透过他的面具，看见他那因疑虑而苦恼的心思：既憎恨待在塔里，又不敢脱离它的庇护。他犹豫片刻，众人则屏息静候。随后，他尖锐又冷酷地开了口。骄傲与仇恨还是征服了他。

"我要不要下来？"他哂笑道，"手无寸铁之人，会下来跟门外的强盗说话吗？我在这地方听着也足够清楚。我不蠢，我也不信任你，甘道夫。虽说它们没有光明正大地站到我的楼梯上来，你下令让这些狂暴的森林恶魔潜伏去了何处，我也不是不知道。"

"不忠之人，总是疑神疑鬼。"甘道夫厌倦地说，"但你无须担心你这身皮囊的安危。我不想杀你，也不想伤你，但凡你真懂我就该明白。我也有力量保护你。我给你最后一次机会：你可以自由离开欧尔桑克——只要你愿意。"

"听着倒是不赖，"萨茹曼嗤之以鼻，"颇有灰袍甘道夫的风范：如此居高临下，如此慈悲为怀。我毫不怀疑，你会发现欧尔桑克是多么自在，而我的离去能为你省去多少麻烦。可我为何想离开？你所谓的‘自由’又是何等意思？我猜，总该有条件吧。”

“透过那些窗户，你便能看见离开的理由。”甘道夫答道，“别的你自然也想得到。你的仆从不是死就是逃，你与邻居反目成仇，你还欺骗或者打算欺骗你的新主子。他的眼睛若是转向这里，一定会是暴戾的红眼。而我说的‘自由’，意思就是‘自由’：无拘、无束、无令须从——天下随你去，哪怕，萨茹曼，哪怕是去魔多，只要你愿意。不过，你先得将欧尔桑克的钥匙与你的法杖交与我。它们是你行为的担保，只要你说到做到，日后便会归还于你。”

萨茹曼铁青着脸，表情因愤怒而扭曲，眼中燃起了红光。他发狂地大笑起来。“日后！”他大叫大嚷，声音已然升作尖叫，“日后！是啊，等你拿到巴拉督尔的钥匙之后吧，我猜；还有拿到七王之冠，拿到五巫之杖，再给自己挣上一双比你眼下穿的还要大得多的靴子之后吧。何其谦卑的计划，哪里会需要我的帮助！我还有别的事要做。别犯蠢了。你若是想趁机同我做交易，那就先走开，让自己清醒清醒再来。把这些割喉者和坠在你尾巴上晃悠的小废物甩掉再说！再见！”他转身离开了阳台。

“萨茹曼，回来！”甘道夫命令道。令其他人大吃一惊的是，萨茹曼果真又转过身来——仿佛有什么东西不顾他的意愿，将他拖了回来。他慢慢靠近铁栏杆，喘着粗气将身子倚在上面。他的脸上满是皱纹，似乎皱缩了。他的手握成爪状，紧紧攫住那根沉重的黑杖。

“我可没准你离开。”甘道夫语气严厉，“我还没说完呢。真是可悲又可叹，你竟变成了个蠢货。你本来尚有机会远离愚昧与邪恶，继续为正道效力。可你却选择留下，揪着你之前那套的尾巴恋恋不舍。那你就留下吧！可我要警告你，再想出来就难了。只有东边那双黑暗之手伸来才能带走你。萨茹曼！”他高喊道，话音里满是力量与威慑，“看仔细了，我可不是遭你背叛的灰袍甘道夫。我乃死而复生的白袍甘道夫。你现在已没了颜色，我就此将你从我族及白道会中逐出！”

他高举一只手，用清晰、冰冷的声音慢慢说：“萨茹曼，你的法杖断了。”一声脆响之下，萨茹曼手中的法杖登时四分五裂，杖头摔在甘道夫脚边。“去！”甘道夫说。萨茹曼大叫一声向后跌倒，爬着离开了。就在这时，高处落下某个沉重、闪亮的东西。它擦过萨茹曼方才还倚着的铁栏杆，贴着甘道夫的头顶砸在他所站的台阶上。栏杆应声而断，台阶也被砸得火花伴裂痕，可那球状物体却完好无损，沿着台阶往下滚。原来是一个水晶球，外表漆黑，内里跳动着一团火焰。眼见它越弹越远，直奔一处水塘而去，皮平连忙追过去拾了起来。

“这害人命的恶棍！”伊奥梅尔大喊。甘道夫却分毫未动。“不，并非萨茹曼所为。”他说，“我猜，也并非出自他的授意。这东西是从更高处的窗户里落下来的。我寻思，这许是佞舌大人一发道别的射击，可惜没瞄准。”

“之所以没瞄准，许是因为他也不知道自己更恨谁，是你还是萨茹曼。”阿拉贡说。

“或许如此。”甘道夫说，“这两人搭伴，未来也舒心不到哪儿去：他们会用言语相互折磨。不过，这惩罚倒也妥帖。若是哪天佞舌能活着走出欧尔桑克，那他可真就走了大运。”

“好了，我的小伙子，拿来吧！我可没让你去倒腾它。”他高声说，猛地一转身，看着皮平慢吞吞地往楼梯上爬，像是负担着巨大的重量。他往下迎向他，一把从霍比特人手上抓过那黑色水晶球，包在了斗篷里。“交给我保管，”他说，“我猜，这不是什么萨茹曼会选来砸人的东西。”

“可他兴许会砸别的东西下来，”吉姆利说，“你们要是讨论完了，我们还是先走出能被石块砸到的范围吧！”

“说完了。”甘道夫说，“我们走。”

他们背对着欧尔桑克的大门往下走。那些骑兵欣喜地朝国王欢呼，又向甘道夫致敬。他们眼见着萨茹曼在甘道夫一声令下回返，又在除名之后爬着离开。萨茹曼的咒术这便破除了。

“好了，此间事毕。”甘道夫说，“如今我该去找树须互通有无了。”

“他多半能猜到吧？”梅里问，“这事儿有没有可能出现别的结局呢？”

“不太可能。”甘道夫说，“虽说只差了毫厘。可我的尝试是有理由的，部分出自仁慈，部分不是。我们起初已向萨茹曼展示，他声音里的力量减退了。他无法既当暴君又做参谋。密谋一旦成熟，也就没必要遮遮掩掩了。可他却落入了陷阱，甚至还当着旁人的面想要把受害者分而破之。我便给了他最后一次公平的机会：摒弃魔多，停止他私底下的谋划，援助我们，为自己赎罪。我们需要什么，他再清楚不过了。他本能提供绝佳的助力，却选择袖手旁观，欧尔桑克的力量也被他敝帚自珍。他不愿替人效力，只想发号施令。眼下他活在魔多的恐怖阴影之下，却还想兴风作浪。这悲惨的蠢货！东边那股力量若真把手伸到艾森加德来，只会将他吞噬。我们无法从外部摧毁欧尔桑克，可索伦——他的能耐谁知道呢？”

“万一索伦没有征服他呢？你打算拿他怎么办？”皮平问。

“打算？没有打算！”甘道夫说，“我不会碰他的。我无意主宰任何事。他有什么下场，我可说不准。塔里那么多美好事物如今全都腐朽了，我痛心不已。但对我们而言，情况还算顺利。命运这东西，当真是扑朔迷离！心怀憎恶，却常常被憎恶所伤！我猜，即便我们入了欧尔桑克塔，怕是也找不到多少比佞舌用来砸我们的水晶球更珍贵的东西了。”

高处的窗户里传来撕心裂肺的尖叫，又戛然而止。

“看来萨茹曼也是这么想的，”甘道夫说，“我们离开他们吧！”

众人返回大门废墟处。还没等他们迈出拱门，此前几人所站那堆乱石的影子里，大踏步走出了树须与十来名恩特，看得阿拉贡、吉姆利与莱戈拉斯目瞪口呆。

“树须，这便是我的三位同伴。”甘道夫说，“我之前同你提过，但你还不曾眼见。”他挨个儿把名字介绍了一遍。

老恩特眼带探询地看了他们好一会儿，又挨个儿跟他们说了话。最后，他转向莱戈拉斯，“我的好精灵，你真是从黑森林一路过来的？那里过往可真是片大到无边的森林哪！”

“如今依然是，”莱戈拉斯说，“但也并未大到让我们这些森林居民厌倦见到新的树木的地步。我极乐意造访范贡的森林。上回不过是从森林边路过，我便不愿转身离开了。”

树须眼里闪动着快活的神色。“愿你在山野老去之前便能如愿以偿。”

“但凡有幸拜会，我定当前往。”莱戈拉斯说，“我与朋友做了场交易，若是万事顺利，我们便一同造访范贡——若能得你允许。”

“欢迎任何与你同来的精灵。”树须说。

“我所言之友并非精灵。”莱戈拉斯说，“乃是格罗因之子吉姆利。”吉姆利猛地一鞠躬，斧子滑脱腰带，“哐啷”砸在地上。

“呼姆！姆！噢，这个，”树须说，眼神有些不善地看着他，“背着斧头的矮人！呼姆！我对精灵不乏好感，可你这就过分了。你们的友谊还真是奇怪！”

“或许你看着奇怪，”莱戈拉斯说，“可只要吉姆利还活着，我便不会独自前往范贡。他的斧头不砍树，只砍奥克的脖子。噢，范贡，范贡森林的主人哪，他在海尔姆战役里砍了四十二颗奥克的脑袋。”

“嗬！这可真是！”树须说，“听上去好多了！好吧，好吧，那便顺其自然，没必要上赶着找事。不过，眼下我们得分别一阵。白日将尽，而甘道夫说你们得在天黑前出发，马克之王也急着想回家了。”

“没错，我们得走了，现在就走。”甘道夫说，“恐怕我得带走你的两个门卫喽！当然，少了他们你自然也应付得来。”

“或许如此，”树须说，“可我也会想念他们的。这么短时间里我们便成了朋友，我想我是越来越急吼吼——越活越回去了。不过，我已很久、很久不曾在日月之下见过他们这样的新事物了。我会记住他们的。我已将他们的名字加入长名单。恩特会记得的。

土生恩特寿比山，
大步流星饮河水；
饥渴如猎人乃霍比特孩子，
人种虽小笑不停。

“只要叶片还会萌芽，他们就永远是我的朋友。珍重、再会！但凡在你们那片快活的夏尔之地打听到消息，记得给我传话！你俩懂我的意思吧：恩特婆的传言或者下落。可以的话，你俩亲自来告诉我！”

“我们会的！”梅里跟皮平异口同声道，随后转身匆匆离去。树须目送着他们，沉默了片刻，又思绪重重地摇摇头。随后，他转向甘道夫。

“萨茹曼这是不打算离开了？”他问，“我猜他也不会走。他的心已经腐烂得像黑色胡奥恩了。不过，若是我被击败，而我的树也全被砍掉了，但凡有个黑窟窿，我也会躲进去不出来的。”

“确实如此，”甘道夫说，“但你不曾谋划用你的树盖满整个世界，把其他生物全给扼死。可萨茹曼依旧滋养着他的仇恨，还在竭力编织着这类罗网。欧尔桑克之钥在他手上，可不能让他逃走了。”

“当然不能！恩特不会坐视不管的。”树须说，“没有我的允许，萨茹曼一步也别想踏出塔。恩特会盯住他的。”

“不错！”甘道夫说，“此举正合我意。如今我可以放心地投身旁的事情了。你须得多加注意。大水已退，只在高塔附近布哨恐怕还不够。我毫不怀疑，欧尔桑克底下肯定掘有深道，要不了多久，萨茹曼便会想借着它神不知鬼不觉地溜走。若你愿意劳力，我请你拿水再来灌上一遭，要么彻底将艾森加德灌成水塘，要么将所有出口都找出来。等到所有地下通路都淹了水，等所有出口都堵死，萨茹曼也只有待在楼上往窗外看了。”

“交给恩特吧！”树须说，“我们会把山谷从头到尾搜一遍，把每块小石头都翻起来看一看。树木将再住回这里，老树、野树都会来。我们会叫它‘监视森林’，哪怕一只松鼠也别想逃过我的眼睛。交给恩特吧！我们会孜孜不倦地监视他，直到有他折磨我们的日子七倍那么久。”

·第十一章·

帕蓝提尔

当日头落下山岭西边长长的山脊时，甘道夫与他的同伴连着国王及他的骑兵，已从艾森加德再度启程。甘道夫载着梅里，皮平则坐在阿拉贡背后。国王的两名骑兵领头，御马往下飞奔，不多时便进了山谷，消失在视线之外。其余人不紧不慢地跟在后头。

恩特肃穆地排作一列，仿佛大门外的雕像；他们高举着胳膊，却没发出半点儿声音。蜿蜒行过一段路，梅里和皮平回首往后望去，只见天际仍有阳光洒落，可艾森加德已是长影处处——阴沉的废墟已渐渐没入黑暗。树须如今独自屹立，仿佛远处一株老木的树桩，让两个霍比特人想起范贡森林边缘那阳光明媚的岩架之上，他们初次见面的情景。

众人来到那根白手石柱前。石柱依然矗立，雕出的那只手却被扔在地上，摔得粉碎。那根长长的食指就躺在路中央，让暮色映成了白色，红色的指甲也变黑了。

“恩特做事还真是一丝不苟！”甘道夫说。

众人继续前进，山谷里的夜色也愈发深沉。

“甘道夫，今晚我们要连夜赶路吗？”过了一阵，梅里问，“我不知道你对坠在你尾巴上晃悠的小废物怎么想；可小废物觉得累了，如果能停止晃悠，躺下来休息，小废物会非常高兴的。”

“原来你听见他的话了？”甘道夫问，“莫要往心里去！你得庆幸，他没说更多针对你们的话。他一直盯着你俩。若是要说点儿什么话来安慰你的自尊，我只能说，你跟皮平当时已超过我们所有人，成了他心里最惦记的人：你们是谁，你们是怎么来的，为什么来，你们知道什么；你们是否被抓过，若是，奥克全军覆没之时，你们又是如何逃走的——就是这一个个的小谜团，让萨茹曼那伟大的头脑备受折磨。梅里阿道克，若是他的关注让你感到荣幸，那么他的讥讽便是赞美了。”

“谢谢！”梅里说，“不过，甘道夫，坠在你尾巴上晃悠更让我觉得荣幸。再不济，待在这位置能让人把问题问上第二回。我们今晚会连夜赶路吗？”

甘道夫莞尔一笑，说：“真是个让人难以招架的霍比特人！每位巫师都该照看一两个霍比特人，好学一学什么叫作理解他人，并纠正自己的错误。请你原谅，可即便这些小问题我也全都思索过了。我们会慢慢骑上几个钟头，一直骑到山谷尽头为止。明天我们得加紧赶路了。

“启程的时候，我们本打算从艾森加德穿过平原，直接回埃多拉斯的王殿，骑马差不多走几天的样子。不过，一番思考之后，我们改变了计划。信使已先行去往海尔姆深谷了，告知他们，国王明日驾到。从那里，他会带着大部队走山间小道去黑蛮祠。从现在起，这一路上在开阔地方露面莫要超过两三人，无论日夜，能免则免。”

“你还真是要么啥也不说，要么一说就是一大堆！”梅里说，“我想知道的不过就是今晚睡觉的事情。海尔姆深谷在哪儿，是什么地方？还有别的地方又是啥？这片乡野我真是一无所知。”

“那你最好学起来，倘若你想搞明白当前形势的话。不过，要学也不是现在学，更别来问我——有太多紧要的事情等着我思考。”

“行吧，那我到时在营火边烦大步佬去，他没你这么暴躁。可是，为啥要搞得这么神神秘秘的？我以为我们已经赢了！”

“没错，我们是赢了，可也只是赢了第一仗而已，但这场胜利反而让我们更加危险。艾森加德与魔多之间存在着某种我尚未洞悉的联系。我不确定他们如何交换消息，但他们确实交换了消息。我猜，巴拉督尔的魔眼会焦躁地盯着巫师山谷，也会盯着洛汗，让它看到得越少越好。”

众人缓缓前进着，在山谷中蜿蜒而下，与涌动在石头河床之上的艾森河时近时远。夜色渐渐从山上笼了下来。薄雾散，寒风起。月亮渐盈，朝东天冷冷地洒满清辉。众人右边，一道道山肩渐渐低伏，化作童丘。灰扑扑的宽阔平原出现在众人面前。

一行人总算停下。随后，他们转离大路，再度踏上芳草萋萋的高地。往西走了一哩左右，众人来到一处谷地。谷地向北延展，直靠着多巴兰圆丘——那是北方山脉最后一座山丘，山脚下是丛丛绿茵，山顶上是片片石楠。经年的蕨叶乱糟糟地生满此处窄谷的两侧，其间芬芳的泥土上，蜷紧的春芽正是尖角初探。隔着午夜还有约莫两个钟头，众人在满是刺丛的山坡矮处扎下营地。他们寻了片低洼地生火，就顶着一株蓊蔚的山楂——这山楂高若乔木，虽被岁月虬结，一根根主枝却是无比壮硕，嫩枝梢头也全候着花苞。

守夜的已安排妥当，两人一组轮换。吃罢晚餐，其余人便裹了斗篷和毯子睡下。两个霍比特人单独寻了处角落，躺在一堆旧蕨叶上面。梅里瞌睡得紧，皮平却出奇地焦躁。他翻来覆去，身下的蕨叶也给压碎了，一直在沙沙作响。

“怎么了？”梅里问，“压到蚂蚁窝啦？”

“不是。”皮平说，“就是不怎么舒服。我这是多久没睡过床了？”

梅里打了个呵欠。“自个儿掰着手指头算算呗！”他说，“你肯定知道我们离开罗瑞恩有多久了。”

“噢，你说这个啊！”皮平回道，“我是指正儿八经摆在卧室里的床。”

“好吧，那就得从幽谷算起了。”梅里说，“可我今晚上不管躺哪儿都能合眼。”

“梅里，你真走运。”皮平停了片刻，轻声说，“你跟甘道夫同骑一匹马。”

“啊，怎么幸运了？”

“你从他那儿有没有听到什么消息，哪怕一字半句的？”

“有啊，好大一堆呢，比往常说得还要多。大部分你应该都听到了，你离得那么近，而且我们也没打算偷偷地讲。不过，要是你觉得能从他嘴里再掏出点儿东西来，只要他愿意，明天你可以骑他的马。”

“可以吗？好啊！可他嘴巴很严，不是吗？还是那副老样子。”

“对啊，他嘴真的很严！”梅里略微清醒了一些，开始好奇伙伴到底在烦心什么。“他成长了，要么就是类似成长的那种。我觉得他变亲切了，可也更加警惕；他比以前更快活有趣，可也更严肃。他变了，但我们还没机会知道他究竟改变了多少。不过，想想他最后是怎么收拾萨茹曼的！别忘了，萨茹曼曾经可是甘道夫的上级，是那个什么什么白道会的头头。他曾是白袍萨茹曼。甘道夫如今也是白袍了。萨茹曼被他招之即来，夺了法杖；然后甘道夫又让他滚蛋，他竟然真就走了！”

“唔，甘道夫要真有什么改变的话，那也是嘴变得更严了。”皮平争辩道，“那个……那个玻璃球，你看，他似乎中意得很。他对它可能有所了解，或者猜到了点儿什么。可他跟我们说什么了吗？没有，一个字也没说。而我给捡了起来，免得它滚进水塘里。‘好了，我的小伙子，拿来吧！’——没了。我很好奇那是什么东西，感觉拿在手里沉极了。”皮平声若蚊蚋，仿佛在自言自语。

“哈喽！”梅里说，“所以你烦心的就是这事儿？好了，我的皮平小伙儿，别忘了吉尔多的话——就是山姆老引用的那句：‘勿要插手巫师的事，他们可是阴晴不定又易怒的。’”

“可我们这几个月一直在插手巫师的事。”皮平说，“除了遭遇危险，我还想知道点儿消息。我是真想再看一看那水晶球。”

“快睡吧！”梅里说，“你迟早会听到足够多消息的。我亲爱的皮平，要说爱打听，你们图克可比不了我们白兰地鹿；可我得问你，现在是时候吗？”

“行，行！可我告诉你我想看看那水晶球，又怎么啦？我知道我拿不到它，老甘道夫像母鸡孵蛋似的把它抱在怀里。而你就只会说，‘你没戏，所以快睡觉。’这可帮不了什么忙！”

“好吧，我还能说啥呢？”梅里说，“抱歉，皮平，可你真得等到早上才行。等吃了早饭，我肯定跟你一样好奇，会想方设法帮你诓那巫师的。可我困得不行啦，再多打个呵欠，我的嘴就得咧到耳根子了。晚安！”

皮平没再说话。他倒是安静地躺着了，可睡意依旧远在天边；道过晚安没几分钟，梅里便已经睡着，可他那轻柔的呼吸声对皮平还是没什么催眠效果。四周愈发寂静，他对那深色水晶球的念想似乎也越来越强烈。皮平的手上又感觉到了那种重量，眼前再度浮现出他瞥过一眼的、藏在内里的神秘红光。他翻来覆去，努力去想别的事情。

到底还是没忍住。皮平起身，四处环顾了一圈。此时寒意刺骨，他便拿斗篷裹住自己。月光冷清、皎洁，洒在山谷里，照得灌木丛的影子都黑了。周围都是躺下睡着的身影，视线里见不着那两名守夜人，许是在山丘上，要么就藏在蕨丛里。在某种无法理喻的冲动的驱使之下，皮平轻轻地走向甘道夫躺下的地方，低头看着他。巫师似是睡着了，眼皮却没合严：长长的睫毛下，那双眼睛透着丝丝闪亮。皮平连忙往后退，可甘道夫毫无动静。半违心地，他再度被吸引，蹑手蹑脚地从巫师脑袋后面凑了过去。甘道夫裹着毯子，外面盖着斗篷，紧贴着他右边身子与肘弯的地方有个鼓包，是个拿黑布裹住的圆东西，他的手似乎刚从上面滑落在地。

皮平气也不敢出，只是偷摸着往前挪，一步又一步。他终于跪下身子，悄悄伸手将那团东西提溜起来：竟然比他预料得要轻。“没准儿只是包零碎东西。”他想，怪异地松了口气，却没把那包袱再放下，反而紧紧抱着站了片刻。随后，一个念头进了他的脑海——他踮着脚走开，寻了块大石头回来。

他三两下扯开那黑布，把大石头包在里边，又跪下放回巫师手边。随后，他看向刚拆出来的那东西：错不了，正是那光滑的水晶球，眼下无遮无掩地摆在他膝头，黑漆漆、死沉沉的。皮平拿起水晶球，用自己的斗篷飞快地裹住，准备回自己的床铺。他身子刚转过一半，睡梦中的甘道夫突然动弹起来，嘴里也喃喃地像是用某种陌生的语言说着什么话。他伸手摸索着，将那块被裹住的石头紧紧搂住，随后叹了口气，再没动静。

“你这个大蠢货！”皮平冲自己嘀咕道，“你要害自己惹上大麻烦的，赶紧放回去！”可他发现自己的膝盖抖个不停，没胆子再凑到巫师面前去够那包袱。“不把他惊醒，我是没法还回去的。”他想，“至少等我稍微镇定点儿之后吧。我正好还可以先看看。当然不能在这儿！”他悄悄溜走，坐在离床铺不远的一处绿土墩上。月亮沿着山谷边缘露了个脸。

皮平支起腿坐着，水晶球就夹在腿中间。他佝着脑袋凑近水晶球，那样子神似哪个贪心的孩子正躲在偏僻的角落里弯腰盯着一碗吃食。他拉开斗篷，直愣愣地看着水晶球，身边的空气像是凝固、绷紧了。水晶球起初一片乌漆，黑得像是块煤玉，只在表面泛着点儿月光。随后，水晶球中心隐约舞出一丝光亮，紧紧攫住了皮平的眼睛，使他再也挪不开视线。片刻之后，水晶球内部像是着了火；它开始旋转——要么就是球里边的光亮开始旋转。光线刹那间灭了。他倒抽一口气，开始挣扎，可他依旧佝着身子，两手紧紧抓着那球。他的身子佝得越来越近，随后变得僵硬；他的嘴唇无声地张了片刻。紧接着，他像是被掐住脖子似的大喊一声，倒在地上不动了。

喊叫声传了很远。两名守卫从坡上跳将下来，整座营地顿时全都惊醒了。

“原来小偷在这里！”甘道夫说，匆忙拿斗篷遮住那水晶球待着的地方。“而你，皮平！你可误了大事！”他跪在皮平边上，后者仰面躺着，浑身僵硬，用无神的双目盯着天空。“简直胡闹！看看他给自己、给我们所有人都招来了什么祸事？！”巫师神情凝重，一脸憔悴。

他握住皮平的手，俯身去听他的呼吸，随后又把手搭上他的额头。霍比特人抖了一下，眼睛闭上了。他大喊出声，一骨碌坐起来，狂乱地盯着围在周围那一张张让月光照得惨白的脸。

“萨茹曼！这可不是给你的。”他用一种尖厉又呆板的声音喊道，试图从甘道夫面前往后缩，“我会立刻派人来取，明白吗？就这么说！”随后，他挣扎着站起来想跑，却被甘道夫温和又坚定地抓住了。

“佩里格林·图克！”他说，“快回神！”

霍比特人的身子放松下来，人却往后倒去，随后又紧紧抓住巫师的手。“甘道夫！”他喊，“甘道夫！原谅我！”

“原谅你？”巫师问，“你先说说你都干了什么？”

“我……我拿了水晶球，往里边看。”皮平结结巴巴地说，“然后看见了东西，我吓坏了。我想走，可我动不了。然后，他来了，还审问我；他又盯着我看，然后……然后，我就只记得这些。”

“一堆废话。”甘道夫语气严厉，“你都看见了什么，又说了什么？”

皮平闭上眼，浑身发抖，却一直没开腔。所有人都默然盯着他，只有梅里把脑袋转开了。而甘道夫依旧一脸严厉，“快说！”

皮平再度开了口，一开始他的语气虚弱又犹豫，但渐渐变得清晰、有力起来。“我看见黑漆漆的天空和高高的城墙，”他说，“还有细小的星星。这些景象看上去隔着很远，像是很久以前的样貌，但看着却刺眼又清晰。之后，星星开始时隐时现——被长着翅膀的什么东西给遮住了。很大的东西，我猜，真的很大；可透过水晶球，它看着很像绕着塔转悠的蝙蝠。我觉得它们的数量总共有九只，其中一只冲我直直地飞了过来，身形变得越来越大。它有着可怕的——不，不！我说不出来。

“我想逃开，因为我以为它会飞出来；可等它把整个水晶球覆盖之后，却没了踪影。然后，他出现了。他没有张嘴说出我能听见的话。他只是看着我，我就明白了。

“‘这么说，你回来了？为何这么长时间不向我报告？’

“我没回答。他又问：‘你是谁？’我依旧没开腔，却感觉难受得要命；然后他逼问我，我就回答：‘一个霍比特人。’

“随后，他似乎突然看见了我，于是开始嘲笑我。那笑声残酷极了，听着让人感觉像是被乱刀捅了一样。我开始挣扎，他却说：‘候着！我们还会再见的。告诉萨茹曼，这精致之物可不是给他的。我会立刻派人来取。明白吗？就这么说！’

“然后，他又幸灾乐祸地看着我。我感觉自己碎成了无数片。不，不！我说不下去了。别的我都记不得了。”

“看着我！”甘道夫说。

皮平抬起头，直直地看向甘道夫的眼睛。巫师沉默地凝视了他片刻，眼光随即柔和下来，一丝微笑浮现在脸上。他轻轻按向皮平的脑袋。

“没事！”他说，“不用再说了！你没有被伤到。你眼里没有说谎的迹象，化解了我之前的担忧。不过，他没同你说多少话。佩里格林·图克，你依旧是个蠢蛋，不过却是个诚实的蠢蛋。聪明人要是碰见此类状况，兴许会把事情弄得更糟。不过，记好了！你之所以得救，还有你的朋友们之所以得救，正如老话所说，主要是运气好。然而你没法回回都靠运气。他若是当场就审问你，你多半就会把知道的全都交代了，把我们所有人都送上末路。可他太急了。他要的不光是消息——他还要你，快快抓到手，好在邪黑塔里慢慢对付你。别发抖！你要是插手巫师的事情，那就得做好碰上这种事情的准备。不过，好了！我原谅你了。安心吧！事情并没有变成我所想的那么糟糕。”

他轻轻举起皮平，把他抱回床铺上。梅里跟着过去，坐在旁边。“皮平，好好躺着，能休息就休息吧！”甘道夫说，“相信我。你要是又感觉手痒了，告诉我！这种毛病，能治。总之，我亲爱的霍比特人，别再往我胳膊下面塞石头了！我这就走开，你俩单独待一会儿吧。”

说完，甘道夫走回那群依旧站在欧尔桑克水晶边上冥思苦想的人身边。“危险总会趁着夜晚最不设防之时到来。”他说，“我们真是九死一生！”

“那个霍比特人皮平如何？”阿拉贡问。

“我猜，应该好得差不多了。”甘道夫答道，“他没被困太久，而且霍比特人的恢复力令人吃惊。对这事的记忆也好，恐惧也罢，应该很快就会被他抛在脑后的。兴许会快得过头。阿拉贡，你愿意保管和看护欧尔桑克水晶吗？这任务比较危险。”

“确实危险，但并非对所有人都危险。”阿拉贡说，“有一个人大概有权拥有它。这肯定是欧尔桑克的帕蓝提尔，它来自埃兰迪尔的宝库，由刚铎之王置于此地。我的时机就要到来了。我愿带上它。”

甘道夫看着阿拉贡。随后，在众人惊讶之中，他拿起被裹住的水晶，躬身呈给了后者。

“大人，请收下！”他说，“以此为证，其余物品定当悉数奉还。不过，若我能对你使用自己的物什加以建议，请不要使用它——暂时不要！多加小心！”

“我隐忍、准备了这么多年，你何时见我急躁或者大意过？”阿拉贡说。

“倒是没有。然而，行百里者半九十。”甘道夫答道，“至少，请保守此物的秘密。你，还有在场所有人！尤其是霍比特人佩里格林，不能让他知道这东西的所在。这邪劲儿说不好又会找上他。毕竟，唉！他摸过它，还朝里边看了，本不该如此。当初在艾森加德他就不该去碰，而我也本该动作再快上一些。可我的心思全在萨茹曼身上，也没立即就猜到这水晶的本质。后来，我过于疲倦，躺在那里思索的时候，竟然睡着了。现在我知道了！”

“是的，看来是没错了。”阿拉贡说，“至少我们搞明白了艾森加德与魔多的联系何在，又是如何作用的。许多事情如今看来一目了然。”

“我们的敌人当真力量古怪，可弱点也同样古怪！”希奥顿说，“然而，老话说得好：‘多行不义必自毙’。”

“一贯如此。”甘道夫说，“不过，这回我们算是交了非同寻常的好运。兴许，这霍比特人让我少犯了一次大错。我之前还想，要不要自己探查这水晶，弄明白它的用途。真要这么做，暴露在他面前的就该是我了。即便这种状况无可避免，但我还并未准备妥当。就算我有力量全身而退，让他见到我，后果依旧是积薪厝火——除非时机已到，我们不必再躲躲藏藏。”

“我觉得时机已到。”阿拉贡说。

"未然。"甘道夫说，"眼下他仍有片刻犹豫，而我们须得多加利用。大敌显然以为这水晶依旧在欧尔桑克——他当然会这么想。正因此，霍比特人也定然被囚于彼处，而萨茹曼逼迫他看了水晶球，并施以折磨。大敌那黑暗的头脑，如今满是这霍比特人的声音与样貌，外加对此事的期待；要等他发现出了岔子，还得再过上些时日。我们须得争分夺秒。最近我们太过怠懒，得行动起来了。艾森加德眼下不可久留。我会带着佩里格林·图克先行一步，总好过别人睡觉时留他躺在黑暗之中。"

"我留下伊奥梅尔与十名骑兵，"国王说，"他们一早同我出发。其余人只要愿意，便可与阿拉贡一同出发。"

"悉听尊便。"甘道夫说，"还请全速赶往山丘遮障之处，再前往海尔姆深谷！"

一道黑影蓦然笼罩众人，明亮的月光仿佛突然被遮住了。好些骑兵惊唤出声，只蹲在地上，拿手护住脑袋，仿佛要抵挡自上方而来的袭击：一股令人费解的恐惧与死一般的寒冷笼罩了他们。众人缩着身子抬起头，只见一道生有翅膀的巨大黑影如黑云般飞过月亮。略做盘旋，它往北而去，速度远胜中洲最为迅疾的狂风，群星亦因之暗淡。它消失了。

他们站了起来，身子僵硬得像块石头。甘道夫凝望着天上，身侧绷直的双臂微抬，双拳紧握。

"纳兹古尔！"他高声说，"魔多的信使。风暴将至。纳兹古尔跨越了大河！上马，出发！等不到黎明了！能走的先走！快！"

他拔腿就跑，边跑边呼唤捷影。阿拉贡紧随其后。甘道夫跑向皮平，一把将他抱了起来。"这回你跟我走，"他说，"让捷影带你领教他的速度。"随后，他跑向过夜的地方，捷影早候在那里了。巫师将装着全部行李的小包往肩上一扔，一跃上马。阿拉贡给皮平裹上斗篷与毯子，举起来送进了甘道夫怀里。

“再见！早点儿跟上来！”甘道夫高喊，“捷影，走！”

那高头大马昂起头颅，只见马尾在月光中“唰”地一甩，四蹄蹬地，一跃向前，如山野中吹来的北风般远去了。

“何等美妙又恬宜的一夜！”梅里告诉阿拉贡，“某人真是撞了大运。他不想睡觉，还想跟甘道夫同骑——这下全都实现了！也没被变成块石头，永远立在这里，警示后人。”

“若当初拿起欧尔桑克水晶的是你，不是他，现在会是什么样？”阿拉贡问，“你兴许会表现得更糟。谁说得准呢？不过，眼下恐怕你的运气是跟我走。现在就走。快去收拾，把皮平落下的东西都带上。动作要快！”

捷影运蹄如翼，从平原飞驰而过，无须半点儿催促和引导。不到一个钟头，他们便抵达并跨越了艾森河渡口。骑兵的坟茔与冰冷的长矛被抛在了身后。

皮平渐渐恢复了。他身上是暖和的，而吹过脸庞的寒风倒是有些冻人，却也挺提神。他正与甘道夫一道。那水晶，还有遮罩月亮的那道黑影所带来的恐惧渐渐消散，成了山野迷雾里的失物，又如同幻梦一场。他深深地吸了一口气。

“甘道夫，原来你骑马都不套马具的。”他说，“你连马鞍跟缰绳都没有！”

“通常我不用精灵式骑法，除非乘的是捷影。”甘道夫说，“捷影也不愿要马具。并非你在骑捷影，而是他愿意载你——又或者不愿意。只要他愿意，那便足够了。除非你自己跳到空中去，否则他会保你稳稳地坐在他背上。”

“他能跑多快？”皮平问，“他迎风跑得飞快，却又毫不颠簸。他落蹄真是太轻盈了！”

“他现在的速度，就好比最快的马正在冲刺，”甘道夫回答，“可这对他而言不算快。此处地势略有坡度，路面也不及河那头平整。不过，瞧瞧星空下的白色山脉，它越来越近了！远处就是神似黑色长矛的三尖峰的峰顶了。要不了多久，我们就会抵达海尔姆深谷的岔路，两夜之前那里曾有一场大战。”

皮平再度沉默了一阵。旅途一哩一哩过去，他听见甘道夫轻声哼起了歌，用各种不同的语言嘟哝着小段小段的歌词。终于，巫师唱起了一首让霍比特人多少能听懂的歌，其中有几句让疾驰的风儿给扑进了他耳朵里：

高王并高船
三上再乘三，
安抚沉没国
遣使破浪来?
七星又七晶
白树单一株。

“甘道夫，你唱什么呢？”皮平问。

“我只是在回想脑海中一些诗词学识。”巫师回答，“我猜，霍比特人多半已经把它们忘光了，哪怕那些他们原本记得的也不例外。”

“不，没有全忘掉。”皮平说，“我们也有许多自己的诗歌，虽说你大概不会感兴趣。但这首我从没听过。它是讲什么的——七星又七晶？”

“讲的是古代诸王的帕蓝提尔。”甘道夫说。

“那是什么？”

“这名字的意思是‘远眺之物’。欧尔桑克水晶便是其中之一。”

“所以，它不是……不是……”皮平吞吞吐吐地说，“大敌造的？”

“不是。”甘道夫说，“也并非出自萨茹曼。他可做不来这东西，索伦也没这本事。帕蓝提尔来自比西方之地更为遥远的地方，来自埃尔达玛。诺多精灵铸造了它们。兴许是由费艾诺本人打造的，大概是用年作单位都难以衡量的亘古时代的事情。然而，没有哪样东西是索伦无法用作邪道的。萨茹曼，悲哉！我如今才意识到，萨茹曼的堕落皆因它的缘故。执掌之物的能力若是超过其操控者，势必会威胁到我们所有人。然而，萨茹曼依然难辞其咎。这蠢货，竟然为了一己私利，将它给昧下了。他不曾同白道会任何成员提过只言片语。刚铎遭遇灭国之战后，刚铎的帕蓝提尔下落如何，我们却是全没想过。人类则几乎把此物忘了个干净。即便刚铎内部，知晓这水晶的人也是屈指可数；至于阿尔诺，相关的信息也只存在于杜内丹人之间流传的诗歌学识里。”

“古时的人类用它做什么呢？”皮平问。甘道夫竟然回答了这么多问题，让他既开心又惊讶，同时也好奇这状况能持续多久。

“用来远眺，以及同他人以意念做交流。”甘道夫说，“借此，他们才得以长久地保卫、团结着刚铎的领土。他们在米纳斯阿诺尔、米那斯伊西尔，还有艾森加德环场的欧尔桑克放置了水晶石。欧斯吉利亚斯毁灭之前，诸水晶石中做主导与统御的那块就放在星辰穹顶之下。另外三块远在北方。据埃尔隆德之家所称，这三块分别位于安努米那斯和阿蒙苏尔，埃兰迪尔的晶石则位于塔丘，就朝向米斯泷德那边常泊有灰船的路恩湾。

“帕蓝提尔彼此呼应，但在欧斯吉利亚斯的主晶石始终可以看到刚铎其他几块晶石。如今看来，欧尔桑克之岩经受住了时间的风暴，因此塔上的帕蓝提尔保存了下来。不过，仅此一块并无大用，只能用作窥探远处及往日事物的微小景象。对萨茹曼而言倒是用途不小，可他似乎并不满足于此。他的目光看得越来越远，最后落向了巴拉督尔。于是，他便被捉住了！

“谁知道那遗失的阿尔诺与刚铎的水晶石如今深埋何处，又或者沉去了哪里？然而，索伦出于自身的目的，至少得到及掌控了其中一块。我猜测，应该是伊西尔晶石，毕竟他很久以前便占据了米那斯伊西尔，还把那里变成一处邪恶之地，也就是米那斯魔古尔。

“如今很容易便能猜到，萨茹曼那双不安分的眼睛如何飞快落入陷阱，遭了困；他又是如何被人隔着老远给威逼利诱的。这下便是鱼咬了钩，鹘落了鹰爪，蜘蛛进了铁网！既然这欧尔桑克水晶如此倾向巴拉督尔，除了意志坚如精钢之人，但凡有人看向其中，这人的意识与目光都会被迅速转去那里；但我有些好奇，他频频被逼着透过那水晶球听候指示和监督，究竟持续了多久？另外，瞧它多么会吸引人！我莫非没有感受到吗？即便现在，我的内心依旧渴望用它来测试我的意志，看我能否将画面从他那里扭转去我想看的地方——跨越浩瀚的海洋与广阔的时间，去看看美绝的提力安城，感受费艾诺劳作时的精妙手艺与绝伦巧思，欣赏彼时白树与金树共绽放的景象！”他叹了口气，不再说话。

“真希望我早点儿知道这一切，”皮平说，“我当时压根儿不知道我在干啥。”

“不，你知道。”甘道夫说，“你知道自己的行为是错误的，而且很愚蠢；你也同自己讲过，但你却没听进去。我之前一直没告诉你这些，是因为我们骑马这一路上，我把整件事前后捋了一遍，这才终于想明白了。不过，就算我早些告诉你，你那心思依旧是收不住的，也无法让你更容易抵抗诱惑。恰恰相反！是啊，烧了手才会知道痛，才会把‘莫要玩火’的告诫听进心里。”

“确实。”皮平说，“现在就是把那七块水晶石都摆在我面前，我也会把眼睛闭紧，把手揣进兜里。”

“不错！”甘道夫说，“正是如此。”

“可我想知道——”皮平又开始了。

“可怜可怜我吧！”甘道夫直唤，“倘若喂你消息才能治好你这好打听的毛病，那我这辈子都得拿来回答你的问题了。你还想知道什么？”

“所有星星的称呼，所有生灵的名字，还有整个中洲、苍穹之上以及隔离之海的完整历史。”皮平哈哈笑着说，“毫无疑问，决不能比这些少。不过，我倒是不着急在这一晚上。眼下我只想知道那道黑影的事情。我听见你喊‘魔多的信使’。那是什么？它会对艾森加德做什么？”

“那是生了翅膀的黑骑手，是纳兹古尔之一。”甘道夫说，“它本来会抓走你，带你去邪黑塔的。”

“可它不是冲我来的，对吧？”皮平支吾着说，“我是说，它不知道我曾经……”

“当然不知道。”甘道夫说，“从巴拉督尔到欧尔桑克，直线飞行至少也要两百里格路程，哪怕纳兹古尔也得飞上几个钟头。不过，萨茹曼显然在派出奥克之后看过那水晶，我毫不怀疑，他暗藏的那些心思，只怕有远超过他希望的部分被读取了。于是信使便被派了过来，查看他究竟在做什么。我猜，经过今晚的事，第二名信使要不了多久就会来。自作孽的报应这下与萨茹曼只隔着临门一脚了。他没有俘虏可送。他没有水晶石可瞧，无法回应召唤。索伦只会认为他藏了俘虏，还拒绝用那水晶。就算萨茹曼对信使以实相告，也起不了多大作用。毕竟艾森加德虽然成了废墟，但他萨茹曼却还好好地待在欧尔桑克。无论是否出于自愿，他都会被当成叛徒。然而他拒绝了我们，就是为了避免被索伦视为叛徒！他要如何应对这困境，我猜不出来。我猜，但凡身处欧尔桑克，他依旧有力量对抗九骑手。他兴许会尝试这么做。他也许会设法困住纳兹古尔，最不济也会计划杀了纳兹古尔的坐骑。若是如此，让洛汗人把他们的马给看好了！

“不过，这事会如何收场，对我们是利是弊，我说不上来。大敌的谋略或许会被搅乱，或者因其对萨茹曼的怒火而受阻。他兴许会发现，当时我也在场，而且就站在欧尔桑克的台阶上，尾巴上还坠着两个霍比特人。他也可能会发现，埃兰迪尔的后裔还有人活着，就站在我身边。佞舌若没有被洛汗的盔甲迷惑的话，就会想起阿拉贡，还有他所宣称的头衔。我担心的正是这个。所以，我们要撤退——并非从危险中撤退，而是投身更为巨大的危险。佩里格林·图克，捷影每踏出一步，你离魔影之地就会更近上一点儿。”

皮平没作声，只是紧紧抓住斗篷，仿佛一阵寒意突然袭来。灰蒙的大地在脚下不断远去。

“你看！”甘道夫说，“西伏尔德山谷张开了怀抱。我们从此处回到了东大道上。远处那片暗影便是深谷那窄谷的入口。‘晶辉洞’阿格拉隆德就在那边。有关那里的情况，你别问我。倘若能再碰上吉姆利，你便问他，兴许你能头一回听见长到你不想听的答案。这趟旅程你是瞧不见那些洞穴了。要不了多久，它们就会被远远抛下。”

“我还以为你会在海尔姆深谷停下！”皮平说，“那你准备去哪儿？”

“趁还没被战火包围，去米那斯提力斯。”

“噢！有多远呢？”

“很远，在许多里格之外。”甘道夫答道，“从这里往东一百多哩能到希奥顿王的居所，而去米那斯提力斯还要三倍的路程。这是以魔多信使飞行的距离来算，捷影要跑的路会更长。最后谁会更快呢？

“我们会一直骑到破晓，还隔着好几个钟头呢。之后，即便是捷影，也得寻处山野洼地休息一阵，我希望能在埃多拉斯歇脚。若可以，你就睡会儿！到时候，兴许你能瞧见第一缕晨光在埃奥尔家族的金殿之上照耀。那之后再过上三天，你会看见明多路因山的紫色山影，还有晨光中德内梭尔之塔的白色高墙。

“出发，捷影！跑起来，无畏的捷影，拿出你从未展现过的速度飞驰起来！我们如今到了你的诞生之地，你了解这里的每一块石头。快跑！全速跑起来才有希望！”

捷影扬起脖颈，高声嘶鸣，像是听见号角声唤他上战场。随后，他纵身一跃，脚底火花四溅，夜色便飞快地从他身边溜走了。

皮平渐渐睡着了，他心头涌起一阵古怪的念头：他和甘道夫如纹丝不动的石头一般骑在一座奔马雕塑之上，而巨大的风声带着整个世界从他们脚下翻涌远去。

第四卷

The Lord of the Rings The Two Towers

The Lord of the Rings The Two Towers

·第一章·

收服斯密戈

“少爷，这下我们可真是进退不得喽！”山姆·甘姆吉说。他耸着肩膀，没精打采地站在佛罗多身边，虚起眼睛看向前方那片昏暗。

两人估摸，这应该是逃离护戒队伍之后的第三个傍晚——埃敏穆伊的巉岩荒坡攀得他们扑爬连着跟斗的，连时日都快记不清了。两人时而因前路断绝被迫回头，时而又发现自己兜了个大圈子，绕回几个钟头前到过的地方。不过，整体而言，他们正在往东边不断前进，寻的路也都尽量靠着这一小片纠结、古怪的丘陵外沿。可这丘陵的外脸却始终狰狞、高峻、难以逾越，横眉冷对着底下的平地；起伏不定的边缘另一边是乌青的腐烂沼泽，里头见不着一丝动静，连飞鸟都没有。

两个霍比特人正站在一座光秃、荒凉，白雾作靴的高大峭壁边；身后矗立的高地犬牙交错，浮云阵阵。有寒风从东边吹来。夜色渐渐聚在面前一团模糊的土地上，沼泽那令人作呕的绿也褪成了阴沉的褐色。右边远处，白天还不时被阳光照得闪闪发亮的大河安都因，眼下也躲进了阴影里。两人的目光并未投向大河彼岸，回望刚铎，回望他们朋友的所在地，回望人类的国度。他们正看着东南，看着渐近的夜色；一溜黑色线条悬在那边缝上，仿佛凝固的烟雾形成远处的山脉。时不时地，远处天地相接之地的边缘处会有一道红光闪过。

“真是进退不得！”山姆说，“在我们听过的所有地方里，就数那里我们不愿靠近；可我们千方百计要去的也是那里！偏偏我们现在去不了的地方还是那里，半点儿法子都没有。看起来，我们彻底走错路了。我们不下去，就算下去了，我敢打包票，下面那片绿乎乎的草地上只能找到恶心的烂泥塘。呸！你闻到了吗？”他拿鼻子闻着吹来的风。

“嗯，闻到了。”佛罗多一动不动，眼神依旧停留在那条黑线与闪烁的火光上面。“魔多！”他喃喃道，声音微不可察，“非得去的话，我情愿尽快抵达，把事情做个了结！”他抖了一抖肩膀。风冷得刺骨，还夹着一大股湿答答的腐臭味。“好吧。”他开了口，终于收回目光，“无论是不是进退不得，我们肯定没法整晚上都待在这里。我们得找个更隐蔽的地方，露宿一晚；也许到了明天就能找到路啦。”

“也许是后天、大后天、大大后天呢。”山姆嘟哝道，“也可能就没有这么一天。我们走错路了。”

“我在想，”佛罗多说，“我是命中注定，我猜，要去远处那片阴影，所以肯定能找到路。可这路会让我逢凶化吉还是祸从天降呢？我们的希望取决于速度。拖延对大敌更有利——而我现在就被拖住了。难道是邪黑塔的意志操纵了我们？我做了许多决定，结果全是错的。我早就该告别护戒队伍，从北方下来，改走大河跟埃敏穆伊东边，再越过难行的战争平原，去到通向魔多的路。可是，光靠你我，现在不可能找到回去的路，东岸又有奥克在徘徊。每过去一天，我们就会损失宝贵的一天。山姆，我好累，我不知道该怎么办。我们还剩下什么吃的？”

“只剩这些了，佛罗多先生。你管它们叫什么来着，兰巴斯！这个还剩下不少。不过，慢慢吃的话，怎么也比没有强。话又说回来，当初我第一口吃它们的时候，还真没料到会有想换口味的一天。可我现在想了：一点儿白面包，再来上一杯啤酒——半杯也行——肚子就舒服啦。我把炊具从上回宿营的地方全给背来了，可又有啥用呢？用来生火的东西都没有；也没东西可煮，连根草都找不着！”

他们转身离开，下到一片石洼地里。西沉的太阳让云层抓走，夜晚迅速降临了。两人于一大片高高低低、饱受风吹雨淋的石峰里找了处角落，好歹让东边刮来的风吹不到身上，又在寒冷中翻来覆去地对付了一夜。

“佛罗多先生，你再见过它们吗？”两人又僵又冻地正坐在清晨的寒冷与灰蒙中嚼着兰巴斯，山姆问。

“没了。”佛罗多说，“我已经两夜什么都没听见，也什么都没看见了。”

“我也没有。”山姆说，“嚯，那眼睛可吓了我一大跳！不过，也许我们终于甩掉了那个悲惨又鬼祟的家伙。咕噜！我要是有机会把手放在他脖子上，非掐到他嗓子眼儿咕噜个没完不可。”

“我希望你永远都不必这么干。”佛罗多说，“我不知道他是怎么跟上我们的；或许就像你说的，我们甩掉他了。在这片干燥、荒凉的土地上，我们踩不出多少脚印，也留不下什么气味，哪怕他那样嗅来嗅去的鼻子也闻不着。”

“希望就是这么回事。”山姆说，“我真是巴不得咱们已经甩掉他了。”

“我也是。”佛罗多说，“但他还不是最让我头疼的事。我倒是巴望着能摆脱这些丘陵！我恨死它们了。我困在这上面，与远处那阴影之间只隔着一片平坦的死地；这让我感觉自己对东边而言简直一丝不挂，而那阴影中却有一只魔眼在窥视。好了！我们今天怎么也得想办法下去。”

然而，白天渐渐过去。等下午的光景慢慢化作傍晚，他们还在山脊上攀来爬去，依旧找不到下山的路。

在这万籁俱寂的不毛山野中，两人偶尔会觉得身后传来微弱的声响，像是石头滚落或者想象中脚板啪嗒着踩在石头上的脚步声。然而，等他们站定倾听，又什么都听不见，只有风刮过石头边缘的叹息声——即便这样的声音，也会让两人联想到透过尖牙的缝隙轻轻呼出的嘶嘶声。

那一整天他们都在艰难跋涉，而埃敏穆伊丘陵的外沿也渐渐地折向北边。一大片饱历风蚀雨噬的平坦碎岩地顺着丘陵边缘延伸而出，不时被状若壕沟的沟壑给切作两段；这些沟壑又陡然而下，化作峭壁表面一道道深深的切口。要在这些越来越深、出现得越来越频繁的裂缝中拾路而行，佛罗多与山姆只得向着左边前进，离边缘也愈发远了起来，让他们察觉不到自己正缓慢却稳步地往山下面走：峭壁顶端开始往低地的高度渐渐下沉了。

最后，他们被迫停了下来。山脊猛然北转，还被一道更深的山沟给切开了。山脊在对面又再度抬起，一口气升高好几哩：一道高大的灰色悬崖矗立在眼前，像是被刀切过似的笔直。两人一步也前进不了，眼下只能转头往东或者往西。往西只会领着他们回到丘陵腹地，带来更多的劳累与延误；往东则会把两人带去外围的悬崖。

“山姆，除了往这条山沟下面爬，没别的选择。”佛罗多说，“让我们瞧瞧它会通向哪里。”

“我敢打赌，肯定是直直栽下去。”山姆说。

这山沟比看着还要长，还要深。往下爬了一阵，两人这些日子以来

第一回看见了树：几株扭曲、矮小的树，大部分是歪来扭去的白桦，间或夹着一棵冷杉。其中好些都已死去、枯槁得厉害，还让东风咬进了树干。过往天气温和些的时日里，这沟里肯定长过老大一丛树；现如今，树丛的范围约莫只有五十码。不过，一直到接近悬崖边的地方仍散落着不少残败的老树桩。这山沟的沟底挨着一条岩石断层的边缘，高低不平的地面满是碎石，坡度很陡。等两人总算走到尽头，佛罗多佝着身子往外探去。

“瞧！”他说，“我们一定是走了很长一段下坡路，不然就是悬崖降低了。这里距离地面比先前矮多了，看着也更容易往下爬。”

山姆跪在他旁边，不情不愿地探出脑袋去看。随后，他看向左边远处那高绝的悬崖。“更容易！”他嘟哝道，“行吧，我琢磨着摔下去向来比爬上去要简单。那些不会飞的，至少还能跳！”

“跳下去确实稍微高了点儿，”佛罗多说，“差不多有——”他顿了片刻，目测着距离，“我猜，顶多十八呎。”

“已经很高了！”山姆说，“呃！我真恨死从高处往下看了！可看着总比爬要好。”

“说得没错。”佛罗多说，“我觉得我们可以从这里往下爬，我们应该试试。你看，这儿的岩石跟之前那几哩的不一样。这里滑过坡，还裂了缝。”

峭壁外侧确实不如之前那么陡峭，反而有些往外倾斜。它看着像一道巨大的城墙，或者说护墙，因为地基移位导致它的走向扭曲、错乱，因而出现巨大的裂隙与长而倾斜的边缘，部分地方甚至宽到与台阶差不了多少。

“真要尝试爬下去的话，最好现在就爬。天黑得有些早，我猜风暴要来了。”

黑暗愈发深沉，不但吞没了云遮雾绕的东山，还朝着西边伸出了长长的双臂。风势渐起，捎来了远处隆隆的雷声。佛罗多闻了闻空气，一脸狐疑地抬头看天。他在斗篷外面紧紧系上一条腰带，背上轻飘飘的行李；随后，他迈步朝崖边走去。“我要试一试。”他说。

“行吧！”山姆愁闷地说，“但我要走在前面。”

“你？”佛罗多说，“你不是不想爬吗，怎么改主意了？”

“我可没改主意。让最容易栽下去的走最下面，这还用说嘛。我可不想在你头上爬，然后把你一块儿撞下去——没道理摔一个死两个啊。”

佛罗多还没来得及阻止，他已经一屁股坐下，将两条腿悬在了崖边；他翻过身，用脚指头探着落脚点。以前他头脑冷静的时候，有没有做过比此时更加勇敢或者更加鲁莽的事情，还真不好说。

“停下，别！山姆，你这老笨蛋！”佛罗多唤道，“你连看也不看就闷头往下爬，你肯定会摔下去没命的，快回来！”他托住山姆的腋下，把他给拉了上来。“先等等，别急！”他说，随后趴在地上，探头往下看；尽管太阳还没完全落山，光线似乎却在飞快地消失。“我觉得，咱俩能行。”他很快就说，“反正我没问题；只要你保持头脑清醒，小心跟着我，你也会没事的。”

“我真不知道你哪儿来这么大的把握。”山姆说，“唉！这光线，哪能让你看到底啊。万一你爬到哪个连手脚都没处放的地方，怎么办？”

“那就再爬回来呗。”佛罗多说。

“说得轻巧，”山姆反驳道，“最好等到早上，等天亮点儿再说。”

“不行！只要能爬，我就不会等。”佛罗多突然怪异地固执起来，“我恨待在这儿的每分每秒。我非得试试不可。在我回来或者喊你之前，你不准跟着！”

佛罗多用手扣住悬崖的岩石边缘，让自己慢慢往下降；手臂绷到几近笔直的时候，他的脚指头总算踩上了岩石的凸起。“爬了一步！”他说，“这块凸起的右边比较宽，手不用抓也能站稳。我要——”声音戛然而止。

本就匆忙的黑暗此时更是飞速降临，它自东边猛卷而来，吞没了天空。头顶之上，旱雷轰隆炸响。刺眼的闪电划落远方的山野。接着，一阵狂风吹起，呼啸的风声里还夹杂着一声高亢的尖叫。两个霍比特人逃离霍比屯的时候，曾在泽地远远地听见过这叫声；哪怕当初身处夏尔的森林，这声音依旧会让他们血液冻结。到了眼下这片荒凉之地，那恐怖感更是成倍增加：仿佛恐惧与绝望形成了一把冰冷的剑刃，一下刺穿两人的胸膛，断了他们的心跳和呼吸。山姆趴平在地上。佛罗多下意识地放开了石头，双手捂向脑袋和耳朵。他摇摇晃晃的，脚下一个不稳，哀号一声便滑下了悬崖。

听见动静，山姆费力地爬到悬崖边。“少爷，少爷！”他叫道，“少爷！”

他没听见回答。他发现自己浑身颤抖，却还是强撑起一口气，高喊道：“少爷！”风仿佛把他的话声压回了喉咙。不过，等风咆哮着吹过山沟、翻过丘陵，他隐约听见一声回应的叫喊：“没事，没事！我在这儿。我就是什么都看不见了。”

佛罗多的喊声有些微弱。他其实离得没多远——他只是滑了一截，并没有摔下去。下面隔着几码远的地方，一处比之前更宽的岩石凸起接住了他的脚板。万幸，那块岩石往上翘得较高，而风又吹得他紧紧抵着峭壁，这才没有一路滚下去。他稍微稳住身子，脸庞贴紧冰冷的峭壁表面，感觉心脏狂跳不止。然而，也不知究竟是天太黑，还是他的眼睛看不见了，他觉得周围一片漆黑。他不知道自己是不是被撞瞎了。他深吸一口气。

“回来！快回来！”他听见山姆的声音从头顶的黑暗中传来。

“不行，”他说，“我看不见。我找不着能抓的地方，暂时动不了。”

"我该咋办，佛罗多先生？我该咋办？"山姆喊着，身子往外探得委实有些危险。他的少爷为什么看不见？周围确实昏暗，但还没黑到什么都看不清啊。他能看见佛罗多就在下面，是紧贴着峭壁的一道孤单的灰色身影。可他隔得太远，哪只手都够不着。

雷声再度响起，下雨了。瓢泼的暴雨夹杂着冰雹砸向峭壁，寒意刺骨。

"我这就下来救你！"山姆大喊，虽说他也不知道下去能帮上什么忙。

"别，别！等会儿！"佛罗多回喊道，声音有力了些，"我一会儿就能好，现在已经好些啦。你先等等！没有绳子，你帮不了忙的。"

"绳子！"山姆高喊，激动和欣慰让他变得胡乱地自言自语起来，"好吧，我真该给吊在绳子上，给呆瓜们当警告！你真就是个大傻蛋，山姆·甘姆吉——老爷子天天这么念叨我，都成他的口头禅了。绳子！"

"别念叨了！"佛罗多喊道。他现在差不多恢复过来了，甚至有力气觉得又气又好笑，"别管你家老爷子了！你是想跟自己说，你口袋里有绳子吗？真有的话，那就赶快掏出来！"

"没错，佛罗多先生，就在我背包那一堆东西里头。我背了好几百哩路，差点儿给忘干净了！"

"那就赶紧放绳子下来！"

山姆连忙解开背包，伸手胡乱掏了起来。背包最深处还真有一捆罗瑞恩精灵造的灰色丝绳。他将一头扔给他的少爷。佛罗多眼里的黑暗似乎消失了，要不然就是他的视力恢复了——他看见一条灰线晃荡着垂下来，觉得它隐约泛着点儿银光。黑暗中有了让眼睛聚焦的东西，这下他感觉没那么晕了。佛罗多把重心向前移，又把绳子在腰间缠紧，然后双手死死攥住绳子。

山姆后退几步，用脚抵住离崖边一两码距离的一截树桩。佛罗多半拖半爬地上了悬崖，一骨碌扑倒在地。

远处雷声轰隆作响，暴雨依旧没有半分消停。两个霍比特人爬回了山沟，可那里也没什么能遮挡的地方。雨水一股股地开始往山沟里流，很快便演变成山洪，拍得岩石水沫四溅，又仿佛巨大屋顶的天沟排下的水一样，顺着峭壁喷薄而下。

“我要还在下面，不是被淹得半死，就是直接被冲走了。”佛罗多说，“幸好你有绳子，太走运了！”

“我要是能早点儿想起来，就更走运了。”山姆说，“也许你还记得，我们从精灵王国出发的时候，他们往船里放了些绳子。我很中意，就往背包里装了一捆。现在想起来，感觉像是好几年前的事了。‘它们能在很多地方派上用场。’他说——好像是哈尔迪尔，要不就是他们中的哪个精灵。他说得真没错。”

“可惜我没想到也带上一捆。”佛罗多说，“但我离开护戒队伍的时候手忙脚乱的。要是绳子够长，我们就可以靠它往下爬。不知道你这捆绳子有多长？”

山姆慢慢放着绳子，同时用手臂量了起来。“五、十、二十。差不多三十厄尔[1]长。”他说。

“我可真是没想到！”佛罗多惊叹道。

“噢！谁能想得到呢！”山姆说，“精灵一族还真是奇妙。这绳子看着有点儿细，可真就挺结实，还能收成一小捆，握在手里软得像牛奶，轻得像光线。真是奇妙的种族，一点儿不假！”

“三十厄尔！”佛罗多思忖道，“我觉得够长了。如果暴风雨在天黑之前停下，我打算再试一试。”

“雨已经下得差不多啦。”山姆说，“你可别想再摸黑做危险的事了，

---

1 旧时布匹的长度单位，一厄尔相当于 115 厘米，代表“一胳膊长”。——译注

佛罗多先生！也不知你还怕不怕风里的那声尖叫，我反正是还没缓过劲儿来。那声音听着像是黑骑手——只不过是在天上，假如他们能飞的话。我觉着，我们最好躺进这裂缝里，等天亮再说。”

“但我觉得，与其困守在这悬崖上，被黑暗之地的眼睛隔着沼泽监视，不如尽快下去。”佛罗多说。

说完，他站起身，再度走到山沟底下，往外打量着。东边的天空澄澈起来，暴风雨那破烂、墨黑的边缘渐渐消散，巨大的翅膀伸展着将主战场移去了索伦那阴暗的意志觊觎已久的埃敏穆伊。随后，它转了方向，用冰雹夹着雷霆袭击了安都因山谷，又以战争相胁，将阴影罩上了米那斯提力斯。之后，暴风雨在群山中降低了云层，再聚集起巨大的螺旋云，缓缓卷过刚铎以及洛汗边境，就连远方平原上西进的骑兵最后也看见它那漆黑的云塔在太阳背后移动。不过，在荒漠那头，在臭气熏天的沼泽上方，傍晚的深蓝色天空再度绽放开来，几颗暗淡的星星点缀其间，仿佛新月之上的天幕多了几处白色的小洞。

“能重见光明，感觉真好。”佛罗多说，深吸了一口气，“你知道吗，有那么一会儿，我还以为自己被闪电或者什么更糟糕的东西给弄瞎了。我什么都看不见，两眼一抹黑，直到你的灰绳子垂了下来。不知为何，它好像在发光。”

“它确实在黑暗里带了点儿银色。”山姆说，“我先前没注意过，自从我当初把它揣进包里，我也不记得有没有再掏出来过。不过，佛罗多先生，要是你坚持要爬的话，这绳子你准备怎么用？三十厄尔左右的长度，差不多就是十八㖊，跟你推测的悬崖高度差不多。”

佛罗多思考了片刻。“山姆，把绳子牢牢绑在树桩上！”他说，“然后就遂你的心愿，这回让你先下吧。我会放你下去，你只需要用手和脚保证自己别撞上石头就好。不过，如果你能把体重匀到能撑住你的石头上，让我有机会休息休息，那就更好了。等你落了地，我就跟着下来。

我觉得我已经恢复好啦。”

“好吧。”山姆沉重地说，“非得干的话，我们行动起来吧！”他拿起绳子，在离崖边最近的一个树桩上将它绑了个结实；他又将绳子另一头绑在了自己腰间。不情不愿地，他背转身，准备第二次走近悬崖边。

虽说如此，情况其实远没有他想得那么糟。虽说他从两腿间往下看的时候，不止一回吓得闭了眼，但绳子似乎让他有了信心。尴尬之处在于，崖壁上有一处地方没有凸起，周围一小片岩壁不但垂直向下，甚至还有些内凹；山姆在那儿打了滑，被银线吊着直晃荡。还好佛罗多将他放得又慢又稳，好歹是过去了。他最怕的还是绳子不够长，最后吊着他不上不下；不过，等山姆落了地，高喊“我下来了！”之时，佛罗多手上还缠着好几圈绳子呢。山姆的声音从下面清晰地传了上来，可佛罗多却看不见他人：那灰色斗篷让他整个儿融进了暮色里。

佛罗多跟着下来的时候，花的时间更长些。他在腰上绑了绳子，上面树桩那儿也捆得紧紧的；他还把绳子的长度缩短了一点儿，以便绳子能在他摔落到地面之前拉住自己。他可不愿冒着摔下山的风险，也不像山姆那么信任这软绵绵的灰色细绳。不过，下到两处地方时，他还是不得不把性命都寄托其上：那两处岩壁表面都很光滑，甚至连他那有力的霍比特人指头都无处抓扣，能踏脚的凸起又隔得太远。但他终究还是爬了下来。

“好啦！”他叫道，“我们成功了！逃出埃敏穆伊啦！我很好奇，接下来又会碰到什么？没准儿要不了多久，我们又要为脚底下只能踩到坚硬的石头叹气喽！”

山姆没回话，只是愣愣地盯着悬崖上方。“我这大傻蛋！”他埋怨道，“呆子！我的漂亮绳子！它绑在上头的树桩上，可我们却在悬崖底下。我们可给那鬼鬼祟祟的咕噜留了条美滋滋的小滑梯。干脆再竖个路牌，写上我们往哪儿走算了！我就说嘛，咱们下来得是不是太容易了些。”

“你要是能想到什么两全其美的法子，既能让我们用绳子下来，又能把绳子带下来，那你就管我叫大傻蛋，或者老爷子给你安的随便哪个名头。”佛罗多说，“你要是乐意，你可以爬上去解开绳子，然后再爬下来！”

山姆挠挠头。“不行，我干不了，抱歉。”他说，“可我也确实不想把它留在这儿。”他摸索着绳头，又轻轻甩了甩，“从精灵王国带出来的东西，不管哪一样我都舍不得丢掉。这绳子没准儿还是加拉德瑞尔亲手做的呢。加拉德瑞尔。”他咕哝道，伤感地点点头。他抬头往上看去，最后一次拽了拽绳子，仿佛是在道别。

令两个霍比特人大吃一惊的是，绳子竟然松了。山姆拽着绳子，一屁股摔在地上，长长的灰色绳子无声无息地滑了下来，在他身上堆作一团。佛罗多哈哈大笑起来。“谁绑的绳子啊？想想看，我竟然把全身的重量都押在了你打的绳结上！还好它到现在才松脱了！”

山姆没有笑。“我可能不擅长攀爬，佛罗多先生，”他用伤心的口吻说，“可我懂绳子和打结，这算是家传手艺。从我爷爷到我家老爷子的大哥，也就是我的安迪大伯，他们在制索场干了好些年搓绳的活计。我在树桩上打的结牢靠得很，无论是在夏尔还是在外地，没人能打得比我还要结实。”

“那就是绳子断了——多半是被石头边缘给磨断了。”佛罗多说。

“我敢打赌，肯定不是！”山姆的语气更加受伤了。他俯下身检查起绳头，“不是磨断的，一根散开的绳股都没有！”

“那恐怕就真是绳结的原因了。”佛罗多说。

山姆只是摇头，没有回话。他若有所思地捋着绳子。“佛罗多先生，随你怎么想，”他最后开了口，“可我觉得这绳子是自己松开的——它听见了我的呼唤。”他把绳子盘好，满是怜惜地塞回了背包。

“反正它落下来了，”佛罗多说，“其他的都不重要。现在我们得想想接下来该怎么办了。马上就要入夜了。看这星星，这月亮，多美！”

“它们是挺振奋人心的，对吧？”山姆抬起脑袋看着天空，“不知道为啥，带着点儿精灵的感觉。月亮也有些圆了。成天被云遮住，我们怕是有一两晚上没见过它，都变得这么亮了。”

“是啊。”佛罗多说，“但还得再等上几天，月亮才会真正变圆。光是半边月亮照着，我觉得我们还是别去闯沼泽了。”

两人在夜晚投下的第一片阴影中开始了下一段旅程。过了一阵，山姆转过头，看着来时的路。昏暗的峭壁之上，山沟的开口成了一道黑色缺口。“幸好我们带了绳子，”他说，“我们算是给那小贼出了道小难题。他可以拿那双扑腾的脏脚试着爬爬那些凸起的岩石喽！”

暴雨浇得整片荒野又湿又滑，两人在一堆巨砾粗岩中间择着路，离开了悬崖边。下行的地势依旧陡峻无比。他们没走多远便突然撞见一道无比巨大的裂隙，黑咕隆咚的大嘴就张在他们脚跟前。这裂隙算不上宽，但仅凭眼下这点儿微弱的光亮，他们也没法跳过去。两人觉得那裂隙深处似乎有咕咚的水流声传来。裂隙拐着弯从两人左边走了北方，往回延伸去了山里，拦腰截断了那个方向的去路——至少这黑灯瞎火的是没办法往那边去了。

“我猜，我们最好掉头走南边，贴着悬崖这一路走。”山姆说，“兴许我们能找到什么隐蔽的地方，甚至还能找到个洞穴啥的。”

“我也有同感。”佛罗多说，“我累了，感觉今晚上再也爬不动石头了——虽然我是真的讨厌被耽搁。真希望前面的路能平坦点儿，那样我就能走到两条腿走不动为止。”

埃敏穆伊山脚的路也烂翻翻的，两人走起来并没感觉轻松多少。山姆也没找着哪里有能躲一躲的隐蔽处或者坑洼：四周全是光秃秃的石头山坡，上面罩着的便是悬崖，随着他们往回走变得越来越高、越来越陡。最后，两人筋疲力尽地瘫倒在离断崖脚底不远处一块巨石的背风处。两人凄惨地在这寒冷、无情的夜里蜷坐了一阵子，睡意慢慢地涌上身体，怎么也撵不走。明净的月亮此时已高挂天空，皎白的月光淡淡地照在岩石面上，也浸进了峭壁冷冷冰冰、起起伏伏的岩壁上，将一大片阴森森的漆黑照成了处处刻着暗影的阴冷灰白色。

“算了！”佛罗多站起身来，将斗篷裹得更紧了，“山姆，你把我的毯子也盖上，睡一会儿吧。我来回走一走，权当放哨。”他突然僵住，又弯腰拽了拽山姆的胳膊。“那是什么东西？”他悄悄问，“你看峭壁上面！”

山姆看了过去，从牙缝里倒抽一口冷气。“嘘！”他说，“就是那家伙——那个咕噜！奸诈的毒蛇啊！刚才我还觉得，我们能用绳爬悬崖就难倒他来着！你看那家伙，就像一只恶心的爬墙蜘蛛！”

就在那陡峭的、让苍白的月光照得似乎无比光滑的峭壁表面，有一道小黑影正大张着四肢在爬动。也许他那柔软、有力的手和脚趾找着了连霍比特人都看不见或者用不了的裂缝抓握，可他看上去倒像是什么潜行的大虫子，单靠着有黏性的爪垫就能往下爬。他还摆着头朝地面的姿势，似乎在靠嗅觉找路。他不时会缓缓抬头，骨瘦如柴的长脖子扭得都快贴到了背上，这时两个霍比特人就会瞥见两点苍白的光在闪动——那是他眨巴着凝望月亮，片刻后又垂下眼睑的双眼。

“你觉得他能看见我们不？”山姆问。

“不知道，”佛罗多悄声说，“但我觉得看不见。即便是友善的目光，要瞧见这些精灵斗篷都很困难：哪怕只隔了几步远，我都无法在阴影里找到你。另外，我听说他讨厌太阳和月亮。”

“那他干吗要下来？”山姆问。

“山姆，小点儿声！”佛罗多说，“也许他能闻到我们。还有，我认为他的耳朵跟精灵一样好使。我这会儿觉得，他肯定是听见了什么，也许就是我们的说话声。先前在上面，我们叫喊了好半天；一分钟之前我们说话的声音也不小。”

“好吧，我都快烦死他了。”山姆说，“他怎么老出现啊。要是能行，我要去跟他好好谈谈。反正，现在要甩掉他也不大可能了。”山姆拉起灰色兜帽，将脸遮得严严实实，然后轻手轻脚地往峭壁那边去了。

“当心点儿！”佛罗多跟在他后头，低声说，“别被发现了！他可比看上去的要危险得多。”

那鬼祟的黑影往下爬了将近四分之三的崖壁，与崖底隔着大概不到五十呎的距离。两个霍比特人蹲在一块巨砾的影子里盯着他，一动也不动。他好像碰上了一个很难爬过去的地方，要么就是被什么事给搅扰了。两人听见他抽着鼻子嗅闻，不时还发出刺耳的嘶嘶呼吸声，听着有些像是在咒骂。他抬起脑袋，两人觉得听见他啐了口唾沫。随后，他再度爬了起来。现在他们能听见他吱嘎、嘶嘶的说话声了。

“啊，嘶！当心，我的宝贝！心急走不了好步。我们可不能冒险把脖子给摔断了，对不对，宝贝？不，宝贝——咕噜！”他又抬起脑袋，冲着月亮眨了两眼，然后飞快地闭上。“我们讨厌它，”他嘶嘶道，“恶心，它是恶心的银光——嘶——它监视着我们，宝贝——它会弄疼我们的眼睛。”

他离地面越来越近，嘶嘶声也变得更尖锐、更清晰。“在哪儿呢，它在哪儿：我的宝贝，我的宝贝？它是我们的，它是，我们要它。那些贼，贼，那些肮脏的小贼。他们带着我的宝贝去了哪儿？诅咒他们！我们讨厌他们。”

“听上去，他好像不知道我们在这儿，是吧？”山姆小声问道，“他的宝贝是啥？他是在说——”

“嘘！”佛罗多从牙缝里挤出声音，“他已经离得越来越近，近到能听见我们的耳语了。”

咕噜当真猛地顿住身子，瘦巴巴的脖子上那颗大脑袋佝着左右摆动，仿佛在聆听；那双苍白的眼睛半睁着。山姆努力克制着，可手却忍不住地在抽动。他眼里满是愤怒与厌恶，眼神紧咬着那可恶的怪物不放，而咕噜又开始往下爬，继续冲自己窃窃私语、嘶嘶怪叫。

最后，他爬到两人头顶之上，离地面不到十来呎。因为峭壁有些内凹，那处地方往下的部分成了垂直一片，就连咕噜也找不着抓踩的地方。他似乎打算把身子掉转个方向，让脚先下去，却突然尖叫一声摔了下来。他瞬间蜷起手脚，活像一只下降时崩断了丝的蜘蛛。

山姆从隐藏处闪身而出，几步迈到了悬崖脚下。趁着咕噜还躺在地上，他猛然扑了过去。然而，即便在这种突然摔落悬崖、身心毫无防备的情况下，他发现咕噜依旧比他预料的还要难缠。还没等山姆摁住他，后者长长的腿与胳膊便缠上他的身子、扣住了他的双臂。山姆被勒得死死的，身上传来柔软却大得可怕的力道，正如慢慢收紧的绳索一样压迫着他；湿答答的手指头一根根摸索着往他的脖子去了。随后，锋利的牙齿咬住了他的肩膀。他只能猛甩自己又圆又硬的脑袋，使劲顶那怪物的脸。咕噜嘶嘶叫唤、口沫飞吐，却一直不松口。

山姆若是孤身一人，大概就会凶多吉少了。可佛罗多一跃而出，从剑鞘里拔出刺叮；左手扯着咕噜稀少的头发往后一拽，咕噜长长的脖颈便伸直了，那双苍白、恶毒的眼睛被逼着盯向了夜空。

“咕噜，放手！”他说，“这是刺叮，你以前领教过它的厉害。放手，否则这回你就得尝尝这把剑的厉害了！我会用它割断你的喉咙。”

咕噜像一捆受潮的绳子般瘫软下来。山姆站起身，手指按着肩膀。

他眼里燃烧着怒火，却无法立马报仇：他那可悲的敌人正匍匐在石头上呜咽。

“别打我们！别打我们，宝贝！他们不会伤害我们的，对吧，行行好，小霍比特人。我们没想伤人，可是他们却像猫扑老鼠一样跳了过来，就是他们，宝贝。我们好孤单啊，咕噜。如果他们对我们友好，我们也会对他们友好的，非常友好，对不对，对，是嘶。”

“嗨，这下我们该拿他咋办？”山姆问，“要我说，把他绑起来得了，免得他再偷偷摸摸跟着我们。”

“可这会害死我们，害死我们，”咕噜呜咽着说，“残忍的小霍比特人。把我们捆在冰冷、坚硬的地方，然后抛下我们，咕噜，咕噜。”啜泣声哽住了他咯咯直响的喉头。

“不，”佛罗多说，“如果要杀他，我们应该立刻动手。可如今这情形，我们不能再杀他。真是个可怜的无赖！他没伤害我们。”

“噢，他真没有吗？”山姆揉着肩膀说，“反正他原本是打算这么干的，我敢打包票，他后面还准备这么干。趁我们睡着时勒死我们，这就是他的盘算。”

“我敢说，确实如此。”佛罗多说，“可他后面准备怎么干，我们不能妄下判断。”他停下话头，思索了一阵。咕噜一动不动地躺着，倒是没再呜咽了。山姆低下脑袋，对他怒目而视。

佛罗多觉得，耳畔似乎传来过去的话语，声音异常清晰却又无比遥远：

可惜比尔博当初得了机会，却没扎死那邪恶的怪物！

可惜？正因为这个“可惜”才让他停住了手。这是怜悯，还有仁慈——非必要不杀生。

我对咕噜没有任何怜悯之情。他不该活着。

不该活着！我敢说他确实不该。许多活着的人都不该活着，而

一些死去的也不该死去。你能改变吗？既然不能，那就别忙着定夺别人的生死。毕竟，再睿智的智者也看不到所有的结局。

“好吧。”他大声回道，垂下了手中的剑，“可我依旧很担心。但是，正如你所见，我不会碰这怪物。如今亲眼看到他，我确实有些可怜他。”

山姆瞪着他家少爷，感觉他似乎在和哪个不在场的人说话。咕噜抬起了脑袋。

“是嘶，我们是无赖，宝贝。”他哀怨地说，“可悲，凄惨！霍比特人不会杀我们，好霍比特人。”

“是的，我们不杀你。”佛罗多说，“但我们也不会放了你。咕噜，你满脑子恶念，满肚子坏水。你得跟我们走，我们会盯着你，就这么办。而你如果有能力，就必须帮我们的忙。你要以好意回报好意。”

“是嘶，一定一定。”咕噜说着，坐起了身，“好霍比特人！我们跟他们走。帮他们在黑暗中找到安全的路，是的，我们会的。我们想知道，是的，我们想知道，他们在这又冷又硬的地方是想去哪里？”他抬头看着两人，那双苍白、不停眨着的眼睛里闪过片刻狡诈和饥渴的神情。

山姆瞪着他，嘴里“啧”了一声；然而，他似乎察觉到他家少爷的情绪有些古怪，而这事情也容不得他多嘴。虽说如此，佛罗多的回答依旧让他惊讶不已。

佛罗多直直地盯着咕噜的眼睛，后者畏缩着，别开了脸。“你不是清楚吗，要不也是差不多猜到了，斯密戈。”他说，平静又严肃，“我们当然是去魔多。我相信你知道路要怎么走。”

“啊！嘶！”咕噜用手捂住耳朵，仿佛直言不讳地讲出这两个字伤害到了他。“我们猜到了，是的，我们猜到了。”他喃喃道，“我们不想要他们去，是吧？不，宝贝，好霍比特人，别去。灰烬，灰烬，尘埃，还有干濁，那里全是这些；还有窟窿，窟窿，许多窟窿，还有奥克，几千个奥克。好霍比特人不能去——嘶——那些地方。”

“所以，你去过那里？”佛罗多不为所动，“你现在又被勾着要回那里去，对吧？”

“是嘶。是嘶。不！”咕噜尖叫道，“去过一次，是因为意外，对吧，宝贝？是的，是意外。可我们不回去，不去，不去！”随后，他的声音和语言突然改变了；他呜咽着，有话语声飘出，说话对象却并非两个霍比特人。“别来烦我，咕噜！你伤害了我。噢，我可怜的双手，咕噜！我——我们，我不想回去。我找不着它。我累了。我——我们找不着它。咕噜，咕噜，哪儿，哪儿都没有。他们一直很警惕。矮人、人类、精灵，眼睛发亮的可怕精灵。我找不着它。啊！”他站起身，长长的手掌攥成骨瘦如柴的一团，朝东边挥舞起来。“我们不去！”他大叫道，“不会为你去。”随后，他又瘫在了地上。“咕噜，咕噜，”他面朝地面呜咽着，“别看我们！滚开！去睡觉！”

“你可没法命令他滚开，或者去睡觉，斯密戈。”佛罗多说，“不过，如果你真想从他手上再度获得自由，那你就得帮我一把。而这恐怕就意味着，你要为我们找到通向他的道路。但你不用走完全程，不用跨过他那地盘的大门。”

咕噜又坐起身，眼睛低垂着看向佛罗多。“他就在那边，”他咯咯笑着说，“永远在那儿。奥克会一路带你过去。大河东边很容易找到奥克。别问斯密戈。可怜的，可怜的斯密戈，他很久以前就走了。他们拿走了他的宝贝，他如今不见了。”

“如果你跟我们走，没准儿我们还能再找到他。”佛罗多说。

“不，不，决不！他丢了他的宝贝。”咕噜说。

“起来！”佛罗多说。

咕噜起身，后退，背抵上了崖壁。

“说！”佛罗多说，“你是白天找路容易些，还是晚上容易些？我们很累了，但你要是选择晚上，那我们今夜就动身。”

“大大的亮光让我们眼睛疼，它们疼。”咕噜抱怨着说，“不能在大白脸下面，还不行。它很快就会落到山丘后头，是嘶。先休息一下，好霍比特人！”

“那就坐下，”佛罗多说，“不准乱动！”

两个霍比特人背靠着石壁坐下歇脚，咕噜被两人夹在中间。没必要用言语做任何安排：他们知道自己一刻也不能睡。月亮慢慢往前挪。山丘洒下影子，几人眼前的景象变得越来越暗。头顶的天空上，星星渐渐多了起来，越来越亮。几人一动不动。咕噜屈着腿，下巴搁在膝盖上，手脚平贴在地面，眼睛闭着；不过，他似乎很紧张，像是在思考或者聆听。

佛罗多看向山姆。眼神交汇间，两人心领神会。他们放松身体，脑袋靠向背后，眼皮合上，或是看似合上了。没一会儿，两人轻柔的呼吸声便响了起来。咕噜的双手略微抽动了一下。他的脑袋微不可察地左右偏了偏，先是一只眼睛睁了条缝，随后另一只也睁开了。两个霍比特人毫无动静。

忽然间，仿佛一只蚱蜢或者青蛙般，咕噜以令人震惊的敏捷和速度从地上一跃而起，闪电般蹿向前方的黑暗。可佛罗多与山姆早就料到会有这么一出：他刚蹿出两步，就让山姆给抓着，又被紧随而来的佛罗多逮住腿掼翻在地。

“你的绳子没准儿又能派上用场了，山姆。”佛罗多说。

山姆掏出绳索。“咕噜先生，这又冷又硬的地方，你想上哪儿去啊？”他吼道，“我们有些猜不透。对，猜不透。我敢说，你是要去找几位奥克朋友吧。你这恶心又卑鄙的怪物。这绳子就该往你脖子上套，还要勒得紧紧的。”

咕噜安静地趴在地上，没再耍花样。他没有回话，只是飞快地瞪了山姆一眼。

“我们只要拴住他就行了。”佛罗多说，“他还得走路，所以不能捆脚——胳膊也不行，他好像手脚并用着走路。那就用绳子绑一边的脚踝，把他给牵牢了。”

他站在跟前看着咕噜，山姆则趁机拴绳结。结果，两人都吓了一大跳：咕噜开始尖叫起来，声音尖细、撕心裂肺，听得人无比害怕。他扑腾着身子，想把嘴够到脚踝那里咬断绳子。尖叫声一直就没停过。

最后，佛罗多觉得他是真的很痛苦，但可能并非绳结的问题。他检查一番，发现绳结根本算不上紧，反倒捆得不够结实——嘴硬心软的山姆呀。“你怎么了？”他问，“你要是想逃跑，那就得被拴着；可我们并不想伤害你。”

“疼死了，疼死了，”咕噜嘶嘶道，“它好冰，好扎！精灵搓的绳子，诅咒它们！可恶又残忍的霍比特人！所以，我们才想逃跑，就是这么回事，宝贝。我们就说他们是残忍的霍比特人。他们跟精灵打交道，眼睛发光的凶恶精灵。快取下来！我们好疼。”

“不行，我没打算取下绳子。”佛罗多说，“除非——”他停下话头，思索片刻，“——除非你能给出什么我们信得过的保证。”

“我们发誓听他的话，是的，是嘶的。”咕噜说，依旧挣扎着，在脚踝上猛扯，“我们好疼。”

“你发誓？”佛罗多问。

“斯密戈，”咕噜突然语气清晰地说，眼睛大睁着盯向佛罗多，眼里有一抹异彩，“斯密戈用宝贝发誓。”

佛罗多猛然起身，对着咕噜说话，讲的内容和严厉的语气又把山姆吓了一跳。“用宝贝发誓？你好大的胆子！”他说，“你想清楚了！

邪影魔多之地，秽影邪力缚众。

“你敢对着这话发誓吗，斯密戈？它会逼着你遵守誓言。可它比你还要狡诈，或许会扭曲你的誓言。你要小心了！”

咕噜畏缩了。“用宝贝发誓，用宝贝发誓！”他重复道。

“你发誓要如何？”佛罗多问。

“要变得非常非常乖。”咕噜说。随后，他埋着脑袋爬到佛罗多脚边，嘶哑着嗓子，低声下气地继续说话，可他周身颤抖不已，仿佛话里的内容让他怕到了骨子里。

“斯密戈发誓，永远、永远不让他拿到手。永远！斯密戈会救它。可他必须拿宝贝发誓。”

“不行！不能以它的名义发誓。”佛罗多低头看着咕噜，神情严厉又充满怜悯，“你只想找机会看看它，摸一摸它，可你知道它会让你发疯。别以它的名义发誓。你要是愿意，就当着它的面发誓。反正你知道它在哪儿。没错，你知道的，斯密戈。它就在你面前。”

山姆一时间感觉他的少爷变得高大，而咕噜变小了：他看见一道高大、威严的身影，仿佛哪位用乌云掩住光彩的威猛领主，而领主的脚边趴着一只委屈的小狗。然而，这两者之间又有那么些相似，并非全然异类——这两者的意识彼此相通。咕噜抬起身子，用手去扒拉佛罗多的膝盖，冲他献起了殷勤。

“下去！下去！”佛罗多说，“赶紧说出你的誓言！”

“我们发誓，是的，我发誓！”咕噜说，“我会侍奉宝贝的主人。好主人，好斯密戈，咕噜，咕噜！”他突然又眼泪汪汪的，再度往脚踝咬。

“山姆，把绳子解开吧！”佛罗多说。

山姆勉强照办了。咕噜一骨碌爬起身，开始四处蹦蹦跳跳，活像一只挨了鞭子又被人安抚的野狗。自那一刻起，他身上出现了某种变化，持续了相当一段时间。他说话少了许多嘶嘶与啜泣声，还会直接与他的同伴对话，而非对着他的宝贝本身说话。若两人凑近他或有什么突然之举，他会表现得怯弱、退缩，还会避免碰到他们的精灵斗篷；但他变得友善了，甚至迫切想要讨好他俩，程度到了令人可怜的地步。若是谁讲了个笑话，哪怕只是佛罗多对他和颜悦色，他立马欢欣雀跃，咯咯大笑；若是遭了佛罗多数落，他又会伤心流泪。山姆几乎不和他说话，相比以前，更加不信任他了。比起之前的他，山姆更讨厌现在这个新的咕噜，这个斯密戈。

“好了，咕噜，或者其他什么我们管你叫的称呼，”佛罗多说，“时候差不多了！月亮已经没了踪影，夜也很深了。我们该出发了。”

“是的，是的。”咕噜赞同地说，在四周蹦来蹦去，“我们出发！北段和南段只有一条路走得通。我发现的，是我。奥克不走那条路，奥克不知道那里。奥克不会穿越沼泽，他们会绕上好多好多哩。你们很幸运，选了这边。你们很幸运，找到了斯密戈，没错。跟着斯密戈走！”

他迈了几步，眼带探询地回头看，仿佛一只邀两人去溜达的狗。“等一下，咕噜！”山姆嚷嚷道，“别走远了！我会紧紧跟着你，我的绳子可是随时候着呢。”

“不会，不会！”咕噜说，“斯密戈答应过了。”

夜已深沉。满天刺眼又清晰的星辰照耀着几人踏上旅途。咕噜领着他们，往两人来时的北边走了一阵；随后，他拐去右边，远离了埃敏穆伊陡峭的崖边，又沿着乱石坡往下，朝着底下广阔的泽地行去。几人迅速、轻巧地消失在黑暗之中。无声的黑暗笼罩着魔多大门面前的整片荒原。

· 第二章 ·

沼泽通路

咕噜走得很快。他总把脑袋和脖子往前挺，常常手脚并用。佛罗多和山姆得费上不少力气才能跟上；不过，他似乎再没起逃跑的念头，倘若两人掉了队，他还会回头等他们。过了一阵，咕噜领着两人来到了他们之前碰到的那条狭窄沟壑的边缘；不过，他们现在离山岭已经有一段距离了。

“就是这里！”他嚷嚷道，“有条路可以下到里边，没错。我们现在沿着它——出去，去远处那里。”他指着沼泽的东南方向。沼泽的恶臭钻进几人的鼻孔里，味道极为浓烈、难闻，连夜晚清爽的空气都冲淡不了。

咕噜沿着边缘上蹿下跳，最后朝两人喊道：“这边！我们能从这边下去。斯密戈来过这里一次：我走这边躲过了奥克。”

他在前头领路，两个霍比特人在后面跟着，往下爬进了昏暗之中。路不难走，因为深沟的这一截只有大概十五呎深、十来呎宽。裂隙底部有水流过：它其实是众多小河中其中一条的河床；这些小河从山里潺潺流下，注入另一头静滞的池塘与泥潭。咕噜拐去右边，朝略微偏南的方向前进，两只脚啪嗒地踩在岩石河床上，水花飞溅。踩水似乎让他非常高兴，不但自顾自地咯咯笑，时不时地还会呱呱地唱起歌一样的句子。

大地冰又硬
蛰得手心疼，
咬得脚底痛。
山岩与石头
好像旧骨头
没有一丝肉。
溪水和池塘
潮湿又清凉：
脚板真舒爽！
我们只希望——

“哈！哈！我们希望什么？”他说，侧着头看向霍比特人，“我们会告诉你的。”他呱呱地说，“他早就猜到了，巴金斯早就猜到了。”他眼里闪过一抹光彩。山姆在黑暗中瞥见了那道光彩，认为那决算不上是令人愉快的眼神。

活着不呼吸；
冰冷如死去；
饥渴永不觉，
饮水永不停；
鳞甲身上穿，

叮当声不传。

溺死于旱地，

明明是岛屿，

却当作高山；

明明是喷泉，

却以为吐气。

光滑美妙呀！

遇上多快活！

我们只希望

抓上一条鱼，

多汁又美味！

自从知道他的少爷打算接受咕噜作为向导，有个问题就一直萦绕在山姆的脑海里，而这些歌词让这个问题变得更加烦心：吃食。他没想过他的少爷是否考虑过这事，但他觉得咕噜肯定想过。话说回来，咕噜独自流浪的这么些年里，究竟是怎么过活的？“应该不算好，”山姆想，“他看起来饿极了。我敢担保，要是没有鱼可吃的话，估计他也不会太讲究，肯定想尝尝霍比特人的肉是个啥滋味——他多半会趁我们睡觉的时候下手。哈，他可别想得逞，反正我山姆·甘姆吉可不会让他如愿。”

他们摸着黑，跌跌撞撞地在百转千回的深沟里走了很久——反正对佛罗多与山姆灌了铅似的腿脚来说，感觉很久。深沟向东边折转，随着几人的前进变得愈发宽敞，愈发浅了。最终，头顶的天空隐约出现一丝清晨的灰蒙。咕噜丝毫没有露出疲态，此时他抬起脑袋，停下脚步。

“白天要来了。”他悄声说，仿佛白昼是某种会偷听、会袭击他的东西，“斯密戈会待在这儿：我要待在这里，这样大黄脸就看不到我了。”

“我们倒是挺乐意看见太阳的，”佛罗多说，“但我们也停下吧。我们眼下累得再也走不动了。”

“你们好笨，竟然乐意看见大黄脸。”咕噜说，“它会暴露你们。明智的好霍比特人会跟斯密戈一起待着。周围到处都是奥克和脏东西。他们看得很远。跟我待在这儿躲着！”

三人在深沟的岩壁根处歇了脚。岩壁此时已不比高个儿人类高出多少，干燥的石块在沟壁下面搭成了又宽又平的岩架；溪水流淌去了另一侧的沟渠。佛罗多和山姆选了其中一处平板地，坐在上面放松腰背。咕噜在小溪里胡乱扑腾着玩水。

“我们得吃上几口东西。”佛罗多说，“斯密戈，你饿不饿？我们能分的食物不多，但愿意尽量分你一点儿。”

听到“饿”这个字眼，一丝绿光在咕噜苍白的眼睛里亮起，让那双眼睛在骨瘦如柴的病脸上显得格外突出。一时片刻间，他又故态复萌，重回过去的咕噜那副做派。“我们饿死嘶了，是，饿死嘶了我们，宝贝。”他说，“他们在吃什么？他们有好吃嘶的鱼吗？”他的舌头从满口尖利的黄牙间垂出，舔着毫无血色的嘴唇。

“没有，我们半条鱼都没有。”佛罗多说，“我们只剩这个——”他举起一片兰巴斯，“——还有水，也不知道这里的水能不能喝。”

“是嘶的，是嘶的，水很好。”咕噜说，“快喝，快喝吧，趁着还有机会！可他们拿的那是什么，宝贝？它脆吗？好吃吗？”

佛罗多从饼子上掰下一块，连着叶片递给他。咕噜嗅了嗅叶子，脸色一下变了：他的表情满是厌恶，还隐隐带着一丝过往的那种怨恨。“斯密戈闻到了！”他说，“精灵王国的叶子，呕！臭死了！他爬过那种树，手上的臭味怎么都洗不掉，我漂亮的手。”他扔掉叶子，捏着兰巴斯的边角，轻轻咬了一口。他“呸”地吐掉，呛得浑身颤抖。

“咳咳！难吃！”他气急败坏地说，“你们想呛死可怜的斯密戈。太失望了，他吃不了这东西。他必须挨饿。可是斯密戈不介意。好霍比特人！斯密戈发过誓。他会饿着的。他吃不了霍比特人的食物。他会挨饿的。可怜、瘦弱的斯密戈！”

“实在抱歉，”佛罗多说，“不过，恐怕我帮不了你了。我以为你会愿意试试，这食物对你有好处。不过，可能你连试都试不了，至少现在还试不了。”

两个霍比特人默不作声地嚼着兰巴斯。不知为何，山姆觉得，这兰巴斯的味道好一阵子都没这么好吃了：许是咕噜的举动让他寻回了它的味美。可他觉得不太自在。咕噜仿佛蹲在餐桌下满心期待的一只狗，看着两人一口口把食物送进嘴里。直到两人吃完饭准备休息了，咕噜这才相信他们真的没有藏着什么他也能吃的东西。随后，他几步走到一旁坐下，独自哀怨了一阵。

“听我说！”山姆冲着佛罗多悄声说，声音算不上有多轻——他其实不太在乎咕噜听不听得到他说话。“我们得睡会儿觉；不过，那饿着肚子的坏蛋就在附近，甭管他有没有发誓，咱们都不能同时睡着。管他是斯密戈还是咕噜，我跟你打包票，他的本性哪里能改得这么快。佛罗多先生，你先睡吧，等我实在撑不住眼皮子了就叫你。跟没抓到他之前一样，我们轮换着来。”

“山姆，兴许你说得没错，”佛罗多放开了声音说，“他确实改变了，但我不确定他改了哪些地方，又变了多少。不过，认真说来，我觉得没必要害怕，至少眼下不用怕。你要是乐意守就守着吧。我睡两个钟头就好，不要多，然后你就叫醒我。”

疲惫如斯，佛罗多话音刚落便垂下脑袋睡着了。咕噜似乎也没了恐惧，混不在意地蜷起身子，三两下也睡过去了。没多会儿，他紧咬的牙关中间传来轻柔的嘶嘶声，身子却是躺得一动不动。过了一阵，山姆怕听着两个同伴的呼吸会跟着睡着，于是站起身，轻轻戳了戳咕噜。咕噜双手摊开，又抽搐了一下，随后便没了动静。山姆弯腰凑近，在他耳边说了声“鱼”，而咕噜依旧没有反应，连呼吸都没紧过半下。

山姆挠了挠头。“看来是真睡着了。”他嘟哝道，“我要是咕噜那种人，那他就永远别想醒过来。”他抗拒着脑海里关于短剑和绳索的念头，走到他的少爷身边，坐下了。

山姆醒来时，头顶的天空一片昏暗，不但没变得更亮堂，反而比他们吃早餐那会儿还要暗。他猛地蹦起来——特别是身上这种充沛的精力与饥饿感，让他突然意识到自己睡了大半个白天，至少有九个钟头。佛罗多仍在酣睡，此时在旁边躺成了“大”字。咕噜不知所踪。山姆用老爷子以前骂他的那一大堆话，在心里把自己骂了个狗血喷头；随后，他突然意识到，他的少爷说得很对：目前确实没什么好防备的。不管怎么说，他们两人都还活着，没被勒死。

“可怜的坏家伙！”他懊恼地说，“他这会儿上哪儿去了？”

“没跑远，没跑远！”头顶上传来声音。他一抬头，看见傍晚的天空映衬出咕噜的大脑袋和耳朵尖。

“嘿，你干啥？”山姆嚷嚷道。一看见那人影，他的疑心又回来了。

“斯密戈饿了，”咕噜说，“等下就回来。”

“现在就回来！”山姆高喊，“嘿！回来！”可咕噜转头便没了影。

喊声吵醒了佛罗多。他支起身子，揉揉眼睛。

“哈喽！”他问，“出什么事了？几点了？”

“不晓得。”山姆说，“我估计太阳已经下山了。另外，他说他很饿，就跑走了。”

“别在意！”佛罗多说，“担心也没什么用。不过，你看着吧，他会回来的。那誓言暂时还能拴住他。反正，他不会离开他的宝贝的。”

听闻他们闷睡了好几个钟头，而旁边就是无绑无束的咕噜——还是非常饥饿的咕噜，佛罗多倒是颇为淡定。“别忙着往脑门儿上摁老爷子骂你的那些难听的话，”他说，“你也累坏了，而且结果不也挺好的：我们大家都休息好了。再说了，我们前面要走的路非常艰难——前所未有的艰难。”

“还有吃食的事，”山姆说，“干完这活儿，我们得花多长时间？等干完了以后，我们咋办？这行路干粮虽说挺神奇，能让人一直有力气赶路，但你也可以说，它没法填补肚子的需求——我可没有对准备干粮的人不敬的意思，但我的肚子反正是没觉着饱。而且吧，这东西你每天都在吃，可它又没法自己长出来。我估计，剩下的饼子差不多也就够吃三个星期，还得勒紧裤腰带省着嘴才行。到现在为止，我们一直吃得有些太随性了。”

“我不知道我们会花多少时间才能……结束。”佛罗多说，“我们在山里边耽搁得太久了。不过，山姆怀斯·甘姆吉，我亲爱的霍比特人——是的，我最最亲爱的霍比特人山姆，我最要好的朋友——我觉得，我们没必要想以后会怎么样。正如你说的，干完这活儿——我们真有希望完成吗？就算我们能完成，等我们在旁边看着那至尊之物掉进火山，谁知道后面会碰上什么？山姆，我问你，我们真的还会再需要干粮吗？我想不需要了。如果我们能撑下去，让两条腿把我们带到末日山，这便算是尽力了。可我开始感觉有些撑不住了。”

山姆沉默地点了点头。他牵起少爷的一只手，俯身凑了过去。可他没有亲吻那只手，泪水不禁滴在了上面。随后，他背过身去，拿袖子擦了擦鼻子，又起身在附近踩来踩去；他想吹吹口哨，却怎么都吹不出声来，嗫嚅了好一会儿终于张了嘴：“那可恶的家伙上哪儿去了？”

其实咕噜没多久就回来了；可他的动静非常小，等人都站到了跟前，他们这才注意到他。他的手上和脸上糊满了黑色的泥巴，嘴里依旧嚼个不停，口涎滴答。他究竟在嚼什么，两人没多问，也不愿多猜。

“肉虫或者甲虫，要不就是洞里掏出来的什么黏糊玩意儿。”山姆想，“呕！这恶心的家伙，可怜的坏东西！”

咕噜一言未发，跑去溪水边喝了个饱，又把自己清洗了一下。随后，他舔着嘴唇走到两人跟前。“好多了，”他说，“我们休息好了吧？准备出发了吗？好霍比特人，他们睡得真香。现在可以信任斯密戈了吧？非常，非常乖。”

下一段旅程跟之前差不了多少。三人越是往前，沟壑也变得越来越浅，坡度也越发平缓。沟底的石头部分被泥土取代，两侧渐渐没了陡壁，几乎降成缓坡，路也变得蜿蜒回环。夜色将尽，云层却遮住了月亮与星辰；等那稀薄的浅淡光亮慢慢散开，他们这才知道天快亮了。

正是寒意逼人的时辰，几人走到了水路的尽头。两边的缓坡化作覆满青苔的土墩。淌过最后一层水磨岩架，小溪咕嘟着落入一片褐色的沼泽地，消失无踪。干芦苇沙沙作响，但三人却没感觉到风。

宽阔的沼泽与泥潭横亘在他们前方与两侧，又沿着东南方向伸进昏暗的微光里。瘴气四溢的漆黑泥塘之上，雾气兀自升腾、盘旋，裹着恶臭悬在静滞的空气中。远处，就是眼下几乎正南的地方，魔多的山墙赫然耸立，仿佛危机四伏的雾海之上飘浮着一排破絮似的乌云。

咕噜这下彻底拿捏住了两个霍比特人。朦胧的天色让两人看不清、猜不到，但其实他们就站在沼泽的北部边界上，而沼泽的主要部分顺着南边一字排了过去。若是两人熟悉这片地方就会明白，稍微费点儿时间往回走上一段，再拐去东边，他们便能走上坚实的道路，直抵达戈拉德平原，也就是魔多大门外的古战场。不过，倒不是说走那条路希望会更大，且不说那片石头平原毫无遮掩，上面还横着许多奥克与大敌的军队走的大道，哪怕罗瑞恩的斗篷也无法隐藏他们。

“斯密戈，现在我们该怎么走？”佛罗多问，“非得横穿这片臭死人的沼泽吗？”

“不需要，完全不需要。”咕噜说，“除非霍比特人想飞快地抵达那黑暗山脉见他。倒回去一点儿，再绕上一点儿——”他那瘦骨嶙峋的胳膊往东北方向挥舞着，“——就能走去又硬又冰冷的道路，就通向他王国的大门口。他有好多手下在那里迎接来客，十分乐意直接带客人去见他，噢，是的。他的魔眼一直监视着那个方向。很久以前，它就是在那里抓到了斯密戈。”咕噜浑身发抖，“但从那以后，斯密戈就好好用上了眼睛，是的，是的——从那以后，我就好好用上了眼睛、脚杆和鼻子。我知道别的路。那路更难走，也没那么快；可是更好，如果我们不想被他看见的话。跟着斯密戈！他会带你们穿过泽地，穿过迷雾，穿过厚厚的迷雾。一定要好好跟着斯密戈，在他抓到你们之前，你们也许要走上很长一段路，很长很长的路。是的，很有可能。”

天已亮，这是个无风又阴郁的早晨，岸边郁积着沼泽的恶臭。阳光照不透低垂天边的云层，咕噜似乎急着要赶路。于是，短暂歇了歇脚，几人再度踏上旅途，很快便消失在影影绰绰、寂静无声的世界里，与周围的土地——无论是来处的山丘，又或者要去往的山脉——就此隔绝。他们慢慢前进着，咕噜打头，山姆居中，佛罗多断后，排成一路纵队。

佛罗多在三人当中似乎最显疲态。虽说几人走得不快，他却频频掉队。两个霍比特人很快就意识到，这地方看似一片漫无边际的沼泽，实则是由无数水塘、泥淖，还有蜿蜒交错的水道织成的一张网。只要眼神毒、脚步巧，就能如穿针引线般在里边钻出一条曲曲拐拐的路来。咕噜显然眼神很毒，也把这眼力全给用上了。他那长脖子上的大脑袋不住地东张西望，鼻子嗅来嗅去，嘴里的喃喃自语一直就没停过。偶尔他会抬手示意两人停下，自个儿往前走上一小段，蹲下用手指或者脚趾试试土质，又或者拿一只耳朵贴地聆听。

周遭的景象委实沉闷、乏味得很。湿冷的寒冬依旧统治着这片被遗弃的土地。阴沉、黑腻的水面上漂着的青灰色野草浮渣，是这里唯一的绿色。枯萎的禾草与腐败的芦苇在雾里时隐时现，恍若遗忘已久的夏日那破碎的影子。

随着时间的流逝，天光微微亮堂了些，升腾的雾气也薄了少许，更加通透了。远在此间朽物与雾瘴之上，金光闪闪的太阳高照着下方铺满炫目泡沫的平静乡野。可几人从下方只能看见她的形貌如幽魂般掠过，模糊、暗淡，色彩、温暖全无。不过，即便如此的浮光掠影，她的光芒依旧让咕噜皱巴着脸，畏缩不前。他叫住两个霍比特人，三人如惊恐的小兽一般蹲在一大丛褐色芦苇边上休息。周遭一片死寂，只听得掉光了颖果的芦苇秆微微摩挲着，还有破碎的叶片在几人感受不到的微小气流中的颤动。

“连个鸟都没有！”山姆哀伤地说。

“没有，没有鸟。”咕噜说，“美味的鸟！”他舔了舔牙，“这里没有鸟。这里有蛇，有肉虫，还有泥塘里的各种东西。一大堆东西，一大堆脏东西。没有鸟。”他伤心地打住话头。山姆满脸厌恶地看着他。

两个霍比特人与咕噜同行的第三天就这么过去了。趁着傍晚的影子还未长长地落在其他更为美好的土地上，他们继续踏上行程；除了短暂停下片刻，几人一直不停地往前走着。与其说停下是为了休息，不如说是为了帮助咕噜：事到如今，连他也走得无比谨慎，偶尔还会有些茫然不知所措。他们已经来到死亡沼泽的正中心，天色也暗下来了。

他们俯身慢行，前后紧挨，专心致志地跟着咕噜的脚步走。沼泽地愈发潮湿起来，化作一口口宽阔的死水塘；身处其中，要找到更坚实的路面，免得一脚踩进咕嘟作响的泥浆里，变得越来越困难。要不是三位旅者身量都不重，估计没人能找到路过去。

没多久，天就彻底黑了：空气本身似乎都变得漆黑一片，闷得人难受。光亮出现的时候，山姆揉了揉眼睛，以为自己头晕眼也花了。他左眼的眼角先是瞧见了什么，像是一缕渐渐消散的苍白光辉。随后，其他光亮也接连出现：有的像隐约闪烁的烟雾，有的像缥缈的火焰，在看不见的蜡烛上方缓缓摇曳；它们飘忽不定，活像无形的双手展开的鬼魅布单。可他的同伴却半个字都没说。

山姆最后实在受不了了。“咕噜，这都是些什么东西？”他低声问道，“这些光亮，它们现在包围了我们。我们掉进陷阱里了吗？它们是谁？”

咕噜抬起头来。他面前有一潭黑水，而他在地上爬来爬去，拿不准方向。“是的，它们包围了我们。”他小声说，“奸诈的光亮。死人的蜡烛，是的，是的。别看它们！别看！别跟着它们！你的主人哪里去了？”

山姆回过头，发现佛罗多又掉队了。他看不见佛罗多。他回头往黑暗中走了几步，却不敢走得太远，只敢哑着嗓子小声呼唤。突然，他撞上一个人——正是站在那儿呆看着苍白光亮的佛罗多。他的双手僵硬地垂在身旁，上面有水和黏液不断滴落。

“好了，佛罗多先生！”山姆说，“别看它们啦！咕噜说，我们不能看。我们跟上他，赶紧离开这鬼地方——如果能离开的话！”

“好的。”佛罗多说，仿佛大梦初醒，“我来了。走吧！”

山姆匆忙往前走，脚却绊上一截老树根或者草丛之类的东西，狠狠摔了一跟头。他猛然扑倒，双手深陷在黏糊糊的淤泥里，脸也被带着紧贴漆黑的水塘。微弱的嘶嘶声响起，一股恶臭传来，那些光亮明灭、舞动，四下游移。霎时间，下方的水面像是变成了一扇沾满污痕的琉璃窗，而他正透过这窗户朝另一头看。他一声惊叫，把手拔出淤泥，跳将起来。“里边有死的东西，水里有死人脸，”他惊恐地说，“死人脸！”

咕噜哈哈大笑。“死亡沼泽，没错，没错——这就是它的名字。”他咯咯笑着说，“当蜡烛点亮时，你不该看它的。”

“他们是谁？他们究竟是啥东西？”山姆浑身发抖，转向背后的佛罗多问道。

“我不知道，”佛罗多的声音恍若梦呓，“但我也看见了，就在水塘里，蜡烛点亮之时。每一口水塘里都有，他们脸色惨白，躺在阴暗池水下很深很深的地方。我看见他们了：脸带邪恶的狰狞面孔，面露悲伤的高贵脸庞。许多张脸骄傲又俊美，银色的头发上缠满水草。可他们全都污秽了，腐烂了，死掉了。他们全都带着邪祟的光芒。”佛罗多用手捂住了脸，“我不知道他们是谁；可我觉得，我在那儿看见了人类、精灵，旁边还有奥克。”

“没错，没错，”咕噜说，“全死了，全都腐烂了。精灵、人类、奥克。死亡沼泽很久以前有一场大战，是的，斯密戈年轻的时候，他们告诉他的——宝贝还没来的时候，我还年轻的时候。那场战斗规模很大。带着长剑的高大人类，可怕的精灵，还有号叫的奥克。他们在黑门外的平原上厮杀了一天接一天，一月连一月。从那以后，沼泽就不断变大，吞掉了所有的坟墓；不断地蔓延，蔓延。”

“可那至少也是一个纪元之前的事了。”山姆说，“那底下不可能还有死人！这是不是黑暗之地谋划的啥妖法？”

“谁知道呢，斯密戈不知道。”咕噜答道，“你够不着他们，也摸不到他们。我们曾经试过一次，没错，宝贝。我试过一次；可你就是够不着他们。也许只能看见样子，但没法摸到。不，宝贝！全死了。”

山姆面色阴沉地看着他，身上又颤抖了一阵，觉得自己猜到了斯密戈为什么想要去够他们。“好吧，我不想看见他们，”他说，“再也不想看了！我们就不能赶紧动身，离开这里吗？”

“能，能，”咕噜说，“可是要慢慢地，非常慢。非常小心！要不然，霍比特人就得下去加入那些死人，点亮小小的蜡烛了。跟着斯密戈！别看那些光！”

他爬向右侧，在水塘周围寻找通路。两人弯腰紧随其后，跟他之前一样，频频用手前进。“再这么下去，我们就要变成一排三只宝贝小咕噜了。”山姆想。

三人最后来到这黑色水塘的尽头，越了过去——又爬又跳，在摸不清虚实的草垛间四处辗转，提心吊胆。一而再再而三地，他们不是脚踩空就是往前栽，一个踉跄便扑进臭如粪坑的水里；三人最后简直让淤泥和脏污从脚糊到了脖子，个个儿闻着臭气熏天。

等他们总算再度摸上稍微坚实些的地面，已是深夜时分。咕噜嘶嘶地自言自语，看着似乎还挺开心：凭着某种神秘的方式，凭着某种感觉与嗅觉混杂的感知，外加在黑暗中记忆形状的离奇本领，他似乎又搞明白了自己在哪儿，对前路怎么走也有了把握。

“我们继续出发！”他说，“好霍比特人！勇敢的霍比特人！当然了，非常非常疲惫；我们也一样，我的宝贝，我们全都很疲惫。但我们必须带主人远离那些妖光，没错，没错，必须远离。”说完，他再度启程，用算得上小跑的速度窜下高高的芦苇丛中间一条看似很长的小路。两个霍比特人跌跌撞撞，以最快的速度跟在他后面。然而，没过多久，他突然停下，满脸疑惑地嗅着空气；他嘶嘶作声，仿佛再度碰上难题，或者又感到了不悦。

“又咋了？”会错意的山姆叱道，“有啥好闻的？我捏着鼻子都快被这臭味熏翻了。你也很臭，少爷也很臭；整片地方都很臭。”

“没错，没错，山姆也臭！”咕噜回应道，“可怜的斯密戈闻到了，但好斯密戈会忍耐，给好主人帮忙。可问题不是这个。空气在动，起变化了。斯密戈纳闷，他不高兴。”

他继续往前走，心神却越来越不宁，不时站直身子，扭转脖子往东南瞧。究竟是什么在烦扰他，两个霍比特人好半天听不到也感觉不到。后来，三人突然齐齐停下，僵着身子听了起来。于佛罗多跟山姆，他们似乎听见远处传来一声长长的哭号，声音凄厉又无情，听得两人瑟瑟发抖。就在此时，空气中的颤动也强烈到能让两人察觉了；温度骤然下降。正当他们原地竖着耳朵聆听之时，他们听见了仿佛风从远方呼啸而来的声音。那些朦胧的光亮晃动着，渐渐暗淡，最后熄灭了。

咕噜不肯动弹。他站在原地抖个不停，嘴里不停地叽咕，直到狂风迎面撞了过来，又咆哮着“嗖嗖”刮过沼泽。夜色少了一些漆黑，光线足以让他们看见，或者说大致看见一团团不可名状的雾气蜷曲、旋转着滚滚而来，又往远处去了。抬头看去，天上的云层渐次破碎，成了条条云絮；随后，南边的高天上，于残云中载浮载沉的月亮也投下了淡淡的辉光。

两个霍比特人顿时觉得一阵欢欣，可咕噜却畏缩在地上，嘟嘟哝哝地咒骂那大白脸。就在佛罗多和山姆凝望天空，深深地呼吸新鲜空气之时，它出现了：一小团从那片饱受诅咒的山岭飘来的云，一道从魔多放出来的黑影，一个身背双翼与不祥的巨大身形。它飞掠过月亮，又在一声极为可憎的尖啸声中往西边去了，那可怕的速度比风更为迅疾。

几人直直扑倒，不管不顾地趴在地上。可那道可怖的阴影盘旋着又绕了回来，此时矮矮地从几人头上不远处掠过，令人毛骨悚然的双翼搅得沼泽恶臭四溢。接着，它就此离开，应索伦的怒火飞速回了魔多；狂风在它背后呼啸而去，只留下一片光秃、荒凉的死亡沼泽。几人目力所及之处，整片无遮无掩的荒原，乃至远处散发着恐怖的山脉，全让时暗时明的月光照得斑斑驳驳。

佛罗多跟山姆揉着眼睛站起身来，仿佛孩童被噩梦吓醒，发现四周依然是熟悉的夜晚。可咕噜躺在地上，像是晕过去了。两人费了好些劲才叫醒他，而咕噜好一阵子都不愿抬头，只是撑着手肘跪在地上，用那双巨大、扁平的手捂住后脑。

“戒灵！”他哀号道，“能飞的戒灵！宝贝就是他们的主人。他们什么都看得见，什么都看得见。任何东西都躲不过他们的眼睛。该死的大白脸！他们会把一切都汇报给他。他看见，他知道。啊，咕噜，咕噜，咕噜！”直到月亮西沉到远方的托尔布兰迪尔下方，他这才愿意爬起身，继续前进。

从那时开始，山姆觉得咕噜似乎又变了样。他更加谄媚了，还想表现得更为友善；可他眼里不时流露的，尤其是看向佛罗多时流露出的怪异眼神，让山姆有些诧异；他说话也愈发带上过往的那副神态。还有一事让山姆越来越焦虑：佛罗多似乎很疲惫，疲惫到快撑不住了。他一个字也没提，事实上他连话都不怎么说了；他也不抱怨，只是像背负着什么重量，而身上的重量还在不停地增加；他一路拖着步子，越走越慢，越走越慢，山姆常常得求咕噜等一等，免得把两人的主人给落下了。

事实上，每朝魔多之门走一步，佛罗多感觉项链上挂着的魔戒就会变得愈加沉重几分。他现在开始感受到实实在在的、往下拽扯着他的重量。不过，让他无比困扰的还是那只魔眼：他自己是这么称呼它的。比起拖拽的魔戒，那眼睛更加让他畏缩，更加让他前行时直不起背。魔眼：那是一种不断增加的恐惧，因你感知到一种承载着无匹力量的敌意，要穿透云层、大地、血肉，穿透一切阴影看向你——它要用那致命的凝视钉住你，让你无处可躲，动弹不能。而抵御它的那层帷幕却如此单薄，脆弱又单薄。佛罗多知道那股意志如今的栖所与中心在哪里——他无比确定，就仿佛闭上眼睛也知道太阳在哪个方向一样：正是他面朝的方向，那股威势直钉在他的眉心。

咕噜兴许也感受到了某种类似的东西。不过，出于魔眼的压迫、对近在咫尺的魔戒的渴求，以及半是畏惧那冰冷的刺叮而低声下气地臣服，他那颗悲惨的心受这三者裹挟会作何打算，两个霍比特人半点儿都没有猜到。佛罗多无心思考这事，而山姆的心思大半都在他的少爷身上，几乎没发现落入他自己心里的这团乌云。他如今让佛罗多走在他前面，眼带警惕地看着他的每一个动作，稍有不稳他便会上前搀扶，还笨嘴笨舌地试着鼓励佛罗多。

等白天终于到来，两个霍比特人分外惊讶：那不祥的山脉离他们竟然已经这么近了。此时的空气更加清新也更加冷冽，尽管魔多的山墙依旧离得很远，可那里已不再是视线边缘的混沌危险，反而像是一座座阴冷的黑色高塔，横眉冷对着阴郁的荒原。已到尽头的沼泽渐渐消失，转为毫无生气的泥炭土和大片大片的皲裂土地。前方隆起一条条贫瘠、冷酷的缓坡，伸向索伦黑门外的荒漠。

灰蒙的光线尚存，几人如虫子一般蜷伏在一块黑色石头下方，身子尽量紧缩，免得那可怖的飞翼之物再次飞来时，用它无情的眼睛发现他们。这一段旅程因不断加剧的恐惧化作一团阴影，没有任何东西可供记忆栖身。随后的两晚，他们勉力跋涉在乏味、毫无道路的土地上。于三人而言，空气似乎变得更加恶劣，恶臭充斥其中，让他们难以呼吸、口燥唇干。

与咕噜同行的第五天早上，他们终于再度停了下来。三人前方，雄峰高耸入云，让黎明衬得模糊阴郁。巨大的凸脊与破碎的丘陵仿佛被甩在了雄峰脚下，最近处离他们不过十来哩远。佛罗多惊恐地四下环顾。先前的死亡沼泽，还有无人之地寸草不生的荒原，这两处已是让人十分不快，可慢若蠕行的白天此刻为他那双畏缩的眼睛渐渐揭示的这片乡野，却更加令人厌恶。哪怕是死人脸沼泽，绿色春天的些许枯槁泡影亦会到来。无论春天还是夏天，却再不会降临此地。这里没有半点儿活物，连以腐物为生的藓类都见不到。灰烬与蠕动的泥浆以病态的白、灰二色塞满扑哧作响的水塘，恍若山脉四处喷吐的脏腑秽物。高积成堆的碎石与岩粉，还有遭过火焰摧残与毒素浸染的巨大土丘，如丑恶墓园里一排排无尽延伸的墓碑，让晨光不情不愿地渐渐延展开来。

他们已经来到魔多前方的荒原：此乃魔多之奴仆以邪恶的劳力造出的恒久遗迹，即便他们的各种目的早已落空，此地却依旧长存；这片土地遭了玷污，已病入膏肓——唯愿大海灌入陆地，将它彻底冲刷、湮灭。“令人作呕。”山姆说。佛罗多沉默不语。

好一阵，他们只是站在那里，仿佛疲乏至极的人勉力睁着眼皮，想压制噩梦潜伏的睡意，可他们心里明白，不穿过暗影，永远迎不来黎明。天光愈发宽泛、强烈，那些作响的泥坑与带毒的土丘也越来越清晰，越来越可怕。升起的太阳在云层与长条旗帜一般的烟雾中穿行，似乎阳光也被玷污了。两个霍比特人一点儿也不欢迎那阳光；它似乎很不友好，暴露了两人的身形与无助——仿佛两只叫吱吱的小小幽灵，徘徊在黑暗魔君的废墟堆里。

几人累得再也走不动，便寻了处地方休息。一时半会儿，他们也不说话，就坐在一片矿渣堆的阴影当中；矿渣逸散着难闻的烟气，几人只觉得喉咙发紧，气也喘不顺畅。第一个起身的是咕噜。他唾沫横飞地骂咧着站起来，又自顾自地爬走，没跟两个霍比特人说半个字，一眼也没看他们。佛罗多和山姆跟着在后面爬，最后来到一座西处坑壁高耸、近乎圆溜溜的大坑处。坑里十分寒冷、毫无生气，底部积着一层油腻腻、五颜六色的淤泥，十分恶心。三人畏缩在这令人作呕的坑里，期盼着能靠它的影子逃避魔眼的注意。

白天过得漫长无比。强烈的口渴一直搅扰着他们，可三人却只从水瓶里喝了几滴水——这还是上回从深沟里接的水，如今想来，那地方竟然莫名祥和与美丽。两个霍比特人轮换着放哨。疲倦如斯，两人起初谁也无法入睡；不过，随着渐渐远去的太阳爬下天端，钻进悠悠的浮云当中，山姆终于打起了瞌睡。彼时负责放哨的是佛罗多。他仰躺在圆坑的斜坡上，身上那种重负感却丝毫没有减轻。他抬头望着烟雾缭绕的天空，看见了怪异的幻象：不仅有骑在马上的黑暗身形，还有来自过去的许多面孔。他忘了时间，沉浮于半梦半醒之间，最后什么也记不得了。

时值傍晚。山姆感觉自己听见少爷的呼唤，突然醒了过来。叫他的不可能是佛罗多——后者早已睡熟，还滑到了大坑接近最底部的地方，咕噜就待在他旁边。山姆差点儿以为咕噜打算叫醒佛罗多，可随后却发现并不是这么回事。咕噜正在自言自语：斯密戈正在与某个有着同样嗓音，声音却尖利、带着嘶嘶声的意识在辩论。他说话的时候，眼里来回切换着苍白与萤绿的光芒。

“斯密戈发过誓。”第一个意志说。

“没错，没错，我的宝贝。”回答声传来，“我们发过誓：保护我们的宝贝，不让它落入他手里——决不。可它正在去往他那里，一步又一步，越来越近。那霍比特人到底想做什么，我们纳闷儿，没错，我们很纳闷儿。”

“我不知道。我没办法。它在主人手上。斯密戈发誓要帮主人的忙。”

“是的，是的，帮助主人：帮宝贝的主人。我们要成了主人，我们就帮自己的忙，是的，依旧遵守了誓言。”

“可斯密戈说过他会非常非常乖。好霍比特人！他把残忍的绳子从斯密戈腿上拿掉了。他对我说话很友善。”

“非常非常乖，嘀，我的宝贝？那我们就要乖乖的，乖得像鱼一样，亲爱的，但只对我们自己。不会伤害好霍比特人，当然了，不，不。”

“可是宝贝握着誓言。”斯密戈的声音反驳道。

“那就拿走它，”另一个声音说，“我们自己拿着它！然后我们就能当主人，咕噜！让另一个霍比特人，让那个无礼、多疑的霍比特人，让他卑躬屈膝，没错，咕噜！”

“但不会这么对好霍比特人？”

“哦，不，这事情让我们难受，我们就不做。可他是个巴金斯，我的宝贝，没错，一个巴金斯。有个巴金斯偷了它。他找到了它，却什么也没说，半个字都没提。我们讨厌巴金斯们。”

“不，这个巴金斯除外。”

“不，讨厌所有巴金斯。每一个拿着宝贝的人。我们得拿到它！”

“可是，他会看见的，他会知道的。他会从我们手上夺走它！”

“他看见。他知道。他听见我们许下了愚蠢的承诺——违背了他的命令，没错。必须得到它。戒灵们正在搜索。必须得到它。”

“不能帮他！”

“不，亲爱的。你看，我的宝贝：只要我们拿到它，随后就可以逃走，哪怕是从他眼前逃走，嗯？也许我们会变得很强大，比那些戒灵还要强大。斯密戈陛下？咕噜大帝？至高咕噜！每天都吃鱼，一天吃三次，吃海里来的鱼。最为宝贝的咕噜！必须得到它。我们想要它，我们想要，我们想要！”

“可他们有两个人。他们马上就会醒来，然后杀掉我们的。”斯密戈哼唧着，最后挣扎着说，“不是现在。现在还不行。”

“我们想要！不过——”长长的停顿，仿佛有新的意志苏醒，“现在还不行，嗯？也许不行。她或许能帮忙。她或许能，没错。”

“不，不！不要那种方法！”斯密戈悲鸣道。

“要！我们想要！我们想要！”

每当第二个意志说话的时候，咕噜就会悄悄伸出一只长手，缓缓抓向佛罗多，又在斯密戈再度说话的时候猛地抽回来。最终，两只胳膊连带握成爪状、不断抽搐的十指一同抓向了佛罗多的脖子。

山姆躺得纹丝不动，入迷地听着他的辩论，可半睁的眼皮子下面却没放过咕噜的任何动作。过去，以他简单的头脑看来，咕噜最大的危险在于他的日常饥饿，也就是想吃掉霍比特人。眼下他才意识到，根本不是这么回事：咕噜感受到了魔戒的召唤。他，自然是指黑暗魔君；可山姆有些不明白，这个“她”又是谁。他寻思，或许是这小无赖四处游荡时结识的卑鄙朋友之一吧。他的胳膊腿仿佛灌了铅一般的沉，可他还是咬牙挺着坐起了身。有什么在警告他，要他多加小心，别把偷听那场辩论的事情暴露了。他重重地出了口气，又打了个巨大的呵欠。

“什么时间了？”他语带困意地问。

咕噜从牙缝里发出一阵长长的嘶嘶声。他呆站了片刻，神情紧张、面带凶相；随后又撤去了力气，扑倒在地，四肢并用地爬上大坑的坑壁。“好霍比特人！好山姆！”他说，“脑袋困困，没错，脑袋困困！让好斯密戈一个人放哨！可已经是傍晚了。天慢慢黑了。该出发了。”

“正是时候！”山姆想，“也该到分手的时候了。”可他转念一想，到底放咕噜自由更危险呢，还是把他留在身边更危险？“该死的！真想掐死他！”他咕哝道，一边跌跌撞撞地走下坑壁，叫醒了他的少爷。

分外奇怪的是，佛罗多感觉神清气爽。他之前一直在做梦。黑暗的身影消散后，身处这片病入膏肓的土地上，他却梦到了绝美的景象。他一点儿也没记住梦里的美景，但又因这景象感到快活，心情也少了一些沉重。他身上的重负变轻了。咕噜像条摇尾巴的狗一般朝他迎了过去。他咯咯发笑，嘴里念念叨叨，长长的手指掰得噼啪响，又伸手去挠佛罗多的膝盖。佛罗多冲他莞尔一笑。

“上路吧！”他说，“先前你给我们带路，一直都是尽心尽力、老老实实。旅程现在到了最后一段啦。把我们带去大门，我就不会再要求你继续前进了。带我们去大门，然后你爱去哪儿都随你便——只要别去投奔我们的敌人。”

“去大门，呃？”咕噜吱吱尖叫，似乎又惊又怕，“主人说，去大门！是的，他说了。而好斯密戈会听他的话，噢，没错。等靠近了大门，我们也许会看见，到时我们会看见。那门一点儿都不好看。哦，不！哦，不！”

“快走吧你！”山姆说，“我们赶紧了了这事！”

迎着渐落的黄昏，他们手脚并用地上了大坑，慢慢摸索着走上这片死寂的土地。没走多远，几人再度感觉到之前那飞翼身影掠过沼泽时带来的恐惧感。他们停下脚步，蜷缩在恶臭难闻的地面；可头上阴沉的暮色中却什么也没看见。那威胁感很快从头顶高处远去，或许是从巴拉督尔派去执行什么紧急任务了。过了一会儿，咕噜翻身而起，嘟哝着、颤抖着，蹑手蹑脚地继续前进。

午夜过了约莫一个钟头，那恐惧第三次笼罩了他们，不过这回似乎离得更加遥远，像是从云层再往上的地方飞过，以令人胆战的速度冲去了西边。可咕噜却吓得惊慌失措，深信他们的行踪暴露了，现在正遭受追捕。

“三回了！”他抽泣着，“三回已经很危险了。他们感应到我们在这儿，他们感应到了宝贝。宝贝是他们的主人。我们没法再朝这边前进了，不。没用的，没用！”

好言好语起不了半点儿作用。直到佛罗多怒冲冲地命令他，还把手按在了剑柄上，咕噜总算肯从地上爬起来。最后，他低吼一声站起身子，像条挨了揍的狗一般走在了前头。

就这样，几人疲惫不堪、磕磕绊绊地走了一整夜，直至满是恐惧的另一个白天降临。他们埋着脑袋沉默地前进着，什么也不看，什么都不听，耳朵里只剩嘶嘶的风声。

· 第三章 ·

黑门难逾

下一个黎明到来之前，他们前往魔多的旅程结束了。沼泽与荒漠都被他们抛在了身后。三人身前，阴沉的雄峰衬在暗淡的天空之下，一座座高耸的峰顶仿佛充满威胁。

魔多西面绵延着一列阴暗的山脉，正是名为阴影山脉的埃斐尔度阿斯；北面矗立的一座座碎峰与荒岭，则是色如灰烬的埃瑞德砾苏伊。这两脉山峰不过基础而已，其整体乃一道宏伟巨墙，团团包围着凄凉的砾斯拉德平原、戈埚洛斯平原，还有中央苦涩的内陆海努尔能湖。不过，彼此接近的这两座山脉交会时，犹如长长的胳膊探向北边，抱住了一道深深的峡谷。此乃奇力斯戈埚——通往大敌巢穴的“鬼影隘口”。两边高高的峭壁渐渐降低，自隘口的入口挤出，形成两座岩体漆黑、表面荒芜的陡峭山丘。矗立在山丘之上的两座坚固、高大的塔楼便是魔多之牙。许久以前，在推翻索伦、迫使他逃遁之后，风头正茂、国力鼎盛的刚铎人类便造了这两座塔，免得他抓住机会重返老巢。然而，强大的刚铎衰败了，人类锐气尽挫，双塔也就此空置了许多年。后来，索伦回归。原本朽败不堪的守望双塔被翻修一新，又装满了武器，还调遣警戒部队日夜驻守。双塔以山岩为外壁，北、东、西三面遍布漆黑的窗洞，每一扇窗户背后都是不眠不休的眼睛。

关隘入口两侧，黑暗魔君以岩石筑起了连接两边悬崖的一道壁垒。壁垒中设有单独一扇大铁门，城垛之上有哨兵不停巡逻。两侧丘陵之下的岩层里掘出了百来处洞穴与窟窿；大量奥克就潜伏在里边，一声令下便会乌泱泱地如蚁群般一拥而出，投身战场。除非应了索伦的召唤，又或是知道通关密文，能开启通往他领土的魔栏农黑门，否则任谁通过魔多之牙都会被咬上两口。

两个霍比特人绝望地凝视着双塔与高墙。哪怕离着很远，他们依旧在昏暗的光线中看见了城墙上来回走动的黑色守卫，还有大门前的巡逻队。埃斐尔度阿斯最北端的扶垛投下外延的影子，正好遮住了一处石洼地，而几人此时就趴在那里头，从石洼地的边缘往外窥视。若有乌鸦划动沉重的空气，笔直往前，从他们藏身处到更近那座塔的黑色塔尖，飞过去也就一弗隆的距离。塔尖隐约缭绕着一缕烟雾，仿佛下方山丘阴燃着火焰。

白昼到来，太阳懒洋洋地闪耀在埃瑞德砾苏伊那毫无生气的山脊上。忽然间，一阵嘹亮的铜喉号角声响起：先是两座监视塔上吹响号声，随后远处山野里蕴藏的据点与哨站响起回应的声音；然后是更加遥远之处，虽然缥缈却深沉、不祥——那是巴拉督尔浩浩荡荡的号角与战鼓声在山洼地之中的回响。充满恐惧与劳累的白天再度降临魔多；夜间的守卫被召回他们的地穴与地下厅室，而眼神邪恶、样貌凶狠的日间守卫大步迈向了岗哨。城垛上隐隐闪动着钢铁的光亮。

“啊，到地方了！”山姆说，“大门就在眼前，照眼前这架势，我们顶多也就到这儿了。我敢说，老爷子现在要是看见我，肯定又得说了。他老说我要是走路不长眼睛，迟早要遭大罪。可我觉得，我是再也见不到那老头儿了。更让人可惜的是，他再没机会跟我念叨：‘我早告诉过你了，山姆。’只要他还有一口气在，就会不停地跟我念叨，我要是还能再见到他那张老脸就好了。可我得先洗个澡才行，要不他肯定认不出我来。

“我估计，‘朝哪个方向走’之类的话大概是不用问了吧。我们哪儿都没法走了——除非我们想找奥克搭个便车。”

“不，不！”咕噜说，“走不了。我们一步也走不了。斯密戈早就说过，他说：‘等我们到了大门，到时候就能看见。’所以，我们现在看见了。噢，没错，宝贝，我们看见了。斯密戈知道霍比特人走这边不行。噢，没错，斯密戈早就知道。”

“那你是犯了什么毛病，要带我们来这儿？”山姆问，毫无公正或者讲道理的心情。

“主人这么要求的。主人说：‘带我们去大门。’所以好斯密戈就这么办了。主人这么说的，睿智的主人。”

“我确实说过。”佛罗多说。他的表情严肃、凝重，却又充满坚毅。他满身脏污、形容枯槁，因疲惫而消瘦不堪，却不再畏畏缩缩，反而双眼有神。“我这么说过，因为我决心进入魔多，而我只知道这么一条路。那么，我就走这条路。我不要求任何人跟我同去。”

“不，不，主人！”咕噜哀号道，用手刨着他，似乎极其悲痛，“那条路不能走！不能走！别把宝贝带去给他！他会把我们全吃了，如果他得到了它，他会把整个世界都吃掉。保管好它，好主人，对斯密戈好一点儿。别让他拿到它。要不，离开吧，去好地方，把它还给小斯密戈。没错，没错，主人把它还回来可好？斯密戈会保护好它；他会做好多好事，会对好霍比特人做特别多好事。霍比特人回家。别去大门！”

“我受命前往魔多之地，所以我必须去。”佛罗多说，“假如只有这么一条路，那我也没得选择。该来的总会来。”

山姆一句话没说。看着佛罗多脸上的神情，他知道自己多说无益。另外，其实打一开始他就没抱过什么希望；不过，作为一个快活的霍比特人，只要绝望能来得晚一些，他倒也不太依赖希望。眼下他们已是日暮途穷，可他却一路都跟着他的少爷；这是他来这儿的首要目的，而他还会一路继续跟到底。怎么能让他的少爷独自前往魔多呢，山姆会跟他一道——另外，无论如何都要把咕噜给摆脱掉才行。

可咕噜暂时还不打算被摆脱掉。他跪在佛罗多脚前，绞着手尖着嗓子说话。“别走这边，主人！”他央求道，“还有另外一条路。噢，没错，确实有的。另外一条路，更黑，更难发现，更加隐秘。可斯密戈知道在哪儿。让斯密戈给你领路！”

“还有一条路！”佛罗多狐疑地说，眼带探询地低头看着咕噜。

“是嘶！确实有嘶！还有一条路，斯密戈找到的。我们去瞧瞧它还在不在！”

“你之前可没提过这事。”

“是的。主人没有问。主人之前没说他究竟要做什么。他没有跟可怜的斯密戈讲。他只说：斯密戈，带我去大门——然后大家散伙！斯密戈可以离开，但要乖乖的。但他现在说：我决定走这条路进入魔多。可把斯密戈吓坏了。他不想没了好主人。他答应过，主人让他发过誓，要救宝贝。可主人准备把它带给他，如果主人走这条路，就等于直接把它交到那黑手掌心里。所以，斯密戈必须救主人和宝贝，而他想到之前有那么另一条路。好主人，斯密戈非常友善，一直很贴心。”

山姆皱起了眉头。若是他能用眼神在身上打洞，咕噜早被他挖穿了。他满脑子的疑问。无论怎么看，咕噜是真心痛苦，迫切想要帮助佛罗多的。可山姆并没忘记自己偷听到的那场辩论，他很难相信那个长期被压制的斯密戈占了主导：那场辩论里，斯密戈的声音怎么听也不像是说了算的身份。山姆猜测，各占一半的斯密戈与咕噜（他在心里管他们叫“滑头鬼”和“缺德鬼”）休战、临时结成同盟：他们都不希望大敌拿到魔戒；他们都不希望佛罗多被抓住，都想尽可能让他留在两人眼皮子底下——总之，缺德鬼还有机会染指他的“宝贝”就行。到底有没有另一条路通往魔多，山姆非常怀疑。

“幸好啊，无论这老无赖的哪一半都不知道少爷真正的目的。”他想，“他要是知道佛罗多先生打算彻底解决掉他的宝贝，我打赌肯定转脸就要出乱子。反正缺德鬼对大敌怕得要死——他多半是在大敌那儿领了什么命令，要不就是以前领过——因此，他宁愿把我们卖了，也不愿在当帮手的时候被抓个现行；而且，他也不愿让我们熔了他的宝贝。反正我是这么觉得的。我希望少爷能仔细把事情想明白。他比谁都聪明，就是心肠软，他就是这么个霍比特人。随便哪个甘姆吉都猜不到他接下来要干吗。”

佛罗多没有立即回答咕噜。他起身凝望奇力斯戈埚漆黑的峭壁方向，而山姆那转得慢却想得精的脑子正在琢磨着这些疑虑。他们藏身的这处洼地是一座从矮丘身侧掘出的凹陷，下方不远是一处长长的、壕沟一样的山谷，就横在洼地与山墙的外围扶垛之间。山谷正中矗立着西部监视塔漆黑的基座。许多条汇向魔多大门的道路此时清晰可见，让晨光照得色泽苍白、灰扑扑的；其中一条蜿蜒取北，另一条延向东边，渐渐消失在埃瑞德砾苏伊脚下徘徊不散的迷雾中；第三条则通往佛罗多所在的方位。这条路在监视塔旁边绕了个急弯，进了一处狭窄的山沟，又从他所在的洼地下方不远处穿过，往西边——也就是佛罗多的右边——折了方向，沿着山脉的山肩南下，钻入遮罩了埃斐尔度阿斯西边整片地方的阴影；它在他视线之外继续前行，连向了山脉与大河之间的狭窄土地。

注视间，佛罗多发现平原上有巨大的骚乱与动静。似乎有大批军队正在行进，尽管大部分都让另一头沼泽与荒原飘来的水雾和浓烟遮住了身影，不过他不时就会看见长矛与盔甲闪动的光亮；道路旁的平地上能看见一队又一队奔驰的骑兵。他回忆起远在阿蒙汉顶上看见的景象——虽然只过去不久，如今却恍若陈年旧事。随后他意识到，之前头脑一热时冒出的那一丝希望不过是水中月：那号角声并非迎战，而是在迎接。并非刚铎的人类如复仇英魂般自陨落已久的勇士之墓中苏醒，前来攻打黑暗魔君，来的是辽阔的东方之地其他种族的人类，应他们的霸主号召，前来集结。这批军队夜里驻扎在他的大门外，眼下正进入他的地盘，壮大他不断膨胀的势力。佛罗多仿佛突然彻底警醒，意识到他们所处之地是多么危险：势单力薄，天色也越来越明亮，还如此接近这茫茫威胁。他连忙拉起那薄薄的灰色斗篷遮住头，快步下到了洼地底部。随后，他转向咕噜。

“斯密戈，”他说，“我再信上你一回。事到如今，我也别无他法，只能在最不希望之时听凭命运安排，接受你的帮助，接受你怀着邪恶目的长久追逐我，却又要给予我帮助的命运。到现在为止，你一直对我不错，也实打实履行了承诺。实打实的——我这么说，也这么想。”他补充道，瞥了一眼山姆，“我们已经两次被你左右，而你还没有伤害过我们。你也没试着从我这里抢走你之前寻求的东西。希望这第三回更是好上加好！但我警告你，斯密戈，你的情况很危险。”

“没错，没错，主人！”咕噜说，“非常非常危险！斯密戈想想都吓得骨头发抖，可他不能逃走。他必须帮助好主人。”

“我不是在说我们共同面对的危险，”佛罗多说，“我是指你独自承担的危险。你对着你称之为宝贝的东西发了誓。记好了！它会逼着你信守誓言；可它会想方设法将誓言扭曲，为你招来灾祸。你已经被扭曲了。你刚刚就愚蠢地在我面前暴露了真面目。你说，把它还给斯密戈。这种话不要再说第二次！别放任这种想法在你心里滋长！你永远拿不回去了。可想要它的欲望或许会出卖你，让你下场凄惨。你永远拿不回去了。斯密戈，真要有什么万一，我会戴上这宝贝；而宝贝很久以前控制着你。若是我戴上了它，又朝你下命令，哪怕要你去赴汤蹈火，你也拒绝不了。而我也会这么下令。所以，斯密戈，谨慎一点儿！”

山姆看着他的少爷，表情中既有赞许，也带着几分惊讶：佛罗多脸上的表情与说话的腔调带着某种他以前从未见过的东西。他一直都觉得，亲爱的佛罗多先生实在太过心善，而这种善心肯定藏着相当程度的盲目。当然了，他也颇为矛盾地坚信佛罗多先生是世间最有智慧的人（老比尔博与甘道夫可能得抛开另算）。鉴于自行其是的咕噜只认识佛罗多很短的时间，他兴许也犯下了类似的错误，把仁慈和盲目给混为一谈了。总之，这番话让咕噜无地自容、心惊胆战。他扑倒在地，嘴里除了直喊“好主人”，却是半句话都讲不顺畅。

佛罗多心平气和地等了一阵，再度开了口，语气也没那么严厉了。“好了，咕噜——或者斯密戈，随你便——跟我说说另外那条路，办得到的话，你就再告诉我那边寄托着什么希望，让我甘愿掉头不走眼前这条明摆着的路。抓紧说吧。”

可咕噜本就摆着一副可怜巴巴的架势，佛罗多的威胁让他更是紧张得不得了。他要么含糊咕哝，要么尖声叽喳，嘴里的话很难让人听清楚；他还动不动就打住话头匍匐在地上，求他俩善待“可怜的小斯密戈”。半晌后，他终于镇定了一些，佛罗多东拼西凑地听出了旅者如果沿着路往埃斐尔度阿斯西面拐，最后会走到长着一圈黑树的十字路口。十字路口右边通向下面的欧斯吉利亚斯及安都因大河上架着的一座座桥；中间的路则通向南边。

“往前，往前，再往前。”咕噜说，“我们从没走过那边，但是他们说，那路能走上一百里格，最后会看见永远都不会静止的大水。那里有好多好多鱼，还有吃鱼的大鸟——不错的鸟——可我们从没去过那边，没去过，唉！我们一直没机会去。他们说，再往前还有更多的土地，可大黄脸在那边晒得厉害，那边很少有什么云，当地人还很凶，脸长得也很黑。我们不想去看那边的土地。”

“谁会想哪！”佛罗多说，“但是别游荡偏了路。第三条路通向哪里呢？”

“噢，没错，噢，没错，还有第三条路。”咕噜说，“是拐向左边的路。一拐上那条路就得爬坡，一直往上，扭来扭去，爬来爬去，拐向那些高高的阴影。等它绕过了黑色岩石，你就会看见它——你突然就会看见它在你上面，你就会想藏起来。”

“看见它……看见它？看见什么？”

“旧要塞，非常古老，如今也非常恐怖。很久以前，斯密戈还小的时候，我们听过南方传来的各种故事。噢，没错，我们曾经会在晚上讲许多故事，就坐在大河岸边的垂柳地讲，那时候大河也非常年轻，咕噜，咕噜。”他开始啜泣，开始嘟哝。两个霍比特人耐心地候着。

“南方传来的故事，”咕噜继续说，“讲的是眼睛明亮的高大人类，他们的房屋好像一座座石头山，还有他们国王的银王冠和白树：真是美好的故事。他们造了高得不得了的塔楼，其中一座银白色的，里边有一块好像月亮的石头，石头外面围绕着高大的白墙。哦，没错，好多故事都讲过升月之塔。”

“应该是指埃兰迪尔之子伊熙尔杜建的米那斯伊希尔。”佛罗多说，“砍掉大敌一根手指的就是伊熙尔杜。”

“是的，他那只黑手只有四根指头，可已经够用了。”咕噜打了个冷战，“他痛恨伊熙尔杜的城池。”

“哪有什么是他不恨的？”佛罗多说，“可升月之塔跟我们有什么关系？”

“唔，主人，它之前在，现在也在那里——高高的塔，白白的房屋与城墙；可它们现在不好看，不漂亮了。他很久以前征服了那里。现在那里是一片非常可怕的地方。旅者看见就会吓坏，会悄悄逃离它的视线，会躲避它的阴影。可主人必须得走那边。这是唯一的另外一条路。因为山脉到了那边会矮下来，这条古路会一直往上再往上，到达山顶一道黑暗的关口之后又会往下，再往下，去到戈埚洛斯。”他的声音小到近乎耳语，还打起了寒战。

“它又是咋帮上我们的呢？”山姆问，“大敌对他自己的山脉肯定很了解，那条路也会跟这里一样，被守得严严实实的吧？升月之塔也不是空着的，对不对？”

“噢，对，不是空着的！”咕噜小声说，“它看似空空的，其实不是，噢，不是！那里边待着非常可怖的东西。许多奥克，没错，永远都有奥克；不过还有更糟糕的东西，有可怕得多的东西住在那里。那条路往上正好爬到墙壁的阴影里边，然后会经过大门。道路上没有任何东西能逃过他们的视线。里边的那些东西看得见——那些沉默的监视者。”

“所以，这就是你的建议喽，”山姆说，“我们应该继续往南走很长一段路，等我们到了地方——若是真能到的话——发现我们又到了进退不得，没准还更糟的境地？”

“不，当然不，”咕噜说，“霍比特人得去看，得试着理解。他没料到那边会遭袭。他的魔眼无所不看，但他的注意力在有些地方更加集中。他没法同时看见所有东西，暂时不行。你们看，他攻占了阴影山脉西边至大河的所有地方，如今还掌控了那边的桥。他觉得，要么在桥上大战一场，要么用上一大堆没法隐藏、必然会让他发现的船，否则谁也没法去升月之塔。”

“他的做派和想法，你好像很懂啊。”山姆说，“你最近是不是跟他说过话？还是说，你只跟奥克鬼混了？”

“你不讲理，不是好霍比特人。”咕噜气呼呼地瞪了山姆一眼，转身对着佛罗多说，“斯密戈跟奥克说过话，没错，当然，在他遇见主人之前，还跟许多人说过话——他走了很远的路。他现在说的事情，许多人都在说。北方这里对他来说很危险，对我们也一样。他总有一天会从黑门里出来，那天要不了多久就会到来。黑门是大军可以出来的唯一通路。可西边那下面他却没这个担忧，而且那边还有沉默的监视者。”

“原来是这么回事儿！”山姆说，倔劲儿上来了，“所以我们就这么走过去，敲敲大门，问我们去魔多的路走得对不对？还是说，它们沉默过了头，根本不答话？这才是不讲理呢。我们还不如就在这儿这么干呢，还能少走老大一段路。”

“不要开这种玩笑，”咕噜嘶嘶叫道，“这不好笑，噢，不好笑！试图去魔多里边才是完全不讲理。不过，如果主人说‘我必须去’或者‘我要去’，那他就得尝试一条路。可他一定不能去那可怕的城里，噢，不，当然不能去。斯密戈那时候就能帮上忙，好斯密戈，虽然没人告诉他究竟是怎么一回事。斯密戈总能帮上忙。他找到了它。他知道它。”

“你找到了什么？”佛罗多问。

咕噜佝下身子，声音又压成了窃窃私语。“一条通向山上面的小路；然后是一段台阶，窄窄的台阶，噢，没错，很长，很窄。后面还有更多的台阶。然后——”他的声音变得更小了，“——一条隧道，一条黑漆漆的隧道；最后是一道小裂缝，还有一条比主要关口高很多的小路。斯密戈就是从那里走出了黑暗。可那是好几年前的事了。那条小路现在或许没了，但它也可能还在，可能还在。”

“我可不爱听你说的这些话。”山姆说，“怎么听都觉得，你说得太过轻巧了。就算那条小路还在，肯定也有人把守。那里以前没人看守吗，咕噜？”说完这番话，他在咕噜眼里捕捉到，或者说感觉自己捕捉到了一抹绿芒。咕噜嘟嘟哝哝的，没有回答。

“那里没人把守吗？”佛罗多厉声问道，“斯密戈，你真的是逃离了黑暗吗？你真不是领了任务，所以才被允许离开的？反正，几年前在死亡沼泽找到你的阿拉贡是这么认为的。”

“扯谎！”咕噜嘶嘶叫道。听到阿拉贡这名字的时候，他眼里现出一丝邪恶的光芒。“他说我的话都是扯谎，没错，他扯谎。我确实是逃出来的，全凭可怜的我自己。他确实让我去找宝贝，我也确实找了又找，找了又找，我当然找了。可我不是为黑暗魔王找的。宝贝是我们的，我告诉你，是我的。我确实是逃出来的。”

佛罗多有种怪异的感觉，他相信在这桩事情里，咕噜没有如他们一直怀疑的那样扯谎，反倒头一回说得跟事实差不离——不知怎么的，他找着一条路出了魔多，至少他相信咕噜凭借的是自己的狡诈：比如说，他注意到咕噜用了“我”来自称，这个很少能听到的称呼似乎通常是一种标志，表示部分残余的过往真相与诚挚此时占了上风。不过，就算咕噜在这件事情上值得相信，佛罗多也没忘记大敌的奸计。所谓的“逃脱”或许也可能是默许或者安排好的，邪黑塔的人知道得一清二楚。无论如何，咕噜显然还藏了一大堆事情没说。

“我再问一遍，”他问道，“这条密道到底有没有人把守？”

可阿拉贡这名字让咕噜已经很不高兴了。好不容易说了一回或者部分真话，却被人怀疑是骗子，这种受伤的气息一直萦绕着他。他没回答。

“那里是不是没人把守？”佛罗多重复道。

“有的，有的，大概。这片地方没有哪里是安全的。”咕噜闷闷不乐地说，“没有安全的地方。可主人必须得试试，要不就转头回家。没别的路。”两人再从他嘴里撬不出半句话。那片危险地方以及高处那道关口叫什么名字，他要么是说不出来，要么就是不愿说。

奇力斯乌苟便是那地方的名字，那里有着恐怖的传闻。阿拉贡或许能告诉他们这名字及其含义；甘道夫则会予他们以警告。然而他们却是孤立无援的，阿拉贡远在天边，而甘道夫则遥立艾森加德废墟与萨茹曼斗法，让后者的背叛绊住了脚步。然而，即便他在对萨茹曼下达最后通牒，即便帕蓝提尔在欧尔桑克的台阶上砸得火花飞溅，他依旧惦记着佛罗多与山姆怀斯，他的心灵跨越无数里格，带着希望与怜悯搜寻着他们。

或许佛罗多感觉到了，但他并未意识到，就仿佛当初在阿蒙汉顶上一样，尽管他认为甘道夫已经离去，永远陨落在了远方墨瑞亚的阴影之中。他埋着脑袋沉默不语，在地上坐了好长一阵子，拼命回忆甘道夫同他讲过的那些话。然而，针对眼下的抉择，他半点儿建议也想不起来。事实上，在他们与黑暗之地还隔着十分遥远的距离之时，甘道夫的指引便已被匆匆夺去，叫人猝不及防。最后要如何进入黑门，甘道夫并没有说。也许，他也没法说。他曾有一次涉险去了大敌在北方的据点，也就是多古尔都。不过，黑暗魔君恢复力量、再度崛起之后，甘道夫可曾去过魔多，去过火焰之山与巴拉督尔？佛罗多不这么想。他不过是来自夏尔的一名小半身人，是来自安宁乡野的一个单纯的霍比特人，人们却期待他能找到一条伟人走不了或者不敢走的路。何其不幸的命运。可去年春天，在家里的客厅，他自愿接下了这个使命。如今想来，这记忆却遥远得像是世界尚青葱，金树、银树正繁茂时候的一章故事。何其不幸的选择。他应该选哪条路？若哪边都通往恐惧与死亡，那还有什么好选的？

白日渐逝。离恐惧之地边境近在咫尺的小小灰色洼地笼罩着深沉的寂静：这寂静似乎触手可及，恍若一层厚厚的帷幕，将他们与外界隔绝开来。让转瞬即逝的烟雾阻隔的灰白苍穹就在头顶上，可看着却是那么高远，仿佛视线穿过了无数层充满沉重思绪的空气。

哪怕太阳下虎视眈眈的鹰，依旧注意不到厚重的苍穹下一声不吭、一动不动，用单薄的灰色斗篷裹住全身的霍比特人。它兴许会停顿片刻，拿眼神研究咕噜，把他当作趴在地上的细小身影：或许是某个人类幼童饿死后留下的骨架子，上面还缠着破烂的衣服，长长的胳膊和腿跟骨头一样惨白、干瘦，无肉可啄。

佛罗多用额头抵住双膝，山姆却往后靠着，双手抱在脑后，从斗篷下瞪视着空旷的天空——至少，好一阵子天上空空如也。没过一会儿，山姆觉得自己看见飞鸟一般的一道黑影盘旋着进入他的视线，悬停了片刻，又盘旋着飞走了；之后又有两只出现，然后第四只也来了。他们看着很小很小，可冥冥之中山姆却知道，它们其实无比巨大，正伸展着阔翼飞在极高的地方。他遮住眼睛，弓下身子，缩小了身形。当初感觉到黑骑手时出现的那种警告性的恐惧，那种随着风中的高喊与月亮之上的阴影一道出现的无能为力的恐慌感，再度涌上山姆的心头——那威胁非常遥远，此时倒是没有当初那么难以承受，那么无从抵抗。佛罗多也同样感觉到了。他的思绪被打乱，身子猛地一颤，接着便发起了抖，但他没有抬头看。咕噜把身体缩成一团，仿佛走投无路的蜘蛛。那四道飞翼身影盘旋着，又猛然直冲而下，飞快地返回了魔多。

山姆深深吸了一口气。“那些骑手又来了，就在天上。”他嘶哑着低声说，“我看见他们了。你觉得，他们能看见我们吗？他们在很高很高的地方。如果他们就是先前那伙儿黑骑手，那他们在白天就看不了太远，对不对？”

“对，应该看不见。”佛罗多说，“但他们的坐骑能看见。他们现在骑的这种长翅膀的生物有点儿像巨大的食腐鸟，或许看得比任何生物都要清楚。它们正在找什么东西：大敌恐怕已经有所提防了。”

那种恐惧感已经消退，可包裹几人的沉寂也被打破了。一时半刻间，他们曾与四周隔绝，仿佛身处一座隐形的岛屿；如今他们再度无遮无掩，再度危险起来。不过，佛罗多依旧没回咕噜的话，也没给出决定。他闭着眼睛，仿佛入了梦，又像是在端详自己的内心与记忆。最后，他动了一下，站起身，似乎有话要说，要做出决定。然而，“听！”他说，“那是什么？”

新的恐惧笼罩了他们。他们听见歌声，听见粗哑的叫喊。那动静起初似乎在远处，可渐渐越来越近——朝他们过来了。三人脑海里齐齐闪过一个念头：那黑色飞翼发现了他们，派出全副武装的士兵来抓他们了。索伦这些恐怖的爪牙速度实在是惊人。三人蹲伏下来，张大了耳朵。话语声、武器和马具的碰撞声已近在咫尺。佛罗多跟山姆从鞘里拔出了短剑。他们已是上天无路、入地无门。

咕噜缓缓站起身，虫一般慢慢爬去了洼地边缘。他一吋吋慢慢站起身，动作无比谨慎，最后从一块石头的两处缺口间往外打量。他一动不动地在那儿待了一阵，没弄出半点儿声响。没过多久，人声又开始减弱，最后慢慢消失了。魔栏农的护墙上远远传来号角声。随后，咕噜悄然抽身而退，滑回了洼地下面。

“有更多的人类进了魔多，”他压低声音说，“脸是黑色的。我们以前没见过这种人类，没有，斯密戈没见过。他们长得很凶恶，黑色的眼睛，黑色的头发，耳朵上挂着金耳环；没错，好多漂亮的金子。有些人脸颊上涂着红色，穿着红斗篷；他们的旗帜，还有长矛的矛尖也是红的；他们拿着黄黄黑黑的圆盾，上面镶着很大的尖钉。一点儿也不友善；这些人类看着非常残忍、奸诈。差不多跟奥克一样坏，块头儿比奥克还要大得多。斯密戈觉得，他们来自大河尽头还要往前的南边：他们是从那边的路来的。他们已经进了黑门；可也许还有更多的会跟着来。进魔多的人总是越来越多。总有一天，所有人都会进魔多。”

“有没有奥力方特[1]跟着？”山姆问，他渴望了解陌生地方的消息，一时忘了恐惧。

“没有，没有奥力方特。奥力方特是什么？”咕噜问。

山姆站了起来，双手背在身后（他“念诗”的时候老这么干），开始念了起来：

灰如耗子，
大如房子，
鼻长如蛇，
一脚踏得青草陷，
大地抖三抖，
树全断了腰。
嘴生长角，
行走南方，
大耳扑扇。
年复一年，
不曾停步，
不曾卧眠，
不曾死去。
俺是奥力方特，
巨大无匹，
高壮古老。
只要见过俺

1 原词为“oliphaunt”，是古英语“oliphant”的变体，由古法语“olifant”演变而来。甘道夫曾于《霍比特人》中提到过这个词，疑似霍比特人偶尔相传出了岔，变成了“oliphaunt”这个霍比特土话。该词指代一种类似大象但体形更为巨大的生物，因托尔金《〈魔戒〉名称指南》要求，音译为奥力方特。——译注保准忘不了。

若是没见过，

难信俺为真；

老奥力方特就是俺，

半句不掺假。

“这个，”背完诗之后，山姆说，“是夏尔的一首短诗。可能是瞎扯，也可能不是。可我们也流传着各种故事，还有南边来的消息，知道吧。过去，霍比特人时不时地就会出去旅行。这些人也不是个个儿都能回来，带回来的消息也不能全信：用老话来说就是，都是布理来的消息，不一定有夏尔的说法可靠。不过吧，我听过远方太阳之地那些大种人的故事，我们管他们叫斯乌廷人[1]；据说，他们打仗的时候会骑奥力方特。他们把房子啊、塔楼什么的都搭在它们背上，奥力方特还会互相丢石头和树。所以你说南边来的人类，身上都是红色和金子的时候，我问了你‘有没有奥力方特跟着’？如果有的话，甭管有没有风险，我都要瞧上一眼。不过，这下我猜我是永远见不着奥力方特了。也许压根儿就没有这种动物。”他叹了口气。

“没有，没有奥力方特。”咕噜又说了一遍，“斯密戈从来没听说过。他不想看见它们。他不想它们出现。斯密戈想离开这里，去更安全的地方躲起来。斯密戈想要主人走。好主人不跟斯密戈走吗？”

佛罗多站了起来。山姆显摆的那首关于奥力方特的古老炉边短诗，一度让佛罗多忘记所有顾虑笑出了声，这笑声也让他不再犹豫。“真希望我们能有一千头奥力方特，甘道夫就骑着一头白色的走在最前面。”他说，“然后我们兴许就能在这片邪恶之地开出一条路来。可是我们一

1 斯乌廷人是霍比特人在传说故事里对哈拉德人的称呼。——译注

头也没有，我们只有自己疲惫的两条腿。好吧，斯密戈，也许这第三回能好上加好。我就跟你走吧。”

“主人真好，主人真聪明，主人真贴心！”咕噜欢呼出声，“啪啪”地拍着佛罗多的膝头，“好主人！现在先休息吧，好霍比特人，去石头的影子里边休息，紧挨着那些石头！安静地躺着休息，等大黄脸离开，我们就能赶紧走了。我们得安静、迅速地离开，就像影子一样！”

·第四章·

香草与炖兔

三人把太阳落山前的几个钟头全用来休息。太阳动，山影动，他们也动，直到藏身的洼地西侧边缘的影子拖得老长，黑暗填满了所有的凹陷。随后，三人吃了东西，节约着喝了一点点水。咕噜什么都没吃，倒是开开心心地喝了他们给的水。

“很快就会有更多的水，”咕噜舔着嘴唇说，“上好的水，顺着许多条小溪涌进大河里，就是从我们要去的土地流出来的。斯密戈也许还能在那儿找着吃的。他饿极了，没错，咕噜！”他用两只巨大、扁平的手掌按着饿瘪的肚子，眼睛里闪过一丝浅浅的绿芒。

暮色深沉之时，三人终于出发了。他们从洼地西面摸了出来，鬼魅般闪进道路边上的崎岖地带。再过三晚便是满月，可月亮直到接近午夜时才爬到山脉顶上，上半夜四周一片漆黑。魔多之牙亮起一道红光，除此之外，魔栏农不眠不休的监视却是半丝动静也见不着、听不到。

那红光好似一只眼睛，盯着他们在光秃、嶙峋的荒野里跌跌撞撞地走了许多哩。三人不敢在大路上走，只是隔着一小段距离，尽量从左边顺着道路的方向往前走。夜晚过去大半，几人已是疲惫不堪——毕竟他们中间只短暂休息了一回——那只眼睛总算缩成一个炽热的小点，又消失不见了：他们这时转过下层山脉北面那漆黑的山肩，现在往南边走了。

三人的心情莫名地轻快起来，这会儿他们再度休息了一小阵子。对咕噜而言，他们走得还不够快。按他的计算，从魔栏农到欧斯吉利亚斯前面的十字路口有接近三十里格的路程，他希望分四段走完。正因此，没过一会儿他们又挣扎着继续前进，一直走到黎明渐渐在宽广、苍凉的孤原上扩散开来。他们已经走了有差不多八里格，而两个霍比特人此时就算有胆量继续往前走，身体也委实累得走不动了。

晨光将这片已然少了些荒凉与破败的土地渐渐展现在三人眼前。那不祥的山脉依旧耸立在几人左边，眼前那条南行的大路倒是开始偏离山岭黑沉沉的山脚，斜斜往西去了。道路另一边是被乌云似的阴郁树林盖满的一重重山坡，山坡四周是一片乱七八糟的石楠地，长满了帚石楠、金雀花、山茱萸，还有其他不认识的灌木。时不时地，他们也能见着一小片一小片的高大松树。尽管依旧疲惫，两个霍比特人的心情反而有些振奋：清新、芬芳的空气让他们想起了远在天边的北区山地。能行走在这么一片落入黑暗魔君统治没几年、尚未完全化作腐朽的地方，让自己缓上一口气，似乎也不错。不过，他们并没忘记自己所处的险境，也没忘记那座虽被阴郁高山遮住，实则依旧近在眼前的黑门。三人四处环视，寻找一片能在天黑前替他们挡住邪恶视线的藏身之处。

白天过得令人提心吊胆。他们躺在石楠丛深处，数着缓慢流逝的一分一秒，感觉它仿佛毫无变化；毕竟，埃斐尔度阿斯的影子依旧罩着他们，阳光被挡住了。许是因为信任咕噜，许是累得顾不上操心他这档子事儿，佛罗多不时会睡着，睡得又深又酣；可山姆却压根儿睡不着，哪怕咕噜显然已经睡熟，在自个儿那些隐秘的梦里梦呓和抽搐，他也顶多只能打个小盹儿。相较于不信任，或许饥饿才是他一直睡不着的罪魁祸首：他已经开始渴望吃上一顿丰盛的家常饭菜，吃上“刚出锅的热乎菜”。

土地刚被渐临的夜色化作混沌的灰蒙，他们便再度启程了。没过一会儿，咕噜领着两人下到了往南的大道上；虽说这样走更加危险，但他们行进的速度也加快了。三人一直竖着耳朵，聆听前方是否有马蹄声或脚步声，聆听身后是否有人跟踪；不过，一夜过去，无论是步行还是骑马的声音，他们都没听见。

这道路建成于世人早已遗忘的时代，魔栏农往下大概三十哩长的那部分新近整修过，可随着道路向南延伸，荒蛮又再度侵蚀了路面。这条路道直地平，其中依然能见着古代人类的技艺：时不时地，它要么从山坡切道而过，要么架起一座宽敞、美观、经久耐用的石砖拱桥穿越小溪；不过，石工的痕迹最后全没了踪影，只余稀稀拉拉的破碎石柱探出路边的灌木，还有杂草苔藓埋没的古旧铺路石。帚石楠、树木和羊齿蕨你争我赶地往下长，垂满了坡岸，铺遍了路面。这路渐行渐颓，最终缩成一条鲜有人走的乡间货运车道；但它不曾弯折，依旧笔挺向前，为他们指引着最快的路线。

三人就此取道北部边界，踏入了林郁溪宕的美丽乡野，正是人类曾称作伊希利恩的地方。满月伴繁星，夜色竟多了几分可爱；而两个霍比特人也觉得，越是往前走，空气里的芬芳也愈发浓郁；从吐气声和嘟哝声听来，咕噜似乎也注意到了，但一点儿不觉得享受。拂晓的第一束光亮让几人再度停下脚步。他们已经来到一道路堑的尽头。路堑长且深，中间部分两侧陡峭，而道路则顺着路堑切过了一条石头山脊。他们爬上西侧的边坡，举目远眺。

天色渐渐亮堂起来。他们看见山峰如今更远了，呈一条长长的弧线渐渐往东退去，消失在远方。三人转向西边，看见前方的缓坡一层层缩进深处的昏雾中。他们身边全是脂木形成的一片片小树林，有冷杉、雪松、柏树，也有夏尔不曾见过的其他树木，树林间隔着开阔的空地；馥郁的香草与灌木遍地可见。从幽谷出发的漫长旅途带着他们来到远离家园的南方，可直到现在——直到抵达这片备受庇护的地方，两个霍比特人这才感觉到了气候的变化。这里随处都能见到春天忙碌的杰作：蕨叶顶开了苔藓和壤土，落叶松一片青葱、芽鳞探尖，草地开满小花，鸟儿四下啁啾。刚铎花园伊希利恩，如今虽荒无人烟，却依旧带着种凌乱、灵性的美。

它的南面与西面朝向安都因下游的温暖山谷，东面以埃斐尔度阿斯为障，却又未被影子遮罩；北面有埃敏穆伊遮风挡雨，南面门户大开，笑纳远方大海吹来的潮气。许久前种在这里的树已成参天巨木，因无数年少有人照料，落下树种长出的小树乱哄哄地恣意生长；四周一丛丛地长着柽柳和刺鼻的笃耨香，橄榄和月桂；还有刺柏与桃金娘；百里香或是挤作一垄垄，或是顺着木质茎往外爬，密密麻麻地覆满岩石，仿佛厚重的挂毯；各类鼠尾草鲜花绽放，颜色有蓝有红，浅绿也少不了；马郁兰、新萌芽的芫荽，还有许多形状与香气各异，连山姆这园艺小能手都叫不出名字的香草。满坑满墙的岩石上，虎耳草与景天星罗棋布。榛木丛里，报春花与银莲花已然苏醒；日光兰携着许多百合花，在茂密的草丛里摇曳着半放的花苞。奔涌而下的小溪淌进草地边的一汪汪水池，要在这清凉的山洼里驻足片刻，再继续踏上前往安都因大河的旅途。

旅者们背对着古道走下山坡。他们扒拉着灌木丛与香草开道，甜丝丝的浓香也一阵阵飘起。咕噜咳嗽、干呕个没完，两个霍比特人倒是不停地深呼吸，山姆突然大笑出声——并非因为有趣，而是感到心情舒畅。他们顺着面前一条潺潺而下的小溪往前走。不一会儿，小溪引着他们来到一处浅谷，里边有一片清亮的小湖：小湖原本是古时修建的砌石水池，如今已成残破的废墟，水池边缘几乎让青苔和蔷薇丛遮了个满满当当；四处矗立着一排排叶片如剑的鸢尾草，睡莲叶兀自漂浮在微澜的深色池水之上；湖水倒是很深，水质清新，沿另一头一处岩石边缘处涓涓溢出。

他们在这里一番洗漱，又从入水口痛饮了一番。随后，他们四处寻找可供休息、隐藏的地方；这片土地虽说美丽依然，却已落入了大敌的掌控。三人离古道并不算远，却在这短短的距离里瞧见了过往战争留下的伤痕，还有奥克及黑暗魔君其他邪恶仆从搞出来的新伤：一坑未填埋的秽物与垃圾；肆意砍倒又弃之不顾的垂死树木，树皮上还刻下了邪恶的如尼文和魔眼的恐怖记号。

山姆在小湖出水口下方攀来爬去，嗅闻抚摸那些陌生的花草树木，一时间把魔多给忘在了脑后；好景不长，他忽然再度记起了与他们如影随形的危险——因为他突然撞上一圈被火烧过的焦土，在中间发现了一堆焦煳、破碎的头骨与其他骨骼。疯长的荆棘、野蔷薇与拖曳的铁线莲早已给这片可怕的盛宴与屠杀之所盖上了一层薄纱；可这里却算不上什么旧痕。他连忙回到伙伴身边，但半个字也没提：最好留那些骨头继续安眠，莫让咕噜跑去扒拉搅扰。

“我们找地方歇脚吧。”他说，“别去下头，我要找个高点儿的地方。”

他们在小湖往回一点儿的地方发现了一片褐色的蕨叶，堆了厚厚一大层。蕨叶再往前，一丛叶片墨绿的月桂爬上了一座陡坡，坡顶长着一圈颇有年岁的雪松。三人决定在此休息，把显然会变得明亮又温暖的白天给耗过去。这一天其实挺适合在伊希利恩的树林与空地间闲庭信步的，虽说奥克兴许会躲着阳光，可这里能让他们躲藏和监视的地方过于多了，外面也同样有着其他邪恶眼线晃荡——索伦的爪牙数量可不算少。再说了，咕噜也不肯顶着大黄脸走动。太阳很快就会照上埃斐尔度阿斯的黑暗山脊，到时他又该因为阳光和热气而晕厥和畏缩了。

一路上，山姆绞尽脑汁思考吃食的问题。黑门难逾的绝望眼下被他抛在了脑后，他也就不像他的少爷一样，拒不考虑使命结束之后的生计；总之，他觉得把精灵的行路干粮省给后面更糟糕的日子，或许更聪明一些。自他算出口粮勉强只够吃三个星期起，日子已经过去至少六天了。

"照这么下去，能及时抵达火焰之山就算是走了大运了！"他想，"我们也可能想要往回走呢。肯定有可能！"

另外，一整夜漫长的行进，再加上一番洗漱与灌水，他感觉饥饿感来得比平常还要凶猛。一顿晚饭，要么是一顿早餐，就坐在袋下路老厨房的炉火边上吃，这才是他真正想要的。他脑子里突然闪出一个念头；他转向咕噜。咕噜恰好打算独自溜开，正手脚并用地从蕨叶上往外爬。

"喂！咕噜！"山姆说，"你这是要上哪儿啊？打猎吗？那啥，听我说，你这闲不住的老家伙，反正你也不喜欢我们的吃食，我自己也觉得换换口味也不赖。你的新口头禅不是'总能帮上忙'么，那你不如去找点儿饿肚子的霍比特人能吃的什么东西吧。"

"行，大概，行。"咕噜说，"斯密戈总能帮上忙，只要他们肯问嘶——只要他们肯客气地问嘶。"

"行，行！"山姆说，"我这不就'问嘶'了么。你要是觉得还不够客气，那就当我求求你了。"

咕噜没了踪影。他离开了一阵子，而佛罗多吃了几口兰巴斯，接着把自己陷进褐色的蕨叶里睡了过去。山姆端详着他：清早的光线缓缓爬下，这才刚照进树影，可他却能清楚地看明白少爷的脸，还有少爷那双放松地摊在身边的手。他忽然回忆起佛罗多当初身受重伤睡在埃尔隆德之家时候的场景。他那时一直守在佛罗多身边，然后他注意到佛罗多身体里似乎有微光闪烁；这光芒如今竟变得更加明显、强烈了。佛罗多一脸的安详，脸上没了恐惧和忧虑的痕迹；可这脸看着却有些苍老，苍老而美丽，仿佛岁月对脸庞的镌刻此时终于透过暗藏的优美线条显现了出来，但这张脸原本的身份却并未改变。这可不是山姆·甘姆吉在臆断。他摇摇头，似乎找不着合适的词儿，于是嘟哝道："我爱他。他就是这样一个人，有时候不自觉就会显露出来。可不管是不是这么回事儿，我就是爱他。"

咕噜悄无声息地返回，探头往山姆肩膀那边窥视。一看见佛罗多，他当即闭上眼睛，爬去了一边，半句话也没说。片刻后，山姆过去找咕噜，发现他嘴里一边嚼着什么东西，一边嘟嘟哝哝的。他脚下躺着两只小兔子，他正满脸饥渴地看着它们。

"斯密戈总能帮上忙。"他说，"他带回来兔子，好兔子。可主人睡着了，大概山姆也想睡觉。现在不想吃兔子了吧？斯密戈想要帮忙，可他没法一眨眼就抓一大堆东西。"

山姆倒不反感吃兔子，他也是这么说的。至少，他对煮熟了的兔子没什么抵触。毫无疑问，每个霍比特人都会烹饪，他们还没学认字儿（相当多的人从未学过）就先学起了厨艺；可山姆却是个中好手，哪怕按霍比特人的标准来说都是。这一路上，只要有机会他便会搞上一回野炊，手艺也锻炼了不少。他仍旧抱着点儿念想，在背包里留着部分炊具：火绒小盒一只，小浅锅两口，一大一小套放着；浅锅里还有一柄木勺，一把双头短叉与几根烤扦。背包最下面还藏着扁扁一木盒日渐减少的宝贝：一小盒子盐巴。除此之外，他现在还需要一堆火与别的东西。他脑子里思索着，同时掏出小刀来清洗、磨砺，开始给兔子剥皮。他可不会离开佛罗多，留他一个人睡觉，哪怕几分钟也不行。

“那啥，咕噜，”他说，“我还有个活儿要交给你。去给这两口锅装上水，然后带回来！”

“斯密戈会去打水，没错，”咕噜说，“可霍比特人要水来干什么？他已经喝了水，洗漱过了。”

“用不着你操心，”山姆说，“你要是猜不出来，晚点儿就能知道了。你越快把水接回来，就越能早点儿搞明白。要敢弄坏我的锅，我非把你给剁成肉馅儿不可！”

趁着咕噜走开，山姆又端详了佛罗多一回。他依旧睡得很安详，可山姆这下却被他消瘦的脸和手吓了一跳。“他太瘦，太憔悴了，”他喃喃道，“霍比特人可不该是这个样子。我要是能把这两只兔子给做出来，我就叫他起来。”

山姆捡着最干燥的蕨叶拢了一抱，又爬上斜坡拾了一捆细枝碎木；坡顶上一截断落的雪松为他提供了足够的木柴。他贴着坡脚的蕨叶堆撬开部分草皮，挖了个浅坑放进柴火。火石跟火绒他已用得得心应手，很快便生起一堆小火。这火几乎没多少烟，倒是冒着一股子香气。他弯腰护着火，又往上架了几块更大块儿的木头加大火势；咕噜正好也回来了，一边小心翼翼地端着锅，一边自言自语地发牢骚。

他放下锅，这才看清楚山姆在干吗。他一声细嘶嘶的尖叫出口，似乎又是害怕又是生气。“啊！嘶嘶——不！”他叫道，“别！蠢霍比特人，傻瓜，没错，傻瓜！他们不能干这个！”

“不能干哪个？”山姆惊诧地说。

“不能搞出这些烦死嘶人的红舌头。”咕噜嘶嘶叫道，“火，火！它危险，没错，危险。它焚烧，它杀死。它还会把敌人引来，没错，它会的。”

“我看不会。”山姆说，“只要你别在上面放受潮的东西，闷出烟雾，怎么会引来敌人。就算真的会，那就会吧。反正我打算冒这个险。我要把这两只兔子炖了。”

“炖兔子！”咕噜细声尖叫，无比诧异，“糟蹋斯密戈省给你们的漂亮肉，挨饿的可怜斯密戈！为什么？为什么，蠢霍比特人？它们这么嫩，这么软，这么美味。快吃它们，快吃了它们！”他伸手便要去抓最近处那只剥了皮放在火边的兔子。

“停，停！”山姆说，“萝卜青菜，各有所爱。我们的干粮会呛到你，可生兔肉也会呛到我。你要是把兔子给了我，那我只要乐意，爱咋吃就咋吃。而我就乐意炖了它。你看我也没用。你再去抓一只呗，想咋吃都行——去僻静的地方吃，别在我跟前就行。这样你就不用看到火，我也不用看到你，大家都开心。我会盯着不让火冒烟的，这下你可以放心了。”

咕噜骂骂咧咧地退开，爬进了蕨丛里。山姆在锅前忙活起来。“除了兔子，霍比特人还需要点儿啥呢？”他自言自语道，“当然是放些香草和根菜了，尤其是土豆——也别忘了面包。香草我们似乎能搞到。”

“咕噜！”他轻声唤道，“帮一帮二再帮三嘛。我需要一些香草。”咕噜将脑袋探出了蕨叶，可表情算不上想帮忙，也算不上友善。“一点点月桂叶，一些百里香和鼠尾草，这就行了——水烧开之前就得找好。”山姆说。

“不去！”咕噜说，“斯密戈不乐意去。斯密戈还讨厌臭烘烘的叶子。他不要吃草和根，不，宝贝，除非他饿得要死或者病得要死了，可怜的斯密戈。”

“斯密戈要是不照吩咐办，等这水烧开了，斯密戈就得进这货真价实的滚水里边去！”山姆吼道，“山姆会把他的脑袋摁进去，没错，宝贝。要不是时候对不上，我还得要他去给我找芜菁、红萝卜和土豆。我敢担保，这地方肯定长了老多各种好东西。我愿意拿一大堆东西去换半打土豆。”

“斯密戈不去，噢，宝贝，这回不去。”咕噜嘶嘶叫道，“他吓坏了，还很累，这个霍比特人不友善，一点儿都不友善。斯密戈才不去翻根茎、红萝卜嘶和——土豆。什么是土豆，宝贝，呃，什么是土豆？”

“就是马——铃——薯，”山姆说，“这可是老爷子的心头好，也是填饱肚子的压轴货。不过，你不用去找，找不着的。来吧，当个好斯密戈，给我找点儿香草来，让我对你有点儿好印象吧。另外，你要是肯改过自新，还能保持下去的话，哪天我就给你做点儿土豆吃。我会的：山姆·甘姆吉给你做一道拿手的炸鱼和薯条，这你总不会拒绝吧。”

“不，不，我们会拒绝。糟蹋好鱼，烧焦它。现在就给我鱼，把恶心的薯条自己留着吧！”

“呃，你真是没得救了。”山姆说，“睡你的觉去吧！”

到头来，他只能自个儿去找他要的东西；还好他不用走太远，不用去看不见依旧熟睡的少爷的地方。直到水开之前，山姆在那儿坐了好一阵子，一边苦思冥想，一边照料灶火。光线渐强，空气暖和起来，草皮和树叶上的露珠也没了踪影。很快，切成块的兔子肉就跟捆好的香草一道进锅里炖上了。时间一点点过去，山姆也是半梦半醒。他让兔肉炖了差不多一个钟头，不时用叉子戳戳肉的软硬，尝尝汤的味道。

等差不多炖好了，他从火上拿起锅，慢慢端去佛罗多那里。佛罗多眼睛刚睁开一半，看见山姆正俯身看着他，随即从梦里清醒过来——又是一个温柔、平静却回忆不起来的梦。

“哈喽，山姆！”他说，“你没睡会儿吗？出了什么事？现在什么时候啦？”

“大概是天亮后两个钟头的样子，”山姆说，“照夏尔的时间来算，差不多八点半的样子。啥问题都没有。嗯，也不能说啥问题都没有：没有高汤，没有洋葱，没有土豆。我给你炖了点儿东西，佛罗多先生，还有一些肉汤。你吃了有好处。我没带碗，也没带其他能盛汤的东西，你得用杯子来盛，要不就等汤凉点儿了直接端着锅喝。”

佛罗多打了个呵欠，伸了个懒腰。“山姆，你该休息一会儿的。”他说，“而且在这一带生火也很危险。不过，我是真的饿了。唔！我在这边都闻到味儿啦！你炖了什么好吃的？”

“斯密戈给的礼物。”山姆说，“一对野兔；我猜，咕噜这会儿肯定后悔了。可惜没啥别的调料，我只放了点儿香草。”

山姆和他的少爷就着那层蕨叶坐下，合用那旧叉勺吃起两口锅里的炖肉。两人还奢侈了一下，各吃了半块精灵的行路干粮。这顿饭堪称大餐。

“咕噜！咻！”山姆唤道，又轻轻吹了个口哨，“过来！这会儿改主意还来得及。想试试炖兔肉的话，这儿还剩了一些。”没人吱声。

“算了，我猜他跑去给自己找吃的了。我们把这些都吃光吧。”山姆说。

“然后你必须睡会儿觉。”佛罗多说。

“那我打盹儿的时候，你可千万别睡着了，佛罗多先生。我还是信不过他。他身上那个缺德鬼——坏的咕噜，如果你懂我意思——依旧占了老大一部分，而且变得越来越厉害了。不过，我觉得他头一个想掐死的肯定是我。我们没有眼神交流，他也不喜欢山姆，噢，不，宝贝，一点儿都不喜欢。”

两人一番吃喝完毕，山姆去溪边洗炊具。他站起身准备往回走的时候，回头往山坡上看了看：这时太阳已经从那堆一直横在东面，也不知是水蒸气、烟尘还是暗影的东西里升了起来，金黄的光线洒在他周围的树林和空地上。随后，就在他上方的一丛灌木里，他注意到一缕蓝灰色的薄烟打着旋儿升上天，被阳光照得无比显眼。他大吃一惊，意识到这烟是从他那一小堆灶火上冒出来的，他忘灭火了。

“这下完了！真没想到这烟会这么扎眼！”他喃喃道，匆忙往回赶。突然，他停住脚，听了起来。他是不是听到了哨声，还是什么怪鸟的叫声？若是哨声，它又不是从佛罗多那边传来的。这时，那声音又从另一个地方传了过来！山姆使出吃奶的力气往山上跑。

原来是一根小树枝烧到了头，把灶火边上的蕨叶给点燃了几片，随后蕨叶越烧越多，把新鲜的草皮闷出了烟。他连忙踩灭了余火，踢散灰烬，又拿草皮盖住了柴火洞。然后，他爬回了佛罗多身边。

“你听见口哨声了没？像是还有一声回应。”他问道，“就几分钟前的事儿。我只希望那是鸟叫声，可我听着真的不太像：我觉得，更像是有人在模仿鸟叫声。还有，恐怕我生的那堆小火冒烟了。要是因为这个招来麻烦，我一辈子也不会原谅自己，可能也没机会原谅了！”

“嘘！”佛罗多悄声说，“我觉得，我听见了许多说话声。”

两个霍比特人把小背包捆好，背上肩头，然后便钻进了蕨叶深处，蹲在里边仔细听。

确实有说话声。声音不大，偷偷摸摸的，可离得很近，而且越来越近。突然间，其中一个声音清晰起来，位置就在跟前。

“这里！烟就是从这儿来的！”那声音说，“它肯定就在附近，多半就在这蕨丛里头。这下它跟落了陷阱的兔子差不多，等抓到它，我们就知道它究竟是什么东西了。”

“对，还有它都知道些什么！”第二个声音说。

说时迟，那时快，四个男人大踏着步子从不同的方向朝蕨丛穿了过来。逃跑和躲藏已经没什么用，佛罗多跟山姆索性背对背一下窜起身子，抽出短剑。

两人被眼前看见的吓了一跳，来抓他们的人更是大吃一惊。眼前站着四个高大的人类，其中两人手持雪亮的阔头长矛，另两人握着几乎等身长的巨弓，硕大的箭筒里插着长长的绿羽箭矢。四人身侧佩有长剑，穿着深浅不同的绿、褐两色衣服，似乎是为了在伊希利恩的林间地里行走时更难被察觉。他们手上戴着绿色的长手套，绿兜盖头、绿罩遮脸，只露出锐利又明亮的眼睛。佛罗多当即想起了波洛米尔——这些人类无论身形、动作还是说话的方式都很像他。

“想找的虽然没找着，”其中一人说，“瞧瞧我们发现了什么？”

“不是奥克。”另一人说，松开了之前看见佛罗多手上亮晃晃的刺叮时握住的剑柄。

“精灵？”第三个声音疑惑地说。

“不！怎会是精灵。”第四个、也是最高的那个人说，似乎是几人的首领，“这些年，精灵从未来过伊希利恩。而且，据说精灵的容貌无比美丽。”

“你意思是我们长得不好看呗。”山姆说，“真谢谢你的美言。等你们讨论完我俩，不妨说说你们又是谁，为啥要打搅两个疲倦的旅人休息。”

那高大的绿衣人冷脸一笑。“我乃刚铎之统帅法拉米尔。这地方可没什么旅人，有的全是邪黑塔的爪牙，不然就是白塔的追随者。”

“但我们两者都不是。”佛罗多说，“无论法拉米尔统帅怎么说，我们确实是两个旅者。”

“那就赶紧报上你们的身份和此行的目的，”法拉米尔说，“我们还有要事在身，这地方也不适合猜谜和讨价还价。说，你们那第三个同伙在哪儿？”

“第三个？”

“没错，我们看见了，那个把鼻子扎进水池里的鬼祟家伙。那长相一看就不是什么好东西。我猜可能是某个种类的奥克探子，要不就是他们搞出来的什么怪物。他耍了点儿花招，从我们手上溜了。”

“我不知道他在哪儿，”佛罗多说，“我们不过是跟他在路上碰巧搭了伴，他的事我管不着。你们要是找着了他，就饶他一命，把他带过来或者让他来找我们。他不过是个悲惨的流浪者，我暂时照顾他一阵子。至于我们，我们是夏尔的霍比特人，来自远方许多条河流那边的西北方。我是卓果之子佛罗多，这位是汉姆法斯特之子山姆怀斯，是我忠心耿耿的仆人。我们从幽谷——也有人称那里为伊姆拉缀斯——出发，一路走了很远。”闻悉，法拉米尔心里一惊，态度更加专注了，“我们那时共有七名同伴：有一位陨落在墨瑞亚，而我俩在涝洛斯大瀑布之上的帕斯嘉兰离开了其余人——其中两位是我们的同族，还有一位矮人，一名精灵，外加两个人类。一个人类是阿拉贡，另一个则是波洛米尔，他说自己来自南方一座名为米那斯提力斯的城。”

“波洛米尔！”那四人惊呼。

“可是德内梭尔宰相之子波洛米尔？”法拉米尔问，脸上浮现出一股怪异的严厉，“你跟他一路？若非假话，那可真是新消息。要知道，小陌生人，德内梭尔之子波洛米尔可是白塔的至高监察，也是我们的统帅：我们无比想念他。你们究竟是何人，你们和他是什么关系？赶紧说，太阳越升越高了！”

佛罗多反问道：“波洛米尔带去幽谷的那两句谜语，你们可知道？

找到那把断剑：

藏于伊姆拉缀斯。”

“确实有这两句，”法拉米尔震惊地说，“既然你也知道，多少可以证明你所言不假。”

“我提到的阿拉贡就是断剑的主人，”佛罗多说，“而我们正是那首谜语诗里提到的半身人。”

“看得出来。”法拉米尔若有所思地说，“或者说，我看得出有这可能。那伊熙尔杜的克星又是什么？”

“这一点依旧藏声匿迹。”佛罗多回答，“毫无疑问，迟早会水落石出的。”

“此事我们还需多加了解，”法拉米尔说，“还需了解你们为何要大费周章，从遥远的东边过来，去那阴影之下——”他指了指，没提名字，“——但现在还不是时候。我们有急事要处理。你们正身处险境，无论从野地还是道路，今天都走不了多远。今日正午之前，附近会有一场血战。此后要么死掉，要么赶紧逃回安都因。我会留两人保护你们，既是为了你们好，也是为了我自己。这片土地之上，智者从不相信萍水之缘。我若能归来，会再与你们详谈。”

“珍重！”佛罗多深鞠一躬，“随便你怎么猜，但我是那唯一大敌所有敌人的朋友。若我们半身人一族能有机会为你们这样勇猛、强壮的人提供帮助，而我的使命也允许的话，我们愿与你同行。愿你们的宝剑光芒闪耀！”

“旁的暂且不论，半身人果真是彬彬有礼的种族。”法拉米尔说，“再会！”

两个霍比特人再度坐了回去，可彼此的思绪与疑惑谁也没说出口。就在那片墨绿月桂树丛的斑驳影子里，留下来的那两个人类依旧保持着警戒。因为白天越来越热，他们便时不时地取下面罩透透气，佛罗多看见这两人面容俊朗：淡白的皮肤，深色的头发，灰眼睛与脸庞充满悲伤与傲然。两人一同小声说着话，起初用通用语，但带着旧时的讲法，后来又改成他们这族的另一种语言。叫佛罗多意外的是，他越听越觉得这两人说的是精灵语，要么就是相差不远的什么语言；他惊讶地看着他们，因为他知道这些人肯定是南方的杜内丹人，是西方之地诸王的后裔。

过了一阵，他跟他们说起了话；可那两人回话时却是很慢也很谨慎。他们自称马布隆和达姆罗德，说自己是刚铎的士兵，是伊希利恩突击队成员——他们是伊希利恩被占领以前曾生活在那里的人的后代。德内梭尔宰相选了这样一批人作别动队，他们悄悄渡过安都因大河（怎么过去的，从哪里过去的，他们不肯说），去骚扰游荡在埃斐尔度阿斯与大河之间的奥克。

“从这边去安都因大河东岸差不多有十里格，”马布隆说，“我们很少如此深入野外。不过，我们这趟有新任务：伏击哈拉德的人类。这帮该死的家伙！”

“就是，该死的南蛮子！”达姆罗德说，“据说刚铎跟远南的哈拉德各国古时曾有贸易往来，但从没达成半点儿友好。那时候，我们的南部边境甚至越过了安都因河口，而哈拉德各国离得最近的乌姆巴也承认我们的统治。可那已经是很久以前的事了。我们已经好几代人不曾有过任何来往。最近我们得知，大敌已经混入了他们，而他们也投靠了他，或者说重回了他手下——他们一直甘愿听他使唤——东边许多地方也是一样。我毫不怀疑，刚铎已时日不多，米那斯提力斯的城墙也危在旦夕，他的力量与恶意实在太强了。”

“不过，我们依旧不会坐以待毙，任由他予取予求。”马布隆说，“这些该死的南蛮子如今一路走古道行进，要去壮大邪黑塔的势力。是的，走的正是那条用刚铎的技艺所造的路。我们得知，他们觉得新主子的力量已经足够强大，光是他疆域里那些山岭的影子就能保护他们，所以他们一路走得更加肆无忌惮了。我们就是来这里让他们长点儿记性的。几天前我们得到消息，说他们有大部队正在往北走。照我们估计，大概中午之前，他们会有一支军团经过上面那条道的路堑那一段。路能穿得过那座山，他们可不行！只要法拉米尔还是统帅，他们就别想。如今一切有危险的行动都是他在带头。可他那条命简直有如天佑，要不然就是命运对他另有安排。”

他们的对话渐渐停下，转为无声的聆听。四下似乎变得寂静，充满戒备。山姆蹲在那层蕨叶边缘往外看。拜他好使的眼神所赐，他看见周围还有许多人类。他能看见这些人或是独行，或是排着长队悄然爬上山坡——他们始终走在小树林或灌木丛的影子里，要么就匍匐于草丛与灌木间，身上褐、绿二色的装束让他们很难被发现。这些人全戴着兜帽和面罩，手上配着长手套，武器与法拉米尔一行人相仿。不多一会儿，他们全数通过此处，没了踪影。太阳渐渐爬到了接近南方的位置。树影变得越来越短。

“那可恶的咕噜也不知上哪儿去了？”山姆寻思，一边往树荫深处爬，“他很有可能会被奥克给砍死，要不然就是被大黄脸给烤焦了。可我觉得他能照顾好自己。”他在佛罗多身边躺下，开始打起瞌睡。

他好像听见了号角的声音，便醒了过来。他站起身，此时已是正午。两名守卫站在树荫里，既警觉又紧张。忽然间，更为嘹亮的号角声响起，毫无疑问就在正上方，就在山坡顶上。山姆感觉还听见了哭喊与狂号，可这些声音很模糊，仿佛来自远处的洞穴里。随后，喊杀声当即爆发，就在周围地方——就在他们躲藏之处的顶上。他清楚地听见了刀兵锵啷相接，听见剑刃哐当砸中铁盔，还听见刀锋闷声砍上盾牌；人们高喊着，尖叫着，还有个洪亮的声音清晰地大喊着：“刚铎！刚铎！”

“听着像是一百个铁匠同时在打铁，”山姆对佛罗多说，“他们可别再靠近了。”

然而，声音越来越近。“他们来了！”达姆罗德喊，“快看！有些南蛮子冲破圈套，往大路那边逃了。就在那边！统帅领着我们的人正在追击。”

山姆着急想看个明白，去了守卫那边。他往上爬了一小截，来到其中一棵高大些的月桂树下。一时片刻间，他瞥见一些肤色黝黑的红衣人往坡下逃窜，没跑多远便被身裹绿衣的战士飞快地追上并砍倒了。箭矢密如飞蝗。紧接着，有人从遮蔽他们的斜坡顶上直直地摔下来，一路砸断许多小树，差点儿掉在他们头顶上。那人最后面朝下，停在了蕨丛几步开外的地方，一尾绿羽箭将金黄护颈下的脖子射了个对穿。他的猩红色罩袍四分五裂，层叠的板条铜铠满是裂口与劈痕，混编着黄金的黑色发辫浸满鲜血，依旧紧握在他那棕色手掌里的长剑早已折断。

这便是山姆第一眼瞧见的人类与人类的战斗，他一点儿也不喜欢。他庆幸自己看不见那张死人脸。他很想知道，这人究竟姓甚名谁，来自何方；他是不是真的内心邪恶，究竟是何种谎言或威胁让他离开家乡，远赴千里；还有，他是不是真的不愿在家乡平静地生活——他一念之间转过这些想法，又迅速将它们赶出了脑海。因为马布隆正朝那尸体走去的时候，又有新的动静传来。震耳欲聋的呼喊与号叫。山姆还听见其中夹杂着刺耳的咆哮和喇叭声。随之而来的是巨大的践踏与撞击声，活似有巨大的夯锤擂向了地面。

“当心！当心！”达姆罗德朝同伴高喊，“愿维拉让他远离！猛犸！猛犸！”

震惊、恐惧，夹杂着源源不断的喜悦，山姆看见一头庞然巨物撞出树林，猛冲下山坡。他看上去大得像一座房子，甚至比房屋还要巨大，简直就是一座灰色的移动山丘。兴许是恐惧和震惊让霍比特人将他的形象放大了，可哈拉德的猛犸当真是种体形巨大无比的野兽，中洲如今已再见不到能与他比肩的生物；后世他那些依旧活着的同类，充其量只能算是他那身体与威严的一抹追忆罢了。他径直冲向几位旁观者，又在千钧一发之际侧转身子，隔着仅几码的距离错身而过，震得几人脚下的地面颤动不停：他那巨腿粗似树干，伸展的耳朵大如船帆，高举的长鼻恍若蓄势待发的巨蛇，不大的红眼睛里满是狂怒。他那号角一般上撩的獠牙箍着金圈，有鲜血从上面滴落。身上猩红、金黄的装饰挂毯支离破碎，随风飞舞。他隆起的背上驮着一座似乎是战塔的建筑，让他在树林里的狂暴穿行给撞了个稀碎；他高高的颈项上拼了命挂着一个小小的身影——那其实是一名孔武的战士，即便在斯乌廷人当中也算得上巨人。

一种没来由的暴怒裹挟着这头笨拙的巨兽，让他轰隆着撞过水池与灌木丛。他的皮比寻常生物足足要厚上三倍，射往身侧的箭矢全被弹飞开来，而他却毫发无伤。在他面前，敌我双方纷纷溃逃，可依旧有不少人被他一脚踩倒，踏进了土里。他很快便狂奔出了视线，远处依旧能听见他的吼叫与践踏声。他的下落山姆再没听说：不知道他后来是不是逃去荒野游荡了一阵子，最终消失在远离家园的地方或者困在了什么深渊里；也有可能他一路狂奔，冲进了大河，就此被河水吞没。

山姆深深吸了一口气。“这不就是一头奥力方特嘛！”他说，“就是说，真有奥力方特这东西，我终于见了一头。这回值了！可惜老家估计没人会信我。好了，看来这事儿结束了，那我就再睡会儿。”

“能睡就睡，”马布隆说，“不过，统帅若是没受伤，他肯定会回来；等他来了，我们会马上离开。我们的行动一旦传到大敌耳朵里，他肯定会派人来追我们，估计就是不久后的事。”

“非得离开的话，走的时候小声点儿！”山姆说，“可别搅扰我睡觉。我可是赶了整整一晚上的路。”

马布隆哈哈一笑。“我觉得统帅可不会把你们留在这里，山姆怀斯大人。”他说，“你等着瞧吧。”

·第五章·

西方之窗

山姆觉得自己只打了几分钟瞌睡，可醒来时已是傍晚，连法拉米尔都回来了。他带回来好些人；事实上，参与这场突袭的幸存者眼下全都聚集在附近的斜坡上，人数足有两三百。他们围坐成一个大半圆，圆顶正是法拉米尔所坐之处，而佛罗多则站在他面前。那场面颇有些怪异，活像在审问囚犯。

山姆拱出蕨丛，不过谁也没朝他瞧上一眼。他跑去最后一行人坐的地方，好把情况看个清楚，听个明白。他专心地观察和聆听着，随时准备冲过去给他的少爷救急。他能看见法拉米尔的脸，后者这会儿把面罩摘掉了：他的脸严肃又威严，探究的目光里藏着一丝敏锐的智慧。他那双灰色的眼睛里满是怀疑，直直地盯着佛罗多。

山姆很快就发现，对佛罗多的自述，统帅有好几处不满：在从幽谷启程的那支队伍里，他承担了什么角色；他为何离开了波洛米尔；波洛米尔如今去了哪里。法拉米尔还三番五次特意把话题转回到伊熙尔杜的克星上。他显然是发现佛罗多把一些重要的信息隐瞒起来了。

“可就是半身人的出现唤醒了伊熙尔杜的克星，至少谜面读起来就是这个意思。”他不依不饶地说，“若你们就是其中提到的半身人，那你们肯定把这东西带去了你提到的那场不知道什么的会议，而波洛米尔在那儿看见了。你可承认？”

佛罗多没有回答。“既如此，”法拉米尔说，“此事你须再多告知我一些情况；既然这事与波洛米尔有关，那于我而言也不算无关。照古时的传说所述，夺去伊熙尔杜性命的是一支奥克的箭矢。可奥克的箭矢如此之多，光是看见这么一支箭，刚铎的波洛米尔怎么会当它是厄运的迹象？你可带着这东西？你说过，它依旧藏声匿迹；难道不是因为你选择把它给藏匿起来的？”

“并非如此。选择权并不在我。”佛罗多回答，“它并不属于我。它也不属于任何凡人，无论你是九五之尊还是一介平民；要说谁真有资格拥有它，当属阿拉松之子阿拉贡。我之前提过这名字，他是我们的队伍从墨瑞亚到涝洛斯大瀑布一段的领队。”

“为何领队是他，而非埃兰迪尔子嗣所造之城的宰相之子波洛米尔？”

“因为阿拉贡乃埃兰迪尔之子伊熙尔杜本人的直系后代。他的佩剑便是埃兰迪尔之剑。”

围坐之人全都震惊不已，纷纷窃窃私语。有人高喊道：“埃兰迪尔之剑！埃兰迪尔之剑要来米那斯提力斯！不得了的消息！”可法拉米尔脸上的表情却分毫未变。

“也许吧。”他说，“兹事体大，如此宣称须得加以确认，还须提供确凿无疑的证据——倘若这个阿拉贡真要来米那斯提力斯的话。然而六天前我启程之时不曾见到他，也没见到你这队伍里的任何一人。”

“波洛米尔对这个主张没有怨言。”佛罗多说，“其实波洛米尔要在这儿的话，他就会回答你所有的问题了。鉴于他好几天前就已经在涝洛斯大瀑布，还打算直接去往你们的城池，兴许你回去之后，很快就能在那边了解到答案。他知道我在队伍里的职责，其他人也都知道，因为这是伊姆拉缀斯的埃尔隆德与会议当场指派给我的。这一使命让我来到这片国度，但与队伍以外的人透露这件事却不是我的职责。不过，那些声称反对大敌的人，最好不要对此事多加阻挠才是。”

无论佛罗多内心做何感想，他的语气却带着骄傲，而山姆对他的话无不赞同；不过，法拉米尔却并未感到满意。

“这么说，”他说，“你是在让我顾好自己的事，自个儿回家去，别来招惹你。等波洛米尔回来，自然会把事情说清楚，对吧？你说，等他回来！你是波洛米尔的朋友吗？”

波洛米尔袭击自己的一幕，再度栩栩如生地浮现在佛罗多的脑海，这让他迟疑了片刻。法拉米尔的眼神变得更加严厉。“波洛米尔是我们队伍里的一员猛将。”佛罗多终于开口了，“是的，对我而言，我是他的朋友。”

法拉米尔冷冷一笑。“那么，若是得知他死了，你应该会伤心吧？”

“我当然会伤心。”他瞅见法拉米尔的眼神，心里一颤。“死了？”他问，“你是说，他死了？而你早就知道？你一直在用话套我，耍弄我？还是说，你现在想拿假话诓我？”

“即便是奥克，我也不屑于用假话诓骗。”法拉米尔说。

“那他是怎么死的，你又是怎么知道的？你不是说，你离开那会儿，我们的队伍里没人抵达吗？”

“关于他的死，我还指望他的朋友、伙伴能告诉我一番来龙去脉呢。”

“可是，我们分别的时候，他明明还活得好好的，身强力壮。我一直知道的就是他还活着。不过，这世间确实有许多凶险。”

“凶险的确很多，”法拉米尔说，“背信弃义在其中可不算少。”

这番对话让山姆愈发烦躁，愈发按捺不住火气。法拉米尔最后那句话算是把他彻底给点炸了。他径直冲进了人圈中间，大步走到少爷身边。

“佛罗多先生，请原谅，”他说，“可我觉得这有点儿过分了。你吃了这么多的苦头，不就是为着其他人，也为着他和这里所有这些了不起的大人物们着想吗？他凭啥这么跟你说话？

“听好了，统帅大人！”他两腿一分，双手叉腰站在法拉米尔面前，那神情仿佛质问年轻的霍比特人为何要闯进他的果园，可对方却拿“来找‘果酱’”的话糊弄他似的。周围有人在窃窃私语，不过也有些看热闹的开始忍俊不禁：他们的统帅坐在地上，跟前站着一个腿分得老开、怒气冲冲的年轻霍比特人，两人大眼瞪着小眼——可真是场旷世奇景。“听好了！”他说，“你到底想说啥？别等到魔多的奥克全都扑上来了，你还没把话讲明白！你要是觉得我家少爷谋害了这个波洛米尔然后逃走，那你就是在胡说八道；你真要这么想，那你就明说！索性让我们知道你准备怎么办吧。我就是觉得有点儿可惜，嘴里说着要跟大敌抗争的人，却不愿让别人照自己的想法贡献力量，非得过来胡搅蛮缠。大敌眼下要看见你，肯定高兴得不得了。他肯定觉着自己又有新的同伙儿了。”

“冷静！”法拉米尔却是不恼，“别替你家少爷多嘴，他可比你聪明多了。我也不需要哪个人来指点我们有什么危险。即便如此，我依旧会分点儿时间出来，就为了给这桩难事做个公正的裁决。我要跟你一样急性子，或许早就把你们都砍了。我可是得了命令，任何不经刚铎宰相许可擅闯此地的人，格杀勿论。不过，无论人兽我都不会滥杀，即便必须要杀，我心里也并不乐意。我也同样不乐意徒费口舌。所以，不必担心，在你家少爷旁边坐下，把嘴闭上！”

山姆猛地坐下，脸涨得通红。法拉米尔再度转向佛罗多。“你问我如何得知德内梭尔之子死了。死讯的传递有很多种方式。常言说，夜来噩耗传亲人。波洛米尔是我的兄长。”

他脸上掠过一道悲伤的阴霾。“波洛米尔大人随身携带的装备，可有哪件令你感觉特别的？”

佛罗多思索了一阵。他既担心这会不会又是什么陷阱，又有些疑惑这场争辩要怎么收场。他当初好不容易才在波洛米尔骄傲的掌握下护住了魔戒，现在这么多人围着，个个儿好战又强壮，他不知道自己该如何是好。不过，他内心隐约觉得，尽管长得很像哥哥，但法拉米尔却少了些自负，也更加坚定与睿智。“我记得波洛米尔挎着一支号角。”他最后说。

“你记得没错，你也确实见过他。”法拉米尔说，“兴许你在脑海里能想象出来：东边野牛的大角，上面箍了银，还镌刻了一些古文。这支号角由我家族之长子携带，数代如此；据说，若是在危难之时吹响它，只要身处刚铎境内——按旧时的疆域来算——它的声音决不会无人响应。

“此次犯险前五天，也就是十一天之前的大约这时候，我听见那号角被吹响：声音似乎在北边，可听得不大真切，倒是有些像脑海里的余音。我与父亲都认为此乃不祥之兆，毕竟自从波洛米尔远去，我们便再未听见他的半点儿音信，边境守卫也无人见他经过。那之后的第三天晚上，我又遇到了另一件更为怪异的事情。

“夜里我坐在安都因河畔，于朦胧新月照出的灰蒙黑暗中凝视那河水悠悠；芦苇悲伤地沙沙作响。我们向来如此监视欧斯吉利亚斯附近河岸，那里如今部分落入敌手，他们从彼处派兵骚扰我们的领土。不过，那天夜里，整个世界都在午夜之时落入沉眠。后来，我看见——或者说，我觉得自己看见一条微微闪着昏暗光芒的船顺流而下。那是条小船，式样古怪、船头高翘，见不着人划桨和掌舵。

“一片清光萦绕着那船，使我有些敬畏。但我还是起身去往岸边，又往河里走，因为那东西吸引了我。那船随后竟转向我；它停在原地，在我触手可及的范围内缓缓起伏，可我却不敢伸手去碰。这船吃水很深，像是载了重物。我目送它漂过，感觉船里几乎盛满清水，而光亮便是从那水里映出来的；那清水兀自荡漾，一名猛士沉睡其中。

“我见他膝上横着一柄断剑，身上伤口无数。那人正是波洛米尔，我的兄长，已然长眠。我认出了他的装备，他的长剑，他那张我深念的脸。唯独一样我没见到：他的号角。唯独一件我不认识：一条精美的腰带，似是金叶连成，就束在他的腰际。波洛米尔！我哀号着，汝之号角何在？汝欲何往？波洛米尔啊！可他离去了。小船转了方向，在夜色中带着微光载波而去。似梦却非梦，因我不曾醒来。我毫不怀疑他已溘然长逝，循着大河往大海去了。”

“唉！”佛罗多说，“那确实是我所知的波洛米尔。那金腰带正是洛丝罗瑞恩的加拉德瑞尔夫人赠予他的。我们身上的精灵灰袍，便是她为我们织就的。这枚胸针也是出自同种工艺。”他伸手抚摸喉头下别住斗篷的那枚绿色银叶。

法拉米尔仔细琢磨了一番。“挺漂亮，”他说，“不错，确属同种手艺。所以，你们是穿越了罗瑞恩之地？那里古称劳瑞林多瑞南，已经许久不曾出现在人类的学识里。”他轻声补充道，望向佛罗多的眼神里又多了一份惊奇，“我现在开始理解你的许多古怪之处了。你真不愿同我多透露一些吗？一想到波洛米尔身死于离家园近在咫尺之地，实在让我心痛不已。”

“能说的我差不多都说完了。”佛罗多回答，“可你的故事让我心生不祥。我觉得你看见的是幻象，至多不过是已然出现或是将要出现的某种厄运的影子。除此之外，它就只会是大敌的某种骗人的把戏。死亡沼泽的泥塘里有面孔俊美的古代战士沉眠——我是看见过的，要么就是大敌的污秽法术带给我的错觉。”

“并非如此。”法拉米尔说，“他的手段会让你心生憎恨，可我心里满是悲痛与遗憾。”

“那怎么可能真出现这种事情呢？”佛罗多问，“要想运船过托尔布兰迪尔的石山绝无可能；而波洛米尔打算渡恩特河，穿洛汗草原回家。再说了，什么船能够乘着大瀑布的飞沫急流直下，满载清水也不会倾没在下面翻腾的水潭里？”

“我并不知道。”法拉米尔说，“不过，你们从何处得的船？”

“从罗瑞恩处得到的。”佛罗多说，“我们划着三条这样的船，顺着安都因大河下到大瀑布。船也是精灵工艺所制。”

“你们穿越了隐秘之地，”法拉米尔说，“而你却似乎对彼处的力量一无所知。人类若是同身居黄金森林的魔法夫人打了交道，怪事便会接踵而至。这是因为，行走于此世太阳照耀之外的地方于凡人来说无比危险，据说以往去过这种地方的人，很少有保持原样的。”

“波洛米尔，噢，波洛米尔！”他哀恸道，“那永生的夫人，她究竟同你说了什么？她究竟看见了什么？那时有什么从你心中苏醒？你究竟为何要踏入劳瑞林多瑞南？为什么不走你自己的路，乘着洛汗的骏马于清晨归来？”

随后，他再度转向佛罗多，话音也平静下来。“卓果之子佛罗多，我猜这些问题你想必能做一些解答。但此时此地也许并不适合你来解答。不过，为免你仍旧认为我的故事只是幻象，我且告诉你一事。波洛米尔的号角至少是真的归来了，千真万确。归来的号角裂成了两半，似乎是遭受了斧劈剑砍。两块碎片陆续漂来岸边：监视芦苇丛的刚铎守卫发现了其中一块，就在北边恩特河汇入大河之处下面；另一块则沉浮于大河之中，被奉命去河面的人找到了。何其古怪的机缘，可人们都说，谋杀终将大白于天下。

“现如今，碎作两片的长子号角就躺在身坐高位、静待消息的德内梭尔膝上。而号角因何被劈碎，你却是一点儿也没法告诉我吗？”

“没办法，我完全不知情。”佛罗多说，“不过，要是你们估算得没错，你听见它吹响的那天，正是我们分别的日子，我与我的仆人离开了队伍。你的故事让我越来越害怕了。要是波洛米尔在那之后遇险遭戮，我不得不担心其余的伙伴是不是也同样遭了毒手。他们可都是我的亲人和朋友。

“你依旧不愿放下对我的怀疑，让我离开吗？我很疲惫，心里也无比沉痛、害怕。然而，在我也被杀害之前，依旧有一件事，或者说一项尝试等着我去做。要是这个队伍只剩下我们这两个半身人，我们就更得抓紧时间才行了。

“回去吧，法拉米尔，刚铎的英勇统帅。趁你还有机会，回去保卫你的城池，放我走上我命定的道路吧。”

“这番交谈，于我并无安慰，”法拉米尔说，“但这个故事显然令你担心过度了。除非罗瑞恩之人亲赴，否则是谁在为波洛米尔整理仪容，为他送葬？显然不是奥克或那个不可具名者的爪牙。我猜，你那队伍里应该还有人活着。

“不过，无论北方之行究竟遭遇何事，你，佛罗多，我已不再怀疑。若是艰苦岁月教会了我如何分辨人类的言谈与神情，那我或许也能用它来推断一下半身人！虽说如此，”他此时面露微笑，“佛罗多，你身上依旧带着些奇特，兴许是种精灵的气质。然而，我们所交谈的内容比我初以为的更加重要。我理应即刻带你回米那斯提力斯，听凭德内梭尔发落。若日后事实证明我现在做的决定于我的城有害，那我便舍了这条命，以求抵罪。因此，到底该怎么办，我不会仓促做决定。然而，我们不可再有耽搁，必须马上行动。”

他纵身而起，下达了几道命令。周围簇拥的人们当即分成许多小队，各自离去，飞快消失在山岩树林的阴影中。不一会儿，便只剩下马布隆与达姆罗德两人。

“你们，佛罗多和山姆怀斯，现在跟我和守卫一道走。”法拉米尔说，“即便你们当初盘算如此，现下也不可从这条道再往南走。近些日子那边不算太平，经此一役，敌人对彼处会加倍严防。另外，我认为你们今天也没法走得太远，毕竟你们已非常疲累。我们也一样。我们将去往一处我方的隐蔽之所，离这里不到十哩。奥克和大敌的探子尚未找到那里，即便被找到，就算以寡敌众，我们也能长久固守。我们可以去那边休整一阵，而你们与我们同去。作何选择才能对你、对我最为妥当，等到了明天早上我再来决定。”

佛罗多别无他法，只得听从这个请求，或者说命令的安排。无论如何，这似乎算是此时的明智之选，毕竟刚铎人的这场突袭已经让伊希利恩的行程变得异常危险。

五人当即动了身：马布隆与达姆罗德领在前方一截，法拉米尔与佛罗多和山姆走在后面。他们走内侧绕过霍比特人洗漱的水塘，跨过溪流，爬上一道长长的坡岸，又穿进一条往下方及西边渐渐远去的绿荫道。他们一边以两个霍比特人能走的最快速度往前赶，一边压着嗓门儿说话。

“我中断了我们的谈话，”法拉米尔说，“不光是因为时间紧迫，正如山姆怀斯大人提醒的那样，也因为我们谈到的事情即将触及不便公开讨论的部分。正因此，我才转而问询我兄长之事，不再多提伊熙尔杜的克星。佛罗多，你并未对我坦言相告。”

“我没扯谎，能说的真相也全都讲了。”佛罗多说。

“我没有怪你，”法拉米尔说，“我觉得你应对刁难时的回话很有技巧，也十分睿智。不过，我从你的话语里了解到，或者说猜到了许多额外的东西。你对波洛米尔并不友好，要么就是你们二人分别的场景并不友好。你，还有山姆怀斯大人，我猜你们心里带着些不满。我深爱着他，极愿为他的死复仇，可我也非常了解他。伊熙尔杜的克星——我愿猜上一猜，令你二人心生嫌隙的便是这伊熙尔杜的克星，也是导致你们队伍发生争执的缘由。它显然是某种力量强大的传世之物，若是我们能从古老的传说中吸取什么教训，那便是这类物品并不会增进同盟间的和睦。我猜得可还算准？”

“挺接近，”佛罗多说，“但不算全对。我们的队伍不存在争执，但疑问的确是有：疑的是到了埃敏穆伊，该选哪条路往前走。不过，就算如此，古老的故事同样教导我们，草率谈论这类东西——这类传世之物——是件很危险的事情。”

“噢，想必我猜得没错：你只是跟波洛米尔产生了矛盾。他想把这东西带回米那斯提力斯。唉！何等荒唐的命运，最后见他的人是你，你却只能三缄其口，而我渴望得知的消息就此求而不得：他在最后时刻作何感受，有何想法。无论他是否犯了过错，至少我明白一点：他死得其所，成就了某种好事。他的脸甚至比生前更加俊朗。

“不过，佛罗多，对于伊熙尔杜的克星一事，最初我有些咄咄逼人。原谅我！彼时彼处，实非明智之举。我那时无暇细想。我们刚经历了一场苦战，我的心神还容不下旁的事。可同你说了一阵话之后，我离真相变得越来越近，便故意转移了话题。你得知道，许多古代学识依旧仅为各城主所知，并未外传。尽管我们流淌着努门诺尔的血液，但我们这一族并非出自埃兰迪尔一脉。我们一族可回溯至那位代出征的埃雅努尔王执政的贤达之相马迪尔。埃雅努尔乃阿纳瑞安一脉之末裔，一去无返的他膝下并无子嗣。自此之后，诸位宰相便担纲执政，而那已是人类许多时代前的事了。

“我记得波洛米尔还小时，我们一同学习先祖的事迹与米那斯提力斯的历史；他对于父亲并非国王一事始终耿耿于怀。‘既然国王再未归来，到底还要多少个百年，宰相才能当上王？’他问，‘在其他不那么讲究王权的地方，也许区区几年便足够了。’我父亲回答，‘到了刚铎，一万年也不够。’唉！可怜的波洛米尔。由此，想必你对他便能了解一二了吧。”

“确实。”佛罗多说，“但他对阿拉贡倒是向来恭敬。”

“我毫不怀疑。”法拉米尔说，“若确实如你所言，他承认阿拉贡的主张，自会倍加尊敬他。不过，关键时刻尚未到来。他们尚未抵达米那斯提力斯，尚未在她面临的战争里成为竞争对手。

“我有些偏题了。我们德内梭尔家族家学渊源，知道许多古代学识，而我们的秘藏中还存有更多的物品：书籍、写在干羊皮上的文书，是的，还有刻在石头上的，刻在银箔与金箔上的，用的文字也是各式各样。其中一些如今已无人能看懂，其余那些也少有人看。我有过这方面的学习，所以能读懂一小部分。正是这些记录为我们引来了灰袍漫游者。初见他时我年纪尚小，之后他又来过两三回。”

“灰袍漫游者？”佛罗多问，“他有名字吗？”

“我们按精灵的习惯，叫他米斯兰迪尔，”法拉米尔说，“他也愿意我们这么称呼他。‘我在不同地方有许多不同的名字，’他说，‘精灵称我为米斯兰迪尔，矮人管我叫沙库恩。我年少时，已泯于历史的西方之地唤我作欧罗林，我在南边叫因卡努斯，北边是甘道夫；至于东边，我并未踏足。’”

“甘道夫！”佛罗多叹道，“我猜想也是他。灰袍甘道夫，我们最为亲爱的顾问，我们队伍的领袖。他陨落在了墨瑞亚。”

“米斯兰迪尔陨落了？！”法拉米尔震惊地说，“你们的队伍似乎厄运缠身。难以置信，身怀如此卓绝智慧与力量之人——他在我们那里行过诸多妙事——竟会身消神陨！这世间又被夺去了多少学问哪！你确定他并非只是离开你们，去他想去的地方了吗？”

“唉！我确定。”佛罗多说，“我亲眼见他跌下了深渊。”

“看来你们经历了无比凶险之事，”法拉米尔说，“兴许到了晚上你能与我讲讲。我如今猜测，这位米斯兰迪尔看来不单是位博闻广记之人：他还是我们这时代许多事迹的伟大推动者。当初若是他在附近，能为我们解释梦里那难懂的话语，我们便能通晓其中含义，无须派出信使。然而，他也可能不会为我们释梦，而波洛米尔命中注定要踏上那趟旅途。将来会发生何事，自己究竟目的何在，米斯兰迪尔从不告诉我们。我不知他以何种方式获了德内梭尔的准许，让他得以查看我们的秘藏；虽说次数极少，我也趁他乐意教导的时候从中学到了一星半点。他一直未停下搜寻，也总向我们询问刚铎建立之初、推翻那位不具名者的那场大战的诸多相关记录。他还热衷于伊熙尔杜的各种故事，可我们能告诉他的内容却少之又少，毕竟连我们自己也不确定伊熙尔杜最终下场如何。”

说到这里，法拉米尔压低声音，几近私语，“我多少知道，或者说猜到了一点儿，且一直藏在心里秘而不宣：在伊熙尔杜离开刚铎，从此再未出现在凡俗世间之前，他自那不具名者手上夺走了什么东西。我认为，这便是米斯兰迪尔所寻问题的答案。不过，在当时看来，这似乎更像探询古代知识之人才会关心的事情。哪怕我们探讨梦里那谜语的时候，我也不曾想过伊熙尔杜的克星竟与它是同一样东西。按照我们所知的那仅存的传说，伊熙尔杜是遭遇了埋伏，死于奥克的箭矢，而米斯兰迪尔也从不愿跟我多提。

“这东西究竟是什么，我眼下还猜不透；它肯定是某种兼具力量与危险的传世之物。兴许是大敌创造的什么凶恶的武器。这东西若是能给予战斗助力，那骄傲、无畏，常常行事鲁莽，迫切渴望米那斯提力斯取得胜利（自己也从中获得荣耀）的波洛米尔，自然会极为渴求此物，并受到它的引诱。唉，他为何要接下这使命！原本我父亲与众长老选中的是我，可他挺身而出，说自己更年长、更刚强（也确实如此），他不愿被留下。

“不过，你不用再怕！那东西就算摆在大路边上，我也不会碰它。即便米那斯提力斯将要沦为废墟，而只有我才能拯救她，我也不会为了她的福祉和我的荣誉而使用黑暗魔君的武器。不，卓果之子佛罗多，这种胜利我可不想要。”

“那场会议的参与者也不想要。”佛罗多说，“我也一样。我巴不得跟这种东西划清界限。”

“于我而言，”法拉米尔说，“我希望能再看见诸王庭院中白树绽放，看见银冠重返，米那斯提力斯再度和平：米那斯阿诺尔如旧时那般阳光普照、崇高又美妙，美若女王中的女王。但我不愿见她成为诸多奴隶的女主人，决不，即便做一位宅心仁厚、他人甘愿当奴隶的女主人，我也不愿见到。战争无可避免，因我们保卫我们的生命，对抗吞噬万物的毁灭者；但我却不会因其锐利而热爱雪亮的宝剑，不会因其迅疾而热爱飞射的箭矢，也不会因其身拥的荣誉而热爱勇士。我热爱的只是他们所保卫的东西：努门诺尔人类的城池；我只愿她因自己的历史、她的古老、她的美丽，以及她如今的智慧而受人热爱。我不愿她被人畏惧，除非是那种对睿智长者的威严而产生的敬畏。

“所以，不用畏惧我！我不会要你再多说什么。我甚至不会问你，我所说的内容是否接近了真相。不过，你若是信任我，无论你如今身负的使命是什么，或许我能予你一些建议——是的，甚至予以助力。”

佛罗多没有回答。对于帮助与建议的渴望几乎让他屈服。这位严肃的年轻人所吐露的话语似乎如此睿智且美好，佛罗多几乎想把心思对他和盘托出。不过，有什么让他停了下来。他心里满是恐惧与忧伤：若真如情况所示一般，他跟山姆果真成了九名行者中仅存的两人，要想保守此行使命的秘密，责任就落到了他一人肩上。宁愿疑神疑鬼，莫使瞽言妄举。当佛罗多看着法拉米尔，听着他的话语时，波洛米尔的音容笑貌，还有魔戒的诱惑让他产生的可怕改变又清晰地浮现在他的脑海里：这两人的相貌并不相同，却又是如此相像。

几人沉默地行了一阵，如灰、绿两色的阴影般穿过古老树林，脚步没有半点儿声音；头顶上群鸟歌唱，伊希利恩的常绿树林里，墨绿的叶片连成一片天顶，让太阳照得闪闪发亮。

山姆没有插嘴，但一直在听；与此同时，他还拿那双灵敏的霍比特人的耳朵捕捉着周围林地各种细小的动静。他注意到一件事：咕噜这名字从头到尾没在对话里出现过。他心里挺高兴，但他也没指望日后再也不会听见这名字。他很快又发现，虽说他们几人是独自往前走，其实近处还有许多别的人：不单是前方树荫下一掠而过的达姆罗德与马布隆，他们两侧还有其他人正迅速又隐秘地朝指定地方前进。

有这么一回，他感觉皮肤出现了某种刺痒感，仿佛背后有人在叮他似的，他突然转头往回看，结果瞥见一道小小的黑影溜去了一棵树的背后。他张口便想说话，又闭上了嘴。“我又不确定，”他冲自己说，“而且，既然他们都选择忘掉那个老坏蛋，我为啥还要向他们提呢？我巴不得也把他忘掉呢！”

于是他们继续前进，直到林地变得渐渐稀疏，地势也开始往下陡降。随后，他们再度转向，朝右边迅速来到一条狭窄峡谷的小河边：它正是当初从上方远处那圆水池里淌出的小溪，如今已变成一条湍急的激流，在头上的冬青与深色黄杨树的遮罩之下，它顺着深深劈出的河床，一路冲刷着无数石块奔涌而下。远眺西边，他们看见了下方照着朦胧光华的一片片低地与辽阔的草地；再往远处，安都因宽广的河面在西斜的阳光下闪闪发光。

“到了这里，唉，我得对二位做点儿不敬之事。”法拉米尔说，“鉴于我一直将规定置于礼节之上，却并未杀掉或捆住你们，我希望你们也能予我体谅。不过，命令就是命令，任何外人，即便与我们并肩奋战的洛汗人，都不得睁眼看我们眼下要走的这条路。我必须蒙上你们的眼睛。”

“如你所愿。”佛罗多说，“连精灵也在必须之时做过同样的事。我们跨过美丽的洛丝罗瑞恩的边界时，也被蒙住了眼睛。矮人吉姆利深感受辱，但霍比特人倒是能忍受。”

“我要带你们去的地方却是没那么美丽，”法拉米尔说，“但我很欣慰我们不用使出什么手段，你们自愿接受了。”

他轻声一唤，马布隆跟达姆罗德当即出了树林，来到他背后。“蒙住这两位客人的眼睛，”法拉米尔说，“要蒙紧，但不要让他们觉得难受。不用捆住他们的手。他们会保证不会试图偷看。我相信他们会主动闭紧眼睛，可脚下若是被东西绊到，眼睛难免会不自觉地眨动。牵稳他们，别让他们摔了。”

两名守卫用绿色的头巾缚住霍比特人的眼睛，又把他们的兜帽往下拉到接近嘴边的位置，接着连忙各自牵住一个霍比特人的手，便继续上路了。最后这一哩的路是什么样，佛罗多与山姆只能隔着一片漆黑瞎猜。他们走了一小段，发现走上了一条陡然下降的小道；小道很快越变越窄，只能排成单列蹭着两边的岩壁往前走；霍比特人的两名守卫从背后紧紧抓住他们的肩膀，稳着他们前进。偶尔遇见崎岖的地方，两人会被举着走上一阵，然后又放回地上。淙淙的流水声一直在众人右边，还变得越来越近，越来越响。最终几人停下脚步。马布隆和达姆罗德将两人迅速地转了好几圈，让他们彻底分不清东南西北。几人往上爬了一小截——周围似乎变冷了，而河水的动静也变得微弱起来。两人又被抱着往下行了数段台阶，还拐了个弯。忽然，流水声再度响起——此时水声已洪亮起来，似乎就在他们周围奔腾、飞溅，他们感觉到有细雨洒落在脸上和手上。两人终于又站在了地上。一时半刻间，他们就这样站着没动——眼睛依旧被蒙着，也不知道自己身处何处，两人心里有些害怕；没人开口说话。

随后，面前响起法拉米尔的声音。“可以让他们看了！”他说。两人脸上的头巾被取下，兜帽也拉去了背后。两人眨巴着眼睛，倒抽一口气。

他们站在一片潮湿的光滑石地上，似乎像是某种台阶，通往背后一道粗劣凿出的石门，里边黑黢黢的。几人前方挂着一道薄薄的水帘，它朝向西面，近到佛罗多伸手可触。夕阳的余晖水平地映在上面，火红的阳光被水帘碎成了无数条五彩缤纷的光线。他们仿佛站在某座精灵塔的窗前，而窗前挂着一面金、银，还有红、蓝宝石与紫水晶串成的珠帘，珠子里全燃烧着永不熄灭的火焰。

“我们的运气还不错，到得正是时候，刚好拿这景色来奖励你们的耐心。”法拉米尔说，“此乃落日之窗汉奈斯安努恩，是万泉之地伊希利恩里最美的一道瀑布。几乎没有陌生人见过。可惜它后面没有高堂大殿与之相配。进去瞧瞧吧！”

说话间，太阳落了山，流水中的火焰就此熄灭。他们转过身，穿过一道令人望而生畏的低矮拱门，立马便进到了一间宽敞但粗糙的石室，而头顶的岩石也是凹凸不平的。几支火把正燃烧着，昏暗的光线照得墙壁微微发亮。室内已有许多人，另一侧一扇漆黑的窄门里仍旧不断有人三两成组钻进来。等到眼睛适应了昏暗，两个霍比特人发现这岩洞比他们猜测得还要大，里边存着大量的武器和粮食。

“这里便是我们的避难所。”法拉米尔说，“虽说算不上有多舒适，但你们在这里可以安稳地过上一夜。至少这里很干燥，还有食物，只是不能生火。溪水曾经流入这洞穴，又从拱门那里流出，但古时的工匠改了远处窄谷上游的水路，让溪水变成瀑布，从远处岩石两倍高的地方落下。那之后，除了入口处，他们将水和别的东西能进入的通道全都封死了。如今只有两条路能出去：你们被蒙着眼带进来的那条路；另一条就是穿过那水帘，掉进深潭里，那里生满刀锋一样尖利的石柱。姑且休息一阵，等着吃晚饭吧。”

霍比特人被带去一处角落，他们还设法弄了一张矮床，只要乐意就可以躺着。与此同时，那些人类在洞穴里忙活起来，安静、有序，快手快脚。他们从墙边取来轻巧的桌子，用支架撑好，往上面摆起餐具。餐具大部分很朴素、其貌不扬，但全是精工细作：那些碗碟要么是褐陶上釉，要么是镟制而成、光滑又干净的黄杨木。不时摆上桌的还有打磨光亮的铜杯与铜盆；最靠里边那张桌子正中是统帅的位置，摆了一个纯银的高脚杯。

法拉米尔在人群中来回穿梭，轻声询问每个进来的人。部分人是追赶完南蛮人回来的，其余的是留在大道附近侦查的人，他们是最后一批进来的。所有南蛮的下落都已查明，只有那头巨大的猛犸不知所踪：他下场如何，没人说得明白。敌方不见任何动静，连一个奥克奸细都没派出来。

“安博恩，你什么都没看见，什么都没听见？”法拉米尔问最后进来那人。

“嗯，大人，没有。”那人说，“反正奥克没半点动静。不过，我看见——我觉得我看见了一点儿古怪的东西。当时正是黄昏，眼睛会把看到的事物放大。所以，也许我看到的顶多就是一只松鼠。”听见这话，山姆竖起了耳朵。“不过，如果真是松鼠的话，那它就是只黑色的松鼠，而且我还没看见尾巴。它就像地上的一道影子，我刚一靠近，它就窜去了树背后，像松鼠一样飞快地往树顶上爬走了。您不许我们无端杀戮野兽，而那东西似乎就是只野兽，所以我也没拿箭去射。反正当时天色太暗，没法仔细瞄准，那东西也是飞快地便跑进了树叶的阴影里头。但那东西似乎有点儿奇怪，我便多守了一阵，随后便赶紧回来了。我转身的时候，似乎听见那东西在高处冲我嘶嘶叫。兴许是只大个头儿的松鼠。也许是被那不具名者的阴影笼罩的什么黑森林的野兽游荡到我们这儿的森林里来了。听说，那边有黑乎乎的松鼠来着。”

“大概吧。”法拉米尔说，“就算真有这种东西，那也是种不祥之兆。我们可不想让黑森林逃出来的东西进入伊希利恩。”山姆感觉法拉米尔说话时朝他们飞快地瞟了一眼，但山姆一句话也没说。好一会儿，他跟佛罗多只是躺回去看着火炬的光亮，还有人们来来去去，压低了嗓门儿悄声说话。佛罗多忽然就睡着了。

山姆挣扎着保持清醒，自己跟自己辩论着。“他这人应该没啥问题，”他想，“但也可能不是好人。花言巧语可是能把险恶用心给掩饰住的。”他打了个哈欠，“我简直能睡上一个星期。我最好还是睡会儿吧。就算我保持清醒又能怎么着呢？我就一个人，周围全是些强壮的大个儿人类。没啥事的，山姆·甘姆吉；可就算这样，你也得醒着。”不知怎么的，他竟然办到了。洞门外的光线渐渐消散，浅淡的落泉之帘变得朦胧，消失在渐渐聚集的阴影里。水声依旧潺潺作响，无论晨昏，那音调一成不变。它喃喃着，私语着，催人入眠。山姆愣是拿指关节撑住了眼皮。

此时，更多的火把被点亮了。一桶酒被撬开。一个个储藏桶也被打开了。人们从落泉处接了水来。一些人在盆子里洗手。他们端给法拉米尔一个大铜盆和一条白毛巾，让他洗漱了一番。

“叫醒我们的客人，”他说，“给他们端点儿水。该吃饭了。”

佛罗多坐起身，边打呵欠边伸懒腰。山姆不习惯让人伺候，有些惊讶地看着面前这位弓着腰、端着一盆水的高个子男人。

“请行行好吧，大人，把它放在地上吧！”他说，“这样你和我都能轻松一点儿。”随后，在众人又惊又乐的表情中，他把脑袋浸进冷水里，还朝脖子和耳朵上浇起了水。

“吃晚餐前先洗头，这是你们那地方的风俗吗？”伺候两个霍比特人的那男人问道。

“不是，早餐前洗头才是。”山姆说，“可对缺觉的人来说，冷水浇在头上就好比雨水浇在了蔫掉的生菜上。好啦！这下我就能多清醒一会儿，能够吃点儿东西啦。”

两人便被带去了法拉米尔旁边的座位：那是两个垫着毛皮的木桶，为了两人方便，被垫得高过了人类的长凳。吃饭之前，法拉米尔与所有的部下全都转身面向西方，沉默片刻。法拉米尔示意佛罗多和山姆也照做。

“我们一直这么做，”众人坐下时，他如此说，“我们望向曾经存在的努门诺尔，还有远方依旧存在的精灵家园，以及比精灵家园更加遥远的、永远存在的那片圣土。你们用餐时没有这样的习俗吗？”

“没有。”佛罗多说，莫名地觉得自己有些粗鄙，“但我们做客的时候会向主人家鞠躬，饭后还会起身致谢。”

“我们也是一样。”法拉米尔说。

饱经风餐露宿，外加在空无一人的荒野耗了这许多时日，两个霍比特人觉得这顿晚饭堪比盛宴：双手干干净净，刀叉碗盘干干净净；喝着清爽馥郁的淡黄色酒，吃着抹上黄油的面包、咸肉与干果，外加上好的红奶酪。佛罗多和山姆几乎对所有的食物都来者不拒，要了第二份，又吃了第三份。酒浆在他们的血管和疲倦的四肢里流转，两人只觉得快活、轻松，自从离开罗瑞恩，他们再没尝过这种滋味。

一番吃喝完毕，法拉米尔领着两人去了岩洞后面一处用帘子部分遮住的凹陷处；里边放着一把椅子和两把凳子，壁龛里亮着一盏小小的陶灯。

“没多久你们就会犯困，”他说，“尤其是忠诚的山姆怀斯，吃饭之前他都不肯合眼——我也不知道他是怕伤了自己那蔚为观止的胃口，还是在怕我。不过，刚吃完就睡觉不太好，何况你们之前还饿了许久的肚子。我们说会儿话吧。你们一路从幽谷走来，想必有不少经历值得一提。你们呢，多半也想了解一下我们，以及你们现在身处的这片土地。跟我讲讲波洛米尔兄长，老米斯兰迪尔，还有洛丝罗瑞恩的美丽一族吧。”

佛罗多困意全消，起了交谈的心思。不过，虽说食物和酒水让他感到放松，他依旧保留了起码的警惕心。山姆喜滋滋地哼着小曲，可佛罗多开口讲的时候，他起初只是甘心旁听，偶尔冷不丁地出个声表示赞同。

佛罗多讲了许多故事，但都绕开了护戒队伍与魔戒相关的内容，情愿细细讲一讲波洛米尔一路上在各种冒险中的英勇表现，比如荒野遇见狼群之时，比如卡拉兹拉斯山里的暴雪，以及甘道夫陨落的墨瑞亚矿坑之行。最触动法拉米尔的，还是桥上那一战。

“从奥克，甚至从你说的那个叫巴洛炎魔的可怕怪物面前逃走，”他说，“肯定让波洛米尔十分恼火——即便他是最后一个离开的。”

“他确实是最后一个离开的，”佛罗多说，“但阿拉贡是被迫带着我们先走的。甘道夫陨落之后，知道路的就只剩下他了。不过，要不是我们这些小人物需要照顾，我觉得无论是他还是波洛米尔，都不会逃走的。”

“也许波洛米尔与甘道夫一同在墨瑞亚坠落，”法拉米尔说，“要好过他迎向等在涝洛斯大瀑布的劫数。”

“也许吧。不过，还是跟我讲讲你自己的命运吧，”佛罗多再度岔开了话题，“我想再多了解了解米那斯伊希尔和欧斯吉利亚斯，还有久久坚守的米那斯提力斯。你们常年征战，是对你们的城抱着什么希望呢？”

“我们抱着什么希望？”法拉米尔说，“我们早就不抱希望了。若是埃兰迪尔之剑真的归来，倒是能重燃我们的希望。不过，除非还有其他不期而至的助力一并到来，无论是源自精灵或者人类，否则我觉得它至多能将厄运延后一段时日。毕竟大敌日渐强大，而我们却日渐衰弱。我们是式微的一族，是没有春天的秋天。

“努门诺尔人类在中洲大陆的海岸与近海地区四下分散居住，可绝大部分人都堕落得邪恶又愚昧。许多人痴迷于黑暗与黑暗之术；一些人彻底沉湎在闲散和安逸当中，还有些则囿于内讧而逐渐羸弱，最后被蛮人征服。

“刚铎之境从未听说有谁行邪恶之术，那不具名者也从不曾得过美誉；而西方之地传过来的古老智慧与美丽，依旧长存于英俊的埃兰迪尔之子嗣的疆域，如今也不曾有变。即便如此，刚铎依然是自取衰落，一点点落入昏聩，觉得大敌陷入沉眠——然而他只是被赶走了，并非被消灭。

“死亡恒久存在。努门诺尔人的故国尚存期间，他们便渴求着无尽、不变的生命，也因此失去了他们的王国，却依然不肯放弃。诸王建造了比活人殿堂还要壮观的陵墓，对族谱上那些古老名字的看重更胜过他们子嗣的名字。断了后代的皇亲国戚身坐饱历穷年累世的厅堂，对着家徽苦思冥想；面容枯槁之人在密室里调配强效不老药，或者在冰冷的高塔里占星求解。阿纳瑞安一脉的最后一位国王没有后代。

“不过，宰相一族更为睿智，也更加幸运。睿智之处在于，他们从海岸边的强健民族与埃瑞德宁莱斯山的坚韧山民当中，为我们的人民招募了力量。他们与北方骄傲的一族达成休战：这些频繁袭击我们的人凶狠又勇猛，却也是我们的远亲，与野蛮的东夷和残忍的哈拉德人不同。

“到了第十二任执政宰相奇瑞安（我父亲是第二十六任）的时代，他们骑马前来援助我们，还在凯勒布兰特辽阔的平原上消灭了占据我们北部诸省的敌人。这些人就是洛希尔人，也是我们所称的御马者。因为卡伦纳松的原野素来人烟稀少，我们便将那地方划给了他们，此后那里便改名为洛汗。他们成了我们的盟友，一直忠心耿耿，于我们危难之时施以援手，保卫着我们的北部边界与洛汗豁口。

“他们从我们的知识与习俗里学了想要的部分，他们的权贵必要时也会讲我们的语言；但他们大体上依然循着祖辈的风俗习惯，谨记本族的往事，族人间交谈时使用他们自己的北方方言。我们中意他们：男高女俊，皆为金发、明眸，也同样勇猛、强壮；他们会让我们想起上古时代人类尚属蓬勃的日子。我们的饱学之士也说，他们自古便与我们有着亲缘，起初与努门诺尔人一样源自人类三大家族；兴许并非源自被称作精灵之友的金发哈多一族，但多半来自他治下那些拒绝召唤、不曾渡海去往西方的子民。

“我们的学识是这样划分人类的：我们称作高等人类或西方人类的便是努门诺尔人；中等人类，又叫暮光下的人类，乃洛希尔人及他们远居北方的亲族；另外便是那些蛮人，是黑暗中的人类。

“事到如今，若说洛希尔人某方面变得更像我们，在技艺与礼仪方面有所提升，那我们也同样变得更像他们，很难再自诩高等。我们变成了中等人类，成了暮光下的人类，只不过还有着其他事物的回忆罢了。毕竟，我们如今与洛希尔人一样，热衷战斗与勇武。这两者本身并不坏，既是种娱乐，也是种目的；但我们依旧认为，战士不能只懂兵刀杀戮，还应学习更多的技艺与知识；话虽如此，我们对战士的尊敬依旧要高过其余技艺者。此乃时势所趋。就连我的兄长波洛米尔也是如此：他无比英勇，被视作刚铎最为杰出之人。他确实非常勇猛：多年来，米那斯提力斯的诸多继承人里，没有哪位在困境时能如他一般坚毅，也没有谁在战斗里能比他更加勇往直前，或者能用那支大号角吹出比他还要洪亮的声音。”法拉米尔叹了口气，沉默了一阵。

“大人，你讲了这么多故事，好像没咋提到精灵啊。”山姆突然鼓起勇气说。他这是发现，提到精灵的时候，法拉米尔似乎带着种敬意，这可比任何礼仪、食物或酒水更能让他赢得山姆的尊敬，削减山姆的疑虑。

“确实如此，山姆怀斯大人，”法拉米尔说，“因为我不太了解精灵的传说。不过，你这便触及了我们自努门诺尔人式微为中洲人的另一改变。若米斯兰迪尔曾与你们为伴，若你曾与埃尔隆德有所交流，你或许便知道伊甸人，也就是努门诺尔人的先辈，在最初的战争里与精灵并肩而战，因此受赠大海中间一处能看见精灵家园的国土。然而，在黑暗时代，中洲的人类与精灵因大敌的手段而变得疏离，随着时间的缓慢流逝，两族更是渐行渐远。人类如今害怕、不再信任精灵，却又对他们知之甚少。我们刚铎也变得像其他人类，比如洛汗人；即便身为黑暗魔君的敌人，他们依旧对精灵避之不及，提到黄金森林也是满心恐惧。

“不过，我们当中还是有人得了机会便同精灵打交道，常有人悄然去往罗瑞恩，却少有人回来。我没有去过。我认为，凡人如今恣意寻找年长之民非常危险。不过，你们曾与那位白衣夫人交谈，我是羡慕的。”

“罗瑞恩的夫人！加拉德瑞尔！”山姆嚷嚷道，“你真该见见她，真该见见，大人。我就是个霍比特人，在老家干园丁的活儿，大人，如果你懂我意思，我不是写诗那块料——不知道咋写：兴许偶尔能整两句打油诗，可正经诗就不行了——所以，我没法儿跟你讲明白我真正想说的。这些话真应该给写成歌唱出来。这事你得找大步佬——就是阿拉贡，找老比尔博先生也行。可我真希望我能为她写首歌。大人，她真美！可太迷人了！她有时就像开满鲜花的大树，有时又像一朵纤细的白水仙，小小的；硬得像钻石，软得又像月光；暖和得像太阳，冷得又像星光下的冰霜。她就像雪山，骄傲、遥不可触，可是又天真烂漫，跟我见过的那些春天里头戴着雏菊的小姑娘一样。可我说的这些全都是废话，跟我心里想的差了老大一截。”

“那她肯定非常迷人，”法拉米尔说，“美得危险。”

“我倒是没觉得有啥危险，”山姆说，“要我说，人们自己带着危险进了罗瑞恩，然后就在那里发现了危险，那不就是他们自己给带进去的嘛。不过，可能你确实可以说她危险，因为她本来就很强大。就说你吧，你朝她冲过去，然后像撞上礁石的船一样，把自个儿撞成碎片；或者像霍比特人掉进河里一样，把自个儿淹死。可你怎么能为了这个去责怪礁石或者那河水呢？可你看波洛——”他一下住了嘴，脸涨得通红。

“嗯？你是想说‘可你看波洛米尔’对吧？”法拉米尔说，“你想说什么？他自己带着危险去了？”

“是的，大人。请你原谅，容我说一句，你哥哥人不错的。可你一直揪着不放。打从幽谷起，我就一直在观察波洛米尔的言行——你肯定明白，我是为了照看我的少爷，不是要谋害波洛米尔——我的看法是，他在罗瑞恩的时候，头一次看明白了他到底想要啥。这我早就猜到了。从他头一眼看到开始，就打起了大敌那枚魔戒的主意！”

“山姆！”佛罗多惊骇地喊道。先前好半天他一直沉浸在自己的思绪里，等回过神的时候已经来不及了。

“老天爷呀！”山姆脸色煞白，旋即又涨得通红，“我咋又犯了！老爷子以前就跟老我说：‘啥时候你那大嘴巴想张开了，你就把脚塞进去堵住它。’他说得可太对了。噢，老天爷呀！噢，天哪！”

“听我说，大人！”他转过身面对着法拉米尔，鼓起全部的勇气，

“你可别以为我家少爷的仆人是个笨蛋，就想占我家少爷的便宜。你一直说着漂亮话，讲精灵啥的，叫我放下戒心。可我们都说，做事漂亮才是真漂亮。现在，证明你品格的时候到了。”

“看来如此。”法拉米尔说，话音缓慢且极为轻柔，脸上带着怪异的笑容，“原来这便是所有谜语的答案！原来是那枚人人以为已从这世上消失的至尊戒。波洛米尔打算强行夺走它，是吗？而你们逃脱了，还一路逃到了……我面前！而我在这荒野当中，手上有你们两个半身人，有一支听我号令的军队，还有众戒之尊。何等的天赐良机！是时候让刚铎的统帅法拉米尔证明他的品格了！呵！”他纵身而起，身形绝高又严厉，灰眸中精芒闪动。

佛罗多跟山姆从凳子上一下跳了起来，两人肩并肩，背靠墙，慌乱地摸索着剑柄。周围安静下来。岩洞里所有的人全都停止了交谈，疑惑地看着他们。可法拉米尔又坐回椅子，开始悄声大笑，随后忽然又变得凝重起来。

“唉，波洛米尔啊！这考验于他而言多么残酷！”他说，“两个身负危及人类之物、自远方漂泊而来的陌生人，你们给我增添了多少悲伤哪！可你们对人类的判断，却不如我对半身人的判断。我们刚铎人言出必践。我们很少吹嘘，说了便要做到，或是在履行承诺时身亡。我说过，那东西就算摆在大路边上，我也不会碰它。就算我渴求这东西，尽管我当初说这话时并不知道它是什么，我依旧会把这些话当作誓言，让它们予我约束。

“可我对它并无渴望。或者说，我足够聪明，知道有些危险不是我辈凡人能触碰的。安心坐下吧！且放宽心，山姆怀斯。你要是觉得似乎犯了过失，就当命定如此好了。你的心思既敏锐也忠诚，看得比你的眼睛明白多了。虽说看似很奇怪，但你把这事告诉我其实并无危险，甚至还能帮到你敬爱的少爷。只要我有权左右事态发展，这事将会对他有益。所以，放心吧。不过，切莫再大声讲出这名字。一次就够了。”

两个霍比特人坐回凳子，不再开口。人们转头继续喝酒说话，觉得他们的统帅只是跟两位小客人开了什么玩笑，如今已经没事了。

“好了，佛罗多，如今我们总算彼此谅解了。”法拉米尔说，“若你并非自愿，而是在他人的要求下携带这东西，那我便同情你，也要尊敬你。你一直藏着不曾使用，让我大感意外。对我而言，你是一个新的种族，一个新的世界。你们这族人可都像你这样？你们的家乡肯定是一处安宁、富足之地，而园丁在那里一定备受敬重。”

“那里也不是样样都好，”佛罗多说，“但园丁确实挺受尊敬的。”

“可那边的人们也会疲惫，即便身处自家的花园里；这世间万物在太阳之下并无不同。而你们远离家乡，旅途疲惫。今晚便到此为止吧。你们两人且睡下——安心地睡，若可以的话。不用担心！我不想看它或者碰触它，也不想再多去了解（我所知的便已足够），以免危险突如其来，害我对于考验的承受却还比不过卓果之子佛罗多。快去休息吧——但先告诉我一件事，倘若你们愿意的话，说说你们想去何处，要做何事。因为我必须监视、等待、思考。时间真是不等人。到了早上，我们便得赶紧奔赴各自命定的道路。”

起初的惊吓消退后，佛罗多感到自己颤抖个不停。此时，倦意如云朵般笼罩了他。他再也无法遮掩和抗拒。

“我要找条路进入魔多，”他的声音弱如呢喃，“我要去戈埚洛斯。我得找到火焰之山，把那东西扔进末日裂罅。这是甘道夫说的。我觉得，我永远也到不了那里。”

法拉米尔震惊地瞪着他看了好一阵。随后，他赶紧扶住了摇摇晃晃的佛罗多，轻轻抱他去了床榻，给他盖上温暖的被子。佛罗多随即熟睡过去。

他们在旁边为他的仆人也摆了一张床。山姆犹豫了片刻，随后深深鞠了一躬。“晚安，统帅，大人。”他说，“你没有浪费机会，大人。”

“我没有吗？”法拉米尔问。

“没有，先生。你还证明了自己的品格：无比高贵的品格。”

法拉米尔莞尔一笑。“你可真是个冒冒失失的仆人啊，山姆怀斯大人。不过，这没什么：值得称赞之人给出的表扬，胜过一切嘉奖。然而，我这番表现并无可赞扬之处。我既不渴望，也无意将做过的事情改弦易辙。”

“对了，大人。”山姆说，“你说我的少爷带着点儿精灵气质，这倒是一点儿不假。不过，要我说的话，你也带着种气质，大人，会让我联想到，唔……想到甘道夫，像他那样的巫师气质。”

“或许吧。”法拉米尔说，“或许你远远地便认出了努门诺尔的气质。晚安！”

·第六章·

禁忌之潭

佛罗多醒来，发现法拉米尔正俯身看着他。片刻间，原本的恐惧又袭上心头，他坐起身往后退缩。

“不必害怕。”法拉米尔说。

“已经早上了吗？”佛罗多打了个呵欠。

“还没有，不过夜晚即将结束，满月即将下沉。你可想来看看月亮？此外，我正好有件事情想听听你的意见。实在抱歉，搅了你的清梦，不过你可愿来？”

“行。”他起了身。没有生火的洞窟里似乎冷得很，离开温暖的毯子与兽皮让他微微有些颤抖。四周的寂静让水声更显嘈杂。他穿上斗篷，跟着法拉米尔走了。

出于某种本能的警觉心，山姆突然醒过来，第一眼就注意到少爷的床铺空了，当即一跃而起。随后，他看见两道黑影映在耀着淡淡白光的拱门上——正是佛罗多跟一个人类的影子。他穿过一排排在墙边床垫上熟睡的人，快步追了过去。走到洞口的时候，他瞧见那水帘此时已变成一层由丝绸、珍珠和银线串成的绚烂面纱，活像是凝成柱的月光正在渐渐融化。可他没有驻足欣赏，只是拐了个弯，跟着他家少爷穿过了开在洞壁上的狭窄门道。

他们先是沿着一条黑咕隆咚的甬道走了一段，随后上了湿漉漉的台阶，来到山岩上凿出的一小片充盈着天光的休息台，一道又长又深的通风井上方，浅淡的天空微微发着亮。再往前有两段台阶：一条向上，似乎通向小溪高高的堤岸；另一条拐向了左边，几人便顺着这条路往前走。台阶蜿蜒而上，仿佛角楼的旋梯。

最后，三人出了漆黑的石道，四下打量起来。他们正站在一块扁平的岩石上，周围没有栏杆也没有护墙。那条湍流在右边往东的地方一跃而下，砸上一级级台地，又顺着陡峭的沟槽一路倾泻，漆黑、澎湃的水流裹着白沫灌满了凿出的光滑水渠；水流拐着弯冲过几近三人脚边的地方，直直跌落在左边大张着嘴巴的悬崖上。崖边站着一个人，正一言不发地凝视下方。

佛罗多转头看着一股股润腻的水流宛转而过，跃下崖边。随后，他抬起眼睛看向远处。整个世界安静又寒冷，仿佛黎明将至。西边远处，那轮浑圆、洁白的满月渐渐沉落。薄雾在下方的巨大山谷里微透着光亮，使那里像是一座银雾弥漫的宽阔峡湾，其下涌动着安都因大河冷夜里的河水。再往前矗立着一团漆黑，其间偶有冰冷、锐利、遥远，白若幽魂尖牙的光亮闪耀，那是埃瑞德宁莱斯的一座座山峰，峰顶的积雪万年不化，正是白色山脉延入刚铎境内的部分。

佛罗多在那块高高的岩石上站了一阵。旧日那些伙伴是否就在这片夜色下辽阔大地的某处行走、休息，甚至已然身死迷雾当中？他暗自猜测着，身上打了个激灵。他为何被人打断能忘却一切的睡梦，带到这里来？

山姆也急切想知道这个问题的答案。他嘴上一直嘟哝个没完，以为只有少爷能听见，“景色确实不错，佛罗多先生，可真是冷到了心里，连骨头也冷得厉害！到底怎么回事啊？”

闻言，法拉米尔答了话：“这是刚铎的月落。美丽的伊希尔在离开中洲之际，瞥见了‘高耸的蓝色头颅’老明多路因山的几缕白发。几回颤抖换来这景色，你不亏。不过，我带你来看的并非这景色——至于你，山姆怀斯，你是自己跟来的，那就只好为你的警觉受点儿罪了。喝口酒就能好起来。好了，快看！”

他走到黑暗山崖边上那名沉默哨兵的身侧，佛罗多也跟着去了。山姆留在了后面。单是站在这片高高的潮湿平台上，便足以让他满心不安。法拉米尔跟佛罗多往下看去。下面远远的地方，他们看见白花花的水流倾泻进一处飞沫四溅的水池，随后又绕着岩石间一处椭圆的水潭阴沉地打着旋儿，直到寻着一处狭窄的通口流出，再伴着潺潺声响与水沫进入更加平静、温暾的河段。明月依旧斜照在瀑布脚底，映亮水潭里的一圈圈波纹。没过多久，在这头的岸上，佛罗多注意到一道小小的黑影；他刚要细看，那黑影便跃入水里，仿佛飞矢或薄边石块般干脆利落地劈开漆黑的潭水，消失在瀑布激荡起的水花与飞沫当中。

法拉米尔转向身边那人。“安博恩，现在你要怎么叫那东西，一只松鼠？又或者翠鸟？夜晚的黑森林，水池里有黑色的翠鸟吗？”

“无论它是什么，肯定不是鸟。”安博恩答道，“它有四肢，游水动作像人；它还表现出了精湛的泳技。它究竟在干什么？找一条水帘后面的路，爬上我们的藏身处吗？我们似乎终究还是暴露了。我带着弓，还在河岸两边安排了一些射术跟我一样好的弓箭手。统帅，只要你下令，我们就射箭。”

“我们该不该射？”法拉米尔飞快地转向佛罗多，问道。

佛罗多一时间并未回话。“别！”他随后说，“别！我求你们别射箭。”山姆要是有那胆子，肯定会更快、更大声地说“射！”。他虽然看不着，但从两人的对话里把看见的东西猜了个差不离。

“看来你知道那是个什么东西。”法拉米尔问，“说吧，既然你也看见了，就跟我说说为什么要放过它。我们说了这么多话，你却半个字没提过你这位游荡在外的伙伴，而我当初也没有揪着不放。你可以等他被抓住、带到我面前了再说。我派了最机敏的捕手去搜捕他，可他却逃脱了；他们一直没找着他的下落，只有这位安博恩昨晚日暮之时见过一回，直到现在我们才发现他。而他现在犯下的罪过可不止是在高地上逮兔子那么简单了：胆敢来汉奈斯安努恩，他这是死罪难逃。这东西让我有些惊奇：隐秘、狡猾如他，却跑到我们窗前的水池边玩耍。他是觉得我们睡觉的时候无人守夜吗？他为什么要这么做？”

“我猜答案有两个，”佛罗多说，“他不了解人类是其一，尽管他很狡猾，你们的藏身之所却是如此隐蔽，所以他可能并不知道这里藏着人类。第二，我觉得有一种远超警惕心的欲望支配了他，诱使他来到这里。”

“你说他是被诱来的？”法拉米尔低声问，“他会不会，他是不是知道你身负的重担？”

“他当然知道。那东西曾经在他手上待过许多年。”

“他持有过那东西？”法拉米尔惊得抽了一口气，“这团乱麻真是愈发纠葛，新谜再出啊。那么他是在追寻那东西喽？”

“大概吧。那东西对他来说是宝贝。但我不曾提过这东西的事情。”

“那么，这东西是在找什么？”

“鱼，”佛罗多说，“快看！”

几人定睛往下方黑咕隆咚的池水看去。一颗黑色的小脑袋出现在水潭另一头，正好就在岩石的重重阴影边上。只见银光一闪，水面上浮现出几圈小小的波纹。他游到岸边，随后以无比迅捷的速度，以青蛙一样的动作从水里爬到了岸上。他当即坐下，啃咬着某种翻动时银光闪动的小东西。最后几丝月光此时也渐渐落到水潭尽头的岩壁下方。

法拉米尔轻声笑了。“鱼！”他说，“这倒是种没那么危险的欲望。但也未必：汉奈斯安努恩水潭里的鱼或许会要他付出一切作为代价。”

“我已经瞄准他了，”安博恩说，“统帅，到底要不要射？按我们的律法，擅闯此地者就应该处死。”

“少安毋躁，安博恩。”法拉米尔说，“这事情没那么简单。佛罗多，你如今怎么说？我们为何要放过他？”

“这家伙很可怜，又饿坏了，”佛罗多说，“根本没注意到危险所在。甘道夫——就是你们的米斯兰迪尔，他肯定会要求你们别杀他，就因为这个理由，当然还有其他一些缘由。他此前对精灵便是这么吩咐的。我不太清楚具体原因，猜到的理由也不能在这里公开讲出口。不过，就某方面而言，这家伙跟我的使命有所关联。在你们找到并带走我们之前，他是我的向导。”

“你的向导！”法拉米尔说，“事情越来越古怪了。我愿为你做的事情很多，但这一件不行：不能放这个狡猾的流浪者自由来去，任他有兴致了便加入你们，或是被奥克逮住，在痛苦的威胁之下透露他知道的事情。他只能被杀掉或者关起来。如果不赶紧抓到他，就只能杀掉了。然而，除了放箭，要如何逮到这么个诡计多端的家伙？”

“悄悄放我下去找他，”佛罗多说，“你们大可继续拉紧弓弦，假如我没成功，至少可以射我。我不躲。”

“那就赶紧行动！”法拉米尔说，“他若是能留得小命，这倒霉的后半辈子都得当你忠实的仆人才行。安博恩，带佛罗多下到岸边，脚步放轻点儿。那东西的鼻子和耳朵很敏锐。把你的弓给我。”

安博恩咕哝了一声，领头沿着曲折的台阶下到休息台，又走上另一段台阶，最后来到一处被茂密的灌木丛遮挡的狭窄开口。无声地穿过之后，佛罗多发现自己出现在水潭南岸的顶上。眼下天色漆黑，只西天上还弥留着几丝月光，照得一道道瀑布灰白又昏沉。他看不见咕噜的踪影，便向前走了一小段，而安博恩也轻手轻脚地跟在后面。

“继续走！”他悄声在佛罗多耳畔说，“小心你的右边。要是掉进了水潭，就只有你那位捉鱼的朋友才能救你了。虽然你看不见，但好些弓箭手就在附近，可别忘了。”

佛罗多模仿着咕噜的样子往前爬，用双手来摸索方向并稳住身体。这里的岩石大抵平整，不算粗糙，却滑得很。他停在原地，聆听起来。起初除了背后永不停歇的瀑布冲刷声，他什么也听不见。没过一会儿，他听到前头不远处有嘟嘟哝哝的嘶嘶声。

“鱼嘶，好鱼嘶。大白脸不见了，我的宝贝，终于不见了，没错。这下我们可以安心吃鱼了。不，不安心，宝贝。因为宝贝丢了；没错，丢了。肮脏的霍比特人，卑鄙的霍比特人。他们走掉了，抛弃了我们，咕噜；宝贝也一块儿走了。只剩可怜的斯密戈孤孤单单的。没有宝贝。卑鄙的人类，他们会抢走它，会偷走我的宝贝。一群小偷。我们恨他们。鱼嘶，好鱼嘶。让我们变强壮。让眼睛明亮，手指有力，没错。掐死他们，宝贝。把他们全部掐死，没错，只要我们有机会。好鱼嘶。好鱼嘶！”

那声音仿佛另一条瀑布，就这么无休无止地嘟哝，偶尔才会因隐约的口水声跟吞咽声停下片刻。佛罗多带着怜悯与厌恶聆听着，打了个寒战。他希望这声音赶紧停下，希望他再也不用听见这声音。安博恩就在他身后不远处。他大可以爬回去，要安博恩让那些猎手射死咕噜。他们也许就在足够近的地方，而咕噜正在狼吞虎咽，毫无防备。只要射准一箭，佛罗多就可以永远摆脱这悲惨的声音。然而不行，他如今对咕噜负有责任。哪怕是因恐惧而为他效力，主人对服侍的仆从都负有责任。要不是有咕噜在，他们早就葬身死亡沼泽了。不知为何，佛罗多也无比清楚地明白，甘道夫肯定不希望他这么做。

“斯密戈！”他悄声说。

“鱼嘶，好鱼嘶。”那声音说。

“斯密戈！”他又大声了一些。那声音停下了。

“斯密戈，主人来找你了。主人就在这里。过来吧，斯密戈！”没有回音，只有一次小声的嘶嘶，似乎倒吸了一口气。

“斯密戈，过来！”佛罗多说，“我们有危险。人类要是发现你在这儿，他们会杀了你。你若是不想死，就赶紧过来。到主人身边来！”

“不！”那声音说，“不是好主人。抛下可怜的斯密戈，跟新朋友走了。主人可以等。斯密戈还没吃完。”

“没时间了，”佛罗多说，“把你的鱼带着吧。过来！”

“不！必须把鱼吃完。”

“斯密戈！”佛罗多孤注一掷地说，“宝贝会生气的。我会带走宝贝，还会说：让他吞下鱼骨头，被噎住，再也没法吃鱼。过来，宝贝等着你呢！”

一声尖厉的嘶嘶响起。片刻后，咕噜四肢着地，从黑暗里爬了出来，活像一只做了坏事被主人叫到跟前的狗。那鱼半截在他嘴里，半截拿在手上。他凑向佛罗多，距离近到几乎鼻尖顶着鼻尖，然后嗅来嗅去。他那双苍白的眼睛闪着光芒。随后，他拿出嘴里的鱼，站了起来。

“好主人！”他低声说，“好霍比特人，回来找可怜的斯密戈。好斯密戈来了。我们走吧，快快地走，没错。趁着那两张大脸还没亮，快穿过树林。没错，快，我们走！”

“是的，我们等下就走，”佛罗多说，“但不是现在。我会遵守承诺，跟你一块儿走。我的承诺依旧有效。但不是现在。你还没有脱险。我能救你，但你得相信我。”

“我们必须相信主人？”咕噜狐疑地说，“为什么？为什么不赶紧走？另外那个霍比特人，那个坏脾气、没礼貌的霍比特人呢？他在哪里？”

“他在上面。”佛罗多指着瀑布那边说，“我要带上他才能走。我们得回去找他。”他的心沉了下去：这状况实在有些像是圈套。他倒不是怕法拉米尔下令杀掉咕噜，而是担心法拉米尔会捆了咕噜关起来；毫无疑问，佛罗多的行为在这可怜、奸诈的家伙眼里似乎成了背叛。佛罗多这是用了唯一能行的方法救他的命，这一点可能永远无法让他理解乃至相信。佛罗多能怎么办呢？他只有尽量不负双方的信任了。“来吧！”他说，“要不宝贝就该生气了。我们往回走，回溪水上面去。走起来，走起来，你在前头！”

咕噜贴着水潭边爬了一小截，鼻子兀自嗅探，满心狐疑。不多时，他停下身子，抬起脑袋。“那边有什么东西！”他说，“不是霍比特人。”他突然掉转身子，鼓起的双眼中闪过一道绿芒。“主人嘶，主人嘶！”他嘶嘶叫道，“坏人！奸计！说谎！”他啐着，双臂长探，手指咔咔作响。

就在此时，安博恩高大的黑色身形猛然出现在咕噜身后。他扑将过去，一只巨大、有力的手擒住咕噜的后颈，把他摁倒在地。咕噜闪电般转了过来，他的身子又湿又滑，扭得像条鳗鱼，又像猫一样又咬又挠。然而，阴影里又有两个人走了出来。

“别动！”其中一人说，“否则我们就把你射成刺猬。不许动！”

咕噜瘫软在地，开始呜咽和抽泣。几人捆了他，动作半点儿不见轻。

“轻点儿，轻点儿！”佛罗多说，“他的力气可赶不上你们。可以的话，别弄疼他。只要不弄疼，他就会很老实。斯密戈！他们不会伤害你的。我会跟你一起走，你不会受到伤害的，除非他们把我也杀了。相信主人！”

咕噜转过身朝佛罗多啐了一口。几个人类提他起来，拿兜帽遮了眼睛，把他带走了。

佛罗多跟着他们，心里难受极了。他们穿过灌木那头的开口，沿着台阶与通道返回了山洞。洞里点着两三支火把，人们渐次起了身。山姆也在洞里，他眼神古怪地看着几人抬进来那团松散的东西。“逮着他了？”他问佛罗多。

“是的。嗯，也不算，我没抓到他。他自己过来的——恐怕他一开始对我心怀信任。我没想过害他被绑成这样。我只希望一切都能好起来；这整件事都让我难受得很。”

“我也是。”山姆说，“可只要这可悲的家伙还在，啥事儿都没法好起来。”

有人过来朝两个霍比特人招了招手，把他们带去了洞深处的凹室。法拉米尔坐在里边他那把椅子上，头顶的壁龛里又点上了油灯。他示意两人在旁边的凳子上就座。“给客人们来点儿酒，”他说，“把囚犯也一并带来。”

酒摆到了客人面前，随后安博恩把咕噜也带来了。他取掉咕噜头上的兜帽，让他站起来，又立在咕噜身后稳住他。咕噜眨了眨眼，厚重、惨白的眼皮遮住了眼里的恶意。他看上去凄惨无比，浑身湿到滴水，闻着一股子鱼腥味（他手里依旧攥着一条鱼）；杂草一样稀稀拉拉的头发耷拉在额头上，鼻子抽个不停。

“放开我们！放开我们！”他喊，“绳子勒得好疼，是的，没错，我们好疼，我们什么都没干。”

“什么都没干？”法拉米尔问，又拿锐利的眼神看着那可鄙的东西，脸上却是毫无表情，既不愤怒亦无怜悯，也见不着惊异，“什么都没有？应该被捆住，甚至被施以更严厉惩罚的事情，你一件都没做过？然而，其中是非幸好不用我来评判。可今晚上你去的却是要丢掉性命的地方。

那水潭里的鱼可不是这么容易吃的。”

咕噜扔掉了手里的鱼。“不要鱼了。”他说。

“代价可不是设给鱼的。”法拉米尔说，“只要来到这里，看了那水潭，便是死罪。我且留你一命，那也是看在佛罗多求情的份儿上，他说你至少值得他感谢几回。可你还得让我心服口服才行。你叫什么？从哪里来，要去哪里？你要做什么？”

“我们迷路了，迷路了。”咕噜说，“没有名字，没有事情要做，没有宝贝，什么都没有。只有空虚，只有饥饿；是的，我们都饿了。几条小鱼，几条皮包骨的恶心小鱼，给一个可怜的人吃，他们却说该死。他们真是睿智，真是公正，太公正了！”

“睿智谈不上，”法拉米尔说，“公正或许不假，算是我们小小的智慧能够判断的公正。佛罗多，给他松绑吧！”法拉米尔从腰带上取下一把小的指甲刀，递给佛罗多。咕噜误解了这动作，吓得尖叫着跌倒在地。

“好啦，斯密戈！”佛罗多说，“你得相信我。我不会抛弃你的。尽量实话实说，这不会害你，只会对你有好处。”他割断了咕噜手脚上的绳索，扶他站起身。

“过来！”法拉米尔说，“看着我！你知道这是哪里吗？你以前可有来过？”

咕噜慢吞吞地抬起眼睛，不情不愿地迎上法拉米尔的眼神。咕噜眼里的光全消失了，两只暗淡无神的眼珠子与那刚铎人清澈、坚定的眼睛对视了好一会儿。现场无比安静。随后，咕噜垂下脑袋，身子也渐次缩紧，最后蹲在地上不住地哆嗦。“我们不知道，我们也不想知道。”他啜泣道，“从没来过，以后也不来了。”

“你心里有着紧锁的门窗，后面是许多阴暗的房间。”法拉米尔说，“但我判断，此事你所言不假。对你而言不算坏。你准备用何种誓言保证决不返回，决不通过语言或动作带任何活物来这里？”

“主人知道，”咕噜说，偏头朝佛罗多瞥了一眼，“没错，他知道。他如果拯救我们，我们就向主人发誓。我们会向它发誓，没错。”他爬到佛罗多脚下。“好主人，救救我们！”他哭嚷道，“斯密戈向宝贝发誓，打心里发誓。永远不会再来，永远不提，永远永远！不说，宝贝，不说！”

“你可满意？”法拉米尔问。

“满意。”佛罗多说，“反正你要么接受这誓言，要么执行你们的律法。别的就没了。但我跟他保证过，他要是来到我身边，就不会受到伤害。而我要说到做到。”

法拉米尔坐在那儿思索了一阵。“既如此，”他终于开口说，“我将你交予你的主人，交给卓果之子佛罗多。让他宣布如何发落你吧！”

“可是，法拉米尔大人，”佛罗多鞠了一躬，说，“你还没宣布要如何处置你刚才说的这个佛罗多；除非此事水落石出，否则他没办法给自己或者同伴制订计划。你原本打算到了早上再裁决，可现在就快要早上了。”

“那我这便宣布我的判决。”法拉米尔说，“于你，佛罗多，我以上司所赋之权力宣布，你可在刚铎境内自由行走，最远及刚铎古时边界；只不过，无论你或与你同行之人，未经同意不得擅入此地。此决定于一年又一日内有效，随后便告终止，除非你于此时日内前往米那斯提力斯，拜见我城之城主兼宰相。到时我自会求他确认判决，将时效延至终生。与此同时，你所庇佑之人亦将为我庇佑，并受刚铎保护。这回答可是你要的？”

佛罗多深深鞠了一躬。“心满意足。”他说，“高贵、高尚如大人你，若觉得我可为一用，本人甘愿效劳。”

“求之不得。”法拉米尔说，“那么，你如今可愿庇佑这东西，庇佑这斯密戈？”

“我愿庇佑斯密戈。”佛罗多说。山姆沉重地叹了口气，倒不是为这些繁文缛节，正如所有霍比特人一样，他也完全赞同这些礼节。其实，若是在夏尔碰见类似的事情，要说的话、该鞠的躬可比现在要多得多。

“那么我便如此告诉你，”法拉米尔转头对咕噜说，“你被判死罪；不过，只要你随佛罗多行动，我们便放过你。然而，若有任何刚铎人发现你弃他独行，那你便死到临头。若你不曾好好替他效力，无论你是否身处刚铎境内，愿死亡不日便找上你。现在，回答我：你要去哪里？他说，你是他的向导。你打算引他往哪里去？”咕噜没有回答。

“此事不容藏私，”法拉米尔说，“回答我，否则我便要撤回判决！”

咕噜依旧不肯回答。

“我来替他回答，”佛罗多说，“他应我的要求，带我去黑门，可那边过不去。”

“那片不具名之地可不会敞开大门任人行走。”法拉米尔说。

“看见这情况，我们便换了方向，往南下的道路走了。”佛罗多继续道，“因为他说这里有一条——或者说可能有一条靠近米那斯伊希尔的小路。”

“是米那斯魔古尔。”法拉米尔说。

“我不是非常清楚，”佛罗多说，“但我猜那条小路是往上走，一直爬到古城所在山谷北侧的山上。它向上通往高处一道裂口，然后下到——下到另一边。”

“你知道那处隘口叫什么吗？”法拉米尔问。

“不知道。”佛罗多说。

“它叫奇力斯乌苟。”咕噜闻言发出了嘶嘶尖叫，开始冲自己嘟嘟哝哝。“那地方莫非不叫这名字？”法拉米尔转向他，问道。

“不！”咕噜说，随后他尖叫起来，仿佛被什么刺到了。“是的，是的，我们听过这名字。可这名字跟我们有什么关系？主人说，他必须要进去。所以，我们必须尝试别的路。没有其他路可试，没有。”

“没有别的路？”法拉米尔问，“你如何知道？谁又探索过那片黑暗疆域所有的地方？”他若有所思地看了咕噜好一会儿。随后，他再度开了口：“安博恩，带这个东西下去吧。对他客气点儿，但是盯紧了。而你，斯密戈，别想着往瀑布里跳。那下面的石头长着尖牙，决计让你横死当场。下去吧，鱼也带走！”

安博恩出去了，咕噜畏畏缩缩地走在他前面。帘子拉上，遮住了凹室。

“佛罗多，我认为此事你做得极为不妥。”法拉米尔说，“我认为你不该与这东西同行。它很邪恶。”

“不，不算彻头彻尾的邪恶。”佛罗多说。

“也许不算恶到无以复加，”法拉米尔说，“但恶意如恶疮般吞噬着他，而邪恶与日俱增。让他领路没有好下场。你要是愿意和他分别，我可允许他安全通行，领他去刚铎边界他指定的任何地方。”

“他肯定不愿意，”佛罗多说，“他只会一如既往地跟在我后头。另外，我承诺过很多次要保护他，去他带领的方向。你应该不会要我失信于他吧？”

“不会。”法拉米尔说，“但我心里却很想这样要求你。毕竟，比起自己违背誓言，劝别人打破誓言似乎没那么罪恶，尤其是看见朋友注定会被誓言伤害，可他自己却浑然不觉的时候。不过，我不会劝你——他若是要跟你走，那你如今就得忍受他。可我觉得，奇力斯乌苟不是你非去不可的地方，那地方的情形他没有全部告诉你。他这点儿心思，我看得非常明白。别去奇力斯乌苟！”

“那我应该怎么走？”佛罗多问，“返回黑门，把自己拱手交给守卫吗？敢问是什么让那地方的名头如此可怕？”

“没什么确切的消息，”法拉米尔说，“我们刚铎人这些年不朝大道往东的地方去，年轻的一代更是从不曾去过，我们也无人踏足过阴影山脉。我们对那地方的了解仅限于旧时的记录与古早的传闻。然而，米那斯魔古尔之上的诸多关口盘桓着某种阴森的恐怖。但凡提到奇力斯乌苟，老人与学识广博之士都会脸色煞白，绝口噤声。

“米那斯魔古尔的山谷很久以前便已堕入邪恶，被驱逐的大敌尚且远在他处、伊希利恩大部分地方仍为我们所管之时，那里便已充斥着恶意和恐怖。如你所知，米那斯伊希尔曾是一座光荣、堂皇的雄城，也是我们的姊妹之城。但它却被大敌最初壮大时掌控的邪恶之人攻陷，而这些人在大敌倾覆之后落了个无家可归、无主可侍的下场。据说，他们的王是堕入黑暗邪恶的努门诺尔人；大敌给了这些王者力量之戒，吞噬了他们：他们成了恐怖又邪恶的活灵。大敌被驱逐之后，他们便占领了米那斯伊希尔，将那里同四周整片山谷填满腐朽：那里看似无比空旷，实则不然。颓圮的城墙间寄宿着一种无形无状的恐惧。那里有九位王者，他们秘密准备并协助自己的主人回归，而他们的力量也再度变得强大起来。之后，九骑手冲出了这恐怖之门，我们无法抵挡他们。不可靠近他们的要塞，你们会被发现的。那是处恶意永无休止、充满无睑之眼的地方。别去那边！”

“可是，除了这条路，你打算指点我走哪条路呢？”佛罗多问，“你说过，你自己没法指引我们抵达山脉，更别提翻越那里了。可我在会议上庄重承诺过，我必须得找到路翻越山脉，要么就在寻找的途中死去。要是我因为前途未卜就掉头回去，那我在精灵与人类当中又能去哪儿？难道你要让我带着这东西——带着使你兄长渴极成狂的这东西去刚铎？它又会对米那斯提力斯使出什么法术？难道从此要出现两个米那斯魔古尔，隔着一片满是腐朽的死地对彼此愠笑？”

“如此并非我所愿。”法拉米尔说。

“那你要我怎么办？”

“我不知道。我只是不愿让你们迈向死亡或者折磨。而我认为，米斯兰迪尔也不会选择这条路。”

“自从他陨落之后，我就只能走我能找到的路。现在也没时间大肆寻找了。”佛罗多说。

“这一判断实属艰难，而完成这使命也是希望渺茫。”法拉米尔说，“不过，至少记住我的警告：当心斯密戈这个向导。他曾做过行凶之事。我从他心里看出来了。”他叹了口气。

“那么，卓果之子佛罗多，我们便是相遇又要别离了。你无须说出安慰之语，我也不指望有朝一日能再在这太阳底下见到你。但我要为你的离去、为你所有的同胞祈福。在我们为你准备吃食的时候，你先稍事休息。

“我很想知道这个令人毛骨悚然的斯密戈如何得到我们说过的那东西，又是如何失去它的，但我眼下不再多作打扰。若有朝一日你出人意料地重回生灵之地，而我们能在日光下倚坐墙边回首往事，笑看旧伤，届时你再告诉我。在此之前，或是在某个连努门诺尔的真知晶石也无法预见的时日之前，请珍重！”

他站起身，向佛罗多深鞠一躬，撩起帘子走去了外面的洞穴。

·第七章·

岔路口之行

佛罗多跟山姆回到床上，默不作声地休息了一阵，那些人类则纷纷起身，开始忙活一天的事务。过了一会儿，有人端来水盆让他们洗漱，又领他们去了摆着三份餐食的桌边。法拉米尔与两人一同吃了早餐。自从头一天的战斗起，他一直不曾休息过，可看着却丝毫不显疲态。

餐毕，几人站起身。“愿你们一路免受饥饿困扰。”法拉米尔说，“你们的干粮不多，我已命人在你们包里装了些许适合旅者的食物。你们在伊希利恩期间不会缺水，但任何‘活死人山谷’伊姆拉德魔古尔流出来的溪流，切记不可饮用。还有件事我须得告诉你：我手下斥候与守卫全都回来了，包括部分潜伏在能看见魔栏农之处的人。他们都发现了一件怪事：这片土地空无一人。大道上什么也没有，哪里都听不见脚步声、号角声或者弓弦声。那片不具名之地酝酿着一股请君入瓮的沉寂。我不知道这有何预兆。但某种重大结论很快就会揭晓。风暴要来了。可以的话，你们要抓紧时间！若你们已准备就绪，那我们便出发。太阳就快要升到阴影之上了。”

两个霍比特人的包裹被带了过来（比之前稍微沉了那么一点儿），另外还有两根打磨好的木棍，棍脚包铁，雕过的棍头上穿着编好的皮绳。

“临别之际，也没什么好送的，”法拉米尔说，“且带上这两根棍子，野外行走攀爬时多少能用到。白色山脉的人就会用它们；不过这两根按着你们的身高截短，又新包了铁皮。它们取自莱贝斯隆这种美丽的树木，是刚铎木匠深爱的材料。它们还有着寻得与复返的美名。愿这美名在你要去的魔影中，依旧能有所留存！”

两个霍比特人深深鞠躬。“何等宽厚的主人哪，”佛罗多说，“半精灵埃尔隆德曾告诉我说，我将在路上找到秘密的、意料之外的友谊。你所表现出的这等友谊，确实是我从没想过的。你的友谊使我们将凶险化成了吉兆。”

众人此时做好了出发的准备。咕噜被人从某个角落或者看不见的窟窿里带了过来，他的心情似乎比之前好了些，不过他紧挨着佛罗多，回避着法拉米尔的注视。

“你们的向导必须蒙住眼睛，”法拉米尔说，“而我可以允许你跟你的仆人山姆怀斯不蒙眼睛，若是你们不想的话。”

咕噜被他们蒙住眼睛的时候又叫又扭，紧抓着佛罗多不放。佛罗多说：“把我们三个的眼睛全都蒙上吧，先蒙我的，这样他就会知道你们不是要害他。”众人依言照办，然后引着他们出了汉奈斯安努恩的山洞。穿过几处通道与台阶后，他们感觉到清新、香甜的清爽空气围了上来。三人蒙着眼睛又往前走了一小会儿，先是往上，又缓缓朝下。最后，法拉米尔命人摘掉他们眼罩的声音传来。

几人再度回到了森林的林荫之下。一条长长的南向斜坡挡在他们与溪水流淌的山谷间，也彻底挡住了瀑布的声响。向西望去，他们能透过林子看见光亮，仿佛世界在彼处戛然而止，而边缘再往前只能看见天空一般。

“我们便要在此真正告别了。”法拉米尔说，“你若是接受我的建议，那就暂时不要转去东边。继续直走，往后许多哩便依旧能得到林地的掩护。你们的西边是一处边界，大地到了那里会降作巨大的山谷，地形时而变成突兀的峭壁，时而又现出长长的山坡。尽量沿着那边界跟森林的边缘走。我猜，你们一开始的旅途大概会在日光下进行。这片土地还在做一场和平的幻梦，一切邪恶暂时都会退去。但凡可能，多加珍重！”

随后，他按自己一族的习俗拥抱了两个霍比特人，又将两手搭在他们肩上，俯身亲吻他们的额头。“带着所有善良人类的祝愿，去吧！”

两人深深地鞠躬。法拉米尔随后头也不回地离开了他们，往隔着一小段距离站着的两名守卫去了。两个霍比特人惊讶地看着这些绿衣人类飞速离去，几乎一眨眼便消失得没了影踪。法拉米尔之前身处的这片森林似乎变得空旷、阴沉起来，仿佛自梦中醒来了。

佛罗多叹了口气，转向南边。似乎出于对这各种礼节的不屑，咕噜胡乱刨着树下的腐土堆。“这是又饿了？”山姆说，“行吧，又开始了！”

“他们总算离开了吗？”咕噜问，“恶心嘶邪恶的人类！斯密戈的脖子还在痛，没错，还在痛。我们走！”

“对，我们走吧。”佛罗多说，“但你要是只想说这些向你展现仁慈的人的坏话，那就闭嘴！”

“好主人！”咕噜说，“斯密戈只是开个玩笑。他总是原谅他人，是的，没错，也原谅好主人要的小把戏嘶。哦，是的，好主人，好斯密戈！”

佛罗多和山姆没有搭腔。他们背上包，提着棍子，进了伊希利恩的森林。

那天他们总共歇了两回，吃了点儿法拉米尔给的食物：果干和腌肉，够他们吃上好些日子；还有面包，多到放坏也吃不完。咕噜什么也没吃。

日头在视线外升起，越过头顶，又渐渐落山，西边的森林里洒下一片金黄；三人始终走在清凉的绿荫下，四周一片安静。鸟儿似乎都飞走了，要么就全都变成了哑巴。

无声的林子里，黑暗来得有些早。不等夜色降临，三人便困顿地停住了脚，因为从汉奈斯安努恩算，他们已经走了至少七哩路。佛罗多躺在一棵古树下的腐叶堆上睡了一夜。山姆躺在他身边，却是有些辗转难眠：他醒了好几次，却没听着半点儿咕噜的动静——两个霍比特人刚拾掇好躺下，他便一溜烟儿没了影。不知道他是就近找了什么窟窿独自睡了，还是不眠不休地整夜游荡去了，反正他没说；不过，第一丝晨光闪耀之时他便回来了，又叫醒了两位同伴。

"必须起来了，没错，他们得起来！"他说，"还有很长的路要走，往南边和东边。霍比特人得快！"

接下来这天过得跟头天差不多，只是那种沉寂似乎加强了；空气变得沉重，在树下会有沉闷感。似乎有雷雨正在酝酿。咕噜频频停下，嗅闻空气，然后冲着自己嘟嘟哝哝，又催着两人再走快一些。

午后的时光随着他们当天第三段旅途渐渐过去，林木变得有些稀疏，树木愈发壮硕、分散起来。宽阔的林间空地上，无比粗壮、挺拔的冬青树阴沉、肃穆地矗立着，周围零星散布着灰色的白蜡树，伴着刚冒出褐绿色新芽的巨大橡树。几人周围是长长的林间草地，一片片绿草中缀着或白或蓝的白屈菜跟银莲花，眼下正含苞入睡；地上大片大片铺着林地风信子的叶片：它们光滑的钟形茎已从腐叶堆里探了出来。无论飞禽走兽还是别的活物都见不着，可这些开阔处却让咕噜害怕，于是几人走得谨慎起来，在一片片影子之间穿行。

几人来到森林尽头时，光线已飞快变暗。他们在一棵虬结的老橡树底下坐定。那橡树的树根如蛇一样蜿蜒探出，伸去了一处支离破碎的陡峭山坡下面。三人眼前出现一片昏暗的深谷。深谷彼岸，森林再度汇聚起来，在阴郁的暮色里以蓝灰色一路往南而去。右侧，头顶斑驳红霞、于遥远的西边微光闪亮的是刚铎的山脉；左侧是一片黑暗——正是魔多高耸入云的山墙；一条长长的山谷探出那黑暗，两侧谷壁渐行渐敞，又陡然降去了安都因大河。谷地奔腾着一条溪流：万籁俱寂之下，佛罗多能听见那溪水在石间撞出的声响；溪流对岸有一条灰白缎带似的路蜿蜒下行，去了落日余晖半点儿未曾触碰的苍白冷雾里边。佛罗多似乎远远看见那雾里有一些凄凉、阴暗的古塔，它们那高耸、模糊的塔顶与破碎的塔尖柱仿佛漂浮在一片阴影之海上。

他转向咕噜，问："你知道我们在哪儿吗？"

"是的，主人。危险的地方。这是通向升月之塔的路，主人，向下连到大河河边的破烂之城。破烂之城，没错，非常讨厌的地方，全是敌人。我们不该接受人类的建议。霍比特人已经偏离正路很远了。现在得往东走，就是上面那边。"他朝昏暗的山脉挥舞着骨瘦如柴的胳膊，"我们不能走这条路。噢，不能！残酷的人从那塔里下来，会朝这边走。"

佛罗多低头看着那条路。至少眼下看不见任何会动的东西。这路瞧着偏僻、无人问津，往下一直延向雾里的废墟。不过，空气里有种邪恶的感觉，仿佛确实有什么眼睛看不见的东西会走这条路上上下下。佛罗多又看了一眼远方渐渐没入黑暗的塔尖，身上一阵战栗，而那水声似乎也变得冰冷、残酷起来：那是魔古尔都因河的声音，这条河从戒灵山谷流出，遭受了污染。

"我们该怎么办？"他问，"我们已经走了很远、很久的路了。要不，我们在背后的森林里找处能躺着躲一躲的地方？"

“夜里藏起来休息不好，”咕噜说，“霍比特人必须在白天藏身，没错，白天。”

“噢，行了！”山姆说，“我们必须得歇脚，哪怕半夜再动身也行。到时候还有好几个钟头的黑夜呢，足够你带着我们走一阵子，只要你知道咋走。”

咕噜不情不愿地同意下来，又转身返回森林方向，沿着森林稀稀拉拉的边缘往东走了一阵。他怎么也不愿在离那条邪恶道路如此近的地面休息；于是一番争论之后，三人全都爬去了一棵巨大的圣栎树的树杈上，这树的粗壮枝干齐齐自树身伸展而去，形成一处绝佳的藏身地与相较安逸的庇护所。夜色降临，树冠下变得一片漆黑。佛罗多跟山姆喝了点儿水，吃了些面包和果干，咕噜却是当即缩着身子睡着了。两个霍比特人一直没合过眼。

咕噜醒来的时候，肯定是午夜刚过一会儿：两人突然注意到他那双苍白的眼睛没了眼睑遮罩，正盯着他们闪闪发亮。他听了听，又嗅了嗅，动作与他们之前见到的别无二致，似乎是他判断晚上时间的惯用手法。

“我们休息了吗？我们做美梦了吗？”他问，“我们走！”

“我们没休息，我们也没做美梦，”山姆愤愤地说，“非得走的话，那我们就走。”

咕噜四肢并用地当即从树杈上爬了下去，两个霍比特人也跟着下来，速度却慢得多。

等两人爬下树来，咕噜立马领着他们转向东边，往黑暗的坡地上走。因为夜色极深，他们什么都看不清楚，就连树干都得撞上了才注意得到。地面愈发破碎，路越来越难走，咕噜却似乎半点儿也没犯难。他领着两人穿过丛丛灌木及荆棘密布的荒地；时而从边缘绕过某个深邃裂隙或者漆黑窟窿，时而走下灌丛遮掩的阴暗洼地，再从里边出来。不过，但凡他们往下走那么一点儿，前面要爬的坡就会变得更长、更陡。他们不断地在朝上走。第一次歇脚的时候，几人回头一看，之前离开的那片森林的树冠此时几近模糊，恍若一片广袤、稠密的暗影横陈彼处，像是空旷的漆黑天际下多出的一片更为漆黑的夜色。一大片黑暗似乎正缓缓从东边逼近，吞噬着微弱、迷离的群星。之后，西沉的月亮逃脱了云层的追赶，可月亮四周却环上了一层病态的黄色光亮。

咕噜终于回头看向两个霍比特人。“白天要来了，”他说，“霍比特人要赶快。没遮没掩待在这些地方不安全。快走！”

他加快了脚步，两人疲惫不堪地跟在后面。没多久，他们开始攀爬一大片拱起的土地。那地方大部分被浓密的金雀花和越橘覆盖，四处还长满矮小、顽强的荆棘，只零星地方有点儿空地，属于近期生火留下的“伤痕”。越往顶上走，金雀花丛就越茂密；它们年岁古老、身姿修长，下半截憔悴、光秃，顶上倒是密得很，还盛开着在黑暗里微微发亮的花朵，隐约散发着淡淡的香气。这些带刺灌木长得如此之高，乃至于霍比特人能挺直了背走在下面，穿过一条铺着带刺落叶的干燥长走道。

在这片宽阔山背的另一头边缘，他们暂停前进，爬到一团纠葛的荆棘下面躲着。荆棘扭曲的枝丫歪向地面，又被乱糟糟趁势而上的古老野蔷薇给盖住。荆棘丛深处有一片中空的小小厅堂，以枯死的枝条与荆棘为椽，春天第一簇嫩叶与新芽作顶。几人累得吃不下东西，便只是在那里躺了一阵；他们又不时透过灌丛的孔洞窥探，候着白天缓慢地来临。

可白天没有来，来的却是一片死沉沉的昏褐。东边低低的云层下闪耀着一团暗红：那不是黎明的红色。这片崎岖土地的另一头是埃斐尔度阿斯横眉冷对的山峰，山下抹不开的夜色依旧未曾消散，使那里成了看不出形状的一片黑，山上则是参差的尖顶与狰狞的边缘，轮廓让火一般的红光衬得只显坚硬与凶险。几人右边远处矗立着山峰西探的巨大肩膀，在阴影中显得阴暗、漆黑。

“我们从这儿往哪里走？”佛罗多问，“那团黑乎乎的地方，那边的开口是——是魔古尔山谷吗？”

“我们非得想那么远吗？”山姆问，“天色都这样了，我们今天肯定不会再往前走了吧？”

“大概不走，大概不走。”咕噜说，“但我们要尽快出发，去岔路口。没错，去岔路口。就是那边那条路，没错，主人。”

魔多上方的红光消失了。随着大片水汽自东边蒸腾而起，朝他们头顶飘了过来，那混褐的光线也变得越来越深。佛罗多跟山姆吃了点儿东西又再度躺下，咕噜却是一副坐立难安的样子。他不肯吃他们的任何食物，不过水倒是喝了一点儿，随后便在灌木丛底下爬来爬去，不停地嗅闻和嘟哝。随后，他突然不见了踪影。

“跑去逮吃的了，我猜。”山姆打了个呵欠说。这回轮到他先睡着，他也很快就沉入了梦乡。他觉得自己回了袋底洞花园，在找什么东西；可他背着一个死沉的背包，压得他直不起身。不知为何，他的周围似乎到处都是疯长的杂草，荆棘跟羊齿蕨也在入侵靠近树篱底下的花床。

“看这情形，我又有活干了，但我累死了。”他叨叨地说个不停。没多久，他记起自己在找什么了。“我的烟斗！”他说，一下子醒了过来。

“呆瓜！”他自言自语道，一边睁开眼睛，一边疑惑自己为什么要躺在树篱下面，“烟斗不是一直在你包里嘛！”他随后明白过来：首先，虽说烟斗大概是在他的包里，可他没烟叶；其次，他离袋底洞隔着好几百哩呢。他坐起了身。天几乎彻底黑了下来。为何他的少爷任由他一直睡到傍晚，不叫他换岗？

“佛罗多先生，你一直都没睡吗？”他问，“现在啥时候啦？好像挺晚了！”

“不晚，”佛罗多说，“可天色却没有变亮，反而变暗了——越变越暗。就我的感觉来看，现在还没到中午，而你也就睡了三个钟头左右。”

“我有些纳闷儿这究竟是咋回事，”山姆说，“是有暴雨要来了吗？真要这样，那可就糟透了啊。到时我们就巴不得待在一个深洞里，而不是像现在这样困在树篱下了。”他听了听动静，“什么声音？打雷，敲鼓？那是啥东西？”

“不知道啊，”佛罗多说，“已经响了好一阵了，有时候像是地面在颤抖，有时候像是沉重的空气在你耳朵里震响。”

山姆环顾四处。“咕噜在哪儿？”他问，“还没回来？”

“没有。”佛罗多说，“完全没见着他的踪影。”

“行吧，我真是受不了他。”山姆说，“说实在的，我出门在外带的东西里头，就没一个像他这样，丢了也没啥可惜的。不过吧，这事儿他还真干得出来：在我们走了这么多哩路之后，在我们最需要他的时候，他就这么开溜了——当然，这还得是他能派上啥用场的情况下，我其实挺怀疑这点的。”

“别忘了沼泽的事。”佛罗多说，“我只希望他别出什么事。”

“我就希望他别耍什么花样。反正，就像你说的，我希望他别落到别人手里。他要是被抓了，那麻烦要不了多久就会找上咱们。”

正在此时，他们又听见一阵滚动的隆隆声，此时声音变得更大、更沉闷了。两人脚下的大地似乎在颤动。“我猜，怎么着我们都有麻烦了，”佛罗多说，“恐怕我们的旅途要画上句号了。”

“也许吧。”山姆说，“但我家老爷子经常说，活着就有希望；他经常还会补上这么一句，还得吃饱。吃点儿东西吧，佛罗多先生，然后再睡上一觉。”

下午——山姆觉得这肯定是下午——渐渐过去。从遮蔽处往外看，他只看得见一片暗褐色、见不着阴影的世界，而这世界正渐渐向毫无特征、毫无色彩的昏暗转变。它让人只觉得压抑，毫无温暖的感觉。佛罗多睡得不太安稳，一直翻来覆去，时不时还会梦呓。山姆觉得他听见佛罗多两次喊了甘道夫的名字。时间仿佛漫无止境地拖延着。突然，山姆听见背后传来嘶嘶声——原来是四肢着地的咕噜，正拿亮闪闪的眼睛盯着他们。

“醒醒，醒醒！快醒醒，瞌睡虫！”他低声说，“快醒醒！时间紧迫。我们必须得走了，没错，我们现在就得走。时间紧迫！”

山姆狐疑地盯着他：他似乎吓坏了，也可能是兴奋。“现在走？你在耍什么小把戏？还没到时候呢。现在连下午茶的时间都没到，至少还没到一个有下午茶的像样的地方。”

“笨蛋！”咕噜嘶嘶叫道，“我们可没在像样的地方。时间快不够了，没错，过得飞快。没时间了。我们得走了。快醒醒，主人，醒醒！”他伸手抓向佛罗多；佛罗多自睡梦里惊醒，猛然坐起身，一把攥住他的胳膊。咕噜挣脱了他的手，退了开来。

“他们不能犯蠢。”他嘶嘶叫道，“我们得走了。没时间了！”两人再从他嘴里听不到别的话。他究竟去了何处，以及他到底认为有什么正在酝酿，乃至于让他这么急匆匆的，他都不肯说。山姆心里着实疑虑得紧，脸上也显露得一览无余；可佛罗多纵有千般心思，却是一点儿也没表现出来。他叹了口气，背上背包，准备走出藏身处，去往不断汇聚的黑暗里。

咕噜无比小心地带着两人下了山坡，极尽可能地找着能遮蔽的地方走，但凡要跨越开阔地带，他们便恨不得身子贴着地面爬过去。不过，此时的光线实在模糊，哪怕眼神敏锐的野兽都很难看见穿着灰斗篷、戴着兜帽的霍比特人，也听不清这些小种人以最为谨慎的脚步行走的声音。没有踩断一根枯枝，没有撞响半片树叶，他们穿过这片地方消失了。

他们以一路纵队，悄声往前走了大约一个钟头，昏沉的光亮与大地的死寂压迫着他们，唯有似远处惊雷或山洼擂鼓的隐约轰隆声偶尔出现，将这寂静打破。三人从藏身处往下走，随后又拐向南边，按咕噜能找到的最直的路线穿过了一条斜向山脉的破碎长坡。没过多久，就在前面不远处，他们看见一排如黑墙般矗立的树。走得近了，他们这才意识到那些树其实无比巨大；它们似乎年岁已久，却依旧高拔，尽管树顶已是光秃、破碎，仿佛遭受过暴雨和雷霆的扫荡，却不曾被它们杀死，深不可测的根须也不曾让它们动摇半点儿。

“岔路口，没错，”咕噜悄声说。这是离开藏身处之后，他们听见他说的第一句话。“我们得走那边。”他这会儿转向东边，领着两人上了山坡；随后，一条路突然出现在几人眼前：正是南大道，它沿着山脚外缘蜿蜒而至，又迅速扎进了那巨大的树环当中。

“这里是唯一的路，”咕噜低声说，“大道那边没路了。没路。我们得去岔路口。但要走快点儿！要安静！”

如同深入敌营的斥候，他们轻手轻脚地下到大道上，又沿着石头边坡之下、道路西侧的边缘悄悄前进，身形灰若路边的石块，脚步也轻如捕猎的猫咪。三人最终来到树林脚下，发现自己站在了一圈无顶的巨环里，而巨环的中间敞开对着昏沉的天空；一株株无匹的树干之间留出的空间，神似某些颓圮厅堂里巨大、阴暗的拱门。巨环的正中间，四条道路交会到了一处。三人身后的道路通向魔栏农；身前的路再度向外延伸，继续踏上南下的旅途；三人右边，道路从古老的欧斯吉利亚斯一路攀爬上来，又穿过巨环，向东消失在黑暗里——这便是第四条路，也是他们要走的路。

佛罗多满心恐惧地原地站了一阵，他注意到有一道光芒亮起；他看见那光照在了身畔的山姆脸上。他转过身，从一道粗枝形成的拱门看过去，发现通向欧斯吉利亚斯的那条路像是绷直的缎带一般，几乎笔直地往下，再往下，一直往西延去。在那边远处，在此时被阴影遮罩的刚铎之境的尽头，一轮渐渐西沉的太阳终究觅到了悠然而去的云海边缘，于是便化作一团不祥的火焰，落向尚且未受玷污的大海。太阳那短暂的余晖笼上了一座巨大的坐像，那坐像静谧、肃穆，恍若阿刚那斯那巨大的双王石像。饱经岁月侵蚀，又历凶残之手毁损，这坐像的头颅不知去向，又嘲弄似的放了一块草草凿出的圆石取而代之，而圆石被人以野蛮的手法粗暴地画了副类似狞笑的面孔，额头正中还涂了一只奇大的红色单眼。坐像的膝盖与巨大的座椅，外加整个基座周围，全被人鬼画了一通，其中还夹杂着魔多的蛆虫之辈使用的污秽符号。

忽然，循着那水平照射的阳光，佛罗多看见了老国王的头：它滚落到了路边。“山姆，快看！”他惊得喊出了口，“看！国王又戴上了王冠！”

国王的眼里只剩空洞，雕出的胡须也支离破碎，可那坚实的高额上却有一圈金银双色的花环。一株蔓生植物绽放着白星般的小花，将自己缚在石首的额头上，仿佛在向这倒下的国王致敬。在国王用石头雕琢的头发裂缝里，黄色的景天花微微闪着光亮。

“他们总会失手的！”佛罗多说。随后，那短暂一瞥的景象突然消失了。仿佛一盏灯被遮上了罩子，太阳落到尽头，消失无踪，黑夜降临了。

·第八章·

奇力斯乌苟的台阶

咕噜扯着佛罗多的斗篷，发出恐惧和不耐烦的嘶嘶声。“我们得走了，”他说，“不能站在这儿。快走！”

佛罗多不情不愿地朝西边背转身，跟着他的向导出来，走进东边的黑暗。他们离开了树环，悄悄沿着道路往山脉前进。这条路同样保持着笔直的方向，可没多久就开始折向南边，最后直接来到他们隔着老远看见的那座巨大岩石的山肩下方。这漆黑、冷峻的山肩耸立在几人头上，颜色比后面的阴暗天空还要阴暗。道路自山影中匍匐向前，又绕过它再度折向东边，开始陡然往上。

佛罗多跟山姆心情沉重地往前挪着步子，实在没精力去关注面临的危险。佛罗多重新垂下脑袋，那重担又在往下坠扯着他。刚过那卓绝的岔路口，在伊希利恩时几乎被忘个干净的重量再度增加了。此时他感受到了脚底的路变得陡峭，于是疲惫地抬头往上看，接着便看见咕噜曾说他肯定会看见的地方——戒灵之城。他畏缩着，贴紧了岩石边坡。

仿佛阴影构筑的深邃峡湾，一道倾斜的长长山谷延伸到了山脉深处。山谷另一头两边的山臂之间，就在位于埃斐尔度阿斯乌黑的山腰那里，一片岩座高高托起了米那斯魔古尔的城墙塔楼。无论天地，那周围全然浑黑一片，不过城本身倒是盈着光亮。并非许久前被束缚的月光涌出了米那斯伊希尔这座升月之塔的大理石塔墙，在山洼里闪耀美妙夺目的光芒。它如今的光芒比偶尔缓慢月食时的薄弱月光还要苍白，它兀自飘动、游移，像是什么东西腐烂后喷发的毒气，又像是尸火，那光芒照不亮任何东西。出现在塔楼与墙壁上的窗户恍若数不尽的黑窟窿，张望着内部的一片空无；塔顶却在缓慢旋转，先是一侧，又转向另一侧，仿佛一颗幽灵般的巨型头颅斜睨着夜色。三位同伴杵在原地好一阵，只是瑟瑟发抖，极不情愿地看着那塔。首先回过神的是咕噜。他再度急促地扯着其余两人的斗篷，却一个字也没说。他几乎是拖着两人在往前走。他们每一步都走得如此艰难，时间似乎也变慢了，每一次抬起、落下，中间仿佛都隔着让人难耐不已的好几分钟。

就这样，几人慢慢来到白桥边上。微微闪烁的道路从这里跨过了山谷中间的溪流，又迂回宛转着继续往上，去往城门跟前：城门恍若一张黑色的大嘴，就张在北墙的外环上。溪流两岸全是宽敞的平地，阴暗的草地上开满了惨白的花朵。这些花同样带着光亮，虽美却可怖，造型活似噩梦里的种种癫狂形体；它们还散发着令人作呕的淡淡尸臭味；空气里充斥着腐烂的恶臭。桥跨越了两片草地。桥头精雕细琢着一些人、兽雕像，个个残破不已、形貌狰狞。桥下无声涌动的水流蒸腾着水汽，可这些在桥边萦绕、扭动的水汽却是冰寒无比。佛罗多只觉得天旋地转，意识越来越模糊。随后，仿佛突然有一股并非自身的力量起了作用，使他跌跌撞撞地匆忙往前走，双手摸索着伸向前方，脑袋耷拉着左右摇晃。山姆和咕噜都跟在他后面追。桥沿上，佛罗多一个踉跄，差点儿就栽进水里，还好被山姆给一把环住。

“别去那边！不要，别去那边！”咕噜低声说，可他牙缝里挤出的气息却像口哨一样撕裂了沉重的寂静，吓得他缩倒在地。

“撑住，佛罗多先生！”山姆在佛罗多耳边悄声说，“回来！别走那边。咕噜说别走，这回我破天荒头一回同意他的看法。”

佛罗多用手按住额头，把视线从山上那座城上面移开。那座幽幽发光的塔诱惑着他，而他全力抵抗着沿发光道路一路跑向大门的欲望。他挣扎着终于转过身子，可随即感觉到魔戒在抵抗他，在拽动他颈项上的链子。他的眼睛也是一样：自从移开视线，他的眼睛似乎片刻间盲了。他面前全是无法看透的黑暗。

咕噜如受惊的动物一般在地上爬动着，早已消失在黑暗中。山姆搀着、引着他那跌跌撞撞的少爷，又用尽可能快的速度跟在咕噜后面。离溪流的近岸不远之处，路边的岩壁处有一道裂口。几人穿过裂口，山姆发现他们来到一条羊肠小径；这小道起初如那大道一样微微发光，在攀至那片死亡之花所在草地的上方之后，小道渐渐隐去光亮，变得阴暗起来，又歪歪扭扭地拐上了山谷的北面。

两个霍比特人并肩在小道上跋涉着，他们看不见前面的咕噜，除非他转身示意两人前进。每到这时候，他眼里便会闪烁青白的光，或许是在反射魔古尔那有害的光芒，也可能是被内心某种回应的情绪点燃了。佛罗多与山姆始终留意着那致命的闪光与漆黑的眼窝，满怀恐惧地频频侧头去看，又不断强迫自己收回视线来寻找那条越来越暗的小径。他们缓慢地往前挪着。等爬到高过那毒溪冒出的恶臭与蒸汽的地方，他们的呼吸终于顺畅了，头脑也更加清醒起来；可三人的身子眼下已疲累到了极点，仿佛背着重物走了一整夜，又或者迎着大浪游了很久。三人最后实在走不动，只好停下歇息。

佛罗多停住脚，坐在一块石头上。他们如今爬到了一块光秃的巨岩顶上。前方靠山谷一侧有处凹地，小径绕过凹地入口继续往前，宽度堪堪比得上一道宽敞的岩架，而右侧便是一条鸿沟；小径越过山脉陡峭的南侧之后继续爬升，最后消失在上方的黑暗里。

“山姆，我必须得休息一会儿。”佛罗多小声说，“它压得我好重，山姆伙计，非常非常重。我不知道我还能带着它走多久。反正，在我们去那上面冒险之前，我一定得歇一歇。”他用手指了指前面那条窄路。

“嘘嘶！嘘！”咕噜连忙转身，冲他们嘶嘶叫道，“嘘嘶！”他用手捂住嘴唇，急促地摇着脑袋。他拉扯佛罗多的袖子，指着小径；可佛罗多不肯动。

“缓缓，”他说，“我再缓一缓。”疲惫，还有更甚于疲惫的东西压迫着他；他的心灵与身体似乎全被施了重咒。“我得歇一歇。”他喃喃道。

闻言，咕噜变得无比恐惧与焦躁，他再度开了口——他嘶嘶着，手依旧放在嘴上，似乎不想让空气里看不见的聆听者听到声音。“别在这儿，别。不要在这里休息。笨蛋！眼睛会看见我们。他们走到桥上会看见我们的。快走！爬，往上爬！快！”

“走吧，佛罗多先生。”山姆说，“他又说对了。我们不能在这儿待着。”

“好吧。”佛罗多的话音带着缥缈，仿佛半梦半醒的人在说话，“我尽量。”他疲惫不堪地站起身。

然而太迟了。就在这时，几人脚下的岩石开始震颤起来。前所未有的巨大轰隆声在大地之中轰鸣，连山里边都在回响。随后，刹那间，一道巨大的红光闪亮出现。它划过东山远处的天际，将低矮的云层染得一片猩红。在那片被阴影与冰寒的死亡光亮照耀的山谷里，这红光显得如此狂暴、凶猛，令人难以忍受。戈埚洛斯在这道腾然迸发的烈焰映衬之下，锯齿般的岩石山峰与山脊赫然显形，黑到令人汗毛倒竖。紧接着，一声雷鸣轰然炸响。

而米那斯魔古尔给予了回应。一阵青灰色的雷电腾起：分叉的青色火舌从塔楼与环绕周围的山岭中出现，直刺向阴沉的云层。大地在呻吟，城内传出一声高喊。那是一声令人神魂俱裂、撕心裂肺的嘶吼，仿佛掠食禽类刺耳的高声鸣叫混杂着又怒又惧的发狂马儿的尖厉嘶鸣；那声音迅速升高，转为超过听力承受范围的刺耳的声调。两个霍比特人转向那声音的方向，随后扑倒在地，用手紧紧捂住耳朵。

随着那可怕的叫喊降作让人难受不已的长长呜咽，又渐渐变回一片寂静，佛罗多缓缓抬起了头。狭窄的山谷那头，就在此时与他的眼睛几近齐平的位置，那邪恶之城的城墙赫然耸立，墙上有一扇大大敞开的城门，形状像是大张着露出闪亮牙齿的嘴巴。一支军队从城门过来了。

整支部队都身穿如夜晚一般阴暗的黑色装束。在惨白的城墙与发着光的路面映衬之下，佛罗多看见了这些小小的黑色身影，他们排成一行又一行，迅速、安静地向前进军，像一条无穷无尽的溪流涌出城门。他们面前有一支巨大的骑兵，如井然有序的阴影般移动，而骑兵的领头比其余人的身形都要高大得多：那是一名黑骑手，浑身墨黑，只兜帽覆盖的头上戴着一顶王冠式样的头盔，闪烁着危险的光芒。他此时靠近了下方那座桥，佛罗多的眼神紧追着他的身影，没法眨眼也不能抽离视线。这肯定就是九戒灵之首重返人世，要带领他那幽魂般的大军去作战，对不对？没错，这确实就是那形容枯槁的王，就是他以冰冷的手持着那把致命的刀戳中了持戒人。那道旧伤抽痛起来，一股巨大的冰寒袭上佛罗多的心头。

就在这些念头用恐惧戳刺他，让他像是被咒语束缚之时，那黑骑手猛然停在桥头之前，他身后的大军也全部站定。一切似乎暂停了片刻，死一般的寂静。或许是魔戒呼唤了戒灵之王，而后者感受到山谷里存在着其他力量，暗自疑惑了一阵。那戴着头盔与王冠的头颅怀着恐惧左顾右盼，用他那无人可见的眼睛扫视着阴影。佛罗多仿佛被蛇盯上的鸟一样等在原地，无法移动。他一边等待，一边感受着一种空前急促的号令，要他戴上魔戒。不过，尽管压力陡增，他此时却丝毫不愿屈服。他知道魔戒只会背叛他，即便戴上魔戒，面对魔古尔之王，他同样无力抵抗——目前还没有。尽管因恐惧而惊慌不已，他的意志却不再对那号令有任何回应，他只感觉到一股外来的巨大力量在冲击自己。那力量控制了他的手，而佛罗多心焦不已地看着（仿佛在看某个远处发生的古老故事）它移动着他的手，让手不受控制地一寸寸探向脖子上的链子。随后，他自己的意志被激发起来，强压着手慢慢往回挪，让手去摸另外一样东西——某样他藏在胸口附近的东西。他紧紧攥住那物什，触感冰冷又坚实：那是加拉德瑞尔给的水晶小瓶。他珍藏如此之久，差点儿忘了它的存在。随着摸到这瓶子，他脑海里关于魔戒的所有念头一时之间全清除了。他叹了口气，埋下脑袋。

就在这时，戒灵之王转身策马过了桥，他手下黑暗大军也悉数跟上。也许是精灵的兜帽蒙蔽了他那无人能见的眼睛，而他那小小的敌人振奋了自己的精神，避开了他的念头。他赶时间。时候已到，他奉了他那伟大主人的命令，必须将战争带去西边。

他迅速离开，如遁入阴影的阴影一般沿着蜿蜒的道路往下远去，身后那漆黑的队伍依旧在过桥。自从伊熙尔杜势力强盛那段时日之后，这山谷里再未调遣过如此庞大的军队；安都因大河的渡口也从未遭受过如此凶猛、武装如此强大的军队袭击；可它还算不上最强大的那支部队，也仅仅是魔多如今派出的无数军队之一罢了。

佛罗多动弹了一下。霎时间，他突然想起法拉米尔。“暴风雨终于还是爆发了。”他想，“这浩浩荡荡的尖矛与利剑要去欧斯吉利亚斯了。法拉米尔能及时渡河过去吗？他猜到了事态，可他知道具体时间吗？等九戒灵之王抵达，如今有谁能守住渡口？另外，还有其他军队也会过去。我太慢了。全完了。我一路都在耽搁。全完了。就算我完成了使命，也不会有人能知晓。没人能听我讲述。一切都成了竹篮打水。”脆弱感压垮了他，他开始抽泣。魔古尔的大军依旧还在过桥。

随后，仿佛源自夏尔的记忆——某个阳光明媚的清晨，新的一天开始召唤，门户一扇扇打开——他听见山姆的声音从遥远的地方传来。“醒醒，佛罗多先生！快醒醒！”若是这声音再补上一句“早餐给你备好了”，他也半点儿不会觉得奇怪。山姆显然很是焦急。“快醒醒，佛罗多先生！他们走了。”他说。

沉闷的声音响起。米那斯魔古尔的大门关闭了。塔楼依旧在山谷那头狞笑不已，但塔里的光亮已经渐渐消退了。整座城又陷入昏暗、阴森的阴影，再度变得一片死寂。不过，那里头依旧充满了警觉的气息。

“醒醒，佛罗多先生！他们已经走了，我们最好也快点儿走。那里边还有啥活的东西，某种长眼睛的东西，要不就是有眼睛的思想，你懂我意思吧。我们在一个地方待得越久，那东西就会越快找上门来。佛罗多先生，赶紧走！”

佛罗多抬起头，又站了起来。绝望依旧萦绕着他，但那股脆弱感倒是消退了。他甚至苦笑了一下：与之前截然相反，他眼下的感觉无比清晰，知道自己该做什么事，也知道自己只要能做就必须做。法拉米尔也好，阿拉贡也罢，或者埃尔隆德、加拉德瑞尔、甘道夫，又或者随便哪个人，他们知不知道都无关紧要。他一只手拄着木棍，另一只手拿着水晶瓶。见那晶莹的光亮已开始穿透手指，他便把瓶子塞回内兜，贴心口放着。随后，他从此时顶多算作漆黑峡湾里一道灰蒙微光的魔古尔城方向转过身，准备继续拾路往上。

米那斯魔古尔的大门打开之时，咕噜似乎已经沿着岩架爬去了前方的黑暗里，把两个霍比特人留在了原地。他这会儿又悄悄爬回来，牙齿打战、指节噼啪作响。“笨蛋！傻瓜！”他嘶嘶叫道，“赶紧！他们别以为危险过去了。没有。赶紧！”

两人并未回话，只是跟着他攀爬岩架。即便经历了诸多不同的危险，两人依旧一点儿不愿爬这岩架，幸好它并不长。没多久，小径抵达一处圆形拐角，山体在这个地方又鼓向了外边，而小径则突然钻进了岩石里的一处狭窄开口。几人这时来到了咕噜曾提过的第一段阶梯。里边算得上是全然漆黑，一臂之外的东西基本看不清楚；但咕噜冲他们转头的时候，他们能看见他的眼睛就在几步之外的上方闪烁着白光。

“当心！”他悄声说，“台阶。许多台阶。千万当心！”

谨慎自然是少不了的。因为此时两侧都有岩壁，佛罗多跟山姆起初还觉得比较轻松，但台阶陡得跟梯子差不了多少，他们越往上爬，越能感觉到背后就是那道漆黑的万丈悬崖。台阶很是狭窄，高低不均，多数危险不已：不但磨损严重、边缘很滑，而且部分台阶破破烂烂，部分一踩上去就会碎裂。两个霍比特人使出全身的力气，最后只能靠手指拼命扣紧上一级台阶吊住身子，再强迫酸痛的膝盖弯曲、蹬直；随着台阶愈发深地切进陡峭的山体，岩壁也在几人头顶抬得越来越高。

最后，就在两人觉得再也坚持不住的时候，他们看见咕噜的眼睛再度俯下来看向他们。“我们爬上来了，”他小声说，“第一段台阶爬完了。灵巧的霍比特人爬了这么高，非常灵巧的霍比特人。再爬几梯就完了，没错。”

头晕目眩、疲惫到极点的山姆，还有跟在下面的佛罗多，两人爬完最后一梯，坐下来揉搓着腿和膝盖。他们正身处一条深邃的黑暗走廊，走廊前方似乎依旧在往上抬升，但不再是台阶，而是换成了一条不那么陡的斜坡。咕噜没让两人休息多久。

“前面还有台阶，”他说，“长得多的台阶。等爬上了下一段台阶我们再休息。现在不休息。”

山姆呻吟出声。“你说还要更长？”他问。

“是的，是嘶的，更长。”咕噜说，“但不算难爬。霍比特人爬过了直直的台阶，后面是弯弯的台阶。”

“再往后呢？”山姆问。

“到时候就知道了。”咕噜柔声说，“噢，没错，到时候就知道了！”

“我记得你说这里有条隧道，”山姆说，“不是应该有隧道之类的东西可以穿过去吗？”

“噢，没错，是有条隧道。”咕噜说，“但是霍比特人可以在走隧道之前休息一阵。他们要是穿过了隧道，离山顶就很近了。非常非常近，只要能穿过去。噢，没错！”

佛罗多打了个冷战。一路攀爬让他汗流浃背，现在却感觉又湿又冷，黑暗的走廊里还吹着一股冰冷的穿堂风，从下方直吹往看不见高度的上方。他站起身，甩了甩身子。“行，我们继续走！”他说，“这地方可不适合坐着歇脚。”

这条走廊似乎有好几哩长，冷风始终在几人头顶吹拂，还随着他们的前进变得寒意刺骨。山脉似乎想用它那致命的气息让他们止步，让他们转身离开高绝之处的隐秘之地，或是把他们给吹进背后的黑暗里。等他们突然摸不到右边的岩壁，这才意识到已走到了尽头。他们几乎什么都看不见。他们的头顶与周围，一团团巨大、漆黑的混沌与深灰色的阴影赫然耸立，而低矮的云层下不时闪过暗红的光芒；片刻之间，他们注意到前方与两侧全是高高的山峰，它们恍若许多根柱子，撑着一座一座浩瀚的松垂屋顶。他们似乎已经往上爬了好几百呎，如今来到一处宽阔的岩架，左侧是峭壁，右侧是深渊。

咕噜紧贴着峭壁下面往前领路。没过多久，几人没再往上爬，可地面却愈发支离破碎，在黑暗中变得更加危险，路上还拦着各种或成堆、或零散的落石。他们的速度慢了下来，步子也迈得更加谨慎起来。自打进了魔古尔山谷，究竟过去了多少个钟头，无论山姆还是佛罗多都再也没法猜明白。黑夜长得似乎漫无止境。

最终，他们再度注意到一堵隐约可见的岩壁，面前出现一道阶梯。他们再度停下，又再度开始攀登。这段爬山路又长又累人，但这道阶梯并未掘入山体。巨大的峭壁表面于此处向后倾斜成坡，而小径则呈蛇形来回穿越着斜坡。它在某处刚好蜿蜒到了漆黑深渊的边上，佛罗多便往下瞥了一眼，看见下方是一处广袤的深坑，正是魔古尔山谷顶处的巨大沟壑。沟壑深处，一条仿佛发光虫连成的长线点亮了从死亡之城至那不具名隘口的戒灵之路。他匆忙转过脸。

那道阶梯弯来折去，依旧一路往上攀，最后以一段短且直的台阶再度爬出，来到另一处平整地。小径偏离了那巨大沟壑的主隘口，眼下转去埃斐尔度阿斯山更上层的区域，又在其中一条稍小的裂口下觅了条危险的路线前进。霍比特人依稀能分辨出两侧高耸的石柱与参差的尖峰；那被遗忘已久的冬日早已啃噬与凿刻了这些不见天日的岩石，其中的巨大罅隙与裂缝比黑夜还要漆黑。天上的红光此时似乎更亮了；到底是可怕的早晨终究降临在了这片阴影之地，还是说他们看见的只是索伦肆虐的暴力折磨着远处戈埚洛斯时产生的烈焰，他们也说不清楚。正如佛罗多所猜测的一般，当他抬头看向前方依旧很远、上方极高之处时，他看见了这条苦难之路的顶点。东边天空的暗红色衬出最顶处那道山脊的轮廓，它狭窄、深陷于两道阴暗的山肩当中；两条山肩各带着一块角状的岩石。

他停下脚，更加仔细地观察起来。左边山肩那块角状岩石高大、纤细；石头里边燃烧着一道红光，要么就是石头后面的大地在放射红光，又从石头孔隙透了过来。这下他看见了：那是一座黑塔，就矗立在外层隘口之上。他碰碰山姆的胳膊，指给他瞧。

“我不喜欢那东西的样子！”山姆说，“这么说，这条密道还是有人把守的。”他转过身，冲咕噜吼道，“我猜，你一早就知道的吧？”

“所有的路都有人把守，没错。”咕噜说，“它们当然有人把守。可霍比特人必须得试试哪条路能走。这条路监视的人大概最少。也许他们全都离开打大仗去了，也许！”

“也许。”山姆咕哝了一句，“行吧。我们要上去那里，似乎还要走很远，还要爬很高，而且又要钻隧道。佛罗多先生，我觉得你这下该歇歇脚了。我不知道现在几点，也不知道究竟是白天还是晚上，但我们已经连着走了好些个钟头了。”

“是的，我们得歇歇脚。”佛罗多说，“我们找个避风的角落，攒一攒力气，为最后一段路做准备。”他这是心有所感。前方土地上盘桓的恐怖，还有于彼处应尽之事，它们似乎非常遥远，远到暂时不至于让他烦心的地步。他的全副身心都放在穿过或者翻过这道无法翻越的高墙与监视的守卫之上。只要他完成了这件无法办到的事情，随后他的使命便怎么也能完成——至少，身处那么个疲惫不已的黑暗时刻，依旧在奇力斯乌苟的岩石阴影之下艰难跋涉的他是这么认为的。

几人在两根壮硕岩柱中间的漆黑罅隙里坐下：佛罗多跟山姆坐得略靠里，咕噜则蹲在凑近开口的地方。两个霍比特人在那里享用了他们认为是下到那不具名之地之前的最后一餐，或许也是两人这辈子能共同享用的最后一餐了。他们吃了些刚铎的食物，吃了几片精灵的行路干粮，喝了一点儿水。不过，他们喝水依旧很节省，稍微润润干渴的嘴巴便停下了。

“我真是纳闷儿我们还能不能再找到水。”山姆问，“不过，我猜，那边的人也得喝水吧？奥克要喝水的，不是吗？”

“是的，他们要喝水。”佛罗多说，“但我们就别提那个了。那水不是给我们喝的。”

“那我们就更得给水瓶灌满水了。”山姆说，“可这附近哪儿都没有水：甭管是流动声还是滴答声，水的声音我是半点儿没听见。不过，反正法拉米尔也说了，从魔古尔流出来的水我们可不能喝。”

“他的原话是，不能喝从伊姆拉德魔古尔流出来的水。”佛罗多说，“我们已经出了那座山谷，就算碰上哪处泉水，那也是流进山谷，而不是从里边流出来。”

“那我也信不过这周围的水，”山姆说，“只要没到渴死的地步，我就不喝。这地方四处都有种邪恶的感觉。”他嗅了嗅，“我感觉空气中还有种味道。你注意到了没？很古怪的味道，叫人喘不过气来。我讨厌这味道。”

“这里所有的东西都让我无比厌恶。”佛罗多说，“无论台阶、岩石，无论能喘气儿的还是只剩骨头的。大地、空气、水源，似乎全受了诅咒。可我们要走的路偏偏就在这儿。”

“可不是，偏偏就在这儿。”山姆说，“我们动身前要是能多了解点儿这里的情况，压根儿就不会来了。可我猜，世事往往就是这样的。那些老故事和歌谣里的英勇事迹，佛罗多先生——就是我惯常称的冒险——我老觉得，它们都是故事里那些厉害人物出门自个儿找的事情，因为他们想要冒险，因为他们想找刺激，而生活有些无聊——换你可能会说，像某种娱乐。可那些真正要紧的故事，或者那些能让人记住的故事，根本就不是这么回事。那些人物好像就这么落进了故事里，大部分情况下——用你的说法就是，他们的道路便是往那里去的。可我觉得他们跟我们一样，有许多次机会能回头，但他们没有。就算他们回头了，我们也不会知道，因为那样一来，他们就会被遗忘掉。我们听到的故事，都是那些坚持走下去的人——我得说，可不是每个人都有好结局；

至少，对那些故事里的人而不是听故事的人来说，不算啥好结局。明白了吧，回了家，发现一切都好，可似乎哪里又不太一样——就好像老比尔博先生那样。这种故事听着算不上最有意思的，可它们或许才是最适合让人落进去的故事！我就是好奇，我们又落进了哪种故事里头。”

“我也好奇，”佛罗多说，“可我不知道。真实的故事就是这样。随便拿你喜欢的哪个故事来说吧：你或许知道，或者说猜到它属于哪种故事，结局是开心的还是悲伤的。可故事里的人并不知道。你也不希望他们知道。”

“是的，少爷，当然不希望。就说贝伦，他从没想过自己会从桑戈洛锥姆的铁王冠上拿到精灵宝钻熙尔玛利尔，可他却办到了。相比我们来说，他身处的环境更恶劣，遇到的危险也更黑暗。不过，当然啦，这个故事就长了，从快乐到悲伤，又超越悲伤——而那颗宝钻熙尔玛利尔也渐渐传到了埃雅仁迪尔手上。咋回事，少爷，我以前咋从没发现！我们有——你有一些从它那儿得来的光芒，就装在那位女士给你的星光玻璃瓶里！哎呀，这么一想，我们都在同一个故事里！这故事还没讲完呢。伟大的故事永远都不会讲完的，不是吗？”

“当然，它们作为故事永远不会结束，”佛罗多说，“可故事里的人会登场，也会在戏份结束后退场。我们的戏份随后便会结束——也可能等不到随后就结束。”

“然后我们就能歇一歇，睡上一觉了。”山姆说着，苦笑了一下，“我指的就是那意思，佛罗多先生，就是普通的、平常的休息和睡觉，清晨醒来到花园里干一早上活儿。恐怕我一直惦记的也就这么点儿事情了。无论哪种重大的计划，都轮不到我这种人来干。可我还是纳闷儿，我们到底会不会给写进诗歌和故事里。当然，我们已经在一个故事里头了；可我的意思是，被人写下来，你明白吧，在炉火边被人讲出来；要么就是许多许多年之后，被人从写满红字、黑字的了不起的大部头里朗诵出来。人们会说：‘给我们讲讲佛罗多和魔戒的故事！’他们还会说：‘没错，那可是我最喜欢的故事之一。佛罗多勇敢极了，对不对，爸爸？’‘是的，我的孩子，他可是最出名的那个霍比特人，这就已经能说明问题啦。’”

“那可说明太多事情喽！”佛罗多哈哈一乐，打心底发出了清亮的一声长笑。自从索伦来到中洲，那地方便再也没听到过如此笑声。山姆突然有种感觉，仿佛所有的石头都在听他们说话，而那些高高的岩柱全都朝他们移了过来。佛罗多却浑然不在意，再度哈哈一笑。“嗨，山姆，”他说，“你这话突然就让我快活起来了，好像这故事已经被写下了似的。不过，你把另一个主角给漏了：你漏了勇敢的山姆怀斯。‘我想再听点儿山姆的事情，爸爸。他们怎么不多写点儿他说的话呢，爸爸？我就喜欢听他说话，可好玩了。而且，没有山姆，佛罗多可走不了那么远，对不对，爸爸？’”

“好啦，佛罗多先生。”山姆说，“你可别拿这事开玩笑。我可是认真说的。”

“我也是认真的，”佛罗多说，“现在也一样。我们的故事讲得有点儿太快了。山姆，我跟你这会儿正卡在故事最糟糕的部分呢，很可能有人在这时候会说：‘快把书合上，爸爸；我们不想再读了。’”

“有可能，”山姆说，“但我肯定不会说这话。被完成得漂漂亮亮、成为伟大故事一部分的那些事情怎么会一样。哎，在故事里，哪怕是咕噜，也能当上好人，反正会比你想得要好。他以前不是也爱听故事嘛，这是他自己说的。我真是纳闷儿，他觉得自己是英雄还是坏蛋？”

“咕噜！”他唤道，“你想当英雄吗——他这是又跑哪儿去了？”无论庇护处的入口还是附近的阴影里，都见不着咕噜的人影。他拒绝了他们的食物，但照旧喝了他们一口水；后来，他似乎蜷起身子睡了过去。头一天他消失了很久，他们猜测他是去搜寻喜欢的食物，至少他的目的之一是这个；如今他显然又趁着两人说话的间隙溜掉了。这回他又是干吗去了？

“他连招呼也不打就溜走，真是不招人待见。”山姆说，“眼下这情况就更不该了。他不可能是去找吃的，除非他爱吃哪种石头。唉，这地方连块青苔都没有！”

“现在操心他也无济于事，”佛罗多说，“没有他，我们走不了这么远，哪怕想走到能看见隘口的地方也做不到，因此我们只好忍忍他的行事风格了。他要是有什么异心，我们也没办法。”

“再没办法，我还是想让他待在我的眼皮子底下。”山姆说，“要是他还存着别的念头，就更得盯着了。你记不记得，他咋都不肯告诉我们这道隘口有没有人看守。而我们现在看见了一座塔——那塔可能废弃了，也可能没有。你觉得，他会不会把奥克或者随便啥玩意儿给引过来？”

“不，我觉得不会。”佛罗多回答，“就算他有什么阴谋诡计，我觉得也不会是朝这方面使力。我觉得他不会去找奥克，也不会去找大敌的任何爪牙。他为什么要等到现在，要费这么大力气攀爬上来，跑到离他惧怕的那片土地这么近的地方来，才出卖我们？从我们遇上他算起，他有好多次机会把我们卖给奥克。不，就算他想要花样，应该也是他私下打的什么小算盘，他自认为非常隐秘的小把戏。”

“嗯，佛罗多先生，我猜你是对的。”山姆说，“可我还是觉得不大放心。我没犯错：我一点儿也不怀疑，他会开开心心地把我交给奥克，高兴得就跟亲他自己的手一样。可我忘了一件事——他的宝贝。不，我猜，事情从头到尾都绕着‘可怜的斯密戈要宝贝’在打转。他要真有啥想法的话，这就是他所有小算盘里头唯一的想法。不过，带我们来这上面对他实现想法到底有啥帮助，我就猜不到了。”

“很有可能他自己也猜不到。”佛罗多说，“但我觉得他那糨糊脑袋里肯定不止这么一个简单的计划。我猜，他一方面确实想保护宝贝，不让它落入大敌手上，而且能保护多久算多久。毕竟，万一大敌得到它，他也一样会祸到临头。另一方面，或许他就是在拖延时间，等待一个机会。”

“没错，就跟我先前说的一样，滑头鬼和缺德鬼。”山姆说，“可他们越是靠近大敌的地盘，滑头鬼就越会变成缺德鬼。记住我的话：如果我们真能走到隘口，他要是不搞点儿什么麻烦出来，轻轻松松就让我们带着宝贝东西越过边界，太阳就打西边出来了。”

“我们都还没到那儿呢。”佛罗多说。

“是没有，但我们还是睁大眼睛，等过了那里再说吧。要是我们打盹儿被撞见了，缺德鬼很快就会占上风的。不过，少爷，你现在眨个眼还是安全的。只要你挨着我旁边躺下就安全。我可是满心希望你能睡上一觉。我会一直守着你；总之，只要你躺在边上，我再用胳膊环着你，谁也别想绕过你的山姆来抓你。”

“睡觉！”佛罗多叹了口气，仿佛在沙漠里看见了清爽绿洲的蜃景，“是的，哪怕在这儿我也能睡睡。”

“那就睡会儿，少爷！把脑袋枕在我腿上。”

几个钟头后，咕噜蹑手蹑脚从前方的黑暗中爬下小径，看到的便是这样的场景：山姆靠石头坐着，脑袋垂向一边，呼吸沉重。他腿上枕着佛罗多的脑袋，后者睡得正酣；他洁白的额头上放着山姆的一只褐色的手，另一只手则轻轻搭在他家少爷的胸口。两人的表情都很安详。

咕噜看着这两人。一抹怪异的表情掠过他那瘦削、饥饿的脸。他眼里的光亮褪去了，双眼变得黯淡、灰蒙，变得又老又倦。一阵痛苦的痉挛似乎正扭曲着他，他转过身子，回头瞪向上方的隘口，又摇晃着脑袋，仿佛陷入了某种内心的辩论。他又回转过来，探出一只颤抖的手，无比谨慎地碰了碰佛罗多的膝盖——这触摸几乎算得上轻抚。有那么一瞬间，若这两个睡着的人其中哪个睁开眼，只会以为自己看见了一个衰老、疲惫的霍比特人，漫长的年岁让他变得皱缩，带着他远离了他的时代，他的亲朋好友，还有年轻时的田野、溪流，使他成了一个苍老、饥饿的可怜东西。

不过，这一下轻抚让佛罗多动了动，又在睡梦里小声哼了一下，山姆当即清醒过来。他一睁眼就看见了咕噜——“他正在抓少爷。”他心里想。

“嘿，你！”他粗声粗气地说，“你想干啥？”

“不干啥，不干啥，”咕噜轻声说，“好主人！”

“谅你也不敢。”山姆说，“偷摸溜走又偷摸回来，你这老无赖，刚才到底上哪儿去了？”

咕噜退了回去，沉重的眼皮子下面闪过一道绿芒。他此时看着活像一只蜘蛛，鼓着双眼、弯折着四肢往后蹲去。开头那个瞬间俨然过去，再不见踪影。“偷摸，偷摸！”他嘶嘶叫道，“霍比特人总是这么客气，没错。噢，好霍比特人！斯密戈带着他们上了谁也找不到的密道。他累了，他渴了，没错，渴了；他还给他们引路，他还寻找小径，而他们却说偷摸，偷摸。非常好的朋友，噢，是的，我的宝贝，非常好。”

山姆心里产生了一丝愧疚，但依旧不怎么信任他。“对不起，”他说，“我很抱歉，主要是你把我从梦里吓醒了。我不该睡着的，这让我有些刻薄了。不过，佛罗多先生那么困，我就要他睡上一会儿；然后，嗯，就是这么回事。抱歉。可你上哪儿去了？”

“偷摸去了。”咕噜说，眼里依旧闪动着绿光。

“噢，行吧。”山姆说，“随你怎么着吧！反正我觉得离真相也差不了多少。现在我们最好一道偷摸前进。啥时候了？现在是今天还是第二天？”

"是第二天了。"咕噜说，"或者说，霍比特人睡觉的时候就已经是第二天了。蠢极了，危险极了——还好有斯密戈偷摸在周围放哨。"

"我觉得这个词我们很快就会听腻歪了。"山姆说，"不过，也无所谓。我把少爷叫起来。"他温柔地将佛罗多的额发往后撩，又弯下腰，轻声对他说话。

"醒醒，佛罗多先生！快醒醒！"

佛罗多动了动，睁开眼睛，看见山姆低头看向他的脸，微笑了起来。"你是叫我早起了，对不对，山姆？"他问，"天还黑着呢！"

"是的，这里一直都是黑天来着。"山姆说，"但咕噜回来了，佛罗多先生，他说现在已经是第二天了。我们得接着赶路，走最后一段了。"

佛罗多深吸一口气，坐起了身。"最后一段！"他说，"哈喽，斯密戈！找到吃的了吗？你休息过了吗？"

"没有食物，没有休息，斯密戈什么都没有。"咕噜说，"只有偷摸。"

山姆"啧"了一声，但憋住没开口。

"别把什么名头都往自己身上扣，斯密戈。"佛罗多说，"甭管这名头是真是假，这样做都不明智。"

"斯密戈只能接受别人扣在他身上的名头。"咕噜回答，"这名头是好心的山姆怀斯大人给他扣的，真是个懂很多东西的霍比特人。"

佛罗多看向山姆。"是的，先生，"山姆说，"我确实说了这个词，因为我突然从梦里惊醒，发现他就在眼前。我说了我很抱歉，可我很快就不会觉得抱歉了。"

"好了，就让这事儿过去吧。"佛罗多说，"不过，斯密戈，你我现在也该到了坦白的时候了。你就说吧，我们自己能找到剩下的路吗？我们已经能看见隘口，能看见进去的路；要是我们现在能找到地方，那我觉得我们的约定就到此结束了。你已经履行了自己的承诺，你自由了：

自由地回去找食物，休息，除了投奔大敌的爪牙，爱去哪里去哪里。总有一天，我或者那些记得我的人，会回报于你的。”

“不，不，暂时没有，”咕噜哀怨地说，“哦，不！他们自己找不到路的，对不对？噢，当然找不到。前面有隧道。斯密戈还得继续领路。没有休息。没有食物。暂时没有。”

· 第九章 ·

希洛布之巢

或许，眼下确如咕噜所言已是白天，可两个霍比特人却没觉出不同，顶多是这沉闷的天空变得没那么漆黑，更像用烟雾组成的巨大顶盖；墨夜的漆黑仍旧徘徊于裂隙和孔洞之中，几人周围这片岩石的世界却被裹上灰蒙、模糊的阴影。他们继续行进，咕噜在前，两个霍比特人肩并肩跟在后面，一路爬上长长的沟壑，来到一片岩墩与破碎、风化的石柱中间，它们屹立两侧，仿佛未曾塑形的巨大雕塑。四周一点儿声音也没有。往前一截，约莫一哩的地方，一道巨大的灰色岩壁矗立彼处，是这路上最后一块直入天际的宏伟山岩。几人越是靠近，它便越显黑暗、高大，直到最后耸立于他们头上，将背后的景象遮了个严严实实。岩壁根脚处蒙着厚厚的阴影。山姆嗅了嗅空气。

“呕！啥味道！”他说，“越来越浓了。”

不一会儿，他们来到阴影下面，看见正中间有一处洞穴的入口。“就是从这里进去，”咕噜轻声说，“这里就是隧道入口。”他没有讲出隧道的名字——托雷赫乌苟，希洛布之巢。那洞里飘出来一股臭味，并非魔古尔草地那种恶心的腐败气味，而是一种肮脏的恶臭，仿佛洞穴深处的黑暗里堆积、储藏着无可名状的污秽。

“只能走这里吗，斯密戈？”佛罗多问。

“是的，是的。”他答道，“没错，我们现在必须走这里。”

“你是说，你以前钻过这个洞？”山姆问，“呕！不过，也许你并不在意臭味。”

咕噜的眼睛闪了一闪。“他不知道我们在意嘶什么，对不对，宝贝？不，他不知道。可斯密戈能忍受许多东西。没错。他曾经钻过。噢，是的，钻了个透。只有这一条路。”

“我就想知道这味道是咋回事。”山姆说，“它很像——算了，我不想说出来。我敢担保，这就像个奥克的窝，里头还堆着攒了一百年的脏东西。”

“行吧，”佛罗多说，“管他是不是奥克，如果只有这么一条路可走，那我们就得进去。”

深吸一口气之后，他们踏了进去；没走几步，便陷入看不穿的黑暗当中。自从经历了墨瑞亚那无光的通道，佛罗多跟山姆还没见过如此漆黑的地方，而且，这里的黑暗更加深沉、稠密。墨瑞亚那边的空气至少会流动，声音会回荡，也有空间感。这洞穴里，空气静滞、污浊、沉闷，一片死寂。他们活像走进了用真正的黑暗制造出的漆黑蒸汽里，吸了这蒸汽，非但眼睛会变瞎，就连思绪也一并会被遮蔽，脑海中对于色彩、形状乃至于一切光亮的记忆全都消失了。黑夜掌控着这里的过去、现在、未来，黑夜便是一切。

不过，一时半刻，他们依旧还有知觉；事实上，他们手脚起初敏锐得近乎让人觉得难受。颇让两人意外的是，洞壁触感光滑，除了间或出现的台阶，地面也是笔直、平坦的，以相同的坡度渐渐上升。隧道高大、宽敞——宽到并肩前进的两个霍比特人左右伸直了胳膊，也才勉强能碰到洞壁。他们被隔绝开来，孤单地走在黑暗里。

咕噜先行进了洞，似乎就在前面几步远的地方。尚且还能留神这些事情的时候，他们听得见他呼吸的嘶嘶声与喘息声，就在前方。然而，过了一阵，他们的知觉变得迟钝，似乎触觉与听觉都变得麻木起来，他们依旧没有停下，依旧摸索着往前走——靠的主要还是那股让他们踏进洞穴的决心：穿越隧道的决心，还有最终抵达高处那道大门的渴望。

他们应该走了没多远——可山姆早已算不清时间与距离；他摸索着洞壁走在右侧，突然发现上面有个开口：片刻间，他捕捉到一丝没那么沉闷的气息，可随后他们走过了那地方。

“这里头不止一条通道。”他费劲地悄声说——想呼气出声似乎都艰难得很，“这里简直就是个奥克窝！”

这之后，起先是右侧的他，随后是左侧的佛罗多，两人又路过三四处或宽或窄的开口；但哪条是主路毫无疑问，毕竟它笔直无弯，依旧在稳步往上延伸。可这通道究竟有多长？他们还得忍受多久，或者说，他们还能忍受多久？他们不停攀爬，空气里的窒息感也愈发明显；眼下，他们似乎频频在这令人目盲的黑暗里感知到某种比污浊空气更加稠密的阻力。随着他们费力往前，他们感觉到有东西擦过脑袋，蹭上他们的手——似乎是长长的触须，要么就是什么垂吊生长的东西。他们搞不明白那究竟是什么。那臭味还在越变越浓，越变越浓，最后两人感觉嗅觉似乎成了唯一剩下的、用来折磨他们的知觉。一个钟头，两个钟头，三个钟头：他们在这暗无天日的洞里究竟待了多久？许多个钟头——许多天，甚至许多个星期。山姆离开隧道岩壁，朝佛罗多身边挤过去，两人的手碰到一块，他们便紧握住彼此，就这么继续往前走。

最终，一直沿着左侧岩壁摸索的佛罗多突然摸了个空。他差点儿就歪着栽进一片空无之中。岩壁间出现了一些比他们之前路过的那些还要宽得多的开口；里面飘出的臭气是如此浓烈，当中还夹杂着一股极其强烈的恶意，熏得佛罗多一阵天旋地转。山姆这时也是身子一软，往前扑倒。

佛罗多强忍住恶心与恐惧，紧抓住山姆的手。“起来！”他嘶哑着嗓子吐出气息，却没有声音，“全是从这里出来的，那臭气和恶意。快走！走！”

佛罗多鼓起最后的力气与意志，一把将山姆拖了起来，又强行让自己的身体往前挪动。山姆摇摇晃晃地跟在他身边。一步、两步、三步——最后拢共走了六步。他们许是已经过了那看不见的恐怖洞口；不过，无论是否如此，两人的动作突然轻松了一些，仿佛某种敌对的意志暂时放过了他们。两人挣扎着继续前进，牵着的手依旧不曾放开。

然而，他们当即又遭遇了新的困境。这隧道出现了岔道，或者说看似有了岔道——在这片漆黑里，两人分辨不清哪条路更宽，或者哪条路更直。他们该走哪边，左还是右？他们完全不知道有什么可以引路，而一旦选错，下场几乎肯定是命丧黄泉。

“咕噜去了哪边？”山姆喘着粗气说，“他咋不等我们？”

“斯密戈！”佛罗多张大了嘴，试图喊他。“斯密戈！”他的声音却是如此低哑，那名字几乎刚从嘴里出来便销声匿迹了。没有回应，没有回音，哪怕连空气里的一丝震颤都没有。“看来他这回是真跑掉了。”山姆嘟哝道，“我猜，他想带我们来的就是这里。咕噜！要是让我再逮到你，我要你吃不了兜着走！”

摸摸探探往前走了没多久，他们发现左边那条路被堵住了：这要么原本是条死路，要么就是一块大石头掉下来堵住了通道。“不是这条路，”佛罗多小声说，“不管对不对，我们必须走另外一边了。”

“还得快！”山姆气喘吁吁地说，“这周围还有啥比咕噜更糟的东西。

我感觉有啥玩意儿在盯着我们。”

两人刚走到几码开外，背后便有声响传来，在厚重、沉闷的寂静里显得惊悚又可怖：那是种咯咯咕咕的杂音，伴着满是恶意的嘶嘶声。他们一下转过身，却什么都没看见。两人如石头般僵立在原地，只是瞪大眼睛，等待着不知何物的到来。

“中计了！”山姆说，手按上剑柄；与此同时，这声响让他想起古冢尸妖里的黑暗。“真希望老汤姆这会儿在我们身边！”他想。随后，就在他身处一片黑暗，心里充满阴郁的绝望与愤怒之时，他好像看见了光亮：于他脑海里绽放的光亮，起初亮到近乎难以忍受，仿佛久居无窗洞穴里的人突然看见了阳光，随后，绿、金、银、白，这光芒变得多彩起来。远处，像是精灵手指绘出的小小图画般，他看到加拉德瑞尔夫人站在罗瑞恩的草地上，手中拿着一个个礼物。“至于你，持戒人，”他听见她说，声音遥远又清晰，“我为你准备了此物。”

那咯咯咕咕的嘶嘶声越来越近，还有咔嗒声，恍若什么带关节的巨大东西在黑暗中缓缓移动。一股恶臭先那东西一步出现。“少爷，少爷！”山姆高喊，活力和紧迫感又回到了话声里，“夫人的礼物！那星光瓶！她说那是给你在黑暗的地方用的。星光瓶！”

“星光瓶？”佛罗多喃喃道，仿佛半梦半醒间，难以理解问题之人的答话，“啊！对！我怎么把这个给忘了？万亮俱灭之时的光亮！眼下确实只有光亮能帮我们了。”

他的手慢慢摸向胸口，又缓缓掏出加拉德瑞尔的水晶瓶。有那么片刻，它的光芒若隐若现，微弱得仿佛一颗初升的星星拼命想挣脱罩满大地的浓雾；随后，伴着它的力量越来越强，佛罗多心里的希望也渐渐增加——它开始燃烧，亮成一团银色的火焰，化作迸发炫目光芒的细小心脏，仿佛额配最后一颗精灵宝钻的埃雅仁迪尔本人从高天之上循着落日的轨迹下凡了。黑暗自它周围退走，而这光芒最后也仿佛闪耀在空灵水晶球里边，而拿着水晶球的手闪烁着白色的火焰。

佛罗多满脸震惊地看着这个非凡的礼物，他随身携带了很久，却一直没猜到它竟然有如此价值与威力。这一路上，它几乎快被忘了个干净，直到几人抵达魔古尔山谷之前，他担心那光亮会暴露他们，一直不曾使用过。“Aiya Eärendil Elenion Ancalima!”[1]他高喊道，却并不知道自己说了什么——他的嘴似乎被另一道声音借用了，这声音十分清晰，丝毫不受洞里那污浊空气的影响。

然而，中洲之地还有其他身具伟力之物：由黑夜给予力量的、古老又强大之物。她行走于黑暗当中，无数岁月之前便听过精灵同样的呼喊，她当初不曾在意，如今亦不会害怕。就在佛罗多说话之际，他感到一阵恶意铺天盖地袭来，另外还有一股想害命的视线正在打量着他。隧道往下不远的地方，就在两人于此前眩晕、跌倒的那洞口之间，他看见有眼睛出现——无数窗户般的小眼睛簇拥而成的两大团眼睛——那袭来的恶意终究展露了真容。星光瓶的光辉被那些小眼睛成百上千的平面撞得破碎、飞散，一片闪亮后面却自内徐徐燃起一道苍白、致命的火焰——这是自邪恶心智的深坑中燃起的火焰。这两团眼睛怪异、可憎，眼神凶暴，又充斥着明确的目的性与骇人的欣喜，那是看见被困的猎物上天无路、入地无门而流露出的幸灾乐祸之情。

佛罗多与山姆惊恐万分，他们开始慢慢后退，眼神叫那些满是恶意的眼睛透出的恐怖目光给攫住了；可他们后退一步，那些眼睛便前进一步。佛罗多的手止不住地颤抖，那水晶瓶也开始慢慢往下垂。随后，似乎想见他们带着痛苦再徒劳奔逃一阵以作消遣，那无数眼睛解除了束缚

---

1 昆雅语，意为：“颂那最为明亮之星，埃雅仁迪尔！”——译注

的咒术，两人齐齐转头便逃；一边逃，佛罗多一边回头看，结果惊恐地发现那无数眼睛也蹦跳着追了上来。死亡的臭气如烟云一般裹挟着他。

“站住！停下！”他绝望地喊道，“逃根本没用。”

那些眼睛慢慢凑近了。

“加拉德瑞尔！”他呼唤道，又鼓起勇气再度举起小瓶。眼睛顿住了。片刻之间，那些眼睛的凝视放松下来，仿佛叫某些模糊的疑虑给困惑住了。紧接着，佛罗多怒从胆边起，无论出于愚蠢、绝望或是勇气——他也顾不上想那许多，只是左手举起小瓶，右手拔向宝剑。寒芒一闪，刺叮夺鞘而出，锋利的精灵剑辉映着银光，那剑锋又盈着一层蓝焰。随后，星光高举，辉刃遥指，夏尔的霍比特人佛罗多步履铿锵地迎向那堆眼睛。

那堆眼睛动摇了。随着光亮凑近，它们也愈发困惑起来。一只接一只地，这些眼睛变得暗淡，又慢慢倒退开来。以前从未有如此致命的光亮困扰过它们。它们一直都安全地待在地下，不曾遇到日月群星，可眼下却有一颗星星落到了地上。这星星不断靠近，那无数眼睛开始畏惧起来，一只接一只地熄灭；它们转了方向，而光亮范围之外，一头巨物的硕大阴影在明暗之间起伏挪动。那些眼睛远去了。

“少爷，少爷！”山姆大喊道。他紧跟在后面，手里拿着宝剑，严阵以待。“群星和荣耀！精灵要是听见这故事，肯定会为它写一首歌！希望我能活到告诉他们，听见他们歌唱的时候。可是，少爷，别再往前了！别下到那巢穴里头去！我们唯一的机会就是现在，我们赶紧离开这臭死人的洞窟吧！”

两人再度转头，走着走着便跑了起来；因为隧道地面渐渐变得陡峭，而他们每往上迈一步，每高过那看不见的巢穴传来的恶臭一分，他们的身躯与心灵便会恢复一丝力量。不过，那监视者的恨意依旧潜伏在两人身后，或许目盲了一阵，但她并未被打败，依旧决心要害他们的性命。此时一缕寒冷、稀薄的空气迎上了两人。那洞口，那隧道的尽头，总算出现在两人面前。他们大口呼吸着，怀着对畅阔天地的渴求扑向前方；随后，两人踉跄着退了回来，大惊失色。出口被堵住了，障碍物并非石头：那东西柔软、有些许弹性，却又很结实，难以穿透；气流能从中穿过，但没有半点儿光亮出现。他们再度往前冲，还是被弹了回来。

佛罗多高举小瓶看去，只见面前有一团灰蒙，就连星光瓶的光芒也无法穿透和照亮，仿佛它是一团并非光亮产生的影子，也无法被光亮消除。隧道四壁之间，井然有序地拦着一张巨大的网，仿佛由某种巨型蜘蛛织就，但织得更加稠密、巨大，每一根蛛丝都粗如绳索。

山姆大声苦笑起来。“蜘蛛网！”他说，“就这个？蜘蛛网！这到底是啥样的蜘蛛啊！看我不扯了它们，撕了它们！”

他一怒之下提剑砍过去，蛛丝并未断裂。蛛丝略微弯了一下，然后又像拉开的弓弦般弹回来，荡起、震开了山姆的胳膊和短剑。他用尽全力砍了三下，无数根蛛丝里终于有那么一根“啪”地断裂，扭曲、卷动着甩向空中。蛛丝的一头抽在山姆手上，痛得他失声大叫，往后一蹦，又连忙用手捂住嘴。

“要把这路清出来，得花上好几天工夫，”他说，“这下可怎么办啊？那些眼睛是不是回来了？”

“没有，什么也没看见。”佛罗多说，“可我还是觉得它们在监视我，或者在琢磨我：兴许又在盘算别的阴谋。这光要是变暗或者熄灭了，它们很快就会再扑过来。”

“到头来还是被困住了！”山姆苦闷地说，怒火再度升起，盖过了疲惫与绝望，“就像落在网里的虫子。真希望法拉米尔的诅咒找上咕噜，赶紧应验！”

“这事儿现在也帮不到我们，”佛罗多说，“好了！我们瞧瞧刺叮能不能派上用场。它可是精灵之剑。在锻造刺叮的贝烈瑞安德那黑暗的沟壑里，也有许多恐惧之网。不过，你得担起守卫的职责，把那些眼睛挡回去。来，拿着星光瓶。别怕。把它举起来，多加注意！”

随后，佛罗多迈步走向那巨大的灰网，举起宝剑抡圆了一剑砍下，他压着锋利的剑刃迅速划过一行行紧密织出的蛛网，随后飞快跳去一边。带着蓝芒的剑锋一闪而过，仿佛用镰刀收割青草；蛛丝一条条弹起、卷动，接着松弛下来。这一剑便撕出了一道巨大的裂口。

他一剑接一剑，直至身周的蛛网全都支离破碎。蛛网的上半截像松垮的面纱一般，在吹进洞的风里摇摆晃荡。陷阱被打碎了。

“好了！”佛罗多高喊道，“快走！快！”逃出生天令他心中突然涌出一阵狂喜，他只觉得脑子晕晕乎乎的，仿佛喝了一大口烈酒。他猛然冲出洞口，一边跑一边大声呼喊。

在他那双刚穿过黑夜之巢的眼睛看来，外面这片黑暗之地竟然也显得亮堂了。大片的烟雾已然升上天空，变得稀薄起来，而阴沉的白天还余下几个钟头，正渐渐流逝；魔多那夺目的红光已消失在阴郁的昏暗里。不过，在佛罗多眼里，他似乎看见了一个充满希望的早晨。他就快要抵达那岩壁的顶处，再往上走一点儿就能到了。那道裂口，奇力斯乌苟，就在他面前，神似黑色山脊上一道模糊的切口，两侧的岩石尖角黝黑地衬着天空。再短短冲刺一段，短短地冲上那么一小段，他就能穿过去了！

“隘口，山姆！”他高喊道，浑然不觉自己的声音在摆脱了隧道里的滞闷空气后，此时显得多么高亢狂躁又尖锐刺耳。“隘口！跑，跑，我们能穿过去——在任何人想拦住我们之前，快穿过去！”

山姆拼命催促着双腿，紧跟在后面跑。尽管重获自由让他兴奋不已，但他依然心神不宁，一边跑一边回头瞥向那隧道的阴暗拱顶，生怕看见那些眼睛，或者某些他想象不到的形体一跃而出，穷追不舍。对于希洛布有何能耐，他跟他的少爷知道得还是太少了。她的巢穴有不少出口。

这蜘蛛形状的邪物在那地方已栖息了无数岁月。她形似古时居住在西方精灵之国的邪物，而那地方如今已沉入海底；她也是当初贝伦在多瑞亚斯恐怖的山脉里抵抗的那类邪物，而贝伦也因此来到野芹丛生的绿草之地，在月光之下遇见了露西恩。希洛布是如何自废墟逃脱来到此地，不曾有任何故事提到，全因黑暗年代很少有传说故事能流传后世。无论如何，她来到了这地方，时间甚至还早于索伦，早于巴拉督尔砌下第一块砖石。她只为自己效力，编织阴影之网来痛饮精灵与人类的血液，无穷无尽的“盛宴”让她变得肿胀、肥硕——一切活物都是她的食物，而她则吐出黑暗。她的子嗣，同时也是她悲惨的伴侣，她杀了他们，可他们的后代却早已遍布各处：从埃斐尔度阿斯到东部山野，到多古尔都以及黑森林的要塞。然而，谁也无法与她匹敌，她是伟大的希洛布，是乌苟立安特[1]为祸这不幸世界的最后一个后代。

早在多年以前，于各处漆黑洞穴窥探的咕噜便见过她。过往的日子里他对她卑躬屈膝、顶礼膜拜，而她的邪恶意志也化作黑暗，伴他走过疲惫一生的每一条路，让他再见不到光明，让他再不得反悔。而他承诺要为她献上食物。可她渴望的东西却与他并无相似。她不知道也不在意什么高塔、魔戒，或者凭借心思与手艺设计制造的任何东西；她只渴望其他生灵的死亡，无论那死亡源自心灵还是肉体，而她得以独享盛宴，不断鲸吞生命，直到她的身躯膨胀到群山也难以遮掩，黑暗也无法包裹。

但这样的欲望尚且遥不可及，而她潜伏在巢穴之中，早已饥饿了许

1 乌苟立安特是一名出现于《精灵宝钻征战史》当中的恐怖蜘蛛形邪神，相传她来自阿尔达外围的黑暗，是被堕落爱努米尔寇腐化的神灵之一。——译注

久。随着索伦的力量日渐增加，光明与各类活物也纷纷摒弃了他的疆域；谷中之城已然死去，精灵与人类谁也不会靠近，去那边的只有不幸的奥克。糟糕的食物，还很机警。可她怎么也得进食，无论他们如何着急忙慌地在隘口至他们的塔楼间挖掘弯弯曲曲的新通道，她总能找出法子捕食他们。不过，她对肥美的肉觊觎已久。而咕噜给她带来了。

“我们走着瞧，走着瞧！”当行走于埃敏穆伊至魔古尔山谷的危险道路上，而那邪恶的情绪笼罩着咕噜之时，他常对自己这么说，“我们走着瞧。应该很有可能，噢，没错，应该很有可能，等她把骨头和空荡荡的衣裳扔开，我们就会找到它，我们就会拿到它，拿到宝贝，是可怜的斯密戈带来好食物的奖赏。而我们就能拯救宝贝，我们保证过的。噢，没错。等我们安稳拿到之后，她就会知道，噢，是的，然后我们就要找她报复回来，我的宝贝。然后我们就要报复所有人！”

他就这么在内心的某个角落里盘算着奸计，却又期待着能瞒过希洛布——哪怕他趁着同伴睡着之时，再度去找了希洛布，再度对着她卑躬屈膝。

至于索伦，他知道她的潜伏之所。他很乐意让她栖身彼处，饥肠辘辘又始终充满恶意：在看守那条通往他领土的古代小道方面，以他之能设计出的守卫，又有谁能比她更为保险？又说奥克——他们确实是有用的奴隶，可他手下奥克无数，间或被希洛布掳走几个用来打牙祭，大可随她的便：他乐意分享。就好比人类偶尔用好吃的犒赏自己的猫（他管她叫作他的猫，但他却并不怎么在意她），索伦也会送上一些别无他用的俘虏给她：他会让人把俘虏驱赶到她的洞里，再回来报告这些俘虏如何遭她玩弄。

二者就这么相安无事，各自沉浸在阴谋诡计里，毫不担心遭人攻打，不担心他人的怒火，也不担心自己的恶行会迎来终结。从不曾有半只飞虫逃脱希洛布的蛛网，而她的怒火与饥饿如今已是愈加凶猛。

然而，对于这被惊扰、要来对付他们的邪物，可怜的山姆却是毫不知情的。他只感觉心里有一股渐渐增长的惧意，只感觉到一种看不见的恶意，这恶意沉甸甸地压得他难以奔跑，双脚仿佛灌了铅。

恐惧裹挟着他，敌人又聚集在前方的隘口里，他的少爷却情绪怪异，不管不顾地直奔他们去了。他将视线从背后的暗影与左侧悬崖下方的深沉昏暗转向前方，却让两样东西搞得更加惊愕：他看见佛罗多握着的那把出了鞘的剑亮起了蓝焰；他还看见后面的天空如今已是漆黑一片，可那塔楼的窗户里却依旧亮着红光。

“奥克！”他嘟哝道，“我们可不能这么冒冒失失地冲过去。这里全是奥克，还有比奥克更糟的东西。”随后，他迅速回归长期养成的隐秘行事的习惯，用手捂住那依旧在他手上的珍贵的星光瓶。片刻间，由于鲜血流动，他的手映出一道红光，随后他又将这暴露行迹的光芒深深塞进了靠胸口的口袋里，再扯出精灵斗篷裹住自己。眼下他打算加快脚步。他的少爷正离他越来越远，已经在前面二十来步开外，如一道影子般悄然掠过；要不了多久，他就要掠出视线，消失在那片灰蒙的世界里。

山姆刚把星光瓶的光芒遮上，她便出现了。他突然看见在前面不远处，就在左边峭壁阴影下的黑色洞窟里，一个可憎到他前所未见的、比噩梦里的恐怖还要可怕的形体钻了出来。她大致形似蜘蛛，体积比大型猎食动物还要巨大，而她无情的眼睛里透出的邪恶企图使得她比猎食动物更显可怖。他本以为被吓退与击败的这些眼睛，此时又齐齐聚在她外突的头上，再度燃起凶狠的光亮来。她长着许多巨大的角，短柄一样的脖子后面是她肿胀、硕大的身体，仿佛一只胀满气的大袋子，垂在腿中间来回晃荡；她那庞大的身子通体漆黑，又缀有青灰色的斑纹，下方的肚腹却是灰色，还泛着光亮，恶臭扑鼻。她的腿呈弯曲状，鼓突的巨大关节高过背部，表面矗立着一根根仿佛钢针般的毛，每一条腿的末端都长着一只尖爪。

她刚把咔嚓作响的柔软身子与蜷缩的腿挤出巢穴的上层出口，便以可怕的速度开始移动，时而挥动着吱吱嘎嘎的腿飞蹿，时而突如其来往前一跃。她正处在山姆跟他家少爷中间的位置。要么是她没看见山姆，要么就是因为他携带着那星光，她选择暂时避开，将注意力集中在单个猎物上——正是没了星光瓶，不管不顾跑在小径之上，丝毫没意识到危险所在的佛罗多。他跑得很快，可希洛布更快；再跳上几次，她就要抓到他了。

山姆倒抽一口冷气，用尽所有的力气大喊出声。“小心背后！”他喊道，“少爷，当心！我——”叫喊声突然被捂住了。

一只湿答答的长手堵上了他的嘴，另一只手掐住了他的颈项，还有什么东西缠住了他的腿。他猝不及防，往后摔进了攻击者的怀里。

“抓到他了！”咕噜在他耳边嘶嘶叫道，“终于，我的宝贝，我们抓到他了，是的，那烦死嘶人的霍比特人。我们抓住嘶这个。她会抓住另一个。噢，没错，希洛布会抓他，斯密戈不抓：他发过誓；他绝对不会伤害主人。可他会抓你，这烦死嘶人的肮脏小偷摸！”他冲山姆的脖子唾了一口。

对背信弃义者的愤怒，外加被拖住、无法帮助深陷致命危机的少爷而产生的绝望，让山姆猛然爆发，那股子蛮力完全超出了咕噜的意料——他一直觉得山姆就是个慢吞吞的蠢蛋霍比特人。哪怕咕噜他自己，身子也扭不了这么迅速，力气也没这么蛮横。山姆甩开他捂在嘴上的手，低头便再度往前猛窜，想要挣脱脖子上掐着的手。山姆手上依然握着剑，法拉米尔给的那根棍子也还吊在他左胳膊挂的皮绳上。绝望之中，他试图转身捅刺敌人，可咕噜实在是太快了：长长的右臂往前一探，山姆的手腕便被他那钳子似的手指给攫住了。他毫不留情、一点点地将手腕往下、朝外扣，痛得山姆大叫一声，手一松，剑掉在了地上。咕噜的另一只手也没闲着，把山姆的喉咙扼得越来越紧。

山姆使出了撒手锏。只见他使出全力挣开束缚，将双腿牢牢站稳，随后猛然一蹬，用尽力气便往身后摔去。

咕噜被山姆这简单粗暴的招数打了个措手不及，他被一道带翻在地，肚子把这敦实的霍比特人的重量给接了个满满当当。他被压得发出一声尖厉的嘶嘶声，掐住山姆喉咙的那只手也松开了片刻，但扣住山姆持剑那只手的几根手指却是半分没有卸力。山姆扑腾着挣脱，站起身，又以被咕噜攥住的那只手为支点，飞快右转身子。他左手抓住那根吊着的棍子，高高扬起，“嗖”一声朝咕噜伸长的胳膊砸将过去，正中肘弯。

咕噜尖叫一声，撒了手。山姆步步紧逼，也不等将手杖换去右手，他又是一记猛抽。咕噜快如游蛇般滑开，本该击中脑袋的一记打在了背上，棍子也破裂折断了。可这一下也够他受的了。从背后扼住敌人算是咕噜的老把戏，很少有失算的时候。可这一回，怨恨让他失了手：他的双手还没掐紧受害人的喉咙，便先张嘴说话，还幸灾乐祸，因此铸下大错。自从那意料之外的光亮出现在黑暗里，他那美好的计划便接连出错。而他现在跟一个狂怒的敌人面对面，对方的身形还一点儿也不比他小。他可应付不来这样的打斗。山姆一把抄起地上的剑，高扬着剑刃。咕噜叽叫出声，四肢着地窜开，又像蛤蟆般飞蹦出老远。没等山姆追上来，他便以骇人的速度往隧道里飞奔逃走了。

山姆提着剑紧追其后。刹那间，他忘了一切，脑海里只剩下狂怒，一心只想杀掉咕噜。然而，没等他追上，咕噜已经溜之大吉。随后，等他站在那漆黑的洞窟前面，恶臭扑面而来之时，佛罗多和那怪物如惊雷一般猛然撞进山姆的脑海。他猛转过身，疯了般沿小径往上冲，一遍又一遍呼唤着他家少爷的名字。他太迟了。咕噜的阴谋诡计终究得逞了。

·第十章·

山姆怀斯大人的抉择

佛罗多仰面躺在地上，那怪物正朝他佝下身子——她全身心都放在牺牲品身上，对山姆和他的叫喊浑然不觉，让他近到了身前。山姆一路冲过来，发现佛罗多早被蛛丝从脚到肩捆了个结实。那怪物用巨大的前腿半提半拉，正准备拖走他。

那把精灵短剑已从佛罗多手上掉落，派不上用场，却依旧在闪闪发亮。山姆无暇思考该如何是好，也不去想自己是否勇敢、忠诚，是否义愤填膺。他高喊一声冲上前，左手一把抓住少爷的短剑，随后便杀了过去。即便在野兽的野蛮世界里——某些长着细小牙齿的小动物，尽管孤立无援，绝望之中也会袭向矗立在死去同伴身边，长着尖角厚皮、铁塔一般的对手——即便在这样的世界里，如山姆这样凶猛的攻击也是前所未见的。

像是沉湎于某种沾沾自喜的美梦，结果被山姆那小小的喊叫打搅了一般，她那满是可怖和恶意的眼神慢慢转向山姆。然而，某种比她无数年里见识过的还要凶猛的怒火朝她罩了过来——她几乎刚意识到这一点，就被那闪亮的短剑砍在脚上，没了一只钩爪。山姆趁势而入，撞进她拱起的腿脚之间，另一只手闪电般往上一刺，戳向她垂下的脑袋上那一团团眼睛。其中一只巨眼登时瞎了。

这倒霉的小人儿此时跑到她身下，让她的蜇刺与脚爪一时无法施展。她那巨大的肚腹亮着恶心的光芒吊在他头顶，恶臭熏得他几近晕倒。不过，山姆的怒火依然还有一击之力：不等她压下肚子，将他与他那丁点儿狂妄的勇气一并碾碎，他又挥动着璀璨的精灵短剑，死命砍向她。

可希洛布却与恶龙不同，除了眼睛，她浑身上下没有哪处算得上是命门。她那身久经风霜的外皮因腐化而变得疙疙瘩瘩、坑坑洼洼，内里却因一层又一层的邪恶增生而越来越厚。剑刃在那皮上划出一道可怕的口子，可凡人之力却无法刺穿这些丑陋的厚皮；饶是矮人或精灵锻造的武器，即便贝伦或图林[1]来挥剑，依旧无法穿透。这一击让她退了一退，随后又从山姆的脑袋上高高提起那袋子似的巨大肚腹，伤口流出泛着泡沫的毒液。她腿一张，巨大的身体再度压了下去。她太轻敌了——山姆依旧站得稳稳的，他抛下自己的剑，紧握的双手高举精灵宝剑，要抵挡这可怕的压顶。于是，在残酷意念的催动之下，希洛布使出远超任何勇士之手能使出的气力，将自己顶向那锐利的尖刺。剑尖长驱直入，扎得越来越深，而山姆也被慢慢压向地面。

纵观希洛布那邪恶又漫长的一生，她连做梦也从未感受过如此痛楚。无论是古时刚铎最勇猛的战士，又或者落入陷阱的极野蛮的奥克，谁都不曾如此抵抗她，遑论拿剑指向她宝贵的肉体。她通体一阵颤抖，又提起身子，将肚腹扯离那痛苦之源，再将抽搐的腿脚折向身子下面，

1 图林·图伦拔即纳国斯隆德将军，因高超的剑术及漆黑的佩剑莫尔桑，他被人称为“黑剑”。——译注

猛然往后蹦开。

山姆跪倒在佛罗多的脑袋边，五感让恶臭熏得一片混乱，双手依旧紧攥着剑柄。他眼里罩着一层雾气，但他隐约辨认出了佛罗多的脸，便硬挺着保持清醒，咬牙将自己拽离出那笼罩在身上的眩晕。他缓慢抬起头，看见她在几步开外盯着他，喙里滴答着毒涎，受伤的眼睛渗出浓稠的绿色体液。她蜷缩在彼处，颤巍巍的肚腹瘫在地上，一条条巨弓般的节肢抖个不停，正积蓄力量再度蹦跃——这回定要压碎、蜇死他们，而非注入些许毒液，让新鲜的肉食停止挣扎。这回，她要屠戮，要撕碎他们。

即便趴在地上，山姆也能从她眼里看到自己即将大祸临头。这时，仿佛远处有人对他说话一般，他脑海里突然闪现出一个念头。他左手伸到胸口摸索，找到了想要的：在这可怕的幻象世界里，他触到了某种冰冷、坚硬、实体的东西——加拉德瑞尔的星光瓶。

“加拉德瑞尔！”他的声音虚弱无力。随后，他听见了遥远却清晰的声音：那是星空之下，精灵穿行于深爱的夏尔树影发出的呼喊，是埃尔隆德之家的火焰大厅里，传入他睡梦的精灵乐曲。

吉尔松涅尔，噢，埃尔贝瑞丝！

随即，他的舌头挣脱了束缚，他的嘴呼喊出一种自己并不懂的语言：

A Elbereth Gilthoniel
o menel palan-diriel,
le nallon sídi’nguruthos!

A tiro nin，Fanuilos![1]

呼喊之后，他摇摇晃晃地站起身，再度变回那个汉姆法斯特之子，霍比特人山姆怀斯。

“来啊，你这肮脏的家伙！”他喊道，“敢害我家少爷，你这畜生，我要你付出代价！我们要赶路不假，可我们得先把你收拾了再说。来啊，再来吃我一剑！”

他那决不屈服的精神似乎触发了瓶子强大的潜力，水晶瓶猛然绽放出强光，仿佛他手里拿着一支白光炽亮的火把。它燃烧得活似自苍穹跃出的星星，以无可阻挡的光亮刺破黑沉沉的空气。从来没有如此恐怖的光芒自天而降，灼烧在希洛布的脸上。这光线灌进她受伤的脑袋里，搅得她剧痛难当，还在一只只眼睛之间传染开来。她摔倒在地，前肢在空中乱舞；她的视力被侵入的强光摧毁，脑袋疼得几欲炸开。随后，她移开重伤的脑袋，侧翻过身子，开始一爪又一爪地往前爬，要爬向后方漆黑峭壁上的洞口。

山姆追了上去。他头晕得好似醉了一般，但依旧紧追不舍。希洛布终究露了怯，因挫败而瑟缩身形；她抽搐着，颤抖着，试图尽快逃离他。她爬到洞口，把身子往里边挤，留下一道黄绿色的黏液痕迹。就在她滑进去之时，山姆又冲她的腿砍了最后一剑，随后便倒在地上。

希洛布逃走了。此后她长久地待在巢穴里，不断积蓄着恶意与痛苦，又在一片漆黑的漫长年月里由内而外养着伤口，重塑她的眼簇，直到快饿死的时候，她才再度在阴影山脉的山谷里布下可怕的天罗地网，诸如此类，本故事按下不表。

1 这几句话意为：“啊，埃尔贝瑞丝，吉尔松涅尔；噢，您自天穹凝望，我于死亡之阴影中呼唤您！永恒洁白者啊，请照护我！”——译注山姆被希洛布弃之不理了。随着不具名之地的傍晚笼罩了这片战斗之地，山姆疲惫不堪地爬向了他的少爷。

“少爷，好少爷。”他说，可佛罗多没有说话。先前他因为重获自由而满心欢喜、不管不顾地往前冲时，希洛布以骇人的速度来到他身后，照他的脖子上飞快地蜇了一下。他此时倒在地上，脸色苍白，听不见一丝声音，也没有半点儿动静。

“少爷，亲爱的少爷！”山姆说，又闷着声等了好一阵，徒劳地候着他的少爷回应他。

随后，他飞快地割断那些绑缚的蛛丝，脸依次贴上佛罗多的胸口和嘴边，却察觉不到一丝生命的迹象，也感觉不到哪怕一丝最为微弱的心跳。他不停摩挲着少爷的手和脚，探他的额头，所触之处却全无温度。

“佛罗多，佛罗多先生！”他唤道，“可别撇下我一个人在这儿啊！你的山姆在叫你呢。别去我跟不上你的地方！醒醒，佛罗多先生！醒醒啊，佛罗多，我的天哪，我的天哪。快醒醒！”

愤怒随后吞没了他。他绕着少爷的身子狂奔，朝着空气胡乱劈砍，蹬踢石头，大叫大嚷着求战。不一会儿，他又回到佛罗多身边，俯身查看他那张被暮色衬得无比苍白的脸。突然，他想起自己在罗瑞恩时，在加拉德瑞尔之镜里看见的画面：佛罗多一脸苍白，在一座阴暗的巨大峭壁之下沉睡。或者说，他那时候以为他在沉睡。“他死了！”他说，“不是睡着了，是死了！”话一出口，仿佛这言语让毒液再度生了效，山姆似乎看见佛罗多的脸色变得一片铁青。

随后，极度的绝望笼罩了山姆，他跪在地上，灰色的兜帽遮着脑袋，心中一阵昏沉，便什么也不知道了。

等那阵昏沉终于过去，山姆抬起头，身边已全都笼上了阴影；这世界拖沓着脚步又过去了多少分钟，多少个钟头？他不知道。他依旧在原地，他的少爷也依旧躺在身边，没了气息。可大山没有崩塌，大地也没有化作废墟。

“该咋办，该咋办？”他问自己，“我一路跟着他走了这么远，最后都是白忙活吗？”随后，他想起旅途之初，他亲口说出的那些自认为明白的话：一切结束前，我有要去做的事。我得坚持到底，少爷，你懂我意思吧。

“可是，我该咋做？除了撇下死去的佛罗多先生，让他曝尸山顶，我自己回家去，还能咋办？还是说，继续往前？往前？”他重复着自己的话，因疑虑与害怕，一时动摇起来，“往前？我非得这么做吗？就这么撇下他？”

他终究没忍住，落下泪来；他来到佛罗多身边，为他理好遗容，将那双冰冷的手叠在胸口，又用斗篷裹住他；山姆将自己的剑摆在佛罗多身侧，将法拉米尔所赠的手杖摆在另一侧。

“要是我得接着往前去的话，就得拿走你的剑。”他说，“请见谅，佛罗多先生。我把我的剑留下来，就好像当初它陪伴在古墓里的老国王身边一样；你还有老比尔博先生给的漂亮秘银锁甲做伴。而你的星光瓶，佛罗多先生，你确实把它借给了我，而我也需要它，以后我就一直都得待在黑暗里头啦。这东西对我来说太过宝贝了，而且它是那位夫人给你的东西，可她也许能明白。你明白吗，佛罗多先生？我得接着往前走。”

可他没法前进，眼下一步也挪不动。他跪在地上，握住佛罗多的手不肯放开。时间一分一秒过去，他依旧跪在那里，紧握少爷的手，心里不断做着斗争。

他眼下想找寻一股力量，逼自己抽身而去，踏上一场形单影只的旅途——一场复仇之旅。一旦不再踌躇，他的愤怒便会撑着他踏遍千山万水，追到天涯海角，最后抓到他——咕噜！然后，咕噜便会死在某个角落里。不过，他当初踏上旅途，为的并非这件事。这件事完全不值得让他抛下少爷，也无法让他的少爷起死回生，做任何事都不会。不如，他们两人一块儿死去。可这依旧是一趟孤单的旅途。

他看向雪亮的剑尖。他想到背后那几处漆黑的悬崖，想到空洞地纵身一跃，落入一片虚无。可自尽也算不上解脱。这么做非但于事无补，连哀悼都算不上。他不是为了自行了断才踏上旅途的。“那我该咋办？”他再度吼出声。这下，那艰难的答案似乎一清二楚了——坚持到底。这依旧是一趟孤单的，而且糟糕至极的旅程。

“啥？我一个人？去末日裂罅这种地方？”他依旧畏惧不已，可决心也在渐渐增加。“啥？我从他那儿拿走魔戒？当时会议可是把那东西给了他的。”

可答案立即揭晓了：“可会议也给他派了同伴，好让任务不至于失败。而你是队伍里头最后一人。任务不能失败。”

“真希望我不是最后那个人。”他呻吟道，“真希望老甘道夫或者别的哪个人能在这里。为啥要留下我一个人来做决定？我肯定会弄出差错的。我哪里是拿走魔戒，自愿往前的那块料啊！”

“可你不是自愿前进，你是被推着往前的。至于正不正确、合不合适的，哈，你也许会说，佛罗多先生，甚至比尔博先生，他们难道就合适？他们也算不上自愿啊。”

“嗯，行吧，我得自己下决心。我会下定决心的。可我肯定会弄出差错的：山姆·甘姆吉就是这副德行啊。

“让我想想：我们要是在这里被人发现，或者佛罗多先生被人发现，那他身上又带着那东西，唔，大敌就会得到它。那我们所有人都得完蛋，罗瑞恩、幽谷，还有夏尔，全都完了。现在没时间可浪费，要不一样会完蛋。战争已经开打，各方面很可能早就往大敌那边偏了。不可能再带着它回去寻求建议或者许可。不行，要么就坐在少爷身边，等着他们出现，然后杀了我，抢走它，要么就拿上它往前走。”他深吸一口气，“那就拿走它，就这么干！”

他弯下腰，无比轻柔地解开佛罗多颈上的胸针，将手伸进他的上衣里；随后，他用另一只手抬起佛罗多的头，吻了吻他冰凉的额头，轻轻抽出项链。他又将头静静放回原处让佛罗多安歇。那张凝滞的脸上没有丝毫变化。山姆知道，这比其他所有迹象都更有说服力，他终于相信佛罗多真的死了，将任务抛下了。

“再见了，我亲爱的少爷！”他喃喃道，“原谅你的山姆。等活儿都干完了，他还会回到这里——要是他真能干完活儿。然后，他就再也不会离开你了。安心歇息吧，等我回来；愿所有肮脏的东西都没法靠近你！如果那位夫人能听见我说的话，让我许一个愿，那我希望能再回来找你。再见！”

随后，他低头戴上项链，魔戒的重量当即压得他脑袋佝向地面，仿佛他脖子上正挂着一块巨石。不过，慢慢地，那重量好像变轻了，要不就是他体内生出了新的力量，他又将头抬了起来，拼尽力气站直身子。他发现自己能够走动，能承住那重负。他举起星光瓶，低头看了少爷片刻。瓶里的光亮此时燃得十分和缓，放出恍若夏夜暮星似的柔和光芒，照得佛罗多的面庞再度盈上美丽的光泽，苍白中带着一种精灵式的美丽，像是一个早已脱离了阴影的人。怀着最后这一眼带来的苦涩安慰，山姆转过身，遮住那光亮，蹒跚着走进渐浓的黑暗里。

他无须走上太远，隧道就在身后不远处，裂口在前方至多两百码的位置。小径在暮色中一清二楚：这是条无数年往来踏出的深辙，眼下正缓缓沿着一条长沟槽往上，两侧都是悬崖。沟槽迅速变窄。不一会儿，山姆来到一长段宽浅的台阶前。阴沉、漆黑的奥克塔楼此时就在他的正上方，塔里闪动着一只红眼。他如今就藏匿在塔下的阴影里，正走向台阶最顶端，终于踏进了裂口。

“我已经拿定主意了。”他不停地告诫自己。可他并没有。虽说他尽力把事情想通透了，可他正在做的事情却完全不符合自己的脾性。“我是不是做错了？”他喃喃道，“我到底该咋办才好呢？”

随着裂口两边的峭壁在他周围渐渐围拢，在他爬上真正的峰顶，最后看一眼渐渐隐入不具名之地的小径之前，他转过了身。片刻间，一股难以忍受的疑虑让他下意识地回头看去。渐拢的昏暗中，那隧道的入口像是一小块污渍，他依旧看得清楚，也觉得自己能看见或是猜到佛罗多躺在哪里。他凝视着那片让自己整个生命寸寸崩裂的石头高地，仿佛看见那地上有微光闪过，也可能只是他的眼泪在作怪。

“要是我那个愿望，那个唯一的愿望能实现就好了。”他叹了口气，“回去找他！”他终于还是转身面向前方的道路，又走了几步：这是他这辈子走过的最为沉重也是最不情愿的几步路。

只走了几步；现在只要再多走几步，他就会下到另一边，再也看不见那处高地。随后，忽然之间，他听见了喊叫声与说话声。他如石头般僵立当场。是奥克的声音，从他身前及身后传来。一阵沉重的脚步声与嘶哑的叫喊声从远侧，也许是塔楼的某个出口传来——奥克正往裂口上面赶来。他的后方也传来沉重的脚步与喊叫之声。他猛然转过身，看见一个个红色小光点——那是摇曳的火把——正从下方的隧道里钻出来。追捕最终还是来了。塔上那只红眼并没有瞎。他被发现了。

此时，前行的火把那闪动的光亮与铁器的当啷声已近在咫尺。只消一会儿他们就会抵达山顶，来到他面前。先前他花了太多时间下定决心，现在却是要倒大霉了。他要如何逃走，如何拯救自己和魔戒？魔戒——他脑子里没有任何想法或者决定。他发现自己就这么掏出项链，将魔戒取下放在了掌心。奥克队伍的第一颗脑袋已经出现在他正前方的裂口。然后，他戴上了魔戒。

整个世界变了。短短的片刻被长如一个钟头的思绪填满。他当即发现自己的听觉变得敏锐了，视力却变得模糊，但与在希洛布巢穴时的情况却有所不同。周遭的万物此时并非一片漆黑，而是变得模糊了；他自己好似一颗黑色、坚实的小石块，独自置身一片灰蒙的世界，沉甸甸压着左手的魔戒则恍若一圈滚烫的黄金。他一点儿也不觉得自己隐身了，反而变得尤为显眼。他知道，魔眼就在什么地方搜寻着他。

他听见石头碎裂，听见远方魔古尔山谷里的水声呢喃；山岩底下深处，他听见希洛布高喊出声，她痛苦地摸索着，迷失在某处毫无光亮的通道里；还有塔楼地牢里的声音；奥克跑出隧道的叫嚷声；还有前方那些奥克刺耳的喧哗声与脚步碰撞声，震得他耳朵都快聋了。他背靠峭壁缩起身子。可他们行上前来，却仿佛一队幽魂，仿佛迷雾里扭曲的灰色身影，不过是手中握着苍白火焰的恐怖幻梦。他们从他面前径直过去了。他畏缩不已，想要偷偷走开，钻进哪处裂缝里躲起来。

他聆听起来。从隧道里出来的奥克跟别的地方赶过来的奥克进了彼此的视线，两边都开始边冲边吼。双方的声音他都听得很清楚，也完全听懂了。或许是魔戒赋予了他理解语言的能力，或者仅仅赋予他理解的能力——尤其是理解打造魔戒的索伦他手下仆从的能力，这样他只要集中注意，便能听懂，将语言蕴含的意义翻译给自己。自然，魔戒离铸造之地越来越近，它的力量也极大地增强了；但唯有一样东西它不曾赋予，那便是勇气。山姆这会儿满心想的只有藏起来，直到一切再度安静下来。他继续焦急地听着。他不知道那些声音到底离他有多近，因为这些说话声简直就像是贴着耳朵说出来的。

“嘿，戈巴格！你来这儿干啥？打仗打腻了？”

“奉命来的，你这傻子。你又来干啥，沙格拉特？在那边躲烦了，想下来打架？”

“命令是给你下的，但这个隘口由我指挥。所以，你给我说话客气点儿。你有啥要报告的？”

“啥也没有。”

“嗨！嗨！唷！”大喊声打破了两个领头的交流。下面的奥克突然发现了什么东西。他们开始奔跑。上面那群也跑了起来。

“嗨！嘿！这里有个东西，就躺在道上。奸细，是奸细！”此起彼伏的号角声嗡隆作响，各种嘈杂声吵个不停。

山姆猛然一抖，从畏缩的心绪里回过神来。他们看见他的少爷了。他们会做什么？他以前听过那些与奥克有关的故事，无不让他毛骨悚然。这怎么让人忍受得了？他跳起身，把任务和所有的决定，连带着他的恐惧和疑虑全抛在了脑后。这下他明白自己曾处于什么位置，如今又该待在什么地方：待在少爷身边，尽管他还不太清楚待在那里又该怎么办。他往回跑下台阶，跑向佛罗多所在的小径。

“有多少奥克在那边？”他想，“从塔里至少来了三四十个，从下面来的还要更多，我猜。在他们抓到我之前，我能杀掉多少？我只要拔出剑来，他们就会看到剑上的光焰，迟早会被他们逮住。我怀疑会不会有哪首歌提到这事：山姆怀斯在高隘口倒下，在少爷身边杀得奥克尸首堆成了一堵墙。不，不会有歌传唱。当然不会有了：魔戒肯定会被找到，然后就不会再有歌谣流传了。可我没办法。我的位置是待在佛罗多先生身边。他们——埃尔隆德和会议上的人，还有那些无比聪明的大人与夫人们——他们必须明白这一点。他们的计划出了差错。我当不了他们的持戒人，除非有佛罗多先生在。”

然而，奥克这会儿已消失在他朦胧的视线之外。他已经没时间考虑自己，可他此时却发现自己无比疲惫，疲惫到几乎精疲力竭：他的腿根本不听使唤。他走得太慢了。那条小径仿佛远在许多哩之外。他们在这迷雾中走去了哪里？

他们又出现了，依旧在前面很远的地方。一大团人影围着某个躺在地上的东西，还有几个似乎在东奔西跑，弯着腰像狗一样追踪。他试图猛冲。

“快啊，山姆！”他说，“要不又要来不及了！”他抽松鞘里的剑，下一刻他就会拔剑，然后——

那边乱哄哄地传来一阵嘘声与大笑，地上有什么东西被抬了起来。“呀嗬！呀快快嗬！上！上！”

随后，一个声音喊道：“快出发！抄近路。回地下大门！从各种迹象看，她今晚不会来找我们的麻烦。”所有奥克人影开始移动。中间有四个用肩膀高高地抬着一具身躯。“呀嗬！”

他们带走了佛罗多的遗体。他们离开了。他追不上他们。他依旧拼命往前赶。奥克到达隧道，钻了进去。那些扛着佛罗多的走在前面，后面的又推又撞，乌泱泱地挤成一大团。山姆继续前进。他拔出剑，一道蓝光在颤抖的手上摇曳，可他们却看不见。等他气喘吁吁地追上来，最后一个奥克也消失在了那黑窟窿里边。

片刻间，他站在原地，捂着胸口喘个不停。随后，他扯着袖子擦了擦脸，拭掉灰尘、汗水，还有眼泪。“该死的恶心东西！”他骂道，跟着追进了黑暗里。

他感觉隧道里不再那么漆黑，反而像是从薄雾走进厚一些的浓雾里。疲惫感愈发强烈，可他的意志也愈发坚定。他感觉自己能看见前面不远处火炬的光芒，可无论他怎么尝试，始终靠近不了：奥克在隧道里跑得很快，又对这条隧道了如指掌；尽管希洛布就在这里，他们依旧被逼着频频走上这条从死亡之城翻越山脉最快的道路。主隧道与巨大的圆坑究竟是在多么遥远的年代挖掘而成，而希洛布又是自多久之前开始盘踞此地，他们都不知道；不过，他们在隧道两边挖了许多岔道，以便在来来回回奉命办事时能避开她的巢穴。今晚他们不打算往远处走，只是急着找一条岔道，能领着他们返回峭壁上的监视塔。大部分奥克高兴得很，因发现和看见的东西而雀跃不已，一边跑一边以他们这种族的习惯叽里呱啦大叫大嚷。山姆听见他们那粗粝的嗓门儿，声音在死寂的空气里显得呆滞又刺耳。他能分辨出其中两道说话声：它们更响亮，离他更近。这两派奥克的头目似乎在队尾压阵，一边走一边争吵。

“你就不能叫你那帮废物不要吵吗，沙格拉特？”其中一个声音发着牢骚，“我们可不想把希洛布招惹过来。”

“你接着扯，戈巴格！声音有一大半都是你那帮子人弄出来的。”另一个说，“不过，就让小伙子们乐一乐吧！我估计暂时不用担心希洛布。她好像是坐到了钉子上，但我们也不必为了这个哭上几下。有条恶心的脏污痕迹一直拖去了她那该死的裂缝里，你没看见吗？我们要是能拦住他们一次，早就阻止他们一百次了。所以，由着他们乐去吧。再说，我们终于还是撞上了一点儿好运，搞到了路格布尔兹要的东西。”

“路格布尔兹想要那东西，嗯？你觉得那是啥玩意儿？我看着有点儿像精灵，但是个头儿小多了。这样的东西有啥危险的？”

“得看见了才知道。”

“哦嗬！他们就没跟你说要找啥？他们就不肯把知道的都告诉我们，

是不是？连一半都不说。可他们会犯错，连大头头也会。”

“戈巴格，嘘！”沙格拉特压低嗓门儿，这样一来，连听力变得异常敏锐的山姆也只能勉强听清他的话。“他们或许会犯错，可他们到处都有耳目；我那帮子人里边十之八九就有。不过很显然，他们在为哪件事发愁。照你的说法，底下那些纳兹古尔就很心烦；路格布尔兹那边也一样。什么事情好像差点儿出了差错。”

“你不都说是‘差点儿’！”戈巴格说。

“行吧。”沙格拉特说，“我们待会儿再说这个。等到了地道吧。那里有个地方可以让我们聊上一会儿，然后让小伙子们先走。”

过了没多久，山姆发现火把全消失了。随后，一阵轰隆声响起，他刚加快脚步，一下撞上了什么东西。就他猜测来看，奥克应该是拐了弯，进了佛罗多跟他之前想进却被堵在外面的那处开口。那里此时依旧是堵着的。

这里似乎有一块大石头拦住了去路，可不知怎的，奥克却穿了过去。他听见他们的声音出现在另一边。他们依旧在往前跑，在山体中间越走越深，朝着塔楼的方向去了。山姆只感到绝望。他们打着什么肮脏的念头，带着他家少爷的遗体跑了，可他却没法跟上去。他对着那障碍物又搡又推，还用身子去撞，可它纹丝不动。随后，在障碍物那头不远处，或者说他认为的不远处，那两个头目又开始说话了。他停下手里的动作，听了一阵，希望也许能听到点儿有用的。戈巴格，那个似乎属于米那斯魔古尔的，也许会走出来，到时他就能趁机溜进去了。

“不，我不知道。”戈巴格的声音说，“照规矩，消息传得比飞还要快。可我不想打听那是怎么办到的。最好别知道。吼！那些纳兹古尔让我起鸡皮疙瘩。他们一盯着你，你就感觉自己的灵魂仿佛被扒出了身体，又丢去了死人的世界，浑身冰冷。可他喜欢他们；他们如今可是他的宝贝，所以抱怨也没用。我告诉你，在下面那城里伺候他们，可不是什么好差事。”

“你该上来这儿感受感受跟希洛布搭伴的日子。”沙格拉特说。

“我只想感受没有这两种东西的地方。不过，现在开始打仗了，也许打完仗能松快点儿。”

“他们说仗打得很顺利。”

“他们当然会这么说。”戈巴格抱怨道，“我们走着瞧。不过，无论如何，仗要是打得顺利的话，那就肯定能多出来很多地方。你刚才怎么说的来着？——如果有机会，你我两个，再加上几个信得过的伙计，我们就溜去别的地方，找个捞得多、差事少、好打混，还没有大头头管着的地方。”

“噢！”沙格拉特说，“就像过去那些日子。”

“没错。”戈巴格说，“但也别忙着抱希望，我心里有些不踏实。我说过的，那些大头头，唉，”他的声音低到近乎耳语，“哪怕是最大的那位，也会犯错。你说有什么事情差点儿出了差错。要我说，是已经出了差错。我们最好当心点儿。每次都是倒霉的乌鲁克族来收拾善后，却没几个人愿意领情。不过，别忘了：敌人不喜欢我们，就像不喜欢他一样；他们要是推翻了他，我们也一样会完蛋。话又说回来，你是啥时候接到命令出来的？”

“差不多一个钟头前，那之后你就看到我们了。传来一个消息：纳兹古尔觉得不安。台阶上恐怕有奸细。增派警戒。巡逻队一路巡到台阶顶上。我立马就出来了。”

“烂活计。”戈巴格说，“听我说——就我知道的，我们那个沉默的监视者起码在两天前就躁动不安了。但我的巡逻队隔了一天才接到出去的命令，也没有半点儿消息传到路格布尔兹那里。这都是因为大信号打出来，然后那位纳兹古尔之首出去打仗了，诸如此类的事情。我听说，那之后他们好久都没法让路格布尔兹留心这边的动向。”

“我猜，魔眼可能忙着留意别的去了。”沙格拉特说，“他们说，西边出了大事。”

“我猜也是。”戈巴格咆哮着说，“可敌人也正好爬上台阶了。那阵子你在干啥？不管有没有专门的命令，你都该看好那边，不是吗？你怎么干活的？”

“够了！少来教我做事。我们可一直都在警戒。我们知道出了些古怪的事。”

“怪得很的事！”

“是的，怪得很，又是光亮又是喊叫什么的。希洛布也出动了。我的人看见她和她那偷偷摸摸的同伙了。”

“偷偷摸摸的同伙？那是啥玩意儿？”

“你肯定也见过他，就是那个又小又瘦的黑家伙；他自己就像只蜘蛛，也许更像只饿坏了的蛤蟆。他以前来过这里。好些年前，他第一次从路格布尔兹出来，上面传话，让我们给他放行。那之后，他又爬过一两回那台阶，可我们没搭理他。他好像是跟那夫人达成了什么共识。我猜他应该是不好吃，因为她才不管上头怎么安排呢。你们在山谷里的警戒可真是严密啊，他在这一团乱发生的前一天就上来过了。昨天傍晚我们就见过他。反正，我的人报告说，那夫人似乎找到了乐子。我也觉得挺好的，结果消息就来了。我以为她那偷偷摸摸的同伙给她带了玩物过来，要不就是你们给她送了大礼，比如战俘之类的。我没去打搅她找乐子。希洛布捕猎的时候，啥都逃不过。”

“啥也逃不过，你还真敢说！刚才在那里，你是没长眼睛吗？我告诉你，我心里不踏实。甭管爬上台阶的是什么，他都已经通过了。那东西割开了她的网，好生生地从洞里出去了。应该好好琢磨一下这事儿！”

“就算逃了，她最后还不是逮着他了，对不对？”

“逮着他？逮着谁？这个小东西？要是只有他一个人，她早把他拖回老巢了，他现在也只会在那里待着。要是路格布尔兹要他，那你就得上那儿去把他弄出来，真是越美差啊。可来的不止一个人。”

这时候，山姆听得更加专心起来，把耳朵都贴上了岩石。

“是谁割断了她束缚在他身上的蛛丝，沙格拉特？就是割断蛛网的那个人。你还没明白过来吗？是谁往那夫人身上扎了钉子？我觉得是同一个人。而他在哪儿呢？沙格拉特，他在哪儿？”

沙格拉特没开腔。

“你要是长了脑子，那就好好用上。这可不是开玩笑的事情。从来没有人——谁都没胆子——朝希洛布身上扎一下，这事你很清楚。这事倒也没什么好难过的，可你想想，如今有人在周围游荡，打从古老的烂年月起，自从大围攻以来，有哪个该死的反叛者能比这人更危险？有什么事已经出了差错。”

“到底是啥事？”沙格拉特咆哮着问。

“综合各种迹象，沙格拉特队长，我猜有个大块头儿战士跑掉了，最有可能是精灵，总之是个带着把精灵宝剑的家伙，或许还带着把斧头。他还是在你的地盘上跑掉的，可你根本就没发现他。真是怪极了！”戈巴格啐了一口。听见这番描述，山姆苦笑了一下。

“噢，行吧，你老把事情往坏的方面想。”沙格拉特说，“爱怎么解读那些迹象都随你，可它们也许还有别的解释。总之，我已经在每个点都派了哨兵，而我打算把事情挨个儿处理掉。等我查看完我们逮住的那家伙之后，再去操心别的事情。”

“要我猜，你在那小东西身上找不着多少有用的。”戈巴格说，“他跟那真正的灾祸说不定毫无关系。反正带着利剑的那个大家伙似乎没怎么拿他当回事——他就这么把小东西扔那儿躺着：精灵老爱耍这招。”

“走着瞧。该走了！话也说得差不多了。我们去看看那俘虏！”

“你打算拿他怎么办？别忘了，是我先发现他的。要是有什么乐子，必须算我跟我的小伙子们一份。”

“行了，行了。”沙格拉特咆哮着说，“我是接了命令的。要违抗了命令，你我都得一命呜呼。守卫找到的任何入侵者，都得关进塔楼里。俘虏要剥光——装束、武器、信件、戒指、小饰品，每样东西都要详细描述，还要立刻送往路格布尔兹，只能送往路格布尔兹。俘虏必须保护好，半根毛都不许碰，等他派人或者亲自前来。要是哪个守卫敢违逆，立即处死。这意思够清楚吧，这也是我打算做的。”

“呃，剥光？”戈巴格问，“什么意思？牙齿、指甲、头发什么的，都拔掉吗？”

“不，那些全都不准碰。他是要送去路格布尔兹的，我告诉你。他们要他安安全全、完完整整。”

“那可就难办了。”戈巴格哈哈大笑起来，“他现在就是一团腐肉。我可猜不到路格布尔兹要这东西来干啥。说不好，他最后还是得进锅里。”

“你这蠢货，”沙格拉特咆哮道，“亏你之前还说了那么多机智的话，怎么大部分人都知道的东西，你反而不知道了？再不小心你的嘴，你就等着进锅里或者喂给希洛布吧。腐肉！你对那夫人就这么一点儿了解？她用蛛丝捆住的肉，都是她留着后面再吃的。她不吃死人肉，也不吸冷掉的血。这家伙根本没死！”

山姆只觉得一阵天旋地转，不由得扣紧了岩石。他感觉整个黑暗的世界都颠倒过来了。这冲击来得如此强烈，他差点儿晕了过去，尽管他竭力控制住自己的意志，内心深处依旧传来说话声：“你这蠢货，他没死，你心里明明知道的。别信你的脑袋，山姆怀斯，你的强处可不在那里。你的毛病就在于，你从没真正抱过任何希望。现在看你怎么办？”一时之间，他毫无办法，只能紧贴着那块一动不动的岩石，聆听奥克粗鄙的声音。

“呸！”沙格拉特说，“她的毒液可不止一种。她捕猎的时候，会在猎物的脖子上轻蜇一下，然后他们就会像剔了骨的鱼一样，变得软趴趴的，再然后她就能随心所欲了。还记不记得老乌夫沙克？我们好几天都看不着他人，后来在一个角落里找着了他；他被吊了起来，可神志却清醒得很，还拿眼睛死命瞪人。真把我们笑惨了！她大概是把他给忘了，可我们也没去碰他——不能去搅和她的事情。喏，这个肮脏的小东西过几个钟头也会醒；除了会难受一阵，他没什么大碍。当然，也得路格布尔兹放过他才行。当然了，他肯定还会想知道自己在哪儿，还有发生了什么事。”

“还有他后面会遇上啥事！”戈巴格笑着说，“我们要是找不着别的事情干，总能跟他讲点儿故事吧。我猜，他肯定从没去过可爱的路格布尔兹，肯定想听听那边都有啥。这可比我原以为的更有乐子。我们走！”

“我告诉你，不会有乐子的。”沙格拉特说，“他一定得好好儿的，要不咱俩就得死翘翘。”

“行吧！可我要是你的话，在朝路格布尔兹送任何报告之前，会先把逃掉的那个大块头儿抓到。要是报告说，你抓了小猫却漏了大猫，听着可不太妙。”

说话声渐渐开始移动。山姆听见脚步声渐渐变小了。他从震惊之情中渐渐恢复过来，此时正憋了满肚子邪火。“全让我给搞错了！”他大叫道，“我就知道会这样。这下他们抓走了他，这些混蛋！肮脏玩意儿！永远别离开你的少爷，永远，永远：这才是我该守的规矩。我心里明明知道的。但愿我能得到谅解！现在，我怎么也得回到他身边去。总会有办法的，总会有办法的！”

他抽出宝剑，用剑鞘砸着岩石，却只换来几声闷响。剑身此时散发着灿烂的光亮，乃至于他能借此隐约看见四周。令他惊讶的是，那巨大的堵路石形状竟像一扇沉重的门，高度不到他身高的两倍。石门之上至开口的低拱门之间，有一片黑咕隆咚的空当。这门或许单用于挡下希洛布的闯入，内侧用门闩或者插销什么的锁住，任凭她再怎么狡诈也够不到。山姆用尽剩余的力气一蹦，抓到了门顶，又挣扎着往上爬，再翻了下去；随后，他发疯似的往前跑，手里的剑闪闪发亮。他拐了个弯，跑上一条歪歪扭扭的隧道。

少爷还活着的消息激起了他最后一丝力气，让他忘了疲惫。这条新通道拐来拐去、不停变向，使他看不清前面的情况。但他觉得他正在接近前面那两个奥克：他们的说话声又近了。此时，他们似乎已近在咫尺。

“我本来就打算这么干的，”沙格拉特语带愤怒地说，“把他直接关进塔顶的房间去。”

“为啥？”戈巴格咆哮道，“你下面没有牢房吗？”

“他得离危险远远的，我告诉你。”沙格拉特答道，“懂吗？他很宝贝。我那些小伙子不是个个都信得过，你那堆人更不可靠；你想找乐子想疯了的时候，你也信不过。他去哪儿我说了算，你要是不保持文明，我就要他去你去不了的地方。我说，关到塔顶去。他在那里会很安全。”

“他安全？”山姆问，“别把逃脱的那个强力大块头儿精灵战士给忘了！”说完，他一个冲刺拐过最后一道弯，却发现隧道或魔戒赋予他的敏锐听力捉弄了他，他误判了距离。

那两个奥克的身影依旧在前面有段距离的地方。那两道让火红的光亮衬得又黑又矮的身影，他这下终于看见了。这条通道终于变得笔挺，带着点儿坡度往上走；坡道尽头是大大敞开的双重门，大概连向那高角塔楼，通往底下深处的一间间厅室。抬着人的那些奥克已经进到里边去了。戈巴格跟沙格拉特也离大门越来越近。

山姆听见嘶哑的歌声猛然爆发，伴着号角与锣鼓的轰鸣，搅和出一片可怕的喧闹声。戈巴格与沙格拉特已然踏上了门槛。

山姆挥舞着刺叮大喊起来，可一片喧闹声中，他那小小的声音兴不起半点儿波澜，完全没人注意到他。

砰。巨门轰隆着闭拢。哐啷。门内的铁闩落了位。巨门紧闭。山姆用力撞向那上闩的铜门板，然后摔倒在地，不省人事。他被关在了外面的黑暗里。佛罗多还活着，却被大敌抓走了。

魔戒

王者归来

全3册

[英]J.R.R. 托尔金　著

龙飞　译

江西高校出版社

目　录

第五卷

第六卷

附　录

第五卷

The Lord of the Rings The Return of the King

The Lord of the Rings The Return of the King

·第一章·

米那斯提力斯

透过甘道夫遮挡的斗篷，皮平朝外面张望。他不知道自己究竟是醒了，还是依旧在昏睡，依旧在长途骑行开始时陷入的飞奔之梦里。阴沉的世界迅速后退，风儿在他耳边大声唱着歌。他只看得见群星周转，以及右边远处衬于天空之下的巨大影子——那是正在渐渐远去的南部山脉。他昏昏沉沉的，想算算这趟旅途过去了多少时间，到了哪个阶段，可记忆却混乱得很，没多少拿得准。

第一段行程速度惊人，也不曾歇过脚。随后，黎明时分，他看见一抹淡淡的金光。他们来到一座寂静的小镇，山丘上有一间空无一人的大屋。刚到屋檐之下，那飞翼阴影便再度掠过，吓得人们全都瑟缩不已。但甘道夫柔声安慰他，而他倦怠又忧虑地睡在角落里，只迷迷糊糊地感觉到有人来来去去、相互交流，还有甘道夫在下各种命令。之后，骑行再度开始，趁夜前进。自从他看了那颗水晶球，这已是第二个，不，已是第三个夜晚。想到那段骇人的记忆，他彻底清醒过来，又打了个寒战，风声里也带上了满是威胁的响动。

天空燃起一片光亮，黑暗的屏障之后熊熊燃烧着一团黄澄澄的火焰。皮平缩了一缩，怕了一阵，猜想着甘道夫这是要把他带去何种可怕的乡野。他揉揉眼睛，这才看明白那是升到东方暗影之上的月亮，此时已近满月。看来夜还不深，这趟夜行还得骑上好几个钟头。他动了动，说起话来。

“甘道夫，我们到哪儿啦？”他问。

“到刚铎地界了，”巫师回答，“正在穿过阿诺瑞恩之地。”

又是一阵沉默。“那是啥？”随后，皮平攥紧甘道夫的斗篷，突然喊了起来，“看！火，通红的火！这地方有龙吗？看，那边也是！”

作为回应，甘道夫朝马儿高喊起来：“捷影，快走！我们得赶紧，时间快来不及了。瞧！刚铎的烽火点燃了，他们在求助。战争爆发了。瞧，那边是阿蒙丁的烽火，艾莱那赫的烽火也点燃了。它们又迅速燃向西边：纳多、埃瑞拉斯、明里蒙、卡伦哈德，还有洛汗边界上的哈利菲瑞恩。”

可捷影却放慢了速度，化急驰为慢踱，随后引颈长嘶。别的马儿在黑暗中嘶鸣回应，踢踏的马蹄声此时已是清晰可闻，三名骑手飞奔而来，又如月亮上飞舞的幽灵一般消失在了西边。随后，捷影又打起精神，飒沓而行，夜色如啸风般从身边流走。

皮平又昏沉起来，没怎么去听甘道夫同他讲的刚铎风俗，还有城主如何沿巨大的山脉两侧，在外围的山丘上建造烽火台，在各点设岗驻兵；又常备沛马，以便领命的骑兵随时能前往北方的洛汗或南方的贝尔法拉斯。“北部烽火上次点燃已是很久以前之事，”他说，“古时的刚铎拥有七晶，也用不上它们。”皮平不安地动了动。

“再睡上一会儿吧，莫怕！”甘道夫说，“你与佛罗多不同，你不去魔多，而是去米那斯提力斯。如今年月，那里比别的地方更加安全。刚铎若是陷落，或者魔戒被夺走，那夏尔也无法予你庇护。”

“你这话可算不上安慰。”皮平说。不过，睡意好歹还是笼上了他。陷入昏睡前，他记得自己最后瞥见了高绝的白色山峰，它们让西沉的月光照亮，活像是飘浮在云层之上的岛屿。他想着佛罗多如今何在，是不是已经进了魔多，或者已经死了。他不知道的是，远在他乡的佛罗多此时也望着同一轮月亮，看着它于白日降临前沉入刚铎的另一头。

说话声吵醒了皮平。白天隐藏、夜晚赶路的一天又过去了。此时微光朦胧，寒气四溢的黎明再度来到眼前，四周弥漫着冰冷的灰雾。汗涔涔的捷影站着直冒热气，却骄傲地扬着脖子，不显半分疲态。他身边站着好些裹着厚斗篷的高大人类，他们背后的雾气里耸立着一堵石墙。这石墙已部分坍塌，可就在这夜色将尽未尽之时，已然有匆匆劳作的声响传来：锤子叮当，铲子锵啷，还有轮子的吱吱嘎嘎。雾气中四处可见火把与火堆的模糊光亮。甘道夫正与挡住道的人交谈，竖耳倾听的皮平注意到，他自己也成了话题。

“啊，是啊，我们认识你，米斯兰迪尔。”领头那人说，“你也知道通过七环城门的口令，可以自由前进。可我们不认识你的同伴。他是谁？北方山里出来的矮人？如今这时期，我们不希望这片土地有生人出入，除非他们身强力壮、全副武装，且我们能信任他们的忠诚与帮助。”

“我会在德内梭尔座前为他担保。”甘道夫说，“至于英勇与否，这可不能拿身材来当标准。虽然你有两个他那么高，英戈尔德，你经历的战斗与危险可没他多；而他如今从奔袭艾森加德之战前来，我们带来了相关的消息；若非他过于疲惫，否则我定会叫醒他。他名为佩里格林，是位无比英勇之人。”

“人？”英戈尔德有些疑惑，其他人哈哈笑了起来。

“人！”皮平大叫道，这下彻底清醒了，“人！当然不是了！我是个霍比特人。除非迫不得已，我平常的英勇表现，就跟我是个人类一样不怎么靠谱。你们别被甘道夫诓了！”

“成大事之人，大多不愿自吹自擂。”英戈尔德说，“可霍比特人是什么？”

“就是半身人。”甘道夫答道，“不，不是谜语里提到的那个。”看见众人面露惊讶之色，他补充了一句，“不是他，是他的亲族。”

“是的，还跟我一同踏上了旅途。”皮平说，“你们白城的波洛米尔也跟我们一路，他在北方的暴雪里救过我，最后还为了保护我，死在了众多敌人手下。”

“安静！”甘道夫说，“这悲痛的消息，理应先让当父亲的知道。”

“已经有所猜测了。”英戈尔德说，“因为最近出现了许多怪异的预兆。还是赶紧过去吧！知晓其子近况如何的人，米那斯提力斯之主肯定是等不及想见的，无论来者是人类或者……”

“霍比特人。”皮平说，“我可给你们的城主效不了多少力，但为了纪念英勇的波洛米尔，我会尽力而为。”

“再会！”英戈尔德说。人们便给捷影让了路，后者从墙上的一道窄门穿了过去。“米斯兰迪尔，愿你在关键之时为德内梭尔，也为我们所有人带来良策！”英戈尔德喊道，“可他们都说，你带来的向来是悲痛与危险的消息。”

“因为我很少来，也只在需要我帮助的时候出现。”甘道夫回答，“至于建议，我要对你们说的是，如今才修缮佩兰诺之墙，为时已晚。要抵挡近在眼前的暴风雨，勇气才是你们最好的防御——勇气，外加希望，我带来的正是这两样东西。毕竟，我带来的并非全是坏消息。不过，放下铲子，快去磨利你们的长剑吧！”

“修补工作傍晚之前就能完成。”英戈尔德说，“这里是防御墙的最后一段，最不可能遭遇正面攻击，因为它对着我们的洛汗盟友。他们的情况你可了解？依你之见，他们可会响应召唤？”

“会的，他们会来的。可他们已在你们身后打了许多场仗。这条路与其他所有路一样，已不再安全。保持警惕！若非我凶兆乌鸦甘道夫，你们就只会看见敌人的大军从阿诺瑞恩前来，而非洛汗骑兵了。不过，兴许你们依旧会遭遇这种情况。再会，莫要睡着了！”

甘道夫眼下踏入了拉马斯埃霍尔另一边的广阔土地。伊希利恩落入大敌的阴影之后，刚铎人费尽心力建起一座外墙，给了它这个名字。它自山脉脚下向前延伸十数里格，又返回山脚，将佩兰诺平野团团护住：这是片肥沃而美丽的乡野小镇，长长的斜坡与台地从这片地方延向了安都因大河深处。四里格开外的东北面城墙距离白城的主城门最远，从那里起伏的坡岸俯瞰，沿河而建的这段城墙显得悠长而平整，还被人们建得又高又结实；穿过欧斯吉利亚斯的一座座渡口与桥梁的道路，会在这里踏上一段带护墙的堤道，再穿进两侧有塔楼严防死守的大门。外墙离白城最近之处在东南边，隔着大概一里格多一点儿。伊希利恩以南的地方，安都因大河绕埃敏阿尔能的山丘拐了个大弯，又猛然折向西边，而外墙就矗立在这片河岸之上。外墙之下是哈泷德的码头与栈桥，用于停泊自南方封地逆流而上的船只。

这座乡野小镇非常富饶，耕地广阔、果园众多，有许多配着烤房与谷仓、建有羊栏与牛棚的农场，还有无数条小溪自高地淙淙而下，淌过绿地汇入安都因大河。不过，此地居住的牧人与农民算不上多，刚铎的居民大部分要么生活在白城的七层环当中，要么住在边境山野高绝的山谷里，要么就是洛斯阿尔那赫，或者再往南，去到了拥有五条湍急河流、景色绝美的莱本宁。那边的山海之间生活着一支坚韧的民族：他们也算是刚铎人之一，但血统已然混杂。这个民族里有一些人，他们身材矮小、皮肤黝黑，祖先更多来自一些被遗忘之人，这些人在黑暗年代诸王到来前，便已居住在山野的阴影之中。不过，再往前的贝尔法拉斯封地，于海滨城堡多阿姆洛斯里居住的伊姆拉希尔亲王却是血统不凡，其治下子民也是一样，不但身材高大，眼睛也如大海一般灰蓝。

甘道夫一阵驰骋。天色此时已渐渐亮堂起来，皮平也醒了，正抬着脑袋四处看。一片雾海横陈在他左边，渐渐涨去了东边的暗淡阴影之中。他右边却是一片傲然耸立的雄峰，山峰自西边绵延而来，陡然而上又戛然而止，仿佛大河在这片大地形成之时撞破了一道巨大的壁障，凿出一座无匹的、未来会化作战乱之地的山谷。另外，正如甘道夫先前保证的，于白色山脉埃瑞德宁莱斯尽头之处，皮平看见明多路因山漆黑的山体，看见高处一道道狭窄山谷蒙上的深紫色阴影，看见高耸的山壁让日头照得愈发洁白。大山外凸的膝盖下便是守卫之城，它那坚不可摧、饱经风霜的七圈石城墙不像以人力修建堆砌，反倒像是巨人用大地的骨架雕刻而成的。

就在一脸震惊的皮平注视之下，城墙的色彩由朦胧的灰色转为白色，在晨光中隐约泛着点儿红色。忽然，日头爬出了东边的阴影，一片光芒直直地照上了白城的脸庞。皮平猛地惊叫出声——在天空的映衬之下，屹立于最上层城墙里的埃克塞理安之塔熠熠生辉，宛若珍珠与白银铸就的长桩，高大、美丽、线条匀称，仿佛水晶雕成的塔尖闪耀着璀璨的光亮；洁白的旗帜高立城垛之上，在晨风中飘扬招展；他还听见一阵嘹亮的银号声自高远之处传来。

伴着渐高的太阳，甘道夫同佩里格林便这么驭马来到刚铎人的主城门口。身前，两扇大铁门徐徐往后打开。

“米斯兰迪尔！米斯兰迪尔！”人们高喊，“我们这下知道，暴风雨是真的近在眼前了！”

“它已扑上门了，”甘道夫说，“而我便是乘着它的翅膀而来。让我过去！趁你们的城主德内梭尔还能管事，我得去见他。无论之后如何，你们所熟悉的刚铎已末日临头了。快让我过去！”

他那不容辩驳的话声让人们纷纷退开，也不再管他问东问西，但依旧满脸惊讶地盯着他身前坐着的霍比特人与身下驮着他的骏马——毕竟，除了城主手下信使会骑马出行，白城的人很少会骑马，街道上也罕有马匹出现。他们又说:“这多半是洛汗之王的雄壮骏马吧？看来洛希尔人很快会来增援我们了。”捷影则傲然往前，踏上了蜿蜒的道路。

米那斯提力斯的建造形式乃七层式，每一层都凿入山中，每一层都筑有城墙与城门。不过，七道城门并不在一条线上：第一层城墙的主城门位于环形的最东边，第二层的门却是半朝着南边，第三层半朝北，再往上的门也是循此交错而开；一条铺石路便这样一圈圈绕着山体来回往复，通向顶上的城堡。每一回抵达主城门所在的那条线，这道路便会穿过一道拱形隧道——隧道钻过一块无比庞大的山岩，而山岩有相当一部分耸立在外，将第一层之外的六层城环全剖成了两半。部分因为这山原本的结构，部分则归功于古代能工巧匠的技艺与辛勤劳动，主城门后方的宽阔庭院里傲然矗立着一尊仿佛堡垒的巨岩，龙骨一般的锐利边缘正对着东方。这巨岩往上一直延伸到最顶上那一环，上面又建了一圈城垛。城堡里的人也因此能像庞大如山的船的水手一样，从巨岩最顶上俯瞰下方七百呎之处的主城门。通往城堡的入口也在东边，但城门建在巨岩的深处，从中沿着一条点着灯的长坡道往上便能抵达那第七层的大门。至此，人们便最终抵达王庭，外加白塔脚边的喷泉广场。白塔高大、匀称，从底至塔尖高五十㖊，而塔尖飘扬着宰相的旗帜，距离下方平原有一千呎高。

城堡委实坚固，但凡城里还有会用武器之人，哪怕一整支军队也无法攻下，除非敌人能自背后入侵，爬上明多路因山下半截的山缘，再去往连接山体与警卫丘的狭窄山肩。可这山肩也只能到第五层城墙的高度，上面还修建了巨大的护墙，一直围向悬在西边尽头位置的峭壁。峭壁这里矗立着已故王相的陵寝与圆顶墓，在高山与白塔之间保持着永恒的沉寂。

皮平凝视着这座卓绝的岩石城，只觉得越来越惊讶。他做梦也不曾梦见过如此卓绝、壮丽的事物。它比艾森加德更加巨大、坚固，也比艾森加德美上太多。不过，说实话，春去秋来，它也渐渐变得衰败；原本能在此安居容纳的人，如今数量也少了一半。他们经过的每一条街道都有不少高宅大院，大门或拱门上刻着许多奇形怪状又精美无比的古老文字：皮平猜测是姓名，属于那些曾居住在这里的伟大人物及亲属。可这里如今一片沉寂，宽阔的铺石路上听不见脚步，厅堂里不闻话语，那空洞的门窗里也见不到半张脸。

最后，他们走出阴影，来到第七层的大门前。就在佛罗多漫步伊希利恩的林间地之时，照耀大河彼岸的和煦阳光也照上了这边光滑的墙壁与牢靠的屋柱，以及拱心石雕作类似佩冠国王形状的巨大拱顶。因城堡禁止马匹进入，甘道夫便下了马，而捷影也在主人柔声的吩咐之下，忍着让别人领自己去了一旁。

大门守卫全裹着黑袍，头戴造型奇特的头盔：盔顶高耸，长长的护颊紧贴着脸部，护颊上方插着海鸟的白色翅羽；头盔闪烁着银色的光焰，因为它们其实是以秘银锻造而成的，是旧日显赫之时传承下来的宝物。他们黑色的罩袍上绣着银色的王冠与好些带芒的星星，下面有一棵繁华似雪的白树。这图案是埃兰迪尔后裔的标志，除了白树曾经生长的喷泉广场前驻守的城堡近卫，整个刚铎如今再无他人佩戴这标志。

他们到来的消息似乎早已传到守卫耳朵里，后者默不作声地当即让行，半句话也没问。甘道夫大步流星地迈过铺满白石的庭院。一汪甘甜的喷泉正在晨光中嬉戏，周围是一圈翠绿的草地；不过，草地中央立着一株垂在水池之上的枯树，光秃破碎的树枝上有点点水珠哀伤地落入清澈的泉水。

皮平快步跟在甘道夫身后，眼睛望向那边。那树看起来十分悲伤，他想，为什么要在一切都被精心照料的地方留下这么棵死树？

七星又七晶，白树单一株。

他脑海里又想起甘道夫先前嘟哝的话。随后，他发现自己来到那光辉之塔下面的巨大厅堂门前。他跟着巫师经过了高大、沉默的门卫，踏入空旷的石殿那清凉的阴影里。

他们沿着一条不见人影的铺石长甬道往下走。一边走，甘道夫一边柔声告诉皮平："佩里格林少爷，说话要多加注意！眼下可容不得你那霍比特人式的鲁莽。希奥顿是位慈祥的长者，德内梭尔却是另一种类型：他骄傲又精明，虽无国王之名，其家世之显赫、手握权力之大，却远超希奥顿。鉴于你能告诉他关于其子波洛米尔的事，他便会主要同你说话，还会对你多加问询。他极喜爱此子，甚至有些过头；正因他两人并不相似，才让他如此喜爱。而有这一份爱作为掩护，他会认为从你身上套话要比问我来得容易。莫要与他多嘴多舌，佛罗多的使命相关切莫提及。时机恰当，我自会处理。除非迫不得已，也莫要提阿拉贡。"

"为啥不行？大步佬咋了？"皮平悄声问，"他本来就要上这儿来，不是吗？反正他也应该快到了。"

"兴许，大概。"甘道夫说，"就算他来，多半也会来得出人意料，哪怕德内梭尔都料想不到。这样更好。无论如何，他的到来不该由我们告知。"

甘道夫停在一扇光可鉴人的金属大门前。“听好，皮平少爷，如今没时间指点你刚铎的历史。当初在夏尔的森林掏鸟窝与逃学那阵，你若是能学点儿这方面东西，眼下事情还能好办一些。你就照我说的做！本就是向权倾朝野的领主禀报其继承人的死讯，若还提及某位一到便要索求王权之人正在来的路上，这可不是什么明智之举。你可明白？”

“王权？”皮平震惊地说。

“不错。”甘道夫说，“这些日子你若是一直捂着耳朵在闷头大睡，现在也该醒醒了！”他敲响了大门。

大门开了，却不见开门人。皮平放眼望去，看见一座宏伟的殿堂。殿堂两侧，深嵌两边宽阔侧道墙里的一扇扇窗户为室内提供着光亮，侧道前各有一排支撑殿顶的高大立柱。立柱以黑色大理石一体凿就，巨大的柱首刻有许多造型奇特的动物与叶片。柱首再往上的高处阴影当中，宽绰的拱形屋架闪烁着暗淡的金色。石地板光洁如玉，嵌着线条平滑、色泽多彩的纹饰。庄严的长厅里没有挂毯，没有故事织锦，也没有半点儿织物或者木制品；石柱间倒是默然伫立着一座座冰冷的高大石雕。

皮平蓦然记起阿刚那斯那两尊凿刻的王者石像，他一路看着这一座座代表早已辞世的列王的雕像，敬畏油然而生。大厅深处有一座拾级而上的高台，高台上摆着一张高大的王座，上面覆了一顶大理石华盖，形若环着王冠的头盔，王座背后的墙上以宝石雕嵌着一棵花开满枝的树。可王座上空无一人。高台脚底，宽且深的那最下面一级台阶上有一把朴素的黑色石椅，上面坐了一位正凝视膝头的老人。老人手里拿着一根金色球头的白杖，并未抬头。两人肃然踱过长长的石路，朝老人走了过去，停在离他脚凳三步外的地方。甘道夫开了口。

“向你致敬，米那斯提力斯的主宰与丞相、埃克塞理安之子德内梭尔！我于此黑暗时刻到访，为你带来建议和消息。”

老人这时抬起头。皮平瞧见他那张刀削般的面庞，颧骨高耸，皮肤白如象牙，两只深邃的黑眼睛中间挺立着长长的鹰钩鼻。他这相貌反而会让人联想到阿拉贡，而非波洛米尔。“眼下的确黑暗，”老人说，“而你也总于如此时刻到来，米斯兰迪尔。然而，尽管一切迹象都预示刚铎末日将近，我倒觉得如此黑暗依旧比不过罩于我身的黑暗。我听说，你带的人目睹了我儿身死。这人可是他？”

“是他。”甘道夫说，“他是目睹的那二人之一。另一个与洛汗希奥顿一路，之后或会前来。如你所见，他们是半身人，但他并非预兆所提到之人。”

“却依旧是半身人，”德内梭尔冷脸说道，“这名字让我半点儿欢喜不起来，毕竟就是那些该诅咒的话语影响了我们的计划，引我儿赴那疯狂使命，最后身死。我的波洛米尔！我们眼下如何少得了你。法拉米尔本该替他去的。”

“他本是要去的，”甘道夫说，“莫让悲痛使你失了公允！波洛米尔自行接下这使命，不愿他人插手。他为人专横，想要的便要拿到手。我与他同行甚远，对他脾性深有了解。可你提到他身死一事，莫非我们来之前你便得了什么消息？”

“我收到了这个。”德内梭尔说。他放下手杖，举起膝头他之前凝视之物。他两手各拿着半片被从中劈开的巨大号角——那是箍银野牛角制成的号角。

“是波洛米尔老挎着的那支号角！”皮平惊道。

“确实如此。”德内梭尔说，“我也曾佩戴过，我们家族每一位长子都佩戴过。它的来源可追溯到列王绝嗣之前的消逝年代，彼时马迪尔之父沃隆迪尔于遥远的鲁恩捕到了阿拉武的这头野牛。十三天前，我听见北部边界隐约传来这号角的声响，而大河将它带给了我。它断成两截，再也吹不响了。”他缄口不言，四周一片沉寂。突然，他用阴沉的目光看向皮平。“半身人，对此你可有话说？”

“十三……十三天。”皮平结巴地说，“是的，我猜是这么个时间。是的，他吹响号角时，我就站在他身边。可是，援手并没有来。来的只有奥克。”

“这么说，”德内梭尔看着皮平的脸，眼神无比锐利，“你在场？继续说！为何援手没来？你是如何逃掉的，而勇猛如他，对手还只有奥克，却为何没能逃脱？”

皮平涨红着脸，忘了害怕。“再怎么勇猛的人也可能会被一箭夺命，”他说，“可波洛米尔身中许多支箭。我最后看见他的时候，他背靠一棵树坐着，正从腰际拔一支黑羽箭。然后我就晕倒，被俘了。后来我再没见过他，也再不知道其他情况。他是如此英勇，一想到他我便无比钦佩。我的亲戚梅里阿道克跟我在森林遭遇黑暗魔君手下的埋伏，他为了救我们而死；尽管他不敌倒下，我的感激之情却丝毫不减。”

尽管老人那冰冷语气里的轻蔑与怀疑依旧刺得皮平难受，他心头却怪异地涌上一阵豪情，让他直直望向老人的眼睛。“伟大如您一般的人类城主毫无疑问会认为，一个霍比特人，一个夏尔北部来的半身人，能提供的帮助微乎其微。即便如此，我依旧愿意效劳，只为弥补我的亏欠。”皮平将灰斗篷甩向一旁，抽出他的小剑，呈至德内梭尔脚下。

一抹淡淡的微笑，如冬夜落日的一抹冷辉般掠过老人的脸庞。而他低下头，将号角碎片放在一旁，又伸出手来。“呈上你的兵器！”他说。

皮平拾了小剑，将剑柄递向他。“它自何处来？”德内梭尔问，“这剑饱历了多年风霜，想必是我们北方亲族于遥远的过去铸造而成的。”

“它来自我家乡边界上的墓群。”皮平说，“那里现在只有尸妖栖身，它们的事我不太想多说。”

“看来你没少经历古怪之事，”德内梭尔说，“这再度说明人不可貌相——或者说，半身人不可貌相。我接受你的效劳。言语并未吓倒你，而你的谈吐也算懂理，虽说你那口音在我们南方听来有些怪异。一切懂理的人，无论大小高矮，我们将来都会用上。同我宣誓吧！”

“若你心意已决，”甘道夫说，“那就握上剑柄，跟着城主宣誓。”

“我决定好了。”皮平说。

老人将剑横在膝头，皮平把手放在剑柄上，一字一句地跟着德内梭尔说：“本人发誓向刚铎，向刚铎之城主及宰相效忠、效劳。无论开口或沉默，无论自愿或被动，贫穷或富足，安宁或战争，活着或死去，宣誓自此刻为始，直至大人去除我之义务，或止于我之身死，或世界迎来终结。我，半身人之国夏尔的帕拉丁之子佩里格林，于此宣誓。”

“我，刚铎之主、至高王之宰相、埃克塞理安之子德内梭尔，已闻悉此言。我定当铭记，定当回报起誓之人：以热爱回报忠诚，以荣耀回报英勇，以复仇回报弃誓。”随后，皮平接回剑，插进了剑鞘。

“至于现在，”德内梭尔说，“我要向你下第一道命令：开口，不得沉默！将你的完整经历告诉我，连带你能想起的、关于我儿波洛米尔的所有事情。坐下开始吧！”他说着，敲了敲脚凳旁立着的一面小银锣，当即便有仆人凑上前来。皮平这才瞧见他们先前是站在大门两侧的凹处，两人进殿时竟不曾注意到。

“为客人上酒食，赐座。”德内梭尔说，“一个钟头之内不许旁人来打搅我们。”

“我还有诸多旁务在身，只能抽出这点儿时间。”他告诉甘道夫，“它们看似更为重要，于我却不如眼前之事紧迫。不过，也许晚上我们能再得攀谈。”

“只愿越早越好。”甘道夫说，“我迅疾如风，赶了一百五十里格路从艾森加德到此，可不只是为了给你捎来一名小勇士，无论他多么恭谦有礼。希奥顿大战一场，艾森加德已遭颠覆，而我折了萨茹曼的法杖，莫非这些都没法叫你上心？”

“意味良多。可我已足够了解，能借鉴这诸桩行动以对抗东边的恶意。”他那阴沉的眼神转向甘道夫——皮平此时瞧出了两人的相似之处，感受到两人之间紧绷的气氛，他像是看见两人对视的眼神连成一条阴燃的火线，随时可能迸发出熊熊烈焰。

德内梭尔看着委实比甘道夫更像一名了不得的巫师：他更加威严、俊朗、强大，面相也更老。不过，抛却眼见之感，皮平却觉得甘道夫力量更强，智识更深，还隐藏着某种威严。他年纪要更大，大上许多。“究竟大多少呢？”他想。随后，他意识到了古怪之处：他以前竟然从未想过这事。树须曾说过一些与巫师相关的东西，可皮平那会儿也依旧没把甘道夫当成其中一员。甘道夫究竟是什么人？他到底是从何等遥远的时代与地方来到此世的，又何时会离开？之后，他的思绪被打乱——他见德内梭尔与甘道夫依旧四目相望，仿佛在阅读对方的心思。德内梭尔反而先收回了目光。

“是的，”他说，“他们总说，那些真知晶石虽已遗落，可刚铎的列位执掌之人依旧比平凡人更为敏锐，能收集众多消息。不过，先坐下吧！”

仆人搬来一把椅子、一张矮凳，又有一人端来一个托盘，上面摆着银酒壶、杯子与白糕。皮平坐了下来，眼睛却难以从老城主身上挪开。开头提到晶石的时候，老城主眼里忽然精光一闪，扫了他一下——究竟真有其事，还是他想多了？

“现在，我的臣子，将你的故事讲出来吧。”德内梭尔半是慈蔼、半是嘲弄地说，“毕竟是我儿善待有加之人，开口自是受欢迎的。”

皮平永远忘不了大殿里的那一个钟头：刚铎城主用锐利的目光注视着他，不时便拿刁钻的问题刺探他，而他又始终能察觉到甘道夫在身边一直观察和聆听，也一直按捺着不断增长的怒火与烦躁（皮平有这感觉）。一个钟头过去，等德内梭尔再度敲响小银锣，皮平只感觉精疲力竭。“现在顶多九点，”他想，“我这会儿能一口气吃掉三份早餐。”

“带米斯兰迪尔大人去往备好的屋子，”德内梭尔说，“若是乐意，他的同伴目前可与他同住。不过，吩咐下去，我已宣誓接受这位帕拉丁之子佩里格林的效忠，让人教他次一级的口令。通知各统率，第三个钟头钟响之时，尽速前来候命。

“至于你，我的米斯兰迪尔大人，什么时候有兴致了，你也可以来。除了我几个钟头的短暂睡眠，别人不得阻拦你来见我。平息一下你对一名老糊涂的怨气，再来带给我安慰吧！”

“糊涂？”甘道夫说，“不，大人，你只有死了才会犯糊涂。你甚至会拿你的悲痛来当掩护。你花了一整个钟头盘问一个最搞不清状况的人，而我就在旁边坐着——你当真以为我不知道你有什么盘算？”

“你要真明白，那就该满意才对。”德内梭尔回敬道，“傲慢到身陷困境还将帮助与建议拒之门外，那才是真糊涂。可你送上这些礼物，却也不无自己的算计。而无论有多值得，刚铎的城主不容充当他人实现目的的工具。于我，刚铎之利益胜过这世上一切目的。统治刚铎的，大人，是我而不是旁的人，除非国王再度归来。”

“除非国王再度归来？”甘道夫问，“噢，我的宰相大人，你的任务依旧是守住某些王国，直到国王归来的那天，虽说如今已没几个人还对此抱有希望了。这项任务里，你能得到你乐意要求的所有援助。可我要说的是：我无意统治任何地方，刚铎也好，别的也罢，大大小小都一样。危如朝露的这世界里一切有价值的事物，才是我关心的。至于我的职责，就算刚铎就此湮灭，但凡有任何事物能度过冷夜，能在将来依然美丽生长或结下硕果，那我的任务便算不上全然失败。毕竟，我同样也算是一位宰相。你莫是不知？”语毕，他转过身，大步流星地迈出殿堂，皮平一溜小跑跟在身边。

甘道夫一路上不曾看过皮平一眼，也没跟他说过半个字。殿门口，两人的向导引他们穿过喷泉广场，走去高大石头建筑间的一条小巷。转了几个弯，他们来到一座屋子跟前，这里挨着城堡的北城墙，离连接山脉与警卫丘的山肩不远。沿雕纹宽梯进到高于街道的二楼，向导带二人进了一间明亮、通透，布置了暗金色无纹挂毯的漂亮房间。房间陈设十分简单，只有一张小桌、两把椅子、一条长凳；两侧倒是各有一处幕帘隔着的凹室，其中各有一张铺得妥帖的床铺，附带洗漱用的盆罐。朝北开着三扇狭窄的高窗，正对依旧雾气缭绕的安都因大河那辽阔的河湾，还有更远处的埃敏穆伊丘陵与涝洛斯大瀑布。皮平爬上长凳，这才好歹透过厚厚的窗台看见外边。

“甘道夫，你生我气了？”向导离开房间带上门之后，皮平问，“我已经尽力了。”

“你确实尽力了！”甘道夫说，突然哈哈大笑起来。他走到皮平身边，一只手搂住霍比特人的肩，凝视着窗外。皮平略显惊讶地看着那张眼下紧贴着自己的脸庞，因为刚才的笑声竟然带上了欢快与愉悦。不过，起初他只看得出巫师那关怀与忧愁的表情，再仔细一瞧，他注意到那下面其实藏着巨大的喜悦：它仿佛一口欢笑之泉，若是喷发出来，能叫一整个王国都大笑不已。

“你确实尽了全力，”巫师说，“我只希望，发现自己被两个如此可怕的老人夹在中间的事情，短时间内你不会再碰上。不过，皮平，刚铎之主从你话里得到的消息，依旧比你猜的要多。你隐瞒不住的事实在于，墨瑞亚之后，波洛米尔并未领导队伍，而你们队伍里有一位显赫之人要来米那斯提力斯，他带着把名头不小的剑。刚铎人对旧时的故事总会再三琢磨。自波洛米尔离开后，德内梭尔更是花了许多心思揣摩那首谜语诗，还有‘伊熙尔杜的克星’这些字眼。

“他与同时代的其他人可不同，皮平。无论祖辈血统如何，某种机缘使他流淌着近乎西方之地人类的血液。他另一个儿子法拉米尔也是如此，但他最爱的波洛米尔却不曾拥有。他是位目光长远的人物。只要他集中意识，他能感知到人们心里的许多想法，哪怕远在千里之外。要想骗他可不容易，也很危险。

“你可得记住了！毕竟你如今发誓向他效力。当时究竟是脑袋里的什么想法，又或是心里的什么感受让你做了这事，我不太清楚。但你做得很好。我并未阻止你，因为慷慨之举不应止于逆耳的忠告。他颇为触动，也同样被逗乐了（容我说上一句）。另外，至少你如今可随意在米那斯提力斯走动——当然是你不当值的时候。但凡事都有两面。你如今得听从他的号令，他不会忘记这一点。你还是得慎言慎行！”

他停下话头，叹了口气。“好吧，没必要操心明天会如何。原因之一在于，明天毫无疑问会比今天更糟，如此情况还会持续很久。我对此已然无能为力。棋盘已设，棋子已落。我极欲觅到的一枚棋子便是如今成了德内梭尔继承人的法拉米尔。我认为他不在白城，可我却无暇打听消息。我得走了，皮平。我得去参加那场上层会议，尽力了解情况。可大敌正要落子，即将全盘揭晓他的棋路。帕拉丁之子、刚铎士兵佩里格林，即便小卒大概也能看得与别人一样明白了。磨快你的剑刃吧！”

甘道夫走到门前，又回转身来。“我赶时间，皮平，”他说，“你出门的时候帮我个忙。哪怕你休息之前也行，只要你没有累到动不了。去找找捷影，看看他被安置得如何。刚铎一族善良又睿智，他们对动物很友好，可照料马儿的本事却比不过旁的人。”

说完，甘道夫出了门。与此同时，城堡一座塔楼传来清亮悦耳的钟声。钟响了三下，仿佛空气里有银器碰撞，旋即停止：这是太阳升起的第三个钟头。

不一会儿，皮平也出门下了楼梯，在街上四下环顾。此时的日光温暖明媚，一座座塔楼与高大的屋宇朝西边洒下轮廓分明的长影。明多路因山直入天际，在一片蔚蓝中挺立着素净的头盔与雪白的斗篷。白城里，全副武装的人们来来去去，像是应着报时的钟声变换岗位与职责。

“我们在夏尔管这叫九点钟。”皮平大声自言自语道，“正是沐浴着春日阳光，坐在敞开的窗边吃上一顿美妙早餐的时候。我可真想来上一顿早餐！这些人是不吃早餐呢，还是已经吃完啦？他们又是几点在哪儿吃午饭呢？”

他此时注意到，一个身穿黑白两色衣服的男人沿着狭窄的街道从城堡中间朝他这边来了。感觉孤孤单单的皮平下定决心，等这人路过的时候，他要上前交谈一番。可他完全不需要这么做。那人直直地朝他走了过来。

“你可是半身人佩里格林？”他问，“我听说你宣誓效忠城主与白城。欢迎你！”他伸出手，皮平握了上去。

“我是巴拉诺尔之子，名为贝瑞刚德。今早我不当班，他们便让我来教你通行口令，再挑着同你讲一些你毫无疑问想了解的事情。至于我，我也同样想了解你。毕竟，尽管我们听过关于半身人的传闻，可我们从来不曾在这片土地上见过哪怕一位，而我们知道的故事里也极少提及。再说了，你还是米斯兰迪尔的朋友。你对他可还算了解？”

“很了解。”皮平说，“你可以说，我这短短的一辈子都很了解他，最近我还跟他旅行了很久。可他这本大书，我只能说我顶多读了一两页。不过，有少数人比我们其他人更了解他。我猜，阿拉贡是我们队伍里唯一真正了解他的人。”

“阿拉贡？”贝瑞刚德问，“谁啊？”

“噢，”皮平结结巴巴地说，“他是跟我们一起旅行的人。我猜他眼下在洛汗。”

“我听说，你去过洛汗。关于那片地方，我也有很多问题想问你，毕竟我们把仅剩的希望都寄托在那里的人们身上了。我差点儿把自己的任务给忘了——我得先回答你的问题才是。佩里格林少爷，你有什么想知道的？”

“呃，那个，”皮平说，“我脑子里这会儿迫切想了解的，呃，我斗胆想问一问的是，早餐之类的事情怎么弄？我的意思是，啥时候吃饭，如果你懂我的意思。另外，如果有的话，餐厅在哪儿呢？酒馆呢？我倒是一直抱着点儿希望，想等我们抵达睿智、讲理之人的家园，立马来上一大杯麦芽酒。可我们一路骑马上来，我却一家店都没见着。”

贝瑞刚德一脸严肃地看着他。“看来你是一位老战士。”他说，“他们说，四处征战的人时刻寻觅着下一顿吃喝的希望所在，而我自己算不上什么见多识广之人。这么说，你今天还没吃过东西？”

“唔，吃过，委婉而言算是吃过。”皮平说，“不过顶多就是一杯酒加一两块白糕，感谢你们城主的仁慈。可他又用盘问折磨了我一个钟头，真是件无比费力的活计。”

贝瑞刚德哈哈大笑。“我们总说，小个子在餐桌上或许能有壮举。不过，你已经像城堡里的其他人一样吃过早餐，你的待遇还更高一些。这里可是要塞，是守卫之塔，眼下正处于临战状态。我们日出前起身，借着灰蒙的光线吃上几口，又在开城时执行各自的任务。不过，不要绝望！”他看见皮平满脸沮丧，再度哈哈大笑，“那些任务繁重的人能在上午时分稍微吃点儿东西恢复体力。若是职责允许，中午或者午后有一顿便餐；差不多太阳落山的时候，人们会聚在一起正式吃上一顿，再享受尚存的乐趣。

“好了！我们先走上几步，然后去找点儿小食，去城垛上吃喝一顿，欣赏一下美丽的晨景。”

“稍等！”皮平红着脸说，“馋嘴——或者以你委婉的说法，饥饿——让我把这事儿给忘了。可甘道夫，就是你们叫的米斯兰迪尔，要我去瞧瞧他的马儿捷影。那是洛汗的一匹彪壮骏马，据说也是国王的心头肉，而国王把马儿给了米斯兰迪尔，用来表彰他的贡献。我觉得，他的新主人对他的喜爱要胜过对人类的喜爱。要是米斯兰迪尔的好意能对这城起到任何一点儿作用，你们都该把捷影给伺候好了：可能的话，要比对待我这霍比特更加妥当才好。”

“霍比特？”贝瑞刚德问。

“是我们对自己的称呼。”皮平说。

“真高兴听闻这事。”贝瑞刚德说，“我现在得说，古怪的口音影响不了大方的谈吐，而霍比特这族人说话可真是有礼貌极了。不过，好了！你得带我见识见识这匹好马。我喜欢动物，可这座石头城里却见不着多少。我们的人民来自山谷，再之前则来自伊希利恩。但别担心，这拜访占用不了太多时间，我们只是礼貌性地去看看，然后就去配膳室。”

皮平发现捷影被安置得极好，也照顾得很细致。在城堡墙外的第六环城，紧挨城主信使宿地之处有几间漂亮马厩，里边养着几匹快马：德内梭尔或手下主帅若有紧急命令，信使就得即刻动身。不过，所有的马匹与骑手眼下都外出了。

皮平进得马厩，就见捷影转头对他欢声嘶鸣。“早上好！”皮平说，“甘道夫一得空就会过来。他有些忙，但他让我向你问好，让我来看看他们有没有把你照顾好。你奔波了这么久，我只希望你好好休息。”

捷影昂起脖颈，马蹄踏了踏。不过，他倒是准许贝瑞刚德轻轻摸他的头，抚摸他健壮的侧腹。

“他看着跃跃欲试，一副想去赛跑的模样，哪里像是刚经历过长途奔波的。”贝瑞刚德说，“可真是矫健又骄傲的马儿！他的鞍具在哪里？肯定华贵又漂亮吧。”

“再怎么华贵、漂亮的马具都配不上他，”皮平说，“他没有鞍具。

他如果愿意载你，自然就会载你；如果不愿，嗯，他可不会被什么嚼子、缰绳、马鞭或者皮带给降服。捷影，再见！耐心一些，战争就要来了。”

捷影昂首长嘶，震得马厩颤动不已，两人也捂紧了耳朵。随后，见食槽满满当当，他们便转身离开了。

“该去找我们的食槽了。”贝瑞刚德说。他领皮平回了城堡，又来到那高塔北面的一扇门前。他们从那里走下长长一条凉爽的台阶，来到一条点着灯的宽巷子。巷子的墙上有一溜隔窗，其中一扇开着。

“这里是近卫军我们分队的储藏室与配膳室。”贝瑞刚德说。“塔尔巩，你好！”他隔着小窗招呼道，“虽然来早了点儿，可来了一位城主接受效忠的新人。他勒着裤腰带骑行了又远又久的路，今早上又很是累了一番，现在饿极了。你们有什么就拿出来吧！”

他们得了些面包、黄油，还有奶酪跟苹果——冬天里最后的存货，皱皱巴巴的，肉却依旧饱满香甜，另外还有一大皮壶新酿的麦芽酒跟几个木头杯盘。他们把东西装进柳条篮里，往上走回了太阳底下。贝瑞刚德领皮平去了东边尽头，那里有耸向外面的巨大城垛。那边的墙上有处垛口，垛口的基台下面有一张石凳。两人在那儿欣赏起了晨间的世界。

他们吃吃喝喝，一会儿聊聊刚铎的风土民情，一会儿又讲讲夏尔和皮平去过的异乡。贝瑞刚德越聊越惊讶，也愈发拿惊奇的眼光看着这位坐着两条短腿晃荡点不着地，站着得踮着脚尖才能隔着垛口看见下面景色的霍比特人。

“佩里格林少爷，实不相瞒，”贝瑞刚德说，“在我们眼里，你看着跟小孩子没啥区别，约莫就是那种刚度过九回夏天的孩子。可你经历的危险、目睹的奇景，我们这儿那些白胡子老头儿都不敢说见过。我本以为我们城主是一时兴起收了位身份不浅的侍从，就像他们说的，是在效仿古王。可我现在可算知道不是这么回事了，还请你务必原谅我的愚蠢。”

“原谅你了。”皮平说，“不过，你也不算完全错。按我们这族的算法，我比孩童也大不了多少。照我们夏尔那边的说法，我还得再过四年才能算是‘成年’。不过，不用太在意我。快来看看，跟我讲讲我看见的是什么。”

日头此时已爬上天，下面山谷里的雾也已消散。劲风自东边而来，将头顶上最后几缕残云破絮般的雾气吹走，又扯得城堡里的旌旗与白色标帜猎猎作响。远远的谷底，目测差不多五里格之外的地方，此时能看见灰蒙闪亮的大河自西北边流出，又朝西边和南边再度拐了个大弯，最后化作一片朦胧的微光，消失在视线之外。大海便在那里再往前五十里格的地方。

皮平将整片佩兰诺平野尽收眼底。放眼望去，一座座农庄和矮墙、谷仓、牛棚星罗棋布，可他却看不见一头牛，也没找着别的牲畜。众多大道小路在绿色的原野上纵横交错，交通往来川流不息：一排排货车往主城门而去，又有一些从里边出来。不时有骑手飞驰而来，又一跃下马，匆匆进城。不过，大部分交通都走主道去往城外，又顺着它折向南边，再拐上一个比大河更急的弯，自一座座山丘脚边很快消失在视线之外。主道敞亮、平整，东缘跟着一条宽阔的绿马道，再往前有一堵墙。来来往往的骑手在马道上飞驰，可主道似乎却被大篷车给堵了个结实。不过，皮平很快发现，其实道路交通井然有序。这些货车以三路纵队向前移动，马拉的那一路走得要快些。慢一些的是那些套着五彩篷布的四轮货车，拉车的是牛。沿着道路西缘的则是靠人费力往前拽的一辆辆小推车。

“这条道通向图姆拉登谷与洛斯阿尔那赫山谷，再到山里的一些村庄，然后又通向莱本宁。”贝瑞刚德说，“这是最后一批去避难的货车，上面载着老人和孩子，还有必须一道同去的妇女。上面下了命令，中午之前，他们必须尽速出城，空出主城门与一里格范围的道路。令人难过，却又不得不做。”他叹了口气，“眼下这些离别的人，或许没多少还能再团聚了。城里历来就没多少孩子，如今更是一个都没了——只除了一些不愿离开，又或许能找到些事做的少年。我儿子便是其中之一。”

两人沉默了一阵。皮平焦虑地望着东边，仿佛下一秒他就会看见几千个奥克穿越平野蜂拥而来。“那边有什么？”他问，手指向下方安都因大河那道大弯的中段，“那是另一座城还是什么？”

“曾经是一座城，”贝瑞刚德说，“是刚铎的主城，我们眼下所在当初不过是座要塞罢了。那里便是跨了大河两岸的欧斯吉利亚斯的废墟，许久以前被我们的敌人抢走并付之一炬。而我们在德内梭尔年轻的时候又夺了回来：那里不用作居住，而是当成防御的前哨，另外还重建了桥梁供我们的军队通行。再之后，凶恶的骑手从米那斯魔古尔来了。”

“黑骑手？”皮平睁大眼睛问，过往的恐惧再度浮现在那双瞪圆的黑眼珠里。

“是的，他们确实是黑色的。”贝瑞刚德说，“看来你知道什么跟他们相关的东西，可你在之前的那些故事里却一点儿没提过。”

“我知道他们，”皮平轻声说，“但我现在不想提到他们，太近了，太近了。”他住了口，抬眼看向大河之上。在他看来，眼前似乎只有一片无边无际、危机四伏的阴影。耸立于视野边缘的也许是山脉，参差不齐的轮廓让接近二十里格宽的朦胧空气柔和了下来。也许那只是一片云墙，再往前又是更为阴沉的昏暗。然而，就在他凝望的时候，他似乎看见那昏暗在渐渐增长、汇聚——速度极慢，一点点地上升，要盖住太阳所在的区域。

“离魔多太近？”贝瑞刚德悄声问，“是的，它就在那边。我们很少直呼其名。可我们一直就住在能看见那片暗影的地方：有时它似乎变得更为模糊、更加遥远，有时又会显得更近、更暗。它现在就在扩散、变黑，而我们的恐惧与不安也会增加。那些凶恶的骑手，不到一年之前就夺回了渡口，还杀了我们许多最为骁勇的战士。最后是波洛米尔将敌人从这边西岸赶走，而我们守下了大河这边的欧斯吉利亚斯。守住了一小段时间。现如今，我们在那儿等着新的攻击。也许，战争的主要战场就是那里。”

“什么时候？”皮平问，“你能猜到吗？两夜前我看见了烽火，还有信使。甘道夫说，那是战争降临的信号。他似乎急得不行。可一切现在看着却又慢了下来。”

“不过是因为万事俱备罢了，”贝瑞刚德说，“只能算是摔进水里之前那一下深呼吸。”

“可是，为什么两夜之前就点亮了烽火？”

“等到被团团围住才求援，那时便太迟了。”贝瑞刚德答道，“但我并不知道城主与各统率有何方案。他们有许多搜集信息的法子。而德内梭尔大人也与他人不同，他素来走一步看百步。有人说，他夜里独坐塔楼高室之上，将意念折向四处，就不知如何能看见未来。另外，他有时甚至会搜寻大敌的意志，还与他角力。正因此，他变得苍老，提前耗去了寿命。不过，无论如何，我的头领法拉米尔大人去了城外，在大河彼岸执行一些危险的任务，他或许送了消息回来。

“然而，你若是想知道，依我看来，导致烽火点燃的是那晚上从莱本宁传来的消息。一支由南方的乌姆巴尔海盗操控的庞大船队靠近了安都因河口。他们早已不畏刚铎的强大，还与大敌结了盟，如今又为了他的事业大举出动。他们一旦进攻，我们原指望从人民性情坚毅、数量众多的莱本宁与贝尔法拉斯获得的援军便会有相当一部分被牵制住。我们因此愈发将希望寄托去了北方的洛汗，而你们带来的捷报也让我们欣喜不已。

“然而——”他停下话头，起身往北、东、南三面环视一圈，“——艾森加德的事情须让我们有所警觉：我们已被困在一张巨大的阴谋罗网里。这已不再是争夺渡口的小打小闹，不是来自伊希利恩和阿诺瑞恩的侵袭，也不是伏击和掠夺。这是一场谋划已久的大战，无论再怎么骄傲，我们也不过是其中一小部分罢了。他们报告说，远方内海的东边有东西在移动，还有北边的黑森林与再往北之处，南边则是哈拉德地区。如今，所有的国家都将经受考验——魔影临头，要么挺立，要么倒下。

“是的，佩里格林少爷，我们荣膺着荣耀：黑暗魔君所憎恨的事物里，我们名列前茅——他的憎恨跨越了深邃的时间与浩瀚的大海。这里将会遭受最为猛烈的攻势。正因此，米斯兰迪尔才来得如此迫切。毕竟，若我们倒下，谁能顶上？还有，佩里格林少爷，你有找到任何我们能挺住的希望吗？”

皮平没有回答。他望向卓绝的城墙，看向高塔与无畏的旗帜，看向高挂当空的太阳，又将目光投向东边渐渐聚集的黑暗。他想起那魔影探出的长长手指：山野与森林里的奥克，艾森加德的背叛，眼神邪恶的鸟群，甚至还有来到夏尔小巷里的黑骑手，以及那长着翅膀的恐怖之物纳兹古尔。他打了个冷战，只觉得希望似乎枯萎了。就在这时，太阳颤了一颤，霎时间变得有些模糊，仿佛有一只漆黑的翅膀飞掠而过。于那天穹之上的远处，他觉得自己捕捉到一声几乎超出听力范围的叫喊：声音微弱，却又残酷、冰冷，让人心头一紧。他脸色发白，瑟缩在墙下。

“什么东西？”贝瑞刚德问，“你也感觉到了？”

“是的。”皮平喃喃道，“那是我们要倒下的信号，是厄运之影，是飞在天上的凶恶骑手。”

“没错，厄运之影。”贝瑞刚德说，“我担心米那斯提力斯会挺不住。暗夜已至。我血液里的温度似乎都被偷走了。”

一时间，两人埋着脑袋，谁也没说话。随后，皮平忽然抬起头，看见阳光明媚依旧，旗帜也仍然在微风中飘扬。他甩了甩身子。“它飞走了。”他说，“不，我的心还不到绝望的时候。甘道夫曾经陨落，又再度回到了我们身边。我们能挺立下来，哪怕只剩下一条腿，实在不行我们还有两个膝盖嘛。”

“说得好！”贝瑞刚德高喊道，起身来回踱步，“不，即便万物终有完结之时，刚铎也不会毁灭。哪怕敌人不计代价夺下城墙，我们也要堆出一座尸山挡在他们面前。还有别的要塞存在，还有通往山里的许多逃生密道。希望与记忆还将在某处绿草长青的隐蔽山谷里长存下去。”

“虽说如此，可无论是好是坏，我只希望它赶紧结束。”皮平说，“我根本不是战士，也不喜欢跟战斗有关的念头。而干等一场即将爆发的、我没法躲掉的战斗，更是糟到了极点。今天已经长到好像没个尽头了！要是不用被迫干站着看，而是采取行动，率先进攻的话，我还能高兴一点儿。我猜，要不是因为甘道夫，洛汗也不会先行进攻。”

“喔，你这一下可是戳到了不少人的痛处！”贝瑞刚德说，“不过，等法拉米尔回来，事情也许会有所改观。他很勇猛，比许多人以为的还要勇猛。这是因为，如今年代的人们很难相信哪位统率既能倚马千言、饱读学问与歌谣——就如他一样——又能在战场上刚毅大胆、敏锐果决。而法拉米尔正是如此。他没有波洛米尔那么鲁莽、急切，内心之坚毅却又不逊于他。可是，他究竟又能做什么？我们没法攻打那山——那边疆域的山脉。我们的势力范围缩减了，除非有敌人进入，届时我们才能攻击。那时，我们下手必须要狠！”他一下握住剑柄。

皮平看向他：壮硕、骄傲又高尚，这片土地全是这样的人。一想到战斗，他眼里便光芒四射。“唉！我自己却是手上毫无力气，力道轻得跟羽毛似的。”他想，却没说出口，“甘道夫说我是一枚小卒？或许吧，但被摆错了棋盘。”

两人就这么聊到太阳爬上了正中天。正午的钟声忽然响起，城堡内出现一阵吵闹声：原来是岗哨之外的人全去吃午饭了。

“可要与我同行？”贝瑞刚德问，“今天你可以来我分队的食堂吃。我不知道你会分配去哪个队伍，也可能城主会留你在身边听令。不过，你会受大家欢迎的。另外，趁着还有时间，多认识一些人也不错。”

“我很乐意去。”皮平说，“说实话，我挺孤单的。我把最好的朋友留在了洛汗，都找不着人说话逗趣了。也许我当真可以加入你的分队？你是队长吗？是的话，你能不能让我加入，或者帮我说上两句？”

“不是，不是，”贝瑞刚德哈哈笑着说，“我可不是队长。我没有官职，没有军衔，也没有贵族身份。我只不过是城堡第三分队一名普通的士兵罢了。不过，佩里格林少爷，单是刚铎之塔的近卫军一员这身份，便足以让城里的人们肃然起敬了，这样的人在这里可是很受尊敬的。”

“那我可就配不上了。”皮平说，“带我回我们的住处吧，要是甘道夫没在，我就做一回客人跟你走，你爱带我去哪儿都行。”

甘道夫没有回屋，也没递消息回来。于是皮平便跟贝瑞刚德一道去了，又被介绍给了第三分队的人们。贝瑞刚德似乎挣得了与客人同样多的面子，因为皮平简直大受欢迎。米斯兰迪尔的同伴，还有他与城主密谈很久的事情，早在这城堡里传得有鼻子有眼了。有小道消息宣称，北方来的半身人王子要效忠刚铎，还带来了五千柄宝剑。还有人说，等洛汗骑兵来的时候，每人都会再带上一名半身人勇士——别看人矮，猛得很哪。

尽管皮平颇为遗憾地戳穿了这充满希望的传言，却摆脱不了他的新地位——人们觉得这样才算是波洛米尔善待有加、德内梭尔另眼相看之人该有的身份。他们感谢皮平的加入，对他的谈话与故事百听不厌，吃喝方面对他也是毫不吝啬。事实上，他唯一的问题只在于，他得听甘道夫的建议“慎言慎行”，不能跟到了朋友堆里的霍比特人一样口无遮拦。

后来贝瑞刚德站起身。“这回就先到这儿！”他说，“日落之前我还得执勤，我猜在场的其他人也一样。不过，你要是像自己说的那样觉得孤单，兴许你可以来一场白城的快活游览。我儿子肯定乐意跟你去。我得说，他是个不错的小伙子。你要是乐意，就到最下面那环去找一个叫老客栈的地方，在拉斯凯勒尔丹，就是灯匠街。他跟城里剩下的孩子都在那儿。主城门关闭之前，那周围大概还有些东西值得一看。”

他出了屋子，其余人没多久也跟着走了。天气依旧不错，不过略微起了点儿雾。哪怕在如此偏南的地方，三月这气温也有些太热了。皮平有些倦意，可闷在屋里似乎又没什么劲儿，他便决定下到城里探索一番。他带上一些给捷影攒的吃食，而捷影也欣喜地接受了，虽说他似乎并不缺吃食。随后，他沿着一条条蜿蜒的道路往下走去。

一路走过，人们全都盯着他瞧。当着他的面，大家都彬彬有礼，按刚铎的礼节低头按胸向他致敬；一旦错身而过，他就会听见许多呼唤声，就是那些站外面的高喊屋里的人出来看半身人王子，看米斯兰迪尔的伙伴。好些人嚷嚷着并非通用语的语言，但没多久他便至少搞明白了那句“Ernil i Pheriannath”[1]是在说什么，也知道他的头衔竟先他一步传到了下面的城里。

他一路经过许多条拱顶大街、漂亮小巷与人行道，最后来到最矮、最宽的这一环城区，又让人指点着找到了灯匠街这条直通向主城门的宽阔道路。他在这条路上找着了老客栈：那是一栋久经风霜的灰石建筑，屋子两侧的厢房自街道向屋后延展，厢房中间夹着一块狭窄的绿草地，草地再往后是一座满是窗户的大屋，一条石柱撑起的长廊横在整座大屋

1 辛达语，“半身人王子”之意。——译注

前面，一段台阶从长廊通往下方的草地。石柱间有一群男孩正在玩耍，皮平在米那斯提力斯再没见到别的小孩，于是停下来看向他们。当下便有一个孩子瞥见他，于是高喊一声，跑过草地来到街上，另有几人也在身后跟着。这孩子站在皮平面前，上下打量了他一回。

“你好！”小孩说，“你从哪儿来啊？你在这城里很眼生。”

“确实眼生，”皮平说，“可他们说，我已经是刚铎的大人了。”

“得了吧！”小孩说，“那我们也都是大人了。不过，你几岁啊，叫什么名字？我已经十岁了，很快就能长到五呎高。我可比你高呢。我爸爸是一名近卫，个子还是最高的几个之一。你爸爸呢？”

“我要先回答哪个问题呢？”皮平说，“我父亲在夏尔的塔克领附近耕种白井地周围的土地。我快要二十九岁了，所以这一点我超过你了。不过，我只有四吋高，估计不太可能再长高了，顶多横着长。”

“二十九！”小孩吹了声口哨，“哇，你可真老！快赶上我的伊奥拉斯叔叔了。不过，”他满是信心地补充道，“我打赌，我轻而易举便能收拾你，还能把你摔个四脚朝天。”

“只要我不反抗，你应该是可以的。”皮平哈哈一笑说，“或许我同样也能这么对付你：在我家乡那片小小的地方，我们也是懂一些摔跤招式的。我得告诉你，我在那地方算得上非同一般的高大、壮硕，谁也别想轻松拿下我。所以啊，要是没别的法子，非得比上一场的话，我可会杀掉你的。等你再长大一点儿就会知道，人不可貌相，即便你把我当成什么软弱的外地小孩或者手到擒来的猎物，我还是要警告你：你可把我给想岔了，我是一名半身人，强硬、勇猛，还很邪恶！”皮平装作一脸凶恶，吓得那小孩倒退一步，可他又攥紧双拳踏上前来，眼里闪动着斗志。

“不！”皮平哈哈大笑起来，“别相信陌生人吹嘘自己的话！我可不是战士。不过，无论如何，挑战者先得自报家门，这样才更有礼貌。”

男孩骄傲地挺起胸膛。“我是近卫贝瑞刚德之子贝尔吉尔。”他说。

“我猜也是。”皮平说，“你跟你父亲长得很像。我认识他，是他让我来找你的。”

“那你一开始为什么不说？”贝尔吉尔问，表情一下子垮了，“别跟我说他改了主意，要把我跟那些姑娘一道送走！可是，不对啊，最后一批马车已经走掉了。”

“他想说的话就算没多好，也不至于这么糟啦。”皮平说，“他说，与其收拾我，你不如带我在城里转一阵子，让孤单的我能快乐一点儿。我可以跟你讲一些异国他乡的故事作为回报。”

贝尔吉尔拍了拍手，露出如释重负的笑容。“万事大吉，”他大喊道，“走吧！我们原本就要去城门逛逛的。我们现在去吧。”

“那边有什么呢？”

“边疆的头领们大概会在日落前走南大道上来。跟我们来，你就能看到了。”

事实证明，贝尔吉尔是位不错的伙伴，算是与梅里分别之后皮平碰见的最为称心如意的搭档。两人走在街头，不一会儿便兴高采烈地有说有笑起来，对别人投来的注视浑不在意。没过多久，两人发现他们被往主城门去的人群给包围了。皮平在城门口报上姓名与口令，守卫一个敬礼便放他通过，甚至还允许他带着伙伴一道过去，这让贝尔吉尔对皮平愈发敬佩起来。

“好棒！”贝尔吉尔说，“我们小孩没大人带的话，现在都不准出城门。这下我们能看得更清楚了。”

城门之外的道路边上，还有通往米那斯提力斯的各条道路所汇聚的巨大石铺广场，到处都挤满了人。大家的眼睛全盯着南边，没一会儿便有说话声悄悄响起:“那边的尘土在飘扬！他们来了！”

皮平跟贝尔吉尔费力挤到人群的前排等着。号角声从一段距离之外传来，人群的喝彩声也如渐强的风一样吹了过去。随后，只听一声嘹亮的小号响起，周围的人全喊了起来。

“佛朗！佛朗！”皮平听见人们唤道。“他们在喊啥？”他问。

“佛朗来了，”贝尔吉尔回答，“就是胖子老佛朗，洛斯阿尔那赫的领主。我的祖父就住在那地方。万岁！他出现了。老佛朗好样的！”

领头而来的是一匹膘肥体壮的大马，上面坐着的那人虽然身宽体厚、白须苍颜，却依旧穿着锁甲、戴着黑盔，还背着柄沉重的长矛。他身后的滚滚烟尘中傲然行来一支全副武装、身负大战斧的队伍。他们神情坚定，比起皮平在刚铎见到的人要矮一些，肤色也更黝黑一些。

“佛朗！”人们喊道，“真心实意，铁杆朋友！佛朗！”可等洛斯阿尔那赫的人走过之后，他们却又嘀咕道：“才两百人，这么少！他们怎么回事？我们本以为能来十倍的数量。肯定是黑舰队有新动静的关系，他们只能抽出十分之一的兵力过来。不过，有一点儿算一点儿吧。”

就这样，一支支队伍出现，在欢呼与喝彩声中迈入城门。他们自边疆而来，要在这黑暗时刻守卫刚铎之城。可他们的数量却总是不尽如人意，总是少于人们的预期与需求。凛格罗谷地的领主之子德尔沃林率手下大步走来：人数三百。自墨松德的高地，也就是辽阔的黑源河谷地，高大的杜因希尔与他的儿子杜伊林和德茹芬带来了五百名弓手。从安法拉斯，即遥远的长滩，来了五花八门的一长队人——猎手、牧人，还有小村庄的村民——除了他们的领主戈拉斯吉尔手下的卫队，其余人大多手无寸铁。拉梅顿来了若干彪悍的山民，但无人领头。埃希尔来了几百名船上抽调来的渔民。白肤希尔路因自品那斯盖林的绿色丘陵而来，随行的是三百名身着华丽绿衣的手下。最后出现之人最为尊贵：涂金的旗帜上绣有舰船与银天鹅徽记——正是城主的姻亲、多阿姆洛斯的亲王伊姆拉希尔。他带来一队骑着灰马、全副武装的骑士，后面还跟着七百名配备武器的兵士，个个高如贵族、灰眼黑发，一路高唱而来。

至多不过三千之数，便是全部援手。不会再有人来了。叫喊声与踏步声进了城里，渐渐消失。围观的人们默默又候了一阵。风已停歇，暮色沉沉，空气里满是灰尘，挥之不去。城门已近关闭之时，火红的夕阳落下明多路因山。阴影罩上了白城。

皮平抬头望去，感觉天空似乎变成灰烬的颜色，仿佛顶上笼着无边的沙尘和烟雾，让透下的光线变得暗淡了。不过，西边天上，残阳将烟尘全染作火色。这一片缀着斑驳余烬的阴燃之景，衬得此时的明多路因山一片漆黑。“美好的一天，就这么在怒火中结束了！”他说道，忘了身边还站着一个孩子。

“要是我没在落日钟声敲响前回家，那可真就变成这样了。”贝尔吉尔说，“走吧！关闭城门的小号声响了。”

两人牵着手，赶在最后进了城里，城门随之关闭。他们刚走到灯匠街，各座塔楼的钟全都肃然敲响。一扇扇窗户里亮起灯火，一处处屋宇、城墙边的一座座兵营里，歌声渐起。

“这回先再见啦，”贝尔吉尔说，“代我向我父亲问好，感谢他派来的伙伴。你快点儿再来找我好不好？我真巴不得现在没有战争，我们就能再快活地相处一阵了。我们也许可以去洛斯阿尔那赫，去我的祖父家。那里的春天真的不错，树林跟田野全都开满了花。不过，也许我们能有机会一块儿去。他们永远别想征服我们的城主，而我父亲也非常英勇。再见，下次再来！”

两人就此分别，皮平匆匆往城堡方向赶。路似乎远得厉害，他越来越热，越来越饿。夜色黑沉沉地飞快降临，天上一颗星也见不着。

等他到食堂时，正餐早已开始，贝瑞刚德高兴地招呼着他，又让皮平坐在身边，跟他讲讲从贝尔吉尔那里听来的消息。饭后，皮平又待了一阵，随后便告辞而去。一股怪异的忧郁浮上心头，使他无比想再见到甘道夫。

“你还记得路吗？”贝瑞刚德站在小厅的门口问，就在两人之前坐的城堡北侧那石凳那里，“这夜色很黑，而且还会更黑：他们下了命令，城里的灯光要保持昏暗，城外不可见到光亮。还有一道命令，我跟你透露点儿消息：明天一早，德内梭尔城主会召你觐见。恐怕你不会留在第三分队。不过，我们还是有希望再见。后会有期，睡个好觉！”

屋里一片昏暗，只桌上有一盏小灯亮着。甘道夫没在。皮平心里的忧郁愈发沉重起来。他爬上长凳，努力往窗外看，却感觉看见了一池墨水。他爬下来，合上百叶窗，又爬去了床上。好一会儿，他躺着留神甘道夫回来的动静，然后便陷入了不安的梦境。

夜里，他被光亮惊醒，随后便看见甘道夫回来了，正在凹室的幕帘外来回踱步。小桌上摆着几支蜡烛和几卷羊皮纸。他听见巫师叹着气嘟哝道：“法拉米尔究竟何时归来？”

“哈喽！”皮平说，从幕帘里探出脑袋，“我以为你把我给忘干净了。真高兴看见你回来。这一天可真漫长。”

“而这夜晚却太过短暂。”甘道夫说，“之所以回来，是因为我须得来上些许安宁与独处。你该趁着还有床的时候睡睡觉。日出时我会再带你去见德内梭尔城主。不，并非日出时，等召唤一来就得去。黑暗已经开启，黎明再也不会降临。”

·第二章·

灰衣队的征途

梅里回到阿拉贡身边之时，甘道夫已经离开，捷影的马蹄声也已消失在夜色中。因为背包落在了帕斯嘉兰，梅里眼下只带着一个轻飘飘的包，里边装着少许从艾森加德废墟里淘来的有用物什。哈苏费尔已上好鞍具，莱戈拉斯跟吉姆利连带着马儿就站在旁边。

“如今护戒队伍还剩四人在此。”阿拉贡说，“我们会一同骑行前进。不过，以我之见，我们不会独自上路。国王如今决意立即出发。自从那飞翼阴影出现，他便极欲趁夜色掩护返回山里。”

“之后又去往何处？”莱戈拉斯问。

“我也还不清楚。”阿拉贡答道，“至于国王，他四夜之后会赶赴此前于埃多拉斯下令集合之处。我猜，到了那边，他会听取战争的信息，而洛汗骑兵则会南下，前往米那斯提力斯。至于我，以及愿与我同行之人……”

“算我一个！”莱戈拉斯高声说。“吉姆利也一道去！”矮人说。

“好吧，就我而言，”阿拉贡说，“前方一片黑暗。我也必须南下前往米那斯提力斯，可我却还未看清前方的路。一个筹备已久的时刻正在临近。”

“别扔下我！”梅里说，“我一直没派上啥用场，可我不想像个包袱似的被抛在一旁，等到万事了结之后才有人来搭理我。我觉得那些骑兵眼下可不乐意被我拖累。不过，当然了，国王也确实说过，等他返回王庭，我要坐在他身边，跟他讲夏尔的各种事情。”

“是的，”阿拉贡说，“我猜，梅里，你的道路与他一致。不过，可别指望有什么快乐的结局。希奥顿能再度放心地坐在美杜塞尔德，恐怕是很久之后的事了。如此严酷的春天，怕是会折掉许多希望。”

没过多久，众人都做好了出发的准备：统共二十四匹马，吉姆利坐在莱戈拉斯身后，梅里坐在阿拉贡身前。众人即刻启程，在夜色中飞快前进。刚过艾森河渡口的坟茔不久，一名骑兵加速从队尾赶了上来。

“陛下，”他向国王说，“后面有骑手跟着我们。过渡口之时，我觉得听见了他们的声音，如今确信无疑，他们催马朝我们追过来了。”

希奥顿当即叫停队伍。一众骑兵调转马头，攥紧长矛。阿拉贡下了马，把梅里接到地上，又拔剑守在国王的马镫边。伊奥梅尔带着侍从驰向队尾。梅里前所未有地感觉自己像个包袱，心想若是爆发战斗的话，他该怎么办。倘若国王的这支小卫队遇伏被破，而他逃入黑暗之中——独自一人钻进无边无际的洛汗荒野，半点儿不知自己身处何处？“这可不行！”他想。他拔出短剑，勒紧了腰带。

无边的浮云罩住沉月，忽地又放走了它。随后，众人都听见了马蹄声响，还看见渡口小径方向有数道黑影飞奔而来。月光间或在矛尖上闪耀。来者具体数目不知，但少说也与国王的卫队相当。

相距五十步时，伊奥梅尔朗声道：“停下！停下！何人纵马闯入洛汗？”

来人骤然停下马。一阵默然。随后，只见月光下，一名骑者下了马，慢慢走上前来。他举起一只空手，手心向外以示和平，可国王的护卫却都握紧了武器。这人停在十步开外，身材高大如斯，恍若一道直立的黑影。随后，他声音清亮地开了口。

“洛汗？你说洛汗？听见这名字真是太好了。我们自极远之地匆匆赶来，便是在寻找这地方。”

“你们已经找到了。”伊奥梅尔说，“跨越那边的渡口，你便进了洛汗地界。然而此地乃希奥顿王之疆域，无他允准，任何人不得在此纵马。你是何人？匆匆忙忙所为何事？”

“我乃北方的游侠、杜内丹人哈尔巴拉德。”那人高声说，“我们在找阿拉松之子阿拉贡，听闻他身处洛汗。”

“你们也找到他了！”阿拉贡喊道。他将缰绳交给梅里，大步便跑上前去，抱住了来人。“哈尔巴拉德！”他说，“何等叫我喜出望外！”

梅里这才松了一口气。他原以为这是萨茹曼使出的最后一招诡计，想趁着国王身边人手不多，打他个措手不及。不过，看来是不用为保护希奥顿而死了，至少目前不需要。他收剑入鞘。

“一切正常，”阿拉贡转头说，“他们是从远方我生活之所前来的亲族。另外，他们为何前来，人数多少，哈尔巴拉德会告诉我们的。”

“我带了三十人。”哈尔巴拉德说，“匆忙间，我能召集的族人只有这么多。不过，埃尔拉丹与埃洛希尔两兄弟一心求战，也同我们一道来了。我们收到你的召唤，当即便快马加鞭赶往这里。”

“可我并未召唤你们，”阿拉贡说，“只除了心里想过。我频频念着你们，今夜尤甚，可我并未传信。也罢！旁事暂且不论。你们找来之时，我们正冒着危险匆匆赶路。若国王恩准，你们便与我们同行。”

杜内丹人之事自然让希奥顿欣喜不已。“如此甚好！”他说，“我的阿拉贡大人，但凡你这些族人有你几分相似，那这三十名骑士之力，远非人数能够衡量。”

随后，一众骑者再度出发，而阿拉贡与杜内丹人并骑了一阵。等谈到北方与南方的消息，埃洛希尔如此告诉他：“吾父有言相告：时日已促。若须兼程，勿忘亡者之路。”

“于我而言，时日总是太过短暂，难以让我实现目的。”阿拉贡答道，“不过，除非十万火急，否则我不会踏上那条路。”

“无须多久便能见分晓。”埃洛希尔说，“不过，在这开阔道路上，这些事情莫要再提。”

阿拉贡又问哈尔巴拉德：“兄弟，你拿的那是什么？”因他看见对方手上拿的并非长矛，而是一根长棍，仿佛一个旗杆，不过拿黑布紧紧裹着，外面缠了许多圈皮索。

“这是幽谷的那位女士给你的礼物。”哈尔巴拉德回答，“由她私下打造，花费了很长时间。而她也向你传了话：时日无长。我们若无希望降临，则万事休矣。正因此，我为汝所作之物，便交予汝。精灵宝石，珍重！”

阿拉贡便说：“这下我知道你所持为何物了。帮我再多拿一阵吧！”随后，他转头看向繁星之下的北方，直到一夜旅程结束，他再没说话。

他们最终爬上深谷的窄谷，回到号角堡之时，夜色将近，东边已泛白。他们躺下稍事歇息，又开始商议。

梅里一直睡到莱戈拉斯与吉姆利来叫他。“日头已高照，”莱戈拉斯说，“其余人都已起身忙碌。来吧，懒汉大人，趁有机会好好看看这地方！”

“三夜之前，这里曾大战一场。”吉姆利说，“我跟莱戈拉斯在这儿比了一场，我险胜他一个奥克。快来看看这地方如何吧！而且，梅里，这里还有洞穴，绝妙的洞穴！莱戈拉斯，你觉得我们要不要去逛逛？”

“不可！时间不够，”精灵说，“莫拿匆忙糟蹋了美景！我已发过誓言，但凡安宁自由重回，我便要与你同返此地。不过，此时已近中午，我听闻用完午餐，便会再度出发。”

梅里爬起床，打了个呵欠。短短几个钟头，离睡够还差得太远。他十分疲惫，还非常沮丧。他想念皮平，所有人都在为一桩他一知半解的事情加紧出谋划策，而他觉得自己只是个包袱。“阿拉贡上哪儿去了？”他问。

“在要塞一座高亭里。”莱戈拉斯说，“我猜他半点儿不曾休息睡眠。若干时辰前他去了那边，说自己须得思考一番。与他同去的只有他的族人哈尔巴拉德。不过，他心头压着某种阴郁的疑虑，或是担忧。”

“新来的这群人真是有些奇特，”吉姆利说，“他们坚毅、有王者气度，洛汗骑兵让他们衬得仿佛毛头小子。他们满脸严肃，大部分人仿佛饱经风霜的岩石，就连阿拉贡也是；而且这些人一个个都不怎么说话。”

“他们若是开口，也一如阿拉贡般知礼。”莱戈拉斯说，“此外，你们可有注意埃尔拉丹与埃洛希尔两兄弟？他们的装束不如其他人那般灰暗，样貌也俊美飒爽，仿佛精灵贵族。不过，既然是幽谷埃尔隆德之子，倒也不算意外。”

“他们为什么要来？你们听说了吗？”梅里问。他这会儿穿好了衣服，把灰斗篷也甩上了肩膀。随后，三人一同出了屋子，前往号角堡已被毁坏的大门处。

“就像你听见的，他们响应了召唤。”吉姆利说，“他们说幽谷得到传话：‘阿拉贡急需族人相助，让杜内丹人于洛汗驰援他！’但他们现在不知道这消息是谁送的。要我说，肯定是甘道夫的手笔。”

“不对，是加拉德瑞尔。”莱戈拉斯说，“她莫不是借甘道夫之口，提及北方有灰衣队前来？”

“是的，你说得对，”吉姆利说，“森林的夫人！她读取了许多人的心思跟渴望。那现在，莱戈拉斯，要不我们也盼一盼我们各自的族人？”

莱戈拉斯站在大门前，眼神明亮地看向北方与东方，那张俊美的脸上却是一副困惑的表情。“我认为他们不会有人前来。”他回答，“他们无须前来参战。战争早已侵入我们的家园。”

三位伙伴一道往前漫步，一边聊起号角堡战斗的转折，一边从坏掉的大门处往下，一路经过路边草地上一座座阵亡将士的坟墓，最后站在海尔姆护墙之上，看向了窄谷。乱石堆起的漆黑死岗已然于彼处高高矗立，草地让胡奥恩践踏出的痕迹清晰可辨。黑蛮地的蛮人与许多号角堡的守军正在护墙、原野与背后受损的墙壁处忙碌。可一切似乎平静得有些怪：历经一场大暴雨，这座疲惫的山谷正在休憩。不多时，三人转过身，回到堡内的大厅吃午饭。

国王已经在大厅里了。他们刚进大厅，国王便叫人摆了张凳子，让梅里坐到身边。“眼下并非我本意，”希奥顿说，“这地方与我在埃多拉斯的漂亮王庭实在是相去甚远。而你那位本该在这里的朋友也离开了。然而，你跟我要想这样坐在美杜塞尔德的高桌前，或许已是许久之后的事了。等我回到那里，大抵也是没有时间设宴的。不过，好了！先吃喝一番，然后趁着还有机会，我们再聊上一聊。随后，你就跟我一道走。”

“我可以吗？”梅里又惊又喜地说，“真是太棒了！”这番言语中的善意令他前所未有地感激。“恐怕我在谁面前都会碍手碍脚，”他结结巴巴地说，“可是，您看，只要我能行，什么事我都愿意做。”

“我并不怀疑。”国王说，“我已让人为你备了一匹上好的山地小马。在我们要走的道路上，它能驮着你跑得跟大马一样快。因我不走堡外的平原，而是从山道前往黑蛮祠——伊奥温女士在那里等我——再转道埃多拉斯。你若愿意，便充作我的侍从。伊奥梅尔，这里可有我这侍从能用的武器铠甲？”

“陛下，这里的武器储备不多，”伊奥梅尔回答，“或许我们能给他找一顶适合的轻盔。可他这体格能使上的锁甲和剑是没有了。”

“我有剑。”梅里说。他爬下座位，从黑色剑鞘里抽出那把雪亮的小剑。他心里突然激荡起对这位老人的敬爱，便单膝跪地，握住老人的一只手，亲吻手背。“希奥顿王，我可否将夏尔梅里阿道克之剑呈至您膝头？”他高声说，“若您不嫌弃，请接受我的效忠！”

“我欣然接受。”国王说。他又将那双苍老的长手放在霍比特人棕色的头发上，祝福了他。“起身吧，美杜塞尔德家族洛汗的侍从梅里阿道克！”他说，“拿上你的剑，用它去寻得好运吧！”

“我将视您如父。”梅里说。

“暂时这样吧。”希奥顿说。

随后两人边吃边聊，直到伊奥梅尔后来开了口。“陛下，差不多到了我们预定出发的时候，”他说，“要我命人吹响号角吗？不过，阿拉贡去了哪里？他的住处没人，他也没来吃饭。”

“我们且做好出发的准备。”希奥顿说，“传话给阿拉贡大人，告诉他时辰快到了。”

国王领着守卫，梅里走在身旁，一行人沿堡门而下，来到众骑兵集合的草地。许多人已经上了马。出行的队伍看来会十分庞大：国王只在号角堡留了一小支驻军，所有可抽调的人马都将赶赴埃多拉斯，参与领器出征之典仪。一千名执矛骑兵其实早已趁夜离去，眼下与国王同行的仍旧还有五百余人，大部分来自各平原与西伏尔德山谷。

略隔着一段距离之外，那些沉默的游侠队形整齐地骑在马上，配备着长矛、劲弓与利剑。他们全披着深灰色斗篷，用兜帽遮住头盔与头部。他们的马儿身强力壮、神情傲然，但鬃毛却凌乱不已。其中那匹没有骑手的马儿正是阿拉贡的坐骑，是他们从北方带过来的，名为洛赫林。这些马儿的马具与鞍座上见不着半点儿金玉光亮，也没有任何花哨的配饰，它们的骑手也不曾佩戴什么徽章或是家纹，只是所有斗篷都别在左肩，用的银别针形似带芒的星星。

国王骑上他的爱马雪鬃，梅里也骑着小马跟在旁边：小马名为斯蒂巴。伊奥梅尔随后也出了城门，阿拉贡和他一起出来，哈尔巴拉德携着用黑布裹紧的长杆，外加两个既不年轻也不年老的高个儿男人。他们是埃尔隆德的儿子，长得极为相像，乃至少有人能分清谁是谁：都是黑发灰眸，精灵般俊俏的脸庞，身上也都穿着银灰色斗篷覆盖的明亮锁甲。两人身后走来的是莱戈拉斯跟吉姆利。可梅里的心思全放在了阿拉贡身上：他看见阿拉贡身上出现了惊人的变化，仿佛一夜之间经历了许多岁月。他神情严肃，脸色灰暗又疲惫。

“我心里十分为难，陛下。”他站在国王的马儿旁边说，“我听闻了古怪的话语，看见了远方新的危险。我苦苦思索了很久，恐怕我如今得改变我的目标了。告诉我，希奥顿，你此时骑马去往黑蛮祠，需要多久才能到？”

“如今正午刚过去一个钟头，”伊奥梅尔说，“今天起的第三夜之前我们应该能抵达要塞。算起来是满月刚过两天，而国王的召集令将于次日生效。要想集结洛汗的兵力，这已是我们最快的速度了。”

阿拉贡沉默了片刻。“三天，”他喃喃道，“而洛汗的集结才只是开始。可我也知道，这已是最快速度了。”他抬起头来，似乎是做了什么决定，脸上少了些困扰，“那么，请陛下恩准，我必须为我及我的族人采用新的计划。我们必须行上自己的道路，不再隐藏。于我，隐秘行事的时期已经过去。我会走最快的路往东去，而我将取道亡者之路。”

“亡者之路！”希奥顿震惊地说，打了个冷战，“你为何会提到这条路？”伊奥梅尔转头凝视着阿拉贡，而梅里感觉听见这话的一众骑兵无不脸色发白。“如果真有这么条路，”希奥顿说，“那它的大门就在黑蛮祠，可从无活人能通过。”

“唉！阿拉贡，我的朋友！”伊奥梅尔说，“我本盼望着你我二人能并驾驰往战场，可你若是要找亡者之路，那我们就到了分别的时候。你我再想在太阳下相逢，只怕是难如登天了。”

“无论如何，我都会选择那条路。”阿拉贡说，“不过，伊奥梅尔，我要跟你说的是，我们或许会在战场上相逢，哪怕中间拦着魔多的千万大军。”

“那便随你心意吧，我的阿拉贡大人。”希奥顿说，“也许你命定要踏上他人无胆涉足的奇异道路。这离别使我悲伤，也削弱了我的军力。可我不能再作耽搁，必须往山道去了。保重！”

“陛下，保重！”阿拉贡说，“祝您武运昌隆！梅里，再会！我将你托付给忠善之人，我们在范贡森林追踪奥克时都不曾想过能有这样好的结果。我希望莱戈拉斯与吉姆利会继续同我并肩，可我们不会忘记你的。”

“再见！”梅里说。他实在是找不到其他话可说。他感觉自己无比渺小，还让这些希望渺茫的话给搅扰得困惑又抑郁。他前所未有地想念皮平那压不住的快活。骑兵们准备就绪，坐骑也在原地站烦了。他希望大家能就此出发，赶紧解脱。

希奥顿此时对伊奥梅尔说了几句，后者举起一只手，高喊出声，众骑兵便得令启程。他们骑过护墙，下到窄谷，随后又迅速转向东边，沿着山麓丘陵边缘的一条小道行进了一哩左右。道路此时拐向南边，又绕回丘陵背后，消失在视线里。阿拉贡骑马上到护墙，看着国王的队伍进了窄谷的深处。随后，他转向哈尔巴拉德。

“我喜爱的人们这便分别了三位，特别是最小的那位。”他说，“他不知道前方有何种结局等着他，然而就算知道，依旧会一往无前。”

“夏尔一族虽个头儿不高，却价值非凡。”哈尔巴拉德说，“他们基本不知道我们长期辛苦守卫着他们的边界，可我对此倒也没什么不满。”

“而我们的命运如今被编织到了一起。”阿拉贡说，“然而，唉！我们却不得不在此分别。好了，我得稍微吃上些东西，随后我们就得赶紧出发。来吧，莱戈拉斯、吉姆利！我吃饭的时候得跟你们谈谈。”

三人一道返回堡内，但阿拉贡却在饭厅桌前沉默了半晌，其余两人则等着他开口。“好了！”莱戈拉斯最终开了口，“不吐不快，将你心里的阴霾都抖出来吧！我们在这灰蒙的清晨返回这阴沉之地后，究竟出了何事？”

“一场某种程度上比号角堡之战更加严酷的斗争。”阿拉贡答道，“朋友们，我看了欧尔桑克之石。”

“你看了那该死的妖术晶石！”吉姆利骇然，脸上满是恐惧与震惊，“你是不是——跟他说了什么？这可是连甘道夫都害怕碰上的。”

“你莫不是忘记你在跟谁说话了。”阿拉贡厉声说，眼中精芒一闪，“我对他说话，你害怕什么？我在埃多拉斯的门前莫非没有宣告我的头衔？吉姆利，没事的。”他放柔声音说，严厉的神情也从脸上消失，此时看着就像个让痛苦折腾到失眠多日的人，“没事的，我的友人们，我是那晶石的合法主人，我也有那权力与力量去使用它——至少我是这么判断的。我的权力不容置疑。我的力量也足够——堪堪够用。”

他深吸一口气。“那场争斗极为艰难，疲惫感久久难消。我半个字也没跟他说，最后还用自己的意志扭转了那晶石。单这一点便让他难以忍受。而且，他看见我了。没错，吉姆利大人，他看见了我，但见到的并非我如今这副形象。若这情况于他有益，那我便办了坏事。可我认为并非如此。我认为，看见我在这世间生活行走，无异于是朝他心头来了一击，毕竟他之前完全不知晓我的存在。欧尔桑克的眼线没能看穿希奥顿给予的盔甲，但索伦并未忘记伊熙尔杜与埃兰迪尔之剑。眼下正值他大业的关键时刻，可伊熙尔杜后人与这剑却横空出世——我将重铸的宝剑给他看了。他还没有强大到无所畏惧；并没有，疑虑始终啃噬着他。”

“就算这样，他依旧掌控着强大的力量，”吉姆利说，“这下他更要加快攻势了。”

“仓促进攻往往会露出破绽，”阿拉贡说，“我们必须逼迫大敌，不可再等他出招。两位友人请看，当我掌控晶石后，我得知了许多事情。我看见有意料之外的巨大危险正从南边袭向刚铎，会牵制住米那斯提力斯城防的大部分兵力。若不尽快采取对策，我认为白城撑不过十日。”

“那她也只能沦陷，”吉姆利说，“哪里还有什么援手能派去那里？就算有，又怎么可能及时抵达？”

“既然派不了援手，我便只能自己过去。”阿拉贡说，“然而，万事休矣之前，要想穿越山岭抵达海边，能走的只有一条路：亡者之路。”

“亡者之路！”吉姆利说，“多么邪恶的名字。就我所见，洛汗也没人喜欢它。活人真能活着走通这条道？就算你能通过，这么一点儿兵力要怎么挡住魔多的进攻？”

“自从洛希尔人来了，活人便再未走过那条路。”阿拉贡说，“因这路对他们关闭了。不过，眼下这黑暗时刻，但凡有胆量，伊熙尔杜的传人或许能用它。听好了！这是学识最为精通的埃尔隆德让他的两个儿子带给我的话：请阿拉贡记起先知所言与那亡者之路。”

“那‘先知所言’又是什么？”莱戈拉斯问。

阿拉贡说：“于佛诺斯特最后一位国王阿维杜伊时期，先知瑁贝斯曾这么说：

阴影盘亘大地，

西展漆黑羽翼。

高塔战栗，劫数临头，
逼近诸王陵寝。
亡者苏醒，背誓者时辰已至：
他们将再度身起，立于埃瑞赫之石前，
静候山野号角轰响。
谁人号角鸣？谁人声声唤，
于灰蒙微光中，唤醒那被遗忘之民？
正是他们宣誓之人之后裔。
十万火急，此人将自北方而来：
他将穿过那门，踏向亡者之路。”

“黑暗之路，毫无疑问。”吉姆利说，“不过这几句诗更让我觉得黑暗。”

“你若想了解得更明白，我便邀你与我一同前进，”阿拉贡说，“因我便要踏上那条路。不过，我只是迫于形势紧急，并非欣然前往。正因此，唯有你自愿同行，我才可带你一道：你将遭遇艰险与无比的恐惧，或许还有更糟的情况。”

“我跟你同去，哪怕要踏上亡者之路，我也不在乎它会把我们领去哪里。”吉姆利说。

“我亦同往，”莱戈拉斯说，“我并不畏惧亡者。”

“我只希望那些被遗忘之人没忘记怎么战斗，”吉姆利说，“不然，我想不到为啥我们要去打搅他们。”

“若是我们能走到埃瑞赫之石，自然便会知晓。”阿拉贡说，“而他们背弃的正是与索伦抗争的誓言。若他们想要履行誓言，就必须参战。埃瑞赫那里依旧矗立着一块黑石，据说是伊熙尔杜自努门诺尔带去的。它被立在一座山丘之上，而山野之王于刚铎建国之初向那块黑石宣誓，要效忠伊熙尔杜。然而，等到索伦重返，变得更加强大之后，伊熙尔杜召唤山野之民履行他们的誓言，却被拒绝了：他们于黑暗年代开始膜拜索伦。

“于是，伊熙尔杜便对他们的王说：‘汝将成为那最后一任王。若到头来西方之力强过汝辈之黑暗主子，吾便要将此诅咒施予汝及汝之子民：除非誓言履行，否则汝辈永不得安息。此战必将历时久远，尘埃落定之前，汝辈还将再度受召。’伊熙尔杜的怒火让他们四散而逃，不敢加入索伦麾下参战。他们藏身在山野隐秘之处，从不与其他人打交道，最后在荒山之中慢慢凋零。无眠的亡者将恐惧传遍了埃瑞赫丘陵及这族人曾待过的所有地方。不过，我必须走那条路，因再无活人能够提供援手。”

他站起身。“好了！”他高声说，又拔出宝剑，在堡内昏暗的厅堂里闪出一道亮光，“前往埃瑞赫之石！我要寻找亡者之路。有意者便随我来！”

莱戈拉斯与吉姆利不曾说话，只是站起身，跟着阿拉贡出了大厅。外面的草地上，游侠们戴着兜帽，一动不动、沉默不语地候着。莱戈拉斯与吉姆利翻身上马，阿拉贡骑上了洛赫林。随后，哈尔巴拉德举起一支巨大的号角，吹出的号声回荡在整座海尔姆深谷里：众人随即纵马飞奔，雷霆般疾驰进入窄谷，只余护墙与号角堡的人在原地瞠目结舌。

希奥顿尚在山岭的慢道上行进之时，灰衣队已飞快穿越平原，第二天下午便来到埃多拉斯。他们只短暂停留一阵，便沿着山谷往上，于天黑时抵达了黑蛮祠。

伊奥温女士迎接了他们，为他们的到来欣喜不已。她再未见过比杜内丹人及埃尔隆德两个儿子更强之人，而她的眼睛多数时候却停在阿拉贡身上。随后，等几人落座与她共进晚餐的时候，他们一道聊起了希奥顿领军出发之后的各种情况，而她此前只听到了一些急报。等听到海尔姆深谷那场大战，听见敌人损失惨重，还有希奥顿与麾下骑士冲锋陷阵的事情，她的双眼闪闪发亮。

不过，她最后却说："几位大人一路旅途劳累，我们仓促间准备不及，只能请几位将就一晚。明日定奉上更为妥当的住处。"

阿拉贡则说："不用，女士，切莫操心我们！今晚我们若能谋得一处休息之地，明早能混得一顿饱饭，这便足够。我正赶赴一项无比紧急的使命，明早第一丝晨光亮起我们便得动身。"

她微笑着对他说："那么，大人，您千里迢迢为伊奥温带来消息，又陪久离家乡的我聊天，实乃心善之人。"

"任谁也不会觉得这是白跑一趟。"阿拉贡说，"不过，女士，若不是我必须要走的道路引我前来黑蛮祠，我本是不会来的。"

她像是听见什么不喜的话，答道："那么，大人，您这便走岔了路。祠边谷之外没有道路通往东面或者南面，您还是掉头往回走吧。"

"并没有，女士。"他回道，"我没有走偏。早在你出生、福泽这片土地之前，我便已在此行走。这座山谷有一条路延向外面，我要走的便是那条路。明天我将骑马踏上亡者之路。"

她之后一直瞪着他，像是遭受了重击一般。她脸色一片苍白，好长时间不曾说话，与席诸位也尽皆沉默下来。"可是，大人，"她最终说，"您的使命莫非是寻死吗？那条路上能找到的只有死亡。他们决不能忍受有活人通过。"

"他们也许能容忍我通过，"阿拉贡说，"不过，至少我要冒险试上一试。没有别的路可走了。"

"此举太过疯狂，"她说，"在座诸位皆为久负名望、英勇卓绝之人，您不该带他们前往阴影之中，而是该带领他们去往急需援军的战场。我求您留下，与我兄长同行。如此一来，我们心里才会欢喜，我们的希望也能更加明朗。"

“这并不疯狂，女士。”他答道，“我踏上的乃是命定之路。与我同行之人，尽皆自愿前往。若他们此时希望留下，希望与洛希尔人同行，只管照做便是。但我将前往亡者之路，如若必要，我独行亦可。”

众人不再言语，沉默地吃起了食物。可她的眼睛依旧紧盯着阿拉贡，其他人都看出她内心无比痛苦。最后，众人纷纷起身向女士告辞，感谢她的招待，去了休息的地方。

然而，当阿拉贡来到与莱戈拉斯和吉姆利同住的棚子前——两位同伴已先行进了棚子——伊奥温女士也跟着他走来，又叫住了他。他转过身，看见一身素白的她在夜色中恍若一缕微光，可她眼里却是烈焰熊熊。

“阿拉贡，”她说，“你为何要踏上这条不归路？”

“因我必须要去，”他说，“只有这样，我才能在对抗索伦的战场上看见些许希望。伊奥温，并非我要挑选危险的道路。若是我能随心意来去，那我现在便已在远处的北方，在幽谷绝美的山谷里徜徉了。”

她沉默了一阵，仿佛在咀嚼这话的意味。随后，她突然拽住他的胳膊。“您是如此一位坚毅、坚定的头领，”她说，“而人便是如此赢得功名。”她顿了顿，又说：“大人，若您不得不去，那便让我与您同去。我已厌烦躲在山岭之中，想要迎向危险和战斗。”

“您的职责是与人民共进退。”他回答。

“我听了太多遍‘职责’这个词了。”她叫嚷道，“难道我不是埃奥尔家族的一员，难道我是个保姆，不是一名女战士？我已在迟疑中等待了太久。既然我的双腿已不再迟疑，我难道不能去过想要的日子吗？”

“很少有人能不失荣誉地做到此事。”他回答，“不过，女士，就您而言，难道您不曾背负责任，要统领人民至国王归来吗？若当初被选中的不是您，那别的将军统帅也会坐上同样的位置。而他无论厌倦与否，却是不能逃离这责任。”

“我始终逃不开被选中吗？”她苦涩地说，“我就非得在骑兵们出行时留在后方，在他们挣取功名的时候照管家务，在他们返回的时候给他们安排食宿不可吗？”

“某个时刻或许很快就会降临，”他说，“也就是无人能归来的时刻。到了那时，但凡英勇之人，即便默默无闻，也会变得必不可少。毕竟，保卫家园到了破釜沉舟之际，已无人能传颂你们所做壮举。不过，英勇事迹不会因无人赞美而蒙尘。”

而她答道：“您这番话就只是想说：你是个女人，你的职责就是待在家里。等到男人光荣战死，你便可以选择被烧死在家里，因为男人再也用不上它了。然而我是埃奥尔家族的一员，不是什么侍女。我能骑善剑，无畏痛苦与死亡。”

“那您害怕什么，女士？”他问。

“牢笼，”她说，“待在囚牢之中，直到习以为常，老到只能被迫接受。而一切成就大事的机会就此蹉跎，难以唤回，又或是无意唤回。”

“可您却还劝我莫去我选择的那条路上犯险，就因为很危险？”

“一个人可以如此劝告他人，”她说，“但我并非要您逃离危险，而是要您去往宝剑能赢得名望与胜利的战场。我不愿见到崇高又卓绝之事物被无谓地抛弃。”

“我也不愿。”他说，“女士，因此我才要对您说：留下！您并无前往南方的必要。”

“与你同去的其他人也同样没有。他们之所以要去，只是因为不愿与您分开——因为他们爱您。”说完，她转身离开，消失在夜幕中。

天色刚一转亮，太阳还未升上东边山脊高处之时，阿拉贡便已准备好要出发了。诸位伙伴都已坐在马上，而他也正准备翻身上马之际，伊奥温女士前来与他道别。她身着骑兵装束，腰束一柄长剑。她将手上拿着的酒杯放在嘴边啜了一口，祝愿众人一路顺畅。随后，她将酒杯递给阿拉贡，后者饮了一口，说："洛汗的女士，再见！祝您的家族，祝您和您的人民好运。请告诉您的兄长：穿过阴影，我们也许还能再相会！"

随后，在身旁的吉姆利与莱戈拉斯看来，她似乎已泪眼蒙胧。原本坚毅、骄傲之人，将那哀伤衬得更加叫人心碎。可她却说："阿拉贡，你当真要走？"

"是。"他说。

"你当真不愿如我所求，带我与队伍同行？"

"我不能答应您，女士。"他说，"没有国王及您兄长的允准，我无法答应。但他们明日方能归来。可我如今必须争分夺秒才行。告辞！"

随后，她双膝跪地，说："求你了！"

"不行，女士。"他答道，握住手将她拉了起来。他又吻了一下她的手，便一跃上马，飞奔而去，再也没有回头。只有那些熟知他的、此刻近在身旁的人，才能看出他心里的苦痛。

而伊奥温宛如石像般僵立在原地，双拳紧攥着垂在身侧，眼看着他们一直踏入漆黑的鬼影山德维莫伯格的阴影之中，那里正是死亡之门所在。等众人消失在视线之外，她转过身子，仿佛盲眼之人般跌跌撞撞回了住处。不过，她的子民不曾见到这分别之景：他们全都害怕地躲藏着，不到天亮堂起来，不到这些鲁莽的生人全走掉，决计不肯出来。

有些人说："他们都是精灵的鬼魂，让他们去该去的地方吧，去那些阴暗之所，再也别回来。如今的时日已经邪门过头了。"

众人一路前进，天色却还是灰蒙蒙的，因为太阳依旧没有从面前鬼影山的漆黑山脊上升起来。他们刚穿过一排排古老的岩石来到迪姆霍尔特，一阵毛骨悚然的感觉笼罩下来。在那边，在就连莱戈拉斯也难以长久忍受的漆黑树林的昏暗树影中，众人找到一处对着山脚的洼地，另有一块巨石就立在他们走的道路中间，活像一根代表厄运的手指。

“我的血都凉了。”吉姆利说，其他人却是沉默不语，他的声音摔落在脚下阴冷潮湿的冷杉针叶上，没了声息。马儿都不愿通过那块充满威胁感的巨石，骑手们只好下马牵着它们绕开。他们就这样渐渐进入林地深处。那里矗立着一道陡直的岩壁，岩壁正中便是黑暗之门，恍若黑夜之口一般洞开于众人面前。门上的宽拱顶刻着模糊到难以辨认的记号与图形，如灰色气雾一样的恐惧从门里喷薄而出。

队伍停了下来，众人无不感到心惊胆战——只除了精灵莱戈拉斯，因为他毫不惧怕人类鬼魂。

“这门实在邪恶，”哈尔巴拉德说，“死亡就在另一边候着我。尽管如此，我依然有胆量穿过它，可马匹不肯进去。”

“我们必须进去，因此马也得进。”阿拉贡说，“毕竟，若我们能穿越这片黑暗，前方还有许多里格等着我们。每耽搁一个钟头，索伦离胜利就会更近一些。跟我走！”

阿拉贡随即带头往前，而他的意志此时激发出的力量，让所有杜内丹人与他们的马儿都追随在身后。当然，还因为这些马儿无比热爱它们的主人，只要这些游侠能镇定地走在身边，它们甚至甘愿面对黑暗之门的恐怖。可洛汗的那匹马阿罗德拒绝前进，它杵在原地冷汗直流、瑟瑟发抖，看得人于心不忍。随后，莱戈拉斯用手蒙住它的眼睛，对它吟了一些在黑暗里听起来非常温柔的话语，直到它愿意被领着前进，莱戈拉斯这才进了大门。现在只剩矮人吉姆利孤零零地站在原地。

他膝盖抖个不停，对自己无比恼怒。“真是闻所未闻！”他说，“精灵都走进去了，矮人却不敢去！”说完，他一头扎了进去。然而，他只觉得自己的双腿像是灌了铅一样沉。一跨过门槛，即便他这无畏无惧、行遍世界许多深邃地方的格罗因之子吉姆利，也当即让黑暗罩得两眼什么都看不见了。

阿拉贡从黑蛮祠带来了火把，此时正高举着其中一支走在前头；埃尔拉丹举着另一支走在最后头，而吉姆利跌跌撞撞地竭力想要追上他。除了火把昏暗的光亮，他什么也看不见；一旦队伍停下脚步，他就感觉四周全是无休无止的低语声，喃喃地说着他从未听闻过的语言。

队伍不曾遭遇袭击或阻拦，可恐惧感依旧随着矮人的前进愈发增长：主要是因为，他知道没有回头路可走；有看不见的大军在黑暗中跟着他们，将退路全都挤满了。

不知究竟过了多久，吉姆利终于看见一幕景象，但此生再不愿记起：就他目力所及的道路本已相当宽敞，队伍却突然来到一片更加辽阔的空间，空旷到连两侧的墙壁都不知在何处。那恐惧感沉重到让他连脚都挪不动了。随着阿拉贡举着火把走近，左边一段距离外有什么东西在黑暗里闪动着光亮。于是阿拉贡停下脚，转了方向去看那东西究竟是什么。

“他是不会害怕吗？”矮人嘟哝道，“换成其他洞，我格罗因之子吉姆利早就第一个冲向闪闪发亮的金子了。可这洞不行！别去搅扰它！”

话虽如此，他还是凑了过去，看见阿拉贡跪在地上，而埃尔拉丹将两支火把高举在手。吉姆利面前出现一副生前身形魁梧的人类骸骨。他穿着一身铠甲，旁边摆着马具；因洞里空气干若沙尘，再加上他的铠甲镀了金，故而它们全保持着完整的样貌。他束一条嵌着石榴石的金腰带，面朝地上的骷髅头上戴的头盔也是金光闪闪的。如今能看见，他倒在洞穴另一头的墙边，前方是一扇紧闭的石门：他的指骨依旧死抠着门缝。他旁边有一把满是缺口的断剑，似乎他于万念俱灰之时用它劈砍过岩石。

阿拉贡没有碰他，只是沉默着凝视一阵，站起身叹了口气。“哪怕世界终末，辛贝穆奈的花朵也不会在此地绽放。”他喃喃道，“枯冢九座外七座，如今坟头皆已芳草萋萋，可他这么多年却一直倒在这扇他打不开的门前。它究竟通往何处？他又为何想通过？再无人知晓！”

“因那并非我的使命！”他高喊，又转身对着背后低语的黑暗说，“留着你们那些在邪恶年代藏匿的宝藏与隐秘吧！我们只求能赶紧通过。让我们过去，再放我们回来！我于此地召唤你们，去往埃瑞赫之石！”

无人回应。非要说的话，那便是一阵更加令人毛骨悚然的沉寂取代了之前的窃窃私语。一阵寒风随即吹来，火把的光亮晃了一晃，就此熄灭，怎么也点不燃了。那之后过去了也不知道是一个还是许多个钟头，吉姆利基本记不清了。其余人奋力往前，可他却越来越落后，紧追不放的恐惧一直在他身边摸摸索索，似乎每每只差半点儿便要捉住他。他身后还有像是许多只脚走动的模糊声音，窸窸窣窣地如影随形。他一路跌跌撞撞，最后只能像动物那般四肢着地往前走，只感觉自己再也忍受不住：要么找到出口逃离，要么往回疯跑，迎头撞上那跟在身后的恐惧。

忽然，他听见叮咚的水声，它清脆、明晰，仿佛石头落进了漆黑阴影的梦里。光亮渐渐出现，随后，看哪！队伍穿过了另一道高大宽敞的拱门，旁边一条溪流也同他们一道涌出；地势往前陡然而降，刀锋般直入天际的陡峭悬崖下面夹着一条路。这裂谷深窄无比，让上方的天空都显得阴暗，能看见细小的星星闪烁其中。吉姆利后来才得知，这时依旧是他们离开黑蛮祠的当天，而太阳还要再过两个钟头才会下山。可当时的感受却让他觉得，天上这暮光要么来自许多年后，要么并非此世之景。

队伍此时又上了马，而吉姆利也坐回莱戈拉斯身后。众人一路纵队往前行，黄昏并着深蓝的暮色笼罩下来。那恐惧感依旧紧追不放。莱戈拉斯转头与吉姆利说话，让矮人看见这精灵明亮的双眼中闪动着精光。两人后面是走在队尾的埃尔拉丹，可他却并非最后一个沿着道路往下的。

“亡者跟来了，”莱戈拉斯说，“我瞧见人类与马匹的形体，还有云絮似的旗帜，并着恍若冬日雾夜里灌木丛般的一柄柄长矛。亡者就跟在后面。”

“正是，亡者正御马跟随。他们受召唤而来。”埃尔拉丹说。

队伍像是钻出了岩壁裂缝一般，猛然便出了峡谷。他们面前横着一座巨大山谷的高地，身旁那条溪流冷冷地涌向下方，化作一道道瀑布。

“我们这是在中洲哪个地方？”吉姆利问。埃尔拉丹则答道：“我们自墨松德河上游行下——便是眼前这条冰寒长河，它最终将汇入冲刷着多阿姆洛斯城墙的大海。随后你不必再问它的名字从何而来：人类称它作黑源河。”

墨松德山谷形成了一座巨大的河湾，水流冲刷着山脉陡峭的南部山壁。山谷里，陡峭的山坡长满了绿草。可太阳已落了山，此时的一切全是灰蒙蒙的。下方远处倒是灯火闪亮，原来是一座座人类的家宅。山谷无比富饶，有许多人居住其中。

随后，阿拉贡并未转身，只是高喊出大家都能听见的声音。“朋友们，且将疲惫先放下！往前骑！往前！我们须得在白天过完之前赶往埃瑞赫之石，前面还有很长的路。”于是，众人头也不回地在山野中驰骋，最后来到一座横跨奔涌急流的桥前，找到一条下到平原的路。

随着他们的来到，村落屋宇的灯光一盏盏熄灭，门户一扇扇紧闭，屋外的人惊恐地喊叫着，如被盯上的鹿一样疯狂逃窜。渐拢的夜色里，叫喊声越来越多，全喊着同一句话：“亡者之王！亡者之王打上门来了！”

下方远处钟声敲响，阿拉贡遇上的人尽皆逃走，而灰衣队如猎手一般迅疾飞驰，直到胯下马儿疲惫难支，只能蹒跚前行。就这样，赶在午夜之前，在漆黑到与山洞里一般无二的黑暗中，众人终于抵达埃瑞赫山。

长久以来，亡者的恐怖一直笼罩着这座山与四周的原野——因为山顶上伫立着一块黑色岩石，它圆得好似一颗巨球，虽有半截埋在土里，剩余部分依旧有一人高。它看着不像此世之物，倒如一些人坚信的那样，像是天外来的。不过，据那些依旧记得西方之地传说的人说，它是从努门诺尔的废墟里带出来的，伊熙尔杜登陆之后将它设在这里。山谷里的居民无人敢靠近它，也不敢在附近居住。他们说，那里是幽影人聚会之处，它们会于恐惧的时期聚在一起，簇拥在巨石周围窃窃私语。

灰衣队来到那块巨石前，于死寂的夜色中停住脚步。随后，阿拉贡吹响埃洛希尔递给他的一支银号角。附近伫立的人似乎听见回应的号声，仿佛远处洞穴里传来的回音。他们没有听见别的声音，却注意到一支大军团团包围了他们站立的这座山丘，一阵幽灵之息似的寒风从群山里吹了下来。阿拉贡下了马，站在巨石前，用嘹亮的嗓门高喊道："背誓者，尔等为何而来？"

一道恍若自远方传来的声音从夜色里飘出，回了他的话："为履行我们的誓言，求得安息。"

阿拉贡便说："时候终究到了。我如今要去往安都因之上的佩拉基尔，而你们要随我同行。待这片土地上索伦的爪牙彻底清除，我便承认誓言已履行，而你们将获得安息，永远离去。因我乃埃莱萨，刚铎伊熙尔杜之传人。"

语毕，他吩咐哈尔巴拉德解开他带来的那根巨大杆子。随后，瞧！那旗帜一片乌黑，即便上面绣有纹章，也全让黑暗给藏住了。接着，四下里一片寂静，长夜里再听不见半点儿低语或叹息声。灰衣队在巨石边扎下营地，但因畏惧团团围住他们的那些幽影，众人几乎没怎么合眼。

不过，寒冷凄凉的黎明刚一到来，阿拉贡当即起了身，带领队伍踏上一段只有他未曾感觉匆忙、疲惫至极的旅程，也只有他的意志才能支撑众人继续前进。除了北方的杜内丹人，外加矮人吉姆利与精灵莱戈拉斯，没有凡人能忍受如此征途。

他们穿过塔朗颈，进入拉梅顿。幽影大军紧随其后，它们造成的恐惧却又先行一步。队伍最后来到奇利尔河上的卡伦贝尔，如血的残阳也落去了背后西边远处的品那斯盖林。他们发现小镇与奇利尔渡口已遭废弃，因为许多人奔赴了战场，剩下的人也听闻亡者之王要来，全都逃进了山里。此外，第二天的黎明并未降临，灰衣队继续驰骋，进入魔多风暴的黑暗里，消失在凡间的视线之外，而亡者依旧跟随着他们。

·第三章·

洛汗集结

如今各条道路齐齐汇往东方，迎向即将到来的战争与侵袭的魔影。当皮平站在白城的主城门前，眺望着多阿姆洛斯亲王随着他的旗帜御马入城时，洛汗之王此时也一路往下，出了山野。

白日依山。最后几丝余晖在一众骑兵身前投下长长的尖影。黑暗早已蔓延至遮罩陡峭山坡、沙沙作响的冷杉林下。夜色中，国王此时让马儿放慢了速度。小道绕过一座巨大、光秃的岩石山肩，直直扎进微微叹息的阴暗树林。队伍宛如一条蜿蜒的长蛇，不断往下，再往下。等终于来到狭窄山谷的底处，他们发现暮色早已深入各处。太阳再见不着，只余瀑布托着些许昏光。

一条自后方高处隘口涌下的欢腾小溪整日在他们下方流淌，冲刷着松林蓊郁的山壁之间那条狭窄的水路；穿过一道石门，小溪出了水路，来到一座更为宽敞的山谷里。一众骑兵顺着小溪向前行进，暮色中显得水声嘈嘈的祠边谷就这么突然出现在他们眼前：白色的雪河于彼处接纳了这条小溪，又飞沫四溅地一路冲刷岩石，往下流淌，去往埃多拉斯与一处处绿丘及平原。右边远处，在大山谷的那一头，雄伟的尖刺山傲然矗立，山根处云雾缭绕。它参差不齐的山峰终年积雪，于尘世之上遥映光亮；山峰东面蒙着一片藏青，西面却叫夕阳染得火红。

梅里惊奇地观察着这片奇异的地方，漫漫旅途之中，他可没少听这边的各种故事。在他看来，这是一片见不着天空的地方：透过大片模糊、昏暗的空气，他只瞧得见往上无尽延伸的山坡，层峦堆叠的巨大岩壁，还有让雾气遮罩的崎岖峭壁。他迷迷糊糊地坐了一阵，耳朵里听着水流声，阴沉树林的私语声，石头崩裂声，以及于一切声响之下酝酿出的，正静静等候的无边沉寂。他喜欢山——或者说，他喜欢在远方传来的故事里想象大山在天边绵延的景象，可他眼下却被中洲那难以承受的重量给压垮了。他渴望伴着炉火坐在安静的屋里，将这浩瀚关在门外。

他已是倦极。虽说众人一路骑得很慢，可他们也几乎没怎么休息过。在接近三天的疲惫日子里，他骑着马一个钟头又一个钟头地跑上跑下，穿越一座座要隘、一道道山谷，跨越一条条溪流。偶尔道路宽敞之时，他会骑去国王身边，浑然不知许多骑兵看着他们二人同行，忍俊不禁：霍比特人骑着鬃毛蓬乱的灰色小马，而洛汗之王却骑着雪白的高头大马。他会跟希奥顿说话，同他聊自己的家乡与夏尔人的习俗，要么就反过来，听马克与旧时猛士的种种故事。不过，大部分时间，特别是最后这一天，梅里只是一言不发地独自跟在国王后面，试图听懂身后那些人讲的那种慢条斯理、铿锵有力的洛汗方言。这语言用的很多词似曾相识，但发音比夏尔那边更加饱满、雄浑，而且他没法把这些词串成完整的意思。时不时地，某位骑兵会放开嗓门，拿嘹亮的嗓音唱上一首激励的歌谣。梅里虽然听不懂，心里却能感受到那种欢欣雀跃。

即便如此，他依旧感觉孤单，尤其是眼下白昼将近之时。他想知道皮平究竟去了这古怪世界的哪个角落。阿拉贡、莱戈拉斯与吉姆利又会碰上什么。随后，仿佛他的心被突然冰了一下似的，他猛然想起了佛罗多和山姆。“我差点儿忘了他们！”他自责地说，“而他们比我们所有人都重要。我原本是来帮忙的，可他们要是还活着，现在肯定已经在几百哩之外了。”他打了个冷战。

“终于到祠边谷了！”伊奥梅尔说，“我们的旅途即将结束。”众人停下。小道出了狭窄的山谷便陡然往下，使得人只需那么一瞥，就好比透过高窗往外眺望似的，便能看见下方暮色朦胧的巨大山谷。河边能见到一道微小的灯光兀自闪烁。

“这趟征程或许结束了，”希奥顿说，“可我还有很远的路要走。两夜前便已月圆，明日一早我须得骑往埃多拉斯，集结马克的大军。”

“可是，若您愿听我一言，”伊奥梅尔压低了嗓门说，“大军集结后您应该回来，直到战争结束，无论是胜是败。”

希奥顿微微一笑。“不行，吾儿。我便如此称呼你，莫再朝我这老耳朵里讲那些佞舌的软话！”他直起身子，回望着骑兵们的长龙渐渐隐于身后的暮色，“自我西行以来，短短数日恍若经年，可我再不曾倚过那拐棍。若是战败，纵使我躲在山野，便能有好下场？如若胜利，即便我耗尽了力气，战死沙场，又何悲之有！不过，此事暂且不提。今夜我会在黑蛮祠的要塞安歇。至少，我们还留有一夜安宁。继续前进吧！”

他们往山谷里行进，夜色越来越浓。雪河在这里流过山谷西侧谷壁附近，而小路很快领着众人来到一处渡口，浅浅的水流在石缝间淙淙而过。渡口有人把守。发现有人接近，石影里跳出来好些人。等看清是国王的身影，他们欣喜地高喊起来：“希奥顿王！希奥顿王！马克之王回来了！”

随后，有人长长地吹着号角，发出呼唤。号角声回荡在整座山谷中。别处传来其他号角的回应声，沿河亮起许多灯火。

上方高处猛然响起一阵洪亮的小号声，听着像是来自某个凹陷之处。小号的音符聚成一个声音，带着节奏隆隆地滚过山谷岩壁。

就这样，马克之王凯旋，从西边回到白色山脉脚下的黑蛮祠。在那里，他发现手下剩余的百姓已集结完毕。这是因为，得知他的到来，诸位统帅立马便带着甘道夫的口信，赶到渡口与他相会。黑蛮祠那边百姓的首领敦赫雷是这群人的领头者。

“陛下，三日前的黎明，”他说，“捷影如疾风般从西边来到埃多拉斯，而甘道夫带来您得胜的喜讯，让我们大受鼓舞。他还带来您的吩咐，要我们加快集结骑兵。随后，那飞翼魔影出现了。”

“飞翼魔影？”希奥顿说，“我们也看见过，可那是在夜深人静、甘道夫尚未离开之时。”

“所言极是，陛下。”敦赫雷说，“可这同一个东西——或同类的另一个——形似畸形的禽鸟，一团飞翔的黑暗，于那日早上飞过了埃多拉斯，所有人都吓得瑟瑟发抖：它朝美杜塞尔德俯冲下来，飞到几乎擦着屋顶三角墙的低处，然后发出一声让人心脏都要停跳的尖啸。随后，甘道夫便建议我们不要在平原上集结，而是来山脉之下的山谷里等您。他还吩咐我们，不到万不得已，不要多点灯火。我们照办了。甘道夫的话非常有威信。我们相信，您也会作此吩咐。祠边谷从未出现过如此邪恶的事物。”

“做得不错。”希奥顿说，“我先去要塞。在我休息之前，我要会见各路元帅和统领。让他们尽快来见我！”

前方道路眼下直探东边，一路横切此处不到半哩宽的山谷。周围横着一丛丛或浅或深的野草，此时让渐落的夜色染成了灰白。不过，梅里看见山谷另一头出现一道起伏不定的岩壁，那是尖刺山最后那一截巨大的山根，无数年前让河流给分割了出去。

各处空地上全挤着人，有些簇拥在路边，用高声的欢呼向从西边回来的国王一行人致敬。而人群背后排着一列列营帐棚子，井然有序地延向远处。马儿整齐地在桩上拴成一线，还有大量囤积的武器，一堆堆长矛仿佛新栽的树木，根根直竖。集结的大军此时全没入阴影之中，可尽管高处吹来冰冷的夜风，却无人点亮灯笼，无人生起营火。夜哨裹着厚实的衣服，来回巡逻。

梅里好奇这里究竟有多少骑兵。四聚的夜色里，他猜不透他们的人数，只是看着像是一支大军，数量至少也有好几千。就在他四下张望之时，国王的队伍已经爬到山谷东侧矗立的峭壁下面。小路从这里霎时沿坡而上，梅里心里惊讶，不由得抬头往上看。这是条他从未见识过的路，是歌谣里也不曾触及的久远年代里，人们以双手建造而成的杰作。它如盘蛇一般蜿蜒而上，在陡峭的石坡里钻进钻出，一圈圈来回攀升。这条路马匹能走，马车慢慢拉也能上。另外，只要从上面守着，除非敌人凭空出现，否则他们决计上不去。道路的每一处转角都立着巨大的石块，它们雕作类人的形状，四肢巨大、笨拙，造型为盘腿蹲坐，粗短的双臂叠在肥胖的肚皮上。多年的风吹日晒让部分石像没了形状，只有眼睛位置还剩下漆黑的窟窿，依旧哀伤地瞪着路过之人。一众骑兵基本没看它们。他们管这些叫菩科尔人，基本不去在意：它们早已不剩半点儿力量或是恐怖。梅里倒是惊奇地看着它们凄惨地杵在这夜色中，心里多少有些惋惜。

过了一阵，他回头一看，发现自己已经爬到山谷之上几百呎的地方，可下面远处，他依稀还能看见骑兵那长蛇般的队伍依旧在穿越渡口，沿路去往为他们准备的营地。前往要塞的只有国王跟他的近卫。

国王一行最后来到一座断崖边上。爬升的道路在此钻进岩壁之间的切口，短短一段上坡之后，道路出了外面，来到一片宽阔的高地。人们称这里为菲瑞恩费尔德，是一片绿草与石楠丛生的青翠山野。它高高矗立在雪河深陷的河道之上，正位于后方数座雄峰的膝头：南面是尖刺山，北面是锯齿状的高山艾伦萨加。两座山之间对着骑兵的，正是德维莫伯格山阴冷漆黑的山障——这座鬼影山拔地而起，傲然挺立于遍布阴郁松林的无数陡坡之上。两排不成形状的立石将高地一分为二，它们往前不断延伸，渐渐融于暮色，消失在树林之中。胆敢走这条路的人，很快便会来到德维莫伯格山之下漆黑的迪姆霍尔特，然后便能看见那根充满恶意的石柱，还有洞开的禁忌之门里的阴影。

这便是阴暗的黑蛮祠，被遗忘已久之族的杰作。他们的名字早已湮灭，也不曾有任何歌谣或传说提到。他们出于何种目的建造这里，是想当作城寨，秘密神庙或是诸王陵寝，洛汗无人知晓。这些人于黑暗年代在此劳作，那时甚至还没有船只去往西方海岸，而杜内丹人的刚铎也未曾建立。如今他们消失在历史之中，只余古老的菩科尔人依旧坐在道路的拐角。

梅里盯着那两排延伸的石头：它们破烂不堪，色泽漆黑；有的歪向一侧，有的倒在地上，还有的不是裂了缝，就是缺胳膊少腿；它们看着活似两排古老又饥饿的牙齿。他有些好奇它们究竟是什么，心里也希望国王不要顺着它们走进前方的黑暗。随后，他看见这石头路两边四散着一组组营帐与木棚。它们没有依树而建，反倒像是在避开树林，全挤去峭壁边缘。菲瑞恩费尔德右侧更加宽敞，帐篷之类的也更多；左边虽然帐篷数量较少，但中间立着一顶大帐篷。这时，一名骑兵从这边出来迎接他们，众人便离开道路走了过去。

靠近之后，梅里发现这原来是一名女骑兵，她长长的发辫在暮色中闪着微光，头上却戴着头盔，也如其他战士一样身披齐腰甲，腰佩长剑。

“马克之王，向您致敬！”她朗声说，“见您归来，我心欣喜不已。”

“你呢，伊奥温，”希奥顿问，“一切可好？”

“一切都好。”她回答。不过，梅里感觉她的声音出卖了她，若是表情如此坚毅之人也会落泪的话，他肯定会认为她之前哭过。“一切都好。突然的背井离乡让百姓这一路走得疲惫不已。不少人心有怨言，毕竟被战争从绿色的原野撵走，已是许久不曾遭遇的事情。不过，无人犯下什么恶行。如您所见，眼下一切都井然有序。住处也已为您备好，因我听闻了您的全部消息，知道您何时到来。”

“看来阿拉贡已经来过了。”伊奥梅尔说，“他可还在？”

“不在，他已经走了。”伊奥温说，转头看着映衬在东边与南边的群山。

“他去了何处？”伊奥梅尔问。

“我不知道。”她答道，“他于夜晚前来，又于昨日拂晓御马离去，彼时太阳都还未爬上山顶。他走了。”

“女儿啊，你有些悲伤。”希奥顿说，“出了何事？告诉我，他可是提到了那条路？”他顺着去往德维莫伯格山的那两排愈发黑暗的石头，用手指向远处，“那条亡者之路？”

“是的，陛下。”伊奥温说，“他踏入了那片无人归还的阴影。我劝不动他。他走了。”

“那么，我们的道路就此分开了。”伊奥梅尔说，“他回不来的。我们只能抛下他出发，我们的希望更加渺茫了。”

他们不再多说，只是慢慢穿过低矮的石楠与高地青草，走去了国王的帐篷前。梅里发现那里已经备好了各样物什，而他也没被人给落下。他们在国王的住处旁边为他搭了顶小帐篷。他独自坐在里边，听着人们在外面来来回回，觐见国王，与国王商议事宜。夜色渐深，西边群山隐隐约约的山顶已环上了一圈繁星，但东边依旧一片漆黑，空无一物。那两排石头渐渐没了踪影，可再往前，德维莫伯格山那伏踞的庞大阴影依旧可见，比夜幕还要漆黑。

“亡者之路，”他自言自语地喃喃道，“亡者之路，到底是个什么意思？他们如今全离开了我，奔赴各自的劫数：甘道夫和皮平去东边参战，山姆跟佛罗多去了魔多，而大步佬、莱戈拉斯和吉姆利去了亡者之路。不过，我猜，很快就会轮到我了。我想知道他们究竟在谈论什么，国王又准备要怎么办。毕竟，我如今只能跟着他走啦。”

这些阴郁的念头转到一半，他突然想起自己饿得厉害，便站起身，想瞧瞧这奇特的营地里有没有别人跟他抱着同样的想法。可就在这个时候，小号声突然响起，有人来到他帐篷这里，召唤他这个国王的侍从去国王的餐桌前候着。

大帐篷靠里的地方用带有刺绣的挂毯隔出了一片小空间，地上铺着兽皮。希奥顿与伊奥梅尔及伊奥温围坐在一张小桌前，另外还有祠边谷的领主敦赫雷。梅里站在国王的脚凳边候着。过了一会儿，老人从沉思中回过神来，转头冲他微笑了一下。

“来吧，梅里阿道克少爷！”他说，“你不该站着。只要我还留在故土，你就该坐在我身边，用你的故事来宽慰我。”

他们在国王的左手边给霍比特人让出了位置，可是没人要他讲故事。其实基本没人说话，他们多数时候只是在闷声吃喝。梅里最后终于鼓起勇气，问出那个折磨他许久的问题。

“陛下，我如今已两次听见‘亡者之路’这名字，”他说，“那究竟是什么东西？大步佬——我是说阿拉贡大人，他去了哪里？”

国王叹着气，其他人也都没作声，只有伊奥梅尔最后开了口。“我们并不知道，我们的心情也非常沉重。”他说，“至于亡者之路，你已经走过那第一段路了。不，我不该说得这么不吉利！我们之前攀爬的这条路便通往迪姆霍尔特那边的那道门。门里边究竟有什么，没人知道。”

“无人知晓。”希奥顿说，“不过，如今鲜少讲起的一些古代传说倒是略有提及。倘若埃奥尔一族代代相传的这些传说所言非虚，那么德维莫伯格山下的那道门连着一条密道，从山底下一直通向某处已被遗忘的终点。自从布雷戈之子巴尔多进了那道门，从此再未现身人前，后人再不敢犯险探索其中秘密。美杜塞尔德刚建成之时，布雷戈设下祭祀宴席，巴尔多饮酒忘形，草率许下诺言，结果他这继承人再没能回来登上宝座。

“人们说，黑暗年代的亡者看守着那条路，不容许任何活人去往它们隐秘的殿堂。不过，他们不时会如幽影般踏出门外，走下那条石路。而祠边谷的人则家家门窗紧锁，胆战心惊。然而，除非有巨大的动荡，或是死亡将至，否则亡者很少出来。”

“不过，祠边谷有传言说，”伊奥温压低声音说，“不久之前的几个无月之夜，有一支阵容奇怪的大军路过。无人知道他们从何处来，但他们走上石道，消失在山野里，仿佛去赶赴一场密会。”

“那阿拉贡为啥要走那条路啊？”梅里问，“你们就不知道什么说得通的缘由吗？”

“除非他以朋友的身份告诉过你什么我们不知道的信息，”伊奥梅尔说，“否则如今这土地上，没有哪个活人知道他的目的。”

“自我在王殿初次见他之后，他似乎变化极大。”伊奥温说，“他变得更加严肃、苍老。我觉得他迷了心窍，仿佛受到了亡者的召唤。”

“兴许他便是受了召唤。”希奥顿说，“我的内心告诉我，我与他再不得相见。可他颇有王者之相，是命运不凡之人。女儿，既然你为这位客人心感哀伤，似乎需要安慰，那么放宽心，且听我一言：据说埃奥尔一族从北方出来，最终沿雪河往上寻找危难时的坚实避难之所，布雷戈与其子巴尔多爬上了要塞的台阶，就这么来到那大门之前。门槛上坐着一位已经老到猜不出岁数的老人，他曾经身材高大、气质卓绝，现在却已萎缩得像块古旧的石头。他一动不动、一言不发，他们当真以为他是块石头，便走到他身边，准备踏进大门。随后，他发出了仿佛从地下传出来的声音——用的是西部语，令两人无比惊愕。那声音说：‘此路不通’。

“两人停下脚，转头看去，这才发现他依旧还活着，但他并未看向他们。‘此路不通，’他再度开了口，‘此地乃已亡之人建造，亦由亡者把守，直至时候到来。此路不通。’

“‘时候何时到来？’巴尔多问，却并未得到答复。因那老人正好于此时死去，倒伏在地。我们这族人再未得知这群山中古民的其他信息。不过，或许那预言里的时刻最终到来，而阿拉贡能够通过那条路。”

“除了去那道门里犯险，要如何知道‘时候’是否到来？”伊奥梅尔问，“另外，就算我孤身一人，找不到半点儿庇护，而魔多的千军万马就挡在我身前，我也不愿走那条路。唉，如此紧要关头，这么一位英勇无畏、宅心仁厚之人，怎么就犯了糊涂！为何非要去地下寻找邪物，外面难道还不够多吗？战争已经近在眼前了。”

他住了口，因为这时外面传来喧闹声，有谁高喊着希奥顿的名字，还有守卫正在高声盘问。

随后，近卫军统领掀开了幕帘。“陛下，来了个人。”他说，“是刚铎的信使。他想立即觐见。”

“放他进来！”希奥顿说。

一位身材高大的男人走了进来，让梅里差点儿高喊出声，因为他刹那间以为波洛米尔复活回归了。随后他才发现来人并非波洛米尔，而是个陌生人。那人只是长得像波洛米尔，仿佛是他的血亲，也同样是一副高大、灰眸、骄傲的样貌。他身穿骑兵装束，精良的锁甲外罩着一件墨绿斗篷，头盔正中刻着一颗小银星。他手上拿着单单一支箭——黑箭羽、倒钩头，但箭尖涂成了红色。

他单膝跪下，将箭呈给希奥顿。“向您致敬，洛希尔人之王，刚铎之友！”他说，“我名为希尔巩，乃德内梭尔信使，奉他命令带给您出战之信物。刚铎十万火急。洛希尔人历来予我们援助，如今德内梭尔大人请您倾尽全力全速驰援，否则刚铎终将陷落。”

“红箭！”希奥顿说，又接过那箭，仿佛接到了久候的召唤，却又为它的到来感到惶恐。他的手有些发抖。“我此生还不曾见到红箭出现在马克！事情已到这般地步了？另外，在德内梭尔大人算来，我的全部兵力与最快速度又是如何？”

“陛下，这便只有您最清楚了。”希尔巩说，“不过，要不了多久，米那斯提力斯便会被围困，除非您的兵力强到能突破重重大军的包围，否则德内梭尔大人让我转告您，按他的判断，洛希尔人的精兵待在城墙之内比在外面要好。”

“可他也知道，我们这族人更擅长骑着马在开阔地方作战，我们也是散居的一族，集结骑兵同样需要时间。米那斯提力斯城主知道的东西比他口信里提到的要多，希尔巩，对也不对？正如你所见，我们已经身处战争当中，并非毫无准备。灰袍甘道夫曾与我们一道，哪怕是现在，我们也依旧在为东边的战斗做着集结。”

“所有这些事情，德内梭尔大人可有了解或猜测，我不敢妄言。”希尔巩回答，“但我们的确已身陷绝境。我们城主并未向您发号施令，他只求您记得旧日的友谊与许久前立下的誓言，并请您为了自己的利益尽您所能。我们得到报告，许多君王自东边骑马出发，前去魔多效力。从北方至达戈拉德平原，已有小规模战斗爆发，还出现了战争的传言。南边的哈拉德人正在调动军队，恐惧笼罩在我们各处海滨，乃至我们从那边得不到任何援助。请加快速度！这是因为，我们时代的命运将于米那斯提力斯的城墙前定下。若这场大潮无法被挡在彼处，它就将淹没洛汗所有的美丽原野，哪怕山野里的这座要塞也难以得到庇护。”

“何等黯然的消息！”希奥顿说，“但也并非全然出乎意料。不过，请转告德内梭尔，即便洛汗未曾受到威胁，我们依旧会前去驰援。但我们在与叛徒萨茹曼的战斗中损失了不少人手，另外，正如他的口信所佐证，我们还得顾及北方与东方的疆域。黑暗魔君如今似乎掌握了极为强大的力量，他极有可能以围城牵制我们，同时又调遣大军从双王之门渡河袭击。

“不过，也不用再提什么审慎的建议了。我们会来的。出征典仪已定于明日举行。待一切就绪，我们便会出征。我本打算派遣一万骑兵驰过平原，给你们的敌人来个措手不及。眼下恐怕无法凑出这么多数量，我不能让我的各处要塞全无防备。不过，至少有六千骑随我出发。你且告诉德内梭尔，值此时局，就算有去无回，马克之王亦将亲自前往刚铎之地。然而，路途遥远，士兵与马匹须得在抵达终点之时仍有力气作战。以明日清早为始，大约一周时间，你们便能听见北方传来埃奥尔子孙的喊杀声。”

“一周！”希尔巩说，“若只能如此，那便这样吧。然而，除非另有奇援，否则自今日起七天之后，您能见到的也许只剩残垣断壁。不过，至少您能让那些奥克跟黑肤人类没法安然在白塔之中庆功祝贺。”

“至少这一点我们能做到。”希奥顿说，“但我才下战场，又经历长途奔波，现在委实需要休息。今晚且留宿一夜。随后你便能看一看洛汗的集结，好让你能略感安慰地回去复命。而且，好好休息一场也能骑得更快。早间会商方为上策，夜晚也会改变许多想法。”

说完，国王站起身，众人也随即站了起来。“各自回去休息吧，”他说，“好好睡一觉。至于你，梅里阿道克小少爷，今夜无须伺候我。不过，只要太阳升起，你便等着我的召唤吧。”

“我会准备好的。”梅里说，“就算你要我跟你一同骑上亡者之路都行。”

“莫说不吉利的话！”国王说，“会被如此称呼的道路或许不止一条，但我并没有要你随我骑上任何道路。晚安！”

“我不想被留在后面，等到回程了才来叫我！”梅里说，“我不想被抛下，不想。”他在帐篷里不断重复着这句话，终于睡着了。

有人摇醒了他。“醒醒，醒醒，霍尔比特拉少爷！”那人喊。梅里总算从深沉的梦境里苏醒，猛然坐起身。他感觉天依旧很黑。

“怎么啦？”他问。

“国王召你过去。”

“可太阳还没出来呢。”梅里说。

“是的，可今天也不会有日出了，霍尔比特拉少爷。看那云的架势，只怕再也不会出太阳了。哪怕没了太阳，时间可不会等着不动。快！”

梅里胡乱套了几件衣服，朝外面望去。整个世界一片昏暗。空气里似乎带着褐色，万物只剩黑灰两色，见不着半点儿影子，一切都笼罩在巨大的沉寂当中。云层压根儿看不着边，只除了遥远的西方。那边的巨大阴云延出的部分仿佛摸索的手指一般探向最远处，而它们依旧在蠕动着向前进，指间有些许光线漏下。头顶上悬着一座阴沉、单调的屋顶，那里的光线非但没有增加，反而像是在减少。

梅里看见好些人在那儿抬头看天，嘴里嘟哝着，他们脸色灰白、面露悲伤，部分人还带着惶恐。他心情沉重地往国王那边走。刚铎骑兵希尔巩先他一步到了那里，此时正与另外一个人站着。那人的模样与装束跟希尔巩很像，不过个头儿更矮、更壮。梅里进门那会儿，他正在跟国王说话。

“那东西是从魔多来的，陛下。”他说，“昨晚日落时开始出现。我见它从您的领土东伏尔德的山岭升起，又渐渐爬上天空。我骑马彻夜奔驰，而它一直跟在后面，把星星全吞掉了。眼下这团巨大的云层罩住了从这里到阴影山脉的全部土地，它的颜色还在不断加深。战争已经开始了。”

国王一言不发地坐了一阵，最后开了口。“看来我们终究还是没法逃掉。”他说，“我们时代的这场大战哪，不知有多少事物会就此消亡。不过，至少现在终于不用再躲藏了。我们不再绕道，走大路全速前进。立即集结兵力，不再等待那些耽搁未到之人。你们米那斯提力斯的物资储备如何？若我们必须全速奔驰，便只能携带足够抵达战场的食物和饮水，轻装前进。”

“我们早已备好大量物资，”希尔巩答道，“眼下您的部队大可放心轻装疾驰！”

“那便召唤各传令官。伊奥梅尔，”希奥顿说，“让骑兵整队！”

伊奥梅尔便往外去了。不多时，要塞吹响小号，下方各处也传来许多回应声。在梅里听来，这些声音却再不复一夜之前的响亮与英勇。沉闷的空气中，它们听着只感觉哑闷、粗粝，带着不祥的声响。

国王转向梅里。“我要去打仗了，梅里阿道克少爷，”他说，“再过一会儿就上路。我解除你的效忠，但保留你我的友谊。你应该留在这里，若你愿意，便去为伊奥温公主效力，她将代我管理子民。”

“可是……可是，陛下，”梅里结结巴巴地说，“我向您献上了我的剑。希奥顿王，我不愿与您如此分别。而且，我的朋友们全都上了战场，留在后方只会让我蒙羞。”

“但我们要骑高大、迅捷的马匹，”希奥顿说，“就算你再有胆色，却是骑不了它们。”

“那就把我绑在马背上，要么就把我挂在马镫或者什么上面。”梅里说，“要是没法骑马，那我就用双腿跑过去。哪怕要跑很长的路，我就是把跑断腿，就是晚到几个星期也要去。”

希奥顿微微一笑。“与其如此，不如我带你共骑雪鬃。”他说，“至少你可随我骑往埃多拉斯，看一看美杜塞尔德。我便是要往那边去。这一路斯蒂巴尚能载你过去。等到了那边平原，我们才会全速行进。”

伊奥温站起身。“跟我来，梅里阿道克！”她说，“我带你看看为你准备的装备。”两人便走了出去。“阿拉贡只向我提了这么一个要求，”在一排排帐篷之间穿行时，伊奥温说，“他认为你应该武装起来，为战斗做准备。我答应尽力而为。我的心告诉我，一切终结之前，你会用上它们的。”

她领着梅里来到国王近卫住处夹着的一座棚子里。一名军需官为她拿来一顶小盔、一面圆盾和其他一些装备。

“我们找不到适合的锁甲，”伊奥温说，“也没时间为你打造。但我们觅了一件结实的皮甲，一根腰带，还有一柄小刀。剑你已经有了。”

梅里鞠了一躬，伊奥温女士将盾牌递给他。盾牌与吉姆利当初那面差不多，上面也绘着白马纹章。“都拿去吧，”她说，“用它们为你赢得好运！梅里阿道克少爷，就此别过！不过，也许你我还有再会之时。”

就这样，在渐渐聚拢的黑暗里，马克之王准备就绪，要带领手下骑兵踏上东征之行。人们心情沉重，好些人在阴影中暗自沮丧。但他们这族人性格坚强，忠于他们的国王。哪怕是那群在要塞里扎营、自埃多拉斯流亡而来的老弱妇孺，也没几个会哭泣或是抱怨。劫数高悬头顶，他们只是沉默以对。

两个钟头的时间转瞬即逝，国王此时已骑在马上，暗淡的光线映得身下白驹微光烁烁。他看着十分高大勇猛，可高盔下飘扬的发丝却已是雪白。他这般模样让许多人心生惊讶，他那不屈的脊梁与无畏的面容更是让人精神鼓舞。

水声喧哗的河边一处敞阔平地上，将近五千五百名全副武装的骑兵集结完毕，另外还有好几百人牵着精简了负重的备用马匹。一声号响。国王单手一扬，马克大军随即无声地开始前进。骑在最前方的是十二名国王近卫，全是声名显赫之辈。后面跟着的便是国王，伊奥梅尔随行右侧。此前在上面的要塞，国王已与伊奥温道了别，那情景思及依旧令人心伤，但他眼下已将注意力转至前方的路途。梅里骑着斯蒂巴，与刚铎信使一并行于国王身后，而他们之后又是另外十二名近卫。他们一路经过一队又一队骑兵长阵，列阵将士个个表情坚毅、神情坚决。等他们就快要走到军阵尽头的时候，却有一人抬起头，朝霍比特人投来锐利的眼神。梅里回了他一眼，感觉那是一名比大多数人要矮小瘦弱的年轻人。他捕捉到那双清澈灰眸里的一抹目光，猛然一个激灵：他忽然意识到，那是一张舍弃希望、一心赴死的面孔。

众人沿着灰蒙的道路继续前进，旁边的雪河在岩石间奔腾涌动。他们穿过下祠村与上河村，看见一扇扇漆黑的门洞里女人哀伤的面容。没有号角吹鸣、竖琴拨弹，也没有将士高歌，这场浩浩荡荡的东征就这样拉开序幕，让后世的洛汗人代代传唱不休。

黑蛮祠阴沉，天色亦昏暗，
飞马远走森格尔之子与诸卿众将：
他前来埃多拉斯，前来马克治下
雾尘笼罩的古老厅殿；
金殿柱翳影重重。
后会有期，他挥别自由的臣民，

挥别炉火高座，还有各处圣洁之所，
他曾于此把酒言欢，达旦方歇。
国王一往无前，恐惧身后抛，
命运身前迎。他信守盟约，
言出必行，有誓必践。
五日又五夜，希奥顿御马挺进，
埃奥尔一族一路向东
穿过伏尔德、芬马克与菲瑞恩森林，
六千矛骑直奔桑伦丁，
明多路因山下，雄伟蒙德堡，
南方王国中，海国君王城，
敌军围堵，烈焰环城。
厄运催行，马蹄难停。
骏马骑兵，黑暗遮罩；
马蹄声远，渐行渐寂：
唯余歌谣传后世。

国王确实是在愈渐阴暗的天光里抵达了埃多拉斯，尽管算算时间，彼时不过刚至正午。他只在那里做了短暂停留，又收了六十名未赶上出征典仪的骑兵加入队伍。一番吃喝之后，他收拾完毕准备再度启程，向自己的小侍从和蔼地道别，可梅里最后一次求他带上自己。

“正如我所说，斯蒂巴这样的坐骑担不了这趟征程。”希奥顿说，“另外，如此一场预计在刚铎的平原上展开的战斗，就算梅里阿道克少爷你是一名剑侍，拥有远超身形的勇气，又能做什么呢？”

“这种事情，谁又说得准呢？”梅里回答，“可是，陛下，你若不让我追随身侧，又为何要收我做剑侍？我也不愿歌谣里唱到的时候，只说我是那个总被留在后面的人！”

“我为了你的平安而接纳你，”希奥顿回答，“也为了要你听我吩咐行事。我的骑兵无人能携带你这负担。若大战是在我城门之前，兴许你的事迹能被吟游诗人记下。可它却在一百零二里格外，在德内梭尔统治的蒙德堡。多说无益。”

梅里行了一礼，闷闷不乐地退下，眼睛盯着那一排排骑兵。各队伍已经准备出发：人们收紧马肚带，检查马鞍，安抚马匹。一些人心神不宁地望着低垂的天空。一名骑兵不动声色地来到身边，朝霍比特人耳朵里悄声说话。

“我们总说，有志者事竟成，”他悄声说，“我便是如此感受。”梅里抬起头，发现说话人正是他早间看见的那名年轻骑兵。“你想与马克之王同行，我从你的脸上看出来了。”

“是的。”梅里说。

“那你就该跟我走，”骑兵说，“我用斗篷遮住你，让你坐在我前面，直到我们远远离开，眼下这阴沉的天色变得更暗为止。如此好意不该被拒绝。莫再同别人说话，只管跟我来！”

“非常感谢！”梅里说，“谢谢您，先生，可我还不知道您的名字。”

“你不知道？”那骑兵柔声说，“那便唤我德恩海尔姆吧。”

正如之前约定的，当国王启程之时，霍比特人梅里阿道克坐在了德恩海尔姆前面，而追风驹，也就是两人所骑的壮硕灰马，丝毫不觉得有什么负担。这是因为，德恩海尔姆虽然身子柔韧、结实，体重却是比许多人要轻。

他们朝着阴影飞驰而去。他们往埃多拉斯东方前进了十二里格，当晚在雪河汇入恩特河位置的柳树林里扎下营地。之后，队伍又继续往前，穿过了伏尔德。接下来是芬马克——他们右边是一大片攀上山丘外缘的橡树林，被刚铎边境上漆黑的哈利菲瑞恩山投下的阴影遮罩。而他们左边，迷雾笼罩着恩特河无数支流汇入的沼泽地。众人一路前行，北方战火已燃的传闻也随之出现。孤身一人、御马狂奔的人一个接一个出现，带来敌袭东境与奥克大军朝洛汗北高原行进的消息。

“前进！前进！”伊奥梅尔高喊，“掉头已经来不及了。我们的侧翼只能交给恩特河的泽地来守护。我们必须加快速度。前进！”

就这样，希奥顿王离开自己的国土，沿着蜿蜒的道路一哩哩往前，路过一座座烽火山：卡伦哈德、明里蒙、埃瑞拉斯、纳多。可这些地方的烽火已然熄灭。各处土地全变得灰蒙、死寂，他们前方的黑暗愈发深沉，众人心里的希望也变得愈发渺茫。

· 第四章 ·

刚铎围城

皮平是被甘道夫叫醒的，因为窗外只有昏暗的晨光透入，两人的房间里点了一些蜡烛。雷声渐渐逼近，空气十分沉闷。

“几点啦？”皮平问道，又打了个呵欠。

“第二个钟头已经过了。”甘道夫说，“快起来，收拾一下。城主召你去熟悉你的职务。”

“早饭他管吗？”

“不管！我已经给你带来了：中午之前能吃的都在这儿。他们下了令，食物如今定量配给。”

皮平愁眉苦脸地看着面前摆的一小片面包与（他认为）根本涂不满面包的黄油，还有一杯稀牛奶。“你为啥要带我来这儿啊？”他问。

“你知道得很清楚，”甘道夫说，“为了让你没法捣蛋。你要是觉得待着难受，别忘了，这可是你自己惹出来的。”皮平不吱声了。

不多时，他再度同甘道夫走下那条阴冷的走廊，来到白塔大殿的大门前。德内梭尔坐在里边一处阴暗当中，让皮平感觉他像一只耐心的老蜘蛛。他仿佛自昨天起便半分不曾动弹。他示意甘道夫就座，却任由皮平站了半天没理会。这时，老人转向皮平。

“噢，佩里格林少爷，希望你昨天按心意善用了时间。不过，恐怕城里的食物供应不怎么合你的心意。”

皮平感到有些不自在，不知怎的，白城的城主不但知道他的大多数言行举止，还把他的想法也猜了个差不离。他没有回话。

“你打算做何事来为我效力？”

“大人，我以为您会安排我的职务。”

“等我知道你适合做什么，自然会安排。”德内梭尔说，“不过，我若留你在身侧，也许能更快地弄明白。我的内殿侍从求我允他调至外城卫戍，你可暂时顶替他。你负责服侍我，代我传令，若是战事或会议之余有所闲暇，你还要陪我说话。你可会唱歌？”

“会。”皮平说，“唔，我会唱——反正我们那边的人觉得我唱得挺不错的。可是，大人，我会的歌不怎么适合富丽堂皇的殿堂跟邪恶的时期。我们很少会唱比风和雨更可怕的东西。我会唱的歌，大部分都在讲一些能让我们哈哈大笑的事情。当然，吃吃喝喝的内容也少不了。”

“这种歌为何不适合我的殿堂，不适合邪恶的时期？我们常年活在魔影之下，岂不是更想听听不受魔影侵扰之地的歌声？如此一来，或许我们便能感到自己的守望并非白费功夫，尽管从不曾有谁表达过谢意。”

皮平的心沉了下去。他可不觉得给米那斯提力斯的城主唱夏尔的那些歌是个好主意，尤其是他最拿手的那些滑稽小曲儿。对于这种场合，它们有些……唔，太粗俗了。不过，眼下他倒是逃过一回折磨，没被命令唱歌。德内梭尔转向甘道夫，问起了洛希尔人和他们的政纲，还有国王的外甥伊奥梅尔的地位。皮平觉得城主肯定已多年不曾踏出国土一步，可城主却对生活在千里之外的一族人知之甚详，这让他大为吃惊。

没过多久，德内梭尔朝皮平摆摆手，再度打发他离开一段时间。“去城堡的军械库，”他说，“领你的白塔制服与装备。我昨日便命他们准备，如今应该备妥了。穿戴好，你便再回来！”

情况正如他所言。皮平没多久便发现自己穿上了只有黑、银两色的奇特衣袍。他身穿一件小小的锁子甲，锁环似是精铁铸造，黑得却仿佛煤玉。他还戴着一顶高冠头盔，头盔两侧各有一个小小的渡鸦翅膀，头冠中央还缀着一枚银星。锁甲外是一件黑色短外套，胸口用银线绣着白树的纹章。他的旧衣服都被折好收走了，但他们准许他留下罗瑞恩那件灰斗篷，不过执勤时不能穿。他不知道，如今他看起来像极了“Ernil i Pheriannath”——也就是人们称呼他的“半身人王子”。可他感觉浑身别扭，而那片阴暗也开始让他心情抑郁起来。

这一整日的天色都黑暗、昏沉。从不见太阳的黎明直至傍晚，沉闷的阴影变得越来越厚，白城居民个个压抑不已。远远的头顶上，一团磅礴的云乘着战争之风缓缓从黑暗之地飘向西边，一路吞噬着光明；而下方的空气变得凝滞、难以呼吸，仿佛整座安都因河谷都在等待一场毁灭性的暴雨袭来。

第十一次钟响前后，皮平总算得以暂时摆脱勤务，便走到外面去找些能振奋心情的吃食，好让他更耐得住随侍这项任务。他在食堂里再度碰上了贝瑞刚德，后者去主道的哨塔办差，刚从佩兰诺平野那边回来。两人一道散步去了城墙上，因为皮平感觉待在室内像坐牢，哪怕高耸的城堡里也让他觉得窒息。两人这会儿再度坐在了那处对着东边的垛口，也就是他们头一天吃饭聊天的地方。

眼下正是日落时分，可那片巨大的云雾此时已远远探向西边，而太阳直到最终沉入大海之前那一瞬，才得以脱离这云障，送出天黑前那一缕道别般的短暂光亮。正是那时，佛罗多正好在岔道口看见那阳光触碰了那座倒落的国王石像的头颅。然而，明多路因山的山影遮罩之下，佩兰诺平野却不见半丝阳光，只有一片暗褐与阴沉。

皮平感觉，上一次坐在这里似乎已成了快记不清的、许多年前的往事，那时他依旧是个普通的霍比特人，是个快活的游人，没怎么遭遇他后来经历的这些危险。现如今他成了城里一名准备应对猛攻的小卒，穿着令人骄傲却又压抑的守卫之塔制服。

换作其他时间和地方，这身新服装没准会让皮平非常得意，可如今他明白这并非儿戏。他这是正儿八经地在最为危险之时当了一位严厉主人的侍从。他身上的锁甲重得要命，头盔也沉甸甸地压在头上，斗篷被他扔在了凳子上。他打着呵欠将视线从下方昏暗的原野挪开，随后又叹了口气。

“今天累坏了？”贝瑞刚德问。

“是啊，”皮平说，“累惨了，不管是闲是忙都累。我在主子门外守了漫长的好几个钟头，无聊得要命，而他一直在里边跟甘道夫、亲王还有别的人争论。贝瑞刚德大人，我不是很习惯饿着肚子伺候别人吃饭。对霍比特人来说，这简直就是折磨。不消说，你肯定觉得我应该深感荣幸才对。可是，这样的荣幸有什么好的？说老实话，罩在这片蠕动的阴影之下，就算有吃有喝，又能有什么好的？那东西到底怎么回事？连空气好像都变得稠密，变成褐色了！你们这边刮东风的时候，天色都这么阴暗吗？”

“不是，”贝瑞刚德说，“这可不是这世间该有的天气。这是他的某种恶毒策略。他将火焰之山喷出的炙热烟雾送了过来，要让人们心情惶恐、手足无措。而他的确做到了。我真希望法拉米尔大人能回来。他肯定不会被吓住。可事到如今，谁又知道他能不能走出黑暗，渡过大河回来呢？”

"是啊，"皮平说，"甘道夫也很焦虑。他没在这儿找到法拉米尔，我猜他比较失望。可他又上哪儿去啦？午饭前他就离开了城主的会议，我感觉他的心情不太好。也许他预感到了一些坏消息。"

两人突然如遭了重击一般，说话声戛然而止，身子也僵硬得仿佛正在聆听的石像。皮平捂住耳朵，缩在地上，而刚才提到法拉米尔之时往城垛外看的贝瑞刚德却是僵立在原地，眼神震惊地盯着外头。皮平知道他刚才听见的那毛骨悚然的叫喊：那是他许久之前在夏尔泽地听过的声音，不过如今却包含着更加强烈的力量与恨意，将恶毒的绝望狠狠刺进人的心灵。

贝瑞刚德费尽全力开了口。"他们来了！"他说，"振作起来，快看！下面有凶恶的东西来了。"

皮平极不情愿地爬上长凳，看向墙外。他脚下一片昏暗的佩兰诺平野延向远方，渐渐隐于依稀能见着一线的大河。可他此时却看见，下方半空中有东西如过早降临的黑夜之影，盘旋着朝平野这头疾掠而来：那是五道鸟似的形体，有如食腐鸟一样恐怖，体形却又比鹰还要巨大，如死亡一样残酷。他们时而俯冲靠近，险险地贴着城防弓箭的射程边缘飞过，时而又盘旋着飞远。

"黑骑手！"皮平喃喃道，"在天上飞的黑骑手！可是，贝瑞刚德，你瞧！"他喊，"他们肯定在找什么东西，对吧？他们一直在盘旋着往那边那个地方俯冲！你看没看见地面有东西在动？小小的黑影。没错，是四五个骑马的人。啊！我受不了了！甘道夫！甘道夫救救我们！"

又一声长长的嘶吼扬起、落下，皮平再度缩倒在城墙下，喘得仿佛被追捕的猎物。除了那声让人噤若寒蝉的叫喊，皮平隐约听见下方遥遥传来微弱的号声，以一个长且高昂的音调结尾。

"法拉米尔！法拉米尔大人！那是他呼唤的号声！"贝瑞刚德大喊，

“何其英勇！可除了恐惧，这些罪恶之地来的邪恶兀鹰若是还有别的武器，他们又如何能顺利抵达城门？可是，看！他们坚持住了。他们能赶到城门。不！马发狂了。看！骑手摔下了马。他们在拔脚狂奔。不，还有一个在马上，他转头骑向其他人。那人肯定是统帅：马与人，他都能掌控。啊！其中一个邪物朝他俯冲过去。快帮忙！快帮忙！就没人出去接应吗？法拉米尔！”

语毕，贝瑞刚德一个箭步奔进昏暗之中。自己心生怯意，而贝瑞刚德的第一反应却是他敬爱的统帅，这让皮平羞愧不已。他站起身子，朝外看去。就在此时，他捕捉到一抹银白色自北方而来，仿佛一颗小小的星星落入昏沉的平野。只见它箭一般飞驰而来，速度也越来越快，径直朝逃往城门方向的四人去了。皮平似乎看见那星星四周散发着淡淡的光芒，能驱赶周围深沉的阴影。随后，等它靠近之后，皮平觉得自己听见一声嘹亮的呼唤，恍若于城墙间回荡的声响。

“甘道夫！”他高喊，“甘道夫！他总会在最黑暗之时出现。去啊！去啊，白骑士！甘道夫，甘道夫！”他狂热地叫喊着，仿佛是一名观看激烈竞赛的观众，正在为完全用不着鼓劲的跑者呐喊加油。

然而，那俯冲的漆黑阴影此时察觉了来者。其中一名朝他冲了过去。但皮平似乎看见他抬起一只手，而一束白光自手中直刺天空。那名纳兹古尔发出一声长长的悲号，猛然转身飞远了。见状，其余四道黑影犹豫片刻，随后飞快地盘旋上升，冲向东边，消失在上方低垂的云层之中。下方的佩兰诺平野一时间似乎变得没那么阴暗了。

皮平瞧见骑马那人与白骑士会合、驻足，等候其余几名徒步之人。白城里的人此时也匆匆迎向他们。没多久，他们便穿过外城墙，消失在视线之中，皮平知道他们这是进了城门。猜也知道，他们会立即前往白塔面见宰相，他便匆匆赶往城堡入口。在那里，他遇上了许多同样在高墙上观看那场竞赛与救援的人。

过了没多久，从街道往外城环方向传来喧闹之声，许多人欢呼着高喊法拉米尔跟米斯兰迪尔的名字。随后皮平看见了火把，看见人们簇拥着两名缓缓前进的骑手：其中一人浑身白色，不过不再闪耀，反而在微光中显得有些暗淡，仿佛他的火焰已经耗尽或是消隐了；另一位浑身暗沉，低着脑袋。两人下了马，让马夫将马牵走，他们则走向大门处的哨兵：甘道夫步伐稳健，灰色的斗篷甩去身后，眼里仍旧有怒火隐隐燃烧；另外那人浑身绿色，步履缓慢、一瘸一拐，像是精疲力竭或受了伤。

两人经过城门拱下的灯盏之时，皮平挤到前排，法拉米尔那张惨白的脸让他不禁屏住了呼吸。那是一张遭受巨大恐惧或痛苦袭击，又强行控制下来、此时恢复了平静的脸。法拉米尔驻足，同守卫交谈了片刻，样貌显得光荣又庄重。而皮平越是看他，越觉得他跟哥哥波洛米尔极像——皮平一开始就挺喜欢他这位兄长，羡慕这位人杰高贵又不失和蔼的态度。然而，他心里忽然对法拉米尔生出一股从未体会过的奇异感触。这位有着阿拉贡不时流露出的那种强烈的高尚气质——也许没那么强烈，却也少了些难以估量、高不可攀的感觉：法拉米尔亦属人中王者之一，虽生不逢时，但依旧浸染了年长种族的智慧与哀伤。他如今知道为何贝瑞刚德提及法拉米尔便心怀敬爱了。他便是那么一位人人愿意追随的统帅，是皮平即便身处黑翼阴影之下也甘愿追随之人。

“法拉米尔！”他同其他人一道高喊，“法拉米尔！”而法拉米尔从白城人民的喧闹声中捕捉到这一声奇特的腔调，便转过身来，颇为惊讶地低头看着他。

“你从何处来？”他问，“一名半身人，穿着白塔制服！哪里……”

他的话刚说了半截，甘道夫走到身边开了口。“他同我一道自半身人之地前来，”甘道夫说，“他与我一道前来。不过，我们莫要在此耽搁，还有许多事情等着说等着做，而你也疲惫不堪。他会与我们同行。实际上，他必须同行，若他不像我这般轻易忘记自己的新职责，那他眼下就得再去城主身边候着。来吧，皮平，跟我们走！”

于是，他们最终去了白城之主的内室。房间里，一个黄铜火炉周围摆了许多张软椅，酒也已经送了上来。皮平站在德内梭尔的椅子后面，几乎无人注意。他如饥似渴地听着众人说话，几乎忘了疲累。

待法拉米尔吃过白面包，又喝了一口酒之后，他在父亲左手边的一把矮椅上就座。甘道夫坐在对面一把雕纹木椅上，隔得稍微远一点儿。他一开始似乎在打瞌睡——因为法拉米尔起初只讲了十天前自己被派去执行的任务，另外便是他从伊希利恩带回的消息，以及大敌与盟友的动向。他还讲了那场击败哈拉德人跟他们巨兽的战斗：仿佛过去常常耳闻的那种统领向主君汇报的情况，都是些边境冲突的小事，如今看来既无用处亦不重要，也毫无名望可言。

随后，法拉米尔忽然看向皮平。“我们现在要讲到奇怪的事情了，”法拉米尔说，“因为他并非第一位我看见的，从北方传说里出现在南境的半身人。”

甘道夫此时坐直身子，双手握紧了椅子。但他一言不发，还用眼神制止了皮平呼之欲出的惊叹。德内梭尔看着众人的面孔，又点点头，仿佛表示他在话语出口之前便已明了了不少情况。其余人缄口静坐，而法拉米尔则慢慢地将故事和盘托出，眼睛多数时候望向甘道夫，但不时又会扫向皮平，仿佛要借他来唤醒自己对另外几人的记忆。

随着他讲起与佛罗多及其仆人的会面，还有汉奈斯安努恩发生的种种，皮平发现甘道夫攥紧雕纹木椅的双手颤抖起来。这双手此时似乎显得苍白又无比苍老，皮平看着它们，猛然产生一阵恐惧的颤抖。他意识到甘道夫——甘道夫自己也是担忧不已，甚至有些害怕。房间里一片沉闷、静滞。最后，法拉米尔讲起他与几位旅人的分别，还有几人决意前往奇力斯乌苟，他的声音变得低落。他摇着头，叹了一口气。甘道夫却猛然站了起来。

“奇力斯乌苟？魔古尔山谷？”他问，“时间，法拉米尔，什么时候？你是何时与他们分别的？他们几时会抵达那可憎的山谷？”

“我于两日前的早晨同他们分别。”法拉米尔说，“若他们径直往南，离魔古尔都因河谷便是十五里格，而之后再往西五里格便是那受诅咒之塔。即便以最快的速度，他们也要今天才会抵达，或许现在依旧还没到。其实我知道你在害怕什么。但这黑暗并非因他们的冒险而起。它出现于昨日傍晚，而整个伊希利恩昨夜全都笼罩在那阴影之下。我很清楚，此乃大敌谋划已久的袭击，而袭击的时间早在那几位旅人离开我的看管之前便已定下。”

甘道夫来回踱着步。“两日前的早上，接近三日的路程！你们分别之处距此地有多远？”

“约有飞鸟直行二十五里格的距离，”法拉米尔答道，“可我无法再加快速度。昨日傍晚我于凯尔安德洛斯过夜，就是大河北边一处我们用作防守的长岛。马匹均藏匿于这边河岸。随着黑暗不断蔓延，我知道必须抓紧时间，便带了另外三名会骑马的将士赶往这边。我将队伍其余人派往南部，增援欧斯吉利亚斯各渡口的防卫。希望我这么做并未出错？”他看向他的父亲。

“出错？”德内梭尔高声说，眼中突然精芒一闪，“你为何要问？你手下之人，听的是你的命令。还是说，你在问我对你的诸般作为有何见解？你在我面前倒是毕恭毕敬，然而你早已孤行己见，全然不把我的建议当回事。瞧，你说话充满技巧，一如既往；而我呢，莫非我看不见你总盯着米斯兰迪尔，探询你所言究竟妥当或是过分？他早已拿捏了你。

“我儿啊，为父虽老，却还没糊涂。我依旧如以往一般能看能听，你那些半遮半掩的话，却是没多少能瞒得过我。我知道许多谜题的答案。唉，波洛米尔哪！”

“若我之所为惹您不悦，我的父亲，”法拉米尔安静地说，“我只希望在您将如此严重的指责加诸我之前，先告诉我您的看法。”

“如此便能改变你的看法吗？”德内梭尔说，“我认为你依然会照做无误。我太了解你了。你素来渴望表现得尊贵且慷慨，如古时君王一般谦和文雅。若是哪位坐拥王权、静享安宁的君主，那倒是颇为适宜。但身处绝望时期，文雅能换回的或许只有死亡。”

“死亦无悔。”法拉米尔说。

“死亦无悔！”德内梭尔高喊出声，“会死的可不止你一个，法拉米尔大人：你的父亲也会死，还有你所有的子民——波洛米尔既已不在，保护他们如今便是你分内之事。”

“那您可是希望，”法拉米尔说，“我与他互换处境？”

“是的，我的确希望如此。”德内梭尔说，“毕竟波洛米尔忠于我，也不是什么巫师的学徒。他会记得他父亲的需要，亦不会挥霍幸运的赠予。他会为我带来一件强大的礼物。”

法拉米尔一时间再难以克制。“我想请您回想一下，我的父亲，身处伊希利恩的为何是我，而非他。就在不久之前，您的意见至少在某个场合占了上风。将那使命交予他的，正是白城之主。”

“莫再搅动我为自己酿的那杯苦酒，”德内梭尔说，“我如今莫非没有夜夜品尝那滋味，还预见了更为苦涩的残渣？而今我发现确实如此。我何尝不希望事情莫落入眼下境况！我真希望这东西为我所得！”

“且放宽心！”甘道夫说，“波洛米尔无论如何也不会把它带给你。他已经死了，而且死得其所。愿他安息！可你却在自欺欺人。他想伸手夺取此物，可一旦得手，他便会堕落。他会将它据为己有，等他归来，便已不再是你所熟知的那个儿子。”

德内梭尔的脸冷若冰霜。“波洛米尔不如你想象中那般好使唤，是也不是？”他柔声问道，“可我乃他的父亲，我说他会将它带给我。你或许睿智，米斯兰迪尔，可智者千虑，难逃一失。我们或许能找到办法，但并非通过巫师的罗网或愚者的草率。这方面，我所拥有的学识与智慧，远超你想象。”

“那你的智慧是什么？”甘道夫问。

“足以察觉须避开两件蠢事。其一，使用这东西非常危险。其二，于如此时刻将它交到一名愚笨的半身人手里，带入大敌所在的疆域——正如你，还有我这儿子所做，何等疯癫。”

“不知德内梭尔大人认为该当如何？”

“两者皆不妥。然而，无论如何他不会置此物于危险境地，将一切放到水中月一般的希望之上，还甘愿冒上大敌一旦夺回失去之物，我们便会被彻底毁灭的风险。不，那东西应被保管、隐藏起来，藏于隐秘之地。不可动用它，我说，除非万不得已——但要置于他无法染指之处，除非他最终获胜，可彼时哪管它洪水滔天，毕竟我们已经死了。”

“你的想法，大人，一如既往地只考虑刚铎。”甘道夫说，“可这世间还有其他人类与生灵，日子也依旧会继续流逝。至于我，我甚至怜悯他的奴仆。”

“刚铎若是倾没，其余人类又能去何处求援？”德内梭尔回道，“若此物如今被我管于这城堡地库深处，我们本不用在这阴云之下战战兢兢，焦头烂额，商策也不用遭受干扰。你若是不信我能经受住考验，那么你依然不够了解我。”

“无论如何我都不会信任你，”甘道夫说，“我若是信任，早已将此物交予你保管，省去我与其余人许多麻烦。你如今的话让我更加不信任，与我不信任波洛米尔无异。呔，莫着急发火！在这件事上，我连自己也不信，即便有人甘愿将此物赠予我，我亦不会接受。德内梭尔，你意志强大，于某些方面仍能自控；但一旦你接受此物，它便会瓦解你。

就算埋在明多路因山脚之下，随着黑暗渐增，随着更为糟糕之物袭向我们，它依旧会焚灭你的意志。”

霎时间，德内梭尔面对着甘道夫，眼里再度亮起精芒，皮平再度感觉到两人意志的对抗。此时两人的眼神几乎化作利剑，双方激烈交锋、火花四溅。皮平吓得直打哆嗦，生怕其中一方来上一记狠的。不过，德内梭尔忽然放松下来，又变得面无表情。他耸了耸肩。

“我若是！你若是！”他说，“这些词句同那些‘若是’全乃空话。它已然进了魔影之中，只有时间方能展示静候它与我们的命运。而时间已所剩无几。这剩余时间里，且让所有自行其是对抗大敌的人团结一致，尽力让他们保持希望，以及希望破灭后自由赴死的胆气。”他转向法拉米尔，“你认为欧斯吉利亚斯的守备如何？”

“缺乏人手。”法拉米尔说，“我之前说过，我将伊希利恩的队伍派去增援了。”

“我认为依旧不够。”德内梭尔说，“敌人若是进攻，彼处首当其冲。他们急需英勇之人担当统领。”

“不单是那里，许多地方也一样。”法拉米尔叹了口气，“我的兄长哪，我也同样深爱的兄长！”他站起身，“父亲，可否容我告退？”说完，他身子一歪，靠在他父亲的椅子上。

“看来你疲惫难当，”德内梭尔说，“听闻你日夜兼程，行了极远的路，还遭了天上邪恶之影的袭击。”

“我们别提那东西吧！”法拉米尔说。

“不提也罢，”德内梭尔说，“且趁着还有机会，你们先行休息。明日情况想来会更加紧急。”

众人便向城主告退，趁此机会回去休息。外面是一片见不着星星的黑暗，皮平走在甘道夫身边，举着一支小小的火把照亮两人回住处的路。直到回屋关上门之前，两人都不曾说话。随后，皮平最终拉住了甘道夫的手。

“告诉我，”他说，“还有希望吗？我是指佛罗多他们，至少主要是指佛罗多。”

甘道夫将手按在皮平的头上。“希望从来都没有多少，”他回答，“就如他告诉我的，不过是水中月罢了。另外，当我听见奇力斯乌苟——”他停下话头，踱去窗边，仿佛他的目光能刺破东边的黑夜。“奇力斯乌苟！”他喃喃道，“我想知道，为何去那边？”他转过身，“开头那会儿，皮平，听见那名字我心里险些绝望。不过，实话实说，我相信法拉米尔带来的消息里仍有希望留存：它似乎清楚地表明，我们的大敌终究开启战端，落下第一枚棋子，而佛罗多依旧能自由行动。那么，自现在起，他会有好些日子将目光远离他的地盘，转而往这边四处窥探。他的行事比他原本打算的早了一些。看来有什么事情刺激了他。”

甘道夫伫立着思索了一阵。“兴许，”他喃喃道，“我的小伙子，兴许连你的愚蠢之举也帮上了忙。让我想想：离现在大概五天之前，他发现我们击败萨茹曼，夺走了晶石。可这又如何？我们拿它派不上太大用场，至少使用之时瞒不过他。噢！有些费解。阿拉贡？他的时机就要到了。而他其实强大又坚毅，皮平。他英勇、坚决，能自行决断，必要之时又敢于冒绝大风险。兴许便是如此。他或许会使用晶石，向大敌展示自己，向他下战书——他便是为了要刺激他。我猜是如此。唔，只有等洛汗骑兵来了，我们才能得知答案，前提是他们没有来得太迟。后面还有许多邪恶的日子候着。趁还有机会，睡吧。”

“可是……”皮平说。

“可是什么？”甘道夫问，“今晚只许你‘可是’这么一回。”

“咕噜，”皮平说，“咕噜究竟是怎么混去他们身边，还跟他们一起行动的？而且，我看得出来，法拉米尔跟你一样，都不喜欢咕噜带他们俩去的地方。那里有什么问题？”

“我眼下没法回答你，”甘道夫说，“但我心里猜测，无论是吉是凶，尘埃落定之前，佛罗多同咕噜终会碰面。不过，今夜我不会提奇力斯乌苟。背叛，恐怕是背叛。那个悲惨生物的背叛。可他也必定如此。我们且记住，一个叛徒也许还会背叛他自己，做出他本不打算做的良善之事。有时便会如此。晚安！”

次日的早晨仿佛褐色黄昏，因法拉米尔归来而略有提振的士气，又再度低落下来。一整天都不曾见到那飞翼魔影，可城上的高空却不时传来隐约的叫喊，许多听见的人都不敢动弹，浑身发抖，胆子弱一些的甚至会被吓得畏缩哭泣。

法拉米尔此时已再度离去。“他们都不让他休息，”有人咕哝，“城主把他的儿子压得太厉害，他如今必须身担双责，一半是为他自己，另一半是为那位回不来的。”人们频频望向北边，问：“洛汗骑兵在哪儿？”

其实法拉米尔并非自愿出行。可白城之主掌控着会议，而他那天没心情听从他人的意见。他一大早便召集众人议事。会上，所有统领均认为，由于南方存在威胁，除非洛汗骑兵当真会前来支援，否则他们无力分兵主动进攻。与此同时，他们必须坚守城墙，等候时机。

“话虽如此，”德内梭尔说，“拉马斯乃千辛万苦修建而成，我们不可轻易放弃这外围城防。另外，大敌若想跨越大河，我们也得令他付出沉重的代价。他若想大举进攻白城，便不能走北边的凯尔安德洛斯，因为那边沼泽众多。他也无法取道南边的莱本宁，大河于彼处变得极为宽阔，需要许多船只渡河。他会重兵进攻欧斯吉利亚斯，一如当初波洛米尔拦下他进犯那回。”

“可那回顶多是试探。”法拉米尔说，“如今我们或许能让大敌的折损十倍于我们，可这种消耗战却会让我们后悔莫及。他能承受损失一支军队，可我们却担不起折损哪怕一个小队。另外，若他强行渡过大河，我们要想撤回派往前线的兵力，将变得危险无比。”

“凯尔安德洛斯又当如何？”亲王问，“若要防守欧斯吉利亚斯，那边同样需要守住。我们可别忘记左边的危险。洛希尔人也许会来，也许不会。但法拉米尔告诉我们说，黑暗之门聚集的兵力愈发强大。那边会派出的军队可能不止一支，袭击不止一处通路。”

“要战，便要蒙受许多风险，”德内梭尔说，“凯尔安德洛斯已驻有守军，目前也派不了更多人手。只要在场的哪位统领还有勇气听从城主的安排，我便不会将大河与佩兰诺拱手相让。”

众人全哑了声。不过，法拉米尔最终说：“父亲大人，我不反对您的意志。既然您失去了波洛米尔，那我便代他前去，尽我所能——您下令便是。”

“我下令。”德内梭尔说。

“那么，再会！”法拉米尔说，“若我能归来，望您能对我高看一眼！”

“这取决于你以何种方式归来。”德内梭尔说。

法拉米尔去东边之前，最后同他说话的是甘道夫。“你这身性命，莫要草草扔掉，也不可因苦痛而舍去。”甘道夫说，“这边还有战争之外的事情需要你。你父亲喜爱你，法拉米尔，到头来他会记起来的。再会！”

于是，法拉米尔大人便再度出发，还带上了那些自愿前往或是能抽调出来的兵力。城墙上，一些人透过一片昏沉凝望那座化为废墟的城池，想知道那边情况究竟如何，因为那边见不着任何东西。另外一些人一如既往地看向北方，算着洛汗的希奥顿离这里还有多远。“他会来吗？他没忘记我们的古老盟约吧？”他们问。

“是的，他会来的，”甘道夫说，“哪怕他最终没能赶上。不过，好好想想！红箭最快也是两天前才送到他手上，从埃多拉斯过来可不算近。”

消息传来的时候，已是夜晚。一人单骑自渡口飞驰而来，报称米那斯魔古尔派出一支大军，现已逼近欧斯吉利亚斯。这支军队中还混有从南方来的冷酷、高大的哈拉德人军团。“我们得知，”信使说，“那名黑统帅再度领兵，他裹挟的恐惧已先他一步传到了大河彼岸。”

伴随着这些不祥之言，皮平来到米那斯提力斯的第三天就此结束。没几个人去休息，因为即便法拉米尔想要长久守住渡口，如今也成了希望渺茫之事。

次日，尽管黑暗已至顶点，再未变得更加深沉，人们心里却愈发沉重，还被一阵巨大的恐怖笼了上来。坏消息很快便再度传来。大敌夺下了安都因大河的通路。法拉米尔正撤向佩兰诺平野的城墙，要在主道双堡重整部队，可敌部兵力却是十倍于他。

“即便他最后能横穿佩兰诺平野归来，敌军也会紧追不放。”信使说，“他们渡河时的损失固然惨重，却又未及我们预期。敌军计划周详。如今看来，他们在东欧斯吉利亚斯秘密行动，花费很长时间造了许多木筏与驳船。他们如甲虫一般蜂拥渡过大河。不过，击败我们的其实是黑统帅。哪怕只是他要前来的传言，便足以让大部分人难以抵挡、无法忍受。他的手下都畏惧他，哪怕他下令要他们自杀，他们也不敢不从。”

“那么，彼处便更加需要我。”甘道夫说。他当即扬鞭出发，那微光萦绕的身形飞快消失在视线之外。皮平彻夜独自站在城墙之上，眼神凝望着东边。

昭告黎明的钟声在这无光的黑暗中显得颇为讽刺。可就在钟声再度响起之时，在一片昏暗的平野另一头，于佩兰诺城墙屹立之处，他远远地看见有火光腾起。哨兵高喊出声，白城全员赶往阵地。眼下不时有红光闪过，透过沉重的空气渐渐也能听见沉闷的轰隆声响。

“他们夺下了城墙！”人们高喊着说，“他们在朝城墙上炸缺口，他们来了！”

“法拉米尔在哪儿？”贝瑞刚德有些惶恐，“别说他已经陨落了！”

正是甘道夫最早带来消息。上午时分，他领着几名骑兵护送一列马车回来。马车里全是主道双堡被攻破时尽力救出的伤员。他马不停蹄地去见了德内梭尔。白城之主此时正坐在白塔大殿上方一处高室之中，皮平随侍在旁。城主漆黑的眼眸凝望着北、南、东三面昏沉的窗户，仿佛想要穿透环绕着他的命运之影。他多数时候看向北方，时而停顿聆听，像是在用某种古老的技艺让他的耳朵能听见远方平原上惊雷般的蹄声。

“法拉米尔可有回来？”他问。

“没有。”甘道夫说，“但我离开之时，他依旧活着。不过，他决意要与后卫部队同行，以免向佩兰诺撤退变成溃逃。他或许能让部下坚持足够长的时间，但我表示怀疑。他要对抗的敌人太过强大，我所担忧的那位来了。”

“不会是——黑暗魔君吧？”皮平惊叫着说，他害怕得忘记了自己的身份。

德内梭尔的笑声里掺杂着苦涩。“不，暂时不是，佩里格林少爷！只有等到大获全胜，他才会得意扬扬地冲我而来。他只把其他人当作武器。所有伟大君主皆是如此，半身人少爷，倘若他们不蠢的话。否则，我为何要坐在这塔里思考、观察、等待，甚至不惜折损我的两个儿子？我可还挥得动武器呢。”

他站起身，将长长的黑斗篷往身旁一撩，看！他在下面穿着锁甲，腰上挂着一把长剑，剑柄粗壮，剑鞘黑中带银。“我曾以这身行走，如今也多年如此披甲而眠，”他说，“以免年岁使我的身体变得虚弱、胆怯。”

“可巴拉督尔之主手下最凶猛的那位统领已夺下了你的外墙，”甘道夫说，“正是许久以前的安格玛之王，如今的术士、戒灵、纳兹古尔之首，是索伦手中的恐惧之矛，是绝望之影。”

“米斯兰迪尔，那你便有了旗鼓相当的对手。”德内梭尔说，“于我，我早已明了邪黑塔大军的头领是谁。你回来只是为了说这个？又或者说，你之所以撤回来，是因为你敌不过对方？”

皮平瑟瑟发抖，生怕甘道夫被激得当场暴怒。但他多虑了。“或许如此，”甘道夫柔声回道，“但对我们力量的考验还尚未到来。若古时的传闻不假，那么他便不会亡于凡夫之手，而等候他的命运将会如何，智者亦无从得知。无论出于何故，这位绝望之统领并未往前推进，暂且如此。他采用的正是你刚才所提的手段：他坐镇后方，驱使他的奴隶疯狂进攻。

“不，我回来是为了守护那些还能救治的伤员，因拉马斯多处告破，魔古尔大军很快便会从四面八方涌入。我来主要便是告知此事。战火不久便会烧至平野之上。一场突击势在必行，人手当选骑兵。我们的短暂希望便寄托于他们身上，毕竟敌军缺乏的依旧只有一样事物：他们没有多少骑兵。”

“但我们的骑兵同样数量不多。如此千钧一发之时，洛汗当真该出现才是了。”德内梭尔说。

“我们很可能会先看到其他新来者，”甘道夫说，“从凯尔安德洛斯逃脱的已经抵达城里。那座长岛已然失守。黑门又派出了一支军队，正从东北方向渡河而来。”

“米斯兰迪尔，有人曾骂你喜欢带来噩耗。”德内梭尔说，“然而，于我这却算不上什么新消息：昨日天黑之前我便已经知晓。至于突击一事，我心中自有计较。我们下去吧。”

时间渐渐流逝。城墙上的哨兵最终看见了回撤的外墙部队。一开始出现的是混乱不堪、散作一个个小队的人。他们个个儿疲惫不已，身上大多带伤，其中有些人仿佛被追赶一般在拔腿狂奔。东边远处，遥遥的有火光闪动，眼下似乎正从四面八方往平原这头蔓延。一座座房屋与谷仓全被点燃了。随后，红色的火焰如河流一般自许多地方骤然涌来，它们在一片昏暗中蜿蜒，向着通往欧斯吉利亚斯主城门的那一线宽阔道路汇聚。

“敌人来了，”人们喃喃道，“护墙已经沦陷。他们正从破口冲进来！他们似乎还带着火把。我们的人在哪儿？”

此时已近傍晚，光线无比微弱，乃至眼神敏锐之人在城堡上也很难看清平野那边的情况，只知道起火之处在成倍增加，而那许多条火蛇也变得越来越长，速度越来越快。最终，在离白城不到一哩之地，一群队形整齐一些的人类进入白城的视野，他们没有奔跑，依旧保持着队形，往前行进。

哨兵全屏住了呼吸。“法拉米尔肯定也在，”他们说，“人与兽，他都能指挥好。他还有机会回来。”

回撤的大部队此时离白城还有不到两弗隆距离。后方的昏暗中驰出一小队骑兵，是仅存的后卫部队。他们再度掉转马头，对上了迎面而来的一路路火蛇。嘶哳的凶猛吼叫声猛然响起，敌军骑兵横冲而来。那一条条火蛇化作狂涌的洪流：高举火把的奥克，还有扛着血红旗的狂暴南蛮。他们一排排地喊着刺耳的语言往前狂奔，追上了回撤的队伍。只听一声刺破耳膜的叫喊，从昏暗的天空中飞下一群飞翼魔影。纳兹古尔开始俯冲，屠戮。

撤退变成了一场败逃。队伍溃不成军，人们开始狂奔乱跑。他们如无头苍蝇一般四处逃窜，扔掉了手里的武器，惊恐得大喊大叫、跌倒在地。

号声随后响彻城堡，德内梭尔终于下令突击。城门的阴影中，高耸的城墙外侧下方，白城剩余的所有骑兵早已集结，就等着他发号施令。只见他们整齐地纵马一跃，旋即如奔雷一般怒吼着冲杀上前。城墙之上也传来喊声回应。平野之上，多阿姆洛斯的天鹅骑士奋勇领头，而亲王高扬着他们的蓝色军旗一马当先。

“阿姆洛斯为了刚铎而战！”他们高喊，“阿姆洛斯驰援法拉米尔！”

他们如雷霆一般，顺着回撤队伍的两翼撞入敌阵，却有另一名骑手一骑绝尘，迅捷得好似风穿草丛——正是甘道夫，捷影背上的他浑身光芒大作，再度展露了全力。他单手高举，掌中发出一道光芒。

纳兹古尔尖啸着掠向远处，因为他们的首领尚不打算正面对上敌人的白焰。魔古尔的大军只顾着注意猎物，让这轮狂攻打了个措手不及，顿时人仰马翻，如狂风里的火星一般逃向各处。士气大振的外城守军转头便杀向追兵，猎人就此成了猎物，撤退也变成了一场猛攻。奥克与南蛮尸横遍野，抛在地上的火把腾起盘旋的恶臭浓烟，一支接一支地熄灭。

然而，德内梭尔禁止他们追得太远。敌人的攻击虽被阻拦，甚至暂时被击退，可东边依旧有大量军队涌来。号声再度出现，这是收兵的信号。刚铎的骑兵勒马停步。他们形成的屏障后面，外城部队开始重整队伍，随后便不慌不乱地往白城行进。他们抵达白城主城门，步伐铿锵地走了进去。城里的人民也满怀骄傲地看着他们，大声喝彩，尽管众人心里担忧不已——队伍损失惨重。法拉米尔损失了三分之一的人手。可他人在哪儿？

他是最后一个回来的。他手下将士一个接一个地进城。骑士们也回来了，队尾跟着多阿姆洛斯的旗帜与他们的亲王。亲王骑在马上，身前靠着他的血亲，德内梭尔之子法拉米尔，是在一塌糊涂的战场上找到的。

“法拉米尔！法拉米尔！”人们高喊着，泪洒长街。可他却没有回答，而将士们载着他蜿蜒而上，将他送向城堡他父亲那里。就在纳兹古尔闪身逃离白骑士的攻击之时，一根致命的飞矢射向正与一名哈拉德骑兵猛将缠斗的法拉米尔，将他射落马背。幸得多阿姆洛斯骑兵的冲锋让敌人阵脚大乱，否则南方之地的血红长剑就要当场将他乱剑劈死。

伊姆拉希尔亲王带法拉米尔来到白塔，说：“大人，您的儿子立下大功回来了。”随后，他便讲述了自己眼见的一切。德内梭尔起身看着儿子的脸庞，却是一言不发。随后，他命人在屋里摆了一张床，将法拉米尔抬上床去，又挥退众人。他独自进了塔顶下的密室。抬头望向白塔的人此时看见有明灭不定的浅淡白光透出上方一扇扇窄窗，一阵闪烁后又消失不见。等德内梭尔再度下来，他依旧一言不发地坐在法拉米尔身边，脸色却是一片死灰，看着比他的儿子更像将死之人。

如今白城终究遭遇围攻，被敌人给团团包在了中间。拉马斯已经告破，整个佩兰诺平野被拱手让给了大敌。从北方道路飞奔而来的士兵，在城门关闭之前带来城墙之外的最后消息。他们是镇守阿诺瑞恩与洛汗的道路通往城区之处的残余守军。这群人的领头是英戈尔德——便是他在不到五日之前放甘道夫与皮平通过，那时太阳依旧升起，而早晨也充满希望。

“没有洛希尔人的消息，”他说，“洛汗如今不会来驰援了。就算来了，也于事无补。我们之前听闻的那支新派出的敌军已经先一步抵达，据说是取道安德洛斯过的大河。他们很强大：魔眼麾下的许多队奥克，还有无数人类部队，是我们以前没见过的类型。他们个头儿不高，但非常健壮、凶猛，留着矮人一样的胡子，带着巨大的斧头。我们猜，他们来自辽阔的东边某片蛮荒之地。这支军队守住了北向的道路，还有许多人打进了阿诺瑞恩。洛希尔人来不了了。”

主城门轰然关闭。城墙上的哨兵整夜听见敌人在外活动的声响：他们焚烧田野、树木，劈砍在外面发现的人，无论死活。黑暗中猜不出究竟有多少敌人渡过大河，可等到早晨——或者说早晨那昏暗的阴影掠过平原的时候，人们这才发现，就算夜晚使人草木皆兵，可敌军的数量依旧不在少数。平野上人头攒动，全是行进的敌军队伍。视线可及之处，一片片或黑或暗红的营帐，如毒蘑菇一般耸立于昏暗之中，数量极多。

奥克如忙碌的蚂蚁一般挖来挖去，在城墙弓箭射程外掘出一条条深邃的壕沟，形成一个巨大的环形；一等壕沟挖好，里边便燃起了大火，但火是怎么起来的，又是怎么添料的，没人能看见。他们干了一整天活，米那斯提力斯的人却只能无可奈何地干瞪眼看着。每修好一条壕沟，他们便会看见许多大马车靠近，很快还会有许多敌人跑来躲在壕沟掩体的后方，飞快组装起巨大的投掷机械。城墙上却既无大到能攻击敌阵的投石机，也没有能阻止敌军动作的其他武器。

人们起初哈哈大笑，并没把这些机械当成多大的威胁。白城的主墙无比高大，厚度惊人，是流亡的努门诺尔人在力量与技艺渐渐散佚前建造而成的。它的外立面形似欧尔桑克塔，坚硬、漆黑、光滑，刀枪不入、烈火难焚，除非大地剧震使它下方的土地崩裂，否则什么也无法摧毁它。

“不可能，”他们说，“除非那不具名者亲自前来。但只要我们还活着，他便休想踏入一步。”不过，也有人回答：“只要我们还活着？活多久？自从这世界诞生，他便使了一种武器，攻破了许多铜墙铁壁。那武器便是饥饿。道路全被切断了。洛汗人不会来了。”

可那些机械却没有在这层坚不可摧的城墙上浪费弹药。下令进攻魔多之主头号敌人的，并非哪个强盗或者奥克头目，而是一股恶意的力量与意志。一等巨大的投石器搭建完毕，伴随着众多叫喊声、绳索与绞盘的吱嘎声，敌人将飞石抛向极高之处，令它们正好掠过城垛，直坠白城的第一环城。某种秘法还让许多飞石在滚落地面之时爆裂开来，化作熊熊火焰。

城墙后面很快便燃起一片无比危险的火海，烈焰四处蔓延，所有能抽调的人手全在拼命灭火。又是一轮飞石，其中还夹杂着一些破坏性不大却更为可怕的东西，如冰雹一般飞来。那些小而圆的东西翻滚着砸在大街小巷，却没有燃烧。可等人们跑来查看究竟之时，不是惊叫出声，便是泪流满面——敌人竟将陨于欧斯吉利亚斯、拉马斯乃至佩兰诺平野的所有将士头颅射进了城里！这些头颅面容狰狞，尽管部分碎得分不清形状，部分被砍得面目全非，可仍有许多的五官清晰可辨，似乎生前遭受了极大痛苦。这些头颅全被烙上了无睑魔眼的污秽标记。然而，尽管这些头颅遭了损毁与玷污，人们依旧能分辨出熟悉的面容，想起他们曾身披铠甲骄傲地行走，或是耕耘土地，或是假日里骑马沿山里的绿色山谷而来。

人们对着蜂拥至城门前的冷酷敌人徒劳地挥着拳头。敌人毫不在意城内的咒骂之声，也听不懂西部人类的语言，只是如野兽和食腐鸟一样用刺耳的嗓门叫嚣。然而，有胆子站出来反抗魔多大军的人很快便所剩无几——邪黑塔拥有的另一样比饥饿见效更快的武器出现了：恐惧和绝望。

纳兹古尔再度出现。随着黑暗魔君如今力量的增强与释放，只为体现他意志与恶意的这些纳兹古尔也得到增强，声音里充满了邪恶与恐怖。他们一直盘旋在白城上空，仿佛秃鹫候着大啖死劫难逃之人的血肉。他们虽飞翔在目光与箭矢范围之外，存在感却十分强烈，那致命的声音一直在空气里回荡。那一声声叫喊听在耳朵里，人们非但没有习惯，反而愈发难以忍受。到了最后，等到那无形的恶意穿过，就连最为勇猛之人都扑倒在地，还能站着的那些则脑子一片昏黑，任由武器从毫无知觉的手里跌落，战意全失；人们心里只剩下躲藏、爬行、死亡。

阴暗的整个白天里，法拉米尔一直躺在白塔内室的床上，令人绝望的高烧持续不退。有人说“他要死了”，而这说法很快便传到了城墙内外与大街小巷。他的父亲就坐在他身边，一言不发，只是看着他，对城防再不理会。

皮平从未见过如此黑暗的时刻，哪怕被乌鲁克族抓走那回也比不上。他要负责伺候城主，他也确实在候着，可他仿佛被遗忘一般，只是站在毫无光亮的屋门口，尽可能地压抑着内心的恐惧。随着他的注视，他感到德内梭尔仿佛肉眼可见地在变老，似乎他那高傲的内心里有什么崩塌了，而他坚毅的精神也就此瓦解。或许是悲痛，或许是悔恨，让他成了这样。他看见那张无血无泪的脸上出现了泪痕，这比愤怒更让他感觉难受。

“请不要哭，大人。”他结结巴巴地说，“他应该能好起来。您问过甘道夫了吗？”

“休要拿巫师来安慰我！”德内梭尔说，“那水中月终究成了一场空。大敌已经找到了它，如今他的力量大增；他看穿了我们的想法，我们做什么都难逃毁灭。

“我遣我儿冒了一场毫无意义的险，无人感激，无人祝福，而他如今瘫倒在床，血管里毒液流淌。毫无意义，毫无意义！无论这战争有何结果，我这一脉便要断绝，就连宰相一族从此也后继无人。等到最后一批藏于山野的人王残余被撵出来，他们从此便会被下等民统治。”

人们来到门前呼唤着白城之主。“不，我不会下去，”他说，“我必须陪伴我儿。临终之前，他或许还有话要说。可他时候已经快到了。你们愿意追随谁都无妨，哪怕是那灰袍蠢货，虽说他的希望已然破灭。我要待在这里。”

甘道夫便如此接下了刚铎之城背水一战的指挥权。他去到何处，何处的人们便会再度振奋，而飞翼魔影也自脑海里消失。他大步流星、不知疲倦地从城堡巡往城门，从北城墙探至南城墙，而多阿姆洛斯亲王穿着闪亮的铠甲与他同行。他与麾下骑士依旧如真正拥有努门诺尔血统的贵族一样，依旧坚定不移。看见他们的人无不悄声说：“古老传说讲的当真不假。那族人身体里流淌着精灵的血脉，因为宁洛德尔的子民许久以前居住在那片土地上。”随后便会有人在昏暗中轻唱几句宁洛德尔之歌，或者其他从消逝年代传下来的安都因河谷的歌谣。

然而，等甘道夫他们远去，阴影又会再度笼罩人们，使他们的心灵再度变得冰冷，刚铎的勇气也尽数化作飞灰。就这样，充斥着恐惧的昏暗白天慢慢转为满是绝望的漆黑夜晚。白城第一环城的大火此时已肆虐到不可收拾，而外墙守军的撤退道路也早已被截断多处。不过，依旧坚守岗位的人很少，大部分都已逃进了第二环的城门里。

远处的战场后方，大河之上已飞快架起了桥，一整天都有更多的兵力与战争装置被运至对岸。半夜时分，攻势终于放慢下来。前锋部队沿着预设的曲折道路穿过烈焰熊熊的壕沟，他们成群结队地往前冲，全然不顾己方的损失，你推我挤地涌入墙上弓手的射程范围内。然而，尽管火光暴露了无数敌人的身形，而刚铎也曾以射术精湛而闻名遐迩，可城墙此时剩余的兵力太过稀少，难以给敌人造成巨大的损失。随后，感知到白城的士气已被击垮，那名隐而未现的统帅便放出了他的大军。于欧斯吉利亚斯建造的巨大攻城塔从黑暗里现身，缓缓向前推进。

一个个信使再度前往白塔内室，皮平见他们无比紧急，便放他们进去。德内梭尔从法拉米尔脸上缓缓转过脸来，一言不发地看着他们。

“大人，白城第一环烧起来了，”他们说，“您有何指令？您依旧是城主和宰相。并非所有人都愿听命于米斯兰迪尔。士兵纷纷逃离，城墙无人防守。”

“为何？这些蠢货为何要逃？”德内梭尔说，“我们迟早都会被烧死，不如早点儿被烧。回你们的篝火边去吧！我？我如今要去我的火葬堆。去我的火葬堆！德内梭尔与法拉米尔不要坟墓。不要坟墓！不要死后防腐的那种缓慢长眠。我们要如当初不曾有船自西方驶来之时一样，同那些化外蛮王一般火葬。西方已经失败了。回去，烧吧！”

信使既未行礼也未答话，只是转身跑走了。

这时，德内梭尔站起身，放开了法拉米尔滚烫的手。“他就在被烧，他已经烧起来了，”他伤心地说，“他灵魂的居所崩塌了。”随后，他轻轻走过来，低头看着皮平。

“别了！”他说，“帕拉丁之子佩里格林，别了！你效力时日不长，眼下便要结束了。剩下的日子你也不用再为我效力。去吧，随你高兴找个死法吧。愿意找谁找谁，哪怕去找你那位愚蠢地送你赴死的朋友。把我的仆人叫来，然后离开吧。别了！”

“大人，我不会同您道别，”皮平屈膝说道。随后，他突然又再度变回当初那个霍比特人，站起身直视着老人的眼睛。“大人，我愿听令离开，”他说，“因为我实在很想去见甘道夫。可他并不愚蠢，在他对生命感到绝望之前，我也不会思考死的事情。但只要您还活着，我便不愿您解除我的誓言和职责。若他们最终打到了城堡跟前，我希望待在这里，守在您身边，也许还能证明您赐给我的这些武器并没有浪费。”

“请你自便，半身人少爷。”德内梭尔说，“可我心已死。叫我的仆人来！”他回转向法拉米尔。

皮平离开他，去呼唤仆从，而他们也来了：六名家族仆人，全都英俊强壮，可听见召唤，他们却个个吓得发抖。不过，德内梭尔平静地命他们给法拉米尔盖上保暖的毯子，然后将床抬起来。六人听命，便抬着床离开内室。他们慢慢前行，尽量不让这热病缠身的人受到搅扰，而德内梭尔此时拄着根拐杖，就跟在他们后头。皮平走在队尾。

仿佛出殡一般，他们出了白塔，走进黑暗，上方低垂的云层底部闪动着一片暗红。他们轻步踏过宽阔的庭院，又在德内梭尔一声令下，停在了那棵枯萎的白树边。

万籁俱寂，仅存的声响只剩白城下方战斗的微弱动静，以及水珠哀伤地坠下枯树死枝，落进墨色水池的声响。随后，他们再度前进，城堡大门的哨兵一脸震惊地盯着他们穿过大门，又面如死灰地目送他们走远。往西折转后，他们最终来到第六环城尽头城墙的一扇门前。这门被称为分霍尔兰，因为它除了葬礼从不开启，也仅供白城城主或那些身佩陵寝徽章、照料墓室之人出入。门后有一条蜿蜒的道路，它折了许多个弯，下到明多路因山峭壁阴影之下的一处狭窄土地，彼处屹立着诸位先王与宰相的陵墓。

路旁小屋里坐着一名守门人。他提着一盏灯，面露惧色地走上前来。他照城主命令取下锁，那门便悄无声息地晃荡着打开了。他们走进去，又拿走了他手上的提灯。这条下行的道路一片漆黑，两侧便是古老的城墙与众多立柱的栏杆，摇晃的灯光照得柱子影影绰绰。回荡的脚步声伴着他们慢慢往下，再往下，直至最后来到“寂街”拉斯狄能，行于灰白的圆顶、空荡的厅堂与作古已久之人的画像中间。后来，他们进入宰相一族的墓室，放下了抬着的床铺。

随后，皮平焦虑不安地四下环视，看见自己正身处一座拥有巨大拱顶的大厅，小小的提灯映出巨大的影子，仿佛给厅堂四壁挂上了幕帘。隐隐约约的，他能看见许多排大理石雕成的台子，每张台子上都躺着一个双手交叠、头枕在石头上的人形。不过，众人附近的一张宽阔石台却是空无一物。德内梭尔做了个手势，仆从便将法拉米尔与他的父亲并排安置在上面，又拿一张罩布盖住两人，再静立低头，如同在死者床边默哀。随后，德内梭尔用低沉的声音开了口。

“我们便在此等着，”他说，“不用叫防腐师。去给我们找来易燃的木头，堆在我们周围与身下，再淋上油。待我下令，你们便拿火把点上来。只管照做，莫再多言。别了！”

“请准我告辞，大人！”说完，皮平转身惊慌地逃离了死意浓烈的屋子。“可怜的法拉米尔！”他想，“我必须找到甘道夫。可怜的法拉米尔！很显然，他需要的是医药，不是眼泪。啊，在哪里才能找到甘道夫？我估计肯定是在打得最激烈的地方。可那样一来，他也就没时间搭理垂死之人和疯子了。”

他对门口一名把守的仆人说：“你的主人已经疯了。别赶着做他吩咐的事！法拉米尔还有一口气的时候，别把柴火带来！甘道夫赶来之前，什么也别做！”

“你觉得谁才是米那斯提力斯的主人？”那人诘问道，“德内梭尔大人还是那灰袍漫游者？”

“眼下看来是灰袍漫游者，否则便再没其他人了。”皮平说，随后使出全部脚力冲上蜿蜒的道路，跑过目瞪口呆的看门人，跨过陵墓大门，往前一直跑到了靠近城堡堡门的地方。见他前来，岗哨出声唤他，他听出那是贝瑞刚德的声音。

“你这是往哪儿跑啊，佩里格林少爷？”他喊。

“去找米斯兰迪尔。”皮平答道。

“城主交代的命令要紧，我本不该耽搁你。”贝瑞刚德说，“但若是能够，你快跟我讲讲出了何事？城主在哪里？我才刚开始当班，可我听说他朝禁门那边去了，还有人抬着法拉米尔走在他前面。”

“没错，”皮平说，“去寂街了。”

贝瑞刚德垂下头，遮住眼泪。“他们之前就说他快要死了，”他哀叹道，“现在他死了。”

“他没死，”皮平说，“暂时还没有。哪怕此时此刻，他也可能不用死，我猜。可贝瑞刚德，白城还没沦陷，城主却先一步崩溃了。他现在既疯癫又危险。”他飞快将德内梭尔荒诞的言行举止告诉了贝瑞刚德，“我得赶紧找到甘道夫。”

“那你只能去下面的战场找他。”

“我知道。城主准许我离开。可是，贝瑞刚德，你要是有办法，就快点儿使出来，别让他们干出可怕的事情。”

“城主不允许身穿黑银制服之人以任何理由离开岗位，除非他本人下令。”

“那你就得在命令和法拉米尔的性命之间做选择了。”皮平说，“说到命令，我猜你现在要对付的是一个疯子，而不是一位领主。我得赶紧跑起来了。只要有可能，我就会回来。”

他继续跑，朝着外环城往下，再往下。从大火中逃走的人们与他错身而过，一些人看见制服，转身朝他大喊大叫，他全不理会。最终，他来到第二环城的大门外，迎上了攒动于城墙间的熊熊大火。可四周却安静到有些怪异。没有战斗的叫喊喧哗，也没有兵器交击之声。忽然，一声可怖的怪叫传来，接着又是一下可怕的震动，还有一阵回荡的沉闷轰隆声。他顶着让自己脚发软的强烈恐惧与憎恶感，强迫自己继续往前转过一处拐角，来到主城门后面的开阔地，脚像被钉在了地上——他找到了甘道夫，可他又吓得缩回拐角，蜷缩在阴影里。

猛烈的袭击自午夜时分开始，一直未曾停歇。战鼓轰然擂响。从北到南，一队又一队敌人直奔城墙而来。巨兽也来了：忽明忽暗的红光中那一头头移动的房屋一样的东西，正是哈拉德人的猛犸，正拖拽着巨大的塔楼与机械穿过烈火阵之间的小道。可它们的统帅却不太在意它们的进度如何，损失多少：它们只是用来测试防守的强度，以及让刚铎的人四处奔忙罢了。他的重心全放在了攻打城门之上。精钢生铁铸成的城门或许非常坚固，还用牢不可破的岩石建造的塔楼与棱堡守卫着，可它却是那关键之处，是整座高大、坚不可摧的城墙那唯一的破绽。

鼓声更加响亮了。烈焰窜天。巨大的机械沿着平野缓缓向前，机械中央是一根巨大的撞槌，它有如百呎林木那么长，以粗壮的铁链悬吊。魔多黑暗的锻场用了很长时间制造这撞槌，那可怖的槌头以黑铁铸就，形似劫掠的恶狼，上面施有许多破坏咒。他们给它取名为格龙得，用以纪念古时地下世界那柄巨锤[1]。它被巨兽拖动，被奥克团团围绕，又将被山岭食人妖推撞。

不过，城门附近的守军依旧在顽强抵抗，多阿姆洛斯的骑士与城防部队最刚猛的战士都坚守在此。箭矢与标枪密如飞蝗，攻城塔一座座破碎，或是突然如火炬一般爆燃起来。城门两旁城墙前方的地面堆满了塔楼残骸与死尸，可依旧有越来越多的敌人如疯了一般冲上来。

格龙得慢慢前进。它的外壳不会着火。虽然拖动它的巨兽不时发狂，将守卫它的奥克队伍一片片践踏踩死，可他们的尸体会被迅速拖离

1 指黑暗魔君魔苟斯那柄地狱之锤。——译注

格龙得的道路，别的奥克也会来补上他们的空缺。

格龙得缓缓逼近。鼓声愈发狂乱。尸山之上出现一道恐怖的身影：是一名兜帽遮头、身裹黑斗篷的高大骑手。他悠然踏着阵亡者的尸体骑向前，再不理会半根飞矢。他勒马停步，高举一柄苍白的长剑。霎时间，一阵无匹的恐惧笼罩了所有人，不分敌我。人类的手垂落身侧，再无弓弦鸣响。一时间，万物静止。

战鼓再擂，密如骤雨。格龙得被一双双巨手拖得往前飞蹿了一截，抵达城门面前。它开始摆动。如云中窜过惊雷，一声沉闷的巨响回荡在整座白城里。可铁门钢柱顶住了这撞击。

随后，那黑统帅踩着马镫长身而起，以可怕的声音高喊着某种已被遗忘的语言，要用那充满力量与恐怖的话语撕开人心与岩石。

他一共喊了三次。撞槌也撞响了三次。随着那最后一撞，刚铎的主城门猛然破裂。仿佛中了某种爆裂之咒，城门四分五裂：只见一道灼人的闪电划过，那铁门便轰然破碎，散落满地。

纳兹古尔之首御马向前。他漆黑矗立的高大身形让身后的烈焰衬出，又渐渐膨胀，化作一股无边无际、充满绝望的恶意。纳兹古尔之首御马向前，来到不曾有任何敌人通过的那拱门下，见者无不四散而逃。

只除了一人。城门前的空地之上，一道身影默然静立，正是骑在捷影身上的甘道夫：这世间自由的马儿里边，唯独捷影能毫不动摇地承受住这恐惧，如拉斯狄能的雕像一般一动不动。

“你休想进去，”甘道夫说，而那巨影应声停下，“还不快回为你备下的深渊！速速离开！堕入候着你同你主子的虚无里。快滚！”

那黑骑手掀开兜帽，看！他戴着一顶王者之冠，可王冠下却见不着头颅。只见王冠与披着斗篷的漆黑阔肩之间闪动着炽热的火焰。一张看不见的嘴里传来致命的大笑。

“老匹夫！”他说，“老匹夫！这个时刻是属于我的。你死到临头，莫非还看不明白？咒骂也是白费口舌，领死吧！”语毕，他长剑一抬，烈焰游走剑刃之上。

甘道夫一动不动。就在此时，白城远处某座院子里，一只公鸡扬首报晓。它的叫声尖锐、响亮，毫不在意什么巫术与战争，一个劲儿地欢迎着清晨，欢迎着死亡阴影之上的高天里即将到来的黎明。

像是回应一般，远处传来另一种声调。号角声，一下又一下，此起彼伏的号角声。阴暗的明多路因山边，号角声隐隐回荡。北方的巨大号角轰响，声若惊涛骇浪。洛汗人终于来了。

·第五章·

进击的洛希尔人

天色漆黑，梅里裹着毯子躺在地上，什么也看不见。这夜晚很沉闷，一丝风也没有，可他周围那些看不见的树木却在轻声叹息。他抬起头，随即又听见了那声音：似是从林木蓊郁的丘陵及山间台地里传来的，隐约像是鼓声。这脉动一般的声音时隐时现、忽近忽远，飘忽不定。也不知道那些守夜人听没听见，他心下思忖着。

虽然看不着，但他知道一队又一队的洛希尔人就在他周围。他能闻见夜色里飘来马儿的气味，能听见它们来回腾挪蹄子，踏在针叶覆盖的地面发出的轻响。大部队扎营的这片松林簇拥着烽火丘艾莱那赫，德鲁阿丹森林覆盖的修长山脊便是这高高的烽火丘矗立之地，就位于东阿诺瑞恩大道边上。

梅里虽然很疲累，可就是睡不着。他已接连骑了四天的马，而愈发深沉的昏暗也让他越来越难以承受。他开始纳闷儿，明明有那么多的借口，甚至陛下都命他留在后方，可他为何铁了心非要跟来。他也想知道，老国王要是知道他违抗了命令，会不会很生气。大概不会吧。德恩海尔姆似乎与指挥眼下这支伊奥雷德骑兵队的埃尔夫海尔姆元帅达成了什么共识，他跟他手下的将士都当梅里不存在，即便梅里说话也权当听不见。他兴许又成了包袱，归德恩海尔姆扛着。德恩海尔姆也不曾安慰梅里：他根本不同任何人讲话。梅里只觉得渺小、多余，形单影只。如今时间紧迫，大部队也陷入危机。还有不到一天的路程，他们就会抵达环绕城关的米那斯提力斯外墙。斥候已派去了前方，部分人没能回来，其余的匆匆回来报告说，道路已被敌人占领。一支敌军在阿蒙丁往西三哩处的大道上扎了营，其中部分人类部队沿着道路往前推进，距离此处已不到三里格。奥克在道路边上的山野树林里四处巡视。国王与伊奥梅尔连夜商讨对策。

梅里想找人说说话，于是又想起了皮平，却徒增烦恼。可怜的皮平，被关在巨大的石头城里，孤孤单单、提心吊胆。梅里真希望自己是个如伊奥梅尔般高大的骑兵，这样他就能吹上一声号角什么的，然后御马飞奔，支援皮平。他坐起身子，聆听再度擂响、此时已近在眼前的鼓声。随后，他听见压着嗓子的说话声，看见半掩的提灯穿过树林，光亮昏暗。附近的人开始在黑暗里摸索着移动。

一道高大的身影出现在身前，又被他绊了一下，张嘴便骂起了树根。他听出那是埃尔夫海尔姆元帅的声音。

“大人，我可不是树根，”他说，“也不是包袱，而是一名让你撞出瘀青的霍比特人。作为赔偿，你好歹告诉我眼下在做什么吧？”

“眼下这片诡异的黑暗里，做任何事情都有可能。”埃尔夫海尔姆答道，“不过，陛下传了话，让我们必须做好准备：随时可能下令出发。”

“是敌人要来了吗？”梅里焦急地问，“那是敌人的鼓声吗？我都快以为是我在幻听了，因为其他人好像都没把这声音放在心上。”

“没有，没有。”埃尔夫海尔姆说，“敌人在道路上，不在山里。你听见的是野人，是那些住在森林里的化外之民。他们跟远处的人交谈，靠的就是敲鼓。据说，他们依旧在德鲁阿丹森林里出没。他们是更为古老时代的遗民，人数稀少，生活在隐秘之地，如野兽一般野蛮又警惕。他们不曾跟随刚铎或者马克参战，可如今这黑暗与到来的奥克让他们颇为烦恼：他们唯恐黑暗年代再度降临，而这情况似乎已是极有可能。我们应该庆幸，他们并未在猎捕我们。据说他们会使毒箭，而他们在林子里的本事高超无比。不过，他们已宣布向希奥顿主效忠。他们其中一名头领眼下正被带去觐见国王，就在前面那片亮灯的地方。我了解的也就这些，眼下我得赶紧去办陛下交代的差事。你也快把自己裹起来吧，包袱少爷！”他消失在阴影之中。

梅里不太喜欢这番关于野人和毒箭的谈话，可他心头还压着一股截然不同的恐惧。等待令他实在难以忍受，他无比想要知道之后究竟会怎样。他站起身，没多久便趁着最后一盏灯消失在树林里之前，小心地跟了上去。

不一会儿，他来到一片开阔地，那里的一棵巨树下有一顶为国王设下的小帐篷。树枝上挂着一盏蒙了顶的大灯，投下一圈浅浅的光亮。希奥顿与伊奥梅尔就坐在彼处，面前有一名身形矮壮、样貌奇怪的人席地而坐。他骨结隆起，仿佛一块古石，粗糙的下巴上留着稀稀拉拉的胡子，好似干枯的苔藓。他短腿粗臂，身材矮厚敦实，浑身上下只有腰际裹了些草叶遮挡。梅里总感觉之前在哪儿见过他，脑子里忽地记起了黑蛮祠的菩科尔人石像。他便是其中一尊石像活了过来，要么就是经历无尽岁月之后，当初让那些被遗忘的工匠当作雕像原形的生物传下来的后裔。

随着梅里缓步靠近，几人起先一阵沉默，随后那野人开始说话，似乎是在回答什么问题。他嗓音低沉，带着浓浓的喉音，但叫梅里惊奇的是，他讲的竟然是通用语，只是说得断断续续的，还夹着一些听不懂的词。

“不，骑马人之父，”他说，“我们不打仗，只打猎。在森林里杀掉埚尔衮，我们痛恨奥克族。你们也痛恨埚尔衮。我们尽力帮忙。野人耳朵灵，眼睛尖，认识所有路。野人住这里的时候，还没有石头房子，高个子人类还没从大水里出来。”

“可我们在战事上需要援手。”伊奥梅尔说，“你和你的人要如何帮忙？”

“带消息，”野人说，“我们从山里往远处看。我们爬上大山往下看。石头城封了。外面有大火在烧，现在里边也烧起来了。你们想去那里？那你们一定要快。但埚尔衮和从很远地方来的人类，”他拿关节粗大的短胳膊往东边挥了挥，“坐在马跑的道上。人数多多的，比骑马人多。”

“你是怎么知道的？”伊奥梅尔问。

这老人扁平的面孔与深色的眼睛虽没有什么变化，语气却因不悦而低沉下来。“野人很野蛮，自由自在，但不是小孩。”他答道，“我是伟大的头领，悍－不里－悍。我数许多东西：天上的星星，树上的叶子，黑暗中的人类。你们有二十个二十的十倍加五倍。他们人更多。一场大战，谁会赢？还有更多的人，绕着石头房子的墙来回走。”

“唉！他全说中了。”希奥顿说，“我们的斥候也说，他们在大道上挖了壕沟，下了木桩。我们没法靠突袭清除他们。”

“可我们急需速度，”伊奥梅尔说，“蒙德堡已经陷入火海！”

“让悍－不里－悍说完！”野人说，“他知道的路可不止一条。他要带你们走的路没有坑洞，没有埚尔衮四处行走，只有野人和动物。住石头屋的人还厉害的时候，修了许多小道。他们像猎人割动物的肉一样割开了山岭。野人以为他们拿石头当饭吃。他们坐大大的马车从德鲁阿丹去里蒙。他们已经不走那路了。道路被遗忘了，但野人还记得。翻过山，在山那头，道路仍然藏在青草和树木下面，藏在里蒙后面。它下到阿蒙丁，最后回到骑马人的路上。野人会带你走那条路。然后，你们杀掉堝尔衮，用亮闪闪的铁把不好的黑暗撵走，让野人能回到原始森林好好睡觉。”

伊奥梅尔与国王用他们那族的语言交谈起来。最后国王转向野人。“我们接受你的帮助，”他说，“虽说如此一来，我们身后会留下一支敌军，但这又有何妨？若是石城沦陷，我们也只会有去无回。若是石城得救，那奥克大军的退路就会被截断。你若是守信，悍－不里－悍，那我们定有厚报，而你们也将永远成为马克的朋友。”

“死人跟活人可当不了朋友，也给不了他们礼物。”野人说，“如果大黑暗过后你们还活着，那就别来森林打搅野人，再也不要把他们当成野兽一样猎捕。悍－不里－悍不会带你们去陷阱。他会跟骑马人之父一起走，他如果带错路，你们可以杀了他。”

“就这么定了！”希奥顿说。

“那条路要走多久才能绕过敌人，重回大道？”伊奥梅尔问，“若是你带我们走的话，我们就只能徒步前进。我毫不怀疑，那路也很窄。”

“野人走路很快。”悍说，“石马车山谷那边的路宽，能并排走四匹马，”他朝南边挥挥手，“就是前后有点儿窄。从日出到中午，野人就能从这里走到阿蒙丁。”

“那我们必须给先头部队留出七个钟头时间，”伊奥梅尔说，“但我们须得照十个钟头来算。前方道路或许会遭遇许多意料之外的情况。若是部队整个队形被拉长，等冲出山岭之前，需要花上许多时间重整队伍。现在是什么时候？”

“天知道！”希奥顿说，“眼下四处都是黑暗。”

“到处都黑，但不是到处都是夜晚。”悍说，“我们能感受到日出，哪怕她藏了起来。她已经爬到了东边的山上。现在正是早晨。”

“那我们得尽快出发。”伊奥梅尔说，“即便如此，我们也没法指望今日便能援助刚铎。”

梅里没再往下听，而是溜去准备，就等着出征的召唤。此时已是大战前的最后阶段。他感觉许多人怕是没法活下来。可他想起了皮平，想起米那斯提力斯的大火，也就按下了心中的恐惧。

当天一切顺利，也没有看见或听见有敌人埋伏的迹象。野人派来一群谨慎的猎人，好让奥克和游荡的奸细都无法得知山里的动向。等他们靠近被围困的石城之时，天色尤为昏暗，骑兵排成长长的纵队往前行进，仿佛人与马形状的黑影。每一支小队都有一名林中野人领路，而老悍则跟在国王身边。起初，他们的行进速度不如预期，因为骑兵得牵着马步行，还要在营地后方找到路，翻越林深叶茂的山脊，再下到隐藏着的石马车山谷里。等下午时间过了半，领头队伍这才抵达一路探过阿蒙丁东侧，又遮住了位于纳多至阿蒙丁之间、延东向西的巨大豁口那灰色的灌木带。那条被遗忘许久的马车道沿豁口下行，又转回了白城那条贯穿阿诺瑞恩的大马路。然而，许多代人之后，这条路树木丛生，路也没了原本的模样，破破烂烂，让不知多少年的落叶给盖在了下面。不过，灌木林倒也给了骑兵最后一点儿希望，让他们加入战斗之前不至于被发现：再往前横亘着主道与安都因平原，东边与南边全是寸草不生的石头山坡，而群山本身又彼此纠缠、会聚，渐渐攀升，棱角分明地一层层重叠着融入明多路因山宏伟的山体与山肩。

先头部队停下脚步。等后面队伍一个个从石马车山谷的深沟里飞奔而出，他们这才分散去了灰色树林里的扎营地。国王召了诸位将领商谈。伊奥梅尔派遣斥候往主道方向探查，可老悍却直摇脑袋。

“派骑马人去没用，”他说，“这么坏的天气里，能看见的野人全都看见了。他们等会儿就会来跟我报告。”

诸位将领都来了。随后，另一些菩科尔人石像般模样的野人也神情警惕地悄然走出树林。他们长得跟老悍十分相似，让梅里简直没法分清。他们用仿佛自喉咙发出的怪异语言同悍交谈起来。

悍随后转向国王。“野人说了许多情况。”他说，“首先，要当心！阿蒙丁那里还有许多人在扎营，就在步行一个钟头之外的地方。”他用手臂朝西边阴暗的烽火丘挥了挥，“但从这里到石头城人的新墙之间什么都没看见。新墙那里有很多人在忙。墙全都倒了：被埚尔衮用滚地雷和黑铁棒捣垮了。他们忘了警惕，不看周围。他们觉得他们的朋友在监视所有的道路！”老悍这时发出一声古怪的咯咯声，似乎乐不可支。

“好消息！”伊奥梅尔高声说，“即便阴暗如斯，希望依旧再度闪耀。我们这位大敌的计策常出乎他意料，能为我们所用。这片万恶的黑暗本身便是我们的斗篷。而现在，他那些奥克一心想摧毁刚铎，把她拆到不剩一砖一瓦，这反而卸掉了我最大的担忧。外墙本来会阻拦我们很长时间。现在我们可以长驱直入——若是我们能冲到那里。”

“我要再次感谢你，森林里的悍－不里－悍。”希奥顿说，“为了你提供的消息和指引的道路，我祝你广交好运！”

“杀掉埚尔衮！杀掉奥克族！野人最高兴听见这个。”悍回道，“用亮亮的铁把坏天色和黑暗撵走！”

“我们长途跋涉，正是为了此事。”国王说，“我们会尽力而为。至于我们到底能实现多少，只有到了明天才知道。”

悍－不里－悍蹲下身子，用坚硬的额头触碰地面，以示告别。随后，他站起身，正打算离开，却突然站定，仿佛林地里受惊的动物一般嗅探着陌生的气息。他眼中闪过一道光亮。

“风向变了！”他高喊道。似乎只在眨眼间，他与同伴便消失在昏暗之中，再也不曾出现在洛汗骑兵面前。之后没过多久，东边远处再度响起了隐约的鼓声。不过，整支军队已无人再担心野人的忠诚，尽管他们似乎相貌奇怪，不讨人喜。

“后面的路，我们不需要人指引了。”埃尔夫海尔姆说，“在和平时期，队伍里的一些骑兵曾骑马去过蒙德堡。我便是其中之一。等下到主道，我们会看见路转折向南边，而我们还要再前进七里格才会抵达城关地区的城墙。主道两边大部分地方的草很厚。刚铎的信使认为他们在这一截道路上能以最快的速度奔驰。我们或许可以全速前进，却不会弄出巨大的动静。”

“既然我们已经料到前方有一场恶仗，需全力以赴，”伊奥梅尔说，“那么我建议现在休息，夜里再出发。如此调整行程，等我们抵达平野之时，正好赶上明日天亮，或者陛下下令的时候。”

国王不无应允，于是诸将便领命而去。但埃尔夫海尔姆不久又回来了。“陛下，斥候在灰色森林前方没有发现别的情况，”他说，“只找到了两个人：两个死人与两匹死马。”

“嗯？”伊奥梅尔说，“什么情况？”

“陛下，这两个死人乃刚铎信使。其一大概是希尔巩。他的脑袋已被砍去，但他手中还紧攥着那支红箭。另外，从痕迹来看，他们牺牲之时，正往西奔逃。以我的判断，他们回程中发现敌人早已占了外墙，或正在攻打外墙——他们若是照惯例于驿站换骑了沛马，那么这便是两夜之前的事。他们没法入城，只好掉头。”

“唉！”希奥顿说，“如此一来，德内梭尔便不知道我们驰援之事，也不会对我们前来抱有任何希望。”

“救危难虽不容拖延，但迟去总胜过不去。”伊奥梅尔说，“事到如今，诸种情况或许会证明这句古话前所未有的正确。”

是夜，洛汗大军沿主道两侧悄无声息地前进。道路转过明多路因山的边缘，此时往南折去。远处，几近正前方的漆黑天空下，灼天的火光照得巨峰的山壁若隐若现。大军正渐渐接近佩兰诺平野的外墙拉马斯，可白昼依旧不见踪影。

国王骑行在先头部队中间，周围是他的近卫。埃尔夫海尔姆率领的伊奥雷德紧随其后。梅里这时发现，德恩海尔姆离开了自己的位置，趁着夜色渐渐前挪，最后跟在了国王卫队后面。大军忽然停下。梅里听见前方传来悄声低语。外出侦察的骑兵以身犯险，几乎探到了城墙跟前，此时回来了。他们行去国王那里。

“陛下，那边火势凶猛。”一人禀报，“烈焰围住了整座城，敌军遍布平野各处。不过，敌人似乎全去攻城了。据我们判断，外墙上只有少数兵力驻守，但他们麻痹大意，一心忙着搞破坏。”

“陛下，您还记得野人说的话吗？”另一人说，“我名为维德法拉，和平时期住在开阔的北高原。风同样也会为我带来消息。而风向已开始转变。南方有气息吹来，气味虽淡，其中却夹杂着大海的味道。这回的早晨会带来新的东西。等您穿越外墙，浓烟之上黎明将至。”

“若你所言非虚，维德法拉，那我便祝你活过今日，往后也福气常在！”希奥顿说。他转向身旁的近卫军，用连第一支伊奥雷德部队也能听见的洪亮声音说道：“诸位马克骑兵，埃奥尔的子孙们，眼下时辰已到！敌军与烈焰近在眼前，而你们的家园却远在天边。不过，尽管你们奋战异土，可挣得的荣耀却永远属于你们。你们曾立下过誓言：为了你们的君王、家园、盟友，履行你们的承诺吧！”

将士们以矛击盾予以回应。

“我儿伊奥梅尔！你率第一支伊奥雷德，”希奥顿说，“作为中军，随王旗而动。埃尔夫海尔姆，等我们越过城墙，你便率部下作右翼，而格里姆博德部作左翼。后续部队便随这三队而动，见机行事。何处有敌军集聚，便往何处进攻。平野战况如何尚不确定，我们无法做其他计划。出发吧，莫要畏惧黑暗！”

先头部队以尽可能快的速度前行，因为无论维德法拉预言的变化为何，天色此时依旧无比昏暗。梅里坐在德恩海尔姆身后，他左手紧抓稳住身子，右手试图拔松鞘中短剑。此时他饱尝了老国王那番话里痛苦的真相：如此战斗，你梅里阿道克又能做什么呢？“只能做这个，”他想，“拖累一名骑兵，顶了天就是坐稳不掉下去让马蹄子踩死！”

再过不到一里格便是外墙矗立之处。队伍很快便抵达彼处——对梅里而言有些过于快了。喊杀声陡然爆发，伴着兵器交击之声，但只持续了不长时间。四处忙活的奥克数量很少，又被攻了个出其不意，很快便被杀死或撵跑。国王在拉马斯北门的残余处再度勒马。第一支伊奥雷德行上前来，护着他的身后与两侧。尽管埃尔夫海尔姆的队伍位于右翼远处，可德恩海尔姆却一直紧跟着国王。格里姆博德的部队转去一侧，绕向东边远处城墙间一处巨大的豁口。

梅里从德恩海尔姆背后偷偷打望。远处，约莫隔着至少十哩的地方火光熊熊，而大火与骑兵之间还燃着一条条呈巨大新月形的火焰，最近处离此地不到一里格。放眼那片漆黑的平原，他看不清多少东西，看不见半点儿黎明的希望，也感觉不到一丝风，无论风向究竟有没有改变。

洛汗大军此时安静地行入刚铎的平野，队伍走得缓慢却平稳，仿佛涨潮顺着破口涌入人们原以为万无一失的堤坝。黑统帅此时却将全副心思投向那渐渐沦陷的城池，也没有半点儿消息传过去，警告他的图谋存有破绽。

一阵之后，国王命部队略往东转，去往围困的大火与平野外围之间。依旧无人阻拦，希奥顿也依旧没有下令。最终，他再度停下队伍。此时离白城更近了。空气中弥漫着焦煳的气味，飘浮着死亡的阴影。坐骑开始焦躁不安。坐在雪鬃身上的国王却是一动不动地凝视着米那斯提力斯的惨状，仿佛突然遭受了痛苦或恐惧的重击。岁数似乎击垮了他，让他皱缩了。梅里也感觉到一阵无比沉重的恐惧和疑虑压在了身上，连心跳都变得迟缓了。时间踌躇着，似乎停住了。他们来得太迟！来得太迟还不如不来！希奥顿也许会畏缩着垂下年迈的头颅，也许会转身溜走，躲回山野当中。

随后，梅里忽然间终于感受到了它，确凿无疑：风向变了。有风拂过他的面庞！光亮渐起。远远的，在遥远的南边，隐约能看见云层显现，仿佛灰色阴影一般，它们遥遥地卷动，飘浮——晨光就在云层背后。

就在这时，一道光亮猛然闪过，仿佛白城脚下的土地腾起了一道闪电。灼眼的刹那之间，远处矗立的白城闪动出黑白二色，城堡最顶上的塔楼恍若一根闪耀的针。随后，黑暗再度罩下，平野上一声巨大的轰隆声滚滚而来。

听见这声响，国王佝偻的身形一下挺直了，似乎再度变得高大勇猛。他踩着马镫起身，用凡人前所未有的清晰声音高喊道：

奋起，奋起，希奥顿之骠骑！
恶行已苏醒：焚火与杀戮！
快将那战矛振刺，将那盾牌破碎，
执剑拼杀，血光冲天，至那旭日苏醒！
前进，前进！向刚铎进发！

说完，他一把从掌旗官古斯拉夫手中夺过一支巨大的号角，又猛力一吹，号角竟被吹得炸裂开来。全军的号角当即齐齐鸣响。此时此刻，洛汗的号角声宛如席卷平野的风暴，又好似落入山野的惊雷。

前进，前进！向刚铎进发！

国王猛然冲雪鬃一声高喊，骏马飞身而出。白马绿野旗在身后猎猎招展，可他飞驰得比它更快。他的近卫骑士如奔雷般紧跟身后，可他始终一马当先。伊奥梅尔纵马狂奔，头盔上雪白的马尾鬃在风中飞扬。第一支伊奥雷德的前部怒号而去，仿佛拍向岸边的白浪惊涛。可谁也追不上希奥顿。他看似神志癫狂，又许是先辈的战斗狂热若新燃的火焰般涌进他浑身血液，雪鬃身上的他状若古代神明，简直与世界尚青葱时维拉大战里那位伟大的欧洛米一般无二。他亮出那面金色盾牌，看哪！它如太阳般光芒四射，雪鬃白蹄所踏之处，就连草叶也被点亮，映出一片萤绿——因为黎明来了。黎明，还有海风，它们来了。黑暗就此消除，魔多的军队一片哀号。他们让恐惧攫住，纷纷四散奔逃，又被骑兵砍倒，被愤怒的马蹄践踏。随后，洛汗大军全员高唱起歌谣。他们一边歌唱，一边拼杀，战斗的喜悦浸染了他们，那美妙又可怕的歌声甚至传到了白城里。

·第六章·

佩兰诺平野之战

不过，指挥袭击刚铎的并非哪个奥克头领或者强盗。黑暗破碎得有些猝不及防，比他主子计划的时间来得还要早：运气此时背叛了他，整个世界都在反抗他。他出手攫取，可胜利却从他指间溜走。但他的臂膀伸得很长。他依旧手握大权，掌控无匹的力量。他是君王、戒灵，是纳兹古尔之首，拥有许多武器。他离开城门口，消失不见了。

马克之王希奥顿已抵达主城门至大河的道路，此时转而去了离着不到一哩的白城。他略微放慢速度，搜寻新的敌人，而他的近卫骑士也跟上来围在周围，德恩海尔姆也来了。前方更接近城墙的地方，埃尔夫海尔姆的手下冲进攻城器械之中四处砍杀，将敌人驱赶进熊熊燃烧的壕沟。佩兰诺的北半部分几乎全部收复，敌军营地燃起大火，奥克仓皇逃向大河，仿佛遭遇猎人的兽群。洛希尔人驰骋来去，如入无人之境。不过，他们尚未挫败这场围攻，也还没能夺回主城门。许多敌人守在城门面前，远处那半边平野也还有尚未投入战斗的其他大军。哈拉德人的主力身处道路那头的南边，骑兵正聚集于他们头领的旗帜处。这头领放眼望去，看见国王的旗帜出现在渐亮的天光下，那王旗远远驰骋在战场前端，身边却没几个人护卫。头领登时勃然大怒，他高声叫喊，展开了自己的猩红底黑蟒旗，领兵朝白马绿草旗直冲而去。这些南蛮纷纷抽刀出鞘，无数弯刀晃出光亮，多得仿佛天上的繁星。

希奥顿随即注意到了他，但并未坐等对方来攻，反而冲雪鬃高喊一声，快马加鞭主动迎向那头领。甫一碰面，双方便斗了个天昏地暗。但北方人类那白热的怒火燃烧得更为炽烈，他们御马使枪的本领更胜一筹，也更加致命。他们人数略逊，却仿佛砸入森林的火球一般凿穿了敌阵。森格尔之子希奥顿撞进敌军，只一枪便将敌酋挑落马下，枪尖兀自颤动不息。他又拔剑在手，催马杀向敌旗，将旗杆并掌旗兵斩作两段。黑蟒就此覆灭。余下那些尚有命在的骑兵见状，纷纷逃去远处。

然而，看哪！正是意气风发之时，国王那面金盾却忽然暗淡下来。天空之上，新生的黎明被阴影玷污了。黑暗笼罩了他。坐骑纷纷人立而起，嘶鸣不止。骑兵摔落马鞍，趴倒在地。

“靠拢！向我靠拢！”希奥顿高喊道，“站起来，埃奥尔一族！莫惧黑暗！”然而，恐慌让雪鬃心神大乱。它长立而起，马蹄猛蹬着空气，随后却发出一声尖厉的嘶鸣，歪斜倒地——一支漆黑的箭矢穿透了它，国王被压在身下。

无边的阴影宛如沉重的乌云一般罩下。看！一头生了翅膀的生物现出身形：若说是禽鸟，它却大过所有鸟类，而它浑身赤裸，无翎无羽，两只硕大的飞翼仿佛尖指间绷着的皮膜。它散发着一股异臭。它或许来自更加古老的世纪，而它的族类徘徊在月光之下，在被遗忘的冰寒山脉中苟延残喘，又在丑恶的巢穴中孕育了这早产的、生性邪恶的最后一胎。它被黑暗魔君掳走，又以腐肉喂养，最后长得比一切能飞的生灵都要巨大。而他将这怪物赐给仆从当坐骑。它飞扑而下，急坠而来，随后收拢了指间的翼膜，发出一声阴郁的叫喊，爪尖深抠进肉里，踏在雪鬃的身上，又佝下那长长的光秃脖颈。

这怪物身上坐着一道黑袍罩身、充满威胁的巨大身影。他头戴一顶铁王冠，王冠与罩袍之间却是空空如也，只看得见一双眼睛闪动着致命的光芒——正是纳兹古尔之首。他在黑暗退散前召唤了坐骑，如今裹挟着毁灭再度袭来，要将希望化作绝望，将胜利变为死亡。他提着一柄漆黑的巨头钉锤。

不过，并非所有人都弃希奥顿而去。他的近卫骑士要么牺牲在他周围，要么就让发狂的坐骑驮去远处。有一人依旧屹立身侧：年轻的德恩海尔姆，他的忠诚战胜了恐惧。他泪流满面，因为他如爱着父亲一般深爱着他的王。梅里被他带着一路冲杀，至魔影袭来之前没伤着半分。后来，追风驹惊恐之中将两人抛下马背，此时已狂奔去了平野。梅里四肢着地，如一只晕头转向的野兽般往前爬。巨大的恐惧使他眼不能视，脑子一片昏沉。

“国王的卫士！你是国王的卫士！”他的心朝他高喊，“你必须守护他。‘我将视您为父。’你说过的。”可他的意志全无反应，身体抖个不停。他不敢睁眼，不敢抬头。

随后，他感觉在脑海的一片黑暗中听见了德恩海尔姆的声音。这声音听着有些怪，倒是让他想起另一位认识之人的声音。

“滚开，你这丑恶的德维默莱克[1]，食腐鸟之王！别来打搅亡者！”

一个冰冷的声音回应道：“切莫挡在纳兹古尔与他的猎物中间！否则轮到你之时，他便不会杀你。他会将你掳去诸种黑暗之外的哀叹之宫，

---

1 洛汗语，指幽魂。——译注

生啖你血肉，剥出你干萎的心智，留给那无睑之眼。”

锵一声，长剑已出鞘在手。“随你的便！但凡有机会，我便要拦下你。”

“拦下我？何等愚蠢。区区凡夫，休想拦我！”

随后，在那一刻的所有声音当中，有一个声音让梅里觉得怪到极点。德恩海尔姆似乎大笑出声，嗓音仿佛金铁交击般清脆。“可我却并非什么夫！你眼见的是名妇人。我乃伊奥温，伊奥蒙德之女。你挡在了同我血脉相连的陛下之间。除非你真有不死之身，否则便滚开！胆敢碰他，管你是活人还是阴暗的亡灵，我定要将你斩尽杀绝！”

那头飞翼怪物对她尖叫不已，戒灵却并未答话，只是沉默以对，仿佛心中突生忧虑。梅里心中无比震惊，霎时间竟忘了恐惧。他睁开眼皮，眼前的黑暗也就此消失。那巨兽就坐在几步开外的地方，周围似乎一片漆黑。它身上傲立着纳兹古尔之首，仿佛一道绝望之影。她就站在略略向左的地方，正是那个曾被他称作德恩海尔姆的人。为她隐藏秘密的头盔[1]却已从她头上摔落，她那头明亮的头发没了束缚，在肩上映着淡淡的金光。她那大海一般的灰眸透着坚定与凶猛，脸颊上却沾满泪水。她提着宝剑，高举盾牌，抵御敌人眼里投射的恐怖。

她既是伊奥温，也是德恩海尔姆。梅里脑海中闪过从黑蛮祠启程时见到的那张脸：那张一意求死、满是绝望的脸。他心里满是怜悯与无比的惊讶，他这一族慢热的勇气突然苏醒了。他握紧拳头。如此美丽，如此绝望之人，如何能死在这里！至少她不该孤立无援、形单影只地死去。

敌人并未转头看向他，但他依旧不敢动弹，生怕那致命的眼神落向他。慢慢地，慢慢地，他开始爬向一旁，而那黑统帅满是疑虑与恶意，

1 双关，德恩海尔姆这名字为洛汗语，可拆作两部分：德恩意为“秘密的”，海尔姆意为“守护者”，后者同时又包含头盔之意。——译注

一心只盯着面前那女人，权当他是泥里的一条蠕虫。

巨兽蓦然扇动那双丑恶的肉翼，卷起一阵恶臭的风来。它再度冲上天空，又朝伊奥温猛冲而下，尖叫着以巨喙与利爪向她袭来。

她却半点儿不见退缩：她是洛希尔人的王女，是诸王的子嗣。她纤细，却宛如钢刀；绝美，却又可怕。她闪电似的劈出一剑，动作老练又致命。那长伸的脖子被这一剑砍成两截，头颅如石块般坠落在地。她闪身后退，躲过那轰然倒下的巨大身子，一双巨翼伸展开来，瘫落地面。它的死去让周围的阴影就此消散。一缕阳光洒落，升起的太阳照得她头发熠熠生辉。

黑骑手自巨兽尸身上起身，他高大、骇人，卓然立于她面前。随着一声充满憎恨、如毒液般烧灼耳朵的高喊，他挥动手上的钉锤。她的盾牌四分五裂，胳膊也折了。她吃不住力，踉跄着跪倒在地。他仿佛乌云般朝她俯下身子，眼里精芒闪动，手上钉锤扬起，准备杀戮。

然而，他也突然往前踉跄一步，发出无比痛苦的号叫。那一击也随即打偏，擂进了土里。梅里用短剑从后面刺了他，这一剑刺透黑披风，又扎穿锁甲，捅进了他巨大膝头后面的要害。

“伊奥温！伊奥温！”梅里大喊。随后，摇摇晃晃的，她挣扎着站起身，趁那巨大的肩膀俯在面前，用最后一丝力量将宝剑刺进王冠与披风之间。宝剑迸出一片光华，旋即寸寸碎裂，崩作无数碎片。铁王冠“哐当”一声滚落在地，伊奥温也体力不支，扑倒在陨落的敌人身上。然而，瞧！那披风与锁甲里竟然空无一物。它们此时乱七八糟地散在地上，破破烂烂、不成形状。一声高喊直升战栗的天空，又褪作尖厉的哭号，渐渐消散在风里。一道没了依附的单薄声音就此死去、耗尽，现世所在的纪元里再无人听见。

霍比特人梅里阿道克站在尸堆中间，眼睛眨得仿佛阳光下的猫头鹰，因为泪水模糊了他的双眼。隔着一层雾气，他看向趴在地上一动不动的伊奥温那满头的金发，又看向于昂扬飒爽之际倒下的国王的面庞。雪鬃在痛苦中翻过身子，不再压着国王，可他依旧成了主人的灾星。

随后，梅里俯身牵起他的手亲吻，看！希奥顿竟睁开了眼睛，眼神依旧清亮，而他费力地开了口，声音平静。

“别了，霍尔比特拉少爷！”他说，“我不行了，我要去见我的先祖了。与他们为伍，我如今也算是当之无愧。我斩断了黑蟒。严酷的黎明，却是快活的白天，还有金黄的落日！”

梅里已是泣不成声。“求您原谅，陛下。”他最终说道，“请原谅我违抗了您的命令，请原谅我除了哭着同您道别，一件为您效力的事情也没做。”

老国王笑了。“莫要悲伤！我原谅你。雄心壮志不该被否定。幸福地活下去吧，等你叼着烟管享受平静之时，别忘了我！无论如何，我如今再无机会兑现承诺，在美杜塞尔德与你共聚一堂，听你讲述烟斗草的传说了。”他合上眼睛，梅里埋着头守在他身边。没过多久，他再度开了口。“伊奥梅尔何在？我眼前越来越黑，我想在离别前再见他一面。我的王位须由他继承。我还要给伊奥温传话。她……她不愿我离开她，可我却再见不到她，再也见不着这更胜女儿的人了。”

“陛下，陛下，”梅里哽咽道，“她就在——”就在这时，一阵喧嚣之声出现，小号声也响彻两人四周。梅里看向周围：他完全忘了这场战争，忘了周边的整个世界，也忘了国王一路驰向陨落的这段时间虽感觉无比漫长，其实只是短短片刻罢了。不过，他此时意识到他们正面临着巨大的危机：大战一触即发，身处战场正中的几人随时会被卷入其中。

敌人的生力军正从大河那边的道路上飞速赶来，城墙下过来的则是魔古尔的军团。平野南部，哈拉德人的骑兵打头，步兵为中军，后方跟着身驮战塔的巨大猛犸。不过，北边的队伍却来自冠盔雪白的伊奥梅尔。他再度集结了洛希尔人雄伟的前锋军，又领军前进。白城则是倾巢而出，以多阿姆洛斯的银天鹅旗为先锋，将敌人驱离了主城门。

霎时间，一个念头划过梅里的脑海：“甘道夫在哪儿？他不在这里吗？他就不能救救国王和伊奥温吗？”可伊奥梅尔已御马疾驰而来，身后跟着那些依旧活着、再度控住坐骑的近卫骑士。他们震惊地看着那倒毙在地的凶恶野兽，身下坐骑都不愿靠近。但伊奥梅尔却跳下马鞍，快步行至国王身前。他沉默伫立，无比悲恸、惊诧。

其中一名骑士从倒地牺牲的掌旗官古斯拉夫手里取过王旗，高高举起。希奥顿缓缓睁开眼睛。看见那旗，他做了个手势，示意交给伊奥梅尔。

“向你致敬，马克之王！”他说，“快驰向胜利吧！代我向伊奥温道别！”语毕，他溘然长辞，并不知道伊奥温其实近在眼前。立在一旁的众人泪如泉涌，哭喊道：“希奥顿王！希奥顿王！”

伊奥梅尔却与众人说道：

莫要沉沦悲恸！雄君已去，
死得其所。待他青坟高筑，
自有妇人哭悼。大敌当前，战！

而他也是边说边哭。“近卫军留下，”他说，“将遗体光荣地送下战场，以免被战斗波及！是了，倒在这里的其他国王近卫也是一样。”他又挨个儿查看阵亡者，分辨他们的身份。随后，猛然间，他看见妹妹伊奥温倒在地上的身影，立即认出了她。他仿佛半喊出声又突遭利箭穿心一般，随后，他的脸色一片煞白，冰冷的怒火直冲脑门儿，一时间竟说不出半句话。一股失心疯般的情绪攫住了他。

“伊奥温，伊奥温！”他最后高喊道，“伊奥温，你为何会在这里？

这到底是何种疯狂和邪恶？死亡，死亡，死亡！我们便全都去赴死吧！”

随后，他不经商议，也不等白城部队靠拢，纵马便冲向大军跟前，吹响号角，高喊进攻。他那嘹亮的呼喊声响彻整片平野：“死亡！冲锋，冲向毁灭，冲向世界的终结！”

大军随之开始行进，可洛希尔人再不歌唱。他们异口同声，洪亮、骇人地高喊着“赴死”。他们渐渐加速，宛如狂潮般从陨落的王身边席卷而过，咆哮着往南而去。

霍比特人梅里阿道克依旧在原地拼命眨着含泪的眼睛，可没人同他说话，甚至都没人注意到他。他揩干眼泪，俯身拾起伊奥温给他的盾牌，挂在背上。随后，他四下寻觅之前扔掉的剑。此前他一剑刺去，胳膊当即没了知觉，此时能用的只剩左手。不过，看哪！他的武器就躺在那里，可剑刃却冒着烟，仿佛插进火里的一根干柴。他眼睁睁地看着短剑就这么扭曲、萎缩，最后灰飞烟灭。

西方之地铸造、从古冢岗得到的这柄宝剑至此作了古。不过，此剑来自杜内丹人尚属朝气蓬勃的时代，那时他们最大的敌人正是可怕的安格玛王国与它的术士国王。若是泉下有知，北方王国那位精雕细琢锻造它的匠人定会为这把剑的命运欣慰不已。即便持兵的双手再怎么力大无穷，也不会有第二把兵器能如此重创那敌人，切开那不死的肉体，破除连接他那些无形要害与意志的咒文。

将士们以长矛架着斗篷做了副担架，此时轮流抬着他往白城走去，其他人也轻轻抬起伊奥温跟在后面。不过，国王那些牺牲的近卫眼下没法一并带走，因为共计有七名骑士倒在这里，他们的队长狄奥威奈也位列其中。众将士便将几人的遗体与敌人及那凶恶野兽的尸身分开，在他们周围插上长矛。后来，等一切结束之后，人们回来将那野兽的尸身付之一炬。他们倒是给雪鬃掘了墓，立了碑，又用刚铎及马克语在上面刻了碑文：

耿耿忠心，祸及人主，
捷足后代，飞马雪鬃。

雪鬃的坟头绿草萋萋，而焚烧那野兽的地方却始终是一片焦黑，寸草不生。

梅里悲痛地缓步跟着担架，对这场大战再不关心。他十分疲惫，浑身疼痛，四肢百骸仿佛遇冷般战栗不止。大海那边飘过来一场大雨，仿佛万物都在为希奥顿和伊奥温哭泣，那灰色的泪水浇灭了白城的大火。不久后，隔着薄薄的雾气，他看见刚铎军队的车队正在靠近。多阿姆洛斯亲王伊姆拉希尔骑马上前，在众人面前停下。

“洛汗诸位，你们所载何人？”他高声问道。

“希奥顿王。”他们回答，“他死了。伊奥梅尔王正驰骋战场：便是风舞白盔那人。”

亲王旋即下马，于担架之前屈膝，向国王与他领导的这场卓绝进击致敬，泪流满襟。起身之时，他望见伊奥温，大吃一惊。“这可是名妇人？”他问，“洛希尔人连女人也派来驰援我们了？”

“不！只有她一人，”他们答道，“她乃伊奥温公主，是伊奥梅尔的妹妹。我们也是方才得知她跟了过来，实令我等无比懊悔。”

她的脸苍白冰冷，却难掩那容颜的姣美，使得亲王不禁想凑近一观，却无意碰到了她的手。“洛汗诸位！”他喊道，“你们当中没有医师吗？她兴许伤重垂危，但我认为她还活着。”他将光洁如镜的前臂铠甲探至她冰冷的唇边，看！铠甲竟蒙上了一丝极难察觉的雾气。

“万万不可再耽搁！”他说，派了一人飞驰回白城寻医。而他朝阵亡者深深鞠躬，同他们道别，随后便上马驰向战场。

此时的佩兰诺平野上，战局已臻肉薄骨并；四处金鼓连天，喊声震地，并战马嘶鸣不绝于耳。角声阵阵，号声长鸣，被驱赶上阵的猛犸咆哮不息。白城南墙之下，刚铎步兵正与依旧大量聚集的魔古尔军团激战。但骑兵已飞驰东边，增援伊奥梅尔：有掌钥官“长身”胡林，有洛斯阿尔那赫领主，有绿丘陵的希尔路因，还有英武的伊姆拉希尔亲王与簇拥的骑士团。

他们对洛希尔人的援助来得正是时候，因为运气此时站在了伊奥梅尔的对立面。他的怒火出卖了他。暴怒之下，他率军大败敌军前锋，他的骑兵组成的巨大楔形阵利落地切过南蛮兵阵，不但击溃了对方骑兵，还将他们的步兵分割灭尽。然而，猛犸所到之处，战马尽皆停步，要么畏缩不前，要么转身逃离。这些巨怪无人能敌，恍若防御塔一般矗立，于是哈拉德人纷纷在周围集结。洛希尔人进攻之初，单哈拉德人的兵力便已三倍于他们，不多时，局势变得更加糟糕：敌方生力军源源不断地从欧斯吉利亚斯方向涌来。他们原本集结彼处，待黑统帅下令，便要来白城与刚铎烧杀掳掠。如今他已湮灭，魔古尔的副统领勾斯魔格便将这些人通通扔去战场：持斧的东夷人，可汗德的瓦里亚格人，身裹猩红的南蛮，还有来自远哈拉德的白眼血舌、形似半食人妖的黑肤人类。其中部分人加速追上洛希尔人，剩余的去西边阻拦刚铎兵力，不让他们与洛汗会合。

就在如此时日不利刚铎、众人希望动摇之际，白城方向又传来一声高喊。彼时正值上午，狂风大作，暴雨北移，阳光洒落。一片澄澈之中，城墙哨兵发现远方出现一幕新的恐惧，他们最后的希望也就此破灭。

安都因大河于哈泷德转过弯，又继续往前流淌，其间数里格景象白城之人一览无余，眼神敏锐者甚至能看见前来的船只。人们望向那边，惊叫出声。波光粼粼的河面上，一支显得黑蒙蒙的船队乘风而来：既有大型快艇，也有吃水极深、桨手众多的战舰，一面面黑帆鼓满了风。

“乌姆巴尔的海盗！”人们大喊道，“是乌姆巴尔的海盗！快看！乌姆巴尔海盗来了！看来贝尔法拉斯已经沦陷，埃希尔和莱本宁也没了。海盗打来了！厄运要给我们最后一击了！”

反正白城里已找不到能指挥他们的人，一些人不等下令便跑去敲响警钟，还有人吹响了示意撤退的小号。“撤回城墙！”他们喊道，“撤回城墙！在万事休矣之前快回城里！”可那催动船队飞速向前的风却吹走了他们的叫嚷声。

洛希尔人其实并不需要什么通知或者警告，他们早就看见了那无数黑帆。伊奥梅尔此时距哈泷德不到一哩，而他的第一批敌人蜂拥而至，压向他与港口之间，还有新的敌人已绕至后方，切断了他与亲王会合的通路。他此时看向大河，心中希望已是断绝，就连他此前称颂的风，此时也糟到他的咒骂。魔多大军却是备受鼓舞，他们心中生出新的渴望与怒火，大叫大嚷着展开了攻势。

伊奥梅尔此时已冷静下来，意识重回清明。他让人吹响号角，召集所有能来的兵士。他想筑起最后一座卓绝的盾墙坚守，下马死战不退，即便西部再无人能活下来记忆马克这最后一位国王，他也要在佩兰诺平野上成就一番能为歌谣传颂的壮举。于是，他御马去往一处碧绿小丘，在那里插上他的旗帜，让白马纹章于风中猎猎飞舞。

奔出疑虑，奔出黑暗，迎向东升旭日。
阳光照我放声高歌，抽剑出鞘。
驰向希望终结，驰向心碎之地：

复仇之时，毁灭之时，战至日升日落！

他一边念这些诗句，一边放声大笑。战斗的渴望再度在他心中燃起，他依旧毫发无损，依旧年轻，而他还是王，统领着一支骁勇的民族。看哪！就在他笑对绝望之时，他再度看向那许多艘黑船，举剑要向他们挑战。

随后，他先是一惊，紧接着心中洋溢起一阵狂喜。他猛然将剑往天上一抛，又在接住之时开始高歌。一双双眼睛都顺着他的目光看去，瞧啊！最前面那船上，一面巨大的旗帜轰然展开，又在船转向哈泷德之时迎风招展起来：旗上有一株繁花盛开的白树，代表刚铎；树周围环着七颗星星，白树之上还有一顶高冠，正是埃兰迪尔的象征，已不知多少岁月不曾有哪位王侯使用。阳光衬得七星流光溢彩，因它们皆由埃尔隆德之女阿尔汶以宝石缝制。王冠由秘银与黄金铸成，在晨光中也是熠熠生辉。

埃莱萨宝石、伊熙尔杜后人、阿拉松之子阿拉贡便这么出了亡者之路，乘风载浪，自大海来到刚铎王国。喜出望外的洛希尔人大笑声沸反盈天，舞动的长剑映得光华直照天地，而大钟小号交织而成的乐声也传来了白城将士的惊喜之情。魔多的大军却是一片慌乱，觉得肯定是有巫术让他们自己的船装满了敌人。他们明白命运之潮已然逆他们而行，劫数已近在眼前。一片漆黑的恐惧笼罩了他们。

多阿姆洛斯的骑士驱赶着敌人从东面而来：食人妖一样的人类，瓦里亚格人，还有痛恨阳光的奥克。南边的伊奥梅尔大杀四方，身前敌人无不望风而逃，却发现自己遭遇两面夹击——黑船上的将士早已跃上哈泷德的码头，此时正如狂风般朝北面席卷而去。莱戈拉斯与挥舞着斧头的吉姆利出现，扛着大旗的哈尔巴拉德也来了，还有额头佩星的埃尔拉丹及埃洛希尔两兄弟，以及北方游侠、坚毅的杜内丹人。他们带领莱本宁、拉梅顿和南方各采邑的人手前来协助。走在众人前方的正是手执西方之焰的阿拉贡，他这把安督利尔仿佛旧焰新燃，重铸的纳熙尔之剑一如旧时那般致命。阿拉贡额头佩戴着埃兰迪尔之星。

伊奥梅尔同阿拉贡最终在战场正中相会。两人倚剑对望，欣喜不已。

“纵使魔多有千军万马阻隔，我们还是相遇了。”阿拉贡说，“莫不是如我在号角堡时所言？”

“你当初确实说过。”伊奥梅尔说，“但希望时常会落空，而我彼时也不知你竟有如此先见之明。不过，不期而至的援助叫人倍感愉悦，朋友相会也最为让人欢喜。”两人的手紧紧相握。“也前所未有的及时，”伊奥梅尔说，“我的朋友，你来得不算早。我们已承受了巨大的损失与悲痛。”

“那便闲话莫提，让我们先行复仇！”阿拉贡说。两人便一同驰向战场。

等着他们的依旧是一场漫长的苦战。那些南蛮勇猛又冷酷，绝望更是让他们变得凶恶无比。东夷人身强体壮、骁勇善战，并且死也不投降。战场四处，在被烧毁的农舍或谷仓，在土丘或山岗，在城墙下或原野中，敌人依旧在聚集、重整，再度投入战斗。白天渐渐过去。

随后，太阳最终落到明多路因山背后，整片天空仿佛着了火，一座座矮丘高山也被染上了血色。火光闪动在大河之上，佩兰诺平野的草地也让暮色照得一片火红。刚铎原野之上的大战此时终于宣告结束。拉马斯的一圈城墙内，敌人尽数毙命。除了那些死于逃亡路上的，以及淹死在大河血红泡沫里的，其余尽皆为兵刀斩杀。能逃回东边魔古尔或魔多的寥寥无几，哈拉德人之地更是只传回了一则遥远的故事：关于刚铎的怒火和恐怖的传言。

阿拉贡、伊奥梅尔、伊姆拉希尔骑着马往白城大门前进，眼下已累到无喜无悲。盖因运气使然，再加上高超的武艺与强大的兵器，他们皆是毫发无伤。事实上，三人暴怒之时，少有人胆敢抵挡或是面对他们。然而，平野之上仍有许多将士受伤、残废，乃至殒命。孤身奋战的佛朗摔落马下，遭斧头劈死；墨松德的杜伊林兄弟领着弓兵靠近猛犸，想射瞎它们的眼睛，结果被这些怪物双双踏死。白肤希尔路因没能回去品那斯盖林，格里姆博格永别格里姆斯雷德，坚毅的游侠哈尔巴拉德也再不曾回去北地。无论声名显赫或是籍籍无名，无论将领士卒，太多人陨落此地。这场战斗实属宏大，任凭哪个故事都难以窥见全貌。许久之后，洛汗一位诗人写下诗歌《蒙德堡墓冢》，诗中如此写道：

但闻山野号角轰鸣，
南国剑影刀光。
马蹄声急，如若晨风
直取石地。战火已燃。
陨落彼处者，森格尔之子、众军之帅，
豪杰希奥顿，金殿再难回，
北地绿野永不归。
哈尔丁与古斯拉夫，
敦赫雷与狄奥威奈，刚强的格里姆博德，
赫勒法拉与赫鲁布兰德，霍恩与法斯特雷德，
力战死敌，魂陨远乡：
蒙德堡墓冢起，沃土长眠，
盟友刚铎诸统领，同赴黄泉。
白肤希尔路因，再难回海边丘陵，
老佛朗，永辞繁花山谷，

故土阿尔那赫再难迎凯旋。

山影之下，黑水幽幽，

高大的弓手，德茹芬与杜伊林，

墨松德处处池泽永相别。

白日起，白日尽，死亡不曾歇，

领主平民，无人能逃。他们早已长眠，

葬于大河边，刚铎绿草下。

如今大河似涌泪，银光泛灰水，

彼时却翻腾咆哮，赤色一片：

暮阳照血，白浪染红。

夜色四合时，群山烽火起，

拉马斯埃霍尔坠露如血。

·第七章·

德内梭尔的火葬堆

那黑影撤离主城门之后，甘道夫依旧站在原地一动没动。皮平倒是站起身，仿佛卸下了千斤重担。一阵阵号角声传来，他聆听着，只感觉心花怒放。此后的年月里，只要听见远处的号角声，他就忍不住热泪盈眶。不过，他脑子里突然想起自己的任务，赶紧往前冲。甘道夫这时也有了动作，跟捷影说了些话，正准备骑马出城。

“甘道夫，甘道夫！”皮平大喊，捷影停下马蹄。

“你为何在此？”甘道夫问，“白城律法不是有规定，除非城主点头，否则身穿黑银制服之人不得离开城堡？”

“他同意了的，”皮平说，“他让我离开。可我怕得要命。他那边可能要出大事。我觉得城主疯了。我担心他会自杀，还要杀了法拉米尔。你就不能做点儿啥吗？”

甘道夫望向破开的城门，听见平野上的战斗声已渐渐在汇拢。他攥紧了拳头。“我得走了。”他说，“黑骑手就在外面，他会给我们带来毁灭。我没有闲工夫。”

“可法拉米尔怎么办？！”皮平嚷道，“他还没死。如果没人能去阻止，他们会把他给活活烧死的！”

“活活烧死？”甘道夫问，“怎么回事？快说！”

“德内梭尔去了陵寝，”皮平说，“还带上了法拉米尔。他说我们都要被烧死，而他并不打算等。他们准备架起柴堆，把他和法拉米尔一块儿烧掉。他已经派人去找柴和油了。我跟贝瑞刚德讲过了，但他正在站岗，我怕他不敢擅离职守。再说了，他又能怎么办？”皮平凑上前去，用发抖的手按着甘道夫的膝头，将事情一股脑儿全都告诉了他。“你不能去救救法拉米尔吗？”

“兴许我可以，”甘道夫说，“但我若是去救他，恐怕就会有其他人死去。唔，鉴于他从别处无法得到援助，看来我必须得去。可这又会生出不幸与悲伤。即便是在我们要塞的腹地，大敌依旧有力量袭击我们：毕竟他的意志正在运作。”

一拿定主意，他便立即行动起来。他将皮平接上马，安置在他身前，又以一句话让捷影掉转马头。两人的马蹄声回荡在米那斯提力斯一路攀升的街道上，身后的战斗声愈发激烈起来。各处的人们都从绝望与恐惧中振作起来，紧抓武器彼此高喊：“洛汗人来了！”统领们高声呼喊，一支支队伍迅速集结。许多人已经在朝主城门前进。

他们遇见了伊姆拉希尔亲王，后者唤道：“米斯兰迪尔，你要去哪里？洛希尔人正在刚铎的平野上奋战！我们得把能找到的兵力全都凑起来。”

“能找到的每一个人你都会用上，越多越好。”甘道夫说，“抓紧时间。我得了机会就来。眼下我有事要找德内梭尔城主，刻不容缓。城主不在，你代他指挥！”

他们继续前进。随着一路向上，越来越接近城堡，他们感到清风拂面，又瞥见远处出现了一抹晨景，一道于南边天上渐渐扩散的光亮。可它却并未给两人带来什么希望：他们并不知道有何恶行候在前方，只担心自己去得太迟了。

“黑暗正在逝去，”甘道夫说，“可它依旧沉闷地罩在白城上。”

他们发现城堡门口没有守卫。“看来贝瑞刚德已经去了。”皮平说，心中又有了些希望。两人转离城门，沿路加速赶往禁门。禁门大开着，门卫倒在地上，钥匙也被夺走了。

“是大敌的伎俩！”甘道夫说，“他就喜欢这类事情：朋友兵戎相见，人心不齐引发忠诚的分割。”他此时下了马，吩咐捷影先行回马厩。“我的朋友，”他说，“你我早该驰骋平野之上，可我却被旁的事绊住。不过，若我呼唤，请尽快赶来！”

他们穿过禁门，走下陡峭蜿蜒的道路。天光渐亮，两旁矗立的高大立柱与石雕如灰色的幽魂般慢慢向后倒退。

寂静猛然被打破，他们听见下方有叫声并兵器交击声传来：自白城建立之初，这片神圣之地从未有过如此声音。他们最终抵达拉斯狄能，又加快脚步赶向微光中矗立在巨大穹顶下的宰相陵寝。

“住手！住手！”甘道夫高喊道，两步踏上门前的石阶，“快停下这疯狂之举！”

彼处，德内梭尔的仆从已是长剑与火把在手，身穿近卫黑银制服的贝瑞刚德却孤身一人站在门廊最顶上一级台阶处。他守在门口，阻拦着他们。已有两人倒在他剑下，鲜血玷污了这处圣所。其余人正对他恶言相向，称他作无法无天之人与背弃主上的叛徒。

就在甘道夫与皮平飞奔向前之时，他们听见德内梭尔那了无生气的声音在陵寝内喊道：“快，快！照我吩咐的办！快给我杀了这叛徒！难道要我亲自动手吗？”贝瑞刚德原本用左手带紧的大门此时猛然打开，露出白城城主高大、凶恶的身影。他眼里闪动着火焰般的光芒，手执出鞘的长剑。

甘道夫飞身纵上台阶，几名仆从纷纷后退，用手捂住眼睛：甘道夫已是暴怒，他来势汹汹，恍若一道白光闯入漆黑之处。只见他抬手一击，德内梭尔紧握的长剑便脱了手，飞落在身后陵寝的暗处。对上甘道夫，德内梭尔却像是受到惊吓一般，连连倒退。

“我的大人，究竟怎么回事？”巫师问道，“亡者之所可不是活人该待的地方。城门前的战斗已经不少，为何还有人在这圣地里打斗？又或者，大敌已然进入拉斯狄能？”

“刚铎城主几时起需要同你回话了？”德内梭尔问，“还是我连手下仆从都不能命令？”

“你当然能，”甘道夫说，“但这命令若是变得疯狂、邪恶，别人也能违抗你的意志。你儿子法拉米尔在何处？”

“他就躺在里边，”德内梭尔说，“烧起来了，已经烧起来了。他们给他的血肉点上了火。不过，要不了多久，一切都会烧起来的。西方已经败了。万物都将归于一场大火，一切都将终结。灰烬！让风将灰烬与浓烟全都吹走！”

甘道夫这时看出他失了心智，担心他已犯下什么恶行，便径直挤入陵寝内。贝瑞刚德与皮平也紧随其后，德内梭尔则是不断倒退，最后站在里边的石台边。他们找到了法拉米尔，他就躺在石台上，依然高烧不醒。台下堆满木柴，四周也高高地垒着，悉数淋上了油，连法拉米尔身上的衣裳与盖毯上也有。但眼下尚未点火。随后，即便昭显他力量的光芒依旧隐藏在灰色的斗篷之下，甘道夫还是展示出了这副身子拥有的力气。他跃上柴堆，轻而易举地抱起病人，带着他便往门口走去。法拉米尔呻吟出声，在梦中呼唤着他的父亲。

德内梭尔心神一震，仿佛自恍惚中苏醒过来，眼里的火焰也熄灭了。他开始哭泣，说:“莫要带走我儿！他在唤我。”

“他在唤你，”甘道夫说，“可你却还不能靠近他。他命悬一线，急需救治，却也可能救不回来。而你应尽之事乃是去为这城而战，但死亡也可能于彼处候着你。这一点，你当心知肚明。”

“他不会再醒了，”德内梭尔说，“战有何用。我们为何还想再活下去？我们为何不能并肩赴死？”

“刚铎的宰相，权力交付于你，并非让你用来安排自己的死期。”甘道夫回道，“只有那些邪黑塔统治的蛮王才会如此行事，才会身怀骄傲与绝望自戕，靠着杀死亲人来缓解自己的死亡之痛。”随后，他穿过大门，将法拉米尔抱出这死气沉沉的墓室，放在此前抬他来、此时于门廊摆好的担架上。跟出来的德内梭尔站在那里浑身颤抖，脸上带着渴望看着他的儿子。所有人都默然肃立，看着城主在无比的痛苦中挣扎。一阵之后，他动摇了。

“好了！”甘道夫说，“那边需要我们。你还有许多事能做。”

德内梭尔突然大笑出声。他再度变得身形高绝，傲然挺立，又快步退回到那石台边，拿起此前他头枕的那个枕头。随后，他来到门口，扯掉了枕头遮罩。看哪！他手里捧着的竟是一颗帕蓝提尔。他将它高高举起，但凡看向那晶球的人似乎都感觉那东西里有火焰出现，乃至于城主那消瘦的面庞仿佛燃起了赤红的火焰，让那张脸看着宛如坚石凿就，又叫阴影衬得棱角分明，端的高贵、骄傲，却又可怖。他的双眼炯炯发亮。

“骄傲与绝望！”他高声说，“你莫不是觉得白塔瞎了眼？不，我看见的可比你知道的要多得多，你这灰袍蠢货。不过是无知让你还抱持希望罢了。尽管劳心费力治疗！尽管冲去战斗！白费功夫。你们兴许能在平野小小赢上那么片刻，可要对抗那业已崛起的力量，却是毫无胜算。他不过用了一根手指来对付这座城而已。整个东边的力量都动起来了。

即便现在，给予你希望的那风也欺骗了你，往安都因大河吹来一支黑帆船队。西方败了。所有不愿被奴役的人，离开吧，是时候了。”

“你这番忠告只会让大敌的胜利变得十拿九稳。”甘道夫说。

“那就继续抱持希望吧！”德内梭尔大笑着说，“我可太了解你了，米斯兰迪尔。你抱的希望就是将我这城主之位取而代之，要做那北边、南边，甚至西边王座背后的主人。我已看穿你的心思，知道你有何盘算。莫非我不知道是你下令要这半身人缄口不言？我莫是不知道，你带他来，便是要入我私室做奸细？不过，我却从我们的谈话里探明了你所有同党的名姓与目的。哈！你左手拿我暂作盾牌抵御魔多，右手却带上这北方的流民要篡我的位。

“我却要告诉你，米斯兰迪尔甘道夫，休想拿我当你的工具！我乃阿纳瑞安家族之宰相。我可不会退位，给哪位新贵当个年老又糊涂的管家。就算他能向我证明他有资格，他依旧不过是伊熙尔杜的一脉。这一族破烂早已舍弃王权与尊严，休想让我俯首称臣。”

“若是事态发展如你所想，”甘道夫问，“那你又该当如何？”

“我便要诸事保持原样，一如我此生的每一日。”德内梭尔答道，“也一如我诸位先祖之时：作为白城城主安宁度日，死后将我的位置交给我的儿子。但他是自己的主人，而非什么巫师的学徒。若是天不容我，那我便什么也不要：既不要性命潦倒，也不愿均分爱戴，更不允荣誉减损。”

“于我而言，诚实交出职权并不会折损宰相的荣誉及受到的爱戴。”甘道夫说，“此外，你至少不该在你儿生死尚未有定论之前，夺去他选择的权利。”

这番话让德内梭尔再度两眼冒火。他将晶石用胳膊一夹，抽出长刀便走向担架。但贝瑞刚德纵身上前，挡在法拉米尔身前。

“呔！”德内梭尔高喊，“你已窃掉我儿一半的敬爱，如今竟连我麾下骑士的心也要偷走，使他们终究彻底夺去了我儿。但这最后一遭，你却无法忤逆我的意志：我命由我！”

“进来！”他朝仆从喊道，“但凡你们还有点儿胆子，就给我进来！”随后便有两人跑上台阶，去了他身边。他从其中一人手上抢过火把，箭步回到墓室里。不待甘道夫阻止，他已将火把插进柴堆，木柴当即噼啪作响，窜出一股烈焰。

随后，德内梭尔跳上石台，在一片浓烟烈焰中拿起脚边的宰相之杖，抬膝一抵，折成两段。他将断杖扔进火里，又俯身躺在石台上，用双手将帕蓝提尔紧抱在胸口。从此之后，据说除了心怀大毅力之人，任谁也无法将那晶石转去其他景象，只能从中看见一双苍老的手在烈焰下渐渐皱缩焦枯。

甘道夫满心悲痛与恐惧，转过脸关上大门。好一阵，他一言不发地站在门槛上沉思，而外面的人全都能听见门内烈焰贪婪的舔舐声。之后，德内梭尔发出一声大喊，就此再未出过声音，也再不曾出现于任何凡人面前。

“埃克塞理安之子德内梭尔便如此陨落了。”甘道夫说。随后，他转向贝瑞刚德与一众呆立当场的城主仆从。“你们熟悉的刚铎时代就此一去不返。无论是吉是凶，它们都终结了。此地已遭遇恶行，但还请打消一切拦在你们双方之间的敌意，此乃大敌之操弄，是他意志运作之结果。你们因职责相悖而落入一面敌对的罗网，可这网却并非你们编织而成。不过，想想吧，你们这些盲从城主的仆人，若非贝瑞刚德抗命不从，白塔之统帅法拉米尔便要一同葬身火海了。

“带着你们倒下的同伴，离开这不幸之地吧。我们会把刚铎宰相法拉米尔抬去一处地方，他能在那里安心休养。如果命运难逃的话，也许他会就此死去。”

甘道夫与贝瑞刚德便抬着担架朝诊疗院前行，皮平埋着脑袋，伤心地跟在后面。可城主的仆从却仿佛受了打击，依旧愣愣地站在死者居所前面。就在甘道夫来到拉斯狄能尽头之时，一声巨响传来。回头望去，他们发现陵寝的穹顶迸裂开来，浓烟滚滚；只听得一声轰隆，石顶纷纷垮落，塌进大火当中。火势却毫不见小，依旧在废墟里飞舞攒动。恐慌之下，一众仆从飞奔而逃，跟着甘道夫离开了。

众人最终来到宰相之门，贝瑞刚德一脸沉痛地看着守门人。“这事情会令我悔恨终生。”他说，“可我当时急火攻心，他又不肯听我解释，反而拔剑对着我。”他取出从死去守门人那里夺来的钥匙，又关闭大门，上了锁。“这钥匙如今应当交给法拉米尔大人才对。”他说。

“城主不在，多阿姆洛斯亲王接过了指挥之责。”甘道夫说，“不过，鉴于他身处别处，我便只能亲自担纲。我命你拿着钥匙，保管好它，直至白城再度恢复秩序。”

众人眼下终于来到白城靠上的环城，在晨光下朝着诊疗院前进。那是为了照料重病患者专门辟出的一片美丽屋舍，如今却用来治疗在战斗中负伤或垂死之人。这地方坐落于第六环城，离城堡大门不远，紧挨着南边的城墙，一圈花园围绕四周，栽种有草坪与树木，是城内独一无二的地方。诊疗院里住着少数允许在米那斯提力斯滞留的妇女，因为她们要么精于治疗，要么是医师的助手。

不过，就在甘道夫与同伴抬着担架来到诊疗院大门口的时候，他们听见平野于主城门前面的地方传来一声高喊，尖锐的声音越拔越高，直入天际，又随风消散。这声音如此可怕，竟让所有人原地呆愣一阵。可等它消失之后，人们却猛然感觉心头一轻，充满了自黑暗从东边涌来后再未感受过的希望。他们感觉，似乎天色变得更加亮堂，太阳也破云而出了。

可甘道夫却是一脸的沉重与悲伤。他吩咐贝瑞刚德与皮平将法拉米尔抬进诊疗院，而他则爬上附近的城墙。在新升的太阳照耀之下，他如一尊纯白的雕塑般立在那里，向外观望。凭借他那被赐予的卓绝眼神，他觉察了发生的种种情况。待伊奥梅尔自战场最前线纵马而出，又立在阵亡于平野者身边时，他叹了口气，再度裹紧斗篷，离开了城墙。贝瑞刚德及皮平从诊疗院里出来，发现他正站在大门口，思绪重重。

两人注视着他，而他半晌不曾言语。最终他开了口。“朋友们，”他说，“这座城以及整个西方地区的所有人民！令人无比悲伤又可歌可泣的事情发生了。我们是该哭还是该笑呢？敌人的统帅出乎意料地被消灭，你们听见的便是他最后那一声绝望呼号的回声。可为了消灭他，我们也蒙受了令人悲痛欲绝的巨大损失。若非德内梭尔失了心智，我本能避免如此损失。大敌的触手竟伸得如此之长！唉！不过，这下我终于明白他的意志究竟是如何进到这雄城的腹地了。

“尽管历任宰相都以为它是个仅限宰相知道的秘密，但我许久前便隐隐猜到，白塔中至少保管着七晶之一。德内梭尔智识尚卓绝之时，他明白自己力量有限，不敢用它去挑战索伦。可他的智慧渐渐衰减了，随着他的国度遭遇的危险日益增加，恐怕他便看了那晶石，受了蒙蔽。我猜，波洛米尔离去之后，他便看得过于频繁了。他太过优秀，令邪黑塔的意志难以压制，但他依旧只能看见黑暗之力允许他看到的东西。他从中获取的知识毫无疑问常为他所用，可邪黑塔让他看见的魔多雄景却令他心中绝望渐增，最后击垮了他的心智。”

“我就说怎么感觉那么怪！”皮平一边回忆一边说，打了个寒战，“城主从法拉米尔躺着的那间屋子出去过。而我头一回感觉他变得苍老又衰颓，就是在他回来的时候。”

“正是法拉米尔被带入白塔之后，我们好些人看见最顶上的内室出现了怪异的光亮。”贝瑞刚德说，“但我们以前也见过那光亮，城里也常年有传言说，城主不时便会以意志同大敌角力。”

“唉！我的猜测这下便坐实了。”甘道夫说，“索伦的意志便是如此进了米那斯提力斯，我也因此才在此处遭了耽搁。但我只能继续滞留，不单是为了法拉米尔，还有旁的事需要处理。

“眼下我须得下去会一会来人。我眼见平野之上已出现叫我无比痛心的一幕，而之后或许还会出现更令人扼腕的事情。皮平，你同我来！而你，贝瑞刚德，应返回城堡，将此间情况报与近卫之首。因他职责所在，恐怕你会被调离近卫军。你且告诉他，若是我能谏言一二，那便派你去诊疗院，充当你那位统帅的守卫兼仆人，守着待他醒来——若是他还能再度苏醒。毕竟，是你于烈焰中拯救了他。走吧！我去去便回。”

语毕，他转身与皮平往下去了下方环城。两人匆匆赶路之际，风吹来一场蒙蒙细雨，城内大火就此熄灭，只余滚滚浓烟在两人前方渐渐腾起。

· 第八章 ·

诊疗院

众人行至米那斯提力斯破碎的主城门之时，泪水与疲惫化作迷雾，蒙住了梅里的眼睛。他几乎注意不到遍布城门四处的残骸与屠戮。空气中弥漫着烟火味与恶臭，因为许多攻城器械要么已烧作破烂，要么就被抛进火焰肆虐的壕沟，诸多阵亡尸身也是一样下场，另外还有巨大的南蛮怪兽倒毙各处，不是烧到半焦，便是被石块砸得稀烂，也有被墨松德的勇猛弓手射穿眼睛而死的。飞舞的雨点停歇已有一阵，太阳高高地照耀在天上，但整片下环城依旧被郁积的浓烟包裹着。

人们已在努力从一片混乱的战场里清出道路。此时，从主城门里来了若干抬着担架的人。他们轻轻地将伊奥温放在软垫上，又用一大块金色的布盖住国王的遗体。他们举火把簇拥着他，火把的火焰让阳光照得苍白暗淡，随风摇摆不定。

希奥顿与伊奥温就这样来到刚铎白城，见者无不脱帽垂首。他们一路穿过大火焚烧环城留下的灰烬与浓烟，沿着铺石的街道渐渐往上。梅里感觉往上走的路似乎漫无止境，仿佛可憎的梦境里一场毫无意义的旅途，只是不断地前进，前进，去往连记忆也无法把握的某个混沌终点。

他前面的火把闪烁着，又慢慢熄灭，他便走在了漆黑之中。他心想："这是条通向墓穴的隧道，我们会永远待在那里边。"然而，他的梦境里突然闯入一道活泼的声音。

"啊，梅里！老天开恩，到底让我找到你了！"

他抬头看去，眼前的迷雾也散去了少许。竟然是皮平！两人就这么面对面站在一条窄巷里，周围空无一人。他揉了揉眼睛。

"国王在哪儿？"他问，"伊奥温呢？"他身子一软，坐倒在一处门阶上，又开始掉泪。

"他们已经去了上面的城堡。"皮平说，"我猜你肯定是一路走一路睡，拐错了方向。我们发现你没跟着他们一同出现，甘道夫就派我来找你。可怜的老梅里！跟你重逢，我真是高兴坏了！可你已经累得不行，我就不拿话来烦你了。不过，告诉我，你有没有受伤，有没有觉得哪里疼？"

"没有。"梅里说，"嗯，没有，我觉得我没受伤。不过，皮平，自从刺了他一剑后，我的右臂就动不了了。我的剑也像根木片似的被烧成了灰烬。"

皮平满脸的焦急。"那，你最好赶快跟我走，"他说，"我真希望自己能有力气背着你。你这状况不适合再动了。他们压根儿就不该让你自己走的，可你得原谅他们。白城里发生了许多可怕的事，梅里，一个刚下战场的霍比特人太容易被忽略了。"

"偶尔被忽略也不算是坏事。"梅里说，"我刚才就被忽略了，被——不，不行，我讲不出那名字。皮平，帮帮我！我眼前又变得漆黑一片，我这只胳膊也冷得不行。"

"梅里伙计，快靠在我身上！"皮平说，"走吧！一步一步来，离着没多远。”

“你是要埋了我吗？”梅里问。

“不是，当然不是了！”皮平说，试图让声音听起来快活些，尽管他的心都让害怕和同情给绞紧了，“我们是去诊疗院啦。”

他们拐出那条夹在一栋栋高屋与第四环城外城墙间的小巷，再度回到爬上城堡的主道。两人一步一步往前挪，梅里像睡着了一般，走路摇摇晃晃，嘴里不断地喃喃呓语。

“我怕是怎么也没法把他给弄上去了，”皮平想，“就没人能帮把手吗？我不能把他留在这里。”就在此时，令他意外的是，一个男孩从背后跑了过来。男孩跑过的时候，他认出来那是贝瑞刚德的儿子贝尔吉尔。

“哈喽，贝尔吉尔！”他唤道，“你要上哪儿去？真高兴再见到你，看来你还活得好好的哪！”

“我在为医师跑腿办事呢，”贝尔吉尔说，“不能耽搁。”

“可别耽搁！”皮平说，“但麻烦你跟上面的人讲一声，我这儿有一名刚下战场的霍比特病人——就是佩瑞安人。我觉得他实在是走不动了。米斯兰迪尔如果在上面，他会很高兴听见这消息的。”贝尔吉尔继续跑走了。

“我最好在这儿等着。”皮平想。于是，他扶着梅里，让他慢慢躺在阳光下一处人行道上，随后又挨着梅里坐下，用膝头垫着梅里的脑袋。他轻轻探了一遍梅里的身子与四肢，将朋友的双手握在自己手里。梅里的右臂摸起来如冰一般寒冷。

没过多久，甘道夫亲自来找他们了。他俯下身子，用手探向梅里的额头，随后小心地抱起他。“他本该被充满荣耀地抬进这城里。”他说，“他完全没有辜负我的信任。当初若是埃尔隆德不曾向我让步，你们两人便没法上路。那我们如今遭受的苦难还会痛苦许多。”他叹了一口气，

“战场那边的胜败还未可知，眼下我手上又多了一个要照顾的。”

就这样，法拉米尔、伊奥温和梅里全躺在了诊疗院的病床上，三人在那里得到了很好的照料。虽说古时鼎盛时期的那些学识如今几近全数散佚，刚铎的医术却不曾式微。这里的医师精通疗伤止痛，以及大海东边凡人罹患的各类病症的治疗方法。唯衰老无能为力。他们找不到回春之术，事实上，他们的寿命如今也缩减到比其他人类长不了多少，除了一些血统更为纯正的家族，年过一百还能精神矍铄的人在他们当中也变得越来越少。现如今，他们的知识与技艺碰上了难啃的硬骨头，许多人患上了一种无法治愈的病症。他们管这病叫作黑魔影症，因为它是纳兹古尔引起的。病患会渐渐陷入愈发深沉的睡梦，然后变得无声无息、浑身冰冷，最后死去。于照料病人的护士来看，这半身人与洛汗那位公主便是罹患此症，且病情极重。清晨之后的时间里，他们时不时会发出声音，喃喃着梦话。看护人聆听着他们说的每一句话，期望从中听出些能帮助医师了解两人伤病情况的内容。然而，两人很快陷入昏迷，太阳渐渐西落，一层灰影也渐渐爬上他们的脸庞。法拉米尔的高烧也一直降不下来。

甘道夫满怀忧虑地来回查看，看护人也将听见的话语全都告诉了他。白天就这么渐渐逝去，外面的大战不曾停歇，战况时好时坏，各种怪异的消息满天飞。甘道夫依旧守在那儿查看，并未前往战场。最后晚霞满天，光芒透过窗户落在了病人灰青的脸上。守在他们身边的人感觉病人的面庞在光芒中竟有了些许血色，仿佛正在恢复健康，其实那只是希望的嘲弄罢了。

随后，看着法拉米尔俊朗的脸，名叫伊奥瑞丝的、诊疗院陪护里最年长的那位老妇人落下泪来，因为所有人都爱戴他。她说：“唉！他竟然要死了。他们说，真希望刚铎如今能有诸王在位，就如曾经一样！因为古时传说：‘王者之手乃医者之手，’由此众人便知谁才是真正的王。”

但一旁的甘道夫说：“人们会永远记住你这话的，伊奥瑞丝！这话里包含着希望。或许真有国王要回到刚铎了。还是说，你不曾听闻那些传进城里的奇怪消息？”

“我一直忙里忙外的，完全没在意外面的大喊大叫。”她答道，“我只希望那些杀人恶魔别来诊疗院打扰这些病人。”

甘道夫便匆匆出了诊疗院，天上的晚霞已然褪去，染上山丘的暗红色也渐渐消失，只余灰烬一般的暮灰慢慢爬过平野。

日头渐落，阿拉贡、伊奥梅尔、伊姆拉希尔三人也带着诸位统领和骑士往白城靠近。到城门前时，阿拉贡说：“瞧这大火中的日落！这既是昭告许多事物终结与陨落的信号，也改变了这世界的潮流。可历代宰相已掌管这城邦与王国无数年月，我若非请自来，恐怕会徒增猜忌与争论。而今战火未熄，此类争端能免则免。在我们和魔多谁生谁死明了之前，我不会入城，亦不打算宣告任何王权。让将士们在这平野之上为我搭起营帐，我便在此候着白城城主迎我入城。”

伊奥梅尔却说：“你已经扬起了国王的旗帜，展示了埃兰迪尔家族的徽章。你能忍受它们遭受质疑？”

“不能。”阿拉贡说，“但我认为时机尚未成熟。除了大敌与他的爪牙，我无意与他人争斗。”

而伊姆拉希尔亲王则说：“大人，您这番话非常明智——若是作为德内梭尔城主姻亲的我能对此事进言的话。德内梭尔意志强悍、行事高傲，却不再年轻。自从他的儿子重伤倒下，他的精神就变得有些怪异。然而，我却不愿将您如乞丐般留在城门外。”

“并非乞丐。”阿拉贡说，“你就当我是不习惯待在城邦和石头房子里的游侠统领。”他下令收起旗帜，又将额头那枚北方王国之星解下，交由埃尔隆德的儿子们保管。

随后，伊姆拉希尔亲王与洛汗伊奥梅尔便留下他，穿过城门与喧闹的人群，骑马往城堡去了。他们来到白塔大殿寻找宰相，却发现他的高座空无一人，而前面的高台有一张御床，上面躺着马克的希奥顿王。御床周围立着十二支火炬，还有十二名洛汗与刚铎骑士组成的守卫。床的帷幔乃绿、白两色，而国王身上却以一席巨大的金丝被盖至胸口。国王的胸膛上摆着出鞘的长剑，脚边放着他的盾牌。火炬的光亮照得他满头银发熠熠生辉，好似阳光洒落喷泉飞溅的水花，而他的面庞显得俊美而年轻，但那脸上却带着年轻时难以悟出的平静。他仿佛睡着了。

两人在国王身侧肃立片刻，伊姆拉希尔问："宰相何在？米斯兰迪尔又在哪里？"

其中一名守卫答道："刚铎宰相在诊疗院。"

而伊奥梅尔又问："我妹妹伊奥温公主在哪里？她自然是荣誉相当，应卧于国王身边吧？他们将她安置去了何处？"

伊姆拉希尔则说："他们带伊奥温公主入城时，她还活着。你莫是不知道？"

意料之外的希望蓦然涌上伊奥梅尔心头，可担忧与害怕也油然而生，开始啃噬他。他再不多言，转身飞快跑出了大殿，亲王也跟在他身后。他们一路往前，夜色已然降临，天上繁星闪耀。甘道夫裹着一身灰袍，这时却走了过来，几人在诊疗院门口相遇。两人同甘道夫打过招呼，问道："我们在找宰相，人们说他身处诊疗院。他可是受了伤？还有伊奥温公主，她在哪里？"

甘道夫则答道："她就躺在里边。活着，但离死不远。正如你们所知，法拉米尔大人中了妖邪之箭，而如今的宰相便是他——德内梭尔业已逝去，他的陵寝也成了灰烬。"他便讲述了整桩事情，听得两人又悲又叹。

而伊姆拉希尔说："若刚铎与洛汗同日失去各自君王，不但胜利的喜悦折损无数，还平添无比的痛苦。洛希尔人有伊奥梅尔统领，可如今又有谁能掌管白城？我们如今岂不是该去找阿拉贡大人？"

一个穿斗篷的人开口说："他已经来了。"几人看见这人走到门前的灯光下，正是在锁甲外裹着罗瑞恩的灰斗篷，除了加拉德瑞尔的绿宝石外再无其他标记的阿拉贡。"甘道夫请求我来，我便来了。"他说，"但眼下我只是阿尔诺杜内丹人的统帅。至法拉米尔苏醒之前，白城应由多阿姆洛斯领主掌管。不过，我建议，再往后的日子，以及我们对付大敌的时候，我们应以甘道夫马首是瞻。"几人都同意了。

甘道夫又说："情况紧急，我们莫要在门口耽搁。进去吧！眼下只有阿拉贡来了，诊疗院里的病患才能抓住那一丝希望。诚如刚铎智者伊奥瑞丝所言：王者之手乃医者之手，由此众人便知谁才是真正的王。"

随后阿拉贡领头，与众人进了诊疗院。门口站着两名身穿城堡制服的守卫：其中一名个头儿高大，另一人的身材却不过孩童大小。他看见几人过来，惊喜地大喊出声。

"大步佬！太棒了！我就猜那黑船上的人是你，可他们全都喊着海盗，不肯听我说话。你是怎么做到的？"

阿拉贡哈哈一笑，一把握住了霍比特人的手。"真是幸会哪！"他说，"可现在没时间说旅行故事。"

伊姆拉希尔却对伊奥梅尔说："我们当真能这样称呼我们的国王？还是说，他登基时会用上别的名字！"

阿拉贡听见他的话，转头说："确实会。在古时的高等语里，我名为埃莱萨，意为'精灵宝石'，也叫恩温雅塔，意思是'复兴者'。"他又拿起佩于胸前的那块绿宝石，“而我家族若有建立之时，就以‘大步佬’为名。高等语里听着不算坏，我会被称作‘泰尔康塔’，而我膝下子嗣也将以此为名。”

说完，他们便进入诊疗院，朝病房走去。甘道夫一路跟几人讲了伊奥温与梅里阿道克的壮举。“我之所以知道，”他说，“是因为我在他们身边陪了很久。在陷入致命的昏迷前，他们在睡梦里说了很多话。另外，我有能洞悉远方景象的本事。”

阿拉贡先去看了法拉米尔，随后是伊奥温公主，最后是梅里。看过三位病人的脸，检查了他们的伤口，他叹了口气。“我必须全力以赴，用尽我所有的技艺来救治他们。”他说，“若埃尔隆德在就好了，他是我们所有种族里最年长之人，拥有更强大的力量。”

伊奥梅尔见他既难过又疲惫，便说：“你自然得先休息一下，至少先吃点儿东西吧。”

可阿拉贡回答：“还不行。这三人，尤其是法拉米尔，时间已经不多了。我必须争分夺秒。”

随后，他叫来伊奥瑞丝，问道：“诊疗院里可存有疗伤的药草？”

“有的，大人。”她答道，“但我估计分量不够所有人都用。我知道的是，我不知道能在哪里找到更多的药草。如今这可怕的日子，一切都乱了套：到处失火燃烧，跑腿办事的小伙子也根本不够用，道路全给堵了。唉，不知道有多少天没见过从洛斯阿尔那赫来做生意的马车了！但我们诊疗院已经竭力而为，大人您肯定是知道的。”

“等我看了，自会决断。”阿拉贡说，“还有一物同样紧缺，那便是长篇大论的时间。你这里可有阿塞拉斯？”

“我不知道，大人。我知道的是，”她回答，“至少叫这名字的药草我不知道。我会去问问草药师，他知道所有的古名。”

“它也叫王叶草，”阿拉贡说，“兴许你知道的是这个名字。乡野人士如今是这么称呼它的。”

“噢，是那个啊！”伊奥瑞丝说，“嗯，大人您要是一开始便用这名字，我这不就知道了。没有，我确定我们没有这东西。唔，我从没听过它有什么奇效，在森林里碰见它的时候，我也确实常会跟我的姐妹这么说：‘王叶草听着真怪，我很纳闷儿它为什么叫这名字。我要是国王，肯定会在花园里种一些更鲜艳的植物。’这草捣碎时倒是有股甜味，对不对？说甜味也不太恰当，有益身心或许更贴切。”

“确实有益身心。”阿拉贡说，“现在，夫人，你若是敬爱法拉米尔，但凡这城里还有一片王叶草，那就学学你这快嘴，赶快帮我找来。”

“若是没有，”甘道夫说，“我会带着伊奥瑞丝骑往洛斯阿尔那赫，由她带我去森林里，但不是去找她的姐妹。到时候，捷影会让她知道什么叫‘赶快’。”

伊奥瑞丝离开后，阿拉贡吩咐另一位妇人烧热水。随后，他握住法拉米尔的手，又将另一只手探上病人的额头。那额头上满是汗水，可法拉米尔却毫无动作，也没有半点儿反应，似乎连呼吸都快断了。

“他快要不行了。”阿拉贡转头向甘道夫说，“但并非因为伤口。看！伤口已经在愈合了。他若真如你所想，是被纳兹古尔的某种箭矢射中，那他活不过当晚。我觉得他是为某种南蛮的箭所伤。谁拔的箭？箭可还留着？”

“是我拔的箭，”伊姆拉希尔说，“也是我止的血。但我们当时有许多要紧事做，便没有保留那箭。以我的印象，那箭确实像是南蛮所用之物。但我相信它是天上那魔影射的，否则便说不通他的高烧与病症。毕竟，这伤口既不深也不致命。您怎么看？”

“疲惫，因他父亲的态度而悲伤，还有受伤，但最主要的还是因为黑息。”阿拉贡说，“他是个意志坚定的人，因为早在出城驰向战场之前，他就险些罩进了魔影之下。就在他奋力作战，坚守前哨之时，那黑暗肯定已经潜入他的身体。我真该早一些到的！”

草药师这时来了。“大人，您要找乡下人叫的王叶草，”他说，“也就是贵族话里的阿塞拉斯，又或者是那些懂点儿维林诺语的人说的……”

“我确实在找，”阿拉贡说，“而我不管你们如今叫它阿西亚·阿兰尼安还是王叶草，只要你们能找到就行。”

“请您恕罪！”那人说，“我见您不但骁勇善战，还是位博学之士。可是，唉！大人，我们诊疗院只接收重伤或重病之人，故而不会保存这种东西。就我们所知，它没有什么特别功效，顶多能清洁空气里的怪味，或是驱走暂时性的沉闷。当然了，除非您在意诸如伊奥瑞丝之类的妇女，她们倒懂不懂依旧在唱诵的旧时歌谣。

黑息吹动之时
死亡阴影渐拢，
万般光亮寂灭，
阿塞拉斯现身！
阿塞拉斯来也！
国王妙手运用，
垂死者生命回春！

恐怕这只是首让老妇人记得稀里糊涂的蹩脚诗罢了。它的含义——若真有半点儿含义的话，还请您自行决断。城里的老人倒是仍然在用这草药泡水，治疗头痛的毛病。”

“那就奉国王的名义，去那些读书不多、智慧不少的老人家里寻找这草药！”甘道夫吼道。

阿拉贡这时跪在法拉米尔身边，用手按住他的额头。旁观的人只感觉一场激烈的争斗正在进行，因为阿拉贡的面色渐渐泛灰，变得愈发疲惫。他不时唤起法拉米尔的名字，可听着却一次比一次微弱，仿佛阿拉贡已不在他们身边，而是去了某处阴暗的峡谷，呼唤着迷路之人。

后来贝尔吉尔跑了进来，带来用布包着的六片叶子。“大人，这是王叶草，”他说，“恐怕已经不太新鲜，摘下来至少也有两个星期了。大人，这药还能管用吗？”他随后看见法拉米尔的脸，落下泪来。

阿拉贡却面露微笑。“能管用，”他说，“最危险的时刻已经过去。安心留下来！”随后，他取了两片叶子握在手里，朝它们吹了口气，又用手揉碎。一股充满生机的清新气息在屋里充盈开来，空气仿佛苏醒、颤动起来，迸发着喜悦。他随后将叶子放进拿给他的几碗热气腾腾的水里，所有人当即感觉精神振奋。每一个嗅到这香味的人似乎都联想到某片土地那露珠晶莹、万里无云的明媚早晨，而春日的美好世界于彼处不过是转瞬即逝的片刻记忆。阿拉贡站起身，仿佛整个人都焕然一新。他眼含笑意地将碗端到昏睡的法拉米尔面前。

“哎呀！谁敢信哪？”伊奥瑞丝对身边的妇人说，“那杂草比我想的还要管用。它让我想起我年轻时见到的伊姆洛斯美路伊的玫瑰，可没有哪位国王会挑剔那花。”

法拉米尔猛然动了一下，睁开了眼睛，看向俯身对着他的阿拉贡。他眼里亮起一丝了然和敬爱，轻声说：“陛下，您召唤我。我来了。国王有何吩咐？”

“莫再行于阴影，醒来！”阿拉贡说，“你已疲惫不堪。休息一阵，吃些东西，等我归来。”

“遵命，陛下。”法拉米尔说，“国王归来之时，谁还会躺着无所事事呢？”

“那么我便暂时告辞了！”阿拉贡说，“还有别的人等着我去救治。”

他便与甘道夫及伊姆拉希尔离开病房，而贝瑞刚德父子则留了下来，脸上掩不住的欣喜。皮平带上门，跟着甘道夫出来，听见伊奥瑞丝叹道："国王！你听见了吗？我怎么说的来着？'医者之手'，我说的吧。"这话很快就从诊疗院不胫而走，说国王已经来到众人当中，他在战后带来了医疗。消息飞快传遍整座白城。

阿拉贡又来到伊奥温那里，说道："此女受了重伤，曾遭受过重击。断了的胳膊已得到妥善治疗，若是她有力量活下去的话，这伤会渐渐恢复。虽是持盾的那只手受到重创，但邪气却主要来自持剑之手。那手看似没断，如今却丧失了活力。

"唉！她力抗的敌人，无论意志或身体，都比她强大得多。非得比精铁更为强硬之人，才敢向此等敌人亮剑，且不被那阵仗吓垮。是厄运让她拦在了他的面前。她是位美丽的姑娘，是女王家族里最为动人的一位。但我不知该如何评价她。初次见她，我感受到她不快乐。她神似一朵傲然玉立的白花，身段苗条似百合，但我知道这朵花坚硬无比，仿佛由精灵工匠以精铁锻造而成。又或者，她其实是一朵汁液叫霜雪冻硬的冰花，虽然挺立、苦中带甜，看上去依旧美丽，却已然受了灾害，不久便会倒下死去？她早在今日前许久便已害了病，伊奥梅尔，是也不是？"

"大人，您这一问让我有些诧异。"他答道，"我认为您对此事的做法，与其余诸事一样无可指摘。可直至她第一眼看见您之前，我并不知道吾妹伊奥温遭受过霜雪侵袭。佞舌蛊惑国王的那段日子里，她确实担惊受怕，也与我讲过。侍候国王让她心中的恐惧日益增长。可这些又何至于叫她落到如此境地！"

"吾友，"甘道夫说，"你有骏马无数，有显赫战功，还有任你来去的原野。她虽生作女儿身，心怀的勇气却不逊于你。可她命定要随侍在她视之如父的老人身侧，又眼睁睁看着他渐渐沦为可鄙可耻的一介昏君。于她，她所承担的角色似乎还比不过他倚着的那根拐杖。

“你以为佞舌毒害的只有希奥顿的耳朵吗？‘昏庸！埃奥尔的王殿算个什么东西？不过是一间茅草棚子，里边住了一群佐着臭气喝酒的强盗，还有他们在狗群中间打滚儿的小崽子罢了！’这话你之前可是没听见？这是教出佞舌的萨茹曼说的。而我并不怀疑，佞舌在家里也讲过同样的话，只不过包裹得更具迷惑性。大人，若非令妹敬爱你，且她的责任心压过一切，强行忍住没开口，否则这些话早从她嘴里逃进你的耳朵了。然而，当她孤身一人在黑夜凄苦守候，感觉整个生命似乎渐渐枯萎，而闺房四壁愈发逼近她，化作困阻野兽的囚笼之时，又有谁知道她对着黑暗说了什么？”

伊奥梅尔沉默不语，只是望着他的妹妹，仿佛在反思两人过去共处的所有时光。而阿拉贡说：“伊奥梅尔，你看见的，我也看见了。这世间因不幸带来的诸多悲伤里，难有哪种比眼见一位美丽、勇敢的姑娘付出爱却得不到回报，更让人感觉苦涩与惋惜的。自我前往亡者之路，将她绝望地留在黑蛮祠之后，悲伤与遗憾一直纠缠着我。而那条路上无论遭遇什么，也不会比她或许要遭遇的命运更让我害怕。不过，伊奥梅尔，我要告诉你的是，她爱你比爱我更真实。她了解你、爱戴你。于我，她爱的不过是一道幻影，一个念头：渴望荣耀与丰功伟绩，想去往远离洛汗原野的地方。

“我或许有力量治愈她的身体，将她从黑暗的峡谷中呼唤回来。但她苏醒后会如何：究竟会充满希望，还是彻底遗忘或者绝望，我不知道。若她绝望，除非有我不具备的其他医术治疗，否则她便会死去。唉！她如今的功绩，足以让她名列诸位威名显赫的女王之中！”

随后，阿拉贡俯身端详着她的脸。正如他所言，那确实是一张若百合般洁白，冷若冰霜、硬如磐石的脸。而他弯腰吻了她的额头，柔声对她呼唤道：“伊奥蒙德之女伊奥温，醒来！你的对手已经倒下！”

她依旧纹丝不动，但终于用力呼吸起来，使得她的胸口在白色亚麻布床单下有了明显的起伏。阿拉贡又搓碎两枚阿塞拉斯叶片，放进热水里。他用这水擦拭她的额头，以及搁于床单上的那只冰冷、毫无知觉的右臂。

随后，或许阿拉贡果真具备西方之地某种被遗忘的力量，又或者他对伊奥温公主的评价对周围人产生了影响，随着草药的甜香弥漫在病房里，众人似乎感到一股清冽的风从窗户刮了进来。它没有半点儿气味，却新鲜、洁净、生机勃勃，仿佛不曾被任何生灵呼吸过，是由群星萦绕的高绝雪山或远方泛着泡沫的大海冲刷的银色沙滩新近生成的。

“伊奥温，洛汗公主，醒来！”阿拉贡再度唤道，又握住她的右手，感到生机随着暖意渐渐回归了。“醒来！阴影已逝，黑暗已尽皆涤除！”他又将她的手交与伊奥梅尔，退了开来。“唤她！”他说，随后悄声离开了病房。

“伊奥温，伊奥温！”伊奥梅尔高喊着，声泪俱下。而她睁开了眼睛，说道：“伊奥梅尔！何等让我喜悦！他们之前说你遇害了。不，那只是我在梦里听见的阴郁之声。我沉眠多久了？”

“不算久，妹妹。”伊奥梅尔说，“莫要多想！”

“我感觉莫名疲惫，”她说，“得稍微休息一下。可你快告诉我，马克之王怎么样了？唉！别跟我说那是场梦，我知道它不是。正如他预见的，他死了。”

“他确实辞世了。”伊奥梅尔说，“而他要我代他向比女儿更亲的伊奥温告别。此刻他被待以无上荣耀，安卧于刚铎城堡里。”

“何其令人悲痛。”她说，“但依旧远胜那段黑暗时日里我最为大胆的期盼。那时埃奥尔一族荣光不再，甚至还不如牧羊人的羊槛。国王的侍从，那个半身人呢？伊奥梅尔，他英勇无比，你应当封他做里德马克的骑士！”

“他也在诊疗院里，就躺在附近，我会去探望他的。”甘道夫说，“伊奥梅尔在这里多待一会儿吧。但你康复之前，莫要再谈战争与敌人之事。真是叫人无比欣喜，你能再度醒来，恢复健康，重振希望，当真是位勇猛的女士！”

“恢复健康？”伊奥温说，“或许吧。至少，当我骑上哪位阵亡骑兵空出的马鞍，要去成就一番功绩之时，是这样。至于希望？我不知道。”

甘道夫与皮平来到梅里的病房，看见阿拉贡正站在病床边上。“可怜的老梅里！”皮平一声叫唤，飞快跑向床边，他只觉得他的朋友看起来十分糟糕，不但脸色铅灰，身上似乎还压着积年的悲伤。猛然间，“梅里可能会死”的恐惧扼住了皮平。

“莫怕，”阿拉贡说，“我来得及时，已经唤他归来。他眼下疲惫又悲伤，还因勇敢刺向那致命之物而受了与伊奥温公主类似的伤。而他的精神无比坚强乐观，足以修补那邪气造成的伤害。他不会忘记悲痛，但他的心灵并不会因此而变得阴暗，反而会从中汲取智慧。”

随后，阿拉贡触摸着梅里的头顶，轻轻拂过他的棕色卷发，又触碰着他的眼睑，呼唤他的名字。阿塞拉斯的香味飘荡在病房里，仿佛果园里的芬芳，又似阳光下蜜蜂穿梭的帚石楠。梅里忽然便醒了。他说：“好饿啊，什么时候啦？”

“已经过了晚饭时间啦，”皮平说，“但我敢说，我能给你搞到点儿什么吃的，如果他们同意的话。”

“他们当然同意。”甘道夫说，“只要能在米那斯提力斯找得到，这位洛汗骑兵想要任何东西都行，毕竟他的名字在这城里备受尊敬。”

“棒！”梅里说，“那我想先吃顿晚饭，再来抽一管烟斗。”话刚出口，他神色一暗，“不，不要烟斗。我觉得我再也不会抽烟斗了。”

“为啥呀？”皮平问。

“嗯，”梅里慢慢答道，“他死了。烟斗会让我想起关于他的一切。他说，他很抱歉一直没机会跟我讨论烟斗草的传说。这句差不多就是他最后的遗言了。只要抽烟斗，皮平，我就会想起他，想起他骑马来到艾森加德那一天，他是多么彬彬有礼啊。”

“既如此，你就在抽烟斗的时候怀念他吧。”阿拉贡说，“因他是位宅心仁厚的伟大国王，有诺必践。他自阴影中挺身而出，迎向最后一个美好的清晨。你在他手下效力时间虽不长，但如此的回忆值得你这辈子都感到快乐与骄傲。”

梅里露出微笑。“那好吧，”他说，“如果大步佬能提供我需要的东西，我就一边抽烟斗一边怀念好啦。我包里还有一些萨茹曼的上好烟斗草，但这仗把我的背包打到哪里去了，我还真不知道。”

“梅里阿道克少爷，”阿拉贡说，“你要是觉得我翻山越岭、横穿刚铎疆域，一路闯过熊熊烈焰与刀光剑影，只是来给一名弄丢装备的士兵送烟斗草的话，那你可就想岔了。若是找不着背包，那你只能把诊疗院的草药师找来。而他会告诉你，他不知道你想要的烟斗草有什么效果，但老百姓管他叫‘西人草’，而贵族称它为‘嘉兰那斯’，其他更为高深的语言又有对应的称呼。他还会再补上几句他并不理解的、记得不清不楚的歌谣，最后满怀歉意地通知你，这东西诊疗院里没有，还会留下你去回想各种语言的历史。而我眼下也得这么对你了。因自我离开黑蛮祠之后，还不曾在这样的床上睡过觉，从黎明前的黑暗时分到现在也一直没吃过东西。”

梅里抓住他的手亲吻了一下。“实在是太对不起了，”他说，“你赶紧去！自从布理那一夜开始，我们就一直是你的累赘。但我们这个种族的人习惯在这种时候讲点儿轻松的话，讲的时候也不太过脑子。我们老担心说得太多，结果到了不该讲俏皮话的时候，反而不知道该说些什么话了。”

“我了解得非常清楚，否则我也不会用同样的方式对待你们了。”阿拉贡说，“愿夏尔生生不息，繁荣久久！”他亲吻了梅里，便与甘道夫一同离开了。

皮平留在了病房里。“还有谁会像他这样吗？”他问，“当然，甘道夫除外。我觉得，他俩绝对是亲戚。我亲爱的笨蛋，你的背包就在你床边上，我遇见你的时候，你正背着它呢。当然了，阿拉贡打一开始就看见它了。不过，无论如何，我自己也还有一些。来吧！这可是长谷叶。在我跑去给你找吃食的时候，你自个儿先填一填烟斗，然后我们就轻松快活一下。我的老天！我们图克家和白兰地鹿家的人，地位爬太高了可活不久哪。”

“确实，”梅里说，“反正我不行。无论如何，暂时是不行的。不过，皮平，至少我们如今能看见那些崇高之人，可以尊敬他们了。我想，你得先爱适合你爱的才行：必须从某个地方开始，在那里先扎下根来，而夏尔的土壤挺深厚的。但也有更深和更高的东西，要没这些东西，哪个老爷子也没法在他所谓的‘安宁’时刻料理他的花园，甭管他知不知道他们的存在。我很高兴我知道了，知道了一点点。我也不知道我为啥要说这些话。烟叶呢？要是我的烟斗还没坏，帮我从包里掏出来吧。”

阿拉贡及甘道夫此时找上诊疗院的院长，建议他让法拉米尔和伊奥温继续留院，再仔细照料一段日子。

“伊奥温公主的话，”阿拉贡说，“要不了多久她就会想下床离开，但莫要让她这么做，想办法留住她，至少让她待上十天。”

“至于法拉米尔，”甘道夫说，“他肯定很快就会得知父亲的死讯。不过，在他彻底康复、手头有事可忙活之前，关于德内梭尔的疯狂之举，莫要全盘告知于他。知会当初在场的贝瑞刚德及那个佩瑞安人，这些事情暂时别告诉他！”

“那另一位在我看护之下的佩瑞安人，就是那个梅里阿道克，他要怎么办？”院长问。

“他或许明天就可以下床，但时间别太长。”阿拉贡说，“他若是愿意，就随他的便。有他的朋友在旁边照料，可以允许他稍微散散步。”

“他们这族真是了不起，”院长点着头说，“感觉他们骨子里坚韧着呢。”

许多来求见阿拉贡的人已聚集在诊疗院大门外，又一路跟在他后头。等他终于吃过晚饭，人们便来求他医治那些受伤濒死或是被黑魔影笼罩的亲人和朋友。阿拉贡便起身出去，又派人找来埃尔隆德的两个儿子，三人一同忙碌到了深夜。消息传遍了白城：“国王当真回来了。”因为他佩戴的那块绿宝石，人们便称他作“精灵宝石”，而这个在他出生时便预言到的名字也由此应验：他应得之名将由他的人民为他选出。

累到再也没法继续之后，他拿斗篷裹住自己，悄然遁出白城，在黎明之前回到他的帐篷，短暂睡了一会儿。待得清晨时分，蓝海载着天鹅形白船族徽的多阿姆洛斯旗帜飘扬在了白塔之上，人们抬头注视着，纳闷儿国王归来会不会只是大梦一场。

·第九章·

最后的探讨

大战次日的早上晨光明媚，惠风西转，淡云悠悠。莱戈拉斯与吉姆利一大早便到外面，请求获准进城，他们急着想见梅里跟皮平。

“听说他俩还活着，我可是高兴得很哪。”吉姆利说，“横穿整个洛汗寻找他们，我们可着实吃够了苦头，我不想这些苦头全都白费了。”

精灵与矮人一同进了米那斯提力斯。瞧见这样一对组合路过，居民个个惊奇不已，因为莱戈拉斯相貌堂堂，俊美远超人类，他一边在晨光下漫步，一边用清亮的嗓音唱起精灵歌谣，而吉姆利大踏着步子走在他身边，手里捻着胡须，眼睛东盯西瞧。

“这地方的一些石工做得还不赖，”他看着城墙说，“不过也有部分稍微差点儿，道路还能再规划规划。等阿拉贡当了王，我要让孤山的石匠来为他效力，我们会把这地方造得人人引以为傲。”

“他们需要再多些花园。”莱戈拉斯说，“此地的屋宇生气全无，欣然生长之物甚少。若阿拉贡成王，森林子民愿为他献上欢歌的群鸟，还有不会枯死的树木。”

后来两人碰见了伊姆拉希尔亲王，莱戈拉斯望着他，深鞠一躬，他看出亲王确实流淌着精灵的血液。“向您致敬，大人！”他说，“宁洛德尔一族自罗瑞恩林地离去，已是邈如旷世之事。不过，如今看来，他们并非尽数自阿姆洛斯港口扬帆启程，渡海西去。”

“我的领土也有如此传说，”亲王回道，“但那里已不知多少年不曾见过美丽种族之人。于此悲伤与战乱之地竟碰上一位，实令我惊讶无比。不知您有何贵干？”

“我乃米斯兰迪尔自伊姆拉缀斯启程时的九名同行者之一，”莱戈拉斯说，“我又同这位矮人朋友与阿拉贡大人结伴而行。眼下我们欲造访吾辈之友梅里阿道克及佩里格林，听闻他们正由您看护。”

“你们能在诊疗院找到他们，请容我带你们过去。”伊姆拉希尔说。

“大人，且遣人引路即可。”莱戈拉斯说，“阿拉贡有言相告，于此情景，他无意再度踏进城内。然此时急需诸统领齐商要事，愿请您与洛汗伊奥梅尔尽快前往其营帐所在。米斯兰迪尔已在彼处。”

“定当前往。”伊姆拉希尔说。双方客气道别，各自离去。

“当真是位俊朗的贵族与卓绝的统帅。”莱戈拉斯说，“如今这日渐衰落的岁月里，刚铎竟还有如此人杰，实难想象此地崛起时何等辉煌。”

“毫无疑问，还是建城之初造的那些年代更古老的石匠手艺最为精湛。”吉姆利说，“人类做事永远都是这副德性：一会儿春天有霜冻啦，一会儿夏天闹干旱啦，答应的事永远办不到。”

“他们的种子却少有凋亡者。”莱戈拉斯说，“它会藏在尘沙腐土下，于料想之外的时候与地点再度破土萌芽。人类的成就会流传得比我们更久远，吉姆利。”

“可除了‘原本能如何如何’，我猜到头来什么也剩不了。”矮人说。

“对此，精灵亦无答案。”莱戈拉斯说。

话音刚落，亲王的侍从出现，引着他们去了诊疗院。两人在花园里找到了他们的朋友。众人相见，别提有多欢喜快活。几人聊天散步了好一阵，又于晨光中在凉风习习的上部环城畅快放松，享受短暂的安宁。随后，等到梅里觉得疲惫了，他们便坐在城墙之上，背后便是诊疗院的绿草坪。身前的南边远处是波光粼粼的安都因大河，它一路流淌着去了哪怕莱戈拉斯也看不清的地方，流向辽阔的平原，流入绿意朦胧的莱本宁和南伊希利恩。

几人有说有笑，莱戈拉斯此时却沉默下来。他迎着阳光极目远眺，注意到有白色的海鸟正展翅向大河上游飞来。

“瞧！”他高声说，“海鸥！它们竟来到如此内陆之地。可真乃奇妙之物，却又叫我心神难定。去往佩拉基尔之前，我此生从未见过一只海鸥。彼处我们驰马攻打舰队之时，我听见它们在天空高鸣。那哀鸣般的叫声向我诉说着大海，竟使我呆立，忘记了中洲的战斗。大海，唉！我从不曾亲见。可我族之人心底无不怀着对大海的希冀，可这希冀却又危险无比，不敢触及。海鸥，唉！山毛榉也好，榆树也罢，行走于树下再难令我心安！”

“可别这么讲！”吉姆利说，“中洲还有数不尽的东西可看，还有许多事情要做哪。要是美丽种族的人全去了灰港，那些注定走不了的人要面对的世界得有多么无聊啊。”

“确实无聊又乏味！”梅里说，“莱戈拉斯，你可别去灰港。不管大种人还是小种人，甚至还有像吉姆利这样睿智的矮人，总会有一些种族需要你的。反正我是这么希望的，尽管我感觉这场大战最糟糕的时候还在后头。真希望它能彻底结束，而且结束得漂漂亮亮的！”

“别这么悲观啦！”皮平嚷嚷道，“太阳依旧高照，而我们至少还能再聚上一两天呢。我还想再多听听你们的事情。吉姆利，快讲讲！你跟莱戈拉斯今早已经提了无数次你们和大步佬的那趟奇异之旅。可你们却半点儿细节都没跟我讲呢。”

“这里虽然是有太阳照耀的，”吉姆利说，“但那条路上却有一些回忆，我不愿从心底回忆起来。要是早知道那趟旅途会碰见什么，我猜再深的友谊也没法让我踏上亡者之路。”

“亡者之路？”皮平问，“我听阿拉贡说起过，还有些纳闷儿他在说什么。你就不能再跟我们多说点儿吗？”

“不太愿意。”吉姆利说，“那条路让我丢尽了脸：我可是格罗因之子吉姆利，我比任何人类都更加坚毅，在地下也比任何精灵都要顽强。可这两点我都没有做到。全靠阿拉贡的意志撑着，我才走完那条路。”

“亦靠对他的敬爱。”莱戈拉斯说，“但凡了解他之人，都会以各自的方式喜爱上他，即便洛希尔人那位冷若冰霜的公主亦不例外。梅里，便是你抵达彼处之前，我们于当日拂晓时分离开了黑蛮祠，而当地居民因害怕而无人相送，只除了如今受伤躺在下方诊疗院的伊奥温公主。那别离之景实在令人伤悲，连我都觉得心痛不已。”

“唉！我当时根本顾不上在意别人，”吉姆利说，“不！我不打算讲那趟旅程。”

他陷入沉默，可皮平跟梅里依旧心痒难耐，最后莱戈拉斯只好说：“我便讲上一些，让你们图个心安，毕竟我并未感觉恐惧，也不惧怕人类的幽魂。我只觉得他们无力又脆弱。”

随后，他毫不迟疑地讲起了大山之下那条幽魂作祟的道路，讲了埃瑞赫的黑暗约定，以及之后前往安都因大河的佩拉基尔那场九十三里格的大行军。“我们自黑石出发，共行了四日四夜，于第五日抵达。”他说，“瞧！魔多的黑暗反叫我心头希望渐增：那阴影之中，幽魂大军似乎变得愈发强大，形貌也愈发可怖；其中部分骑乘，部分徒步，行路速度却是同样迅疾无比。这军队安静无声，一个个眼里却透着精光。他们于拉梅顿高地追上了我们的马，将我们团团围住，若非阿拉贡制止，他们甚至会赶超我们。

“他一声令下，那军队便退回后面。‘便是那人类幽魂亦听从他的号令。’我心想，‘他若有需，他们便会效力！’

“我们前进的第一日天光甚好，第二日却不曾见到黎明，但我们依旧往前走，跨越了奇利尔河与凛格罗河。第三日抵达吉尔莱恩河河口之上的林希尔镇。拉梅顿的人民正于彼处抗击逆流而上、抢夺渡口的凶悍的乌姆巴尔人及哈拉德人。待我们抵达时，守军与敌人全停下战斗，逃之夭夭，高喊‘亡者之王来袭’。唯拉梅顿之领主安格博有胆迎向我们。阿拉贡吩咐他召集手下，待灰色大军通过，他们若有胆识，随后便跟上来。

“‘伊熙尔杜之后裔于佩拉基尔需要你们。’他说。

“我们便如此渡过吉尔莱恩河，将身前的魔多盟军撵得作鸟兽散。随后，我们休整了一阵。而阿拉贡不久又起身说：‘看！米那斯提力斯已遇袭。恐怕不等我们抵达驰援地，那里便会陷落。’我们便于天黑前再度上马，以马匹能担之全速驰过莱本宁平原。”

莱戈拉斯停下话头，叹了口气，将目光转向南边，柔声唱道：

凯洛斯涌流银溪，溪去绿野莱本宁，
水汇孤河埃茹伊！
从从长长草，袅袅白百合
有风自海来，带得翩翩摆，
瑁洛斯与阿尔费琳[1]，花盏似金钟
微颤绿野莱本宁，
轻舞和风自海来！

1 瑁洛斯与阿尔费琳均为辛达语，前者意为“金色花朵”，后者意为“不会凋谢”。两者均为莱本宁地区生长的形似金钟的花朵。——译注

“我族歌谣里，彼处原野乃是处处青葱，可我们目力所及之处尽皆黑暗笼罩的阴沉灰墟。我们驰过辽阔的原野，自草叶花朵上践踏而过也无暇顾及，费了一天一夜追捕敌人，最终来到大河边的残酷终点。

“彼时我心有所感，觉得我们已离大海不远：那黑暗中的波涛无边无际，岸边亦有无数海鸟啼鸣。海鸥的悲鸣哪！夫人莫不是予我告诫，要当心它们？我却再也忘不了它们。”

“我这边是一点儿没注意到它们，”吉姆利说，“因为我们那阵终于碰上了像样的战斗。乌姆巴尔人的主舰队就在佩拉基尔，大船就有五十艘，小点儿的数都数不清。我们追赶的敌人有不少抢先冲到港口，把恐慌也带了过去；部分船只已经离港，要么想逃往下游，要么正朝对岸开。许多小船起了火。而那些走投无路的哈拉德人开始垂死挣扎，绝望让他们变得无比凶猛。看见我们，他们狂笑出声，因为他们人数依旧众多。

“而阿拉贡勒住马，大喊出声：‘上吧！我以黑石之名召唤你们！’突然之间，一直跟在后面的幽魂大军像是灰色的潮水一样冲上去，将面前的一切全都卷走了。我听见了微弱的喊声，模糊的号角声，还有无数像是远处传来的低语声：它仿佛是许久前黑暗年代爆发的某场无人记得的战争留下的回响。一柄柄苍白的剑抽出了鞘，可我不知道那些剑刃还能不能伤人，毕竟亡者除了恐惧并不需要任何武器。没人能抵挡他们。

“他们上了靠港的每一艘船，又顺河飘向那些抛锚的船。水手们都被吓疯了，全跳了船，只有被锁在船桨边上的奴隶没跑。我们在四处逃窜的敌人中间横冲直撞，像狂风卷落叶一样横扫他们，最后一直冲到岸边。之后，阿拉贡朝剩下的每一艘大船上派了一名杜内丹人，他们安抚了船上的俘虏，要他们别害怕，又释放了他们。

“没等那黑沉沉的一天过完，抵挡我们的敌人便一个也没剩下。他们要么淹死，要么逃往南边，希望能走回自己的土地。一想到魔多的谋划竟然被这么恐怖、阴暗的幽魂军队给颠覆，我就觉得又怪又妙。可真就是以牙还牙！”

“当真古怪，”莱戈拉斯说，“彼时我眼望阿拉贡，心想凭借此等强大的意志，当初他若将魔戒据为己有，也不知会成为何等强大又恐怖的君主。魔多畏惧他，并非毫无缘由。所幸他灵魂之高洁远胜索伦之理解。露西恩之子嗣岂非他耶？纵使岁月流逝无数，这一脉却永不衰败。”

“这样的预见可超过了矮人眼睛能见着的范围，”吉姆利说，“但那天的阿拉贡确实无比强大。你看！黑舰队全被他掌控了。他选了最大一艘当旗舰，又登上那船。他又让人吹响了从敌人那儿抢来的许多号角，幽魂大军便撤去岸边。他们沉默地站在那里，身形几乎看不见，只有船只剧烈燃烧的火焰在他们眼里映出的红光清晰无比。阿拉贡用极大的声音对那群死人高喊道：‘听好伊熙尔杜后裔的话！你们已履行了誓言。回去吧，从此不得再去山谷骚扰！回去，安息吧！’

“那群亡者的君主便走出队伍，折断他的长矛扔在地上。他又深鞠一躬，转身离去。整个灰色大军迅速撤走，活像被突如其来的风吹散的雾气一样消失不见。而我感觉自己像是从一场梦里苏醒过来。

“那天晚上我们歇下，其他人一直在劳作。这里因为，许多俘虏被释放了，其中相当一些原本就是劫掠时被掳走的刚铎百姓，而莱本宁和埃希尔不久也来了一大批人，拉梅顿的安格博也把能召集的骑手都带来了。亡者的恐惧那时已消散，他们前来支援我们，以及求见伊熙尔杜的后裔——关于那名字的传闻已经像野火一般在黑暗里传遍了。

“而我们的故事差不多就快讲完了。那天的傍晚和夜里，许多船只整装完毕，安排好了人手。一到早晨，船队便拔锚起航。如今感觉过去了很久，可那其实就是前天早上的事，是我们从黑蛮祠出发的第六天。但阿拉贡依旧被恐惧驱赶，担心时间来不及。

“‘佩拉基尔距哈泷德码头还有四十二里格。’他说，‘明早我们必须赶到哈泷德，否则便会前功尽弃。’

“如今控桨的都是被释放的俘虏，他们极为卖力，但我们在大河上却走得很慢，因为我们是逆流而上。虽说南下的河水并不算急，可我们也借不着半点儿风力。尽管我们在港口大胜一场，但我还是心情沉重，结果莱戈拉斯突然开始哈哈大笑。

“‘都林后裔，且把胡子翘高吧！’他说，‘常言道，万般绝境时，常有希望生。’可他不愿说他在远处看见了什么希望。到了晚上，四周变得更加漆黑，我们却变得心急如焚，因为我们看见远处北边的云层下亮起了红光。阿拉贡说：‘米那斯提力斯起火了。’

“半夜的时候，希望当真再度出现。埃希尔那些懂海相的人盯着南边，说大海吹来清风，风向变了。早在天亮之前，有桅杆的那些船就已经扯起了帆，我们的速度因此加快，直到黎明照得我们船头的水花开始泛白。之后就像你们知道的那样，一路上风好得很，太阳也出来了，而我们在早晨第三个钟头赶到，朝着战场展开了那面巨大的旗帜。无论之后如何，那一天、那一刻都非常伟大。”

“无论之后如何，伟业之价值不会褪色，”莱戈拉斯说，“正是亡者之路那番旅途。其伟大未来亦不会黯淡，即便接下来的日子刚铎再无人幸存，能将这伟业传颂。”

“这情况很有可能，”吉姆利说，“你看阿拉贡和甘道夫都脸色凝重。我好奇得很，他们在下面的帐篷里到底商讨什么计策。就我来说，我跟梅里一样巴不得战争随着我们这场大胜就此结束。但是，不管后面还得做什么，为了孤山子民的荣誉，我都希望自己能参与进去。”

“也为了大森林子民之荣誉，”莱戈拉斯说，“亦是为敬爱的白树之王。”

几位伙伴随后陷入沉默。好一阵子，他们各自陷入思绪，就这么在高处坐着，而下面几位统帅依旧在讨论。

伊姆拉希尔亲王与莱戈拉斯和吉姆利分开之后，当即便派人去找伊奥梅尔。他同伊奥梅尔从上环城下来，前往设在离希奥顿王陨落处不远的阿拉贡营帐。他们在那里同甘道夫、阿拉贡、埃尔隆德的两个儿子商讨起来。

“大人，”甘道夫说，“请听听刚铎宰相死前说的话：‘你们兴许能在平野小小赢上那么片刻，可要对抗那业已崛起的力量，却是毫无胜望。’我并非要让你们像他一样绝望，只是想让你们想想这话里藏着的真相。

“真知晶石不会说谎，就连巴拉督尔之主也没法强逼它们说谎。但他或许能以自己的意志来选择呈现哪些内容给弱于他意识的人看，或是引导他们曲解看见的东西。总之，毫无疑问之处在于，德内梭尔看见魔多有庞大的军队摆了阵势要来对付他，还有更多的兵力正在集结，这些的确是事实。

“要击退来势汹汹的第一波进攻已非常勉强，可第二波的阵仗还会更加庞大。正如德内梭尔判断的，这场战争没有最终的希望而言。无论你是镇守此地抵挡一次次的围攻，又或是挥兵大河彼岸被敌人吞没，靠武力没有胜算，只会收获恶果。我建议慎重，巩固现有阵地的防御，等敌人送上门来，这样能将你们的末日再延后一小段时间。”

“那你是想让我们撤到米那斯提力斯、多阿姆洛斯或黑蛮祠，然后像孩童一样，涨潮的时候依旧坐在沙堆的城堡里？”伊姆拉希尔说。

“这也并非什么新建议，”甘道夫说，“德内梭尔统治的时日里，你们多多少少不也是这么做的吗？但并非如此！我说的是谨慎之法，但我并非建议你们谨慎。我说的是，靠武力无法取胜。我当然希望胜利，但并非将希望寄托在武力之上。毕竟，这诸多策略当中，还存着属于巴拉督尔之根基、索伦之希望的那枚力量之戒。

“关于此物，诸位大人，你们如今已有足够了解，知道我们身处何等困境，知道索伦身处何等困境。若是他再度夺回魔戒，那你们的英勇便会化作虚无，而他将会获得一场迅速、彻头彻尾的胜利：赢得如此彻底，乃至世界迎来终结之前，谁也预见不到他的胜利何时才会结束。若魔戒被摧毁，他便会陨落；而他陨落得如此之深，谁也预见不到他东山再起之日。他会损失他诞生之时便具备的那力量的精华部分，一切因这力量而催生或起始的事物都将破碎，而他将永远残缺，变成一个于阴影中折磨自己的区区恶灵，再无法壮大或是凝聚形体。这世界也将就此除掉一种巨大的邪恶。

“兴许还会有其他邪恶出现，而索伦也只是个仆从或者使者而已。不过，掌控世界所有潮流这事不归我们来管，我们要做的是力所能及地救助身处的这个时代，根除各处原野上我们知晓的邪恶，好让后来人能有洁净的土地可耕耘。他们以后会碰上什么天气，我们可掌控不了。

“索伦如今知道这一切，他还知道自己那丢失的宝物已再度被人寻获。但他还不知道它在何处，至少我们希望如此。由此，他如今是疑云深陷。这是因为，若是这东西被我们找到，我们当中同样有人具备使用它的力量。这一点他也明白。阿拉贡，你已经用欧尔桑克之石将自己展示给他了，我猜得可对？”

“我去号角堡之前确实这么做了，”阿拉贡答道，“我自觉时机已成熟，而那晶石来到我手上，便是为了这个目的。那时距持戒人自涝洛斯东行已过去十日，而我认为应将索伦魔眼的注意力吸引去他疆域之外的地方。自从返回邪黑塔，他几乎不曾遭受过什么挑战。不过，若我早知道他的回应速度如此之快，或许我便没那个胆量暴露自己。留给我前来支援你们的时间实在太过仓促。”

“这又该如何理解？”伊奥梅尔问，“你不是说他要拿到魔戒，就会万事休矣吗？那我们要是得到它，他为何就不会认为进攻我们也会徒劳无功？”

“他暂时还不确定罢了。”甘道夫说，“他并不会像我们一般，坐等敌人站稳脚跟，这才开始积蓄自己的力量。另外，我们也无法在一天之内弄明白如何御使它的全部力量。当然了，一次只能有一个主人使用它，并非许多个；而他会寻觅我们彼此倾轧的时机，就在我们中的某个强大者击垮其余人，让魔戒认此人为主之前。那时候，他若是突放冷箭，魔戒兴许会助他一臂之力。

“他正在观察。他能看见无数，听见无数。他那些纳兹古尔依旧游荡在外。他们日出前曾飞过这平野，但人们疲惫无比或是正在休息，没多少人察觉到。他在琢磨种种迹象：那柄夺去他宝物的剑重铸了，命运之风如今有利于我们，外加他第一波进攻打了意料之外的败仗，他折了一名重要头领。

“我们在此商讨期间，他的疑虑还在增长。他的魔眼正拼命盯着我们，全然无视其余动静。我们须得尽力保持如此情况，我们的一切希望都寄托其上。而这便是我的建议。我们手上没有魔戒。无论出于智慧，又或是蠢到极点，那魔戒已被送去摧毁，以免它毁灭我们。没了它，我们无法以暴制暴，从而击败他。可我们必须不惜一切代价，让他的魔眼注意不到真正的威胁。我们无法以武力取胜，但我们的武力能给持戒人创造唯一的机会，尽管这机会无比渺茫。

“既然阿拉贡已经开了个头，那我们就得继续下去。我们得逼迫索伦孤注一掷。我们必须调出他的隐藏力量，让他倾城而出。我们必须立马出兵，跟他对上。我们必须拿自己当饵，尽管他会张嘴咬上我们。他会满怀希望与贪婪地吃掉这个饵，因为看见如此鲁莽的行为，他会认为自己看穿了新一任魔戒之主的傲慢，而他会说：‘看！他将脖子伸得太快，也伸得太远。就让他来，且看我拿陷阱困住他，要他插翅难飞。届时我便要他粉身碎骨，而他胆大妄为夺走的东西，会永远回到

我手里。’

“明知是陷阱，我们也得壮着胆子踏进去，但我们胜算很小。这是因为，几位大人，我们本身极有可能在一场远离活人之地的黑暗战斗中彻底消亡。鉴于此，即便巴拉督尔被推倒，我们也无法活着见证新纪元。然而，我认为我们责无旁贷。如此总好过我们坐以待毙——我们显然难逃一死——而临死时知道新纪元并不会到来。”

众人沉默一阵，最后阿拉贡开了口。“我既已开始，便会继续下去。我们已至生死边缘，而希望与绝望只得一线之隔。心志不坚，便会失败。眼下莫再有人反对甘道夫的建议，他长久以来对抗索伦的努力，已到考验之时。要不是有他，万事早已休矣。尽管如此，我依旧不会宣称要号令任何人。请诸位以自己的意志做出选择。”

埃洛希尔便说：“我们便是为了这目的从北方前来，而我们从父亲埃尔隆德处得了同样的建议。我们不会回头。”

“于我而言，”伊奥梅尔说，“这些深奥的事情，我知之甚少，而我也无须知道。我只需知道，我的朋友阿拉贡拯救了我及我的同胞，那我便会在他需要之时帮助他。算我一个。”

“至于我，”伊姆拉希尔说，“无论阿拉贡大人是否继承王位，我都奉他为王。他的意愿便是我得到的命令。我也会去。不过，我暂任刚铎宰相一职，须将百姓的安危置于首位。一些谨慎依然必不可少，因为我们须得准备应对各种可能性，无论它们是好是坏。眼下看来，我们似乎有望得胜，而只要希望还在，刚铎就万不能破。我可不希望我们得胜归来，却看见白城化为废墟，后面的土地惨遭蹂躏。不过，我们从洛希尔人那里听说，北翼还有一支军队并未参战。”

“确有此事。”甘道夫说，“我并非建议你全盘放弃白城的防守。我们带去东边的军队其实无须多到能向魔多大举进攻，只要足够挑起一场战斗即可。这队伍须得尽快动员起来。鉴于此，我想请问诸位统帅：我们两天之内能召集多少兵力出征？这些人必须坚韧不拔，知晓前方的危险，自愿前往。”

“所有将士都疲惫不已，相当多人负伤，轻重不一。”伊奥梅尔说，“我们还折损了许多马，难以为继。若是必须尽快出发，我能指望率领之数不足两千，而白城也需要留同样多的兵力防守。”

“我们要算的不单是这片平野上作战的队伍。”阿拉贡说，“如今海岸一线已平定，便有生力军从南部封地赶来。两天之前，我从佩拉基尔派出四千人穿越洛斯阿尔那赫前来，骑马领头者乃无畏的安格博。若我们两天后出发，那启程之前他们便能抵达附近。另外，我还跟许多人吩咐过，要他们尽可能找船，沿大河往上游来找我。如今这风向，他们要不了多久便能抵达，而且已经有好些船停在哈泷德。以我之见，我们能带上共计七千名骑兵与步兵出发，白城还能留下比遇袭前更多的兵力防守。”

“城门已被摧毁，”伊姆拉希尔说，“如今哪里有技术重建城门装回去？”

“埃瑞博山的戴因王国有此等技术。”阿拉贡说，“若我们的希望并未全然消散，那我到时会派格罗因之子吉姆利去孤山请工匠。但人的作用更胜于城门，若人们自己先放弃，任凭哪座城门也挡不住我们的大敌。”

诸位统帅的探讨到此结束：众人决定，若是能集齐人手，便于两日后的早上领七千兵马出征。部队主力应为步兵，因为要去的地方险恶无比。阿拉贡应从南边召集而来的兵力中调出两千人，伊姆拉希尔应派兵三千五百人，伊奥梅尔应从失去坐骑的洛希尔人中抽调五百能战之人，他自己则带领五百名好手作骑兵队；另外还应有五百名骑兵，包括埃尔隆德的两个儿子、杜内丹人、多阿姆洛斯的骑士：共计步兵六千，骑兵一千。而洛希尔人依旧有马，能战的约三千名主力则应由埃尔夫海尔姆指挥，于西大道伏击阿诺瑞恩的敌人。众人当即派人骑快马出发打探消息，一路往北，一路自欧斯吉利亚斯及通往米那斯魔古尔的道路往东。

等众人盘算完兵力，思索过要走的旅途与该选的路线，伊姆拉希尔忽然大笑出声。

“真的，”他大声说，“这可真是刚铎有史以来最大的笑话：我们要领七千兵力——这顶多只与刚铎鼎盛时前卫部队的数量相当——攻打黑暗之地的绝壁和那难以逾越的黑暗之门！这场面像极了小孩挥着把柳条弓威胁浑身披甲的骑士！米斯兰迪尔，黑暗魔君要是得知你这番话，他岂不是会不惧反笑，拿他的一根小指头碾死我们，就像他对付叮他的飞虫一样？”

“不，他会困住那飞虫，拔掉它的钉刺。”甘道夫说，“我们当中有些人，价值堪比一千名披甲骑士。不，他不会笑的。”

“我们也不会，”阿拉贡说，“这要是个笑话，那它就太过苦涩，让人笑不出来。不，它是绝境之中的最后一搏，双方都会因此迎来终局。”随后，他拔出安督利尔，高举的剑刃让阳光映得闪闪发亮。“终战未毕，剑不归鞘！”他说。

·第十章·

黑门开启

两日后，西方大军尽数集结于佩兰诺平野。奥克与东夷组成的大军从阿诺瑞恩掉头而来，但半路遭洛希尔人袭扰驱散，几乎未做像样抵抗，便逃往凯尔安德洛斯方向。这一威胁的解除，外加南方来的生力军，使得白城有了充足的兵力防守。斥候报称，远至倒下国王石像所在岔路口的范围内，东向各道路上已无敌人残留。万事俱备，只待最后一战。

莱戈拉斯跟吉姆利再度共乘一骑，与阿拉贡和甘道夫同行，后者正同杜内丹人及埃尔隆德的两个儿子走在前锋队伍中。不过，梅里觉得很羞愧，因他未能加入战争。

“你的状况不适合这次征程，”阿拉贡说，“不要觉得羞愧。即便不再做任何事，你也在这场战争里赢得了无比的荣耀。佩里格林会代表夏尔一族上路，别嫉妒他这趟无比危险的机遇，他虽做完了运气允许他做的一切，可你的功绩依旧胜他一筹。不过，实话实说，如今所有人面临的危险都差不多。另外，在魔多大门之前遭遇不幸或许是我们须承担的职责，若果真如此，那么无论身处白城，又或者哪处被黑暗之潮追赶上的地方，你们同样也会迎来最后一战。后会有期！”

于是，梅里满脸消沉地站在那里，看着大军集结。贝尔吉尔也在他身边，同样满脸沮丧。他的父亲要带领一队白城士兵出征：在他的事情得到裁决之前，他无法重回近卫军。皮平作为刚铎士兵，也在这支队伍里。梅里能看见他就站在不远处，身处一众高大的米那斯提力斯士兵当中，虽然身形矮小，却站得笔直。

最终，军号声响，大军开拔。一支接一支骑兵，一队又一队步兵，他们弯转方向，往东前进。大军早已走下前往主道的宽阔大道，消失在视线之外，可梅里还站在原地。最后一抹晨光照得大军的长矛与头盔闪了两闪，旋即消散。他仍旧垂着脑袋站在那里，心情无比沉重，只感觉无依无靠、形单影只。所有他在意的人都远去了，消失在远方东天垂下的阴暗之中。他心里没剩下半丝希望，只觉得再也见不到他们了。

仿佛被绝望的情绪所提醒，他的胳膊又疼了起来。他感觉自己无比虚弱、苍老，感觉阳光都变得单薄了。贝尔吉尔伸手搭向他，他这才回过神来。

“走吧，佩瑞安人少爷！”男孩说，“看来你还疼得厉害。我扶你回去找医师吧。不过，别怕，他们会回来的。谁也别想征服米那斯提力斯的人。他们如今还拥有精灵宝石大人，近卫贝瑞刚德也在里边呢。”

大军于中午前抵达欧斯吉利亚斯。所有能抽调出来的劳工与匠人都在四处忙碌着，一些人在加强由敌人建造、但逃跑时被他们破坏掉的渡船与栈桥，一些人在搜集物资和战利品，其余人在大河东岸紧赶慢赶地建造防御工事。

先锋部队穿过了旧刚铎的废墟，越过宽阔的大河，走上刚铎兴盛时修建的笔直道路。这条道路从美丽的太阳之塔连向高大的月亮之塔，也就是如今身处那被诅咒山谷里的米那斯魔古尔。大军在欧斯吉利亚斯过去五哩的地方扎下营，结束了第一天的行军。

骑兵部队则继续前压，于傍晚前抵达万籁俱寂的岔道口及巨大的树环处。这里没有半点儿敌人的踪迹，听不见叫喊或呼唤声，也没有石片崩落或树枝断裂的动静。可他们越是往前，越感觉这片土地的警觉心在增强。无论树木、石头、树叶、青草，全都在聆听着。黑暗已被驱走，远处西天上那轮落日正照在安都因河谷之上，群山高耸在蓝天之上的雪白峰顶被染得赤红。然而，埃斐尔度阿斯上空却酝酿着一道阴影与一片昏暗。

随后，阿拉贡朝通往树环的四条道上都派了号手。他们吹响嘹亮的号角，而传令官则高喊："刚铎诸侯已归来，他们将收回这片曾属于他们的领土。"国王石雕上摆着的那只丑恶的奥克脑袋被推落在地，摔成碎片，原本的国王头颅被再度安置回原位，那顶白、金两色的花冠也依旧留着。人们卖力地擦洗雕像，刮去了奥克留在上面的所有污秽和涂鸦。

之前商讨时，有人建议先去攻打米那斯魔古尔，若是能拿下，就彻底摧毁那里。"另外，"伊姆拉希尔说，"走那条通往上方隘口的路去攻打黑暗魔君，或许到头来要比去北面城门来得容易。"

但甘道夫当时却急忙反对，既因山谷里存在的邪恶会让活人的意志变得疯狂可怖，也因法拉米尔此前带来的消息：若是持戒人当真打算走那边的话，那他们万万不能将魔多的魔眼往那边吸引。于是，等第二天大部队抵达，他们便在岔道口设下强兵防守，以备魔多派兵穿越魔古尔隘口，或是继续从南边抽调军队增援。此处守军主要为弓手，他们熟悉伊希利恩的道路，能在树林与斜坡中寻找隐蔽之处，在道路交会处设下埋伏。甘道夫与阿拉贡则同前锋部队继续前进至魔古尔山谷入口处，查探那座邪恶的城池。

里边一片漆黑，死气沉沉的，因为栖息彼处的奥克与魔多的次等生物都死在了战斗里，而纳兹古尔也都奉命外出。不过，山谷里的空气无比沉重，充满恐惧和仇恨。随后，他们摧毁了那座邪恶大桥，放火烧了一处处有毒的原野，然后离开了。

次日，也就是他们离开米那斯提力斯的第三天，大军开始沿着道路往北行进。从岔道口这个方向前往魔栏农大概有数百哩距离，这段行程到底会碰上什么，大家心里都没底。部队走得虽毫无掩饰，却是鞍不离马、甲不离身，不但派了斥候骑马前探，还往队伍两侧，尤其是东翼方向调遣步兵。那边的灌木丛十分茂密，过去又有一片满是沟壑陡壁的跌宕石地，尽头便是埃斐尔度阿斯渐渐攀升的一道道阴郁长坡。凡世间的天气依旧爽朗，西风阵阵，可紧紧缠住阴影山脉的黑暗与阴郁的浓雾却怎么也吹不散。山脉背后，时不时会有巨大的浓雾腾起，于高空中徘徊不去。

甘道夫命人不时吹响号角，又让传令官高喊：“刚铎诸侯驾临！此地之人尽皆离去，否则便缴械投降！”可伊姆拉希尔却说：“莫称‘刚铎诸侯’，说‘国王埃莱萨’。即便他尚未登基，这称呼也丝毫不假。传令官若是喊这名字，肯定更能搅乱大敌的心神。”于是，传令官一天三次宣告国王埃莱萨驾临。不过，无人前来应战。

尽管如此，虽说他们一路走得似乎波澜不惊，可全军从上到下都情绪低落，每往北前进一哩，心中那种不祥的预感便会加重一分。自岔道口出发第二天，在接近傍晚的时候，他们终于碰上了挑战：一支由奥克与东夷组成的强大部队试图偷袭他们的先锋军；埋伏的地点正好是当初法拉米尔伏击哈拉德人之处，道路在那里深深切入东面山丘外凸的部分。可西方众统帅早已得到斥候的预警，这些斥候都是马布隆率领的、来自汉奈斯安努恩的老手。于是，伏击者自己反而落入陷阱：骑兵往西绕了一大圈，自后方杀向侧翼，敌军或被当场屠戮，或被撵去东边的山里。

然而，这场胜利并未给众将领带来多少鼓舞。“他们只是佯攻。”阿拉贡说，“我认为，大敌想示敌以弱，好让我们误判形势，对我们的兵力造成损伤暂时反而不是他们的主要目的。”那天傍晚之后，纳兹古尔追上西方大军，紧盯着他们的一举一动。它们依旧盘旋于高空，远离除莱戈拉斯外所有人的视线，可众人能感觉到它们的存在：阴影加深，阳光暗淡。尽管这些戒灵并未俯冲下来扑向对手，它们也保持着安静，不曾叫喊过一声，可它们带来的恐惧却好似附骨之疽，挥之不去。

时间随着这场无望的征途继续流逝着。自岔道口出发第四天、从米那斯提力斯启程第六天，他们终于来到了生灵之地的尽头，开始迈向奇力斯戈埚隘口大门前的那片荒原。他们能望见顺北边往西延向埃敏穆伊的一处处沼泽与荒漠。它们是如此荒凉，给大军造成的恐慌如此沉重，乃至于部分兵士吓到手脚发软，无论步行或是骑马，都没法再往北前进半吋。

阿拉贡看着他们，眼里满是怜悯而非愤怒。这些都是洛汗的年轻人，他们要么来自遥远的西伏尔德，要么是洛斯阿尔那赫的农夫，从小便听说过魔多这个邪恶的名字，可这地方又是如此虚幻，是跟他们单纯的生活毫无干系的一个传说罢了。眼下他们好似走进化为现实的噩梦，而他们既不明白为什么要打仗，也不知道命运为何领着他们走上这条道路。

“去吧！”阿拉贡说，“但尽量保持尊严，不要奔逃！有一项使命你们可以试着完成，以免颜面尽失：往西南走，直至你们抵达凯尔安德洛斯，若那里如我所料依旧被敌人占据，那就尽力夺过来。之后你们便在那里坚守到底，以此保护刚铎与洛汗！”

他的仁慈让一些人羞愧难当，使他们克服恐惧继续前进，其余人听闻有另一项他们力所能及的壮举可做，便怀揣新的希望离去了。正因此，鉴于岔道口防线已分走许多人手，西方众统帅最终率领着前去挑战黑门与魔多伟力的人数已不足六千。

大军放慢速度往前走，时刻候着敌人前来应战。他们也不再分散兵力，因为此时再从主力部队调派斥候或小股部队，只是在浪费人力。从魔古尔出发第五天的傍晚，他们扎下最后一回营，又尽力拾来枯树和石楠灌木，在营地周围点了一圈火堆。他们枕戈达旦，发现有许多若隐若现的东西在周围徘徊走动，还听见狼群的嗥叫。风已经停歇，空气仿佛凝滞了。尽管天上无遮无掩，新月升起也已有四夜，众人却几乎什么都看不清。浓烟瘴气自大地升腾而起，皎洁的新月都被魔多的迷雾遮蔽了。

气温愈发寒冷，清晨时再度起了风，可它如今却是从北方吹来，又很快升作清爽的微风。那些夜行之物消失了，整片大地似乎又变得空无一物。北边一大堆有毒的坑洞之间头一回出现大堆大堆的矿渣、碎岩与炸开的泥土，正是魔多的蛆虫一族翻挖出来的东西。南边矗立着奇力斯戈埚巨大的防御墙，正中间便是黑门，两座高大漆黑的尖牙之塔屹立两侧，如今已相隔不远。这是因为，最后一段征途中，众统帅下了折往东边的古道，又避开危险蛰伏的山丘，此时从西北方向往魔栏农靠近，正如佛罗多当初所为。

横眉冷对的拱顶下，黑门那两道庞大的铁门扇关得紧紧的。城垛上什么也看不见。一切都悄无声息，却又充满警惕。他们来到这场愚行的终点，于清晨灰蒙的光亮中，孤立无援、浑身冰凉地站在他们的兵力无望攻破的塔楼与城墙面前——哪怕他们带上力大无穷的攻城器械，哪怕大敌的人手只够防御城门和城墙，依旧毫无半分希望。此外，他们知道魔栏农四周的山野与岩石间藏满了敌人，而城门另一头那阴影笼罩的峡谷，更是被无数邪物钻掘出许多隧洞。他们甫一站定，便见纳兹古尔全聚来此处，如兀鹫般高高盘旋在尖牙之塔顶上。众人知道，他们被监视了。不过，大敌依旧毫无动作。

他们别无选择，只能将自己的戏份扮演到底。阿拉贡尽可能摆出最适宜的兵阵，将大军调遣至两座巨大的山丘上——这是奥克忙碌多年，用炸出来的岩石泥土生生堆建而成。往魔多方向，他们面前横亘着一大片烂泥沼与腐臭的水池。待众将士就位，诸位统帅领着掌旗兵、传令官、号手，在大量骑兵的护卫下驰向黑门。队伍以甘道夫为主要使者，同行者有阿拉贡、埃尔隆德的两个儿子、洛汗的伊奥梅尔、伊姆拉希尔。莱戈拉斯、吉姆利、佩里格林也奉命同行。如此一来，魔多所有的对手便都有了见证者到场。

他们来到呼喊声能传到魔栏农的距离，随后展开旗帜，吹响军号。一众传令者迈步向前，将话语送往魔多城垛之上。

“出来！”他们喊，“让黑暗之地的主宰出来！出来接受审判！他发起不义之战，掠夺刚铎的土地。刚铎之王便要他赎清罪行，永远离开。快出来！”

一阵漫长的寂静。城墙与大门处没有传来任何回应的叫喊或响动。不过，索伦已布下谋划，在大开杀戒之前，他打算先残忍地玩弄这群鼠辈一番。就这样，诸位统帅正要转身离开之时，沉寂突然被打破。一连串擂鼓声如山野惊雷般轰然响起，随后又是一阵山岩都为之颤动、震耳欲聋的号角声传来。“哐当”一声巨响，黑门猛然打开，从中走出邪黑塔的一队使者。

队伍最前面是一道高大、邪恶的身影，正骑着一匹黑马，倘若那确实是马。它身形巨大、丑恶，头部仿佛戴着一张可怖的面具，看着像个骷髅胜过活物的头颅；它的眼窝与鼻孔往外喷着火焰。那骑手裹着一身黑，头戴一顶漆黑的高盔。他并非戒灵，而是一个活人。他乃巴拉督尔的副手，名字不曾出现在任何传说故事里，因为连他自己都早已遗忘了它，只称“我乃索伦之口”。不过，据说他是个叛徒，来自被称为黑努门诺尔的一族。他们于索伦统治时期来到中洲定居，又因醉心邪恶知识而崇拜索伦。邪黑塔头一次东山再起时他前来投靠，又凭借自己的狡诈得到了黑暗魔君的青睐，步步高升。他学会了强大的巫术，极擅揣摩索伦的心思。他比奥克更加冷酷。

此时出现的正是他，身边只跟着一小队黑甲兵，举着单独一面黑底配红色魔眼的旗帜。他停在西方诸统帅几步开外，上下打量一番，哈哈大笑。

“你们这帮乌合之众谁最有权，出来与我说话。”他说，“或者说，谁最有智慧，能理解我的话？反正肯定不是你！”他不屑地转向阿拉贡，语出嘲讽，“想当国王，光凭一块精灵琉璃或者这群散兵游勇可不够。呵，山岭里随便哪个强盗都能拉出这么一帮子人来！”

阿拉贡并未理睬这话，只是紧盯着他的眼睛，两人针尖对麦芒地较量了一阵。不过，尽管阿拉贡纹丝不动，也不曾伸手摸向兵器，对方却很快就退缩了，仿佛遭受武力威胁一般退了开来。“我乃传令官与使者，不可袭击我！”他叫道。

“但凡有此律法管束之地，”甘道夫说，“亦有惯例：特使不应骄横跋扈。不过，没人威胁你。在你的使命完成之前，你也无须害怕我们。另外，除非你的主子生出新的智慧，否则你哪怕带上他所有的爪牙，依旧躲不过绝境。”

“那么，”使者说，“你这灰须老头儿便是代言人了？我们莫不是三番两次听闻过你，说你四处游荡，安稳躲在后方盘算阴谋，胡作非为？不过，这回你可把鼻子伸得有点儿太远了，甘道夫大人。敢在伟大的索伦脚边设下愚蠢罗网，你且等着瞧瞧有何下场吧。我奉命前来，向你们展示几样物什——尤其是向你，若你有胆过来。”他冲一名护卫示意，那人便拿来一个用黑布缠住的包裹。

使者解开包裹，在一众统帅惊诧、愕然的目光中，首先掏出了山姆之前携带的短剑，然后是一件带着精灵别针的斗篷，最后则是佛罗多穿在破烂外套底下的那件秘银甲。众人眼前一黑，仿佛整个世界都在那片刻的沉寂之间凝滞了。他们只觉得心如死灰，最后一丝希望也弃他们而去。站在伊姆拉希尔亲王背后的皮平悲痛地大喊一声，往前扑了过去。

“安静！”甘道夫厉声说，一把将他推回去。那使者却是大笑出声。

“没想到，你竟然还带着这班小鬼之一！”他高声说，“我虽不知你拿他们意欲何为，可派他们进魔多当奸细，愚蠢却是远超你平素所为。当然，我应感谢他，至少这只小耗子显然见过这些信物，你们再想否认，不过是徒费口舌罢了。”

“我并不打算否认。”甘道夫说，“这些东西我全都认得，也知道它们的来龙去脉。而你，肮脏的索伦之口，除了轻蔑之语，我看是说不出什么所以然来。你带这些前来，是想做甚？”

“矮人锁甲，精灵斗篷，西方灭亡之地的短剑，还有夏尔这小小的耗子窝来的奸细——不，莫要惊讶！我们知道得一清二楚——这些藏着一场阴谋的蛛丝马迹。那么，携带这些东西之人若是死了，对你们大概是无关痛痒吧？又或许，恰恰相反：这人许是你们亲近之人？若是如此，那便动动你们所剩无几的脑子，赶紧想想对策吧。索伦可不喜欢奸细，这人会遭遇何种下场，就看你们现在怎么抉择了。”

没人答话，但他看见他们因担忧而面色苍白，眼里也满是恐惧，于是再度大笑出声，感觉自己这场消遣进展得极为顺利。“不错，不错！”

他说，“看来他对你们很是宝贵。又或者，他担负着某种你们不愿失败的使命？显然如此。他如今便要慢慢地遭受许多年的折磨，而我们的伟大塔楼将穷尽技艺，让这折磨变得无比漫长。他将永远不得释放，除非他彻底转变、崩溃，届时他或许会被放回你们身边，好让你们瞧瞧自己所造的孽。此事已是板上钉钉，除非你们接受我主的条件。”

“他有什么条件，说吧。”甘道夫说得不疾不徐，可身边的人都看见他脸上痛苦无比，此时就像一位干瘪的老者，终究被压垮、击败了。他们毫不怀疑，他会接受那些条件。

“条件如下，”使者面露微笑地将众人挨个儿看了一遍，“刚铎的杂牌军与它哄骗来的盟友即刻撤至安都因大河对岸，并先行发誓：无论公开或私下，永远不用武力袭击伟大的索伦。安都因大河以东所有的土地永远归索伦独有。安都因大河以西，最远至迷雾山脉及洛汗豁口之地将归为魔多属地，当地居民不可持有武器，但准许自治。不过，他们应协助重建被他们大肆破坏的艾森加德，建成后归索伦所有，并派遣副手入驻：并非萨茹曼，而是他更加信任之人。”

使者的眼神暴露了他的想法：他便是那名副手，他要将西方残余的一切都纳入麾下；他要做一名暴君，而他们都是他的奴隶。

甘道夫却说：“不过换取仆人一名，条件未免有些欺人太甚！你主子便想以此换得他本须征战多年才能得到的东西！可是刚铎一仗让他动武的希望落空，乃至于要来讨价还价了？另外，若我们当真如此看重这俘虏，又如何能保证索伦这卑鄙的背叛之王会信守承诺？俘虏何在？先带他过来交予我们，然后再谈条件。”

甘道夫全神贯注地盯着使者，仿佛在与可怕的敌人刀来剑往。他发现使者似乎片刻间有些不知所措。随后，使者再度哈哈大笑。

“索伦之口面前，休要口出狂言！”他叫道，“保证？索伦可不会给你保证。想要他饶一条性命，你们先得遵他命令。条件便是如此。接不接受，自己看着办！”

“这些我们接受！”甘道夫突然说。他撩开斗篷，一抹白光如宝剑出鞘般电射而出，划过这片黑暗之地。他单手一扬，那污秽使者吓得倒退两步，而甘道夫则大步上前，一把夺过锁甲、斗篷和短剑三样信物。“我们接受这些，用以纪念我们的友人。”他朗声道，“至于你的那些条件，我们通通拒绝。赶紧滚吧，你的差事已毕，你们死到临头了。我们可不是来同无信无义、该受诅咒的索伦谈条件的，遑论他的奴仆。滚！”

魔多的使者再也笑不出声，他的脸又惊又怒，扭曲得活似蓄势正扑向猎物，却被带刺的大棍猛然击中口鼻的野兽。他怒火中烧，嘴角淌下口涎，喉头挤出不成调的怒吼。然而，看见一众统帅凶神恶煞的表情与想取他性命的眼神，恐惧压过了他的愤怒。他惊叫一声，转身跳上坐骑，带着手下往奇力斯戈埚方向狂奔而去。不过，他们一边奔逃，手下士兵一边吹响号角，发出早已安排好的信号。不等他们冲到城门前，索伦便发动了陷阱。

鼓声轰隆，烈焰升腾。黑门的巨大门扇被往后拉得大大敞开。一支数量无匹的军队如开闸放水般从门里奔涌而出。

众统帅再度上马返回队伍，魔多大军爆发出嘲笑的叫喊。飞扬的尘土滞闷了空气，近处杀来一支东夷大军，他们原本便候在远处塔楼后面的埃瑞德砾苏伊山影之下，得了信号便钻将出来。魔栏农两边的山野里也涌出无数奥克。西方人类踏入陷阱，他们立足的两座灰色山丘不久便被十倍，甚至远超十倍数量的敌军如汪洋大海一般团团包围。索伦的铁颚牢牢咬住了饵。

阿拉贡已没时间调兵遣将。他与甘道夫站在其中一座山丘上，白树七星旗飘扬在头顶，美丽又绝望。另一座山头则矗立着洛汗白马旗与多阿姆洛斯银天鹅旗。两座山丘各摆下一圈圆阵，长矛林立、刀剑出鞘，对着四面八方。朝着魔多方向的前沿，也是第一场恶仗袭来的地方，左侧站着埃尔隆德的两个儿子，周围是严阵以待的杜内丹人，防守右侧的则是伊姆拉希尔亲王，以及多阿姆洛斯高大、俊朗的将士与守卫之塔的精兵。

啸风鸣号，箭如飞蝗，正攀向南天的太阳让魔多恶臭的烟雾蒙住，它透过饱含威胁的迷雾投下光亮，显得遥远又昏红，仿佛一日行将结束，又或是世间一切光亮就要终结。纳兹古尔从渐渐聚集的黑暗中现身，它们冰冷地呼喊着死亡之语。随后，万般希望尽皆泯灭。

之前听见甘道夫拒绝了魔多的条件，让佛罗多注定遭受邪黑塔的折磨，这恐惧压得皮平埋下脑袋，但他再度控制住自己，此时去了贝瑞刚德身边，与伊姆拉希尔的将士一道站在刚铎队伍前排。他感觉，既然万事休矣，他还是早些死掉，从他生命的悲惨故事里赶紧退场比较好。

“要是梅里在这儿就好了。”他听见自己说。他一边看着敌军冲杀上来，一边在脑海里走马灯一般转过无数念头。“好吧，好吧，无论如何，我现在算是稍微明白点儿可怜的德内梭尔了。反正都得死掉，我还不如跟梅里死一块儿，干吗不呢？哎，他也没在这里，我只好祝他能走得安详一点儿。而我眼下倒是要拼尽全力啦。”

他抽出宝剑打量，看着剑身金红交织的图案，以及灵动的努门诺尔文字在剑刃上闪耀如火。“这把剑就是为了这种时候而生的，”他想，“我要是能用它捅那污秽的使者一剑就好了，那我的功绩差不多就能跟老梅里扯平啦。唔，这种野兽一样的家伙，死前我可得多干掉几个。真想再见到清爽的阳光和碧绿的草地！”

胡思乱想间，第一波攻击朝他们压了过来。山丘前方的泥沼挡住了奥克的脚步，他们便朝防线泼洒出箭雨。一大帮戈埚洛斯来的山野食人妖发出野兽一样的咆哮，穿过奥克大步向前。他们比人类更高更壮，只贴身裹着一层凸起的鳞片之网，又或者那就是他们丑陋的厚皮。不过，他们举着巨大的黑色圆盾，骨节粗壮的手里提着沉重的锤子。他们肆无忌惮地跃入泥池，吼叫着蹚了过去。他们雷霆般撞进刚铎防线，如铁匠敲打烧红的铁锭一样裂盔碎颅、破盾断臂。皮平身边的贝瑞刚德吃了一锤，昏迷倒地。身形巨大的食人妖头目见击倒了他，便俯下身子，朝他伸出手爪——这些凶恶的怪物会咬断被他们击倒之人的喉咙。

随后，皮平挺剑上刺，镌有西方之地文字的剑刃透皮而过，深深扎入食人妖的要害，黑血激射而出。他身形一晃，如山岩崩塌般轰然扑倒，压住身下的人。黑暗、恶臭与重压的疼痛向皮平袭来，他的意识堕入无边无际的黑暗里。

“看来结局跟我想的一样。”他的意识说，同时渐渐飘远。它从躯壳里逃离前还大笑了片刻，似乎因为终于能抛下所有的疑虑、担忧和恐惧，这笑声听着几乎带着几分快乐。随后，就在展翅飞向遗忘之境时，它听见了说话声，仿佛遥远上空某个被遗忘的世界传来的叫喊声：“大鹰来了！大鹰来了！”

皮平的意识停留了片刻。“比尔博！”它说，“可是，不对啊！那不是他很久很久以前讲的故事吗？而这是我的故事，它现在结束了。再见！”他的意识远远飞走，双眼再也看不见东西。

The Lord of the Rings The Return of the King

第六卷

The Lord of the Rings The Return of the King

·第一章·

奇力斯乌苟之塔

山姆痛苦地从地上爬起身子。他一时间想不起自己究竟在哪儿，随后所有的悲惨与绝望又重回脑海。他正身处一片幽暗漆黑的地道中，在奥克要塞的大门外。大门的黄铜门扇关得紧紧的。他肯定是用身子撞门时把自己给撞晕了，可他不知道自己在地上究竟躺了多久。他当时怒火中烧，绝望无比，还大发雷霆；这会儿却瑟瑟发抖，冷到了心底。他溜到大门前，将耳朵贴在门上。

他隐约听见远处有奥克吵闹的动静，可声音很快便停下了，要么就是出了他的耳力范围。万籁俱寂。他头痛不已，眼睛看见黑暗里到处都是幻光，可他拼命稳住思绪，开始思考。很显然，他无论如何也无法从这道门进入奥克的老巢。可下一次大门打开没准还要等上好些天，而他没办法等：时间宝贵到了极点。该当何为，他再没有半分犹豫：要么救出他家少爷，要么就死在营救的路上。

“直接送命的可能性更大，可那样反而来得简单多了。”他严肃地对自己说，同时将刺叮收回剑鞘，转身离开了黄铜大门。他摸索着沿漆黑的隧道慢慢往回走，不敢拿精灵小瓶照亮。他一边前进，一边试着把他与佛罗多从岔路口离开之后的事情拼凑到一块。他想知道现在是什么时候——他猜测大概介于今天和明天之间，但他连日子都记不清了。眼前这片黑暗之地似乎让凡世间的时日被遗忘了，踏入此地的人也都被遗忘了。

“不知道他们到底有没有想过我们，”他说，“还有他们那边的情况怎么样了？”他下意识地朝面前的空气摆了摆手。而他此时已返回希洛布所在的隧道，所以他其实面朝南边而非西边。西边的凡世那头，以夏尔纪年来算，正是三月的第十四天接近正午，阿拉贡此时率领着佩拉基尔的黑舰队，梅里随洛希尔人驰下石马车山谷，米那斯提力斯燃烧着战火，而皮平则目睹德内梭尔眼里的疯狂渐渐增长。不过，两人的这些朋友尽管有着许多忧心和恐惧的事情，他们依旧不时惦念着佛罗多与山姆。两人并未被遗忘。只不过，他们与两人隔着千山万水，实在是爱莫能助，而什么样的思念也没法为汉姆法斯特之子山姆怀斯带去任何帮助。他当真是孤立无援。

终于，他回到了奥克通道的石门前，却依旧摸不到固定住门的把手或者门闩，只好如之前一样翻越过去，轻轻落到地面。随后，他悄悄走去希洛布的隧道入口，她那张巨网的残丝断缕依旧还挂着，随着冰冷的气流飘来荡去。经过身后那片极为不适的黑暗之后，山姆只觉得这一阵阵气流寒冷无比，可它们也让他振作起了精神。他小心翼翼地爬了出去。

四下里安静到让人心觉不祥。天光昏暗，仿佛阴沉日子结束时的日暮。从魔多升起的磅礴水汽一团团擦过头顶飘向西边，翻卷纠葛的大片云层和浓烟如今再度从底下被暗红的光芒给照亮了。

山姆抬头看向奥克塔楼，那诸多窄窗里突然照出光亮，活似一只只血红的小眼睛。他不知道那是不是某种信号。他对奥克的恐惧一度因愤怒和绝望而被抛在脑后，此时又重回心头。就他目前所见，眼下能走的只有一条路：他必须继续前进，想办法找到那座可怕塔楼的主要入口。可他只觉得膝盖发软，浑身颤抖。他收回看向前方塔楼与裂口周围尖角的视线，硬逼着不听使唤的脚听话，一边竖耳细听，一边紧盯着路旁岩石稠实的阴影，一步步往回挪到了佛罗多之前倒下的地方。希洛布留在那里的臭气依旧徘徊未散。他继续往上，最后再度站到了他戴上魔戒，看着沙格拉特的队伍经过的那处裂口。

他停住脚，坐了下来。这一刻，他没法再逼着自己继续前进。他感觉，但凡他越过隘口的顶处，真真正正地一脚迈入魔多之地，就再也回不了头了。说不清具体的缘由，他拽出魔戒，再度戴在手指上。魔戒那无与伦比的重量当即出现，他也再度觉察到魔多大魔眼的恶意，而此时那恶意却是前所未有的强烈和急促。它搜寻着，试图看透为防御自身而制造的无数阴影。这些阴影如今反而成了障碍，令它焦躁不安、疑窦丛生。

跟上次一样，山姆发现他的听力敏锐起来，而他眼里看见的世间万物似乎显得单薄、模糊了。山路的岩壁变得苍白，仿佛隔着一层雾气，而他听见远处希洛布依旧在咕嘟个没完，状况悲惨。似乎就在极近之处，他听见粗粝又清晰的叫喊与金铁交击之声。他一下子跳起身，紧贴在路边的岩壁上。他庆幸自己戴着魔戒，因为此时又有一队奥克行了过去。或者说，他起初是这么以为的。随后，他猛然发现并非如此，他的听觉蒙蔽了他：那奥克的叫喊声来自塔楼之上，而塔顶的尖角此时就在他的正上方，位于裂罅左边。

山姆一哆嗦，试图逼自己动起来。很显然，那里正在上演某种可怕的事。或许，残忍的本性掌控了那些奥克，让他们全然不顾命令，折磨起佛罗多，甚至野蛮地将他给千刀万剐了。他竖起耳朵，听着听着，心中又亮起一丝希望之光。毫无疑问，塔楼里有打斗声，肯定是奥克起了内讧，而沙格拉特和戈巴格已经打起来了。尽管他的猜测带来的希望很渺茫，却已足够让他振作起来。或许这正是机会。他对佛罗多的爱压过了其他一切念头，他甚至忘了危险，高喊道:“佛罗多先生，我来了！”

他一路往上跑，翻过了那条山道。道路当即拐去左边，又陡然往下降。山姆踏入了魔多的疆域。

或许是因为内心深处预感到有什么危险，他取下了魔戒——尽管他觉得自己只是希望能看得更清楚罢了。“最好能看清楚最坏的情况，”他嘟哝道，“顶着雾气瞎转悠可没啥好处！”

他眼前是一片荒芜、残酷、凄凉的土地。在他脚下，埃斐尔度阿斯最高的那处山脊陡然跌作巨大的悬崖，又直直落入漆黑的山沟，而山沟另一侧又升起一道矮得多的山脊，参差不齐的边缘如獠牙一般向外耸立，让背后的红光照得漆黑。那里便是阴森的魔盖，是魔多之地防护的内环。再往前的远处，就在几乎正对面的地方，缀着细小火光的一大片湖泊般的黑暗对面，一团巨大的火光兀自闪动；一根根巨大的烟柱盘旋着从中腾起，它们的根部呈灰蒙的红色，漆黑的头部融入遮盖了整片可憎之地的翻腾云顶。

山姆看见的便是火焰之山欧洛朱因，只见那灰白色的锥形山体下方深处，不时有熔炉渐渐变得炽热，随后便有一条条岩浆河猛烈地涌动、震颤，从山两边的裂隙中喷涌而出。其中一些冒着灼眼的光亮，沿着巨大的渠道涌去巴拉督尔，另一些则蜿蜒流向怪石嶙峋的平原，最后冷却凝固下来，仿佛备受折磨的土地吐出的扭曲龙形。山姆便是在如此艰辛的时刻见到了末日山，它的光亮此时正照着光秃的岩石山体，使它们竟像是沾染了鲜血一般。不过，因埃斐尔度阿斯高大山体的遮障，从西边小路爬上来的人却看不见这光芒。

在如此可怖的光亮中，山姆看见了左边奇力斯乌苟之塔那无匹的全貌，一时间竟骇然呆立：他之前在另一边见到的那尖角，其实只是塔顶的角楼而已。塔的东面分作巨大的三层，自山壁下方极深处的一片岩架拔地而起。塔背靠着一处岿巍的峭壁，峭壁上有尖尖的棱堡层层垒起，越往上的越小。塔楼的东北和东南面十分陡峭，砖石结构精妙无比。最下面那层周围，也就是山姆所立之处再往下两百呎的地方，有一处被带城垛的围墙围住的窄院。院门开在靠近东南的位置，外面是一条宽敞的大道，大道的外侧护墙沿峭壁的边缘一路向前，直至大道折去南边，蜿蜒下行至黑暗之中，最后与穿越魔古尔隘口过来的道路交会。随后，道路穿过魔盖里一条参差不齐的裂缝，又从戈埚洛斯的山谷出来，远远行去了巴拉督尔。山姆身处的这条高地的窄道经由台阶与陡直的小径迅速往下，于凹凸不平的山壁下与主大道交会在接近塔楼大门的地方。

他凝望着这景象，有些震惊，然后突然明白过来：这座据点并非用来把敌人挡在魔多之外，而是为了拦着不让他们出去。这地方其实是刚铎许久之前修建的，属于伊希利恩防线的东部前哨。最后联盟之后，西方之地的人类持续监视着依旧有手下造物潜伏的索伦邪恶之地，于是他们便建造了这地方。不过，正如尖牙之塔纳霍斯特与卡霍斯特，这里的警戒同样失了效，这座塔被变节者献给了戒灵之王，如今已被邪物盘踞了漫长的岁月。索伦重返魔多之后，发现了这塔的妙用。他手下的仆从很少，可心怀恐惧的奴隶却非常多，而这塔的主要作用也跟旧时一样，用来防止奴隶逃出魔多。另外，就算有敌人鲁莽到试图悄悄潜入魔多之地，至少还有不眠不休的守卫能抵御那些通过了魔古尔和希洛布警戒的人。

要悄悄爬下耳目众多的城墙，还要通过充满警戒的大门，其中希望如何渺茫，山姆现在已是再清楚不过。哪怕能办到，那条被重重把守的道路他也走不了多远：就连那些盘踞在红光照射不到之处的浓密阴影，也无法为他提供长久的掩护，从而不被能暗中视物的奥克发现。那条路或许已足够令人绝望，可他的任务却更加艰巨：他不是要躲开城门逃走，而是要孤身一人进去。

他又想起了魔戒，可魔戒也无法给他带来安慰，有的只是恐惧和危险。远处熊熊燃烧的末日山刚映入眼帘，他便发现他的负担起了变化。随着越来越接近于久远年代铸造成型的大熔炉，魔戒的力量在渐渐增强，变得越来越凶猛，除了某些强大的意志，不再听从任何人的使唤。尽管魔戒没有戴在手上，而是依旧用链子挂在脖子上，站在那里的山姆却觉得自己扩大了，像是被巨大、扭曲的自身阴影裹住了身子。他仿佛一个庞大、满是不祥的威胁，就矗立在魔多的山墙之上。他感觉从现在起，他只剩下两个选择：要么忍受魔戒，尽管它会折磨自己，要么占有它，去挑战那个高坐在暗影山谷另一头黑暗要塞里的力量。魔戒已然在诱惑他，在啃噬他的意志和理性。他脑海里出现了各式狂野的幻想。他还看见，本纪元的英雄、强大的山姆怀斯提着炽焰之剑大步迈过那黑暗之地；他一声高喊，千军万马便随他一道前去推翻巴拉督尔；随后，天上的乌云全都翻腾着远去，耀眼的阳光洒落，他一声令下，戈埚洛斯的山谷便成了繁花盛开、硕果累累的花园。只要戴上魔戒，将它据为己有，这一切便易如反掌。

主要还是对自家少爷的喜爱，让他在如此考验之中坚守了本心。不过，霍比特人那不曾屈服、依旧留在心底的单纯意识也功劳不浅：他打心里明白，就算这些幻象并非全是会背叛他的骗局，自己也没厉害到能担起如此重担。一名自由的园丁，一座小小的花园，那才是他想要的、该得的，而非一个无比膨胀的花园国。他要用自己的双手照料花园，而不是命令他人去辛劳。

“这些念头怎么看都只是在耍把戏啦。”他对自己说，“不等我叫出声，他就会发现我、恐吓我。眼下我在魔多戴上魔戒，立马就得被他找到。好吧，我只能说，一切都跟春天碰上霜冻一样，糟糕透了。隐形最能派上用场的时候，我却没法使用魔戒！就算我能往魔多深处走，它也只会成为累赘，每一步都拖累我。我该咋办哪？”

他也并非真的心存犹豫。他明白自己不能再耽搁，必须赶紧往下面的城门去。他耸耸肩膀，仿佛在抖落阴影、驱散幻象，然后开始慢慢往下走。他每走一步，感觉自己就会变小一点儿。走了没多远，他已然缩回当初那个渺小又担惊受怕的霍比特人。他此时经过的正是塔楼的护墙，而他那未获增强的听力已经听见了叫喊声与打斗声——似乎是从外墙后面的庭院传来的。

山姆沿小路下到半截的时候，两个奥克从漆黑的门道冲到了红光底下。他们没转向他这边，只是一味朝主道狂奔。正跑着，他们一个趔趄扑倒在地，没了动静。山姆没看见箭矢，但他猜这俩奥克应该是被城垛上或是藏在城门阴影里的人给射倒了。他左边身子贴着墙，继续往前走。只要他抬头看一眼就会明白，这墙根本没法爬：这座石造的城墙高三十呎，不但见不着半点儿裂缝凸起，墙体反而还向外倾斜，仿佛倒置的阶梯。大门是唯一的通路。

他悄然前进，一边走，一边好奇这塔楼里住着的奥克有多少跟沙格拉特一伙儿，又有多少是戈巴格一派的，以及他们究竟起了什么争执，若里边当真有分歧的话。沙格拉特那边似乎是四十人上下，而戈巴格的人是他的两倍有余。不过，当然了，沙格拉特的巡逻队只不过是他手下驻防部队的一部分罢了。毫无疑问，他们是因佛罗多和战利品的事情而起了争执。山姆定住半秒——他似乎突然搞明白了情况，就仿佛亲眼看见一般。那件秘银甲！当然了，佛罗多一直穿着呢，自然会被他们发现。以山姆听见的来判断，戈巴格对它心怀觊觎。然而，眼下只剩邪黑塔的命令能护着佛罗多，若是他们将命令弃之不顾，佛罗多随时可能会被杀掉。

“快啊，你这可悲的懒鬼！”山姆冲自己嚷嚷道，“上啊！”他抽出刺叮，往敞开的大门冲过去。就在他即将冲过那扇巨大的拱门之时，他突然感觉身上一震，仿佛撞上了希洛布的某种罗网，只不过那东西是隐形的。他看不见挡住他的东西，可某种强大到他的意志难以克服的东西挡住了去路。他四下环顾，在大门的阴影当中看见了两个监视者。

它们仿佛两尊坐在王座上的巨型塑像。两个监视者分别有三具连在一起的身体，外加三颗头颅，分别对着外面、里边和门道方向。监视者的头颅长着兀鹫一样的面孔，巨大的膝盖上放着形似爪子的手掌。它们仿佛由巨岩雕成，无法移动，却具备知觉：里边驻扎着某种恐怖的邪灵警戒。它们知道谁是敌人。无论来者是否隐形，谁也逃不过它们的注意。它们能禁止他进入，也能禁止他逃走。

山姆一咬牙，又往拱门里冲，却摇晃着猛然停下，仿佛胸口和脑袋上被人来了一下。随后，他实在想不着别的法子，于是壮起胆子回应了脑海里突然出现的念头：他慢慢掏出加拉德瑞尔的水晶瓶，高高举起。白光迅速亮堂起来，阴暗拱门之下的阴影消散开来。两个骇人的监视者冷冰冰地坐在那里纹丝不动，丑恶的形象被照得毫末毕现。山姆霎时间瞥见它们那黑石眼睛里闪过一抹光亮，其中蕴藏的恶意让他肝胆直颤。不过，慢慢地，他感觉它们的意志在动摇，随后崩解成了恐惧。

他飞身穿过它们，一边跑一边将水晶瓶揣回胸口，同时注意到那两个监视者又恢复了警戒，仿佛背后有一道钢门闩“咔嗒”锁上一般清晰明了。随后，那些邪恶的头颅发出一声高亢的尖啸，声音在他面前高耸的城墙间回荡不息。似是回应的信号，远方高处传来一道刺耳的钟声。

“这下好了，”山姆说，“我算是把前门的铃给摁响了！行吧，来人呀！”他喊道，“告诉头目沙格拉特，伟大的精灵勇士来了，还带着他的精灵宝剑！”

无人答话。山姆大步向前，手上的刺叮剑泛着蓝光。庭院里阴影极浓，但他能看见铺石路上倒着不少尸体。他脚边就躺着两个奥克弓箭手，背上插着刀子，远处还有更多的尸体。其中一些是单个被砍倒或是射死的，也有成对的，依旧扭打在一起，相互捅刺、连掐带咬，痛苦死去。深色的血液浸得路面滑腻无比。

山姆注意到尸体的装束分为两种，一种是红眼标识，另一种是丑化作死亡鬼脸的月亮标识。他并没有停下来仔细看。庭院那头，塔楼脚下有一扇半开着的大门，里边透着红光，一个巨大的奥克横死在门槛处。山姆跃过尸体，进了大门。他四下环顾，有些不知所措。

门口有一条宽敞、空荡的走廊通向山边。火把从墙边支架上投下朦胧的光线，但走廊另一头却被昏暗吞没。走廊两侧可见许多门扇与洞口，除了两三具尸体仰面倒在地上，别无一人。山姆从两名头目的对话中得知，无论佛罗多是死是活，他最有可能待的地方是极高处的角楼里某处房间，可他或许得花上一整天才能找到路。

“我猜它应该是在靠后的位置，”山姆嘟哝道，“整座塔楼都是沿着后面往上走的。总之，我还是顺着光亮走比较好。”

他顺着走廊继续前进，但此时放慢了速度，每一步都走得比之前更为勉强。恐惧再度攫住了他。除了他的脚步声，四下一片寂静，而脚步声似乎越来越大，化作回荡的声响，仿佛巨手在拍打岩石。死尸，死寂，火把照亮的墙面潮湿又漆黑，仿佛在滴血。他生怕有让人暴毙的东西藏在门口或者阴影里。除了这些，候在大门那里的监视恶灵也依旧在他心底徘徊不去——这几乎已超出了他胆子的极限。他宁愿大战一场——每次敌人不能太多——也好过眼下这让他心烦意乱、丧胆亡魂的未知境况。他逼迫自己去想佛罗多，想象他躺在这片可怕塔楼的某个地方，五花大绑，痛苦不堪，甚至已然死去。他继续往前走。

他走完了火把照亮的地方，几近抵达走廊尽头的巨大拱门——若是他没猜错的话，这里应该是地下大门的内侧。这时，上方高处传来一声仿佛喉咙被勒住而发出的可怕尖叫。他猛然停住。随后，他听见脚步声响起。有什么人正从顶上那条空荡的梯道里往下飞奔。

他的意志太过虚弱、缓慢，没能拦住他的手探向链子、攥住魔戒。不过，山姆没有戴上它，就在他把魔戒紧摁在胸口之时，一个奥克“唰啦”一声冲了下来。那奥克从右边一处漆黑的洞口一跃而出，直直朝他冲了过来。不到六步的地方，他抬起脑袋，看见了他。山姆能听见他直喘粗气，看见他血红的双眼里闪动的怒火——奥克吓得猛然顿住：他眼里看见的并非某个吓到快拿不稳剑的霍比特小不点儿，而是一道巨大、沉默的身形，裹着一团灰影矗立在摇曳的灯火之前。那身形单手执剑，单是剑光便刺得他疼痛不已，另一只手虽紧攥胸口，可掌心里却握着某种蕴含力量与厄运、无可名状的恶意。

那奥克畏缩片刻，随后惊骇地怪叫一声，转头逃回了来处。这场意料之外的逃遁让山姆比任何看见对手夹着尾巴逃掉的狗还要开心。他高喊一声，追了上去。

“没错！精灵勇士逃出来了！”他高喊道，“我来了。快带路，不然我剥了你的皮！”

不过，这奥克本就身处自己的地盘，动作敏捷、身强体壮，山姆则是外来之人，且又饿又累，楼梯也是又高又陡、弯来拐去。山姆开始上气不接下气。奥克不一会儿便跑得没了踪影，此时只能隐约听见他继续往上跑发出的脚步声。他时不时会叫喊一下，声音兀自沿着两侧墙壁回荡。不过，就连那些声音也慢慢消失了。

山姆拖着步子前进。他感觉自己走对了路，精神振作不少。他将魔戒塞回去，又紧了紧腰带。“哈，哈！”他说，“他们要是个个儿都这么讨厌我和我的刺叮，那事情可能就比我想得好办多了。反正，沙格拉特、戈巴格和他们的手下似乎已经帮我把事情料理得差不多了。除了那只吓破胆的小耗子，我相信这地方已经没有活口了！”

话音未落，他又硬生生地停下动作，活像一头撞上了石墙。他这些自言自语的话让自己宛如当头棒喝：没有活口！刚才那声可怕的垂死尖叫是谁发出的？“佛罗多！佛罗多！少爷！”他高喊着，几乎带上了哭腔，“他们要是害死了你，我该怎么办？好吧，我到底还是来了，我要一路爬到顶，去看我一定要看的。”

往上，继续往上。周围一片漆黑，只有拐角或者某些通往塔楼高层的洞口偶尔会有火把照亮。山姆想过数台阶，可数到两百之后就记不住了。他眼下走得悄无声息，因为他感觉听到了说话声，不过是隔着一段距离的上方传来的。看来不止一只耗子活着。

就在他觉得自己已经喘不过气，再也无法强迫膝盖弯一下的时候，楼梯到了尽头。他杵在原地。话语声此时变得响亮，距离很近。山姆打望了一圈。他已经一口气爬到了第三层，也是塔楼最高那层的平顶上面：这是一处开阔空间，宽约二十码，围着矮墙。平台中间有一个遮挡了楼梯的圆顶房间，东、西两边各开着一扇矮门。山姆往东能看见下方漆黑辽阔的魔多平原与远处燃烧的山脉。一波新的动荡正在山脉深邃的洞穴里涌动，一条条火焰之河发出灼眼的光亮。哪怕隔着许多哩，那光芒依旧照得这边塔顶一片火红。西边的视野被巨大的角楼底部遮挡，角楼矗立在这处上层庭院的背后，它高耸的尖角甚至超过了环绕四周的山野的顶处。一扇窄窗里有光亮透出来。离山姆不到十码之处便是角楼的大门，此时敞开着，里边漆黑一片，而话语声便是从那阴影里传出来的。

起先山姆并没在意，他一步迈出东门，四下打量。他最早注意到的是，发生在这里的打斗最为激烈。整个庭院里倒满了死掉的奥克与滚落各处的头颅四肢。这地方充斥着死亡的恶臭。一声咆哮与紧随其后的击打和号叫声吓得他箭一般又窜回隐蔽处。一道属于奥克的声音伴着怒气扬起，听着如此粗粝、残忍、冰冷，他立马便明白说话人是谁——塔楼的头目沙格拉特。

"你说你不会再去了？诅咒你，斯那嘎[1]，你这卑微的蛆虫！你要是觉着我伤得很重，可以不用搭理我，那你就搞错了。你过来，看我不捏爆你那双眼球，就像我刚才捏爆拉德布格的一样！等我的人再来几个，看我怎么收拾你：我要把你送给希洛布。"

"他们不会来了，反正你临死前是等不到了。"斯那嘎粗鲁地回答，"我告诉过你两次了，戈巴格的那群猪猡先到了大门口，我们的人一个也没能出去。拉格都夫和穆兹嘎什冲去外面，然后被射死了。我从窗户里看见的，我告诉你。他们已经是最后的人手了。"

"那你必须去。反正我得待在这里。可我受伤了。愿黑坑吞了那个肮脏的叛徒戈巴格！"沙格拉特的话声渐渐微弱下去，化作一连串污言秽语和诅咒，"我把最好的都分给了他，可那坨臭大粪却捅了我一刀，我都没来得及掐死他。你必须去，不然我就吃了你。必须把消息送到路格布尔兹，要不我们都得下黑坑。没错，你也一样，在这里偷偷摸摸躲着可别想逃过去。"

"我不会再下那楼梯了，"斯那嘎咆哮道，"管你是不是头领。停下！别想去摸刀子，要不我就一箭射穿你的肚子。等'他们'听说了这边的事情，你这管事的也当不久了。我为塔楼跟那些臭得要命的魔古尔耗子拼尽性命，可你们两位宝贝头领却为了分赃起内讧，干得可真漂亮！"

"你给我住嘴，"沙格拉特吼道，"我是奉了命令的。是戈巴格先挑

1 黑语，指奴隶。——译注

的事，他想抢走那件漂亮衣服。”

“哈，还不是你高高在上、装腔作势，把他给惹急了。他可比你有脑子。这群奸细里最危险的那个还在外面游荡，这事儿他跟你说过不止一次，可你根本不听。你现在还是不信。我告诉你，戈巴格是对的。这附近有个厉害的战士，是那种杀人不眨眼的精灵，要么就是肮脏的塔克[1]。我跟你说，他在往这儿走。你听见钟声了。他闯过了监视者，只有塔克才办得到。他就在楼梯上。只要他还在楼梯上，我就不下去。就算你是个纳兹古尔，我也不干。”

“原来是这么一回事，对吧？”沙格拉特叫道，“你推三阻四的，就是因为这个？待会儿等他来了，你抛下我转头就跑，是吧？不，你做梦！我非得给你肚子上开个红蛆洞不可！”

那个头矮小的奥克飞蹿出角楼大门。身形魁梧的沙格拉特穷追不舍，长长的胳膊在他佝偻着奔跑时甚至垂到了地面。不过，他一只胳膊耷拉着，似乎还在流血，另一只抱着一个巨大的黑色包裹。红光照耀之下，缩在楼梯门后面的山姆瞥见了跑过去的沙格拉特那张邪恶的脸：仿佛被手爪划过似的，那张脸破了相，满是血污；支棱的獠牙滴着口水，嘴里发出野兽一样的咆哮。

就山姆所见，沙格拉特绕屋顶追着斯那嘎，那小个子奥克左躲右闪，最后怪叫一声，一个箭步窜回角楼，没了踪影。沙格拉特随后停下脚步。透过东门，山姆看见他此时正气喘吁吁地杵在矮墙边上，左边爪子想要握紧，又无力地松开了。他将包裹放在地上，右爪抽出一把红色长刀，又朝上面啐了一口。他走去矮墙边，俯身往下面隔着老远的外庭打望着。他喊了两声，没人回应。

山姆震惊地发现，就在沙格拉特朝城垛外面俯身、背对屋顶之时，

1 见附录六。——译注

地上倒得乱七八糟的尸体里有一具猛地动了起来。他匍匐着往前，用一只爪子抠住包裹，又摇摇晃晃地站了起来。他的另一只手提着一柄握把断了大半的宽头矛。他摆出姿势正要捅刺，牙缝间却不早不迟地漏出来一声因痛苦或怨恨而发出的“嘶嘶”喘息。沙格拉特蛇一般闪去一旁，回身便是一刀，正中敌人脖子。

“逮住你了，戈巴格！”他大叫，“还没死透呢，哈？行吧，我这就帮你一把。”他跳上戈巴格栽倒的尸身，泄愤般又踩又踏，时而还弯腰用刀胡砍乱劈一番。总算心满意足之后，他一甩脑袋，咯咯作响的喉咙里发出得胜的可怕叫吼。随后，他舔了舔刀口，用牙衔住刀身，捞起包裹便朝挨得近的那侧楼梯门飞奔而去。

山姆没时间多想。他或许可以从另一边的门溜出去，但很难不被发现。另外，跟这个可怕的奥克捉迷藏也并非长久之计。于是，他做了自认为最恰当的反应：他大喊一声，冲沙格拉特跳将过去。他没有再握住魔戒，可它就在那里，是一种隐藏的力量与恶意，能慑服魔多的奴隶。他手里握着刺叮剑，剑光摧残着奥克的双眼，仿佛那是他这一族连梦到都会不寒而栗的、闪耀于恐怖的精灵国度的残酷星光。而沙格拉特无法在护着他的宝贝时继续打斗。他停下步子，亮出獠牙，大声咆哮。随后，他再度使出奥克的手段，在山姆冲过来时往旁边一跳，然后拿那沉重的包裹当作防御和武器，用力朝敌人的脸上挥了过去。山姆被打得一个趔趄，没等他站稳，沙格拉特飞身窜过，往楼梯下面去了。

山姆咒骂着跟了上去，但没追出多远便再度想到佛罗多，也记起还有个奥克跑回了角楼。他再度面临可怕的抉择，却没时间细想。若沙格拉特跑掉，多半很快会领着援军回来。山姆若是追上去，另一个奥克又可能会在上面干出可怕的事。另外，山姆可能追不上那奥克，甚至还会被他杀掉。他立马转身往楼梯上面跑。“估计我又选错了。”他叹了口气，“可不管后面会出啥事，眼下我得先爬到顶上去。”

下面的沙格拉特一路狂奔下楼，带着他那宝贝负担穿过院子，出了大门。山姆若是知道他这一逃会带来何等悲痛，或许会无比惊慌。但眼下他把心思全都放在了最后那一阶段的搜索上。他小心翼翼地来到角楼门前，踏了进去。门里一片漆黑，不过，他瞪圆的眼睛没多久便注意到右手边有一丝微弱的光亮。那光亮来自一处洞口，通向一条黝黑狭窄的楼道：它似乎拐着弯，绕角楼圆形外墙的内壁一路往上去了。上面某个地方有一支火把洒下光亮来。

山姆轻手轻脚地往上爬。他来到摇曳的火把前，火把就固定在左边一道门的上方，正对着一扇望向西边的窄窗：他跟佛罗多从下面隧道口看见的其中一只红眼就位于这里。山姆三两步走过门口，匆匆往第二层楼赶，生怕下一秒就遭受袭击，或是被人从后面一把掐住喉咙。他又走到一扇东望的窗户与另一支火把附近，火把下方的门连接着通向角落中央的走廊。他看向洞开的门里，走廊一片漆黑，只有火把洒下的光亮与外面从窄窗漏进来的红光。楼梯到这里便停下，不再往上。山姆蹑手蹑脚地进了走廊。走廊两侧各有一扇锁紧的矮门。整个地方半点儿声音都没有。

“死胡同。”山姆嘟哝道，“亏我费这么大劲儿爬上来！这里肯定不是塔顶。可我该怎么办？”

他跑回底下一层，试着开门。门纹丝不动。他又满头大汗地跑回楼上。他只觉得每一分钟都无比宝贵，可它们却一点点地溜走，而他无能为力。他再无暇去想沙格拉特或者斯那嘎，乃至还活着的随便哪个奥克。他满心只想着他的少爷，只想再看一眼他的脸庞，再摸一摸他的手。

疲惫和挫败感最终战胜了他，他坐在走廊下面一级的楼梯上，把脑袋埋进手里。周围很安静，安静到可怕。他刚到那会儿就已快烧到头的火把，此时“噼啪”几声熄灭了。他感觉黑暗如潮水般覆盖了他。随后，令山姆颇感意外的是，在这漫长的旅途与悲伤全都落了空的终点，他竟然被心里说不出来的思绪触动，开始轻轻唱起了歌。

他的声音在这冰冷黑暗的塔里显得单薄又颤巍：那是孤独无助又疲惫的霍比特人的声音，但凡长耳朵的奥克都不会误听为某个精灵贵族的嘹亮歌喉。他呢喃着夏尔古老童谣的调子，搭着比尔博先生的诗歌片段——它们出现在他的脑海里，仿佛一闪而过的家乡原野的景象。随后，他突然又生起新的力量，歌声变得响亮，而他自己所作的词句也意外地配上了那简单的曲调。

西方之地，太阳之下，
也许花儿春天绽放，
千树萌芽，万泉奔流，
鸟雀快活啁啾。
也许晴夜无云，
山毛榉树梢儿摇摆，
精灵之星白似宝石，
高挂如发叶尖。
我虽于这旅途之尽头
倒卧层层漆黑之下，
越过重重高塔坚楼，
越过座座陡壁悬崖，
万般阴影之上，
太阳周转，繁星永驻：
我不会说白日已尽，
也不与群星道上永别。

“越过重重高塔坚楼，”他复唱着，随后猛然停下了。他感觉有模糊的声音在回应他。可这下他又什么都没听见。没错，他能听见动静，却不是话语声——有脚步声在接近。上方通道有扇门正在悄然开启，门铰链吱嘎作响。山姆偎低身子，竖起耳朵。一声闷响，门关上了。接着，一声奥克的咆哮响起。

“吼哈！上面那只要倒大霉的耗子，你再吱吱乱叫，我就上来收拾你！听见了吗？”

没有回应。

“行吧，”斯那嘎咆哮道，“可我一样要过去看看，瞧瞧你在搞什么名堂。”

铰链声再度响起。山姆此时从通道门槛的角落望去，看见一处敞开的门口有火光闪烁，一道奥克的模糊身影走了出来。他似乎扛着一架梯子。山姆突然灵光一现：走廊顶上的活板门能通到最顶上那个房间。斯那嘎将梯子竖起来架稳，然后爬上去不见了。山姆听见门闩拉开的声音，随后，他听见那丑恶的声音再度开了口。

“给我乖乖躺着，小心我收拾你！我猜，你也没剩多少安宁时间了。要是不想现在就尝尝好玩的，就给我把嘴闭上，懂了吗？让我先给你长长记性！”随即传来挥鞭的声音。

听见这声音，山姆心里的怒火一下子爆发了。他起身就跑，像猫一样窜上梯子。他探头一看，发现自己正位于一间巨大圆屋的地板正中。天花板上悬着一盏红色油灯，西面那扇窄窗高高的，一片漆黑。窗下面的墙边躺着什么东西，有个黑咕隆咚的奥克身形正岔腿看着它。奥克又扬起鞭子，可这一鞭再没能落下。

山姆提着刺叮剑，大喊一声冲过房间。奥克刚转过身，还没来得及反应，拿鞭子的那只胳膊已经被山姆砍了下来。奥克惨号着，又惊又痛，绝望中脑袋一埋便撞了过来。山姆第二剑落了空，还被撞得身子一歪，往后栽倒，却依然伸手想抓住那跌跌撞撞跑过他的奥克。没等他挣扎着爬起来，他便听见一声大叫和一声碰撞：那奥克慌不择路，结果绊倒在梯头，从活板门里边直接摔了下去。山姆没再多想，只是跑向地板上躺着的人——正是佛罗多。

他浑身赤裸，躺在一堆脏兮兮的破布上，似乎晕过去了。他用一只胳膊护着脑袋，一条丑恶的鞭痕横跨整个身侧。

“佛罗多！佛罗多先生，天啊！”山姆惊唤，泪水模糊了他的视线，“我是山姆啊，我来了！”他半抬起他家少爷，抱在胸前。佛罗多睁开了眼睛。

“我还在做梦吗？”他喃喃道，“可那个梦可怕多了。”

“你没有做梦，少爷，”山姆说，“是真的，是我。我来了。”

“我真不敢相信，”佛罗多说，紧紧抓住了山姆，“有个拿鞭子的奥克，然后他竟然变成了山姆！那我听见底下的歌声，我还试着回应，也不全是在做梦吗？是你唱的吗？”

“就是我，佛罗多先生。我那会儿都放弃希望了，就差一点儿。我找不着你。”

“哈，现在你找着了，山姆，亲爱的山姆。”佛罗多说。他靠回山姆温柔的臂弯里，闭上眼睛，像个被带着爱意的声音或手赶走夜晚的恐惧后安心入眠的孩子。

山姆觉得自己可以怀着无尽的幸福就这么一直坐下去，可眼下还不是时候。光是找到他的少爷还不够，他还得试着拯救他。他亲了亲佛罗多的额头。“好啦！佛罗多先生，醒醒！”他说，语调尽可能的快活，好似当初他在夏日清晨的袋底洞拉开窗帘一般。

佛罗多叹了口气，坐起身。“我们在哪儿？我是怎么来这儿的？”他问。

“眼下没时间讲故事，等我们到别的地方再说吧，佛罗多先生。”山姆说，“奥克抓到你之前，我们在隧道下面看见了一座塔，你现在就在塔顶。我不知道你来了多久。我猜大概一天多吧。”

“就一天？”佛罗多说，“感觉像过了好几个星期。等有机会，你得跟我好好说说。我被打晕了，对吧？然后我跌进了黑暗和丑恶的梦里，醒来却发现现实更加糟糕。我周围全是奥克。我猜，他们给我灌了某种烧喉咙的可怕液体。我的头脑越来越清醒，身上却疼得厉害，疲倦得很。他们把我身上穿的全给扒掉了，有两个很壮的残忍家伙过来审问我，他们高高在上地站在我面前，一脸的幸灾乐祸，玩弄着手里的刀，一直审问到我觉得自己马上要发疯了。我永远也忘不了他们的手爪子和眼睛。”

“佛罗多先生，只要你还提他们，那你就没法忘记。”山姆说，“要是不想再见到他们，那我们越早离开越好。你能走吗？”

“可以，我能走。”佛罗多说，慢慢站了起来，“我没受伤，山姆。我只是觉得非常疲累，而且这个地方很疼。”他的手越过左肩捂向后脖颈。他站起身，让山姆感觉他像是披了一身火焰：他那身无寸缕的皮肤被头顶上的灯照得一片猩红。他沿着房间来回走了两圈。

“好多了！”他说，精神振作了少许，“他们抛下我一个人，或者有其中哪个守卫来的时候，我都不敢动弹，直到后来他们叫嚷着打起来了。那两个大块头畜生——我猜他们在争吵，为了我和我的东西吵。我就在地上躺着，吓得不敢动。之后一切又变得死寂，感觉反而更糟了。”

“没错，他们好像是吵起来了。”山姆说，“这地方之前肯定有两百来个那种肮脏的怪物。你可能会说，让山姆·甘姆吉来对付这么多家伙，难度太大了。谁能想到他们倒先把自己人给杀光了。倒是挺走运的，可要把这事情写成歌又太长，我们还是先离开再说吧。现在该怎么办，佛罗多先生？你可不能就这么光溜溜地在黑暗之地到处走。”

“他们把所有东西都拿走了，山姆。”佛罗多说，“我全部的东西。你明白吗？全部！”他又畏缩在地板上，低垂着脑袋，仿佛这番话让自己彻底明白了灾难的全貌，让他被绝望给吞噬。“任务失败了，山姆。就算离开这里，我们也逃不出去。只有精灵才能逃走。远离，远离中洲之地，远到大海另一边。如果大海真有那么宽，能挡住魔影的话。”

“不对，不是所有东西，佛罗多先生。任务也没失败，暂时还没有。佛罗多先生，求您原谅，我把它给拿走了。我好好保管着呢。它现在就在我脖子上挂着，还是个可怕的负担。”山姆笨手笨脚地摸着魔戒跟链子，“但我猜你得收回它。”然而，真到了时候，山姆却不太愿意交出魔戒，让他的少爷再度背上这负担。

“你拿着它？”佛罗多倒抽一口气，“你现在就拿着？山姆，你可太让人惊奇了！”随后，他飞快、怪异地变了腔调。“快给我！”他喊道，又站起身，伸出一只颤抖的手，“立马给我！你怎么能拿它！”

“好吧，佛罗多先生。”山姆震惊地说，“拿去！”他慢慢地掏出魔戒，连带链子一道从头上取下，“可是，先生，你现在待在魔多之地，等你走到外面，你会看见火焰之山之类的东西。到时候你会发现魔戒现在变得非常危险，很难戴得住。如果你觉得难以承担的话，也许我可以帮你分着戴一下。”

“不，不！”佛罗多喊道，从山姆手上一把夺下魔戒和挂链，“不，不行，你这个贼！”他喘着粗气，瞪圆了眼睛，用害怕和仇视的眼神盯着山姆。随后，他一只手攥紧魔戒站在那里，突然惊骇地呆住了。眼前似乎有迷雾渐渐散去，他用手捂住了抽痛的额头。开头那一幕可怕的景象在他眼里是如此真实，伤痛和害怕让他依旧有些搞不清状况。他眼睁睁看着山姆刚才又变成了一个奥克，变成一个满脸贪婪、嘴角流涎的肮脏小怪物，拿不怀好意的眼神盯着他的宝物，还伸手想抓。而幻象此时消失了。山姆又回来了，就跪在跟前，痛苦得脸都变了形，仿佛被人一刀捅在了心上；他的眼里全是泪水。

“喔，山姆！”佛罗多叫道，“我都说了什么？我都干了什么？原谅我！你明明为我做了这么多事！都怪魔戒那恐怖的力量。我真希望它从来、从来没被找到过。不过，山姆，别管我。我必须把这个重担扛到最后。这事儿没法改变。你不能挡在我和这厄运之间。”

“没关系，佛罗多先生，”山姆说，用袖子擦了擦眼睛，“我明白的。可我还是能帮上忙的，对吧？我得带你离开这里。立马就办，你瞧！不过，你得先来点儿衣服和装备，再找点儿吃的。找衣服应该最简单了。既然我们在魔多，那最好按魔多的习惯来穿，反正也没别的选择。佛罗多先生，恐怕你得穿奥克的衣服。我也得穿。我们如果要一道上路，最好穿成一样的。我先把这个给你围上！”

山姆解开他的灰斗篷，系在佛罗多肩上。他又取下背包放在地上。他从鞘里拔出刺叮，剑刃如今几乎一点儿闪光都见不着了。“我把这个给忘了，佛罗多先生。”他说，“他们才没有把所有东西都拿走呢！你把刺叮借给了我，你没忘吧，还有夫人的水晶瓶。这两样东西我都还拿着呢。不过，佛罗多先生，再借我用用。我得去看看能不能找到点儿什么。你就待在这里，走动走动，松活一下你的腿。我去去就回，不会走远。”

“山姆，多加小心！”佛罗多说，“早点儿回来！说不定还有活着的奥克，就藏在什么地方等着呢。”

“我得去冒冒险。”山姆说。他走到活板门那里，把梯子放了下去。没几下他的脑袋又冒了出来。他朝地板上扔了一把长刀。

“有些东西或许能派上点儿用场，”他说，“他死掉了，就是那个抽你鞭子的家伙。似乎是慌慌张张摔断了脖子。能行的话，佛罗多先生，你把梯子先给收上来；没听见我说暗号，你可不许把梯子放下去。我会说‘埃尔贝瑞丝’。那可是精灵的词，哪个奥克都不会讲。”

佛罗多颤抖着坐了半天，脑海里一个接一个地滚过吓人的恐怖场景。随后，他站起身，用灰色的精灵斗篷裹住自己，又为了不让自己瞎想，开始来回走动，打探窥视这间牢房的角角落落。

尽管恐惧让佛罗多感觉像是过去了至少一个钟头，可他听见山姆在下面轻声喊“埃尔贝瑞丝，埃尔贝瑞丝”的时候，时间并没有过去多久。佛罗多放下轻梯。山姆喘着粗气爬上来，头上顶着个大包裹。“砰”一声响，他让包裹落在地上。

“快，佛罗多先生！”他说，“我稍微搜了搜，把小到适合我们这样身材的东西都给翻出来了。我们只能将就着用，还得加快速度。我没看见活物，也没听见动静，可我心里却不怎么安宁。我觉得这地方被人监视了。我没法解释，不过，嗯，我感觉附近像是有那些凶恶的会飞的骑手，就在天上看不见的黑暗里头。”

他解开了包裹。佛罗多嫌弃地看着里面的东西，却又别无他法：要是不穿上这些东西，就只能光着身子上路。那包裹里有一条毛乎乎、脏兮兮的兽皮长裤，还有一件脏不拉几的皮外衣。他穿上这些衣物。外套之上，他又穿了一件结实的锁环甲，这东西对于成年奥克来说短了点儿，可佛罗多穿着又显太长，还沉甸甸的。他系了一条腰带，挂了一柄短剑鞘，里面插着一把宽刃短剑。山姆还拿来几顶奥克头盔，其中一顶铁镶边的黑帽头盔最适合佛罗多：一圈圈铁环外面罩着皮革，鸟喙一样的鼻护上方用红色涂着一只邪恶之眼。

“魔古尔的东西，就是戈巴格的装备，做得更合身也更好。”山姆说，“不过，我猜，这边出了这档子事情，再顶着他的标志进魔多可不太妙。好啦，佛罗多先生，搞定。我要斗胆说一句，你简直就像个完美的小奥克——等我们找个面罩遮住你的脸，让你胳膊变长一些，再整个罗圈腿，那就非常像啦。这个能遮住一些会露馅儿的地方。”他给佛罗多肩上套了一件巨大的黑斗篷，“这下齐活儿了！我们走的时候，你可以再捡一面盾牌拿着。”

“那你呢，山姆？”佛罗多说，“我们不是该穿成一样的吗？”

“嗯，佛罗多先生，我也一直在想呢。”山姆说，“我的东西最好半点儿都别留下，可我们又毁不掉。另外，我穿着这么一堆，也没法再套上一件奥克铠甲，对吧？我索性找点儿什么遮一遮就好了。”

他跪下来，仔细折好他的精灵斗篷。斗篷被裹成一卷，小到令人吃惊。他把斗篷塞进地板上放着的背包里，又站起身，把背包甩到背上，在脑袋上戴了顶奥克头盔，又在肩上罩了另一件黑斗篷。“好啦！”他说，“这下咱们就搭衬了，几乎一模一样。现在该出发啦！”

“我可没法一趟就跑到地方，山姆。”佛罗多苦笑着说，“希望你已经问好了沿路的客栈，还是说，你忘记要吃饭喝水的事啦？”

“救命，我还真给忘了！”山姆说，又沮丧地嘘了一声，“老天，佛罗多先生，你这话倒是让我又饿又渴！我都不记得上回嘴皮子沾着吃喝是啥时候了。最后一回我查看的时候，我带着的行路干粮加上法拉米尔统领给我们的东西，紧急时候够我支撑两条腿走上两星期。可是，就算我壶里还有那么点儿水，也没剩多少了。我们俩肯定是不够喝的，绝对不够。奥克都不用吃喝的吗？还是他们靠污秽的空气和毒物就能活着？”

“不，山姆，他们也是要吃要喝的。繁殖出他们的魔影只能模仿，却没法创造：它创造不出属于它自己的新东西。我没觉得它给了奥克生命，它只是把他们变得堕落、扭曲。他们若真要活下去，就得跟其他生灵一样求生。要是找不着更好的，污水臭肉他们也吃，但肯定不吃毒物。他们喂过我，所以我的情况比你好点儿。这地方肯定哪里有食物和饮用水。”

“可我们没时间去找了。”山姆说。

“噢，情况比你想的稍微好那么一点儿。”佛罗多说，“刚才你不在的时候，我稍微撞上点儿运气。他们确实没有把所有东西都抢走。我在地板上那堆破布里找到了我的食物袋。他们当然也搜过它。不过，我猜他们比咕噜还讨厌兰巴斯的模样和气味。兰巴斯被扔了一地，有些还被踩过压碎了，但我都给收集起来了，不比你包里的少多少。但他们把法拉米尔给的食物拿走了，还把我的水壶给砍坏了。”

“啊，那就不用再说啦。”山姆说，“我们的东西足够上路了。可水是个大麻烦。不过，好啦，佛罗多先生，我们出发吧，要不一整座湖里的水也帮不了我们！”

“你先吃点儿东西，山姆。”佛罗多说，“我可不打算让步。来，把这块精灵干粮吃掉，把你壶里最后一点儿水也喝了！这整件事情从头到尾都没什么希望，所以也别操心明天的事了。说不定压根儿就见不着明天。”

最终，两人启程了。他们爬下梯子，山姆随后将梯子搬去放在了那摔死的奥克蜷缩的尸体旁边。楼梯黑漆漆的，但天花板上依旧能看见末日山的灼眼光亮，不过它如今也在渐渐变暗，化作暗沉的红色。两人拾了两面盾牌完成伪装，便继续前进。

他们费力地走下宽阔的楼梯，眼下出了塔，再度来到开阔的地方。恐怖沿着城墙一路蔓延，让两人再度相逢的那处角楼高处的房间简直都有些家的感觉了。奇力斯乌苟之塔里或许没了活口，可恐慌和邪恶依旧浸淫着那里。

两人最后在外庭的大门前停下脚步。哪怕身处这里，他们依旧能感觉到监视者的恶意迎面而来。那两个漆黑沉默的监视者分立大门两侧，门外隐约可见魔多的强光。两人从骇人的奥克尸体中间往前挤，越走越艰难。还没抵达拱道，他们便被迫停下。哪怕往前再迈上一吋，对意志和身体都意味着痛苦和疲惫。

佛罗多没有力气再继续搏斗，瘫坐在地上。“我走不动了，山姆。”

他喃喃道，“我要晕过去了。我不知道自己这是怎么了。”

“我知道，佛罗多先生。再坚持一下！是大门那边有古怪，那里有邪物。但我闯进来了，我还能再闯出去。这回怎么也不会比上一回更危险。冲啊！”

山姆又掏出了加拉德瑞尔的精灵瓶。仿佛在向他的毅力致敬，又仿佛要给他这忠诚的、立下诸多功绩的霍比特人那褐色的手掌以辉煌一般，那瓶子猛然迸发出卓绝的光华，耀眼的光芒如雷霆般照亮整座影影绰绰的庭院。而这光亮稳稳地持续着，不见半点儿暗淡之意。

“吉尔松涅尔，噢，埃尔贝瑞丝！”山姆高喊。不知为何，他的思绪忽然跃回当初在夏尔碰见精灵的时候，又记起那首赶走树林里的黑骑手的歌。“Aiya elenion ancalima!”[1] 他背后的佛罗多也再度高喊出声。

好似绳索绷断，监视者的意志猝然破碎，佛罗多与山姆跌跌撞撞地扑向前方。两人拔腿便跑，穿过大门，跑过眼带精光的巨大坐像。“咔嚓”一声响，拱门的拱心石擦着两人脚后跟垮落在地，上方的墙壁也支离破碎，塌作废墟。两人以毫发之差险险逃脱。钟声轰然鸣响，监视者发出高亢而恐怖的呼啸。高空的一片漆黑之中传来回应之声。墨黑的天上，一道带飞翼的身形如闪电般急坠而下，毛骨悚然的尖叫声直破层层乌云。

---

1 昆雅语，意为：“最明亮的星辰，向您致敬。”——译注

·第二章·

魔影之地

山姆还算机灵，将小瓶揣回胸口。“佛罗多先生，跑！”他大喊道，“错了，不是那边！墙那边是陡崖。跟我来！”

他们顺着大门那条路往下飞奔。跑了约五十步，道路一个急弯，绕过悬崖上外突的一处棱堡，两人出了塔楼的视野。眼下总算暂时逃脱了。两人缩着身子靠在岩石上直喘粗气，随后又捂紧胸口——纳兹古尔就栖身在那坍塌大门旁边的墙上，正发出一阵阵致命的号叫，声音在悬崖间不断回荡。

山姆和佛罗多满心恐惧，跌跌撞撞地往前走。不一会儿，道路又猛然再度东拐，于可怕的片刻之间将他们暴露在塔楼的视线中。两人一边飞蹿，一边回头瞄，看见那巨大的黑色身影落到城垛之上。随后，他们猛地冲下一处两旁都是高耸岩壁的狭窄通道。这路陡然而降，会往魔古尔路。两人抵达道路交会之地。没有奥克的迹象，纳兹古尔的呼号也不见回应。可他们知道这沉寂长不了，追捕随时都有可能开始。

“这样不行，山姆。”佛罗多说，“我们要真是奥克，就应该朝塔楼里冲，而不是往外逃。一碰上敌人我们就会露馅儿的。我们必须想办法离开这条路。”

“可除了插上翅膀飞走，”山姆说，“我们哪儿离得开啊。”

埃斐尔度阿斯东边的山壁十分陡峭，悬崖绝壁飞落于横亘在山脊内侧与它们之间的漆黑山沟。交会处往前不远，道路再度陡降一段之后，一座石桥飞过鸿沟，将道路迁往魔盖起伏的山坡与峡谷。佛罗多和山姆没命地顺着桥往前冲，还没等两人跑到桥那头，喧嚣叫喊之声已然响起。他们身后远处，此时已矗立于山侧高处的奇力斯乌苟之塔的石头塔身正泛着暗淡的光亮。猛然间，塔上刺耳的钟声再度大作，随后又化为连片的轰鸣。号角声吹响。桥头那边这下也传来回应的高喊声。身处下方漆黑的山沟，又因欧洛朱因那风中残烛般的光亮无法照到这里，佛罗多和山姆看不清前方的情况，但早已听见铁底鞋沉重的踏步声，而道路上方也传来马蹄疾驰的动静。

“山姆，赶紧！快跳！”佛罗多叫道。他们手脚并用地冲过去，爬到石桥的矮胸墙边。还好魔盖的斜坡差不多升到与道路齐平，跳到山沟里的落差已经不再可怕。可周围太过黑暗，两人也猜不准这一跳会有多深。

“好吧，那我跳了，佛罗多先生。”山姆说，“再会！”

他松了手。佛罗多也跟着跳了。刚往下落，他们便听见骑兵如风一般扫过石桥，以及奥克飞奔着跟在后面的声响。山姆要敢的话，他是真想哈哈大笑：两个霍比特人有些担心在什么也看不见的岩石上摔个腿断腰折，却没料到只落下去至多十二呎深，便“咔嚓”一声栽进了他们最意想不到的东西里：一丛纠缠在一起的带刺灌木。山姆一动不动地躺着，轻轻吮吸着被刮伤的手。

等到马蹄声和脚步声过去，他壮着胆子小声说：“老天哪，佛罗多先生，我还真不知道魔多也能长出东西！不过，就算我知道，我猜也只会是这种东西。这些刺怕是得有一呎长，我身上穿的全给扎透了。早知道我就该穿上那件锁甲！”

“奥克的铠甲可挡不住这些刺，”佛罗多说，“哪怕皮背心也不行。”

两人费了一番力气才钻出灌木丛。那些棘刺和荆条结实得犹如铁丝，又如爪子一般拽着他们不肯放开。好不容易脱身，两人的斗篷早已被扯得破烂不堪。

“山姆，我们继续往下。”佛罗多耳语道，“赶快下到山谷里，然后只要有机会我们就往北边拐。”

白昼再度降临外面的世界，远离魔多阴影之处，太阳爬过了中洲的东沿，而眼前这地方依旧漆黑如夜。末日山阴燃着，喷出的火焰熄灭了。悬崖之上的猛烈火光也渐渐消隐。他们离开伊希利恩时便一直在刮的东风此刻似乎也止住了。两人缓慢、痛苦地往下攀行，在伸手不见五指的阴影里摸索、磕绊，于岩石、荆棘和朽木间艰难前进，一直往下，往下，直到再也走不动为止。

两人肩并肩地背靠一块巨石坐下，汗流浃背，总算歇了脚。“这会儿谁要是能给我递上一杯水，哪怕是沙格拉特本人，我也要去跟他握个手。”山姆说。

“别说这种话！”佛罗多说，“它只会让我们更口渴。”随后，他舒展起身子，却只感觉又晕又累，便好一会儿都没再开口。后来他挣扎着再度站起身子。令他意外的是，山姆居然睡着了。“山姆，醒醒！”他说，“走吧！又该努力挣扎一程了。”

山姆连忙翻身起来。“啊，我没打算睡的！”他说，“我肯定是不小心栽了瞌睡。我老长一阵儿没正经睡过觉，佛罗多先生，眼睛自个儿闭上了。”

眼下由佛罗多带头开路，估摸着尽量朝北边、沿巨大峡谷底部那厚厚一堆山石巨岩前进。不过，此时他又停了下来。

“不行啊，山姆，”他说，“我受不住了。我是指这件锁环甲。现在我这身子有些吃不消了。我累的时候，就连那件秘银甲穿着都觉得重。而这件铠甲可比它还要沉得多。再说了，它能管什么用呢？我们又不可能靠打斗冲过去。”

“可我们没准儿会碰上战斗，”山姆说，“刀箭可不长眼哪。再说了，那个咕噜也还没死。要是有谁在暗地里朝你捅一刀，而你浑身上下只穿着一点儿皮子，这场面我可不敢想。”

“听我说，山姆好伙计，”佛罗多说，“我疲累得很，心里也没抱半点儿希望。可只要我还能动，就得想法子朝那座山去。光是魔戒就让我吃不消了。这额外的重担简直要了我的命。我必须脱掉这铠甲。别觉得我不识好歹。我真不愿意去想象你为了给我找来这东西，不得不在那些尸体上翻来找去的景象。”

“不用说啦，佛罗多先生。老天保佑你！我要是有能力的话，真想把你放进包里背着。你想脱就脱吧！”

佛罗多撩开斗篷，脱掉奥克铠甲扔在一边。他抖了两抖。“我真正需要的是能保暖的东西，”他说，“天气变冷了，要不就是我着了凉。”

“把我的斗篷裹上吧，佛罗多先生。”山姆说。他取下背包，掏出那件精灵斗篷。“佛罗多先生，这件咋样？”他问，“你把那奥克破布贴身裹紧，外面系上腰带，再把这件斗篷披上。虽然这身打扮看着不怎么像奥克，可它能让你暖和点儿。我敢说，它比任何装备都更能保你周全。这可是那位夫人亲手做的。”

佛罗多取过斗篷披上，扣好别针。“好多啦！”他说，“我感觉轻巧一些了，现在能走得动路啦。不过，这片让人抓瞎的黑暗像是在朝我心里头钻。山姆，我被关起来的时候，曾试着回忆白兰地河、林尾地，还有淌过霍比屯磨坊的小河。可我现在却记不清它们了。”

“你看，佛罗多先生，这回可是你先提到水！”山姆说，“要是夫人能看见或者听见我们，我会这么跟她说：‘尊敬的夫人，我们只想要光和水，清水和大白天的光就好，这些可比什么珠宝都好使——请见谅。’可罗瑞恩离这里太远了。”山姆叹了口气，朝埃斐尔度阿斯挥挥手，被漆黑的天空衬着的那更为漆黑的高绝山体位于何方，此时只能靠猜了。

他们再度上路。没走多远，佛罗多站定了脚。“我们上面有个黑骑手，”他说，“我能感觉到。我们这会儿最好先站着别动。”

两人缩着身子躲到一块大石头底下，面朝西边来时的路坐着，好一阵没有开腔。之后，佛罗多长舒一口气，说：“他走了。”两人站起身，旋即惊得瞪大眼睛。他们左边远处，也就是往南的方向，在渐渐转为灰色的天空映衬之下，那道巍峨山脉的雄峰和高脊现出深沉、漆黑的清晰轮廓。群峰背后，天光渐亮。太阳慢慢爬向北边。遥遥的高空之上，一场争斗正在进行。魔多的滚滚浓云正被逼退，生灵世界吹来的风撕碎了它们的边缘，将水汽与浓烟扫回那片酝酿出它们的黑暗之地。被扯起的阴沉天盖下有朦胧的光亮漏进魔多，恍若浅淡的晨光从窗户照进满是灰尘的囚牢。

“瞧瞧，佛罗多先生！”山姆说，“看哪！风向变了。一定是出了什么事情。看来也不是所有事都能随他的意嘛。外面的世界正在瓦解他的黑暗。我真想看看究竟是什么情况！”

此时正是三月第十五天的清晨。安都因河谷高处，太阳已渐渐爬上东边的阴影，西南风正起。希奥顿倒在佩兰诺平野，命若悬丝。

佛罗多与山姆正伫立凝望，晨光的边缘此时已沿埃斐尔度阿斯全线铺开，随后他们看见一道身形急速自西边而来。那身形起初只是山顶一条朦胧光带衬出的黑色小点，但它渐渐变大，最后如闪电一般骤然冲进阴暗的天盖，消失在两人头顶的高空。那身影离去时发出一声凄厉的长啸，竟是纳兹古尔的声音。可这声音并未让两人心生恐惧：它夹杂着苦痛与惊愕，对邪黑塔一方乃是噩兆。戒灵之王撞上了他的厄运。

“我怎么跟你说的来着？肯定出了什么事！”山姆大叫道，“沙格拉特说‘战况顺利’，可戈巴格却不太确定，看来他判断得没错。局势正在好转，佛罗多先生。你现在有没有产生点儿希望啦？”

“并没有，山姆，没多少希望。”佛罗多叹了口气，“那是群山西边那一头的事情。而我们要去的是东边。我已经累得不行了。魔戒也重得让我恼火，山姆。而且，我开始在脑子里时时刻刻都见到它了，它就像一圈巨大的火轮。”

山姆刚振奋起来的精神立马又消沉下去。他焦急地看向他家少爷，又握住后者的手。“好啦，佛罗多先生！”他说，“我想要的已经得到一样了：有一些光亮啦。这足够帮上我们的忙，但我猜这也很危险。我们努努力，再往前走一小段，然后咱们就躺下来休息。不过，眼下先吃口精灵的食物吧，没准它能让你振作起来。”

佛罗多和山姆掰了一块兰巴斯来分，又拿干裂的嘴巴尽力咀嚼着，然后拖着沉重的步子继续走。这光亮充其量只算是灰蒙的晨光，却足够让两人看清他们此时已身处两道山脉间的峡谷。峡谷缓缓朝北抬升，谷底有一条如今已干涸萎缩的小河河床。在满是石头的河道另一边，他们看见往西去的山崖底下蜿蜒着一条踏出来的小道。要是早知道的话，他们肯定还能早点儿走去那里，因为它是从桥的西头离开魔古尔主道，然后沿着山岩间开凿出的一段长长台阶一路下到谷底的。这条路是巡逻队和信使走的，用来快速前往介于奇力斯乌苟和艾森毛兹的峡谷（也就是卡拉赫安格仁铁颚）之间的次级哨站和北边远处的要塞。

两个霍比特人走这条小径很危险，可他们需要抢时间，若是去攀爬山岩或是在没有道路的魔盖跋涉，佛罗多又感觉这种艰辛他难以为继。他认为，往北走或许最为出乎追捕者的意料。他们肯定一开始就会把往东通向平原的路与回西边隘口的路给搜个底朝天。只有等远远去到塔的北方之后，他才准备换方向，寻找朝东走的路，踏上这趟旅途令人绝望的最后一段。于是，他们便跨过乱石河床，踏上奥克小径，沿着它走了一阵。左侧的峭壁悬在头顶之上，让两人不会被人从上面发现，但小径折了许多回弯，每一处拐角两人都把紧剑鞘，小心翼翼地前进着。

光线不再变强，因为欧洛朱因依旧喷吐着巨大的浓烟，而烟气又被激荡的气流冲着往上越升越高，最后抵达连风也够不着的区域，扩散成一片无边的天顶，而中心的支柱则抬升到了两人视线之外。他们挣扎着走了超过一个钟头，一道声音让两人突然停下步子——那声音让人难以置信，可又确凿无误：涓涓的水声。仿佛被巨大的斧子劈过一般，左边的黑色峭壁出现一道又陡又窄的沟壑，有水从里边滴落：或许是从阳光照耀的大海汇集而来的甘甜雨水，最后却不幸坠至黑暗之地的山壁上，又徒劳地游荡着，滑落尘土之中，只余最后几滴出现在两人面前。它在此处化作一道细流，自岩石里滴落，又淌过小径，往南迅速消失在毫无生气的石堆当中。

山姆一下便窜了过去。“我要还能再见到夫人，一定要跟她讲！”他大叫道，“先是光，这下水也有了！”他旋即又停下。“佛罗多先生，让我先喝吧。”他说。

“行啊，不过这地方的空间也够两个人一块儿喝来着。”

“我不是这个意思，”山姆说，“我是说，要是它有毒，或者有啥见效快又不好的东西，嗯，我中招总好过你中招，你懂我意思吧。”

“我懂。可我觉得，山姆，我们还是一道碰碰运气吧，或者一同蒙福气。不过，若水冰得很的话，还是得当心！”

这水虽有些凉，却不冰，味道不太好——要是在老家，他们会说这水又苦又油。可在这里它似乎担得起一切赞美，也让人顾不上害怕或是谨慎。两人喝了个饱，山姆把水壶也灌满了。之后，佛罗多感觉轻松了一些，两人便继续走了几哩，直到道路渐渐畅阔，一溜粗制滥造的护墙也沿路出现。两人心生警觉，这是接近另一处奥克据点了。

“我们要从这里拐方向，山姆。”佛罗多说，“得转去东边。”他看着山谷那头阴沉的山脊，叹了口气，“我的力气只够爬到那上面找个洞，之后必须得休息一会儿。”

河床此时已在小径下方一段距离之外的地方。两人爬下去，开始往对岸走。令两人意外的是，他们竟碰上了几池黑水，是山谷高处一些水源流淌下来汇聚而成的。山谷外缘、位于绵延向西的山脉之下的魔多是一片生机渐消的地方，但又并非全无活气。那里依旧有东西生长，却又因拼命求生而变得粗糙、扭曲、尖利。山谷另一头的魔盖峡谷里，一丛丛低伏的矮树紧贴大地，杂乱的灰色丛生草在岩石间挣扎，石头上蜷缩着干瘪的苔藓，纠葛缠结的大团荆棘遍布四面八方。其中一些荆棘的刺又长又尖，另一些则是刀一般形状的倒钩。荆棘上挂着去年落下的朽败枯叶，让凄凉的气流吹得瑟瑟作响，可它们爬满蛆虫的芽苞这才刚开始萌发。颜色暗褐、灰白或是漆黑的飞蝇也如奥克一样顶着红眼形状的大斑点嗡嗡作响，四处叮咬。荆棘丛上方，一群群饥饿的蚊蚋如云一般兀自飞舞、回旋。

“奥克装备不好使，”山姆挥着胳膊说，“我宁愿长一身奥克皮！”

最后，佛罗多再也走不动了。他们已经爬上一条狭窄的斜沟，可依旧还得走上很长一段路，才能见到最后一道峻峭的山脊。“眼下我必须得休息，山姆，还要尽量睡一睡。”佛罗多说。他四处看了看，这片阴郁的地方似乎就连动物都找不着能钻进去的洞。精疲力竭的两人最终悄悄躲到一丛幕帘般的荆棘下面，它像垂下来的毯子般遮住了一片矮岩壁。

两人坐定，尽可能像样地吃了一餐饭。两人将山姆包里法拉米尔提供的补给吃了一半：一点儿果干，外加一小块腌肉，宝贵的兰巴斯留给之后的苦难日子。他们还啜了几口水。方才在山谷里之时，他们在水池那儿又喝了一回水，可现在又很渴。魔多的空气里有股强烈的辛辣味，让人口干舌燥。乐观如山姆，一想到水也变得垂头丧气。过了魔盖，还有戈埚洛斯那片可怕的平原要走呢。

“佛罗多先生，你先睡吧。”他说，“天又黑了。我估计白天差不多要过完了。”

山姆的话才刚出口，佛罗多叹了口气便睡着了。山姆抗拒着自身的疲惫，握着佛罗多的手，一言不发地就这么坐到了夜深时分。之后，为了让自己保持清醒，他爬出藏身地，往外打量。四周似乎全是吱吱嘎嘎、窸窸窣窣的声响，却没见脚步声和说话声。西边埃斐尔度阿斯再往上的高处，夜色依旧朦胧暗淡。破絮般的云层飘浮于山峰高耸的深色突岩上空，山姆看见一颗白星在云间闪动了片刻。它的美丽直击他心底，让他看向外面这片被遗弃的大地时，心中又重获希望。这是因为，仿佛明亮又清冷的一道光，一个想法划过山姆的意识：到头来，这魔影也不过是个渐渐消逝的渺小之物。在它触探的范围之外，光明与至高的美丽永恒存在。他在塔里唱的那首歌更像蔑视而非希望，那时他想的都是自己。眼下，一时半刻间，他的命运，乃至他家少爷的命运都不再搅扰他。他爬回荆棘底下，又躺在佛罗多身侧，放下心中所有的恐惧，在安稳的梦境里沉沉睡去。

两人一道醒来，仍手握着手。山姆算得上精神焕发，已准备好应对另一天，可佛罗多却叹着气。他睡得很不安稳，整个梦里全是烈火，醒来也没能让他放心多少。不过，他这一觉也并非毫无疗愈效果：他身上多了点儿力气，能将他的负担再往前扛上一程。两人不知道眼下是什么时候，也不知道自己睡了多久。他们吃喝几口，又继续往山沟上面爬，一直爬到山沟尽头一处由碎石和垮落岩石形成的陡坡。到了这里，最后一丝活气也停止了挣扎：魔盖顶上寸草不生，一片光秃、怪石嶙峋，贫瘠得仿佛一块石板。

他们四处寻觅了好一阵，总算找到一条能爬的路，便手脚并用地爬了最后一百呎，终于上了顶。他们穿过夹在两座峭壁之间的一条裂缝，发现自己就站在魔多最后一道屏障的边缘上。两人下方，就在一座高约一千五百呎的斜坡脚边，一片内部平原横亘着一路延伸至视线外无形无状的昏暗中。这方世界此时西风尽起，将巨大的云团高高托着送去了东边。不过，可怕的戈埚洛斯原野上依旧只有些许灰蒙的光亮。烟雾或徘徊彼处地面，或藏身洼地，土地各处缝隙里漏出一股股臭气。

远远的，在依旧隔着至少四十哩的地方，他们看见了末日山。它自遍布灰烬的废墟中拔地而起，岿巍的锥形山体高耸天际，浓烟滚滚的峰顶云遮雾绕。它的烈焰此时微弱下去，整座山转为休眠阴燃之态，恍若蛰伏的野兽一般满是威胁与危险。山峰后面悬着如雷云般不祥的磅礴阴影，它便是一片帷幕，遮掩着灰烬山脉自北边直刺而下的一条长长横岭，横岭之上遥遥矗立的，正是巴拉督尔。黑暗之力正陷入沉思，魔眼也看向内里，思忖着充满疑虑和危险的各种消息：它望见一把铿亮的宝剑，还有一张坚毅且有王者之相的面庞。一时间，它把心思几乎全放在了这上面，它那座千门万塔的庞大要塞全罩着一层焦躁不安的阴郁气息。

佛罗多和山姆满脸厌恶与震惊地看着这片可憎之地。介于两人与那座浓烟滚滚山脉之间的地方，再加上山脉的南北侧附近，万物似乎都显得如此破败、毫无生气，俨然一片被焚尽的、枯朽的荒漠景象。他们不知道这片土地的主宰要如何维系与养活他的奴隶和军队。可他确实有军队。两人目力所及之处，沿着魔盖边缘与南边远方，一片片营帐拔地而起，部分为帐篷，部分规划得仿佛一座座小镇。这些营区中最大的一片就位于他们正下方，在进入平原不到一哩的地方。它仿佛某种巨型虫巢一样聚集彼处，棚屋与长而矮的灰褐色建筑间夹着一条条笔直、阴沉的街道。周围全是来去匆匆的人影，一条宽敞的大路从中探出，自东南方向会向魔古尔大道，一行行小小的黑色身影正沿着它快步赶路。

“我一点儿也不喜欢眼前这状况。”山姆说，“我管这个叫‘简直没希望’。除了一点：那么多人聚在一块儿，那里肯定有水井或者水源，更别提吃的了。而且，那些都是人类，不是奥克，除非我看走了眼。”

这片南方远处有无数奴隶劳作，位于末日山滚滚浓烟另一头、紧挨着幽暗凄凉的努尔能湖那广阔的土地，无论是他还是佛罗多，对此处都没有丝毫的了解。两人也不知道，沿东南有许多大道通往各处属地，邪黑塔的士兵便是走这些道路，用一列列长长的货车运来货物、战利品和新奴隶。北部这片区域全是矿藏与锻场，那场谋划已久的战争便是在此集结。黑暗力量也仿佛下棋一般，在此调动与集结大军。它最初的几步落子意在检验自身的军力，却于西线的南北两头被对手给挡下了。它暂时撤回军队，又换上新的兵力，于奇力斯戈埚附近集结，等着报复回去。另外，若是防守末日山、防止任何人接近乃它的目的之一，那它做得已算是尽善尽美了。

“唉！”山姆继续说，“甭管他们能吃啥喝啥，反正我们是搞不到的。就我所见，根本没有下去的路。就算我们能下去，也压根儿通不过那片爬满敌人的开阔地啊。”

“可我们还是得想想办法，”佛罗多说，“眼下比我预料的也没糟到哪儿去。我从没指望能穿过去，眼下也看不见半点儿能穿过去的希望。可我依旧得尽力而为。我们如今的目标是别被逮住，能拖一时是一时。那么，我认为，我们还是得往北走，然后看看这片开阔平原变窄一些是什么状况。”

“我猜得到是啥状况，”山姆说，“地方一变窄，那些奥克和人类就挤得更近了。走着瞧吧，佛罗多先生。”

“我敢说我会瞧见的，假如真走得了那么远的话。”佛罗多说完，转身走了。

没多久两人便发现，他们没办法沿着魔盖的山顶或者别的高处往前走：这些地方压根儿没路可走，地上还刻满了深沟浅壑。两人最后只得回头爬下原本那山沟，沿着山谷找路。因为不敢越过河道走西边那条小路，他们一路走得艰难无比。行了差不多一哩来地，两人看见了之前猜测的那处离得不远的奥克据点，就藏在悬崖脚下的洼地里：一溜围墙，还有扎堆围着一处山洞那漆黑洞口的若干石头棚屋。虽说看不见什么动静，两个霍比特人依旧蹑手蹑脚、小心翼翼，尽量贴着旧河道两岸长满荆棘丛的地方前进。

两人又走了两三哩，此时那奥克据点已经藏进背后看不见的地方。他们刚打算松一口气，立马便听见奥克粗粝又刺耳的声音，于是赶快躲进一丛矮小枯黄的灌木后面。声音渐渐近了。片刻后，两个奥克出现在视线当中。其中一个裹着褐色破布，带着一张角弓，属于黑皮、体形矮小的一类，鼻头很宽，嗅个没完：显然是某种追踪者。另一个个头儿高大，带着魔眼的标志。他是专精作战的那类奥克，跟沙格拉特队伍里的差不多。这奥克背上也挂着一张弓，还带着一柄宽头短矛。这两个奥克也是吵吵嚷嚷的，又因为来自不同的族类，讲的通用语还带着各自的口音。

离霍比特人藏身之地不到二十步的地方，那小个子奥克停下了。“不行！”他咆哮道，“我要回家。”他指着山谷另一头的奥克据点，“在石头上嗅来嗅去有啥用啊，我鼻子都要闻断了。要我说，根本就没啥痕迹剩下。就因为照你的话来办，我把气味给跟丢了。我告诉你，那味道哪里是顺着山谷，明明是往山上去了。”

“你这嗅嗅小矮子，还真是没多大点儿用啊？”大块头奥克说，“我就说眼睛要比你那冒鼻涕的鼻子好使吧。”

“你这两只眼珠子又看见啥了？”另一个咆哮道，“呸！你连要看啥都不知道。”

“那要怪谁？”那士兵诘问道，“反正不怪我。都是上面安排的。他们一开始还说是个穿着刺眼盔甲的高大精灵，后来又说是某种矮人一样的矮个子人类，再后来又说肯定是一伙儿造反的乌鲁克族，要不然就是所有这些全加在一块儿。”

“嗷！”追踪者叫道，“他们把脑子都给弄丢了，就是这么回事。我猜，要是我听见的是真的，有些头头身上那层皮也快要没了：塔楼被入侵什么的，好几百个你们的伙计死在里头，俘虏也跑了。你们这些打仗的要都这副德性，那战场那边传来坏消息也就没啥好奇怪了。”

“谁说的有坏消息？”那士兵吼道。

“嗷！谁说没有？”

“你说这话是要造反吗？再不闭嘴，我一刀捅死你，听懂了吗？”

“好吧，好吧！”追踪者说，“那我不说话，就心里想想。可是那黑乎乎的鬼祟家伙跟这堆事又有啥关系？就是那个手掌扁扁的、大吃大嚼的家伙。”

“不知道。也许啥关系都没有。但我敢担保，他到处闻来闻去的，绝对没安好心。诅咒他！他刚从我们跟前溜走没多久，就有命令说要活捉他，还要快。”

“唔，我希望他们抓到他，让他尝点儿狠的。”追踪者咆哮道，“我还没赶到塔里，他倒先把别人扔掉的锁甲偷了，还满塔楼乱窜，把气味全弄乱了。”

“那东西倒是意外救了他一命，”士兵说，“嗨，那阵儿不知道要抓他，我就干净利落地射了他一箭，隔着五十步正中后背，可他又接着跑掉了。”

“嘀！你就没射中。”跟踪者说，“先是射偏，然后又追不上，再然后你就找来了可怜的追踪者。我真是受够你了。”他大踏着步子跑掉了。

“你给我回来，”士兵吼道，“不然我就打你的小报告！”

“你跟谁打小报告呢？可别说是你宝贝的沙格拉特。他已经不是队长啦。”

“我会把你的名字和编号报告给纳兹古尔。”士兵把话声压低成嘶嘶声，“他们其中一个现在就负责管塔楼。”

另外那奥克站住脚，话音里满是恐惧和愤怒。“你这该死的告密鬼祟贼偷！”他大叫大嚷，“你把自己的事儿给办砸了，还不跟你的族人站一块儿。找你那个下流的吱吱叫去吧，要是敌人没先干翻他们，希望他们把你的肉全给冻下来！听说他们的头号人物已经完蛋了，我希望那是真的！”

那大块头奥克提着矛朝他扑了过去。可追踪者却躲到石头后面，又趁着士兵扑过来，一箭射进他的眼睛里，后者轰然扑倒在地。追踪者飞奔着跨过山谷，没了踪影。

霍比特人默不作声地原地坐了好一阵。最后，山姆有了反应。“噢，我管这才叫‘干脆利落’。”他说，“这种美妙的友谊要是能传遍魔多，我们可就省下一半的麻烦喽。”

“安静点儿，山姆。”佛罗多悄声说，“周围或许还有别的人在。我们显然是侥幸躲过一劫，敌人追得可比我们想象得更紧。不过，山姆，魔多本就是这种风气，它已经传遍每一处角落啦。没人管的时候，奥克向来就是这副德行，反正所有故事里都是这么说的。可你别太指望这事儿能成什么气候。甭管什么时候，他们更加痛恨的是我们。这俩奥克之前要是看见我们，无论他们之间有什么矛盾都会抛在一边，先把我们干掉再说。”

又是一阵长长的沉默。山姆再度打破沉寂，不过这回声音小多了。“佛罗多先生，你听见它们说的那个‘大吃大嚼的家伙’了吗？我跟你说过那咕噜还没死，对不对？”

“对，我记得。我挺好奇你是怎么知道的。”佛罗多说，“唔，先这样吧！我猜我们最好别忙着往前走，等天彻底黑下来再看。这期间你可以跟我讲讲你是怎么知道的，还有到底发生了些什么事情——若是你能小点儿声讲的话。”

“我试试吧，”山姆说，“可我一想到那缺德鬼就忍不住火大，就想大喊大叫。”

两个霍比特人就这么继续在荆棘丛下面坐着，而魔多那阴沉的光线渐渐淡去，转为幽暗、不见星星的夜晚。山姆竭力搜刮着字眼，贴着耳朵跟佛罗多讲了咕噜那忘恩负义的攻击，讲了希洛布的恐怖，还有他那些涉及奥克的冒险。等到他讲完了，佛罗多也没开口，只是抓过他的手紧紧握住。最后，他动弹起来。

“好啦，我猜我们又得动身了。”他说，“我想知道，我们到底还要多久才会真正被抓到，然后所有费力又偷摸的行动全变成白费功夫。”他站起了身，“天黑下来了，可我们也不能用夫人的水晶瓶。山姆，帮我保管好它。眼下我没地方装它，只能用手捧着，可这黑灯瞎火的，显然我的两只手也腾不出空来。不过，刺叮剑就送给你啦。我有奥克的刀，可我觉得我不太可能再有砍杀的时候了。”

在这么一片毫无道路的地方摸黑前进，着实艰难又危险。不过，放慢速度、三步一跌两步一爬地，两个霍比特人沿着石头山谷的东沿往前费力地走了一个钟头又一个钟头。等到终于有灰蒙的光亮悄然爬过背后西面山顶的时候，外面的世界早已亮开许久。两人再度找地方躲着，轮流小睡。醒着的时候，山姆满脑子想的都是吃食的问题。等最后佛罗多叫醒他，又说起吃点儿东西、准备下一程的时候，他终于问出了那个让他无比困扰的问题。

“佛罗多先生，打搅一下，”他说，“你知道我们还得再走多远吗？”

“不知道，山姆，我心里不太有底。”佛罗多回答，“在幽谷的时候，他们给我看过魔多地图，是大敌重返这里之前制作的，可我只记得大概模样了。我印象最清晰的是北边：西面山峰和北面山峰伸出的支脉在那边差点儿交会。从塔楼的桥那边算，这两处地方隔着至少二十里格。那地方没准挺适合我们翻过去的。不过，当然了，要是去那边，我们离末日山的距离肯定比现在远，要我说的话，差不多要多出六哩路。我猜，我们从那座桥往北，现在走了大概有十二里格。就算一切顺利，一个星期之内我也很难抵达火焰之山。山姆，恐怕那负担会变得非常沉重。越是靠近，我会走得越慢。”

山姆叹了口气。“我担心的就是这个。”他说，“嗯，先不说水。佛罗多先生，我们还得尽量省着吃，不然就走得快一些，反正在这山谷里我们得这么办。再吃一口，除了精灵的行路干粮，别的吃食就全没了。”

“我努努力，尽量走快点儿，山姆。”佛罗多说，又深吸一口气，“那就这样吧！我们继续走下一程！”

这时天还没有再度黑透。他们拖着脚往前走，一直走到夜幕降临。两人疲惫、蹒跚地跋涉着，中途只短暂歇了几回，夜晚就这么一点点过去。等到一丝朦胧的灰光从阴影天顶的边缘投下，他们再度躲进一块倒悬岩石下方阴暗的洼地里。

光亮慢慢变强，最后竟变得前所未有的清晰。从西边吹来的强风如今正将上层气流里的魔多浓烟驱走。没过多久，两个霍比特人便看清了周围几哩内大地的样貌。山脉与魔盖之间的深谷缓缓往上攀升，也渐渐变得越来越浅，而内侧的山脊此时顶多算是埃斐尔度阿斯陡峭岩壁上的一片岩架罢了。不过，往东过去，山脊依旧陡然下降，一直落到戈埚洛斯之中。河道在前方到了尽头，转为一层层破碎的岩石阶梯——主山脉往东探出一条高绝光秃的支脉，仿佛一道山墙。埃瑞德砾苏伊那云遮雾绕的灰色北部山脉也探出一条突出的长臂，要与这支脉相交。两者的尽头有一道狭窄的隘口，正是卡拉赫安格仁，又名艾森毛兹，另一头便是乌顿深谷。这深谷地处魔栏农后方，魔多的爪牙在这里挖了许多隧道和深藏地下的武器库，用于防御他们地盘的黑门。现如今，他们的主宰正加紧召集庞大的兵力，好去对阵西方诸统帅。外突的一条条支脉上建有无数座堡垒与塔楼，营火四起；横跨整座豁口修了一道土墙，此外还掘有一条仅可走一座单桥跨越的深壕沟。

往北数哩，就在西边支脉自主山脉分出之处的拐角高处，矗立着古老的杜尔桑城堡，如今已成了聚集在乌顿深谷周围的诸多奥克据点之一。在渐增的光亮下已清晰可辨的一条道路从城堡处蜿蜒而下，又在离两个霍比特人只隔着一两哩的地方拐向东边，沿着切入支脉一侧的一道岩架继续向前，再下到平原里，往艾森毛兹那边去了。

两个霍比特人往外看去，只觉得他们往北走的这段路似乎是在白费力气。右侧一片昏暗的平原烟雾弥漫，而他们既没看见营帐，也没发现部队移动，但那整片区域都在卡拉赫安格仁诸多要塞的警戒之下。

“我们走上死路了，山姆。”佛罗多说，“再走下去，我们只会撞上那座奥克塔楼，可唯一能走的路又只剩从塔楼延伸下来的那条——不然我们就得往回走。我们往西爬不上去，往东也爬不下去。”

“那我们就必须走那条路，佛罗多先生。”山姆说，“要是魔多还有啥运气的话，我们就得走那条路去碰碰运气。再这么瞎晃悠，或者试图往回走，一样会暴露的。我们的口粮撑不了多久了。我们必须冲上一下子！”

“好吧，山姆。”佛罗多说，“只要你还抱有希望，那就带领我前进吧！我已经绝望了。可我冲不起来，山姆。我就拖着脚跟在你后边吧。”

“佛罗多先生，拖着脚走之前，你需要吃饭和睡觉。来吧，能吃多少算多少！”

他给了佛罗多水跟额外一块行路干粮，又拿自己的斗篷给他家少爷垫在头下面。佛罗多累到没力气跟山姆争辩，而山姆也没告诉他，他刚才喝的便是两人剩下的最后几滴水，吃的那块干粮也是他跟山姆两人的份。等佛罗多睡着，山姆俯下身子聆听着他的呼吸，细细查看他的脸庞。那清减的脸庞满是皱纹，却又因熟睡而显得满足与无畏。“好吧，少爷，这就开始了！”山姆喃喃道，“我得将你托付给运气，然后离开一会儿。我们必须得再找点儿水，不然没法往前走了。”

山姆悄悄爬出去，用连霍比特人都少有的谨慎在岩石间飞奔。他下到河道当中，又沿着朝北攀升的方向走了一阵，最后来到那处岩石台阶。毫无疑问，许久以前河水的泉源奔流而下，便是在这里化作一条小小的瀑布。整条河如今似乎都干涸了，四周一片寂静。但山姆不肯放弃，他弯腰细细聆听，惊喜地听见了滴水的声响。他吃力地往上爬了几阶，发现山侧有一条幽暗涓流，它涌入一处光秃的小水池，又溢出水池，消失在寸草不生的石堆底下。

山姆尝了那水，味道还行。他便大口喝了起来，又将水壶灌满，转头往回走。此时，就在佛罗多藏身处附近的岩石间，他瞥见一道黑色身形或者影子一掠而过。他压下已到嘴边的叫声，从水泉处一跃而下，踩着一块又一块岩石，连跑带跳地奔了过去。那东西机警得很，又很难看清，可山姆却毫不怀疑他的身份：山姆恨不得拿手掐住他的脖子。可那家伙听见山姆跑过来的声音，立马溜之大吉了。山姆感觉自己最后又瞥见他了：翻过东边峭壁的边缘后，那东西回头打望了一眼，然后低下头消失了。

“还好，运气没让我失望，”山姆嘟哝道，“好险！成千上万个奥克还不够，非得要那臭烘烘的恶棍也来附近打探才行吗？他当初怎么就没被射死！”山姆在佛罗多身边坐下，但并没有叫醒他。可山姆也不敢就这么睡下。等他感觉再也睁不开眼睛，明白自己无法再保持清醒的时候，他轻轻叫醒了佛罗多。

“佛罗多先生，恐怕那咕噜又在附近出现了。”山姆说，“反正，就算不是他，那也是第二个咕噜。我出去找水，一转头就发现他在周围打探。我觉得我们都睡着不安全，请见谅，可我的眼皮子实在撑不住了。”

“我的天哪，山姆！”佛罗多说，“快躺下，好好睡一觉！可我宁愿碰上咕噜，也不愿意撞见奥克。无论如何，只要他没有被抓住，就不会出卖我们。”

“可他没准儿自己就能干点儿强抢和谋杀的勾当啊！”山姆吼道，“佛罗多先生，请把眼睛瞪大点儿！水壶里的水灌满了，你可以全喝掉。明天我们出发的时候可以再灌。”说完，山姆身子一歪，就这么睡着了。

等他醒来时，天光已再度开始暗淡。佛罗多背靠后面的岩石坐着，可他也睡着了。水壶已经空了。没有咕噜的踪影。

霍比特人再度出发，踏上整场旅途最为凶险的一程。此时魔多式的黑暗已再度重返，高处的营火燃得又烈又红。两人先去了那一池细泉，随后便警惕地往上攀爬，来到之前看见的那条路上——这路在此猛转向东，往二十哩外的艾森毛兹去了。道路算不得宽，路边也没有围墙或防护矮墙，而随着它一路往前，路边缘的峭壁倒是变得越来越高。两个霍比特人听了一阵，没听到动静，于是稳步往东去了。

走了差不多十二哩，他们停下脚步。道路在往回一点儿的地方略折向北，他们之前走的那一段此时已被挡在视线之外——这情况成了两人的灾难。他们歇了几分钟便继续前进，还没来得及走上几步，寂静的夜里猛然传来两人暗地里一直害怕的声音：行军踏步的动静。这声音依旧还在一段距离开外的地方，可两人回头一看，发现亮晃晃的火把已经转过不到一哩的那道弯，来的速度相当快，快到佛罗多没法沿路往前逃。

“我怕的就是这个，山姆。”佛罗多说，“我们一直寄希望于运气，这下运气没了。我们被困住了。”他仓皇看向那起伏的山壁，古时修路之人将他们头顶的许多岩石都给削平了。他又跑去另一边，望向峭壁边缘之外，只看见一片昏暗的漆黑大洞。“我们终究还是被困住了！”他说着，瘫坐在岩壁下的地上，垂下脑袋。

“看来是这样。”山姆说，“唉，我们也只能干等着了。”说完，他挨着佛罗多坐在了峭壁的阴影下面。

两人并不需要等多久，那群奥克行进的速度极快，走在最前排的举着火把。他们渐渐接近了，火焰的红光出现在黑暗中，又迅速变得越来越亮。山姆这会儿也埋下了脑袋，希望被火把照到的时候能藏住脸。他还把两人的盾牌抵在膝前，好遮住他们的脚。

“希望他们赶时间，乐意放过两个疲惫的士兵继续前进！”他想。

他们似乎真就是这样。带头的奥克气喘吁吁地埋着头大步往前走。他们是个头儿较小的一族，被赶着不情不愿地前去加入黑暗魔君的战争。他们满心只想着赶快走完征程，免得挨鞭子。队伍旁边有两名硕大凶猛的乌鲁克族一直跑前跑后，大喊大叫着把鞭子挥得噼啪作响。队伍一排排地过去，能戳破两人身份的火把也去了前方远处。山姆屏住了呼吸。眼下队伍已通过一半，其中一名奥克督军猛然发现了路边的两人。他冲两人空挥一鞭，喊道："嘿，你们两个！起来！"两人没有回话，那奥克大喊一声，让整个队伍停下。

"赶紧的，你们两个懒鬼！"他喊道，"没时间给你们偷懒。"他朝两人迈了一步，哪怕是在一片昏暗里，也认出了两人盾牌上的标记。"开小差的，嗯？"他咆哮道，"还是正打算这么干？你们的人昨晚之前就该赶去乌顿了。你们肯定知道的。赶紧起来，入列，不然我就拿着你们的编号报告上去。"

他们俩挣扎着站起来，佝偻着腰，像脚疼的士兵一样瘸着腿往队尾走。"不行，不准去后面！"奥克督军吼道，"给我去第三排。在那儿待好了，不然等我回过头来有你们好看的！"他朝两人头顶挥了一鞭。随着另一声鞭响与叫喊，他让队伍再度小跑前进。

可怜的山姆本就累得筋疲力尽，这下简直叫苦连天，佛罗多更是感觉像在上酷刑，甚至迅速变成了噩梦。他咬紧牙关，努力让自己的头脑保持空白，就这么挣扎着前进。周围臭汗满身的奥克散发出的恶臭让他几近窒息，他也口渴得开始拼命喘气。队伍一直前进，前进，他拼尽全部意识让自己保持呼吸，挪动双腿。如此一番跋涉与忍耐会通向何种不幸的结局，他根本不敢去想。想掉队不被发现根本不可能。那奥克督军时不时就会退下来讥笑他们。

"这不就对了！"他哈哈大笑，拿鞭子轻轻抽打他们的腿，"有鞭者，事竟成，你们这两个懒鬼。跟上！我本该现在就让你们好好挨上一顿，只是等你们磨磨蹭蹭赶到你们的营地，本来就会被抽得体无完肤。也算是为你们好。你们难道不知道我们在打仗吗？"

他们继续跑了几哩，道路终于从一条长长的斜坡往下进了平原，而佛罗多的力气开始见底，意识也模糊起来。他摇摇欲坠，一步一跌，山姆不顾一切地想帮着他站稳，可山姆自己也感觉快要跟不上步子了。他明白，他们随时可能迎来终结：他的少爷会昏迷或者栽倒，而他俩会彻底暴露，他们痛苦的努力都将化为一场空。“说啥我也要拽着那大块头的督军恶棍一道上路。”他想。

随后，就在他的手快要按上剑柄之时，意料之外的机会出现了。队伍此时身处平原，正在接近乌顿的入口。前方隔着段距离的地方，就在城门前的桥头处，从西边过来的道路跟南边以及巴拉督尔过来的道路交会了。三条道路上都有军队在移动，因为西方诸统帅越逼越近，黑暗魔君正加紧往北调遣兵力。结果，好几支军队在道路交会处撞上，那地方刚好在城墙营火照耀范围之外，四周一片漆黑。他们当即相互推搡叫骂起来，个个都想抢先赶去城门，结束行军。无论督军如何喝骂、挥鞭，这些奥克依旧扭打作一团，有些甚至把刀都抽出来了。一队巴拉督尔来的重甲乌鲁克族撞进从杜尔桑来的部队，情况顿时陷入一团混乱。

山姆又疼又累，正觉得天旋地转，一下子清醒过来，连忙趁这个机会往地上一扑，连带着把佛罗多也按倒在地。奥克一个个连吼带骂地从两人身上绊了过去。慢慢地，靠着手和膝盖，两个霍比特人悄悄爬出这团混乱，在没人发现的情况下翻下了路对面的坎。为了能让队伍的领队在黑夜或者雾气中辨认方向，那地方有一处竖得高高的路边石标记，堆得高出开阔的地面好几呎。

两人原地躺了好一阵。就算周围有什么遮蔽之所，由于天色太黑，也没法去找。可山姆觉得他们怎么也该远离这些大路，躲开火把能照到的地方。

“走吧，佛罗多先生！”他小声说，“再往前爬一点儿，你就能好好躺着了。”

佛罗多拼尽最后一丝力气撑起身子，挣扎着爬了约莫二十码。随后，他栽进突然出现在面前的一个浅坑，如同死去一般就这么躺在了里边。

·第三章·

末日山

山姆将那件破烂的奥克斗篷垫在他家少爷头下，用罗瑞恩的灰斗篷盖住两人。他一边盖，一边在脑海里回想起罗瑞恩那片美丽的土地，想起那些精灵，希望由他们之手缝出的布料带着某种奇效，能奇迹般地让两人在这片充斥着恐惧的荒野藏住身形。随着一支支部队穿过艾森毛兹，他听见那些扭打声和叫喊声渐渐消失了。看来经历了那场由诸多队伍与种族造成的大混乱，已经没人还惦记着他俩，至少暂时没有。

山姆啜了一小口水，又押着佛罗多喝了一些。等他家少爷略有恢复，他又取出一整块宝贵的行路干粮，让他吃下去。之后，两人累得也顾不上害怕，索性摊平身子小睡了一会儿，但睡得并不安稳——身上的热汗变得冰凉，身下的硬石地也硌得慌，两人还抖得厉害。一阵稀薄的寒风自北面的黑门而出，又穿过奇力斯戈埚，贴着地面沙沙吹过。

因为高空区域依旧有西风吹拂，灰蒙的光线再度于清晨时分洒落，可黑暗之地这道防线后面的乱石地里，空气却近乎凝滞，冰寒又沉闷。

山姆抬起头，看向洼地外面。四周一片平坦，阴沉的大地呈现出土褐的色泽。附近几条路此时都不见动静，可山姆却担心艾森毛兹城墙上那些监视的眼睛，因为那地方就在北边不到一弗隆之处。远远矗立于东南方，仿佛一道漆黑阴影的，正是末日山。滚滚浓烟从中喷薄而出，升入高空的那部分渐渐消散在东方，又有大量烟云翻滚着飘下山侧，铺遍整片大地。东北方数哩之外，灰烬山脉伫立的山麓恍如一个个忧郁的灰色鬼魂，它们身后高耸着雾气遮罩的北方高地，仿佛一溜遥远的云层，比低垂的天穹暗不了几分。

山姆试着估算距离，好决定他们应该走哪条路。“横竖都得走五十哩，”他阴郁地嘟哝道，眼睛瞪着那座充满威胁之意的山，“原本一天能走完的路程，照佛罗多先生现在这样，得走上一星期。”他甩了甩脑袋，暗自思索着方法，心里却慢慢升起了新的阴暗念头。他那颗坚强的心总是很快便会将破灭的希望重新燃起，此前他一直在思考着返程的事情，但到了此刻，终究还是彻底意识到一个苦痛的真相：他们的补给顶多支撑到两人实现目标。等到使命完成，他们将面临孤立无援、无处可藏、缺水断粮的境地，在这片可怕的荒漠中心迎来终结。他们回不去了。

“原来这就是启程时我觉得自己必须要做的事。”山姆心想，“帮助佛罗多先生走到最后，然后跟他一块儿死？嗯，要真是这样，那我就得这么做。可我真的好想再看一眼傍水镇，还有罗西·科顿和她的哥哥弟弟，以及老爷子和玛丽戈德他们。不过，我莫名觉得，要是佛罗多先生根本没希望回去的话，甘道夫是不会派他来完成这项使命的。自从甘道夫摔下墨瑞亚的深渊，所有事情就都乱套了。我真希望他没摔下去。他肯定能做点儿啥的。”

不过，即便山姆觉得希望破灭，或者说看似破灭，希望却又转化为新的力量。随着山姆心中的意志变得坚强起来，他那张平凡的霍比特人脸庞也变得坚毅，甚至有些严厉。他只觉得一股战栗流过四肢百骸，仿佛他变成某种石凿钢铸的生物，绝望、疲惫乃至无尽的蛮荒旅途都无法令他屈服。

怀着这种新生的责任感，他又将视线转回眼前这地方，琢磨起下一步的行动。天色渐渐又亮了一些，他惊讶地发现远处那看似辽阔且平淡乏味的一马平川，实则破破烂烂、凹凸不平。实际上，整个戈埚洛斯平原的地面满是巨大的窟窿，就好像当初还是一片荒芜的软泥地时，它便遭受了箭矢与巨大石弹暴雨般的袭击。窟窿中最大的那些，边缘上全堆着破碎的岩石，宽阔的裂隙也沿着洞口朝四面八方延伸。这片土地能让人在各个隐蔽处之间悄然移动，只有那些最为警惕的眼睛才会发现——至少，那些强壮又不赶时间的人可以办到。对于那些又饿又累、在生命凋谢前还有远路要走的人来说，这地方就显得非常恶毒了。

山姆满脑子想着这些东西，回到了少爷身边。他无须叫醒他：佛罗多已经睁开眼睛，仰躺在地上，瞪着乌云密布的天空。“啊，佛罗多先生，”山姆说，“我一直在四处观察，还想了点儿事情。路上一个人都没有，我们最好趁机先离开。你还能行吗？”

“我能行，”佛罗多说，“我必须行。”

两人再度出发，借着能找到的掩体，悄悄在坑洼之间游走，但始终沿斜线往北部山脉的山麓前进。不过，最靠东的那条路却一直如影随形，直到最后它转了方向，绕去群山的外缘，没入前方远处那墙一般的暗影之中。一条条平坦灰蒙的道路上，无论人类还是奥克，都不见踪迹，因为黑暗魔君的兵力调动几近完毕。即便在他自己疆域的要塞当中，他同样寻求着黑夜来保密，他担心世间那已转头对抗他的风会撕碎他的帷幕，而胆大的奸细已经混过防线的消息也令他困扰不已。

两个霍比特人疲惫地走了几哩，暂时停下了。佛罗多好像已经快要累垮了。山姆看出，两人时爬时伏，间或挑着拿不准的方向慢吞吞地走，一会儿又连滚带爬地匆忙赶路，照这种方式往前走，佛罗多就快撑不住了。

“佛罗多先生，趁现在天还亮着，我想走回路上去。”他说，“咱们再去碰碰运气！上回它差点儿就辜负了我们，但最后还是没有。我们再稳稳地走个几哩，然后就休息。”

他要冒的风险其实比他知道的要大得多，而佛罗多被那负担和脑海中的争斗占去了多半心神，无暇争辩，也几乎绝望到毫不在意了。两人爬上堤坎，沿着那条坚硬又无情的道路一路跋涉，径直往邪黑塔方向前进。好在他们的运气经受住了考验，整个白天两人都没碰上任何活着或者在移动的东西。等到夜晚降临，他们便消失在魔多的黑暗之中。整个地方此时都好像在酝酿着一场大风暴：西方众统帅已走过了岔路口，还将伊姆拉德魔古尔那片致命的原野付之一炬。

绝望的旅途还在继续，魔戒一路南行，王旗飞驰北去。对两个霍比特人而言，每一天、每一哩路，都比之前更为痛苦，因为他们的气力越来越弱，那片土地却愈走愈凶险。他们白天不曾遇见敌人，夜里在路旁一些隐蔽处蜷缩或是不安地打盹儿时，却有好几次听见叫喊声、许多杂乱的脚步声或被残忍御使着飞驰而过的蹄声。然而，比所有这些危险还要可怕的，是那股不断袭击他们的威胁。随着两人往前，这威胁越来越近。这可怕的威胁正出自那黑暗力量，它就候在笼罩着宝座的漆黑帷幕后面，沉浸于深思和无眠无休的恶意之中。它那矗立的身影越来越近，也愈发漆黑，仿佛黑夜形成的高墙自世界的终结之处迎面而来。

终于，一个可怕的夜晚降临了，就在西方诸统帅接近生灵之地的尽头时，两名流浪者也遭遇了茫然又绝望的时刻。他们从奥克手上逃脱已经过去四天，可过去的时间对两人而言仿佛一场愈发阴暗的梦境。最后这一整天佛罗多一言不发，只是佝偻着身子往前走。他频频跌倒，仿佛眼睛已经看不见脚下的路。山姆猜测，他承担着最为糟糕的一种痛苦：魔戒变得越来越沉，让他不但身受重负，连意志也遭受着折磨。山姆感到很不安，因为他发现他家少爷频繁抬起左手，似是要抵挡击打，又仿佛在遮蔽他那双畏缩的双眼，躲开那只可怖的魔眼对它们的搜索。他的右手不时会悄然摸到胸口并紧紧攥住，又随着意志恢复掌控，再度放下。

眼下暗夜重返，佛罗多坐倒在地，头埋在双膝之间，两只胳膊困顿地垂在地面，双手无力地抽搐着。山姆一直关注着他，直到夜色笼上两人，隔开了彼此的目光。他再也找不到半句话可说，只是沉浸在阴暗的念头里。于他而言，尽管他也非常疲惫，感觉笼罩在恐惧的阴影下，但他依旧还有力气。若非兰巴斯所拥有的奇效，两人早就倒下死去了。可兰巴斯满足不了口腹之欲。山姆的脑海里不时会想起各种吃食，以及对简单的面包和肉的渴望。不过，若旅者不将精灵的行路干粮与其他食物混着吃，只是单独食用的话，它会显出一种不断加强的隐藏功效：它能滋养意志，提供耐力，予人以超乎凡人的能力操控肌腱与四肢。但现在必须做出新的决定。他们没法再沿这条路往前走了，因为它往东径直通向那磅礴的魔影，可末日山此时却矗立在他们右侧几乎正南的位置。他们必须往那边去才行。然而，它面前还横亘着一片烟雾弥漫、满是灰烬的荒凉土地。

“水，水！”山姆喃喃道。之前他一直在限制自己喝水的量，焦干的嘴里那条舌头似乎变得又厚又肿。可无论他怎么节省，两人此时也只剩一点点水，兴许只有半壶，而前方说不准还要走多少天。倘若他们之前没有壮着胆顺奥克的道路走，早就连一滴水也不剩了。这是因为，那条大道每隔一段便有处蓄水池，供那些被紧急派遣穿越无水区域的部队使用。山姆在其中一处找到些许剩下的水，虽然变了味道，还被奥克糟践得一塌糊涂，但足够两人解燃眉之急。可这已是一天前的事情。没希望再找着水了。

最终，山姆让满脑子的思绪搅得疲惫不已，打起了盹儿。明天的事明天再说吧，反正他是没什么能做的了。他这一觉睡得半梦半醒，十分不安。他看见许多光芒，仿佛一双双幸灾乐祸的眼睛，还看见悄然爬行的阴暗身影，听见类似野兽的声音或者遭受折磨之物发出的可怕的叫喊声。他会猛然惊醒，发现世界一片昏暗，周围只有漆黑的空无。只有那么一回，当他站起身仓皇地四处张望时，尽管此时已经醒来，他好像仍能看见眼睛似的苍白光亮；可它们闪了一闪，旋即又消失了。

令人憎恶的夜晚缓慢又不情不愿地过去了。接下来的一天光线暗淡，越是靠近末日山，空气便越是浑浊，而邪黑塔中索伦为自己编织的阴影帷幕也悄然往外蔓延。佛罗多仰面朝上，一动不动。山姆站在他身边一句话也不想说，可他知道自己必须说。他得激起少爷的意志，让他再往前努力一程。最终，他俯身摸了摸佛罗多的额头，凑到他耳边开了口。

“少爷，起床了！”他说，“又该出发了。”

像是被骤然响起的钟声唤醒一般，佛罗多立马爬了起来。他站起身望向南边远处，可看见末日山与那片荒漠时，再度畏缩起来。

“山姆，我办不到，”他说，“那负担太沉重，太沉重了。”

还没开口，山姆就知道说了也是白说，话语非但无益，甚至反而有害。可出于同情，他无法保持沉默。“那就让我为你负担一阵吧，少爷。”他说，“你知道的，只要还有力气，我就能帮你，也乐意帮你。”

佛罗多的眼里浮现出一丝疯狂的光芒。“滚开！别碰我！”他叫道，“我说过，它是我的。一边去！”他的手胡乱地往剑鞘上摸，可他的语调又飞快地变了。“不，不，山姆，”他悲伤地说，“你必须得明白。这是我该承受的负担，别人谁也没法背负。如今已经太迟了，亲爱的山姆。

你没法再用这种方法来帮我。我如今基本上被它的力量控制住了。我没法交出它，如果你想要拿走它，我就会发狂。”

山姆点点头。“我明白。”他说，“可是，佛罗多先生，我一直在想，其实有些东西我们没必要留着。为啥不减轻点儿负担呢？我们这就要往那条道上走，而且要尽量走直线。”他指着末日山，“我们用不上的东西，没必要再带着了。”

佛罗多再度望向末日山。“确实，”他说，“往那边去，我们确实用不上太多的东西。等走到尽头，我们就什么都不需要了。”他拾起那面奥克盾牌扔了出去，接着又把头盔丢掉。随后他脱下灰色斗篷，解开那条沉重的腰带，任它连带着剑与鞘落在地上。他扯下身上的黑斗篷，胡乱地扔掉。

“好啦，这下我再也不装奥克了。”他叫道，“我也不带武器，管它是对是错。他们要乐意，尽管来抓我好了！”

山姆也有样学样，脱掉了奥克甲。他把背包里的东西都掏了出来。不知为何，他感觉这些东西每一件都是那么宝贵，或许只是因为他背着它们历尽千辛万苦，一路跋涉了这么远吧。最让他难舍的自然是他那套厨具。一想到要扔掉，他便忍不住泪如泉涌。

“佛罗多先生，你还记得那锅炖兔肉吗？”他问，“还有我在法拉米尔统帅的地盘看见奥力方特那天，我们在温暖的坡岸下面待过的那地方？”

“不，山姆，恐怕我记不得了。”佛罗多说，“我知道这些事发生过，可我看不见它们。我感受不到食物的滋味，感受不到水的触觉，听不见风的声音，也没了树木、青草、花朵的记忆，月亮和星辰的形象也没有了。我赤裸裸地站在黑暗里，山姆，我与那轮火焰之间没有任何遮掩。我连清醒的时候都开始看见它了，而其他所有东西都在消退。”

山姆走到身边，亲吻着他的手。“那我们越快摆脱它，就能越早解脱。”他嗫嚅道，找不着别的话说。“光是嘴上说起不了啥作用。”他一边自言自语，一边将两人决定扔掉的东西全收集到一块。他不愿将这些东西大剌剌地扔在荒野上，让随便哪双眼睛都能看见。“缺德鬼好像拿走了那件奥克甲，他可别想再添上一把剑。他赤手空拳就已经够坏的了。他也别想去动我的锅！”说完，他扛着这些装备去了地面诸多裂缝中的一处，将它们都扔了进去。他宝贵的锅掉进黑窟窿里发出的哐当声，仿佛在他心头敲响的丧钟。

他回到佛罗多身边，又将精灵绳子切了一小段充作他家少爷的腰带，将那件灰斗篷牢牢地束在腰间。他仔细地卷好剩下的绳子，放回背包。除了绳子，他只留下水壶和行路干粮的残渣，刺叮依旧挂在腰带上；上衣的胸前口袋里藏着加拉德瑞尔的水晶瓶，还有她送给他的那个小木盒。

两人这时终于朝末日山出发了。他们不再躲躲藏藏，将疲惫和渐渐崩溃的意志集中在前进这唯一一项任务上。在如此阴沉昏暗的白昼，除非凑近到跟前，否则哪怕这片充满警戒之地也没多少东西能窥见两人。黑暗魔君的诸多奴仆中，唯独纳兹古尔或许能警告他，有渺小却不屈不挠的危险正悄然钻进他布下重重防卫的疆域。然而，纳兹古尔与它们的黑翼坐骑外出执行别的任务去了：它们集结于远处，尾随监视着西方诸统帅的行军，而邪黑塔的思绪也转去了那边。

山姆感觉佛罗多这一天又找到了某种新的力量，虽说他须背负的负担有些许减少，可依旧解释不了这力量从何而来。第一段行程里，两人竟走得比山姆盼望的更远也更快。这片土地崎岖不平、充满敌意，可他们依旧前进了不少，末日山也变得更近了。不过，随着白昼渐渐过去，原本就昏暗的光线不多时便开始消减，佛罗多也再度佝偻下身子，开始步履蹒跚，仿佛新得的这股力气只是回光返照。

最后一次歇脚时，他瘫坐在地，说：“我渴了，山姆。”此后，他再没开过腔。山姆喂佛罗多喝了一口水，壶里只余一口的量。他自己一滴水也没喝。眼下两人再次被魔多的夜晚笼罩，而他心里想的全是与水有关的记忆。尽管眼前的一切全是漆黑一片，可他曾见过的每一条小溪、河流乃至泉源，无论是绿柳荫底下流淌的或是被阳光照得波光粼粼的，此时都荡漾着、舞蹈着出现在他眼前，叫他备受折磨。与科顿家的乔利、汤姆、尼布斯，还有他们的妹妹罗西在傍水镇的池塘边玩水，他脚指头碰到清凉池泥时的触感此时也再度浮现在脑海中。“可那是好些年前的事了，”他叹了口气，“还在很远的地方。假如真有一条回去的路，也得经过末日山。”

他睡不着觉，在脑子里跟自己辩论起来。“唉，行啦，我们做得比你期望的好多了，”他坚定地说，“反正头开得挺好的。我估摸着，我们停下来之前已经走了一半的路程。再走一天就能到。”随后，他停住了。

“别傻了，山姆·甘姆吉，”他自己的声音回道，“就算他真的打算再动弹起来，也没法再像今天这样走。你把所有的水和绝大部分吃食都给了他，你撑不了多远的。”

“我还能走好长一段呢，而我也会继续走。”

“走去哪儿？”

“当然是去末日山。”

“那之后呢，山姆·甘姆吉，之后呢？等你们到了那里，要怎么办？光靠他自己啥也做不了。”

山姆惊愕地发现自己竟答不出来。他脑子里一点儿概念都没有。佛罗多很少跟他提自己的使命，而山姆只是大概知道，魔戒出于某种缘由要被扔进火里。“末日裂罅，”他喃喃道，那个古老的名字浮现在他的脑海，“行吧，少爷或许知道怎么找到那里，反正我不知道。”

“你看！”回答声传来，“根本没啥用处。他自己都这么说。你真就是个笨蛋，抱着希望辛苦往前走。要不是你一根筋，好几天前你们就能一块儿躺下好好睡觉了。忙了这么久，你横竖还是个死，可能死得更惨。你还不如现在就躺下，全盘放弃。反正你们永远也爬不到顶上。”

“就算只剩一身骨头，我也会爬上去的。”山姆说，“我会背着佛罗多先生上去，哪怕压断我的脊背，哪怕挤破我的心脏也不能放弃。别再给我瞎吵吵了！”

就在此时，山姆觉得脚下的大地开始微微颤动，他听见，或者说他感受到地底传来隆隆声，仿佛有雷霆被困在了地下。云层下短暂闪过赤焰，旋即消失不见。末日山也睡得不太安稳。

最后一段前往欧洛朱因的旅程到来了，这一路所要承受的痛苦折磨，远远超过山姆的想象。他疼痛难耐，嘴巴干到一口食物都吃不下。天色依旧昏暗，不单因为末日山的浓烟：一场暴雨似乎即将降临，远处东南方漆黑的天空下不断有闪电划过。空气里满是呛人的烟气，呼吸成了无比痛苦的事情。两人头晕目眩，步履蹒跚，频频跌倒。可他们不肯屈服，挣扎着继续往前走。

悄无声息中，末日山更近了，乃至两人但凡抬起沉重的头颅，就会看见它矗立于两人面前。它的山体仿佛广阔无边，占据了他们全部的视野：由灰烬、熔渣和焦石组成的一团巨物，一座陡峭的锥形体从中拔地而起，高耸入云。不等整日的昏沉散去、真正的夜晚再度降临，两人已跌跌撞撞地来到它的脚下。

佛罗多猛喘一口气，扑倒在地。山姆在他身边坐下。令山姆惊讶的是，他虽然疲惫，却感觉轻松不少，头脑似乎再度清醒过来，阴魂不散的争辩声也没了。他明白绝望的各种理由，可他并不理会。他心意已决，只有死亡才能破除。他再也不渴望，也无须睡眠，反而变得无比警觉。他明白，一切的危险和祸害如今都集中去了一处：明天便是审判之日、最后挣扎之时，要么拼死一搏，要么灾祸降临。

可明天什么时候才会来？夜晚似乎无休无止，化作永恒。时间一分钟接一分钟地消逝，时光却没有半点儿流逝，也带不来任何变化。山姆甚至开始怀疑，是不是第二个黑夜已经出现，而白天再也不会到来。最后，他摸到了佛罗多的手。那只手冷冰冰的，一直在打战。他的少爷正在瑟瑟发抖。

“我就不该把毯子给扔掉。”山姆嘟哝道。他躺倒在地，试图用臂弯和身体温暖佛罗多。睡意随后攫住了他。使命最后这一天的灰蒙晨光照在两人并卧的身影上。西风昨日便已停歇，此时来的是北风，势头渐长。那轮看不见的太阳也慢慢将光芒漏过阴影，洒向两个霍比特人躺着的地方。

“动起来！再拼最后一回！”山姆一边说，一边勉力站起来。他俯下身子，轻轻摇醒佛罗多。佛罗多呻吟了一下，穷尽自身的意志，摇摇晃晃地站起身，可随后又跪倒在地。他拼命睁开眼睛，看向耸立在面前的末日山那阴暗的山坡，随后可怜地开始手脚并用往前爬。

看着他这样，山姆内心泪流不已，可干涩的眼里却涌不出半滴泪。“我说过，哪怕压断背我也要背他走，”他喃喃道，“就这么干！”

“佛罗多先生，来！”他叫道，“我没法帮你背负它，可我连你带它一块儿背也一样。快上来！来吧，亲爱的佛罗多先生！山姆来带你一程。你说去哪儿，他就往哪儿走。”

佛罗多趴到他背上，胳膊无力地环上他的脖子，双腿紧紧夹在他腋下。山姆颤巍巍地站了起来。紧接着，他惊讶地发现这负担并不重。他还担心自己只剩下背动少爷的力气，那该死的魔戒往下拽的可怕重量只能靠他们两人分担。结果不是这么回事。无论是佛罗多让长期的痛苦、刀伤毒刺、悲伤害怕以及有家难归的游荡折磨到瘦骨伶仃，又或是因为谁赠予了山姆最后一股力量，他没怎么费力就背起了佛罗多，轻松得好似在夏尔的草坪或者干草场上背着霍比特人小孩玩闹似的。他深吸一口气，开始前进。

他们之前抵达的是末日山北面略偏西的山脚，这边的灰色长坡虽有些崎岖，但不算陡峭。佛罗多并未开腔，山姆便尽力挣扎着，在没有指引的情况下靠一股劲儿前进。他要趁着还有力气、意志尚未崩溃前尽量爬得高一些。往上，再往上，他就这么跋涉着，来来回回换着地方，尽量选没那么陡的山坡攀爬。他不时会往前跌倒，最后像只背着沉重负担的蜗牛一样趴着往上爬。等到他的意志再没法驱使他前进，手脚也不听使唤之后，他停下来，轻轻地将他的少爷放下。

佛罗多睁开眼，吸了口气。相较于飘荡弥漫着恶臭浓烟的下面，在这里呼吸变得轻松多了。“山姆，谢谢你。”他哑着嗓子小声说，“还要走多远呢？”

“不知道，”山姆说，“我都不知道我们要去哪儿。”

他回头望了望，又往上瞧，惊讶地发现自己最后这番挣扎竟爬了这么远。透着凶险的末日山独自矗立一处，先前看着比实际更高。此时山姆发现，它竟然比他跟佛罗多爬过的埃斐尔度阿斯那高隘口要矮。它那恣意起伏的山肩立于巍峨的山基之上，高出平原大概三千呎。山肩之上高耸的中央山锥又再度抬高了一千五百呎。它仿佛一个庞大的烘炉或烟囱，顶上扣了一座嶙峋的喷火口。山姆已将山基爬完一多半，下方便是昏暗的戈埚洛斯平原，那里被浓烟和阴影团团笼罩。要是干渴的嗓子允许，他往上看的时候真想大吼一声，因为就在那崎岖不平的隆起与山肩之上，他清楚地看见一条小径或道路。它仿佛一条渐渐升高的束带，自西边延伸而出，又蛇行般绕山而上，最后在绕了半圈离开视线范围之前，抵达山锥东侧的根脚处。

从山姆所立之处往上有一座陡坡，这让他看不见正上方最矮处的那条路。但他猜测，若是能挣扎着再往上爬一小段，他们就能抵达这条路。他心头又燃起一丝希望：他们或许有机会征服末日山。“哈，肯定是老天爷把这条路放在这儿的！”他冲自己说，“它要是不出现，我只能说我到头来还是被打败了。”

道路开在那里，并非为了山姆。他不知道，但他看到的正是从巴拉督尔通往“烈火诸室”萨马斯瑙尔的索伦之路。它从邪黑塔巨大的西门出来，沿一座硕大的铁桥跨越无底深渊，随后探进平原，在两处冒烟的裂口之间延伸了一里格，抵达一处逐渐上抬的长长堤道，一路通向末日山的东侧。之后，道路开始转向，贴着宽阔的山体由南至北绕圈，最终爬升到高绝的上层锥体，连向一处回望东边、直直对着索伦阴影遮罩的堡垒那扇魔眼之窗的漆黑入口。可这里离浓烟直冒的峰顶依旧还有很远的距离。末日山熔炉活跃时，这条路时常会被堵塞或毁坏，又被无数的奥克卖力修补和清理妥当。

山姆深吸一口气。路就在那边，但他不知道怎么才爬得上那道坡。他得先放松一下疼痛的腰背。他在佛罗多身边平躺了一阵，两人都没说话。天色渐渐亮了一些。忽然间，一股山姆无法理解的急促感浮上心头，就好像有谁在冲他喊：“快，快，不然就来不及了！”他给自己鼓了鼓劲儿，站起身来。佛罗多似乎也感受到了那呼唤，挣扎着跪了起来。

“我能爬，山姆。”他喘着气说。

于是，一呎接一呎地，两人如灰色的小虫一样往斜坡上爬去。他们来到那条路跟前，发现路面很宽，以碎石和压实的灰烬铺成。佛罗多吃力地爬到路上，随即便像是被强迫着一般慢慢转向东边。索伦那一层层阴影便悬于那边的远处。不过，似是被外面世界吹来的某种狂风撕扯，又或者受内部的什么巨大忧虑搅动，那遮罩的云层翻腾着，一时间竟被撇向两旁。于是，巴拉督尔那漆黑矗立、比阴影更加墨黑幽暗的冷酷尖顶与最顶层塔楼的铁王冠就这么出现在他眼前。它如浮光掠影般只出现短短一瞬，可从高不可测的某扇窗户里刺出一抹射向北方的烈芒，正是一只锐利魔眼的一瞥。阴影旋即再度合拢，遮住了那可怕的景象。魔眼并未转向两人：它盯着北边，看向背水一战的西方诸统领，那股力量移动起来，要施展致命一击，而它的全副恶意此时也都折向彼处。可望见那可怕的一瞥，佛罗多当即如遭受重创般瘫倒在地。他的一只手往脖子上的链子摸了过去。

山姆跪在他跟前。他听见佛罗多用几乎听不见的声音说："帮我，山姆！帮我，山姆！抓住我的手！我控制不了它。"山姆握住少爷的双手，将它们掌心相对合在一块儿，又吻了吻。随后，他轻轻地用自己的两只手握住它们。一个念头突然浮现在他脑海里："他发现我们了！这下完蛋了，或者快要完蛋了。山姆·甘姆吉，这就是最终的结局。"

他再度背起佛罗多，将佛罗多的双手拉到自己胸口，任由少爷的两条腿垂着。随后，他埋下脑袋，沿着爬升的道路艰难前进。这路并不如一开始看着那么好走。山姆之前站在奇力斯乌苟之上时，末日山在巨大的躁动中喷发出滚滚熔岩，还好它们大部分都流去了南边和西边的山坡，两人此时身处的山坡并未被堵住。可这边的坡道依旧有许多地方支离破碎，或者被大张着口子的裂缝拦腰切断。往东爬了一阵后，道路陡然折了个"几"字弯，往西边延伸了一段。拐角处，道路深深切过一座许久前因火山熔炉喷发形成的风化峭壁。山姆气喘吁吁地背着一身负担来到转角，刚到地方，他就用眼角的余光瞥见峭壁上掉下什么东西：仿佛一小块黑石头，就在他经过时砸了下去。

突如其来的重量撞得山姆往前扑倒，他仍旧抓着少爷的手没放，因此他自己的手背全给擦破了。他旋即明白发生了什么事，因为就在扑倒时，他听见了那个令他咬牙切齿的声音。

"邪恶的主人嘶！"他嘶嘶道，"邪恶的主人嘶骗了我们，骗了斯密戈，咕噜。他不许嘶往那边走。他不许嘶伤害宝贝嘶。还给斯密戈，是嘶的，还给我们！还嘶给我们！”

山姆用手一撑，猛地站起身。他立马抽出了刺叮剑，却左右为难：咕噜跟佛罗多扭打在了一块。咕噜正在他家少爷身上撕扯，想抓住链子上挂着的魔戒。如今或许只有一件事能唤醒佛罗多那只剩余烬的心灵和意志：企图强行夺走他那宝物而发生的攻击。他带着骤然出现的怒火反击回去，把山姆和咕噜都给惊到了。可就算如此，只要咕噜还是以前那副样子，事态大概依旧会远远偏往另一个方向。不过，在一股吞噬心灵的欲望和极为沉重的恐惧的驱使之下，他形单影只、挨饿受渴地走过了不知多么可怕的旅程，而这些给他造成了难以磨灭的创伤。他变得枯槁、饥饿、憔悴，肤色蜡黄、皮包骨头。他眼里闪着炽烈的光芒，可他内心的恶意却再也催动不出过去那种怨毒之力。佛罗多甩开他，颤抖着站了起来。

“趴下，趴下！”他喘着粗气，一只手按紧胸口，好隔着皮衣抓住魔戒，“给我趴下，你这鬼鬼祟祟的东西，从我的路上滚开！你的好时候结束了。你现在不能背叛我，也不能杀害我。”

接下来，正如先前在埃敏穆伊的山檐底下那般，山姆忽然又看到了这两个对手的另一番形象：一个蜷缩的身形，顶多算是活物的幽影，此刻已经彻底堕落并被击败，却依旧充满骇人的欲望和愤怒。它面前站着一道坚定的、如今已不为怜悯所动的白袍人形，胸前举着一轮烈焰。烈焰中传出一道号令之声。

“快滚，别再来烦我！再敢碰我一下，你就自己跳进末日山的烈焰中。”

蜷缩的身形开始倒退，眨巴的眼睛里透着恐惧，却也包含着永无止境的欲望。

幻象消失，山姆又看见佛罗多站立的身影。佛罗多手捂在胸前，大口喘着气，而咕噜跪在他脚前，双手大张地趴伏着。

“当心！”山姆大喊，“他会跳起来！”山姆挥舞着短剑，大步上前。“少爷，快！”山姆喘着气，“快走！快走！没时间耽搁了。我来对付他。走！”

佛罗多看向山姆，眼神仿佛在看远处的人。“对，我得继续走。”他说，“山姆，别了！结局终于到来了。末日山之上，末日降临。别了！”他转过身，沿着小道往上走，步履虽慢，身子却挺得笔直。

“现在，”山姆说，“我总算能收拾你了！”他紧握剑柄，纵身向前，准备战斗。可咕噜并没有跳起来。他平摊着趴在地上，呜咽起来。

“别杀我们，”他哭着说，“别用恶嘶心又残忍的铁伤害我们！饶我们一命，没错，让我们再多活一阵。输了，输了！我们输了。等宝贝没了，我们就会死，是的，化作尘土死掉。”他用枯槁的手指抓起路上的灰烬。“尘嘶土！”他嘶嘶道。

山姆犹豫了。他脑子里全是炽热的怒火以及咕噜作恶的记忆。杀掉这个背信弃义、凶残歹毒的家伙乃正义之举，咕噜罪有应得、死有余辜。而这似乎也是唯一保险的做法。不过，他内心深处有什么拦住了他：面对这个趴在尘土当中，孤苦伶仃、万念俱灰、悲惨到极点的家伙，他这一剑竟劈不下去。尽管他只短短地戴过片刻魔戒，但他此时隐约能猜到，受魔戒奴役的咕噜心力交瘁、苦痛难当，这辈子再也找不到任何安宁和宽慰。可山姆不知道要怎么表达他的感受。

“你这臭烘烘的家伙，诅咒你！”他说，“走开！快滚！只要我还能踢得到你，我就不信任你，快滚开。不然我就要伤害你，没错，用恶心残忍的铁伤害你。”

咕噜四肢着地撑起身，后退几步，又转过身子。山姆提脚欲踢，他便顺着小道往下逃走了。山姆没再去管咕噜，因为他一下子想起了他家少爷。他往小道上面看，却没发现后者的身影。他拼尽全力，艰难地往小道上走去。此时若是山姆回头，或许能看见咕噜于下面不远处再度掉了头。他眼里闪动着狂烈的疯意，迅速又警惕地悄悄从后面跟了上来，仿佛在石堆间鬼祟穿行的阴影。

小道一路往上，没多久便再度拐了弯，最后一次往东前进，又切过山锥表面来到末日山侧面一道漆黑的大门前，这里正是萨马斯瑙尔的入口。此时正爬向南边远处天空的太阳，仿佛一只阴郁朦胧的红色圆盘，刺穿了烟雾尘霾，散发出不祥的光芒。而末日山周围的整片魔多领土仿佛一片死域，沉寂无声、阴影笼罩，等候着某种可怕的打击。

山姆来到敞开的大门口，向里打望着。里边又黑又热，某种沉闷的轰隆声震颤着空气。“佛罗多！少爷！”他呼唤道。没有回答。他站了片刻，强烈的恐惧令他的心怦怦直跳。随后，他一头扎了进去。一道影子跟着他进去了。

起先他什么也看不见。情急之下，他再度摸出加拉德瑞尔的水晶瓶，可瓶子在他颤抖的手上既暗淡又冰冷，在这片令人窒息的黑暗中迸发不出半点儿光亮。他已经来到索伦疆域的心脏地带，来到他古时力量冠绝中洲时建造的锻场，其余所有力量在此都会被抑制。他提心吊胆地摸黑走了几步，随后一道红色闪光猛然蹿上来，轰向高处漆黑的洞顶。随即，山姆发现自己正身处一条长长的山洞或者隧道，已然进入末日山浓烟滚滚的山锥里。不过，前面不远处，这里的地面与两侧墙体被一道巨大的裂缝劈开，而红色的强光便是源自这里，时而迸射而出，时而熄灭，落入黑暗。与此同时，下方深处还传来含混不清的骚动声，仿佛有巨大的机器正在振动与工作。

光芒又一次跃起。末日裂罅那里——就在裂罅的边缘上，佛罗多的身影被强光照得一片漆黑。他笔直地站着，身子紧绷，一动也没动，仿佛成了一块石头。

“少爷！”山姆高喊。

佛罗多动了一动，用洪亮的声音开了口。事实上，这声音洪亮到山姆从未从他嘴里听见过，洪亮到盖过了末日山的震颤和骚动，在洞顶和洞壁间回荡不休。

“我已经到了，”他说，“可来这儿该完成的事，如今我却不打算做了。我不会完成这使命。魔戒是我的！”随后，他突然将魔戒套上手指，消失在山姆的视线里。山姆倒抽一口气，可他却没机会叫喊出声，因为好几个变故刹那间同时发生了。

有个东西用力撞上了山姆的后背，他一个趔趄往旁边栽倒下去，脑袋撞在石地上，一道黑影从他背后一跃而过。他躺在地上一动不动，一时间失去了知觉。

身处黑暗魔君王国中心的萨马斯瑙尔，佛罗多竟戴上了魔戒，宣布他是魔戒的主人，远处巴拉督尔那力量当即大为震动，整座塔从塔基至骄傲的尖利塔冠都在颤动不已。黑暗魔君猛然察觉到了佛罗多，用他的魔眼穿透一切阴影，越过平原，将视线投到他打造的那扇门前，刹那间明白自己简直愚不可及，而敌人的盘算也展露无遗。他的怒气化作凶猛的烈焰，可他的恐惧也仿佛一团无边的黑烟般高高涨起，令他无法呼吸。他明白自己的处境极为凶险，明白厄运与自己只有一线之隔。

他的意志当即抛开了一切权谋、一切恐惧和背叛织成的罗网，抛开了所有的战略和战争。一股战栗传遍他的疆域，他的奴仆畏缩不已，军队停步不前。他的将领忽然失去指引，丧失了意志，变得动摇又绝望：他们全被遗忘了。掌控他们的那力量将全副心志裹挟着排山倒海之力倾向末日山。在他的召唤之下，纳兹古尔，即一众戒灵，发出一声撕心裂肺的叫喊，狂风骤雨般振翅南去，用疾风难追的速度不顾一切地猛冲向末日山。

山姆站了起来。他头昏脑涨，鲜血从头顶流下，滴进眼里。他摸索着往前走，看见一幕怪异又可怕的景象：咕噜站在深渊的边缘，疯了一般同看不见的敌人搏斗着。他来回晃荡，时而接近深渊的边缘，差半步便要栽落下去，下一刻又被拽回来跌在地上，起身，再度摔倒。他一直嘶嘶作声，却没说过半句话。

下方的烈焰愤怒地苏醒过来，红光大作，整片洞穴充满了炫光与酷热。突然，山姆看见咕噜将他长长的手指提到嘴边，他那白森森的獠牙闪了一闪，猛然咬下一口。佛罗多大叫一声现了身形，就跪倒在那裂罅的边上。而咕噜如疯了一般手舞足蹈，戒指被他举得高高的，中间还插着一根手指。魔戒此时闪闪发亮，看着竟真像是以烈焰为材料铸成的。

“宝贝，宝贝，宝贝！”咕噜嚷道，“我的宝贝！噢，我的宝贝！”他一边叫喊，一边扬扬得意地抬头看向他的战利品，却没想到脚下的步子迈得太大，他身子一斜，在边缘来回晃了几下，尖叫着栽了下去。从深处传来高喊“宝贝”的最后一声哀号，他就此没了动静。

一声轰鸣伴着巨大的混乱声出现。烈焰一蹿而起，舔舐着洞顶。震动渐渐化作巨大的混乱，整座末日山晃动起来。山姆跑向佛罗多，扶着他便往门外跑。来到萨马斯瑙尔漆黑的门口、魔多平原上方高处，眼前的景象让山姆又惊又怕。他呆立在原地，忘了一切，像化成石头一般凝视着前方。

他看见了转瞬即逝的景象：浓云翻涌，其中耸立着高山般的处处塔楼和城垛，就坐落于巨大厚实的山基之上，下方是数之不尽的坑洞；巨大的庭院、地窟，陡若峭壁的无窗监牢，精钢与坚石之门兀自张开。随后，一切都消失了。塔楼倾覆，山峦崩塌；城墙支离、熔化，渐次裂解；遮天的烟柱与喷瀑的蒸汽翻腾往上，再往上，最后化作吞天巨浪，狂暴的浪尖翻卷着轰然砸落地面。随后，数哩外最终传来一声炸响，又渐渐升作震耳欲聋的轰鸣与咆哮。大地兀自颤动，平原拱起、崩裂，欧洛朱因摇晃不休，烈焰自峰顶破碎处迸射而出。天地间电闪雷鸣，瓢泼黑雨如鞭子般“唰唰”砸下。暴风雨的中心地带，伴着一声刺穿一切声响、扯碎滚滚乌云的号叫，纳兹古尔如燃烧的箭矢般飞射而来，被卷入末日山崩塌喷出的烈焰里。它们被烧得噼啪作响，渐渐枯萎消亡了。

“好吧，山姆·甘姆吉，这就是结局了。”他身侧传来一个声音——是佛罗多，虽然脸色苍白、精疲力竭，却又恢复了自我。如今他眼里满是平和，再没有紧绷的意志，没有疯狂，也没有恐惧。他的重担已卸掉了。夏尔甜美时光里那位亲爱的少爷回来了。

“少爷！”山姆大叫着，跪倒在地。整个世界正化为废墟，可他一时间却只感觉快活，无比快活。他心头的大石卸下了：他的少爷得救了，又变回原本那个他，他自由了。随后，山姆看见那只残缺、流血的手。

“你可怜的手！”山姆说，“可我没东西包扎，也没法减轻你的疼痛。我宁愿拿自己的一整只手来跟他换。可他已经去了喊不回来的地方，永远不会回来了。”

“是的。”佛罗多说，“你还记不记得甘道夫的话：‘尘埃落定之前，还有需要他出场的机会。’要不是他，山姆，我本来没法摧毁魔戒。就算我们历经痛苦来到终点，使命依旧可能落得一场空。我们原谅他吧！毕竟使命已经完成，如今一切都结束了。在这个万物终结的地方，山姆，有你陪着，我很高兴。”

·第四章·

科瑁兰原野

魔多大军气势汹汹地包围了两座山丘。汪洋一般的敌军渐渐合拢，西方诸统帅眼看就要被吞没。太阳闪着血色光芒，纳兹古尔的飞翼之下，死亡阴影阴沉地笼罩着大地。阿拉贡一言不发，表情坚毅地站在王旗下，仿佛正在沉思早已消逝或远去的事物。他的双眼亮如星辰，随着夜色的深沉反而愈发明亮起来。甘道夫屹立于山顶之上，浑身冷白，阴影半点儿不得近身。魔多展开了攻势，大军如浪潮般涌向腹背受敌的山丘，战吼声夹杂着兵器交击破碎的声响此起彼伏。

仿佛眼前突然浮现出什么景象，甘道夫动了一动。他转过身，回望着北方浅淡清朗的天空。随后，他高举双手，用高过其余喧嚣的嘹亮声音喊道:“大鹰来了！”许多声音也高喊着回应道:“大鹰来了！大鹰来了！”魔多大军抬头看去，不知道这迹象预示着什么。

风王格怀希尔与他的兄弟蓝德洛瓦来了。他们是北方大鹰中最杰出的两位，也是老梭隆多最为强大的后裔。早在中洲尚属青葱时，老梭隆多便在环抱山脉那高不可攀的峰顶筑了巢。他们身后跟着自北方群山而来的一列列臣属队伍，正乘着疾风靠近。大鹰自高空猛然扑下，直直撞向纳兹古尔，他们扇动宽阔的羽翼一掠而过，状若狂风。

然而，听见邪黑塔中突然传出一声可怖的呼唤，纳兹古尔转头便跑，消失在了魔多的阴影之中。与此同时，魔多大军全都开始颤抖起来，他们被疑虑攫住心智，脸上的笑容消失了，双手抖个不停，腿也软了下来。驱赶他们前进、赋予他们仇恨和狂怒的那股力量正在动摇，它的意志离开了他们。此刻，他们看见敌人的眼中闪着致命的光亮，个个心生怯意。

随后，在一片黑暗之中，西方众统帅心里充满了新的希望，于是全都高喊出声。刚铎骑士、洛汗骑兵、北方的杜内丹人，以及紧紧靠在一起的诸多队伍，他们全都冲下被围攻的山丘，攻向军心大乱的敌人，用尖利的长矛刺穿了他们压上前来的战线。但甘道夫高举双臂，再度用清晰的声音唤道："站住，西方的人类！站住，等待！命运即将见分晓了。"

说话间，脚下的大地开始晃动起来。随后，一道巨大的黑暗迅速升起，夹带着火光直冲天际，去了远远高过黑门的塔楼，也远远高过群山的地方。大地呻吟，震颤。两座尖牙之塔摇晃，倾斜，倒塌；坚不可摧的防护城墙轰然崩溃，黑门夷为平地。连绵不断的轰隆声从远处传来，起初不算真切，随后渐渐变大，最后响彻云霄：咆哮的、回荡不息的毁灭喧嚣之声。

"索伦的疆域终结了！"甘道夫说，"持戒人履行了他的使命。"众将领凝望南边魔多之地，似乎看见幕布般的云雾衬出一道头顶闪电华冠、庞大漆黑的阴影身形，它遮天盖地、无法穿透，以浩瀚无边的身姿矗立于世界之上，朝众人探出一只极具威胁的庞然巨手，恐怖却无力：刚伸到半截，一阵大风带走了它，它就此被吹散，消失无踪。随后，沉寂降临了。

众将领全都低下头，等他们再度抬头时，看啊！他们的敌人正抱头鼠窜，魔多的力量如尘土般随风而逝。当死亡袭击栖息在蚁丘中，孵化、统治它们那臃肿的蚁后之时，蚁群会东奔西突、漫无目的地游荡，然后无力地死去。索伦的造物也是一样，奥克、食人妖、被咒术奴役的野兽全都失去了理智，四处乱跑。其中一些要么自杀，要么跳进深坑，又或者哀号着逃回洞穴与远离希望的阴暗无光之处。然而，鲁恩和哈拉德的人类，也就是东夷和南蛮，看出他们的战争已是一蹶不振，也看见了西方众统帅那无比的威严与荣耀。其中为邪恶效力最深、最久，且憎恨西方的那部分人，同样也是骄傲、勇猛的那部分，现在轮到他们振作精神、背城借一了。不过，绝大多数人还是极尽可能地往东奔逃，部分人则扔下武器，跪地求饶。

甘道夫将战斗和指挥的事宜全交给阿拉贡及其他将领，随后站到山丘顶上呼唤起来。大鹰随即降落，风王格怀希尔站到他的面前。

“吾友格怀希尔，你曾两次载我，”甘道夫说，“若你愿意，再载我第三回，便作抵数。比起当初你从焚灭我过往生命的齐拉克－齐吉尔载走我时，你会发现我如今也并未重上多少。”

“我愿载你，”格怀希尔回答，“即便你乃石头铸成，我也会载你去你欲去之处。”

“那便出发吧，让你的兄弟也一道同行，还有你们这族里一些飞得最快的！我们需要快过疾风，要能胜过纳兹古尔的飞翼。”

“北风正起，但我们会飞得比它更快。”格怀希尔说。他载着甘道夫飞速往南而去，同行的还有蓝德洛瓦与年轻又迅捷的美尼尔多。他们飞越了乌顿深谷和戈埚洛斯山脉，看见下方的大地彻底成了混乱的废墟，而前方的末日山凶猛燃烧，喷吐着烈焰。

“在这个万物终结的地方，山姆，”佛罗多说，“有你陪着，我很开心。”

“是的，少爷，我陪着你呢。”山姆说。他轻轻地将佛罗多那只受了伤的手放在自己胸口，“你也在陪着我。这趟旅途结束了。可这一路已经走了这么远，我还不想放弃。这有些不像我，你懂我意思吧。”

“或许是不像，山姆。”佛罗多说，“可这就跟世界上其他事情是一样的。希望破灭。结局到来。我们眼下只需要再稍等片刻。我们迷失在毁灭和瓦解之中，无路可逃。”

“少爷，那我们至少可以离这个危险的地方远一些，远离这个末日裂罅，它应该是叫这名字吧。我们应该可以的吧？走吧，佛罗多先生，不管咋样，我们先往小道下面走。”

“好吧，山姆。你想走的话，我陪你。”佛罗多说。两人便站起身，沿着弯弯曲曲的道路慢慢往下走。就在他们往末日山颤动的山脚走去时，一团巨大的浓烟和蒸汽从萨马斯瑙尔喷涌而出，山脉的锥体撕裂开来。随着雷鸣般的轰响，一大股岩浆从东侧缓缓涌出，沿着山体流注而下。

佛罗多和山姆再也无法前进了。他们仅存的意志和力量正在飞快退去。他们已经走到山脚下一处由灰烬堆积而成的低矮山丘上，可从这里便无路可去了。这里眼下成了一座小岛，在欧洛朱因的摧残下撑不了太久。周围的大地都裂开了，深深的裂缝和坑洞里不断冒出烟雾和臭气。两人身后的末日山震颤不息，山侧张开了许多巨大的裂口。一条条火焰之河沿着长坡朝两人慢慢涌来。他们很快就会被吞没。滚烫的灰烬如雨点一般落下。

两人此时站住了，山姆仍旧握着他家少爷的手轻抚着。他叹了口气。“我们可真是进了相当了不起的故事啊，佛罗多先生，对不对？”他说，“真希望我能听别人讲这个故事！‘现在要说的是九指佛罗多与厄运魔戒的故事。’你觉得他们会不会这么讲？然后大家都会安静下来，就像我们在幽谷听他们讲独手贝伦和伟大宝钻时一样。真希望我能听见！我们退场之后故事会怎么发展，我挺好奇的。”

就在他用说话来抵挡恐惧至最后一刻的这段时间里，他的眼睛依旧流连北边，望进了北边的风眼里：吹拂的寒风升作强风，将暗黑和残云驱走，让那边遥远的天空一片清亮。

格怀希尔乘着狂风而来，冒着巨大的危险在天空盘旋，用他那敏锐的千里眼看见了这么一幕：孤立无援的两个小小的黑色身影，手牵着手待在一座小山包上，下面的整个世界震荡着，喘息着，一条条火焰之河越流越近。就在他发现两人俯冲过去的时候，他看见他俩倒下了：也许是耗尽了体力，也许是因恶臭和酷热窒息，又或者是终究被绝望击溃，两人在死亡面前遮住了双眼。

他们并排躺着。格怀希尔猛冲而来，蓝德洛瓦与迅捷的美尼尔多紧随其后。犹如沉入梦乡，不知何种命运会落到头上的两名流浪者就这样被提起，被载着远离了黑暗与烈焰。

山姆醒来发现他躺在某种松软的床上，山毛榉的树枝在他头上微微摇曳，细嫩的叶儿漏下点点阳光，绿中带金。空气里满是某种混合的香甜气息。

他记得那味道：伊希利恩的芳香。“老天！”他心想，“我这是睡了多久？”因为这香气将他带回了他在明媚的坡岸下生起小火那一天。一时半刻间，他完全想不起从那时之后发生的一切。他伸了一个懒腰，长长地吸了口气。“哈，这是做了个什么梦哪！”他嘟哝道，“还好醒过来了！”他坐起身，发现佛罗多一脸安详地睡在他身侧，一只胳膊枕着脑袋，另一只搁在床单上——正是那只没了第三根指头的右手。

记忆如洪水般全涌了回来，山姆大叫出声："不是做梦！那我们这是在哪儿？"

身后，有人柔声说："你们在伊希利恩之地，受国王照管。他正等着你们呢。"说完，甘道夫站到了山姆跟前。他一身白袍，在树叶间跳动的阳光的照耀下，他那白雪一般的胡须闪闪发亮。"啊，山姆怀斯小少爷，感觉如何？"他问。

山姆却倒回了床上。他目瞪口呆，被困惑与狂喜夹在中间，半晌说不出话。最后，他总算挤出了声音。"甘道夫！我以为你死了！后来我以为我自己也死了。所有悲伤的事情到头来都没成真吗？这世界是怎么了？"

"一道巨大的魔影离开了。"甘道夫说。他哈哈大笑起来，声音宛如音乐，又好似涌入干涸之地的泉水。听见这声音，一个念头浮现在山姆脑海：笑声，表达纯粹喜悦的这种声音，他不知道究竟有多久没听过了。落进他耳朵的这声音，活像他知道的一切喜乐的回声，可他却泪如雨下。随后，就如同甘霖随着春风远去后，阳光会变得更灿烂一般，止住泪水的他也迸发出大笑，边笑边从床上跳了起来。

"我感觉如何？"他说，"唔，我不知道该怎么形容。我感觉，感觉——"他挥了挥胳膊，"——我感觉像是冬去春来，像是阳光落在叶片上，像是号角、竖琴，外加我听过的所有歌谣！"他停下话头，转向他家少爷。"可佛罗多先生咋样了？"他问，"他那只可怜的手太可惜了，对吧？我只希望他别的都好好的。他经历了一段很残酷的时期。"

"是的，我别的都挺好的。"佛罗多开口道，也坐起了身。这回轮到他哈哈大笑了，"等你等得我又睡着了，你这瞌睡虫山姆。今天一大早我就醒了，这会儿怕是快中午了吧。"

"中午？"山姆想算算日子，"哪一天的中午？"

“新年的第十四天，”甘道夫说，“你要是想知道，也就是夏尔纪年四月的第八天[1]。不过，刚铎的新年如今将以三月二十五日为起始，也就是索伦败亡那一天，同样也是你们被救离火海、送去国王面前的日子。他照料了你们，现在正等着你们。你们要同他一道用餐。准备好了我就带你们过去。”

“国王？”山姆问，“哪里的国王，他是谁啊？”

“刚铎之王，兼西部各地的君主。”甘道夫说，“他已经收复了古时所有的疆土。不久后他就要回去登基，但他眼下在等你们。”

“我们应该穿啥？”山姆问。因为他只看见了两人一路所穿的破烂衣服，就放在床边的地上，叠得整整齐齐的。

“穿你们一路前往魔多所穿的装束。”甘道夫说，“就连你在黑暗之地穿的奥克破布，佛罗多，都应该被好好保存起来。无论丝绸细麻或者盔甲纹章，都没这些来得更让人尊敬。不过，晚点儿兴许我能找点儿别的衣服给你们。”

他朝两人伸出双手，他们看见其中一只手上有光亮闪烁。“你拿着什么？”佛罗多叫道，“莫非是——”

“没错，我给你们带来两样宝物。救了你们之后，我在山姆身上找到的，正是加拉德瑞尔夫人的礼物：你的水晶瓶，佛罗多；还有你的小盒子，山姆。原物奉还，高兴地接着吧。”

等洗漱穿戴完毕，再稍微吃上一点儿东西，两个霍比特人便跟着甘道夫走了。他们走出之前睡觉的山毛榉林，来到一片长长的青草地。草地让阳光照得绿意盎然，叶片墨绿的庄严大树围着草地矗立，树上开满鲜红的花朵。两人能听见身后传来水流飞落的声响，一条小溪顺着繁花

1 夏尔纪年的三月（Rethe）为 30 天。——作者注

盛开的河岸路过两人面前，流到草地尽头的绿林里，最后从树木形成的拱道下远去。透过拱道，两人看见远处波光粼粼。

来到林子的开阔处，两人吃惊地瞧见，许多披着闪亮甲胄的骑士和身穿银黑二色服饰的高大卫士就站在那里，还恭恭敬敬地朝他俩问好和鞠躬。随后，其中一人长长地吹响一声号角，他们又顺着欢唱的小溪穿过树林拱道，就这么来到一片宽阔的绿地。绿地另一头是一条弥漫着银雾的大河，河里矗立着一座停僮葱翠的长岛，岸边停靠着许多船只。不过，两人此时所站的这片绿地上正集结着一支大军，他们站得整齐划一，让阳光照得闪闪发亮。见两个霍比特人靠近，他们长剑出鞘、长矛挥舞，号角齐鸣中，众人用各种声音、各种语言高喊道：

半身人万岁！称不容舌，赞誉有加！

Cuio i Pheriain anann! Aglar’ni Pheriannath![1]

佛罗多与山姆怀斯，功留青史！

Daur a Berhael，Conin en Annûn! Eglerio![2]

赞美他们！

Eglerio!

A laita te，laita te! Andave laituvalmet![3]

赞美他们！

Cormacolindor，a laita tárienna![4]

赞美他们！两位持戒人，赞美至极！

佛罗多与山姆面红耳赤、双眼闪着惊奇的光。他们就这么继续往

1 辛达语，意为：“祝半身人万岁！荣耀归于半身人！”——译注
2 辛达语，意为：“佛罗多与山姆，西方的王子，赞美他们！”——译注
3 昆雅语，意为：“祝福他们，祝福他们！永远祝福他们！”——译注
4 昆雅语，意为：“两位持戒人，噢，赞美至极！”——译注

前，看见喝彩的队伍中间设有三张铺了绿草皮的高座。右边那张座椅背后飘扬着一面绿底旗帜，上面是一匹巨大的白马正在自由奔驰；左边那座椅后面是一面蓝底旌旗，上面是一艘于海上破浪而行的银色天鹅船；正中间那张最高的王座后面迎风招展着一面大旗，黑底衬着一株花满枝头的白树，上方还有一顶闪耀的王冠与七颗闪烁的星星。王座上坐着一名披甲的人类，他膝头横着一柄大剑，却没有戴头盔。见两人靠近，他站了起来。随后，尽管他多有改变，显得十分高贵、面容也肃穆不再，那黑发灰眼呈出一派君主的王者风范，两人却把他认了出来。

佛罗多飞快地跑了过去，山姆也紧跟在后头。"噢，最大的惊喜在这儿哪！"他叹道，"要么你是大步佬，要么就是我还在做梦！"

"是的，山姆，是大步佬。"阿拉贡说，"真是无比漫长的一段旅途，从你看我不顺眼的布理开始，对不对？对我们所有人而言都很漫长，可你们两位走的道路却是最为黑暗的。"

紧接着，让山姆惊讶又无比混乱的是，他竟然在两人面前单膝跪下，向他们致敬。然后，他左手握着山姆，右手握着佛罗多，把两人带到王座前，又将他们安置在上面，再转身对着站在附近的将士开了口，声音洪亮到传遍全军。他喊道：

"予他们盛赞！"

等欢呼声高涨起来又再度平息，令山姆感到万分满足和纯粹的喜悦来了：一名刚铎吟游诗人走上前来，屈膝请求唱上一曲。于是，听！吟游诗人说：

"喏！领主、骑士与英勇无畏的将士们，国王与亲王们，刚铎美好的子民及洛汗的骑兵，埃尔隆德的儿子们和北方的杜内丹人，精灵跟矮人，还有夏尔仁勇的半身人，以及西方所有自由的人民，请听我高歌一曲。我将为你们吟唱九指佛罗多和厄运魔戒的故事。"

山姆一听，登时开心得捧腹大笑，站起来大喊道："噢，简直太荣耀、太光彩了！我所有的愿望都成真了！”随后他又忍不住哭了。

全军将士也是又笑又哭起来。就在他们的欢笑与眼泪中，吟游诗人那如银似金的清亮声音扬起，大家全都安静下来。他开始吟唱，时而用精灵语，时而用西部语，最后这甜美的字句触痛众人的心，又满溢而出，而他们的欢愉犹如利剑，他们的思绪陷入苦痛与欢乐交融涌流之境，而眼泪就是那天赐的美酒。

到了最后，等正午的日头开始下落，树影渐渐拉长，他结束了吟唱。“予他们盛赞！”说完，他屈膝告辞。阿拉贡随后站起来，整支大军也纷纷起身，众人前往预先备好的凉棚，在那里吃喝说笑，直至夜晚。

佛罗多和山姆被带去一处帐篷，在那里他们脱下旧衣，但衣物都被好好地叠起，恭敬地摆在一旁；他们又换上了提前备给两人的干净细麻衣。甘道夫随后走了进来，怀里正抱着佛罗多在魔多被抢走的宝剑、精灵斗篷与秘银锁甲，这让他颇为惊讶。甘道夫还给山姆带来一件镀金铠甲，还有那件饱经摧残、如今修补一新的精灵斗篷。他又在两人面前摆下两柄剑。

“我再也不想碰任何佩剑了。”佛罗多说。

“至少今晚你当佩上一把。”甘道夫说。

于是，佛罗多选了原本属于山姆，在奇力斯乌苟时摆在自己身边的那把小剑。“山姆，刺叮剑送给你了。”他说。

“少爷，别！比尔博先生把它连带那件秘银甲一道送给了你。他可不希望这时候让别人带着刺叮。”

佛罗多让了步。甘道夫则像个侍从一样，跪下来为两人系好挂剑的皮带，又起身给他们头顶戴上银环。等穿戴完毕，他们便前去参加盛大的筵席。两人同甘道夫一道坐在国王那一桌，同桌的还有洛汗伊奥梅尔王、伊姆拉希尔亲王与所有主帅。吉姆利和莱戈拉斯也在这边。

众人肃立后，酒被端了上来，另外还来了一对服侍两位国王的侍从——或者说，这两人看似侍从：其中一位穿着米那斯提力斯近卫军的银黑色制服，另一位则是着绿白两色服饰。山姆有些不解，这么两个小男孩，跑到兵强马壮的人类军队里做什么？不过，当这两人走近，他突然看清了他们，惊叫道："呀，佛罗多先生，你快看！哈，这不是皮平吗——我应该称，佩里格林·图克先生，还有梅里先生！他们怎么长这么高了！我的老天！依我看，除了我们，别的人也有不少故事要讲哪。"

"确实如此，"皮平转身对他说，"等宴会结束，我们就全盘讲出来。眼下这时候呢，你可以先试试甘道夫那边。虽说他这会儿的笑声比说话声多，可他嘴巴没以前那么严实啦。我跟梅里这会儿挺忙的。我们是白城和马克的骑士，希望你们已经注意到了。"

最终，这快活的白天结束了。等到太阳下山，圆圆的月亮慢慢爬上安都因大河的雾霭，在摇曳的树叶间洒落银辉时，佛罗多跟山姆坐在呢喃的树下，尽享伊希利恩美丽的芬芳。他们与梅里、皮平和甘道夫一直聊到深夜，不久后莱戈拉斯与吉姆利也加入进来。于是，护戒队伍在涝洛斯大瀑布旁的帕斯嘉兰分崩离析后遭遇的各种事情，佛罗多跟山姆得知了不少。可即便如此，大家依旧还是有问不完的问题、讲不完的故事。

奥克、会说话的树、幅员数里格的草原、飞驰的骑兵、闪闪发亮的山洞，白塔和金殿，还有大战，乘风破浪的大船，各种各样的东西掠过山姆的脑海，最后把他都给听蒙了。不过，种种轶闻当中，最让他震惊的还是梅里和皮平的身高问题，他不断把话题绕回这方面。他让两人先后跟他和佛罗多背靠背站着做对比。他挠了挠头。"搞不明白，你们才多大年纪啊！"他说，"可眼睛也没说谎：要么是你们比原本高了三吋，要么就是我变成了矮人。"

“那你肯定不是矮人。”吉姆利说，“我当初怎么说的来着？凡人要是喝了恩特饮料，就别指望跟喝了一杯啤酒似的没啥后果。”

“恩特饮料？”山姆说，“你们又在说恩特了。他们到底是啥，我实在搞不明白。哎，要把事情全弄明白，可不得花上好几个星期才行！”

“确实得好几个星期，”皮平说，“还得把佛罗多关在米那斯提力斯的塔楼上面，把事情都写下来。要不然，他会忘掉一半，然后可怜的老比尔博就会失望到极点。”

最后，甘道夫站起身。“王者之手乃医者之手，亲爱的朋友们。”他说，“可你俩当时已在死亡的边缘徘徊，他费尽全力才唤回你们，送你们入了甜美的遗忘梦乡。虽说你们已经幸福地睡了很久，可现在还是得回去睡觉了。”

“在场的不光山姆和佛罗多，”吉姆利说，“皮平也一样。我喜爱你，多半是因为你老让我头疼，这事儿我可永远忘不了。我也永远记得最后一战的时候，我在山上找到了你。要不是矮人吉姆利，你可能就没命了。不过，至少我现在知道霍比特人的脚长什么模样了，虽说在一大堆尸体下面也只看得到一双脚！把那具巨大的尸体从你身上挪开那阵儿，我千真万确以为你死了，恨不得把自己的胡子全扯了。你看，从你能下床活动算起，这也才过去一天而已。现在你也回床上去。我也去睡了。”

“至于我，”莱戈拉斯说，“我愿去这片美丽之地的森林里漫步，这已算得上是休息。若是未来我精灵王允许，我们的部分族人会迁居此地。待我们前来，此地便将蒙福，短期内。虽说短期，一个月、一辈子，人类一百年皆为短期。不过，安都因大河很近，还一路通往大海。通往大海！

去大海，去大海！雪白海鸥高唤，

海风呼啸，白浪飞溅。
西边，远远的西边，一轮圆日正落。
灰船，灰船，你可曾听闻，
我族先行者呼唤？
我将离去，辞别养育我的森林。
我们时日已尽，荣光不再。
我将独航，渡过汪洋大海。
最后海岸浪涛滚滚，久久难平，
失落之岛，呼唤声切切，温婉甜润，
于艾瑞西亚，精灵家园，凡人永难抵达，
我族永恒之地，林叶永不落！

莱戈拉斯就这么一路唱着，走下山坡。

其余人随后也散了，佛罗多跟山姆躺回床上继续休息。第二天早上，两人再度心怀希望与安宁醒来。他们在伊希利恩待了好些日子。大军眼下驻扎的科瑁兰原野离汉奈斯安努恩不远，夜间可以听见那边瀑布溅落的溪水声。小溪从汉奈斯安努恩的岩石出水口直冲而下，穿过繁花朵朵的草地，在凯尔安德洛斯岛附近汇入安都因大河。两个霍比特人在这里四处漫步，造访之前曾走过的地方。山姆一直惦念着，希望到了哪片林荫或隐蔽的林间地，没准儿能瞥到一眼巨大的奥力方特。他后来得知，曾有大批奥力方特参与刚铎围城，但全部都被杀死，他觉得这是令人悲伤的损失。

“好吧，我想，你也没法同时出现在所有地方。”他说，“可我好像错过了许多东西。”

与此同时，大军做好准备要返回米那斯提力斯。军中疲惫者睡饱了觉，伤员也都治愈了。毕竟，部分人艰辛作战，跟东夷和南蛮的残余打了不少仗，最后终于制服他们，耽搁了不少时间。另外，那些前往魔多北方摧毁大小堡垒的人也才刚刚返回。

终于，在临近五月的时候，西方诸统帅再度启程。他们带着各自手下登船，从凯尔安德洛斯出发，沿着安都因大河去往下游的欧斯吉利亚斯。他们在彼处暂留一日，第二天去了佩兰诺平野的绿草原，再度见到岿巍的明多路因山下的白色塔楼，见到刚铎人的白城：她是西方之地最后的记忆，历经了黑暗与烈焰，迎来了新的一天。

他们在平野的中央搭起帐篷，等候黎明的到来。此时乃五月的前夜，待到日出之时，国王便会踏进他的城门。

·第五章·

宰相与国王

疑虑与极大的恐惧笼罩着整座刚铎城。天色晴朗又美妙，在几近绝望、日日等候厄运降临的人们看来，反倒像是种嘲弄。白城宰相已经亡故，将自己付之一炬；要塞里躺着驾崩的洛汗之王；新的国王于夜晚到来，又再度离开，要去与一股黑暗及恐怖到任何猛士或勇者都难以征服的力量决一死战。再没有消息传来。自从大军离开魔古尔山谷，取道群山阴影下那条向北的道路，便不曾有信使返回，那不祥的东边发生了什么事，也没有只言片语提及。

众统帅离开不过两天，伊奥温公主便吩咐照料她的妇人取来她的衣袍。她不肯听劝，执意要下床。等他们为她穿好衣服，用亚麻布吊住她那只胳膊，她便去找了诊疗院的院长。

“阁下，”她说，“我忧心难安，无法再躺在床上懒散度日。”

“女士，”院长回答，“您尚未痊愈，我也得了命令，要予您特别的照料。您还需静养七日才能下床，他们便是这么吩咐我的。我请求您回去躺下。”

“我已痊愈，”她说，“至少身体已经痊愈——除了左臂，但它也不再疼痛。可若是无事可做，我会再度病倒。依旧没有战争的消息吗？那些妇人什么都没法告诉我。”

“诸位领主已前往魔古尔山谷，”院长说，“此外没有别的消息了。人们说，北方来的那位新统帅是他们的首领。他是位伟大的领主，也是名医师。医者之手竟会使剑，让我很是奇怪。刚铎如今并非如此，尽管曾经或许有过这样的情况，倘若古老传说所言不虚的话。不过，我们医师多年来只求能修复用剑之人造成的伤口。哪怕没有他们，我们要做的事情也足够多了：世间满是伤害与不幸，哪里需要战争来雪上加霜。”

“院长大人，不用双方产生敌意，只需单方面的敌人就能引发战争。”伊奥温回答，“那些不使剑的人同样会丧身剑下。当黑暗魔君集结军队之时，您难道只让刚铎的人民为您集结草药吗？另外，肉体的治愈并非总是好事。阵亡战场，哪怕死得非常痛苦，也并非总是坏事。若是时机允许，如此黑暗时刻，我宁愿选择后者。”

院长打量着她。她亭亭而立，面色苍白、双眼明亮。她转身凝望他开向东边的窗外，右手握紧了拳头。他叹了口气，摇摇头。片刻停顿后，她再度回头看着他。

“一件能做的事都没有吗？”她问，“这座城听谁号令？”

“我不太清楚，”他答道，“这种事情与我无关。洛汗骑兵由一位元帅统领，刚铎的士兵据说由胡林大人指挥。不过，法拉米尔大人按律为白城宰相。”

“何处能见到他？”

“他就在诊疗院，女士。他伤得极重，但如今已在恢复中。可我不知道——”

“你不愿带我去见他吗？如此你也就知道了。”

法拉米尔大人正独自在诊疗院的花园里散步，阳光照得他暖洋洋的，他感觉新的生命又涌动在了血脉之中。可他的心十分沉重，他越过东边的围墙，看向远处。当院长出现并呼唤他的名字时，他转过身，见到了洛汗的公主伊奥温。他发现她受了伤，又敏锐地感觉出她的悲伤与不安，内心不免让怜悯触动。

“大人，”院长说，“此乃洛汗伊奥温公主。她与国王同行，受了重伤，眼下于此地修养，由我看护。不过，她不怎么满意，希望能与白城的宰相谈一谈。”

“莫要误会他，大人，”伊奥温说，“令我难受的并非缺乏照料。对那些希冀疗愈的人而言，再没有比这里更好的地方。可我无法成日躺在床上怠惰，我受不了无所事事、身陷囚笼。我想要战死沙场。可我还活着，战斗也依旧没有结束。”

法拉米尔略做示意，院长鞠躬告退。“女士，您需要我如何效劳？”法拉米尔问，“我也是医师手下的一名囚徒。”他看着她，内心油然升起一股深深的怜悯之情。他觉得她从哀伤中透出的美好仿佛将他的心都要穿透了。而她看着他，见到了他眼里无限的温柔，但她毕竟在战士堆中长大，心里清楚，马克没有哪位骑兵能在战场上战胜眼前这个人。

“您有何吩咐？”他再度发问，“若在我职权范围内，定当效劳。”

“我想请您向院长下令，要他准我离开。”她说。不过，尽管她言语间傲气依旧，内心却踌躇了，她平生第一次产生了自我怀疑。她猜想，这个坚毅又温柔的高大男人或许觉得她只是意气用事，仿佛一个意志不坚定的孩子，碰见一件枯燥的事情就会半途而废。

“我自己同样在院长的看护之下。”法拉米尔说，“我也尚未开始掌管白城。此外，即便我掌了权，依旧会听取他的建议。除非十万火急，否则我不该在他擅长的事务上违背他的意愿。”

“但我不愿再继续养伤，”她说，“我想如伊奥梅尔兄长般驰向战场，甚至如希奥顿王那般——他阵亡沙场，且荣耀与安宁都得到了。”

“要想追随诸位统帅已是太迟，女士，即便您有足够的力气。”法拉米尔说，“而无论愿意与否，战死沙场或许依旧会落到我们头上。您若愿意趁着尚有时间谨遵医嘱，也能准备得更充分，使你能以自己的方式去应对它。你我都得耐心忍受这等待的时日。”

她并未答话，但他看出她身上似乎有某种东西软化了，仿佛寒霜在第一丝春天的征兆中开始消融。一滴泪涌出她的眼眶，滚落脸颊，仿佛一颗晶莹的雨珠。她高高扬起的头颅略微垂落。随后，仿佛自言自语般，她悄声对他说：“可医师还要让我在床上再躺七日，而我那扇窗户却瞧不见东边。”她的声音此时变得与伤心的少女一般无二。

法拉米尔尽管内心满是怜悯，脸上却是微微一笑。“您那扇窗户看不见东边？”他问，“小事一桩。此事我会向院长下令。女士，只要您愿意待在诊疗院里接受照料，好好休息，那您便可随意在这花园里漫步，沐浴阳光。您也可眺望东边，我们的希望全去了那里。您会在这里遇见漫步、等待，同样眺望东边的我。若能与我交谈几句或是随行一段，与我亦是种宽慰。”

她便抬起头来，再度凝望他的眼睛，苍白的面庞上浮现一丝红晕。“我如何能给予您宽慰呢，大人？”她问，“而且我不愿听生者言谈。”

“能恕我直言吗？”他问。

“但说无妨。”

“那么，洛汗的伊奥温，我便要说说您的美丽。在我们山野的山谷里，不但有美丽明艳的花儿，还有比花儿更美的少女。可我在刚铎见过的花儿和少女，都不如眼前这位这么可爱，又这么悲伤。或许，过不了几日，黑暗便会笼罩我们的世界，若当真如此，我希望能坚定面对。不过，若是太阳依旧明媚时我还能再见到您，那我便得到了宽慰。毕竟，我与您都曾被死亡之翼遮罩，将我们拉回来的也是同一只手。”

“唉，并非如此，大人，”她说，“那阴影依旧笼罩着我。切莫从我这里寻求疗愈！我乃持盾战士一名，我的手并不温柔。但不必再被关在室内，至少这点我应该感谢您。承蒙白城宰相厚待，我会外出散步。”她行上一礼，踱回诊疗院里。法拉米尔独自在花园里又漫步许久，而他的目光相较东边，却更多流连去了诊疗院。

待得回房，他唤来院长，极尽可能地听了洛汗公主的事情。

“不过，大人，我坚信，”院长说，“您能从院内那位半身人处了解更多情况。他当初与国王一同驰援，据说后来他与那位公主同行。”

于是，梅里就这么被法拉米尔叫去，两人长谈至傍晚，法拉米尔也了解良多，甚至超过梅里言语所述的内容。他觉得他如今大概明白为何洛汗的伊奥温如此悲痛与不安了。暮色宜人，法拉米尔和梅里在花园里散步，但她没有出现。

到了早上，法拉米尔走出诊疗院，看见她正伫立在院墙边，一身素白被阳光照得熠熠生辉。他呼唤她，她便下来与他在草地上漫步，也一同坐在绿树之下，时而沉默，时而交谈。此后每一日差不多都是如此。院长透过窗户看见他们，心里十分欣喜：他是医者，他的担忧减轻了。确实如此，这些日子以来，大家心头全都压着沉甸甸的恐惧与不祥，但他所照管的这两人依旧慢慢康复，日渐健壮起来。

就这么到了第五日，伊奥温公主主动去找了法拉米尔。两人一同再度站在白城的城墙上，举目远眺。依旧没有消息传来，所有人的心都变得愈发黯淡了。天色也不复之前的明朗，变得阴冷起来。自夜间刮起的风此时从北方猛烈吹来，风势越来越烈，四周的大地却是一片惨淡与阴沉。

两人穿着保暖的衣袍，裹着沉重的斗篷，伊奥温公主还在外面罩了一件蓝若夏日深夜、下摆与领口处绣着银星的罩衣。是法拉米尔命人取来了这件罩袍，又亲手为她披上。他感觉，她站在自己身边，看起来当真美丽，犹如王后一般高贵。这件罩袍原是为他早逝的母亲、阿姆洛斯的芬杜伊拉丝所制，于他已是多年前的美好回忆，是他最早经历的悲伤。在他看来，母亲这件罩袍正适合美丽又悲伤的伊奥温。

虽裹着这件银星罩衣，她却依旧颤抖不止，目光则看着北边，越过这片灰暗的大地，望向寒风的风眼。遥远的彼处，天空冷冽却又清朗。

“伊奥温，你在看什么？”法拉米尔问。

“黑门莫不是在那边？”她问，“他如今多半已经到了彼处吧？他御马出征，已过去七天。”

“七天，”法拉米尔说，“我有言相告，还请莫要怪罪：这七天带给我未曾料想过的喜悦和痛苦。喜悦在于见到你；痛苦的是，我对眼下这邪恶时期的恐惧和疑虑，也日渐变得阴郁。伊奥温，我不愿这世界现在就终结，也不愿刚觅得便失去。”

“大人，您觅得了什么？”她问。可她虽严肃地看着他，眼神却充满友善，“我不知道这些天里您觅得的会如何失去。不过，友人，我们便不要再提！什么都别说！我正站在某处可怕的边缘，我脚前是漆黑无比的深渊，可我却不知道背后可有光亮。因为我还无法回头。我正候着命运的降临。”

“不错，我们都候着命运的降临。”法拉米尔说。两人不再说话。他们屹立城墙之上，却感觉风停止了吹拂，光亮消减，日头变得朦胧，城里乃至周遭大地的一切声响也全都消失了：没有风声、人声和鸟声，也没有叶片摩挲之声，就连他们自己的呼吸声也再听不见。两人的心跳都静止了。时间停住了。

两人如此站立，彼此的手触碰、紧握，却浑然不觉。他们仍在等候着未知的到来。不多时，他们似乎看见远处群山的山脊上升起另一座庞大的黑暗之山，它高高耸立着，仿佛一道会吞没世界的巨浪，四周闪电明灭不定。随后，大地传来一阵颤动，他们感觉白城的城墙都在抖动。两人周围的整片大地发出叹息般的声音，他们的心跳忽然又回来了。

“我想起了努门诺尔。”法拉米尔说，又因听见自己的说话声而惊讶不已。

“努门诺尔？”伊奥温问。

“是的，”法拉米尔说，“我想起了那片沉没的西方之地，想起黑暗的巨浪高高扬起。它淹没绿草地，吞掉山岭，还在不断向前。逃不掉的黑暗。我频频梦见它。”

“所以，你认为黑暗降临了？”伊奥温问，“逃不掉的黑暗？”她猛然凑近了他。

“不，”法拉米尔看着她的脸庞，“不过是我脑海中的景象罢了。我不知道究竟出了什么事。我清醒的理智告诉我，巨大的邪恶已经降临，我们末日临头了，但我的心却在说‘不’，我的手和腿也轻盈无比，还能感受到一种任何理智都无法否认的希望和喜悦。伊奥温，伊奥温，洛汗的白公主，如此时刻，我却不相信有什么黑暗能持续下去！”他俯下身子，亲吻了她的额头。

两人就这么站在刚铎白城的城墙上，一阵大风吹来，乌黑和金黄的头发在风中交织飘扬。阴影散去，太阳升起，光芒四射。安都因大河的河水闪耀如银，白城里的千家万户都在欢唱，欢唱心里莫名升起的喜乐。

日头刚从正中天西落不久，东边飞来了一头大鹰，从西方一众领主处带来了出乎意料的喜讯，他叫道：

唱吧，阿诺尔之塔的人民，
索伦之疆域已永远终结，
邪黑塔已被推翻。

欢唱，喜乐，守卫之塔的人民，
你们的守望并未落空。
黑暗之门已破，
你们的王横冲直入，
摘得大胜。

欢唱，欣喜，西方的人民，
你们的王便要重返，
他会常伴左右
世代不离。

那枯萎的树将重获新生，
他将栽至高庭，
白城将蒙福泽。

唱吧，万千子民！

于是，白城的百姓便用各种方式欢唱了。

之后的日子金黄灿烂，春夏二季一同在刚铎的平原上狂欢。快马加鞭的信使也从凯尔安德洛斯赶到，传来万事已成的消息，而白城也做好准备，要迎接国王入城。梅里被召来，押着载有大量物资的货车前往欧斯吉利亚斯，再从那里坐船去凯尔安德洛斯。法拉米尔并未同去，此时他已经康复，接过了大权与宰相之位，虽说他只是短暂执掌，职责也是替那位取代他的人做好各方面准备。

尽管兄长派人传话，请求伊奥温前往科珥兰原野，可她也没有去。

法拉米尔心下不解，却因诸事繁忙，少有见她。她依旧待在诊疗院，独自在花园漫步，脸上也再度没了血色。似乎整座城里只剩她还不曾病愈，心怀悲伤。诊疗院院长忧心忡忡，便去同法拉米尔商量。

于是法拉米尔前来找她，两人再度一同站在城墙上。他便问她："伊奥温，你为何要在此处耽搁，不去凯尔安德洛斯那边的科瑁兰庆祝？你兄长不是在那里等着你吗？"

她回道："你真不知道？"

他却答："或许原因有二，但哪个是真，我却不知。"

而她回道："我不想猜谜。请直言不讳！"

"那么，女士，我便恭敬不如从命了。"他说，"你不愿去，因为唤你去的只是你的兄长，他要你旁观埃兰迪尔后裔阿拉贡大人凯旋，可这如今却没法带给你半点儿欢喜。又或者，因为我没有前去，而你依然渴望伴我左右。也许两者皆有，而你无法做出抉择。伊奥温，你是不爱我，还是不愿爱我？"

"我曾希望被某人所爱，"她答，"可我不需要任何人的怜悯。"

"我知道。"他说，"你渴望阿拉贡大人的爱。这是因为，他如此崇高且强大，而你希望获得名声和荣耀，能高高凌驾于匍匐世间的卑微众生。你对他的仰慕，就好似年轻士兵仰慕伟大的将领。人王如他，实乃如今最为伟大之人。他只给了你理解与怜悯，你便万念俱灰，一心只愿英勇战死。伊奥温，看着我！"

伊奥温便目不斜视地、长久地看着法拉米尔。后者又道："伊奥温，莫要对怜悯不屑一顾，那是温柔之人赠予的礼物！不过，我要给你的并非怜悯。你是一位高贵又英勇的女士，已为自己赢得了永世难忘的盛名。我还认为你是一位绝美的女士，你的美丽连精灵的语言都无法描述。而我爱你。我曾对你的悲伤有过怜悯，可事到如今，即便你不曾悲伤，不曾害怕，心满意足，即便你是蒙福的刚铎王后，我依然会爱你。

你不爱我吗，伊奥温？”

伊奥温的心意这时有了改变；或者说，听了这些话，她明白了自己的心意。她的严冬霎时消融，阳光又朝她照耀下来。

“我站在落日之塔米那斯阿诺尔这里，”她说，“看哪！阴影消散了！我再不是一名持盾战士，不再与伟大的骑兵竞争，也不再只为杀戮之歌而开怀。我要做一名医者，热爱一切生长繁衍之物。”她再度看向法拉米尔，“我不再渴望当王后了。”

法拉米尔快活地大笑出声。“太好了，”他说，“反正我也不是国王。不过，但凡洛汗的白公主有意，我愿与她白头偕老。若是她愿意，我们便越过大河，在更快乐的日子里去美丽的伊希利恩生活，在那里造一座花园。只要白公主赏脸前来，那里的万物都将迎着喜悦生长。”

“那么，刚铎人啊，我就得离开我的子民了？”她问，“‘瞧，有个贵族驯服了北方野蛮的持盾女战士！努门诺尔一脉是没有女性可挑了吗？’你愿意让你骄傲的臣民如此评论你吗？”

“我愿意。”法拉米尔说。他拥她入怀，在蓝天白云之下亲吻了她，全不在意两人正站在众目睽睽的高高城墙之上。的确有许多人看见了他们，还看见他们容光焕发地走下城墙，手牵着手进了诊疗院。

法拉米尔对诊疗院院长说：“洛汗的伊奥温公主在此，她已痊愈。”

院长便答：“那么我便准许她出院，并向她道别，愿她再不受病痛侵袭。我将她托付给白城宰相照料，直至她的兄长归来。”

伊奥温却说：“如今虽获允离开，我却愿留下。于我，这座诊疗院已然是一切居所中最为蒙福之处。”于是她便留下，直到伊奥梅尔王返回。

白城内如今万事俱备，城内万人空巷，因为各种消息已经传遍刚铎四处：明里蒙，甚至品那斯盖林及远处海滨。所有能来的人，全都加紧赶往白城。白城也再度随处可见妇女和可爱的孩童，他们提满了鲜花，重返家园；多阿姆洛斯来了全中洲技艺最精湛的竖琴手；六弦琴、长笛、银号角的乐师来了，莱本宁山谷还派来了嗓音清亮的歌手。

某日傍晚，人们终于在城墙上望见平野那边搭起了凉棚。城里整夜灯火通明，人们彻夜盼着天亮。等到清亮的早晨降临，太阳爬到再无阴影笼罩的东边山脉之上，城中万钟齐鸣，千旗尽舒，随风招展。要塞白塔之上，宰相的旗帜去了徽记与纹章，最后一次在刚铎城中升起。它仿佛阳光下的白雪一般，飘扬着阵阵银白。

西方众统帅此时率领着各自部队朝白城前进，旁人只见他们一排排往前走，阳光照得队伍闪闪发光，恍若荡漾的银浪。大部队便这么来到城门入口处，停在离城墙一弗隆远的地方。各处城门此时尚未重建，只是在入城处设了屏障，由身穿银黑二色服饰的人手持长剑把守。屏障前站着宰相法拉米尔与掌钥官胡林、刚铎其他将领，还有洛汗伊奥温公主及率众多马克骑士的埃尔夫海尔姆元帅。城门两侧挤满了身穿各色彩衣、头戴花环的俊美居民。

于是，米那斯提力斯的城墙前空出了一大片地方，四周站着一圈刚铎及洛汗的骑士与士兵，外面围满了白城居民及各处地方来的人民。四周忽然变得鸦雀无声，原来是身着银灰的杜内丹人从大军中行了出来，阿拉贡大人不疾不徐地走在队首。他身着黑甲、腰系银带，外面套着一件纯白的罩袍，领口处扣着一块硕大的绿宝石，遥遥散发着光亮。他头上别无他物，只在额头以细细的银带系了一颗星星。与他同行的有洛汗伊奥梅尔、伊姆拉希尔亲王、一身白袍的甘道夫，还有人们见了啧啧称奇的四道小小身影。

“不对，表妹！他们可不是小男孩，”伊奥瑞丝对站在身边那位伊姆洛斯美路伊来的表亲说，“他们是佩瑞安人，是从远方的半身人国度来的，据说在那边他们可是了不得的王子。我在诊疗院曾经照料过一位，所以我知道。他们个头儿不高，胆子却很大。我告诉你，表妹，他们其中一位只带了个跟班就去了黑暗国度，独自跟黑暗魔君大战一场，还把他的塔放火烧了，你信不信？反正白城里的人是这么说的。他应该就是跟精灵宝石同行的其中一人。我听说，他俩是好朋友。精灵宝石大人如今可是老出名了：他说话比较硬，我得提醒你，可他就像俗话说的那样，有一颗金子般的心。他那双手还能治病。‘王者之手乃医者之手’，我之前是这么说的。所有的一切就是这么被发现的。而米斯兰迪尔这么跟我说：‘人们会永远记住你这话的，伊奥瑞丝。’然后——”

可伊奥瑞丝没能继续“教育”她这位乡下亲戚，因为这时响起一道号声，全员跟着安静下来。随后，法拉米尔与掌钥官胡林走出城门，身后别无他人，只跟着四名着要塞高盔和铠甲的士兵，他们抬着一口用黑色莱贝斯隆木制成的箍银大匣子。

法拉米尔在人群中央与阿拉贡相见，他屈膝行礼，说：“刚铎最后一位宰相请求交还职权。”他又呈上一根白色权杖，可阿拉贡接过权杖，又还了回去，说：“你的职权并未结束，但凡我这一脉还在，这职权便属于你及你的后人。快快履行你的职权吧！”

随后，法拉米尔站了起来，朗声道：“刚铎子民哪，请听本国宰相一言。请看！终于再度有人前来称王了。此乃阿拉松之子阿拉贡，阿尔诺杜内丹人之族长，西方大军之统帅，北方之星的持有者，御使重铸之剑者，战场之凯旋者，双手能带来医治的精灵宝石埃莱萨，努门诺尔埃兰迪尔之孙、伊熙尔杜之子维蓝迪尔的直系后裔。你们可愿让他加冕为王，入驻白城？”

所有的将士、所有的人民异口同声地喊道：“愿意！”

伊奥瑞丝对她的表亲说：“这只是我们白城的一个仪式而已，表妹。他其实已经进去过了，我开头正打算告诉你呢。他还跟我说——”紧接着她又止住话头，因为法拉米尔再度开了口。

“刚铎的子民哪，博学之士称，国王应于先王过世前，从他手中接过王冠，此乃旧时习俗。若难以遵循，国王当独自前往先王长眠之陵寝，从他父亲手上取走王冠。不过，鉴于如今须再选他法，我今日便运用宰相职权，从拉斯狄能取来古时我们先祖那代便过世的末代国王埃雅努尔之王冠。”

四名近卫随后迈步上前，法拉米尔打开大匣子，捧出一顶古代王冠。王冠外形近似要塞近卫的头盔，但它更高，通体雪白，两侧护翼以珍珠、白银塑作类似海鸟翅膀的形状，以此象征诸王乃跨海而来。王冠的饰环上有七枚钻石，冠顶单独嵌着一枚光芒仿佛烈焰的宝石。

随后，阿拉贡接过王冠，高高捧起，道：

“Et Eärello Endorenna utúlien. Sinome maruvan ar Hildinyar tenn’Ambar-metta!”

这句话乃是埃兰迪尔乘着风之翼越过大海、踏足陆地之后所说：“越过大海，我来到中洲。我与我之后代将居住此地，直至世界终结。”

接下来，出乎许多人意料的是，阿拉贡并未佩戴王冠，反而将它交还给法拉米尔，又说：“幸得多人奋勇果敢，我如今才能继承王位。为纪念这一点，我愿请持戒人将王冠交付予我，若米斯兰迪尔愿意，也想请他为我加冕。毕竟，这一切成就，皆由他推动而成，此乃他之胜利。”

于是佛罗多走上前来，从法拉米尔手上接过王冠，又捧着交给了甘道夫。阿拉贡则屈膝俯身，甘道夫将白王冠戴在他头上，说：“国王的时代如今来临了，但凡维拉的王座仍在，便请赐福！”

等到阿拉贡站起身来，眼见之人无不默然凝视，因为他们感觉此时才是他第一次展露真颜。他如古时一众海国之王般高大，周近者无人能比；他看似沧桑，却又正值壮年；他眉宇间透着智慧，双手共掌力量与医治之能，周身萦绕着光亮。法拉米尔便高声道：

“觐见陛下！”

就在此时，万号齐鸣，埃莱萨国王向前来到屏障处，掌钥官胡林拉开屏障。在竖琴、六弦琴、长笛与清亮歌喉交织的乐曲声中，国王穿过盖满鲜花的大街，来到要塞处，迈步走了进去。白树七星旗于塔顶招展开来，国王埃莱萨的统治就此在无数歌谣中被人们传唱。

在他的时代里，白城变得前所未有的美丽，就连它最初的辉煌时期也比不上。城里栽满了树，四处可见喷泉，城门又以秘银和精铁重造，街道上铺满了白色大理石。孤山一族在城里辛勤劳作，森林的子民也欣然来访。万物都被治愈，被完善，家家户户男女兴旺，充满孩童的欢笑声，再不见门窗漆黑、庭院空无。直至这世间的第三纪元结束、新纪元到来，城里依旧保存着逝去岁月的记忆与辉煌。

加冕之后的日子里，国王坐在诸王之殿的王座上判决诸事。各地各族，无论东方和南方，无论黑森林的边境抑或西边的黑蛮地，纷纷派来使节。国王赦免了投降的东夷，让他们自由离去。他与哈拉德人握手言和，他释放了魔多的奴隶，将努尔能湖四周的土地全赐给了他们。许多人应召前来，受他勉励，又论功行赏。最后，近卫军队长将贝瑞刚德带来受审。

国王对贝瑞刚德说："贝瑞刚德，你用剑血染圣地，此乃大忌。你又未获宰相或队长允许，擅离职守。如此行径，古时当以死罪论处。因此，我如今必须宣判你的命运。

"因你英勇作战，更因你犯下罪行乃是出于对法拉米尔大人的爱戴，故而死罪可免。尽管如此，你却必须退出要塞近卫军，离开米那斯提力斯城。"

贝瑞刚德脸上血色尽褪，心头如遭重击，垂下了头。国王又道："此乃必须之事，因你被委派加入伊希利恩亲王法拉米尔的白卫队，而你将任队长，光荣且安宁地居于埃敏阿尔能，为你不惜一切救回一命的人效力。”

贝瑞刚德这才明白国王的仁慈与公正，感激地屈膝亲吻国王的手，快活又满足地离开了。阿拉贡将伊希利恩赐给法拉米尔作为领地，要他住在能看见白城的埃敏阿尔能的丘陵中。

“原因在于，”他说，“魔古尔山谷里的米那斯伊希尔应当夷为平地。有朝一日，那里或许能重归清洁，但或许很多年都无法居住。”

阿拉贡最后召见了洛汗的伊奥梅尔。两人紧紧相拥，而阿拉贡说：“你我乃兄弟之交，我们之间不分彼此，也不讲报酬。埃奥尔策马自北方而来的时日何等快活，任凭哪个联盟的子民也不如我们两族这般有福，过去不曾、将来也不会辜负彼此。眼下，如你所知，我们已将盛名永在的希奥顿安排于圣地陵寝，你若有意，他将永远葬于刚铎列王之间。你若不愿，我们便送他回洛汗，让他长眠自己族人身畔。”

而伊奥梅尔回答：“自你从山岗的绿草之中现身起，我便喜爱着你，而这份爱永不褪色。但我现在必须离开一阵，回我自己的国土，那里百废待兴，急需重整秩序。至于陨落的王，待一切就绪，我们便来接他回去，眼下且让他暂时安眠一阵吧。”

伊奥温也对法拉米尔说：“我眼下必须再回故土查看一遭，帮助兄长重建家园。不过，待我长久视作父亲之人最终彻底安眠后，我便回来。”

快活的日子就这么渐渐过去。五月的第八天，洛汗骑兵准备就绪，沿着北大道御马而去，埃尔隆德的两个儿子也一同离开了。从白城的城门直到佩兰诺平野的城墙，一路上百姓夹道相送，恭敬赞美之言不绝于耳。随后，住在远方的人也兴高采烈地回了家乡。白城之中，无数人志愿劳作，重建与修复白城，努力消除战争的创伤与黑暗的记忆。

几个霍比特人依旧留在米那斯提力斯，莱戈拉斯与吉姆利也在。阿拉贡实不情愿让护戒队众人分离。“天下无不散之筵席，”他说，“但我想让几位再多留几日。你们所参与成就的种种丰功，尚未迎来结局。自我成年以来始终期盼的一天渐渐近了，而我希望我的朋友届时都在身边。”可那一天究竟是什么，他却不愿多说。

那段日子里，护戒队伍众人与甘道夫一同住在一座美丽的屋子里，随心所欲地四处来去。而佛罗多对甘道夫说：“你知不知道阿拉贡说的那日子？我们在这里过得很快乐，我并不想离开。可日子一天天过去，比尔博还等着我哪。而且，夏尔才是我的家。”

“说到比尔博，”甘道夫说，“他也在等着那一天，他也知道你为何耽搁。再说过去的那些时日，现在也才五月，还不到盛夏。虽说一切似乎都变了，仿佛这世界已过去了一个纪元，可对草木而言，自从你启程，这才不到一年时间。”

“皮平，”佛罗多说，“你不是说甘道夫的嘴没以前那么严实了吗？我猜，他之前肯定是操劳过头给累的。眼下他渐渐恢复过来了。”

甘道夫则说：“许多人都想提前知道餐桌上会摆出什么样的菜肴，可那些辛苦准备宴席的人却想保留点儿神秘。毕竟，惊喜能让溢美之词更加响亮。而阿拉贡本人则是在等某个征兆。”

某天，甘道夫突然不见了踪影，护戒队伍其余人很好奇接下来会发生什么事。可甘道夫半夜便带着阿拉贡出了白城，一路去了明多路因山南面的山脚。他们在那里发现一条无数年前修建的小道，如今少有人敢踏足其上：这条道沿着山脉往上，通往一处过去只有诸王常去的高处圣地。两人沿着陡峭的山路往上爬，最后来到能俯瞰白城另一头峭壁的一处高地，再往上便是白雪覆盖的高耸峰顶。时值清晨，两人站在那里，将整片大地一览无余。他们看见下方远处，白城的塔楼如一支支沐浴着阳光的雪白铅笔，整片安都因河谷恍若花园一座，阴影山脉也蒙上了一层金黄的薄雾。两人的目光看向一侧灰蒙的埃敏穆伊，涝洛斯大瀑布闪闪发光，好似远处闪耀的一颗星星。另一侧，他们看见绸缎般的大河一路流向佩拉基尔，再往前的天边，那闪烁着光亮的便是大海。

甘道夫说："这便是你的国土，也是未来更大一片疆域的心脏所在。这世界的第三纪元已告终结，新纪元开启了。让它起始有序，留存一切能留存之事物，便是你的使命。虽说诸多事物幸免于难，可还是有不少如今逝去了。三戒的力量也同样就此终结。你眼见的所有土地，还有它们周围那些土地，从此将成为人类的居所。如今已是人类主宰的年代，年长的那支亲族将会消散或离去。"

"我非常清楚，亲爱的朋友，"阿拉贡说，"但我依旧需要你的谏言。"

"我如今也帮不了你多久喽。"甘道夫说，"第三纪元才是我所属的时代。我乃索伦的大敌，我的任务已经完成。我不久便会离去。重担如今须得由你及你的亲族来扛了。"

"可我也会死去，"阿拉贡说，"我只是一介凡人，虽说我出身如此，体内西方之族的血液也不曾混杂，让我能比其他人类活得长久，但这也不过是沧海一粟。等到那些尚在腹中的孩子出生、变老，我也一样会老去。到时候，若我渴求之事未获恩准，又有谁来治理刚铎，统领那些将这白城视作王后的人？喷泉庭院里那棵白树依旧枯萎光秃，我何时才能看见征兆，知道它将得重生？"

"那你便从那绿色世界里转过头来，看看似乎万物光秃冰冷之处！"甘道夫说。

于是，阿拉贡回过头来，对着背后那片从山顶积雪的边缘延伸下来的乱石坡。放眼望去，他发现一片荒芜之中竟有一样活物孑然而立。他攀了过去，看见那是一株顶多不过三呎高的小树，就长在雪线边缘。它已然长出细嫩修长的叶片，叶色墨绿、脉络银白，细细的树冠顶上生着一小簇花朵，洁白的花瓣亮如阳光照耀的白雪。

阿拉贡惊叹道："Yé! Utúvienyes![1] 我竟然找到了它！看，此乃万树之长的后代！它怎么会出现在这里？它的树龄还不足七岁啊。"

甘道夫前来查看一番，说："这确实是玉树宁洛丝一脉的幼苗。宁洛丝乃加拉希里安结实所成，而后者又是由名号众多的万树之长泰尔佩瑞安的果实长成。它如何于眼下这预定时刻来到此处，谁又能说得清呢？不过，此乃古时圣地，诸王血脉断绝、王庭那株白树枯死之前，肯定曾有一颗果实埋在了此处。据说，尽管白树甚少结出熟果，但果实当中的生命或许会休眠漫长的年岁，无人能预知它何时苏醒。切记！若有朝一日有果实成熟，一定要将它种下，以防白树就此于世间消失。这幼树隐于山中，恰似埃兰迪尔一族藏身北方荒野。不过，埃莱萨王，宁洛丝一脉可远比你这一族更加古老。"

阿拉贡便用手轻触那幼苗。瞧，它似乎只是浅浅扎在土里，未受半点儿损伤便被移了出来。阿拉贡将它带回了要塞。之后，人们心怀敬意地将那棵枯萎的白树连根挖起。他们并未烧掉它，而是将它安放在寂静的拉斯狄能。阿拉贡将新树种在了庭院的喷泉边，小树欣然飞快成长，六月到来之时，它已是满树繁花。

"征兆已现，"阿拉贡说，"那一日不远了。"他便派人去城墙上瞭望。

仲夏前一日，信使从阿蒙丁赶到白城，禀告说北方来了一队骑着马的美丽种族，眼下已近佩兰诺的防御墙。国王便说："他们总算来了。让全城都做好准备！"

就在仲夏夜前夕，天空如宝石般一片深蓝，白色的群星于东边绽放，而西边仍是一片金黄，凉爽的空气透着芬芳，北大道下来的一队骑

1 昆雅语，意为："看哪！我找到它了！——译注

者来到米那斯提力斯的城门前。举着银旗的埃洛希尔和埃尔拉丹打头阵，后面是格罗芬德尔与埃瑞斯托及幽谷全员，再往后则是骑着白马的加拉德瑞尔夫人及洛丝罗瑞恩领主凯勒博恩，与两人同行的则是身披灰斗篷、发缀白宝石的许多美丽族人。最后来的是带着安努米那斯权杖、在精灵与人类当中都颇有威望的埃尔隆德大人，他身边骑着灰马的则是女儿阿尔玟，她族人的暮星。

于暮色中到来的她，周身微微闪亮，眉间佩有繁星，身上透出一股甜香。见此一幕，佛罗多大为惊奇，对甘道夫说："我可算明白为什么要等了！这才是结局。眼下不单白昼应受喜爱，就连夜晚也会变得美丽，受到赐福，夜里的恐惧全都消散了！"

随后，国王迎接了他的宾客，众人尽皆下马。埃尔隆德交出权杖，又将女儿的手送至国王手上，两人一道登上王城，天穹繁星尽现。仲夏日这一天，埃莱萨王阿拉贡于列王之城迎娶了阿尔玟·乌多米尔，两人长久等待与努力的故事，就此终获圆满。

· 第六章 ·

伤别离

欢聚的日子终究要结束了，护戒队众人开始思考回家的事。佛罗多去面见国王时，他正坐在喷泉旁，身边有阿尔玟王后陪伴。王后正在唱一首维林诺的歌，那株白树已是花繁叶茂。两人起身欢迎佛罗多，同他问了好。阿拉贡说："我知道你来要说什么，佛罗多。你希望返回家乡。是的，我最亲爱的朋友，唯有在故土生长，树木才能长得最好。不过，西部全境永远都欢迎你。另外，虽说你的族人过去在各种伟大传说中都默默无闻，可从今往后，他们享有的名望将会比许多已不复存在的广阔国度还要高。"

"我确实很想回到夏尔，"佛罗多说，"但我还得先去趟幽谷。如此备受祝福的时节，我别无所缺，只想见见比尔博。埃尔隆德全族的人都来了，他却没有跟着来，我很难过。"

"持戒人，你莫不是有些惊讶？"阿尔玟说，"你知道那如今已被摧毁之物的力量，靠那力量支撑的一切，如今都在消散。而你那位亲人持有此物的时间比你更久。照你们这一族来算，他如今已是垂暮之年。他在等你，因为他只会再做一次长途旅行。”

“那么，请允许我尽快告辞。”佛罗多说。

“我们七天后出发，”阿拉贡说，“我们会与你们同行一阵，甚至远到洛汗国境。自今日起三天后，伊奥梅尔会来带希奥顿回马克长眠，而我们要与他同行，表达对逝者的尊重。不过，在你辞行之前，我要先确认法拉米尔曾允诺你的事：你可永远自由来往刚铎全境，你的同伴也是如此。若我有任何礼物能与你的功绩匹配，你都应当得到。你有任何想带走之物，尽管拿去，你当以此地王子装扮，衣锦还乡。”

而阿尔玟王后又说：“我会赠你一件礼物。毕竟，我乃埃尔隆德之女。他往灰港之行，我不会同去。我的选择与露西恩一样，我的命运也会同她一样既甜蜜又苦痛。然而，持戒人，待时候到来，若你有意，你便代我前去。若你的伤依旧令你痛苦，若那重担的回忆依旧令你沉重不已，那你或许便应该西行，直至你的伤口和疲惫得到治愈。不过，现下请戴着它吧，权当纪念曾与你的生命交织的精灵宝石和暮星！”

她取下胸口一条挂着形如星星的白宝石银链，将它戴在佛罗多脖子上。“若遇上恐惧和黑暗记忆的侵扰，”她说，“它能帮上你。”

正如国王所言，洛汗伊奥梅尔三天后骑马来到白城，与他同行的还有马克最为俊朗的骑士组成的伊奥雷德。他受到了热烈欢迎。等一行人于宴会大厅米瑞斯隆德的桌边坐定，他看见在座诸位女士的美貌，不禁目瞪口呆。前去休息之前，他派人请来矮人吉姆利，同他说：“格罗因之子吉姆利，你可备好了斧子？”

“没有，大人，”吉姆利说，“要是有需要，我可以赶紧去拿。”

“是否需要去拿由你判断。”伊奥梅尔说，“毕竟，对金色森林那位夫人口出不逊的事情，你我之间还没有了结呢。而我如今亲眼见过她了。”

“那么，大人，”吉姆利说，“你如今怎么说？”

“哎！”伊奥梅尔说，“我不会说她是生灵中最美的那位女士。”

“那我就得去扛我的斧子了。”吉姆利说。

“先容我解释一下，”伊奥梅尔说，“我若是在别的人群里看见她，那我要说的话就全是你乐意听的。不过，如今我会将暮星阿尔玟王后排在第一位，我也准备好要捍卫我的看法。需要我找人把我的剑拿来吗？”

随后，吉姆利鞠了一躬。“不用，我原谅你了，大人。”他说，“你选择了暮夜，可我的爱却献给了清晨。而且，我心里有种预感，这清晨快要永远离去了。”

辞行之日最终到来，一支装扮华美的庞大队伍做好准备，从白城去往北方。随后，刚铎与洛汗的国王前往圣地，去了拉斯狄能的陵寝，将希奥顿王置于黄金棺架之上，默然抬着穿过了白城。他们将棺架抬上一架大马车，洛汗骑兵护卫四周，他的王旗在前头领路。作为希奥顿王侍从的梅里骑马跟随在马车旁，负责携带国王的兵器。

护戒队其余成员也按身形得到了各自搭衬的坐骑。佛罗多与山姆骑在阿拉贡身侧，捷影载着甘道夫，皮平与刚铎骑士同行，而莱戈拉斯和吉姆利再度共骑阿罗德。

同行的还有阿尔玟王后，凯勒博恩、加拉德瑞尔及其族人，还有埃尔隆德与他的两个儿子。多阿姆洛斯与伊希利恩的两位亲王也率众多将士加入队伍。马克从未有哪位国王如森格尔之子希奥顿一样，得到如此一支队伍护送，魂归故里。

队伍一路平静地缓缓进入阿诺瑞恩，又来到阿蒙丁山下的灰色森林。他们听见山野里传来擂鼓的声响，却没看见半个活物。随后，阿拉贡命人吹响小号，传令官叫道：“请看，国王埃莱萨驾到！他将德鲁阿丹森林永远赐给悍－不里－悍及其族人。即日起，不经他们同意，任何人不得擅闯！”

鼓声随即喧腾起来，又复归平静。

十五日的旅途后，载着希奥顿王的马车终于穿过洛汗绿野，来到埃多拉斯。众人在此处停下休息。金殿里灯火通明，挂满漂亮的帷幔，还设下一场自建成以来最为盛大的宴席。三天后，马克人民为希奥顿举办了葬礼。他被安置在一间石室里，他的兵器与许多他曾拥有的漂亮物什也陪葬其中，石室上方堆起一座巨大的坟冢，上面盖满绿草皮与洁白的永志花。现在，陵地的东边有八座坟冢了。

随后，王家骑士骑着白马绕着坟冢奔驰，齐声高唱国王的吟游诗人格利奥威奈为森格尔之子希奥顿写的歌，而格利奥威奈就此封笔，再不曾写歌。骑兵那慢声道来的唱腔，让听不懂洛汗一族语言的人也深受触动。但那歌词，却使得马克的百姓眼中一亮：他们仿佛又听见北方远远传来奔雷般的马蹄声，而埃奥尔高喊的声音响彻凯勒布兰特原野的战场。诸王的传说继续流转，群山回荡海尔姆嘹亮的号角声，直到黑暗降临，希奥顿王长身而起，御马穿过魔影直奔烈焰，最后壮烈牺牲，而此时太阳出乎意料地出现，照耀着明多路因山的清晨。

奔出疑虑，奔出黑暗，迎向东升旭日，
阳光照他放声高歌，抽剑出鞘。
希望由他复燃，心怀希望永别；
超越死亡，超越恐惧，超越厄运，就此解脱，
长辞失落，长辞凡尘，归于久久荣光。

梅里却只是站在坟冢脚下泪流不止。待一曲唱毕，他站起身，高喊

道："希奥顿王，希奥顿王！永别了！相见虽短，我心中却视您如父。永别了！"

至葬礼结束，妇人的哭悼停歇，希奥顿终于独自安眠墓中，人们放下伤悲，齐聚金殿举行盛宴；毕竟，希奥顿活足了岁数，最后闯下的荣光也丝毫不逊于最为伟大的先辈。待得时刻到来，照马克传统，他们应为缅怀诸王而干上一杯。于是，洛汗伊奥温公主步上前来。她金发若阳，白衣似雪，将满满一杯酒呈给了伊奥梅尔。

随后，一名吟游诗人兼博学之士站起身，照顺序念诵马克诸王的名讳：年少的埃奥尔，金殿建造者布雷戈，不幸者巴尔多的弟弟阿尔多，弗雷亚，弗雷亚威奈，戈尔德威奈，狄奥和格拉姆，马克被入侵时藏身海尔姆深谷的海尔姆。这便是西边的九座墓穴，而这一脉就此断绝。之后是东边的坟冢：海尔姆的外甥弗雷亚拉夫，利奥法、沃尔达、伏尔卡、伏尔克威奈、奋格尔、森格尔，以及最后的希奥顿。等吟游诗人念完希奥顿的名字，伊奥梅尔便一饮而尽。伊奥温随后吩咐仆人斟满所有酒杯，众人起身，举杯向新王祝酒，高呼："敬马克之王伊奥梅尔！"

最后，待宴席接近尾声，伊奥梅尔起身说："此乃希奥顿王丧礼之宴席，然诸位退席之前，我有一则喜讯宣布。希奥顿王素来视吾妹伊奥温如己出，故而他不会对我此举不满。各地前来的美丽种族，从未齐聚此地的诸位宾客，请听我说！刚铎宰相、伊希利恩亲王法拉米尔，请求迎娶洛汗公主伊奥温，她满心欢喜地答应了。因此，他们将在诸位面前订下婚约。"

于是，法拉米尔跟伊奥温携手上前。众人欣喜不已，纷纷向两人敬酒。"如此这般，"伊奥梅尔说，"马克与刚铎的友谊又添一重纽带，我也愈发欢喜了。"

"伊奥梅尔，你可真是半点儿也不吝啬，"阿拉贡说，"竟将你国中最为美好的赠给了刚铎！”

伊奥温看着阿拉贡的双眼，说：“我效忠的君主及治愈我之人，请祝我快乐！”

他则回答：“初回见你，我便一直愿你能快乐。如今见你如此幸福，我心甚慰。”

盛宴结束后，要离开的人纷纷向伊奥梅尔王辞行。阿拉贡与麾下骑士，还有罗瑞恩及幽谷之人，纷纷准备上马离开。法拉米尔同伊姆拉希尔则留在埃多拉斯，暮星阿尔玟也留下了，又同她的两位兄长道别。她与父亲埃尔隆德于山野中一番深谈，两人这最后一面的情景无人得见，而他们离别的痛苦将会如此存续，直至世界终结。

最后，在一众宾客踏上归途之前，伊奥梅尔与伊奥温找来梅里，说：“夏尔的梅里阿道克、马克的忠贞护友之人，就此别过！驰向好运，愿你早日再来，定当厚待！”

伊奥梅尔又说：“古时诸王本会赠你连马车都装不完的礼物，以嘉奖你在蒙德堡的战场上立下的功劳。可你却说，除了原本赠给你的武器，其余一件也不要。这便让我犯了难，因我也确实没什么礼物值得一送；但吾妹请求你收下这个小东西，以此纪念德恩海尔姆，以及马克于黎明赶到时吹响的号角。”

随后，伊奥温交给梅里一个古老的号角。它个头儿虽小，却是以纯银制成，配一条绿色挂带。匠人还绕着号角尖至号角口刻了一圈成排骑兵纵马疾驰的图案，以及如尼文良言警句。

“此乃我家族传家之宝，”伊奥温说，“它由矮人打造，来自恶龙斯卡萨的宝藏。年少的埃奥尔将它从北方带了出来。若是紧急之时吹响，它会让敌人闻风丧胆，己方则会心生振奋，能听见吹号之人的呼唤，前来助他。”

于是梅里接过号角，毕竟这是件拒绝不了的礼物。他亲吻了伊奥温的手背，两人拥抱了他，这一回见面就此分别。

眼下诸位宾客都收拾完毕，他们便喝了上马酒，带着盛赞与友谊离去，最后来到了海尔姆深谷，又在此歇息了两日。之后，莱戈拉斯兑现了对吉姆利的承诺，与他一同去了晶辉洞。回来时他沉默不语，只肯说吉姆利才能找到合适的词语描述那里。“过往从未有哪位矮人于言辞比试中胜过精灵，”他说，“那么我们便去范贡森林，将这分数扳回来！”

他们从深谷的窄谷驰向艾森加德，见到了恩特们忙碌的成果。整个环场的石块全被放倒移走，里边的土地被改造成一座花园，不但栽满果树林木，还引了一条小溪从中流过。正中间是一片澄澈的湖泊，欧尔桑克塔便屹立湖中，依旧高大、坚不可摧，漆黑的塔身倒映在湖中。

一众旅人在艾森加德旧城门曾矗立之处坐了一阵。这里现在长着两棵大树，它们好似哨兵一样，守卫着通往欧尔桑克的一条绿草嵌边的小路。众人惊奇地打量着恩特们所完成的这番工作，可无论远近，他们却没见着半个活物。不过，没过多一会儿，他们听见一个哼哼着“呼姆——吼，呼姆——吼”的声音，随后树须带着急楸大步走下小径，朝他们迎了过来。

“欢迎来到欧尔桑克树园！”他说，“我知道你们来了，可我在上面山谷干活，要做的事依旧不少。但我听说，你们在南边和东边也没闲着。我听见的全是好事，好极了。”于是树须称赞了他们所有的功绩，似乎他对一切知之甚详。最后他停了下来，久久地看着甘道夫。

“噢，好吧！”他说，“你已经证明你是最为强大的，你的努力全都有了好结果。这下你要往哪里去？你又为什么来这里？”

“来瞧瞧你们的工作如何了，我的朋友，”甘道夫说，“以及感谢你们的帮助，让应尽之事最终得以实现。”

“呼姆，好吧，这倒是挺公平，”树须说，“恩特的确好好发挥了作用。而且，不光是对付那个，呼姆，住在这里的那个该死的杀树人。还有一大堆冲进来的那些，叶拉鲁姆，那些眼睛邪恶——手掌乌黑——罗圈腿——心硬如燧石——手指像爪子——肚子恶臭——嗜血如命的，莫利迈特-辛卡洪达[1]，呼姆，唔，鉴于你们这些种族都急吼吼的，而它们的名字就像遭受折磨的那些岁月一样长——反正就是那些奥克害虫。他们渡过大河，从北方下来，包围了劳瑞林多瑞南的森林。感谢在场的这些伟大人物，他们没法进来。”他朝罗瑞恩领主与夫人行了一礼。

“在北高原碰上我们时，这些丑恶的生物简直吓破了胆，因为他们从未听说过我们，虽然比他们更好的种族说不定也一样不认识我们。而且，没多少会记得我们，因为很少有人能活着从我们手上逃走，大多数都淹死在了大河里。不过，这对你们倒算是一桩好事，他们要是没遇见我们，那草原的王就去不了那么远；就算他去了，回来也会没了家园。”

“我们一清二楚，”阿拉贡说，“米那斯提力斯与埃多拉斯永远不会忘记这一点。”

“哪怕对我们来说，‘永远’这个词也太长了。”树须说，“你的意思是，只要你的王国还存在便不会忘记。不过，这些王国确实会存在很久，久到连恩特都可能会觉得久的程度。”

“新纪元来临了，”甘道夫说，“吾友范贡，在这个纪元里，人类王国或许会比你还要长命。言归正传，跟我说说，我交给你的任务如何了？萨茹曼现在什么情况？他可有厌倦欧尔桑克？我猜，他可不会觉得你让他窗外的景色变美了。”

树须又深深地看了甘道夫一眼，那眼神在梅里看来简直算得上狡猾。“噢！”树须说，“我就知道你会问。厌倦欧尔桑克？他终究还是烦透了，但比起对塔的厌倦，他更烦我的声音。呼姆！我曾经跟他讲了几

1 昆雅语，意为“手掌乌黑，心灵肮脏”。——译注

个很长的故事，至少在你们的语言里会显得比较长。”

“那他为何会老实听着？莫非你去欧尔桑克塔里了？”甘道夫问。

“呼姆，没有，没进欧尔桑克！”树须说，“可他走到窗边听了起来，因为他没有任何办法获得消息，尽管他痛恨我说的消息，可他又渴望得知。就我所见，他全听进去了。但我朝消息里塞了一大堆东西，他若是能多加思考，对他挺有好处。他变得非常厌烦。他老是急吼吼的，所以才会招来毁灭。”

“我发现，我的好范贡，”甘道夫说，“你无比谨慎地用了‘曾经’如何如何的说法。怎么回事？他是死了吗？”

“没有，就我所知没有死，”树须说，“但他离开了。是的，七天前他离开了。是我放他走的。他爬出来的时候，几乎没了人形。他身边那个虫一样的生物也差不多，像是一道苍白的阴影。甘道夫，你可别跟我说什么我答应要看好他的话，我记得的。不过，那时之后，情况起了变化。我一直看着他，直到他变得安全，安全到没法再做伤天害理的事情。你是知道的，我最痛恨的便是囚禁活物，若非十分必要，就算他这样的生物我也不会关起来。一条没了毒牙的蛇，随便他怎么爬吧。”

“或许你是对的，”甘道夫说，“可我认为，这条蛇还留着那么一颗毒牙。他的声音带着毒，我猜他连树须你都说服了——他知道你的软肋。行吧，反正他都走了，多说无用。不过，欧尔桑克塔原本属于国王，如今也应当归还，虽说他不见得还会再用上它。”

“会不会用上，未来才知道。”阿拉贡说，“而我要将这座山谷交给恩特随意使用，只要他们能继续监视欧尔桑克，没有我的允许不准任何人进入。”

“塔已经锁上了。”树须说，“我让萨茹曼上了锁，让他将钥匙交给了急楸。”

急楸像被风吹弯的树一样弯下腰，将钢环穿着的两把造型复杂的黑色大钥匙交给了阿拉贡。“再度感谢，”阿拉贡说，“请容我向你们道别。愿你们的森林能再度繁荣安宁。山谷里若是被填满了，群山的西边，你们许久以前曾漫步的地方还有土地可供使用。”

树须的面庞变得悲伤起来。“森林或许能繁茂，”他说，“树林或许能延展。可恩特不行。没有恩特娃了。”

“话虽如此，你们如今的搜寻或许会更有希望，”阿拉贡说，“曾长久封锁的北方大地，如今将向你们敞开大门。”

树须却摇摇头，说：“太遥远了。那边如今还有太多人类。不过，我怎么把礼数都快忘光了！你们可愿意留下休息一阵？或许你们当中有人愿意走范贡森林，缩短回家的路？”他看向凯勒博恩和加拉德瑞尔。

除了莱戈拉斯与吉姆利，其余人都表示必须现在告辞，动身往南或者往西。“来吧，吉姆利！”莱戈拉斯说，“如今得了范贡准许，我便要造访恩特森林深处，瞧瞧中洲别处见不着的林木。你要依言与我同行，此后我们再一道旅行，去往黑森林我族家园与更远之处。”吉姆利同意归同意，可那脸看着似乎算不上多欣喜。

“护戒同盟到此终究是走到了尽头，”阿拉贡说，“但我希望你们不久便能返回我的国土，兑现你们承诺的帮助。”

“只要我们各自的王允许，我们会来的。”吉姆利说，“那么，我的霍比特人们，后会有期！你们如今应该能平安归乡了，我也不用再为担心你们的安危而睡不着觉啦。一有机会我们就会给你们送信，我们中的一些人或许偶尔还能碰上面。不过，恐怕我们再也没法像这样齐聚一堂了。”

随后，树须与众人彼此道别，又怀着无比的敬意冲凯勒博恩和加拉德瑞尔缓缓鞠躬三次。“无论是以树龄还是石龄来看，我们都已经很久很久不见了，A vanimar，vanimálion nostari[1]！”他说，“终末之时才能相会，实在令我难过。世界正在改变：我从泉水中能感受到，我从大地中能感受到，我从空气里也能闻到。我觉得我们不会再见了。”

凯勒博恩则说：“我不知道，至古者。”加拉德瑞尔却说：“我们不会于中洲再会，直至海浪之下的大地再度升起。届时，在塔萨瑞南的柳林草地上，我们或许会于春日重逢。别了！”

最后向老恩特道别的是梅里和皮平。看向两人时，他变得愉快了一些。“那么，我快活的小伙子们，”他说，“愿意走之前再跟我喝上一碗吗？”

“我们当然愿意。”两人说。他便带着他们去了旁边一处树荫下，而两人看见那里摆着一个巨大的石罐。树须舀了三碗饮料，各自便开始喝；两人看见树须越过碗边，用那双奇特的眼睛注视着他们。“当心，当心！”他说，“你们已经比我上回看见时又长高啦。”他们哈哈一笑，将水碗喝了个干净。

“那么，再见！”他说，“要是在你们的家乡听见任何恩特婆的消息，别忘了给我捎信。”随后，他向所有人挥了挥巨大的双手，走回树林里。

旅者们如今快马扬鞭，朝洛汗豁口赶去。最后，阿拉贡在接近皮平当初查看欧尔桑克水晶的地方同众人告了别。这次分别让几个霍比特人十分难受，因为阿拉贡从未辜负他们，还一路引领着他们度过了许多艰险。

“真希望能得到一颗水晶球，这样我们就能用它查看所有的朋友了。”皮平说，“我们还可以隔着很远跟他们说话！”

---

1 昆雅语，意为：“噢，美丽的两位，美丽子女的父母！”——译注

“你们能用的现在就剩下一颗了，”阿拉贡回答，“你们肯定不想看到米那斯提力斯的水晶中展示的景象。欧尔桑克的那颗帕蓝提尔将由国王保管，以了解国内动向，以及手下人又在做些什么。佩里格林·图克，别忘记你是刚铎的骑士，我也不曾解除你的效力。你如今获准离开，但我或许会召唤你。记住，夏尔几位亲爱的朋友，北方也是我的国土，说不定哪一天我就来了。”

阿拉贡随后向凯勒博恩与加拉德瑞尔辞行。夫人同他讲：“精灵宝石，你穿越黑暗觅得希望，如今已得偿所愿。切莫虚度！”

而凯勒博恩则说：“亲人，别了！愿你的命运与我不同，愿你的珍宝永远与你同在！”

语毕，众人就此分别。时值落日，隔了一阵，等他们回望时，只见西方之王坐在马上，一群骑士护卫在他周围。夕阳照得他们身上的铠甲一片金红，阿拉贡那纯白的罩袍也像笼上了一层火焰。随后，阿拉贡取出那绿宝石高高举起，手里登时照出一道绿色的火光。

成员减少的这支队伍很快沿着艾森河拐向西边，穿越豁口进入前方的荒原，又转而向北，跨过了黑蛮地的边界。黑蛮地人纷纷逃走躲藏，因为他们害怕精灵一族，但其实精灵很少来他们的乡野。一众旅者并没有理会他们，因为旅者们依旧人数众多，所需物资也非常充足；他们继续悠闲地前进，扎营时间也是随心情而定。

与国王分别后的第六天，他们来到此时绵延去了右边的迷雾山脉脚下，山脉的丘陵上长出来一片树林。时值日落，他们穿过树林，再度来到空旷的乡野，正好遇上一名拄着拐杖的老人。老人身上裹着件破袍，颜色也不知是灰还是变脏污的白，身后跟着一个萎靡不振、哼哼唧唧的乞丐。

“噢，萨茹曼！”甘道夫说，“你要上哪儿去啊？”

“与你何干？”他答，“你还想规定我去哪儿不成？还是说，你觉得我这副样貌还不够惨？”

“你知道答案，”甘道夫说，“两者都不是。不过，无论如何，我操劳的岁月如今已近结束。重担交给国王担着了。当初你若是肯等在欧尔桑克，你就会见到他，而他会向你展示智慧与慈悲。”

“那我更该早点儿离开，”萨茹曼说，“我可不稀罕他这两样。你若是真想知道，这便是你第一个问题的答案：我正在找路离开他的地盘。”

“那你可就又走错路了，”甘道夫说，“我从你这趟旅程上瞧不见半点儿希望。我们愿意帮你一把，不知你可瞧得上我们的帮助？”

“帮我？”萨茹曼说，“别，莫要对我微笑！我宁愿看见你们皱眉头。至于在场的这位夫人，我可不信任她。她向来恨我，还为你出谋划策。我毫不怀疑，便是她引你走来这边，好取笑我的落魄。要早知道你们追在后面，我定然不会让你们得逞。”

“萨茹曼，”加拉德瑞尔说，“我们别有要事与担忧，于我们而言，它们都比追捕你更为紧要。与其说你是被追上的，倒不如说是交了好运。你便因此有了最后一次机会。”

“若当真是最后一次，我倒是挺高兴的，”萨茹曼说，“我就省了再次拒绝的麻烦。我所有的希望都毁了，但我却不愿分享你们的希望，即便你们还真有希望。”

他的眼睛一时间无比闪亮。“去！”他说，“我长久钻研这些学识并非毫无所获。你们给自己招来了厄运，你们清楚得很。一想到你们为了摧毁我的居所而毁掉你们自己的家园，哪怕我流浪也感觉舒服多了。事到如今，又有什么船能载你们重返大海彼岸？”他嘲弄道，“肯定是艘灰蒙蒙的船，上面装满了幽魂。”他哈哈大笑，声音却是干涩又丑恶。

“快起来，蠢货！”他朝那个乞丐吼道，后者正在地上坐着。他又用拐棍抽打乞丐。“回头！若是这些好人要走我们的路，那我们就换条路走。快走，要不晚上我连面包屑都不会给你吃！”

那乞丐转过身，萎靡不振地走过，呜咽道：“可怜的老格里马！可怜的老格里马！一直被打，一直被骂。我恨他到死！我真想离开他！”

“那就离开他！”甘道夫说。

可佞舌只是用那双充满恐惧的昏沉眼睛瞥了甘道夫一眼，随即便拖着脚连忙跟在萨茹曼身后走开了。这悲惨的一对就这么走过队伍，来到几个霍比特人面前。萨茹曼停下瞪着他们，他们却只是拿怜悯的眼神看着他。

“你们也是来幸灾乐祸的，对不对，我的小叫花子们？”他问，“你们可不会操心我这要饭的缺什么，对不对？你们想要的都有了，美食、漂亮衣服，还有烟斗里上好的烟斗草。噢，是的，我知道！我知道那东西是怎么来的。你们该不会打算给我这乞丐一斗吧？”

“我要是有的话，我愿意给。”佛罗多说。

“我可以把剩下的都给你，”梅里说，“只要你愿意等一等。”他下了马，在马鞍的包裹里摸索了一阵，递给萨茹曼一个小皮袋。“你全拿走吧，”他说，“尽管享用，反正它也是从艾森加德的漂浮物里打捞上来的。”

“我的，是我的，没错，我花大价钱买来的！”萨茹曼高喊着，攥紧了袋子，“这只是象征性的补偿罢了。你们拿的肯定不止这么点儿。即便如此，若是贼人将乞丐的东西还回来，哪怕只还了那么一点儿，乞丐也得感恩。噢，等你们回了家，发现南区的情况没你们想象的那么好，那才是你们应得的。愿你们的家乡永远缺乏烟斗草！”

“真是谢谢你！”梅里说，“既然如此，那我就要把这皮袋子拿回来，它可不是你的，它可陪我走了很长的路。拿你自己的破布来裹烟斗草吧！”

“小偷活该被偷。”萨茹曼说。他转身背对梅里，又踢了佞舌一脚，随后朝林子深处走去。

“喔，我可真喜欢这话！”皮平说，“确实是小偷！我们被埋伏、被打伤，还被奥克拖着穿过洛汗你要怎么算？”

“噢！”山姆说，“他还说‘买’。我有些纳闷儿，怎么个买法？他提到南区的话让我不大舒服。我们得赶紧回去。”

“确实该回去了，”佛罗多说，“可我们要去探望比尔博的话，也没法再加快速度了。不管发生什么事情，我都要先去幽谷。”

“是的，我认为你最好这么办。”甘道夫说，“不过，萨茹曼哪！恐怕他已无可救药，彻底垮掉了。尽管如此，我依旧不确定树须有没有做错。我感觉，他依旧能靠着小把戏做出点儿卑鄙的事情来。”

第二天，他们继续往黑蛮地北部前进。那里虽说是一片绿意盎然的宜人乡野，却无人居住。九月伴着金黄的白昼与银白的夜晚来临。队伍悠闲地前进，最后来到天鹅泽湖。他们在这里找到了旧渡口，渡口西边有一道道瀑布，天鹅泽湖便是从那里陡然落入低地。再往前的迷雾里横陈着许多池塘与河州，湖水蜿蜒路过这里，流向灰水河。彼处的大片芦苇地里生活着无数的天鹅。

他们一路穿过渡口进入埃瑞吉安。雾似金纱，其上霞光万丈：众人终于迎来一回美好的清晨。自矮丘上的营地望去，东边那轮朝阳正照着三座高耸入云的山峰：卡拉兹拉斯、凯勒布迪尔、法努伊索尔。它们就在墨瑞亚大门附近。

队伍在此流连了七日，因为另一场令人难舍的分别即将到来。凯勒博恩与加拉德瑞尔及族人很快便要东行，走红角门沿黯溪梯下到银脉河，最后回到他们的家园。他们沿西绕了远路，只因他们与埃尔隆德和甘道夫还有许多话要说，即便到了此地，也依旧与朋友们交谈不已，盘桓难去。屡次三番地，在几个霍比特人早已熟睡之后，他们依旧围坐在星河之下，要么回忆过去的岁月与他们在这世间经历的种种乐事与辛劳，要么商讨未来的打算。即便哪位游人碰巧路过，也难以看清或听见他们，只会感觉看见一些石雕般的灰蒙人影，仿佛是在纪念这片无人之地失落的事物。这是因为，他们一动不动，也不用话语交流，只是探索彼此的意识。只有在思绪往来之际，他们的眼睛才会微微动弹，散发出光亮。

话语终有说尽之时。他们便再度暂别，等到三戒离去时再会。灰袍的罗瑞恩一族朝着群山骑马而去，身影迅速隐入山岩与阴影之中。要去幽谷的一行人坐在山丘上目送着他们，直到渐渐聚拢的雾气中透出一道闪亮，随后便再也看不见身影了。佛罗多知道，这是加拉德瑞尔举起了她那枚戒指，以示道别。

山姆转过身，叹道："真希望我是回罗瑞恩去！"

终于，某日傍晚，就如旅者们历来感受到的一样，在翻过高高的荒原之后，他们突然便来到了幽谷那深谷的边缘，看见远处埃尔隆德之家燃起的点点灯火。他们便走下山谷，过了桥，来到大门前。于是整座大宅变得灯火通明，充满欢歌笑语，快活地迎接埃尔隆德归家。

不等吃喝洗漱，甚至连斗篷都来不及摘下，几个霍比特人当即前去寻找比尔博。他们发现他一个人待在自己的小房间里。房间里随处可见纸张、沾水笔和铅笔；而比尔博挨着烧得正旺的小火炉，坐在一把椅子上。他看起来垂垂老矣，但满脸安详，正在打瞌睡。

四人进了房间，他睁开眼睛抬头打量着。"哈喽，哈喽！"他说，"你们回来啦！明天正好是我的生日。你们可真会挑日子！我就要一百二十九岁啦，知道吧？我只要能再多撑一年，就能跟老图克打平啦。我倒是想赢过他，不过，我们走着瞧吧。"

给比尔博庆祝完生日，四个霍比特人又在幽谷待了些日子，花了许多时间陪在比尔博身边。除了吃饭，这位老朋友如今基本都待在自己房间里。对待吃饭，他依旧准时无比，很少会因睡过头而错过饭点。几人坐在火炉边，轮番跟他讲他们还想得起来的旅途和冒险。一开始他还假装记笔记，可又频频睡着。等到醒来，他会说："真是精彩！棒极了！我们说到哪儿了？"于是，他们又从他开始打瞌睡的地方继续往下讲。

唯一让他当真清醒起来注意听的，似乎只有阿拉贡加冕与结婚的事情。"婚礼当然也邀请了我，"他说，"这一天我可等了太久了。可是，不知怎么的，真到了时候，我反而发现手头还有好多事情要做，收拾行李也委实折腾人。"

过了差不多两星期，佛罗多看向窗外，发现夜里起了霜，蛛网变得仿佛一块白色网兜。他突然意识到自己该离开，该向比尔博道别了。经历了人们印象里最为美好的夏天，如今的天气依旧凉爽而美好。不过，十月已经到来，这天气多半撑不了太久就得再度开始刮风下雨。回家依旧还有很远的路要走。不过，真正扰乱他心绪的并非天气。他有种预感，觉得是时候回夏尔了。山姆也有同感，他头天晚上才刚这么说过："那个，佛罗多先生，我们走了很远，见识了老多东西，可我觉得我们再找不到哪个地方比这里更好了。所有地方的东西这边都有那么一点儿，你懂我意思吧：夏尔，金色森林，刚铎，各位国王的宫殿，各种客栈，还有草地和大山，全混在了这里。只不过，也不知怎的，我感觉我们应该赶紧上路了。跟你说实话，我有些担心我家老爷子。"

"确实，除了大海，山姆，每种东西都有一点儿。"佛罗多答道。他又跟自己重复了一遍："除了大海。"

佛罗多当天去找了埃尔隆德，他们一致决定，四个霍比特人应该第二天一早就离开。令他们开心的是，甘道夫说："我觉得我也该去，至少要陪你们走到布理。我想去瞧瞧黄油菊。"

他们傍晚去向比尔博道别。"好吧，一定得走的话，你们就走吧。"

他说，“真是遗憾。我会想念你们的。光是知道你们在这地方，就让我高兴。可我实在困得很了。”随后，他将他的秘银甲和刺叮剑送给佛罗多，完全忘记自己之前就已经送过的事。他还给了佛罗多三本学识书，是他于不同时期写出来的，通篇全是他那纤细的笔记，书脊上还贴着标签：“由比·巴译自精灵语。”

他给了山姆一小袋金子。“这差不多就是史矛革陈酿的最后一滴啦。”他说，“你要是想成家的话，希望这能帮上你。”山姆给闹红了脸。

“我也没啥东西给你们两个小年轻，”他对梅里和皮平说，“除了金玉良言。”他便拉着两人唠叨了一大通，最后再照夏尔的习惯补了一句：“别让你俩的脑袋长得连帽子都套不下！你们这长个头儿的劲头再不压一下，就会发现买帽子和衣服有多费钱喽。”

“不过，既然你都想赢过老图克了，”皮平说，“我不明白为啥我们不试试赢过吼牛。”

比尔博哈哈大笑，从口袋里掏出两根用珍珠做烟嘴、边上镶着精细银工的漂亮烟斗。“用它们抽烟的时候，别忘了我！”他说，“精灵为我做的，可我现在不抽烟啦。”随后，他忽然垂下脑袋，睡了片刻。等再度醒来，他又说：“我们这会儿说到哪儿啦？是的，当然，送礼物。我想起来一件事。佛罗多，你拿走的我的那枚戒指怎么样啦？”

“我弄丢了，亲爱的比尔博。”佛罗多说，“我把它丢掉了，知道吧。”

“真可惜！”比尔博说，“我还想再看看它呢。不过，不，瞧我这糊涂劲儿！你离开就是为了这事，对吧？要丢掉它。只是，这一切把我搞晕了，杂七杂八的各种事情全混在一块儿了。阿拉贡的事情，白道会，刚铎，骑兵，南蛮，还有奥力方特——山姆，你当真看见了一头——还有各种山洞啊高塔啊金树之类的，外加天知道的其他什么事情。

“我那趟冒险的返程显然是走得太心切了。不然，我猜甘道夫可能会带我四处逛逛。可这样我就会赶不上那场拍卖，那我就得碰上更多麻烦。总而言之，现在说已经太迟啦。再说了，坐在这里听故事，怎么都比自己跑一趟舒服一些。这里的炉火舒服得很，食物也非常好吃，只要你需要，到处都是精灵。还能有什么想要的？

涂道悠悠，家门伊始。
前路漫漫，心愿相随，
快步匆匆，魂梦萦萦，
大道条条，歧路万千。
何从何去？我意难决。”

比尔博呢喃着最后几个字，脑袋也垂到了胸口，沉沉睡去。

房间里的夜色渐渐深沉了，炉子里的火光也变得更加明亮。他们看着比尔博睡着的脸庞，发现他嘴角露出一丝微笑。四人就这么安静地坐了一阵，随后，山姆环顾一圈，看着墙上摇曳的影子，轻声说：“佛罗多先生，我们踏上旅途之后，我觉得他也没写多少东西。如今他不会再写我们的故事了。”

比尔博这时睁开了一只眼睛，就好像他听见了山姆的话。随后他又精神起来。“你瞧，我真是越来越瞌睡了，”他说，“我有时间写东西的时候，其实只想写写诗。我在想啊，我亲爱的佛罗多小伙子，你乐不乐意在走之前帮我收拾收拾东西？把我所有的笔记、纸张，还有我的日记都整理一下，然后你愿意的话都带走。你看，我没什么时间筛选和编排这些东西。让山姆也帮帮忙，等你们把东西整理得有模有样了，就回来让我检查一遍。我不会瞎挑刺的。”

“我当然愿意！”佛罗多说，“我也肯定很快就回来。外面再也不危险了。如今我们有了一位真正的国王，他很快就会把四处的道路都给安顿好的。”

“谢谢啦，我亲爱的小伙子！”比尔博说，“真叫我心里松了一大口气。”说完，他又睡着了。

第二天，甘道夫和几个霍比特人到房间里来跟比尔博道别，因为房间外面实在有些冷。之后，他们又同埃尔隆德和他家里所有成员都道了别。

就在佛罗多站到大门口的时候，埃尔隆德祝他一路顺风，同时予他祝福，又说：“佛罗多，除非你当即返回，否则你大抵无须再来。来年此时左右，待金叶飘落，请于夏尔树林等候比尔博。我将于他同行。”

别人都没听见这番话，而佛罗多也从不曾提起。

·第七章·

归　途

四个霍比特人终于转头踏上了回家之路。他们如今无比渴望再回到夏尔，可他们起初却只是骑马慢行，因为佛罗多一直非常不安。他们来到布茹伊能河渡口时，佛罗多停住了，似乎极不情愿渡河。他们还注意到，他的眼睛有一阵似乎变得看不见他们或者周遭的事物。他那一整天都沉默不语，而此时是十月的第六天。

“你可是身上疼痛，佛罗多？”甘道夫骑马走到佛罗多身侧，轻声问道。

“唔，是的，”佛罗多说，“肩膀那里。那伤口疼得厉害，阴暗的记忆也压得我喘不过气。那正好是去年今天的事情。”

“唉！有些伤口是无法彻底痊愈的。”甘道夫说。

“恐怕我的伤就是，”佛罗多说，“真正意义上的回去是不可能了。我或许能回到夏尔，可它不会是原本那个夏尔了，因为我也不再是原来的我。我遭受了刀捅、刺蜇、啃咬，还长期背负重担。哪里才是我的安宁之地？”

甘道夫没有回答。

到了第二天傍晚，佛罗多的疼痛与不安消退，他又变得快活起来，好似他完全忘了头一天那种黑暗。之后的旅程一帆风顺，日子过得飞快。众人一路走得很是安逸，常常遇见美丽的林地便停下，欣赏秋阳照林叶的一片火红金黄。他们最后来到风云顶，那时已近傍晚，昏暗的山影罩上了道路。佛罗多请求加快速度，而他不愿朝山野那边瞧上一眼，只是埋着头、裹紧斗篷，快速穿过山影。那天晚上变了天，冰冷的西风满载着雨点呼啸而来，吹得黄叶漫天，仿佛鸟儿飞旋。等抵达切特森林，他们发现林中的树枝几乎全秃了，还看见布理山笼罩着一大片雨幕。

就这样，在十月末那个风狂雨骤的夜晚，五位旅者骑着马一路上坡，来到了布理南大门。大门紧锁，雨水直往人脸上扑，低矮的云层在漆黑的天空中匆匆掠过，众人不由得心里一沉——他们原以为会受到热烈的欢迎。

他们喊了许多声，看门人总算出现了。他们看见他手上还拿着根大棒。看门人面露惧色，满眼怀疑地盯着他们。等发现队伍里的甘道夫，看见其余同行者虽然穿着怪异，但都是霍比特人时，他登时面露笑颜，向他们表示欢迎。

“快进来！”他说着，打开大门的锁，“这么个又冷又湿的糟糕夜晚，我们可没想过还能有人来。不过，跃马客栈的老麦肯定会乐意招待你们的，想知道的消息他全都会告诉你们。”

“各种我们说过和没说过的消息，晚点儿你也都能在他那儿听见。”甘道夫笑着说，“哈里可还好？”

看门人绷紧了脸。“走了，”他说，“你们最好问麦曼去。晚安！”

“你也晚安！”他们回应道，穿过了大门。随后，他们发现路边的树篱后面多了一长溜低矮的棚屋，里边走出来好些人，正隔着篱笆拿眼睛瞪他们。走到比尔·蕨尼家门口时，他们发现这里的树篱变得破破烂烂、七零八落，屋子的窗户也全用板子给封了起来。

“山姆，你觉得你扔的那个苹果有没有砸死他？”皮平问。

“我可没那么大指望，皮平先生，”山姆说，“我只想知道我那匹小马怎样了。我老是想起它，还有那些狼嚎什么的。”

最后，他们来到跃马客栈，这里从外表看上去至少没什么变化：矮矮的窗户，红红的窗帘，有光亮从里边透出来。他们摇响门铃，诺伯来应了门，又拉开一条门缝往外面瞅。等瞧明白灯下站着的几人之后，他惊得大叫出声。

“黄油菊先生！掌柜的！”他喊道，“他们回来了！”

“噢，是吗？看我怎么收拾他们！”黄油菊的声音响起，人也跟着冲了出来，手上还提着根棍子。可等他看清来人，猛然停下，那张阴沉的脸也变得又惊又喜。

“诺伯，你这满脑子糨糊的大笨蛋！”他嚷道，“老朋友来了，你就不能报名字吗？眼下这时节，你可不能这么吓我。哎呀，哎呀！你们这是打哪儿来的？我压根儿没想过还能见到你们任何一位哪，一点儿不掺假。跟着那个大步佬进了荒野，四周还全是那些黑衣人什么的。不过，我真高兴见到你们，尤其是甘道夫。快进来！快进来！还住以前的房间吧？都空着呢。我也不瞒你们，毕竟你们要不了多久就能看见。其实大部分房间这些日子都是空着的。等下我看看能做点儿什么晚饭，尽快给你们安排上，但我如今有些缺人手。嘿！你这慢慢吞吞的诺伯！去喊鲍伯！噢，我给忘了，鲍伯走掉了。如今天一黑，他就回家里人那边去。啊，诺伯，把客人们的马牵去马厩！甘道夫，我毫不怀疑，你当然是亲自带着你的马去马厩。当初第一次看见的时候我就说过，那真是匹好马。噢，快请进，可别把自己当外人。”

黄油菊先生说话的感觉倒是半点儿没变，也似乎依旧忙得喘不过气来。然而，客栈里基本上看不见别的人，到处都安安静静的。公共休息厅传来的悄悄说话声，顶多也就两三个人罢了。店老板点了两根蜡烛走在前头，在烛光下仔细打量，能瞧见他脸上长满了皱纹，神情也是愁闷得很。

他领着几人穿过走廊，来到一年多以前那个古怪的夜晚几人住过的那间小包厢。他们有些不安地跟在后面。老麦曼显然是硬着头皮在对付什么麻烦，他们看得一清二楚。情况跟过去不一样了。他们什么也没说，只是等着。

正如他们所预料的，晚饭后黄油菊先生便来查看几位客人待得是否还满意。确实没什么可挑剔的：无论如何，跃马客栈的食物酒水还没有变糟。“今儿晚上我倒是不敢建议各位去公共休息厅放松了，”黄油菊说，“你们肯定都累了。再说了，今儿晚上也没几个人在。不过，假如你们愿意在睡前抽半个钟头的时间出来，我倒是真想跟各位聊聊，就我们几个人。”

“我们也正有此意，”甘道夫说，“累倒是算不上，我们一路走得还算悠闲。原本我们又湿、又冷、又饿，都让你给治好了。来吧，坐！你若是能匀点儿烟斗草来，我们会祝福你的。”

“唉，但凡你们要点儿别的，我都能更开心一些。”黄油菊说，“我们正好就缺它，我们只有自家种的，可远远不够使。这些日子从夏尔那边搞不到半根烟斗草。不过，容我去瞧瞧。”

等再回来的时候，他带来了整整一卷没切的烟叶，足够几人抽上一两天。“南丘叶，”他说，“是我们手头上最好的了。跟南区的没法儿比——我一直都这么说，不过我大部分时间还是站布理这边的，求各位见谅。”

他们让他在柴火壁炉边的一把大椅子上坐下，甘道夫坐在另一边，而几个霍比特人坐在两人中间的矮椅子上。随后，众人聊了半个钟头又半个钟头，跟黄油菊先生交换了所有他想听的、想说的消息。在掌柜的看来，他们讲的东西大部分都属于让他既惊讶又费解，压根儿想象不出来的事情。这些事情大多只换得来短短的一句：“当真？”哪怕黄油菊先生拿耳朵听了个明明白白，还是三番两次会这么重复一遍，比如：“当真？巴金斯先生还是山下先生来着？我老是分不明白。当真的吗，甘道夫大人？哎，我真是没想到！谁能料到我们这辈子竟然能碰着！”

另外，他主动说出的也不少。照他的话说，事情简直糟透了。他的生意连凑合都算不上，简直是江河日下。“外地人现在都不来布理附近了，”他说，“本地人大多也把门关得死死地待在家里。全是去年从绿大道上来的那帮新来者和流浪汉给搅和的，你们大概还记得吧，后面又来了更多的人。其中一些只是逃难的倒霉蛋，可剩下的大部分都是些坏蛋，成天小偷小摸，惹是生非。布理也闹了麻烦，大麻烦。唉，也不怕你们不信，我们这儿发生了一场正儿八经的斗殴，有人丢了性命，被杀死了！”

“我相信，”甘道夫说，“死了多少人？”

“三个加两个。”黄油菊说——他将大种人和小种人分开数了，“有可怜的马特·石楠趾、罗利·苹果树，还有小丘那边来的小汤姆·摘荆棘。另外就是上游那边来的威利·山坡，外加斯台多来的一个姓山下的——都是些好人哪，真想念他们。然后，以前老守着西门的那个哈里·山羊叶，还有那个比尔·蕨尼，他们跑去跟陌生人混到一块儿，还跟着一道走掉了。我相信，就是他俩放他们进来的。我是说，就在斗殴的头一天晚上。我们起先是带他们去镇门，把他们推出了镇子——那是去年年末的事情。而斗殴发生在新年的早上，就在我们这儿下了一场大雪之后。

“他们如今住在外面当强盗，就藏在阿切特那边的林子和北边远处的荒野里。要我说，这就有点儿像故事里讲的那种过去的糟糕时日。外面的大道不安全，没人再出远门，家家户户早早就紧锁门窗。我们被迫在篱笆四周设了岗哨，晚上还要派许多人看守大门。”

“唔，没人来找我们麻烦，”皮平说，“而且我们一路走得慢慢悠悠的，连岗哨都没设。我们以为已经把麻烦全抛在身后了。”

“哎，并没有呢，小少爷，实在遗憾得很。”黄油菊说，“倒是不奇怪他们为何没来招惹你们。他们可不敢抢穿盔戴甲的人，又是剑又是头盔，还扛着盾牌什么的。这种打扮可不得让他们犹豫再三。我得说，开头第一眼看见你们，我都被吓了一大跳。”

几个霍比特人这才意识到，人们之所以一脸惊奇地看着他们，不光是惊讶于他们回来了，还因为他们穿着的这一身装备。他们自己早已习惯打仗，习惯了跟全副武装的队伍骑行，至于斗篷下那闪亮的锁甲、刚铎和马克的头盔，还有盾牌上那些精美的纹章，这些东西在他们自己家乡人眼里会显得稀奇古怪的事情，早被他们忘了个干净。甘道夫也不例外：他骑着灰色的高头大马，身上裹着纯白的袍子，外面套着一件蓝银二色的大罩衣，身侧还挎着长剑格拉姆德凛。

甘道夫哈哈一笑。“不错，不错，”他说，“要是连我们区区五个人都怕，那我们一路上遇见的敌人可比他们厉害多了。无论如何，只要我们待在这里，他们晚上便不敢来惹事。”

“你们又能待多久呢？”黄油菊说，“我们很高兴你们能在这边住上一阵子，这点我不否认。你瞧，我们不习惯处理这种麻烦。有乡亲跟我说，游侠们全都离开了。我觉得，事到如今，我们终于明白游侠都为我们做了什么。这周围还有比强盗更糟糕的东西。去年冬天，狼群一直围在栅栏外面嚎叫。树林里还出现了漆黑的身影，都是些光想想都让人浑身冰凉的可怕东西。我们的日子一直过得提心吊胆的，你明白我意思吧。”

“我料想会这样。”甘道夫说，“这年月，几乎所有地方都不太平，乱极了。好了，麦曼，打起精神来！你已经好几回跟巨大的危险擦身而过，看见你没有深陷进去，我实在庆幸不已。不过，好日子快来了。说不定，比你记忆里的所有日子还要更好。游侠都已经回来了。我们一道返回的。另外，麦曼，王国又再度有了国王。他很快就会把注意力放到这边来。

“届时绿大道会再度开放，他的信使将一路去向北方，人们来来往往，邪物会被逐出荒原。当然了，那时的荒原也将不再荒凉，曾经荒无人烟的地方也会满是田野人家。”

黄油菊先生摇摇头。“要是大道上往来的都是一些体面、可敬的人物，倒也不错。”他说，“我们可不希望再来些痞子跟恶棍。另外，我们不希望布理有外地人来，最好连布理附近也没有。我们不想被打扰。我可不想让一堆乱七八糟的生人跑来东一处扎营西一处居住，把野外挖得一塌糊涂。”

“你们不会受人打搅的，麦曼。”甘道夫说，“艾森河与灰水河之间的土地足够畅阔，沿着白兰地河以南的河岸也四处都是土地，哪怕与布理隔着许多天马程的地方也不会有人居住。还有好些种族的人原本就住在遥远的北边，在绿大道那一头，离这边至少一百哩的地方，就在北岗，或者暮暗湖边上。”

“那上头的死人堤那边？”黄油菊问，眼神愈发怀疑起来，“他们说那边闹鬼，只有强盗才会去那边。”

“游侠会去。”甘道夫说，“你管那边叫‘死人堤’，这名字确实叫了许多年。不过，麦曼，那里其实叫作佛诺斯特－埃莱因——‘列王的北堡’。国王迟早会去那里，到时候你就能看见一些打扮体面的人骑马经过了。”

“唔，这样听着倒是更有希望了，我接受。”黄油菊说，“毫无疑问，这对我的生意也有好处——只要他别来打搅布理。”

“他不会的，”甘道夫说，“他知道布理，也热爱这里。”

“他知道？”黄油菊一脸疑惑，“不过我很确定，我不知道他是上哪儿知道的。毕竟，他坐在大城堡里的高大宝座上，跟布理隔着好几百哩呢。我一点儿都不怀疑，他喝酒用的都是金杯子。跃马客栈，又或者一杯啤酒，对他来说算得了啥？当然，甘道夫，我可不是说我的啤酒不好。自从去年秋天你过来对我的啤酒美言几句之后，这酒就一直异乎寻常的好喝。要我说，一堆麻烦缠身的时候，它可真是一种安慰。”

“噢！”山姆说，“可他说你这儿的啤酒一直都好喝。”

“他这么说过？”

“他当然说过。国王就是大步佬啊，那群游侠的首领。你还没猜到吗？”

黄油菊可算是反应过来，下巴都快惊掉了。他那张宽脸上眼睛瞪得溜圆，嘴巴张得大大的，还倒抽一口气。“大步佬！”他惊叹一声，终于缓过气来，“戴王冠什么的，还拿金杯子喝酒，是大步佬？哈，我们这是到什么年头了？”

“更好的年头，至少对布理来说如此。”甘道夫说。

“我巴不得这样。”黄油菊说，“嗨，我真是老长时间没聊得这么开心了。也不怕告诉你们，今晚我肯定没那么难入睡了，心情也会放松些。你们跟我讲了老大一堆需要动脑子的事情，但我打算放到明天再想。我要去睡了，你们肯定也乐意去床上躺着了吧。诺伯，嘿！”他唤道，一边走去门口，“你这慢手慢脚的诺伯！”

“诺伯！”他一拍脑门儿，自言自语道，“这又让我想起什么事来着？”

“希望你别又把哪封信给忘了，黄油菊先生。”梅里说。

“哎呀，哎呀，白兰地鹿先生，可别再取笑我了！不过，你这话倒是给我提了个醒。我要说什么来着？诺伯，马厩，噢！就是这个。你有个东西在我这儿。你们还记得比尔·蕨尼跟偷马的事情吧？你买下了他那匹小马，那什么，它就在我这儿。它自个儿回来的，千真万确。它之前上哪儿去了，你们肯定比我更清楚。它回来的时候鬃毛蓬乱得像条老狗，身子也瘦得跟衣架子似的，可它还活着。诺伯一直在照看它。”

“啥，我的比尔？”山姆叫道，“哎呀，不管我家老爷子会怎么说，反正我就是天生的好运。我的心愿又成真了一个！它在哪儿呢？”山姆非得去马厩探望了比尔，才肯躺下睡觉。

几位旅者第二天又在布理待了一整天。傍晚的时候，黄油菊先生再也不用抱怨生意不好了。好奇终究战胜了恐惧，让他的客栈人满为患。出于礼貌，几个霍比特人傍晚时候造访了公共休息厅，回答了一大堆问题。布理人的记性一向很好，搞得佛罗多也回答了好几遍他还有没有继续在写那本书。

“暂时还没写完，”他回答，“我得先回家，把我的笔记整理出来。”他答应要好好写一写布理发生的一堆惊人事件，好让他那本似乎大部分会写“遥远的南边”各种遥不可及且没那么重要的事情的书能多上一点儿趣味。

听众里有个年轻小伙儿起哄让他们唱歌。结果大家沉默不语，全冲他皱起眉头，唱歌的事情也就不了了之了。显然，大家都不乐意公共休息厅里再闹出什么离奇事件。

几位旅者停留期间，白天风平浪静，夜晚也没有半点儿喧哗，布理的平静无人搅扰。不过，第二天他们起了个大早，因为尽管依旧是雨天，他们却希望入夜之前赶到夏尔，路程可算不得短。布理的居民全都出来给他们送行，个个儿的精神头都比过去一年要好多了。之前没见过几位陌生人全副武装的那些人，这会儿全都目瞪口呆。惊讶于白胡子满把的甘道夫，他似乎浑身发光，仿佛那件蓝色罩袍不过是遮住阳光的一片云彩，四个霍比特人则像是从失落传说里出来行侠仗义的骑手。就连那些对关于国王的各种说法大加嘲笑的人，这下也开始觉得大概还是有几分真实内容存在的。

“那么，祝你们旅途平安，顺利到家！”黄油菊先生说，“我应该先警告你们来着，假如我们听到的消息属实，那夏尔的情况也不太妙。他们说，那边出了不少怪事。可是，我没工夫管那边，我自己也麻烦事不少。不过，恕我直言，这趟旅途让你们大变了模样，你们如今看着就像是能处理好那种麻烦事的人。我毫不怀疑，你们很快就能让事情重回正轨。祝你们好运！另外，多回来坐坐，我也能多高兴高兴。”

他们同他道了别，然后上马离开，从西门往夏尔前进。小马比尔也跟着他们，照过去一样驮着老大一堆行李，但它小跑着跟在山姆身边，一副心满意足的样子。

“不知道老麦曼在暗示什么。”佛罗多说。

“我能猜到一点儿，”山姆阴沉着脸说，“我在水镜里看见了。树全被砍倒了，我家老爷子被赶出了袋下路。我该早点儿赶回家的。”

“显然南区也出事了，”梅里说，“到处都缺烟斗草。”

“甭管出了什么事情，”皮平说，“洛索肯定是元凶，绝对错不了。”

“他定然脱不了干系，但算不上元凶，”甘道夫说，“别忘了萨茹曼。他对夏尔产生兴趣，时间比魔多还要早。”

“唔，有你在我们身边，”梅里说，“事情肯定很快就能解决。”

“眼下我会陪着你们，”甘道夫说，“但很快就会离开。我不是为了夏尔而来。那边的事情你们必须自己解决。你们一直以来的训练，就是为了这个。还不明白吗？我的时代已经结束：让事物重回正轨，或者帮助他人拨乱反正，已不再是我的使命。至于你们，我亲爱的朋友们，你们不需要帮助。你们如今已经成长了。事实上，你们已经成长到了崇高的地步，跻身伟人之列，我也再不需要担心你们之中的任何一位。

“不过，你们得知道，我很快就要拐上别的路了。我打算去跟邦巴迪尔好好谈谈：我这辈子还没正经跟他交谈过。他是个待到长青苔也不动弹的，而我则是块石头，命中注定要到处滚。不过，我四处滚动的日子快要到头了，如今我跟他有许多话可以说上一说。”

一阵之后，他们来到当初在东大路与邦巴迪尔道别的地方。他们半是期待地希望看见他又站在那里，朝着路过的他们打招呼。然而，没有他的身影。南边的古冢岗上雾气灰蒙，远处的老林子也笼着一层浓雾。

众人停了下来，佛罗多愁闷地看着南边。“我真想再见见那位老伙计，”他说，“不知道他过得如何。”

“你尽管放心，肯定过得一如既往。”甘道夫说，“基本不受打搅。我再猜上一猜：他对我们做过的事、见过的东西都不怎么感兴趣，或许我们拜访恩特这件事除外。后面你们也许会有机会去见见他。不过，若我是你们，便会赶紧往家里赶，否则等你们赶到白兰地桥，那里已经关门了。”

“可是，那边没有大门啊。”梅里说，“反正大路上没有，你不是一清二楚嘛。当然了，雄鹿地倒是有大门，可他们任何时候都会让我通过的。”

“你想说的是，以前没有大门。”甘道夫说，“我猜，你们现在去就会发现有大门了。哪怕在雄鹿地大门那里，你们或许也会碰上料想不到的麻烦。不过，你们会处理妥当的。亲爱的朋友们，再见！不是永别，暂时不是。再见！”

他骑着捷影下了大道，雄壮的骏马一步便跃过大道边的绿堤。随后，甘道夫高喝一声，捷影便如北风般往古冢岗飞驰而去。

“那么，这下便只剩当初一道出来的我们四个啦，”梅里说，“我们已经将其他人一个接一个地留在身后。这简直就像是一场慢慢淡去的梦。”

“我没这感觉，”佛罗多说，“我感觉更像是又陷入了梦里。”

·第八章·

平定夏尔

天色已晚，四位又湿又累的旅者终于抵达白兰地桥，却发现路被挡住了。桥的两端各立着一座带尖桩的大门，河对岸新建了一些屋子：两层楼的建筑，直上直下的窄窗，屋里没装窗帘，灯光也昏昏沉沉的，一切都显得阴郁无比，半点儿夏尔的风格都没有。

他们擂响外门，嘴里也大声呼喊，起初并没人回应。随后，令他们吃惊的是，有谁吹响了一支号角，然后窄窗里的灯光熄灭了。黑暗中有人高喊道："谁啊？滚开！不准进来。没看见告示吗？'日落至日出时禁止入内。'"

"黑灯瞎火的，我们当然看不见告示。"山姆吼了回去，"要是连夏尔的霍比特人都得在这么个雨兮兮的晚上被拦在外面，等我找着那告示，我一准儿撕烂它。"

闻言，一扇窗户"啪"地关上，左边屋子涌出来一群提着灯的霍比特人。他们打开内侧大门，其中一些朝桥这边走了过来。等看清了几位旅人，他们似乎都被吓到了。

“过来啊！”梅里说。他认出了其中一个霍比特人。“霍伯·篱卫，你不认识我了？你再仔细看看。我是梅里·白兰地鹿，我想知道这到底是怎么回事，以及诸如你这样的雄鹿地人在这里干吗？你以前不是在篱大门那边吗？”

“老天！真是梅里少爷，还穿了满身打仗的装束！”老霍伯说，“唉，他们说你死了！他们都说你折在了老林子。无论如何，真高兴见到你还活着！”

“那就别再隔着栅栏冲我横眉竖眼的，快把门打开！”梅里说。

“不行，梅里少爷，我们有命令的。”

“谁的命令？”

“上面袋底洞头头的命令。”

“头头？哪个头头？你是说洛索先生？”佛罗多问。

“我猜是他，巴金斯先生。可我们如今只能管他叫‘头头’。”

“真的！”佛罗多说，“行吧，无论如何，我挺高兴他舍掉了巴金斯这个姓。不过，显而易见，巴金斯家是时候收拾他一顿，让他知道知道好歹了。”

大门那边的霍比特人变得鸦雀无声。“说这种话要遭殃的，”有人说，“肯定会传到他耳朵里。而且，你们闹出这么大动静，头头手下的大块头会被吵醒的。”

“那我们就吵醒他，让他大吃一惊。”梅里说，“如果你是在说，你们的宝贝头头一直在雇用荒野里的那些恶棍，那我们确实回来得不够快。”他纵身跳下小马，借着提灯的光亮看见了那张告示，便一把扯了下来，顺手扔进大门。那群霍比特人纷纷后退，没人过来开门。“来吧，皮平！”梅里说，“我们俩就够了。”

梅里跟皮平翻过大门，那群霍比特人落荒而逃。又一声号角响起。

右边那座大一号的屋子门口，灯光衬出一道又高又壮的身影。

“吵什么吵？”那人一边往前走，一边咆哮道，“有人闯门？赶紧滚蛋，要不我扭断你们那脏兮兮的细脖子！”看见剑刃的反光后，他当即住了嘴。

“比尔·蕨尼，”梅里说，“十秒钟之内不把门打开，有你吃不了兜着走的。敢不听话，我就要让你尝尝这把剑的滋味。把大门打开，从这两道门里出来，永远别再回来。除了恶棍和拦路强盗，你什么也不是。”

比尔心生怯意，磨磨蹭蹭地过来打开了大门。“钥匙给我！”梅里说。可那恶棍把钥匙朝他脑袋上一扔，拔腿就往黑暗里跑。跑过那几匹小马的时候，其中一匹伸腿一蹬，正中逃窜的他。他尖叫一声冲进夜色之中，此后再没人见过。

“干得漂亮，比尔。”山姆说。他指的是小马。

“你们的大块头搞定了。”梅里说，“稍后我们再去会会头头。与此同时，我们想找个地方过夜，鉴于你们似乎把大桥客栈给拆来盖了这么个破房子，那你们就得把我们安顿好。”

“抱歉，梅里先生，”霍伯说，“可是我们不准这么干。”

“不准干什么？”

“收留临时来的人，吃额外的食物之类的事。”霍伯说。

“这地方到底是怎么回事？”梅里问，“去年是收成不好还是怎么的？我还以为去年夏天气候挺好，秋天大丰收呢。”

“唔，是的，去年收成挺不错的。”霍伯说，“我们种了很多粮食，可我们真不知道它们上哪儿去了。我觉得，都怪那些‘收粮人’和‘分粮人’。他们到处转悠，数来称去的，还把粮食拿去存着了。他们净收粮，很少分粮，收去的粮食大部分我们再也没见过了。”

“噢，行了！”皮平打了个呵欠，“今天晚上我已经被烦够了。我们包里还有吃的。赶紧给我们找个能躺的房间就行，怎么着也比我见识过的许多地方要强。”

守门的霍比特人似乎依旧心神不宁，显然他们又违反了什么规定。可面对这么四位派头十足、全副武装的旅者，其中两位还异乎寻常的高大强壮，他们说什么都不好使。佛罗多下令把大门再度锁上。附近还有恶棍游荡的时候，保持点儿警戒总是没错的。随后，四位伙伴进了霍比特人的守卫小屋，尽量舒适地安顿下来。寒碜又丑陋的屋子里只有一个寒酸的小火炉，想把火烧旺点儿都不行。楼上的房间里摆着几排硬床，每一面墙上都张贴着告示和成堆的规定清单。皮平把它们通通扯了下来。守卫手头没有啤酒，食物也就一点点，但几位旅者掏出储备分享了一番，最后大家都饱饱地吃了一顿。而皮平违反了第四条规定，把大部分第二天才准烧的柴火都用掉了。

“好啦，眼下不如把烟斗给点上，然后你们讲讲夏尔都发生了什么事，怎么样？”他问。

“如今烟斗草都没了，”霍伯说，“顶多也就头头手底下那些人有。所有的库存好像都不见了。我们倒是听说，有整车整车的烟斗草顺着老路从南区那边出来，然后过了萨恩渡口。那是去年年底，你们离开之后的事情。不过，这种事情之前就有过，只是规模不大，他们也没声张。那个洛索——”

“快闭嘴，霍伯·篱卫！”另外两三个人叫道，“你知道我们不准说这种事的。头头会听见，到时我们全都要倒大霉。”

“只要你们不去告密，他什么都不会知道。”霍伯反驳道。

“好了，好了！”山姆说，“已经够了。我不想再听了。没欢迎，没啤酒，没烟斗草，有的全是规定和奥克怪话。我原本还指望能休息呢，现在才发现，前头有活儿要干，有麻烦摆着。先睡觉吧，有啥事明天再说！”

这位新“头头”显然有办法打听到消息。大桥这里距离袋底洞整整四十哩路，但有人紧赶慢赶地跑去报了信。于是，佛罗多和他的朋友很快就被揭发了。

他们也没制定什么明确的计划，只是想着大家一道先回克里克洼，在那边稍做休息。不过，看眼下这番情况，他们决定直接去霍比屯。于是，他们第二天便启程，顺着大道稳步往前走。风势渐弱，可天空还是昏沉沉的。大地看起来十分悲伤和荒凉。倒也难怪，毕竟现在是十一月初，已经深秋了。另外，焚烧东西的规模似乎也大得异乎寻常——周围好些地方都冒着浓烟。远处的林尾地方向腾起了一大团烟云。

他们于天色擦黑的时候来到蛙泽屯附近，那是大道上的一座村庄，离大桥那边大概二十二哩路。他们打算在那边过夜。蛙泽屯的浮木客栈还不错。然而，等他们来到村子东头，却发现那里被栅栏封住，还挂着一块大牌子，上面写着“此路不通”，栅栏后面站着一大群手拿棍子、帽子上插着羽毛的夏警。他们一副耀武扬威的样子，脸上却又害怕得紧。

“怎么回事？”佛罗多问，感觉自己憋不住想笑。

“就是这么回事，巴金斯先生。”夏警的队长说，那是名插着两根羽毛的霍比特人，“因下述罪行，你们将遭到逮捕：冲关，撕毁规则，袭击守门人，非法入境，擅自在夏尔的房屋里休息，以及用食物贿赂守卫。”

“还有吗？”佛罗多问。

“这些就够了。”夏警队长说。

“你要是愿意，我还能再帮你补充几条。”山姆说，“比如臭骂你们头头，想揍他那张满是痘痘的脸，还有认为你们夏警看着像一群大傻瓜。”

“好了，先生，这些就够了。头头下了令，要把你们悄悄带走。我们会带你们去傍水镇，交给头头的人。等他审问的时候，你们可以申辩。不过，如果我是你，要是不想毫无缘由地拖长蹲牢洞的时间，就不会申辩。”

让一众夏警难堪的是，佛罗多跟他的伙伴们笑得前仰后合。“别傻了！”佛罗多说，“我爱去哪儿就去哪儿，想什么时候去就什么时候去。我正好有事要去袋底洞，你们非得跟着的话，那就随你们的便。”

“很好，巴金斯先生。”队长说着，拉开栅栏，“不过，别忘了你已经被捕。”

“不会忘的，”佛罗多说，“永远记着呢。不过，我可以原谅你。我今天不想再往前走了，你们若是愿意护送我去浮木客栈，我会感激不尽的。”

“办不到，巴金斯先生，客栈已经关门了。村子尽头倒是有夏警局。我带你上那儿去吧。”

“也行，”佛罗多说，“前头带路吧，我们在后面跟着。”

山姆一直来回打量那群夏警，结果在里边看见个认识的。“嘿，罗宾·掘小洞，过来！”他唤道，“我有话跟你说。”

夏警掘小洞窘迫地看了一眼敢怒不敢言的队长，于是便走到队尾，来到爬下小马的山姆身边。

“罗宾老兄，你看看你！”山姆说，“你是土生土长的霍比屯人，应该更有脑子才对，怎么会干出拦截佛罗多先生的事？客栈关门又是怎么一回事？”

“客栈全都关了。”罗宾说，“头头不准人喝酒。反正一开始是这么起来的。可我现在发现，啤酒全被他的人给占了。他还不准乡亲们四处走动，想外出或是非外出不可，就得去夏警局说明白要办的事儿。”

“跟着搅和这堆荒唐事，你也不嫌丢人。”山姆说，“比起站外面看着，你以前不是更爱进客栈里边坐着吗？甭管当不当班，你都要去喝上一杯。”

“山姆，要是能办到，我也愿意跟以前一样啊。你别凶我，我不也是没办法吗？你知道七年前我为啥要跑去当夏警的，那时候哪会有这些事情。给我机会在乡野转悠，到处见见人，听听消息，还有打探哪儿的啤酒好喝，我就是奔着这些去的。可现在全变了。”

“但你可以不干夏警啊，假如这份工作已经不再体面了。”山姆说。

“他们不准我们不干。”罗宾说。

“再让我听见几次‘不准’，”山姆说，“我就要冒火了。”

“还真没法说我不愿意看见你冒火，”罗宾压低嗓门儿说，“要是我们全都冒火，没准儿能干出点儿什么事来。不过，山姆，主要还是因为那些人类，就是头头手下的人。他把他们安排得到处都是，要是小种人哪个敢奋起捍卫我们的权利，就会被拖进牢洞里。他们先是抓了老面汤团——就是老威尔·白足镇长，接着又抓了好些人。最近情况变得更加恶劣了。一言不合，他们就开始打人。”

“那你们为啥还要帮他们做事？”山姆怒道，“谁派你们来蛙泽屯的？”

“没人派。我们原本就待在这里的大夏警局。我们现在是东区第一部队，人数拢共有好几百，因为又多了一堆规定，他们还想再增加人手。大部分人是被迫加入，但也有自个儿想来的。哪怕夏尔这里，依旧有不少人爱管闲事、爱说大话。还有更糟的，少数一些人甚至还给头头和他的手下当奸细。”

“噢！你们就是这么得知我们的消息的，是吧？”

“没错。眼下他们占着以前的快速邮寄服务不准我们用，还在不同地点设了专门跑腿的人。昨晚上，白犁沟那边有人带着‘密信’过来，接着又有人从这里把信送走了。紧接着，今天下午传回消息，让把你们抓起来带去傍水镇，而不是直接送去牢洞。头头显然是想立刻见到你们。”

“等到佛罗多先生跟他算账的时候，他就没这么想见了。”山姆说。

蛙泽屯的夏警局跟大桥守卫小屋一样简陋。警局只有一层楼，窗户是同种模样的窄窗，建房子用的灰砖丑了吧唧的，房子也被搭得歪七扭八。房子里潮湿阴暗，一张没铺桌布、不知道多少日子没擦洗过的长桌上摆着晚餐，而晚餐的吃食也确实配不上更好的桌子。四位旅人倒是挺高兴能离开这地方。去傍水镇得走十八哩路，他们便于上午十点钟出发。原本可以走得再早一些的，他们故意拖延，就为了气一气夏警队长。西风如今转成北风，天气变得更冷了，不过雨倒是停了。

这队人马离开村子时的场面委实滑稽，但少数出来观看“押送”的乡亲却不太确定准不准他们哈哈大笑。十二名夏警奉命护送“囚犯”，可梅里却让他们走在前面，佛罗多跟几位朋友骑马跟在后面。梅里、皮平、山姆悠闲地坐在马背上有说有笑、唱歌逗乐，而那一帮子夏警重重地迈着步子，努力表现出一副严肃、神气的样子。可佛罗多却沉默不语，看着十分悲伤，又仿佛陷入沉思。

众人路过最后一位乡亲，此人是位正在修剪树篱的敦实老头儿。“哈喽，哈喽！”他嘲笑道，“到底谁把谁逮捕啦？”

两名夏警当即离开队伍，朝他走了过去。“队长！”梅里说，“不想让我收拾的话，就让你的人赶紧归队！”

队长一声怒吼，两个霍比特人灰溜溜地回来了。“继续走！”梅里说。之后，四位旅人故意加快小马前进的速度，撵得夏警拼命往前走。太阳露了面，尽管风依旧冷飕飕的，他们还是很快就累得满头大汗，上气不接下气。

到了三区石那里，这帮夏警终于放弃了。他们走了接近十四哩路，只在中午的时候休息过一回，而现在已是下午三点钟了。他们饿着肚子，腿也酸得厉害，怎么也跟不上了。

“那啥，你们慢慢来吧！”梅里说，“我们先走一步。”

“罗宾老兄，再见！”山姆说，“我会在绿龙酒馆外面等你的，假如你还记得它在哪儿的话。可别在路上磨蹭太久啦！”

“你们这么干就是拒捕，”队长懊恼地说，“我可不会担责！”

“我们还要拒绝很多事呢，都不用你来担责。”皮平说，“祝你们好运！”

四位旅人让马儿小跑着前进，等到太阳开始往远处西边地平线的白岗落下时，他们来到傍水镇的大池塘边上。在这里，他们第一回真切地遭遇了痛苦的打击。这里是佛罗多和山姆的家乡，他们如今才意识到，自己对这里的关心远胜一切地方。许多他们熟知的房屋都不见了，其中一些似乎被烧成了平地。池塘北岸那一路讨喜的旧霍比特洞府全废弃了，原本附带的那些姹紫嫣红、一直延伸到池边的花园，如今只剩下杂草。更为恶劣的是，就在霍比屯路贴着池塘岸边过去的地方，挨着池塘这侧多了一溜新修的丑陋房子，原本的一排林荫全没了。沿着通向袋底洞的路看过去，他们惊愕地发现远处高高矗立着一根砖砌的烟囱，正朝傍晚的天空喷吐着黑烟。

山姆急红了眼。“佛罗多先生，我要赶紧过去！”他叫道，“我要去看看究竟出了啥事。我得找到我家老爷子。”

“山姆，我们得先弄明白我们的处境。”梅里说，“我猜，那个‘头头’肯定带着一帮子恶棍。我们最好先找人打听一下这周围到底是什么情况。”

然而，傍水镇里的房屋和洞府大门全关得紧紧的，没人跟他们打招呼。他们一开始还挺纳闷儿，随后就发现了原因所在。等抵达霍比屯这边最后一栋屋子，也就是如今死气沉沉、窗户破破烂烂的绿龙酒馆，他们心烦意乱地看见六名一脸痞相的大块头人类正懒洋洋地靠在酒馆的墙上，个个儿斜吊着眼睛，脸色蜡黄。

“长得就像布理那个比尔·蕨尼的朋友。”山姆说。

“跟许多我在艾森加德看见的人很像。”梅里嘟哝道。

这群恶棍手上提着棍棒，腰上别着号角，但身上似乎再没有别的武器。看见四位旅者骑马过来，他们站直身子，走到路中间挡着。

“你们觉着自己这是要去哪儿？”恶棍中那个块头最大、长相最凶恶的人问，“前面没路让你们走了。那群宝贝夏警呢？”

“正老老实实在半路上走呢，”梅里说，“大概是腿有点儿酸吧。我们答应了在这儿等他们。”

“我呸！我怎么说的来着？”那恶棍跟他的同伴说，“我告诉过沙基，信任那些小蠢货半点儿好处都没有。就该派几个我们自己的伙计过去。”

“请问，那又能有什么区别呢？”梅里问，“虽说这片地方不怎么见得到拦路蟊贼，但我们知道要怎么对付他们。”

“哈，拦路蟊贼？”那人回道，“你就这么跟人说话的是吧？你最好改改，要不我们就帮你改。你们这些小种人真是越来越不像样了。我劝你别太指望头头的好心肠。眼下沙基来了，就得按沙基说的办。”

“那沙基准备怎样？”佛罗多平静地问。

“这片地方需要醒醒，好好整治整治，”那恶棍说，“沙基就准备这么干。你们要是逼他，他就会下狠手。你们需要个更大的头头——要是再惹麻烦，不等今年过完你们就会有了。然后，你们这群小耗子就能长点儿教训了。”

“说得好。我很高兴能听见你们的盘算，”佛罗多说，“我正准备去拜访洛索先生呢，他或许有兴趣听一听这些计划。”

恶棍哈哈大笑。“洛索！他可是知道得一清二楚。你就不用操这个心了。他会照沙基说的办。头头要是惹出乱子，我们可以把他给换掉，懂吗？小种人要是想朝不欢迎他们的地方硬挤，我们就能让他们没法捣乱，懂吗？”

“是的，明白了。”佛罗多说，“我明白了一件事：看来你们这里既没跟上形势，消息也是一点儿都不灵通。自从你们离开南方，那边可是发生了很多事情。你，还有别的恶棍，你们的日子到头了。邪黑塔已经垮了，刚铎也有了国王。而艾森加德已被摧毁，你们宝贝的主子如今是个流落荒野的乞丐。我在路上见过他。如今会朝绿大道上来的是国王信使，而非艾森加德的恶霸。”

那人类盯着他，面露微笑。“流落荒野的乞丐！”他嘲笑道，“噢，当真吗？你就吹吧，接着吹嘘，你这耀武扬威的小崽子。这可妨碍不了我们住在这片富裕的小地方，你们已经在这儿懒散得够久了。至于国王的信使，去他的！”他冲佛罗多打了个响指，表示轻蔑，“等我真碰上一位，没准我会留意一下。”

皮平实在是忍不住了。他回想起当初科瑁兰原野的情景，而这个斜吊眼的流氓居然敢管持戒人叫“耀武扬威的小崽子”。他将斗篷往后一甩，“唰”一声抽出宝剑，随即纵马上前，身上那银黑两色的刚铎制服闪闪发亮。

“我就是国王的信使，”他说，“而你说话的对象乃国王的友人，他还是整片西部大地最有名望的人。你不但是个恶棍，还是个蠢货。给我跪下请求宽恕，否则我就用这把食人妖的克星捅了你！”

西斜的太阳照得宝剑熠熠生辉。梅里与山姆也亮出武器，催马前来支援皮平，可佛罗多没有动。这群恶棍后退了。他们平常也就干点儿吓唬布理周围的农民，欺负手足无措的霍比特人的勾当。手持雪亮宝剑，冷若冰霜、毫无惧色的几个霍比特人让他们大吃一惊。另外，这几位新来者话声里带着种他们从未听过的语调，更是吓得他们六神无主。

“滚！”梅里说，“再敢骚扰这村子，我要你们好看！”三个霍比特人往前逼近，这群恶棍登时转身就逃，沿着霍比屯路飞奔远去。不过，他们一边跑，一边吹响了号角。

“唉，我们回来得确实不够早。”梅里说。

“一天也没早，说不定还晚了，反正拯救洛索是来不及了。”佛罗多说，“可悲的蠢货，可我为他感到难过。”

“拯救洛索？你这是什么意思？”皮平问，“要我说，是消灭他才对。”

“我觉得你根本没搞清楚情况，皮平。”佛罗多说，“洛索从没想过要把事情搞到这步田地。他是个缺德的蠢货，可眼下他已经被抓起来了。真正使坏的是这群恶棍，他们顶着他的名头四处收粮、抢劫、恐吓，肆意操控和破坏。没过多久，他们干脆连他的名头都不用了。我猜，他眼下就是个在袋底洞里关着的囚犯，还吓得半死。我们应该想办法去救他。”

“真是让我开了眼啊！”皮平说，“我们这一趟走到最后，真没料到结局竟然是这样：跑来夏尔跟当地的一群半兽人和恶棍干架——好营救痘脸洛索！”

“干架？”佛罗多说，“嗯，我猜，或许会变成这样。不过，记住：不要杀害霍比特人，哪怕他们跟对方是一伙儿的。我是指跟他们沆瀣一气的那种，而非因为害怕听从恶棍使唤的人。夏尔从来没有过蓄意杀害其他霍比特人的事情，如今也不能开这个先例。若是能避免的话，最好一个人都别杀。压住你们的火气，不到最后一刻，决不能动手！”

“不过，要是那些恶棍人数很多的话，”梅里说，“我们也免不了要打上一仗。我亲爱的佛罗多，你没法靠着震惊和悲伤来拯救洛索或者夏尔。”

“是的。”皮平说，“下回要想吓退他们，可就没这么容易了。毕竟，我们这次是打了他们一个措手不及。你听见那号角声了吧？显然附近还有别的恶棍。等他们再多集合一些人手，胆子也会变得更大。我们该想想晚上找个什么地方躲一躲。毕竟，就算全副武装，我们也只有四个人。”

“我有个主意。”山姆说，“我们往南小路走，去老汤姆·科顿家！他这人向来很勇敢。他家里孩子很多，都是我的朋友。”

“不行！”梅里说，“‘躲一躲’没好处。大家如今在夏尔就是这么做的，而那群恶棍也巴不得我们这么干。他们只要大举进攻，堵住我们，再逼迫我们出来，或者把我们烧死在里边就完事了。不行，我们得立马做点儿什么。”

“做啥？”皮平问。

“激励夏尔起来反抗！”梅里说，“说干就干！把我们的乡亲都叫醒！你也看得出来，他们都痛恨如今的局面——所有人，除了一两个无赖，还有若干想当大人物却根本不了解实际情况的人。夏尔的乡亲们安逸日子过得实在太久了，他们都不知道该怎么办。只要一根火柴，他们就会燃起熊熊大火。头头的人肯定明白这点。他们肯定想来使劲踩踏，好让我们这团火星赶紧熄灭。我们时间紧迫。

“山姆，可以的话，你赶紧冲到科顿家的农场。这附近的人都听他的，他的腰膀子也最强壮。来吧！我要吹响洛汗的号角，给他们来上一曲以前从没听过的音乐。”

他们又骑回村子中央。山姆掉转马头，沿着小路往南边的科顿家疾驰而去。没跑几步，他突然听见嘹亮的号角声直入云霄，声音回荡在远处的山丘与田野间。那号声是如此令人心神激荡，山姆差点儿忍不住掉头冲回去。他的小马人立而起，嘶鸣不已。

“前进，伙计！前进！”他叫道，“我们一会儿就回来。”

随后，他听见梅里又变了音调，雄鹿地的动员号声随即响彻天际。

醒来！醒来！恐惧，烈焰，敌人！醒来！

烈焰，敌人！醒来！

山姆听见背后传来嘈杂的说话声、响亮的喧闹声与摔门的动静。前方的薄暮中次第亮起一处处灯光，狗儿叫个不停，奔跑声不绝于耳。没等他走到小路尽头，农夫科顿带着小汤姆、乔利、尼克三个儿子已经匆匆朝他奔了过来。他们拿着斧头，将路堵住了。

“不对！不是那群恶棍里的人，”山姆听见农夫说，“体形倒像是个霍比特人，就是穿得古里古怪的。喂！”他叫道，“你是哪个？这闹哄哄的在吵啥？”

“是我，山姆，山姆·甘姆吉。我回来了。”

农夫科顿凑了过来，借浑光盯着他。“哎呀！”他惊叹道，“声音是没错，长相也没比过去糟糕，确实是山姆。不过，要是在街上碰见你穿着这么一身，我可认不出来。看来你跑外地去了。我们还担心呢，以为你死掉了。”

“我没死！”山姆说，“佛罗多先生也还活着。他跟他的朋友都在这儿呢。吵闹声是这么回事，他们在鼓舞夏尔的人。我们准备撵走这帮恶棍，还有他们的头头。我们已经开始了。”

“好哇，好！”农夫科顿大叫道，“总算是开始了！我这一整年都想去找他们的麻烦，可乡亲们不愿帮忙。我也得为我的老婆和罗西考虑。这些恶棍可是什么事都做得出来。不过，来吧，小伙子们！傍水镇崛起！我们必须得参加！”

“科顿太太和罗西怎么办？”山姆问，“把她们留下不安全。”

“有我家的尼布斯陪着呢。不过，你要是愿意，可以去帮帮他。”农夫科顿说着，咧嘴一笑。随后，他带着三个儿子便往村里冲了过去。

山姆连忙赶向主屋。宽阔的院子里有一段台阶连向屋子的大圆门，最上面一级站着科顿太太和罗西，而尼布斯站在两人前面，手里紧紧抓着一柄干草叉。

“是我！”山姆口中高喊，马儿驮着他快步向前，“山姆·甘姆吉！你可别戳我啊，尼布斯。不过也无所谓，我穿着锁甲呢。”

他从马上一跃而下，走上台阶。三人瞪着他，没开腔。“晚上好啊，科顿太太！”他说，“哈喽，罗西！”

“哈喽，山姆！”罗西说，“你上哪儿去了？他们都说你死了，可我从春天起就在等你回来。你倒是半点儿不着急回来啊，是吧？”

“大概是吧，”山姆窘迫地说，“可我现在不就着急忙慌地来了吗？我们准备对付那帮恶棍，我得回佛罗多先生身边去。可我觉得我要先来瞧瞧科顿太太过得好不好，再来看看你，罗西。”

“我们都挺好的，感谢你。”科顿太太说，“或者说，本该挺好的——要是没有那群偷鸡摸狗的恶棍在。”

“哎，你赶紧走吧！”罗西说，“这段时间你不是一直都在照看佛罗多先生吗？为啥看见情况不妙，你反而抛下他走掉了？”

山姆一下子不知道该说什么好了。他要么得花上一星期来解答这个问题，要么干脆什么也别说。于是，他转身下了台阶，爬上小马。不过，就在他准备离开的时候，罗西从台阶上跑了过来。

“我觉得你看着挺精神的，山姆。”她说，“快走吧！你多保重，收拾完那群恶棍就赶紧回来！”

等山姆回来的时候，他发现整个村子的人都被鼓动起来了。抛开那一大帮子霍比特小年轻不算，现场有一百多名健壮的成年霍比特人，他们拿着斧子、重锤、长刀和粗木棍，少数一些还带了猎弓。镇外的一座座农场里还有更多的人正在往这边赶。

有镇民燃起一座巨大的火堆，一是为了增加气势，二是因为这属于头头不准他们干的事情之一。夜色渐深，火光愈发明亮。在梅里的指挥下，其他人沿着镇子两端的路口设起路障。等夏警走到镇子南边时，眼前的景象惊得他们目瞪口呆。不过，等看清楚情况，大部分人当即拔了羽毛，加入起义。剩下的人悄悄跑了。

山姆看见佛罗多跟他的朋友们正在火边和老汤姆·科顿说话，身边围了一圈眼带赞许盯着他们的傍水镇乡亲。

“那么，接下来干什么？”农夫科顿问。

“暂时不好说，”佛罗多说，“我得再多了解些情况。那帮恶棍有多少人？”

“说不清楚。”科顿说，“他们来来去去的，到处晃悠。霍比屯路上头他们的棚屋里边有时候能有五十人，可他们会从里边出来，四处偷东摸西，他们的说法是‘收粮’。不过，在他们称为‘头头’的那个人身边，多数时候都跟着至少二十个人。‘头头’待在袋底洞，反正之前是在那儿，可他如今都不现身了。事实上，这一两个星期，好像没人见过他，可他那些手下根本不让人靠近那边。”

“霍比屯并非他们唯一的地盘，对不对？”皮平问。

“对啊，更让人难过了。”科顿说，“我听说，南边的长谷跟萨恩渡口还有不少人，林尾地那边也藏了一些人，他们在路汇镇也建了棚屋。另外还有他们称为牢洞的地方，他们把大洞镇以前的储藏地道弄成了牢房，用来关那些反抗他们的人。不过，照我估算，全夏尔总共不超过三百人，或许还不到。只要团结起来，我们就能揍翻他们。”

“他们有什么武器吗？”梅里问。

“鞭子、刀子、棍子，这些就足够他们干下流勾当了——目前看过的就这么多。”科顿说，“不过，我敢说，碰上打斗的话，他们应该还有别的装备。反正，他们是有弓的。我们有一两位乡亲被他们射过。”

“你看，佛罗多！”梅里说，“我就知道我们要打上一仗。行吧，反正是他们先动手杀人的。”

“倒也算不上，”科顿说，“至少用弓这事儿不算。是图克家先动的手。你看，佩里格林先生，你家老爹打从一开始就跟这个洛索不对付。他说了，谁要想在眼下这时节当什么头头，那也得是正经的夏尔长官，而非哪个突然蹦出来的暴发户。洛索派了手下过去，结果没从他那儿讨着什么好。图克家的运气不错，他们在绿丘陵有许多深洞府，比如大斯密奥之类的，让那帮恶棍抓不着他们。而他们呢，也不许那些恶棍踏上他们的领地。他们敢进去，图克家就射杀他们。有三个潜伏进去抢劫的被图克家的射死。从那儿以后，这群恶棍的手段就变得更加卑鄙起来。他们还一直死盯着图克地，如今那边进不去也出不来。”

“图克家干得漂亮！”皮平嚷道，“而现在有人要再进去了。我要去斯密奥那边。有没有人想跟我一起去塔克领？”

皮平最后领着六名骑小马的小伙子离开了。“回头见！”他喊道，“穿过田野只有差不多十四哩的路，明早看我给你们带一支图克大军回来。”他们飞驰而去，进了渐渐聚拢的夜幕，梅里在身后为他们吹响了号角。乡亲们纷纷欢呼起来。

“就算是这样，”佛罗多跟附近站着的人说，“我还是希望别杀人，最好也别杀那些恶棍，除非是为了保护霍比特人不被他们伤害，别无选择。”

“行吧！”梅里说，“不过，我猜霍比屯那帮恶棍这会儿可能随时会来‘拜访’我们。他们过来可不会只为了谈一谈。我们会尽量利落地收拾掉他们，但我们也得做好最坏的打算。我这会儿有一个计划。”

“很好，”佛罗多说，“你尽管安排吧。”

就在这时，之前被派去霍比屯那边的几个霍比特人跑了回来。“他们来了！”他们说，“少说也有二十个人。其中有两个穿过乡野往西边去了。”

“那肯定是往路汇镇去了。”科顿说，“想去找更多的帮手。唔，来回各有十五哩路。我们暂时不需要担心他们。”

梅里连忙走去下达命令。农夫科顿清空了街道，把所有人都赶回屋里，只留那些年纪大一些、拿着某种武器的霍比特人。他们并未等上太久。很快，他们便听见了闹嚷嚷的说话声，随后又传来沉重的脚步声。不多时，一整队恶棍从路上走了过来。看见路障，他们笑得前仰后合。他们完全想象不到，二十个像他们这样的人聚在一起，这么个小小地方有谁敢站出来反抗。

那群霍比特人拉开路障，站去边上。“谢谢喽！”那群人类哂笑道，“趁着还没挨鞭子，快滚回家躺着吧。”随后，他们顺着街道踏步向前，高喊道:“把灯给我熄掉！回屋老实待着去！不然我们就抓你们五十个人，送去牢洞关一年。滚进去！头头已经不耐烦了。”

没人搭理，不过，随着这帮恶棍走过，霍比特人也悄无声息地紧紧跟在他们身后。等那群人类走到火堆前，他们看见农夫科顿正一个人站在火边烤手取暖。

“你是谁？你以为自己在干啥？”恶棍头子问道。

农夫科顿缓缓打量着他。“我也正要问你呢。”他说，“这里可不是你们的地盘，我们不欢迎你们。”

“哈，我们倒是挺欢迎你的。”那领头的说，“让我们来欢迎欢迎你吧。伙计们，逮住他！把他关到牢洞去，再给他来点儿狠的，让他乖乖闭嘴！”

那群人类往前便是一步，又猛然停住了。四面八方传来叫喊声，他们这才猛然发觉，农夫科顿压根儿就不是孤身一人。他们被包围了。火光的边缘处，从黑暗中慢慢走出来一圈霍比特人。他们人数接近两百，个个儿拿着武器。

梅里迈步上前。“我们之前见过面，”他对恶棍头子说，“我警告过你，不要再回来。我再警告你一次，你如今站在明处，已被弓箭手瞄准。你要是敢动这位农夫一根手指头，要是敢碰其他人半下，他们立马就会射死你。放下所有武器！”

那恶棍头子环视一圈。他落入了陷阱。可他却一点儿都不害怕，毕竟他有二十个同伙儿撑腰。他对霍比特人一无所知，完全不明白自己正面临着何等的危险。他愚蠢地准备干上一架，认为自己能轻而易举地突破包围。

“伙计们，上！”他喊道，“让他们尝尝厉害！”

他左手提着长刀，右手拎着大棍，朝包围圈冲了过去，想冲出一条生路，返回霍比屯。他恶狠狠地对拦在身前的梅里挥出武器，却当场中了四箭，倒地身亡。

这一幕镇住了其余宵小，他们很快就投降了。他们被缴了武器，又让绳索捆成一串，押着去了一间他们自己建的无人小屋，又被缚住手脚锁在里边，外面还有人把守。死掉的恶棍头子被拖走埋了。

“好像非常轻松就解决了，对不对？”科顿说，“我就说我们能收拾他们吧。我们就是需要有人带头。梅里先生，你们回来得太是时候了。”

“后面要做的事情还不少呢，”梅里说，“要是你没估算错，我们才解决了他们不到十分之一的人。不过，眼下天已经黑了。我认为下一击应该等到明天早上。到时候我们就去找他们的头头。”

“为啥现在不去？”山姆问，“这会儿顶多也就六点钟。我还想去见见我家老爷子。科顿先生，你知道他什么情况吗？”

“他过得不太好，但也不算太糟，山姆。”农夫说，“他们挖了袋下路，这打击对他来说很大。头头的手下当初除了放火跟盗窃，也干过别的勾当，比如修过一堆新的房子，而他如今就住在其中一间里。那地方就在傍水镇往上走顶多一哩的地方。他一有机会就会来找我，我也总是关照他，让他吃得比其他可怜的乡邻要好一点儿。当然了，这些都是违反那规定的。我倒是想让他来我这儿住，可他们不准。”

“太谢谢你了，科顿先生，这恩情我会永远记住的。”山姆说，“可我想去见见他。他们喊的那个头头和那个沙基，天亮之前没准儿会对那边下狠手。”

“好吧，山姆。”科顿说，“你挑一两个小伙子带过去，把他接到我家里来。你用不着过小河，走靠近以前霍比屯村子的路。我家乔利会带你去。”

山姆离开了。梅里安排了夜里在镇子里四处巡逻的人手，又调了守卫看守路障。随后，他与佛罗多跟农夫科顿一道离开了。他们与科顿一家坐在温暖的厨房里，后者客套地问了几句他们的旅途见闻，却基本上没在认真听。他们更关心发生在夏尔的事情。

“全是那个痘脸搞出来的，我们都那么喊他。”农夫科顿说，“佛罗多先生，你前脚刚走，他后脚就开始作怪了。痘脸有些古怪的想法——他似乎想把所有东西都弄到手，然后差遣其他乡亲。没多久大家就发现，他的眼光倒是挺不错的，可对他来说却不是好事。磨坊、酒馆、客栈、农场、烟斗草种植园，他不停地把各种东西搞到手，可哪儿来的钱却是个谜。好像在去袋底洞之前，他就已经买下了山迪曼的磨坊。

“当然了，他在南区本来就有不少从他老爹那里继承的财产。他好像一直在悄悄往外面卖上好的烟叶，干了得有一两年了吧。到了去年年底，不光是烟斗草了，他还一车车往外面拉别的货物。冬天来了，而各种物资开始短缺。乡亲们都气得不行，可他也有自己的招数：大马车拉来了许多人类，其中大部分都是恶棍。他们有一些把货物运去南边，剩下的留了下来。之后，人越来越多。还没等我们搞明白状况，他们已经满夏尔四处扎了营，肆无忌惮地开始砍树、挖洞，给自己搭建棚屋。起初痘脸还为拉走的货物和搞出来的破坏赔钱，可不久之后，他们就开始作威作福，想要的东西直接明抢。

“接着出了点儿麻烦事儿，但都算不上糟。镇长老威尔跑去袋底洞抗议，结果根本没能过去。那帮恶棍对他动了手，又把他关在大洞镇的一处洞里，现在人还在里边呢。再之后，大概是新年过完没多久，因为没了镇长，痘脸便管他自己叫‘夏尔头头’，或者就是‘头头’，开始恣意妄为。如果有谁，按他们的话说，‘不像样’，那就关去跟威尔做伴。从那以后，情况就从‘不太好’变成‘很糟糕’。除了那帮人类，谁都没烟抽；头头也不许他手下之外的人喝酒，还把所有客栈都给关了。规定越来越多，东西越来越少，除非在那帮恶棍跑来收集物资，搞所谓的‘合理分配’时，你自个儿能藏一点儿下来。这个‘合理分配’的意思是，东西全归他们，我们一点儿没有——除非你去夏警局当差讨点儿残羹剩饭，如果你能吃得下的话。一切都糟得不行。然而，等到沙基来了，才真的是彻底毁了。”

“沙基是谁？”梅里问，“我听哪个恶棍提到过他。”

“好像是那帮恶棍的头子，”科顿回答，“差不多是去年秋收那阵儿，大概是九月底的样子，我们第一回听说了他。我们从没见过他，但他就在上头的袋底洞里边。我猜，他才是眼下真正的‘头头’。那些恶棍全都听他的，而他说得最多的是：砍掉，烧掉，毁掉，现在还发展到了‘杀掉’。他们的行径已经超出了作恶的程度。他们把树砍倒在地，任由它腐朽；他们把房子烧毁，却不再新建。

“就说山迪曼的磨坊吧。差不多一住进袋底洞，痘脸就把磨坊给拆了。之后，他找来一大帮面目猥琐的人类建了一座更大的，里边装满了轮子和各种奇形怪状的装置。只有那个傻瓜泰德觉得挺高兴的，还帮他们干活，在那儿清洗磨轮。他爹当初可是磨坊主，自己当老板。痘脸的打算是磨得更多更快，反正他嘴上是这么说的。他在别的地方也有这样的磨坊。但要磨东西，你得有粮食才行啊。可粮食还是原本那些，仅够原本那磨坊，哪儿来多的给新磨坊。自从沙基来了，他们更是压根儿不磨粮食了。他们不停地敲敲打打，排出浓烟和臭气，整个霍比屯连晚上都没有片刻的安宁。他们故意排放污水，这些污水把小河下游全弄浑了，还会顺着流进白兰地河。如果他们计划把夏尔变成荒漠，那还真是用对了方法。我可不相信在背后指使的是那个蠢货痘脸。要我说，沙基才是元凶。"

"没错！"小汤姆插嘴道，"嗨，他们连痘脸的老妈也给抓了，就是那个洛比莉亚。就算别人都不待见她，他还是挺疼她的。这事儿让几个霍比屯的乡亲看见了。那时她正拿着那把旧雨伞从小路上下来，几个恶棍运着辆大手推车正往上走。

"'你们这是去哪儿？'她问。

"'上袋底洞去。'他们回答。

"'去干啥？'她问。

"'给沙基搭几间棚屋。'他们回答。

"'谁准你们搭了？'她问。

"'沙基准了。'他们说，'你这老太婆别来挡道，滚开！'

"'你看我搭不搭理那什么沙基，你们这帮邋里邋遢、偷鸡摸狗的恶棍！'她回答，然后提起雨伞就朝块头得有她两倍大的那恶棍头子身上打。然后他们就把她抓了，也不管她年纪那么大，直接拖去关在了牢洞里。他们还抓了其他我们更在意的人，但你没法否认，她比大多数人都有骨气。"

说话间，山姆带着他家老爷子冲了进来。老甘姆吉的样貌没变老多少，就是耳朵更不好使了。

“晚上好啊，巴金斯先生！”他说，“真高兴看见你平安回来。不过，恕我冒昧，有件事我得好好说说你。我一直都跟你说，不该把袋底洞卖掉。结果祸事全起来了。你们在外乡晃荡，追着黑衣人进山里头的时候——我家山姆是这么说的，但他也没说明白你们追人家干啥——这帮人就来了，把袋下路给挖了，把我所有的土豆都给糟蹋了！”

“非常抱歉，甘姆吉先生，”佛罗多说，“如今我回来了，会尽我所能弥补的。”

“唉，你这么说再公道不过了。”老爷子说，“我一直都说，佛罗多先生是位真正的霍比特绅士，甭管你们对他家别的人怎么想，请见谅。你还满意我家山姆的表现吧？”

“满意极了，甘姆吉先生。”佛罗多说，“其实，要是你信的话，他现在可是天底下最出名的人物之一啦。从这里到大海，再到大河对岸，他的种种事迹正被各地的人们写成歌谣呢。”山姆听得脸都红了，可他却感激地看向佛罗多，因为罗西正一脸微笑地看着他，眼里闪闪发亮。

“要相信可得费不少工夫。”老爷子说，“不过，我看得出来，他跟一些怪人混迹过。他那件马甲哪儿来的？不管穿起来好不好看，我可不赞成穿这些铁家伙。”

农夫科顿一家连同所有的客人第二天都起得很早。夜里倒是什么动静都没听见，但今天傍晚之前肯定会有麻烦出现。“袋底洞上头的恶棍好像全没了，”科顿说，“但路汇镇那帮子随时可能会过来。”

早饭过后，图克地那边骑马来了一名精神振奋的信使。“长官把我们整个地方的人都鼓舞起来了，”他说，“消息跟野火一样四处传开了。原本监视我们图克地的那些恶棍，能逃得小命的都往南边跑了。长官追了过去，要去挡住从那边下来的大堆恶棍。不过，他把能抽出来的人都交给了佩里格林先生，让他带着往这边来。”

下一条消息就没这么好了。梅里在外面待了一整夜，十点钟的时候回来了。“大概四哩外的地方有一大帮恶棍，”他说，“他们是从路汇镇沿路过来的，路上零零散散地又有一大帮子恶棍加入。他们有将近一百人，一路走，一路到处点火。这帮该死的家伙！”

“噢！这帮子人可不会跟你商量，他们只要办得到，就会杀人。”农夫科顿说，“图克家的要是没法尽快赶到，我们最好找地方躲起来，甭跟他们废话，开弓放箭就是。佛罗多先生，事情了结之前，肯定得打上一仗的。”

图克家的人确实赶来了。没过多久，他们便大踏着步子来了。皮平领头，身后跟着一百来位塔克领和绿丘陵过来的人。梅里这下有足够多的霍比特壮汉来对付那帮恶棍了。派出去打探的人报告说，那帮恶棍都集中在一起。他们也知道，整片乡野都被鼓舞起来对抗他们。他们的意图也很明显，就是要在傍水镇这个叛乱中心来一场残酷的镇压。不过，无论他们如何残酷，似乎他们的带头人里边没有哪个是懂打仗的。他们就这么毫无防备地前行。梅里迅速制定了计划。

这帮恶棍迈着沉重的步子从东大道过来，半步不停地拐上傍水路。这条路夹在高高的坡岸之间往上爬了一段，坡顶上长着矮矮的树篱。绕过离主路大概一弗隆远的一处拐角后，他们碰上了用倒扣的农场旧手推车堆起来的结实路障，被迫停下。与此同时，他们发现两侧的树篱中排满了霍比特人，刚好就在高过他们头顶的地方。在他们背后，其他霍比特人此时也将之前藏在田野里的几辆货车推过来，拦住了他们的退路。头顶上，有个声音开了口。

“听好了，你们已经踏进陷阱。”梅里说，“你们那帮霍比屯的同伙儿也遭遇了同样的情况，结果他们死了一个，剩下的都成了俘虏。放下你们的武器，再退后二十步坐下！想往外冲的，通通会被射死。”

不过，这帮恶棍可没这么容易被唬倒。少数几个人打算投降，立刻被同伙儿制止了。有二十来人转头往货车那边跑，其中六个被射杀，可剩下的却冲了出去，还杀了两个霍比特人，随后在乡野中分散开来，往林尾地方向逃窜。路上又有两个恶棍倒下。梅里嘹亮地吹响呼唤号声，远处传来一阵接一阵回应的号声。

“他们跑不远的。”皮平说，“那一整片地方都有我们的猎手在活动。”

后面，被困在两边高坡中间的人类依旧还剩下八十人左右。他们试图爬上路障和坡岸，霍比特人被迫用弓箭和斧头杀掉了许多人。然而，最为强壮、豁出性命的那些人有不少从西边突围了出去。他们凶猛地攻击着，此时也不管逃命的事了，一心只想杀掉对手。等到东边的梅里和皮平朝恶棍们冲杀过来时，已经有好些霍比特人被害，剩下的也是左支右绌。对方领头的是个体形壮如巨型奥克、凶神恶煞的斜吊眼，被梅里亲手给结果了。随后他指挥兵力散开，把剩余的人类撵进了一大圈弓箭手的包围圈内。

战斗最终结束了。近七十名恶棍倒毙战场，有十几个做了俘虏。十九名霍比特人阵亡，三十来人受伤。死掉的恶棍被装上马车，拉去一处旧沙坑埋掉了——从此之后，那里被人称作“战斗坑”。战死的霍比特人被合葬在小丘一侧，那里后来立了一块大石碑，周围修建了花园。1419 年的傍水镇之战就此终结，它是发生在夏尔的最后一场战争，也是 1147 年发生在远处北区的绿野之战后，唯一的一场战斗。因此，尽管非常幸运，战争中牺牲的人不多，这场战斗依旧在《红皮书》中占了单独一个章节，所有参与者的名字都收录在一份《名录》中，被夏尔的史学家们铭记于心。科顿一家便是从此时起，渐渐声名大噪、金玉满堂。不过，无论如何，排在名录最开头的还是梅里阿道克与佩里格林这两位统帅的名字。

佛罗多也参加了战斗，但他并未拔剑，主要负责劝阻因己方伤亡而愤怒无比的霍比特人，不让他们去杀害那些已缴械投降的敌人。等战斗结束，且后续事宜也安排妥当，梅里、皮平和山姆与他一同骑马回了科顿家。他们吃了一顿迟来的午餐，佛罗多随后叹了口气，说：“唉，我猜是时候去会一会那个‘头头’了。”

“确实该去了，越快越好。”梅里说，“也别太客气了！他要为招来这帮恶棍，引来这些恶行负责。”

农夫科顿召集了二十来个强壮的霍比特人给他们当护卫。“我们只是猜测袋底洞那边没有恶棍了，”他说，“可谁知道呢。”随后，他们步行出发了。佛罗多、山姆、梅里、皮平在前面带路。

这是四人这辈子当中最为悲伤的时刻。他们前面矗立着一根高高的烟囱。随着他们跨过小河，穿过一排排沿路修建的丑陋房子，离旧村庄越来越近，他们也将那座肮脏、丑恶到令人皱眉的新磨坊看了个清清楚楚：巨大的砖砌建筑横跨小溪，冒着蒸汽与恶臭的脏水从中流入溪水。傍水路整条道上的树全被砍倒了。

他们走过小桥，抬头看向小丘，倒抽一口冷气。即便之前已经在水镜中见过，可眼前这一幕依旧让山姆难以接受：西侧的老谷仓被拆了个干净，取而代之的是一排排涂了焦油的茅屋。板栗树全没了。坡岸跟矮树篱支离破碎。巨大的货车乱糟糟地停在被踩秃的田野里。袋下路被挖成了只剩沙子和碎石的大坑。一片乌七八糟的大棚屋挡住了上面的袋底洞。

“他们竟然把它给砍了！”山姆叫道，“他们居然把集会树给砍了！”他指着那棵树原本的位置，当初比尔博便是在那棵树下做的道别演讲。它被削了枝叶，砍倒在原野上，已然死去。这似乎成了压垮山姆的最后一根稻草，他突然哭了起来。

一声大笑打断了他们。磨坊院子的矮墙上懒洋洋地靠着一个粗鲁的霍比特人。他满脸污垢，两手乌黑。“不喜欢吗，山姆？”他讥笑道，“不过你向来就是这么软弱。我还以为你已经坐上哪艘你以前瞎说的那些船，‘走啊，走啊’地离开了呢。你回来是想干啥？我们夏尔现在要干的活可不少。”

“我看出来了。”山姆说，“你没时间洗洗自己那脏样，倒是有空靠在墙上说风凉话。不过，你瞧啊，山迪曼少爷，我在这村里还有一笔账要算，再跟我废话连篇的，小心我让你吃不了兜着走！”

泰德·山迪曼往墙外啐了一口。“呸！”他说，“你没本事动我。我可是头头的朋友。你要是再跟我啰里吧唆的，他可就要好好收拾你了。”

“山姆，别跟这蠢货白费口舌！”佛罗多说，“我只希望变成他这样的霍比特人数量别太多。这可比那些人类造成的损害严重多了。”

“山迪曼，你真的是肮脏又没礼貌，”梅里说，“你的如意算盘也彻底打错了。我们正准备去小丘上铲除你那位宝贝头头。他的手下已经被我们收拾了。”

梅里一个手势，护卫队便从桥那边行了过来。泰德这才发现他们，吓得倒抽一口冷气。他慌不迭地冲进磨坊，拿了一支号角跑出来，又用力吹响。

“你省省吧！”梅里哈哈一笑，“我这个更好使。”随后，他吹响了他的银号角，嘹亮的声音传遍整片小丘。霍比屯的一处处洞府、棚屋和破房子里传来霍比特人的回应，他们全都涌到外面，欢笑着、大喊着跟在队伍后面，往袋底洞那上面走。

一行人在小道顶上停下，佛罗多与他的朋友们继续前进，最终来到他们曾深爱着的家园。花园里全是茅屋跟窝棚，部分离西边的旧窗户很近，把光线全给遮住了。垃圾堆得到处都是，大门伤痕累累，门铃拉索松垮下来，铃也不响。敲门无人回应。最后他们伸手一推，门开了。他们走了进去。屋里臭气熏天，到处乌七八糟、满是污秽。这里似乎已经有一阵子无人居住了。

“那可悲的洛索躲哪儿去了？”梅里问。他们把所有房间都搜了一遍，除了大大小小的耗子，没见着别的活物。“要不，我们让人搜搜那些棚屋？”

“这儿比魔多还要糟糕！”山姆说，“从某方面来说，还要更糟。他们都说：‘糟糕到家’——因为这里当真就是家，而你还记得它被毁掉之前的样子。”

“是的，这就是魔多。”佛罗多说，“就是它的杰作之一。萨茹曼一直在干着魔多的勾当，即便他以为这么做是为了自己。那些被萨茹曼欺骗的人也是一样，比如洛索。”

梅里惊愕又厌恶地环顾四周。“我们出去吧！”他说，“早知道萨茹曼造的这些孽，当初我就该把那皮袋子塞进他喉咙里！”

“自然，自然！可你并没有，所以我才能欢迎你们回家。”萨茹曼本人出现在门口，一副吃饱喝足、怡然自得的样子。他的眼中掺杂着恶毒与愉悦的光芒。

佛罗多脑海中灵光一现。“沙基！”他叫道。

萨茹曼哈哈大笑。“看来你们已经听过这名字了，对不对？在艾森加德的时候，我手下的人似乎都这么叫我，大概是在表达亲切之意吧[1]。不过，显然你们没料到会在这里见到我。”

“我是没料到，”佛罗多说，“但我有所猜测。‘靠着小把戏做出点儿卑鄙的事情来’——甘道夫警告过我，说你依旧还有这能力。”

---

1 沙基这个名字或源于奥克语的“沙库”，意为“老头儿”。——译注

“相当有能力，”萨茹曼说，“能做的也不止一点。多么安全啊，你们几个霍比特小老爷骑行于一帮子大人物中间，小小的内心是如此自豪——真是笑煞我也。你们以为自己最终大功告成，只剩下大摇大摆地回家去，好好享受田园的安宁生活了。萨茹曼的家园可以化作残垣断壁，他可以被撵出去，但谁也不能碰你们的家园。噢，当然不能！甘道夫会把你们的事情照料好的！”

萨茹曼再度哈哈大笑。“靠他？工具一旦完成了使命，他就会将它们弃之不顾。可你们非得吊在他屁股后面晃悠，东游西荡、谈天说地，生生多绕了两倍的路程。‘好哇，’我想，‘既然他们如此愚蠢，那我便先一步赶过去，给他们来点儿教训。正所谓冤冤相报。’但凡再多给我一点儿时间，再多点儿人手，这教训还能来得更深刻一些。不过，我依旧完成了不少事，你们会发现，穷尽这辈子，也无法将它们给弥补消解回来。光是想想便叫我愉悦不已，多少也能抵消一点儿我受到的伤害。”

“行吧，你若是要靠这种事情寻找快乐，”佛罗多说，“我真是可怜你。恐怕，这顶多也只能成为愉快的回忆罢了。立即离开，永远别再回来！”

村里的霍比特人看见萨茹曼从一处茅屋里出来，当即全涌向了袋底洞门口。听见佛罗多的命令，他们愤怒地嘟哝道：“别放过他！杀了他！他是个无赖，是杀人犯！杀了他！”

萨茹曼环顾众人脸上的敌意，露出微笑。“杀了他！”他嘲弄道，“我勇敢的霍比特人哪，你们若想趁人多势众杀了我，那便一起上！”他站直了身子，漆黑的双眼不怀好意地盯着他们，“莫要觉得没了身外之物，我就失去了所有的力量！攻击我的人都会被诅咒。若是让我血溅此地，夏尔便将衰落下去，再无恢复之日！”

一众霍比特人退缩了。佛罗多却说：“别相信他！他已经失去了所有力量，只剩声音还能恐吓与欺骗你们——前提是你们愿意听。但我不会让人杀他。冤冤相报并无用处，什么也治愈不了。离开，萨茹曼，用你最快的速度！”

“佞儿！佞儿！”萨茹曼唤道。佞舌从近处一间茅屋里爬出来，像极了一条狗。“又该上路了，佞儿！”萨茹曼说，“这些好心人跟小老爷又赶我们去流浪了。走吧！”

萨茹曼转身向前，佞舌拖沓着步子跟在后头。然而，就在贴着佛罗多经过的时候，萨茹曼手上刀光一闪，飞快捅向佛罗多。刀刃撞上了衣服遮盖的秘银甲，断成两截。山姆一声怒吼，领着一群霍比特人冲上前来，将这歹人摔翻在地。山姆拔剑出鞘。

“山姆，别！”佛罗多说，“哪怕眼下这情况也别杀他。他没有伤到我。无论如何，我不希望他在这种仇恨的情绪中死去。他曾经是伟大的，是高尚种族的一员，我们不应斗胆对抗他们。他已堕落，我们无力拯救他；但我依旧想饶恕他，因为我希望他有朝一日能寻得救赎。”

萨茹曼站起身子，眼睛盯着佛罗多。他眼神中透着异样，其中混杂了惊讶、尊重与憎恨之情。“你成长了，半身人。”他说，“是的，成长了许多。你很睿智，也非常冷酷。你夺走了我甜美的复仇，而我如今只能苦涩地离去，因你的仁慈而亏欠你。我痛恨这仁慈，我痛恨你！罢了，我这便离去，再不来搅扰。别指望我会祝你健康长寿，两者你都拥有不了。不过，这却怪不得我，我不过是先行预告罢了。”

他一步步走开，一众霍比特人让出一条窄窄的通道，但他们紧攥着武器，关节都发白了。佞舌犹豫了一下，随后跟在了他主人身后。

“佞舌！”佛罗多叫他，“你不需要跟着他。我知道你不曾对我做过什么恶事。你可以暂时在这里休息，补充体力，等身体强健一点儿了，你便走你自己的路去。”

佞舌停下，转头看着他，隐隐想要留下。萨茹曼也转过身来。“没做什么恶事？”他咯咯笑着说，“噢，没做！哪怕他半夜溜到外面，也只是去看星星罢了。不过，我似乎听见有人问，可怜的洛索藏到哪里去了？你知道的，对不对，佞儿？你可要告诉他们？”

佞舌畏缩着身子，呜咽着说：“不，不！”

“那就由我来说。”萨茹曼说，“佞儿杀了你们的头头，杀了那可怜的小家伙，你们好心的小老大。佞儿，是也不是？是趁他睡着捅死了他，我猜。希望你把他给埋了。不过，佞儿最近实在饿得厉害呢。不，佞儿可算不上什么好东西。你们最好把他留给我。”

佞舌那血丝密布的眼睛里浮现出疯狂的恨意。“你让我干的，你逼我干的！”他嘶嘶叫道。

萨茹曼大笑出声。“你向来都听沙基的话，对不对，佞儿？啊，他这下要说：‘跟上！’”他朝匍匐在地的佞舌脸上踹了一脚，转身走了。不过，这一脚似乎让什么东西断开了：佞舌猛然起身，抽出藏着的刀，像狗一样低吼着跳上萨茹曼的后背，扯着脑袋割断了他的喉咙，随后大喊着往小道下面跑去。没等佛罗多反应过来或者说出半个字，三个霍比特人张弓便射，佞舌中箭栽倒，就此死去。

周围人惊愕地看见，萨茹曼的尸身附近聚起一股灰雾，又如火焰产生的烟雾般缓缓升向高空，仿佛一个裹上了尸布的灰色人影，矗立在小丘之上。它摇荡着，朝西边飘了片刻。西边却吹来一股冷风，吹得它弯折了方向。它发出一声叹息，消散了。

佛罗多低头看着萨茹曼的尸身，觉得可怜又可怖。仿佛“已死去多年”这个概念突然展现出来，尸体渐渐皱缩起来，干瘪的脸也变成一张破烂不堪的皮，裹在丑恶的骷髅上。佛罗多拉起散落旁边的脏斗篷的一角，扯过来盖住尸体，随后转身走开。

“就这样结束了，”山姆说，“真是悲惨的结局。真希望我没看见，不过，好歹是了结了一桩麻烦事。”

“我还希望这是战争的最后一役。”梅里说。

“我也希望，”佛罗多叹着气说，“希望是最后的一击。无论如何希望，如何害怕，我都没料到这结局竟然落在了这里，落在了袋底洞的大门口！”

“不把这堆糟心事都清理完，我可不会说什么‘结束’了。”山姆愁眉苦脸地说，“这可得费上一大堆的时间和力气。”

·第九章·

灰　港

清理工作确实花费了大量力气，但用的时间却比山姆原先担心的要短。战斗过后的第二天，佛罗多骑马去了大洞镇，释放了牢洞里所有的囚犯。他们在第一批人里找到了可怜的弗雷德加·博尔杰，已没法再叫他“小胖”了。他曾率领一群反抗者藏身斯卡里丘陵旁边的獾地洞里，结果恶棍用浓烟将他们熏了出来，他也就此被抓。

当他们抬着虚弱到无法行走的博尔杰出来时，皮平说：“当初要是跟我们一块儿走，你肯定能干得更漂亮。可怜的老弗雷德加！”他抬起一边的眼皮，努力露出勇敢的笑容。“这个大嗓门儿的小巨人是谁啊？”他小声说，“才不是那个小皮平呢！你如今戴多大号的帽子啦？”

之后便是洛比莉亚。可怜的人，他们将她从阴暗又狭窄的牢房里救出来时，她显得多么苍老、单薄啊。尽管步履蹒跚，但她坚持要自己走出来。等她倚着佛罗多的胳膊、手里仍紧抓着她那把雨伞出现时，众人为她送上了热烈的掌声与欢呼。她无比触动，乘车离开时甚至热泪盈眶。她这辈子从未这么受人欢迎过。然而，洛索被害的消息击垮了她，她不愿再返回袋底洞。她将洞府还给了佛罗多，自己回了娘家，也就是硬厦镇的绷腰带家族那边。

这可怜人于第二年春天去世了——毕竟她已是一百来岁的年纪——而佛罗多却是既吃惊又颇为感动。她将自己及洛索的遗产全给了他，用于帮助那些被这场祸事害得无家可归的霍比特人。于是，两家的积怨就此了结。

老威尔·白足在牢洞里关的时间最久，虽说他遭的罪或许比部分人要轻些，可他依旧需要休养很长一阵子，才能继续担起镇长的职责。于是，佛罗多答应担任代理镇长一职，直至白足先生康复。佛罗多于代理期间只做了一件事——将夏警的职责与人数削减至恰当的程度。追捕残余恶棍的任务交给了梅里和皮平，两人也很快便完成了。听闻傍水镇之战的消息后，南方的那帮恶棍对夏尔长官几乎不做任何抵抗，纷纷逃离了这片土地。至年底前，少数苟活下来的全被围进林子里，那些投降的则被驱逐出边境了。

与此同时，修复工作进展飞快，山姆忙得简直脚打后脑勺。若是干劲儿和需求找上了门，霍比特人工作起来好比勤劳的小蜜蜂。现如今，下至霍比特小伙儿和姑娘那小而灵巧的手，上到老头儿和老太那饱经沧桑、满是老茧的手，老老少少有成百上千双手愿意来帮忙。尤尔日之前，新建的各所夏警局与“沙基”的手下搭起来的一切建筑，被拆得半块砖都没剩下。拆下来的砖则被用去修复许多老旧的洞府，让它们变得更加温暖和干燥。棚屋、谷仓、废弃的洞府，尤其是大洞镇的地道与斯卡里的旧采石场里，大量被恶棍偷藏起来的物品、吃食、啤酒重见天日。正因此，尤尔日那天的欢声笑语远远超过了乡亲们的预料。

清理小丘和袋底洞，以及修复袋下路是霍比屯首批需要完成的大事之一，连拆除新磨坊都得往后靠。那个新沙坑的前端被彻底填平，修成一座遮风避雨的巨大花园，小丘南面掘出一座座深入小丘内部的新洞府，里边全给砌上了砖。老爷子又搬回了三号洞府，不管听者是谁，反正他频频念叨的话是：“我老说，给谁都吹不来好的风才叫歪风。但只要结局好，那就一切都好！”

新修的这条路该叫什么名字，也有过一些讨论。他们考虑过诸如“战斗花园”或者“更好的斯密奥”之类的名称。但过了一阵子，那地方就按照霍比特人耿直的思路，被命名成了“新路”。在正宗的傍水镇笑话里，它又被叫作“杀基路”。

树木遭受的损失和伤害最为惨重，因为在沙基的吩咐下，整个夏尔的树都毫无来由地遭了毒手，这件事让山姆尤为痛苦。别的不说，光是治愈这伤害便需要极长的时间，他觉得可能要等到他曾孙那一代，夏尔才会恢复当初的模样。

山姆里里外外忙活了好几个星期，完全没空琢磨之前的冒险。之后的某天，他突然想起了加拉德瑞尔送的礼物。他取来那盒子，给其余三名旅者看（如今大家都这么称呼他们），又问起他们的建议。

“我还在想，你啥时候才会记起它来呢。”佛罗多说，“快打开！”

盒子里装满了光滑细腻的灰色沙土，正中间有一枚种子，像极了银壳的小坚果。“我要拿它咋办？”山姆问。

“起风的时候把它往天上扔，等它发挥作用！”皮平说。

“对啥发挥作用？”山姆问。

“找个地方当苗圃，看看用它种植物会怎样。”梅里说。

“我倒是很确定，夫人肯定不乐意让我把它全用在自家花园里，毕竟如今有好多乡亲也遭了难。”山姆说。

“发挥你的全部才智吧，山姆。”佛罗多说，“用这礼物帮助你工作，让你的工作更加有效。省着点儿用它。这沙本来就没多少，我相信每一粒都能发挥价值。”

于是，每一处树木曾特别美丽或是备受喜爱，但如今已被砍倒的地方，山姆都种上一棵小树苗，又在根部的土壤处放下一颗珍贵的沙粒。为了这事儿他跑遍了整个夏尔。不过，若他特别关照了霍比屯和傍水镇，也不会有谁说闲话。到了最后，他发现手上依旧还剩着一点点沙土，于是便去了三区石这个各方面都最接近夏尔中心的地方，带着祝福将剩下的沙抛向空中。他将那枚银壳小坚果种在了集会场原本那棵大树所在之处。到底会长出什么，他挺好奇的。整个冬天他尽量忍耐着，不让自己不停地跑去看有没有东西长出来。

春天来临，一切美好得超过了他最为大胆的期望。他的树全开始萌芽生长，仿佛时间也在快步往前，想要让一年抵过二十年。一株美丽的幼苗在集会场破土而出。它的树皮和长长的叶片全是银色，四月时还绽放出满树金色花朵。这真真切切是一棵瑁珑树，是这附近的一道奇观。在之后的岁月里，它变得愈发典雅精致、远近闻名，引得人们千里迢迢前来观赏。这是群山以西、大海以东唯一的一株瑁珑树，也是这世间最为美妙的几株之一。

总而言之，1420 年的夏尔美好到不可思议。这一年不仅阳光明媚、雨水甜美，阴阳相济恰到好处，似乎还有别的什么东西：一种丰饶、繁茂的气氛，以及中洲过往那些一闪而逝的平凡夏天难以匹敌的一抹美丽。那一年孕育或诞生的孩子极多，全长得美丽又健壮，且大部分都长有一头浓密的金发，这在霍比特人当中十分少见。那年的水果也迎来了大丰收，乃至霍比特孩子几乎都快泡在了草莓跟奶油里。下一个季节，他们又坐在李子树下的草坪上大吃特吃，直到李子核高高堆得仿佛四锥塔或者征服者的人头塔，他们这才转向下一处。没人害过病，除了那些必须去割草的人，大家都欢天喜地。

南区的葡萄硕果累累，“烟叶”的产量更是惊人。各地粮食盈车嘉穗，穰穰满家。北区的大麦长势极好，1420 年酿的啤酒实叫人念念不忘，乃至成了一句俗语。事实上，哪怕过了一代人，客栈里仍旧能听见哪个老头儿在喝下满满一品脱正宗好酒之后，放下杯子感叹：“噢！当真是杯一四二〇年佳酿，一点儿没错！”

山姆起初跟佛罗多住在科顿家，等到新路修好后，他跟老爷子又住回了原处。除了其他各种事情，他还忙着指导袋底洞的清理与恢复工作。他也常常远赴夏尔各处，干一些植树的活儿。于是，三月初时他没在家里，不知道佛罗多生了病。当月十三号那天，农夫科顿发现佛罗多倒在床上，他手里紧攥着脖子上挂的那枚白宝石，似乎处于半梦半醒的状态。

“它永远消失了，”他说，“如今全是黑暗和空虚。”

但这场病很快就过去了。等山姆二十五号回来的时候，佛罗多已经恢复过来，对这件事只字未提。袋底洞这时也已经整理完毕，梅里和皮平便从克里克洼将过往所有的家具物什都给搬了过来。这处老洞府很快便重回了与原本差不多的样子。

等到各方面最终都就绪了，佛罗多问道：“山姆，你准备啥时候搬来跟我一块儿住啊？”

山姆的脸上现出一丝尴尬。

“你要是不想的话，也不用着急搬过来。”佛罗多说，“但你知道老爷子住得不远，寡妇朗布尔会好生照顾他的。”

“不是因为这个，佛罗多先生。”山姆说，脸突然红了。

“那是因为啥？”

“因为罗西，罗西·科顿。”山姆说，“她对我那趟旅程好像打一开始就不赞同，可怜的姑娘。可我当初没问她，她也就没法开口。我那会儿没说，是因为我有要先完成的事儿。可如今我跟她提啦，她回答：‘嗯，你已经浪费了一年时间，那还等什么呢？’‘浪费？’我说，‘我可不会这么说。’不过，我明白她的意思。你大概会说，我这是左右为难。”

“明白了。”佛罗多说，“你想跟她结婚，但你也想跟我住在袋底洞，对吧？可是，我亲爱的山姆，这还不简单吗？你赶紧结婚，然后跟罗西一块儿搬过来呀。甭管你想生多少孩子，袋底洞里都装得下。”

事情就这么定了下来。山姆·甘姆吉与罗西·科顿于1420年春天成婚（这一年的婚礼也是出了名的多），两人搬去了袋底洞生活。若要说山姆觉得自己非常幸运的话，佛罗多却明白自己比他还要幸运。全夏尔没有哪个霍比特人得到的照顾能有他好。等到修缮工作计划完毕、安排妥当之后，他便过上了清静日子，写了一大堆东西，查看了所有的笔记。他于那一年仲夏的自由集会上辞去了代理镇长一职，而亲爱的老威尔·白足此后又主持了七年的盛宴。

梅里和皮平一道在克里克洼住了一阵子，没事就往雄鹿地和袋底洞跑。靠着唱歌、讲故事、一身华丽衣裳及绝妙的宴会，这两位年轻的旅者在整个夏尔大出风头。乡亲们称他俩“气派”，纯粹是出于赞誉。听见他们的笑声与歌声远远传来，看见他们骑着马儿行过，铠甲闪亮、盾牌华丽，大家心里都暖洋洋的。即便两人如今身材魁梧、气质高贵，他们在别的方面却没什么改变，但谈吐确实比以前更为优雅，性格也更加开朗，整个人里外都透着快活。

佛罗多与山姆换回了日常的装束，只在需要时才穿上精细编织的灰色长斗篷，在领口别上漂亮的别针。佛罗多先生总戴着一枚用链子串着的白宝石，时不时便用手把玩。

如今一切都步上正轨，且还有希望变得更好。山姆忙碌、快活得不得了，哪怕以霍比特人来看都到了极点。在这一整年里，除了隐隐有些担心他家少爷，一切都完美无缺。佛罗多悄然退出了夏尔的一切活动，山姆发现他在自己家乡受到的敬重竟如此之少，为他难过不已。没多少人知道，也没几个人想知道他的事迹与冒险。他们的仰慕与尊敬大多给了梅里阿道克先生与佩里格林先生（假如山姆知道的话）以及他本人。秋天的时候，旧日烦恼的阴影又出现了。

某日傍晚，山姆走进书房，发现他家少爷看着十分不对劲。他脸色无比苍白，眼睛仿佛在看着遥远的事物。

“佛罗多先生，怎么回事？”山姆问。

“我受了伤，”他回答，“伤到了。它永远好不了了。”

不过，他随后便站起身，那症状似乎过去了，第二天他又变回正常的模样。山姆后来才回想起来，那时正好是十月的第六天。便是在两年前的这一天，风云顶的山谷为阴影笼罩。

日月轮转，1421年到来。佛罗多三月时再度生病，可他极力瞒了下来，因为山姆还有别的事情需要操心。山姆与罗西的第一个孩子诞生于三月二十五日，这是个值得山姆记在心头的日子。

“啊，佛罗多先生，”他说，“我有些左右为难。我跟罗西原本打算生了孩子，就给他取名叫佛罗多，如果你同意的话。结果生下来的却是个女娃娃。虽说这是个人人都梦寐以求的漂亮女娃，长得更像罗西而非像我，真是走运，可名字让我俩犯了难。”

“那么，山姆，”佛罗多说，“为啥不试试老传统呢？用花朵来取名，比如罗西[1]这样的。全夏尔有一半的女孩都起了这样的名字，还能有啥更好听的名字？”

---

1 原本意思是蔷薇。——译注

“我觉得你说得对，佛罗多先生。”山姆说，“我在旅途中听到过一些好听的名字，可我觉得它们有些太正经了——照你的话来说就是，日常闲喊着不搭调。老爷子也说：‘名字取短一点儿，喊的时候就犯不着用简称了。’不过，要是用花来取名，那我就不管长短了—— 一定得是漂亮的花，因为，你看，我觉得她非常漂亮，以后还会变得更漂亮。”

佛罗多想了一阵。“嗯，山姆，‘埃拉诺’怎么样，‘太阳－星星’的意思，就是洛丝罗瑞恩草地上那种小小的金色花儿，你还记得吧？”

“佛罗多先生，你又说到我心坎儿里了！”山姆快活地说，“我想要的就是它！”

小埃拉诺差不多半岁的时候，1421 年的秋天渐渐降临。佛罗多把山姆叫去了书房。

“山姆，星期四就是比尔博的生日了。”他说，“那时他就整一百三十一岁，超过老图克啦！”

“可不是嘛！”山姆说，“他真是太厉害了！”

“嗯，山姆，”佛罗多说，“我想让你去找罗西，看看她能不能让你离开一阵儿，这样你就可以跟我一道出发了。当然了，如今你没法走太远，也不能离开太久。”他的话声中略带着点儿惆怅。

“唔，确实没法出去太久，佛罗多先生。”

“当然不行。不过，没关系的，你可以送我一程。你就跟罗西说，你不会出去太久，顶多两星期，而你会平平安安地回来。”

“佛罗多先生，我真希望能跟你一路去幽谷，去看看比尔博先生。”山姆说，“可我打心里想待的地方却只有这里。我又觉得左右为难了。”

“可怜的山姆！恐怕以后也都会这样。”佛罗多说，“可你会好起来的。你原本就是个坚强的人，将来也一样。”

接下来的一两天，他同山姆一道过了一遍他的文件和手稿，把钥匙也给了山姆。其中有一本以纯红皮革做封面的大书，厚厚的书页几乎全写满了字。一开始的许多页是比尔博那细瘦、弯曲的字迹，剩余的绝大多数都是佛罗多那工整而流畅的字体。全书分了许多章节，但第八十章还未写完，后面留着些空白页。扉页上写了好几个标题，又挨着被划掉，内容如下：

我的日记。一趟意外之旅。去而复返。之后的故事。

五个霍比特人的冒险。主魔戒的故事，根据比尔博·巴金斯本人观察及友人叙述编纂而成。我们在魔戒大战时的作为。

比尔博的字迹结束，接下来是佛罗多写的：

魔戒之主的灭亡

以及

王者归来

（小种人见闻；夏尔比尔博与佛罗多的回忆录，另由两位的友人及智者处学到的知识加以补充。）

另附比尔博于幽谷所译《学识典籍》部分章节。

“哎，佛罗多先生，你已经快写完了！”山姆惊叹道，“唔，我得说，你一直都在坚持写呢。”

“我确实写完了，山姆。”佛罗多说，“最后几页是给你留的。”

九月二十一日那天，两人一道上了路。佛罗多骑的是那匹一路从米那斯提力斯载他回来的小马，如今它有了名字，叫“大步佬”。山姆则骑着他心爱的比尔。这是个晴朗的金秋早上，山姆也没问他们要去哪里，他觉得自己猜得到。

两人走斯托克路翻过山丘，一路向林尾地方向前进，任由胯下的小马闲庭信步。他们在绿丘陵宿营一晚，又在九月二十二日下午渐渐过去之时，慢慢遛着马下了山，进到树林边。

“佛罗多先生，那棵不就是黑骑手头次出现时你藏身的树嘛！”山姆指着左边说，“现在想起来，真像一场梦啊！”

是夜，群星于东天闪耀。两人走过那棵倒塌的橡树，又拐了个弯，从榛树丛之间往山下走。山姆一言不发，深陷回忆之中。没多久，他注意到佛罗多在轻声唱歌给自己听，唱的是一首古老的行路歌，但歌词却不尽相同。

又遇转角相逢处，
新途秘道会有时。
今朝虽与擦肩过，
终有一日复返来。
密径取道直向前，
东往旭日西朝月。

仿佛回应一般，下方山谷有声音顺着道路传上来，唱道：

啊！埃尔贝瑞丝，吉尔松涅尔！
宝钻般晶莹璀璨，
是那星穹流光闪！

吉尔松涅尔！啊，埃尔贝瑞丝！

虽浪迹远土，身歇林中，

于此我们仍犹记，

西方汪洋之上的星芒。

佛罗多跟山姆停下脚步，安静地坐在浅淡的影子中，直到看见一众微光闪亮的旅者朝他们走来。

来者有吉尔多与许多美丽的精灵族人。叫山姆惊讶的是，埃尔隆德和加拉德瑞尔也骑着马来了。埃尔隆德着一袭灰色罩袍，额前佩一颗星星，手上拿着一把银竖琴，手指上戴着一枚嵌着巨大蓝宝石的金戒指，正是三戒中最为强大的维雅。加拉德瑞尔身骑白马，着一身微光闪烁的素白衣袍，仿佛白云环月——她自身似乎就闪耀着柔光。她手上戴着能雅，三戒之一。此戒以秘银铸造，上面嵌着单单一枚若寒星闪耀的白宝石。她后面缓缓跟着一匹灰色小马，上面坐着一道似乎正点着脑袋打瞌睡的人影，正是比尔博本人。

埃尔隆德庄重又亲切地与两人打招呼，加拉德瑞尔也向两人露出微笑。“噢，山姆怀斯少爷，”她说，“依我耳闻眼见，你妥善使用了我的礼物。夏尔如今当受前所未有之祝福与热爱。”山姆鞠了一躬，却不知该说什么——他将这位夫人的绝美给忘掉了。

随后，比尔博醒了，睁开了眼睛。“哈喽，佛罗多！”他说，“哈，我今天赢过老图克啦！比赛就此结束。我现在感觉，我已经准备好踏上另一趟旅途啦。你要来吗？”

“是的，我要来。”佛罗多说，“都是持戒人，自然要一同行动。”

“少爷，你要上哪儿去？”山姆嚷嚷道，终于反应过来。

“去灰港，山姆。”佛罗多说。

“可是，我去不了。”

“是的，山姆。反正你暂时没法去，比灰港更远的地方你都没法去。不过，你也是持戒人之一，虽然时间不长。你的时机会到来的。别太伤心，山姆。你不能一直进退两难，你得一心一意、心无旁骛地继续生活许多年。你还有许多快乐可享，有许多责任得担，还有许多事情要做。”

“可是，”山姆说，眼里涌出泪水，“你做了那么多事情，我以为你也会待在夏尔享受很多很多年。”

“我曾经也是这么认为的。不过，山姆，我伤得太深了。我设法拯救夏尔，而它也获救了，可这么做并非为了我。山姆，当事物深陷危机，情况常常必须如此：必须要有人舍弃、失去这些事物，好让其他人能保有它们。而你是我的继承人：我有的、我可能拥有的事物，我全都留给了你。另外，你还有罗西和埃拉诺，佛罗多小子也是迟早的事情，还有罗西丫头、梅里、戈蒂洛克丝和皮平，没准儿还有更多我料想不到的孩子。到处都需要用到你的双手和你的智慧。你会当上镇长，毫无疑问，想当多久当多久，还会成为史上最伟大的园丁。你会诵读《红皮书》里的内容，牢记逝去岁月的记忆，好让大家记得大劫难，让他们更珍惜自己所热爱的这片土地。只要你的那部分故事还在继续，你便会比谁都更忙，也更快乐。”

“来吧，陪我骑上一程！”

于是，埃尔隆德与加拉德瑞尔继续前进。第三纪元已落幕，魔戒的时代逝去，这段时日的故事和歌谣也到了结尾之时。与两人同行的还有许多不再留在中洲的高等精灵。山姆、佛罗多和比尔博行在一众精灵当中，心里满是悲伤，可这悲伤却又蒙受祝福，其中没有半点儿苦恨。精灵们也欣然向三人致敬。

尽管队伍骑着马从夏尔中间穿过，可在这整个黄昏及夜晚里，除了野兽无人看见他们经过。或许偶尔有那么几个黑暗中的游荡者能在月亮西行时有所察觉，可眼里看见的却只是树下掠过的微亮，或是草地上流过的光影。等出了夏尔，再绕白岗的南缘而过，他们便来到远岗，来到那几座塔楼，望见了远处的大海。他们便这样一路往下，最终来到米斯泷德，抵达身处长长的卢恩峡湾里的灰港。

到了大门处，造船者奇尔丹迎了过来。他身材极高、胡须颇长，虽白发苍颜，眼神却锐如星芒。他看着众人行了一礼，说："全都准备好了。"

奇尔丹随即引众人前往港口，彼处正停着一艘白船。码头上有一匹巨大的灰马，旁边站着一个全身着白的人，正候着他们。这人转身迎向众人，佛罗多看清了来人，正是甘道夫。他如今公开在手上佩戴了精灵第三戒——伟大的纳雅，嵌在上面的宝石炽红如火。于是，远行之人尽皆欣喜，因为他们知道甘道夫也将一同乘船离去。

山姆此时却打心底难过。在他看来，若是离别会让人痛苦不已，之后他独自返家的旅途更是会无比煎熬。不过，就在他们站在船边，诸位精灵正陆续登船，启航的各项事宜渐渐完成的时候，梅里与皮平快马加鞭，飞驰而来。皮平眼含热泪，嘴上却是哈哈大笑。

"你以前就想丢下我们悄悄溜走，佛罗多，可你失败了。"他说，"这回你差一点儿就成功了，可还是没能如愿。不过，怪不得山姆，这回出卖你的可是甘道夫本人！"

"不错。"甘道夫说，"三人结伴回程，总好过一人形单影只。那么，亲爱的朋友们，天下无不散之筵席。在这大海的砂岸之上，我们在中洲的同盟之谊便就此到了尽头。安然离去吧！我不会说'莫要哭泣'之类的话，毕竟，并非所有泪水都代表不幸。"

随后，佛罗多亲吻了梅里和皮平，最后亲吻了山姆，然后便上了船。帆升，风起，白船缓缓沿着长长的灰色峡湾滑向远方。佛罗多带着加拉德瑞尔的水晶瓶，它微微闪了一闪，就此熄灭。航船离开海岸，驶入大海，一路破浪西去。最终，在一个雨夜，佛罗多嗅到空气中的甜美芬芳，听见海的对面传来歌声。随后，他感觉像是在邦巴迪尔之家做过的梦一般，灰色的雨幕化作银色的琉璃，又翻卷开来，他眼前出现一片皎白的沙滩，还有骤然升起的太阳之下，沙滩尽头那片遥远的苍翠之地。

不过，对于站在港口的山姆来说，薄暮却渐渐深沉，化作黑暗。他凝望着灰色的大海，却只看得见海上的一道影子飞快消失在了西边。他在原处站到夜深时分，耳朵里只听得见海浪拍打中洲海岸发出的叹息与呢喃。最后，他将它们深深埋在了心底。梅里与皮平站在他身边，沉默不语。

最终，三位伙伴转身离去。他们骑着马儿慢慢踏上回家的路，再不曾回头。直至抵达夏尔，三人不曾交谈半句，但都因这条漫长、灰暗的归途有朋友为伴而倍感安慰。

最后，他们翻过山岗，走上东大道，随后梅里与皮平便往雄鹿地前进。他们一边走，一边唱起歌来。山姆则转向傍水镇，就这么于白日再度落去前返回了小丘。他继续往前，橘黄的灯光与炉火就在那里。晚餐已准备好，家人正在等他。罗西将他拉进屋，引他入座，把小埃拉诺放在他的膝头。

他深吸一口气，说：“啊，我回来了。”

附　录

·附录一·

列王及统治者纪事

以下附录的主要内容，尤其是附录一至附录四，其资料来源参见“楔子”末尾的说明。附录一“其三”《都林一族》极有可能源自矮人吉姆利口述，他同佩里格林及梅里阿道克一直保持着友谊，多次在刚铎和洛汗与两人相聚。

资料中涉及的相关传说、历史和学识卷帙浩繁，此处仅提供部分内容，且基本都做了大量删减。这些内容的选取，主要目的在于讲述“魔戒大战”及其起因，以及填补主要故事的部分空白。比尔博最为感兴趣的第一纪元古老传说在此略有提及，因为它们涉及埃尔隆德的家世，以及努门诺尔诸位国王与族长。从较长的编年史与故事中直接摘取的部分以引号标记，后续插入的内容以方括号标记。引号标出的注释请参见出处，其余均为编校注释。[1]

1 若干部分参考《魔戒（全3册）》（以书名、卷、章数注明）与《霍比特人》（以章数注明）。

除非以“第二纪元”或“第四纪元”标注，否则所提及日期均属第三纪元。第三纪元的终结定为 3021 年 9 月，即精灵三戒西行之时。不过，若以刚铎的记录为考量，则第四纪元起始于 3021 年 3 月 25 日。刚铎纪年与夏尔纪年的转换请参见楔子与附录四。在年表中，诸王与各统治者后面的日期若为单个，则表明这是他们逝世的日期。† 标志表示非正常死亡，而是死于战争或其他原因，但并非每一处该标记都会附上相关事件。

第一篇
努门诺尔诸王

第一节　努门诺尔

费艾诺乃全埃尔达最为精通艺术与学识者，为人却也最为高傲、任性。他打造了三枚宝石，也就是“精灵宝钻”[1]，又将泰尔佩瑞安与劳瑞林[2]这两株照亮维拉之地的圣树的光芒注入了宝钻。觊觎宝钻的大敌魔苟斯摧毁了圣树，窃走宝钻带去中洲，放在“暴虐之山”桑戈锥洛姆森严的堡垒中严加看管。费艾诺不顾维拉的意愿，带领大部分族人离开蒙福之地，流亡去了中洲。出于傲慢，他打算用武力从魔苟斯处夺回宝钻。此后便是埃尔达与伊甸人对抗桑戈锥洛姆那场无望的战争[3]，他们最终被彻底击败。伊甸人（阿塔尼[4]）包含三支人类家族，他们最早来到中洲西部与大海之滨，成为埃尔达对抗大敌的盟友。

埃尔达与伊甸人之间共有过三次联姻：露西恩与贝伦，伊缀尔与图奥，阿尔玟与阿拉贡。通过最后一次联姻，半精灵家族长久分离的两个分支得以重聚，血脉得以恢复。

露西恩·缇努维尔乃第一纪元多瑞亚斯之王灰袍辛葛的女儿，而她

---

1 昆雅语称精灵宝钻为熙尔玛利尔，复数形式为熙尔玛利伊。——译注

2 见《护戒使者》第二卷第二章、《双塔奇兵》第三卷第十一章、《王者归来》第六卷第五章：中洲再无形似金树劳瑞林之物。

3 见《护戒使者》第二卷第二章、《双塔奇兵》第四卷第八章。

4 伊甸人为辛达语“人类”的意思。阿塔尼为昆雅语，本意是“第二支子民”，也就是指人类。——译注

的母亲则是维拉一族的美丽安。贝伦为伊甸人第一家族的巴拉希尔之子。两人齐心协力，从魔苟斯的铁王冠[1]上夺回一枚宝钻。露西恩变为凡人，精灵一族也就此失去了她。露西恩的儿子为迪奥，而迪奥的女儿便是曾保管其中一枚精灵宝钻的埃尔汶。

伊缀尔·凯勒布林达尔是图尔巩的女儿，后者乃隐匿之城刚多林[2]之王。图奥是伊甸人第三家族哈多家族的胡奥之子，对抗魔苟斯的战争中最为出名的便是这一家族。伊缀尔与图奥之子是航海家埃雅仁迪尔。

埃雅仁迪尔娶了埃尔汶。他借着精灵宝钻的力量穿越重重暗影[3]来到极西之地，以精灵与人类双方使者的身份慷慨陈词，因而获得援助，推翻了魔苟斯。埃雅仁迪尔不可重返尘世，他的船则被安排载着那枚宝钻，作为在天穹间航行的一颗星星。对遭受大敌及其爪牙迫害的中洲居民来说，它也成了希望的象征[4]。维林诺的双圣树在遭受魔苟斯毒害之前的古老光辉，只在三枚精灵宝钻中得以保存，但另外两枚已在第一纪元末消失无踪。相关事件的完整传说，外加更多涉及精灵和人类的其他故事，请参见《精灵宝钻》。

埃雅仁迪尔的后代为埃尔洛斯与埃尔隆德，人称佩瑞蒂尔[5]或半精灵。这两人身上流淌着第一纪元伊甸人那些英勇领袖最后的血脉，而吉尔-加拉德[6]陨落之后，两人的后代也成了高等精灵诸王一脉在中洲唯一的代表。

第一纪元末，维拉给予半精灵选择归属哪一边亲族的机会，一旦选

---

1 见《护戒使者》第一卷第十一章，《双塔奇兵》第四卷第八章。

2 见《霍比特人》第四章，《护戒使者》第二卷第四章。

3 见《护戒使者》第二卷第一章。

4 见《护戒使者》第二卷第七章，《双塔奇兵》第四卷第八、九章，《王者归来》第六卷一、二章。

5 即辛达语的“半精灵”。——译注

6 见《护戒使者》第一卷第二、十一章。

定便不可更改。埃尔隆德选择了精灵族，成为睿智博学的大师。正因此，他也获得了与停留在中洲的高等精灵相同的恩典：等最终厌倦了尘世之地，他们可以从灰港乘船去往极西之地。这项恩典可延续至世界改变之后。埃尔隆德的子女也同样面临选择：与他一同离开尘世，或者留下，变成凡人，最后在中洲死去。因此，无论魔戒大战最终是何结果，他都将充满悲伤[1]。

埃尔洛斯选择归于人类，留在伊甸人之中。不过，他获得了极长的寿命，超过凡人数倍。

作为伊甸人对抗魔苟斯所遭受苦难的奖励，身为世界的守护者，众维拉赐予伊甸人一片栖身之地，此地不受中洲诸多危险侵扰。于是，大部分伊甸人扬帆渡海，在埃雅仁迪尔之星的指引下，来到所有凡尘之地最西边的埃兰娜岛。他们在那里建立了努门诺尔王国。

岛的中央屹立着高大的圣山美尼尔塔玛，视力极好之人从峰顶眺望，能看见埃瑞西亚岛上埃尔达港口的白塔。埃尔达便是从彼处前来伊甸人所在，以知识与许多礼物丰富了他们的生活。不过，维拉向努门诺尔人下了一道命令，也就是“维拉禁令”：努门诺尔人不得向西航至看不见自己海岸的范围，也不得尝试踏足不死之地。尽管他们被赐予了长久的寿命，起初是平凡人类的三倍，但他们必须有死去之时，因为维拉不得从他们身上夺走“人类的礼物”（后来被称为“人类的宿命”）。

埃尔洛斯是努门诺尔的开国国王，此后以高等精灵语名字“塔尔－明雅图尔”为世人所熟知。他的后代都很长寿，但再不能永生。后来，他们变得强大起来，便不满祖辈的选择，私下议论要违背禁令：他们渴望得到与世界同寿的不朽生命，但这却是埃尔达的命运。他们就这样在

1 见《王者归来》第六卷第六章。

索伦邪恶的教唆之下开始了背叛行为，又如《阿卡拉贝斯》[1]所述，最终导致了努门诺尔的沉没与古老世界的崩毁。

努门诺尔诸位国王与女王名号如下：埃尔洛斯·塔尔－明雅图尔，瓦尔达米尔，塔尔－阿门迪尔，塔尔－埃兰迪尔，塔尔－美尼尔都尔，塔尔－阿勒达瑞安，塔尔－安卡理梅（首任执政女王），塔尔－阿纳瑞安，塔尔－苏瑞安，塔尔－泰尔佩瑞恩（第二位女王），塔尔－米那斯提尔，塔尔－奇尔雅坦，“伟大的”塔尔－阿塔那米尔，塔尔－安卡理蒙，塔尔－泰伦麦提，塔尔－瓦妮美尔德（第三位女王），塔尔－阿尔卡林，塔尔－卡尔马奇尔，塔尔－阿尔达明。

自阿尔达明之后，诸王登基时改用努门诺尔语（又称“阿督耐克语”）名号：阿尔－阿督那霍尔，阿尔－辛拉松，阿尔－萨卡索尔，阿尔－基密佐尔，阿尔－印齐拉顿。诸位先王的种种作为令印齐拉顿幡然悔悟，便将自己的名字改为“远见者”塔尔－帕蓝提尔。他的女儿，也就是塔尔－弥瑞尔，本来应当成为第四位女王，却被国王的侄子夺走了王位，而后者便是努门诺尔人的末代国王——黄金之王阿尔－法拉宗。

塔尔－埃兰迪尔统治时期，努门诺尔人首度派船回到中洲。熙尔玛莉恩为塔尔－埃兰迪尔的长女，其子乃维蓝迪尔，便是努门诺尔西部安督尼依的首位亲王。这座城邦历任亲王均以与埃尔达颇有交情而闻名遐迩。末代亲王阿门迪尔与其子“长身”埃兰迪尔都是维蓝迪尔的后代。

第六任国王膝下只有一个女儿。她成了第一位女王——当时的王室制定了一项法律，国王年纪最大的孩子，无论男女，都应继承王权。

1 阿督耐克语，意为“沉沦之地”。《阿卡拉贝斯》为《精灵宝钻》第四部分，即“努门诺尔沦亡史”。——译注努门诺尔王国一直持续到了第二纪元末，其间国力与名望愈发强盛。半个纪元过去，努门诺尔人的智慧与欢欣也是与日俱增。第十一任国王塔尔－米那斯提尔统治期间，即将落在努门诺尔人头上的阴影初现端倪。向吉尔－加拉德派出强力援军的正是这位国王，他热爱埃尔达，同时也嫉妒他们。努门诺尔人当时已成为伟大的水手，他们踏遍了东方的一切海域，又开始渴望探索西方和禁区的水域。他们的日子过得越是幸福快乐，就越是渴望埃尔达不朽的生命。

另外，在米那斯提尔之后，诸王的贪婪开始往财富和力量蔓延。去往中洲的努门诺尔人，起初与饱受索伦折磨的凡人乃亦师亦友的关系。他们的港口如今却变成了堡垒，统治着广大的海滨地区。阿塔那米尔与他的继任者对凡人课以重税，努门诺尔人的船只满载着掠夺来的战利品返航。

最先公开违反禁令的是塔尔－阿塔那米尔，他宣称自己有权拥有埃尔达的寿命。至此，阴影开始加深，人们因担忧死亡，内心逐渐变得黑暗。努门诺尔人分裂为两派：一派是诸王及其追随者们、疏远埃尔达和维拉的人们，另一派则是少数自称“忠贞派”、大部分住在岛屿西部的人。

渐渐地，诸王及其追随者们摒弃了埃尔达语。最后，第二十任国王将他的王室名称改成努门诺尔语的形式，称自己为阿尔－阿督那霍尔，意为“西方的主宰”。忠贞派的一方认为这是不祥之兆，因为这样的称号以前只会用来称呼维拉的一员，或是大君王[1]本人。阿尔－阿督那霍尔也确实开始迫害忠贞派，惩罚那些公开使用精灵语的人。埃尔达再不曾造访努门诺尔。

无论如何，努门诺尔人的力量和财富依旧在增长。然而，随着他们

1 见《护戒使者》第二卷第一章。

越来越害怕死亡，他们的寿命开始变短，喜乐也离他们而去。塔尔－帕蓝提尔尝试过弥补邪恶造成的损害，可为时已晚，努门诺尔出现了叛乱和纷争。他死后，他那作为反叛一方领袖的侄子夺走了权杖，成为国王阿尔－法拉宗。作为诸王中最骄傲、最强大的黄金之王阿尔－法拉宗，他渴求着至不济也能统治世界的王权。

他决心挑战伟大的索伦，争夺中洲的霸权，最终率大军御驾亲征，乘船于乌姆巴尔登陆。努门诺尔人威风凛凛、光彩显赫，吓得索伦的爪牙纷纷弃他而去。索伦卑躬屈膝，谄媚效忠，请求努门诺尔人宽恕。而阿尔－法拉宗傲慢自大，竟愚蠢地将他作为俘虏带回了努门诺尔。没过多久，索伦便蛊惑国王，成为国王的首席顾问。他很快便将努门诺尔人再度引向黑暗，只除了忠贞派的残余成员。

索伦还欺骗国王，称占据不死之地便能让国王永生，维拉禁令只是为了防止人类诸王超越维拉。“而伟王的，当归伟王。”他说。

阿尔－法拉宗最后听信了索伦的谗言，因为他感觉自己时日无久，对死亡的恐惧令他心神不宁。他随后组建了此世前所未见的雄壮大军，又在万事俱备后鸣号出海。他打破维拉禁令，掀起战争，要从西方主宰手里夺回永恒的生命。然而，等阿尔－法拉宗踏上蒙福之地阿门洲的海岸，众维拉便放弃守护世界的职权，呼唤“独一之神”一如·伊露维塔，整个世界从此都改变了。努门诺尔沉沦，被大海吞没，不死之地永远从世间消失。努门诺尔的辉煌就此终结。

忠贞派最后的领袖，也就是埃兰迪尔与他的两个儿子，乘着九条船逃离了这场沉没。他们携带着宁洛丝的一株小树苗，还有七颗真知水晶[1]（埃尔达赠予他们家族的礼物）。他们卷入巨大的风暴，被抛向了中洲的海岸。他们便在中洲的西北部建立了流亡努门诺尔人的王国：阿尔诺和

1 见《双塔奇兵》第三卷第十一章，《王者归来》第六卷第五章。

刚铎[1]。埃兰迪尔为至高王，身居北部的安努米那斯，南部则交由他的儿子伊熙尔杜与阿纳瑞安统治。两人在那里建造了欧斯吉利亚斯，就位于米那斯伊希尔和米那斯阿诺尔之间[2]，离魔多边境不远。他们相信，努门诺尔的毁灭至少带来了一件好事：索伦也一道灭亡了。

然而，事与愿违。索伦确实被卷入努门诺尔的覆灭，他长久以来用于行走凡间的肉身也被摧毁，可他那满含怨恨的灵魂却乘着黑暗之风逃回了中洲。他再也无法恢复成人类眼中的俊美形象，变得黑暗与丑恶，此后也只能凭借恐惧御使他的力量。他重返魔多，在里边悄无声息地潜藏了一段时间。索伦后来得知，他最为痛恨的埃兰迪尔非但逃出生天，还挨着他的地盘建起了一座王国，他无比愤怒。

于是，一段时间后，趁着流亡的努门诺尔人还未扎下根来，他悍然发起了战争。欧洛朱因再度迸射出烈焰，刚铎人给了它新的称呼：阿蒙阿马斯，意为“末日山”。不过，索伦操之过急了：他自己的力量尚未重塑，可吉尔－加拉德的势力却在他离去期间得到壮大。众人建立起最后联盟，索伦被击败，至尊戒也被夺走[3]。第二纪元就此结束。

第二节　流亡者之国

北方一脉

伊熙尔杜的继承人

阿尔诺：埃兰迪尔（†第二纪元 3441 年）。伊熙尔杜（†2 年）。维

1 见《护戒使者》第二卷第二章。
2 见《护戒使者》第二卷第二章。
3 见《护戒使者》第二卷第二章。

蓝迪尔[1]（249 年）。埃尔达卡（339 年）。阿兰塔（435 年）。塔奇尔（515 年）。塔隆多（602 年）。维蓝都尔（†652 年）。埃兰都尔（777 年）。埃雅仁都尔（861 年）。

阿塞丹：佛诺斯特的阿姆莱斯[2]（埃雅仁都尔长子，946 年）。贝烈格（1029 年）。瑁洛尔（1110 年）。凯勒法恩（1191 年）。凯勒布林多（1272 年）。瑁维吉尔[3]（1349 年）。阿盖勒布一世（†1356 年）。阿维烈格一世（1409 年）。阿拉佛（1589 年）。阿盖勒布二世（1670 年）。阿维吉尔（1743 年）。阿维烈格二世（1813 年）。阿拉瓦尔（1891 年）。阿拉方特（1964 年）。末代国王阿维杜伊（†1975 年）。北方王国灭亡。

各族长：阿拉纳斯（阿维杜伊长子，2106 年）。阿拉海尔（2177 年）。阿拉努伊尔（2247 年）。阿拉维尔（2319 年）。阿拉贡一世（†2327 年）。阿拉格拉斯（2455 年）。阿拉哈德一世（2523 年）。阿拉戈斯特（2588 年）。阿拉沃恩（2654 年）。阿拉哈德二世（2719 年）。阿拉苏伊尔（2784 年）。阿拉松一世（†2848 年）。阿刚努伊（2912 年）。阿拉多（†2930 年）。阿拉松二世（†2933 年）。阿拉贡二世（第四纪元 120 年）。

南方一脉

阿纳瑞安的继承人

刚铎诸王：埃兰迪尔、（伊熙尔杜及）阿纳瑞安（† 第二纪元 3440 年）。阿纳瑞安之子美尼尔迪尔（158 年）。凯门都尔（238 年）。埃雅仁迪尔（324 年）。阿纳迪尔（411 年）。欧斯托赫尔（492 年）。罗门

1 他是伊熙尔杜的第四子，出生于伊姆拉缀斯。他的几名兄长全在金鸢尾泽地被害。

2 埃雅仁都尔之后的列王不再用高等精灵语取名。

3 瑁维吉尔之后，佛诺斯特诸王再度将全阿尔诺纳入掌控，并以“阿”为名称前缀，以示象征。

达奇尔一世（原名塔洛斯塔，†541 年）。图伦拔（667 年）。阿塔那塔一世（748 年）。西瑞安迪尔（830 年）。此后是四位“船王”：

塔栏农·法拉斯图尔（913 年），他是第一位膝下无后的国王，继位者为其弟之子塔奇尔扬。埃雅尼尔一世（†936 年）。奇尔扬迪尔（†1015 年）。哈尔门达奇尔一世（奇尔雅赫尔，1149 年）。刚铎的国力至此最为鼎盛。

“荣耀之王”阿塔那塔二世·阿尔卡林（1226 年）。纳马奇尔一世（1294 年）是第二位无后的国王，继承人是他的弟弟。卡尔马奇尔（1304 年）。明阿尔卡（1240—1304 年为摄政王），1304 年加冕，成为罗门达奇尔二世，死于 1366 年。维拉卡（1432 年），在他统治期间，刚铎第一场灾祸“亲族争斗”发生。

维拉卡之子埃尔达卡（起初名为维尼特哈亚），于 1437 年被推翻。“篡位者”卡斯塔米尔（†1447 年）。埃尔达卡复位，死于 1490 年。

阿勒达米尔（埃尔达卡次子，†1540 年）。哈尔门达奇尔二世（原名温雅瑞安，1621 年）。米纳迪尔（†1634 年）。泰伦纳（†1636 年），他与所有子女都在瘟疫中丧生。他的继位者是他的侄子，即米纳迪尔次子米那斯坦的儿子。塔隆多（1798 年）。泰路梅赫塔·乌姆巴达奇尔（1850 年）。纳马奇尔二世（†1856 年）。卡利梅赫塔（1936 年）。昂多赫尔（†1944 年），昂多赫尔和他的两个儿子都战死沙场。一年之后，即 1945 年，王位传给了得胜的统帅埃雅尼尔，他是泰路梅赫塔·乌姆巴达奇尔的后裔。埃雅尼尔二世（2043 年）。埃雅努尔（†2050 年）。诸王血脉至此断绝，宰相代为统治王国，直到 3019 年埃莱萨·泰尔康塔复辟。

刚铎宰相：胡林家族：佩兰都尔（1998 年），他在昂多赫尔战死后统治了一年时间，建议刚铎拒绝阿维杜伊提出的继承王位的要求。“猎手”沃隆迪尔[1]（2029年）。“坚定者”马迪尔·沃隆威，他是首位执政宰相。他的继承人们不再使用高等精灵语名字。

执政宰相：马迪尔（2080年）。埃拉丹（2116年）。赫瑞安（2148年）。贝烈贡（2204年）。胡林一世（2244年）。图林一世（2278年）。哈多（2395年）。巴拉希尔（2412年）。迪奥（2435年）。德内梭尔一世（2477年）。波洛米尔（2489年）。奇瑞安（2567年），洛希尔人于他统治期间来到卡伦纳松。

哈尔拉斯（2605年）。胡林二世（2628年）。贝烈克梭尔一世（2655年），欧洛德瑞斯（2685年）。埃克塞理安一世（2698年）。埃加尔莫斯（2743年）。贝伦（2763年）。贝瑞刚德（2811年）。贝烈克梭尔二世（2872年）。梭隆迪尔（2882年）。图林二世（2914年）。图尔巩（2953年）。埃克塞理安二世（2984年）。德内梭尔二世，他是最后一位执政宰相，继承人为次子法拉米尔。法拉米尔是埃敏阿尔能的领主及国王埃莱萨的宰相，死于第四纪元82年。

第三节　埃利阿多、阿尔诺，以及伊熙尔杜的后裔

“埃利阿多这名字古时指的是迷雾山脉至蓝色山脉之间的全部土地。南方则以灰水河及从沙巴德上方汇入灰水河的格蓝都因河为界。

“鼎盛时期的阿尔诺王国包含几乎埃利阿多全境，只除了路恩河对岸地区，以及灰水河与响水河以东之地——幽谷和冬青郡。路恩河彼岸是精灵之国，那里一片青葱安宁，人类不会前往；而蓝色山脉东侧古往

1 见《王者归来》第五卷第一章。依旧能在鲁恩内海附近见到的白色野牛，在传说故事里据说是阿拉武之牛的后代。阿拉武是维拉中的猎手，远古时代唯独他常常造访中洲。他的名字在高等精灵语里叫作欧洛米（见《王者归来》第五卷第五章）。

今来都居住着矮人，尤其是路恩湾以南的部分，那里依旧有矮人的矿井在运作。正因此，他们惯于走大道去往东边，这个习惯甚至比我们来到夏尔还要早得多。造船者奇尔丹居住在灰港，据说直到‘最后航船’西行之前，他依旧住在那里。诸王时代，绝大多数依旧逗留在中洲的高等精灵都与奇尔丹住在一地，或是栖身于林顿的滨海地区。如今即便还有高等精灵剩下，人数也是寥寥无几。”

北方王国和杜内丹人

埃兰迪尔与伊熙尔杜之后便是阿尔诺的八位至高王。埃雅仁都尔死后，由于他的几个儿子出现分歧，王国被一分为三：阿塞丹、鲁道尔、卡多蓝。西北部是阿塞丹，囊括了白兰地河和路恩河之间，外加大道以北至风云丘陵的土地。东北部为鲁道尔，介于埃滕荒原、风云丘陵和迷雾山脉之间，但也包括苍泉河跟响水河之间的三角洲地带。卡多蓝地处南部，以白兰地河、灰水河和大道为边界。

在阿塞丹，伊熙尔杜一脉得到延续与传承，但卡多蓝和鲁道尔的王族不久便血脉断绝。两个王国之间冲突频发，这加速了杜内丹人的衰落。他们的主要分歧则在于，风云丘陵以及西边邻近布理的土地究竟归属何方。鲁道尔和卡多蓝都想将屹立于两国边境的阿蒙苏尔（风云顶）据为己有，毕竟阿蒙苏尔之塔中存有北方那颗主水晶帕蓝提尔，而另外两颗由阿塞丹负责保管。

“邪恶于阿塞丹的瑁维吉尔统治初期来到阿尔诺。安格玛王国彼时在埃滕荒原另一头的北方崛起，疆域囊括迷雾山脉两侧，其中聚集了许多邪恶人类、奥克以及其他凶恶的生物。[人们只知那片土地的君主被称为巫王。直到后来，他们才知道他乃是戒灵之首。眼见刚铎强盛，他从阿尔诺杜内丹人的钩心斗角中发现机会，便抱着消灭他们的目的北上。]”

瑁维吉尔之子阿盖勒布统治期间，由于另外两个王国再无伊熙尔杜的后人，阿塞丹的诸王再度宣称取得阿尔诺全境的统治权。这一宣称在鲁道尔遭到了抵制。那里的杜内丹人数量寥寥无几，大权也旁落至一名山区人类出身的邪恶首领手上，而他与安格玛结有秘密联盟。阿盖勒布因此巩固了风云丘陵的防御[1]，但他却在同鲁道尔与安格玛的战斗中身死。

在卡多蓝和林顿的援助之下，阿盖勒布之子阿维烈格将敌人赶出了丘陵。此后多年，沿风云丘陵、大道、苍泉河下游，阿塞丹和卡多蓝一直驻扎有兵力。据说，也就是在这个时候，幽谷遭遇围困。

1409 年，一支大军从安格玛出动，一路过河进入卡多蓝，将风云顶团团包围。杜内丹人战败，阿维烈格被杀。阿蒙苏尔之塔被焚烧，又被夷为平地。但人们救出了那颗帕蓝提尔，并在撤离时将它带回了佛诺斯特。隶属安格玛的邪恶人类占据了鲁道尔[2]，剩余的杜内丹人要么被杀，要么逃去了西边。卡多蓝被洗劫一空。阿维烈格之子阿拉佛虽未成年，但他英勇无比，竟凭借奇尔丹的援助将敌人逐出了佛诺斯特和北岗。卡多蓝残余的忠诚杜内丹人亦在提殒戈沙德（即古冢岗）负隅依阻，或是在后方的老林子中避难。

据说，安格玛一度被压得寸步难行，对手正是来自林顿的精灵族。此外还有幽谷埃尔隆德翻越迷雾山脉从罗瑞恩搬来的援军。同一时期，因为战乱及对安格玛的恐惧，亦因埃利阿多的土地和气候——特别是东部地区——愈发糟糕，让人愈发难以生存，曾经住在三角洲（苍泉河和响水河之间）的斯图尔族逃向了西边和南边。其中一部分人返回大荒野，住在金鸢尾泽地附近，成为一支伴河而居的渔民部族。

1 见《护戒使者》第一卷第十一章。
2 见《护戒使者》第一卷第十二章。

在阿盖勒布二世统治的时代，瘟疫从东南方传播到埃利阿多。卡多蓝，尤其是明希瑞亚斯地区，绝大多数人染疫死去。霍比特人和其他所有种族饱受摧残，但瘟疫向北传播时影响逐渐减弱，故而阿塞丹北部几乎未受影响。这一时期，卡多蓝的杜内丹人被灭族，邪灵自安格玛和鲁道尔离去，进入了荒无人烟的丘陵，徘徊不去。

“据说，旧时称为‘提殒戈沙德’的古冢岗，其中坟丘极为古老，许多是由伊甸人的祖先在第一纪元的古代世界时期建造，他们那时尚未翻越蓝色山脉进入贝烈瑞安德——而林顿是如今贝烈瑞安德仅存的地区。因此，归来的杜内丹人无比敬仰那片丘陵，将众多王侯贵族葬在那里。[有人说，囚禁持戒人的那座坟丘，其主人是卡多蓝最后一位君主，他战死于 1409 年。]”

“1974 年，安格玛的力量再度崛起，巫王于冬天结束前向阿塞丹发动了袭击。他攻下佛诺斯特，将绝大多数残存的杜内丹人撵去路恩河彼岸，国王的儿子们也在其中。而国王阿维杜伊在北岗抵抗至最后，随后带领部分卫兵逃往北边。靠着快马，他们逃得生天。

“阿维杜伊于迷雾山脉北端附近古老的矮人矿井隧道中躲了一阵，但最终迫于饥饿，出来寻求洛斯索斯人，也就是佛洛赫尔雪民[1]的帮助。他在海岸边找到一处雪民的营地，但他们不愿帮助国王，因为他只拿得出来他们视如鸡肋的一点珠宝当作报酬。他们也惧怕巫王，说他能随心所欲地制造或者消除霜冻。不过，既因同情骨瘦如柴的国王及随从一行，也因害怕他们的武器，雪民给了他们一点食物，为他们造了雪屋。

1 “这一族人奇怪且不友善。他们是佛诺德人的残余，是很久以前适应了魔苟斯王国极寒的人类。严寒常年笼罩那里，但它其实离夏尔北边只有一百里格。洛斯索斯人在冰雪中造屋，据说他们足底绑上骨头便能于冰上奔行，还拥有无轮的车。他们主要生活在敌人难以涉足的佛洛赫尔大海岬上；海岬延往西北，锁住了无边的佛洛赫尔海湾。他们倒是常在海湾南部的海岸，也就是迷雾山脉的山脚下扎营。”

由于阿维杜伊一行人的马都死了，他被迫枯守彼处，盼望南方能有援助前来。

“从阿维杜伊之子阿拉纳斯处听闻国王逃去了北方，奇尔丹当即派船前往佛洛赫尔搜寻。因为顶风而行，这艘船过了许多天才终于到达，一众水手远远便看见那些失去下落的人们用浮木当柴、有意保持燃烧的小火堆。但那一回的冬天久久不愿离去，尽管已是三月，冰却才刚开始融化，碎冰一路从海岸向外，散布至很远的地方。

“看见那船，那些雪民大惊失色、无比恐慌，因为他们这辈子都不曾见过海上出现这般模样的船。不过，如今变得更加友善的他们用雪橇载着国王与他幸存下来的随从，一路穿越冰层至他们不敢再往前的地方。就这样，船上派来的一艘小船接到了国王一行。

“雪民却是焦虑不安，他们说，他们从风中嗅到了危险的气息。洛斯索斯人的首领对阿维杜伊说：‘别骑这个海怪！要是这些海人有食物和其他我们需要的东西，就让他们拿过来，而你可以在巫王回老窝之前留在这里。这是因为，他的力量会在夏天变弱，而他的呼吸眼下是致命的，他的冰冷手臂也伸得很长。’

“但是，阿维杜伊没有听从首领的建议。他感谢了首领，离去时又将自己的戒指赠给首领，说：‘单从古老程度而言，此物的价值便远超你的想象。它不具备任何力量，但它能让那些热爱我家族之人为你们献上敬意。它无法予你助力，但你若哪日有急需，不管你有何渴求，我的亲族都将以巨量之物相换，将它赎回。’[1]

“无论是偶然说中还是预先洞见，洛斯索斯人的建议到头来是正确的。船还没抵达外海，北方来的一场大风暴裹挟着暴雪朝他们劈头盖脸地砸了过来，将船推到冰层上，就连船身都盖上了冰雪。如此情形，就

---

1 伊熙尔杜家族的戒指由此得以幸存，之后被杜内丹人赎了回去。据说，此物并非其他，正是纳国斯隆德的费拉贡赠予巴拉希尔，也是贝伦当初身犯艰险夺回的那枚戒指。

连师从奇尔丹的水手也束手无策。到了夜里，凝冰压坏船壳，船沉没了。末代国王阿维杜伊就这样死去，两颗帕蓝提尔也随他葬身海底。[1]许久之后，人们才从雪民那里听说了佛洛赫尔沉船的消息。”

夏尔的居民幸存下来，却又被卷入战乱，绝大多数人逃之夭夭，躲了起来。他们曾派部分弓手前去援助国王，却是有去无回；另有一些前去参加了推翻安格玛的那场战斗（南方的年鉴对此事有更加详细的记载）。接下来的安宁日子里，实行自治的夏尔人渐渐又繁荣起来。他们选出一位长官代替了国王，感到心满意足；不过，在很长时间里，很多人仍旧盼着国王归来。这个念想最后终究被遗忘，只剩下一句“等国王回来了”的俗话，用来形容某种实现不了的善事或弥补不了的邪恶。第一任夏尔长官是泽地一个名叫布卡的人，而老雄鹿家族自称是他的后代。布卡在我们纪年的 379 年（1979 年）当上了长官。

北方王国于阿维杜伊死后宣告终结，因为杜内丹人此时已是寥寥无几，而埃利阿多各民族的人数也全减少了。不过，诸王血脉由杜内丹人的各族长延续了下去，而阿维杜伊之子阿拉纳斯便是第一代族长。他的儿子阿拉海尔在幽谷被抚养长大，他之后各代族长的儿子也都如此。各代族长的传家宝同样保存在幽谷：巴拉希尔之戒、纳熙尔剑碎片、埃兰

1“这两颗分别是安努米那斯与阿蒙苏尔的水晶石。北方仅存的只剩埃敏贝莱德塔中那枚瞭望路恩湾的晶石，由精灵负责守护。它在我们不知情的情况下一直留在那里，最后奇尔丹在埃尔隆德离去之时将它送上了船（见《护戒使者》第一卷第二、五章）。”

迪尔之星，还有安努米那斯的权杖。[1]

“王国终结后，杜内丹人遁入阴影，变成隐秘行事的流浪民族，几乎无人传唱或记录他们的功绩和辛劳。自从埃尔隆德离去，与他们相关的记忆更是所剩无几。尽管‘警戒和平’[2]甚至尚未结束，邪物就再度开始袭击或潜入埃利阿多，但历代族长大多得以善终。阿拉贡一世据说是让狼群害了命，而恶狼之灾此后始终威胁着埃利阿多，迄今仍未解决。另外，后来才得知的是，奥克其实早已悄无声息地占领了迷雾山脉中的要塞，以便切断所有通入埃利阿多的隘口通路。它们于阿拉哈德一世时期突然现了身。2509 年，埃尔隆德之妻凯勒布莉安在前往罗瑞恩的旅途中，于红角口遭遇奥克埋伏。奥克突袭打散了护卫队，将她掳走。埃尔拉丹和埃洛希尔虽追来将她救下，后者却已受尽折磨，伤口中毒。她被送回伊姆拉缀斯，虽然身体被埃尔隆德治愈，却再感受不到中洲的任何喜乐，于是在次年前往灰港，渡海西去。此后的阿拉苏伊尔时期，奥克再次在迷雾山脉中繁衍壮大，开始四处劫掠，而杜内丹人和埃尔隆德的两个儿子与他们交战不息。同一时期，大批奥克向西远行至夏尔境内，又被班多布拉斯·图克赶走[3]。”

杜内丹族长之前共计十五位。第十六位、也是最后一位，便是再

---

1 “国王告诉我们说，权杖乃努门诺尔王权的主要标志，于阿尔诺亦是如此。北方王国的君主不戴王冠，而是额佩单独一枚白宝石，也就是‘埃兰迪尔之星’，又称‘埃兰迪尔米尔’，以一根银带系于额前（见《护戒使者》第一卷第八章，《王者归来》第五卷第六、八章，第六卷第五章）。比尔博提及的王冠，显然是在指刚铎（见《护戒使者》第一卷第十章、第二卷第二章）；他似乎对阿拉贡一脉的各项事宜变得了如指掌。‘努门诺尔的权杖似乎已随阿尔－法拉宗一道消失。安努米那斯的权杖是安督尼依历任亲王的银杖，或许也是中洲当今保存下来的由人类手工打造的最古老之物。埃尔隆德将它交予阿拉贡时（《王者归来》第六卷第五章），它已有超过五千年的历史。刚铎的王冠起源于努门诺尔战盔的形状。它最初确实单纯作头盔使用，据传，它正是达戈拉德之战中伊熙尔杜所佩戴的那一顶（阿纳瑞安被巴拉督尔抛掷的巨石砸死，他的头盔也被击碎）。不过，在阿塔那塔·阿尔卡林时期，它被替换为镶嵌了珠宝的头盔，也就是阿拉贡加冕时所戴的那一顶。’”

2 指第三纪元中后期约四百年时间的相对和平时期，始于索伦被甘道夫逐出多古尔都要塞（第三纪元 2063 年），止于索伦重新占据多古尔都（第三纪元 2460 年）。——译注

3 见《护戒使者》楔子与《王者归来》第六卷第八章。

度成为刚铎与阿尔诺两国君王的阿拉贡二世。"我们管他叫'我们的国王'。他北上前往重建的安努米那斯，在暮暗湖畔的王宫中暂住时，夏尔人个个都欢喜不已。不过，他并未踏足这片土地，而是要以身作则，遵守他自己制订的"大种人一律不得越过夏尔边境"的律法。不过，他倒是常带着许多穿着美妙的人骑马前往大桥，在那里迎接他的朋友以及任何想见他的人。有些人随他骑马而去，只要愿意就住在他的王宫中。佩里格林长官就曾多次前往，镇长山姆怀斯大人也没落下，而他的女儿，美丽的埃拉诺，则是暮星王后的侍女。"

这是北方一脉的骄傲与奇迹：虽然国力式微，人口凋零，但靠着父子相传，历经许多世代后，他们的传承始终未曾断绝。另外，尽管中洲的杜内丹人寿命越来越短，而诸王血脉断绝后，刚铎人的寿命缩减得更快，北方杜内丹人的许多族长依旧活了常人两倍的寿命，远超我们当中最长寿之人。阿拉贡实际上活了二百一十岁，是他这一脉自阿维吉尔王以来最为长寿之人。古时诸王的尊严得以借阿拉贡·埃莱萨之身重现。

第四节　阿纳瑞安的继承人及刚铎

阿纳瑞安于巴拉督尔前被害之后，刚铎共有过三十一位国王。尽管边境的战火从未停止，南方的杜内丹人这一千多年来于海洋和陆地两处的财富和权势一直在增长，直至被称为"荣耀之王"阿尔卡林的阿塔那塔二世统治的时代。不过，王国衰弱的迹象那时已经显现；南方的贵族不但晚婚，子女也很少。法拉斯图尔是第一位没有子女的国王，阿塔那塔·阿尔卡林之子纳马奇尔一世则是第二位。

第七代国王欧斯托赫尔重建了米那斯阿诺尔。从此之后，诸位国王夏天都住在彼处，而非欧斯吉利亚斯。在欧斯托赫尔的时代里，刚铎首次遭遇东方来的蛮子袭击，但他的儿子塔洛斯塔击败了他们，将他们赶出王国，随后为自己取名为罗门达奇尔，意为“东方胜利者”。不过，塔洛斯塔后来在与新来的大群东夷战斗时被杀，而他的儿子图伦拔替他报了仇，夺回东边大部分领土。

自第十二代国王塔栏农开始，船王一脉出现。塔栏农建了海军，将刚铎的疆域沿海岸向西拓展，南边则延至安都因河口以南地区。为庆祝自己作为大军统帅所取得的胜利，塔栏农以“法拉斯图尔”之名即位，意即“海岸之王”。

他的侄子埃雅尼尔一世继承了王位，修复古老的港口佩拉基尔，建起庞大的海军。埃雅尼尔发兵从海陆两面包围并攻下了乌姆巴尔[1]，之后将它变成一座坚固强大的港口兼要塞，为刚铎所用。不过，埃雅尼尔拿下胜利却没能幸存多久。他与许多船只和将士一道命丧乌姆巴尔外海的一场大风暴。他的儿子奇尔扬迪尔则继续建造船只，但那些被赶出乌姆巴尔的贵族带领着哈拉德的人类，以强军前来攻打这处要塞，奇尔扬迪尔战死于哈拉德地区。

乌姆巴尔遭遇多年围攻，但归功于刚铎的海上力量，此地一直不曾沦陷。奇尔扬迪尔之子奇尔雅赫尔见机行事，在聚集足够兵力后，最终从北方自海陆两路发动了反攻。他的军队渡过哈尔能河，彻底击败哈拉德的人类，又强令他们的王承认了刚铎的统治权（1050 年）。奇尔雅赫尔随后给自己取名为哈尔门达奇尔，即“南方胜利者”。

在哈尔门达奇尔漫长的剩余统治时期里，无人胆敢挑战他的君威。在他称王的一百三十四年里，整个阿纳瑞安一脉只有一位国王统治的时

1“乌姆巴尔的大海岬与被陆地锁住的峡湾古时曾是努门诺尔人的领地。它又是保王派的要塞，这些后来因索伦引诱而堕落的人被称为黑努门诺尔人，他们最为痛恨的便是追随埃兰迪尔的人。索伦落败后，他们这族人的数量或是急剧减少，又或是与中洲的人类通了婚。他们对刚铎的恨意半分不少地被传承下来。正因此，攻陷乌姆巴尔付出了惨重的代价。”

间比他长。刚铎的国力在他统治时期达到巅峰。彼时，王国疆域北扩至凯勒布兰特原野与黑森林南缘，西抵灰水河，东临鲁恩内海，南涉哈尔能河，又从那里沿海岸扩至乌姆巴尔半岛与海港。安都因河谷的人类承认刚铎的王权，哈拉德诸王也归顺刚铎，交质子于刚铎王庭生活。魔多一片荒凉，但固守各处隘口的雄壮堡垒仍不曾松懈监视。

船王一脉至此结束。哈尔门达奇尔之子阿塔那塔·阿尔卡林生活的年代无比辉煌，乃至人们会说："到了刚铎，珍贵的宝石不过是孩童玩耍的石子儿。"但是阿塔那塔耽于享乐，半点不曾想法子维持他继承来的权力，他的两个儿子也是上梁不正下梁歪。刚铎在他死前便开始衰落，而敌人显然也发现了。对魔多方面的监视变得松懈。尽管如此，一直到了维拉卡的时代，刚铎才遭遇了第一场大祸：亲族倾轧引发的内战。这场内战所造成的惨重损失和破坏，一直没能得到彻底修复。

卡尔马奇尔之子明阿尔卡干劲十足。1240年，为了彻底当个甩手掌柜，纳马奇尔便任命明阿尔卡为摄政王。明阿尔卡此后便以国王的名义代理刚铎国事，直至继承父亲的王位。北方人类是他最为担忧的事情。

北方人类的数量在刚铎强势带来的和平时期内大大增加。他们是与杜内丹人亲缘最近的寻常人类（大多数都是古时那些伊甸人的先祖的后裔）。诸王向他们递出橄榄枝，给予他们安都因大河对岸、大绿林以南的大片土地，期望以他们为防线抵挡东方的人类。这是因为，东夷过去发动的进攻，大半都是从鲁恩内海和灰烬山脉之间的平原来的。

东夷于纳马奇尔一世统治时期再度进攻，最初只派了少许兵力。但摄政王得知，北方人类并非始终忠于刚铎，其中一些人贪恋战利品或是想挑起他们的诸位亲王间的世仇，甚至会与东夷的军队沆瀣一气。因此，明阿尔卡在1248年率领一支大军出征，于罗瓦尼安和鲁恩内海之间大败一支东夷大军，拔除了东夷在大海以东的所有营地和据点。此后，他为自己取名为罗门达奇尔。

凯旋后，罗门达奇尔在安都因大河西岸至利姆清河汇流处设下防守，禁止任何陌生人走埃敏穆伊内侧沿大河而下。便是他修建了能希斯艾尔入口处的阿刚那斯双王柱。不过，既因需要人手，也因渴望加强刚铎和北方人类的联系，他因此收编了许多北方人类，还在自己的军队中给予他们很高的地位。

对于曾在战争中对他施以援手的维杜加维亚，罗门达奇尔格外器重。维杜加维亚自称“罗瓦尼安之王”，当真是北方诸位人类王公中势力最大的一位，但他自己的领土却是在大绿林和凯尔都因河[1]之间。1250年，罗门达奇尔派儿子维拉卡为大使，同维杜加维亚生活了一段时间，好让维拉卡了解与熟悉北方人类的语言、风俗和行政事务。但维拉卡的所作所为却远远超出了他父亲的设想。他渐渐爱上北方的风土人情，娶了维杜加维亚的女儿维杜玛维为妻。好些年之后，他才终于回了刚铎。正是这次联姻，导致了后来的亲族倾轧。

“因为刚铎的上层人已经对他们当中的北方人类冷眼相待；而王储，或者无论国王的哪个儿子，竟然娶外族的普通人为妻，这种事简直闻所未闻。国王维拉卡渐渐年老时，南方行省就已经出现了叛乱。他的王后虽美丽高贵，但她身为普通人类却注定寿命不长，而杜内丹人担心她的后代到头来会变得一样短命，辱没人中王者的威严。他们同样不愿奉她的儿子为君主——他如今虽名唤埃尔达卡，但他本是异乡出生，年轻时还被取了“维尼特哈亚”的名字，而这个名字属于他母亲那一族。

“因此，当埃尔达卡继承刚铎王位时，内战爆发了。不过，埃尔达卡倒是向世人证明自己的继承权没那么容易被剥夺掉。除了刚铎的血统，他身上还继承了北方人类的无畏精神。他英俊潇洒、骁勇善战，也

---

1 即奔流河。

未表现出比他父亲衰老得更快的迹象。诸王后裔率领同盟起兵反抗他时，他竭力抵抗至最后一兵一卒。最后，他被围困在欧斯吉利亚斯，又在其中坚守了很久，直到饥饿和数量更为庞大的叛军迫使他逃离了陷入火海的城池。那场攻城战与大火摧毁了欧斯吉利亚斯的穹顶之塔，那颗帕蓝提尔落入水中，不知去向。

“但埃尔达卡甩掉了敌人，来到北方，回到他在罗瓦尼安的亲族当中。彼处有许多人聚集到他身边，其中既有为刚铎效力的北方人类，也有王国北方地区的杜内丹人。后者当中有不少人发现埃尔达卡值得尊敬，而更多的人则痛恨篡夺他王位的人：此人正是罗门达奇尔二世的弟弟卡利梅赫塔的孙子，卡斯塔米尔。他不仅是与国王血缘关系最近的王室成员之一，所率的军队也是叛军中势力最大的一支——他乃是舰队统帅，得到了滨海地区人民以及佩拉基尔和乌姆巴尔两大港口的支持。

“王位尚未坐热，卡斯塔米尔便将自己的傲慢与狭隘展露无遗。他为人残忍，当初攻取欧斯吉利亚斯时就已有体现：他命人处死被俘的埃尔达卡之子奥能迪尔，还下令对城市进行了远超战争所需的屠戮与损毁。米那斯阿诺尔和伊希利恩始终铭记着这桩事；等到人们发现卡斯塔米尔并不在乎陆地，他满心只考虑他的舰队，还打算把王城迁去佩拉基尔时，这两城对卡斯塔米尔的爱戴也愈发减少了。

“正因此，他只当了十年国王。见时机成熟，埃尔达卡率领大军自北而来，卡伦纳松、阿诺瑞恩和伊希利恩不断有人前来投奔。两军于莱本宁的埃茹伊渡口大战一场，无数刚铎精英血溅当场。埃尔达卡亲自对付卡斯塔米尔，又杀了他为奥能迪尔报仇。但卡斯塔米尔的儿子们逃得一命，他们与其他亲族和舰队的许多人又在佩拉基尔抵抗了许久。

“待聚集了能来的全部兵力（因为埃尔达卡没有船只，无法在海路阻拦他们），他们便扬帆离去，在乌姆巴尔建立了据点。他们把乌姆巴尔打造成国王的一切敌人的避难所，在那里自立为王。乌姆巴尔此后与刚铎争斗了数代人之久，一直威胁着刚铎海岸与海上的一切交通。直到埃莱萨的时代它才被彻底收服。南刚铎成了海盗和诸王冲突频发的地区。”

“失去乌姆巴尔对刚铎而言乃无比沉痛的损失，不仅因为王国的南方领土缩小，对哈拉德人的控制出现松动，还因为那里是努门诺尔最后的国王、黄金之王阿尔－法拉宗登陆与挫败索伦威势的地方。尽管后来有巨大的邪恶降临，可即便是埃兰迪尔的追随者，他们也满心骄傲地铭记着阿尔－法拉宗的大军是如何自大海深处前来的。在海港之上的海岬最高处，他们在一座山丘上立了一根白色巨柱，作为纪念碑。纪念碑顶部有一个吸收日月光华的水晶球，如同明亮的星辰般兀自闪耀，但凡天色晴朗的时候，哪怕远在刚铎的海岸或西部海域，人们都能看见它散发的光芒。纪念碑一直矗立在山顶，直到索伦不久后第二度崛起。乌姆巴尔落入他的爪牙之手，这根铭刻他耻辱的纪念碑柱就此被推倒。”

埃尔达卡重返之后，杜内丹人王室和其他家族与普通人类通婚的情况变得更为普遍，因为许多贵族都在亲族倾轧中被杀，而埃尔达卡十分珍视助他夺回王位的北方人类，罗瓦尼安也有大量人民前来，刚铎的人口得到了补充。

与普通人通婚起初并未如人们担心的那样加速了杜内丹人的衰落，但衰落却是依旧在一点一点地进行。毫无疑问，中洲本身才是衰落最主要的原因，而星引之地沉没后，努门诺尔人受赐的礼物也被渐渐收回了。埃尔达卡活了二百三十五岁，当了五十八年国王，其中十年处于流亡状态。

第二场，也是最为惨烈的一场灾祸，于第二十六代国王泰伦纳统治期间降临刚铎。泰伦纳的父亲、埃尔达卡的曾孙米纳迪尔在佩拉基尔被乌姆巴尔的海盗杀害。（这帮海盗的首领是安加麦提和桑加杭多，两人都是卡斯塔米尔的曾孙。）不久之后，一场致命的瘟疫也乘着黑风从东方袭来。国王泰伦纳和他所有子女尽皆病亡，刚铎的居民，尤其是那些生活在欧斯吉利亚斯的人也大量死去。之后，出于人手匮乏与过度疲劳，他们不再继续监视魔多边境，保卫各隘口的堡垒也人去楼空。

人们后来注意到，就在诸事出现之际，大绿林中的魔影也变得愈发厚重，许多邪物再度出现——这正是索伦崛起的征兆。刚铎的敌人也确实蒙受了损失，否则他们本可趁积弱时将其一举击溃。但索伦可以等，而他最想要的或许正是让魔多门户大开。

国王泰伦纳死后，米那斯阿诺尔的白树也枯萎死去。他的侄子塔隆多继承了王位，在王城中种下一棵小树苗。正是他将王宫永远迁至米那斯阿诺尔，因为欧斯吉利亚斯如今已经部分弃置，渐渐化作废墟。逃去伊希利恩或西边河谷躲避瘟疫的人，很少有人愿意再回来。

塔隆多年纪尚小便坐上王位，是刚铎诸王中统治时间最长者，但他的作为仅限于重整王国内部与缓慢培养国力。他的儿子泰路梅赫塔却不曾忘记米纳迪尔之死，也因海盗肆无忌惮劫掠沿海地区乃至远方的安法拉斯而深感担忧。于是，他集结兵力，于 1810 年突袭攻占了乌姆巴尔。是役，卡斯塔米尔的后裔尽数毙命，乌姆巴尔再度由诸王统治了一段时间。泰路梅赫塔将“乌姆巴达奇尔”这个头衔加入了自己的名号。然而，新的邪恶不久再度降临刚铎，乌姆巴尔又一次失守，落入哈拉德的人类手中。

第三场祸事乃马车民的入侵。这场持续将近一百年的战争，将刚铎已然衰弱的国力消耗殆尽。马车民是一支来自东方的民族，或者说是多支民族的联合体。他们比此前所有敌人还要强大，装备也更为精良。他们乘着巨大的马车行进，而首领则驾驶双轮战车作战。后来，人们发现他们是受索伦的使者挑动，所以向刚铎发动了突袭。1856 年，在与他们作战时，国王纳马奇尔二世于安都因大河对岸阵亡。罗瓦尼安东部与南部的居民遭到奴役，刚铎的前哨彼时被压到安都因大河和埃敏穆伊一线。[有看法认为，戒灵此时再度进入魔多。]

纳马奇尔二世之子卡利梅赫塔得到了罗瓦尼安起义军的帮助，于 1899 年在达戈拉德大胜东夷，在为父亲报仇的同时也在短期内化解了危机。在北方的阿拉方特与南方的卡利梅赫塔之子昂多赫尔统治期间，两国摒弃了双方长久以来的沉默与疏远，再度共商大事——他们终于意识到，指挥多处地区、向努门诺尔的幸存者发动攻击的乃是同一股势力与意志。彼时，阿拉方特的继承人阿维杜伊迎娶了昂多赫尔之女费瑞尔（1940 年）。但两国都无法向对方派出援军：当马车民再度以大军进犯时，安格玛也再度向阿塞丹发动了攻击。

许多马车民此时已穿过魔多以南地区，与可汗德和近哈拉德的人类达成联盟。这次自南北两侧发起的大规模袭击让刚铎几近亡国。1944 年，国王昂多赫尔和他的两个儿子阿塔米尔和法拉米尔均战死在魔栏农以北，敌人涌入伊希利恩。但南方军的统帅埃雅尼尔在南伊希利恩豪取一场大胜，灭了渡过波罗斯河的哈拉德军队。他飞速赶往北方，将败退的北方军尽力收拢身边，向马车民的主营发动了进攻——后者以为刚铎已被踏平，眼下只剩搜刮战利品，于是开始设宴狂欢。埃雅尼尔突袭营地，不但放火烧了马车，还大败敌军，将他们赶出了伊希利恩。敌人在他面前仓皇逃窜，最后大半死在了死亡沼泽里。

“鉴于昂多赫尔和他的两个儿子已死，北方王国的阿维杜伊便要求继承刚铎王权，因为他是伊熙尔杜的直系后代，也是昂多赫尔仅剩的孩子费瑞尔的丈夫。但他的要求被拒绝了，而国王昂多赫尔的宰相佩兰都尔于其中起了主要作用。

“刚铎议会如此回复：‘伊熙尔杜将此地传与阿纳瑞安之子美尼尔迪尔，故而刚铎的王冠与王权只可交予他的后裔。如此继承权，刚铎只认可父子相承，而我们也不曾听闻阿尔诺的律法有何不同。’

“闻言，阿维杜伊回道：‘埃兰迪尔有两个儿子。伊熙尔杜乃是兄长，也是他父亲的继承人。我们听闻，因埃兰迪尔被奉为所有杜内丹人王国的至高王，他的名号至今仍列于刚铎诸王一脉之首。埃兰迪尔尚在世时，南方被交由他的两个儿子共同统治。埃兰迪尔死后，伊熙尔杜却先行离开，继承了父亲的至高王权，又同样将南方的统治权交予弟弟的儿子。他并未让出自己手中的刚铎王权，也无意让埃兰迪尔的王国永远分治。

“‘此外，努门诺尔古时会将权杖传给国王最年长的后代，无论男女。诚然，那些饱受战乱的流亡王国里不曾执行这一律法。它依旧乃我们一族之法，鉴于昂多赫尔之子已然身死，又无后代留下，我们如今便要援引此法[1]。’

“对此，刚铎没有答复。得胜的统帅埃雅尼尔要求继承王权，他得到了刚铎所有杜内丹人的认可，因为他出身王室，是西瑞安迪尔之子，而西瑞安迪尔是卡利姆马奇尔之子，卡利姆马奇尔则是纳马奇尔二世的弟弟阿奇尔雅斯之子。阿维杜伊没有坚持自己的主张，因为他既无实力也无意愿反对刚铎杜内丹人的选择。不过，哪怕他们的王权已不复存在，他的后代也从未遗忘这一主张。而如今北方王国的灭亡已是近在咫尺。

“阿维杜伊确实是最后一位国王，正如他的名字所昭示的。据说，

---

1 这一律法制定于努门诺尔（据国王所述），彼时第六代国王塔尔－阿勒达瑞安膝下只余一个女儿。她成为首位执政女王，即塔尔－安卡理梅。在她的时代之前，律法并非如此。第四代国王塔尔－埃兰迪尔的王位传给了其子塔尔－美尼尔都尔，但他的女儿熙尔玛莉恩年纪更大。而埃兰迪尔正是熙尔玛莉恩的后代。

这个名字是先知瑁贝斯于他出生时取下的。先知对他的父亲说：‘你应叫他阿维杜伊，因他会是阿塞丹最后一位国王。然而，杜内丹人会面临一次选择。若是他们选了那个看似希望不大的，你的儿子就将改名，成为雄国君王；若是选了另一个，那么便会有许多人死去，还会有无数悲伤降临，直至杜内丹人崛起，合而为一。’

“刚铎这边，继埃雅尼尔之后也只有一位国王。假如王冠和权杖能归于一处，王权就将得以延续，也能避免许多邪恶滋生。虽说统治阿塞丹的诸王血统高贵，但对刚铎大多数人来说，那个王国似乎无关紧要。但埃雅尼尔却是位睿智谦逊之人。

“埃雅尼尔向阿维杜伊递信表示，他依照南方王国的律法和需求继承了刚铎的王冠。‘但我不曾忘记阿尔诺的王权，不会否认我们的亲缘，亦不愿埃兰迪尔的王国相互疏远。但凡力所能及，我便会在你危难时施以援手。’

“然而，过了很长时间，埃雅尼尔才觉得自己足够安全，可以践行承诺。国王阿拉方特继续靠着日渐衰弱的国力抵挡安格玛的攻击，阿维杜伊即位后亦然。最终，1973 年秋天之时，刚铎得到消息称，阿塞丹已至绝境，巫王准备向它发动最后一击。于是，埃雅尼尔派儿子埃雅努尔调集所能派遣的全部兵力，尽速领舰队北上。为时已晚。埃雅努尔还没到达林顿海港，巫王已经征服了阿塞丹，阿维杜伊陨落。

“不过，埃雅努尔到达灰港时，那里的精灵和人类却是高兴不已，又无比惊奇。他的船舰之大、数量之多，乃至哈泷德和佛泷德用上了所有地方，才勉强让全部船只靠岸停泊；船上下来一支携带军备和补给的雄壮军队，足以为伟大君王大战一场。至少，在北方居民看来如此，虽说这不过是刚铎全部力量中的一小支先遣军罢了。战马在其中尤获赞誉，因为它们大多来自安都因河谷，身边骑手也是个个高大又英俊，此外还有罗瓦尼安的诸位骄傲王侯。

“随后，奇尔丹从林顿和阿尔诺召集了所有愿意前来者，又待万事俱备，大军便渡过路恩河北上，前去挑战安格玛巫王。据说，巫王此时就住在佛诺斯特，他篡走了诸王的王宫和权位，又让城里住满邪恶之民。傲慢如他，非但不曾在要塞里等敌人进攻，反而出城迎战，想如过去那些人一般，将他们赶进路恩河。

“而西方大军从暮暗丘陵冲杀下来，在能微奥湖与北岗之间的平原上与他大战了一场。安格玛的军队已然撤退，正往佛诺斯特方向行进，西方大军的骑兵主力这时却绕过丘陵从北方猛攻而来，安格玛军被彻底击溃，四散而逃。巫王集结了尚存的所有残兵往北逃窜，试图撤回自己于安格玛的地盘。不等他躲入卡恩督姆的庇护之地，埃雅努尔便引着刚铎的骑兵率先追了上来。与此同时，精灵领主格罗芬德尔也率领一支军队从幽谷赶来。于是，安格玛被彻底击败，迷雾山脉以西再无该国任何人类或奥克留存。

“但是，据说就在全军覆没之际，身披黑袍、头戴黑面具、骑着黑马的巫王本人突然现了身。一见他，众人无不心惊胆战。他辨出了刚铎的统帅，便满怀憎恨地发出一声可怖的喊声，径直冲了上来。埃雅努尔原本能抵挡住他，他的马却是受不住这进攻。那马猛然转身，不等他开始控制，就驮着他逃远了。

“见状，巫王哈哈大笑，声音无比可怕，无人能忘。而格罗芬德尔随后骑着白马冲了过去，巫王笑了半截便戛然而止，转身逃入阴影之中。夜幕降临战场，巫王也没了踪影，没人见到他往哪里去了。

“埃雅努尔此时骑马赶了回来，但格罗芬德尔望向渐浓的夜色中，说：‘莫追！他不会再返回这片土地。他的末日尚且遥远，而他亦不会陨落于凡夫之手。’这番话被许多人铭记下来。埃雅努尔却是非常愤怒，一心只想报仇雪耻。

“邪恶王国安格玛就此终结。刚铎统帅埃雅努尔也因此成了巫王最为仇恨之人。不过，这件事却是在许多年后才得以揭晓。”

人们后来才清楚，正是在国王埃雅尼尔统治时期，巫王从北方逃脱，回到了魔多。他以戒灵之首的身份于彼处召集了其余戒灵。然而，一直到了 2000 年，他们才从魔多出动，翻越奇力斯乌苟隘口，围攻米那斯伊希尔。他们于 2002 年攻下该城，夺走塔中的帕蓝提尔。整个第三纪元，他们都没被逐出此地。米那斯伊希尔就此成了一片恐怖之地，又被更名为米那斯魔古尔。伊希利恩尚存的许多居民都舍弃了那里。

“埃雅努尔与他的父亲一样勇猛，却没那么睿智。他身强体壮、脾气火暴；他不愿婚娶，因为他的乐趣就只是战斗或练习武技。他彪悍无比，在他热衷的诸种比武里面，刚铎无人能胜他。他似乎更像一名勇士，而非统帅或者国王。他那身活力和武艺一直延续到了比常人更老的岁数。”

2043 年，埃雅努尔继承王位。米那斯魔古尔之王邀他单挑，讥讽他不敢在北方与自己正面较量。不过，国王的怒火那时被宰相马迪尔压了下来。自从国王泰伦纳的时代起，米那斯阿诺尔成了王国的都城和诸王栖身之所，它如今又作为一座时刻警戒与对抗魔古尔邪恶的城市，被更名为米那斯提力斯。

埃雅努尔加冕仅仅七年，魔古尔之王便再度挑战，讥讽国王年轻时便是胆小之辈，如今更是年老体衰。马迪尔这一次再也拦不住国王。埃雅努尔在一小队骑士的护卫下去了米那斯魔古尔大门前。他们就此没了下落。刚铎人认为，背信弃义的敌人设陷阱抓住了国王，而他在米那斯魔古尔被折磨至死。不过，由于无人见证他的死亡，“贤相”马迪尔便以他的名义统治了刚铎许多年。

到了此时，诸王的后裔已经屈指可数。亲族倾轧使他们的人数大幅减少，也就是从那时起，诸王对各位近亲变得既嫉妒又警惕。那些遭受怀疑的人常常逃往乌姆巴尔，加入反叛者的队伍；另一些则宣布脱离家族，娶没有努门诺尔血统的女子为妻。

结果，他们找不到血统纯粹的人选继承王位，要求继位者也无人能得到全体支持。那场亲族倾轧还历历在目，令所有人担忧无比。他们知道，若再有类似情况出现，刚铎难逃灭国。因此，尽管时间一年年过去，宰相仍继续统治着刚铎，而埃雅努尔将埃兰迪尔的王冠置于陵寝中埃雅尼尔王的膝上之后，它也一直留在了那里。

宰　相

宰相家族被称为胡林家族，因为他们都是埃敏阿尔能国王米纳迪尔（1621—1634年）的宰相、出身于高等努门诺尔一族的胡林之后裔。他之后，诸王便一直从他的后代中挑选宰相；而在佩兰都尔的时代之后，作为王权的一种，宰相之位改为世袭制，父子相传，或是传给最近的亲族。

每位新宰相掌权之日其实都要如此立誓：“以国王之名执杖治国，直到国王归来。”然而，这些话不久就成了无人当真的例行公事，因为宰相行使着国王的一切权力。不过，许多刚铎人依然相信，待时候一到，当真会有某位国王归来。一些人还记得北方的古老一脉，据传他们的血脉仍在秘密地传承。但执政宰相们对这类想法一概拒不接受。

虽说如此，无论哪位宰相都不曾坐上古老的王座。他们不戴王冠，也不执权杖。他们只带一根白杖，作为职权的象征。他们的旗帜为不绣纹章的纯白旗，而王室的旗帜则是黑底，图案为七星之下一株繁花盛开的白树。

马迪尔·沃隆威是公认的首任刚铎执政宰相，之后又历经二十四任宰相，直至第二十六任，也是最后一任执政宰相德内梭尔二世的时代。诸任宰相起初过着平静的生活，因为那段日子属于警戒和平时期，索伦此时因面对白道会的力量而退避三舍，戒灵也仍然躲在魔古尔山谷里。不过，自德内梭尔一世掌权的时代起，完全的和平再不曾出现，即便没有发生大型或公开的战争时，刚铎的边境也频频遭受威胁。

德内梭尔一世统治末期，身具怪力的黑奥克乌鲁克族首次出现在魔多之外，他们于 2475 年扫荡伊希利恩，攻占了欧斯吉利亚斯。德内梭尔之子波洛米尔（后来“九行者”之一的波洛米尔便是因他而取名）击败他们，收复了伊希利恩。但欧斯吉利亚斯终究毁于一旦，城内堂皇的石桥破碎了。此后，那里再无人居住。波洛米尔是伟大的统帅，即便巫王也对他心怀恐惧。他胸怀高尚、容貌俊美，也是个身体强健、意志坚定的人。但那场战争使他受了魔古尔之伤，缩短了寿命，疼痛令他变得骨瘦如柴。父亲死去十二年之后，他也去世了。

他之后便是奇瑞安的长期统治。奇瑞安为人警惕又谨慎，可刚铎的势力范围已然缩减，他能做的只剩下防守边境，而他的敌人（或者调动这些人的力量）此时却准备着向他发起进攻，但他却无力干扰。海匪骚扰着海岸地区，但他的心腹大患却是在北方：在罗瓦尼安的广阔土地上，黑森林和奔流河之间，如今生活着一支彻底投靠多古尔都魔影的凶猛民族——巴尔寇斯人。他们常穿过森林去劫掠，使得金鸢尾泽地以南的安都因河谷大部分地方成了无人荒地。这些巴尔寇斯人随着从东方前来的其他同类加入而不断壮大，卡伦纳松的人口却在渐渐缩减。奇瑞安只是勉强守住了安都因大河一线。

“预见到暴风雨的来临，奇瑞安便派人北上求援，却已是迟了。时年（2510 年），巴尔寇斯人已在安都因大河东岸造了许多大船和木筏，他们蜂拥着渡过大河，将守军横扫一空。从南方赶来的一支军队被他们拦下，又往北将他们撵过了利姆清河。一群奥克突然从迷雾山脉攻了过来，迫使这支军队从彼处撤向安都因大河。随后，意料之外的援军从北方出现，在刚铎大地上首度吹响了洛希尔人的号角。年少的埃奥尔率领骑兵前来横扫了敌军，并在卡伦纳松的原野上追逐着将巴尔寇斯人尽数剿灭。奇瑞安将那片土地赐给埃奥尔居住，后者则向奇瑞安立下'埃奥尔之誓'：若刚铎有君主身处危难或是发出召唤，他们当鼎力相助。"

第十九任宰相贝伦时期，刚铎遇上了更为致命的危险。三支筹备已久的庞大舰队从乌姆巴尔和哈拉德出发，以大量兵力攻打刚铎海岸。敌人从多处登陆，甚至去到了北边远处的达艾森河口。与此同时，洛希尔人遭到东西两边的包夹，土地被蚕食，人民也被赶去了白色山脉的谷地中。时年（2758 年），从北方和东方袭来的冰寒与暴雪拉开了漫长冬季的序幕，持续了将近五个月。洛汗的海尔姆和他的几个儿子于那场战争中尽皆战死。埃利阿多和洛汗饿殍遍野。不过，白色山脉以南的刚铎状况倒是没那么糟糕。贝伦之子贝瑞刚德于春天降临前战胜了入侵者。他当即往洛汗派去援军。贝瑞刚德是刚铎继波洛米尔后出现的最伟大的统帅。待他继承父亲的宰相之位（2763 年）时，刚铎已开始渐渐恢复元气。然而，洛汗遭受的创伤却恢复得较慢。正因此，贝伦欢迎萨茹曼的到来，并将欧尔桑克的钥匙给了他。自那年起（2759 年），萨茹曼便住进了艾森加德。

贝瑞刚德掌权时期，矮人与奥克之战（2793—2799 年）在迷雾山脉打响。直至奥克逃离南都希瑞安，又打算穿越洛汗，在白色山脉中立足之前，这场战争只有一些流言传到南方。河谷地区经过多年的战斗，总算终结了这场危机。

第二十一任宰相贝烈克梭尔二世死后，米那斯提力斯的白树也一道枯死。人们任由枯树矗立，"直至国王归来"，因为他们找不着别的树苗了。

刚铎的敌人于图林二世的时代再度有了动作，因为索伦再度壮大起来，他崛起之时已逐渐临近。大批魔多奥克出没于伊希利恩的土地，而除了最坚毅的那批人之外，当地人纷纷抛弃伊希利恩，向西搬去了安都因大河对岸。图林在伊希利恩为手下士兵修建了秘密避难所，其中汉奈斯安努恩是驻守时间最长的一处。他还再度加强了凯尔安德洛斯[1]的防守，以保卫阿诺瑞恩。但他的主要威胁在于南方：哈拉德人占领了南刚铎，波罗斯河一带战火纷飞。伊希利恩遭敌军大举入侵时，洛汗之王伏尔克威奈履行了埃奥尔之誓，派遣许多士兵前往刚铎，回报了贝瑞刚德当年的援助之恩。靠着他们的援助，图林在波罗斯河渡口取得胜利，但伏尔克威奈的两个儿子战死。洛汗骑兵依照本族风俗加以安葬，又因是双胞胎兄弟，他们被葬于同一墓穴。这座名为豪兹－因－格瓦努尔[2]的坟墓长久伫立在河岸旁，刚铎之敌无人胆敢通过。

图林之后是图尔巩，但他的时代最让人们难忘的事件，主要还是索伦在他死前两年的再度崛起与当众现身，重新进入早已为他准备好的魔多。之后，巴拉督尔再度矗立，末日山迸发烈焰，伊希利恩最后一批居民也远逃他处。图尔巩死后，萨茹曼加固了艾森加德，并据为己有。

“图尔巩之子埃克塞理安二世是位睿智之人。他凭借仅剩的权力开始加强国力，以对抗魔多的进攻。无论远近，他鼓励一切有才之人前来效力。对那些确实值得信赖的人，他也不吝赐以地位和奖赏。埃克塞理安采取的许多措施都出自一位伟大统领的协助与建议。此人最受他喜爱，刚铎人称梭隆吉尔，意为‘星之鹰’，因为他身手矫健、眼神犀利，

1 意为“长沫之船”，因为这座岛形似大船，高绝的船首指向北方，安都因的河水撞上其中尖岩，飞沫四溅。

2 辛达语，意为“兄弟之墓”。——译注

还在斗篷上佩一颗银星。他究竟姓甚名谁、家乡何处，却是无人知晓。他从洛汗前来投奔埃克塞理安，也曾在洛汗为森格尔王效力，但他并非洛希尔人出身。无论是陆地或者海上，他都是一位伟大将领，但他却在埃克塞理安的时代结束前，如当初神秘地出现一般，又神秘离去了。

“梭隆吉尔常告诫埃克塞理安，一旦索伦决定正式开战，乌姆巴尔的叛军不但会严重威胁到刚铎，也将为南方诸多属地造成致命后果。他最终获得宰相恩准，便集结了一支小型舰队，乘夜打了乌姆巴尔一个出其不意，烧掉海盗的大批船只。在码头的战斗中，他亲手打倒港口统帅，又率舰队回航，几乎未受多少损失。可他们回到佩拉基尔时，人们却变得惊诧又悲伤，因为梭隆吉尔不肯返回米那斯提力斯，即便那里有巨大的荣誉等待着他。

“他给埃克塞理安送信告别，说：‘大人，如今我另有要事去办，若我命定还会前来刚铎，那也会是在度过许多岁月与危险之后。’人们猜不出那些要事为何，也不知道他受到何种召唤，但他们知道他去了何方。因为他乘船渡过安都因大河，向同伴告别后便独自离去。人们最后一次见他时，他正面朝阴影山脉而行。

“梭隆吉尔的离去令白城上下惊愕不已，除了埃克塞理安之子德内梭尔，人人都觉得这是重大的损失。如今业已成年的德内梭尔已有宰相之才，四年之后他父亲去世，他便继承了宰相之位。

“高大、英勇的德内梭尔二世为人骄傲，比刚铎诸多代以来的任何人更具王者之相。他也无比睿智，目光远大，满腹经纶。他其实极似梭隆吉尔，两人活像有着极近的血缘。不过，无论从人们心中的对比或是他父亲器重的程度而言，他始终都比不过这名外人。彼时有许多人觉得，梭隆吉尔是趁着他这位对头还没当上自己的主君才离开的。但梭隆吉尔自己其实从未与德内梭尔竞争，也从未感觉向德内梭尔的父亲称臣有何委屈。向宰相谏言时，他和德内梭尔只在一件事情上有所分歧：梭隆吉尔常告诫埃克塞理安不要信任艾森加德的白袍萨茹曼，而是应当欢迎灰袍甘道夫。德内梭尔却不怎么待见甘道夫，而埃克塞理安辞世之后，米那斯提力斯也不再那么欢迎灰袍漫游者。因此，等后来诸事明了，许多人认为德内梭尔心思敏感，比同时代所有人看得更为深远，他当初便发现了这个陌生人梭隆吉尔的真实身份，怀疑他和米斯兰迪尔谋划着要取他而代之。”

“事实证明，当上宰相（2984 年）的德内梭尔是一位独揽大权的高明统治者。他寡言少语，虽然也聆听建议，却又只按自己想法行事。他成婚较晚（2976 年），娶了多阿姆洛斯的阿德拉希尔之女芬杜伊拉丝。她是位天姿绝色、内心温柔的女士，却在婚后不到十二年便逝去了。德内梭尔以自己的方式爱她，除了她所生的长子，他最爱的便是她。不过，人们感觉这座防守森严的城池让她枯萎凋谢，仿佛海边谷地里的鲜花被放去了秃岩上。东方的魔影令她满心恐惧，她总是向南眺望，想念着大海。

“自从她死后，德内梭尔变得比从前更为严肃沉默。他预见魔多会在自己统治时期发动进攻，便久坐塔中独自沉思。后人认为，急需知识却又过分骄傲，过于相信自己意志的力量，导致他竟大着胆子去看了白塔中那颗帕蓝提尔。过去历任宰相都不敢如此行事，而米那斯伊希尔陷落、伊熙尔杜的帕蓝提尔落入大敌之手以后，即便埃雅尼尔和埃雅努尔这两位国王也再不敢看，因为米那斯提力斯的晶石是阿纳瑞安的帕蓝提尔，与索伦霸占的那一颗联系最为紧密。

“便是这样，德内梭尔将自己疆域内及边界外遥远之地的诸种事情悉数掌握，让人们叹为观止。但他也付出了高昂的代价：与索伦的意志作较量使他未老先衰。由此，德内梭尔心中的傲慢与绝望同时增长，直至他看见彼时的一切选择最后都会变成白塔之王独斗巴拉督尔之主，于是他不信任其他一切抵抗索伦的人，除非他们只向他一人效力。

“就这样，魔戒大战之日渐渐临近，德内梭尔的两个儿子也长大成人。其中，年长五岁的波洛米尔深受父亲宠爱，他长得极似德内梭尔，也同样骄傲，但其他方面却并无相同之处。他更像过去那位不婚娶、热爱武艺的埃雅努尔王。无畏强壮如他，却是只爱古代战争故事，对其他学识兴趣寥寥。他弟弟法拉米尔与他容貌相仿，思想却截然不同。他像父亲一样能洞察人心，但他所洞察的内容却令他待人更加宽厚，而非轻视。他为人温和，热爱学识和音乐，也让那时的许多人都觉得他不如兄长般勇敢，但这并非事实：他只是不愿为追求荣耀做无谓冒险罢了。甘道夫来到白城时，法拉米尔欢迎他，并尽力学得他的智慧。便是因为此事，以及其他许多事由，他令父亲颇感不悦。

“但兄弟两人自幼便感情极好，波洛米尔打小便是法拉米尔的帮手与保护者。自那时起，无论是想获得父亲的喜爱，又或者是为了子民的赞誉，他们二人都从未有过嫉妒和竞争。法拉米尔认为，刚铎不可能有人比得过德内梭尔的继承人、白塔统帅波洛米尔，波洛米尔自己也是这种想法。然而，等到考验降临，事实却截然相反。魔戒大战中这三人的境遇，别处另有详述。而在魔戒大战之后，执政宰相的时代宣告终结，因为伊熙尔杜和阿纳瑞安的继承人归来，王权得以重续，白树旗帜再度飘扬在埃克塞理安塔上。”

第五节　此处续以部分“阿拉贡与阿尔玟的故事”

“国王之祖父名曰阿拉多，其子阿拉松欲娶狄海尔之女、美丽的吉尔蕾恩为妻。同为阿拉纳斯后裔的狄海尔反对这桩婚事，理由是吉尔蕾恩尚属年轻，还不到按照杜内丹人习俗中女子婚嫁的年纪。

“‘另外，’他说，‘阿拉松为人严肃且业已成年，他担当族长之日会早于人们预料的时间。但我心有预感，他活不长命。’

“但他妻子伊沃尔玟同样有所预知，她答道：‘所以才更要抓紧！如今正是暴风雨前的昏暗之时，大事将至。他两人若是现在成婚，或许能为我们的子民孕育希望。若被耽搁，那么直至本纪元终结，希望也不会再临。’

“阿拉松和吉尔蕾恩结婚刚一年，阿拉多就在幽谷以北的冷原被山野食人妖捉走杀害，阿拉松便成了杜内丹人的族长。次年，吉尔蕾恩为他诞下一子，取名阿拉贡。然而，阿拉贡才两岁大时，阿拉松同埃尔隆德的两个儿子骑马去同奥克战斗，结果他被奥克箭矢射中眼睛死去，终年仅六十岁，于他这一族而言实属短命。

“阿拉贡之后便成了伊熙尔杜的继承人，与母亲一同居于埃尔隆德之家。埃尔隆德接替了父亲的角色，视他如己出。不过，阿拉贡被称为埃斯泰尔，意为‘希望’，而他的真名和身世都依埃尔隆德吩咐秘而不宣。诸位智者那时知道，大敌正寻找着伊熙尔杜的继承人——倘若仍有继承人存活于世。

“而埃斯泰尔刚满二十岁那年，他有次与埃尔隆德的两个儿子立了大功，于是返回幽谷。埃尔隆德满心欢喜地打量着他，因为他见埃斯泰尔英俊高贵、早早便建下成人之功，而他的身心日后还能变得更加伟大。因此，那一日埃尔隆德以真名唤他，告知了他的身世，还把自己家族的传家宝交给了他。

“‘此乃巴拉希尔之戒，’埃尔隆德说，‘便是我们久远亲缘的信物。这些则是纳熙尔剑的碎片。有了它们，你或将再立丰功伟业。我已预见，你之寿命将逾人类限度，除非有飞来横祸或是你不敌考验。不过，此番考验定将艰难漫长。安努米那斯的权杖我且留下，待你来赢得。’

“第二天日落时，心情高昂的阿拉贡独自在林间行走，心中洋溢的希望与周遭的美景令他唱起了歌。正唱着，他忽然看到白桦林的树下有一名少女在绿茵上漫步。他惊到停下脚步，以为自己正在做梦，要不然就是获得了精灵吟游诗人的天赋，能使歌中的情景显现于听者眼前。

“这是因为，阿拉贡那时正唱着《露西恩之歌》的一段，讲的就是露西恩与贝伦在尼尔多瑞斯森林里相遇。瞧！露西恩这就于幽谷现身他眼前，银蓝二色披风加身，美若精灵家园的暮色；忽有风起，她黑发飞扬，额上佩戴的宝石亮若繁星。

“阿拉贡默默凝望了一阵，又担心她会忽然消失，再不得见，于是向她唤道：‘缇努维尔！缇努维尔！’正如古时贝伦所为。

“那少女便转过身来，冲他微微一笑，问：‘你是谁？为何用那名字唤我？’

“他则答：‘因我以为你是露西恩·缇努维尔本人，而我方才正在歌唱她。不过，即便你不是她，你这一举一动也与她极为相似。’

“‘许多人都这么说。’她严肃地说，‘那是她的名字，却不是我的。尽管，我的命运未必就会与她不同。不过，你是谁？’

“‘我曾名为埃斯泰尔，’他说，‘但我其实是阿拉贡，阿拉松之子，伊熙尔杜的继承人，杜内丹人的族长。’他曾因自己那高贵的血统而暗自欢欣，可眼下他道出口却只觉得索然无味，相较她的端庄美丽，简直不值一提。

“而她展颜一笑，说：‘那么我们是远亲。我乃埃尔隆德之女阿尔玟，又叫乌多米尔。’

“‘我们常见的是，’阿拉贡说，‘人们会于危难时期藏起至宝，可埃尔隆德和你的两个哥哥却当真叫我意外。我自幼便住在这宅邸中，却从未听过半句提到你的话。我们怎么就从来没见过面？你父亲总不会是把你锁进宝库了吧？’

“‘并非如此。’她说，抬头望向矗立于东边的群山，‘我在母亲族人的土地上生活了一阵，也就是远方的洛丝罗瑞恩，最近才再回来探望父亲。我已多年不曾在伊姆拉缀斯漫步。”

“这话让阿拉贡疑惑不已，因为她看着并不比他年长，而他在中洲也才生活了仅仅二十年。但阿尔玟迎向他的目光，说：‘不必疑惑！埃尔隆德的子女拥有埃尔达的寿命。’

“阿拉贡这下注意到她眼中的精灵之光与经年积下的智慧，顿觉惭愧不已。然而，从那一刻起，他就爱上了埃尔隆德之女阿尔玟·乌多米尔。”

“接下来的日子里，阿拉贡变得沉默寡言，而他的母亲也感觉他碰见了不寻常的事情。他抵不过母亲再三追问，向她讲了那场暮色下的林中邂逅。

“‘我儿，’吉尔蕾恩说，‘即便你乃诸王后嗣，这一目标也有些不切实际。这位女士可是当今这世间最为高贵、最美丽之人。此外，凡人与精灵婚配也不太合适。’

“‘可我们和他们有血缘关系，’阿拉贡说，‘倘若我听说的有关祖先的故事不假。’

“‘确实不假，’吉尔蕾恩说，‘但那是很久以前，属于世界的另一个纪元，而我们的种族彼时尚未式微。我因而无比担忧：若是没有埃尔隆德大人的善意，伊熙尔杜一脉很快就将断绝。关于此事，我认为你得不到他的祝福。’

“‘那我未来的日子便会苦痛无比，我将独自行于荒野之中。’阿拉贡说。

“‘你的命运确实将会如此。’吉尔蕾恩说。不过，尽管她一定程度上拥有她这族人的预见能力，却未向阿拉贡多提自己的预见。儿子告诉她的事情她也不曾向任何人透露。

“然而，埃尔隆德却是见多识广、洞悉人心。因此，秋天来临前的某一天，他唤阿拉贡到自己房中，说：‘阿拉松之子阿拉贡，杜内丹人之头领，且听我一言！卓绝之命运静候着你：或是超越埃兰迪尔统治以来历位祖先，或是携所有残余族人堕入黑暗。多年考验候于身前，你无法娶妻，也不可与任何女子订终身，除非你修成正果，当之无愧。’

“阿拉贡心下困惑，问道：‘可是我母亲提了此事？’

“‘并非如此，乃是你自己的眼睛背叛了你。’埃尔隆德说，‘但我并非单指我的女儿。无论谁家女儿，你且不能与她订婚。至于美丽的阿尔玟、伊姆拉缀斯与罗瑞恩的公主，她乃族人之暮星。她之家系高贵于你，且她已在世间度过漫长岁月，好似一株久历寒暑的年轻白桦。于她，你不过是身旁的一棵小苗。于你，她乃可望而不可即之人。以我之见，她或是抱有同样想法。但即便她另眼相看，且倾心于你，我却依旧会因我们所负宿命而感伤。’

“‘什么宿命？’阿拉贡问。

“‘只要我留在此地，她便拥有埃尔达的青春活力。’埃尔隆德答道，‘当我离去，若她有意，便将与我同行。’

“‘原来如此。’阿拉贡说，‘我所盼望的珍宝，宝贵程度不亚于当年贝伦曾追求的辛葛之掌上明珠。这就是我的宿命。’随后，他那族的预见突然显现，于是他说：‘然而，埃尔隆德大人，您看！您停留的时间终究快要结束，究竟是留在您身边，还是留在中洲，您的子女很快就必须做下抉择。’

“‘此言不假。’埃尔隆德说，‘我们谓之快，于人类却仍算是许多年。然而，我的爱女阿尔玟本不用抉择，除非你，阿拉松之子阿拉贡，介入我和她之间，予你或我以永世分离之苦。你尚不明白，你从我处渴望得到的究竟为何。’他长叹一声，半晌后严肃地看着这位年轻人，又说：‘该来的终归要来。待多年以后，你我才会再提此事。天日渐暗，诸多恶事即将来临。’”

“于是，阿拉贡心怀敬爱地与埃尔隆德道别。次日，他与母亲和埃尔隆德家中诸人辞行，也同阿尔玟道别，便出发去了荒野。此后近三十年里，他一直努力对抗索伦的大业。他结交了智者甘道夫，从他那里获得许多智慧。两人相伴走过许多危险旅途，但一年又一年过去，他独自前行的次数越来越多。他的旅途困难且漫长，他的面容也变得有些冷峻，除非他恰好面露微笑。若是他不去遮掩自己的真实模样，他在人类眼里便是位值得尊敬之人，仿佛一位流亡的国王。他乔装过许多身份，以诸多名字赢得过名誉。他与洛汗大军驰骋，在陆地与大海为刚铎宰相而战。待得胜利到来之际，他又从西方人类的视线中飘然离去，独自远去东方，深探南方，琢磨人类心中的种种善恶，揭露索伦爪牙的阴谋诡计无数。

“最终，他就此成为世间最为顽强的人类之一，因他睿智如精灵，精通他们的手艺与学识，却又青出于蓝。他双眼明亮如炬，每每聚精会神时，少有人能直视它们。肩负的命运让他面容显得悲伤严厉，可希望却长存心底。他偶尔发自内心的笑容，仿佛石间涌出的泉水。”

“四十九岁这年，阿拉贡自魔多阴暗疆域的无数危险中归来，索伦此时已再度占据魔多，满心只想作恶。精疲力竭的阿拉贡希望返回幽谷稍事休息，再出发前往遥远之地。返回途中，他来到了罗瑞恩边境，而加拉德瑞尔夫人允他进入那片隐秘之地。

“他并不知道阿尔玟·乌多米尔也在这里，再度前来和她母亲的族人暂住。她几乎毫无变化，凡世岁月不曾在她脸上留下一丝痕迹。可她的面容愈发肃穆，笑颜也愈发难见。阿拉贡身心都已彻底成熟，加拉德瑞尔便让他脱掉满是风尘的装束，为他换上银白衣裳，外加精灵灰袍与束于眉心的闪亮宝石。于是，他便显得比任何人类更像王者，更像一名来自西方群岛的精灵贵族。久别重逢的阿尔玟第一眼见到的便是他这般形象，随着他于卡拉斯加拉松金花满枝的树下向她走去，她便做下抉择，选定了命运。

“两人相伴在洛丝罗瑞恩的林间漫步了一段日子，直至他离去之日到来。仲夏日的傍晚，阿拉松之子阿拉贡与埃尔隆德之女阿尔玟前往罗瑞恩正中的美丽山坡凯林阿姆洛斯。他们赤足走在常青的绿草上，埃拉诺和妮芙瑞迪尔花在脚边盛放。于那山坡上，但见阴影在东，暮色在西，两人订下终身，满心欢喜。

“随后，阿尔玟说：‘魔影阴郁，我却心感欢欣；因为你，埃斯泰尔，将成为以勇猛消灭魔影的伟人之一。’

“但阿拉贡却答道：‘唉！我预见不到此事，也不知它将如何实现。但有了你的希望，我也会心怀希望。我断然弃绝魔影。然而，女士，暮色也不属于我。我乃一介凡人，而暮星你若决心与我相守，便只能放弃暮色。’

“她便伫立望着西方，静如一株白树，最后说：‘杜内丹人，我决心与你相伴，放弃暮色。可那边有我族人的土地，长年都是我所有亲人的家园。’她深深爱着自己的父亲。”

“得知女儿的选择之后，埃尔隆德未发一言，可他心里却沉痛不已，他发现他担忧已久的命运依然难以轻易忍受。不过，待阿拉贡再到幽谷，埃尔隆德唤他前来，说：

“‘我儿，希望褪去的年月已至，此后我亦不知该当何为。你我之间如今横着一道阴影。或许，命定要以我的失去换来人中王者复兴。因此，我虽喜爱你，仍要与你说，阿尔玟·乌多米尔不该轻易减了生命之荣光。她若嫁与人类，便只能嫁给刚铎与阿尔诺的国王。于我，即便

我们得胜，我亦只能换得悲伤离别——但你们却能有暂时的幸福希望。唉，我儿啊！只恐阿尔玟到头来觉得人类的命运残酷无情。’

“埃尔隆德与阿拉贡此后达成约定，两人再未提及此事，但阿拉贡再度向危难艰辛出发。索伦的力量渐渐强大，巴拉督尔日渐高耸坚固，世界愈发阴暗，恐惧笼罩中洲。阿尔玟留在了幽谷，当阿拉贡外出时，她便在远方以思绪守护。她怀着希望为他缝制了一面巨大的王旗，只有继承努门诺尔王权和埃兰迪尔遗产的人才有资格使用。

“几年后，吉尔蕾恩辞别埃尔隆德，回到她在埃利阿多的族人那边独自居住。她很少再见到儿子，因为他花了许多年待在边野之地。而某次阿拉贡回到北方，他前去探望她，她却在他走前说：

“‘我儿埃斯泰尔，我们就此便要分别了。忧虑使我如普通人类般日渐衰老。我们这个时代的黑暗正在中洲聚集，它愈发逼近，我却难以面对。我很快便要离去了。’

“阿拉贡竭力安慰她，说：‘可光明或许就在黑暗尽头。若是如此，我便会让你见到光明，让你再得欢喜。’

“但她只是以这样一句林诺德体的诗句作答：

Ónen i-Estel Edain，ú-chebin estel anim.[1]

“阿拉贡心情沉重地离开了。次年春天来临之前，吉尔蕾恩溘然长辞。

“之后，岁月流逝，渐渐到了魔戒大战之时。别处详述了相关内容：未曾预见的那推翻索伦的方法如何得以揭示，穷途末路之时又是如何绝处逢生。即将败战之时，阿拉贡从大海前来，于佩兰诺平野一战中亮出

1 辛达语，意为：“我将希望交予杜内丹人，自己却毫无保留。”

阿尔玟亲手制成的王旗，而他于那天第一次被欢呼拥戴为国王。等诸般事宜终于结束，他继承了先辈的遗产，得到刚铎的王冠和阿尔诺的权杖。索伦覆灭之年的仲夏日，他与阿尔玟·乌多米尔携手，于列王之城喜结良缘。

“第三纪元就这么用胜利和希望结束。可埃尔隆德与阿尔玟的别离，却是这一纪元最为悲伤之事，因为隔开他们的除了大海，还有超越了世界终结的宿命。主魔戒毁灭之后，精灵三戒也随之丧失了力量，埃尔隆德终于变得疲惫厌倦，离开中洲再不回返。阿尔玟变得与凡人女子无异，而她命中注定，要在赢得的一切全失去后才会离开人世。

“作为精灵与人类的王后，她和阿拉贡一起生活了一百二十年，荣光无比、幸福万分。但阿拉贡终究感到大限将至，明白他的寿命虽属漫长，却是快要完结了。于是，他告诉阿尔玟说：

“‘暮星女士，世间最美之人、我的至爱啊，我的世界终究开始褪淡。啊！我们曾积累过、消耗过，如今便快到偿付之时了。’

“阿尔玟无比明了他想说的话，也早预见了如此时刻。但她却依旧悲痛到难以自持。‘陛下，莫非时候未到，你就要抛下因您的话语而活的子民了吗？’

“‘与时候未到无关。’他答道，‘若是我现在不离去，很快我也不得不走了。另外，我们的儿子埃尔达瑞安已长大成人，能继承王位了。’

“阿拉贡随后去了寂街的王陵，躺在那张为他备好的长床之上。他在那里向埃尔达瑞安告别，将刚铎的飞翼王冠与阿尔诺的权杖放到儿子手里。之后，所有人离去，只余阿尔玟守在床前。即便睿智无比、血统高贵如她，仍忍不住求他于凡尘再暂留一阵。她尚未厌倦自己的生活，于是便尝到了当初选择成为凡人的苦涩。

“‘乌多米尔女士啊，’阿拉贡说，‘眼前这时刻确实艰难。不过，于埃尔隆德那座如今无人造访的花园的白桦林下，我们当初的相遇便注定有此一遭。而在凯林阿姆洛斯山丘之上，当我们舍弃了阴影与暮色之时，我们就接受了这一命运。好好想想，吾爱，你且问问自己，你莫非真要我等到舌钝智昏，从那高座上无力摔落？不，女士，我乃最后的努门诺尔人，是古老时代最后的国王。我被赐予的不止三倍于中洲人类的寿命，还有自愿离去、归还礼物的恩典。所以，我如今便要安眠了。

"'我不会安慰于你，因这世间并无任何言语能安慰此等痛苦。你如今面临最后的抉择：要么反悔，前往灰港，带着我们共度岁月的回忆西渡，这回忆将于彼处长存，但永远只是回忆；要么，你便要忍受人类的命运。

"'不，亲爱的陛下，'她说，'那个选择早已结束。如今已无船载我西渡，无论愿意与否，我都必须忍受人类的宿命——逝去，再无声息。然而，努门诺尔人的国王，我要对你说，事到如今，我终于理解你族的传说和他们的堕落。我曾蔑视他们，当他们是邪恶愚昧之人，但最终我却开始怜悯他们。倘若真如埃尔达所说，死亡是一如赠给人类的礼物，那这礼物实难接受。'

"'似乎如此，'他说，'可我们过往已成功舍弃了魔影和魔戒，切莫于最终考验功亏一篑。我们必须离去，但只是悲伤，不会绝望。瞧！我们并非永远被束缚于凡尘之中，越过凡尘后，拥有的远超回忆。永别了！'

"'埃斯泰尔，埃斯泰尔！'她叫道，而他旋即握住她的手吻了吻，就此长眠。随后，他呈现出一种惊人的美，乃至之后前去见他之人无不惊叹。他们眼中见到的他，集年轻时的优雅、年壮时的勇猛和年老时的睿智与威严于一体。世界翻天覆地之前，于彼处长眠的他成为人中王者之荣光的辉煌缩影。

"而阿尔玟离开了王陵，眼中的光彩熄灭了。在她的子民看来，她变得冰冷灰蒙，仿佛冬日无星的暮夜。随后，她向埃尔达瑞安及女儿们，还有她关爱过的所有人道了别，离开米那斯提力斯的城邦，去了罗瑞恩之地，孤身居住在彼处凋谢的林木间，直到冬天降临。加拉德瑞尔西渡，凯勒博恩也已离开，这片土地化作死寂。

“最后，等到瑁珑树叶飘零，春天尚未到来之际，[1]阿尔玟于凯林阿姆洛斯之上长眠了。她便静卧在这绿色坟茔中，直至世界变迁，直至她的整个人生被后人彻底遗忘，而大海以东的地方再无埃拉诺与妮芙瑞迪尔花绽放。

“故事就此结尾，它自南方传来我们这里便是这样。随着暮星故去，本书不再叙述古时的日子。”

1 见《护戒使者》第二卷第六章。

第二篇
埃奥尔家族

“年少的埃奥尔是伊奥希奥德地区人类的领主。那片土地位于安都因大河源头附近，地处迷雾山脉最远端与黑森林最北部之间。伊奥希奥德人起初与贝奥恩一族和森林西缘的人类亲缘较近，他们于国王埃雅尼尔二世统治时期，从卡尔岩和金鸢尾泽地之间的安都因河谷地区迁去了那里。埃奥尔的祖辈宣称，他们乃是罗瓦尼安诸王的后代，他们的国土于马车民入侵以前位于黑森林另一边，他们因此认埃尔达卡后裔的刚铎诸王为亲族。他们热爱平原，喜欢马匹与各类骑术，但那时的安都因河谷中部居民众多，多古尔都的阴影也日渐阴森。于是，听闻巫王被推翻，他们便前往北方寻找更多的空间，还赶走了迷雾山脉东侧的安格玛残余势力。不过，埃奥尔的父亲利奥德统治时期，伊奥希奥德人繁衍成为人数众多的民族，他们的家园再度显得不太够用了。

“到了第三纪元 2510 年，一种新的危险开始对刚铎虎视眈眈。一支由蛮人组成的大军自东北方横扫罗瓦尼安，又从褐地而下，乘木筏渡过了安都因大河。同一时刻，也不知是有意无意，奥克（时属同矮人的战争之前，他们人数众多）也从迷雾山脉冲了出来。入侵者们占领了卡伦纳松，刚铎宰相奇瑞安便派人向北方求援，因为安都因河谷的人类和刚铎人之间长期保持着友谊。然而，大河谷地中居住的人如今数量稀少、分散而居，无法及时调拨援军。刚铎有难的消息最后传到埃奥尔耳里，尽管似乎来不及了，他却率领大量骑兵前往驰援。

“他便如此参与了凯勒布兰特原野之战——那片位于银脉河和利姆清河之间的绿地就叫这名字。刚铎的北路军于彼处身陷困境。在北高原吃了败仗，回南方的路也被截断，他们被赶过利姆清河，又遭遇奥克大军突袭，被迫退向了安都因大河。万般绝望之时，洛汗骑兵出人意料地自北方出现，直扑敌军后防。于是，战局顿时逆转，敌人损失惨重，被撵过了利姆清河。埃奥尔率将士追击，遭遇北方骑兵的敌人无不魂飞魄散，连北高原的入侵者也吓得惊慌失措，被骑兵在卡伦纳松平原上歼灭了。”

自从那场大瘟疫之后，那片地区的居民数量急转直下，残存下来的大部分人也被东夷蛮人屠杀殆尽。因此，为了报答他们的驰援，奇瑞安将安都因大河和艾森河之间的卡伦纳松赠给埃奥尔和他的族人。他们派人从北方接来妻儿细软，在这地方定居下来，将它改名为“骑兵之马克”，自称“埃奥尔一族”。但刚铎人称这块地方为“洛汗”，管那里的人民叫“洛希尔人”（即驭马者）。埃奥尔由此成为第一位马克之王，他在作为国土南部屏障的白色山脉脚下选了一处绿色山丘居住。此后，洛希尔人拥戴着自己的王与各类律法，以自由民身份生活在那里，但与刚铎也一直保持着联盟。

“那些依旧追忆北方的洛汗歌谣里提及许多首领、战士与众多美丽又英勇的女子。他们说，将族人带去伊奥希奥德的是一位名叫弗鲁姆加的头领。据说，他的儿子弗拉姆杀死了埃瑞德米斯林山的巨龙斯卡萨，那片土地从此便摆脱了这些长虫。弗拉姆由此赢得了庞大的财富，但他与矮人起了争执，后者声称斯卡萨的宝藏归他们所有。弗拉姆半个子儿也不肯让出来，倒是给了他们一串用斯卡萨的牙齿做成的项链，说：‘这样的珠宝很难碰得到，你们宝库里可没任何东西比得过它。’有人说，便是因为这句侮辱的话导致矮人杀了弗拉姆。伊奥希奥德人和矮人之间并没什么深厚的感情。

“利奥德乃埃奥尔之父。他善驯野马，当时领地上的野马很多。他逮到了一匹白色马驹，它飞快长成一匹健壮又骄傲的骏马，谁的命令都不听。利奥德壮着胆子骑上它，结果被驮着跑远，最后还被抛下马背。利奥德脑袋撞上石头，一命呜呼。那时他仅仅四十二岁，儿子还是名十六岁的少年。

“埃奥尔发誓要为父报仇。他长久追寻着那马儿的踪迹，最终找到了它。他的同伴以为他会设法进入弓箭的射程内，然后一箭射死它。结果，等众人靠近后，埃奥尔却站起身，高声喊道：‘你这害人家伙，过来，换个新名字！’令众人惊奇的是，那匹马望向埃奥尔，竟当真站到他面前。埃奥尔说：‘我叫你费拉罗夫。你热爱自由，我不怪你。不过，你害了我父的命，如今欠我一大笔赔偿金，你须得将自由交给我，直至你性命终结。’

“埃奥尔这便骑上马背，费拉罗夫也顺从了。埃奥尔也不用辔头嚼子，就这么骑着他回了家。此后，他便一直用这方法骑这匹马。这马通晓人语，却不许他人触碰，只准埃奥尔骑。往凯勒布兰特原野驰援时，埃奥尔骑的便是费拉罗夫。事实证明，这匹马寿命如人类一般长，他的后代也是一样。他们便是美亚拉斯，除了马克之王和他的子嗣，他们不肯驮任何人，直到捷影的时代。人们说，肯定是贝玛（埃尔达称为欧洛米）将它们的祖先从大海彼岸的西方带来的。”

“从埃奥尔到希奥顿，马克诸王当中最让人津津乐道的当属‘锤手’海尔姆。他为人严厉，力大无比。彼时有个叫弗雷卡的，自称是弗雷亚威奈王的后代。可这人一头黑发，人们说他大半的血统是黑蛮地的。他变得有权有钱，在阿多恩河[1]两岸拥有大片土地。他在河的源头附近给自己建了座城堡，几乎不理会国王。海尔姆不信任他，但仍会召他前来会

---

1 阿多恩河从埃瑞德宁莱斯山西边流出，汇入艾森河。

商，而他去与不去全由着自己性子来。

“某次会商，弗雷卡领着众人骑马前来，想代儿子伍尔夫讨娶海尔姆的女儿。但海尔姆说：‘你的块头比上次来时大多了，可我猜，多半长的都是肥肉吧。’闻言，人们哄堂大笑，因为弗雷卡确是一副大腹便便的样子。

“弗雷卡勃然大怒，于是对国王一顿大骂，最后说：‘旧时诸王要是拒绝了别人递来的拐杖，搞不好就得跪去地上了。’海尔姆答道：‘行了，你儿子的婚事乃是细枝末节之事，且留待海尔姆和弗雷卡以后处理。眼下，国王和议会还有要事商量。’

“等会商结束，海尔姆站起身，一只大手按上弗雷卡的肩膀，说：‘国王不许任何人在王宫中争吵，但出去外面就没这么多规矩了。’他押着弗雷卡走在前面，一路走出埃多拉斯，进了原野。他对弗雷卡跟来的部下说：‘一边去！我们要单独谈些私人事务，不需要旁听的。去跟我的手下聊聊吧！’他们四下环顾，发现国王的部下和朋友人多势众，只好退走了。

“‘现在，黑蛮地人，’国王说，‘你只需对付赤手空拳的海尔姆一人。但你已说够了话，该轮到我说了。弗雷卡，你简直长了满肚子的愚蠢。拐杖是吧？海尔姆要是讨厌那根硬塞过来的歪扭拐杖，那就折断它——看招！’说完，他一拳擂向弗雷卡，后者仰面倒下，晕了过去，不久便死了。

“海尔姆随即宣告弗雷卡的儿子和近亲都是国王的敌人，立刻派了许多骑兵前往西边边界，可那些人都逃了。”

四年后（2758 年），洛汗遭遇了大麻烦，刚铎却派不出援手，因为刚铎遭到三支海盗舰队进犯，沿海地区全线开战。与此同时，洛汗再度被东方入侵，黑蛮地人也瞅准机会越过艾森河，从艾森加德南下袭击。

人们不久后得知，伍尔夫是黑蛮地人的首领。他们人数众多，因为刚铎的敌人在莱芙努伊河与艾森河的河口登陆，同他们会合了。

洛希尔人战败，土地被占领。尚未被杀或被俘的人逃进了群山的山谷之中。海尔姆损失惨重，从艾森河渡口被逼退，去往号角堡及后方的深谷避难（此地后来得名海尔姆深谷）。他在那里被包围了。伍尔夫攻下埃多拉斯，盘踞美杜塞尔德，自封为王。海尔姆之子哈烈斯镇守美杜塞尔德大门，是最后一名战死的。

“不久之后，漫长的冬季开始，洛汗陷于雪中将近五个月（2758 年 11 月—2759 年 3 月）。洛希尔人与敌人饱受寒冷以及持续时间更久的饥荒的摧残。尤尔日之后，海尔姆深谷遭遇大饥荒。出于绝望，国王的小儿子哈马不顾父王意见带人突围，却迷失在大雪之中。海尔姆因饥饿和悲伤变得愤怒又憔悴，光是他对敌人造成的恐惧感，就足以抵得上防守号角堡的许多人手。他会独自外出，浑身着白，如雪地食人妖一样潜入营地，赤手空拳杀掉许多敌人。人们相信，他若不带武器，便没有武器能伤到他。黑蛮地人说，他要是找不到食物，就会吃人。这个传说在黑蛮地流传了很久。海尔姆有一支大号角，很快人们就注意到，他在出发之前会吹响号角，号声在深谷中四处回荡。敌人随即便魂飞胆破，非但没有集中人手来俘虏或杀掉他，反而顺着窄谷飞快逃走。

“某天夜里，人们听到号角吹响，却不见海尔姆归来。早晨时候，一道久违多日的阳光照射下来，他们看见一道白色身影仍独自屹立在护墙上，因为黑蛮地人一个都不敢靠近。那正是海尔姆，他早已没了呼吸，膝盖却挺得笔直。而人们说，他们仍旧不时能在深谷中听见号角声，海尔姆的幽魂仍会游荡在洛汗的敌人当中，用恐惧杀死他们。

“不久以后，冬季结束了。接着，海尔姆的姊妹希尔德之子弗雷亚拉夫从许多人逃来躲藏的黑蛮祠出发，带着一小群绝望之人，突袭攻下美杜塞尔德，杀了伍尔夫，收复了埃多拉斯。大雪后发了大洪水，恩特河谷成了一处大沼泽。东方来的侵略者不是死掉便是撤走，白色山脉东西两侧的路上终于来了刚铎的援军。年底（2759 年）之前，黑蛮地人被撵走，甚至被撵出了艾森加德。之后，弗雷亚拉夫成了洛汗之王。

"人们将海尔姆从号角堡带去葬在了第九座坟丘里。从此之后，那座坟丘上生长的白色辛贝穆奈花最为茂盛，整片坟冢仿佛覆盖了白雪一般。弗雷亚拉夫死后，人们重新开设了一排坟丘。"

战争、饥荒与损失牛群马匹让洛希尔人数量骤减。好在他们此后多年不曾再遭遇重大威胁，因为直到伏尔克威奈王时代，他们才恢复了之前的国力。

弗雷亚拉夫加冕之时，萨茹曼带着礼物出现，还对洛希尔人的英勇大加赞赏。人们全当他是位受欢迎的客人。不久之后，他在艾森加德定居下来。刚铎宰相贝伦对此加以准许，因为刚铎仍视艾森加德为本国领土上的要塞，而非洛汗的一部分。贝伦还将欧尔桑克的钥匙交给萨茹曼保管。没有任何敌人能伤害或进入那座塔。

如此，萨茹曼的一言一行开始如人类君主一般，因为他最早是以宰相副手兼高塔守护者身份管理艾森加德的。而弗雷亚拉夫与贝伦一样高兴，乐意见到艾森加德被一位强大的朋友掌握。萨茹曼长期表现得像是朋友，或许最初他也确实抱持着善意。不过，后来人们几乎确信无疑的是，萨茹曼前往艾森加德是希望找到那颗仍放在那里的真知晶石，他同时还盘算着发展他自己的势力。白道会最后一次议事（2953 年）后，他针对洛汗开展的计划虽秘而未宣，却毫无疑问抱着恶意。此后，他占据了艾森加德，又仿佛要与巴拉督尔较劲般，开始将那里改造成一处防御坚固的恐怖之地。他还从刚铎和洛汗的各类仇人中挑选盟友和仆从，无论对方是人类还是其他更为邪恶之物。

马克诸王

第一脉

年份[1]

2485—2545	1.“年少的”埃奥尔。他的名号源于他年纪轻轻便继承了王位，且死时依旧发色金黄、面色红润。是卷土重来的东夷害他短命：埃奥尔战死于北高原，第一座坟丘就此建起。他的坐骑费拉罗夫也被葬于彼处。
2512—2570	2. 布雷戈。他将敌人赶出北高原，洛汗多年再未遭受袭击。2569 年，他建造了富丽堂皇的美杜塞尔德宫殿。盛宴上，他的儿子巴尔多发誓要走“亡者之路”，结果再未归来[2]。次年，布雷戈悲恸而死。
2544—2645	3.“年老的”阿尔多。他是布雷戈的次子。之所以如此得名，是因为他十分长寿，当了七十五年国王。他统治期间，洛希尔人数量增加，还将艾森河以东尚存的黑蛮地人或是击败，或是撵出了地界。祠边谷和其他山中谷地随即平定。接下来三代国王都记载寥寥，因为洛汗在此期间和平安定，繁荣强盛。
2570—2659	4. 弗雷亚。阿尔多的长子，也是第四子。他以高寿之年即位。
2594—2680	5. 弗雷亚威奈。
2619—2699	6. 戈尔德威奈。
2644—2718	7. 狄奥。他统治期间，黑蛮地人常常在艾森河附近劫

1 时间以刚铎纪元为准（第三纪元）。连接线前后的时间分别表示生卒年。

2 见《王者归来》第五卷第二、三章。

掠。2710 年，他们占领了荒废的艾森加德环场，无法赶走。

2668—2741　8. 格拉姆。

2691—2759　9.“锤手”海尔姆。在他统治末期，因敌人入侵和漫长冬季，洛汗蒙受重大损失。海尔姆与两个儿子哈烈斯和哈马全都牺牲了。王位由海尔姆的外甥弗雷亚拉夫继承。

第二脉

2726—2798　10. 弗雷亚拉夫·希尔德森。萨茹曼于他统治时期来到艾森加德，当时黑蛮地人已被赶走。起初，在饥荒与随后的虚弱时期，萨茹曼的友谊为洛希尔人带来了帮助。

2752—2842　11. 布里塔。他被族人称为“利奥法”，因为所有人都爱戴他。他慷慨仁慈，向一切有需要的人伸出援手。在他统治期间，他们与从北方被赶出来、在白色山脉中寻找栖身地的奥克打了起来。至他死时，人们以为这些奥克已悉数被歼灭，结果并非如此。

2780—2851　12. 沃尔达。他只当了九年国王。他率队从黑蛮祠骑行经过山路，结果中了奥克的埋伏，全军覆没。

2804—2864　13. 伏尔卡。他是一位伟大的猎手，但他发誓，但凡洛汗还有一个奥克留存，他便不会去捕猎。待人们找到及摧毁最后一处奥克据点后，他便去菲瑞恩森林里，捕猎埃韦霍尔特的大野猪。他杀死了野猪，却也被它的獠牙刺伤死去。

2830—2903 14. 伏尔克威奈。他即位时，洛希尔人已经恢复了元气。他收复了曾被黑蛮地人占领的西部边界（位于阿多恩河与艾森河之间）。洛汗在黑暗时期曾受到刚铎全力支援，因此，得知哈拉德人正大举进攻刚铎，他便派出许多将士前去支援宰相。他本想御驾亲征，但被劝阻下来，于是他的双胞胎儿子伏尔克雷德与法斯特雷德（生于 2858 年）代他前往。两人并肩战死在伊希利恩（2885 年）。刚铎的图林二世向伏尔克威奈送去大量黄金，以兹抚恤。

2870—2953 15. 奋格尔。他是伏尔克威奈的第四个孩子，也是第三个儿子。他贪图吃喝与钱财，名声极差，自己的子女与手下元帅都和他关系不睦。他的第三个孩子，也是唯一的儿子森格尔刚成年便离开洛汗，长期生活在刚铎，为图尔巩效力并挣得荣誉。

2905—2980 16. 森格尔。他一把年纪也未曾娶妻。不过，2943 年时，他于刚铎娶了洛斯阿尔那赫的墨玟为妻，尽管她小他十七岁。她在刚铎为他生了三个孩子，其中第二个孩子希奥顿是他的独子。奋格尔死后，洛希尔人恳请森格尔回国，尽管不情愿，但他还是返回了。他家中使用刚铎的语言，但并非所有人都觉得这是好事。但事实证明，他是位贤明的国王。墨玟在洛汗又为他生了两个女儿，其中希奥德温年纪最小，也最美丽。但她出生时（2963 年）森格尔已年迈不已。她深得兄长希奥顿喜爱。森格尔归来不久，萨茹曼便自封艾森加德之王，开始骚扰、侵犯洛汗边境，支持洛汗的敌人。

2948—3019 17. 希奥顿。他在洛汗传说中被称为“希奥顿·埃德纽”，因他曾中萨茹曼的巫术，变得日渐衰弱，却又被甘道夫治愈，于生命的最后一年振作起来，率族人夺得号角堡一役的胜利。不久后，他又赶赴佩兰诺平野参加第三纪元最宏大的战役。他在蒙德堡门前陨落。他起初位列故去的刚铎诸王之间，在生下他的土地安息了一阵，后被迁回洛汗，葬在埃多拉斯他那一脉的第八座坟丘里。此后，新的一脉开始。

第三脉

2989年，希奥德温嫁给马克元帅之首、东伏尔德的伊奥蒙德。2991年，她的儿子伊奥梅尔出生；2995年，女儿伊奥温出生。彼时索伦已再度崛起，魔多暗影蔓延到了洛汗。奥克开始骚扰东部地区，宰杀与偷窃马匹。别的奥克也从迷雾山脉里下来，好些都是为萨茹曼效力的强大乌鲁克族，但此事许久后才有人心生怀疑。伊奥蒙德的主要职责便是防守东部边界。他极为爱马，痛恨奥克。若有奥克袭击的消息传来，他常常勃然大怒，上马便前去御敌。可他行事随性，人手也带得不多。正因此，他于3002年被杀。彼时他追赶一小队奥克去了埃敏穆伊边界，结果遭遇埋伏，被藏在乱石中的大军突袭杀害。

希奥德温不久后便害病死去，令国王极为悲恸。他将她的子女带回自己家中抚养，以儿女相称。他自己只有一个孩子，正是年方二十四岁的儿子希奥杰德。王后埃尔芙希尔德因难产死去，希奥顿也并未再娶。伊奥梅尔和伊奥温在埃多拉斯长大，眼见着阴郁暗影降临希奥顿的王庭。伊奥梅尔神似其已故的父亲，伊奥温则是高挑而苗条，而她一身典雅又骄傲的气质正是源自洛斯阿尔那赫的墨玟，洛希尔人称那里为

“钢泽”。

2991—第四纪元 63（3084 年）伊奥梅尔·埃亚迪格。他年纪轻轻便已是马克元帅（3017 年），接替父亲的职责，防守东部边界。在魔戒大战中，希奥杰德与萨茹曼战斗一场，死于艾森河渡口。因此，希奥顿在佩兰诺平野陨落前，指定伊奥梅尔为自己的继承人，称他为王。同一天，伊奥温乔装打扮，骑马参加了那次战役，也赢下了赫赫盛名。此后，她以“执盾女士[1]”之名在马克家喻户晓。

伊奥梅尔成了一位伟大的国王。从希奥顿那里继承王位时，他年纪尚轻，故而统治了六十五年。他在位时间比除年老的阿尔多之外的历代国王都要长。在魔戒大战中，他与国王埃莱萨和多阿姆洛斯的伊姆拉希尔结下友谊。他常常骑着马儿前往刚铎。第三纪元最后一年，他娶了伊姆拉希尔之女洛希瑞尔。两人的儿子、俊美的埃尔夫威奈继承了王位。

伊奥梅尔统治期间，马克的人类得以享受渴望已久的和平，谷地和平原上的人口得到增长，马儿的数量也大大增加。国王埃莱萨如今统治着刚铎和阿尔诺。古时王国的全境均奉他为王，只除了洛汗：埃莱萨再度将奇瑞安的赠礼给予伊奥梅尔，而伊奥梅尔再度发下“埃奥尔之誓”，并多次履行誓言。因为索伦虽已被消灭，他挑起的憎恨与邪恶却尚未平息，西方之王还须征服许多敌人，才能让白树在和平中生长。无论国王埃莱萨去往何处作战，伊奥梅尔王都随他同去。无论鲁恩内海彼岸，又或者南边的遥远平原，马克骑兵蹄声如雷，响彻各地，而绿底白马的旗帜也四处飘扬，直至伊奥梅尔老去。

---

1 这是因为，她持盾的手臂被巫王以钉头锤击折，而巫王也被打成了虚无。正因此，格罗芬德尔许久前对国王埃雅努尔所言得以应验：巫王不会死于凡夫之手。据马克传唱的歌谣来看，伊奥温立此功绩时曾得到希奥顿侍从的帮助，而这位侍从也并非人类，乃是一名远道而来的异乡半身人，尽管伊奥梅尔于马克授予他荣誉，还称他作霍尔德威奈。【这位霍尔德威奈正是雄鹿地的统领，“了不起的梅里阿道克”。】

第三篇
都林一族

对于矮人的起源，埃尔达和矮人本族都有各自的古怪传说，但这些古老传说离我们的时代极为遥远，此处不再多提。矮人称呼他们七位先祖中最年长的为都林，他也是所有长须之王[1]的祖先。他独自沉睡许久，直到他那一族苏醒之时到来，他便去了阿扎努比扎[2]，在迷雾山脉东边、凯雷德－扎拉姆上方的山洞中定居下来，那里就是后来闻名各类歌谣的墨瑞亚矿坑。

他在那里生活得实在太久，乃至以“不死者都林”之名家喻户晓。不过，远古时代结束之前，他终究还是逝世了，墓地就在卡扎督姆。但他的血脉不曾断绝，家族中前后有五位继承人因长得神似祖先而得名都林。其实，矮人都觉得他是不死者，一直在不断复活归来：他们关于自己的种族与他们在这世间的命运，有着许多奇特的传说和信仰。

第一纪元结束之后，卡扎督姆的力量和财富大大增加。原因在于，桑戈洛锥姆被攻破后，蓝色山脉中的古老城邦诺格罗德和贝烈戈斯特遭到毁灭，众多人口和无数知识技能被补充到了卡扎督姆。整个黑暗年代及索伦统治时期，墨瑞亚的力量一直在延续。尽管埃瑞吉安被毁，墨瑞亚一扇扇大门紧闭，但卡扎督姆众多厅堂无比深邃、坚固，居民也人数众多、个个英勇无比，索伦难以从外部征服。因此，尽管卡扎督姆的人数开始减少，但它的财富倒是很久没有遭受劫掠。

第三纪元中期，再度成为卡扎督姆之王的又叫作都林，不过已是第

1 见《霍比特人》第四章。

2 库兹都语，意为“黯溪谷”。——译注

六世。作为魔苟斯爪牙的索伦彼时势力再度于世间壮大，但窥探着墨瑞亚的那林中魔影究竟是什么，人们当时还一无所知。各类邪物都开始蠢蠢欲动。那时，为了寻找秘银，矮人在巴拉辛巴[1]下挖掘得极深，这种无价的金属，一年比一年更难以开采[2]。结果，他们就这么惊醒了一头沉睡的恐怖之物[3]：魔苟斯的炎魔。自从西方大军到来，它便逃离了桑戈洛锥姆，隐藏在大地深处。它杀了都林，次年又杀了他的儿子纳因一世。从此之后，墨瑞亚荣光不再，它的居民不是被屠杀，就是远远逃走了。

逃走的人绝大多数都去了北方，而纳因的儿子瑟莱因一世去了埃瑞博山，也就是黑森林东缘附近的孤山。他在那里重起炉灶，成为山下之王。他在埃瑞博山中发现一颗稀世奇珍，也就是“大山之心”阿肯宝钻[4]。但他的儿子梭林一世迁去了北至灰色山脉的更远处，而都林一族的大部分族人都聚集在那里。这是因为，那里的群山矿脉丰富，几乎无人开采过。然而，另一边的荒野中有不少恶龙，许多年后，恶龙的数量再度壮大起来，它们向矮人发动战争，掠夺了他们的成果。最终，戴因一世与他的次子弗罗尔被一头巨大的冷龙杀死在自家厅堂的大门前。

不久后，绝大部分都林一族的人放弃了灰色山脉。戴因之子格罗尔带领许多随行者去了铁丘陵。但戴因的继承人瑟罗尔与他父亲的弟弟波林一道，领余下的族人回了埃瑞博山。瑟罗尔将阿肯宝钻带回瑟莱因的宏伟大厅，他和他的族人变得繁荣富足，还与周遭所有的人类交了朋友。其原因在于，他们不光制作惊奇美妙之物，还打造价值连城的武器铠甲。他们与铁丘陵的亲族之间也有大量的矿石往来。因此，生活在凯尔都因河（奔流河）和卡尔能河（红水河）之间的北方人类变得强盛，

1 库兹都语，意为“红角峰”。——译注
2 见《护戒使者》第二卷第四章。
3 又或是将它从监牢里释放了出来，它很可能早已被索伦的恶意唤醒。
4 见《霍比特人》第十八章。

赶走了东方来的所有敌人，而矮人则过上富足的生活，于埃瑞博山的厅堂里歌舞欢宴[1]。

于是，埃瑞博遍地流金的传说四处传播，结果让恶龙听见了。最终，那时候最大的一头恶龙“金龙”史茅革在毫无预兆的情况下朝瑟罗尔王发动袭击，口吐烈焰，冲向孤山。没过多久，整个王国彻底毁灭，附近的河谷城沦为破败的废墟，而史茅革则钻进宏伟大厅，高卧满地黄金之上。

瑟罗尔有不少亲族从洗劫与大火中逃得一劫，最后瑟罗尔本人和他的儿子瑟莱因二世从一扇密门逃出了厅堂。他们带着家人[2]远遁南边，开始了漫长又居无定所的流浪生活。一小批亲族和忠诚随从仍然对他们不离不弃。

许多年后，如今变得苍老、贫穷又绝望的瑟罗尔将他还拥有的一样珍宝交给了儿子瑟莱因，那正是最后一枚矮人七戒。随后，他只带了一位名叫纳尔的老伙计，就此远去。关于那枚魔戒，他在分别之时是这么告诉瑟莱因的：

“这东西以后或许能成为你获得新财富的基础，尽管听上去似乎有些虚无缥缈。不过，唯有金子才能生出金子哪。”

“你该不是想回埃瑞博吧？”瑟莱因问。

“我都这把年纪了，还是算了。”瑟罗尔说，“向史茅革复仇这件事，我就交给你和你的儿子们了。而我烦透了一贫如洗，被人类嫌弃。我打算出去看看能找到什么。”他没说要往何处去。

大概因为日渐衰老、生活不幸，外加常年回忆祖先时代墨瑞亚的辉

1 见《霍比特人》第一章。

2 这些人中包括瑟莱因二世的子女：梭林（橡木盾）、弗雷林、狄斯。按矮人的标准来算，梭林彼时还是少年。人们后来得知，从孤山逃走的矮人数量其实比他们起初预计的要多，但其中大部分人都去了铁丘陵。

煌景象，瑟罗尔变得有些疯魔。又或者，兴许是魔戒的主人如今苏醒了，魔戒因而转向邪恶，驱使着他犯下愚行，最终让他害了他自己。从当时生活的黑蛮地开始，瑟罗尔带着纳尔一路向北，又越过红角门，再下山来到阿扎努比扎。

瑟罗尔来到墨瑞亚时，大门竟是敞开的。纳尔求他多加小心，但他根本不理会，反而扬扬得意地走了进去，活像要继承王位的人返回了王国。但他再没有出来，而纳尔在附近藏了许多天。某天，他听见一声大叫，接着一声号角响起，台阶上丢出来一具尸体。他生怕那是瑟罗尔，便悄悄爬近，而大门里传出说话声：

"过来，大胡子！我们看见你了。今天你用不着害怕。我们要你当一回信使。"

纳尔于是走了过去，发现那具尸体当真是瑟罗尔，可他的头颅却被割断，脸朝下停在地上。他跪倒在地，只听见奥克在阴影中放声大笑，那声音又说：

"要饭的不在门口好好等着，想溜进来偷东摸西的话，就会落得这么个结局。你们那帮子人有谁再敢把臭烘烘的胡子探进来，也是一样的下场。快滚，把话告诉他们！不过，他家有谁要是想知道如今这里的王是谁，名字就写在他脸上呢。我写的字！我杀的他！我才是这里的主人！"

纳尔把瑟罗尔的头颅翻过来，看见他额上刻着矮人的如尼文，拼出了"阿佐格"。这名字深深刻进他心底，后来也刻在了所有矮人心中。纳尔弯腰捡起瑟罗尔的头，可阿佐格[1]的声音却说：

"放下，快滚！这是赏你的钱，大胡子叫花子。"

一个小包裹砸在了他身上，里面只有几枚价值不大的硬币。

1 阿佐格乃波尔格之父，见《霍比特人》第一章。

纳尔痛哭流涕，往银脉河下游逃走了。他倒是回头看过一次，却看见大门外出来一群奥克，正将尸体剁碎了扔给黑乌鸦吃。

纳尔回去讲给瑟莱因的便是这些内容。瑟莱因抓扯着胡须痛哭一场，随后便沉默不语。他坐了整整七天，一言未发。之后，他起身说："欺人太甚！"于是矮人与奥克的战争就此开场。这场不死不休的战争持续了很久，战斗大多发生在地下深处。

瑟莱因立即派信使将来龙去脉传至北方、东方和西方。但花了整整三年时间，矮人才总算集结起力量。都林一族召集了全部兵力，还得到其他先祖家族派来的大军相援——本族最年长一脉的继承人遭受了侮辱，让他们怒火中烧。等诸事就绪，他们便一股脑地将贡达巴德山到金鸢尾泽地之间能找到的所有奥克要塞挨个打下来毁掉。敌我双方都毫不留情，死亡与暴行日夜不断。不过，靠着自身的力量、无敌的武器和怒火，矮人在山下各处巢穴中搜捕阿佐格时，取得了一场又一场胜利。

最后，奥克望风而逃，全都聚到了墨瑞亚，追击的矮人大军则来到阿扎努比扎。那里是一处巨大的河谷，就位于环绕凯雷德－扎拉姆湖的山脉中间，古时曾是卡扎督姆王国的一部分。一见山坡上他们古老城邦的大门，矮人齐吼出声，山谷间仿佛有雷霆炸响。不过，敌人的大军在上方的山坡上摆好了阵势，还有大群奥克从各道大门中蜂拥而出，正是阿佐格留下以备拼死一搏的兵力。

运气起初并未站在矮人这边，因为这是个没有阳光的阴沉冬日，而奥克非但没被吓得军心动摇，他们还占据了高处，人数也比矮人要多。这场日后令奥克一想到便瑟瑟发抖，令矮人垂首落泪的阿扎努比扎（精灵语称为南都希瑞安）之战就这么拉开序幕。瑟莱因率领前锋发起的第一轮攻击损失惨重，进攻也被打退，瑟莱因更是被驱赶到一片当初离凯雷德－扎拉姆还不远的大树林里边。他的儿子弗雷林与亲族芬丁及许多人当场牺牲，瑟莱因和梭林也都负了伤[1]。别处则陷入了拉锯战，矮人大量伤亡，还好铁丘陵的矮人最后赶到，扭转了当天的战局。晚来的格罗尔之子纳因率身披锁甲的生力军杀进战场，将奥克逼退至墨瑞亚的门槛处。他们一边用鹤嘴锄砸倒一切挡路的敌人，一边高喊："阿佐格！阿佐格！"纳因随后站在大门前，高声叫阵道："阿佐格！你要在里边，就给我出来！还是山谷里这场戏让你吓破了胆？"

奥克阿佐格应声而来。他体形壮硕，大大的脑袋上戴着顶铁盔，动作却敏捷又有力。同他一道出来的还有一帮体型跟他相仿的奥克，是他的卫队士兵。这帮奥克与纳因的同伴打斗的时候，阿佐格转向纳因，说：

"怎么的，又有要饭的来我门口了？我是不是也得给你刺个字？"说完，他便向纳因冲去，两人鏖战起来。然而，纳因被怒火几乎冲昏了头，之前经历的战斗也让他无比疲惫，可阿佐格却是以逸待劳、凶狠狡猾。不多时，纳因使出仅剩的力气向阿佐格猛力一击，阿佐格却闪到一旁，一脚踹中纳因的腿。鹤嘴锄砸在阿佐格原来所站的岩石上崩成碎片，纳因身子一个不稳，往前扑去。阿佐格随即飞快一刀砍向他的脖子。纳因的锁甲护颈挡住了刀刃，但那一击却极其沉重，纳因的脖颈被折断，就此倒下。

阿佐格哈哈大笑，抬头想发出一声胜利的吼叫，但他的喊声却憋在了喉咙里。他看见谷地里己方大军已然溃败，矮人正大杀四方。那些逃得一命的奥克正往南飞蹿，一边跑一边尖叫。而他的卫队也几乎全军覆没。他转身就往大门逃去。

一名拿红斧的矮人也追着跳上台阶。这人正是纳因之子，"铁足"戴因。戴因撵上了阿佐格，在大门前将他杀死，把他的头砍了下来。这

1 据传，梭林的盾牌被劈开后，他便扔掉盾，用斧头砍下一根橡树枝，左手拿着抵挡敌人的攻击，偶尔也当棍棒抽打敌人。他因此得名"橡木盾"。

被视作壮举，毕竟按矮人的标准来看，戴因当时不过是个毛头小伙子。不过，悠长的寿命与许多战斗在前方等待着，直至不肯服老的他最终在魔戒大战中牺牲。他眼下虽然是又莽又怒，但据说他从大门那里下来时满脸苍白，仿佛被吓坏了。

等战斗最终胜利，幸存的矮人都集中去了阿扎努比扎。他们拿来阿佐格的头，往嘴里塞进那个装零钱的小包，然后把脑袋插在了一根木桩上。那一夜没有盛宴也没有歌谣，矮人阵亡无数，众人无比悲恸。据说，只有不到一半的矮人还能站着，或有希望治愈。

尽管如此，瑟莱因早上站到了众人面前。他的一只眼睛彻底瞎了，一条腿也受了伤，行动不便。他依旧说："不错！我们胜利了。卡扎督姆是我们的了！"

矮人们却答道："或许你是都林的继承人，但哪怕只用一只眼睛，你也该看得更明白一些。我们为复仇而战，也成功报了仇。但这件事并不美好。若是这也叫胜利的话，我们这些小手可接不住。"

那些并非都林一族的矮人也说："卡扎督姆又不是我们先祖的家宅。要是里边没有找到宝藏的希望，它对我们来说又有什么意义？不过，话说回来，如果我们拿不到应得的奖赏和抚恤就得离开，那越快回自己家乡，我们就越高兴。"

瑟莱因便转向戴因，问："我自己的亲族当然不会抛弃我，是不是？"

"不会，"戴因说，"你是我们一族之父，我们已为你洒下鲜血，还会再为你这么做。然而，我们不会进入卡扎督姆。你也不会进入卡扎督姆。只有我曾看过大门阴影那边。都林的克星依旧在阴影那一边等着你。必须等到世界改变，等到某种并非属于我们的力量出现之后，都林一族才能再度踏足墨瑞亚。"

就这样，阿扎努比扎之战后，矮人再度四散离去。不过，在离去之前，他们首先花了大力气将己方所有阵亡者的装备都剥下带走，以免这里的大量兵器铠甲被奥克跑来抢走。据说，离开战场的矮人个个弯腰驼背，身上都背了极沉的东西。随后，他们又架起许多大柴堆，烧掉了所有亲族的遗体。谷地中的树被大批砍倒，乃至那里此后始终寸草不生，而罗瑞恩的居民目睹了燃烧的浓烟[1]。

等熊熊烈焰燃成灰烬，矮人盟军各自打道回府，铁足戴因也带着父亲的族人回了铁丘陵。瑟莱因站在那根大桩旁，又对梭林·橡木盾说："有人会觉得这颗脑袋代价不菲！为了它，我们至少付出了我们的王国。你要不要跟我回去打铁？还是说，你准备去有钱人家门口挨着讨饭吃？"

"去打铁，"梭林答道，"铁锤至少能保持双臂的力气，直到它们再找着机会挥动更锋利的工具。"

于是瑟莱因和梭林带领剩余追随者（其中包括巴林和格罗因）回了黑蛮地，又在不久后离开，在埃利阿多四处流浪，最终在路恩河对岸的埃瑞德路因山东侧建了流亡家园。他们那段时期主要铸造铁器，但他们也因而渐渐兴旺起来，人口也缓慢增多了[2]。不过，正如瑟罗尔所说，魔戒需要金子才能生出金子，可无论是黄金还是其他贵金属，他们要么只有一点，要么根本没有。

此处需要对这枚魔戒略做诠释。都林一族的矮人认为，七戒中最早铸成的便是这枚魔戒。他们说，它是精灵工匠亲自赠给卡扎督姆之王都

1 矮人认为，火化尸体是件不幸的事情，不符合他们的习俗。不过，若按风俗建造坟墓（他们只愿把死者葬入岩石而非土壤），会花去好几年时间。因此，他们将亲族火化，免得被鸟兽和吃死人的奥克糟蹋。不过，那些战死在阿扎努比扎的矮人都被载誉铭记。时至今日，矮人依旧会自豪地如此描述先祖："他是个被火化的矮人。"这句话胜过千言万语。

2 他们的女性人数很少。瑟莱因之女狄丝住在彼处，她是菲力和奇力的母亲。两人都生于埃瑞德路因。梭林不曾娶妻。

林三世的，并非来自索伦之手。但鉴于索伦协助铸造了全部七戒，其中毫无疑问存有他的邪恶力量。不过，拥有者既不展示也不会提及魔戒，不到即将咽气的时候，他们也很少会交出它来，故而其他人无法确定它究竟被托给了何人。有人认为它还留在卡扎督姆，就藏在诸王的秘密陵墓里，前提是这地方还没被人发现与洗劫。但都林继承人的亲族（错误地）认为，瑟罗尔莽莽撞撞返回墨瑞亚时，手上就戴着它。他们并不知道它之后的下落。阿佐格的尸体上没有这枚戒指[1]。

总而言之，矮人如今认为，索伦极有可能是靠自己的法术发现了那最后一枚未受拘束的魔戒在谁手上，而诸位都林继承人蒙受的异样不幸大部分都拜他的恶意所赐。这是因为，事实证明矮人无法被魔戒驯服。魔戒之威造成的唯一影响，是点燃他们心中对金子和宝物的贪婪之火，这样的话，若是缺少这些东西，其他所有的美好东西在他们看来都毫无用处。他们会勃然大怒，渴望向一切夺走他们财宝的人复仇。不过，他们起初就被塑造成一支抵抗统治最为坚决的种族。他们可以被杀死、被击垮，但谁也无法将他们削弱成受其他意志奴役的阴影。正因同样的原因，任何魔戒都影响不了矮人的寿命，他们既不会因它长寿，也不会因它短命。索伦于是愈发痛恨拥有魔戒的那些矮人，一心只想将它从他们那里抢走。

正因此，瑟莱因数年后变得烦躁与不满，或许部分当真是出于魔戒的恶意。他心里对金子的贪婪变得越来越强。最终，他再也忍受不住，将主意又打向了埃瑞博山，决心要回那里去。他没告诉梭林自己的心思，只是找了巴林、杜瓦林和其他若干人，同梭林道别后便离开了。

他之后的经历，知者寥寥。如今看来，他当初刚带着少数同伴越过

1 见《护戒使者》第二卷第二章。

边境，便遭到索伦的使者追捕。他被恶狼追赶，被奥克埋伏，还有邪恶禽鸟在他的前路上盘旋。越是勉力向北去，各种不幸之事就越是拼命阻挠他。在某个漆黑的夜里，他正和同伴在安都因大河对岸的土地上游荡，一场暴雨将他们赶去黑森林边缘躲避。等早晨来临，营地里却不见他的踪影，他的同伴四处呼唤他，却毫无回应。他们找了他许多天，最终还是绝望地离开，最后回了梭林那里。很久之后人们终于得知，瑟莱因当时被活捉，押去了多古尔都的地牢。他在那儿遭受各种折磨，魔戒也被夺走，最后连命也丢了。

梭林·橡木盾就这么成了都林的继承人，可他这位继承人却瞧不见什么希望。瑟莱因失踪那年，梭林九十五岁，是位行事傲然的伟大矮人，可他似乎乐于待在埃利阿多。他在那里日夜劳作、行商，努力赚取财富。听闻他住在西部地区，许多流浪的都林一族子民都前来投奔，让他这一族人数渐渐增长。他们此时在大山中拥有华丽的殿堂与大量货物，生活似乎不再艰难无比，但他们在歌谣里依旧总会唱到远方的孤山。

岁月流逝。自己家族遭受的恩怨，还有落在他肩上的向恶龙报仇一事，两者在他脑海里萦绕不去，再度让他心中的余烬熊熊燃烧起来。他在锻场挥舞大锤时，心里想着武器、军队和联盟。可军队已四散，联盟分崩离析，族人的斧头更是没剩几柄。他锤打铁砧上的炽热铁锭，内心因绝望带来的巨大愤怒备受煎熬。

然而，甘道夫与梭林的一次偶然相遇，最终彻底改变了都林家族的命运，还导致若干事情走向更为重大的结果。某日[1]，旅行归来的梭林返回西部，去了布理投宿过夜。甘道夫也在那里，正要去二十来年不曾造

1 2941 年 3 月 15 日。

访的夏尔。他很疲惫，想在那里休息一阵。

诸多令他关心的事务当中，最为困扰他的还是北方的危险局势，因为他那时已经知道索伦在谋划战争，一旦感觉力量足够，便要去攻打幽谷。问题在于，要想抵御自东方前来收复安格玛之地和群山北部隘口的任何企图，如今唯一能依靠的只有铁丘陵的矮人。而矮人背后却又横亘着恶龙所在的荒地。索伦可能会利用恶龙施加恐怖的影响。要如何才能成功除掉史茅革呢？

甘道夫正坐在那儿思忖，梭林走到他面前，说："甘道夫大人，我与你只有一面之缘，但我眼下颇想跟你谈谈。最近我时常想到你，仿佛有谁吩咐我去找到你一样。实话实说，以前要是知道你的行踪，我早就去找你了。"

甘道夫一脸惊奇地看着他。"当真有些奇怪，梭林·橡木盾。"他说，"我亦想起了你。虽说我正要去夏尔，可心里却在想，这条路也同样通往你家的殿堂。"

"你称呼那里为殿堂便随你，"梭林说，"那里不过是流亡时住的陋室罢了。但我们欢迎你来，只要你愿意。他们都说你有大智慧，对世间的各种事情了解得比任何人都多。我脑子里也有许多事情想听听你的意见。"

"我会去的。"甘道夫说，"因为我猜，至少有一件麻烦事是我们共有的。我正担心埃瑞博山的恶龙，我认为瑟罗尔的孙子应该也没忘记它。"

别处记载了这场相遇之后发生的故事：甘道夫为帮助梭林而制订的古怪计划，梭林和他的同伴如何从夏尔踏上孤山，又如何引出了意料之外的伟大结局。此处只提与都林一族直接相关的事情。

埃斯加洛斯的巴德杀了恶龙，但河谷城里也发生了战斗。一听说矮人归来，奥克便来到了埃瑞博山，领头的那个波尔格正是戴因年少时所杀的阿佐格之子。梭林·橡木盾在第一次河谷城之战中受了致命伤，他死后被葬在孤山之下的墓穴里，胸口摆着那枚阿肯宝钻。他的外甥菲力和奇力也同样牺牲了。不过，从铁丘陵赶来相助的铁足戴因乃是梭林的堂弟，也是他的正统继承人，因而当上了山下之王戴因二世，山下王国也正如甘道夫渴望一般再度复兴。事实证明，戴因是位伟大的明君，在他治下，矮人过得繁荣兴旺，国力再度强盛起来。

同年（2941 年）夏末，甘道夫终于说服萨茹曼和白道会进攻多古尔都。索伦撤往魔多，他认为那地方能远离一切敌人。于是，等到魔戒大战最终开场，索伦将主要攻势改去了南方。但即便如此，若非戴因王和布兰德王阻挡，索伦原本也能凭借伸长的右手在北方犯下巨大恶行。正如甘道夫后来对佛罗多和吉姆利所说的，当时他们同在米那斯提力斯暂住。远方各类事件相关的消息，不久前刚好传到了刚铎。

“梭林之死让我悲伤不已，”甘道夫说，“可我们现在又听说，就在我们于此地战斗之时，再度在河谷城战斗的戴因也牺牲了。我原本会说这损失十分沉重，但它其实更像是场奇迹：如此年纪，他竟依旧能如传言一般猛力挥动战斧，还在埃瑞博大门前的布兰德王尸身旁屹立不倒，直至黑暗降临。

“不过，诸事原本也可能变得南辕北辙，更为糟糕。回想伟大的佩兰诺之战时，你们也别忘了河谷城之战和都林一族的英勇。想想本来会发生的事情吧：龙焰与野蛮之刃肆虐埃利阿多，幽谷陷落，刚铎可能会失去现在的王后。我们此时或许能胜利归来，那里却只会剩下颓垣断壁。所幸，这一切得以避免——因为初春的那个傍晚，我在布理遇到了梭林·橡木盾。按照中洲的说法，真是一场偶遇。”

狄丝乃瑟莱因二世之女，也是这段历史上唯一留名的女矮人。据吉姆利说，女矮人的人数很少，很可能不到整个民族总数的三分之一。除非事情紧急，她们很少出门。若是被迫外出旅行，无论从嗓音、外貌还是服饰而言，她们都和男矮人无比类似，乃至其他种族的眼睛和耳朵根本无法分清这两者。正因此，人类形成了愚蠢的见解：女矮人不存在，矮人都是“石头里长出来的”。

正因女矮人数量不多，矮人一族的人口增长缓慢，一旦没有安全住所，他们便会面临危机。原因在于，矮人一生只婚娶一位伴侣，但凡涉及任何与权利有关的事情，他们就会充满猜忌。实际能成婚的男矮人数量不超过总人数的三分之一。这是因为，并非所有女矮人都会结婚：部分没有结婚的想法，部分只想嫁给自己得不到的人，因而终身未婚。至于男矮人，他们相当一部分满脑子只想着各种技艺，也不愿结婚。

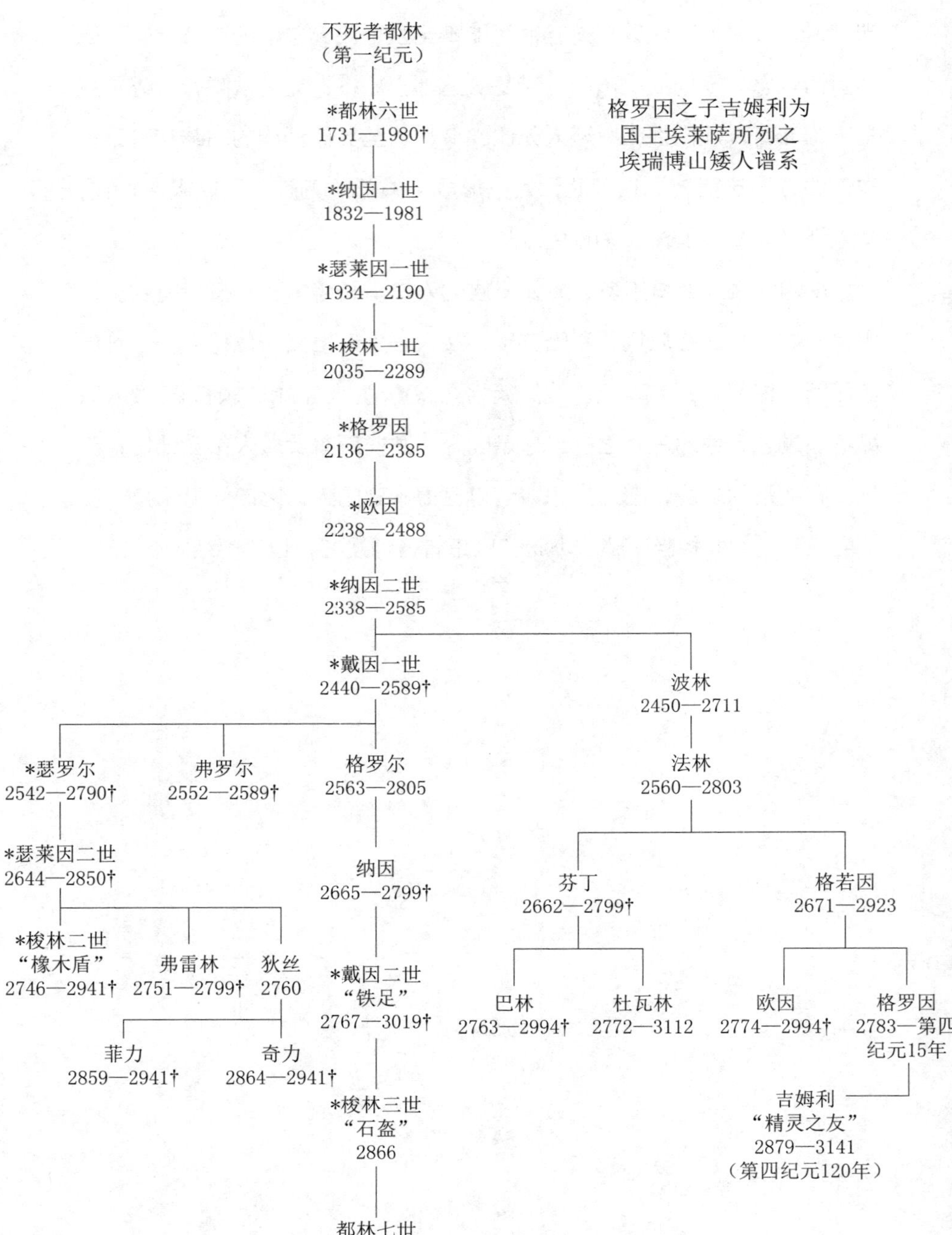
格罗因之子吉姆利为
国王埃莱萨所列之
埃瑞博山矮人谱系
不死者都林
（第一纪元）
*都林六世
1731—1980†
*纳因一世
1832—1981
*瑟莱因一世
1934—2190
*梭林一世
2035—2289
*格罗因
2136—2385
*欧因
2238—2488
*纳因二世
2338—2585
*戴因一世
2440—2589†
波林
2450—2711
*瑟罗尔
2542—2790†
弗罗尔
2552—2589†
格罗尔
2563—2805
法林
2560—2803
*瑟莱因二世
2644—2850†
纳因
2665—2799†
芬丁
2662—2799†
格若因
2671—2923
*梭林二世
“橡木盾”
2746—2941†
弗雷林
2751—2799†
狄丝
2760
*戴因二世
“铁足”
2767—3019†
巴林
2763—2994†
杜瓦林
2772—3112
欧因
2774—2994†
格罗因
2783—第四纪元15年
菲力
2859—2941†
奇力
2864—2941†
*梭林三世
“石盔”
2866
吉姆利
“精灵之友”
2879—3141
（第四纪元120年）
都林七世

1999	埃瑞博山下王国建立。
2589	戴因一世被恶龙杀害。
2590	重返埃瑞博山。
2770	埃瑞博山被洗劫。
2790	瑟罗尔被害。
2790—2793	矮人军队集结。
2793—2799	矮人大战奥克。
2799	南都希瑞安之战。
2841	瑟莱因开始流浪。
2850	瑟莱因被害，他的魔戒失去下落。
2941	五军之战，梭林二世身死。
2989	巴林前往墨瑞亚。

表中以 * 号标记的名字无论流亡与否，都曾被都林一族尊为国王。至于梭林·橡木盾前往埃瑞博山时的其他同伴，欧瑞、诺瑞、多瑞也出身于都林家族，其余则是梭林血缘更远的亲戚：比弗、波弗和邦伯为墨瑞亚矮人后代，但并非都林一脉出身。† 符号所含意思，见本附录开篇说明文字。

身为护送至尊戒的“九行者”之一，格罗因之子吉姆利因而声名显赫。整场战争期间，他一直与国王埃莱萨相伴。因他与精灵王瑟兰杜伊之子莱戈拉斯结下深厚情谊，也因他对加拉德瑞尔夫人无比崇敬，他被称为“精灵之友”。

索伦败亡之后，吉姆利带了埃瑞博的一部分矮人前往南方，他则成了晶辉洞之王。他和族人在刚铎和洛汗完成了出色的工作。他们用秘银与精钢铸造了城门，为米那斯提力斯替换下被巫王攻破的门。他的朋友莱戈拉斯也将大绿林的精灵带来南方，而他们居住在伊希利恩，让那片地方再度成为西部一切土地中最美的乡野。

然而，当国王埃莱萨放弃生命离世时，莱戈拉斯终于遵从内心所愿，渡海离去了。

此处辅以《红皮书》书末注释之一

我们听说，莱戈拉斯之所以带上格罗因之子吉姆利，乃是因为他们结下的深厚友情，其深厚远超史上任何精灵和矮人所结之情谊。若是不假，这情况却是当真古怪：一名矮人竟情愿为任何情谊离开中洲，埃尔达竟然会接纳他，而西方主宰甚至准许了。不过，据传，吉姆利西去也是因他渴望再见到加拉德瑞尔的美。或许，身为埃尔达当中颇有威望之人，她为他取得了这份恩典。此事不再多提。

·附录二·

大事年表

（西部地区编年史）

第一纪元以“大决战”结束，其中维林诺大军攻陷桑戈洛锥姆，[1] 推翻了魔苟斯。此后，大部分诺多精灵返回极西之地，[2] 居住在能望见维林诺的埃瑞西亚岛上，许多辛达精灵也渡海而去。

第二纪元以首次推翻魔苟斯的仆从索伦，夺取至尊戒宣告结束。

第三纪元随魔戒大战结束而结束，但直到埃尔隆德大人离去，第四纪元才被视作起始。人类的统治从此来临，中洲其他“能言种族”就此渐渐式微。[3]

第四纪元时，之前的纪元常被称为“远古时代”，但这个名称其实只适合称呼魔苟斯被驱逐之前的年代。本书没有记载那时候的历史。

---

1 见《护戒使者》第二卷第二章。

2 见《护戒使者》第二卷第一章，《霍比特人》第八章。

3 见《王者归来》第二卷第五章。

第二纪元

这段时期对中洲的人类而言无比黑暗，对努门诺尔来说却属于辉煌年代。中洲的种种事件，相关的记录很少且简略，日期也常常比较模糊。

本纪元初，许多高等精灵仍留在中洲。他们大多居住在埃瑞德路因山以西的林顿，但巴拉督尔建成之前，大量辛达精灵迁去了东边，部分在遥远的森林中建立王国，其子民主要为西尔凡精灵。这些辛达精灵中也包括大绿林北方的精灵王瑟兰杜伊。林顿那边，吉尔－加拉德居住在路恩河以北，他是流亡诺多诸王的最后一位继承人，也被奉为西方精灵的至高王。辛葛的亲族凯勒博恩曾有一段时间居住在路恩河以南部分的林顿。凯勒博恩的妻子加拉德瑞尔乃是最伟大的精灵女性。她是芬罗德·费拉贡德的妹妹，而芬罗德是人类之友，也曾是纳国斯隆德之王，为拯救巴拉希尔之子贝伦而牺牲。

之后，一些诺多精灵前往位于迷雾山脉以西、靠近墨瑞亚西门的埃瑞吉安。原因在于，他们得知墨瑞亚发现了秘银[1]。诺多精灵是卓绝的工匠，他们对矮人的态度也比辛达精灵友善一些。不过，这两个种族之间发展的种种友情当中，最为亲密的当属都林一族与埃瑞吉安的精灵工匠。凯勒布林博是埃瑞吉安之主，也是当地最杰出的工匠。他是费艾诺的后裔。

年份

1	灰港以及林顿建立。
32	伊甸人抵达努门诺尔。

1 见《护戒使者》第二卷第四章。

约 40　众多矮人离开埃瑞德路因山脉中的古老城邦，前往墨瑞亚，使该地人口增长。

442　埃尔洛斯·塔尔－明雅图尔逝世。

约 500　索伦再度于中洲蠢蠢欲动。

521　熙尔玛莉恩于努门诺尔出生。

600　努门诺尔的第一批航船在海岸边出现。

750　诺多精灵建立埃瑞吉安。

约 1000　索伦察觉努门诺尔的威势正在增长，于是选择魔多作为根据地，将那里打造得固若金汤。他开始修建巴拉督尔。

1075　塔尔－安卡理梅成为努门诺尔首位执政女王。

1200　索伦竭力诱惑埃尔达。吉尔－加拉德拒绝与他打交道，但埃瑞吉安的卓绝工匠却被他争取过去。努门诺尔人开始建造永久港口。

约 1500　在索伦的指导下，精灵工匠的技艺登峰造极。他们开始铸造力量之戒。

约 1590　三戒于埃瑞吉安铸就。

约 1600　索伦在欧洛朱因铸造了至尊戒。巴拉督尔建成。索伦的计划被凯勒布林博察觉。

1693　精灵与索伦之战开始。三戒被藏匿。

1695　索伦大军入侵埃利阿多。吉尔－加拉德派埃尔隆德前往埃瑞吉安。

1697　埃瑞吉安化为废墟。凯勒布林博横死。墨瑞亚诸门紧闭。埃尔隆德带领残存的诺多精灵撤退，建立避难所伊姆拉缀斯。

1699　索伦侵占埃利阿多。

1700　塔尔－米那斯提尔从努门诺尔派出一支庞大舰队前往林

顿。索伦被击败。

1701　索伦被逐出埃利阿多。西部地区赢得长期的安宁和平。

约 1800　大概自此时起，努门诺尔人开始在海岸一线确立统治权。索伦势力东扩。魔影降临努门诺尔。

2251　塔尔－阿塔那米尔死亡。塔尔－安卡理蒙加冕。努门诺尔人的叛乱和分裂开始。此时前后，九戒的奴隶，即纳兹古尔（或戒灵）首度出现。

2280　乌姆巴尔成为努门诺尔的大要塞。

2350　佩拉基尔落成。它成为忠贞派努门诺尔人的主要海港。

2899　阿尔－阿督那霍尔加冕。

3175　塔尔－帕蓝提尔痛悔前非。努门诺尔发生内战。

3255　黄金之王阿尔－法拉宗篡位登基。

3261　阿尔－法拉宗远航，登陆乌姆巴尔。

3262　索伦以俘虏身份被带回努门诺尔。3262—3310 年期间，索伦蛊惑国王，引诱努门诺尔人堕落。

3310　阿尔－法拉宗开始组建无敌舰队。

3319　阿尔－法拉宗进攻维林诺。努门诺尔沉没。埃兰迪尔偕同两个儿子逃脱。

3320　努门诺尔人建立了阿尔诺和刚铎两个流亡王国。七颗晶石被迫分散[1]。索伦返回魔多。

3429　索伦袭击刚铎，攻占米那斯伊希尔，焚毁白树。伊熙尔杜沿安都因大河南下逃脱，投奔北方的埃兰迪尔。阿纳瑞安守住了米那斯阿诺尔和欧斯吉利亚斯。

3430　精灵与人类的最后联盟建立。

1 见《双塔奇兵》第三卷第十一章。

3431 吉尔－加拉德和埃兰迪尔东进，来到伊姆拉缀斯。

3434 联盟大军越过迷雾山脉。达戈拉德之战发生，索伦被击败。巴拉督尔围城战开始。

3440 阿纳瑞安被杀。

3441 埃兰迪尔和吉尔－加拉德联手推翻索伦，但二人也因此陨落。伊熙尔杜将至尊戒据为己有。索伦销声匿迹，戒灵没入阴影。第二纪元结束。

第三纪元

埃尔达便是于这段时期渐渐衰落。索伦蛰伏，至尊戒失落，埃尔达手握精灵三戒，享受了长时间的和平。但他们不曾想过创新，一直活在对过去的追忆之中。矮人藏身于深处，保卫着他们的宝藏。等到邪恶再度蠢蠢欲动、恶龙重新现世时，他们的古老宝藏接连被洗劫，自身也沦为流浪民族。墨瑞亚很长一段时间里尚属安全，但人口不断减少，许多堂皇厅堂只剩黑暗空荡。努门诺尔人与普通人类通婚，他们的智慧随之消减，寿命也渐渐缩短了。

约一千年后，首片魔影降临在大绿林，中洲也出现了伊斯塔尔，也就是巫师。后来据说，他们是从极西之地被派来对抗索伦势力的使者，是来联合一切愿意抵抗他的人们。但他们不得以力量对抗他，也不能靠力量和恐怖来寻求对精灵与人类的统治。

因此，他们以人类的形象出现，但他们样貌苍老，衰老也极为缓慢，拥有许多心智与手艺的力量。他们很少向外人提及自己的真名[1]，而是使用别人对他们的称呼。埃尔达称这一族（据说共有五位）地位最高

1 见《双塔奇兵》第四卷第五章。

的两位为“身怀巧艺者”库茹尼尔和“灰袍漫游者”米斯兰迪尔，而北方人类称他们为萨茹曼和甘道夫。库茹尼尔常往东方旅行，但最终于艾森加德栖身。与埃尔达友谊最为亲密的米斯兰迪尔大多漫游在西边，从未给自己选下固定住所。

整个第三纪元当中，唯精灵三戒的拥有者知道三戒由谁守护。不过，到了第三纪元末期，人们得知这三枚戒指最初由最伟大的三位埃尔达持有，分别是吉尔－加拉德、加拉德瑞尔和奇尔丹。吉尔－加拉德牺牲前将自己的戒指交给了埃尔隆德。奇尔丹后来也将自己的戒指托付给了米斯兰迪尔，因为他乃中洲最为深思远见之人，在灰港迎接米斯兰迪尔的便是他，他也知道米斯兰迪尔来自何方，又将归于何处。

“大人，请收下这枚戒指。”他说，“未来您多有操劳，这戒指将予您助力，化解您担下的疲惫。因这是火之戒，于这日渐冰冷的世界中，您或许能用它重燃人们的心。不过，至于我，我心属大海，我将住在这片灰色的海岸边，直到最后一艘船扬帆。我将恭候您归来。”

年份	
2	伊熙尔杜于米那斯阿诺尔种下白树的一株小苗。他将南方王国交给美尼尔迪尔统治。金鸢尾泽地遭遇灾厄，伊熙尔杜连同他三个年长的儿子被杀。
3	欧赫塔将纳熙尔剑的碎片送至伊姆拉缀斯。
10	维蓝迪尔当上阿尔诺之王。
109	埃尔隆德娶了凯勒博恩之女凯勒布莉安。
130	埃尔隆德的儿子埃尔拉丹和埃洛希尔出生。
241	阿尔玟·乌多米尔出生。
420	国王欧斯托赫尔重建米那斯阿诺尔。
490	东夷首度入侵。

500　罗门达奇尔一世击败东夷。

541　罗门达奇尔战死。

830　刚铎船王一脉自法拉斯图尔起始。

861　埃雅仁都尔逝世，阿尔诺分裂。

933　国王埃雅尼尔一世攻下乌姆巴尔，改建为刚铎要塞。

936　埃雅尼尔葬身大海。

1015　国王奇尔扬迪尔于乌姆巴尔攻城战中殒命。

1050　哈尔门达奇尔征服哈拉德。刚铎国力达到巅峰。此时前后，阴影笼罩大绿林，人类开始称那里为黑森林。历史记录中首次提到佩瑞安那斯人，记载毛脚族来到埃利阿多一事。

约 1100　智者（伊斯塔尔、埃尔达之首脑）发现一股邪恶力量将多古尔都作为要塞。那力量被当作是纳兹古尔之一。

1149　阿塔那塔・阿尔卡林的统治开始。

约 1150　白肤族进入埃利阿多。斯图尔族越过红角门，迁到河角地与黑蛮地。

约 1300　邪物数量再度增加。迷雾山脉的奥克势力壮大，开始攻击矮人。纳兹古尔卷土重来，首领北上，抵达安格玛。佩瑞安那斯人西迁，其中许多定居布理。

1356　国王阿盖勒布一世在与鲁道尔的战争中战死。此时前后，斯图尔族离开河角地，其中一部分返回大荒野。

1409　安格玛巫王入侵阿尔诺。国王阿维烈格一世被杀。佛诺斯特与提殒戈沙德抵住了进攻。阿蒙苏尔之塔被毁。

1432　刚铎之王维拉卡逝世，亲族倾轧开始。

1437　欧斯吉利亚斯被焚毁，其内保存的帕蓝提尔丢失。埃尔达卡逃往罗瓦尼安，其子奥能迪尔被谋杀。

1447 埃尔达卡归来，篡位者卡斯塔米尔被撵走。埃茹伊河渡口之战发生。佩拉基尔爆发攻城战。

1448 叛军逃脱，占据乌姆巴尔。

1540 在与哈拉德和乌姆巴尔海盗的战争中，国王阿勒达米尔战死。

1551 哈尔门达奇尔二世击败哈拉德人。

1601 许多佩瑞安那斯人迁离布理，阿盖勒布二世将巴兰都因河对岸的土地赐予他们。

约 1630 斯图尔族自黑蛮地前来，加入这些佩瑞安那斯人。

1634 海盗洗劫佩拉基尔，国王米纳迪尔被害。

1636 大瘟疫肆虐刚铎。国王泰伦纳及子女罹难。米那斯阿诺尔的白树凋零。瘟疫沿北、西两个方向传播，埃利阿多的许多地方成为死地。巴兰都因河对岸的佩瑞安那斯人幸存下来，但损失惨重。

1640 国王塔隆多将王宫迁往米那斯阿诺尔，种下一棵白树苗。欧斯吉利亚斯渐渐沦为废墟。魔多无人监视。

1810 国王泰路梅赫塔·乌姆巴达奇尔撵走海盗，收复乌姆巴尔。

1851 马车民袭击刚铎。

1856 刚铎东部领土沦陷，纳马奇尔二世战死。

1899 国王卡利梅赫塔在达戈拉德击败马车民。

1900 卡利梅赫塔在米那斯阿诺尔建造白塔。

1940 刚铎和阿尔诺再度建交，结为联盟。阿维杜伊娶了刚铎的昂多赫尔之女费瑞尔。

1944 昂多赫尔战死。埃雅尼尔在南伊希利恩击败敌人。他又赢得了营地之战，将马车民逐入死亡沼泽。阿维杜伊提出继承刚铎王权。

1945 埃雅尼尔二世即位。

1974 北方王国灭亡。巫王占领阿塞丹，攻下佛诺斯特。

1975 阿维杜伊于佛洛赫尔海湾溺毙。安努米那斯与阿蒙苏尔两处的帕蓝提尔丢失。埃雅努尔率领舰队前往林顿。巫王在佛诺斯特之战中被击败，被逐向埃滕荒原，自北方消失。

1976 阿拉纳斯取用了“杜内丹人族长”的头衔。阿尔诺的传家宝交给埃尔隆德保管。

1977 弗鲁姆加带领伊奥希奥德人来到北方。

1979 泽地的布卡成为夏尔首任长官。

1980 巫王来到魔多，召集了纳兹古尔。一头炎魔在墨瑞亚现身，杀死了都林六世。

1981 纳因一世被杀。矮人逃离墨瑞亚。许多罗瑞恩的西尔凡精灵逃往南方。阿姆洛斯和宁洛德尔失落。

1999 瑟莱因一世来到埃瑞博山，建立矮人的“山下”王国。

2000 纳兹古尔自魔多出征，围攻米那斯伊希尔。

2002 米那斯伊希尔沦陷，后以米那斯魔古尔为人所知。帕蓝提尔被夺走。

2043 埃雅努尔成为刚铎之王。巫王向他发出挑战。

2050 巫王再度挑战。埃雅努尔骑马前往米那斯魔古尔，就此失踪。马迪尔成为首位执政宰相。

2060 多古尔都的力量逐渐增长。智者担忧索伦或许正再度凝聚身形。

2063 甘道夫前往多古尔都。索伦撤退，隐藏在东方。“警戒和平”时期开始。纳兹古尔于米那斯魔古尔潜伏。

2210	梭林一世离开埃瑞博山，向北前往灰色山脉，都林一族的幸存者大部分正聚集彼处。
2340	艾萨姆布拉斯一世成为第十三任长官，也是图克一脉的首位长官。老雄鹿家族占领了雄鹿地。
2460	“警戒和平”时期结束。索伦力量大增，回归多古尔都。
2463	白道会成立。此时前后，斯图尔族的狄戈发现了至尊戒，遭斯密戈杀害。
2470	此时前后，斯密戈—咕噜躲进迷雾山脉。
2475	刚铎再度遭受攻击。欧斯吉利亚斯最终毁灭，城中石桥断裂。
约 2480	奥克开始在迷雾山脉中建立秘密据点，以阻断所有通往埃利阿多的隘口。索伦开始用自己的造物殖民墨瑞亚。
2509	前往罗瑞恩途中，凯勒布莉安于红角门遭遇伏击，受伤中毒。
2510	凯勒布莉安远渡大海。奥克和东夷侵占卡伦纳松。“年少的”埃奥尔赢得凯勒布兰特原野之战。洛希尔人定居在卡伦纳松。
2545	埃奥尔战死于北高原。
2569	埃奥尔之子布雷戈建成金殿。
2570	布雷戈之子巴尔多进入“禁忌之门”，一去不返。此时前后，众多恶龙于遥远的北方再度现身，开始骚扰矮人。
2589	戴因一世被恶龙杀害。
2590	瑟罗尔返回埃瑞博山。他的兄弟格罗尔前往铁丘陵。
约 2670	托博德在南区种下“烟斗草”。
2683	艾森格里姆二世成为第十任长官，开始挖掘大斯密奥。
2698	埃克塞理安一世在米那斯提力斯重建白塔。

2740　奥克再度侵扰埃利阿多。

2747　班多布拉斯·图克在北区击败一帮奥克。

2758　洛汗遭遇东西两路夹击，随后被侵占。刚铎被海盗舰队袭击。洛汗的海尔姆在海尔姆深谷避难。伍尔夫攻占埃多拉斯。随后的2758—2759年为“漫长冬季”。埃利阿多和洛汗饱受雪灾肆虐，伤亡巨大。甘道夫前去援助夏尔居民。

2759　海尔姆之死。弗雷亚拉夫驱赶伍尔夫，马克诸王的第二脉传承由他起始。萨茹曼定居艾森加德。

2770　恶龙史茅革突袭埃瑞博山。河谷城被毁。瑟罗尔与瑟莱因二世和梭林二世逃脱。

2790　瑟罗尔被墨瑞亚的一个奥克杀害。矮人聚集兵力，准备复仇。盖伦修斯出生，后来以“老图克”闻名。

2793　矮人与奥克之战开始。

2799　墨瑞亚东门前爆发南都希瑞安之战。铁足戴因返回铁丘陵。瑟莱因二世与儿子梭林流浪去了西边。他们定居在夏尔以西、埃瑞德路因山脉以南的地方（2802年）。

2800—2864　北方来的奥克侵扰洛汗。沃尔达王被害（2861年）。

2841　瑟莱因二世出发重返埃瑞博山，遭遇索伦使者追捕。

2845　矮人瑟莱因被囚禁在多古尔都，他手中七戒的最后一枚被夺走。

2850　甘道夫再度进入多古尔都，发现此地主宰竟是索伦，后者正收集所有魔戒，打探至尊戒和伊熙尔杜后裔的下落。甘道夫找到瑟莱因，得到埃瑞博山的钥匙。瑟莱因死在了多古尔都。

2851　白道会召开会议。甘道夫敦促进攻多古尔都，被萨茹曼否决[1]。萨茹曼开始在金鸢尾泽地附近搜索。

2872　刚铎的贝烈克梭尔二世离世。白树死去，白树树苗无处可寻。枯树被弃留原地。

2885　哈拉德人被索伦使者挑拨，越过波罗斯河，攻打刚铎。洛汗伏尔克威奈的两个儿子为刚铎效力，不幸战死。

2890　比尔博于夏尔出生。

2901　因魔多的乌鲁克族袭击，伊希利恩余下的居民大半都抛弃了此地。秘密避难所汉奈斯安努恩建成。

2907　阿拉贡二世的母亲吉尔蕾恩出生。

2911　冷酷寒冬。巴兰都因河和其他河流冻结。白色狼群从北方侵入埃利阿多。

2912　大洪水冲毁埃奈德地区和明希瑞亚斯。沙巴德被毁，遭废弃。

2920　老图克逝世。

2929　杜内丹人阿拉多之子阿拉松迎娶吉尔蕾恩。

2930　阿拉多被食人妖杀害。埃克塞理安二世之子德内梭尔二世于米那斯提力斯出生。

2931　阿拉松二世之子阿拉贡于 3 月 1 日出生。

2933　阿拉松二世被害。吉尔蕾恩带阿拉贡前往伊姆拉缀斯。埃尔隆德收他作养子，取名“埃斯泰尔”（即“希望”），对其身世秘而不宣。

2939　萨茹曼发现索伦爪牙正在搜索金鸢尾泽地附近的安都因大河，意识到索伦已得知伊熙尔杜之事。他提起警觉，但未对白道会提起。

---

1 后来才得知，萨茹曼当时便动了心思，想要将至尊戒据为己有。他希望，若是暂时放任索伦不管，魔戒或许会因寻找主人而自己现身。

2941 梭林·橡木盾和甘道夫赶赴夏尔，造访比尔博。比尔博遇到斯密戈—咕噜，找到了至尊戒。白道会召开会议，萨茹曼同意进攻多古尔都，因他此时希望能阻止索伦搜索大河。索伦的计划制定完毕，便放弃了多古尔都。河谷邦的五军之战发生。梭林二世陨落。埃斯加洛斯的巴德杀死史茅革。铁丘陵的戴因成为山下之王（戴因二世）。

2942 比尔博带着魔戒返回夏尔。索伦秘密潜回魔多。

2944 巴德重建河谷城，成为河谷邦之王。咕噜离开迷雾山脉，开始找寻拿走魔戒的“小偷”。

2948 洛汗之王森格尔之子希奥顿出生。

2949 甘道夫和巴林于夏尔拜访比尔博。

2950 多阿姆洛斯的阿德拉希尔之女芬杜伊拉丝出生。

2951 索伦公然现身，在魔多聚集力量。他开始重建巴拉督尔。咕噜调头前往魔多方向。索伦派出三名纳兹古尔去重新占领多古尔都。

埃尔隆德向“埃斯泰尔”透露他的真名和出身，将纳熙尔剑碎片交给他。阿尔玟刚从罗瑞恩归来，与阿拉贡在伊姆拉缀斯的树林中相遇。阿拉贡踏上旅途，进入大荒野。

2953 白道会召开最后一次会议，围绕诸枚魔戒展开辩论。萨茹曼编造谎言，称他发现至尊戒已沿安都因大河冲进大海。萨茹曼退回被他据为己有、层层加固的艾森加德。萨茹曼嫉妒、惧怕甘道夫，于是派探子监视他的一切行动。萨茹曼察觉甘道夫对夏尔的兴趣，很快便在布理和南区培养起奸细。

2954　　末日山再度喷发火焰。伊希利恩最后一批居民逃命，过了安都因大河。

2956　　阿拉贡与甘道夫相遇，两人就此结下友谊。

2957—2980　　阿拉贡历经一众伟大旅程，立下许多伟绩。他以梭隆吉尔的身份乔装打扮，先后为洛汗的森格尔及刚铎的埃克塞理安二世效力。

2968　　佛罗多出生。

2976　　德内梭尔娶了多阿姆洛斯的芬杜伊拉丝。

2977　　巴德之子巴因成为河谷邦之王。

2978　　德内梭尔二世之子波洛米尔出生。

2980　　阿拉贡进入罗瑞恩，与阿尔玟·乌多米尔重逢。阿拉贡赠给她巴拉希尔之戒，两人在凯林阿姆洛斯山上定下终身。此时前后，咕噜抵达魔多边境，结识希洛布。希奥顿成为洛汗之王。山姆怀斯出生。

2983　　德内梭尔之子法拉米尔出生。

2984　　埃克塞理安二世逝世。德内梭尔二世成为刚铎宰相。

2988　　芬杜伊拉丝英年早逝。

2989　　巴林离开埃瑞博山，进入墨瑞亚。

2991　　伊奥蒙德之子伊奥梅尔于洛汗出生。

2994　　巴林死去，矮人聚居地被毁。

2995　　伊奥梅尔的妹妹伊奥温出生。

约3000　　魔多暗影日渐深沉。萨茹曼大胆使用欧尔桑克的帕蓝提尔，但索伦拥有伊希尔晶石，因而将萨茹曼纳入掌握。萨茹曼成为白道会的叛徒。他的奸细报告说，夏尔被游侠严密保护着。

3001　　比尔博的辞行欢宴。甘道夫怀疑他的戒指就是至尊戒。

保护夏尔的力量加倍。甘道夫搜寻咕噜的下落，寻求阿拉贡的帮助。

3002　比尔博成为埃尔隆德的客人，定居幽谷。

3004　甘道夫前往夏尔探访佛罗多，此后四年也不时造访。

3007　巴因之子布兰德成为河谷邦之王。吉尔蕾恩逝世。

3008　甘道夫于秋天最后一次拜访佛罗多。

3009　此后八年，甘道夫和阿拉贡再度追寻咕噜，陆续前往安都因河谷、黑森林、罗瓦尼安，乃至魔多边境搜寻。这几年的某个时候，咕噜本人进入魔多，遭索伦囚禁。埃尔隆德派人接阿尔玟返回伊姆拉缀斯。迷雾山脉和东部所有土地开始危险不断。

3017　咕噜被放出魔多。阿拉贡在死亡沼泽逮住他，带至黑森林交瑟兰杜伊看守。甘道夫造访米那斯提力斯，查阅伊熙尔杜写的卷轴。

大事纪

3018 年

4 月

12 日　甘道夫抵达霍比屯。

6 月

20 日　索伦进攻欧斯吉利亚斯。此时前后，瑟兰杜伊遭遇攻击，咕噜逃脱。

年中日　甘道夫遇到拉达加斯特。

7月

4日　　波洛米尔自米那斯提力斯出发。

10日　　甘道夫被囚禁在欧尔桑克。

8月

咕噜彻底销声匿迹。据猜测，此时左右，因被精灵与索伦爪牙同时搜捕，咕噜躲进了墨瑞亚。等终于发现通往西门的路时，他却怎么也出不去。

9月

18日　　甘道夫于凌晨从欧尔桑克逃脱。黑骑手越过艾森河渡口。

19日　　乞丐一样的甘道夫来到埃多拉斯，被拒之门外。

20日　　甘道夫获准进入埃多拉斯。希奥顿命他离开，“随你挑哪匹马，但明天天黑之前必须离开！”

21日　　甘道夫遇到捷影，但马儿不让他靠近。他跟着捷影在原野上走了很久。

22日　　黑骑手于黄昏抵达萨恩渡口，赶走守卫的游侠。甘道夫追上了捷影。

23日　　黎明前，四个黑骑手进入夏尔，余下的将游侠逐向东边后，返回绿大道监视。当晚，一个黑骑手来到霍比屯。佛罗多离开袋底洞。甘道夫驯服捷影，骑马离开洛汗。

24日　　甘道夫越过艾森河。

26日　　老林子。佛罗多前往邦巴迪尔之家。

27日　　甘道夫越过灰水河。佛罗多在邦巴迪尔家又过了一夜。

28日　　四个霍比特人被一个古冢尸妖俘获。甘道夫抵达萨恩渡口。

29日　　是夜，佛罗多抵达布理。甘道夫造访老爷子甘姆吉。

30日　　凌晨时分，克里克洼和布理的客栈遭到袭击。佛罗多离开布理。甘道夫来到克里克洼，夜里抵达布理。

10月

1日　　甘道夫离开布理。

3日　　当晚，他在风云顶遭到袭击。

6日　　风云顶下的营地当晚遇袭。佛罗多受伤。

9日　　格罗芬德尔离开幽谷。

11日　　格罗芬德尔将黑骑手驱离米斯艾塞尔大桥。

13日　　佛罗多跨过米斯艾塞尔大桥。

18日　　黄昏时分，格罗芬德尔找到佛罗多。甘道夫抵达幽谷。

20日　　逃亡，越过布茹伊能渡口。

24日　　佛罗多康复并苏醒。夜里，波洛米尔抵达幽谷。

25日　　埃尔隆德召开会议。

12月

25日　　黄昏时分，护戒队伍离开幽谷。

3019年

1月

8日　　护戒队伍抵达冬青郡。

11、12日　　卡拉兹拉斯大雪。

13日　　凌晨遭到狼群袭击。入夜，护戒队伍抵达墨瑞亚西门。咕噜开始跟踪持戒人。

14日　　在第二十一大厅过夜。

15日　卡扎督姆之桥，甘道夫坠崖。深夜，远征队抵达宁洛德尔河。

17日　傍晚，护戒队抵达卡拉斯加拉松。

23日　甘道夫追赶炎魔，直至齐拉克－齐吉尔。

25日　将炎魔打下山顶后，甘道夫死去，躯体躺在峰顶。

2月

15日　加拉德瑞尔的水镜。甘道夫复活，状态恍惚。

16日　辞别罗瑞恩。咕噜躲在河的西岸，觉察到护戒队离去。

17日　格怀希尔载甘道夫飞往罗瑞恩。

23日　是夜，精灵船在萨恩盖比尔附近遭到袭击。

25日　护戒队行过阿刚那斯，在帕斯嘉兰扎营。第一次艾森河渡口战役爆发，希奥顿之子希奥杰德被害。

26日　护戒队伍分崩离析。波洛米尔牺牲，米那斯提力斯听到了他的号角声。梅里阿道克和佩里格林被俘。佛罗多和山姆怀斯进入埃敏穆伊。傍晚，阿拉贡出发追赶奥克。伊奥梅尔听说一伙奥克从埃敏穆伊上下来。

27日　日出时分，阿拉贡抵达西边悬崖。伊奥梅尔违背了希奥顿的命令，于午夜前后从东伏尔德出发，追猎奥克。

28日　伊奥梅尔在范贡森林外追上奥克。

29日　梅里阿道克和皮平逃脱，遇到树须。日出时分，洛希尔人发动进攻，消灭奥克。佛罗多从埃敏穆伊丘陵下来，遇到咕噜。法拉米尔发现波洛米尔的葬船。

30日　恩特大会开始。伊奥梅尔在返回埃多拉斯途中遇到阿拉贡。

3 月

1 日　佛罗多于黎明时分开始穿过死亡沼泽。恩特大会继续进行。阿拉贡遇到白袍甘道夫。他们出发前往埃多拉斯。法拉米尔离开米那斯提力斯，携任务前往伊希利恩。

2 日　佛罗多来到沼泽尽头。甘道夫抵达埃多拉斯，治好了希奥顿。洛希尔人向西开拔，对抗萨茹曼。第二次艾森河渡口战役。埃肯布兰德战败。下午，恩特大会结束。恩特向艾森加德进军，于夜晚抵达。

3 日　希奥顿撤至海尔姆深谷。号角堡之战开始。恩特彻底摧毁艾森加德。

4 日　希奥顿和甘道夫从海尔姆深谷出发，前往艾森加德。佛罗多抵达魔栏农荒地边缘的一片熔渣小丘。

5 日　中午时分，希奥顿来到艾森加德。与欧尔桑克的萨茹曼谈判。纳兹古尔飞掠多巴兰的营地。甘道夫带着佩里格林前往米那斯提力斯。佛罗多躲藏在能望见魔栏农的地方，于黄昏时分离开。

6 日　凌晨，杜内丹人追上阿拉贡。希奥顿从号角堡出发，前往祠边谷。阿拉贡稍后出发。

7 日　佛罗多被法拉米尔带往汉奈斯安努恩。当晚，阿拉贡抵达黑蛮祠。

8 日　破晓时分，阿拉贡踏上“亡者之路”，午夜时抵达埃瑞赫。佛罗多离开汉奈斯安努恩。

9 日　甘道夫抵达米那斯提力斯。法拉米尔离开汉奈斯安努恩。阿拉贡从埃瑞赫出发，抵达卡伦贝尔。傍晚，佛罗多来到魔古尔路。希奥顿抵达黑蛮祠。魔多涌出黑暗。

10 日　无晓之日。洛汗大军集结：洛希尔人从祠边谷出发驰援。

甘道夫于白城大门外救下法拉米尔。阿拉贡越过凛格罗河。一支军队从魔栏农出发，攻下凯尔安德洛斯，进入阿诺瑞恩。佛罗多经过岔道口，看见魔古尔大军出动。

11 日　咕噜去找了希洛布，回来看见熟睡的佛罗多，他几乎反悔。德内梭尔派法拉米尔前往欧斯吉利亚斯。阿拉贡抵达林希尔，进入莱本宁。东洛汗自北方遭到入侵。罗瑞恩第一次遭到攻击。

12 日　咕噜带领佛罗多进入希洛布的巢穴。法拉米尔撤退到主道双堡。希奥顿在明里蒙扎营。阿拉贡将敌人撵向佩拉基尔。恩特击败了洛汗的入侵者。

13 日　佛罗多被奇力斯乌苟的奥克俘虏。佩兰诺被侵占。法拉米尔负重伤。阿拉贡抵达佩拉基尔，夺下舰队。希奥顿来到德鲁阿丹森林。

14 日　山姆怀斯在塔中找到佛罗多。米那斯提力斯被围攻。野人引洛希尔人来到灰森林。

15 日　凌晨时分，巫王攻破白城大门。德内梭尔点起火葬柴堆自焚。鸡鸣时分，洛希尔人的号角声传来。佩兰诺平野之战打响。希奥顿罹难。阿拉贡打出阿尔玟亲手缝制的旗帜。佛罗多和山姆怀斯逃脱，沿着魔盖向北前进。黑森林中发生战斗，瑟兰杜伊击退多古尔都的军队。罗瑞恩第二次遭到攻击。

16 日　众领袖会商。佛罗多从魔盖望向营地，见到末日山。

17 日　河谷邦之战爆发。河谷邦之王布兰德和山下之王“铁足”戴因双双牺牲。无数避难的矮人和人类被围困在埃瑞博山。沙格拉特将佛罗多的斗篷、锁甲和剑带往巴拉督尔。

18 日　西方大军从米那斯提力斯进军。佛罗多望见艾森毛兹。

在杜尔桑通往乌顿深谷的路上，他被奥克追上。

19 日　大军抵达魔古尔山谷。佛罗多和山姆怀斯逃脱，沿通往巴拉督尔的路前进。

22 日　恐怖的夜幕降临。佛罗多和山姆怀斯下了大路，往南前往末日山。罗瑞恩第三次遭到攻击。

23 日　大军离开伊希利恩。阿拉贡放走了懦弱者。佛罗多和山姆怀斯抛下武器装备。

24 日　佛罗多和山姆怀斯走完最后一段旅程，抵达末日山脚下。大军在魔栏农荒地中扎营。

25 日　大军在熔渣丘陵上被团团包围。佛罗多和山姆怀斯抵达萨马斯瑙尔。咕噜抢走魔戒，栽进末日裂罅。巴拉督尔崩塌，索伦灭亡。

邪黑塔倒塌、索伦覆灭之后，魔影从所有反抗他的人心头褪去，而他的仆从和盟友却被恐惧和绝望笼罩。多古尔都向罗瑞恩发动了三次进攻，然而，那里的精灵族人无比英勇，那片土地里留存的力量也非常强大，除非索伦亲自前来，否则无法征服。尽管边境的美丽森林被战火损毁严重，但几次攻击都被打退了。魔影散去之后，凯勒博恩挺身而出，带领罗瑞恩的大军乘着许多船只渡过了安都因大河。他们攻下了多古尔都，而加拉德瑞尔推倒里边的城墙，掀开一处处地洞，森林再度变得洁净。

北方也爆发过战争，邪恶现身。瑟兰杜伊的领土遭到入略，森林中的战况僵持不下，战火带来了巨大破坏。但瑟兰杜伊最终赢得了胜利。精灵新年当天，凯勒博恩和瑟兰杜伊在森林中相会，两人将黑森林改名为“埃林拉斯嘉兰”，即“绿叶森林”。远至森林中矗立的山岭处，瑟兰杜伊将所有北方区域纳为国土。凯勒博恩取得了狭地以南的南部森林，取名为东罗瑞恩。两地中间的所有广阔森林则交给了贝奥恩一族和林中人类。但加拉德瑞尔离去后未过几年，凯勒博恩便厌倦了自己的王国，去了伊姆拉缀斯，与埃尔隆德的儿子为伴。大绿林的西尔凡精灵依然不受打扰，可罗瑞恩的情况却令人心痛：过去的居民只余少数留下，卡拉斯加拉松的光明再不复见，歌声再不曾响起。

米那斯提力斯遭大军围困之时，一支长久威胁布兰德王国边境的索伦同盟军也渡过了卡尔能河，布兰德被逐回河谷城。他在那里获得埃瑞博山矮人的援助，于孤山脚下大战一场。战斗持续了三天，最终河谷邦之王布兰德和山下之王“铁足”戴因战死，东夷获胜。但他们却攻不下城门，矮人和人类有许多都在埃瑞博山避难，被围困在那里。

听闻南方联军大捷的消息，索伦的北路军顿时惊慌失措。被围困的矮人冲了出来，将敌军击溃，索伦军残余逃往东方，再不曾踏足河谷邦。随后，布兰德之子巴德二世成为河谷邦之王。戴因之子、“石盔”梭林三世成为山下之王。他们派使者参加了国王埃莱萨的加冕仪式。他们的王国在两人有生之年延续下去，与刚铎结为友邦，受西方之王的统治与保护。

巴拉督尔崩塌至第三纪元结束之间的主要事件[1]

3019年（夏尔纪年1419年）

3 月

27 日　　巴德二世与“石盔”梭林三世将敌人赶出河谷邦。

1 月份与日期遵循夏尔历法。

28 日　　凯勒博恩越过安都因大河。多古尔都的毁灭开始。

4 月

6 日　　凯勒博恩与瑟兰杜伊相会。

8 日　　持戒人在科瑁兰原野受众人致敬。

5 月

1 日　　国王埃莱萨加冕。埃尔隆德和阿尔玟从幽谷出发。

8 日　　伊奥梅尔、伊奥温同埃尔隆德的两个儿子前往洛汗。

20 日　　埃尔隆德和阿尔玟抵达罗瑞恩。

27 日　　阿尔玟及护卫队离开罗瑞恩。

6 月

14 日　　埃尔隆德的儿子遇上护卫队，带阿尔玟来到埃多拉斯。

16 日　　他们出发前往刚铎。

25 日　　国王埃莱萨发现白树的小树苗。

莱斯一日　　阿尔玟抵达白城。

年中日　　埃莱萨和阿尔玟举行婚礼。

7 月

18 日　　伊奥梅尔返回米那斯提力斯。

22 日　　希奥顿王的送殡护卫队出发。

8 月

7 日　　护卫队抵达埃多拉斯。

10 日　　希奥顿王的葬礼。

14 日　宾客向伊奥梅尔王告别。

15 日　树须释放萨茹曼。

18 日　他们来到海尔姆深谷。

22 日　他们来到艾森加德，日落时分与西方之王告别。

28 日　他们追上萨茹曼。萨茹曼转而去往夏尔。

9 月

6 日　众人在看得见墨瑞亚群山的地方停下。

13 日　凯勒博恩和加拉德瑞尔离去，余人出发前往幽谷。

21 日　他们回到幽谷。

22 日　比尔博的一百二十九岁生日。萨茹曼抵达夏尔。

10 月

5 日　甘道夫和霍比特人离开幽谷。

6 日　他们渡过布茹伊能渡口。佛罗多第一次感到旧伤复发。

28 日　他们于夜晚抵达布理。

30 日　他们离开布理。四位“旅人”于暮色四合时抵达白兰地桥。

11 月

1 日　他们在蛙泽屯被捕。

2 日　他们来到傍水镇，鼓舞夏尔居民。

3 日　傍水镇之战，萨茹曼覆灭。魔戒大战结束。

3020 年（夏尔纪年 1420 年，大丰收之年）

3 月

13 日　　佛罗多生病（他遭受希洛布毒伤满一年）。

4 月

6 日　　集会场的瑁珑树开满繁花。

5 月

1 日　　山姆怀斯与罗丝结婚。

年中日　　佛罗多辞去市长之职，威尔·白足再度上任。

9 月

22 日　　比尔博的一百三十岁生日。

10 月

6 日　　佛罗多再次生病。

3021 年（夏尔纪年 1421 年，第三纪元末年）

3 月

13 日　　佛罗多再次生病。

25 日　　山姆怀斯的女儿，“美丽的”埃拉诺[1]出生。按刚铎纪年，第四纪元就此开始。

9 月

21 日　　佛罗多和山姆怀斯从霍比屯出发。

---

1 因其美貌，人称她为“美丽的”埃拉诺。许多人都说，她看着不像霍比特人，反而更像位精灵少女。她的满头金发在夏尔属实罕见；不过，山姆怀斯的另外两个女儿，乃至那一时期出生的许多孩子，也都长着金发。

22 日　　他们于林尾地碰见众持戒人的最后一次共同骑行。

29 日　　他们抵达灰港。佛罗多、比尔博与三位持戒人渡海而去。第三纪元结束。

10 月

6 日　　山姆怀斯回到袋底洞。

关于护戒同盟成员的后续事件

夏尔纪年

1422　按照夏尔纪年，本年年初为第四纪元起始，但夏尔纪年的年份依旧沿用下去。

1427　威尔·白足辞职。山姆怀斯被选为夏尔市长。佩里格林·图克与长崖镇的黛蒙德成婚。国王埃莱萨颁布法令，禁止人类进入夏尔，将夏尔列为受北方王权保护的自由邦。

1430　佩里格林之子法拉米尔出生。

1431　山姆怀斯的女儿戈蒂洛克丝出生。

1432　梅里阿道克被称为“了不起的梅里阿道克”，成为雄鹿地统领。伊奥梅尔王和伊希利恩的伊奥温夫人以许多礼物相赠。

1434　佩里格林成为大图克兼长官。国王埃莱萨任命长官、统领和市长为北方王国顾问。山姆怀斯大人第二次被选为市长。

1436　国王埃莱萨前往北方，于暮暗湖住了一段时间。他来到白兰地桥，在那里招待朋友们。他将杜内丹之星送给了山姆怀斯大人，并让埃拉诺成为王后阿尔玟的名誉侍女。

1441　山姆怀斯大人第三次成为市长。

1442　山姆怀斯大人夫妇和埃拉诺前往刚铎待了一年。托曼·科顿大人担任代理市长。

1448　山姆怀斯大人第四次成为市长。

1451　美丽的埃拉诺与远岗绿丘的法斯特雷德成婚。

1452 国王将远岗到塔丘（埃敏贝莱德）的西界[1]赠予夏尔。许多霍比特人搬去了那边。

1454 法斯特雷德和埃拉诺之子埃尔夫斯坦·美裔出生。

1455 山姆怀斯大人第五次成为市长。

1462 山姆怀斯大人第六次成为市长。应他的要求，长官任命法斯特雷德为“西界守护”。法斯特雷德和埃拉诺在塔丘的塔底居安家，他们的后代及塔丘的美裔家族于彼处生活了许多代。

1463 法拉米尔·图克与山姆怀斯之女戈蒂洛克丝成婚。

1469 山姆怀斯大人第七次，也是最后一次担任市长。他于1476年以九十六岁的年纪卸任。

1482 山姆怀斯大人的妻子罗丝夫人于年中日故去。9月22日，山姆怀斯大人骑马离开袋底洞。他来到塔丘，最后一次与埃拉诺相见，又将红皮书交给了她。此书后来便由美裔家族保管。他们家族自埃拉诺起代代相传，说山姆怀斯穿过高塔去了灰港，以最后一位持戒人的身份渡海西去。

1484 是年春天，洛汗向雄鹿地传信，称伊奥梅尔王希望再见霍尔德威奈大人一面。那时梅里阿道克已然年迈（一百零二岁），但依旧精神抖擞。他与朋友佩里格林长官商议过后，两人不久便将财产权力移交给儿子们，随后骑马穿越萨恩渡口，再未出现在夏尔。后来，人们听说，梅里阿道克大人去了埃多拉斯，他陪在伊奥梅尔王身边，直至当年秋天伊奥梅尔王去世。随后，梅里阿道克大人

1 见《护戒使者》楔子及《王者归来》附录一。

和佩里格林长官前往刚铎，在那里度过了短暂的余生。死后，两人被安置在拉斯狄能，与刚铎伟人同眠。

1541 当年[1]的3月1日，国王埃莱萨终究故去。据说，梅里阿道克和佩里格林的墓床就在这位伟大君王身边。之后，莱戈拉斯在伊希利恩造了一条灰船，沿安都因大河顺流而下，渡海而去。据说，矮人吉姆利也与他同行。随着这条船渐渐远去，中洲的护戒同盟就此画下句点。

1 第四纪元（刚铎纪年）120年。

·附录三·

家族谱系（霍比特人）

这些家谱中给出的人名，只不过是从众多人名中选出的一部分，其中大多数要么是比尔博告别宴会上的客人，要么就是这些客人的直系祖先。宴会上的客人以下划线标出。这里还给出了另外一些人名，他们与正文所述的重大事件有关。此外，也给出了一些关于山姆怀斯的家系信息，他是加德纳家族的始祖，后来变成了有影响力的名人。

人名后的数字表示出生日期（以及死亡日期，如果有记录的话）。所有日期都是依据夏尔纪年给出的，从夏尔纪年元年（第三纪元 1601 年），马尔科和布兰科两兄弟越过白兰地河那年算起。

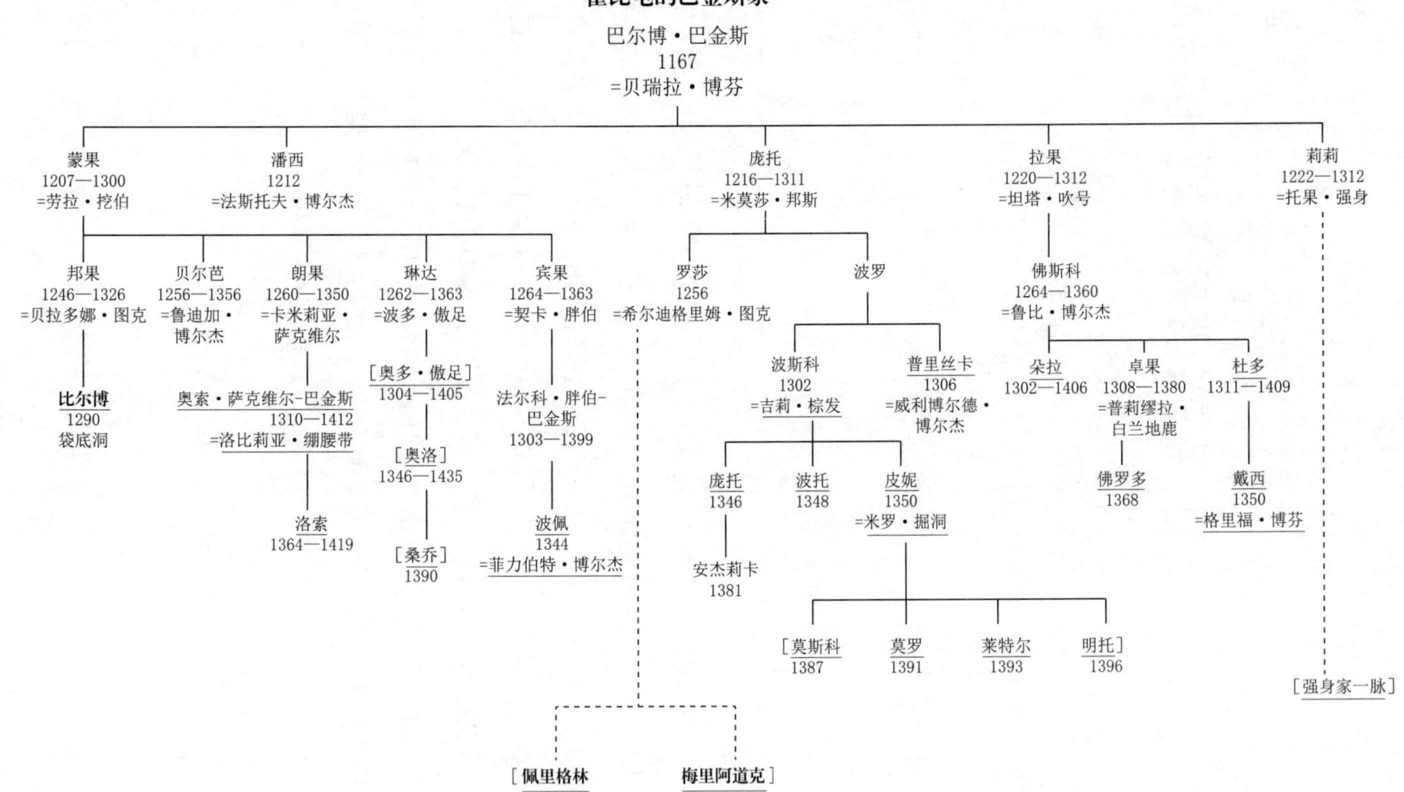

霍比屯的巴金斯家
巴尔博・巴金斯
1167
=贝瑞拉・博芬
蒙果
1207—1300
=劳拉・挖伯
潘西
1212
=法斯托夫・博尔杰
庞托
1216—1311
=米莫莎・邦斯
拉果
1220—1312
=坦塔・吹号
莉莉
1222—1312
=托果・强身
邦果
1246—1326
=贝拉多娜・图克
贝尔芭
1256—1356
=鲁迪加・博尔杰
朗果
1260—1350
=卡米莉亚・萨克维尔
琳达
1262—1363
=波多・傲足
宾果
1264—1363
=契卡・胖伯
罗莎
1256
=希尔迪格里姆・图克
波罗
佛斯科
1264—1360
=鲁比・博尔杰
比尔博
1290
袋底洞
奥索・萨克维尔-巴金斯
1310—1412
=洛比莉亚・绷腰带
[奥多・傲足]
1304—1405
法尔科・胖伯-巴金斯
1303—1399
波斯科
1302
=吉莉・棕发
普里丝卡
1306
=威利博尔德・博尔杰
朵拉
1302—1406
卓果
1308—1380
=普莉缪拉・白兰地鹿
杜多
1311—1409
洛索
1364—1419
[奥洛]
1346—1435
[桑乔]
1390
波佩
1344
=菲力伯特・博尔杰
庞托
1346
波托
1348
皮妮
1350
=米罗・掘洞
佛罗多
1368
戴西
1350
=格里福・博芬
安杰莉卡
1381
[莫斯科
1387
莫罗
1391
莱特尔
1393
明托]
1396
[强身家一脉]
[佩里格林
梅里阿道克]

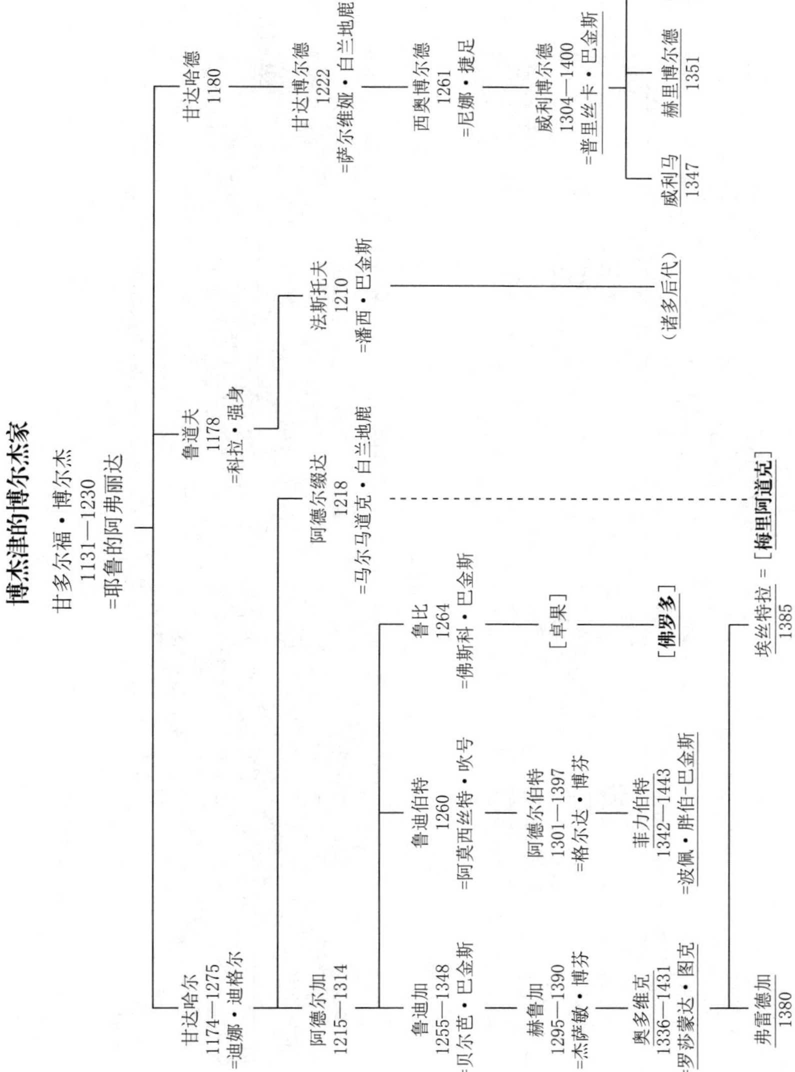
博杰津的博尔杰家
甘多尔福·博尔杰
1131—1230
=耶鲁的阿弗丽达
甘达哈尔
1174—1275
=迪娜·迪格尔
鲁道夫
1178
=科拉·强身
甘达哈德
1180
阿德尔加
1215—1314
阿德尔缀达
1218
=马尔马道克·白兰地鹿
法斯托夫
1210
=潘西·巴金斯
甘达博尔德
1222
=萨尔维娅·白兰地鹿
鲁迪加
1255—1348
=贝尔芭·巴金斯
鲁迪伯特
1260
=阿莫西丝特·吹号
鲁比
1264
=佛斯科·巴金斯
西奥博尔德
1261
=尼娜·捷足
赫鲁加
1295—1390
=杰萨敏·博芬
阿德尔伯特
1301—1397
=格尔达·博芬
[卓果]
威利博尔德
1304—1400
=普里丝卡·巴金斯
（诸多后代）
奥多维克
1336—1431
=罗莎蒙达·图克
菲力伯特
1342—1443
=波佩·胖伯-巴金斯
[佛罗多]
威利马
1347
赫里博尔德
1351
诺拉
1360
弗雷德加
1380
埃丝特拉
1385
= [梅里阿道克]

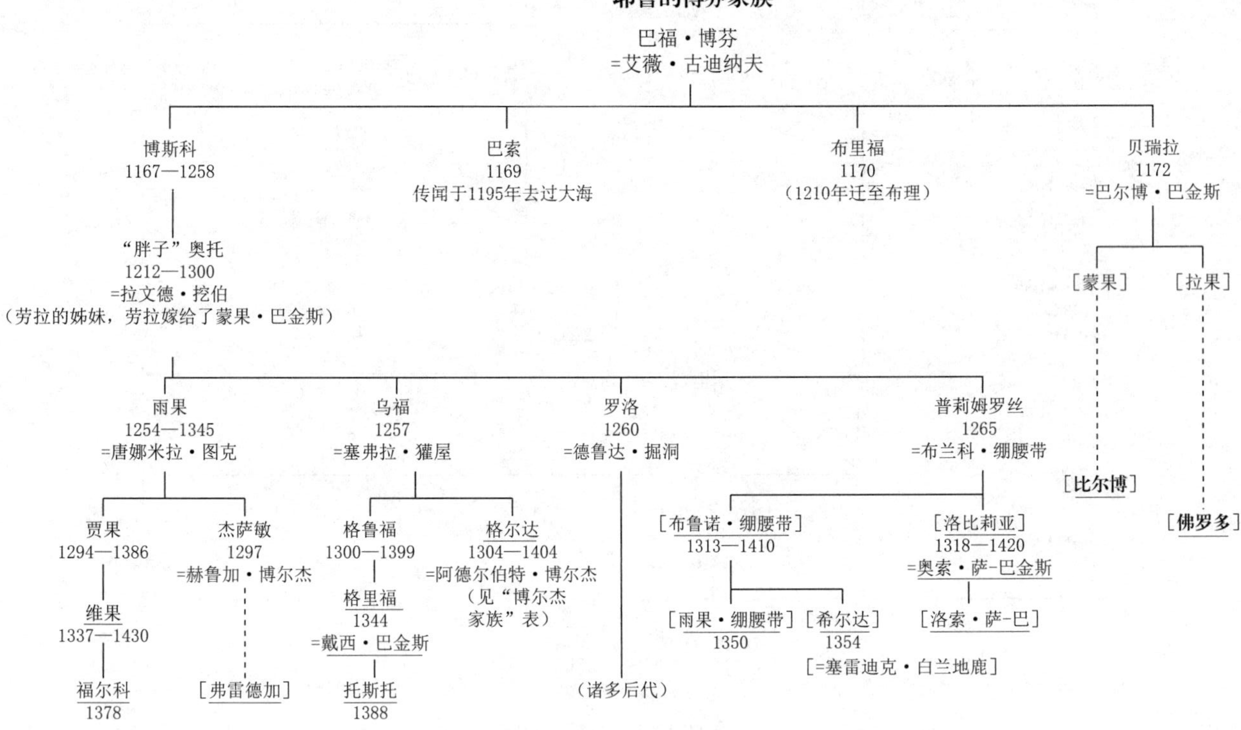
耶鲁的博芬家族
巴福・博芬
=艾薇・古迪纳夫
博斯科
1167—1258
巴索
1169
传闻于1195年去过大海
布里福
1170
（1210年迁至布理）
贝瑞拉
1172
=巴尔博・巴金斯
“胖子”奥托
1212—1300
=拉文德・挖伯
（劳拉的姊妹，劳拉嫁给了蒙果・巴金斯）
[蒙果]
[拉果]
[比尔博]
[佛罗多]
雨果
1254—1345
=唐娜米拉・图克
乌福
1257
=塞弗拉・獾屋
罗洛
1260
=德鲁达・掘洞
普莉姆罗丝
1265
=布兰科・绷腰带
贾果
1294—1386
杰萨敏
1297
=赫鲁加・博尔杰
格鲁福
1300—1399
格尔达
1304—1404
=阿德尔伯特・博尔杰
（见“博尔杰家族”表）
[布鲁诺・绷腰带]
1313—1410
[洛比莉亚]
1318—1420
=奥索・萨-巴金斯
维果
1337—1430
格里福
1344
=戴西・巴金斯
[雨果・绷腰带]
1350
[希尔达]
1354
[=塞雷迪克・白兰地鹿]
[洛索・萨-巴]
福尔科
1378
[弗雷德加]
托斯托
1388
（诸多后代）

大斯密奥的图克家庭

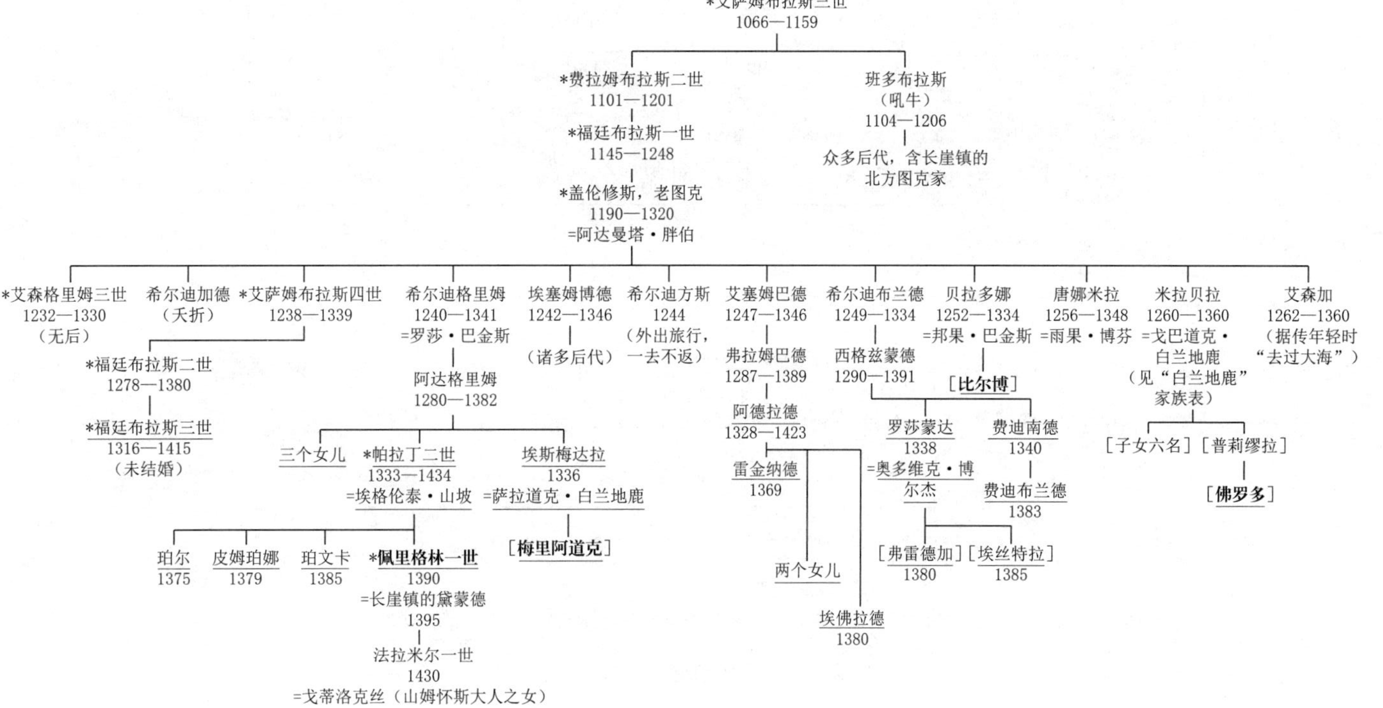
*艾森格里姆二世
（图克一脉第十位长官）
1020—1122
*艾萨姆布拉斯三世
1066—1159
*费拉姆布拉斯二世
1101—1201
班多布拉斯
（吼牛）
1104—1206
众多后代，含长崖镇的北方图克家
*福廷布拉斯一世
1145—1248
*盖伦修斯，老图克
1190—1320
=阿达曼塔·胖伯
*艾森格里姆三世
1232—1330
（无后）
希尔迪加德
（夭折）
*艾萨姆布拉斯四世
1238—1339
*福廷布拉斯二世
1278—1380
*福廷布拉斯三世
1316—1415
（未结婚）
希尔迪格里姆
1240—1341
=罗莎·巴金斯
阿达格里姆
1280—1382
三个女儿
*帕拉丁二世
1333—1434
=埃格伦泰·山坡
珀尔
1375
皮姆珀娜
1379
珀文卡
1385
*佩里格林一世
1390
=长崖镇的黛蒙德
1395
法拉米尔一世
1430
=戈蒂洛克丝（山姆怀斯大人之女）
埃斯梅达拉
1336
=萨拉道克·白兰地鹿
[梅里阿道克]
埃塞姆博德
1242—1346
（诸多后代）
希尔迪方斯
1244
（外出旅行，一去不返）
艾塞姆巴德
1247—1346
弗拉姆巴德
1287—1389
阿德拉德
1328—1423
雷金纳德
1369
两个女儿
埃佛拉德
1380
希尔迪布兰德
1249—1334
西格兹蒙德
1290—1391
贝拉多娜
1252—1334
=邦果·巴金斯
[比尔博]
罗莎蒙达
1338
=奥多维克·博尔杰
[弗雷德加]
1380
[埃丝特拉]
1385
费迪南德
1340
费迪布兰德
1383
唐娜米拉
1256—1348
=雨果·博芬
米拉贝拉
1260—1360
=戈巴道克·白兰地鹿
（见“白兰地鹿”家族表）
[子女六名]
[普莉缪拉]
[佛罗多]
艾森加
1262—1360
（据传年轻时“去过大海”）

雄鹿地的白兰地鹿家

泽地的戈亨达德·老雄鹿于740年前后开始建造白兰地厅，又将家族姓氏改作白兰地鹿。

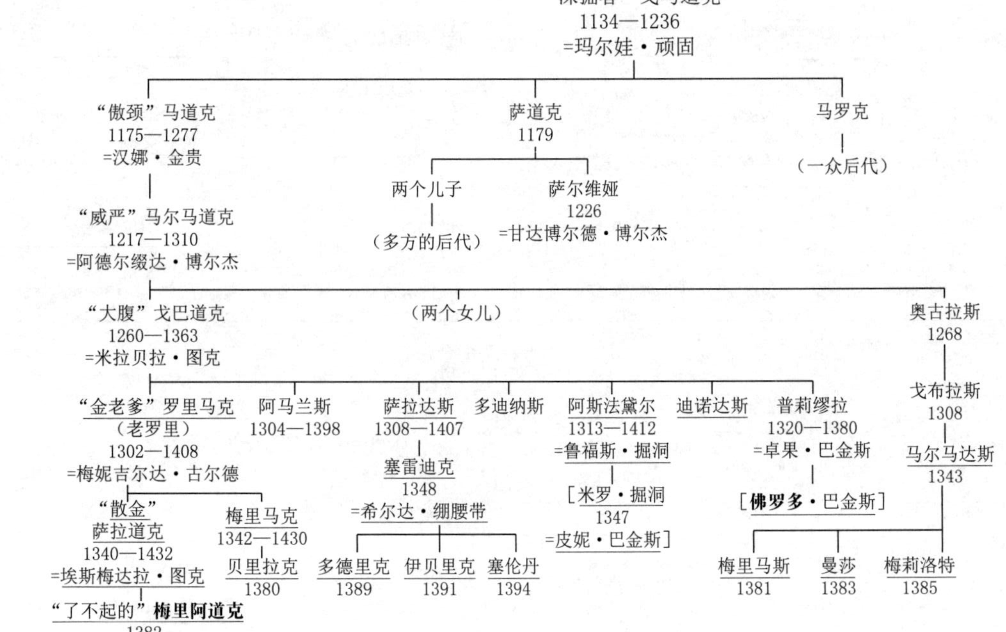

山姆怀斯大人的父系长族谱

（亦展示小丘的加德纳家族与塔丘的美裔家族之兴起）

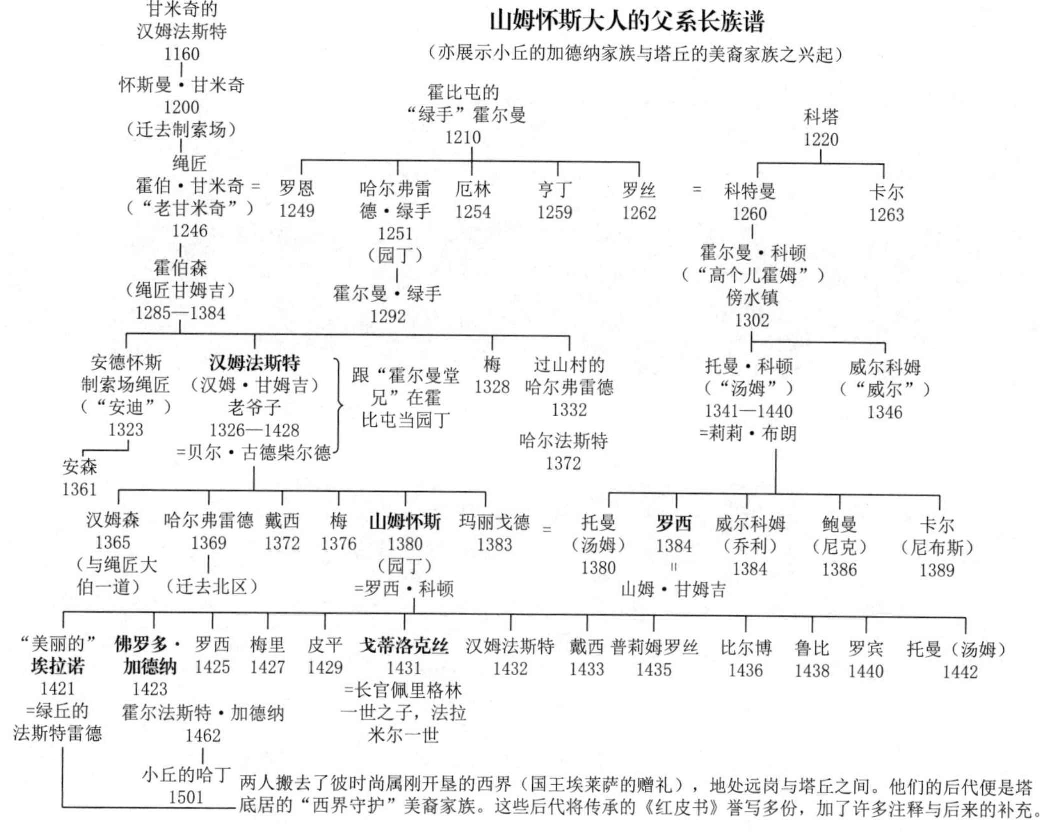

·附录四·

历　法

夏尔历法

每一年都以星期六，也就是一个星期的第一天开始，又以星期五，即一个星期的最后一天结束。“年中日”与闰年中的“莱斯日”都没有星期这种称呼。年中日之前的莱斯日称为“莱斯一日”，之后的则称为“莱斯二日”。年末的尤尔日称为“尤尔一日”，年初的则称为“尤尔二日”。闰莱斯是一个特殊的节日，但“主魔戒”的历史中没有哪个重要年份正好有这一天。1420 年遇到过一次，那一年便出现了著名的丰收和美妙的夏季。据说，无论在人们的印象或是各类记载中，这一年的狂欢与庆祝都前所未有的盛大。

(1) *Afteryule*	(4) *Astron*	(7) *Afterlithe*	(10) *Winterfilth*
YULE 7 14 21 28	1 8 15 22 29	LITHE 7 14 21 28	1 8 15 22 29
1 8 15 22 29	2 9 16 23 30	1 8 15 22 29	2 9 16 23 30
2 9 16 23 30	3 10 17 24 –	2 9 16 23 30	3 10 17 24 –
3 10 17 24 –	4 11 18 25 –	3 10 17 24 –	4 11 18 25 –
4 11 18 25 –	5 12 19 26 –	4 11 18 25 –	5 12 19 26 –
5 12 19 26 –	6 13 20 27 –	5 12 19 26 –	6 13 20 27 –
6 13 20 27 –	7 14 21 28 –	6 13 20 27 –	7 14 21 28 –

(2) *Solmath*	(5) *Thrimidge*	(8) *Wedmath*	(11) *Blotmath*
– 5 12 19 26	– 6 13 20 27	– 5 12 19 26	– 6 13 20 27
– 6 13 20 27	– 7 14 21 28	– 6 13 20 27	– 7 14 21 28
– 7 14 21 28	1 8 15 22 29	– 7 14 21 28	1 8 15 22 29
1 8 15 22 29	2 9 16 23 30	1 8 15 22 29	2 9 16 23 30
2 9 16 23 30	3 10 17 24 –	2 9 16 23 30	3 10 17 24 –
3 10 17 24 –	4 11 18 25 –	3 10 17 24 –	4 11 18 25 –
4 11 18 25 –	5 12 19 26 –	4 11 18 25 –	5 12 19 26 –

(3) *Rethe*	(6) *Forelithe*	(9) *Halimath*	(12) *Foreyule*
– 3 10 17 24	– 4 11 18 25	– 3 10 17 24	– 4 11 18 25
– 4 11 18 25	– 5 12 19 26	– 4 11 18 25	– 5 12 19 26
– 5 12 19 26	– 6 13 20 27	– 5 12 19 26	– 6 13 20 27
– 6 13 20 27	– 7 14 21 28	– 6 13 20 27	– 7 14 21 28
– 7 14 21 28	1 8 15 22 29	– 7 14 21 28	1 8 15 22 29
1 8 15 22 29	2 9 16 23 30	1 8 15 22 29	2 9 16 23 30
2 9 16 23 30	3 10 17 24 LITHE	2 9 16 23 30	3 10 17 24 YULE
	Midyear's Day *(Overlithe)*		

各地历法

夏尔的历法与我们的有若干处差别。一年的长度无疑相同[1]，因为那段年月如今虽要以许多人类时代来计算，但按照大地的记忆来看，算不得十分久远。依霍比特人的记载，尚属流浪民族时期，他们没有“星期”，但有根据月相大致定下的“月份”。他们对日期的记录与时间的计算比较模糊，不是很准确。于埃利阿多西部的土地开始安家时，他们采用了杜内丹人的“国王纪年”。这种纪年方法，究其根本是种源于埃

1 即 365 天 5 小时 48 分 46 秒。

尔达的纪年法，但夏尔的霍比特人引入了若干细微改动。布理最终采用了这种被称为“夏尔纪年”的历法，但并未效仿夏尔，将开垦夏尔的那年定为第一年。

当初的人们所熟知且习以为常的种种事物（字母的名称、一星期中每一天的名称，月份的名称和长度，等等），若是想靠各类古老故事和习俗来发掘相关详情，常常较为困难。归因于他们对家系的普遍关心，外加魔戒大战后部分博学之人对古史产生了兴趣，夏尔的霍比特人似乎极其关注各种日期。他们甚至画了繁杂的图表，以展示自己的历法与其他历法体系之间的联系。本人并不擅长此类事宜，或许多有谬误。不过无论如何，对夏尔纪年 1418 年和 1419 年这两个紧要年份，《红皮书》不厌其烦地详细记载了期间各类大事，因而这个节点的日期和时间可谓是确凿无疑。

中洲的埃尔达似乎明显如山姆怀斯所述一般，拥有更多时日可支使，计时的周期也很长。昆雅语中“yén”一词虽常译作“年”（见《护戒使者》第二部第八章），实则相当于我们的 144 年。埃尔达喜欢尽可能以 6 和 12 为单位计数。他们将两次日落之间的时期称为“ré”，即一个太阳“日”。每一“yén”有 52596 日。出于仪式而非实用方面的考量，埃尔达以六天为一个星期，称“enquië”；每一“yén”含 8766 个这种“enquier”[1]，计时持续不断，不因跨年清零。

埃尔达在中洲也会使用一种较短的周期，即太阳年，大致按天文学来算的称作“coranar”，或者“太阳周转”；不过，若考量的重点放在草木的季节变化方面，则一般称作“loa”，即“生长”（尤其处于西北部的地方），一般常见精灵使用。一个 loa 分为大抵视作“长月”或“短

1 即 enquië 的复数形式。——译注

季”的若干时期。不同地区的情况自然有所不同，但霍比特人只提供了伊姆拉缀斯历相关的信息。该历法中，这样的“季节”共有六个，对应的昆雅语名分别为 tuilë，lairë，yávië，quellë，hrivë，coirë，或可译为“春”“夏”“秋”“衰”“冬”“芽”。它们的辛达语名为 ethuil，laer，iavas，firith，rhîw，echuir。“衰”在昆雅语中又称为 lasse-lanta（意为“叶落”），辛达语中则称为 narbeleth（意为“日亏”）。

lairë 和 hrivë 各包含 72 天，其余则分别为 54 天。Loa 始于 tuilë 前一天，称为 yestarë，结束于 coirë 后一天，叫作 mettarë。Yávië 和 quellë 之间则加了三个 enderi[1]，也就是“中间日”。如此一来，一年便是365天，而每隔 12 年还会再追加双倍的 enderi（增加三天）补足。

如此产生的误差如何处理，具体不得而知。当时的一年若是同如今一样长度，那么 yén 就会多出一天有余。《红皮书》的历法有过注释，表明确实存在误差，大概指“幽谷纪年”每三个 yén 的最后一年都会缩短三天：省去那一年本应追加的双倍 enderi，“但我们的时代未做调整”。其余误差要如何调整，书中没有记载。

这类安排在努门诺尔人手上产生了改变。他们将 loa 分成了周期更短、长度更均匀的时段。他们遵循新年自仲冬起始的传统，也就是第一纪元时的中洲西北部人类，即努门诺尔人的祖先曾经的做法。他们后来又将一个星期定为七天，每两次日出（升出东方大海）计为一天。

这种努门诺尔体系称为国王纪年，见于努门诺尔及诸王时代完结之前的阿尔诺和刚铎使用。寻常的一年有 365 天。一年分作十二个 astar（即“月份”），其中十个为 30 天，另两个为 31 天。长的 astar 位于一年的正中前后，大致是我们的 6 月和 7 月。一年的头一天称为 yestarë，中

1 该词的单数形式为 enderë。——译注

间那一天（第 183 天）叫作 loëndë，最后一天则是 mettarë。这三天不属于具体某个月份。每隔四年，loëndë 会被两个 enderi（中间日）取而代之，但每个世纪（haranyë）的最后一年除外。

在努门诺尔的历法中，第二纪元的元年是计算起始之时。每个世纪最后一年会减去 1 天，所导致的“欠缺”只在每千年的最后一年予以补偿，而这种“千年欠缺”长为 4 小时 46 分 40 秒。对于“千年欠缺”，努门诺尔于第二纪元 1000 年、2000 年和 3000 年时都有过补偿。第二纪元 3319 年的努门诺尔沉没后，这一体系交由流亡者延续，却因第三纪元起始时的新计数扰乱了：第二纪元 3442 年变成第三纪元元年。如此一来，闰年算成是第三纪元 4 年，而非第三纪元 3 年（第二纪元 3444 年），生生插入了一个只有 365 天的短年，导致“千年欠缺”变成 5 小时 48 分 46 秒。补偿时间也晚了 441 年：分别是第三纪元 1000 年（第二纪元 4441 年）和 2000 年（第二纪元 5441 年）。为了减少因而导致的误差，找平积累的千年欠缺，宰相马迪尔将 2059 年（第二纪元 5500 年）额外增加两天后，又引入一套于第三纪元 2060 年启用的修正历，削减了努门诺尔体系使用以来五个半千年的周期欠缺。然而，误差依旧还剩着 8 个小时。尽管 2360 年时的欠缺离一整天还差得很远，宰相哈多依旧以一天作为补偿。再往后便没有过调整。（因受迫在眉睫的战争威胁，第三纪元 3000 年略过了相关事宜。）至第三纪元末，在 660 年的累积之后，欠缺的时间仍不足一天。

马迪尔引入的修正历被称为“宰相纪年”，最终被霍比特人以外绝大多数使用西部语的人采用。该历法中每个月都为 30 天，又引入月份之外的额外两天：一天位于第三个月和第四个月之间（三月和四月），另一天位于第九个月和第十个月之间（九月和十月）。yestarë，tuilér， loëndë，yáviérë，[1] mettarë 这五个月份之外的日子，归作节日。

守旧的霍比特人继续使用一种调整到符合自身习俗的国王纪年。他们的各个月份均为 30 天长度，但六月和七月之间有三天“夏日”，即夏尔所称的“莱斯”或“莱斯日”。每年最后一天和次年的第一天称为“尤尔日”。尤尔日和莱斯日都不属于任何月份，因此 1 月 1 日并非新年第一天，而是第二天。除开每百年的最后一年[2]，每到第四年便有四个莱斯日。莱斯日和尤尔日都是大节，是大宴的日子。额外的那个莱斯日会加在年中日之后，所以闰年的第 184 天被称为“闰莱斯”，是纵情欢乐的特殊日子。整个“尤尔季”持续六天，包括一年的最后三天和次年的头三天。

夏尔居民还给自己引入了一样称为“夏尔改革”的小创新（后来同样被布理采用）。一个星期的每一天所对应的日期年年都会变，他们认为这样欠缺条理，也不方便。于是，到了艾森格里姆二世时期，他们做了如下安排：多余的、会破坏连贯的那一天，不再赋予具体星期几的序号。从此之后，年中日（以及闰莱斯）便只剩名称，不再位列星期之中（见《护戒使者》第一部第十章）。这项改革使得一年总是起于星期的第一天，止于星期的最后一天；任意一年的同一天所对应的星期序列也是相同的，夏尔居民再也不用费神地在信件或者日记中标注具体星期[3]。他们发觉这方法在家乡很方便，但去到超过布理的地方，倒是没那么方便了。

上述说明与正文一样，本人均以我们现代的月份名称和星期序号加

---

1 yáviérë 是宰相历法中的秋收节日，词语前半部分的 yávië 即昆雅语中埃尔达的“秋季”。——译注

2 夏尔的元年为第三纪元 1601 年。布理的元年为第三纪元 1300 年，此乃世纪初的第一年。

3 若是查看夏尔日历就会发现：唯独星期五并非月份起始的第一天。故而，“一号星期五”在夏尔成了玩笑话，用于形容不存在的日子，或是某件极难发生的事，比如飞天的猪，（夏尔）走路的树。完整说法是：夏满一号星期五。

以叙述，但无论埃尔达、杜内丹人或者霍比特人，实际使用的当然是其他称谓。翻译相关的西部语名称极其有益于避免混淆，但至少夏尔那边的季节称谓包含的意义大抵跟我们的相同。另外，年中日似乎是在尽量对应我们的夏至。有鉴于此，夏尔的日期其实要比我们早十天左右，而我们的新年差不多对应着夏尔的 1 月 9 日。

西部语中一般会保留月份的昆雅语名，就好比我们在其他语言里广泛保留各种拉丁语名字。它们是：Narvinyë，Nénimë，Súlimë，Víressë，Lótessë，Nárië，Cermië，Úrimë，Yavannië，Narquelië，Hísimë，Ringarë。对应的辛达语名称（仅杜内丹人使用）为：Narwain，Nínui，Gwaeron，Gwirith，Lothron，Nórui，Cerveth，Urui，Ivanneth，Narbeleth，Hithui，Girithron。

然而，就命名方面而言，无论夏尔还是布理的霍比特人都没有遵循西部语用法，反而沿用了他们这族老式的本地名称，似乎是古时跟安都因河谷的人类学的。至少，河谷城和洛汗都能找到类似名称（见附录六中对各语言的注释）。由人类创造的这些名称所对应的含义，一般已被霍比特人遗忘，即便他们当初知晓其中一些称谓所具备的重要性。结果就是，名称的形式也变得模棱两可：比如某些称谓的后缀 math，就是月份“month”的缩写。

历法中列举了夏尔的月份名称。需注意之处在于，Solmath 一词通常念作 Somath，有时亦写作 Somath；Thrimidge 常写作 Thrimich（古体为 Thrimilch）；Blotmath 读成 Blodmath 或 Blommath。布理的月份又是另一种称谓：Frery，Solmath，Rethe，Chithing，Thrimidge，Lithe，The Summerdays[1]，Mede，Wedmath，Harvestmath，Wintring，Blooting，

1 Lithe 与 Summerdays 即前文提到的“莱斯”和“夏日”。——译注

Yulemath。Frery，Chithing 和 Yulemath 也在东区使用。[1]

霍比特人的星期取自杜内丹人，其中每一天的名称都是转译古时北方王国所用称谓，而北方王国的又是源自埃尔达。埃尔达的一个星期包含六天，各称呼的致意或命名顺序对应的是：星辰、太阳、月亮、双圣树、穹苍、维拉（或称大能者）。按照此等顺序，最后这一天是星期中最重要一天。它们的昆雅语名称为：Elenya，Anarya，Isilya，Aldúya，Menelya，Valanya（或 Tárion）；辛达语名称为：Orgilion，Oranor，Orithil，Orgaladhad，Ormenel，Orbelain（或 Rodyn）。

努门诺尔人保留了一星期中每天的致意对象与顺序，但把第四天改为 Aldëa（辛达语作 Orgaladh），单指白树，而努门诺尔王庭中生长的那株宁洛丝据信便是它的后裔之一。基于同样希望一星期能有第七天的渴望，作为伟大航海家的他们在“穹苍日”后插入了“大海日”，即 Eärenya（辛达语为 Oraearon）。

霍比特人接受了这种安排，却又迅速忘记，或是懒得去记这些译名的含义，还大刀阔斧地缩短了它们的形式，在日常发音方面尤为突出。努门诺尔名称的初版翻译许是出现于第三纪元结束的两千多年之前，彼时北方人类取用了杜内丹人的星期（这是他们的纪年最早被外族接受的部分）。同于月份名称，霍比特人也沿用了这些翻译，但其余西部语地区用的都是昆雅语名称。

夏尔保存的古时文献不多。第三纪元末最值得称道的幸存文献便

1 布理方面，“（泥污的）夏尔冬月”也是句俏皮话。（布理的十月称为 Wintring，而夏尔的则是 Winterfilth。而 -filth 又有肮脏污秽的含义，故而有前面的玩笑。——译注）不过，据夏尔居民说，布理的“Wintring”一词乃是改自一个更古老的词，原本指冬季之前的一整年圆满结束。这个词源自彻底使用国王纪年之前的时代，彼时他们的新年于收获之后起始。

是《黄皮书》，又称《塔克领年鉴》[1]。书中最老的条目似乎比佛罗多的时代要早至少九百年;《红皮书》的编年史和家系引用了其中的许多条目。在这些条目中，星期的对应名称以古体出现，最古老的写法如下：（1）Sterrendei，（2）Sunnendei，（3）Monendei，（4）Trewesdei，（5）Hevenesdei，（6）Meresdei，（7）Hihdei。在魔戒大战时期的语言里，这些名称已然变成：Sterday，Sunday，Monday，Trewsday，Hevensday（或Hensday），Mersday，Highday。

本人同样将这些名称译作我们自己的名称，自然以星期日和星期一作为起始，而夏尔的星期里也有这两天，名称与我们的一样；本人又按顺序重新命名了其他名称。必须注意之处在于，这些名称的关联意义在夏尔天差地别。作为最后一天的星期五（Highday）是一星期里最主要的一天，也是假日（午后）与办晚宴的日子。如此一来，星期六所对应的更接近于我们的星期一，而星期四更接近我们的星期六[2]。

另外，若干并未在精确纪年中使用、与时间有所关联的名称，此处姑且一提。季节通常被称为 tuilë（春），lairë（夏），yávië（秋，或收获季），hrívë（冬）；但这些季节并没有确切定义，而 quellë（或lasselanta）也被用来形容秋去冬来的时段。

埃尔达尤为关注“微光”期（北方地区），主要指星辰渐隐与初放的两个时段。他们给这两个时段取了许多名字，最常用的是 tindómë 和undómë，前者多指接近拂晓之时，后者则指黄昏。“微光”的辛达语词是 uial，也可定义为 minuial 和 aduial。在夏尔，这两个时段常被称为“晨暗”（morrowdim）和“暮暗”（evendim）。参见“暮暗湖”一词，

1《塔克领年鉴》记载了图克家族的出生、婚配、死亡等信息，以及土地交易、诸多夏尔事件相关的其他事宜。

2 因此，本人于比尔博的歌谣（见《护戒使者》第一卷第九章）中使用了星期六、日，而非星期四、五。

它是能微奥湖的译名。

对魔戒大战的叙述而言，唯一重要的便是夏尔的纪年与日期。红皮书中所有的星期、月份和日期都转换成了夏尔历法，或是以注释做了换算。因此，《魔戒》全书中的月份和时日均指夏尔历。在 3018 年末至 3019 年初（即夏尔纪年 1418 年和 1419 年），也就是故事的关键时段里，夏尔历与我们的日历之间出现了少数关键性的区别，分别为：1418 年 10 月只有 30 天，而 1 月 1 日是 1419 年的第二天，且 2 月有 30 天。因此，若两种历法的年份始于同一季节节点，那么巴拉督尔崩塌的这个 3 月 25 日，对应的就是我们的 3 月 27 日。然而，无论国王纪年或是宰相纪年，这一天都记的是 3 月 25 日。

第三纪元 3019 年起，重建的王国开始使用新纪年。新纪元调整作埃尔达的 loa 一般，以春季为起始，[1] 代表回归国王纪年。

为纪念索伦的败亡和持戒者的功绩，新纪年的每一年以传统的 3 月 25 日起始。月份沿用从前的名称，如今自 Víressë（四月）开始，但所指时段大体比过去提早五日。各月份均为 30 天。Yavannië（九月）和 Narquelië（十月）之间有三个 enderi 或“中间日”（其中第二天称为 Loëndë），对应传统的 9 月 23 日、24 日、25 日。不过，为了纪念佛罗多，Yavannië 30 日，也就是曾经的 9 月 22 日、他的生日，被定为称作 Cormarë 或“魔戒日”的节日，闰年时则再增加一天这节日予以补足。

人们认为，埃尔隆德大人西渡代表第四纪元开始，也就是 3021 年 9 月。不过，按照新纪年，第四纪元的元年始于传统的 3021 年 3 月 25 日，旨在对王国的记载进行统一。

埃莱萨王统治期间，各领地渐渐采用了新纪年，但保留旧历且沿用

---

1 不过，新纪年中的 yestarë 其实比伊姆拉缀斯历中的来得更早，它在后者中大致对应夏尔的 4 月 6 日。

夏尔纪年的夏尔除外。因此，第四纪元元年被称为 1422 年。至于霍比特人对纪元的变更所产生的考量，至多体现在他们坚持新纪元始于 1422 年的“尤尔二日”，而非头一年的 3 月。

并无记载阐明夏尔居民是否会纪念 3 月 25 日或 9 月 22 日。不过，在西区，尤其是霍比屯小丘周围乡野，一种习俗逐渐形成：4 月 6 日这天若是天气允许，人们会办上一个节日，还要在集会场跳舞。有人说这一天是老园丁山姆的生日，有说那是 1420 年金树首次开花的日子，也有说那天是精灵新年的。每年 11 月 2 日的日落时分，雄鹿地都会吹响马克的号角，随后生起篝火，举办宴会。[1]

1 这是 3019 年号角首次在夏尔吹响的周年纪念。

·附录五·

文字与拼写

第一篇
单词与名字的发音

西部语，或者说通用语，已全部译作我们所使用的语言。所有霍比特人的名称和专有词汇理应照英文方式发音：比如 Bolger 的 g 音与 bulge 中的相同，mathom 跟 fathom 同韵。

在转录古文字时，本人已尽量原样表达相关的原始发音（只要能确定如何发音），同时也造了以现代字母拼写亦不显蹩脚的一些词汇和名称。在发音能接受的范围内，本人亦尽量将高等精灵使用的昆雅语拼写为拉丁语形式。有鉴于此，这两种埃尔达语里的 k 都尽量以 c 代替。有志研究此类细节者，或许会观察到以下几点。

辅 音

C 始终发 k 音，即便后接 e 和 i 也不例外。如：celeb（银）应读作 keleb。

CH 仅表示 bach（德语或威尔士语）的 ch 音，不发英语 church 一词的 ch 音。亦有例外，比如刚铎语：若位于词尾以及 t 之前，此发音会弱化为 h，部分名称中可见到这一变化，如 Rohan 和 Rohirrim。（Imrahil 是努门诺尔语名字。）

DH 发浊音（轻声）th，如英语 these clothes 的 th。它通常与 d 音关联，如辛达语的 galadh（树）对应昆雅语中的 alda；但有时又脱胎于 n+r，例如 Caradhras（“红角”）来自 caran-rass。

F 发 f 音。除非位于词尾，此时用来表示英语 of 的 v 音，如 Nindalf，Fladrif。

G 只发英语 give 和 get 的 g 音，如 Gildor，Gilraen，Osgiliath，其中 gil（星）以近似英语单词 gild 的发音起始。

H 单独使用且不与其他辅音组合时，发英语 house 和 behold 中的 h 音。昆雅语的 ht 组合发音近德语 echt 和 acht 的 cht，如 Telumehtar（猎户座[1]）这个名称。另见 CH，DH，L，R，TH，W，Y。

I 仅辛达语中，居词首且位于另一个元音前时，I 发音同英语 you 和 yore 中的辅音 y，如 Ioreth，Iarwain。见 Y。

K 用于除精灵语外其他语言舶来的名称，发音与 c 相同。因此，kh 发音与 ch 相同，如奥克语的 Grishnákh 和阿督耐克语（努门诺尔语）的 Adûnakhôr。关于矮人语（库兹都语），见本篇

1 辛达语中常称为“美尼尔瓦戈”，见《护戒使者》第一卷第三章。

“注释”。

L　近英语词首的 l 音，如 let。不过，当它位于 e、i 和一个辅音之间，或作词尾跟在 e 和 i 之后时，会出现一定程度的“腭化”。（埃尔达很可能会把英语 bell 和 fill 转为 beol 和 fiol。）LH 表示清音的 l（一般源自词首的 sl-）。这种组合在（古体）昆雅语中记作 hl，但在第三纪元通常都拼为 l。

NG　发英语 finger 的 ng 音，但居词尾时会发英语 sing 的 ng 音。第二种情况也见于昆雅语的词首，但已根据第三纪元的发音转录为 n（如 Noldo）。

PH　发音同 f，用于下列情况：（1）f 音位于词尾，如 alph（天鹅）；（2）f 音关联或源自 p 音，如 i-Pheriannath（“半身人”，单数为 perian）；（3）位于少数词中间，代表长音 ff（源自 pp），如 Ephel（“外围屏障”）；（4）阿督耐克语，如 Ar-Pharazôn（pharaz 意为“金”）。

QU　用于表示 cw，是在昆雅语中颇为常见的组合，但辛达语并不使用。

R　位于词中任何位置都发颤音 r。即便位于辅音之前，该音也不会省略（不同于英语 part 之类的词）。奥克以及一些矮人据说都发喉音或腭音的 r，但埃尔达反感这个发音。RH 表示清音的 r（通常源自古语的词首 sr-）。昆雅语中写作 hr。参见 L。

S　均为清音，同英语的 so 和 geese 中 s 的发音。彼时的昆雅语和辛达语不含 z 音。SH 出现于西部语、矮人语和奥克语中，发音类似英语的 sh。

TH　发清音 th，同英语 thin cloth 中的 th 音。昆雅语口语中，它已经变为 s，但仍写作另一个字母，如昆雅语的 Isil 和辛达语的 Ithil，“月亮”。

TY　　发音大抵类似英语 tune 中的 t 音。它主要源自 c 或 t+y。西部语中常见英语的 ch 发音，使用者多以它来取代 TY 音。见 Y 条下的 HY。

V　　发英语的 v 音，但不用于词尾。见 F。

W　　发英语的 w 音。HW 发清音 w，如英语单词 white（北方发音）。昆雅语中，它作为词首音的情况并不少见，但本书中似乎没有相关例子。v 和 w 在转录昆雅语时均有使用，尽管拼写仿照拉丁语，但这两个起源相异的音在昆雅语中均有出现。

Y　　昆雅语中用作辅音 y，同英语 you 中的 y 音。辛达语中 y 为元音（见下文）。HY 与 y 的关系类似 HW 之于 w，而发音类似英语 hew 和 huge 中的 h 音，昆雅语 eht 和 iht 的 h 也发这个音。西部语中常见英语的 sh 音，讲西部语的人也常以 sh 音取代 HY 音。见前文 TY 条。HY 一般源自 sy- 和 khy-，相关的辛达语词在这两种情况下的词首均为 h。如“南方”一词，昆雅语为 Hyarmen，辛达语为 Harad。

另：如 tt，ll，ss，nn 等双写辅音，都发长辅音或“双”辅音。出现在非单音节词的词尾时，它们一般会缩写，如 Rohan 来自 Rochann（古体为 Rochand）。

辛达语的 ng，nd，mb 组合在早期各种埃尔达语中尤为常见，后来经历了各种变化。Mb 均变为 m，但考虑重音时仍算作长辅音（见下文），因此，当重音位置不确定时[1]，就写作 mm。除位于词首及词尾时变为简单的鼻音（如英语 sing）外，ng 没有其他改变。nd 一般变为 nn，如 Ennor（“中洲”），昆雅语为 Endóre；位于完整的重读单音节末尾则

1 如 galandhremmin ennorath（见《护戒使者》第二卷第一章），“中洲林木交织之地”。Remmirath（见《护戒使者》第一卷第三章）包含 rem（“网状”，昆雅语为 rembe）和 mîr（“珠宝”）。

保持不变，如 thond（“根源”，见 Morthond“黑源河”），r 之前也是如此，如 Andros（“长沫”）。这种 nd 亦见于源自更古老时期的一些古名，如 Nargothrond，Gondolin，Beleriand。到了第三纪元，长词末尾的 nd 已从 nn 变成 n，如 Ithilien、Rohan 和 Anórien。

元　音

元音使用的字母有 i, e, a, o, u，以及 y（仅辛达语）。可以确定的是，这些字母（y 除外）代表的都是常规读音，但显然还有许多方言变体未被发现[1]。即，不考虑音量的话，这些字母的发音大致就是英语 machine，were，father，for，brute 中 i，e，a，o，u 的读音。

在相对较近的时代里，辛达语的短元音衍生出了长音 e，a，o（古老的 é，á，ó 都发生了改变），故而二者具备同样的音质。若能像埃尔达那样正确读出，那么昆雅语的长音 é 和 ó 听着会比对应的短元音更为紧绷和“闭合”。

当代语言只有辛达语包括“调整的”或前移的 u，大致等于法语 lune 的 u。它部分算作 o 和 u 的变体，部分源自更古老的双元音 eu 和 iu。y 被用来表示这个音（同古英语），如 lŷg（“蛇”，昆雅语为 leuca），以及单数形式为 amon 的 emyn（“山丘”）。这个 y 在刚铎一般读得像 i。

1 西部语和讲西部语的人转译的昆雅语名称当中，将长音 é 和 ó 发作 ei 与 ou（约为英语 say 和 no 中的元音读法），表现为 ei 和 ou 这样的写法（或它们相较彼时文字的等价写法），是一种颇为广泛的做法。但人们认为这种发音方式有误或老土。它们在夏尔自然用得十分普遍。因此，yéni únótime（数不胜数的漫长年月）这样的词，若按英语习惯，大概会读作 yainy oonoatimy。这种读法跟比尔博、梅里阿道克和佩里格林的差不多，自然也是错的。据说，佛罗多“说外地语音无比老练”。

长元音常以“锐音符”标记，正如费艾诺书写体的一些变体。辛达语中，单音节重读的情况下，长元音的音节会专门延长，故而以“扬抑符”标记[1]。dûn 中便是如此，可对照 Dúnadan。诸如阿督耐克语和矮人语这样的其他语言，音调符号并无特殊意义，仅用于将词汇标识为外来语（如同使用字母 k 一样）。

词尾的 e 不会如英语一样始终不发音，或是只作为长度标记。为了标记这种词尾的 e，经常（但不总是）把它写成 ë。

er，ir，ur 这几个组合（位于词尾或辅音之前时）不能读成类似英语的 fern，fir，fur，宜读作类似英语的 air，eer，oor。

昆雅语中的 ui，oi，ai 和 iu，eu，au 都是双元音（即发成一个音节）。其他所有两个元音的组合都是双音节。这些组合常写作 ëa（Eä），ëo，oë。

辛达语的双元音写作 ae，ai，ei，oe，ui，au。其他组合都不是双元音。词尾的 au 按英语习惯写成 aw，但费艾诺拼写中，这种写法其实也不算罕见。

所有这些双元音[2]都是“降式”双元音，它们由简单的元音顺读而成，重音放在第一个音素上。因此，ai，ei，oi，ui 应分别读作英语 rye（不是 ray），grey，boy，ruin 中的元音，而 au（aw）读作英语 loud，how 中的元音，而非 laud，haw 中的元音。

英语没有对应 ae，oe，eu 的贴切读音。ae 和 oe 或可读作 ai 和 oi。

重　音

1 同样见 Annûn（“日落”）与 Amrûn（“日出”），两者受关联的 dûn（“西方”）和 rhûn（“东方”）影响。

2 起初情况如此。不过，昆雅语的 iu 到了第三纪元通常读作升式双元音，类似英语 yule 中的 yu。

“重读”或重音的位置并未标记，盖因各埃尔达语言中，它们的位置由词的形式决定。双音节词中的重音基本都落在第一个音节上。长一些的词中，若倒数第二个音节包含一个长元音、一个双元音，或单个元音后接两个（乃至更多）辅音的，则重音落在该音节上。若倒数第二个音节包含一个短元音（较为常见），且后接一个辅音（或不接），则重音落在该音节之前的音节，即倒数第三个音节。埃尔达各语言，尤其昆雅语，最后一种形式的词较为常见。

在下面的几个例子中，重读的元音以大写字母标记：isIldur，Orome，erEssëa，fËanor，ancAlima，elentÁri，dEnethor，periAnnath，ecthElion，pelArgir，silIvren。除非是复合词，否则像 elentÁri（“星辰之后”）这样重读元音为 é，á，ó 的词很少在昆雅语中出现。元音为 í，ú 的词更为普遍，如 andÚne（“日落，西方”）。它们不会以复合词以外的形式出现在辛达语中。注意：辛达语中的 dh，th 和 ch 都是单辅音，在原来的文字中都以单个字母表示。

注　释

取自埃尔达语以外语言的各类名称，若前文没有特别交代，那它们的字母就应当与埃尔达语中的音值相同，但矮人语除外。矮人语不含前文中以 th 和 ch（kh）表示的音，这种语言中的 th 和 kh 都是送气音，即 t 或 k 后接 h，近似 backhand 和 outhouse 的发音。

z 出现时，应发成英语 z 的音。黑语和奥克语的 gh 发“后摩擦音”（它与 g 的关系类似 dh 与 d）：如 ghâsh 和 agh。

矮人“对外”的名字或人类语名字都写作北方语的形式，但字母的音值与前文所述内容一致。洛汗的人名和地名（未转译作现代词形式的）也同样处理，但 éa 和 éo 都是双元音，可以用英语 bear 中的 ea 和 Theobald 中的 eo 表示，其中的 y 是转音后的 u。转译作现代形式的这些词很容易分辨，宜参照英语来发音。它们绝大多数都是地名，如 Dunharrow（原词为 Dúnharg），但 Shadowfax 和 Wormtongue 例外。

第二篇
文　字

第三纪元使用的各类字体和字母根源上都来自埃尔达语，在当时都算得上十分古老。它们已经发展到拥有完整字母表的阶段，但也应用着更为古老的模式，完整字母仅用于表示辅音的模式。

字母表主要有两种起源互相独立的类型：一种是“滕格瓦”或“提乌”，此处译作“字母”；另一种称为“凯尔塔”或“奇尔斯”，译作“如尼文”。滕格瓦是为软刷和硬笔而设计的，它的方块铭文源自对应的书写体。凯尔塔是为划刻铭文而创，大多只用于相关场合。

滕格瓦更为古老。这是因为，它们是由埃尔达中对这方面最为擅长的诺多精灵，于流亡之前很久的时候所开发而成。儒米尔的滕格瓦是最古老的埃尔达字母，中洲不曾有过使用。再之后的字母，即费艾诺的滕格瓦，尽管借鉴了部分儒米尔的字母，但大体属于新创。流亡的诺多精灵为中洲带来这套字，后被伊甸人和努门诺尔人学去。这套字在第三纪元得到广泛应用，基本流通在知道通用语的各地区。

辛达精灵在贝烈瑞安德首创了奇尔斯，但长期只用于在木头岩石上镌刻名称和简短的铭文。这种起源让它们的形状有棱有角，与我们时代的如尼文十分相似。但两者的细节各有不同，排列也大相径庭。第二纪元时，形式更古老、更简单的那版奇尔斯文字传向东边，让包括人类、矮人乃至奥克在内的许多种族都有所了解。他们以良莠不齐的手艺对文字做了改动，以适应各自种族的用途。河谷城的人类仍然使用着其中的一种简化形式，而洛希尔人则使用着相似的另一种。

不过，第一纪元结束之前，因部分受到诺多精灵的滕格瓦影响，贝烈瑞安德所用的奇尔斯出现字母重新排列的情况，也产生了进一步的发展。其中最丰富、最为有序的形式被称为“戴隆字母表”，因为精灵传说中称，它们是由多瑞亚斯之王辛葛的吟游诗人兼学识大师戴隆设计创造而成。戴隆字母表不曾在埃尔达当中发展出真正的手写体，因为精灵书写用的是费艾诺字母。事实上，绝大部分西方精灵都摒弃了如尼文。不过，埃瑞吉安境内仍延续着戴隆字母表的使用，还将它传播去了墨瑞亚，倒成了矮人最为喜爱的字母表。矮人从此一直使用它，还给传播去了北方。正因此，它在后来的时代常被称为“安盖尔沙斯·墨瑞亚”，即“墨瑞亚的如尼文长表”。语言交流方面，矮人用的是当时流行的口语，也同样会使用当时流行的字体，费艾诺字母写得很好的矮人不在少数；但他们坚持用奇尔斯记录自己的语言，并从中发展出了硬笔书写的形式。

第一节　费艾诺字母

下表以正规书写体展示了第三纪元在西部地区通用的全部字母。表格按当时最常见，也是人们背诵时最常用的顺序进行排列。

究其根源，这种字体不能算是“字母表”——字母表指一系列无序的，各自拥有独立音值的字母，背诵的顺序源自惯例，与字母的字形和功能并无关联[1]。这种字体其实是种辅音符号体系，各符号间拥有相似的形状和风格，埃尔达可按意愿或方便程度选用，以表示他们观察到的（或创造的）语言中的辅音。这些字母本身没有固定音值，但它们彼此间表现着一些渐变的联系。

1 埃尔达能从我们的字母表中辨识出关联性的，很可能只有 P 和 B；但这两个字母相互隔开，与 F，V 也各自隔开，很可能会让他们认为荒谬无比。

滕格瓦

	I	II	III	IV
1	1	2	3	4
2	5	6	7	8
3	9	10	11	12
4	13	14	15	16
5	17	18	19	20
6	21	22	23	24
	25	26	27	28
	29	30	31	32
	33	34	35	36

该体系包含24个基本字母，即1—24号，排列成四个témar（系列），各系列含六个tyeller（级别）。另有“附加字母”，如25—36号。各附加字母当中，只有27号和29号是严格独立的字母，此外均为剩余字母之变体。另外还有若干不同用途的tehtar（标号），但表中未列出。[1]

1 它们有许多出现在本书书名页上的例子中，以及《护戒使者》第一卷第二章的戒指铭文里（第二卷第二章中有誊写出来）。它们主要用于表达元音，昆雅语中一般视作伴随辅音的变体，或用于更简练地表达部分出现极为频繁的辅音组合。

各基本字母都由一个 telco（竖）和一个 lúva（弯）组成。1—4 号的形式被认为是常规形式。竖可以上延，如 9—16 号；抑或缩短，如 17—24 号。弯可以张口，如系列Ⅰ与系列Ⅲ；也可以封口，如系列Ⅱ与系列Ⅳ；这两种情况亦可予以加倍，如 5—8 号。

理论上的用法自由已于第三纪元按习俗做了调整，于是：系列Ⅰ通常用于齿音，或 t 系列（tincotéma）；系列Ⅱ用于唇音，或 p 系列（parmatéma）。系列Ⅲ和系列Ⅳ的用法则视不同语言的要求而有所不同。

诸如西部语之类的语言大量运用我们的 ch，j 和 sh 等辅音[1]，而系列Ⅲ便常用于表示这些音。这种情况下，系列Ⅳ会用于表示正常的 k 系列（calmatéma）。昆雅语除了 k 系列（calmatéma），还同时拥有腭音系列（tyelpetéma）与唇音化系列（quessetéma）；腭音以费艾诺变音符表示，意为“续 y”（通常加两个下点），而系列Ⅳ就成了 kw 系列。

这类普遍用法中，常常能观察到如下关系：正常字母，即等级 1，用于 t，p，k 之类的“双唇清塞音”。弯加倍表示添加“浊音”：若 1—4 号分别对应 t，p，ch，k（或 t，p，k，kw），则 5—8 号分别对应 d，b，j，g（或 d，b，g，gw）。上延的竖表示辅音开放为“摩擦音”：假定等级 1 代表上述音值，则等级 3（9—12 号）对应 th，f，sh，ch（或 th，f，kh，khw/hw），等级 4（13—16 号）对应 dh，v，zh，gh（或 dh，v，gh，ghw/w）。

原本的费艾诺体系还包含一个竖同时往上往下延长的等级。这些竖通常用来表示送气的辅音（例如 t + h，p + h，k + h），但也可能表示其他必要的辅音变音。第三纪元中，使用这种字体的各种语言不需要这些辅音和变音，但这些延长形式被大量用于等级 3 和等级 4 的变体（以便更为清晰地与等级 1 做区分）。

---

1 此处表示这些音的方法与上文使用与诠释的转录法相同，只除了 ch 代表英语 church 中的 ch 音，j 代表英语中 j 的音，zh 则代表 azure 和 occasion 中的音。

等级 5（17—20 号）常用于鼻辅音：17 和 18 两个符号最常用于表示 n 和 m。根据前文所观察到的各类原则，等级 6 本应用来表示清鼻音；由于本书相关语言中罕有此类音（如威尔士语的 nh 和古英语的 hn），等级 6（21—24 号）便更多用于表示各系列中最弱的或“半元音化”的辅音。它包含基本字母中最小也最简单的形状。因此，21 号多用来表示弱读（非颤音）的 r，这个音起源于昆雅语，被视为昆雅语体系的 tincotéma（t 系列）里最弱的辅音；22 号大量用于表示 w；系列Ⅲ用作腭音系列时，23 号常用于表示辅音 y。[1]

在埃尔达各语言中，由于等级 4 的部分辅音倾向于发成较弱的音，且与等级 6 的那些音（如前文所述）接近或融合，等级 6 中的许多字母便不再具备明确功能。正是这些字母衍生出了大部分表示元音的字母。

注　释

昆雅语的标准拼写与上述字母的用法有一定分歧。等级 2 用来表示出现频率较高的 nd，mb，ng，ngw，因为 b，g，gw 只会在这些组合里出现，而 rd 和 ld 则以特殊字母 26 号和 28 号来表示。（原因在于，以精灵为代表的众多使用者，会用 lb 来代表 lv，而非 lw：这一组合写作 27 号 + 6 号，因为不能出现 lmb。）与之类似，因为昆雅语不包含 dh，gh，ghw，等级 4 便用来表示广泛出现的 nt，mp，nk，nqu 组合，并以 22 号字母表示 v。参见后文的昆雅语字母名称。

附加字母。27 号一律表示 l。25 号（源自 21 号的变体）用来表示“完全颤音”的 r。26、28 号是这两个字母的变体，常用于分别表示清

1 墨瑞亚西门的铭文给出了拼写辛达语所使用模式的例子，其中等级 6 表示简单鼻音，等级 5 则表示在辛达语中十分常见的双鼻音或长鼻音：17 号代表 nn，21 号代表 n。

音 r（rh）和 l（lh）。不过，昆雅语用它们来表示 rd 和 ld。29 号代表 s，31 号（双弯）在需要 z 音的各类语言里代表 z。尽管可以用作单独的符号，但属于倒置形式的 30 号和 32 号，多数时候以方便书写为目的，单纯用作 29 号和 31 号的变体，比如常与上标的 tehta 搭配使用。

33 号起初用于表达（弱化的）11 号变音，但到了第三纪元，它最常见的用法是表示 h。34 号大多数时候（若有）用来表示清音 w（hw）。表示辅音时，35 号和 36 号基本用于分别表达 y 和 w。

元音在许多模式里会以 tehtar 表示，通常标于辅音字母上方。诸如昆雅语这样大部分词以元音结尾的各类语言中，tehta 标于前一辅音之上；若是辛达语之类的多数词以辅音结尾的语言，tehta 则标在后续辅音之上。倘若对应位置没有辅音，那么 tehta 便标于形状常如不加点的 i 的“短竖”上。不同语言里用于实际标记元音的各类 tehtar 数量极多。最常见的已在前面的例子中展示，一般用来表示 e，i，a，o，u（及各种变体）。a 最常见的写法是三个点，在速写体中也有诸多形式，有些像常被使用的音调符号。[1] 单独的一点及“锐音符”大量用于表示 i 和 e（但在一些模式里用来表示 e 和 i）。弯则用于表示 o 和 u。在魔戒铭文中，右开口的弯表示 u，但书名页上的该符号表示 o，左开口的弯则表示 u。右开口更常见，用法视对应语言而定：o 在黑语中极少见到。

通常在形状多为不加点的 j 的“长竖”上标记 tehta 来表示长元音。使用双倍的 tehta 也是同样的效果。不过，一般只有弯常这样写，有时还会加上“重音”。两个点更多作为表示“续 y”的符号。

墨瑞亚西门的铭文展示了以独立字母表达元音的一种“完整写法”

1 a 在昆雅语中十分常见，元音符号常被彻底省略。因此，calma（灯）可写作 clm。它会很自然地读作 calma，因为昆雅语里 cl 不可能是词首组合，也从不用 m 作词尾。也可以读作 calama，但这个词并不存在。

模式。辛达语使用的全部元音字母都在其中。我们能看到 30 号作为符号表示元音 y 的情况；同样，表达双元音则是将表示“续 y”的 tehta 标在元音字母上方。这种模式中，“续 w”的符号（须用来表达 au 和 aw）是表示 u 的弯，或是它的变体 ~。不过，双元音常会如转录那样完整写出。元音的长度在这种模式里一般用“锐音符”表示，这种情况称为 andaith（“长音符号”）。

除了已提到的各类 tehtar，其他还有一些主要用来简化书写的符号，尤其是表达常见辅音组合时，不用完整写出。这其中，“杠”（或类似西班牙语的波浪号）标于辅音字母头顶，多表示前一字母为同一系列的鼻音（如 nt，mp 或 nk）。类似符号若标于下方，则主要表示辅音是长辅音或双辅音。弯附带下钩（如 hobbits，即书名页最后一个词）用于表示“续 s”，尤其用于 ts，ps，ks（x）等昆雅语常用组合。

当然，没有哪种“模式”是用来表示英语的。我们可以用费艾诺体系设计一套语音学上可行的模式。不过，书名页上的简短例子并非在尝试展示这种模式。它更像这么一个例子：刚铎人在其所熟悉的字母音值“模式”和英语传统拼写之间踌躇未决，最后可能就会写出如此句子。需要提到的是，字母下方的点（用途之一在于表示含混的弱元音）这里被用来表示非重读的英语 and，也同样用于 here，表示结尾不发音的 e；the，of 和 of the 以缩写表示（延长的 dh，延长的 v，以及延长的 v 下加一划）。

字母的名称。无论哪个模式中，各字母和符号都具备名称；但创造这些名称是为了适应或描述各类特定模式中的语音用法。然而，尤其是描述字母在其他模式中的用法时，人们总想给作为字形时的各字母自身也取上一个名称。有鉴于此，采用昆雅语“全名”的方式被普遍使用，尽管它们所指的用法原本仅限昆雅语。各“全名”都是实际存在的昆雅语词汇，含待描述的字母。若有可能，该字母便是词的第一个音；若需要表达的读音或组合没有出现在词首，就要紧接在词首的元音之后。表中字母的名称为：(1) tinco（金属），parma（书），calma（灯），quesse（羽毛）；(2) ando（大门），umbar（命运），anga（铁），ungwe（蛛网）；(3) thúle（或 súle，灵魂），formen（北），harma（财宝）或 aha（怒火），hwesta（微风）；(4) anto（嘴），ampa（钩），anca（腭），unque（洼地）；(5) númen（西），malta（金），noldo（旧时为 ngoldo，指诺多族的个体成员），nwalme（旧时为 ngwalme，折磨）；(6) óre（心，"内心"），vala（类似天使的大能者），anna（赠礼），vilya（空气，天空，旧形式为 wilya）；rómen（东方），arda（领域），lambe（舌头），alda（树）；silme（星光），silme nuquerna（颠倒的 s），áre（阳光）或 esse（名字），áre nuquerna；hyarmen（南），hwesta sindarinwa，yanta（桥），úre（热）。部分字母名称有多种变体，因为它们的命名早于某些特定改变，而这些改变影响了流亡者所说的昆雅语。因此，表示任何位置的摩擦音 ch 时，11 号都被称为 harma，但当这个音在词首变为送气的 h 时（但词中保持不变），则创造出 aha 这个名称[1]。áre 起初是 áze，一旦这个 z 与 21 号合并，这一符号在昆雅语里便会表示频繁出现的 ss，同时被给予 esse 的名称。Hwesta sindarinwa，即"灰精灵语的 hw"，得名缘由在于，12 号在昆雅语里表示 hw 的音，且无须不同符号来表示 chw 和 hw。字母名称中最为著名、被广泛使用的有表示 n 的 17 号、表示 hy 的 33 号、表示 r 的 25 号、表示 f 的 10 号，名称分别为：númen（西），hyarmen（南），rómen（东），formen（北）。（见辛达语的 dûn 或 annûn，harad，rhûn 或 amrûn，forod。）这些字母常用于表示西南东北四个方向，即便在对应名称大相径庭的语言里也是如此。它们在西部地区以同样顺序命

1 昆雅语中，送气的 h 起初以简单的提升竖表示，不含弯。它称为 halla，"高大"。它可以标在一个辅音之前，表示该辅音是送气的清音；清音 r 和 l 通常会这样表达，记作 hr 和 hl。后来，33 号用来表示单独的 h，而 hy 的音（古音）则添加代表"续 y"的 tehta，以作表示。

名，以面对西方为起始；hyarmen 和 formen 其实指的是相对该起始的左手边和右手边（与许多人类语言中的顺序相反）。

第二节　奇尔斯

起初设计“凯尔沙斯·戴隆”，只是用来表示辛达语的发音。最古老的奇尔斯包括 1 号、2 号、5 号、6 号、8 号、9 号、12 号、18 号、19 号、22 号、29 号、31 号、35 号、36 号、39 号、42 号、46 号、50 号；另有一个时而为 13 号，时而写作 15 号的奇尔斯。音值的分配并不具备体系。39 号、42 号、46 号和 50 号都是元音，之后各类发展中也一直维持着原状。13 号和 15 号用于表示 h 或 s，35 号则相应用于表示 s 或 h。这种对 s 和 h 赋予音值并无定数的趋势也延续到了之后的安排。那些包含一竖和一“枝”的符号，即 1—31 号，附加的枝若仅位于一侧，那么通常在右侧。反过来的情况倒也不算罕见，但不具备语音上的重要性。

这种对凯尔沙斯的拓展和细化，取古体形式称为“安盖尔沙斯·戴隆”，因为戴隆是公认的增补与重组了古老的奇尔斯之人。但是，最主要的增补，即引入 13—17 号、23—28 号这两个新的系列，其实极有可能出自埃瑞吉安的诺多的手笔，因为这两个系列用来表示的音，在辛达语中并不存在。

安盖尔沙斯的重新编排可观察到以下原则（费艾诺体系显然给了启发）:（1）为一个“枝”添加一撇，以添加“浊音”;（2）反写奇尔斯表示发出“摩擦音”;（3）将“枝”放在竖的两侧，乃同时添加浊音和鼻音。这些原则得以规范实施，但有一点除外。（古体）辛达语需要一个符号来表示摩擦音 m（或鼻音 v），鉴于最好能以反写表示 m 的符号来实现，于是可以反写的 6 号便被赋予 m 的音，而 5 号则被赋予 hw 的音值。

理论音值为 z 的 36 号用于拼写辛达语或昆雅语中的 ss，见费艾诺字母的 31 号。39 号用于表示 i 或 y（辅音）；34、35 号表示 s，使用时无区别；38 号用于表示常见序列 nd，但其形状并未明确关联齿音。

在音值表中，“—”标记左侧的字母是古体安盖尔沙斯的音值，右侧则是矮人的安盖尔沙斯·墨瑞亚的音值[1]。如图所示，墨瑞亚的矮人引入几处不成系统的音值变化，以及特定的一些新奇尔斯：37 号、40 号、41 号、53 号、55 号、56 号。音值错位的主要原因有二：（1）34 号、35 号和 54 号表示的音值分别被改成了 h，’（库兹都语以元音开头的词，其词首发出的清音或腭音），s；（2）矮人弃用 14 号和 16 号，以 29 号和 30 号代替。因此，12 号便被用来表示 r，又发明 53 号来表示 n（它与 22 号产生混淆）。我们同样能观察到，17 号被用于表示 z，以便 54 号能表示 s，由此 36 号便表示 ŋ，而新的 37 号奇尔斯表示 ng。新的 55 号和 56 号起初是 46 号的半音形式，用来表示类似英语 butter 的元音读音，这类读音在矮人语和西部语中十分常见。在弱读或轻读时，它们常常缩略为一撇，不含竖。这种安盖尔沙斯·墨瑞亚在墓碑铭文上有所展示。

埃瑞博山的矮人使用着经进一步调整的这种体系，称为埃瑞博模式，马扎布尔之书便是例子。它的主要特点在于：用 43 号代表 z；用 17 号代表 ks（x）；发明 57 号和 58 号这两个新的奇尔斯字母，以表示 ps 和 ts。他们又再度引入 14 号和 16 号来表示 j 音和 zh 音，而 29 号和 30 号则改为表示 g 和 gh，或仅作为 19 号和 21 号的变体。下表不含这些特色用法，只收入 57 号和 58 号这两个特殊的埃瑞博奇尔斯。

1 下表里括号中的音为仅见于精灵使用的音值，星号则标出仅为矮人所用的奇尔斯。

安盖尔沙斯

1		16		31		46	
2		17		32		47	
3		18		33		48	
4		19		34		49	
5		20		35		50	
6		21		36		51	
7		22		37		52	
8		23		38		53	
9		24		39		54	
10		25		40		55	
11		26		41		56	
12		27		42		57	
13		28		43		58	
14		29		44			
15		30		45		&	

安盖尔沙斯

音值

1	p	16	zh	31	l	46	e
2	b	17	nj—z	32	łh	47	ē
3	f	18	k	33	ng—nd	48	a
4	v	19	g	34	s—h	49	ā
5	hw	20	kh	35	s—’	50	o
6	m	21	gh	36	z—ŋ	51	ō
7	(mh) mb	22	ŋ—n	37	ng*	52	ö
8	t	23	kw	38	nd—nj	53	n*
9	d	24	gw	39	i (y)	54	h—s
10	th	25	khw	40	y*	55	*
11	dh	26	ghw,w	41	hy*	56	*
12	n—r	27	ngw	42	u	57	ps*
13	ch	28	nw	43	ū	58	ts*
14	j	29	r—j	44	w		+h
15	sh	30	rh—zh	45	ü		&

第一篇
第三纪元各语言与种族

本历史中，以我们的语言来代表的是“西部语”，也就是第三纪元中洲西境用的“通用语”。几乎所有居住在古老的王国阿尔诺和刚铎的、能使用语言交流的种族（除了精灵），都在这个纪元里逐渐将西部语当成母语，使用范围包括从乌姆巴尔向北直到佛洛赫尔湾的整片沿海地区，甚至远到迷雾山脉和埃斐尔度阿斯山脉的内陆地区。它还沿安都因大河向北传播，一路覆盖了大河以西、迷雾山脉以东的地方，最远至金鸢尾泽地。

第三纪元末的“魔戒大战”时期，这些地方依旧将西部语作为母语，尽管那时的埃利阿多已大面积荒废，而金鸢尾泽地和涝洛斯大瀑布之间的安都因河岸也基本上不见人类的踪影。

一些古时候的野人依旧隐居在阿诺瑞恩的德鲁阿丹森林，黑蛮地的山岭中也还徘徊着一支古老民族的残余，他们过去曾浪迹刚铎大部分地区。这些人仍坚守着本族的语言。洛汗平原上如今居住着一支北方民族，也就是约五百年前抵达的洛希尔人。不过，在包括阿尔诺和刚铎，以及东至黑森林外缘的整片安都因河谷地区，这些依旧保留本族语言的民族，全都把西部语当作沟通的第二语言，即便精灵也不例外。就连对其他民族唯恐避之不及的野人和黑蛮地人，也有一些能讲点磕磕巴巴的西部语。

精　灵

精灵早在上古时代便分裂成了主要的两系：西方精灵（埃尔达）与东方精灵。黑森林和罗瑞恩的大多数精灵子民都属于后者，但本历史中出现的一切精灵语名称和词汇都是埃尔达语的形式[1]，并未涉及东方精灵的语言。

本书中涉及两种埃尔达语：高等精灵语（昆雅语）和灰精灵语（辛达语）。高等精灵语是大海彼岸的埃尔达玛所使用的上古语言，也是第一种以文字记录下来的语言。它已不算某种母语，而是类似媒介一样的“精灵拉丁语”。第一纪元末，流亡返回中洲的高等精灵仍在典礼以及记载重大题材的学识歌谣中使用这种语言。

灰精灵语与昆雅语同源，它是那些来到中洲的海边，却没有选择渡

---

1 这段时期的罗瑞恩境内讲辛达语，但带着种“口音”，因该地大多数人民出身西尔凡一族。这种“口音”，再加上自身对辛达语的理解有限，让佛罗多受了误导（正如《长官之书》里一位刚铎的评论者指出的）。《护戒使者》第二卷第六、七、八章里引用的所有精灵语词汇，包括大多数地名和人名，其实都是辛达语。不过，“罗瑞恩”“卡拉斯加拉松”“阿姆洛斯”“宁洛德尔”几个词极有可能源于西尔凡语，后改成了辛达语。

过大海，而是留在贝烈瑞安德沿海地带的埃尔达的语言。多瑞亚斯的灰袍辛葛是这些埃尔达的国王，漫长的微光年代里，他们的语言随着凡人世界的沧海桑田而不断改变，跟大海彼岸的埃尔达的语言已是截然不同。

那些流亡者生活在人数更多的灰精灵当中，日常讲辛达语。因此，本历史中出现的所有精灵和精灵王族都说辛达语。他们全都属于埃尔达一系，但治下的子民属于次级亲族。他们当中最为高贵的是加拉德瑞尔夫人，她出身菲纳芬的王室家族，是纳国斯隆德之王芬罗德·费拉贡德的妹妹。流亡者心中渴求着大海，一刻不曾平息；灰精灵心里的这种渴望已然沉睡，但一有苏醒之时，便难以平息。

人　类

西部语是一种人类语言，受精灵语影响变得更加丰富和柔和。它最早是埃尔达称为“阿塔尼”或“伊甸人”的人类，即“人类先祖”使用的语言。这些人类专指“精灵之友”的三大家族的子民，他们于第一纪元西行至贝烈瑞安德，在对抗北方黑暗之力的“精灵宝钻大战”中向埃尔达提供了援手。

贝烈瑞安德绝大部分地区在推翻黑暗力量的大战中崩溃沉没，而精灵之友们在战后获得奖赏，可以如同埃尔达一般，渡海西行。不过，鉴于不死之地禁止他们踏足，他们便单独另得了一座大岛，是凡世一切土地中最靠西的。这座岛名为努门诺尔（西方之地）。因此，绝大多数精灵之友都离开了中洲，居住在努门诺尔。他们在那里变得强盛而有力，成为颇有名望的航海家，坐拥船只无数。他们俊美、高大，寿命是中洲人类的三倍。这些人类便是努门诺尔人，是人王，被精灵称作杜内丹人。

人类种族中，只有杜内丹人了解并会讲精灵语，因为他们的祖先曾学过辛达语，还将这种语言作为一项学识传给子孙后代，任凭时光流逝，铁打不动。其中智者还学了高等精灵的昆雅语，将它尊为一切语言之首，用它为许多耳熟能详、备受尊崇的地点，以及诸多王室成员与声名远扬之人命名[1]。

不过，努门诺尔人的母语中保留最多的部分，还是祖辈的人类语言——阿督耐克语。在后来最为骄傲的时期，除了少数依旧坚持与埃尔达维持古老友谊的人外，他们的王公贵族舍弃精灵语，拾回了这门语言。在最为强盛的年代里，努门诺尔人在中洲西部海滨维护着许多贸易站和海港，以便利自己的船只，其中最大的一处位于靠近安都因河口的佩拉基尔。那里使用的便是阿督耐克语，在混合了各类平民语言的许多词汇后，它变成了通用语，从此沿着海岸传向所有与西方之地打交道的族群。

努门诺尔沉没之后，埃兰迪尔率领幸存的精灵之友回到中洲西北部的海岸。那里已居住着许多全部或部分拥有努门诺尔血统的人，但没多少人还记得精灵语。作为寿命悠长、身怀无匹力量与智慧的王者，杜内丹人栖身普通人类当中，且统治他们，但据说他们的人数起初远不及普通人类那么多。于是，他们便说通用语与其他民族打交道及治理辽阔的领土，但他们扩充了这种语言，还用许多汲取自精灵语的词汇丰富了它。

努门诺尔诸王统治期间，这种高贵化的西部语广为流传，甚至连敌人也学了去。这种语言在杜内丹人内部也大行其道，乃至魔戒大战时

1 比如，"努门诺尔"（完整形式为"努门诺瑞"）"埃兰迪尔""伊熙尔杜""阿纳瑞安"，以及包括"埃莱萨"（精灵宝石）在内的所有刚铎王族姓名都是昆雅语。杜内丹人中其他男女的姓名大多数是辛达语形式，比如"阿拉贡""德内梭尔""吉尔蕾恩"，多为第一纪元的歌谣和历史所流传下来的精灵或人类的名字（如"贝伦""胡林"）。还有少数是多种语言混合的产物，比如"波洛米尔"。

期，仅有一小部分刚铎的居民了解精灵语，日常使用者更是寥寥无几。这些人主要居住在米那斯提力斯及其周边乡镇，以及一众多阿姆洛斯亲王统治的附属领地。不过，刚铎王国几乎所有地名和人名都有精灵语的形式和含义。有些名称的起源早已被遗忘，但无疑是努门诺尔人扬帆大海之前的时日里传下来的，譬如“乌姆巴尔”“阿尔那赫”和“埃瑞赫”，以及山脉的名称“艾莱那赫”和“里蒙”。“佛朗”这个名字也属于这一类。

西部之地的北方区域的人类，大多数都是第一纪元的伊甸人或其近亲的后代。因此，他们的语言与阿督耐克语有关联，部分与通用语的相似之处仍旧保留着。这类人包括生活在安都因上游河谷的民族：贝奥恩一族和黑森林西部的林中居民，还有再往东北的长湖和河谷城的人。“驭马者”来自金鸢尾泽地和卡尔岩之间的地带，正是被刚铎称为“洛希尔人”的民族。他们依旧讲着祖辈的语言，并用它给新的国土上几乎所有地方重新取了名字。他们自称“埃奥尔一族”或“里德马克人”。不过，这一族历代的首领经常使用通用语，遣词造句也如刚铎盟友一般文雅。毕竟，西部语源自刚铎，而那里仍保存着一种更加优美古雅的风格。

德鲁阿丹森林中的野人讲的则是完全不同的语言。黑蛮地人所用的，可能完全是另一种语言，要么就是跟通用语隔着非常遥远的关系。这些人是过去很久以前居住在白色山脉谷地各民族的残余。黑蛮祠的亡者便是这些人的亲族。不过，在黑暗年代，其余的人已迁去了迷雾山脉南部山谷，又有些人从那里去往了最远北至古冢岗的空旷地区。布理的人类便是他们的后代，但这些人很久以前就成了北方王国阿尔诺的臣民，并讲起了西部语。只有黑蛮地这里的人类还固守着旧时的语言和习俗——那是少有人知道的一个民族，他们敌视杜内丹人，痛恨洛希尔人。

本书中没有涉及这些人的语言，除了他们给洛希尔人取的“佛戈伊尔”这个名称（据说意思是“稻草脑袋”）。“黑蛮地”和“黑蛮地人”是洛希尔人给他们取的名字，因为他们肤色深暗、发色黝黑。正因此，这两个名称中包含的词素 dunn 与灰精灵语中的“西方”一词 Dûn 没有关联。

霍比特人

夏尔和布理的霍比特人彼时讲通用语已有大概一千年。他们运用这种语言的时候，随心所欲、大大咧咧，照着自己的习惯来。不过，到了必要的时候，他们当中那些更有学问的人还是能把话讲得更加正式。

没有任何记录表明霍比特人有过独属自己的语言。他们古时似乎一直用着人类的语言，这些语言要么源自他们居住地附近，要么源自左邻右舍。因此，他们在进入埃利阿多后迅速学会了通用语，等到定居布理的时候，他们已然开始忘记先前的语言。这种语言显然是安都因大河上游的一种人类语言，与洛希尔人的同出一源。不过，南方的斯图尔族在北赴夏尔之前，俨然已采用了一种跟黑蛮地语有关的语言[1]。

到了佛罗多的时代，当初那些语言的痕迹仍留在本地的词汇和名称里，其中有许多都与河谷城和洛汗的十分相似。最明显的是星期、月份和季节的名称，类似的一些其他词汇（如“马松”和“斯密奥”）也依旧被广泛使用，不过更多保留在了布理和夏尔的地名里。霍比特人的人名也是别具一格，其中许多都是古时传承下来的。

夏尔乡亲常用“霍比特”这个名字来称呼所有同族。人类称他们为“半身人”，精灵则称他们“佩瑞安那斯”。“霍比特”一词的起源已基本被人遗忘。不过，这个词似乎最早是由白肤族和斯图尔族给毛脚族取

1 返回大荒野的河角地斯图尔族，已经换用了通用语。不过，“狄戈”“斯密戈”这两个名字用的还是金鸢尾泽地附近地区的人类语言。

的名字，而作为其残留形式的“霍比特”一词，在洛汗还保存着一个更为完整的版本：“霍尔比特拉”，也就是“筑洞者”。

其他种族

恩特。这是最为古老的一族，一直幸存到了第三纪元，人称“欧诺德民”，又叫“恩尼德”。“恩特”是洛汗语对他们的称谓。埃尔达早在上古时日便知道他们，而恩特的确将说话的欲望归功于埃尔达，但本族的语言却跟埃尔达没什么关系。他们所创造的语言是独一无二的：它缓慢、浑厚，用词重重叠叠、翻来覆去，委实冗长絮叨；它由众多轻轻重重的元音和独特的语调及音值组成，哪怕埃尔达的饱学之士也不曾尝试将它载于书面。恩特只在彼此之间使用这种语言，但他们也不用保密，因为外族人学不会。

恩特自身却是颇有语言天赋的，他们学语言非常迅速，且从不会忘。不过，他们更垂青埃尔达的语言，最爱的则是古老的高等精灵语。因此，霍比特人记载的树须与其他恩特所说的古怪词汇和名称乃是精灵语，抑或以恩特风格串联的零碎精灵语[1]。也有部分是昆雅语，如 Taurelilómëa-tumbalemorna Tumbaletaurëa Lómëanor，可对应为“森林满是阴影——深谷阴暗，深谷长满森林，昏暗之地”，而树须这句话的意思大概是：“森林的重重深谷里，有一道黑影。”还有一些则是辛达语，例如“范贡”，意为“树（的）须”，以及“菲姆布瑞希尔”，意为“修长的桦树”。

---

1 不过，霍比特人似乎数次尝试表达恩特发出的短一些的咕哝和呼唤，而 a-lalla-lalla-rumba-kamanda-lindor-burúme 也不是精灵语，而是现存唯一的（可能非常不准确）表达正宗恩特语片段的尝试。

奥克和黑语。“奥克”一词是其他种族为这一丑恶族类造的名字形式，比如洛汗语，辛达语则是“奥赫”。与这个词相关的，毫无疑问便是黑语的“乌鲁克”，不过它通常只指彼时魔多和艾森加德派出的巨大奥克士兵。寻常奥克族则被以乌鲁克族为代表的其他人称作“斯那嘎”，即“奴隶”。

奥克最初是北方的黑暗之力于上古时期繁衍出来的。据说，他们没有自己的语言，而是竭力窃取其他种族的语言来用，还依照自己的好恶来歪曲它们。然而，他们只造出了粗鄙的黑话，除了用于诅咒和谩骂，连满足内部交流的需求都很难做到。这些满心恶毒、连自己族人都要憎恨的生物，迅速在小团体和大聚落间发展出了各自的粗野方言，结果奥克语在跨部落交流时基本不管用。

于是，第三纪元时，不同部族的奥克之间采用西部语来交流，而许多年代更久的部落，比如那些仍徘徊在北方和迷雾山脉中的，其实早就把西部语当作母语，尽管用得也令人厌恶，比奥克语好不了多少。这种黑话里的“塔克”意为“刚铎人”，是昆雅语“塔奇尔”一词的粗鄙说法，而西部语则用“塔奇尔”来指代某一支努门诺尔人的后裔。见《王者归来》第二卷第一章。

黑语据说是索伦于黑暗年代所创，旨在让自己所有的仆从通用这种语言，但他没能实现目的。不过，奥克在第三纪元时期所使用的许多词语，其实都源自黑语，例如 ghâsh（火），而索伦第一次被推翻之后，这种语言的古老形式被纳兹古尔以外的所有人都遗忘了。等到索伦东山再起，黑语也再度成为巴拉督尔和魔多诸多头目的语言。至尊戒上的铭文便是古黑语，而《双塔奇兵》中，格里什纳赫率领的邪黑塔士兵说的魔多奥克脏话属于更粗俗的形式，其中“沙库”的意思是“老头”。

食人妖。食人妖译自辛达语“托洛格”一词。这些生物在远古时代的微光中出世，天生愚钝，跟野兽一样不懂语言。但索伦利用了他们，教了些许他们能学懂的知识，使他们的智慧伴着邪恶增长。因此，食人妖从奥克那里尽力学来了一部分语言。西部地区的岩石食人妖说的则是一种粗鄙形式的通用语。

不过，到了第三纪元末，一支前所未见的食人妖种族出现在黑森林南部以及魔多边境的山脉中。他们在黑语中被称为“奥洛格族”。人们毫不怀疑他们是索伦培育出来的，但不清楚起源为何。有人认为他们不是食人妖，而是巨大的奥克。然而，哪怕是块头最大的奥克，在体型和心智方面也跟奥洛格天差地别，远没有他们那么硕大有力。虽为食人妖，他们却充斥着主子的邪恶意志：他们是一支残忍的种族，强壮、警惕、狂暴、奸诈，却又比岩石还要坚固。他们不像微光时代那支古老的种族，只要有索伦的意志支配，他们就能够忍受阳光。他们很少说话，也只会说巴拉督尔的黑语。

矮人。矮人一族与众不同。《精灵宝钻》讲述了他们古怪的起源，以及他们与精灵和人类为何既相同又相异。但中洲的普通精灵对这个故事毫无了解，而后来的人类所讲述的故事，又混杂了其他种族的记忆。

总体而言，矮人是顽强又其貌不扬的一族。他们隐秘，勤劳，对受损（及获利）都念念不忘。比起各类活物，他们更热爱岩石、宝石，热爱工匠的双手打造出的东西。矮人本性不坏，也很少有谁甘愿为大敌效劳，但人类在传说故事里却是各种编排。原因在于，古时人类觊觎矮人的财富与手艺，两族曾互相仇视。

不过，到了第三纪元，许多地方的人类和矮人依旧建立了亲密的友谊。照天性，在自己的古老城邦被毁之后，矮人四处旅行、卖力、经商，本该用上与他们朝夕相处的人类的语言。然而他们秘密地（与精灵不同，他们不愿暴露这个秘密，哪怕是对朋友）使用本族那奇特的语言，并不随时光而改变，因为它已不再是什么生活化的东西，而是一种表达学识的语言。他们视这种语言为过往的财富，加以保管守护。其他种族少有人能学得会。本历史中，这门语言只出现在吉姆利向伙伴透露的那些地名里；他在号角堡防守战中喊的战斗口号也是。至少这一句算不上什么秘密，因为自从世界青葱之时起，它已在多处战场上出现。“Baruk Khazâd! Khazâd ai-mênu!”意思是：“矮人的战斧！矮人冲你来了！”

不过，吉姆利本人，以及他所有亲戚的名字，都源于北方（人类语）。对矮人自己秘密的“族内”名字，也就是真名，他们从不对任何外族人提起，就连在墓碑上也不肯铭刻。

第二篇
翻译相关

为了能将《红皮书》的内容引为历史供现代人阅读，整体的语言环境已尽量译作我们这一时代的用法。唯独那些跟通用语相异的语言保留了原始形式，不过，这些语言主要出现在人名和地名当中。

作为霍比特人用作口述及笔书的语言，通用语显然须译作现代语言。西部语所使用的一些可察觉的变体，因翻译处理的关系，相互间的差异缩小了。本人虽尝试运用不同的现代语变体来代表它们，相较精灵及刚铎的高等人类所用的西部语，夏尔方面的发音与习语存在的差异要比本书表现出来的更大。霍比特人说的其实大致算是种乡下方言，而刚铎和洛汗用的则是一种更为古雅、正式和简洁的语言。

此处需要提及一点差异——尽管较为重要，但若不另行说明，这一差异实际上无法表达出来。除单复数之外，西部语的第二人称代词（也常见于第三人称代词）有着“熟识”和“敬语”这两种形式上的区别。不过，夏尔的特色用法之一在于，敬语形式已基本在口头会话里绝迹。唯独以西区作为代表的村民还会拿它来表达亲昵。刚铎人若是提及霍比特人语言的古怪之处，这一点就会位列其中。比如佩里格林·图克，初到米那斯提力斯的几天，他在跟包括宰相德内梭尔在内的所有阶层说话时，用的全是这种熟识的口吻。这大概逗乐了那位年迈的宰相，但他的仆从必然惊讶不已。“佩里格林在家乡地位极高”的流言之所以变得家喻户晓，这种无拘无束使用熟识腔调的场面，显然助力不小[1]。

---

1 有一两处地方故意反常规使用了“thou”（您）一词，以试图暗喻这种区别。鉴于这个代词如今属于罕用古语，主要用来表达典礼语言；然而，有时要表现从敬语到熟识腔，或男女关系从正常过渡为亲密等重大转折，除了将“you”改为“thou”或“thee”的方式，别无他法。

明显之处在于，诸如佛罗多这样的霍比特人，以及如甘道夫和阿拉贡之类的其他人，措辞的风格并未一成不变。这是故意为之。更有学问和能力的那些霍比特人了解一些夏尔称作“书面语”的知识；这些人能迅速发现并适应相遇之人的语言风格。无论如何，对于常在路上的人来说，多少会照着相遇对象的说话方式做交流，算是自然而然的事情；尤其阿拉贡这样的人，常常需要努力掩盖自己的来历和目的。不过，那段时日里，大敌的所有敌人都对古老事物心怀崇敬，对待语言方面也不遑多让，按各自掌握的知识沉浸其中。比其他种族更为精通语言技艺的埃尔达能御使多种语言风格，但他们讲着最自然的还是一种最接近本族语言的风格，而这种语言风格甚至比刚铎那边更为古雅。矮人也擅长语言，能迅速适应同伴的讲话，但部分人觉得他们的语音语调极为刺耳粗哑。而奥克和食人妖说话毫无章法，对言辞和事物也毫无热爱；他们的语言比本人所展现的其实还要低级与污秽。私以为，没人希望读到更贴切的翻译，尽管示例并不难寻。差不多类型的言语依旧能从与奥克一般思想的人群嘴里听到；它们乏味沉闷，将憎恨与鄙视之词翻来覆去，言语本身也因与美好绝缘太久而丧失活力，只有那些认为脏话代表强大的人才会听得津津有味。

显然，这种翻译在任何涉及过去的记叙文中都是司空见惯、难以避免的，很少能有什么更进步之举。不过，本人做了些许突破。本人也将所有的西部语名称做了意译。本书中出现的现代文名称或头衔，指代的是：相较于（或取代了）那些异族语言（通常为精灵语），以通用语给出的名称属于“现代语言模式”的名称。

惯例而言，西部语名称属于更古老名称的译名，如：“幽谷”“苍泉河”“银脉河”“长滩”“大敌”“邪黑塔”。部分在含义方面有区别，例如：“末日山”译自“欧洛朱因”（燃烧之山）；“黑森林”译自“陶尔·埃－恩戴歹洛斯”（极怖之森）。少数为精灵语名称之变体，如：“路恩”源自“舒恩”，“白兰地河”则源自“巴兰都因”。

如此处理，或许需要稍做辩解。本人认为，若以原本的形式表达所有的名字，会掩盖霍比特人所观察到的（而本人主要考虑的便是保留他们的观点）一样至关重要的时代特点：在他们看来屡见不鲜，好比我们看见中文一样的、广为流传的一种语言，与古老得多、更受尊敬的那些语言残存的余晖之间的对比。若纯粹原样转录，现代读者就会觉得它们读着同样生僻：比如精灵语名称“伊姆拉缀斯”和它的西部语译名“卡尔宁古尔”都不做变动的情况。然而，若称幽谷为“伊姆拉缀斯”，就仿佛如今提到温切斯特时称它作亚瑟王的“卡米洛特”，区别只在于：后者指代的对象非常明确，而幽谷依然住着一位名望卓然的领主，年纪远超亚瑟——哪怕亚瑟能活到现在，且依旧是温切斯特的王。

因此，夏尔（Sûza）这个名称和其他所有的霍比特地名都被“现代语化”了。其实并不困难，这类名称与我们那更为简单的现代语地名在构成元素上是相似的：这些元素要么如今依旧存在，如“山丘”和“平原”，要么略微简化，如“ton”之于“town”。不过，正如前文所提，还有部分衍生自不再使用的霍比特古词，那么就用类似的现代语事物来表示，例如 wich，以及 bottle（住所），还有 michel（巨大）。

然而，若是跟人名相关的话，夏尔和布理那段时期的霍比特人姓名比较独特。在几个世纪前就形成的继承家族名字的习惯里，这种独特性尤为瞩目。这些姓氏的含义绝大部分一目了然（在当时的语言里，要么源于戏谑的昵称，要么取自地名，又或是选用植物和树木的名称，最后这点在布理尤为明显）。翻译它们难度不大，但其中一两个更加古老的名称已遗失原本含义，能将它们作现代化，本人便已感满足：如 Took（图克）代替 Tûk，或者 Boffin（博芬）代替 Bophîn。

本人也尽可能同样处理霍比特人的首名。霍比特人常常以花朵和宝石的名称来为女孩命名。给男孩取的名字在日常用语里一般没有任何含义。另外，一些女性名字也类似如此。这类名字有“比尔博”“邦果”“波罗”“洛索”“坦塔”“尼娜”，等等。另外，不可避免地，有许多名字与我们现在所用所知的名字刚巧相同：“奥索”“奥多”“卓果”“朵拉”“科拉”，诸如此类。本人保留了这些名字，但一般会改变词尾，让它们变得“现代语化”，因为霍比特人名里的 a 是阳性词尾，而 o 和 e 是阴性词尾。

另外，一些古老家族，尤其诸如图克家和博尔杰家这样起源于白肤族的，有选取听来高贵的首名的传统。这些名字似乎大多取自过去的传奇故事，人类的和霍比特人的都有。虽说其中的许多名字如今在霍比特人看来毫无意义，它们与安都因河谷、河谷城以及马克的人类名字却十分相似，本人便将这些名字译作我们依旧使用或史书中能见到的古名，而它们主要源自法兰克语和哥特语。无论如何，霍比特人自己也清楚知道的那种首名和姓氏之间对比的滑稽感，本人原封不动地保留了。起源经典的名字几乎不曾使用；夏尔的学识当中，最近似拉丁语和希腊语的是精灵语，霍比特人命名时却是很少采用。无论何时，几乎没多少人懂得他们所谓的“王室语言”。

雄鹿地居民的名字与夏尔其他地区都不一样。正如之前所述，泽地的居民和他们那些住在白兰地河对岸的支系亲族，在许多方面都特立独行。毫无疑问，他们的许多十分古怪的名字，继承自原本南方斯图尔族的语言。本人通常不做改动，现在看着若觉得古怪，那是因为这些名字在他们那个时代也同样古怪。它们有种我们大概可感受为凯尔特元素的英格兰风格，而本人偶尔会在翻译中模仿后者。鉴于此，“布理”“库比”（或库姆）“阿切特”和“切特森林”都是依照残存下来的不列颠命名法构造而成，又按对应含义选词：“布理”即“山丘”，“切特”即“森林”。但人名中唯有一个是采用如此对应方式的。选择译为“梅里阿道克”，是为了满足一个事实，即这位角色的昵称“卡利”在西部语中意为“快活，欢乐”[1]，但它其实是如今不含意义的雄鹿地名字“卡利马克”的缩写。

本人在转换过程中没有采用希伯来语或类似语源的名字。霍比特人的名字不含任何类似元素对应我们的名字。像“山姆”“汤姆”“蒂姆”“马特”这样的短名很常见，它们是实际霍比特人名的缩写，比如“汤姆巴”“托尔马”“马塔”。但山姆和他的父亲汉姆本来是叫“班”和“兰”。这两个名字分别为“班纳齐尔”和“兰努加德”的简称。它们原本是绰号，意为“莽撞，单纯”和“闭门不出”。不过，这些词不再口语化使用，而是作为部分家族的传统名字保留。有鉴于此，本人尝试保留这种特色，通过将含义十分接近的古英语词 samwís 和 hámfæst 转为现代形式的方式，选择了“山姆怀斯”和“汉姆法斯特”这两个名字。

尝试将霍比特人的语言和名字向熟悉的现代形式靠拢时，本人发觉自己身陷更进一步的过程。在本人看来，关联西部语的人类语言应该转作与现代语相关的形式。本人因而将洛汗语译得类似古英语，因为它既与通用语有关（相对更远），又与北方霍比特人从前的语言有关（非常接近），此外还和西部语古体形成了对比。红皮书中有几处指出，听到洛汗人的语言时，几个霍比特人辨认出好些词句，感觉洛汗语跟自己的语言同源。正因此，任凭洛希尔人的名字和词汇保留原貌，导致它们读着风格迥异，如此反而有些荒诞了。

本人将几处洛汗地名的形式和拼写译作现代语，如“黑蛮祠”和“雪河”；但本人遵循霍比特人的习惯，并未通篇混为一谈。若是听见名字当中包含他们认得出来的元素，或是地名类似夏尔那边，霍比特人也以同样的方法来改动它们。不过，正如本人一般，他们也留了许多词原封未动，比如“王庭”（埃多拉斯）一词。基于同样的原因，少数角色

1 而“梅里”这个昵称（merry）在英语里也意为“快活，快乐”。——译注

名称也被译作现代形式，如“捷影”和“佞舌”[1]。

这种同化手段也为表达那些源自北方的奇特霍比特人土话提供了一种便捷方式。倘若这类词语能流传到我们的年代，会被赋予那些已失落的英语词汇最可能具备的形式。mathom 一词旨在使人想起古英语 máthm，以展示霍比特人实际使用得 kast 一词与洛汗语词 kastu 的关系。与之类似，意为“洞穴”的 smial 或 smile（斯密奥），是 smygel 一词可能的衍生形式之一，它很好地表达了霍比特人的用词 trân 与洛汗语词 trahan 的关系。“斯密戈”和“狄戈”是以北方语言中 Trahald（钻洞的，蠕动而入）和 Nahald（秘密）两个词为根源，以同样方式造出的对应词。

本书中，河谷城的语言更为靠近北方语系，因而只会出现在来自那片区域的矮人名字里。这些矮人因居住彼处，因而也使用那个地方的人类语言，他们“对外”的名字也是用这种语言取的。阅读本书可以观察到的是，本书与《霍比特人》一书同样都使用了 dwarves 来表达 dwarf（矮人）一词的复数形式，尽管词典中该词的复数形式为 dwarfs。假如单复数形式依照各自的方式一年年发展下去，如同 man 之于 men（人）或者 goose 之于 geese（鹅），“矮人”这个词就应是 dwarrows（或 dwerrows）。然而，我们不再像提及人乃至提及鹅那样频繁地提及矮人，人类一族的记忆也不再鲜活，无法为如今已被丢进民间传说（至少还保留着一丝真相）乃至荒唐故事（彻底沦为丑角）的种族保留特殊的复数形式。不过，尽管他们的古老性格和力量已略显浑蒙，在第三纪元时仍能瞥见一星半点。他们是上古瑙格人的后裔，心中依旧燃烧着匠师奥力的古老火焰，以及与精灵长年积怨的阴燃余烬。他们仍掌握着天下无双

1 如此的语言学过程并非在暗示，洛希尔人在其他方面，无论是文化艺术、武器或战斗方式，与古英格兰人十分相似，二者只是因环境导致整体上类似：他们都是淳朴也更原始的民族，生活中会接触到另一个更高等也更脆弱的文明，且都占据了那个文明原本统治的一部分土地。

的岩石雕琢手艺。

本人斗胆采用 dwarves 的形式对这点加以强调，唯愿他们能略微摆脱后世那些较为愚蠢的故事。Dwarrows 的形式确实更好，不过，本人仅在 Dwarrowdelf 一词中使用了该形式，代表墨瑞亚在通用语中的名字：Phurunargian。原因在于，意为“矮人挖凿之所”的 Dwarrowdelf 本身便是古体形式的词。然而，“墨瑞亚”却是个精灵语名称，也并非什么爱称；在与黑暗之力及其手下奴仆艰难抗战之时，尽管时有急需，但埃尔达并不会自愿居住在前者所经营的地下要塞里。他们热爱绿色的大地和穹苍的天光；墨瑞亚在他们的语言中意为“黑裂隙”。而矮人称那里作“卡扎督姆”，意为“卡扎德人的宅邸”，至少这个名字从未保密；原因在于，自从奥力在时间的深谷中创造他们、赠予这一名字起，他们便一直以“卡扎德人”自称。

“精灵”一词被用来表达两种名称的翻译：其一为“昆迪”，意即“能言者”，这是那支种族全体的高等精灵语名称；其二为“埃尔达”，正是前去寻找不死疆域，且在创世之初抵达彼处的三大宗族的统称（唯独不包含辛达）。这个古词其实是唯一之选，它一度贴切地表达了人类对这个种族所保存的印象，同时又描述出一种以人类的思维来说也不算完全陌生的形象。不过，“精灵”一词的含义已然褪色，如今许多人会觉得这个词是在表达或可爱或愚蠢的妄想，这一认知与古时昆迪一词含义的差异，好比蝴蝶之于飞隼——任何昆迪身上从来都没长过翅膀，无论对于他们还是人类而言，身上长翅膀都是不自然的。昆迪是一支高贵美丽的种族，是这世界年长的儿女，而在他们当中如同王者一般的埃尔达，“大迁徙之民”“星辰的子民”，如今也已离去。他们身材高大，有着白皙的皮肤与灰眼睛，但除了菲纳芬的金发家族，他们的头发都是黑色的[1]；他们的嗓音宛如曲乐，婉转胜过一切如今能听到的凡人嗓音。他们十分英勇，但那些回到中洲的流亡者的历史却惨烈无比；尽管他们在遥远的过去曾与人类先祖有过命运的交汇，可他们的命运却又与人类不同。他们的统治早已结束，如今居住在世界的范围之外，再也不会归来。

对霍比特、甘姆吉、白兰地河三个名字的注释

霍比特是个造出来的词。但凡提到这个民族，西部语的用词都是"班纳基尔"，即"半身人"。但当时夏尔和布理的居民用的是别处从未听闻的"库都克"一词。不过，梅里阿道克确实记载过，洛汗之王用的词是"库德－督坎"，意为"穴居者"。正如前文所提，霍比特人曾用过一种与洛希尔人密切相关的语言，因此"库都克"很可能是"库德－督坎"的残留形式。出于此前解释过的理由，本人将后者译作"霍尔比特拉"，倘若它当真曾出现在我们自己的古代语言中，那么"霍比特"这个词完全可以是它的退化形式之一。

甘姆吉。根据红皮书中列出的家族传统，"加尔巴西"这个姓氏与简化版本"加尔普西"都是出自"加拉巴斯"这个村子，普遍认为是来自 galab-（游戏）和 bas- 这个大致等同于我们的 wick 和 wich 的古老元素。因此，"甘米奇"（Gamwich，读作 Gammidge）似乎是个十分贴切的转换。然而，将"甘米奇"缩短作"甘姆吉"以表现"加尔普西"的行为，无意体现山姆怀斯与科顿家族之间的任何关联[2]，但他们的语言中倘若真有这种相关性的话，想必会催生出颇具霍比特人调调的玩笑话。

1【这些对面容和发色的形容其实仅适用于诸多精灵：见《失落的传说之书》上部。】

2 科顿（Cotton）一词在英语中有"棉花"的含义，而甘姆吉（Gamgee）在英语中有"脱脂棉"的含义，此处的联系及后文的玩笑话便是指这一点。——译注

“科顿”其实代表的是Hlothran[1]，属于夏尔相当常见的村名，而这个词衍生自 hloth-，意为“两间房的居所或地洞”，以及 ran（u），即“山坡上的一小片这种住处”。它作为姓氏，可能是“村民”hlothram（a）的变体。Hlothram 是农夫科顿祖父的名字，本人译作“科特曼”。

白兰地河。这条河的霍比特人名称，是精灵语词“巴兰都因”（Baranduin，重音为 and）的变体，源自“baran”（金棕色）和 duin（“大”河）。“白兰地酒”似乎是“巴兰都因”一词在现代自然退化而成。其实，它的更为古老的霍比特名称是 Branda-nîn，即“界河”，本应译作更贴切的 Marchbourn。不过，由于一个此后变得喜闻乐见、再度跟河的颜色搭上了边的笑话，这条河那阵子通常被人称作 Bralda-hîm，意思是“上头的麦酒”。

但是必须注意，老雄鹿家族（Zaragamba）把姓氏改成白兰地鹿（Brandagamba）时，名称中的第一个元素其实意为“边界地”，因此“边界鹿”（Marchbuck）才是更贴切的翻译。霍比特人里只有胆大包天之徒，才敢当面称呼雄鹿地首领为 Braldagamba（醉酒鹿）[2]。

---

1 根据托尔金《〈魔戒〉名称指南》所述，科顿（Cotton）这个姓由 Cot（小屋）+ ton（屯）组成，对应 Hlothran 的 hloth + ran。因而 hlothram（村民）这个变体的英文就对应作 Cottager，又转换为住 Cot（小屋的）+ man（人），即 Cotman（科特曼）一词的来龙去脉。——译注

2 意为“醉酒鹿”，即白兰地鹿一词的霍比特说法。——译注

图书在版编目（CIP）数据

魔戒 : 全3册 / (英) J.R.R.托尔金著 ; 龙飞译. -- 南昌 : 江西高校出版社, 2024.2

ISBN 978-7-5762-4428-1

Ⅰ. ①魔… Ⅱ. ①J… ②龙… Ⅲ. ①长篇小说－英国－现代 Ⅳ. ①I561.45

中国国家版本馆CIP数据核字(2023)第232200号

魔戒（全3册）
MOJIE QUAN 3 CE

策划编辑：王　博
责任编辑：王　博
美术编辑：龙洁平
责任印制：陈　全

出版发行：江西高校出版社
社　　址：南昌市洪都北大道96号（330046）
网　　址：www.juacp.com
读者热线：(010)64460237
销售电话：(010)64461648

印　　刷：北京瑞禾彩色印刷有限公司
开　　本：787 mm × 1092 mm　1/16
印　　张：97.5
字　　数：1,263千字
版　　次：2024年2月第1版
印　　次：2024年2月第1次印刷
书　　号：ISBN 978-7-5762-4428-1
定　　价：168.00元（全3册）